U0585749

廣州黄埔古港古村叢書

梁松年集

(清)梁松年 著　劉正剛 整理

SPM
南方出版传媒
廣東人民出版社
·廣州·

圖書在版編目（CIP）數據

梁松年集／（清）梁松年著；劉正剛整理. —廣州：廣東人民出版社，2018. 6
（廣州黄埔古港古村叢書）
ISBN 978-7-218-12425-4

Ⅰ. ①梁…　Ⅱ. ①梁…②劉…　Ⅲ. ①梁松年（1784—1857）—文集　Ⅳ. ①C53

中國版本圖書館 CIP 數據核字（2017）第 321782 號

LIANGSONGNIAN JI
梁 松 年 集
梁松年　著　劉正剛　整理

出 版 人：肖風華

責任編輯：李展鵬　李夢澤
封面設計：彭　力
責任技編：周　杰　吴彦斌

出版發行：廣東人民出版社
地　　址：廣州市大沙頭四馬路 10 號（郵政編碼：510102）
電　　話：（020）83798714（總編室）
傳　　真：（020）83780199
網　　址：http://www. gdpph. com
印　　刷：廣東信源彩色印務有限公司
開　　本：880mm × 1230mm　32 開
印　　張：28　　字　數：780 千
版　　次：2018 年 6 月第 1 版　2018 年 6 月第 1 次印刷
定　　價：98. 00 圓

《廣州黃埔古港古村叢書》
編審委員會

《廣州黄埔古港古村叢書》出版説明

位於廣州市海珠區東部的黄埔村和黄埔古港，面積 60 公頃。這裏鐘靈毓秀，人傑地靈。據史料記載，外國人眼裏的黄埔村並非一個村莊，而是“黄埔 city”，黄埔港則是“黄埔 beach”（泊地），可見當年這一地方是多麼的繁華興盛。

1757—1842 年，廣州被清政府頒令為中國唯一的通商口岸，外國商船祇准停靠在黄埔泊地，辦理卸貨、通關和回程手續，而貿易則在市内十三行中進行。這一時期先後有 5000 餘艘船隻從歐洲、美洲、澳洲、東南亞等地遠涉重洋來此停泊，呈現出“夷舟蟻泊”的奇觀。有研究認為，廣州此時已成為世界上最著名的港市之一。可以説，在世界經濟逐步全球化的大背景下，黄埔古港、黄埔村是我國十八、十九世紀近 200 年中中西貿易的標識，它見證了海上絲綢之路昔日的繁榮。

時代造就英雄。隨著世界經濟大潮的湧動，黄埔村、黄埔古港人因得天獨厚的條件，率先接受西方的新文化、新思想、新觀念，在日後各個領域中出現衆多的一定程度上推動歷史發展的精英人物。如有被稱為“新加坡先驅人物”、一人任三國領事的胡璇澤，有逆勢而為的十三行行商天寶行行主梁經國及他的子孫七代名人，有為收回多付庚子賠款做出重大貢獻、被譽為“清華之父”的外交家梁誠，有與詹天佑同期、為中國鐵路建設做出貢獻的著名工程師胡棟朝，有勇救孫中山到艦上避難、護衛孫中山安全脱險的永豐艦艦長馮肇憲，有為發展我國製糖工業做出貢獻的馮銳等等，在中國近代史上形成了獨特的“黄埔村現象”。可謂人才輩出之地。

然而，積澱了如此深厚歷史文化底蘊的古港古村，卻由於歷年來缺乏有效的挖掘、宣傳，其悠久的歷史文化未能被世人充分瞭解。為了進一步挖掘和充分保護黄埔古港古村的歷史文化，本研究會將陸續出版有關該地的研究叢書，内容包括對黄埔村歷史地位和歷史人物的研討，黄埔村人撰寫的文稿、日記、書信以及對外國人士有關黄埔古港古村的著作、檔案等的整理和翻譯等。

我們相信，在各級領導的親切關懷下，在各界熱心人士的共同關心和努力下，黄埔古港古村的歷史文化必將發揚光大，以嶄新的面貌吸引世人的目光。

廣州市黄埔古港古村研究會

2018 年 1 月

《梁松年集》出版説明

自2012年始，黄埔古港古村研究會成立“黄埔村梁氏家譜增修課題小組”。通過各方努力，歷時數載而修成《廣州黄埔村梁氏家譜》。由黄埔古港古村研究會、海珠區檔案館、黄埔村梁氏宗親會予以出版，並舉行了“《廣州黄埔村梁氏家譜》研討會”。會上，專家學者從不同角度探討了梁氏家譜豐富的内涵和價值。其中，林子雄（時任廣東省立中山圖書館研究館員，現任廣東方志館館長）以“梁松年生平與著述”為題，介紹了“藝文譜”中的梁松年的著述，引起了與會者，特别是本研究會的關注。

梁松年（1784—1857），號夢軒，是黄埔村梁氏小宗第十四世，長期居住村内，潛心著述，是近代廣州，乃至廣東著名學者。梁松年著述甚豐，其著作有《史記劄記》、《夢軒筆談》、《心遠論餘》以及詩集等共15種，涵蓋史、子、集3類，但現在能見者祇有五種，即《夢軒筆談》、《心遠論餘》、《皇荂軼響》、《言禽録》和《心遠小榭文集三卷詩二卷》。此外，北京大學圖書館藏有《英夷入粤紀略》一文，經研究確定為梁松年所撰。縱觀梁松年的現存著作，學術性、可讀性皆强。既有對經史典籍的詮釋研究，更有對全國各地特别是廣東、廣州的傳聞逸事、風物土俗的生動細緻的觀察探討。同時，其詩文集對於讀者瞭解作者的生平及其生活時代甚有價值。

梁松年的著述，中國國家圖書館、廣東省立中山圖書館和中山大學圖書館均有收藏。

鑒於梁松年著作的價值，黄埔古港古村研究會在成立之後，很快便決定刊印《梁松年集》，特約請暨南大學中國文化史籍研究所所長劉正剛教授，由他親自掛帥，組織團隊進行整理點校，並請林子雄先生為本書作序。在此，向林子雄、劉正剛兩位先生致以誠摯的謝意！同時，本書的整理和出版，也得到了廣東人民出版社的大力支持，謹向廣東人民出版社及李展鵬、李夢澤兩位責任編輯表示衷心的感謝。

梁松年的著述，内容很豐富，在當時就受到何瑞齡、樊封、陳蘅芳、黄佐宗等學者的好評。何瑞齡説："夢軒躬逢盛世，力學好古。經史之暇，留心時務。逮困場屋，退而著書，有信今傳後之想。"松年之孫兆鏗的老師陳蘅芳，少時即對松年的文章佩服之至。光緒年間，在整理其文章準備刻印而再次拜讀時，很是感慨："重讀先生文，覺一時有墨皆金，無筆不鐵。古松其骨，仙竹其姿。如登泰山之頂，雲氣忽來，逸情為之頓遠也；如觀大海之濤，長風鼓蕩，豪懷為之一狀也。"

但願今天的讀者，讀此著述，能增長知識，享此情懷。

廣州市黄埔古港古村研究會
2018 年 1 月

序

林子雄

這是一本廣東學者的詩文集，作者梁松年（一七八四——一八五七），字端朝，號夢軒，廣東番禺（今廣州黄埔村）人。黄埔，因黄埔古港而聞名世界。古時候這裏南濱大洋，夷舟蟻泊，村裏不少望族名人與海上對外貿易有關，他們在各地任官經商後衣錦還鄉，興建祠堂，據説黄埔村最興旺時有祠堂近四十座。在繁華喧鬧的村裏，梁松年埋頭著述，孤立獨行，人境不喧，心遠地偏，他將自己居住的地方稱為“心遠小榭”，其詩文集亦以此名。

梁松年一生，筆耕不輟，著作等身。據二〇一六年新版的《廣州黄埔村梁氏家譜》記載，梁松年的著述有《史記劄記》二卷、《塗説》二卷、《二十二史輯要》二十二卷、《皇䓀軼響》四卷、《闡奥初篇》一卷、《闡奥續篇》二卷、《地理原始歌注》一卷、《心遠論餘》一百四十三卷、《夢軒筆談》二十卷、《棣華齋雜識》三卷、《言禽録》二卷、《心遠小榭文集》十一卷、《玉梁詩集》一卷、《詩集》六卷、《五家文評》六卷，共十五種，内容涵蓋史、子、集三類，是黄埔梁氏族人中著述最多者。古代圖書印刷出版並非易事，當年梁松年的著作大部分衹能作為稿本存放家中，惟《心遠小榭文集三卷詩集二卷》能夠刻印出版，也是在梁氏逝世二十八年之後的事情。時至今日，上述梁氏十五種著述能見者僅五種，其中三種稿本、一種鈔本、一種刻本。

一、《夢軒筆談》二十卷，稿本，廣東省立中山圖書館藏。

《夢軒筆談》記述全國各地傳聞逸事，其中有不少廣州故事，描述生動活潑，細緻入微。在嶺南，屈大均是較早談論和解釋本地方言的學者，梁松年也是。《夢軒筆談》卷三有《廣諺》條，裏面提到當時廣州人的忌語。如十三行的商人飲茶，忌諱"查查"聲，他們將飲茶説成飲普洱、飲龍井，用茶葉産地名稱代替"茶"字，其實是想避忌檢查。又如吃飯，因"飯"與"犯"同音，因此説吃晏。講到飲湯，古時候粤語將"殺人"叫做"劏人"，所以把飲湯説成"飲順"。廣州人喜歡食粥，"粥"與"捉"同音，故將食粥改為"食清"。這些都反映了近代粤語的習慣和演變，對研究粤語歷史或有一定的幫助。

卷十《著韈》條開篇云："袒裼裸裎，古以為非禮。韈不露足，今以為莊肅。然漢魏之人，平居亦多不著韈，故吴賀邵為人美容止，坐常著韈，希見其足，當時以為稱。今羊城仕宦與富商巨賈、紈綺子弟，多有自少而壯而老，未嘗一日不著韈者。此雖侈汰餘習，而此一事似勝古人。"其後作者引述《左傳》、《後漢書》、《唐書》、《明史》等多種文獻，用了兩千多字來描述先秦至清代，不同時期宮廷上朝拜祭對著韈、跣足的規定及變化，考證功夫，可見一斑。

卷十五有《廣州屋》、《唐荔園》條，談及廣州的建築園林。《廣州屋》云："唐以前，廣州無磚牆瓦屋，屋皆茅竹。開元間，宋璟始教民陶瓦築堵為屋。《唐書・宋璟傳》：'璟徙廣州都督，廣人以竹茅茨為屋，多火。璟教之陶瓦築堵列邸肆，越俗始知有棟梁利而無災患。'據此，唐以前我廣不特無瓦屋，並無土牆。自開元後始有土牆瓦屋。今則屋無不瓦，牆以磚石者十之七八，築堵者十二三耳。省城富家裕商、寬鄉華族巨室則高堂廣廈，亭閣宛轉，雕鏤土木，華麗侈靡，窮極工巧，非復開元之舊矣。"又有《唐荔園》云："荔枝灣為南漢劉鋹昌華苑紅雲宴勝地，傳之舊矣。邇來羊城西八九里所，海濱潮田，不知何年何人工築圍基，遍植佳荔，當暑荔熟，彌望紅雲。於是八方名人雅士、騷客詩翁、浪子紈綺、聲妓歌童，買舟溯洄，乘涼擘荔，絡繹不斷。

時則遊人雜沓，男女肩摩，紅林小憩，覺蟬聲、竹聲、肉聲與耳宜，果香、荷香、脂香與鼻宜，荔紅、顔紅、粉紅與目宜，會心不遠，觸景成趣，俯仰之間，令人應接不暇，洵佳勝也。”盛夏時節，羊城西關的唐荔園是廣州人消暑嘗荔的好去處，在梁松年的筆下，紅男緑女，鳥語果香，好不熱鬧。而《著襪》裏記載的清嘉道年間廣州富商巨賈、紈絝子弟自幼至老無一人不著襪的情形，以及《廣州屋》裏介紹的羊城民居建築情況，都為後人留下了豐富翔實的史料，彌足珍貴。

二、《心遠論餘》十二卷，稿本，廣東省立中山圖書館藏。

清道光三年（一八二三），梁松年外遊歸里，他在自己的心遠小樓上閱讀圖籍作為消遣，他瀏覽的範圍很廣，經史子集，無所不包。梁松年在看書時，十分留意古人言論行事有價值的東西，心與之觸，不能恝置，筆閒墨飫，輒為識略。日積月累，筆之所及，檢會所得，儼然成帙，成就了這部《心遠論餘》。

經史書籍是梁松年研究的主要對象之一，他往往從某種書中挑選内容進行詮釋，每段原文后，大都有“松按”或“按”，引古論今，抒發見解。如該書首段文字談論歷代帝王親自耕種時，梁松年引用《禮記》的“孟春之月，天子親載耒耜”之語，又説：“我朝乾隆《欽定大清會典》，仲春吉亥，皇帝躬耕帝藉，皇帝黄耒，駕以黄犢，從耕三土。”作者從帝王的務農談到耕牛的使用。據梁松年考證，秦漢以前，古藉没有記載用牛之事。耕藉用牛，始見於晉朝潘岳《藉田賦》：“松觀今之耕牛，以曲木横掛於牛項上。曲木長尺餘，名曰牛軛，即潘岳《賦》所云縹軛者也。曲木兩頭，各繫以繩，繩下繫犂，牛行則犂隨，人扶犂尾以推之，起土甚易，耕藉三推，謂扶犂隨牛以推，凡三次也。既用牛，又言推。與牛耕之法正合。”在這裏，梁松年既追溯古代耕牛使用的最初文獻，同時又通過自己的細心觀察，描述了清代中期廣東農村使用耕牛的情形。縱觀全書，引述、論證比比皆是，顯現梁氏考證鉆研精神。惟按《廣州黄埔村梁氏家譜》的記載，《心遠論餘》本有一百四十三卷，但今中山圖書館藏本衹有十二卷，數量相去甚遠，殊為可惜。

三、《皇荂軼響》一卷，鈔本，中國國家圖書館藏。

《皇荂》，古代通俗歌曲名。《莊子·天地》："大聲不入於里耳，《折楊》、《皇荂》，則嗑然而笑。"陸德明《經典釋文》："荂，本又作華。李頤曰：'《折楊》、《皇華》，皆古歌曲也。'"梁松年一生，從未仕宦，平日深居簡出，與平民打成一片，如他所言："予自少至壯不出閭里，未能免俗。"正是這樣的生活，影響著他的閱讀和著述，他注重深入社會，瞭解民情民風，同時喜歡閱讀《四民月令》、《風俗通》、《風土記》、《歲時記》、《千金月令》、《歲華紀麗》等記載考證風物土俗及傳聞逸事的著作，他認為要認知民間的東西，"不必睹太史之書、輶軒之採，古風如在目前"。在此基礎上，梁松年創作了《皇荂軼響》，内容涉及宮廷民間節令習俗，古今中外無所不包。最為難得的是作者不時會記述廣東的情況，讓我們能夠知道兩百年前嶺南的一些民間習俗。關於大年初一的習俗，梁松年説："（元旦）鄉俗不過鄰家借火，收藏掃帚不掃地，各家封井不汲水，除夕必蓄水，以足元旦一日之用。鄉以為鄉俗多忌，不知自古已然。松按：《通考》：'元旦不討火、不汲水、不掃地。元旦不汲水，始於漢。'《堅瓠集》：'漢時除夕，各家封井不復汲水，至正月三日始開。不掃地，俗云惡見掃帚。'……廣俗元旦日又惡打破碗碟杯盤之屬，以為不祥。按《前漢書》，哀帝時正旦日蝕，鮑宣上書諫曰：'小民正月朔旦尚惡敗器物，況日虧缺乎?'可知廣俗之惡亦有所倣。"

作者又説："粵東省城元旦拜年，士民皆用紅單柬，書某某恭賀新禧，或書某店恭賀新禧，使人互相傳送。凡一面識亦送一柬，以為有禮，殊屬虚文可厭。松按：《堅瓠集》：'元旦拜年，明末清初用古簡，有稱呼，康熙中則易紅單，書某人拜賀，素無往還，道路不揖者，而紅單亦及之，大是可憎。猶記文衡山一絶云："不求見面惟通謁，名敕朝來滿敝廬。我亦隨人投數紙，世情嫌簡不嫌虚。"'始知虚文亦有所自，是此風起於明末，而當代因之，前古未有也。而我邑鄉間元旦拜年不通柬，子弟輩則肅衣冠，造門拜謁尊長，即親戚知故亦莫不然，而平日之一面相識、素無往還者，道路相值一拱手而已，猶為質樸近禮。自道光十四年，因元旦雨，鄉間紳士別族拜年，亦有用紅單者，今則鄉紳市肆無不用此虛文矣，而本族仍不用也。至於尊長世好、父執子弟仍親踵門拜賀也，仍不全以虛文也，此猶行先進之道也。《唐書・禮樂志》：‘正旦羣臣上千秋萬歲壽，制曰履新之慶。’亦世風之一轉也。”梁松年徵用《前漢書》、《文獻通考》、《堅瓠集》、《荆楚歲時記》、《異録記》多種文獻，來解説大年初一的民間習俗，同時多有廣東的細節，這是其著述的特點。文中提及的紅單，有類時下流行的賀卡，在兩百年前雖然省城廣州時興，黄埔鄉間卻是拜年不通柬，樂於登門拜訪、相遇拱手之禮。

四、《言禽録》一卷，稿本，廣州中山大學圖書館藏。

顧名思義，這是一部記述飛禽鳥類的著作。梁松年對鳥情有獨鍾，他認為“天下無不能言之鳥”，不但鳥能説話，不同地方的鳥、不同種類的鳥也有不同的語言，他還幽默地比喻道，這好似人一樣，“北人不知南人之言，以南蠻為鴂舌”。最後作者説：“鳥鳥言也，余且愛之也；鳥人言也，余益愛之也。余欲以余之所愛，公諸人所同愛，則凡鳥言見於書傳者録之，得諸傳聞者亦録之，為著《言禽録》。”梁松年博覽羣書，將文獻關於鳥類的記載輯録出來，如“鳳凰”的描述引自《宋書・符瑞志》，“報春鳥”的記載引自唐朝陸羽的《顧渚山記》，“惜春鳥”的文字引自宋代葉廷珪的《海録碎事》等。亦有引自多部文獻的，如“鸜鵒”，梁松年引載了《淮南萬畢術》、《本草釋名》、《廣韻》、《本草集解》、《酉陽雜俎》等書的説法。除引述文獻外，梁松年用“松謂”來發表自己的見解。

《言禽録》描述的鳥類天南地北，幾乎無所不包。北方如鶴，梁松年引《續搜神記》記載：“遼東城門有華表柱，忽有一鶴集，徘徊空中。言曰：‘有鳥有鳥丁令威，去家千歲今來歸。城郭如故人民非，何不學仙去，空伴冢累累。’遂上冲天。”對本地的鳥類，梁松年則直接描寫，如“廣州了哥”，此鳥“色深黑，惟眼圈金黄，小於鵲，夾腦無黄肉冠，不能步，行則跳躍，故俗謂兒童之輕跳者，曰好似了哥。栖人家簷瓦間者，謂之瓦了；栖樹林間者，謂之樹了。樹了以社飯飼之，能如人言；瓦了不能言。而皆謂之了哥，且解人意。余聞諸老媪言，彼嘗蓄一了哥，投以火紙，曰了哥去借火。了哥於是以喙銜火紙，至鄰舍曰借火。鄰家與之，遂銜火歸。呼鷄、呼狗、呼子女、呼婢僕，皆能達主言。後以霜降日，自懸頭於木而死云。俗傳了哥每至霜降日，多自縊死。蓄了哥者，是日藏於甕，乃不死，故以霜降日為了哥忌，此不可解”。

正如上文所説，梁松年十分關注鳥語，他會將某種鳥的叫聲作為篇名。如《天吊水》：“廣州有鳥，以四、五、六月鳴。天將雨，則鳴曰‘天吊水’，故名天吊水。天晴旱，則鳴曰‘樹枝點火灼灼’，又名樹枝點火灼。其鳥色相如百勞云。”又如《深掘》：“猫首鳥，喙似鵂鶹而大，放聲而哭，哭畢鳴曰深掘深掘。意賈生所謂鵩也。見酈露《赤雅》。此即今之貓兒頭鷹，頭如貓，目有金光，以晨夜鳴，鳴曰侵侵侵侵侵、掘拂掘拂。俗謂之不祥鳥，聞之必有凶事，其意謂人死，掘地而拂其屍以葬也。余謂不然。余嘗旅寓省城番禺學宫尊經閣，春夏晨夕，必聞此鳥聲，亦無有凶處，大抵俗惡其聲耳。”梁松年在生動描述各種飛禽的聲音形態的同時，還不時表達自己的意見。如深掘（今稱貓頭鷹），作者以親身經歷否定世俗稱之為“不祥鳥”的傳聞。

五、《心遠小榭文集三卷詩集二卷》，清光緒十一年（一八八五）刻本，廣東省立中山圖書館、廣州中山大學圖書館皆有收藏。

與上述四種筆記類著述不同，《心遠小榭文集三卷詩集二卷》可以説是研究梁松年及其所生活的時代的重要資料。在陳建華先生主編的《廣州大典》裏，集部文獻有八百四十六種，別集類六百零六種，《心遠小榭文集三卷詩集二卷》便是其中之一。是書前半部分為《心遠小榭文集》三卷，收録了梁松年的文章七十六篇，按體裁排列，其次序為：卷之一論、贊、考、辨、書、策對、文，卷之二記、碑、説、銘、傳、表、跋、雜志、題辭、行述，卷之三序。為《心遠小榭文集》寫序言的有何瑞齡、樊封和陳蘅芳三人。梁松年曾撰《五家文評》六卷，前兩位即何瑞齡和樊封。

何瑞齡，字芸田，廣東香山人，著有《世貽堂稿》。清咸豐元年（一八五一）二月，何瑞齡在序言裏將梁松年與晉人陶潛相比似，他説："人境不喧，心遠地偏，淵明陶氏之以詩寄意也。番禺梁子夢軒所居鳳浦，地雖偏隅，南濱大洋，夷舟蟻泊，奇觀萃焉，著為文稿，名曰'心遠'，宜若有所慕於淵明而倣之者。"但"夢軒躬逢盛世，力學好古，經史之暇，留心時務，逮困場屋，退而著書，有信今傳後之想，則其所謂心遠者，正與淵明異。"既同又異，是説明梁松年之文有其獨到之處。

樊封（一七八九——一八七六），字昆吾，號樸庵，廣州駐防漢軍人。諸生，倜儻負才氣。阮元督粵，嘗使纂輯《三朝御製詩注》，分校《皇清經解》。同治九年（一八七〇）恩賜副貢，充學海堂學長。著有《蟫紅集》、《續南海百詠》。樊封在序言中稱"番禺梁君夢軒與余同門，為山堂老友，家多藏書，日擁而讀之，至老不倦，間或攄其所見，著為古文，繁徵博引，足稱宏富"。樊氏評價松年著述，頗為中肯。

陳蘅芳是梁松年之孫梁兆鏗的老師，陳氏少時閱讀梁松年的文章，佩服之至。光緒年間，梁家刻刊文集，請陳蘅芳代為整理，其"重讀先生文，覺一時有墨皆金，無筆不鐵。古松其骨，仙竹其姿，如登泰山之頂，雲氣忽來，逸情為之頓遠也；如觀大海之濤，長風鼓蕩，豪懷為之一壯也；如捫峋嶁之碑，石赤字青，好古之心又為之隱動也"。陳蘅芳在序文裏高度評價梁松年的文章，並希望其後人能夠繼承和發揚光大。

書後半部分是《心遠小榭詩集》二卷，它收録梁松年的詩歌一百零九題二百零七首，按體裁排列，其次序為：卷之一四言古詩、五言律詩、五言截詩，卷之二七言古詩、七言律詩、七言截詩。詩集前有秦際唐撰寫的序言。秦際唐（一八三七—一九〇八），字伯虞，江蘇上元人，著有《南崗草堂詩文集》。秦際唐在清光緒十二年（一八八六）撰寫的序言中說："番禺梁夢軒先生胸次超曠，淡於榮利，慕淵明之為人，以'心遠'顏其居。其為詩冲淡微婉，自抒胸臆，凡夫氣機之消長，物化之遷移，險阻行役，以及草木禽魚之態狀，無不摹繪惟肖。其於兄弟朋友之間憂樂悲懽，多不能已之，故一發之於詩。"梁松年詩作，直抒胸臆，内容豐富，手法則如秦氏所云"摹繪惟肖"。至於"其於兄弟朋友之間憂樂悲懽，多不能已之，故一發之於詩"之説，則指集中《哭四弟阿湘》等詩。梁松年因弟病逝，撫枕唏嘘，夜不成寐，挑燈揮淚，兄弟之情，躍然紙上。詩集又有黄佐宗寫的四首題辭。黄佐宗，字綺雲，以字行，廣東番禺人，著有《自娱齋詩鈔》。黄佐宗題辭曰："坐擁書城富，幽窗手一篇。壯懷徵詠史，適意託遊仙。心遠地逾僻，神閒天自全。獨膺文字福，身閱古稀年。"此或可作為梁松年創作著述的寫照。

《梁松年集》的出版，得到了廣州市黄埔古港古村研究會的重視和支持，由暨南大學中國文化史籍研究所所長劉正剛教授負責整理標點，從而讓清代廣東著名學者梁松年的著作有機會化身千百，流通社會。此舉極大地方便了廣大讀者閱讀梁氏著作，同時也有助於人們瞭解和研究古代社會、近代廣東的歷史文化以及梁松年的生平事跡，可謂功德無量。

二〇一八年春於廣州西堂北齋

前　言

梁松年，號夢軒，番禺人，曾在學海堂師從阮元學習，然終生不第，不宦。其生活的時代正處於清朝從盛世走向衰敗之時。據梁松年《皇萼軼響》説："松以乾隆甲辰正月十九日生，憶童時生日，先慈輒云'今日天穿，漏爾出來。'然則予實天降。俗云：是日生人命多鄙。松年四十八始生子，而四十四先慈見棄，故當時先慈甚為屑意。予自惟平生好讀書，可謂之天儒，安分草茅，不求仕宦，可謂之天逸。人匪降自天，而我實由大降，亦可謂之天人，又何嘗鄙予用，是以慰先慈也。松今年六十有三，當六十晉一之年，諸弟張筵為松稱觴。"可見，梁松年出生於乾隆四十九年（1784）正月。《廣州黄埔村梁氏家譜》記載："松年，原名國政，字端朝，號夢軒。監生，封奉直大夫。生乾隆四十九年甲辰正月十九日戌時，終咸豐七年（1857）丁巳四月二十六日酉時，年七十四。"① 另據光緒十一年（1885）六月，梁松年孫梁兆鏗《心遠小榭詩文集》跋云："大父去世垂二十餘年"。據此，梁松年去世應在咸豐末年、同治初年，其享年近八十歲。

由此可知，梁松年少年成長於乾隆盛世的末年，青壯年則處於清朝由盛轉衰的嘉慶及道光前期，老年則生活在西方列强入侵、太平天國起義、洪兵起義等動蕩時局之中。也就是説，梁松年一生見證了清朝由强盛進入衰敗的整個過程。值得關注的是，梁松年的家鄉為清代番禺縣的黄埔村，此乃清代一口通商時期外

① 《廣州黄埔村梁氏家譜》，廣州市黄埔古港古村研究會等印行，無出版年月，第283頁。

國商人進出廣州的最重要的暫居地——黄埔港所在地。① 黄埔村由一個珠江邊的灘塗村落，發展成為聞名世界的外貿港口，得益於中外貿易，但也正因為如此，在鴉片戰争前後，它成為西方列强入侵中國的首衝。梁松年得風氣之先，也開風氣之先，他親眼目睹了鴉片貿易給中國社會帶來的危害，也目睹了西方列强侵犯中國的野蠻行徑，因此撰寫了《兵不可一日忘論》，提出了“制夷”的十項建議，在當時的仕宦之中産生了一定的影響。

梁松年一生著述豐盛。據梁兆鏗跋云：“家所藏者尚有《筆談》二十卷、《皇荂軼響》四卷、《言禽録》二卷、《棣華齋雜志》三卷、《心遠論餘》一百四十三卷。”但這些書並没有完整地流傳下來。本集收録了《夢軒筆談》二十卷、《皇荂軼響》一卷、《言禽録》（不分卷）、《心遠論餘》十二卷、《心遠小榭文集》三卷和《心遠小榭詩集》二卷。《棣華齋雜志》未見。

《夢軒筆談》完成於咸豐二年（1852）皋月（農歷五月）②，《皇荂軼響》完成於道光二年（1822），《言禽録》完成時間不詳，《心遠論餘》完成於咸豐元年，《心遠小榭文集》完成於道光末年。看得出，道光、咸豐之交，是梁松年創作的高峯期。梁松年的《夢軒筆談》、《心遠論餘》、《皇荂軼響》、《言禽録》等書，從内容來看，均為笔記類著述，可與明末清初廣東番禺屈大均所著《廣東新語》媲美；祇不過，没有《廣東新語》那麼明晰和條理化而已。但梁松年的視野更加開闊，他從宏觀視角出發，將廣東故事穿插在其中，内容豐富，引經據典，为後人提供了豐富和翔實的文史資料。

本集收録的梁松年存世的著作，既有稿本，也有鈔本和刻本，其中《夢軒筆談》二十卷（稿本），廣東省立中山圖書館藏；《心遠論餘》十二卷（稿本），廣東省立中山圖書館藏；《言

① 陳月明主編：《名城明珠黄埔村》，廣州出版社，2001 年。

② 另據《心遠小榭文集》卷三《夢軒筆談自序》説，該書完成於道光四年皋月。

禽録》一卷（稿本），中山大學圖書館藏；《皇荂軼響》一卷（鈔本），國家圖書館藏；《心遠小榭文集三卷詩集二卷》，光緒十一年（1885）刻本，廣東省立中山圖書館、中山大學圖書館藏。此外，北京大學圖書館藏有《英夷入粤紀略》一文，經研究確定為梁松年所撰，故整理時收入本書。由於没有其他版本可資參考，所以在整理時僅作標點，一般情況下，不作任何校勘。但對原作中十分明顯的錯誤則作頁下注處理。《夢軒筆談》、《心遠論餘》中的頁眉、頁邊以及内文中的小字部分，有的明顯是梁松年自己插入的内容，而且在原著中就有插入標記，對此，我們在整理時則直接作正文處理。對一些我們難以判斷的部分小字，則作頁下注處理。

梁松年的同一篇作品在不同的著作中，有時表述有出入，為了尊重作者和刊刻者，我們不作任何改動。遺憾的是，梁松年的著作，尚未發現其他版本，因而也無法進行校勘。

梁松年著述中引述了大量先秦文獻，其中一些異體字，今日已經不再使用；但由於梁松年使用這些字是為了説明其演變的歷程，删去則會影響閱讀，故本次標點，盡量保持原貌。

需要説明的是，筆者所見梁松年著述或為鈔本或為刻本，有時一篇長達數頁，因此筆者在整理時，根據己見，對其進行了重新分段，以便於時人的閲讀。

現今傳世的梁松年著述，多為清末刻本，在刻本中已有不少地方使用了簡體字，故本次標點，也一仍其舊。而对其中一些今日很少用的異體字，則徑直改為對應的繁體正字。

整理者

總目録

目　録

夢軒筆談

心遠論餘

皇荂軼響

言禽録

心遠小榭文集

心遠小榭詩集

夢軒筆談

自　序

余雅病，中氣不足，不能多談，談則氣逆，語澀，頭岑岑，眼昏昏，越半日不平，復反常也。而性又好談，讀書之下，偶有奇聞新説，即器物方言，以及草木禽魚蟲豸之非習知常見，輒欲為諸弟一談，以快新得。然諸弟每苦余傷氣，又不能已於談，且隨聽隨忘，不復記憶。屬余有所聞見，即便筆記，以筆代談，既免傷氣之患，又得時時檢視，不至遺忘，差勝口談多多也。余甚以為然，第筆荒文陋，隨得隨筆，無有倫次，不足為大雅君子觀，聊以示諸弟耳。昔沈存中著《夢溪筆談》，筆意精卓，竊嘗慕之。今余以談寄筆，余之所筆即余之所談也，故亦曰《筆談》，而豈復有筆意哉。咸豐二年①臯月，夢軒梁松年識。

① 梁松年在《心遠小榭文集》中收録《夢軒筆談》自序中落款為：道光四年。

卷之一

開元錢卜

《易·乾》：元亨利貞。元者，善之長也。今人龜卜用開元錢，取開元二字之義也。開元錢背有眉如半月，俗謂此為指甲痕，以其似也。而世俗輒謂，取錢上指甲痕明朗者，卜乃靈驗，殊不可解。松按：開元錢背半月，昔人亦謂為甲痕，而卜士①其説不一。吴曾《能改齋漫録》云：世所傳《青瑣集·楊妃别傳》以為開元錢乃明皇所鑄，上有甲痕乃楊妃掐迹。不知《唐談賓録》云，武德中廢五銖錢，行開元通寶錢。名及書，皆歐陽所為。初進樣，文德皇后掐一痕，因鑄之。薛瑺《唐聖運圖》亦云：帝詔郡國鑄開元錢，初進蠟樣，文德皇后掐一甲，吏不敢换，故錢上有指甲痕。甲痕一以為楊妃，一以為文德皇后，未詳孰是。然后之甲痕，何關於卜。大抵唐錢至今歷年久遠，甲痕率多漫滅，故世俗以罕為奇耳。張舜民《畫墁録》又以為竇皇后甲痕，云：唐高祖武德初鑄開通錢，仰篆隸八分體，十文重一兩，為開通元寶，亦曰開元通寶。背有眉，乃大穆竇后指甲痕也，進樣時誤以甲承之。其銅劑，後人皆不能法，今獨隸體錢行於世，八分與篆體錢皆不復見矣。開元之讖，已見武德年寶。淩璠《唐録政要》亦以為竇皇后。據此，所謂開元錢，實開通元

① “卜士”兩字，原文似劃去。

寶錢。開元乃玄宗[①]年號。大抵有甲痕者，為開通元寶錢。無甲痕者，乃玄宗錢耳。

松按：開通元寶錢，鑄於高祖武德四年，而竇皇后崩於高祖未為帝之先，文德皇后又立於武德九年。考其時，竇后已崩，文德后未立，何緣錢模有兩后甲痕？且錢模甲痕，大半分許，皇后之甲，未必有如此之厚。

又按：《野客叢書》：世傳《徐彭年家範》，謂開元錢，明皇時有富民王元寶，因命鑄錢，司皆書其名，遂有元寶字，舉世皆以為寶也。其後又云，通寶，此錢有指甲文者，開元皇帝時鑄，楊妃之甲痕也。其説太繆謬。按：開元通寶本可循環讀為開通元寶。彭年謂用王元寶名，則是錢為開通，非開元矣。且國家鑄錢，乃一代之國寶，自有年號，以昭示當時，布告天下，安有取富民之名以為錢之文乎？此必無之理也，附會孰甚。

若爪甲痕，《廣東新語・貨語》：廉州用開元錢，以面有半月痕者為貴，相傳開元鑄錢，貴妃指甲誤觸其模，冶吏不敢擅易，此半月痕，即貴妃指甲云。屈氏亦以開元錢之半月痕為玄宗貴妃指甲痕。松按：《唐書・食貨志》：高祖入長安，民間行綫環錢，其製輕小，凡八九萬纔滿半斛。武德四年鑄開元通寶，輕八分，重二銖四絫，積十錢重一兩，得輕重大小之中。其文以八分篆隸三體，洛并幽益桂等州皆置監。賜秦王齊王三鑪，右僕射裴寂一鑪。據此，武德所鑄錢，文亦開元通寶，非開通元寶，所廢乃綫環錢，非五銖錢，文為八分篆體隸。

《唐書》又云：高宗時詔復開通元寶錢，其乾封新鑄錢令所司貯納。初，開元錢之文，給事中歐陽詢制詞及書，時稱其工，其字合八分篆隸三體，其詞先上後下，次左後右。讀之，及上反左回環，其義皆通。議者乾封不通商賈，米帛翔貴，以開元錢輕重大小近古，最為折衷，百姓便之。是開元錢文，從左回環讀，原為初制之詞。《太平御覽・皇王部》高祖神堯皇帝條引《唐

---

① 原文為"元宗"，為避諱改。以下徑改，不作説明。

書》亦云：武德四年七月丁卯，廢五銖錢，行開通元寶錢。此亦云廢五銖錢，豈當時五銖、綫環皆不通時用而皆廢，故所記異辭與，抑五銖即綫環與？然開元之文為八分篆，當不易也。

今有甲痕之開元錢，文皆隸書，而無八分篆，似非武德所鑄。《談賓録》所云，恐亦附會。然則有半月痕之開元錢乃玄宗錢，則甲痕《家範》、《新語》謂為楊妃，似非無見。然有可疑者，《志》云：開元二十六年，宣潤等州初置錢監，兩京用錢稍善，其後又漸惡，詔出銅所在置監，鑄開元通寶錢。夫曰詔所在鑄錢，則錢模樣未必進呈，何由有楊妃甲痕，即進呈，未必州州錢模皆有楊妃甲痕。甲痕之説，亦是附會。

又按：唐宋錢文皆著年號，則《談賓》所云開通元寶，實玄宗開元通寶錢無疑。或曰，宋開寶錢文曰宋通元寶，寶元錢文曰皇宋通寶，則錢文不著年號，不惟開通。然按宋孔平仲《談苑》：國家開寶中，錢文曰宋通元寶，至寶元中則曰皇宋通寶。近世錢文多著年號，惟此二錢不然者，以年號有寶字故也。則開通非其比也。徐彭年《家範》謂：開元錢，錢背有指甲痕者，開元皇帝時鑄，楊妃之爪甲痕也。王楙《野客叢書》謂：彭年之論謬，甚是，而謂甲痕為文德皇后亦非也。

彭年《家範》又云：開元錢，明皇時有富民王元寶，因命鑄錢，司皆書其名，遂有元寶字，舉世皆以為寶也。其説更謬。按：開元通寶，本可循環讀開通元寶。彭年謂用王元寶名，是錢為開通，非開元矣。且國家鑄錢，乃一代之國寶，自有年號，以昭示當時，布告天下，安有取富人之名以為錢之文乎，此必無之理也，附會孰甚。[①]

且考之正史，錢法既無所以制，半月之義又無三后指甲痕明文，其為附會無疑。松謂錢有半月痕者，乃當時偶爾之制耳。謂為三后甲痕者，好事者為之，皆不足信也。若以錢卜卦，則不自今始。《朱子語類》：今人以三錢當揲蓍，乃漢焦贛、京房之學。

① 該段原文疑似删去。

又云，卜卦之錢用甲子起卦，始於京房。項平甫亦云，以京易考之，世所傳火珠林即其遺法，火珠林即交單重拆也。《語類》又云：火珠林猶是漢人遺法。《書録解題》：今賣卦者，擲錢占卦，盡用此錢卜，似始於漢。其時曷有所謂開元錢耶！又按《儀禮・士冠禮》所卦者，賈公彦疏，所以畫地記爻者，筮者依八九六之爻而記之，但古用木畫地，今則用錢，以三少為重錢，重錢則九也。三多為交錢，交錢則六也。兩多一少為單錢，單錢則七也。兩少一多為拆錢，拆錢則八也。案少牢卦者在左，坐卦以木，故知古者畫卦以木也。又《唐六典》：凡易之策四十有九注，用四十九算，分而揲之，其變有四，一曰單爻，二曰拆爻，三曰交爻，四曰重爻，凡十八變而成卦。可知畫卦以木，以木畫單拆交重之爻也。用錢亦以錢記單拆交重之爻也，可知以錢記卦，本為筮用。今則用於龜卜。其法納開元錢三枚於枯龜之腹，搖搖而吐出之。凡三搖三吐，看錢之陰陽。記單拆交重之爻以為卜。或無龜，則以手擲之，與古異矣。考賈公彦疏，本於北齊黄慶、隋李孟悊二家，是齊隋已用錢。然亦用之於筮，非用之於卜。龜卜用錢，不知何始？朱子云：卜卦之錢，其始於宋代與。按唐子鵠《江南曲》：衆中不敢分明語，暗擲金錢卜遠人。此錢卜之見於詩者。《士冠禮》洎《周官・太卜》疏皆云：今則用錢，此錢卜之見於經疏者，其始於唐代與。然亦只云錢卜，皆不云用龜。龜卜用錢，史傳俱無確。據，究不知何始。古以錢記爻，不言錢數，朱子云：今人以三錢當揲蓍，正與今龜卜之錢數合，其始於宋代乎？

正月歲占

俗謂正月初旬十日，一曰鷄，二曰犬，三曰豬，四曰羊，五曰牛，六曰馬，七曰人，八曰穀，九曰麻，十曰豆。謂是日天氣晴明，則所主之物育，陰雨則災。松按：東方朔《占書》：歲後八日，一為鷄，二為犬，三為豕，四為羊，五為牛，六為馬，七為人，八為穀。而無九日十日麻豆之占，不知俗之所本。又按：《史記·天官書》：正月旦有麻豆之占。《天官書》云：正月旦決八風，西北戎菽為。又云，旦至食為麥食，食至日昳為稷昳，昳至餔為黍餔。至下餔為菽下餔，至日入為麻，欲終日有雨有雲有風有日。日當其時者，深而多實，無雲有風日；當其時者，淺而多實，有雲風無日；當其時者，深而少實，有日無雲風；當其時者，稼有敗如食頃，小敗熟五斗米頃，大敗則風復起有雲，其稼復起，各以其時，用雲色占種其所宜。孟康曰，戎菽胡豆也，為成也。俗又有十一番薯、十二芋頭之説，亦不知所本而往往占之，亦驗其老圃之語與。又按：《談書録》、《占歲書》，莫識來由。而其説則見於王充《論衡·物勢篇》，又見《北史·齊·魏收傳》，其言本諸晉議郎董勛，不云出東方朔，亦不及王充。又《遼史·禮志》：五馬六牛。東坡詩：人日東郊尚有梅。施注引《荆楚歲時記》，又云：三日為豬，四日為羊，與《占歲書》少異。按：《魏收傳》：魏帝宴百寮，問何故名人日，對以董勛答問禮，俗正月一日為鷄云云。亦不及八穀九麻十豆。《藝苑雌黄》：古人以正旦畫鷄於門，七日貼人於帳。《歲時記》：餘日不刻牛羊狗豬馬之象，而正旦乃畫於門，所以謹始也；七日貼人於帳，所以重人也。

天子有五解

《曲禮》：君天下曰天子。《易緯》曰：天子者，繼天治物，改正一統，各得其宜。《春秋繁露》：天祐而子之，號稱天子。《獨斷》：天子夷狄之所稱，父天母地，故稱天子。《曲禮注》：今漢於蠻夷稱天子。疏：夷狄唯知畏天，故稱天子，威之也。又許慎按：《春秋左氏傳》：施於夷狄稱天子。《白虎通》：上接稱天子，明以爵事天也。《説文》：古之神聖人，母感天而生子，故曰天子。《曲禮》復曰：天子復矣。疏：崔靈恩云：復呼天子者，凡王者皆感五精之帝而生，是天之子。今天王崩，是其精氣還復於上，呼稱天子復更生之義。匈奴謂之撐犁孤塗，《前漢·匈奴傳》：單于姓攣鞮氏，其國稱之曰撐犁孤塗單于。匈奴謂天為撐犁，謂子為孤塗。單于者，廣大之貌，言其象天單于然也。夷酋亦稱天子。《五代史·四夷附録》：沙嶺，黨項牙也，其酋曰捻崖天子。

皇帝王伯有七解

《新論》：無制令刑罰謂之皇，有制令而無刑罰謂之帝，賞善誅惡諸侯朝事謂之王，興兵約盟以信義矯世謂之伯。《風俗通》：三皇結繩，五帝畫像，三王肉刑，五霸黠巧，此步驟稍有優劣也。《孝經鈎命訣》：三皇步，五帝驟，三王馳，五霸鶩。《管子》：明一者皇，察道者帝，通德者王，謀得勝兵者霸。《白虎通》，皇者煌也，帝者諦也，王者往也，霸者伯也。阮籍《通考論》，三皇依道，五帝仗德，三王施仁，五霸行義。《中華古今注》：三皇者，三才也；五帝者，五土也；三王者，三明也；五霸者，五岳也。崔豹《古今注》：五帝五常也。《吕氏春秋》：五帝先道而後德，故德莫盛焉；三王先德而後事，故事莫功焉；五霸先事而後兵，故兵莫强焉。不言皇，亦斷自唐虞之意。

又按，三皇有四説，五帝有三説。焦孝廉《孟子正義》引邱光庭《兼明書》云：鄭康成以伏羲、女媧、神農為三皇，宋均以燧人、伏羲、神農為三皇，《白虎通》以伏羲、神農、祝融為三皇，孔安國以伏羲、神農、黄帝為三皇。明曰女媧、燧人、祝融事，經典未嘗以帝皇言之。蓋霸而不王者也。且祝融乃顓頊之代，火官之長，可列於三皇哉？則知諸家之論，惟安國為長。鄭康成以黄帝、少昊、顓頊、帝嚳、唐堯、虞舜為五帝，六人而云五者，以其俱合五帝座星也。司馬遷以黄帝、顓頊、帝嚳、唐堯、虞舜為五帝，孔安國以少昊、顓頊、高辛、唐虞為五帝。明曰康成以女媧為皇，軒轅為帝，按軒轅之德不劣女媧，何故不稱皇，而淪之入帝，仍為六人哉？考其名跡，未為允當。司馬遷近遺少昊，而遠收黃帝，其為疏略，一至於斯。安國精詳，可為定論。按：邱光庭《兼明書》所云三皇，蓋鄭玄注《尚書中候》，依運斗樞，以伏犧、女媧、神農為三皇；又云五帝：帝鴻、金天、高陽、高辛、唐虞氏為五帝；亦以六人為五帝。五霸有五説，《白虎通・名號篇》謂昆吾氏、大彭氏、豕韋氏、齊桓公、晉文公為五霸，昔三王道衰，而五霸存其政，率諸侯朝天子，天下之化，興復中國，攘除夷狄，故謂之霸也。或曰，五霸謂齊桓、晉文、秦穆、楚莊、吴王闔閭也。趙岐注《孟子》，又謂齊桓、晉文、秦穆、宋襄、楚莊為五霸。《荀子・王霸篇》又謂齊桓、晉文、楚莊、吴闔閭、越勾踐為五霸。董仲舒云：仲尼之門，五尺之童，皆羞稱五伯。是五伯當在仲尼之前，宋襄在仲尼之前，勾踐在仲尼之後。趙説本之《春秋》説。松按：宋均所云三皇《風俗通》作遂皇、戲皇、農皇。《史記・秦紀》又謂天皇、地皇、泰皇為三皇，司馬遷所云五帝，《大戴禮》、《家語》亦云。然鄭康成所云五帝，《書序》、《帝王世紀》無黃帝，《史記》、《大戴禮》、《家語》有黃帝，無少昊。《月令》又以太皞、炎帝、黃帝、少皞、顓頊為五帝。趙岐所云五伯，《左傳》五伯之霸也。《注》、《漢地理志》注亦云。然《漢諸侯王表》又謂齊桓、宋襄、晉文、秦穆、吴夫差為五霸。

余西席黎木天先生云：胡雙峯曰：三皇之號昉於《周禮》“外史，掌三皇五帝之書”，而不指其名。其次則見於秦博士有天皇、地皇、人皇之議。秦去古未遠，三皇之稱，此或庶幾焉。孔安國以伏羲、神農、黃帝為三皇，少昊、高辛、顓頊為五帝，不知果何所本。又《易大傳》、《春秋》内外傳黃帝炎帝之稱。《月令》有帝太昊、帝炎帝、帝黃帝亦足以見。先未嘗以三聖為三皇也，至宋五峯胡氏，直斷以孔子《易大傳》伏羲、神農、黃帝、堯、舜為五帝。不信傳而信經，其論始定。然三皇之號，不可泥也，則亦以天皇、地皇、人皇言之。五峯又云，黄帝、堯、舜間，又有少昊、顓頊、帝嚳，而直決以《易傳》。蓋伏羲、神農既開物而成務，黄帝、堯、舜又通變而宜民，天下後世養生送死舉無遺憾焉。誠有先天地覆載之仁，後天地生成之美，非三君比也。先儒云，人君以道治則稱皇，以德化則稱帝。唐陸贄上尊號表曰，德合天謂之皇，業配地謂之帝。皆至尊之殊號，極美之大名。故史氏定天皇、地皇、人皇氏曰三皇。定伏羲、神農、黄帝、堯、舜曰五帝也，此為定論。又《鈎命訣》五帝驟，一作五帝趨。《魏志・王肅傳》又謂帝次於皇。《傳》云：青龍中，山陽公薨，漢主也。肅上疏曰，漢總帝王之號曰皇帝，有别稱帝，無别稱皇。則皇是其差輕者也，而孫盛駁之曰，化合神者曰皇，德合天者曰帝。是故三皇創號，五帝次之。然則皇之為稱，妙於帝矣。肅謂為輕，不亦謬乎。裴松之以為上古有皇皇后帝，次言三五，先皇後帝，誠如盛言。然漢氏諸帝雖尊父為皇，其實則貴而無位，高而無民，比之於帝，得不謂之輕乎？魏因漢禮，名號無改，孝、獻之崩，豈得遠考古義，肅之所云，蓋就漢制而為言耳，謂之為謬，乃是譏漢，非難肅也。松謂松之無位無民為皇輕於帝，此説非是，夫皇帝之稱以德言，非以位言也。松之又謂帝為漢制，其意以為皇次於帝，不知自堯舜而後，夏稱帝，商周稱王，皆謙若不敢居皇之意耳。惟暴秦稱皇，漢承秦後，盡革秦敝。孔子云行夏之時，漢乃因夏之稱，亦不敢居皇之號，仍以皇重於帝。故尊父為皇，非以皇無位無民為輕於帝也。松之謂孫氏是譏漢非難肅，豈其然耶。

黄東發《日抄》曰：霸業惟齊為盛，惟晉為久，惟齊威、晉文可以言霸，世稱五霸者，非也。霸之為言，王室既衰，方伯出而攘夷狄，以安中國，齊威、晉文是也。宋襄狂愚，戕中國而結夷狄，霸之反也。秦穆、楚莊以夷狄而脅中國，霸之變也，皆不可言霸也。霸惟齊、晉，安得有五哉？松謂此説未嘗不是，然孟子嘗曰五霸桓公為盛，是世稱五霸由來已久。

家人有五解

《漢書》家人有五解。《惠帝紀》，二年春正月，有兩龍見蘭陵家人井中。師古曰，家人言庶人之家。《郊祀志》：家人尚不欲絶種祠。《馮唐傳》：士卒盡家人子。師古皆曰，庶人之家子也。則家人，庶人之家也。《齊悼惠王肥傳》：孝惠二年入朝，帝與齊王燕飲太后前，置齊王上座，如家人禮。師古注以兄弟齒列，不從君臣之禮。故曰家人，則家人兄弟也。《欒布傳》：彭越為家人時，嘗與布遊。師古注，家人，猶言編户之人也。則家人，細民也。《衛青傳》：青為侯家人。《轅固傳》：竇太后好老子書，召問固，固曰：此家人言耳。師古注：家人，僮隸之屬，則家人又僮隸也。《任文公傳》：王莽篡後，文公推數，知當大亂，乃課家人，使負物百斤，環舍趨走，日數十時。後兵寇並起，其逃亡者，少能自脱，惟文公大小負糧捷步，悉得完免，則家人又家中大小之人也。後人多謂奴婢為家人。《風俗通》：古制本無奴婢，奴婢皆犯事者。今吴中亦諱其名，謂之家人。吾友胡礪隅閲是篇云，不僅此也。《易》：家人謂父子、兄弟、夫婦也。《詩》宜其家人，謂舅、姑、姊、姒之屬也，則家人當有七解。

推轂有六解

推轂，薦舉也。西漢《鄭當時傳》：其推轂士，及官屬丞史，常引以為賢於己。注：薦舉也。《晉書・山濤傳》：濤為冀州刺史，冀州俗薄，無相推轂，濤甄拔隱屈，搜訪賢才，旌命三十餘人，皆顯名當時，又輔佐也。《燕王劉澤傳》：吕后常推轂高祖就天下，注：輔佐也。又卑下也。《武安侯傳》：魏其武安俱好儒術，推轂趙綰為御史大夫，王臧為郎中令，《索隱》曰推轂，謂自卑下之，如為之推車轂也。又儀仗也。《南史・明山賓傳》：山賓造宅，昭明太子聞築室，不就。有令曰，明祭酒雖出撫大蕃，擁旌推轂，珥金拖紫，而恒事屢空，聞構宇未成。今送薄助。此推轂與擁旗旌並題，當是儀仗之屬。又《陸厥傳》：字韓卿，少有風概，善屬文。齊永明時，盛為文章。吴興沈約、陳郡謝眺、琅邪王融，以氣類相推轂，有似愛重之意。《太平清話》：元美公云，數年甚推轂韓歐諸賢，為大雅之文，則推轂又似推尊之意。

張騫乘槎之訛

張華《博物志》：近世有人居海渚，年年八月有乘槎去來，不失期，人有奇志，立飛閣於槎上，多賫糧，乘槎而去。十餘月至一處，有城郭狀屋舍甚嚴，遥望宮中有織女，見一丈夫，牽牛渚次飲之。驚[①]問曰：此是何處？答曰：君還至蜀都，問嚴君平即知之。後至蜀，問君平曰，某年月日客星犯牽牛宿，計年月，正此人到天河時也。雜家以為八月七日事。《山堂肆考》：西漢張騫八月十三日，乘舟遊黄河，至暮誤泛入天河，見一女浣紗。騫問曰：此何地也？女授一石與騫：汝歸問成都賣卜嚴先生。騫既歸，持石問嚴君平。君平曰：此織女支機石也，汝何得來？騫告其故。君平曰：我見彼月客星犯斗牛之間。騫曰是矣，正其時也。此事一云張騫，一云海渚人；一云乘舟，一云乘槎；一云八月七日，一云十三日。恐是兩事，抑其事本一而所記異詞耶？然自來文人皆以為張騫乘槎。唐李綽《張延賞尚書故實》：文宗朝司馬天師承禎白雲車，並張騫海槎，同取入内。杜少陵詩，乘槎消息近，無處問張騫，是也，其説見於梁宗懔《荊楚歲時記》。

---

① “驚”字前有“牽牛人”三字，似刪去。

帝使張騫使大夏，尋水源乘槎見所謂織女牽牛，不知懔有何所據，乘槎大抵乘舟之誤耳。

我邑志載大洲龍船，有宋宣和遺製，洲有神，村民嚴事之。每歲旦卜珓以請，神許則舉。許之月，有巨木十數丈，浮於海。舟之長短準之，號曰龍骨，其即楂之類與。惜其時洲人無有乘之，任其漂止，以徵其異耳。按：君平乃王莽時人，張騫乃武帝時人，相去百餘年。《山堂肆考》曰：西漢張騫，豈武帝時別有所謂君平耶？《博物志》言君平不著年代，抑王莽時別有所謂張騫耶？可知書傳不必盡為有據。即如客星，《天官書》以為災星，陳眉公又云客星不祥之星。援引歷朝史傳，歷歷不爽。昔光武與故人嚴子陵卧，子陵名光，光以足加帝腹上。是夕適客星犯帝座，明日太史奏之。帝笑曰，朕與故人嚴子陵共卧耳。此光武托辭以釋諸臣之疑。其後亦不見凶應者，光武愛賢之德，足以格天也。此論似乎近理。審是則客星之名，不得以主客之客言星也。然此事《後漢書·逸民·嚴光傳》與《會稽典録》皆云然。又《爰延傳》：太史令上言客星經帝坐，帝密以問延，延上封事曰，昔光武皇帝與嚴光俱寢，上天之異其夕即見。《太平御覽》引《後漢書》亦云：帝與子陵卧，子陵以脚加帝腹，太史奏客星侵御座，子陵縮脚，客星尋退。諸書所載君平之所謂客星，似又言主客之客，且與光武之言悉合。眉公之論又似可疑，豈客星之應，有吉有凶耶？善乎李時對世宗之云也。世宗時客星見天棓旁，帝問所主事應，對曰，事應之説，起漢京房，未必皆合，惟在人君修德以弭之，帝稱善。見《明史·李時傳》。

介甫落英之誤

世傳王介甫詠菊詩，黄昏風雨過園林，殘菊飄零滿地金。蘇子瞻續之曰，秋花不比春花落，為報詩人仔細吟。因得罪介甫，謫子瞻於黄州。菊惟黄州落瓣，子瞻見之，始愧服續二句。諸書又謂歐陽永叔事。《野客叢談》：王荆公用殘菊飄零事，蓋祖於《離騷》夕餐秋菊之落英，歐公以詩譏之，荆公聞之，以為歐九不學之過。夫格物之學，談何容易。《珍珠船》：蜀有魶魚，善緣木，孟子謂緣木求魚，豈孟子亦不學耶？介甫引《離騷》秋菊落英，亦非確據，如謂天下惟黄州菊落英，屈平不曾居黄州，何以云此？

余按：《爾雅·釋詁》：落，始也。《詩》：訪予落止，落亦始也。《左傳·昭公七年》：楚子成章華之臺，願與諸公落之。又叔孫為孟鐘，饗大夫以落之。落字皆始字之意，則落英始英也。介甫原錯解落字，且餐英者，取其芳香適口，菊惟始英最佳。若殘落之英，芳香已歇，有何佳處。《西溪叢語》又云：《宋書·符瑞志》沈約云：英，葉也。《離騷》餐落英，言食秋菊之葉也。《玉函方》：王子喬變白增年方，用甘菊，三月上寅取苗，名曰玉英，則落英又菊之嫩葉與新苗也，今俗猶有以菊苗葉蘸麵、油煮為餌者。然則非歐公不學，介甫不學耳。夫《離騷》之作，其中多稱引芳潔之草木，如矯菌桂，索胡繩，朝飲木蘭之墜露，紉秋蘭以為佩，製芰荷以為衣，集芙容以為裳，擥木根以結茝，貫薜荔之落蘂。如此之類，不可覼縷。[①] 不過借草木之芬芳，寓襟懷之高潔，以抒寫其不合時宜，放謫遭憂之感耳。其行文多取譬稱喻，不離不即，原不得泥辭析字。若認以為真，殊令屈生齒冷。介甫引證落英，非善讀《離騷》者。即此便見介甫性情執拗不通，不僅不善讀《周禮》也。

余近見一諸生，嘗剪蘭花佩於襟頭，自誇倣屈原紉蘭為佩以傲世。其與介甫相去幾何哉。又按史正志《菊譜》後序，花有落有不落者，蓋花瓣結者不落，盛開之後，淺黄者轉白，而白色

① 原文眉批曰：□□之覼，陳夔石先生改“覼”作“覶”。按：《説文》：覼，好視也。《玉篇》：覼縷，委曲也。左思《吴都賦》：嗟難得而覼縷。《唐書·柳宗元傳》：秉筆覼縷。皆作覼。《類篇》：俗從爾，作覶，非。詳見《字典·見部》：夔石未之考耳。

者漸轉紅，枯於枝上，花瓣扶疏者多落。盛開之後，漸覺離披，遇風雨撼之，則飄散滿地矣。據此，菊原有落者。洪興祖《離騷補注》：秋花無自落者，當讀如我落其宔而取其材之落，皆未知菊有落花者。菊又有實可以種。《續漢書·郡國志》：南陽郡酈侯國注《荆州記》：酈縣北八里有菊水，其源悉芳，菊水極甘馨。太尉胡廣父患風羸，南陽恒汲飲此水，遂瘳。此菊莖短葩大，食之甘美，異於餘菊。廣收其實，種之東師，遂處處傳植之。按今菊無實，而菊水之菊有實，亦足奇也。

銕[1]樹花

褚石農云，星家年月支干，謂之六十花甲子者，以銕樹開花得名。此樹必遇甲子年，方開花結實。又引《碧理雜存》載：正德中，湖州王雨舟濟云，於書中曾覩此説，後官横州别駕，親見此樹，在一指揮人家圃中。其人言在我明洪武十七年、正統九年、弘治十七年，三開花矣，今當於嘉靖四十三年再花。信書中所載不誣，惜不記所覩者何書。又謂銕樹即紅豆樹，郡東禪寺中有之。天啟甲子開花，康熙二十三年甲子，其花盛開，結實累累。松謂銕樹開花不必甲子，嘗於單友人家，見銕樹高丈許，枝葉婆娑，時正開花，花綴如串、蕾紅花白，四瓣，余以罕見，為之嘆異。單云：不足異，三兩載必一花。余見花四五次矣。又於玉堂村宗家處，亦見銕樹花。宗家亦云數歲必開花一度。然其樹高不四五尺，而徑大三寸許，云是數十年物。初以為樹老則花耳，及道光壬午三月十二日於省城披云庵，又見銕樹花。其樹高不過二尺，大不踰指。釋信修云，是前歲遷種，則又不必老樹而後花矣。按：《淵鑑類函》載：吴興王濟日詢手鏡曰，余在廣西横州之馴象衛殷指揮家見一樹，高三四尺，幹葉皆紫黑色，葉小

① 原文注曰：鐵。

類石榴[①]，質理細厚，問之曰此銕樹也，遇丁卯年乃花。又與《碧理雜存》所載互異。要之，石農、雨舟所云花期，大抵偶爾相值。《七修》亦云：銕樹遇丁卯年則花開，大抵亦偶相值耳。錢簡《棲獪園》：五臺山有銕樹，定以六月十九日開花。可知銕樹花本無定期。諸説紛紛，皆不足據。方桐山《通雅》云：石帆，今之鐵樹也，生海底，出水則堅，高尺餘，色如銕。太冲賦草，則石帆水松是也。按此之所謂銕樹，即今之石花，乃別一種。

鳳尾草

廣州有鳳尾草，其本直如貫衆，無枝，高數尺，大七八寸，小亦二三寸，其葉周環，層生如傘，類狗脊草。長三四尺，深緑而競，隆冬不凋。葉正中有一脊骨，大如指。兩邊排列對出，形如松針而扁大。日正午，葉影落地，疏玲可愛。惟正中葉骨無影，此不可解。相傳鳳尾草為仙草云。方桐山《通雅》直謂：《爾雅》郭注濼貫衆為即鳳尾草，非也。鳳尾草本如貫衆耳，鳳尾草開花絶少，有種數十百年而無花者。俗云鳳尾開花，必有瑞應。松始太祖祠有一株，種十餘年。嘉慶十四年己巳始花，花大如盤，色竊黄而不香，中叢數百實。狀如鳳頭，色淡紅，一開數月。是年俗姪綸樞入泮，瑞應似不誣，自後踰年必花。花有應有不應，亦不必盡為有據。二十五年庚辰，重建祖祠，移植於祠前棄地。後祠左為魁星閣，落成後又別購二株，植於閣前。道光三年六月，三株並花，亦足異也。自後皆隔歲一花。或云，有一種與鳳尾草無別，惟葉骨有影，無花，則鳳尾草之贗也。《羣芳譜》載鳳尾草，莖柔，葉長寸餘，喜陰，見日則瘁。名同實異，此別一種。李時珍曰：貫衆一名鳳尾草，此草莖葉如鳳尾，其根

① 眉批曰：紫榴。

一本，而衆枝貫之。故草名鳳尾，根名貫衆，不言花實。而藥肆所市之貫衆，大不過寸許，從未有六七寸，大者則貫衆非鳳尾草，亦可見矣。倘亦鳳尾草之似者與？按：方宓山《物理小識》：火蕉，日照則其葉上脊縫一條無影，而兩傍垂翣者有影，月中則皆有影。燒釘釘之則茂，彼火性盛，故合日也。豈火蕉即鳳尾草固奇[①]與？《本草》金星草，《綱目》亦名鳳尾草。木亦有無影者，《淮南子》：建木在廣都，天帝所從上下處，此木日中無影。鳳尾草脊骨無影固奇，然鳳尾一小草耳。塔亦有無影者，《汝南志》：天中山有無影塔[②]，夏至日亭午無影。又有無影臺。初祖面壁庵在少林寺後天中山，有無影臺。夏至亭午，石柱無影。夫以臺塔之高且大而無影，斯更奇矣。又有木一葉百影者，《拾遺記》：瀛洲有影木，日中視之，一葉百影，花間有光，夜如列星，萬年一實，大如瓜。

歌舞岡有二

省城粤秀山呼鸞道，折而北有歌舞岡。尉陀三月三日登高處，劉龑時夾道栽花，建樓觀於其上，為九日登高，更名越井岡，見《番禺縣志》。肇慶府新興縣亦有歌舞岡，南越王佗三月三日於此登高，見《一統志》。今廣州省城，孩童與游手少年，九月九日咸會集於歌舞岡登高，放風箏以為戲劇，亦南漢之遺與。粤秀山今名觀音山，九月九為九皇神誕日。拈香拜謁，士女如雲。都人遊劇，登臨覽勝，皆於是日。今觀音山勝劇，以九日登高為最。登高尉陀以三月三日，劉龑以九月九日。今俗九月登高，南漢之遺也。松有《羊城竹枝詞》云：呼鸞古道蹴香塵，粉黛三千滿漢人。底事裙釵齊出劇，三元宮醮九皇神。粤秀山青

① 原文“固奇”字似已刪去。

② 原文眉批曰：墖，亦作“塔”，從艸，非從竹。

古木喬，重陽遊眺更逍遥。年年此日風筝會，誰得生風上九霄。九皇不知何神，按：《明史·禮志》：明初仍元制，以三月三日、九月九日，通祀三皇，三皇謂伏羲、神農、黄帝。唐玄宗嘗立三皇五帝廟於京師，今醮九皇，豈以三皇五帝。元明以三月三日、九月九日通祀，而傅會以為九皇之祀與。不然，南方尚鬼巫，而道家倡為九皇之説以惑俗，俗崇信之，醵金以為醮。蓋淫祀之屬，而非祀典之正矣。

蟹泉有二

番禺北亭之南有蟹泉。深三尺許，雖亢旱，頻汲不竭。味甘滑，泉在路旁。左為魚池，右為溪坑。而泉底高於坑池水面七八寸，亦勝跡也。蒲陽壺公山亦有蟹泉，在嵌巖之側，一杖大，可容臂，其源常竭，求涓滴不可得。州縣遇旱暵，即遣吏齋沐，置浄器於前，以茅接之，泉乃徐徐引出，滿器而止。有一蟹大如錢，色紅可愛，緣茅入器中，戲泳俄頃乃去。若遇蟹出，雨必霑足。見彭乘《墨客揮犀》。此以蟹名泉，義有所取。按：《番禺縣志》：泰泉，昔景泰禪師於城北棲霞山卓錫得泉，泉初湧出，雙蟹出焉，此亦可謂之蟹泉。若北亭之泉無蟹，何以謂之蟹泉？或曰蟹口噴水，晝夜不歇，此泉出水如蟹耳。壺公蟹泉，旱禱蟹出，雨必沾足，蟹水物，故出以示其兆。猶之滁州西南豐山中柏子潭龍祠，旱禱輒應，既禱，或魚躍，或黿鼉浮，皆為雨徵也，見《明史·楊元杲傳》。

大行

大行，官名。《韓非子·外儲説篇》：管仲曰：登降肅讓，以明禮待賓，臣不如隰朋，請立為大行。《史記·孝景本紀》：

中六年，更命大行為行人。《索隱》曰：韋昭曰：大行，官名。秦時云典客，景帝初改云大行，後更名大鴻臚，武帝因而不改。又禮官名，《外戚世家》：王夫人知帝望栗姬，因怒未解，陰使人趣大臣立栗姬為皇后。大行奏事畢曰，子以母貴，母以子貴。今太子母無號，宜立為皇后。景帝怒，遂案誅大行。《索隱》曰：大行，禮官。又以為皇帝賓天之名。《李斯傳》：始皇崩，趙高欲矯詔立胡亥。胡亥喟然嘆曰，今大行未發，喪禮未終，豈宜以此事干丞相哉。漢代因之。《灌夫傳》：而案尚書大行無遺詔。《正義》：天子崩曰大行也。韋昭曰，大行不返之辭，崩未有謚，故稱大行，行又作去聲。《穀梁傳》曰：大行受大名。《風俗通》：天子新崩，未有謚，故且稱大行皇帝。又見《安帝紀》注。按：漢人臣死亦曰大行。《韋玄成傳》：玄成父死，家丞上書言大行，以大河都尉元成為後。今專用以為帝崩之名，臨文亦諱言矣。然漢孔鮒《小爾雅》亦云：諱死謂之大行，不實指為天子崩之稱。漢承秦後，諸制多因於秦，而大行之名，臣亦得而稱之，不盡因乎秦也。遠行亦曰大行。《左傳・哀公二十六年》：臣是以不獲從君，克免於大行。安步徐行亦曰大行。《前漢・揚雄傳》：君子得時則大行，失時則龍蛇。師古曰，大行，安步徐行也。愚謂此大行，則即《孟子》“雖大行不加”之大行，非徐行，師古説非。天子獵亦曰大行。《唐書・楊復恭傳》：昭宗欲示天下以儉，問游幸費，復恭對曰，懿宗以來，每行幸，無慮用錢十萬，金帛五車，凡獵曲江溫湯曰大行，從獵宮苑中曰小行，從詔減半。

司空

宋吴荆溪《林下偶談》：《白虎通》司空主土，不言土言空者，謂空者尚主之，何况於實，以微見著也。漢儒之謬如此，可發千載之笑。松謂古者穴居野處，空字从穴从工，用工穴土以為居也。《書》：伯禹作司空。《周官》：司空掌邦土，不忘其初也，故司空之職掌，居四民時地利。《韻會小補》：秦人呼土窟為土空。楊升菴謂空入聲，音窟。古者穴地穿崖而居，謂之土空。司空官名，居四民時地利也，故曰司空。《周禮》注：司空，主國空地以居民，空地，即窟地也。天上星有土司空，亦映地之土穴。按《字典》司空之空，平聲，枯公切，不音窟。

或問《虞書》九官之命，司空為首，《周官》六卿分職，司空居後者，何也？松謂：洪荒之世，民多巢處，故水土既平，奠厥民居，莫此為先也。大定之後，鄉田同井，故順時興利。四民之居，不妨在所後也。司空又獄官名。《周禮·大司寇》：桎梏而坐諸嘉石，役諸司空。《史記·灌夫傳》：上使御史簿責魏其所言，灌夫頗不讐欺謾，劾繫都司空。《索隱》曰：案《百官表》：宗正屬官，主詔獄也。又獄名。《禮記》疏：圄圄，魏曰司空。方桐山《通雅》：《説文》：獄，獄[1]司空也。息兹切。郎瑛載司空為獄名，司空官名，獄乃司空之獄也。又縣名。《前漢·地理志·京兆縣十二》，其三曰船司空。注：縣名。《水經注》：又南歷船司空與渭水會，今華陰縣東北五十里，有船司空故城。

泥

人飲酒過醉，昏睡不醒，俗謂之醉如泥。按泥非泥沙之泥，蟲名也。宋張邦基《墨莊漫録》：南海有蟲，無骨，名曰泥，在水則活，失水則醉如一堆泥，然《五國故事》：偽閩王王延慶為長夜之飲，因醉屢殺大臣，以銀葉作杯，柔弱如冬瓜片，名曰醉如泥。酒既盈，不可不[2]置杯，唯盡乃已。此俗語之所本。杜甫

① “獄”字疑衍。

② “不”字原文似删去。

詩：先拚一飲醉如泥。則唐時已有此語。今廣州有鼻涕蟲，色淡白，長寸許，生陰濕處，周體皆涎。得水則活，失水則涎乾，不能行，如一抔泥。然俗不識其名，以其多涎如涕，故謂之鼻涕蟲。豈即古之所謂泥者耶？然細按泥，張氏云，南海蟲，而鼻涕蟲所在多有，泥亦非鼻涕蟲也。黎木天先生云，泥居泥水之中，半在泥下，半在泥水上，細如紅絲綫。又名紅綫蟲，出水則成泥，無復紅色，蓮盤中多有，若鼻涕蟲，即無壳蝸牛。一名蚰蜒，入水則死，斷非泥之蟲也。鼻涕蟲一名蛞蝓，《説文》：附蠃，背負殼者曰蝸牛，無殼者蛞蝓。《本草》一名陵蠡，一名託胎蟲，一名鼻涕蟲。木天先生云鼻涕蟲非泥，是矣。然謂為紅綫蟲，亦有可疑。紅綫蟲不生海中，若蓮盤多有。張氏不必云南海蟲矣。《字典·水部》泥字注：又蟲名，出東海，得水則活，失水則如泥。此又云出東海，與張説異。松按：《通雅·蟲部》云：五色綫言南海蟲無骨曰泥，因以一日不齋醉如泥，謂如此蟲。宋人拘泥可笑，據此當是南海之蟲。然方氏意，不以泥為蟲矣。又按：《爾雅·釋獸》：威夷長脊而泥，注：泥，少才力。人飲至醉，不知人事，何有才力，亦如威夷之泥與。威夷，《説文》作委虒，虎之有角者也。又《續博物志》：泥壁未乾，揮涕其上，陰雨中化為蟲，狀如蚓，此即今之鼻涕蟲。然今鼻涕蟲，皆生陰濕下地，無生於壁者。又與《志》異，馮秦洲先生云：按：無骨之蟲，在水則活，失水則如一堆泥者，海中之水母似之。

猾

猾，海獸名。《正字通》：猾無骨，入虎口，虎不能噬，處虎腹中，自内嚙之。則猾者，虎心腹之患也。夫漢徙五部匈奴於汾晉，其後晉有劉石之難。遷鮮卑於幽州，其後中原有慕容之僭。與夫禄山漁陽之亂，土達滿四之變。其患皆生於内嚙，猶之猾處虎腹，内嚙而虎自斃也。故《書》曰蠻夷猾夏。又獪詐也，揚子《方言》：凡小兒多詐而獪，或謂之猾。山獸又曰猾。《山海經》：堯光之山有獸焉，狀如人面，彘鬣穴居而冬蟄，名曰猾。見則縣有大繇，若取以為猾賊狡猾之喻，則非此猾，而為海獸之猾矣。

稱臣之嫌

《西都賦》周翰注：臣者，男子之賤稱，古人謙退皆稱之。故樊於期見荆軻稱臣，樊噲見淮陰侯稱臣，漢初人對人多自稱臣。自文景以後，天下已定，名分稍立，此風漸衰。而賈誼《新書》有尊天子，避嫌疑，不敢稱臣之説。《王子侯表》有利侯釘，坐遺淮南王書稱臣，棄市。《功臣侯表》平安侯鄂但坐與淮南王女陵通，遺淮南王書稱臣盡力，棄市。皆在元狩元年。今制漢官在上前奏對稱臣，本章劄子稱臣，而俗士人印章多刻臣某某印，毋乃不知避嫌而自速戾與？後生小子，當以為戒。慎毋從俗好尚，干犯名分，伊戚自貽，往事足鑒也。

稱駕不嫌

唐制：天子行曰駕。今仍其制，而士人書帖往來，輒稱駕上。文駕、台駕、尊駕。婦人亦曰蓮駕，殊屬僭踰。今天子錫予羣臣曰賜，而俗謝人饋送亦曰蒙賜，資人訓誨曰賜教，皆不避嫌，俗忸忕而莫之察耳。

教官對本

今督撫奏摺本章抄寫恐有訛謬，每委教官對白。松業師莫善齊為番禺司訓，為人詳密謹慎，奏摺對白每多委之。松嘗請諸師曰，對本有事例乎？師曰無事例，近十餘年始有是委耳。初時晨早自飯，上衙對本，日晡乃歸，腹甚飢，亦不得食。今大人優厚，每設早晚膳，率四盤一羹，午則共茶食點心，不用自飯也。松考之前古亦無此事例，惟宋時州郡表奏書啟，皆委教授撰詞，《容齋四筆》云：所在州郡相承以表奏書啟，委教授因而餉以餞酒，予官福州，但為撰公家謝表，及祈謝雨晴文，至私禮箋啟小簡皆不作。然遇聖節樂語，嘗為之。因又作他用者三兩篇，每以自愧。今教官對本是其遺意，然則宋時州郡私禮箋啟小簡皆委教授，無怪容齋每以自愧也。今惟奏摺本章上陳殿陛，不敢不謹，始委教官，其尊師重道之意，猶為遠勝昔時。

巡司無城

《日知録》云：秦制十里一亭，十亭一鄉。以今度之，必有居舍，如今之公署。又云《漢書注》云：亭有兩卒，一為亭父，掌開閉掃除。一為求盜，掌逐捕賊盜，是也。又必有城池，如今之村堡，今福建廣東凡巡司皆有城云云。松按：今巡司，即如我邑茭塘、沙灣、鹿步諸司皆無城，即南海、順德各巡司，亦未嘗有城，豈明末國初固有城，後廢而不脩復耶？然不應至今盡廢而無一存也，即故老相傳亦不聞巡司之有城也。顧氏云福建、廣東凡巡司皆有城之説，以今按之，恐未必然。按：《明史・周德興傳》：洪武十九年，德興以副將軍從楚王楨討思州五開，威震諸蠻，定武昌等十五衛，歲練軍士，決嶽山壩以溉田，楚人德之，還鄉無何，帝謂德興建功未竟，卿雖老，勉為朕行。德興至閩，按籍僉練，得民兵十萬餘人，相視要害築城一十六，置巡司四十有五，海防之策始備。顧寧人所謂巡司有城者本此。然築城少而巡司多，無怪今之巡司無城也。又按巡司即巡檢司，始於明洪武八年初，甌括間有隙地曰談洋，為鹽盜藪，劉基奏立巡檢司守之，是巡檢司之設，本為鹽務，而責司捕盜，今不殊昔也。

人生物異

我邑儒醫何容佩先生云，嘗見一人病咳嗽，嗽痰中輒有石子數枚，如豆大，或白或黄，云未經見，後據脈治之，投清劑而愈。嗽中有石，此為奇矣。然其病也猶未足奇。《情史》載，至元間，松江府庠生李彥直，小字玉郎，與張女麗容，小字翠眉娘者情好，將婚，會本路參政阿魯台諂右丞相伯顏選麗容以獻，已發，麗容縊於舟中，焚其尸，惟心不灰，中有一小物如人形，大如指，堅如玉，宛然一李彥直也。又昔有一商，美姿容，泊舟於西河下，岸上高樓中一美女相視月餘，兩情已契，弗得遂願，其後商去，女相思死。父焚之，心中有一物，不毁如鐵，出而磨之，照見其中有舟樓相對，隱隱如有人形。《桐下閒談》云：梁溪一女，與某士有私，久之士不至，女思之成疾死，後焚之，心堅不化，碎之，中有男女交構狀，如春畫然。又有婦人性好山水，日日臨窗玩視，遂成心疾，死而焚之，惟心不化，其堅如石。波斯重價購去，鋸成片，每片皆光潤如玉，中有山水樹木，如細畫然。心中有物，如金、如銕、如玉、如石，此又奇矣。然精神所注，形為之留耳。

《堅瓠·壬集》載，隆慶中武林婦人柳凝翠，愛遊西湖，遂窮其勝，歸而有孕。後産一毬，堅不可破，家人怪之，懸之簷前。適有安南人過，見以厚價鬻之，隨以鋸分作數片，視之皆西湖景也。猶未也。陳眉公《見聞録》所載，耳中所得諸物，不關患病，不由神注，斯則大奇。無錫周子文言無錫有談揄，號十州，一日偶挖耳，耳中忽得銀一小塊，重一分四釐。是年肉價稱是，買一斤肉食之。祝枝山《志怪録》云：往年葑門一媪，年逾五十，令人剔其耳，耳中得少絹帛屑，以為偶然遺落其中。已而每治耳必得少物，絲花、穀粟、稻穗之属，為品甚多，殆大駭怪，而無如之何，亦任之，且每收貯之，年七十有八而卒。算其所得耳物，幾一斛焉。永樂中吴城有老父，偶治耳，耳中得五穀、金銀、衣服、器皿等諸物，凡得一箕，後更治之，無所得。視其正中有一小木校椅，製精妙，椅上坐一人，長數分，亦甚精氣，其後亦無別異。又《魏略》曰：高辛氏有老婦，居王室，得耳疾，挑之乃得物，大如繭，婦人盛瓠中，覆之以槃，俄頃化為犬。其文五色，因名槃瓠。《後漢書・南蠻傳》注引之。人之一身，可驚可怪之事，何所不有，然此不可以理窮究者矣。按：《龍興慈記》云：張玉基，吴郡舊治也，大亂後百餘年忽有三異。其一男子陰囊大如斗，號浪蕩子。陝西大商識為至寶買去，俟其死，破囊得二玉碗，世所絶無。陰囊有玉碗，更不可以理窮。而亦有識之者，則非理之所無，但幽隱難知耳。

木出奇音

趙璘《因話録》云：都堂南門東道有古槐，垂陰至廣，相傳夜深聞絲竹之音，俗謂之聲音樹。初疑為鬼物所憑，後讀陸深《古奇器録》云：余尚書靖，慶曆中知桂州，境窮僻處，有林木，延袤數十里，每至月盈之夕，輒有笛聲發於樹中，甚清遠。土人云聞之數十年，終不詳其何怪也。公遣人尋之，見其聲自大栢木中出，乃伐取以為枕，笛聲如期而發，凡數年。公之季弟欲窮其怪，命工解視之，但見木之文理，正如人月下吹笛之像，雖善畫者不能及。重以膠合之，不復有聲。始知天地生物之奇，多不可以理測，聲音樹即當類此。惜當時未有人欲窮其怪，命工解而視之耳，使解而視之，其木紋理又不知作何像矣。

又按：《洞冥記》：有風聲木，云太初三年，東方朔從西那國還，得風聲木十枚，實如細珠，風吹枝如玉聲。有武事，則如金革之響；有文事，則如琴瑟之響。上以枝賜大臣，人有病則枝汙，將死則枝折。又《隴蜀餘聞》云：明萬曆二十年，鞏縣東路旁聞仙樂，細聆之，聲出樹中一匠，欲窮其怪，揮斤斫之，樂聲自飛去。按：《耳談》云：萬曆丁酉，河南鞏縣大路，有木匠持斧往役於人，憩樹下，忽聞鼓樂聲，不知其自，諦聽之，乃出樹中，遂將斧擊樹數下，其内曰不好不好，必斫進來矣，匠重加斧。乃有細人長三四寸，各執樂器自樹中出，地上猶自作樂數疊，時來者停車馬皆見，乃仆，他衆以聞官。此即《餘聞》所載，記有詳略耳。

卷之二

摺扇

《太平清話》：宋朝握團扇，其摺疊扇，一名撒扇，自明永樂朝鮮貢始。《堅瓠集》：摺疊扇，一名聚頭扇，僕隸所執，取其便於袖藏，以避尊貴者耳，元時東夷始以入貢。明永樂間，稍效為之，後則流行浸廣，而團扇幾廢。則摺扇已見於元代，非始於明永樂。

按：宋張世南《游宦紀聞》：世南家嘗藏高麗國使人狀數幅，乃宣和六年九月，其國遣使金紫光禄大夫檢校司空知樞密院事上柱國李資德，副使太中大夫尚書禮部侍郎柱國賜紫金魚袋金富轍，至本朝謝恩，私覿之物，則松扇三合，摺疊扇二雙云云。則折疊扇，宋徽宗時高麗已貢。又東坡嘗謂，高麗白松扇，展之廣尺餘，合之止兩指，亦即此扇也。是摺扇更不始於元代。要之，摺扇之制，創自夷人，而中土效之，明永樂盛行之耳。夫摺扇雖便於用，然未免有衣冠降僕隸之嫌，昔王逸少為戢山老姥書扇，王珉姨婢贈珉扇，蘇老泉扇詩。東坡為春夢婆魯生書扇，皆團扇之類，非摺疊扇。今俗士君子好持白絹團扇，扇面書名家畫字，最為雅觀，最為近古。按：崔豹《古今注》：五明扇，舜所作也，既受堯禪，廣開視聽，求賢人以自輔，故作五明扇。據此扇之制始於舜。

戒指

今俗：人有可悔可戒之事，慮其遺忘，以金銀作環，約於指間，使觸目警心，以示不忘，謂之戒指。戒指云者，非以戒其指，環著指中，指在目前，視指知戒也。《酉陽雜俎》：長安貧兒鏤臂詩：昔日已前家未貧，苦將錢物結交親。如今失路尋知己，行盡關山無一人。戒指即鏤臂遺意。按：《宋史・外國・三佛齊傳》：國中文字用梵書，以其王指環為印，則戒指由來已久，然不始於宋也。南宋西南夷阿羅單國，元嘉七年，遣使獻金剛指環。又天竺迦毗黎國，元嘉五年，猷金剛指環、摩勒金環等物，然不始於南宋。《西京雜記》：高帝戚姬以百鍊金為彄環，照見指骨，上惡之，以賜侍兒，鳴玉曜光華各四枚。然亦不自漢始也。《詩》注：古者后妃羣妾以禮進御於君，女史書其月日，授之以環，以進退之。生子月辰，以金環退之。當御者，以銀環進之，著於左手，既御者著於右手。又謂之手記，事無大小，記以成法。《太平御覽・服用部・指環》引《春秋繁露》：紂刑鬼侯之女，取其環，此則戒指之始。據此，指環外國以為手飾，而中土則本為婦人之飾，今男子亦用之。按：《後漢書》：孫程等十九人立順帝有功，各賜金指釧環。此當是男子用戒指之始。

今男子戒指多以黃金為之，蓋以備一時倉卒緩急之需，非但以為指飾博觀美也。按：外夷結婚多用指環，《西戎傳》：大宛國人深目多鬚，娶婦以金同心指環為聘。又《胡俗傳》：始結婚姻，相然許，便下同心金指環。又《外國雜俗》：婦許婚，下同心金指環，保同志不改。然《梁書・丁貴嬪》：武帝鎮樊城，嘗登樓，望見漢濱五彩如龍，下有女子臂跳脱，則貴嬪也，帝贈以金指環，納之，時年十四。是以金指環聘女，不惟外夷。又按：指環之制，不必金銀。《拾遺録》：吴王潘夫人以火齊指環挂石榴枝上，因其處起臺，名環榴臺。時有諫者云：今吴蜀争雄，環榴之名將為妖乎？權乃翻其名曰榴環臺。今俗豪富婦女指環有以火鑽珍珠鑲銜者，潘夫人之遺也。

證龜成鼈

俗語“十人證龜成鼈”，其來已久。《東坡志林》：晉武帝欲為太子娶婦，衛瓘曰，賈氏有五不可，青黑短妬而無子，竟為羣臣所舉娶之，竟以亡其不可。婦人黑白美惡，人人知之，而愛其子欲為娶婦。且使多子，人人同也。然至其惑於衆口，則顛倒錯謬如此。俚語“證龜成鼈”，此未足怪也。以此觀之，當云證龜成蛇，小人之移人也，使龜蛇易位，而况邪正之在其心，利害之在歲月後者耶。證龜成鼈，宋時已有此諺。

省油燈盞

俗謂人多智刻毒曰不是省油燈盞。鄉不知所謂。後讀《老學菴筆記》：“宋文安公集中有《省油燈盞》詩，今漢嘉有之，蓋夾燈盞也。一端作小竅，注清冷水於其中，每夕一易之，尋盞為火所灼而躁，故速乾。此獨不然，其省油幾半，邵公濟牧漢嘉時數，以遺中朝士大夫。按：文安亦嘗為玉津令，則漢嘉出此物，幾三百年矣。”始知省油燈盞乃唐時物，俗謂不是省油燈盞者，喻其利害而為物耗也。凡俗諺多有出處，第人未之考耳，未可遽嗤其俚也。

指書

指頭書，始於宋司馬温公。温公私第在縣宇之西北數十里，質樸而嚴潔，去市不遠，如在山林中。廳事前有棣花齋，乃諸弟子肄業之所也，轉齋而東，有柳塢，水四環之，待月亭，乃竹閣西東水亭也。巫咸榭，乃附縣城為之，正對巫咸山，後有賜書閣，貯三朝所賜之書籍。諸處榜額，皆公染指書。其法以第二指尖抵第一指頭，指頭上節微屈，染墨書之，字亦尺許大。如世所見公生明字，惟巫咸榭字差大爾，見馬永卿《懶真子》。今俗文人亦有擅長指書者，其用指之法，亦如温公，温公，指書之祖也。

左書

羊城太平門内扇肆，有一士人鬻字，書法用左手，余童時見之。又南海庠生羅嘯巖晦平先生，工詩文書法，能左手書左右行草，飛舞如龍蛇，書左右楷字尤佳。余族姪孫提督湖南學政同新，一字矩亭，父號左垣，其家祠額曰左垣家塾，是其筆也。嶺南多善書，而嘯岩先生之左手書法，當為古今冠絶。後讀陸務觀《老學菴筆記》：伯公通直，字元長，病右臂，以左手握筆，而字法勁健過人，宗室不微亦然，然猶是自幼習之。梁子輔年且五十，中風，右手不舉，乃習用左手，逾年，作字勝於右手。按：《南史》：齊臨川王映工左右書，左右射，則固有先之者矣，而嘯岩先生左右皆能書行楷左字，則古未之有也，不獨書法，作畫亦有用左手者。《筆記》又云：趙廣，合淝人，本李伯時家小史。伯時作畫，每使侍左右，久之遂善畫，尤工作馬。建炎中陷賊，賊聞其善畫，使圖所虜婦人，廣毅然辭，脅以白刃，不從。遂斷右手拇指，遣去。而廣生實用左手，亂定，惟畫大士觀音而已。今士大夫所藏伯時觀音，多廣筆也。又有無手，縛筆於臂而書者。崇貞間，有朱士鼎者，起家武進士，為巡江都司，城陷被執，賊愛其勇，欲大用之，士鼎戟手大駡，賊斷其右手，乃以左手染血灑賊。賊又斷之，不死。賊退，令人縛筆於臂，能作楷字，見《明史·郭以重傳》。又有雙手能寫二牘者，伊世珍《琅嬛記》：黄華者，雙手能寫二牘，或楷或草，揮毫不輟，各自有意。又云當時有絳樹，一聲能歌兩曲，二人細聽，各聞一曲，一字不亂。又疑其一聲在鼻，境不測其何術，則奇之又奇也。余謂黄華二牘，絳樹兩歌，真確對也。

馬肝可食

馬肝，《論衡》云：氣勃而毒盛，食走馬肝殺人。俞琰《席上腐談》：馬病死者，不可食，食之殺人，而肝為甚。《醫書》：馬火畜，有肝而無膽，水臟不足，故食其肝者死。《封禪書》：上曰文成食馬肝死耳。漢文帝嘗云：食肉不食馬肝，未為不知味，皆謂其能害人也。而《刺客傳》注，《索隱》曰：燕太子共荆軻乘千里馬，軻曰馬肝美，即殺馬進肝。然則馬肝乃嘉饌，非殺人。又《倉公傳》：齊淳于司馬曰：我之王家食馬肝，食甚飽。則信乎馬肝為嘉饌，非殺人。大抵走馬死馬，其毒在肝，故殺人耳，非凡馬肝皆殺人也。韋昭曰：今人食馬肝者，合芍藥而煮之，意者昔人之①食馬肝，皆以芍藥制其毒與。

牛牙無用

今俗謂人作事愚戇曰牛牙。初不知所謂，偶道聽老農閒談，牛之一身，皮毛血骨，皆適世用，惟牙無所用耳。余詢之，老農云：牛骨火而為灰，以糞秧田，麻雀螃蜞不敢近。牛牙既不可刻鏤為器，火之又不灰，農之糞田，須摘去牛牙。若雜以牙灰，則苗立槁。始知牛牙乃不中用之寓言。老農又云，凡問牛之年，則

① “之”字原文似删去。

觀其牙，牛大率五歲始生牙。牙生必雙，六歲四牙，七歲六牙，八歲八牙，牛牙雖多，數不過八。牛牙皆方，牙中生暈，謂之影，九歲則初生二牙生影，影中凸起圓滄，謂之珠；十歲則二影起珠，旁二牙又生影，謂之二珠二影；十一歲影又生珠，旁二牙又生影，謂之四珠二影；十二歲影又生珠，謂之六珠二影；十三歲則八牙皆珠，而初珠之牙又漸凹，俗謂為困，謂之六珠二困。循環而生，如影珠然。於是十四歲四珠四困，十五歲二珠六困，十六歲八牙皆困。而初困之牙中又穿孔，謂之六困二穿；十七歲四困四穿，十八歲二困六穿；十九歲八牙皆穿，而牛老矣。若草料豐足，不竭其力，其牙或歲半，或兩歲，始一變，三十歲而牛始老。良牛二牙便可耕犁，八穿之後，越八九年，力尚可用。劣牛不過十餘載，不堪矣。據此牛牙無用於人，而有用於相牛者矣，豈非無用之用邪？

按：《相馬經》：秣馬之法，必視其齒，歷勞逸而調息之。馬四年而兩齒，五年而四齒，六年而六齒成矣，七年而右齒缺，八年而上下兩邊各一齒缺，九年而上下盡缺，十年而下兩齒齨，十一年而下四齒齨，十二年盡齨，十三年下二齒平，十四年下四齒平，十五年下盡平，十六年上兩齒齨，十七年上四齒齨，十八年上盡齨，十九年上兩齒平，二十年上四齒平。年之長少，惟馬齒最準。故人自謙曰犬馬之齒長矣，據此是相牛馬皆以齒。然按犬之長少不以齒，惟牛以齒，人自謙當云馬牛之齒長也。

按：《酉陽雜俎》：相牛法，三歲二齒，四歲四齒，五歲六齒，六歲以後，每一年接脊骨一節，生齒之年數，與老農所説異。齨，《字典·齒部》齨字注：《説文》：老人齒如臼也。一曰馬八歲齒齨也，與《相馬經》異，《相馬經》：馬十年而齒齨。《雜俎》相牛法又云：岐胡有壽，膺匡欲廣，毫筋欲橫，蹄後筋也。常有聲，有黃也，角冷有病，旋毛在珠泉，無壽，睫亂觸人，銜烏角偏，妨主，毛少骨多，有力，溺射前，良牛也，踈肋，難養也。《通雅·獸部》引《相牛經》曰：璧堂欲闊，蘭株欲大，陽鹽欲得廣。陽鹽，夾尾前兩膁上也。璧堂，脚股間也。

是相牛之老穉乃以牙，而相牛之美惡，則不在牙也，則信乎牛牙之無用也。

剪桐封弟有二説

《史記·晉世家》：成王與叔虞戲，削桐葉為珪，以與叔虞曰，以此封若。史佚因請擇日立叔虞，成王曰，吾與之戲耳。史佚曰，天子無戲言，言則史書之，禮成之，樂歌之。於是遂封叔虞於唐，故曰唐叔虞。《梁孝王世家》：楮少孫曰：景帝與王燕見，侍太后飲，景帝曰千秋萬世之後傳王，太后喜説。竇嬰言曰，漢法之約，傳子適孫，今帝何以得傳弟？景帝默然，太后意不説。故成王與小弱弟立樹下，取一桐葉以與之曰，吾用封汝，周公聞之，進見曰，天王封弟甚善。成王曰，吾直與戲耳。周公曰，人主無過舉，不當有戲言，言之必行之，於是乃封小弟以應縣，是後成王没齒不敢有戲言。一云封唐，一云封應，一史佚曰天子無戲言，一周公曰人主不當有戲言，二説不同。《索隱》曰：應亦成王之弟，别有所見，故不同與。余西席黎木天先生云，剪桐封弟，二説不同，而戲言俱經前人駁議。若當封，不因戲言，請之可也。若不當封，因其戲而遂實之，是成君之過，何以為大臣，故識者無取焉。後世又有以破桐葉而戮親者。《唐書·李泌傳》：德宗在鳳天，詔赴行在，時李懷光叛。歲又旱蝗，議者欲赦懷光。帝博問羣臣，泌破一桐葉，附使以進曰，陛下與懷光，君臣之分，不可復合，如此葉矣。於是不赦。此與成王翦桐，不可同日語矣。

採薇餓死有四説

汲冢《周書》：武王十三年渡河，伯夷、叔齊叩馬而諫，武王不聽，去隱於首陽山。或告伯夷、叔齊曰，胤子在郝，父師在夷，奄孤竹而君之，以夾煽王燼，商可復也，子其勉之。伯夷、叔齊曰，此非吾事也。曰然則叩馬而諫何為？曰為萬世君臣也。曰然則今何為？曰有死耳。曰有死而何以採薇為？天下周之天下，則山亦周山也，薇亦周薇也，採薇而食，無乃欲死而求生乎！遂餓而死。《南史·明僧紹傳》，齊建元元年，帝與崔思祖書，令僧紹與慶符俱歸。僧紹曰，不食周粟，而食周薇。古猶發議，正本於此。此一說也。

《古史考》：夷、齊採薇而食，野有婦人謂之曰，子義不食周粟，此亦周之草木也，於是餓死。劉孝標《辯命論》：夷、齊斃淑媛之言，蓋謂此也。此又一說也。

《三秦記》：伯夷食薇三年，顏色不異。武王戒之，不食而死。此又一說也。

《烈士傳》：武王伐紂，夷、齊不從，去隱於首陽山，不食周粟，採薇而食，採葛為衣，時王摩子入山，難之曰，君不食周粟，而隱周山，食周薇，奈何？二人遂不食薇，經七日，天遣白鹿乳之，數日夷、齊私念此鹿肉，食之必美。鹿知其意，不復來，二子遂餓而死。此又一說也。

松按：《烈士傳》，摩子既云周薇，夷、齊遂不食，然則鹿非周鹿耶？或曰，鹿為天遣，則非周鹿。然夷、齊又曷知其為天遣，既知其為天遣，而尚動食肉之念耶？飲其乳而不足，又欲食其肉。夷、齊直一貪饕之夫耳，曷足義耶，荒唐孰甚！又韓子《通解》曰：伯夷哀天下之偷，且以彊，則服食其葛薇，逃山而死。據此伯夷不但食薇，又食葛也。

《御覽·百穀部》引《爾雅》：虋，赤苗；芑，白苗。注：犍為舍人曰是夷、齊所食首陽草也。是夷齊又食虋芑也。

或曰，《詩·唐風》：采苓采苓，首陽之巔。次章：采苦采苦。三章：采葑采葑。傳：苓，大苦也，即甘草；苦，苦菜也，即堇荼，如飴之荼；葑，菜名也。則首陽尚有苓、苦、葑三菜，不惟薇也，夷、齊胡不采之而食也？

松按：《史記正義》：首陽山凡五所，王伯厚考曾子書以為在蒲坂，舜都者得之。宋氏翔鳳《四書釋地辨證》曰：《詩·唐風》采苓采苓，首陽之巔，此指偃師首陽，非夷、齊餓死之首陽也。大抵夷、齊之首陽，止有薇蕨耳。若偃師之首陽，則有苓、苦、葑而無薇。此又足證《唐風》之首陽，非夷、齊之首陽也。

一説薇者蕨之萌也，屈氏翁山《廣東新語·艸語》：蕨以雷鳴出土，乘怒氣厥然而生，故曰蕨。其萌薇也，初生萌甚微，故曰薇。或謂蕨以猿啼而生，每猿一聲，蕨生萬莖。故食蕨能使人悲。夷、齊食薇三年，顏色不改，蓋薇美而蕨惡。故昔人多採薇，而少採蕨。據此，夷、齊蕨亦不食也。

松按：薇，陸璣疏，山菜也，莖葉皆似小豆，蔓生，味亦如小豆，藿可作羹，亦可生食。蕨，《釋草》注：江西謂之鼈。《説文》：鼈也。《釋文》亦作鼈。《齊民要術》引《詩義疏》：蕨，山菜也，初生似蒜，莖紫黑色。二月中高八九寸，老[①]有葉，瀹為茹，滑美如葵。三月中，其端散為三枝，枝有數葉，葉似青蒿，而麤，堅長不可食。是薇與蕨生狀迥自懸殊，原是兩菜。屈氏謂蕨初生萌甚微，故謂之薇，謂薇、蕨為一菜，似屬附會。或問西山餓夫不食周粟，有之乎？程子曰，不食周禄耳。此説最好。

《吕氏春秋·季冬紀·誠廉篇》又謂：夷、齊如周，至岐陽，而文王歿矣。武王使周公盟膠鬲，使召公盟微子開，夷、齊去之，至首陽餓焉。此與正史所載殊異。

豆角

嶺南蔬品，有豆角，蔓生，五六月開小白花，如小蛺蝶，花心出豆角，如雙箸垂，長尺許，青緑可愛，味極甘美。初不知以

① “老”字原文似刪去。

角名豆之自，偶閱梵文，其敘五果，棗杏等謂之核果，梨奈等謂之膚果，椰子胡桃等謂之壳果，松子栢仁謂之檜果，大小豆等謂之角果，始知今日之所云豆角，實角果之一種。然凡豆皆謂之角，今止豆角謂之角，餘豆不謂之角，豈豆角原非中土蔬耶？夫角者莢也，凡豆實皆有莢，故謂之角。魏張揖《博雅·釋草》：豆角謂之莢，其葉謂之藿，則豆角之來中土，亦已久矣。

松謂：凡麋鹿牛羊諸獸，角皆雙生，而諸豆惟豆角雙生，故名耳。李時珍曰，豇豆，蔓生，花紅白兩色，莢白紅紫赤斑駁數色，長二尺，開花結莢，兩兩並垂，豆子微曲，象人腎形。所謂豆為腎穀，宜以此當之，豇豆即豆角也。

按：今我廣州豆角有三種，一種青色，長尺餘而圓，名青豆角；一種或紅或綠，長尺太半如二尺，狀扁而大，半倍於青豆角，味美而軟熟，多種於羊城之西膏腴之地，名西園豆角；一種長不及尺，扁而競，有微茸，味亦佳，出於八九月，名八月角。三種之中，西園為最。我廣官厨，最重此蔬。古老云，豆角新出，遇有官宴，厨人訪買，兩莢輒值洋銀一大圓云。

豇豆，又名䜌䝅，李時珍曰，此豆紅色居多，莢必雙生，故有䜌䝅之名。又有䔲豆，《古今注》一名治豆，葉似葛而實長尺餘，可蒸食。一名䔲菽，《本草》一名鹿豆，《釋草》：蔨，鹿藿。注：今鹿豆也。《唐書·夏侯端傳》：擷鹿豆以食。此有似於豆角，但角不雙垂，為少别耳，亦豆角之屬也。

芋頭

芋一名蹲鴟，又作踆鵵。《史記·貨殖傳》：汶山之下沃野，下有蹲鴟，至死不飢。注：《漢書音義》：水鄉多蹲鴟，其山下有沃野灌溉，一曰大芋。《焦氏易林》：文山蹲鴟，肥腯多脂。蹲，《貨殖傳》注：古作踆。《莊子·外物篇》：帥其弟子而踆於窾水。《音義》：《字林》云：踆，古蹲字。鵵，《集韻》：同鴟。

盛宏之《荆州記》芋山有蹲鴟，如兩斛大，食之終身能不飢，今民取食之，是也。

今俗謂芋之大者為芋頭，懶殘詩：深夜一爐火，渾家團欒坐，煨得芋頭熟，天子不如我。川蜀謂之芋魁，《東漢書》作芋渠，頭即魁、渠之意。按：《本草》：宗奭曰芋，江浙二川者最大而長，京洛者差圓小，當心出苗者為芋頭，四邊附之而生者名芋子，則芋頭之名，不始今俗。《孝經援神契》仲冬昂星中收芋。洪容齋《老圃賦》：織女耀而瓜薦，大昂中而芋食。

今粵東芋有五六月收者，謂之早芋，物與時變與。早芋子熬粥，治痢神效。早芋有兩種，一種紅芽，一種白芽。食味則尚紅芽，而治痢則視痢之紅白。紅用紅芽芋，白用白芽芋。《廣東新語》謂芋大者為魁，小者奶。奶贅魁上下四旁，大小如乳。奶者，乳也。魁亦曰䩭。俗以婦人多子者為南芋䩭。又有一種土芋，與芋頭不異，名曰黄獨。《後山詩話》：老杜詩：長鑱長鑱白木柄，我生托子以為命。黄獨無苗山雪盛，短衣數挽不掩脛。儒者不解黄獨義，予考之《本草》芋魁注：黄獨，肉白皮黄，巴漢人蒸食之，江東呼為土芋，余求之江西，謂之土卵，煮食類芋魁。吕雪屋《三餘詩》末云：我恨長鑱劚黄獨，兀年無計策衰顔。又吴松壑大有《餞行詩》：秋霜黄獨煨地爐，何如駝峰犀筋食天厨，見《隨隱漫録》。昔人用黄獨入詩，不一而足。

松按：我廣有黄芋，黄芋有兩種，一種皮黄肉黄，為真黄芋；一種皮黄肉白，為假黄芋。真美於假，煮食香甘，勝於諸芋。黄獨，即我廣之假黄芋也。黄芋以我邑鹿步司屬黄村、岑村、珠村所産為佳。芋魁，以我邑石牌銑村、南海平洲所産為佳。又按：芋之種，不一而足。有九爪芋魁不甚巨，而子則環魁歧出，味甘滑，熬粥食，亦治痢及發熱痳疹諸疾。又有水芋，種於水濱，洎基圍田旁。其魁甚大，亦有芋子，而不多，味甘氣馨，諸芋不及。又有白芋，無魁子，苗莢白而不青，醃[①]採其苗

① “醃”字原文似已刪去。

莢，去其皮，少鹽醃之，甚軟滑而微甜，以之勺藥魚肉，甚甘美，或加薑醋，可作生食。余少時負笈羊城，館於城隍廟之西園，多此種芋，都養時常採取，烹調以當膳蔬。

又有一種紅芋，肉色微紅，向無其種。道光廿六年，琵琶洲外孫女，得此種於族叔某，戲種於沁園。沁園，余壻花苑也。得芋子四五顆，持送三顆與余嘗新，有異香殊味，此後亦無其種。聞是芋某國夷舶帶來，亦異種也。按《玉篇》：薇，紫芋也。《益州方物記》：有紫鷴芋，豈即此耶？古又有雀芋，狀如雀頭，置乾地反濕，置濕地復乾，飛鳥觸之墮，走獸遇之僵，見《酉陽雜俎》。此芋之毒而奇者也。

生人妻可婚娶

《漢書・張耳傳》：外黄富人女甚美，嫁庸奴，亡其夫去，抵父客。父客素知張耳，乃謂女曰必欲求賢夫，從張耳，女聽。乃卒為請，決嫁之張耳。是外黄女夫未死而嫁張耳也。武帝姊陽信長公主嫁平陽曹壽，後曹壽有惡疾就國，長公主風皇后白上，乃詔大將軍衛青尚平陽主，是平陽主夫尚未死而嫁青也。夫云壽有惡疾就國，既可就國，則所謂惡疾，斷非如嶺南之痳瘋不足為人之惡疾可知。今律，有夫之婦不得娶，謂之生人婦。娶之，其夫訟之官則判還原夫，然則漢時生人婦亦可娶也。

按：生人婦，見《魏志・杜畿傳》注，《魏略》曰：初，畿在河東郡，被書録寡婦。是時他郡或有已相配嫁，依書皆録奪，啼哭道路，畿第取寡者。故所送少，及趙儼代畿，而所送多。文帝問畿，前君所送何少，今何多也？畿對曰，臣前所録，皆亡者妻。今趙儼所送，生人婦也。帝及左右，顧而失色。生人婦，今俗謂之生人妻。

再嫁婦可合葬

古無合葬之禮，今俗尚夫婦合葬，非古也。然必初昏結髮室女，乃得合葬。若再醮之婦，則不得與再娶之夫合葬。松按：前漢平陽侯曹壽，尚武帝姊陽信長公主，衛青既尊貴，而平陽侯有惡疾。上乃詔青尚平陽主，卒與主合葬，起冢，象廬山云。時青已有子伉，封宜春侯，子不疑，封陰安侯。子登，封發干侯。則青為再娶，長公主為再嫁，是漢人再嫁之婦，得與再娶之夫合葬也。更有可異者，出嫁之婦，與前夫合葬。晉淮南小中正王式，父没，其繼母終喪，歸於前夫之子，後遂合葬於前夫。卞壼劾之，婦既改嫁，便與夫絶，歸而合葬，前夫有知，不知作何肆詈，搏擊於地下矣。是晉人改嫁之婦，而仍得歸與前夫合葬也。又唐中宗女定安公主，初嫁王同皎，同皎得罪，又嫁韋擢，擢以罪誅，更嫁崔銑。銑先卒，及主薨，同皎子繇為駙馬，奏請與父合葬，旨敕許之。給事中夏侯銛駁曰，公主初昔降昏，梧桐半死，逮乎再醮，琴瑟兩亡。則生存之時，已與前夫義絶，殂謝之日，合從後夫禮葬。今若依繇所請，郤祔舊姻，但恐魂而有知。王同皎不納於幽壤，死而可作，崔銑必訴於元天，國有典章，事難逾越，銛謬膺駁正，敢廢司存，請移禮官，以求指定。朝廷咸壯之，於是遂止，見《大唐新語》。夏侯之議，正祖卞壼。又有冥昏而合葬者。《唐史·系屬傳》：中宗子重潤，諫武后，為武后杖殺，年十九。神龍初，追贈皇太子，謚曰懿德，為聘國子監丞裴粹女為冥婚，與之合葬。

松按：《周官》：嫁殤有禁，矧合葬耶。然更有可羞而出於禮法之外者，莫若姦夫與姦婦合葬。漢武故事，長公主嫖寡居私通董偃，後武帝置酒主家，見所幸董偃，上為之起，貴寵聞於天下。後偃淫於他色，與主漸疏。主怒，因閉於内，不復聽交遊。上聞之，賜偃死，後主卒，與偃合葬，姦夫合葬，斯更奇矣。漢之閨閫，尚足問耶？

又按：《禮記·檀弓》：孔子少孤，不知其墓，問於聊曼父之母，然後得合葬於防。按：《史記正義》引《家語》：梁紇娶魯施氏女，生九女，乃求婚於顏氏徵在，妻焉而生孔子。據此，繼娶之妻，春秋時得與夫合葬，不必結髮也。

又按：合葬，古謂之祔禮。《檀弓》：周公蓋祔，注謂：合葬，自周以來始。又孔子曰衛人之祔也，離之，魯人之祔也，合之，善夫。是周公制禮以後便有合葬，初不言其嫡妻與繼娶，孔子以其母與父合葬，則非不合於禮也。

又神龍初，將合祔則天於乾陵，給事中嚴善思上疏諫曰，漢時諸陵皇后多不合葬。魏晉已來，始有合葬，伏願依漢朝之故事，改魏晉之頹綱，於乾陵之旁，更擇吉地，疏奏不納，有識之士咸是之。據此，是漢時皇后多不與天子合葬，而臣下則再嫁之婦，亦得與再娶之夫合葬。叔世夌僻，禮壞制乖，莫此為甚矣。

檮杌

《孟子》：楚之檮杌。朱傳以為，檮杌，惡獸名。説本《周禮·外史》注。又《神異經》：西方荒中有獸焉，其狀如虎而大，毛長二尺，人面虎足豬牙，尾長一丈八尺，攪亂荒中，名曰檮杌。趙岐《孟子注》：檮杌，嚚凶之類，興於記惡之戒，因以為名。《左傳》：顓頊有不才子，不可教誨，不知話言，告之則頑，舍之則嚚，傲狠明德，以亂天常，天下謂之檮杌。杜注謂：鯀，凶頑無儔匹貌。《地理志》：舜殛鯀於羽山，是為檮杌。檮杌又惡人名。《韻會》又云：檮杌，惡木，取其記惡以為戒。檮杌又惡木名。觀此檮杌似專言惡，楚史取以為名，大抵意在懲惡也。

松按：《偃曝談餘》：檮杌狀如虎，長三尺，人面虎爪，口牙一丈八尺，人或禽之，獸鬥終不退卻，唯死而已，則檮杌剛烈獸也。又云檮杌之為物，能逆知來事。《湧幢小品》引《爾雅翼》云：史者示往知來者也，檮杌之為物，能逆知事來，故以名史。檮杌又神物也。《竹書紀年》：湯放桀而還，檮杌之神，見於邳山。《周語》：惠王十五年，内史過曰：商之興也，檮杌次於邳山，其亡也，夷羊在牧。檮杌又瑞獸也。楚史取名，或者以其剛烈而勗史官之宜死於職，以其神靈而可以示往知來，以其瑞祥，而徵國家之勃興，均未可知，且史書善惡並記，無專記惡之理。朱紫陽專訓惡獸，其說似偏。

按：《神異經》與《談餘》所載，檮杌形狀，大同小異，而其性則迥殊。然《談餘》亦有所本。按，服虔注《周語》引《神異經》，謂檮杌能鬥不退，此《談餘》之所本。或曰《留青日札》云，檮，斷木也，一曰剛木。杌，樹無枝也。

松按：檮，斷木，說本《說文・木部》：檮，檮柮，斷木也。《春秋傳》曰，檮柮。然按《左傳》無檮柮之文，惟《文公十六年》有檮杌。杜注，凶頑無儔匹之貌，杌樹無枝，又見《玉篇》，蓋取斷木無枝之可憎可惡，故以為惡人之名與，而非也。《孟子注疏考證》引《留青日札》：檮，剛木也。杌，樹無枝也，从木从壽，垂可久也。从兀，莫可動也。史本歷久不易之書，其義最精。又焦氏循《孟子正義》：檮杌字皆從木，則為斷木之定名。《說文・頁部》：頑，梱頭也。《木部》：梱，梡木未析也。梡，梱木薪也。析，破木也。按：薪有析有不析，其未析者名梡。即名梱。縱破為析，横斷為檮杌，斷而未析其頭則名頑，是檮杌即頑之名。因其頑，假斷木之名以名之為檮杌，亦戒惡之意也。此本之《韻會》，而詳其説者也。

狼狽

古謂急遽無狀曰狼狽。按：《埤雅》，狼大如犬，青色，作聲諸竅皆沸，善逐獸。里語曰，狼卜食，狼將遠逐食，必先倒立，以卜所向。故獵師遇狼輒喜，狼之向，獸之所在也，其靈智如此。狽，《集韻》：狼屬也，生子或欠一足，二足者相負而行，離則顛，故猝遽謂之狼狽。據《埤雅》，狼是智靈之獸，倉猝無狀者狽耳，何以渾稱曰狼狽，似於義無取。後讀《酉陽雜俎》云：狼狽是兩物，狽前足絶短，每行，常駕於狼腿上，狽失狼，則不能動，故世言事乖者稱狼狽，此亦言狽耳。狽得狼則可以行，若狼則無所假於狽，何以不獨言狽，而曰狼狽。究於義未當，雖然兔前兩足亦短，而跳躍乃捷於諸獸者，何也？以其狡也。然則狽之短，不僅在足，在其智之不狡耳。按：《詩》：狼跋其胡，載疐其尾。狼之喻，殆謂是與。

道光八年，紅毛夷舶來二獸，狀如小犬，一牝一牡。牡前二足長三尺，後二足長五寸。牝前二足長五寸，後二足長三尺，不能獨行。行則牝以前足抱牡後臀，縮聳其身如拱橋，其行甚駛，夷人不知其名。松按：此二獸，即古之所謂狼狽。大抵牡為狼，牝為狽。諸書所云，皆知狽而不知狼，皆以豺狼之狼為狼狽之狼，誤矣。又《本草》：汪穎云：狽足前短，能知食所在，狼足後短，負之而行，故曰狼狽。説與里語異，而適與夷舶所來之獸，狀類相同。則夷舶之獸，其為狼狽無疑。夷人不知書，其不識狼狽，不足怪也。李時珍又謂豺前矮後高，不知所據。《通雅》云：王會獨鹿，卬卬距虛。注謂，卬，負虛。《爾雅注》謂，卬卬岠虛，負蹷。《吕説》言，卬卬岠虛，鼠後兔前，故須蹷，食以甘草。小顏曰，今雁門有相負之兔，曰蹷鼠。沈适使遼見跳兔，前足寸許，一躍蹶地，此即蹷也。《緯略》曰：狼狽是二物，狽前足絶短，每行，常駕兩狼，失狼則不能動。張揖曰，岠虛似贏而小，豈狽耶？桐山又疑卬卬岠虛為狽，此皆非真知狼狽者。今得見夷舶所來之獸，其形狀行動，證以俗稱狼狽之義，無少差謬。然後知諸書所言狼狽，皆屬意忖臆度而附會者也，非確見也。狽又作貝，《後漢書・任光傳》：更始二年春，世祖自薊還，狼貝不知所向。又按：《南史・劉歊傳》：歊奉母孝，寢食不離左右，母意有所須，口未及言，歊已先知，手自營辦，狼狽供奉。此云狼狽，即即速之意，而非急迫無狀也。

松按：魏源《聖武記》附録内大臣馬思哈《出師塞北紀程》，壬寅師行至戈壁，刻勒蘇太下營，戈壁即蒙古瀚海别名，獸有跳兔一種，身長五六寸，尾長四五寸許，尾末色如銀鼠，前股長僅盈寸，後股長至七八寸，耳如箭筒，長可四五寸。又一種耳僅寸許者，騰躍如飛。稽《爾雅》西方有獸曰蟨，亦前足短，後足長，然走則顛蹶，藉蛩蛩以行，非跳兔類也。據此，小顏引沈适使遼所見之跳兔，以為蟨鼠，未見其是。又張鵬翮《奉使日記》，十一日駐軍得跳兔大如鼠，頭目面色皆兔，爪足則鼠，尾長，其端有毛，黑白相間，前足短後足長，得則跳躍，性狡如兔，犬不能獲，善穿地作穴，以前足推土出，而漸漸運之，人戲填以碎石，則手口卒屠，而排去之，若得千皮為裘，較紫貂更細。金幼孜云：即《詩》所謂躍躍毚兔者也。據此所云。跳兔固非蟨，云性狡如兔，則非兔矣。又云犬不能獲，又非《詩》所云遇犬獲之之毚兔矣，金氏亦誤。松謂此跳兔非狽，蓋亦狽之類也。

連父呼子

我廣俗鄉閭多有連父名以呼其子，其子居然聞呼即應，即親戚兄弟，亦恒有如是相呼者，其子亦不以為怪。而自少至壯而老亦如是，俗之澆漓不敬，莫甚於是。不知古亦有之。《日知録》：《左傳・成公十六年》：潘尫之黨。潘尫之子名黨也。《襄公二十三年》：申鮮虞之傳摯。申鮮虞之子名摯也。按：《儀禮・特牲饋食禮》：筮某之某為尸。注：某之某者，字尸父而名尸也。《少牢饋食禮》同。《史記・太史公自序》：維仲之省，厥濞王吴濞乃劉仲之子，稱為厥濞，似亦古昔所常，而非不敬之稱。然松謂著之書傳則可，蓋書傳欲時有欲其父子俱見，或舉其父以别同名。記事之文，不得不爾，且由今稱昔，何有嫌忌。若等夷與兄弟親戚相呼，連父名以呼人子，在已固失之儇薄。《禮》稱諱如見親，又何以處人子，即以尊呼卑，猶為不敬，矧其為同列後輩乎？按：《三國志》：司馬朗年九歲，人有道其父字者，朗曰：慢人親者，不敬其親者也。客謝之。又常林年七歲，有父黨造門，問林伯先在否，林不答。客曰何不拜，林曰，雖當下拜，臨子字父，何拜之有。此數歲小兒，尚知臨子字父之為慢，況其為成人乎。父字猶不可呼，而況於名乎。夫連父名以呼其子，其子不以為怪者，鄙俗之忸忕也。世風之弟[①]靡，於此可見。要之敬人之父者，人亦敬其父。後生小子，宜以為戒，斷不可以是加於人。若人以是加於我，則司馬常林之事，可為鏡也。

連子呼父母

《青箱雜記》：嶺南風俗相呼，不以行第，唯以各人所生男女小名呼其父母。元豐中，余任大理寺丞，斷賓州奏案，有民韋超，男名首，即呼韋超作父首；韋遨，男名滿，即呼韋遨作父滿；韋全，女名插娘，即呼韋全作父插；韋庶，女睡娘，即呼韋庶作父睡，妻作嬸睡。夫以子名呼父母，殊不可解。松按廣州俗，多有連子名而呼其父母者。俗呼父曰阿爺、阿爹、阿哥、阿巴，呼母曰阿人、阿家、阿媽、阿嬭、阿娘、阿嬸不等。如子名阿甲，築里即呼其父曰阿甲阿爺、阿甲阿巴，呼其母曰阿甲阿人、阿甲阿家之類，其父母相呼亦然。妾多稱阿姐、阿娘。如妾有子名阿乙，築里呼其妾曰某乙阿姐。或其母多生少育，後生子，則不呼其母曰阿人、阿家，而呼阿姐。比其子於庶出，賤之以冀其易於長養者有之。若如《雜記》所云，以所生男女小名呼其父母，如父睡、嬸睡之謂，則未之見。更有稱謂而避不美之嫌者，俗謂無曰母。於是稱伯母曰伯有，以有代母，避無字之嫌也。若妗母、姑母、姨母，則不避此嫌，此不可解。

---

① 原文眉批曰：弟，音頹，弟靡，見《庄子》。

玉粒粳

余邑穀有白粳一種，米白如玉，廣州所在都有，而以我邑為最，我邑又以琵琶洲所產為最，故有琶洲粳之名。羊城價漿小販，洎賣糕茶肆，漿粉糕粉，悉尚琶洲粳。松按：粳乃穀之中品，而古人亦有稱之者。歐陽公《送僧慧勤歸餘杭》詩云：南方精飲食，菌筍比羔羊。飯以玉粳①粒粳，調之甘露漿。餘杭之粳，當是粳之美者，大氐亦如琶洲之粳，為我廣所尚耳。然粳非穀之上品，歐公何獨稱之？松謂諸穀之性，多有寒熱黏滯，惟粳醫書稱其得天地中和之氣，同造化生育之功，非他穀可比，於僧為宜，歐公卻有深意。我邑道光中又有一種矮脚粳，其粒細小而米潤白，味甚旨美，遠勝琶洲粳。余歸耕二十餘年，多藝此種，比之餘杭之玉粒，未知誰弟誰兄也。

玫瑰油

《宋稗類抄》云：玫瑰油，出北朝，色瑩白而氣芬馥，不可名狀。法用衆香煎煉，北人極珍之。每報聘禮物中止一合。松考今番舶所來之玫瑰油，色黃，而膩如油，芬馥之氣一若中土之玫瑰花。又有一種色白者，清而不膩，芬馥之氣淡而薄，謂之玫瑰水，不甚貴重。北朝所出，蓋玫瑰水耳。又有夷草一種，葉香如玫瑰花，不知夷人名何，俗以其葉香謂之香葉。聞說夷人以此草為②蒸煉為玫瑰油，北朝用衆香煎煉，法製不同，故其色亦別與可知。今之玫瑰油，非北朝之玫瑰油也。松謂草之最佳，莫如香

① “粳”字原文似刪去。

② “為”字原文似刪去。

葉，婢妾晨妝花鬟之外，添戴香葉，如一朵翠雲，步摇掩映，雅淡可愛，色香俱妙，洵妝臺絶品。按香葉有兩種，皆草本。一種狀如紅菊之葉，緑翠欲流，而清潤瀟灑，為閨閣所尚。一種葉淡緑而厚，狀如狗耳，色相俱不韻，不為裙釵所貴，而香亦如之。夷人貨粵，又有一種醾醾露。《華夷考》曰：海國所産，天氣淒寒，零露凝結，著他草木，乃冰澌木稼，殊無香韻。惟醾醾花上，瓊瑶晶瑩，芬芳襲人，若甘露焉。夷女以澤體髮，膩香經月不滅，暹羅尤特愛重，競買略不論直。《東西洋考》暹羅物産注引之。占城物産亦[①]有薔薇水，注云周時入貢。《宋史》曰：灑衣經歲香不歇，俗呼為薔薇露。

松按：薔薇露即醾醾露，芬芳不讓玫瑰油，其云膩香經月不滅，經歲不歇，殆非也，經旬不歇耳。

心神元神

《獨異記》載，北齊侍御史李廣，博覽羣書衆史，夢一人曰：我心神也，君使我太苦，辭去，俄而卒。《堅瓠集》載，萬曆初，馮保客徐爵，久奉長齋，未得罪，之前一年，忽見寸許童子行几上，驚問之。曰：吾乃汝之元神也，汝不破齋，不得禍，否則禍旋及之矣。已而蒲州相公召飲，强之食，始破葷血，未幾，遂以論奏逮下詔獄。夫心神惡勞，此理之所有。元神惡破齋，斯理之所無。大抵其禍將及，元神出現，逆知其破葷後遇禍耳。

松按：元神即游魂。卓壺雲云真汞，即我之游魂也，心實主之，神實統之，不可直指曰心曰神也，謂之元神。趙台鼎《脈望》云：元神者，真火也。蓋人有此真火則生，無此真火則死。《靈樞經》：天谷元神，守之自真。夫心神元神，本人心之靈氣，

① “亦”字原文似删去。

無有跡象，孰知其果有形之可見，有聲之可聞也？神之見也，乃魂不守舍而將離，死徵之先見也。惡勞惡破齋，特心之幻而耳目為之眩耳。按：《北史·李廣傳》：廣欲早朝，假寐，忽驚覺，謂其妻曰，吾向似睡非睡，忽見一人，出吾身中，語云，君用心過苦，非精神所堪，今辭君去。因而恍惚不樂，數日便遇疾，積年不起，竟以疾終。《獨異記》云俄而卒，與《北史》異。

神荼鬱壘

歲除易門神，俗故實也。門神多畫將軍天官，而俗有不畫門神，而用方尺幗帨。左書神荼，右書鬱壘，貼於門以當門神者，此最合古。《續漢書·禮儀志》：大儺，設桃梗、鬱儡。注：《山海經》曰：東海中有度朔山，上有大桃樹，蟠屈三千里，其卑枝門曰，東北鬼門，萬鬼所出入也。上有二神人，一曰神荼，一曰鬱儡，主閱領衆鬼之惡而害人者，執以葦索，而用食虎，黄帝法而象之，驅除畢，因立桃梗於門户上，畫鬱儡持葦索以御鬼，畫虎於門，當食鬼也。《野客叢書》引《風俗通》曰：黄帝上古之時，有神荼與鬱儡兄弟二人，性能執鬼，是神荼鬱儡，實御鬼之神，今俗用之是也。然俗書鬱壘而不書鬱儡，按：鬱壘，見《元始上真衆仙記》：蔡鬱壘，為東方鬼帝，治桃邱山；張衡、楊雲為北方鬼帝，治羅酆山；杜子仁為南方鬼帝，治羅浮山，領羌蠻鬼；周乞、稽康為中央鬼帝，治抱犢山；趙文和為西方鬼帝，治嶓冢山。據此，五方各有治鬼之神，門神亦宜各書其方之神，則我嶺南宜左書鬱儡，右書子仁，不書神荼者。張衡《東京賦》云：度朔作梗，守以鬱儡，神荼副焉，用其正不用其副也。松疑鬱壘非鬱儡。度朔山之鬱儡，儡旁从人。《衆仙記》之鬱壘，壘下從土，彼無姓，此有姓。但黄帝始畫鬱儡於户以禦鬼，則門神當書鬱儡，惟東人宜書鬱壘耳。今俗咸書鬱壘，似不合古。余又有疑，《字典》引張衡賦、《風俗通》，皆作鬱壘，而儡字注無鬱儡，豈《漢書》誤與，亦非也。蔡邕《獨斷》亦作鬱壘。又按：《括地圖》云：桃都山有大桃樹，下有二神，一名鬱，一名櫑，并執葦索以伺不祥之鬼，得則殺之。此又以鬱櫑為二神。儡又作櫑，而不言神荼，又與《風俗通》異。高誘注《國策》：則又曰，一曰余與，一曰鬱雷，所見又異辭。

善記

古之强記，世稱平原禰衡，一覽蔡邕所作碑文，便能默識，知其中石缺二字。漢中張松，一覽《孟德新書》，輒能成誦。松謂此不足異，王粲讀路旁碑，背而誦之，不失一字，觀人圍棋，更以他局，覆之不誤一道。張安世為郎，上行幸河東，亡書三篋，詔問莫能知，惟安世識之，無所遺失。盧莊道竊窺人書，便能通諷，復能倒誦。高士廉取他文及案牘試之，一覽倒諷。然此亦不足異。後漢陸續為郡户曹史，歲荒民飢困，太守尹興使續賦民饘粥，續悉簡閱其民，訊以名氏，事畢，問①興問所食幾何。續因口説六百餘人，皆分別姓氏，無有差謬。又應奉自為兒童及長，凡所經履，莫不暗記。為郡決曹吏，行部四十餘縣，録囚徒數百千人，及還，太守備問之，奉口説罪狀繫姓名坐狀輕重，無所遺脱。唐張巡守睢陽，士卒居民一見問姓名，其後無不識。又顔春卿調犀浦主簿，嘗送徒於州，亡其籍，至廷口記物色凡千人，無所差。又李素立曾孫畬，少聰警，初歷汜水主簿，雖厮豎，一見便記姓名。宋魏仁浦初事周祖掌樞密，召問闕下卒乘之數，悉能記之，手疏六萬人，遷右羽林軍，周祖諸州屯兵之數，及將校名氏，手疏於紙，校籍無差，尤倚重焉。明陳洽，洪武中授兵科給事中，嘗奉命閲軍，一過輒識面目，記姓名，有再至

① “問”字原文似删去。

者，輒叱去。然此猶不足異廟[①]。漢臧旻遷匈奴中郎將，還京師，太尉袁逢問其西域諸國土地風俗人物種數。旻具言西域百餘國大小，道里遠近，人數多少，風土燥濕，山川草木鳥獸，異物名種不與中國同者，口陳其狀，手畫地形。然此猶不足異。隋劉炫左手畫方，右手畫圓，口誦，目數，耳聽，五事同舉，無有遺失。元嘉少時，左手畫圓，右手畫方，口誦經史，目數羣羊，兼成四十字詩，一時而就，足書五言一絶，六事齊舉。然此仍不足異。齊威王令於國中曰，有能善巧分別者，賜千金。三日應募者三人，一人曰，臣能分別人之面貌，萬不失一。王乃呼左右一色一衣者百人，遍令閱之，一閱而識其姓字，三覆不誤。一人曰，臣術過於此，臣能分別鷄鶩野鵲，王乃呼嗇夫籠孔雀翡翠百餘，私識其左右，遍令閱之，發籠嘈唼庭下，雜問其處，一無所失。一人曰，臣術又過於此，臣能分別諸名花果，王乃導入囿，令觀桃李諸花，觀畢，苑令摘花試之，枝葉柯椏，皆記其處，十問而十不失，此真天縱，不可思議。禰衡、張松輩，不足道也。

格物

人之智慧，有由學問，有由天縱。孔子辨商羊識萍實等，尚矣。他如管子之知卑耳溪神為俞兒。鬼谷子之識瓊田養神芝，其葉似菰而不蘩生，一葉能起一死人。東方曼倩之知獨足鳥為畢方。劉向之知上郡山中械一足尸為負貳。竇攸之識豹文之鼠為鼮鼠。諸葛恪之知山精小兒為傒囊。陸敬叔之知黑狗無尾為彭侯。束皙之知嵩山竹簡為明帝縣節陵中策。張華之知銅澡盤晨夕鳴，與洛中鐘聲相應。又知然石，以水灌之便熱。陸澄之識服匿為單于賜蘇武酒器。元行冲識破冢銅器為阮咸琵琶。凡此皆由學問中來也。若介葛盧之解獸語。公冶長、魏尚、張子信、孫守榮、侯

① “廟”字原文似删去。

子瑜、陰子春、成武丁之解禽言。秦仲、楊偉翁之能知百鳥之音。楊宣聞雀鳴，知前覆車之粟。詹何聞牛鳴，知牛黑白。伯益白龜年曉禽獸之言。麥宗幼知禽鳥之語，與百蠻諸夷之言。李南解赤馬之言。沈僧昭聽南山虎嘯，云國有邊事。荀勗食飯，而知為勞薪所炊。符朗食鷄，而知鷄栖恒半露，食鵝肉而知黑白之處。神速姑能知蛇語。神鷄童能解鷄語。凡此皆不由學問而由天縱者也。亦有不由天縱，而由於習慣者①與偏知之所得者。余聞安南有象奴，能與象語。《列子》：今東方，介民之國，其國人皆解六畜之語。此蓋偏知，而又由於習慣者也。

① “者”字原文似删去。

卷之三

黨人碑

褚石農云：《元祐黨人碑》首列文臣曾任執政司馬光等二十七人，次列曾任侍制以上蘇軾等四十九人，三列餘官秦觀等一百七十七人，四列武臣張巽等二十五人，五列内臣梁惟簡等二十九人，後列為臣不忠曾任宰臣王珪、章惇等二人，共三百九十人。徽宗親書一通，立於文德殿門之東壁。趙吉士《獺祭寄·類聚數考》云：《元祐黨人碑》文臣曾任執政官二十七人，曾任侍制官四十九人，餘官一百七十七人，為臣不忠曾任宰相二人，共二百五十五人，無武臣張巽等二十五人，内臣梁惟簡等二十九人。倪元璐先生題《元祐黨人碑》云：諸賢自涑水、眉山數十公外，凡二百餘人，無定數。按史崇寧元年九月，蔡京與其客强浚明、葉夢得，籍宰執司馬光、文彦博、吕公著、吕大防、劉摯、范純仁、韓忠彦、王珪、梁燾、王岩叟、王存、鄭雍、傅堯俞、趙瞻、韓維、孫固、范百禄、胡宗愈、李清臣、蘇轍、劉奉世、范純禮、安燾、陸佃，曾任侍制以上官，蘇軾、范祖禹、孔文仲、孔武仲、朱光庭、孫覺、鮮于侁、賈易、鄒浩等，餘官程頤、秦觀、張耒、晁補之、黄庭堅、孔平仲等，内臣張士良等，武臣王獻可等，凡百二十人，等其罪狀，謂之姦黨，碑[1]請御書刻石於端禮門。《宏簡録》：崇寧元年九月，立黨人碑於端禮門，文臣

---

① “碑”字原文似删去。

任宰執文彦博等二十四人，任侍制以上蘇軾等三十五人，餘秦觀以下四十八人，内臣張士良等八人，武臣王獻可等四人，皆御書深刻，等其罪狀，列為姦黨。褚云黨人三百九人，趙云二百五十五人，倪云二百餘人，史載百二十人，《宏簡録》云一百一十九人。碑中人數，言人人殊。林西仲謂倪元潞[①]先生恐有誤，褚云立於文德殿門之東壁，史載立於端禮門，林説亦不一。

松按：《宏簡録》，崇寧三年六月，詔定元祐符元黨人碑及上書邪等合為一籍，通三百九人，刻石文德殿門，與褚説合。趙倪二公，豈別有所見與？又《宋史》，崇寧二年九月，蔡京又自書姦黨為大碑，頒於郡縣，令監司長吏廳皆刻石。豈頒於郡縣之碑，而京故為加增與？按：《宋稗類抄》，紹聖間，章子厚為相，立元祐黨籍，初止七十三人，其間已自相矛盾，如洛川二黨之類，未始同心也。及蔡元長為政，使其徒再行編類黨人，刊之於石，名之曰元祐姦黨，播告天下。但與元長異意者，人無賢否，官無大小，悉列其中，屏而棄之，殆三百餘人。前日力闢元祐之政者，亦饕厠名，愚智渾淆，莫可分別。元長意欲連根固本牢甚，然而無益也，徒使其子孫有榮耀焉，識者恨之。近日揚州重刻《元祐黨碑》，至以蘇迴為蘇過叔黨，在元祐年，猶未裹頭，豈非字畫之誤與？迴，字彦遠，東坡族子，登進士第，元符末應日食上言，尤為切直。按：《朱子語録》，蘇過，東坡子，出梁師成門，以父事之。師成妻死，喪以母禮，此諂媚小人。烏足訛過為迴哉。費衮《梁谿漫志》：元祐之黨，劉元城謂止七十八人，後來附益者非也。王阮亭《蠶尾集》跋《晁氏客語》曰：紹聖初，籍元祐黨止數十人，世以為精選，後乃汎濫，人以得與為榮，而議者不以為當也。

張文綱《華陽集》有紹興間進劄子云：臣等詳看黨籍人姓名，見於碑刻者有二本，一本計九十八人，一本三百九人。内九十八人，係崇寧初所定，多得其真，其後蔡京再將上書人及己所

① “潞”原文如此，應作“璐”。

不喜者，附麗添入黨籍，汎濫雜冗，遂至三百九人。詳看得九十八人，内除王珪不合在籍，自餘九十七人，多是名德之臣。所有三百九人，除九十七人，係前石刻所載，其餘更有侍從上官均、岑象求，餘官江公望、范柔中、孫諤、鄧考甫等六人，名德亦顯然可見，共計一百三人。依得累降推恩指揮，許子孫陳乞恩例云云。宰臣文彦博等七人，執政梁壽等十六人，侍制以上蘇軾等三十五人，餘官秦觀等三十九人，以此考之，蔡京手定黨籍，原有二本，南渡合二本詳定為三本。王伯厚《小學紺珠》載三百九人，乃京第二本。龔頤正《列傳譜述》一百卷，凡三百五人，不可詳者四人，亦據第二本也。今此碑列章惇、李清臣、張商英、賈易、楊畏輩，蓋亦第二本。未經南渡詳定者，慮為諸賢之玷，故詳著之云。據此則蔡京手足[①]定止有二本，黨籍初止七十餘人，其後多至三百餘人，為蔡京所增無疑。全謝山《元祐黨籍碑跋》云：《元祐黨籍碑》世所見者，皆西粵重勒本，是刻為故相梁公燾曾孫律所重刻，而吉州饒祖堯跋之，其中注已故者六十餘人，則西粵本所無也，内臣之後，另書王珪之名，而繼之曰為臣不忠。曾任宰臣章惇，亦與西粵本不同，王丞相雖具臣，故不應與章同列，當以梁碑為是也，松謂此因蔡京第二本損益而重勒者也。

按：朋黨之論，起於漢，劉向言之最明切，唐李德裕辨之甚詳。然黨人之目，不始於宋，《唐書·李訓傳》：文宗時，訓挾鄭注相朋比，務報恩復仇，素忌李德裕、宗閔之寵，乃因楊虞卿獄，指為黨人，嘗所惡者，悉陷黨中，遷貶無闕日，班列幾空。然亦不始於唐，始於屈原《離騷》：惟黨人之偷樂兮，路幽昧而險隘。又云：惟此黨人之不諒兮，恐嫉妬而折之。

① “足”字原文似删去。

申明亭

余鄉鄰族馮氏有一坊，名申明亭，鄉中人洎諸故老皆不知所謂，有里老詢余申明之義。余據顧亭林《日知録》以答之曰：洪武十五年八月乙酉，禮部議，凡十惡、姦盜詐偽、干名犯義、有傷風俗及犯贓至徒者，書其名於申明亭，以示懲戒，有私毀亭舍、塗抹姓名者，監察御史、按察司官以時按視，罪如律。制可。十八年四月辛丑，命刑部録内外諸司官之犯法者，罪狀明著者，書之申明亭。又，凡有期功喪，宴會作樂者，官員罷職，士子黜退，仍書之申明亭，以示清議。宣德七年正月乙酉，陝西按察僉事林時言：洪武中，天下邑里皆置申明、旌善二亭，民有善惡則書之，以示勸懲，凡户婚田土，鬥毆常事，里老於此剖決，今亭宇多廢，善惡不書，小事不由里老，輒赴上司，獄訟之繁，皆由於此。據此，申明、旌善，乃二亭名，所以書人善惡，以示勸懲，實明初之制也。

《明史・刑志》：太祖開國之初，懲元季貪冒，重繩贓吏，揭諸司犯法者於申明亭以示戒，又命刑部，凡官吏有犯，宥罪復職，書過榜其門，使自省，不悛，論如律。可知申明亭雖置於邑里，不僅書民間過惡，而官吏有過惡，亦書也。且不僅書於申明亭，又榜其門也。《孝義・孫清傳》：正德八年二月，山東巡撫御史張璿奏，賊所過州縣，有子救父，婦衛夫，罹賊刃者，凡百十九人，皆宜旌表。時傅珪為禮部，言所奏人多費廣，宜準山西近例，於所在旌善亭側，建二石碑，分書男婦姓名邑里，及其孝義貞烈大節略，以示旌揚，厥後地方有奏，悉以此令從事，帝可之，是旌善亭，亦不僅書鄉里細事也。天啟八年，詔軍民之家，有為盜賊曾經問斷不改者，有司即大書盜賊之家四字於其門，能改過者，許里老親鄰相保，方與除之，此即申明之遺。李驥授河南知府，河南多盜，驥為設大甲，一户被盜，一甲償之，犯者大署其門曰盜賊之家，自是人咸改行，道不拾遺。錢肅樂為太倉知州，以朱白榜列善惡人名械白榜者，皆與大杖，久之杖者日少，此則變通申明、旌善之法以為治者也。

松按：《宋史》：常安民知長洲縣，縣故多盜，安民籍常有犯者，書其衣，揭其門，約能得他盜乃除，盜為之息，此天啟李驥之所倣。《廣東新語·事語》：順德黃公璋知南康，立旌善、懲惡二碑於要地，善惡直書其名，人服其公。善惡書之碑，亦即張御史之意。又云寧都丁公積知新會，申明洪武禮制，參以朱文公四禮儀節，為禮式一書，每鄉擇三老主之，月朔進於庭，禮其能者，其不肖者榜門示耻，良家子遊惰者，聚廡下，使口誦小學，親為講解，夫進庭禮能，不肖榜門，亦申明、旌善之意。加以聚遊惰而使誦小學，慮愚惷而親為講解，民風不丕變者鮮矣。

又按：申明亭，即周之𨛬，漢之街彈。《周禮·地官·里宰》：歲時合耦於𨛬，以治稼穡。注：𨛬者，里宰治處也，若今街彈之室，於此合耦相佐助。疏謂：漢時在街置室，檢彈一里之民。《金石録》有中平二年正月《都鄉正街彈碑》，在昆陽城中。趙明誠《昆陽城中漢街彈碑》云：周名𨛬，漢名街彈，今申明亭也。《水經注》：魯陽縣有《南陽都鄉正衛彈碑》，平氏縣有《南陽都鄉正衛街彈勸碑》。《隸釋》亦以為衛彈碑，衛彈，即街彈也。按：《慎子》：湯有總街之廷，觀民非也。據此周之𨛬，漢之街彈，明之申明，皆仿於湯者也。

大抵洪武時，余鄉於此建申明亭，亭廢，仍舊以為里名也。按：《元史》：至元二十八年詔頒《農桑雜令》，每村五十家立一社，擇年高曉農事者為長，教督農桑，凡種田者，立碑橛於田側，書某社某人於上，社長以時勸戒。不率者，籍其姓名，以授提點官，大書所犯於門，候改過而除之，不改則罰。明制申明亭，蓋因於元而變通其法者也。然我鄉有申明亭，則當有旌善亭。旌善亭，今不知其處，並鮮有知其名者矣。《開元天寶遺事》：盧奐累任大郡，皆顯治聲，所至之處，畏若神明。或有無良惡跡之人，必行嚴斷，仍以所犯之罪，刻石立本人門首，再犯，處以極刑。民間畏懼，絶無犯法者，民間呼其石為記惡碑。申明亭，又與記惡碑相仿佛。《後漢書》循吏王渙，孝和帝時為洛陽令，古樂府歌曰，王君補洛陽令，化行致賢，外行猛政，内懷慈仁，移惡子姓名五，編著里端。見《王渙傳》注惠氏補注。王符《潛夫論》曰：輕薄惡子，不道凶民。前書《尹賞傳》①：輕薄少年惡子。師古注：惡子，不承父母教命者。渙移書取惡子姓名五人，篇著里端，示戒也。此盧奂記惡碑之所倣。又《北史・魏諸宗室傳》：孝文時，初置司州，以元贊為刺史，孝文戒贊，化畿甸可宣孝道，自今有不孝不弟者，比其門欘以刻其柱，亦記惡之倣也。欘，音表，表也。

松謂：洪武申明、旌善之制，其法至良，其意至美，凡人之性，有善行則惟恐其不彰，有過惡則深懼其不隱。雖姦宄極惡，一旦表其姦劣於邑里，宗族親戚交遊所屬目，街談里論私議所播揚，未有不抱慚懷愧，而回慮悔改者。況一經悔改，親鄰相保，亦可永除惡跡於申明，改行從善，里老表彰。又可轉書德行於旌善，戒頑勵廉，易風移俗，莫善於是。我朝治法。多因洪武善制，矧申明、旌善，又洪武參之古昔，倣之前賢，而變通盡善者，不因而行之，甚可惜也。夫自洪武至今，不過四百餘年，而里父老已無有知申明之義者，夫子文獻不足之嘆，良有以也。松謂申明、旌善，即書所謂彰善癉惡，表厥宅里之遺意。又按：《金石録・都鄉正街彈碑》，其略曰，靈帝中平二年立，在汝州昆陽城中。考其文，則縣令寧陵君承昆陽喪亂之餘，愍繇役之害，結單言府，班董科例，收其舊直，臨時募顧，不煩居民。太守東郡王環丞濟陰華林，優卹民隱，為之立約。自是之後，吏無苛擾之煩，野無愁嘆之聲，王伯厚謂此為募役之始。據此，街彈碑，不僅檢彈里民善惡已也。

① “前書《尹賞傳》”疑為《前漢書・尹賞傳》。

單

今人謂開列賣買各款貨物之紙曰單，凡賣買以單為據。又借貸人家洎鋪肆銀兩，輒立借契，書明銀數如干，月息如干，某月清還，交執作據，曰揭單。無單則不足信也，其名不知何始。按：《集韻》：單，誠也。《書·洛誥》：乃單文祖德。《釋文》：單，信也。馬融亦云：單，信也。《詩·小雅》：俾爾單厚。毛傳：單，信也。今之所云，取誠信之義也。

券

券，《說文》：契也。《釋名》：券，綣也，相約束繾綣為限也。《孟嘗君傳》：馮驩收責於薛，既還，曰：臣合券焚之，市義而反。《韻會》：券，从刀，不从力，古卷字也。一名公據，《宋稗類抄》：東坡有與李方叔公據，蓋恐方叔賣所遺玉鼻騂，為立公據以便之。公據，券也。山谷跋曰：子瞻妙墨作券，或責方叔當成之，安用汲汲索錢，此不識痛痒者，從旁論砭疽耳。今俗券曰約據，即古之公據也。又名支，《韻府》：支，券也。《魏書·盧仝傳》：一支付勳人，一支付行臺。又韓愈《寄崔立之》詩：當如分合支。注：今時人謂析產符為分支帳。

百姓有四解

庶民曰百姓。《尚書·湯誥》：爾萬方百姓，罹其凶害。百官亦曰百姓。《堯典》：平章百姓。鄭康成云：百官族姓，謂羣臣之父子兄弟。楊用修曰：《舜典》：二十有八載，帝乃殂落，百姓如喪考妣三年。百姓，有爵命者也，為君斬衰三年，禮也。四海遏密八音，禮不下庶人，但遏密八音而已。《詩》：羣黎百姓。顧亭林云：羣黎，庶人也。百姓，百官也。民之質矣，兼百官與庶人言。嬪妾亦曰百姓。《曲禮》：納女於天子曰備百姓。

松按：《説文》：姓，人所生也。又生子曰姓。《左傳·昭公四年》：庚宗之婦人獻以雉，問其姓，對曰：余子長矣，能奉雉以從我矣。文王則百斯男，備百姓者，納女所以備天子百斯男之生也。王親亦曰百姓。《禮記·郊特牲》：太廟之命，戒百姓也。注：百姓，王之親也。《朱子語類續集》：《堯典》以百姓為百官，程謂古無此説。《後漢書》云：部刺史職在辨章百姓，宣美風俗。辨章，即平章也。愚謂此《漢書》借用《堯典》語耳，不足為據。《堯典》：百姓昭明，協和萬邦，黎民於變時雍。蔡氏注謂：百姓，畿内之民。黎民，四方之民。楊升菴非之。松按：《周語》：富辰曰：百姓兆民。注：百姓，百官也，官有世功，受氏姓也。《楚語》：觀射父曰：民之徹百官，王公之子弟之質能言能聽徹其官者，而物賜之姓，以監其官，是為百姓。程氏謂古無此説，未之考耳。夫姓之所以有，解見《白虎通·姓名篇》：《尚書》平章百姓，姓所以有百者何？以為古者聖人吹律定姓，以記其族，人含五常而生。聲有五音，宫、商、角、徵、羽，轉而相雜，五五二十五，轉生四時，異氣殊音悉備，故姓有百也。唐明皇問張説曰：今之姓氏，皆云出自帝王後，古者無民耶？説對曰：古者民無姓，有姓，皆有土有爵者也。故《左傳》曰：天子命德，因生以賜姓，胙之土而命之氏。黄帝之子二十五人，得姓者十四而已，其後居諸侯之國土者，其民以諸侯之姓為姓，居大夫之采地，以大夫之姓為姓，莫可分辨。故云皆出自帝王也。此論不刊。升菴謂至周人尚文，則人皆有姓，所稱百姓，則尚[①]庶民也。《論語》曰：修己以安人。又曰：修己以安百姓。《書》曰：百姓有過。又曰：非敵百姓也。是時則人皆有姓矣，

① “尚”字原文似删去。

故指庶人亦曰百姓耳。松按：《湯誥》：爾萬方百姓，則謂庶民為百姓，不始於周。

五百有五説

漢人謂引導人為五百。《後漢書·宦者·曹節傳》：節弟破石為越騎校尉，越騎營五百妻有美色，破石從求之，五百不敢違。注，一曰户伯，漢制兵吏五人一户竈，置一户伯，漢諸公行，則户伯率其屬以導引也。又崔豹《古今注》：伍伯，一伍之伯也，五人為伍，五長為伯，故稱伍伯。又問事人曰五百。《拾雅》：五百，猶今之問事人也。注：《後漢書·禰衡傳》：令五百將出。

松按：《晉書·輿服志》：車前五百者，卿行旅從，五百人為一旅。漢氏一統，故去其人而留其名也。是五百之名，由來已古。按：《周禮·宰夫·掌官敘》注：侍曹伍伯傳吏朝。《司服》注：今時伍伯緹衣，古兵服之遺色。疏：伍，行也。伯，長也。謂宿衛者之行長。觀此，伍伯之名，不始於漢。又按：《宋書·百官志》：舊説古君行師從，卿行旅從。旅，五百人也。今縣令以上，古之諸侯，故立此五百[①]，以象師從旅從，依古義也。韋昭注：五百字本為伍伯。伍，當也。伯，導也。使之導引當道伯中以驅除也。周制五百為旅，帥皆大夫，不得卑之如此説。依韋説，當讀伯為陌，然細按《宰夫·掌官敘》注"侍曹伍伯"，伍伯大氏亦即引導人之類耳。又唐人謂行杖人為五百，《虞詡傳》注亦云：伍伯，今行鞭杖者也。松按謂：行杖之人為伍伯，不始於唐。《北齊·陳元康傳》：崔暹見神武，將解衣受罰，元康速入止伍伯。是六朝時，已謂行杖人為伍伯。將帥又名五百，《漢書·晁錯傳》：錯言守邊塞急務於文帝曰，臣聞古之制，邊縣以

① 原文此處有"之"，似劃掉。

備敵也，五家為伍，伍有長，十長一里，里有假士，四里一連，連有假五百，服虔曰五百，帥名也。師古曰，假，大也。《古文淵鑑注》亦云：五百，帥名也。《東萊大事記》：晁錯言四百里一連，連有假五百。注：五百之名始此。又揚雄《法言篇》名其目曰：聖人聰明淵懿，繼天測靈，冠於羣倫，經諸范，譔五百第八。注：鄧展曰：五百年聖人一出也。

顖帽

今俗孩子二八天所戴之顖帽，其制如環箍，大小視小孩之首，闊寸許。當顖處，有一小帕，大二寸餘，狀如桃如秋葉不等。加以文繡，所以護顖。小兒質本純陽，而首為諸陽之會，不可過温，故空其頂，所以洩其氣也。小兒顖薄，則易感風寒，護其顖，所以温腦，防外感也。其製始於漢，漢東宮故事，太子有空頂幘一枚，《劉盤子傳》：盤子還依俠卿，俠卿為制絳單衣，半頭赤幘。半頭幘，即空頂幘也，即今顖帽之所倣。松按：《續漢・輿服志》：古者冠無幘，三代之世，法製滋彰，下至戰國，文武並用。秦雄諸侯，乃加其武將首飾，為絳袙，以表貴賤，其後稍稍作顔題。漢興續其顔，卻摞[①]之，施巾連題，卻覆之。今喪幘是其制也。名之曰幘。幘者，賾也，頭首嚴賾也。至孝文乃高顔題，續為之耳，崇其巾為屋，合後施收，上下羣臣貴賤皆服之。文者長耳，武者短耳，稱其冠也。《尚書》：幘收方三寸，名曰納言。皂衣羣吏春服青幘，武吏常赤幘，未冠童子幘無屋者，示未成人也。入學小童幘也，句卷屋者，示尚幼少，未遠冒也。觀此，顖帽又似漢之無屋幘，變通其制而空其頂者也。蔡邕《獨斷》：幘，古者卑賤執事不冠者之所服也。董仲舒《止雨書》曰：執事者皆赤幘，知不冠者之所服也。元帝額有壯髮，不欲使

---

① 原文眉批：摞，《集韻》，音螺，理也。

人見，始進幘服之，羣臣皆隨焉，然尚無巾。《漢官儀》曰，幘本無巾，如今半頭幘而已。王莽無髮，因為施巾，故里語曰，王莽禿，幘施屋。按：顏，《説文》：眉目之間也。題，《説文》：頟[①]也，幘之顏題，所以覆頟者也。松按：小兒戴頞帽，無巾又無題顏，蓋頞帽用以護頞，而非用以覆頟，故無顏題。空其頂，故不用巾。小兒無冠，故於幘宜，頞帽為倣於空頂幘無疑。

腰帶

腰帶之名，始於秦二世。孔平仲云，古有革帶，反插垂頭，秦二世始名腰帶。松按：《古今注》：軒轅作帶，北朝遂呼帶為腰。《周書》，周武帝賜李賢御服十三環、金帶一腰。

化骨茸

古老傳，凡斑魚蟮鼈之屬，有破相不全，或狀形怪異者，皆為毒蛇所變。人或食之，頃刻則化而為水，惟存毛髮，名曰化骨茸。凡魚鼈為化骨茸所變，味最旨美。聞故老傳，昔有一老漁行水隈，見一黑蛇，逐之，忽變為鼈，老漁漁而朝鬻之，心知其為化骨茸也。自以善烹説主人，請為代烹，以占其異，主人諾之。烹數沸，隱投少許以飼犬，犬立斃，化而為水，惟毛存耳，大驚。念既已得主人鼈價，不可明説其異，若脱身而逃，又恐主人受害。計無所出，只得加薪再烹，其氣上升如黑烟，烹至日中，其氣漸白。又越一二時，其氣純白。又投少許與犬食之，不死。老漁又私取食之，亦無恙。然後以供主人，主人云，世間珍味，未有如此之美也。

---

① 原文眉批：頟，《说文》，顙也，《字典》同“額”。

余向未之信，及粤，閲魯應龍《閑窗括異志》：李丹之弟患風，或云蛇酒治風，乃求黑蛇生置瓮中，醖以麴蘗，數日蛇不絶。及熟，香氣酷烈，引滿而飲，斯須之間，化為水，惟毛髮存焉。意此黑蛇，即世俗所謂化骨茸也。惜李氏不知烹法，若竟日烹，當亦不為患。觀此，則飲食不但當節之而已，又當擇也。故曰禍從口入。因憶道光五年，余建心遠閣時，有泥水匠云，南海西樵白雲洞，極幽静，前此多書塾山館精舍，文人墨士在此讀書肄業，不可羅縷。某年初秋，有二少年，酒後在洞前山頂據石柂[①]品茗玩月，宵闌露浥。一少年資弱怯寒，歸館添衣，復回石柂，不見其友，意必内迫，或偶步小旋耳。乃高聲朗呼，絶無響應。乃大驚怖，遂招邀館朋，洎山中都養，遍山搜覓，無有蹤影。因復視其坐處，違數武許，衹見穢水一汪，中有衣衫鞋韈辮髮一條而已，衆皆悚懼，莫明其故。又多盜竊，靡有寧居。故今寂寞荒涼，惟有殘垣破壁。職是故也，豈少年所遇，如《異志》所云之黑蛇，乃世之所謂化骨茸與。想當然，大氐少年瞥見怪物，突起趨走，不及數武為其毒所化，故有斯異也。夫山中怪毒，何所不有，入夜山行，不可戒也。

狗屁彈

周櫟園《閩小紀》：荔葉經冬不落，有蟲如荔核，冬伏葉下，荔始熟挺花，蟲亦生子，一生十二粒。數應一歲，閏則增其一。土人名曰石背，言背堅如石也。荔之蟊賊，害如菊虎，荔香時，石背輒溺，溺則全枝脱蒂，除禳無術，雨多尤盛。松按：石背，廣州處處有之，俗名狗屁彈。有翅能飛，時吐臭氣，以足踢人，輒作黑癢，故名。其溺甚毒，溺人，人肉輒潰爛，無怪溺荔

---

① 原文眉批：柂，《集韻》，音移，《说文》，耒端木也。另原文“柂”旁有“臺”字。

而全枝脱蒂也。園林有此，則臭氣時生，莫不掩鼻。其臭而為人患，與木虱同，龍眼尤忌。嗟乎，既生荔子之香，而復生石背之臭以妬之，造物可謂不情。然則有君子不能無小人，今古皆然，不足怪也。櫟園衹言其害物，而不言其臭未足，盡石背之劣也。而我粵潮州人，見則捕而食之，以為珍味。傳云海外有逐臭之夫，潮人之謂與。按：《爾雅》：蜚蠦蜰。注：即負盤，臭蟲。疏引《洪範・五行傳》：蜚越之所生，其為蟲臭惡，南方淫氣之所生也。《春秋・莊公二十九年》有蜚，《左傳》，有蜚，為災也。《漢志》，劉向以為蜚色青，近青眚，非中國所有。南越盛暑，男女同川澤，淫風所生，為蟲臭惡。是時嚴公取齊淫女為夫人。既入，淫於兩叔，故蜚至矣。《公羊傳》注亦云：蜚者，臭惡之蟲也，象夫人有臭惡之行，言有者。南越盛暑所生，非中國所有。《穀梁傳》説亦曰：蜚者，南方臭惡之氣所生，象君臣有臭惡之行，石背，其即春秋之所謂蜚者與。

然我粵石背年年都有，或間歲而生。按今越俗，無男女同川澤之事，斷非淫氣所生。劉向之説，似屬附會。豈其始為淫氣所生，至今不能絶其種類與？蜚之狀，春秋諸經解皆未詳，未知其果石背否。按：《山海經・東山經》：太山有獸，其狀如牛而白首，一目而蛇尾，其名曰蜚。行水則竭，行草則枯，見則天下大疫。《圖贊》云：蜚之為名，體似無害，所經枯竭，甚於鴆厲，萬物斯懼，思爾遐逝。劉原父《春秋傳》、蕭子荊《春秋辨疑》，皆取《東山經》，江休復《雜志》又云：唐彦猷有舊本《山海經》説，蜚處淵則涸，行木則枯。疑《春秋》所書蜚即此物，若是負蠜不當云，有謂之多可也。

松按：此説甚好，蓋負蠜止為一二果木之害，不足以言國家之災。《左傳》云蜚為災也，則蜚惟《東山經》之蜚，始足以當之。矧荔枝、龍眼不過閩粵一二府之果，非天下共有之果，曷足書災耶！負盤，《漢書》及《左傳注》，負盤皆作負蠜，《説文》亦云：負蠜，臭蟲也。故江氏云負蠜。江氏云：若是負蠜，不當云有，謂之多可也。則知負蠜，處處皆有，不惟南越。而

《傳》、《公》、《穀》及《漢志》諸云蜚為南越淫氣所生，都屬附會。據此，蜚有兩種，石背當是《爾雅·釋蟲》之蜚，而非《春秋》所書之蜚矣。《小紀》又云：閩中夜鸗，龍眼熟時，專有飛盜，緣枝接樹，趫捷如風，若巨寇然，瞬息不覺，則千萬樹皆被漁獵，名曰夜鸗，毒過於荔之石背。此果人未采時，蟲鳥不敢侵，夜鸗一過，羣蠹盡起矣。按：此夜鸗，我粵無有，其狀未詳。

俊傑

俊有三解。《鶡冠子·能天篇》：德萬人者謂之俊，德千人者謂之豪，德百人者謂之英。《北史·蘇綽傳》：萬人之秀曰俊。又《史記·屈原賈生列傳》，《索隱》引《尹文子》：千人曰俊，萬人曰傑。《春秋繁露·爵國篇》：故萬人者曰英，千人者曰俊，百人者曰傑，十人者曰豪。《淮南子·泰族訓》：故智過萬人者謂之英，千人者謂之俊，百人者謂之豪，十人者謂之傑。《説文·人部》：俊，材過千人也。傑，埶也，材過萬人也。高誘注《吕氏春秋·孟夏》、《孟秋》兩紀皆云：才過萬人曰傑，千人曰俊。王逸注《楚辭·九章·懷沙篇》：千人才曰俊，一國高曰傑。鄭注《尚書·皋陶謨》：才德過千人為俊，百人為乂。又《白虎通·聖人篇》引《禮別名記》：五人曰茂，十人曰選，百人曰俊，千人曰英。倍英曰賢，萬人曰傑，萬傑曰聖。是才智過萬人、千人、百人，皆可謂之俊也。

傑有四解，《尹文子》、《別名記》、《説文注》、高誘《吕氏春秋》注皆云：才過萬人曰傑。王逸注《楚辭·大招》亦云：千人才曰豪，萬人才曰傑。又高誘注《吕氏春秋·功名篇》：才過百人曰豪，千曰傑。注《國策·齊策》：才勝萬人曰英，千人曰桀。又《春秋繁露》：百人曰傑。《淮南子》：十人謂之傑。是才智過萬人、千人、百人、十人，皆可謂之傑也。推之英、豪、賢、茂等均無定名[①]説。故典籍隨舉以為才德出類之稱耳。然按《孟子》：若夫豪傑之士，雖無文王猶興。《前漢・高祖紀》：子房、蕭何、韓信，三者皆人傑也。則傑當不僅知過十人。又《左傳・宣公十五年》：酆舒有三雋才。《正義》引《辨名記》：倍人曰茂，十人曰選，倍選曰雋，俊作俊，此以二十人為俊。與《白虎通》所引異。據此，俊亦當有四解。

又按：英、俊、豪、傑，《淮南・泰族訓》：明於天道，察於地理，通於人情，大足以容衆，德足以懷遠，信足以一異，智足以知變者，人之英也；德足以教化，行足以隱義，仁足以得衆，明足以照下者，人之俊也；行足以為儀表，知足以決嫌疑，廉足以分財，信可以守約，作事可法，出言可道者，人之豪也；守職而不廢，處義而不比，見難不苟免，見利不苟得者，人之傑也。此論俊傑，言其德行，不以出衆之人數為説也。

夫娘

番禺鹿步司山鄉，稱已嫁婦人曰夫娘，省會以為賤稱。余初亦甚惡其稱謂之俚，不知亦有所本。松按：《丹鉛總録》：南宋蕭齊崇尚佛法，閣内夫娘，悉令持戒，麾下將士，咸使誦經。夫為夫人，娘謂娘子。按是時，北則胡后卻扇於曇獻，南則徐妃贈枕於瑶光。龜兹王女，納於鳩摩羅什，反以為榮，以千金公主，偶於淫毒丐僧，不以為耻，後世以夫娘為惡稱，蓋緣於此。《東坡戲語》有“和尚宿夫娘，相牽正上床”云云。陶九成乃謂為罵語。蓋未多見六朝雜説耳。據此，以夫娘為惡稱，亦有所本。今俗罵婦人，輒云這個夫娘，以其暴戾刁惡，非以其淫，失其本矣。陶九成以為罵語，未可厚非，蓋據其時俗方言以為説耳。又昔人謂少女為娘子，《北齊・祖珽傳》：珽所乘老馬，常稱騮駒，

① “名”字原文似删去。

又與寡婦王氏姦通，每人前相問往復，裴讓之嘲之曰，卿那得如此，老馬十歲，猶號騮駒，一妻耳順，尚稱娘子，於時喧然傳之。又按：《元史》：文宗至順元年八月，敕累朝宮分官署，凡文移無得稱皇后，止稱某位娘子，則娘子又為至尊之稱。

馬遷文誤

司馬遷《報任少安書》[①] 云：不韋遷蜀，世傳《吕覽》，韓非囚秦，《説難》、《孤憤》。按：《吕覽》乃不韋門客所作，作於始皇八年，歲在涒灘秋甲子朔日，見王伯厚《玉海》，正不韋極盛之時，非作於遷蜀時也。又按：史遷《史記》：始皇十年，吕不韋坐嫪毐免，十二年徙不韋家屬處蜀。是作《吕覽》先於遷蜀五年。韓非《説難》、《孤憤》，按：《史記・韓非傳》，秦王見非《孤憤》、《五蠹》之書，始知非。是《説難》、《孤憤》，非作於未遇秦皇之前，秦皇見非《孤憤》、《五蠹》，乃召非，非乃入秦，又非作於囚秦時也，此史遷之誤，而矛盾亦甚矣。昔人謂《報任少安書》非馬遷所作，疑為漢儒贋造，非無見也。

杜牧賦誤

才人文章，每多過火語，不必皆實。如杜牧《阿房宮賦》云：一肌一容，盡態極妍，縵立遠視，而望幸焉，有不得見者三十六年。

松按：《史記》：始皇三十五年，以先王宮廷小，乃營朝宮渭南上林苑中，先作前殿阿房。三十七年秋七月，始皇崩於沙邱。計始皇作阿房，詎崩日不過三年，何得云三十六年？林西仲

① 原文如此，當作“報任安書”或“報任少卿書”，下同。

注云，始皇在位三十六年，若説終身不得見便呆，不知始皇在位三十七年，如曰舉始皇終世而言，則與阿房有何關涉？蓋始皇作阿房三年而始皇崩也，此杜賦之誤，不可不知。有一老儒云，三十六年言阿房宮嬪，有年三十六而不見幸耳，過此則色漸衰，不復可幸，猶云終身不得見幸也。然自古帝王，宮人終身不得幸者，抑亦不少，不惟始皇，此《樛木》、《螽斯》之獨見美於周文也。《禮·內則》云：妾雖老，年未滿五十，必與五日之御，安見三十六之後，便不復可御耶？且何必定言三十六耶？松謂古者女子，年十三始進御，又再三十六年，則幾五十，不與五日之御矣。所云三十六年，當或為入宮以後之年，然按之作阿房至始皇崩年，亦復不合。夫才人作文，意之所至，筆即隨之。其中一言一句，閒有不及檢點核實，是所時有，固不必泥此，以病才人之文。而才人之文，亦不以此而減色也，讀杜賦者不可不知。

俗嫌

廣州多避字音不祥之嫌，如猪肝、牛肝，俗以肝與乾同音，改呼猪潤、牛潤。猪舌，俗謂生理缺本為舌，改呼猪利。廣州查私，最為嚴緊。以茶與查同音，商賈舟行，改呼飲茶曰飲河南、飲武夷、飲和平，河南、武夷、和平出茶地名。夷船起鐃，開行回國，所欠買辦伙食之賬①，不能清結，盡減作完，謂之割數。以葛與割音同，夷人買辦改呼葛曰實心藕。俗謂飲羹曰飲湯，殺人亦曰湯人。諸不逞改呼飲湯曰飲順，食飯以飯與囚犯之犯同音，改呼曰食晏仔。飲粥，以粥與捉人之捉音同，改呼曰飲清。藥必病而後食，小兒有病，諸鄰築里候問食藥，則曰飲甜茶。藥味本苦，而曰甜者，反言以誑小兒，亦猶《本草》謂甘草曰大苦也。俗謂無曰母，故稱伯母曰伯有。按：《禮器》：詔侑武方。

---

① 眉批曰：《汉书·武帝纪》注，計若今之諸州計賬也。

鄭注：武讀為無。《黄氏日抄》云：武方與就養無方之義同。是謂無為武，不自今始，毋武音同，故今俗又以為嫌耳。

廣諺

八方之民，言語不同，故俗談里語，謂之方言。然方言固因乎地，而亦因乎其時。世代既殊，方言亦異。而我廣俗，除《廣東新語》所載，此外尚不勝覼縷。姑舉十數條，聊作《新語》之續爾。

天晴曰好天，又曰天頭。天雨曰唔好天，又曰天醜。廣俗謂不是曰唔，朝早曰朝頭早，日中曰晏晝，日將夕曰挨晚，夕後曰齊黑。夜曰晚頭夜，虹曰鑊耳龍。夏時，朝起小小東北風，而天陰暗，愈吹愈緊，謂之東風打泥浪，日間必有大風雨。天本晴明，忽然變色，西北雲起如畫，謂之齊眉雲。齊眉之下，雲生支脚，謂之鷄爪雲。皆主頃刻暴風烈雨，齊眉尤速，謂之西北石湖，舟行最忌，黑雲忽起，雨隨雲至，少頃即止，謂之過雲雨。無風而風卒至，迴環旋轉，途路田野間遇之，沙塵為之轉圓而起，謂之鬼傳風。俗云，此鬼役鞅掌，暫為歇足，如過傳舍然也。又謂之鬼旋風，瞬息即散。隆冬朔風嚴緊，閒有處所，風從高山大峽閃出，其勢甚雄。江行遇之，帆不及收，舟不及泊，輒多覆溺，謂之閃山風。天晴日烈，倏有薄陰飛來，如在日光之下。炎暑山行，得此最為快爽，謂之過岡陰。夜間有若大星，其尾若帚，長數十丈，從地飛起，高於屋簷丈許。飛亦不遠，不過數十百丈，其色青，其聲隆隆，其光若晝，謂之人殃。此地人殃見，左近必有人死。按：過雲雨，見《避暑録話》：云五六月閒，每雷起雲簇，忽然而作，類不過移時，謂之過雲雨。雖三五里間亦不同。是宋人已先有是語，不惟廣州。

又鄉俗常語，亦多有古老所常談者。或所未聞者，如旌賞使人，自來皆曰利市，今則書曰利是。按：《易》：為近利市三倍。

疏云：為近利，取燥人之情，多近利也。市三倍，取其本生蕃盛，於市則三倍之宜利也。今俗云利是，以利為是也，似更合事宜。餉午，《說文》：晝食也。《通雅》：今嶺南作劇半本，啖飯食謂之餉午，俗謂之鎖午。迎神賽會午食曰坐午，又曰打中火。按：中火，見《唐書》：劉世讓曰：突厥數寇，以馬邑為中頓。注：頓，猶食也。置食之所曰頓，猶今言中火也。《通雅》引之。凡事物各執一見，自以為是，兩不相下，輒以銀錢或酒食相博賭，謂之輸賭，又曰打個賭。

按：輸賭二字，見《南齊書·王僧虔傳》：僧虔誡諸子書曰：談故如射，前人得破，後人應解，不解則輸賭矣。據此，輸賭，以負者言也。凡事有阻難於人，與人有所阻難於己，俗謂之刁蹬。按：《堅瓠續集》：中都皇陵初建時，將築周垣，所司奏民家墳墓在傍者當外徙。高皇曰：不必外徙。及成，皇陵四門懸金字牌曰：民間先世。如有墳墓在陵域者，春秋祭掃，聽民出入，不許把門官刁蹬。如違，以違制論。是刁蹬之諺，始於前明。今俗兒女撒嬌，左不是，右不是，亦曰刁蹬。

天陰曰天烏地暗；事本細小，而故為張大曰天蝴地蝶；冤屈曰天冤地枉；作事無私曰天公地道；事物一定不易曰天造地設；歡樂之甚曰歡天喜地；作事非常曰驚天動地，又曰天長地久，曰天大地大。見老子《道德經》。曰天長地久，天地所以能長且久者，以其不自生，故能長生。又曰天大，地大，道大，王亦大。域中有四大，而王處一焉。大言虛誇，曰說得天花開地花落。不知進退，曰不知天幾高地幾厚。無端生事，曰無情白事，曰無風自起浪，曰平地起風波。言語支離，曰扭冬瓜話葫蘆。不相關涉，曰狗春挨着黃皮樹。俗謂卵子為春。作事不由正道，曰鬼馬，又曰鬼五馬六，曰不三不四。行止不端，曰不倫不類。衣服不衷，曰不郎不秀。凡事累次申告，曰三翻四覆。謂人情物理，曰上二下六。愚昧者謂不識上二下六。傅近曰左三右二。作事疏緩曰有緊無要。怠惰曰有神無氣。半塗而廢，曰有頭無尾。有便宜有不便宜，曰有着無着[①]。作事糊塗曰混沌，曰混混沌沌，曰糊糊混混。作事已妥，曰安心樂臟。作事見機不早，曰早知燈是火，飯熟幾多時。事不得急就，曰熱飯不得熱食。論人無所可否，曰兩便光，曰豆腐刀。性情愛憎無常，曰鬼頭風。事雖小而行之不易，曰小工夫，大行儀。地方繁華興旺，曰熱鬧，曰興鬧。興，去聲。

賓朋妓館宴飲，曰鬧酒。園苑聽唱劇梨園，曰鬧戲。人相詈駡，曰鬧交。豪富落薄，子弟仍鮮衣靡食，曰鬧架子，曰鬧款，曰鬧排場，曰裝腔。人所敬仰，曰體面，曰有面。人所憎惡，曰武面，曰刁面。答人遺送什物，曰多承，曰蒙惠，曰盛惠，曰厚情，曰多謝。按：多謝，見《漢書·趙廣漢傳》：湖都亭長，西至界上，界上亭長戲之[②]曰，至府為我多謝問趙君。師古曰，謝，厚也，言慇勤。若今人千萬問訊矣。謂人不中用，曰廢物。按：廢物，見《吴越春秋》：不能復仇，畢為廢物。今俗譏人不善飲曰廢物。廢物與肺密音同，謂其肺密不堪容酒，故不能飲也。緩慢曰修悠，曰修修悠悠。忙速，曰流毬，曰流流毬毬。身體安適曰舒伏。誇事熟辨曰慣經。看曰體，看戲曰體戲。去曰且，曰走。玩遊曰仙，曰嫽，《集韻》：音料，戲也，曰頑耍。睡曰訓，曰慺，慺俗音偷，去[③]上聲。乘涼曰慺涼。客家謂晚浴，亦曰慺涼。南海禪山謂睡曰自在，作事不近人情，曰豈有此理。按此語見《齊書·虞悰傳》，鬱林廢，悰竊嘆曰，王徐廢天子，天下豈有此理乎。事不的確，與人辨論，輒曰耳聞不如目見，見《魏書·崔浩傳》：李順等復曰：耳聞不如目見，吾曹共見，何可共辨。浩曰，汝曹受人金錢，欲為之辭，謂我目不見，便欺我也。弄假欺人，曰裝模作樣。有所疑忌而忽驚恐，曰大驚小怪。羨人物美好曰班贊，曰生硬。鋪肆自稱貨物之佳，曰標

---

① 旁邊有一小字“著”。

② “之”字原文似删去。

③ “去”字原文似删去。

家，曰頂瓜瓜。客商出入謂行[①]銀兩曰行李。道光間俗謂銀錢曰偈，問人有銀與否，曰有偈無偈。討賬收銀曰兜偈。又謂萬為兩，千為錢，俗論人身家泊鋪店生理餘利多寡，以一萬為一兩，一千為一錢。妓曰老舉，宿娼曰嫖姼，姼俗字，音赦，言淫於妓之舍也。蛋女而娼曰水雞。夷妓曰魚羊城。乘夫遠行而暫娼曰半掩門。晝嫖曰闢閣門。城閒娼家曰寨。珠江沙面楊幫潮幫曰寮。遨遊寮曰打水圍。寨曰趨寨，趨俗音習慣反。工作呈巧曰演手勢。無事笑談曰打口鼓。奴婢來而家道漸興曰好脚頭，否曰大脚板。性情頑梗曰蠻，曰蠻澄根[②]𨱇。

怒曰蔓，曰生氣。笑曰笑癡癡，笑淫淫。小兒馴順曰乖，曰乖乖，曰乖紐，曰乖乖紐紐。甚紅曰紅蚩蚩，甚白曰白錫錫，甚青曰青菲菲，俗音悲。甚黑曰黑黸黸，俗音媽，平聲。甚黃曰黃拿拿，甚大亦曰大拿拿，甚綠曰綠呦呦，俗字音彎，去聲。酸曰酸訬訬，俗音刀，又古交反。甜曰甜淋淋，甘曰甘淫淫，苦曰苦刁刁，辣曰辣執執，鹹曰鹹零零，俗音古經反。長曰長奶奶，俗音乃平聲，如俗稱尊婦人曰奶奶之奶。短曰短出出，多曰多羅羅，少曰少怵怵，又曰滴禁多。疏曰疏了了，俗音虛嬌反。密曰密卒卒，嫩曰嫩兹兹，又曰嫩算。老曰老鶯鶯。寬曰寬忒忒。緊曰緊諏諏。乾曰乾坳坳，又曰嘲嘲。濕曰濕立立。脆曰脆緝緝。韌曰韌麻麻。新曰新楸楸。圓曰圓轆轆，曰圓沌沌。遠曰遠留留。高曰高東東。光曰光棖棖。鬆曰鬆匹匹。深曰深臨臨。淺曰淺減減，俗音思吉反。寂寞曰冷清清。甚熱曰熱爀爀，俗音居乞反。凍曰凍冰冰。煖曰煖爩爩。殠曰馨，曰殠馨馨。小兒飲食忙迫曰㪍𪏭。

道光間，婦人語助曰天，如云天禁快、天禁慢之類。又曰鬼，如云鬼禁冷、鬼禁熱之類，或曰極至之謂也。籍端生事曰混

---

① “行”字原文似删去。

② “根”字原文似删去。

帳①，曰混鬧，曰混吉。借貸無厭曰麻米，曰厭悶，曰笭蓑，曰討厭厭。官訟糾纏，洎怕與人争論，輒曰不望柴開，只望斧脱。盛氣凌人曰聲威打勢。失勢氣短曰威迷。為人所愚曰上當，當讀去聲。恨上人當，輒諉曰有心人算武心人，俗謂無曰武。煩難曰累墜，曰累累墜墜。俗云，人生多個妻妾多個累，多個兒女多個墜，累累墜墜，便了一世。善後過慮，曰人無百歲壽，枉作千年計。好事之來，出於意外，曰得意在無意之中。人生貧富飲食之屬，皆有定數，曰一絲一粟皆前定。物之不佳，曰法制，蓋凡物以出於自然者為佳。若以法制，則非出於自然，故謂法制為不佳。穢汙礙目曰欲酸，曰核突，曰拿膩。凡勸人忽略於事曰寧可信其有，不可謂其無。稱人能幹曰本事，曰利害，曰飛刀。

察物分明曰子細，見《北史・源思傳》：為政事當舉大綱，何必太子細也。杜詩：野橋分子細。水一滴曰一渧。梵書《地藏經》：一毛一渧，一沙一塵。蛋人謂脚曰角，薑曰江，浪曰亮，香曰康，線香玉香曰線康玉康，裝曰張，裝船曰張船。省城語助曰而家，南海語助曰爾爾釘，新會語助曰哩啖飯内，客家語助曰調呀支别，調具料反，呀虛加反。碗疊之疊曰芰。裝鹽船洋船，面闊底狹，利於行而不甚安穩。曰要。按要，戲也。尖要，俊利也。物味苦曰良，殠曰馨，又曰菸馨爛殠。② 貧苦曰拗噎。憂患多曰蔽噎。作事顛倒不成就曰頭頭颮著黑，又曰頭脱脚落。呼狗曰宰宰，叱狗曰緝。呼豬曰蕤蕤。呼鷄曰沼沼。叱鷄曰數，讀平聲。呼鴨曰地地，讀平聲。

① 旁邊有一小字“賬”。

② 眉批曰：殠曰馨重語。此處宜稍篇次。

卷之四

地火天火

稼穡有地火天火之厄。宋寧宗慶元四年，餘干安仁，於八月羅地火之災。地火者，蓋苗根及心，孽蟲生之，莖幹焦枯如火烈，即古所謂蟊賊也。

松憶嘉慶壬申七月望月食，復圓之際，月生紅暈。俄而有火出自月中，如一匹紅綃，長數十百丈，自西南墮於東北。於是我邑市橋下百餘里，禾苗枯焦，藁頭臭爛，如火燒狀，是秋粒穀無收。老農云，此天火災禾，凡秋月望日日食，復圓，輒有斯異，余嘗見過，但不若今歲之甚耳。

松按：歷代史册，《天文》、《災異》諸志，皆不見此，此則比地火為尤甚也。又按：《物理小識》：地火燒禾，此必久雨乍晴，當夏而冷，乃有之。田面既有濕氣，又有陰冷氣在空中，當夏火氣不能疏越，逼入禾苗，如腐草之延燒，農家急放田水乃可免。蓋水乾則下面冷氣減，火氣疏越，不至燒禾也。據此，地火非蟊賊，乃濕熱薰蒸之氣耳。若壬申七月之火，則從天而下，非濕熱之氣。蓋市橋下皆是海中潮田，否則圍田，亦在海中。無時無水，則非放水可免，此災真前古未有也。

松按：天火，必是年六月旱，六月為炎暑當盛之月，又值亢旱，炎蒸愈盛。七月又為三伏之候，隆爔尤甚，月乃太陰，説者謂月為日所掩而食，日陽之盛極，而與太陰相激薄，加以六月蘊蓄炎熱之氣，無所攄洩。故於日食復圓之際，盛陽之氣，蓄極而下洩，如火烈澤，故禾感之，苗皆枯焦如燒，亦理之所有也。故春冬夏月日食，則無此災，夏雖暑至而未極故也。於何知之？壬申年六月旱也。又咸豐二年壬子七月，旱而夜雹，田禾災亦如之，夫旱而雹，亦盛陽之氣洩，故其為災，與天火同，第不若壬申之甚耳，則不必十五月食而後致也。

海市山市

登州海中遇晴，忽見臺觀城市，人物往還者，謂之海市。東坡嘗一見之。又歐公過河朔高唐縣，宿驛舍，夜聞鬼神自空中過，人畜之聲，一一可辨，父老云：二十年前曾晝過，土人謂之海市。見《遯齋閒覽》。一閩人山居，門前忽現宮闕數重，巍煥插天，須臾不見，蓋山市也。見宋牧仲《筠廊偶筆》。又《物理小識》：泰山之市，因霧而成，或月一見，嘗於霧中見城闕旌旗，聞絃吹聲，最奇。張瑶星曰，登州鎮城署後太平樓，其下即海也，樓前峙數島，海市之起，必由於此。每春秋之際，天色微陰則見，頃刻變幻，島下先湧白氣，狀如奔潮，涼亭水榭，應目而具，可百餘間，文窗雕欄，無相類者。又中島化為蓮座，左島立竿縣幡，右島化為平臺，稍焉三島連為城堞，而為幡為赤幟。睢陽袁可立為撫軍時，飲樓上，忽艨艟數十，揚幡來，各立介士，甲光曜日，朱旗蔽天，相顧錯愕。急罷酒，料理城守，而船將抵岸，忽然不見，乃知是海市。林景熙《蜃説》曰：《漢志》載海旁蜃氣象樓臺，初未信也，避寇海濱。僮報海中忽湧數山，予登聚遠樓，見奇峯疊巘，城郭臺榭，中有浮圖老子宫，詭異千狀，近晡而滅。或云，海市蓋蜃氣所結，又有謂水氣映石氣而成。《明史・王宗沐傳》：宗沐欲復海運，疏云，自淮安而東，引登萊以泊天津，是謂北海，中多島嶼，其地高而多石，蛟龍有往來而無宅窟，故登州多海市，以石氣與水氣相搏，映石而成。

松謂：海市多是海氣鬱蒸而成，猶之泰山之市，霧結而成耳。

又沈括《筆談》：登州海中時有雲氣，如宮室、楼觀、城堞、人物、車馬、冠蓋之狀，謂之海市，或云蛟蜃之氣。《齊乘》云：登州北海中有沙門、鼉磯、牽牛、大竹、小竹五島，海市現滅，常在五島之上。或謂類南海蜃樓，殆不然。嘗至海上訪之，每於春夏晴和之時，杲日初昇，東風微作，雲脚齊斂於島上，海市必現。凡世間所有，象類萬殊。或小或大，或變現終日，或際海皆滿，其為靈怪赫奕，豈蜃樓可議哉。蓋滄溟與元氣呼吸，神龍變化不測，如佛經所云，龍王能興種種雷電雲雨，於本宮不動不摇，山海幽深，容有此理。

然更有不由山霧海氣而亦幻為樓堞者。《遯齋》又云：湘潭方廣寺，四月朔日，在東壁則照見維揚官府樓堞民物，影著壁上。又有鬼市。《遯齋》又云：家弟曾宿福清紫微院，至三鼓後，忽聞院後讙呼交易之聲，儼如城市，皆是浙音，達旦而止。明日起視，皆高山峻壁也。寺僧云：一歲之中，凡數次如此，人謂之鬼市。《綏寇紀略》：崇禎十七年十一月，滎澤縣東十里，平地忽現一城，雉堞井幹皆具，久之始没。吴駿公以為城異，松謂此亦山市、海市之類也，可知六合之内，無所不有。

女樂不始於周

《隋書·房暉遠傳》：高祖嘗謂羣臣曰：自古天子有女樂乎？楊素以下，莫知所出，遂言無女樂。暉遠進曰，臣聞窈窕淑女，鐘鼓樂之，此即王者房中之樂，著於雅頌，不得言無，太祖大說。《太平御覽·女樂部》不先引《關雎》，而引《左傳·襄二年》“鄭人賂晉侯以女樂，晉侯以樂之半賜魏絳”，失先後之序矣。或曰，女樂不始於《關雎》。《萬物原始》云：洪崖妓，三皇時人。《正韻》，妓，女樂也。

松按：《管子》：桀女樂三萬人，端謬晨樂，聞於三衢，無不服文繡衣裳，是女樂始於夏桀，桀無道，且管子之書，不若周詩之著，故暉遠以《關雎》對耳。

炮烙不始於紂

《竹書紀年》：紂四年，作炮烙之刑。不知炮烙之刑，桀時已有。符子曰：桀觀炮烙於瑶臺，謂龍逢曰樂乎？龍逢曰樂。桀曰觀刑曰樂，何無惻隱之心乎？逢曰：天下苦之，而君為樂，臣為君股肱，孰有心悦而股肱不悦乎？桀曰，聽子諫，諫得，我功之。不得，我刑之。龍逢曰：臣觀君冕，非冕也，危石也。君履，非履也，春冰也。未有冠危石而不壓，履春冰而不陷。桀嘆曰：子知我之亡，而不自知亡，子就炮烙之刑，吾觀子亡。龍逢行，歌曰：造化勞我以生，休我以炮烙。乃赴火而死。是炮烙者，桀實以之殺龍逢，紂踵而復作之耳。《淮南·俶真訓》：夏桀、殷紂，燔生人，辜諫者，為炮烙，鑄金柱，亦謂桀有炮烙之刑。

夏得海

俗説：古有差役名夏得海，時值亢旱，縣令求雨不應，欲投文書於海龍王，求降雨澤，因呼衙役曰：誰人下得海？夏得海以為呼己，應聲而出。令與之文書，使投龍王，自分必死，乃醉飲，仆卧水濱，值潮水長，遂淹没。遇救，得不死，詭辭復命。人問投文何如，他説所見龍宫宏敞華麗，珍寶堆積，世所未有。龍王賜宴，備極豐腆。人問龍王何狀，曰龍王尊嚴，不敢仰視，但見其足下著水晶靴耳，聞者捧腹絶倒。故今人謂説謊者，輒云夏得海投文。

海龍王著水晶靴。松讀《南唐近事》：玄宗幼學之年，馮權常給使左右，上深親幸，每曰：我富貴之日，為爾置銀靴。保大初，聽政之暇，命親王及東宮舊僚擊鞠極歡，頒賚有等。語及前事，即日賜銀三十斤，以代銀靴。權遂命工鍛靴穿焉，銀靴亦可穿，則著水晶靴。恐未是說荒。又《南齊書・文惠太子傳》：時襄陽有盜，發古冢。相傳是楚王冢，大獲寶物，玉屐玉屏風等。古有玉屐，何必無水晶靴。

按：《明史・蔡錫傳》：蔡錫，鄞人，永樂間為泉州太守，修橋跨海上，難以施工，將以文檄海神。而一卒忽如醉，自稱願賚檄以行，錫許之。遂醉以酒，往臥海上，若有神扶掖者，俄而得醋字出，意必八月二十一日也。興工時，潮果不至，工遂成，則下海投文，恐亦未是說謊。橋即今所謂洛陽橋，俗以為蔡端明造，非。又干寶《搜神記》：後漢胡母班，嘗至泰山側，為泰山府君所召，令致書於女壻河伯，云至河中流，叩舟呼青衣，當自有取書者，果得達，復為河伯致書府君。觀此，則致書水神，古已有之，豈得以夏得海為荒誕耶。然按《明史・蔡錫傳》，醉卒無名。《博學彙編》所載，與明史不異，亦無醉卒之名。

夏得海之名，見趙雲崧《簷曝雜記》云：余少時見優人演蔡忠惠洛陽橋，有醉隸入海投文之事。余至泉州，過此橋，果壯麗，橋南有忠惠祠，旁有夏將軍廟，即傳奇所謂醉隸夏得海也。《彙編》云：橋訖工，更名萬安，民德之，立醉卒祠於其旁，配享端明，是橋旁實有醉卒祠，而泉人謂夏將軍廟，則《傳奇》云夏得海，非無因也。《彙編》又以為夏將軍祠在端明祠旁，與《雜記》異，從俗傳也。今俗以夏得海為求雨投文龍王之醉卒，又與諸書所載異，豈以洛陽橋事而附於求雨與。

鑼鼓三

鑼鼓三，瞽者也，肇慶高明縣人。譚姓，三名也，擅鑼鼓，絕技，故名鑼鼓三，鬻技於羊城，每唱一齣，錢五十，其聲價也。演技時，布席坐地上，時擊鑼及小鐺鐺。小鐺鐺即小鉦，俗名鐺鐺。足趾挾椎，打一面蘇鼓，膝敲樂句，手彈三弦或月琴，撚二絃，掐鐃撥，口吹鎖喇洎竹笛，衆音齊作，先後疾徐，一一中節。徐唱傳奇，而生旦末外浄雜，諸色唱白，無不臻妙，逼真梨園，亹亹可聽。三云，嘗教十餘弟子，俱不能授其技，其小技之絶無而僅有者也。夫技之絶者，其人雖賤，不可不傳。而技之絶者，其文不實，又不可以傳。

我邑舉人崔鼎來弼先生，我邑才人也。慮三不傳，嘗為之作傳。其辭曰：瞽者譚姓，肇之高明人。鬻技羊城中，幾五十年，未有能學之者。每晴明之夜，聞都都得得聲，則里巷兒童走相告曰，鑼鼓三來矣。三之為人，非有兩螯六跪也，非有五口六鼻也，非有四蹄八臂也。而坐一席。架一銅鉦，手一鐵笛，肘一鐃撥，一檀板，膝一鬅簗一鞶婆，大鼓小鼓陳於前，長簫短吹横其後。每發聲動作，為百十人喧攘聲，為大戰昆陽聲，為金殿解甲聲，為垓下別虞姬聲。其變宫而為羽也，則叱咤者，囁嚅者，耳語者，歌呼嗚嗚傴僂相答者。旦之喉，生之白，雜之鬼趣，外之嗚咽。聽之者，幾疑衆仙之同日會霓裳也。口停吹則嘹嚦出於喉，趾夾椎則丁東起於足，而又丈二鐵綽板縣於腕下。聞蘇學士之大江東也，忽而胡笳十二拍於掌中，則蔡文姬之出塞曲也，有眼大如箕者，思拜門下，為羅黑黑之足畫而寫聲，李青青之酒酣而弄吭，終如李三郎之學隱身，而終不得其要領者。况乎眂瞭之流乎，使師曠而在，必將樂引為同調矣。歌畢，則囊括笙鏞鐃鐲箏琶磬管而去。

松按：崔《傳》多有錯誤。眂瞭，按：《周禮・春官・太師》：眂瞭三百人，注：瞭，明目者。《孟子》：則眸子瞭然。師曠《禽經》：瞭曰鷂，注：能遠視也，皆謂瞭為明目。眂瞭，瞽之視相，明目者也。崔意以為瞽者，謬矣。又過於鋪張，多非三事實。其云手一鐵笛，膝一鬅簗，長簫横其後。又云，丈二鐵綽板懸於腕下。又云，歌畢，囊括笙鏞鐃鐲箏琶磬管背駝而去，所序諸樂器，多非瞽三所用。瞽三所用，有篴無笙簫，有月琴無箏。若觱篥鏞磬，不特瞽三不用，今梨園樂工亦無有用之者。尤可笑者，按《爾雅·釋樂》：大鐘謂之鏞。《書·益稷》：笙鏞以閒。《詩·周頌》：庸鼓有斁。傳注皆曰鏞大鐘，《説文》亦曰大鐘。考古今經傳、稗官野史，無有言小樂器之別名鏞者，雖强有力，鏞亦斷不能背駝，矧三之弱瞽邪，若丈二鐵綽板，固非三所用，而亦非三之腕下所能縣也。此文人好奇之過，故往往失實。然則三不特弟子不能傳其技，即文人亦不能傳其技。不能傳三之技，是傳三未嘗傳三也，三終湮没不傳已。

叔姪之稱

古者叔姪亦稱父子。《前漢書·疏廣傳》：廣謂兄子受曰，今仕宦至二千石，宦成名立，如此不去，懼有後悔，豈如父子相隨出關，歸老故鄉，以壽命終，不亦善乎。又《蔡邕傳》：邕叔父質，邕以質為中常侍程璜所誣，上書自陳曰，如臣父子，欲相傷陷，當明言臺諫，具陳恨狀。又云，臣季父質，連見拔擢，位在上列，臣被蒙恩渥，數見訪逮，言事者因此欲陷臣父子，破臣門户。又《風俗通》曰，劉矩父叔遼。按：《後漢書·劉矩傳》：矩叔父光，順帝時為司徒，矩少有高節，以叔父遼未得仕進，遂絶州郡之命。又按：矩叔父光，字仲遼，弟字叔遼。《風俗通》云：矩父叔遼，亦可為漢時叔姪稱父子之證。又《華陽國志》：任末師亡，身病，賷棺赴之，道死，遺令勅子載喪至師門，敘平生之志也。按：《任末傳》：末奔師喪，於道物故，臨命，敕兄子造曰，必致我尸於師門。《華陽國志》不云敕兄子，而云敕子，亦可見漢人叔姪通稱父子也。叔謂姪又曰小兒，謝元破堅，有驛書至，謝安方對客圍棋，看書既竟，無喜色，棋如故。客問之，徐曰小兒輩遂已破賊。按謝元，謝安兄子，見《晉書·謝安傳》。或曰，兄弟之子稱姪，亦非古也。《爾雅·釋親》：謂吾姑者，吾謂之姪。姪本姊妹稱昆弟之子之名。雷次宗曰，姪字有女，明不及伯叔，故古人於兄子弟子不稱姪。

松按：閻潛邱曰：《吕氏春秋》：黎邱之鬼，善效人之子姪昆弟之狀。則兄弟之子稱姪，已見於先秦。

娣姒之稱

女之姒娣，猶男之兄弟也。以女年之長幼言，非以其夫年之長幼言也。《爾雅》：女子同出，謂先生為姒，後生為娣。注：同出，謂同嫁事一夫也，事一夫者。以己先生為姒，後生為娣。又云長婦謂穉婦為娣婦，娣婦謂長婦為姒婦，亦以女之長穉言，非以夫之長幼言也。疏：世人疑姒娣之名，皆以兄妻呼弟妻為娣，弟妻呼兄妻為姒。然《公羊傳》：諸侯娶一國，二國往媵，以姪娣從。娣者何？弟也。以弟解娣，自然以長解姒。長謂身之年長，非夫之年長也。《喪服・小功章》：夫之姑姊妹娣姒婦報，敖繼公謂先娣後姒，則娣長姒穉明矣。然按傳曰：娣姒婦者，弟長也。蓋以弟釋娣，以長釋姒也。猶之《公羊傳》所謂娣者弟也，《左傳》所謂長叔姒生男。又穆姜不以聲伯之母為姒，又叔向之嫂，謂叔向之妻為姒，三者皆呼夫弟妻為姒，豈計夫之長幼乎？據此，則娣姒以女之長幼言，非以夫之長幼無疑。而古亦有不以女之長幼，而以夫之長幼為娣姒者。馬融釋《小功章》娣姒婦曰：娣姒婦者，兄弟之妻相名，長穉自相為服，不言長者，婦人無所專。以夫為長幼，不自以年齒，妻雖小，猶隨夫為長也，先娣後姒，明其尊敵也。又《唐書》：李光進弟光顔先娶，而母委以家事，及光進娶，母已亡，弟婦籍貲財納管鑰於姒，光進命反之曰，娣逮事姑，且嘗命主家事，不可改，此以夫之長幼為娣姒也。要之禮本人情，義有旁通，時代既遷，方言各别，史册所載，有時從俗而義亦可通，不必泥於古者。此類是也，馬説與《唐書》未為非是也。

娣姒又曰妯娌，《合璧事類》：娣姒今或曰妯娌。《唐書》：

高宗以太平公主適薛紹，武后以薛顗妻蕭氏，顗弟緒妻成氏，非貴族，欲出之。曰：我女豈可與田舍翁女相為妯娌耶。郭璞曰：關西兄弟婦相呼為築娌。《釋名》：青徐人謂長婦為稙長，禾苗先生曰稙，取名於此。荆豫謂長婦曰熟，熟，祝也。祝，始也。今我廣俗妯娌亦曰熟里。按：妯，《集韻》、《韻會》佇六切，並音逐。今我廣稱熟里，即妯娌。逐熟音相類，而方言有不同耳。漢人又謂之先後。《史記·封禪書》：神君先後宛若，孟康曰先後猶妯娌也。今廣州又謂之嬸母，以夫之年言，長曰母，幼曰嬸。嬸母，見吕東萊《紫微雜記》：吕氏母母，受嬸房婢拜，嬸見母母房婢拜，即答。母母，即尊尊之意也。

甘鹽

鹽性本鹹，而有甘者。昆吾國無水，自生朱鹽，月滿則如積雪，味甘。月虧則如薄霜，味苦，月盡則鹽亦盡，見《八紘譯史》。松按：甘鹽，中土亦有。《周官·鹽人》：共飴鹽。鄭康成謂鹽之甜者，今戎鹽有焉。《涼州記》：青鹽池，出鹽正方，其形如石，甚甜美。《涼州異物志》：交河之間，平磧中，掘深數尺，有末鹽，如紅如紫，色鮮，味甘，食之止痛。據此，則甘鹽不僅出昆吾矣。

酸井

松母舅家番禺官洲鄉，門前有一井，泉清而味酸，不可瀹茗，洗沐則甚去膩垢。松少時隨母歸寧，詢之舅氏。舅氏云，聞父老相傳，此地嘗植一仁面樹，大十數圍，不知何代植，亦不知何年伐去，故至今井水仍酸。夫仁面之果雖酸，然伐其樹，已百數十年，根且朽爛，歸於烏有，而其味仍留，斯為異矣。今又六十餘年，井水猶酸云，此不可解。

然松嘗至蘿岡洞，遊蘿峯[1]寺。寺後左側，有一山泉，邐迤折曲，流入齋厨，泉清而甘，不下白雲之九龍泉。山頂泉旁有一仁面樹，高百餘尺，大數十圍，歲收仁面子數百千斤，違泉不過數尺，而泉清甘，無少酸味。舅氏所聞，恐未必然。然細思物理，凡山有溪坑泉流，流下必石。仁面樹根，皆生石下，其味斷不能上渾泉流，且泉之流也，晝夜不息，雖有穢污，亦隨流滚去，不得停止舛息。仁面之根，即日浸於泉，其味亦不能毫髮留，非如地中所植，根與土粘，歷年既久，土食其味，與之相融。且根在土下，雨水所不至，故歷久而味不能淡也。舅氏之云，亦有其理。

古又有甜井。《洞冥記》：去虞淵八十里，有甜溪，水味如蜜，東方朔遊此水，得之以獻武帝。帝乃投水於陰井中，井水遂甜而寒，洗沐則肌理柔滑謂之甜井。按：田藝衡《煮泉小品》引《拾遺記》：員嶠山北，甜水遶之，味甜如蜜。《十洲記》：元洲元澗，水如蜜漿，飲之與天地相畢。又曰：生洲之水，味如飴酪，則甜水不僅甜溪也。夫山溪洲澗不乏甜水，則井有酸水，亦不足奇。且天地生物，何所不有，本不可以理詰。舅氏之井酸，恐非仁面之酸之為之也。第里鄰有井，違舅氏井不數武，絶無酸味，此為異耳。

筆冲

《陶書》有八寶團龍筆冲、海水龍合子心四季花筆冲、青地白花白龍穿四季花筆冲。朱笠亭《陶説》引晉王獻之有斑竹筆筒，名裘鐘，世無其匹。《考槃餘事》：以筆筒必湘竹為雅品，如近日陶器，頗多妙製。若此八寶團龍，恐非清玩所宜。松按：

---

① 原文為“坑”，後改為“峯”。

筆沖與筆筒各殊，其用亦異。筆筒所以蘊筆，使筆不乾而鋒不壞。筆沖所以養筆，使筆常濕而餘墨不留。筆沖即今之筆注，以磁為之，常注水以養筆，故名。在陶器中亦頗清雅，笠亭嫌之何耶？但筆注貯水過多，筆太淫漬，不若筆筒耳。松按：筆筒，今謂之筆管，筆管以今製為佳。今以銅為之，銅本不燥，製以蘊筆，又密而不漏風。雖炎夏隆冬，筆納管中，可三四天，潤而不燥。湘竹筒雖雅，然越宿即乾，究不若銅筆管之為適於用也。

按：屠隆《考槃餘事》引《文房寶飾》云：養筆以硫黃酒舒其毫。蘇東坡以黃連煎湯，調輕粉蘸筆頭，候乾收之，則不蛀。黃山谷以川椒、黃蘗煎湯，磨松煙染筆，藏之尤佳云。

琵琶

傅玄《琵琶賦》，漢遣烏孫公主嫁昆彌，念其道遠，思慕故國，故使工人裁筝筑為馬上之樂，欲從方俗語，故曰琵琶，取其易傳於外國也。《風俗通》以手琵琶，因以為名，見《宋書・樂志》，今古樂府謂出於絃鞉，杜摯以為興之秦末。蓋古長城役，百姓絃鞉而鼓之。松按：《周頌》：鞉磬柷圉。傳：鞉，小鼓也。《釋文》亦作鼗。琵琶形不類。余謂絃鞉，有似今之月琴。月琴形如小鼓，腹圓而有柄，音高亢。有北鄙之聲，於役夫為宜，今俗彈之，聽之猶有幽怨不平之意。《唐書》：自下逆鼓曰琵，自上順鼓曰琶。近代樂家所作，不知所出。

松按：劉熙《釋名》琵琶作枇杷，謂本出於胡中，馬上所鼓，推手前曰枇，引手卻曰杷，象其鼓時，因以為名也。劉熙云始於胡中，傅玄云始於漢人，未知孰是。考今琵琶之狀，如火豕腿，而傅玄賦云，中虛外實，象天地象也，盤圓柄直，陰陽敘也。晉成公綏賦云，柄如翠鳳之仰首，盤似靈龜之嘴蠵，盤圓含靈，太極形也，三材片合，兩儀生也。皆謂琵琶盤圓柄直，皆泥於絃鞉之說也。然盤圓柄直，正今月琴之形，則琵琶不始於絃鞉，月琴乃始於絃鞉耳。虞世南《琵琶賦》亦云：尋斯樂之惟始，乃絃鞉之遺事。相沿已久，今之文人，鮮不以為始於絃鞉矣。

然亦有所疑，古樂器無月琴之名，豈月琴乃古之所謂琵琶，而今之琵琶，乃後代之新製與？或曰，今琵琶四絃，不知古琵琶亦四絃否。按：《風俗通》：琵琶，近代樂家所作，四絃，象四時也。白樂天《琵琶行》：四絃一聲如裂帛。則自唐宋以來，琵琶皆四絃矣。然按《庶物異名疏》：湖撥四，長二尺許，三絃。《席上腐談》：王昭君琵琶壞，重造，而其形小，昭君笑曰：渾不似。今訛為湖撥四。是古琵琶實三絃。《風俗通》所云乃今之琵琶，謂為近代所作，信然。余邑許孝廉瑞有《昭君出塞詩》，為吟社冠，中有云：三線琵琶思漢曲，六宮羅綺嫁胡身。當時老宿文人有"獨留一線與人彈"之誚，此皆知今琵琶，而不知古琵琶者也。深於樂事者，必能辨之。

馮苯洲先生云：據劉熙《釋名》琵琶作枇杷，何以昔人有譏其錯寫枇杷別字，詩曰：琵琶豈可作枇杷，只為當年識字差。若使琵琶能結果，一時簫管盡開花。聞者捧腹，似未為考證的確也。松按：《字典》，引[①]杷字注引《釋名》云：枇杷，馬上所鼓，俗作琵琶。昔人所譏，未能免俗耳。

重瞳有貴賤

舜目重瞳，項羽目重瞳，重瞳當大貴。《獨異志》：南京一女子目重瞳，丐於市。沈文通視之，目有兩瞳相並，是重瞳又至賤。甚矣，貴賤不可以貌求也。不然，豈重瞳男貴而女賤耶。

松按：舜目重瞳，人所共知，而堯目重瞳，人所罕聞。《荀子》：堯舜參牟子。注：牟與眸同，參牟子，謂有二瞳以相參也。

---

① 原文"引"字似刪去。

又《五代史·梁家人傳》：康王友孜，目重瞳子，嘗竊自負，以為當為天子，貞明元年，友孜使刺客刺友[1]末帝，事敗伏誅。此則項羽之續也。他如齊之易牙，五代之劉昇，目皆重瞳而亦貴，則似乎男貴而女賤矣。雖然貴則貴矣，而堯、舜與項羽、友孜，性則有仁暴之殊，命則有考終誅死之異。堯、舜則美矣，善矣，項羽、友孜又安用重瞳為哉。又有一目重瞳而亦貴者，《五代史·南唐李昇世家》：孫煜為人仁孝，善屬文，工書畫，而豐額，一目重瞳子，宋開寶八年，煜降宋。

稱伯有美惡

東漢鄧彪，與同郡宗武伯、翟敬伯、陳綏伯、張悌伯，同志好，齊名，南陽號曰五伯。又晉羊曼，任達頹縱，好飲酒，為中興名士，時鄉里稱陳留阮放為宏伯，高平郗鑒為方伯，泰山胡毋輔之為達伯，濟陰卞壺為裁伯，陳留蔡謨為朗伯，阮孚為誕伯，高平劉綏為秀伯，而曼為黯伯。黯伯，《太平御覽》作黠伯。凡八人號兗州八伯，擬古之八儁也。此稱伯之美者也。西漢田延年為人短小精悍，按獄皆文致不可得反。冬日傳屬縣囚會論府上，流血數里，河南號曰屠伯。晉荀晞領青州刺史，進為郡公，晞乃多置參佐，易守令，以嚴刻立功，日加斬戮，血流成川，人命不堪，亦號屠伯。又陳留江泉以能食，時號為穀伯。史疇以大肥，號為笨伯。高平張嶷以狡妄，稱為猾伯。羊聃以庸凡而狼戾，目為瑣伯，此稱伯之不美者也，其與南陽五伯不可同日語矣。又[2]按：《唐書》：常衮為宰相，懲元載敗，窒賣官之路，然一切以公議格之，非文辭者，皆擯不用。故世謂之黯伯，以其黯黯無賢不肖之辨也。然則黯伯之稱，亦有美惡也。又按：黯當作黯，

① “友”字原文似删去。

② “又”字原文似删去。

《顏氏家訓》:《晉中興書》:泰山羊曼,任俠誕節,兖州號䵚伯,俗間有䵚䵚語,蓋無所不施無所不容之意。顧野王《玉篇》誤為黑旁沓,吾所見數本,並無作黑者。重沓,是多饒厚積意,從黑便無意旨。《字彙》亦云此字宜從重。據此與《唐書》所載,䵚字又當有兩義。

十三月

十三月,即正月也。見《後漢書·陳寵傳》:十三月,陽氣已至,天地已交,萬物皆出,蟄蟲始振,人以為正,夏以為春。松按:《敦牧銘》:惟王十年十有三月。《卮言》:十三月,或是閏月。《史·歷書》注:歲十有二月,有閏則云十三月。松謂以閏云十三月,惟閏十二月,乃可言耳。閏他月,不足言也,當以《漢書》為是。

按:閏月,《穀梁傳》注謂為叢殘之數,鄭如龍《耳新》謂:歷家以閏月為天縱。又有云十四月、十九月者。《代醉篇》:商雒鼎,十有四月,蔡君謨以問劉原父,原父不能對。吕與叔《考古圖·器銘》又有十九月。俱無所考。或謂嗣王踰年未改元,故以十四、十九為數,此說近是。《管子》有十三月,令人之魯梁,二十四月,魯梁之民歸齊者十分之六。二十八月,萊吕之君請復之語。邢子才曰,四十二月之科,一依恒式。一說謂自其君即位後,以月為數,益知吕說之可據。

松按:《史記·秦楚之際月表》:七月陳涉起陳,八月武臣起趙,九月項梁起吴,田儋起齊,沛公初起,韓廣起燕。十二月魏咎起魏,皆不書年,而繫之月。其中有項十六月,至關中,誅秦王子嬰,屠燒咸陽,分天下,立諸侯。趙二十五月,分趙為代國。齊十八月,項羽怒榮叛之,分齊為三國。漢二十九月,臧荼從入,分燕為二國。魏十七月,分魏為殷國。韓二十月,分韓為河南國。又有四十八月,漢滅趙歇。三十一月,王敖薨。二十一月，漢將韓信擊殺廣。三十八月，漢將韓信虜豹云云。何以不年，張晏曰，時天下未定，參錯變易，不可以年記，故列以月。此又紀月不紀年之一法。不必定以嗣王踰年未改元為定例也。

二千石

《漢書·汲黯傳》：令黯以諸侯相秩居淮陽。如淳注：諸侯王相在郡守上，秩真二千石，律真二千石，月得百五十斛，歲凡得千八百石耳。二千石，月得百二十斛，歲凡得一千四百四十石耳。松按：《儀禮·聘禮》云：十斗曰斛，斛，即石也。而《史記·汲黯傳》如淳注又云：律真二千石，俸二萬；二千石，月萬六千。按：百二十斤為石，十斗亦曰石。如淳注《漢書》云：真二千石，歲得千八百石。二千石，歲得一千四百四十石，則不及二千之數。而注《史記》云：真二千石，俸月二萬；二千石，月萬六千，又未有斤斗明文。如謂十斗為石，以真二千石，俸月二萬為二萬斗，歲當得二十四萬斗，則為石二萬二千矣，此必無之理。

余謂真二千石，俸月二萬為二萬斤，計歲十二月，當得二十四萬斤。古以百二十斤為石，二十四萬斤，正符二千石之數。二千石月萬六千者，以次而減耳，與《漢》注異。然當以《史記》注為正，但注書同出一人，所注又同是一人之傳。而其為數，則有不同，為可怪耳。然則顧寧人據《漢書·汲黯傳》注，謂漢官二千石以至百石，但以為品級之差而已，未是的論。又按：以石計祿，不始於漢，始於秦。商君之法，斬一首者爵一級，欲為官者，為五十石之官。斬二首者，爵二級。欲為官者，為百官[①]石之官。漢因秦制耳。然按《史記》：燕噲自百石吏以上而效之子之。以石計祿，當始於此。

---

① “官”字原文似刪去。

茶字不始於唐[①]

顧亭林云：茶字自中唐始變作茶，其説詳於《唐韻正》。又云：《唐書·陸羽傳》，羽嗜茶，自此以後，荼字减一畫為茶，此説殊謬。

松按：《漢書·年表》：荼陵，師古注：荼[②]音塗。《地理志》：荼陵。師古注：荼音丈加反。則漢時已别荼、茶二字，非至唐陸羽始易荼為茶也。顧氏又引《本草衍義》：晉温嶠上表貢茶千斤，茗三百斤。按：《玉篇》：茗，茶芽也。是晉時有茶飲。然按《吴志·韋曜傳》：孫皓每飲羣臣酒，率以七升為限，曜飲不過三升，或為裁减，或賜茶茗以當酒。李石《續博物志》：南人好飲茶，孫皓以茶與韋曜代酒。則三國時已有飲茶之事，而非始於晉。然亦不始於三國，漢王褒僮約，有陽羨買茶之語。又陳重母孀居，以茶荐宅中冢。又《趙飛燕别傳》：成帝崩後，后一夕寢中驚啼甚久，侍者呼問，方覺，乃言曰：吾夢中見帝。帝賜我坐，命賜茶。左右奏帝曰：向者侍帝不謹，不合啜此茶。則啜茶漢已有之，益知茶字不以陸嗜而改也。亭林所引《唐韻》不足據。又按：《晏子春秋》有茗茶之食，則茶飲實始於春秋時，又不始於於[③]漢矣。《神農食經》曰：茶茗宜久服，令人有力悦志，則神農時已有茶。張華《博物志》：《神農經》禹所作，神

---

① 原文頁邊旁白："茶字不始於唐"條，《本草》衍義一條，《唐韻正》無。亭林所引《唐韻》不足據，當作《唐韻正》所説不可據。《唐韻》即《廣韻》。顧氏所撰《唐韻正》，以古韻之通轉，正《廣韻》之分部者也。其《唐韻正》一書，皆亭林採經籍中周韻文字以見古人用韻之道。《廣韻》所有無、竄入者，此言引《唐韻》疑誤。上引顧氏之説皆《唐韻正》中引諸家之説，非採自《廣韻》者。

② 原文"古"字似删去。

③ "於"字衍。

農時即無茶，禹時有茶矣，並不始於春秋。楊升菴《丹鉛録》亦謂至陸羽《茶經》、《玉川茶歌》，趙贊《茶禁》以後，遂以茶易荼。又謂《漢志》荼陵，顏師古、陸德明雖已轉入茶音，而未易字文。豈知《漢志》正作茶陵，《年表》乃作荼陵乎？亦謬。

按：《茶陵縣圖經》：茶陵者，謂陵谷生茶茗。是縣以産茶而名，益見茶非由陸羽而名也。

《茶埤蒼》又作𣘻。《唐韻》：𣘻，宅加切，即今茶荈之茶。注：樹小似梔子，冬生葉，可煮作羹飲。今呼早采者為荼，晚取者為茗，一曰荈。權德輿撰《陸贄翰苑集序》：領新𣘻一串。正用此𣘻字。𣘻，《廣韻》：音徒，楸木別名，春藏葉，可以為飲，巴南人曰葭𣘻。按：《爾雅》：檟苦荼。《茶經》一曰茶，二曰檟，三曰蔎，四曰茗，五曰荈，古皆取以為飲，至鴻漸而精其製耳。是茶之名，不始於《爾雅》，而茶之飲，實見於《爾雅》矣。《神農經》或後人偽託，然神農嘗百草，使民知毒害，謂茶飲始於神農，亦有其理。

扁字不止二義

《容齋隨筆》：扁，音薄典切。《唐韻》二義，一曰扁署門户，一曰姓也。此外別無他説。

松按：《字典》，扁字分注有云：卑也。《詩·小雅》有扁斯石。又凡器物不圓者曰扁。《前漢·東夷傳》：三韓生兒欲其頭扁，壓之以石。又音翻，番也。《莊子·知北遊》：扁然。注：音翻，又音邊。扁諸，劍名，又音蹁，圜貌，又音篇，小舟也。據此，《唐韻》尚多遺義，然容齋所引《鶡冠子》，五家為伍，十伍為里，四里為扁，扁為之長，十扁為鄉，其上為縣為郡，其不奉上令者，以告扁長，蓋如遂黨都保之稱，《字典》未之引，亦為未備也。扁又通作楄，何晏《景福殿賦》：爰有禁楄，勒分翼張。注：扁與楄同。

野合非私通

俗謂男女私通為野合，然野合不必私通。凡男女婚姻過時者，亦謂之野合。《史記·孔子世家》：紇與顏氏女野合而生孔子。《索隱》曰：《家語》：梁紇娶魯之施氏，生九女，其妾生孟皮，孟皮病足，乃求婚於顏氏，徵在從父命為婚，其文甚明。今云野合，蓋謂梁紇老而徵在少，非當壯室初笄之禮，故云野合，謂不合禮儀。《北史》：高昂兄乾求博陵崔聖念女為婚，崔不許，昂與兄往劫之，置女村外，謂兄曰，何不行禮？於是野合而歸，此亦非私通，不過合於野耳。《天禄識餘》云：女子七七四十九陰絕，男子八八六十四陽絕，過此為婚為野合。叔梁紇過六十四娶顏氏女，故曰野合，意本《索隱》及《博物志》。若異説云：叔梁紇，淫夫也，徵在失行也，加又野合而生仲尼。此以野合為私合，其誣甚矣。《禮·檀弓》：孔子少孤，不知其墓。鄭注：叔梁紇與顏氏女野合而生孔子，顏氏女耻之，故不以告，此更無理。夫知耻之女不野合，野合之女，未有知耻者，如謂顏女耻之，故不以墓告，然自古少孤之子，雖稍知禮義，未有成立而不問父墓之所在者①於其母者，况孔子之聖乎？問而不告，是同於無父之子，不更耻乎？且告以墓所，不告以野合，子何由知？耻于何有？鄭氏不通情理，臆私好異，附會不倫，此曷足以注《禮經》？又按《春秋·莊公二十三年》：蕭叔朝公。杜注：凡在外朝，則禮不得具，嘉禮不野合。孔疏引定公十年傳，稱嘉樂不野合，知家禮亦不野合，此亦以不具禮為野合。據此，婚姻而曰野合，豈必男女情私之謂乎。

① “者”字原文似删去。

有夫亦稱寡

《王制》：老而無夫謂之寡。然古婦人有夫，亦謂之寡。《史記》褚少孫補《外戚世家》：是時平陽主寡居，當用列侯尚主。時主夫曹壽未死，第有惡疾就國耳，則知寡者，無耦之名。凡婦與夫離而不合，即可謂之寡。又按《詩・大雅》：刑于寡妻。注：嫡妻也。箋：寡有之妻，言賢也。疏：嫡妻惟一，故言寡。然則凡嫡妻皆可謂之寡，非必無夫也。夫無妻亦稱寡。《墨子・辭過篇》：内無拘女，外無寡夫。又云：天下之男多寡無妻，女多拘無夫。《大戴禮》：無夫無婦，並謂之寡。《小爾雅》：凡無夫無妻，通謂之寡。《左傳・襄公二十七年》：齊崔杼生成及彊而寡。《拾雅》：偏喪曰寡。

松明

松老而油者，俗謂之松明。火之即燃，光焰特甚，非疾風暴雨，火不能滅。俗斫之以照蟋蟀。松嘗作《鬬蟋蟀説》，以松明二字，未經前道，不敢用，惡其俗也。不知已見於唐代，唐昭宗時有松明之禁，見《易齋語林》，云：昭宗時，財用窘乏，李茂正令搉油以助軍需，俄有司言官油沽賣不行，多為松明攙奪，乞行禁止，蓋民間然松明以代燈故也。優人張廷範曰：更有一利，便可并明月禁之。茂正大笑，松明之禁遂止。又楊升菴《滇載記》：皮羅閣受唐册封為雲南王，賜名歸義，於是南詔浸强，而五詔微弱。皮羅閣因仲夏二十五祭先之期，建松明為樓，以會五詔宴。醉後，羅閣佯下樓擊鼓，舉火焚樓，五詔遂滅。蘇子瞻有《夜燒松明火》詩，余西席馮摹洲先生閲此條云：陸放翁詩亦有“日暮松明火，天寒槲葉衣”之句。據此，松明，唐宋以來俗所常用，而松明入詩，不惟子瞻。

我鄉緣邇年盜賊蝟起，鄉中防虞公項，支用不敷，集衆會議設法，忖思油為人家所必需，因定議收油行頭，每埕銀六分，買者輸納。時俗論紛紛，謂千古無此法，為我鄉所創，予舉唐昭宗搉油故實以曉之。

炭基

冬月嚴寒，俗老媪輒然炭基於火熥以煖手。火熥之器，内藏一圓瓦窩，深大如碗，以盛炭基，竹篾疏織而圍其外，下密結以為脚，上有高耳以便手携。冬寒天冷，老大男婦，莫不需此。

松按：《集韻》：熥，以火煖物也。火熥，即古之火籠。《西京雜記》：漢制，天子以象牙為火籠，上皆散花文，後宫則五色綾文，故修復山陵故事曰：當梓宫中，有象牙火籠，蓋漢制也。《齊書》：卞彬性飲酒，火籠什物多諸詭異，自稱卞田居。又云范述為永嘉太守，一無所受，惟得白銅皮、火籠朴十餘枚而已。齊謝朓有《詠竹火籠》詩云：庭雪亂如花，井冰粲成玉。因炎入豹袖，懷温奉芳蓐。體密用宜通，文斜性非曲。梁范静妻沈氏《詠五彩竹火籠》詩：可憐潤霜雪，纖剖復毫分。織作迴風菖，製為縈綺文。含芳出珠被，擁彩接緗裙。徒嗟今麗飾，豈念昔凌雲。又曰薰籠，東宫舊事，太子納妃有漆畫手巾薰籠二條，大被薰籠三。劉向《别録》淮南王有《薰籠賦》，《方言》：南楚江沔之間，籠謂之篣，或謂之篣。陳楚宋魏之間，謂之庯。若今薰籠是也。今之火熥，即古之竹火籠也。今俗又有手薰，以銅為之，即昔之薰籠，狀圓長而扁，大如茶壺，闊二寸許，長三四寸許，高寸餘。疏其蓋以透火氣，上有一横梁，去蓋寸餘，以紬布纏之，其腹亦以紬布裹之。老人冬寒用以煖手，故曰手薰。蓋手薰内熱炭基，恐其火氣外逼焦灼，故以紬布纏裹，以避熱也。此蓋近制，古昔未有也。薰籠，古謂之篝，又謂之墻居。《説文》：

篝，笿也，可薰衣。《廣韻》：篝，籠也。揚子《方言》：篝，陳楚之間謂之墻居。郭注：今薰籠也。

炭基，即古之黑太陽。《銷寒部》：黑太陽，其法出自韋郇公家用精炭搗治作末，研米煎粥，調和得所，預辦鐵範，滿内炭末，運鐵面錘實，擊五七十下出範，陰乾範具細若籛口，厚如兩餅餤。盛寒爐中熾十數枚，烘然徹夜。今炭基圓厚寸許，形如小秤錘，其製法與火之耐久，與黑太陽不異，實郇公家之遺製也。晉羊琇性豪侈，屑炭和作獸形，以温酒，名曰獸炭。洛下豪貴，咸競效之，亦此類也。古以為奇，今則炭肆常價之，不足奇也。

按：《物理小識》：獸炭，炭與鐵矢等分合擣，入芙蓉葉十之三，再擣，和糯麋[①]，範獸形，乾之。燒紅入鑪，信宿不滅。此制未審是羊公之遺否。又《唐德宗紀》：大曆十四年十月，罷貢立獸此[②]炭。此立獸炭，不知其制，當亦晉時獸炭之屬也。煤泥，俗名煤炭，燃亦耐久，但其氣燥殞，故炭基不用，用木炭屑耳。煤炭即石炭。《續漢・地理志》豫章城郡建城。注：《豫章記》曰，縣有葛鄉，有石炭二頃，可燃以爨，即煤炭也。《銷寒部》又云：岱輿山，孟冬水涸，中有黃煙從地出，起數丈。煙色萬變，山人掘之，入數尺，得燋石如炭，滅有碎火。以蒸燭投入則然，而青色。深掘，則火轉盛，此與煤炭皆産於山，而燋石則自然生火，遠勝煤炭矣。《水經注》石虎作冰井、臺井，深十五丈，藏冰及石墨焉。石墨可書，又然之難盡，亦謂之石炭。《酉陽雜俎》：無勞縣山出石墨，爨之，彌年不消。按：石墨亦當是煤炭之類，而火之耐久，又遠勝煤炭矣。又有星子炭，唐宣宗命方士作丹餌之，病中熱，不敢衣綿擁爐，冬月冷坐，宫人以金盤置麩炭少許進御，止煖手而已，禁圍因呼麩火為星子炭。又有鵓鴿炭，宋宣和間，宗室圍爐索炭，既至，訶斥左右：炭質紅，今黑，非是。蓋常供熱火，此日偶以生炭進，未之識也。南渡後，

---

① 原文眉批曰：《物理小識》麋作糜，鑪作爐。

② “此”字原文似刪去。

有司降樣下外郡，置御爐炭，胡桃紋鵓鴿色者若干。知婺州王居正論奏，高宗曰：朕平居衣服飲食，且不擇美惡，隆冬附火，止取温煖，豈問炭之紋色，詔罷之。《小識》又載：香炭餅，炭末一斤，磨針之鐵砂四兩，擣蜀葵花、棗肉為餅，乾之。歐陽公言蔡君謨欲清泉香餅，清泉地出石炭，為香餅，終日不滅，其作脚爐墼[1]，採蜀葵葉，擣烰炭煤炭末，以化開之石灰濃汁和之。鐵圜捶實，暴乾。《中通》曰：江南細枝炭曰煤炭，非石炭也。蔚州石炭，終日不滅。是煤炭亦有兩種。此香炭餅，蓋亦變通黑太陽之法，增蜀葵、棗肉而精其製者也。王仁裕《開天遺事》：楊國忠家以炭屑，用蜜捏塑成雙鳳，至冬月，則然於爐中，及先以白檀木鋪於爐底，餘灰不可參雜也。此名鳳炭，亦獸炭之遺也。

明代又有紅籮炭，高澹人《金鼇退食筆記》云：惜薪司在西安門街南巷内。凡宫中所用紅籮炭，皆易州山中硬木燒成，運至紅籮廠。按尺寸鋸截，編小圓荆筐，用紅土刷筐而成，故曰紅籮炭。每根長尺許，圓徑二三寸不一。又用炭末塑造將軍，或仙童、鍾馗，各成對，高三尺，金裝綵畫如門神，黑面黑手，以存炭製，名曰綵粧。於十二月二十四日安於宫殿各門兩旁，亦歲暮植將軍炭之遺意。次年二月初二，仍歸本司。後漸作傀儡，以紬絹紵綾為飾，作為無益之費。我朝悉除之，惟内庭柴炭，于此關支，荆筐亦不刷紅土，此彩粧將軍炭，亦即獸炭之遺。炭又名烏薪，盧山白鹿洞，遊士輻湊，每冬醵金市烏薪，以為禦冬備，號黑金社。烏薪，即炭也。亦見《銷寒部》。

觀此炭之名不一而足，炭之製亦不一而足。夫石炭、木炭，世所常用，人皆知之，又有竹炭俗所少見。陸游《老學菴筆記》云：北方多石炭，南方多木炭，而蜀又有竹炭，燒巨竹為之，無煙耐久，亦奇物。邛州出鐵烹煉利於竹炭，皆用牛車載以入城，予親見之。

---

① 原文眉批曰：《物理小識》，墼，作墼，以化開之石炭，作以化開石炭之。

《開天遺事》又云：西涼國進炭百條，各長尺餘，青色，堅硬如鐵，名瑞炭，燒於爐中，無焰而有光，每條可燒十日，此炭不知其為木為竹，而耐久若是，真瑞炭也。此瑞炭，若以之為炭基之用，火之耐久，勝獸炭黑太陽遠矣。我廣州有堅炭、桴炭兩種。山人穴山為窑，實木其中，以火燒之，煙將白。以坭封窑，火息而炭成。其炭堅而重，曰堅炭。

若人家灶爐柴餘之炭，則輕而浮，曰桴炭。桴炭之火，不如堅炭之烈而耐久。今市粥皆堅炭無桴炭，亦取其堅而耐久也。《老學菴筆記》謂：桴炭投之水中而浮，故今人謂之桴炭。白居易詩，日暮半爐桴炭火，是也。松按：凡木炭皆浮，不惟桴炭。今堅炭投水，亦無沉者，此則放翁格物有所不到也。桴炭者，謂輕浮而不堅，故以名耳。今炭基皆用堅炭屑，不用桴炭，以其火性烈而耐久也。若薪木之燒而未灰者，曰麩炭。白樂天詩云，日暮半爐麩炭火，正謂此。高澹人云：又范至能有《炭頌》云，予病衰，大冬非附火不暖。既銘被爐，又作《炭頌》曰：燔木不灰，化為精堅。是衷至陽，維火之傳。雪霾六虛，冰寒九淵。環堵之室，天不能寒。有赫神物，斡流化甄。尺璧寸珠，罔功汗顔。我維德之，莫之名言，既燠既安，與之窮年。

卷之五

列宿托世

雲臺二十八將，今俗謂為二十八宿托世，以佐光武定天下。小説家因有以二十八將，分屬二十八宿轉生者，天道元遠，孰從知其為二十八宿轉生耶，殊屬荒誕不經。然按《明史・職官志》：中書科舍人，掌書寫誥敕制詔等事，誥敕合籍武官初用二十八宿編號。野史小説，豈以此遂踵事而增，附會雲臺，而妄為托世之説耶？然范蔚宗《光武中興二十八將論》云：中興二十八將，前世以為上應二十八宿，未之詳也，則此説不始於明代。明代高皇又有欲燕二十八宿之事，帝問刑部尚書開濟：燕用何品？濟曰：昴奎用酪，畢用鹿肉，觜用根及果,[①] 參牛用醍醐，斗井鬼用杭米華和蜜，柳用乳麋，星用杭米烏麻作粥，張用毗羅婆果，翼用煮熟青黑豆，軫用莠稗飯，角氐用華飯，亢用蜜煮菉豆，房用酒肉，心危用杭米粥，尾用諸果根作食，箕用尼拘陀皮汁，女用鳥肉，虛用烏豆汁，室用肉血，壁用肉，婁用大麥飯並肉，胃用杭米烏麻野棗，列於二十八張金桌上。曰：何以知其至與否也？濟曰：二十八把金椅，用二十八纊共紅綿，剖鬆椅上。至則芒頭倒，不至則芒頭不倒。如濟言燕之，二十六椅芒頭倒，二椅芒頭不倒。問曰：二宿何以不至？濟曰：一宿陛下，一宿

---

① 原文頁邊注：觜用根及果，疑是“根及果”，第無《堅瓠集》可查，待參。

臣。高皇疑濟要做朕，不難以事見法。問曰：卿聰明絶世，錦心繡腹，吾聞人心有七竅，可見乎？濟曰：先剖腹，風入，無所見也，先斬後剖，五内宛然，如言剖之，無見也。高皇嘆曰：濟死且誘朕，真聰明也。見《堅瓠·廣集》。此事甚奇，松因昔人有光武二十八宿[①]將為二十八宿托生之説，故並誌之。據此，則明高皇與開濟為二十八宿轉生，然則前世所傳光武二十八將為二十八宿轉生，或亦有之。按：開濟所云祭二十八宿品物，亦非杜撰。《酉陽雜俎》亦載之，多與開濟所用同，惟云昂祭用乳，柳祭與參同用醍醐，張祭如井用粳米和蜜，角氐祭用花，不云飯，亢用菉豆，不云蜜煮，璧用酪，婁用大麥，不云飯并肉，為少異耳。箕不言祭物，不知開濟所本。

輪回托生

輪回托生，本屬荒誕，而往往見於書史。《堅瓠續集》云，正史載羊祐前生為李氏子。《商芸小説》載蔡邕是張衡後身。《元怪録》顧總是劉楨。《玉壺清話》邊鎬是謝靈運。《朝野僉載》侯景是齊東昏侯。《寓簡》岳陽王蕭察是許玄度詢。《代醉編》嚴武是諸葛武侯。《宣室記》韋皋是諸葛武侯。《東坡詩序》房琯是永禪師。《神仙感遇集》韓晃是仲由。《曲洧餘聞》宋太祖是定光佛。《雜記》仁宗是赤脚大仙。《孫公談圃》馮京是五臺僧。《捫虱新話》蘇子瞻是五戒和尚。《春渚紀聞》蘇子瞻是鄒陽。《家傳》范祖禹是鄧禹。《事文類聚》劉沆是牛僧孺。《冷齋夜話》張方平是琅琊寺僧。《春渚録》黄山谷是涪陽誦《法華經》女子。《貫耳集》王安石是秦王。《海溪文集》王十朋是嚴伯威。《坦齋筆衡》宋高宗是錢鏐，趙鼎是李德裕。《雨航雜記》史浩是文潞公。《癸辛雜志》真西山是草菴和尚。《隆山雜志》

---

① “宿”字原文似删去。

史彌遠是覺闍黎。《七修類稿》陸游是秦少游。《逸史》袁滋是西華坐禪和尚。《文海披沙》徐知威是徐陵，潘佑是顔延之，武夷君再世為楊大年，王京為王素，馬北平為馬仁裕，劉公幹為昏愚小吏，澤公為浣衣李氏子。《天都》明胡尚書濙是天池僧。《聲雋》周文襄忱是滕懋德尚書。《雙槐歲鈔》王尚書瓊，幼年悟前生為西僧，周文安洪謨，前生為友鶴山人丁逢。《鴻書》王新建伯守仁是入定僧。《堯山堂外紀》楊忠愍繼盛是二郎神托生。《野乘》徐國公鵬舉為岳忠武後身。馮宗伯琦為韓忠獻後身。《桐下喟然》海鹽鄭尚書曉，為海寧寺盲道人。《狀元考》萬曆甲戌狀元孫繼皋，是正德甲戌狀元唐皋後身。《聞見巵言》探花蔣超，是蛾嵋山伏虎寺僧，又大學士余詮、盧國柱，前生為吴中積善菴僧。又《太平清話》安禄山為胡僧魔滅王後身。《妮古録》歐陽永叔為韓退之後身，黄魯直為王摩詰後身。《珍珠船》官妓盧媚兒前生為尼，誦《法華經》二十年。《廣集》又云：王文安公鐸，前身為宋蔡忠惠公襄。山陰金雪洲先生煜，前身是南唐李後主煜。《客窗涉筆》杭城板兒巷林姓老儒女，前生為劉楨。此輪回之見於書史雜説者也。

夫人之轉生為人，不離其類，猶有其理，更有附會禽獸蟲魚之托生為人者。《廣集》謂隋煬帝為鼠精，見《集異記》。歸尚書登為龜精，浴時人見巨龜沫水，俱見《北夢瑣言》。《金鑑録》載安禄山，《夷堅志》載岳武穆，皆豬精，史思明為翩鳥精，楊貴妃為白鸚精。葉法善謂張果老為蝙蝠精，盛勛為鯉魚精，楊戩為蝦蟇精，俱見《宋稗類鈔》。《聞見巵言》載内臣王升，亦蝦蟇精。李克用，黑龍精。見《宋高僧傳》。《孫公談圃》載鄭獬亦龍精。《雜記》載朱全忠，青鞹白額虎精，韓世忠亦虎精，王建白兔精。錢武肅王蜥蜴精，湖州牧高澧夜叉精，見《吴越備史》。蔡君謨為蛇精，見《東齋記事》。妲己為雉精，見《賢奕》。又云張旭號太湖精。凡此皆謂鳥獸蟲魚之精托生為人，更屬無理。若《援神契》所云，孔子為黑龍精，此更狂妄。誣侮至聖，詢為名教罪人，無怪先儒欲盡毁讖緯之書也。

最所載輪回托生，本屬好事者為之，荒唐迂誕，假托惑世，無有根據。諸書所誌，如畫工好畫鬼神，惡圖犬馬，犬馬人所共知共見，鬼神人所不知不見耳。吕仲木曰，長生而不死，則人多，世何以容，長死而不化，則鬼亦多矣。夫燈熄而然，非前燈也；雲霓而雨，非前雨也。死復有生，豈前生耶，真可破輪回之妄。程子云，天地自然生生不窮，何須資既弊之形，既返之氣，以為造化。朱子亦云，人死如花落便無矣，豈是那花歸去，明年復來生在枝上？輪回之荒誕益見。

三軍之説有二

《周禮·地官》：五師為軍。注：萬二千五百人。周制大國三軍，此以三萬七千五百人為三軍。《商子》：壯男為一軍，壯女為一軍，男女之老弱者為一軍，此之謂三軍。此又以壯男、壯女、老弱為三軍。

三監之説不一

《史記》：武王克殷，封商紂子禄父，治殷遺民。於是封叔鮮於管，封叔度於蔡，二人相紂子武庚。《書·大誥》序：三監及淮夷叛。傳亦謂管、蔡、商為三監。《世紀》：自殷都以東為衛，管叔監之，殷都以西為鄘，蔡叔監之，殷都以北為邶，霍叔監之，謂之三監。鄭康成亦以管、蔡、霍為三監。《漢書·地理志》：殷畿内為三國，邶、鄘、衛是也。邶以封紂子武庚。鄘，管叔尹之。衛，蔡叔尹之。以監殷民。《尚書大傳》：武王殺紂，而繼公子禄父，使管叔、蔡叔、霍叔監禄父。武王死，成王幼。管叔、蔡叔疑周公，流言於國曰，公將不利於王。奄君薄姑謂禄父曰，武王死矣，今王尚幼，周公見疑矣。此百世一時也，請舉事，然後禄父及三監叛。據《史記》、《書·大誥》序、《漢書·地理志》謂三監監殷之頑民，《書大傳》謂三監監禄父，故所記不同。《詩》傳又云：四監，管叔封於邶，與蔡叔、霍叔、康叔監殷，四國害周公。康叔諫不聽，三叔遂以殷叛。康叔憂王室，賦《栢舟》。子曰：仁矣，吾於《栢舟》見匹夫之不可奪志也。《世紀》云：管叔監衛，蔡叔監鄘，霍叔監邶。《地理志》云：邶封武庚，鄘管叔尹，衛蔡叔尹。《詩》傳又云：管叔封於邶。亦所記異辭，未詳孰是。

互婚不必忌[1]

世俗謂互婚，必有一盛一衰，深以為忌。不知世俗婚姻，兩皆全盛者，不可多得，非互婚而一盛一衰者。且不可以數計，何不以為忌，而獨忌互婚，此不可解。松按：《魏書》：慕容元真，以妹為魏昭成帝后，慕容又請交婚，昭成帝乃以烈帝女妻之。又韓元吉《桐陰舊話》云：其先忠憲公與李康靖公同行應舉，有一氈，同寢卧。至别，割氈為二分之，其後浸貴。以長女嫁康靖公子邯鄲公，而第七解州府君娶康靖公女。子孫數世，婚姻不絶。夫曰子孫數世，婚姻不絶，則其兩家皆昌盛可知。持此可以破俗疑，可以明俗愚。

再醮有傳染

文君寡，再嫁司馬相如。《西京雜記》：長卿素有消渴疾。及還成都，悦文君之色，遂以發痼疾至死。松按：曹宗璠《文君傳》：文君前夫程鄭子名皋，亦以消渴卒，亦悦文君之色，而消

① 原文頁邊注：互婚、再醮、孟仲子、毛延壽，宜删。

渴以死耶？抑文君招消渴之夫耶？抑如世俗所云，文君帶前夫之疾以染相如耶？果爾，胡文君不患消渴也？《淮南子》曰：嫁女於疾消渴者，夫死後，則難可復處，注以為女之妨，後人不娶。蓋亦惡其傳染也。豈諸病無傳染，惟消渴有傳染，故云然與？而今人娶再醮婦，必先問其前夫是得内傷癆疾者否，恐其傳染也。事雖未必，然觀於文君相如，未可厚非。聞凡娶再醮婦者，初婚之夕，食紅熟白公鷄一碗，可免傳染，未知驗否，今俗行之。又按：昔以醫顯者，義興許胤宗。武德初，關中多骨蒸疾，輾轉相染，得者皆死，胤宗療視輒愈。見《唐書·方技·甄權傳》。按：骨蒸，即今俗所謂内傷癆疾也。俗惡再醮傳染，亦未嘗不是，蓋防患於未然也。

孟仲子

《孟子注》以為孟子從昆弟。《毛詩》引《孟仲子》：子思弟子，與孟子共事於子思，後學於孟軻，著書論詩，其讀於穆不已為不似。而陳眉公《羣碎録》：孟激，字公宜，孟子之父，母仉氏。孟仲子名睪，孟子之子，見《孟氏譜》。據此，朱注《毛詩》所引，與譜不同。又按：《史記》：孟軻，鄒人也，受業於子思之門人。《毛詩》所引謂仲子與孟子共事子思，其説又不同。《史記》云：受業子思之門人。王邵以人為衍字，謂軻親受業孔伋之門也，此與《毛詩》所引同。松按：孟子與子思不同時，《史記》説是。

毛延壽

《西京雜記》：元帝後宫既多，不得常見，乃使畫工圖形，案圖召幸之，諸宫人皆賂畫工，多者十萬，少者亦不減五萬，獨王嬙不肯，遂不得見。匈奴入朝，求美人為閼氏，於是上案圖以昭君行。及去，召見，貌為後宮第一，善應對，舉止閑雅，帝悔之，而名籍已定。帝重信於外國，故不復更人，乃窮其事。畫工皆棄市，籍其家貲皆巨萬。畫工有杜陵毛延壽，為人形，醜好老少，必得其真。安陵陳敞，新豐劉白、龔寬，並工為馬牛飛鳥衆勢，人形好醜，不逮延壽。下杜陽望，亦善畫，尤善布色，樊育亦善布色，同日棄市。京師畫工，於是差稀。顧亭林謂毛延壽特衆中之一人，又其得罪以受賂，而不獨以昭君也。後來詩人但指毛延壽一人，且没其受賂事，失之矣。

松謂詩人歸罪延壽，乃誅姦首魁，不得謂之失，蓋元帝案圖召幸，案圖者，案其貌也。匈奴求美人，上案圖以昭君行，亦案其貌也。及去召見，貌為後宮第一，可知昭君之貌，大非圖中之昭君矣。元帝好色之主也，一見昭君，延壽之姦狀已昭著，昭君漢宮之殊色也。廷别元帝，昭君戀主之態必可憐，帝悔昭君之行，即帝決畫工之誅。帝決畫工之誅，則延壽罪之魁矣。何也？畫工中，惟延壽為人形醜好老少必得其真，為陳、劉諸人所不逮，則畫工雖衆，而圖昭君必出於延壽無疑。後來詩人專罪延壽，不及諸畫工，正得其指。且元帝特憐昭君之貌，以故案殺諸畫工，受賂猶後耳。使延壽輩無所受賂，當日豈遂免誅耶？觀於《雜記》，一則曰案圖召幸，再則曰案圖以昭君行，三則曰貌為後宮第一。皆為善為人形之毛延壽立案，而籍其家貲皆巨萬，特記於窮案其事畫工皆棄市之後，其旨昭矣。

父母之稱

《廣雅》：父，榘也。翁、爹、爸、爹、箸，父也。《白虎通義》：父，矩也，以法度教子也。又云：母，牧也。媓、妣、毑、媲、媊、媼、娘，母也。《説文》亦云：母，牧也。毑、媲，《博雅》作馳、畢，母也。馳，《集韻》音左，毑，《類篇》音子，母也。父母古稱曰親戚。《大戴禮・曾子疾病篇》：親戚不悦，不敢外交。又云：親戚既殁，雖欲孝，無從[①]誰為孝。《韓詩外傳》亦云，曾子親戚既没，欲孝無從。《左傳》伍尚曰：親戚為戮。《荀子・榮辱篇》：鬥者，忘其親者也。行其少頃之怒，室家立殘，親戚不免於刑戮，然且為之，是忘其親也。《史記・五帝本紀》：堯以二女妻舜，二女不敢以貴驕事舜親戚。

父母通稱曰尊老，王右軍《十七帖》云：此間士人皆有尊老。又專稱母曰尊老。《南史》何平子曰，尊老在東，稱母也。子稱父曰夫子。《禮・檀弓》曾元曰，夫子之病革矣。夫子謂曾子。《左傳・襄公二十七年》：成彊告慶封曰，夫子之身，亦子之身也。杜注：夫子謂崔杼。又曰家公。《列子》：家公執席。《孔叢子》：申叔問子順曰：子之家公，有道先生，既論之矣。《漢書・王丹傳》：大司徒侯霸，欲與交友，及丹被徵，遣子昱候於道。昱迎拜車下，丹下荅之。昱曰：家公欲與君結交，何為見拜？注：家公，父也。《晉書・山簡傳》：簡，濤第五子，字季倫，性温雅，有父風。年二十餘，濤不之知也。簡嘆曰：吾年幾三十，而不為家公所知。又《顔氏家訓》：侯霸稱其祖父亦曰家公。又[②]稱父，又曰鉅公。《前漢・郊祀志》：天子為天下父，故稱鉅公，又曰家君。《後漢・列女傳》：汝南袁隗妻，馬融女也，字倫。隗問曰：南郡君所在之職，以貨財為損，何耶？對曰：孔子不免武叔之毁，子路猶有伯寮之愬，家君獲此，固其宜耳。又曰大人。《家語》曾子曰：參得罪大人。《史記》范蠡之長子曰：家有長子，今弟有罪，而大人不遣，是吾不肖也。《漢高祖本紀》：九年未央宫成，高祖大朝羣臣，置酒未央前殿，高祖奉玉卮為太上皇壽曰：始大人常以臣無賴，不能治産業，不如仲力。今某所就與仲孰多？《霍光傳》：霍去病擊匈奴，道出河

① 原文“無從”似删去。

② 原文“又”字似删去。

東，至平陽傳舍。遣吏迎仲[1]中孺，中孺趨入拜謁。將軍迎拜，因跪曰：去病不早知為大人遺體也。

稱母亦曰大人。建寧二年，大誅黨人，范滂自詣獄，母就與之訣。滂曰：惟大人割不可忍之恩，勿增感戚。見《後漢書・范滂傳》。稱叔父亦曰大人，見《疏廣傳》。又曰翁，漢高曰：而翁即若翁。《方言》：周秦晉隴謂父為翁，今人作書與子，亦自稱阿翁，稱人之父曰乃翁。因漢高所稱而翁若翁也，祖為王父，亦稱太翁，齊廢帝稱高祖為太翁。又曰多。《隋書・回紇傳》：德宗正元六年，回紇可汗謝其次相曰，惟仰食於阿多。史釋之曰：惟北方人呼父為阿多。又曰爹。《南史》：梁始興王憺為荆州刺史，詔徵還朝。人歌曰：始興王，人之爹，赴人急，如水火。荆土方言謂父為爹，爹音妥，與火叶韻。韓退之《祭女拏文》注：爹，徒可切。可證。又曰奢。《廣韻》：吴人呼父也。又曰莫賀。《宋書・鮮卑吐谷渾傳》：遂立子視連為世子，號曰莫賀郎。莫賀，宋言父也。又曰官，吴人稱父為官。《南史》：袁君正父疾不眠，專侍左右，家人勸眠曰，官既不眠，眠亦不安，又曰哥。《舊唐書・王琚傳》：玄宗泣曰：四哥仁孝，同氣惟有太平。睿宗行四故也，玄宗子棣王琰傳，惟三哥辨其罪，玄宗行三故也。今我廣俗亦有稱父曰官曰哥者，本此。

又曰老公子。《北史・高昂傳》：昂父次同，語人曰：吾四子皆五眼，我死後，豈有人與我一鍬土耶。及次同死，昂起大冢，對之曰，老公子，生平畏不得一鍬土，今被壓，竟知為人不，又曰郎罷。《青箱雜記》：閩人謂父為郎罷，顧況詩：兒餧嗔郎罷。又曰郎。《北史・節義傳》：李憲為汲固長育，至十餘歲，恒呼固夫婦為郎婆。又曰罷罷。全謝山《鮚埼亭集・韭兒埋銘》云：嘗有問之者曰：家中愛汝者誰也？曰：愛我者，非罷罷，莫與歸矣。罷罷，關東人呼父之稱也。又曰兄兄。《雜記》：北朝南陽王綽，兄弟皆呼父為兄兄，嫡母為家家，乳母為姊姊。

---

① 原文“仲”字似删去。

閩人呼父為郎伯，吴下呼為老相，自江北至北方曰老子。許鶴沙《滇行紀程》：諸苗謂父為索。琉球謂父母曰倭牙，見張學禮《使琉球記》。真臘買野人為奴婢，呼主人為巴駞，主母為米，巴駞者，父也，米者，母也，見元周達觀《真臘風土記》。狼人呼父曰扶我，曰留彼，曰往，見屈翁山《廣東新語・土語》。

稱母曰主，《魯語》：以歜之家，而主猶績。又曰負，《蜀書・劉焉劉璋傳》：評曰：昔魏豹聞許負之言。注：裴松之曰，今江東呼母為負。又曰恀，《爾雅・釋言》：恀，怙恃也。郭注，今江東呼母為恀。又江淮謂母為社，《淮南子・説山訓》：西家子謂其母曰：社何愛速死，吾必悲哭社。高誘注，江淮間謂母為社。《説山訓》又云：雒家謂公為阿社，是父母俱可稱社。又曰娘，《木蘭詩》：不聞耶娘喚女聲。又曰孃，南齊文宣王子良，幼聰敏，武帝與裴后不諧，遣人船送后還都。子良時年小，在庭不悦。帝謂曰：汝何不讀書？子良曰：孃今何處，何用讀書？帝異之。按：孃同娘，後世稱母后曰孃孃。蘇軾《龍川雜志》：仁宗謂劉氏為大孃孃，楊氏為小孃孃。又曰阿娘，隋太子勇語衛王曰，阿娘不與我好婦，亦是可恨。阿娘謂獨孤后也。又曰姐姐，《四朝聞見録》：宋高宗欲以憲聖吴氏為后。謂之曰，俟姐姐歸，當舉行。姐姐，謂母韋太后也，《説文》：蜀人謂母曰姐。又作媎，《字彙》：媎，同姐。姜人呼母為媎，我邑鄉間亦有呼母為姐者，若庶子呼生母則無不曰姐者矣。姐本作姊，北齊太子稱生母為姊姊，至宋則呼嫡母為大姊姊。又曰媣，音謎。《集韻》：吴俗呼母曰媣。又南楚瀑涯之間謂母曰媓，謂婦妣曰母㚬，婦考曰父㚬。《廣韻》：嬭，楚人呼母也。又曰㜷。《集韻》：齊人呼母曰㜷，李賀稱母曰阿㜷。江南曰阿媽，或作姥，或呼為妳，因作奶。黄伯思曰，江東人呼母曰媞。庾亮法帖，奉誥書箱，先為媞子作案，未知目何戚也。升菴曰，媞一作恀，音恃，見《通雅》。又江淮間謂母曰媞，見《説文》。又曰鐵弗，《北史・僭偽附庸鐵弗劉母武傳》：北人謂胡父為鮮卑，母為鐵弗。楊炳《南海録》，新當國子稱父曰伯伯，稱母曰妮，嫡母曰民母。《漢書·衛青傳》：青為侯家人，少時歸，其父使牧羊，民母之子，皆奴畜之，不以為兄弟數。服虔曰：民母，嫡母也。北齊呼為家家，高儼矯詔誅和士開曰，士開謀廢至尊，剃家家髮為尼。嫡妻曰正嫡，又作正的。《韓非子·姦劫篇》：廢正的而立，不義。又作適，《儀禮》：無適孫。《梅福傳》：聖庶奪適。《喪服記》：别子為祖。注：别子有三，一為諸侯適子之弟，别於正適，皆謂嫡也。繼母曰假母，《拾雅》：假母，繼母也。注引《漢書·衡山王賜傳》：人有賊傷后假母者，所生母曰姨。《南史》：齊衡陽元王度[①]慶子鈞，年五歲，所生母區貴人病，便加慘悴，左右依常以五色餅飴之，不肯食。曰須待姨差。又晉安王子懋，七歲，母病危篤，請僧行道，有獻蓮華供佛者。子懋流涕禮佛曰，若使阿姨，因此和勝，願諸佛令華竟齋不萎。庶母曰支婆。陸觀務《家世舊聞》有云杜支婆者，自注：先世以來，於諸庶母皆稱支婆。養母曰乾阿嬭，《北齊書·恩倖傳》：穆提婆母陸令萱，嘗配入掖庭，後主襁褓之中，令其鞠養，謂之乾阿嬭。

妻子之稱

昔人以妻為孺子。杜預注：左氏之南孺子。《漢書》顏師古注：東城侯劉襲為孺子所殺。孺子，皆妻也。夫妻曰結髮，吴自牧曰始於劉岳《書儀》，成婚之夕，男左女右，合其髻曰結髮，故妻子亦曰結髮。古樂府：結髮為妻子。妻子曰帑，《漢書·地理志》：君若寄帑與賄。注：帑與孥同，謂妻子也。妻曰妻子，《詩》：妻子好合。《韓非子》：卜子使妻為袴，妻問今袴何如，曰如故袴，妻子遂毀新袴為故袴。又曰累重，《前漢·趙充國傳》：又見屯田之士，精兵萬人，終不敢復將其累重，還歸故地。師古注：累重謂妻子也。又《匈奴傳》：因杆將軍敖將騎萬，步

① 原文如此，"度"當為"道度"。

兵三萬人，出雁門。匈奴聞，悉遠其累重於余吾水北。師古亦曰：累重，謂妻子資產。又《西域傳》：有累重敢徙者詣田所，單言累亦可。陳武帝答沈炯詔，已遣所由相迎尊累。累，謂妻子家屬也。夫妻曰鄉里，俗語有鄉里夫妻，步步相隨，言鄉不離里，猶夫不離妻也，稱妻亦曰鄉里，沈約《山陰柳家女》詩：還家問鄉里，詎堪持作夫。鄉里謂妻也。又《南史》張彪呼妻楊為鄉里，曰：我不忍令鄉里落他處，今當先殺鄉里，然後就死。姚寬曰：猶會稽人言家里。大夫嫡妻曰內子，曾子問：大夫內子有殷事。注：內子，大夫嫡妻也。《左傳》：晉趙姬請以叔隗為內子，而己下之。漢東方朔謂妻曰細君，《漢書》：歸饋細君：細，小也。師古曰：細君，朔妻名。天子之妃曰后，又曰皇后，又曰家，《後漢・馬皇后紀》是家不好樂，雖來無歡。後世皇后皆稱娘娘。又曰妹妹，《北齊書・南陽王綽傳》：綽呼婦為妹妹。

匈奴謂后曰閼氏，《史記・匈奴傳》：後有所愛閼氏。注：閼氏，匈奴皇后號也。習鑿齒與燕王書曰：山下有紅藍，北方人採取其花染緋黃，挼取其上英鮮者作臙脂，婦人用為顏色，因名妻為閼氏。閼，於連反，氏，音支。突厥謂皇后曰可敦，《北史・突厥傳》：號其妻為可賀敦。《南齊書・魏國傳》：佛狸所居雲母等三殿，餘食厨，名阿珍厨。皇后可孫，恒出此厨求食，則以可敦為可孫也。《遼史》以皇后為忒里蹇。又按回紇之俗，亦號其妻為可賀敦，見《通鑑綱目集覽》。又曰恪尊，《魏書・吐谷渾傳》：伏連籌死，子夸吕立，號妻為恪尊。又曰於陸，《北周・異域志・百濟傳》：王姓扶餘氏，妻號於陸。又曰耐德，《元史》：爨蠻謂正妻曰耐德，非所生，不得繼父位。或耐德無子，始及支庶。又曰媚娘，范成大《桂海虞衡志》：洞蠻豪酋或娶數妻皆曰媚娘。又曰御家，沙起雲《日本雜詠》：御家管束最心焦，夜半偷空看細腰。注：妻名御家。

始娶之婦曰首妻。《後漢・明帝紀》：漢官儀，三老五更皆有首妻男女全具者。妻稱夫曰伯。《詩・衛風》：伯兮朅兮。注：

婦人目其夫曰伯。又曰良。《儀禮》：媵衽良席。注：婦人稱夫曰良。又《孟子》齊婦稱夫曰良人。又曰辟，《曲禮》妻祭夫曰皇辟。又曰君子。《後漢・班昭傳》：七誡和叔妹云，是以美隱而過宣，姑忿而夫愠，進增父母之羞，退益君子之累。注：君子，夫也。又曰先生，鮑宣《妻桓少君傳》：少君曰：大人以先生修德守約，故使賤妾侍執巾櫛。又曰先輩，吴子華女責其夫王定保曰，先侍郎重先輩名行，俾妾侍箕帚，見潘若同《郡國雅言》①。又曰佳人。苻秦竇滔妻蘇蕙作《璇璣圖詩》，讀者不能盡通，蘇氏嘆曰：徘徊宛轉，自成文章，非我佳人，莫之能解。又曰藁砧。吴兢《樂府古題・古詞》：藁砧今何處。問夫何處也。又號夫曰金聚。《隋書・女國傳》：女國以女為王，王姓蘇毗，字末羯，女王之夫曰金聚。又夫謂妻曰薩薩，妻謂夫曰愛根，見《金志》。又新當國謂婦曰米你，謂夫曰瀝居，見《海録》。又西蕃呼贊普之妻曰末蒙，見李肇《國史補》。又妾謂夫之嫡妻曰女君，夫曰男君，見劉熙《釋名》。又謂嫡妻曰主母，夫曰主父，見《戰國策》。又佛有妻名耶須，見梵書《蓮經注》。

打揲

打，《項氏家説》：俗助語，每與本辭相反，其於打字用之尤多。凡打疊、打聽、打量、打睡，無非打者。揲，《説文》：閱持也，又摺揲也。今俗謂收拾什物曰打揲，如收拾行裝，謂之打揲行裝之類。打揲二字，見《見聞録》：須當打揲，先往排辦。東坡與潘彦明書，雪堂如要偃息，且與打揲相伴。今俗又曰打理，曰打整，亦即打揲之意。《項氏家説》作打疊，疊於義無取，恐是俗字之誤。

---

① “《郡國雅言》”原文如此，疑为“《郡阁雅言》”。

撒撥

俗謂無賴子横恣為撥皮，又曰撒野，曰撒撥。謂賭蕩子花銷銀錢亦曰撒撥。松按：明時，軍中以偵騎四出為撒撥。

蘭瑞

廣州有一種花，名曰蘭瑞。蔓生，枝葉與茉莉無别。三月始花，至十月不絶，又與茉莉同。花之狀，如素馨而稍大。俗又名茉莉素馨，以其枝葉如茉莉花，如素馨也。又名蘭麝，花之香倍勝素馨，而微有麝氣，故名。婦女採取，或排穿如圍以傍髻，或穿作蝴蝶作菊花，作半月諸色物事以飾首，遠勝素馨。素馨花後，其枝必枯。蘭瑞則花後再花，雖冬不凋，實我粤佳卉，而不見於我粤志記方物，特表出之，以公同好。但此花，廣州卉苑園林，皆無其種。即筴頭花地，百花叢集之處，亦所罕見，惟瀝滘有之。

嘉慶間，松於啟心衛老親家處取得一株，植於心遠小園，穿窗蔓籬。花時香滿一苑，遠勝於諸花。極易生，春二三月時，折枝尺許，插沃土即活。第艱於移植，移植多萎，然折枝插土即活，亦不須移植也。性惡陰，亦同茉莉。必植當陽之地，花乃繁茂。

夜合

花色潔白而香濃郁，廣州所在多有。又有藍夜合，枝葉花香，皆與夜合無異，惟花色藍而不白。余姪泰基云曾在羊城東關花苑見之，亦異種也。然草木之以夜合名者，不一而足。《本草》何首烏，一名夜合。又盧肇《盧氏雜記》：番禺有菜，四葉相對，晝開夜合，名夜合菜。松為番禺人，不見有此菜，并不聞有此菜名，不知何菜。又有夜合樹，《八紘繹史》：頓遜國有淫樹，晝開夜合，名曰夜合，亦云有情樹，花如牡丹，其香甚異，種有雌雄，並種生花，去根尺餘，有男女陰形，以別二種。種必相去不遥，若稍遠，則無花也。雌實如李而大，雄實如桃而小。男食雌實，女食雄實，可以愈疾。

松按：《廣東新語》有夜合樹，即合歡樹木，云似梧桐，枝柔弱，葉細而繁，風來輒自相解，不相牽綴。五月花發，上半白，下半内紅，散垂如絲。秋實作莢子，極細薄，其葉至暮即合。一名合昏，亦曰夜合，蓋夜合花其花夜合，合歡木其葉夜合，性各不同。松按：《古今注》所載合歡樹，似梧桐枝葉，甚繁，互相交結，樹之庭階，使人不忿。與《木語》大同小異，嵇康嘗種之舍前云。

又按東坡詩：可憐夜合花，青枝散紅茸。注：夜合，《本草》：此樹葉似皂莢及槐，五月花，紅白色，上有絲茸。李嶠詩：紅茸向暮參差出。此云花上有紅茸，與今夜合迥殊。又崔豹《古今汴》：欲蠲人之忿，贈以青囊夜合，其葉至暮即合，故又名合昏，《本草》又名合歡。又有合歡草，《拾遺記》：魏明帝苑囿及民家草樹皆生連理，有合歡草，狀如蓍，一株百莖。晝則衆條扶疏，夜則合為一莖，萬不遺一，謂之神草，此可謂之夜合草。贊寧《竹譜》又有合歡竹，名雙梢竹，出九疑山，笋長獨莖，及生枝葉即分為兩梢，謂之合歡竹。又《廣輿記》荆州有合歡橘，又有合歡菜。《新語・木語》番禺有合歡菜，余有合歡詞：郎種合歡花，儂種合歡菜。菜好為郎餐，花好為儂戴。天生菜與花，來作合歡配。合歡復合歡，花菜常相對。此即夜合菜與。松見今夜合花，黄昏始開，一開不復合。屈氏云其花夜合，不知所據。

又王大海《海島逸志摘略》載有一種草，名女見歡，長僅盈尺，無枝葉，狀如王瓜。直而不屈，性柔軟，任人團屈不斷。迎風則搖曳可觀，或有淫婦就而與交，即勃然而興。不數日，長踰千人。長定即花，花只一朵，千瓣重臺，形如嬰粟，而嬌艷過之，有黄紅、淺紅、紫白、淺紫者，開時其色不一。若不觸以婦人，雖日久而長終如恒，此種奇花，比《繹史》所云夜合有男女陰形為更奇矣。然有可疑者，其云不數日長踰千人。按人之陽物，約皆四寸以長，以千人計之，當得四十丈。夫草高長至四十丈，世所未覩，而花在草端，焉能見其形色？恐是附會甚言以誇奇耳。[①]

又《癸辛雜志》：韃靼野地，有野馬與蛟龍合，所遺精於地，遇春時則勃然如笋出地中，大如貓兒笋，上豐下儉。亦有鱗甲筋脉，名曰瑣陽，即肉蓯蓉之類也。或謂韃靼婦人之淫者，從而好合之，其物得陰氣，則怒而長。土人收之，以薄刀去皮毛，洗浄日乾為藥，其力百倍於蓯蓉，此瑣陽亦即女見歡之類。使片切女見歡而藥服之，其功又當百倍於瑣陽矣，惜無有能嘗百草如神農者試而用之耳，此真可名合歡草。頓遜國之夜合，不足奇也。

《雜志》又云：周子功云南丹州山中産相憐草，媚藥也。或有所矚，密以草少許擲之，草心著其身不脱，彼必將從而不捨。嘗得試輒驗，後為徐有功取去。此可云有情草，《彙苑》詳注，無憂樹，女人觸之，其花始開，此皆[②]亦有情樹之類。《雜俎》又云：有左行草，使人無情，范陽長貢，此可謂之無情草。夫有丹州之相憐草，而又有范陽之左行。物類相反，有如此者。蓋天地生物，怪怪奇奇，本不可測。使其可測，則不成造化。且更有奇者，莫若《堅瓠・丁集》所載之女香草，甚繁績[③]，婦女佩之，香聞數里。男子佩之則臭。昔海上有丈夫，拾得此草，嫌其

① 原文頁邊注："然有可疑者"至"以誇奇者"，頗嫌猥瑣。宜删。

② "皆"字原文似删去。

③ 原文頁邊注：繁績，疑是繁蹟。惜無《堅瓠集》一檢。

臭，棄之。有女子拾去，其人跡之，香甚，欲奪之，女子疾走，其人逐不及乃止，故曰欲知女子强，轉臭得成香。《吕覽》海外有逐臭之夫，疑即此事。夫女見歡與瑣陽，蓋陽淫之草，獨陽不長，故感陰而怒長，亦理之所有。女香草，女佩則香，男佩則臭。同是一草，而氣以人變。此則無物可比，無理可測，無奇可擬樣[①]者矣。松謂可謂之好色草，憐香草，癡情草。

蔗糖

古人啖蔗，皆啖蔗漿。以蔗漿煉煮而為糖，則自李唐始。陳眉公《秘笈》云：其法本之西域，貞觀二十一年太宗遣使至摩揭陀國，取熬糖法。詔揚州上諸蔗，榨瀋如其劑，色味愈於西域遠甚。松按：《唐書》云：天竺國傳熬糖法，不云摩揭陀國。今之沙糖，即其法也。冰糖，古謂之糖霜，又曰糖冰，其製亦始於唐。大曆中，有鄒和尚者，始來小溪之繖山；教民黄氏以造糖霜之法。繖山在縣北二十里，山前後為蔗田者十之四，糖霜户十之三，其蔗有四色，曰杜蔗，曰西蔗，曰艻蔗，曰紅蔗。紅蔗即《本草》所謂崑崙蔗，止堪生啖。艻蔗即本草之荻蔗，可作沙糖。西蔗可作霜，色淺不貴。杜蔗紫嫩，味極厚，專用作霜。凡霜一甕中，品色亦自不同。堆疊如假山者為上，團枝次之，甕鑑次之，小顆塊次之。沙脚為下，紫為上，深琥珀次之，淺黄次之，淺白為下，見遂寧王灼《糖霜譜》。甘蔗所在皆植，而糖冰以遂寧為冠云。

或曰孫亮使交州獻甘蔗餳，《南中八郡志》：笮甘蔗汁，曬成飴，謂石蜜。今冰糖堅如石，豈即昔之石蜜與，而非也。冰糖以煮煉蔗汁而成，石蜜以曬曝而成，其製法本殊，且曬蔗汁，只可成飴，斷不能如冰之堅，石蜜云者，美言之耳。今冰糖以白為

① 原文“樣”字似刪去。

上，黃為下，而無有紫與琥珀色者。以今之蔗言之有三種，一為江門大蔗，種大汁稀，而少糖，止作水果生啖，大氐即昔之杜蔗。一為竹蔗，又名荫蔗，竿小皮勁，產於山者，可作冰糖，即艻蔗；一為白蔗，又名大蔗，可作沙糖，即西蔗。然按杜蔗，其色紫嫩，昔人專用作霜，故霜以紫為上。今冰糖無紫色琥珀色者，恐江門蔗非昔之杜蔗，今無杜蔗之種矣。又《老學菴筆記》云：聞人茂德言，沙糖中國無之，唐太宗外國貢至，問其使人此何物，云以甘蔗汁煎，用其法煎成，與外國者等，自此中國方有沙糖，則沙糖之製，出自外國無疑。今番舶歲市沙糖冰糖，不下數十百萬擔，而番舶所來之糖粗硬，大遜中國，則土宜之異也。今新會有一種紅蔗，色紅黑而堅，能治鐵打折骨，又名縛骨蔗，亦可作沙糖，今蔗農罕種，以其作沙糖，色不雪白也。今我邑人家園圃，閒亦種之。此即古之紅蔗崑崙蔗，其蔗清閏，鄉間寸截破析熬粥以與小兒食，能已疾云。

松按：《堅瓠·廣集》：甘蔗小兒宜食，雖患痘疹，食之無禁，羣醫相争，一曰性熱，所以發疹。一曰性寒，所以解毒。一曰性温，所以無害。李君實《檢方書》則曰：蔗能節腹中蚘蛔，多則減之，少則益之，蓋蚘多則傷人，少則穀不消。惟蚘得其中，則小兒無病，所以宜兒，豈在寒熱温平間哉。今俗小兒只知宜蔗，而其所以宜蔗之故，世罕人知，故特表之。又按：《吴録地理志》：交趾句屚縣，甘蔗大數寸，其味醇美，異於他處。笮以為餳，曝之凝如冰，破如博碁，入口消釋。異物亦云遠近皆有，交趾所產，特醇好，生取汁為飴餳，煎而暴之，凝如冰。據此，交趾亦解造糖冰之法。按今沙糖，以廣州、惠州、肇慶所產為最，凡造包子洎各餅餡，用廣惠肇糖，熟則融化。若南糖洋糖，則不融化，仍結實如團，故為天下糖所莫及。而交趾之糖，入口消釋，似不亞廣惠，《志》云異於他處，信然。甘蔗又作玕睹。《神異經》，南方玕睹林，其高百丈，圍三丈，促節多汁，甜如蜜。蔗之高大，當以此最。又有瓜亞糖，王碧卿《海島逸志摘略》云：瓜亞國有絲連樹如椰，其心如蕉，花下垂，割之，承以竹筒，隔宿而水滿其中，煮之則成糖，俗呼曰瓜亞糖，則糖又有樹生而不必蔗者矣。

枸醬

《史記·西南夷傳》：建元六年，大行王恢，使番陽令唐蒙風指曉南越，南越食蒙枸醬，蒙問所從來，曰道西北牂牱。牂牱江，廣數里，出番禺城下。太史公贊曰，然南夷之端，枸醬番禺，則枸醬實為番禺土物。枸，《索隱》云：按晉灼音矩。劉德曰[①]，枸樹如桑，其椹長二三寸許，味酢，取其實以為醬，美。小顏云，枸者，緣木而生，非樹也。今蜀土家出枸實，不長二三寸，味辛似薑，不酢，劉說非也。徐廣曰，枸一作蒟，音窶。駰案《漢書音義》：枸木似榖木[②]樹，其葉如桑葉，用其葉作醬，酢美。蜀人以為珍味，《廣志》枸色黑，味辛，下氣消穀。按[③]陸璣《草木疏》，枸樹高大如白楊，子長數寸，啖之甘美如飴，蜀以為醬，亦書作蒟，此與劉德之說同，特言其味少異。《文選·蜀都賦》：其園則有蒟蒻茱萸。劉逵注：蒟，蒟醬也，緣樹而生，子如桑椹，熟時正青，長二三寸，以蜜藏而食之，辛香溫，調五臟。此合小顏、劉德、《廣志》諸家以為說者也，諸說紛紛，未詳孰是。

松為番禺人六十餘年，番禺土物，醬品甚多，如花椒、芝麻、五味十錦、乾甜梅豆之屬，甚不一而足，而不聞有枸醬之名。且番禺草木，種類亦夥，如小顏所云枸，即今之蔞，然不聞其有子長二三寸。如《史記注》、劉德、陸璣所云，則枸是木，亦不聞有椹長寸如二三寸之樹名枸者。以樹葉為醬，更聞所未

① 此处原文旁有小字“‘曰’王本史記作‘云’”。

② “木”字原文似删去。

③ “按”字原文似删去。

聞，不知裴駰所據。番禺樹以枸名者惟枸杞，音狗，其實甘而可食，實如豆，不長二三寸，亦不聞以之為醬也，豈年代湮遠，其樹無種，其製無傳與?

《本草》以枸醬為蒟醬，李時珍又以與檳榔同食之蔞為蒟，一名扶留。《通志》又作浮留，云蒟醬曰浮留，然今亦無蒟醬，時珍之説，亦未的。嵇含《南方草木狀》謂蒟子蓽茇為豆豉，可以調食，故謂之醬。然則所謂醬者，非醬，以其能調食如醬，故名耳，實豆豉也。按豉，幽菽也。《前漢・食貨志》：長安樊少翁賣豉，號豉樊，則出豉不惟番禺，此豈亦以南方無蒟醬，故以調食為解與？松按：扶留無子，嵇含所云蒟子，不知何物。蒟與豆不相類，以蒟為豆豉，更不知所據。陳子重《滇黔紀遊》云：蒟醬味辛，乃蔞蒻所造，食可消瘴，則蒟醬滇黔亦有，不惟番禺。楊鄧以鬼芋為蒟醬，益謬。《新語・艸語》亦云：蒟，即蔞也。鄺湛若謂蒟醬，猺中家家有[①]用之，以蓽茇為主，雜以香草，味雖佳，不足為異。蓽茇者，蛤蔞也。趙佗云，蒟醬道西北牂牁而至。《吴都賦》：蒟醬流味於番禺之鄉。以蒟醬出自牂牁，故云流味也。大均云：吾粤産蒟，而不知為醬，然今為滋味者，多以蒟葉為之，亦醬之義。余詩：越辣調扶雷，吴酸瀹露葵。據此，番禺無蒟醬，由來久矣。《新語》又云：俗聘婦以蒟子為庭實，蒟子，蔞之實也，狀如桑椹，熟時色正青，以作醬，能和五味，見珍於尉佗。唐蒙謂蒟有子，亦襲小顔之説。屈氏於何所而見蒟子也，松不第目所未覩，且耳所未聞。今俗聘婦皆用蒟葉，亦無有以蒟子為禮也。湛若《赤雅》云：蓽茇，吾家蛤蔞也。師古注、《本草》注、楊用修、張孟奇辨之，皆誤。按今俗亦不聞以與檳榔同食之蔞為蛤蔞，且無有以蔞為醬。蛤蔞當別一種，屈氏以為即蔞亦誤。自來文人，論辨蒟醬，説多不確。鄺氏親遊猺峝，數食蒟醬，考究必真。但不知蛤蔞為今何草耳，蛤蔞必是俗言土語。湛若為南海某鄉人，詢之其鄉古老，必有能知者。古

① “有”字原文似删去。

又以瓟為醬，瓟音鈎。《博雅》：瓠瓠，王瓜也。《南宋書・王元謨傳》：孝武帝好狎侮羣臣，嘗為元謨作《四時詩》曰：堇荼供春膳，粟漿充夏飡。瓟醬調秋菜，白醝解冬寒。按《字典・瓜部》瓟字注：瓟與瓟同，醬名。引宋孝武《四時詩》：瓟醬調秋菜。瓟音雹，與瓟音異。豈枸醬即瓟醬，而枸瓟傳寫之訛與?

卷之六

洗兒錢

唐人小説，謂《唐書・玄宗紀》天寶十載二月，安禄山生日，召入禁中，用錦繒為大襁褓，使宮人裹以沐浴，賜貴妃洗兒錢。松按《唐書・玄宗紀》，無賜貴妃洗兒錢事，惟《安禄山傳》有華清賜浴之文，亦不明言貴妃洗兒事。袁子才詩，《唐書》新舊分明在，那有金錢洗禄兒，已辨之矣，小説家每多附會。松按：韓偓《金鑾密記》：天復二年大駕在岐，皇女生三日，賜洗兒錢果，金銀錢，銀葉坐子，金銀鋌子。據此，唐時洗兒，不止賜錢，又有金銀坐子，鋌子諸物事也。

又宋時皇子在邸生子女，洗兒錢有金銀、犀象、玉石、琥珀、玳瑁、檀香等錢，及鑄金銀為花果，賜予臣下，是洗兒錢，至宋又非必金銀。此外又有犀象、玉石、琥珀、玳瑁、檀香等錢也。自來詩人罕見引用，而用洗兒錢，皆謂明皇賜貴妃為禄山生日洗兒事。然按諸書傳説，洗兒錢皆為生兒彌月及三朝之慶，又曰湯餅會。《北史》：高澄尚馮翊公主，生兒三日，為湯餅之會。

今我廣俗生兒三朝，媪婆輒以香湯浴兒，乃以薑酒醋食産婦。又《唐書》：王仲毛産子三日，明皇遣高力士賜物云云。觀此，洗兒似是三朝故實，今世俗生兒滿月，戚友餽送，有金銀、手釧、足釧、紅袍、頸鉗、京果、時果之屬，即洗兒錢之意也。又謂之做滿月，松按生兒滿月之慶，始於唐高宗，龍朔二年七月戊子，以子旭輪生滿月大赦，賜酺三日。永淳元年二月癸未，以孫重照生滿月，亦大赦，賜酺三日，見《唐書・高宗紀》。觀此，洗兒錢又當是慶生子彌月之物。又按：《元史》：盧璣年已七十，强健如昔，明昌二年，元妃李氏生皇子，滿三月，章宗命璣以所策杖為洗兒物，此又以滿三月洗兒，則洗兒又有不必用錢者矣。據此，洗兒錢，古昔未有用之兒生日者，小説家云云，蓋紀貴妃淫亂，恣無忌憚，為無耻之戲耳，不必究其實也。若王彦輔《麈史》所載，閩人生女往往臨蓐以器貯水，才産即溺之，謂之洗兒。此洗兒與唐人所云不可同日語矣。

買路錢

今俗遷葬常出鄉，或葬於鄰鄉，或葬於别邑。而舁柩所經之途，是鄉土人輒為攔阻，勒討利市，其高隴種地，謂恐傷其耕種禾豆，猶可説也。即通行大道，人所必經，又絮絮謂棺柩穢污，路經不祥，不逞之徒，洎潑皮婦女，往往藉此以需索錢銀。且人不一人，索不一索。或三五成羣，或十數為黨。有路不踰尋丈，而二三需索者矣。恒有葬一出鄉之棺，而此等費數十金者矣，俗謂之買路錢。鄉俗之陋，莫此為甚。予邑何村、鍾村諸鄉為甚，此不必不逞。即力耕農人，亦無不為此，然不自今始。《禮・檀弓》：季子皋葬其妻，犯人之禾，申詳以告曰，請庚之。子皋曰，孟氏不以是罪予，朋友不以是棄予，以吾為邑長於斯也，買道而葬，後難繼也，然則非為邑長於斯，則必庚之矣，是買道而葬，春秋時已有其事，於今乎何誅。第古之買道，與今不同。古犯禾而庚，今則不必犯禾，而亦逞强需索，故俗謂之陰司截路。嗟乎，陰司截路之鄉，安得二三正人君子，起而移其風變其俗耶？夫阻棺攔葬，我二十四鄉彬社書院，原有例禁。聞今亦有貪鄙之鄉，不耻為此，故違彬社之禁，敢肆横恣之姦。殊屬頑梗，不遵社約。此則我彬社紳耆，所當清查舊禁，張明曉諭，頒之各鄉，嚴加申飭。事在必行，決不徇庇。庶幾貪人悔改，同社皆良，未始非和鄉睦俗之一道也。

虮蝮

陸儼山《金臺紀聞》云，牐口上，石鑿兩獸置兩傍，狀似蜥蜴，首下尾上，名曰虮蝮。昔鴟鴞氏生三子，長曰蒲牢，好聲，以飾鐘，今之鐘鈕是也。次曰鴟吻，好望，以飾屋，今之吻頭是也。次虮蝮，好飲，今牐口所置是也。今《字典》，虮、蝮二字皆不收，不知作何音義，以為好飲，恐儼山想當然耳。按《博物志》，饕餮性好水，故立橋所。不云虮蝮。虮蝮，楊升菴作蚣蝮。虮或蚣字之訛與。按：《字典》蚣字注，亦不引蚣蝮。方桐山《通雅》：《文選》負下未易居，蓋龍之一子，為贔屓，好負重，故處碑下，轉其聲為虮蝮，遂曰霸下，又曰贔下。又引升庵云，虮蝮好負重，今碑下獸。又云虮蝮好水，立於橋柱。霸下乃虮蝮之轉。據此，碑下橋柱上之獸，皆虮蝮與，抑後人附會，故其說多參差與。

按：《堅瓠・癸集》：龍生九子，不成龍，各有所好，所載最詳。明孝宗嘗書小帖以問内閣李西涯，西涯不能悉，乃據羅圭峰玘、劉蘆泉績之言，具疏以聞。西涯言於楊升菴，升菴為西涯承上問，而不蔽下臣之美，録於集中。一曰贔屓，形似龜，好負重，今石碑下龜趺是也。二曰螭吻，形似獸，性好望，今殿脊獸頭是也。三曰蒲牢，形似龍，性好叫吼，今鐘上獸鈕是也。四曰狴犴，形似虎，有威力，故立於獄門。五曰饕餮，好飲食，故立於鼎蓋。六曰蚣蝮，性好水，故立於橋柱。七曰睚眦，性好殺，故立刀環。八曰金猊，形似獅，性好烟火，故立於香爐。九曰椒圖，形似螺蚌，性好閉，故立於門鋪首。

又有金吾，似美人，首尾似魚，有兩翼，性通靈不寐，故用警巡。然升菴無所引證，且與金吾為十矣。胡承之《珍珠船》，亦有龍九子，并載西涯事，其名不同。一曰囚牛，好音樂，胡琴上好[①]所刻是。二曰睚眦，刀柄龍吞頭是。三曰嘲風，性好險，殿角走獸是。四曰蒲牢，好鳴，鐘上獸紐是。五曰狻猊，好坐，佛座獅子是。六曰霸下，好負重，碑座獸是。七曰狴犴，好訟，獄門所畫獸是。八曰贔屓，好文，石碑兩傍所畫龍是。九曰蚩吻，好吞，殿脊獸頭是。各有引證，以為其説不經，援史傳睚眦必報等語，以證睚眦之非。

蒲牢，海獸名。班固《東都賦》注：海中有大魚曰鯨，蒲牢畏鯨，鯨擊蒲牢，輒大鳴。凡鐘欲令聲大，故作蒲牢於上，而刻鯨形以撞之。狻猊，穆天子馬，日走五百里。《爾雅》：狻麑如虦貓，食虎豹。郭璞注：即獅子也，出西域。狴犴，《韻會》：犴犬子，犬所以守，故謂獄為犴，《字林》，犴豻同。胡地野犬，似狐，黑喙。《周官》：士射豻侯，注：豻，胡犬，其守在夷，士以能勝四夷之守為善，故射之。《埤雅》豻善守，故獄曰豻。贔屓，《西京賦》：巨靈贔屓。注：壯大貌。蚩吻，當作鴟尾。王子年《拾遺記》：鯀沉羽淵，化為玄魚，後人修玄魚祠以祀之，見其浮躍出水，長百尺，噴水激浪，必降大雨。漢世越巫請以鴟魚尾厭火災，今之獸頭鴟尾是也。《唐會要》：漢武栢梁臺災，越巫言海中有魚，名虬，其尾似鴟，激浪則降雨，遂作其形，置於殿脊以厭火。《南史》：蕭摩訶詔其廳事寢堂，并置鴟尾。諸書不見有龍子之説，囚牛、霸下、嘲風，俱無考證。

又劉元卿《賢奕》亦載古諸器物異名，屓贔，形似龜，性好負重，故用載石碑；螭吻，形似獸，性好望，故立屋角上；蒲牢似龍而小，性好吼，有神力，故懸於鐘上；憲章，似獸，有威性，好囚，故立於獄門上；饕餮，性好水，立橋所；蟋蜴，似獸，鬼頭，性好腥，故用於刀柄上；蠻蛙似龍，性好風雨，故用於殿脊上；螭虎，似龍，性好文彩，故立於碑文上；金猊，似獅，性好烟火，故立於香爐蓋上；椒圖，形似螺螄，性好閉口，

① “好”字原文似删去。

故立於門上，今呼鼓了，非也；蚴蛥，音刀哲，似龍而小，性好險，故立於護朽上；鼇魚，似龍，好吞火，故立於屋脊上；獸吻，似獅子，好陰邪，故立於門環上；金吾，似美人，人首魚尾，有兩翼，性通靈，不睡，故用以巡警。已上出《山海經》、《博物志》，亦不云其為龍子。其贔屓、蒲牢、金猊、椒圖、螭吻、金吾，說與升菴同。其云饕餮好水，立於橋柱，說本《博物志》，然按《韻會》、《玉篇》，《左傳·文十八年》：縉雲氏不才子，皆謂貪於飲食為饕餮，則升菴好飲食立鼎蓋之說甚是。謂其好水，不知所據。若蚣蝮，升菴謂為好水，而儼山作虮蝮，又謂其好飲，說亦各異。松按：《爾雅》：蠑螈，蜥蜴。《說文》：在草曰蜥蜴。揚子《方言》：其在澤中曰蜥蜴，蜥蜴本是水物。今牐口石獸，狀似蜥蜴，恐即是蜥蜴，儼山附會以為虮蝮與。

訛蜓

訛，《玉篇》：偽也，謬也，舛也。誕，《廣韻》：欺也。今謂人言語虛浮不實曰訛誕。松按：訛誕，獸名。東方朔《神異經》：西南荒中出訛獸，其狀若兔，人面，能言，常欺人，言東而西，言善而惡。其肉美，食之，言不真矣。一名誕。松謂此東方生之寓言，如《中荒經》之云不孝鳥，狀如人身，犬毛，有齒，豬牙。額上有文曰不孝，口下有文曰不慈，背上有文曰不道，左脅有文曰愛夫，右脅有文曰憐婦。故天地立此異，畀以顯忠孝，世間安得有此鳥，其為寓言可知。訛誕之獸，亦若是矣。

澤及枯骨有二說

劉向《新序》：周文王作靈臺，及為池沼，掘地得死人之骨，吏以聞於文王。文王曰，更葬之。吏曰，此無主矣。文王曰，有天下者，天下之主也。有一國者，一國之主也。寡人固其主，又安求主。遂令吏以衣冠更葬之。天下聞之，皆曰文王賢矣，澤及枯骨，又況于人乎，而天下歸心。《吕氏春秋》所載亦同。賈誼《新書》又云，文王晝卧，夢人登城而呼已曰，我東北陬之槀骨也，速以王禮葬我。文王曰諾。覺召，吏視之，信有焉。文王曰，速以人君禮葬之。吏曰，此無主，請以五大夫禮。文王曰，吾夢中已許之矣，奈何其倍之也。士民聞之曰，我君不以夢之故而倍槀骨，況於生人乎，於是下信其上。《淮南子》云，文王葬死人之骸，而九夷歸之。一以為為靈臺掘得枯骨，一以為晝夢所見，所記異矣。

九合諸侯有二事

其一齊桓公九合諸侯。松按：九合，莊十三年北杏，十四年於鄄，十五年於鄄，十六年於幽，二十七年於幽。僖元年於檉，五年首止，《小學紺珠》，首止作首戴，七年甯母，九年葵邱。其二晉悼公九合諸侯。《晉世家》，悼公曰，昔吾用魏絳九合諸侯。服虔曰，一會於戚，二會城棣救陳，三會於鄬，四會於邢邱，五同盟於戲，六會於柤，七戍虎牢，八同盟於亳城北，九會於蕭魚。晉平公亦七合諸侯。襄十六年湨梁，十九年祝柯，二十年澶淵，二十一年商任，二十二年沙隨，三十四年夷儀。又按：齊桓衣裳之會十一。范甯注，有僖二年於貫，三年陽穀，與九合而為十一也。《穀梁傳》疏謂，《論語》稱九合諸侯者，贯與陽穀二會，管仲不欲，故去之，自外惟九合也。《穀梁注疏考證》按，管仲不欲，事見僖十二年楚人滅黃，傳曰，貫之會。管仲曰，江、黃遠齊而近楚，楚為利之國也，若伐而不能救，則無以宗諸侯矣。桓公不聽，遂與之盟。陽穀雖無明文，而江、黃在會，知必非管仲意也。《論語》曰九合諸侯，不以兵車，管仲之力。故去是二會不數。《論語注疏考證》又云：鄭康成不取北杏、陽穀。蔡節《集説》則自魯莊公十五年會鄄，至僖公九年會葵邱為九。考《左傳・莊公十五年》復會於鄄，齊始霸也。葵邱之會諸侯，束牲載書而不歃血，又為極盛。此衣裳之會九，始終確有可據，正不必緣糾合宗親之説。據此，當從蔡説。又《史記》《漢志》注，兵車之會三，北杏、陘、新城。乘車之會六，鄄二、幽、首止、洮、葵邱。《國語・齊語》，兵車之會六，北杏，鄄二，檉、鹹、淮。乘車之會三，陽穀、首止、葵邱。説亦各異。而《論語》云九合諸侯，不以兵車，此亦大概之辭，亦足見聖人欲修文而惡强兵之意。

又按黄東發《日抄》曰：穀梁氏曰：衣裳之會十有一，未嘗有歃血之盟也，信厚也。兵車之會四，未嘗有大戰也，愛民也。注云：會北杏、會鄄，又會鄄、會幽，又會幽、會檉、會貫、會陽穀、會首止、會甯母、會葵丘，凡十一。會洮、會鹹、會牡丘、會淮，凡四。西疇崔氏曰，齊盛之霸，自莊十六年盟於幽，至僖十六年會於淮，凡十有二會。而孔子稱威公九合諸侯者，舉其不以兵車者而已。莊十六年九國盟於幽，二十七年五國又盟於幽，僖元年六國會於檉，三年四國盟於貫，五年八國會王世子於首止，七年五國盟於甯母，八年王人與七國會於洮，九年宰周公與七國會於葵邱，十三年七國會於鹹，凡九合諸侯，不以兵車。此言九合諸侯，又與諸説異。

黄袍

古昔天子服制，不必黄袍，臣庶亦著黄袍。《北齊令》：袴褶子，朱紫玄黄，各隨所好。天子多服緋袍，天子服緋，則黄非在所禁矣。今則定制黄袍為天子之服，臣庶不得而僭矣。松按：《五代史》：周顯德六年，遣趙匡胤禦契丹，兵次陳橋驛，匡義、趙普與諸將校入帳曰，諸將無主，願册太尉為黄[①]帝。匡胤未及對，黄袍加身矣。天子服黄袍，自宋已然矣，然不自宋始。《野客叢書》唐高祖武德初，用隋制，天子常服黄袍，遂禁士庶不得服。至明皇天寶間，因韋韜奏御案床褥，望去紫用黄制，而臣下一切不得用黄矣。又肅宗復兩京，至德二載，迎玄宗歸，至咸陽，備法駕於望賢驛。玄宗御樓，肅宗紫袍望樓拜舞，玄宗降樓撫肅宗，肅宗泣辭黄袍，玄宗自為衣之。是唐時定制，天子服黄袍。按：《六典》：隋文帝制柘黄袍，及巾帶以聽朝，今遂以為常。《隋書》：開皇元年秋七月乙卯，上始服黄，百僚畢賀。則天子服黄，實始於隋文帝。而《大唐新語》又云：隋代帝王，貴臣多服黄紋綾袍，烏紗帽，百官常服，同於走庶，皆着黄袍及衫，出入殿省。按：《隋書・禮儀志》：百官常服，同於匹庶，皆著黄袍，出入殿省，高祖朝服亦如之。觀此，似隋時黄袍，亦非專為至尊之服，不知文帝時，天子雖服黄，而無士庶不得服黄之禁，故匹庶亦得着黄袍出入殿省。大業元年，煬帝始詔尚書牛宏、宇文愷等，憲章古制，創造衣冠，服章皆有等差。宏等議定輿服八等，亦無士庶服黄之禁。《唐書・禮樂志》太宗時服制，一命以黄，再命以黑，三命以纁，四命以緑，五命以紫，而朝會宴饗，天子多服絳紗袍。初，高祖則以赭黄袍巾帶為常服，遂禁臣民用赤黄。是天子服黄，始於隋文帝，而禁臣民服黄，實始於唐高祖。又《唐書》高宗九月，令百官具新服，上宴於麟德殿。舊記，敕三品以上服紫，四品深緋，五品淺緋，六品深緑，七品淺緑，八品深青，九品淺青，庶人服黄。此蓋沿北齊隋初之制，而未之改者與。然觀《姦臣李錡傳》：錡反，其將張子良攻錡，錡敗，送京師，與子師回腰斬於城西南。數日，帝出黄衣二襲，葬以庶人禮。據此，唐中時[②]庶人亦服黄，豈至德宗時，又弛其禁與？至五代天子又服黄。《劉守光傳》：延祚既降，守光由此

① 眉批曰："黄"字疑是"皇"字。

② "時"字原文似删去。

益驕，守光身衣赭黃袍。謂將吏曰，我衣此而南面，可以帝天下乎？又《張彥澤傳》：開運三年，彥澤降契丹，耶律德光犯闕，遣彥澤與傅住兒先入京師。彥澤頓兵明德樓前，遣傅住兒入傳戎王宣語。帝脱黃袍，素服再拜受命。是五代時，天子仍專服黃袍也。又按：《大戴禮・五帝德篇》：高辛春夏乘龍，秋冬乘馬，黃黼黻衣，執中而獲天下。又放勳富而不驕，貴而不豫。黃黼黻衣，則天子服黃，不始於隋，而始於高辛帝堯。隋文倣其制耳。又按：《周官・司服》，賈疏引《易》繫詞：黃帝、堯、舜，垂衣裳，蓋取諸乾坤。乾為天，其色元，坤為地，其色黃，是黃帝、堯、舜，玄衣黃裳。《戴禮》謂黃黼黻衣，所記又異詞。

紅巾

漢末黃巾賊起，未幾而漢亡。元末羅田、徐壽輝舉兵，以紅巾為號。至正十一年，劉福通與杜遵道、羅文素、盛文郁、王顯忠，共鼓妖言，立韓山童為帝，紅巾為號，未幾而元亡。松按：《堅瓠・庚集》：中原紅巾初起，旗上一聯云：虎賁三千，直抵幽燕之地；龍飛九五，重開大宋之天。其後毛貴等横行山東，犯侵畿甸，駕幸灤京，賊勢猖獗，無異唐末。又張仲舉在都《寄浙省參政周玉坡伯琦》詩云：天子臨軒授鉞頻，東南無地不紅巾。鐵衣遠道三軍老，白骨中原萬鬼新。豪士精靈虹貫日，仙家談笑海揚塵。都將兩眼淒涼淚，哭盡平生幾故人。《輟耕録》：至正壬辰年三月廿三日，湖州雨果核，人皆曰娑娑樹子，至閏三月亦然。後紅巾犯省，雨核之地，悉被兵火，未經處，屋宇如故。據此，紅巾之賊甚於黃巾，夫紅巾、黃巾，皆為亂首。漢元雖非以黃巾、紅巾亡，而未始非由黃巾、紅巾之亂，而民心日壞，以至於亡也。此種首亂之賊，不可不及早提防，先機杜絕。當其黨衆未盛，賊心未固，或密緝分拿，以散其黨，或鄉攻官辦，以絶其奸。如獲首犯主盟，或連枷於其鄉里，或正法於其祖祠。使宗族妻兒，目擊而心傷，交懲而互戒。庶幾流匪畏法洗心，懷刑知警，可免後來不測之患。

夫黃巾、紅巾猶今之會匪，今之會匪，誘愚惑世，不僅如黃巾、紅巾假左道以惑衆已也。會匪之姦，始則誇張義氣，逢不逞之雄心。繼則肆言恐嚇，長愚頑之私志。終則恃黨脅從，挾制村莊，入夥則耕種不侵，豆蔴無恙。異志則身家難保，鷄犬不寧。於是夥竊無忌，貧屢[①]且幸獲分肥，甚而黨劫横行，巨室亦利其坐享，近墨而黑，改廉為貪，變謹厚為强梁，轉樸實而奸詐。化良為匪，所在多有。歷年若久，夥黨愈熾。夫根深必蔓延，積重則難返，使官吏不為之嚴加懲創，將見愚黎固所不免。誰不入其黨以偷安目前，即智士亦莫可如何，儔則不同羣而禍罹即日。一身猶可，上而父母，下而妻子，孰是秉義烈而割罔極之恩，甘禍虐而斷室家之愛。任賊摧殘而不顧者，右絀左支，民窮無告，從匪苟免，則國法難容。違賊禍隨，則仇冤莫訴。均之一死，有誰不貪半日之生。絶或逢生，猶冀幸免將來之死。民非思亂，而亂實迫民。不至醸成反逆大案不止，是則可為長太息也。

松按：紅巾不始於元末，宋孝宗乾道元年十月，淮北紅巾賊，踰淮劫掠，知楚州胡明擊殺賊首蕭榮。又寧宗嘉定十三年，興元軍士張福，與其黨莫簡作亂，亦以紅巾為號。明代亦有紅巾，《明史·趙彦傳》：萬曆四十二年，王好賢與徐鴻儒，自號中興福烈帝，稱大成興勝元年，用紅巾為識。嘉慶間我廣海洋大盜張保、鄭一嫂、郭婆帶三夥，以紅縐紗裹頭，亦可謂之紅巾賊。又有白巾賊。《宋張憲傳》：初，曹成破，其黨有郝政走沅州，首被白巾，為成報仇。號白巾賊，憲一鼓禽之。又有青巾賊。《元史·明玉珍傳》會青巾盜李喜聚衆苦蜀。又有紅襖賊。《宋史》：寧宗開禧七年十二月，金濰州紅襖賊李金，寇掠山東。又有紅衣賊。《明史·外國安南傳》：宣德元年，小寇蠭起，美留潘可利助逆，宣化、周莊、大原、黃菴等，結雲南寧遠州紅衣

① “貧屢”，原文如此，應為“貧窶”。

賊大掠。此又以衣服之色為賊號者也。按：《唐書·王式傳》：忠武戍卒，服短後褐，黃冒首，南方號黃頭軍，天下鋭卒也。此以黃冒首，亦即黃巾也，此為戍卒，與漢之黃巾，不可同日語矣。

性門[①]

人之顖門，道家謂之性門。趙台鼎《脈望》云：金為神，性居上丹田，是謂頂門，人呼為性門，性最靈，故性門未合，尚知前世事。及其合，則不知矣。松按：《獨異記》：晉羊祜三歲時，乳母抱行，乃令於東鄰樹孔中，探得金環。東鄰之人云，吾兒七歲死，曾弄金環，失其處所，乃知祐前身東鄰子也，豈祐之性門未合耶？雖然，小兒三四歲，而性門未合者比比，何無有一人知其前生事者耶？《脈望》所云，殊屬附會，不足信也。

河車

人胞謂之胎衣，又謂之河車。《丹書》：天地之先，陰陽之祖，乾坤之槖籥，鉛汞之匡廓，胚胎將兆，九九數足。我則乘而載之，故謂之河車。其色以[②]有紅有綠有紫，以紫為良。按：河車，實北方之正炁。趙台鼎《脈望》云：北方正炁曰河車。車，謂運載物於陸地，往來無窮，而曰河車者，取意於人身萬陰之中，有一點元陽上升，薰蒸胞絡，自腎傳肝，自肝傳心，自心傳肺，自肺傳腎，為小河車也。肘後飛金晶，自尾閭起，下關至中關，中關至上關，自上田至中田，中田至下田，為大河車也。純

① 原文邊注：《性門》、《河車》，至《夏正》，皆似未精。擬删。

② “以”字原文似删去。

陰下降，真水自來，純陽上升，真火自起，一升一沉，相見於十二樓前，顆顆還丹，而出金光萬道，為紫河車。如氣在血絡之中，炁中暗藏真水，如車載物，所謂河車者詳矣。據此，河車乃取人身真[①]純陰純陽相升降，真水運行真火之義，故於胎衣有取焉。胎衣，乃人之血氣結成，以養胎孩，故醫家謂能大補氣血，當不虛也。紫河車，一名混沌皮，今牛屠，時屠有孕母牛，屠販儥其胎衣於市。俗謂之牛荔枝，蓋牛胎胞環綴肉顆子，形如荔枝，故名。厨人浄洗片切，加薑酒鹽葱白等，武火炒，甚爽甘。俗云，適口且大有補益，老人尤宜，羊胎胞更佳云。

合圍口

今俗宴會，飲酒有順行之令，如先飲左人，則從左歷飲，至右人止。飲至右人，則起令者更爵，與之交飲，謂之合圍口。飲右亦然，是順行飲令，至末位常多飲一爵。然唐人已有此令。白樂天詩，三杯藍尾酒，一楪膠牙餳。松按：昔人言藍尾多不同，藍字多作啉云，出於《侯白酒律》，謂巡匝末坐，連飲三杯，為藍尾。蓋末坐遠，酒行到常遲，故連飲以慰之，以啉為貪婪之意。見《石林燕語》。觀此，藍尾即今之順行合圍口。古法連飲三杯，今只多一杯。飲遲之慰，今薄於古矣。《七修類稿》云：藍，澱也。《說文》：澱，滓垽也，滓垽者，渾濁也。一說謂藍尾，乃酒之濁脚，如盡壺酒之類，故以尾字為義。

喊過街

鄉間婦人，為彊悍伯叔子姪所欺淩，屈不得伸，於是出沿街

① “真”字原文似刪去。

市，隨哭隨訴，使人共知其伯叔子姪之悍惡，自己之屈冤，謂之喊過街。俗謂哭曰喊，其事始於魯哀姜，見《左傳》及《史記》，魯文公有二妃，長妃齊女哀姜，生子惡及視。次妃敬嬴嬖愛，生子俀。俀私事襄仲，襄仲欲立之。冬十月，襄仲殺子惡及視而立子[①]俀，是為宣公。哀姜歸齊，哭而過市曰，天乎，襄仲為不道，殺適立庶，市人皆哭。魯人謂之哀姜，此即今俗婦人之所倣。

夏正

三正之説，夏正建寅為人正，商正建丑為地正，周正建子為天正，謂之三統。周據天統，以時言也。商據地統，以辰言也。夏據人統，以人事言也。《尚書大傳》：夏以孟春為正，殷以季冬為正，周以仲冬為正。夏以十三月為正，色尚黑，以平旦為朔。殷以十二月為正，色尚白，以鷄鳴為朔。周以十一月為正，色尚赤，以夜半為朔，不以二月後為正者。萬物不齊，莫適所統，故必以三微之月也。朔不以二月後，則十月以前，不可為朔也明矣。乃秦建亥，以十月為正，殊屬不經。

漢承秦後，高祖因之。至武帝太初元年五月，大中大夫公孫卿、壺遂，太史令司馬遷等，言歷紀壞廢，宜改正朔，兒寬議以為宜用夏正，乃詔卿等造漢太初歷，以正月為歲首。於是後世皆用夏正，而莫之改。孔子曰行夏之時，可知當日夫子一語，已定萬世歷時之準。夫聖王治歷，所以明時。明時者，謂節氣之早晚，寒暑之遲速。天氣以之而調和，人事因之以作息，萬物由之而咸若也。凡所以便民也，所以便民耕耘收藏也。時明，然後發號施令。不忒其候，勞農補助，不愆其期。冬歸春出，民事得緩急之宜。夏忙秋獲，閭閻無失時之慮。夏正，因人事以為正者

① “子”字原文似删去。

也，人事順，則天時正而萬物遂矣。此孔子所以獨行夏時，而萬世所以不易也。

按：何晏《論語》子張問十世注，神農以十一月為正，女媧以十二月為正，則周建子，商建丑，亦有所本。自漢武太初建寅之後，其後魏明帝景和元年建丑，唐武后建子，肅宗上元二年建子，此外不多見。又按建正三統，其義見於三代之《易》。夏以人為正，而夏《易》名連山，首艮，艮者物之所以成始也。商以地為正，而商《易》名坤乾，首坤。周以天為正，而文王《周易》以乾為首。斯時三統之名未定，觀於文王《周易》，已隱然具天統之象矣，周之建子，其肇於文王乎。

日至

日至有兩說。《易・復卦》：先王之[①]以至日閉關，商旅不行，后不省方。注：冬至，陰之復也。夏至，陽之復也。《正字通》夏至曰日長至，是日晝漏刻五十九，夜四十一刻，先此漏刻尚五十八。日之長於是而極，故曰日長至，至取至極之義。《呂覽・十二紀》：仲夏月，日長至，是也。冬至亦曰日長至，是日晝漏刻四十一，夜五十九，過此晝漏即四十二刻。日之長，於是而始，故亦曰日長至，取來至之義。《禮・郊特牲》：迎長日之至，是也。然《呂覽》於仲冬則又曰日短至。黃震曰，世俗多誤冬至為長至，不知乃短至也。據此說，短至宜為冬至，亦謂之日長至，陽之始長也，扶陽抑陰之義也，見《字典》注。

松按：扶陽抑陰之說亦未的。夫冬至可曰日長至，則夏至亦可曰日短至。夏至曰日短至者，陰之始長也，又何說也，豈陰亦可扶而陽亦可抑耶。夫冬至之云日長至者，以其始言之也。云日短至者，以其極言之也。冬夏至皆可互言長短者也。冬至之云日

① “之”字原文似删去。

長至，謂為扶陽抑陰，似也，又何解於夏至之曰日短至耶？夫冬至者，陽之初復，為一歲天氣之始。故《郊特牲》言迎至[①]長日之至，重其始也，不言迎短日之至者，扶陽抑陰之理，具在是矣。

改生日

《漢書》：張奐為武威太守，其俗多妖忌，每逢二月初五日產子，及與父母同日者，悉殺之。奐示以義方，風俗遂改，民為立祠。松謂武威俗嫌，殺之過甚，不如改其生日，此雖非古禮，而後世有行之者。《癸辛雜志》宋徽宗以五月五日生，以俗忌，因改作十月十日生，為天寧節。《中天記》：宋哲宗本十二月七日生，為興龍節，羣臣復請以八日，改為興龍節，不以先一日者，以避僖祖忌，故後一日。《金史》：熙宗本七月七日生，以同皇考忌，改正月十七日為生日。更有不因俗忌與同父母生忌而權改生日者。《金史》：世宗以三月一日生，立為萬春節，大定十六年，三月丙午朔日食，改賀萬春節為[②]用明日。又章宗以七月丙戌生，立為天壽節，泰和八年五月癸亥，移天壽節於十月十五日。而《張汝霖傳》云，天壽節在七月，習古襄言雨水滛暴，外方人使赴闕，有礙行李，乞移九月一日為便，汝霖諫不聽，卒從襄言，與《章宗紀》異。《老學菴筆記》：淳熙己酉春，金邊帥移文境上曰，皇帝生日，本自七月，今為南朝使冒暑不便，已權作九月一日生日。更有不問生日之為何日，而設一定之日以為生日者。《松漠紀聞》：金人不知生日，初興欲倣中華，乃分占一日，粘罕生日以正旦，國主生日以七夕，噫奇矣。然更有奇

① “至”字原文似删去。

② “為”字原文似删去。

者，回人童子通文義者[①]為衆所服者，謂之阿渾。回人遇有疑難，皆問阿渾。鄉愚小回，忘其生辰，問之阿渾。告以一月日，日久復忘，再問阿渾，阿渾亦忘前言，另告以一月日，即信之，見椿園《西域聞見録》。夫張奐以義方化武威俗嫌，尚矣。如其不能倘如後世改生日以避嫌，開示曉論以明俗愚，以止俗殺，通權而不害於義，創論乃所以行慈，未始非為政之一事也。生日有改，固矣，而又有改忌日者。《宋史・劉光祖傳》：孝宗時，官至顯謨閣直學士，言憲聖慈烈皇后，陛下之曾祖母，克相高宗，再造大業，賊臣韓侂胄，敢蔑視之，擅易諱日，請告謝祖宗，改本忌日。從之。

燕忌日

《禮》曰，忌日不樂。今制凡父母先祖忌日，皆從素，服穿玄青，即不樂之意。而世俗於父母先祖忌辰，子孫洎媳婦家人盛筵致祭，祭畢，相與宴飲以為歡，殊非禮意。而世俗往往以此稱為賢孝子孫，事亡如事存云。松謂即以事亡如事存論，此不過養口體之餘事。曾子曰，親戚既没，欲孝無從。豈以祭物豐腆，便為賢孝。婦子俱然歡宴以樂乎，此猶為比善於忌日不聞鷄豚之饗，清酌之奠。聽家先之餒，而若罔聞知者耳，於此足見世道之夌僫。昔申屠蟠喪父，每忌日，輒三日不食。隋燕王倓，每至其母忌日，未嘗不流涕嗚咽。王元美以重九日母忌，終身不登高。思慕之情，何等真摯，又何得家人相與燕飲為歡耶。更有不養口體於生前，而徒豐祀儀於歿後。此實饜口腹以釣虛名，昧天良而誇侈汰，愈不足道也。邇年羊城富商巨室，有於祖宗忌日而演劇，柬親朋以羣飲，欣慶之歡，有若壽筵。斯更甚於樂矣，何古今人不相及耶？

---

① “者”字原文似删去。

扶筐

松讀陶學士《黑心符》，中有云既無結髮之情，常有扶筐之志。扶筐二字，不知所出。嘗聞之故老云，昔有一七嫁婦，凡夫死則刻一小木主，書其夫姓字生終，藏之篋笥。每歲七月十四盂蘭盤節日盡出木主，盛以篩箕，祀之於房。一日祀前夫，適為其夫所窺，大以為異，不覺嘻嘻而笑。其婦熟視夫嗔曰：嘻嘻嘻，明年扶你上篩箕。箕，筐之類也，“扶筐”豈指此耶？即其不然，亦是《黑心符》之一事，姑録此以博捧腹。

松謂：天下人心刻毒，莫刻毒於再醮之婦。天下惟無恥之人，無所不至。再嫁婦，恥心既喪於後夫，淫惡必甚於初醮，矧七嫁耶。夫死夫在，是其見慣，又何足生再嫁婦之懼耶。請上篩箕，不過《黑心符》之小焉[①]者耳。萊州右長史于義方《黑心符》略云，講再醮，備繼室，既無結髮之情，常有扶筐之志，安得福祥，免禍幸矣。閔家以蘆絮示薄，許氏以鐵杵表酷，歷歷可見。為夫者，耽少姿，入巧言，纏愛紐情，牢不可拔。妻計日行，夫勢日削。我有家國，則妻擅其家國；有天下，則妻指麾其天下。令一縣則小君映簾，守一州則夫人並坐。論道經邦，奮庸熙載，則于飛對内殿，連理入都堂，粉黛判賞罰，裙襦執生殺。甚者殺夫首子，禍綿刀鋸，冤著市朝祭祀絶而朝廷蕪，而怪且畏者，曾無有也。黑心符者，繼婦之名也。松謂于説未備，蓋黑心符者，再醮繼婦之名也。

① “焉”字原文似删去。

點戲

我廣凡演梨園戲劇，管班先進戲本册子於主人。主人翻閱，欲演某本某齣，即吩咐管班，使之唱演，謂之點戲。其事見於唐代。崔令欽《教坊記》：凡欲出戲，所司先進曲名。上以墨點者即舞，不點者即否，謂之進點。第古昔用墨點，今則或以指點，或以口點，無用墨者矣。按今梨園戲本册子，類多虚假，册子上牌名不下二三十本，四五十齣。而所習慣熟演，不過三五本，十數齣。非如唐教坊進點，墨點即舞也。且今之戲本，固不依傍史傳集志，亦罕規倣小説稗官，皆以臆意鑿空，假架虚附會，務使其故事出奇翻新，其串合巧幻莫測，俗則贊嘆稱絶。噫！人心不古，即一梨園小劇，亦無不用其假者矣。

汗衫

貼身之衣，婦人謂之衵。《玉篇》：衵，婦人近身衣也。《左傳・宣公九年》：陳靈公與孔寧、儀行父通於夏姬，皆衷其衵以戲於朝，是也。男子謂之汗衫，又曰單衫，即古之中禪。古者朝宴衮服中有白紗中禪，見《會典》。《前漢書・江充傳》：初，充召見犬臺宫，衣紗縠禪衣。師古注：禪衣制若今之朝服中禪也。宋人通稱内衣曰中禪，又謂之禪襦。揚子《方言》：汗襦或謂之禪襦。汗襦，即汗衫也。《急就篇》注：短而施腰曰襦，正今時汗衫之制。然汗衫之名，不始於今。孔平仲云，漢高祖與項羽戰争之際，汗透中單，改名汗衫。據此，汗衫之名，始於漢高。束皙《近游賦》，脅汗衫以當熱。又謂之襗，《詩・秦風》與子同襗。箋：褻衣近污垢。襗，又作澤。澤者，潤也，即所謂汗衫也。劉熙《釋名》曰汗衣，或曰鄙袒，或曰羞袒。《明史・輿服志》又有汗袴之名。《志》云：樂武生冠服，武舞，武舞士服白羅銷金汗袴。文武[1]舞，舞士服青羅銷金汗袴。其舞師，白銷金汗袴。四夷樂工，皆白銷金汗袴。

頭髲

今俗婦人恒患髮稀，雲鬟艱於梭挽，膏沐無所施工。常聚平昔已落之髮，或他人之髮，取其修長而黑潤者，理其緒而分之，復比其類而合之。索髮繩緊紮其端，滌之以茶麩，以去其垢膩。濯之以香湯，以除其膸氣，以益己髮，謂之頭髲。古謂之髢。《詩・鄘風》：不屑髢也。疏：髢，一名髲。髲，益髮也。言人髮少，聚他人髮以益之也。《左傳・哀公十七年》：公自城上見己氏之妻髮美，使髡之，以為吕姜髢。按：髲，《説文》：鬄也。《儀禮・少牢饋食禮》：主婦被鬄褖。注：被鬄褖，讀為髲鬄。古者或鬄剔賤者刑者之髮，以被婦人之紒為飾，因名髲鬄焉。則今俗之所謂頭髲，其所由來者遠矣。按：《儀禮》，髲當作被[2]。又《周官・追師》：掌王后之首服，為副編次。鄭注：副之言覆，所以覆首為之飾，其遺象若今步繇矣。編，編列髮為之，其遺象若今假紒矣。次，次第髮長短為之，所謂髲髢也。據此，頭髲即古之次。

守宫

《爾雅・釋蟲》：蠑螈、蜥蜴、蝘蜓。蝘蜓，守宫也。《埤雅廣要》曰：易名而通者也。彭乘《墨客揮犀》：守宫，其形大概

① “武”字原文似删去。

② 原文旁曰：按《儀礼》髲，當作被，宜削。

類蜥蜴，足短而加闊，亦有金色者。秦始皇時，有人進之，云能守鑰，人不敢竊發鑰，故名守宮。又云，置於宮中，宮人之有異志者，即吐血污其衣。或曰以守宮繫宮人臂，守宮吐血污臂者，有淫心也，秦皇即殺之。《文昌雜録》所載亦同。而揚雄《方言》：秦晉西夏謂之守宮，其在澤者謂之蜥蜴。許慎《説文》亦云，在壁曰蝘蜓，在草曰蜥蜴[①]。蜥蜴，守宮也。彭乘謂守宮形類蜥蜴，其非蜥蜴也，明矣。揚氏、許氏謂守宮即蜥蜴，於是後人莫不以蜥蜴為守宮。

松按：《淮南·畢萬術》曰：守宮飾女臂，有文章，取守宮新合陰陽者，牝牡各一，藏之瓮中，陰乾百日，以飾女臂，則生文章。與男子合，文章輒滅去。又曰，七月七日取守宮，陰乾之，治法，合以井花水，和塗女人身，有文章，則以丹塗，不去者不淫，去者有姦。據此，守宮之蟲，用以飾女子臂，自能辨其淫否。若云守宮即蜥蜴。蜥蜴，今所謂鹽蛇者是也，嘗取而試之，殊不然。《博物志》又云：蜥蜴或蝘蜓，以器養之，食以硃砂，體盡赤。所食滿七斤，擣萬杵，以點女人支體，終身不落。偶則落，故曰守宮。據此又以硃砂食蜥蜴，故能辨別女子淫否，是蜥蜴製而用之，亦如守宮，故名之耳。若真守宮，則生能吐血，乾可塗臂，用出自然，不假製造，守宮非蜥蜴，斷斷也。方密之《物理小識》又以蛤蚧為守宮。松按：今無守宮之蟲，故王宮世宦，富家巨室金釵林立，無有取而用之。況今俗競誇豪侈，房幃尚奇，春藥被香，無所不蓄。然亦不聞有此物事，則無真守宮可知。按：《粧樓記》有綢繆記印，唐開元初，宮人被進御者，以綢繆記印於臂上。文曰，風月常新。印畢，漬以紅桂紅

---

① 原文中縫曰：《説文·虫部》：蜥，蜥易也。蝘在壁，曰蝘蜓；在草曰蜥易，蜴作易。蜥蜴，守宮也。《説文》無，《御覽》引有。按蜥易，守宮見於《雅訓》，而揚雄、許慎皆主之，當是古訓。以宋明之異説，而与古義相詰，恐終為後人彈駁也。守宮宜用古義，以守宮辨淫可採宋明異説。先祖已往無可質謬，又不敢改易，不如删之。

膏，則水洗色不退。據此，隋唐以前，不聞有守宫之用矣。木亦有名守宫者。《爾雅·釋木》：守宫槐，晝聶宵炕。注：其葉晝聶而夜炕，故名守宫。疏：炕，張也。

宵行

我廣有放光蟲一種，非螢，螢之類也。形如蠶而小，若花管，長寸許，以夜出，行則疾於蠶。其腹有光如螢，俗名放光蟲。處處室屋皆有之。《詩》：熠燿宵行。朱子謂：熠燿，明不定貌。宵行，蟲名，如蠶，夜行，有光如螢。據此，宵行即今之放光蟲也。舊説以熠燿為螢，宵行為夜飛，以行為飛，未免牽强。陸佃《埤雅》云：一説螢非熠燿，熠燿行蟲爾。今卑濕處有蟲如蠶蠋，尾後載火，行而有光，俗謂之熠燿，此亦放光蟲。其取名與朱子異矣。陸云尾後載火，松按：放光蟲，其光在腹，亦與陸氏所載異。

卷之七

三牲

今俗奉神，必具三牲。松按：三牲，牛、羊、豕也。《周禮・天官・小宰》：牢禮之法。注：三牲，牛、羊、豕共為一牢，其後不必牛、羊、豕，而亦謂之三牲。漢時以鶩、麇、鹿為三牲，又以鷄、雁、犬為三牲。王莽末年，自天地六宗以下至諸小鬼神，凡千七百所，用三牲鳥獸三千餘種，後不能備，乃以鷄當鶩，雁、犬當麇、鹿。今俗以豕、鷄、魚為三牲，無魚或以蟹代，無鷄或以鵝、鴨代。惟聖廟丁祭，以牛、羊、豕為牲，餘祀不用也。又有五牲，《左傳・昭公二十五年》：為六畜、五牲、三犧以奉五味。注：五牲，麇、鹿、麏、狼、兔。又有六牲，《周禮・膳夫》：食用六穀，膳用六牲。鄭注：六牲，馬、牛、羊、豕、犬、鷄也。鄭司農曰，六穀，稌、黍、稷、粱、麥、苽也。王引之《經義述聞》謂此六牲，與牧人不同，牧人之六牲，謂馬、牛、羊、豕、犬、鷄。此六牲，則牛、羊、豕、犬、雁、魚也。《食醫職》曰：凡會膳食之宜，牛宜稌，羊宜黍，豕宜麥①稷，犬宜粱，雁宜麥，魚宜苽。牛、羊、豕、犬、雁、魚，所謂六膳也。稌、黍、稷、粱、麥、苽，所謂六食也。鄭司農以稌、黍、稷、粱、麥、苽為六穀，洵不可易。

松按：六穀如鄭司農所云，似不可易。而六牲則《膳夫》

---

① “麥”字原文似删去。

注馬、牛、羊、犬、豕、鷄之説，未嘗不是也。夫凡牲禮所用之物，固因乎其時，而亦因乎其地。蓋八方物産，各有所宜，水足魚而山足獸，自古為然。而馬、牛、羊、豕、犬、鷄，則無處無之。孔子不以四方之食供簿正，惡其難得也。松謂六牲，《膳夫》注與牧人所云馬、牛、羊、犬、豕、鷄，當為千古不可易。

三齋

僧家不飲酒不茹葷，然不能不飲酒不茹葷，以酒葷之名不雅，不足以厭人耳目，於是别作嘉名文①以文之，謂酒為般若湯，魚為水梭花，鷄為穿籬菜，貓為花齋，牛為午齋，犬為攣齋。攣齋云者，以九之字畫，攣曲而不直。九、狗音同故也，今俗呼行九之弟兄曰阿攣。午齋者，牛字與午字相似，今俗謂午字為縮頭牛也。花齋者，貓之毛色，多花而不純，且好睡戲於花陰之下，故云。按：般若湯、水梭花、穿籬菜，已見《東坡志林》，則宋時僧家已有此語，而花齋、午齋、攣齋，不見諸傳説，不知所始。

瀝滘，邑庠衛啟心翁嘉謨，松之老親家也，接物和平，磊落不羈，飲嗜酒，食嗜貓、牛、狗。嘗書一聯於座右云：得意一生惟兩語，適情到處有三齋。三齋謂貓、牛、狗。三齋之名，其始於衛老親家與。兩語者何？俗諺云，皇帝萬萬歲，村獠日日醉。蓋書所嗜以寄意也，其無懷氏之民與，葛天氏之民與？

禹稱夏后

禹稱夏后，《禮·檀弓》：夏后氏堲周。疏：夏言后者，《白

① “文”字原文似删去。

虎通》以揖讓受於君，故稱后。似屬附會。夫以揖讓有天下者自舜始，乃何以舜稱帝而不稱后。《説文》，繼體君也，似矣。而又云象人之形，施令以告四方，故厂之字从一口。發號者，君后也。《説》亦傅會。然則堯舜獨無號令之發乎？

松謂：夏以前，天子不專稱后，而稱后者，多言諸侯也。《書·舜典》：班瑞於羣后，又曰肆覲東后，羣后四朝，又曰汝后稷。《大禹謨》：禹乃會羣后誓於師。所謂后者，皆稱諸侯，故至周，諸侯仍有稱后者。《畢命》：三后協心。注謂：周公君陳畢公也，禹有天下而稱后者，乃仍諸侯之號，而不稱帝耳。顧亭林云，禹之降帝而稱后，是禹之謙，禹之不矜也。然禹未嘗自稱后，顧氏云：禹之謙、禹之不矜，此蓋當時臣民，體禹之不矜，忖其意而稱之爾。

湯稱武王

周王發克商而有天下，稱武王，而湯亦稱武王。《史記》云：湯伐夏作《湯誓》，於是湯[①]曰：吾甚武，號曰武王。《長髪》之詩曰：武王載旆。亦言湯也。而於是後世帝王，凡用武而得天下與好武事者，皆以武謚，如漢劉徹號武帝，西晉司馬炎、南宋劉裕、南齊蕭賾、南梁蕭衍、南陳陳霸先、北魏拓拔跬、後周宇文邕，皆號武帝。東晉司馬曜、南宋劉駿，皆號孝武帝。西魏元修亦號孝武帝。北魏拓拔燾，號太武帝，元恪號宣武帝，北齊高湛號武成帝。唐李瀍號武宗。元海山、明朱厚照，亦號武宗。凡此亦皆湯稱武王之意爾。

① 原文“湯”字疑似前删去“武王”二字。

滴血

父子氣脈，原是相通。今公庭訟驗親生父子真僞，生則滴血，視其合否，死則滴骨，視其入否。滴血之法，父子各滴指血於水中，自混而為一，否則離而為二。然有親生而血不混者，則吏役為奸耳。古老傳，致血不混有數事，沸水不混，水中有鹽有醋不混，血滴先後不混。先以鹽醋浸碗，至時盛水不混。水原沸水，雖放冷亦不混。滴骨亦然。親生父子，血漬入骨，否則一拭而去。如先以鹽醋洗骨，血亦不入。考之《洗冤録》，亦有所不及載者。

松按：滴血實有至理，昔蔡君仲嘗出求薪，客卒至，母望君仲不還。母乃噬其指，君仲即心動，棄薪馳歸。母曰：有急客來，吾噬指以致汝耳。母噬指，子心猶動，況滴血耶，謂其氣脈相通，洵不虛也。滴骨事見《南史》，孫法宗以父被孫恩戕於海澨，乃沿海尋求，聞世論至親以血瀝骨，當悉凝侵。乃操刀，見枯骸則刻肉灌血，如此十餘年，臂股無虛[①]完皮。《梁書·豫章王綜傳》：綜母吴淑媛，居齊東昏宫，及幸於高祖，七月而生綜。綜年十四五，夢一少年自絜其首對綜，綜以問淑媛，知是東昏。時淑媛寵衰，因曰汝七月生兒，安得比諸王子。綜微服至曲阿，拜齊明帝陵。聞俗説以生者血瀝死者骨，滲即為父子，乃私發東昏冢，出骨瀝臂血試之，並殺一男，取其骨試之，皆驗。又見《舊唐書》：聊城王少元父，為隋末亂兵所害，遺腹生少元。至十餘歲，欲求父屍以葬，時白骨蔽野，少元乃刺其體血，遍試白骨，竟獲父骸歸葬。又《明史·文苑·丁鶴年傳》又有嚙血沁骨，收斂母骸事，胞兄弟亦可滴骨。《明史》會稽陳業兄渡海傾命，業流血洒骨歸葬。夫婦亦可滴骨。《郡國志》陝西西安府同

① “虛”字原文似删去。

官人孟姜，適范植，僅三日，植赴役長城。姜送寒衣至城下，植已死。姜尋夫骨無辨，嚙血驗得之。夫父子兄弟，一脈相傳，可以滴骨，無足怪者。若夫婦，則賦氣各别，何以亦可滴骨。大氐父子兄弟，則一氣之血脈流通，而夫婦則二人之血脈交合，如水和乳，悉與之融，故亦可滴血與。第孟姜適范植，僅三日，為日甚淺，其交合有幾，而尋夫便以滴骨而辨，似無其理。或者義烈之感，鬼神呵護，特顯其異，偶一驗之耳，不可以為常也。於何知之？蓋亘古以來，史傳所載，小説所紀，孟姜而外，不聞更有夫妻滴血事也，是則可知也。

幽閉

男子割勢，婦人幽閉，古之宫刑也。《書・吕刑》宫辟疑赦，孔穎達疏伏生《書傳》男女不以義交者，其刑宫。宫刑為淫刑也。男子為[①]之陰曰勢，割去其勢，與椓去其陰同也。婦人幽閉，閉於宫中，使不得出也。松嘗疑焉，夫幽閉謂閉於宫中，使不得出，即今之監禁也。與男子去勢之刑不類，何得謂之淫刑？後讀《堅瓠集》：《碣石賸談》載，婦人椓竅，椓字出《吕刑》，似與《舜典》宫刑相同。男子去勢，婦人幽閉，是也。昔遇刑部員外郎許公，因言宫刑。許曰：五刑除大辟外，其四皆損其身，而身猶得以自便，親屬相聚也。況婦人課罪，每輕宥於男子，若以幽閉禁其終身，則反苦毒於男子矣。椓竅之法，用木槌擊婦人胸腹，即有一物墜，而掩閉其牝户，止能便溺，而人道永廢矣。

松按：《説文》：椓，擊也。又云豥，擊也。豛，椎擊物也。是古以椎擊物，謂之豛。豛、椓古通。許氏謂以木椎擊婦人胸腹為椓竅之法，似為近理，但椓是椎其胸腹，非椎其陰，謂之椓竅

① “為”字原文似删去。

者，椎其胸腹即有物墮掩其陰竅，故謂之椓竅耳。然不能無疑，孔疏又云，漢除肉刑，宫刑猶在。大隋開皇之初，始除男子宫刑，婦人猶閉於宫。隋去周尚近，而漢時猶有宫刑，且不知椓竅之法，皆以閉於宫為宫刑。是椓竅之法，失傳已久，許氏何緣得知？況史傳刑志洎諸經注疏，皆不聞有椓竅法如許氏所云者，豈許氏當時刑部果見有椓竅法耶？抑許氏臆説耶？若以為閉於宫使不得出，則未必是。昔秦作阿房，令以帷帳鐘鼓美人充之，各按署，不移徙。杜牧之賦：縵立遠視而望幸焉，有不得見者三十六年。此與幽閉何異，然則亦謂之宫刑耶？

按：魏文帝詔婦人坐笞者督之，吴仁傑《漢書補注》以為督者，不露體之笞也，亦與男子笞，不甚相遠。豈宫刑，婦人與男子不類若是？孔疏似未的。《詩》：昏椓靡供。鄭注謂椓為椓女子之陰。袁簡齋謂此乃漢景十三王傳中事，三代上無此刑。松按《前漢書》，廣川王去寵昭信。昭信誣脩靡夫人陶望卿與郎吏有姦，去即與昭信從諸姬至望卿所，令諸姬各持鐵共灼望卿，望卿走，自投井死，昭信出之，椓杙其陰中。此乃廣川慘刑。若以椓為椓杙其陰，此女子死刑，尤非幽閉之意。鄭注斷不謂此，豈鄭氏亦知有椓竅法耶。簡齋以為即廣川慘刑，毋乃誣鄭與？又按《漢書・鼂錯傳》，錯對策曰除去陰刑，張晏曰宫刑也。是文帝已除宫刑矣，不知何時又復宫刑。按《光武帝紀》，建武二十八年冬十月，詔死罪繫囚，皆一切募下蠶室，其女子宫。三十三年九月詔亦云然，是光武已復宫刑，至隋而又除耳。又按《後漢・郎顗傳》，文帝改法，除肉刑之罪。注：漢法肉刑三，謂黥也，劓也，左右指也。文帝除之。當黥者，髡為城旦舂。當劓者，笞三百。左右指者，笞五百也。不言宫刑。崔浩《漢律序》，文帝除肉刑，而宫不易。張裴《律注》，以淫亂人族序，故不易也。孔疏謂宫刑猶在，其信然與。抑至光武而始復也，何以女子宫之法無傳也。

又按：《北史・酷吏傳・元宏嗣傳》：開皇中為幽州刺史，為政酷虐，每鞫囚，多以酢灌鼻，或椓弋其下竅，無敢隱情，是廣川之後，又有宏嗣。《書·吕刑》：劓、刵、椓、黥。伏生注：男女不以義交者，其刑宫，是也。故奄人亦謂之椓。

江徵君《尚書集注音疏》云：《吕刑》爰始淫為刵、劓、斀、黥。注：斀，鄭康成曰斀謂椓，破陰。疏：陰謂人身隱蔽之處，男子之勢，女子之也皆是。《説文·攴部》云：斀，去陰之刑也，似謂割男子之勢。此云椓破陰，似謂裂女子之也。按也，古也字。《説文》謂也為女陰。按：古人謂女陰為也，也象女陰，象形也，但宫刑云女子幽閉，若裂陰則非閉矣。说恐非耳。又按《説文·乁部》：也，女会也。《解字》注曰：《玉篇》余爾切。也，非古也字。《説文·乁部》有也，秦刻石也字。《顏氏字訓[1]》：開皇三年，長安掘得秦鐵稱權，有鎸銘，與《史記·秦本紀》合，其“于久遠也”，也字正作也。可見也非也古文。也，古文作也。松按：《説文·匚部》：匜作匜，則也古文又作也。松謂字之古文，非必一字，或也、也、也，皆也字古文，《説文》攴、乁、匚三部三見，不過分而著之，未必有誤，不足為疑。第云裂陰則非幽閉，此説非是。蓋閉者，非閉塞不通之謂，謂閉其人道，使不得歡合成子姓，以刑其不義交之淫，故裂陰謂之閉耳。第如何裂法，古亦無傳。刑部許氏之説，恐亦蕞殘附會耳。

椓又通涿，漢人謂陰為椓。《通雅·廣川王傳》：椓其陰中。伏生《書傳》言椓。因見昭烈戲張裕曰：諸毛繞涿居乎？則漢人謂勢為涿，猶《説文》之謂也，為女陰也。松按：昭烈之戲，見《蜀志·周羣傳》：初，先主與劉璋會涪，時張裕為璋從事，侍坐，其人饒鬚。先主嘲之曰：吾昔居涿縣，特多毛姓，東西南北皆諸毛也，涿令稱毛繞涿居乎。裕即答曰：昔有作上黨潞長，遷為涿令。涿令者去官還家，時人與書，欲署潞則失涿，欲署涿則失潞，乃署曰潞涿君。似涿止言去男子之勢。按《説文》：

① “顏氏字訓”，疑為“顏氏家訓”之誤。

涿，下流滴也，則涿亦可兼言女子之陰。《南齊書·鮑泉傳》：元帝數泉二十四罪，為書責之曰，面如冠玉，還疑木偶，鬚似蝟毛，徒勞繞喙，即用其事，改涿為喙，斷章取義與，抑未解涿之義與。①

蜩有兩解

蜩，蟬也。《詩·豳風》：五月鳴蜩。《大雅》：如蜩如螗。傳：蜩，蟬。是蜩，蟲屬也。又獸名，《神異經》：西方深山有獸，毛色如猴，能緣高木，名曰蜩。司馬相如《遊獵賦》：蛭蜩玃蝚。今《字典》蜩字注，無獸名，不引《神異經》。松按：蜩即蟬，好在高木吟噪，而《神異經》如猿之獸亦名蜩者，以其能緣高木如蟬而名與。

鰳有兩種

廣州有一種魚，其名曰鰳。鰳俗呼制，平聲，生海中，身長如鯇，其肉鬆白甘美，有大至八九斤者。蛋民之取鰳也，取母鰳一尾，以繩索繫之，游于船側。于是海中鰳羣昵母鰳，可一網得

---

① 此條結尾處兩旁頁邊，均有批語，左邊內容為：《説文·乁部》：[illegible]，象形；[illegible]，秦刻石。《匸部》[illegible]。《説文》衹[illegible]、[illegible]二字，今書中也作[illegible]，匜作[illegible]，皆是原書中誤文而指以三耳。前引《説文》也作[illegible]，是余改舊作也。

右邊頁邊曰：《説文》段注《乁部》作[illegible]，《匸部》[illegible]。此[illegible]是書板之誤。觀下云从也可知[illegible]皆作[illegible]，且歷看各文字書也無作[illegible]，且於篆文又不合。《集註音疏》也作[illegible]，可知也皆作[illegible]。至似謂裂女之[illegible]，是《音疏》文以下案語當是先祖語，不知何以連寫三案字，而[illegible]古也字之説，不知何本。鏗案：[illegible]即篆文也，不得称古文。

數尾。俗云：鱭魚頭，鯇魚尾。言鯇之旨美在尾，而鱭之旨美在頭也。然鱭之頭多鱗而骨硬，少肉，味殊不佳，不知俗之所謂。

按：魚之美，多不在頭。在頭者，惟鯉與鱤耳。蓋鯉、鱤之脂膏在頭，且多肉而骨軟滑，調以鹽豉，甘旨洵美于諸魚，此外不多見。後讀《異魚圖贊》，云：鱭魚之味，其美在額。《臨海異物志》亦云，鱭魚至肥，炙食甘美。諺曰：寧去累世田宅，不去鱭魚額。乃知俗諺亦有所本。然按《正韻》：鱭音制，魚名，可為醬。今俗呼鱭，制乎聲，且無有以之為醬者。是知今之所謂鱭魚，當别一種。俗以音相類，故云然耳。今之鱭魚，其子尤佳，俗謂魚之卵為魚子。漁人得鱭取子，子必對，一對有大至斤許者，以鹽少許，滲於其子根上，以小竹篾夾夾之，曝乾，名曰鱭魚子。其味旨甘得未曾有，水族之錯，無與為比。我廣州以鱭魚子為海羞之珍，每斤常價錢四五百文，蛋人饋物，以鱭魚子為至貴。黄魚、馬鰶，漁人亦取子醃之如鱭子，而味不逮鱭子遠矣。

鄉親之稱

鄉親，鄉里親戚之名也。昔人亦有是稱，《晉書·皇甫謐傳》：時魏郡召上計掾，舉孝廉。景元初，相國辟皆不行。其後鄉親勸令應命，謐為釋勸，論以通志焉。又宋章惇為相，鄉親無一美官。今稱鄉親本此，但今人於異鄉不相識之人，統稱之曰鄉親。鄉親者親之之意，厚之之意也。若平素相識，則有平素稱呼，而不謂之鄉親，為與古異矣。

家舍之稱

今俗稱兄曰家兄，而不曰舍兄。稱弟曰舍弟，而不曰家弟。家即舍也，均自謙之詞，本可通用。舍弟之稱，始見於魏文帝與鐘繇書曰，是以令舍弟子建，因荀仲茂從容喻鄙旨。據此，稱人之弟，亦可曰舍，矧自稱其弟乎。稱人之父亦可曰家，蓋家者，人已皆有，屬人而言，亦親親之詞也。晉謝安問王獻之曰，君書何如君家尊，是也。稱弟亦可曰家，戴逵厲操東山，以琴書自娱，而兄逯欲建式遏之功。謝太傳曰，卿兄弟何其太殊。逯曰：下官不堪其憂，家弟不改其樂。又梁長沙宣武王懿，為茹法珍所憚，乃説東昏，尋賜藥，與弟融俱殞。謂使者曰：家弟在雍，深為朝廷憂之。又杜杲事北周明帝，陳文帝弟安成王頊，為質于梁。及江陵平，頊隨例入長安。陳人請之，周文帝許之，使杲送之還國。陳文帝謂杲曰，家弟今蒙禮遣，實是周朝之惠。觀此，家、舍本可通稱。然則稱兄曰舍兄，稱人之兄曰家兄，亦未嘗不可。使今人有稱己之弟曰家弟，稱人之弟曰舍弟，稱人之父曰家尊，鮮不胡盧捧腹，此特所見不廣，不知家舍之義耳。

今俗稱伯叔父洎嫂嬸姊，必曰家，而無有言舍者。此方言習慣，稱家而不稱舍耳，非稱舍之無義也。俗又稱父曰家父，母曰家母，祖曰家祖，姊曰家姊，亦有所本。陳思王稱其父曰家父，母曰家母，潘尼稱其祖曰家祖。蔡邕書集，呼其姑姊為家姑家姊。班固書集亦云家孫。南北風俗，言其祖及二親，不云家，以其尊，不敢家也。凡言姑姊妹女子子，已嫁則以夫氏稱之，在室則以次第稱之。言禮成他族，不得云家也，見《顏氏家訓》。

松謂：姑姊妹女子子已嫁，雖禮成他族，然究非他人之姑姊妹女子子。稱家者，親之之辭爾。《家訓》云以夫氏稱之，松不知作何稱法。如姑適梁氏，稱梁姑耶，抑姑名甲，稱梁甲耶？果爾，稱謂之蒙混，名之不正，莫甚于是，究不知當日顏氏如何稱法。河北士人呼外祖父母曰家公家母，江南田里亦言之，亦見《家訓·風操篇》，此方俗鄙俚之稱，不足為法也。

王子稱父曰家王，見南梁邵陵携王綸子確，侯景愛確膂力，恒令在左右。先是，携王遣人密導確，確謂使者曰，侯景輕佻，可一夫力致。確正欲手刃之，未得其便耳。卿還啟家王，勿以為念也。稱弟又有不稱家舍而稱老者，孔平仲《談苑》：蘇軾以吟詩有譏訕言事官被逮，至太湖蘆香亭下。自惟倉卒被拉，事不可測，必下吏所連逮者多。如閉目窣身入水，頃刻間耳。既為此計，又復思曰不欲辜負老弟，弟謂子由也。既下御史獄，又對獄卒曰軾必死，有老弟在外，他日託以二詩為訣。又可稱君，軾獄中與子由詩：與君世世為兄弟，更結人間未了因。稱人之父又曰尊府，見昌黎《送湖南李正宗序》。

古不以白為凶

今世俗惟凶事用白，衣服襦袴，非凶事亦多用白，惟巾、帽、鞋、燈籠，非凶事則無有用白者。然古昔則不拘此，《禮・冠義》：太古冠素布。注：白布冠也。疏：太古時，吉凶同服白布冠。故為神農之言之許行亦冠素。又魏武帝造白帢，杜詩：白帽應須似管寧。晉山簡，倒着白接䍦。《玉堂漫筆》：襄大隄曲，有倒着接䍦花下過。接䍦，白紗巾也。謝萬着白綸巾見簡文帝，見太原王述，亦衣白綸巾。南朝帝王即位，皆服白紗帽。《宋明帝紀》：湘東王彧弒廢帝於後堂，建安王休仁便稱臣，引彧升西堂，登御座，事出倉卒，猶着烏紗帽。休仁呼主衣，以白紗帽代之，乃即位，是為明帝。又《南齊帝紀》：蕭道成弒後廢帝，明帝召大臣會議，王敬則遽手自取白紗帽加道成首，令道成即位，道成呵之，乃止。又《齊書・柳世隆傳》：沈攸之起兵，謂諸將曰，大事若克，白紗帽共着耳。又別有白疊巾。或云古新君多即位於喪次，故着白。又僖公八年《穀梁傳》疏云：朝服天子皮弁，弁冕者，謂白鹿皮為弁。又《癸辛雜志》：管寧白帽之説尚矣。雖杜詩亦云：白帽應須似管寧。杜祐《通典・帽門》載，管寧在家，常着帛帽，帛即白也。齊宋之間，天子燕私，多着白高帽，或以白紗，今所畫梁武帝像亦然。當時國子生亦服白紗巾，晉人着白接䍦，謝萬着白綸巾，南齊桓崇祖白紗帽。《南史》：和帝時，百姓皆着下簷白紗帽。《唐六典》：天子服白紗帽。

他如白帢、白帽之類，通為慶吊之服。古樂府《白紵歌》云：質如輕雲色似銀，製以為袍餘作巾。杜詩：光明白㲲巾，常念着白帽。採薇青雲端。古之所以不忌白者，以喪服皆用麻，重則斬衰，輕則功緦，皆麻也，惟以升數多寡精粗為別耳。漢高帝為義帝發喪，兵皆縞素，行師權制，固不備禮耳。又《周禮·春官·司服》：凡兵事，韋弁服。注：天子諸侯白舄，大夫士白屨。《儀禮·士冠禮》亦云：素積白屨，以魁柎之。又朱彧《可談》，宋故事，朝辨色始入，前此集禁門外，自執宰以下，皆用白紙糊燭籠一枚，長柄揭之馬前，書官位于其上，欲識馬所在，燭籠俗呼為照道。照道二字見《儀禮注》。今朝廷亦不忌，趙雲崧《簷曝雜記》云：本朝家法之嚴，即皇子讀書一事，已回絶千古。余内值時，届早班之期，率以五鼓入，時隱隱望見有白紗燈一點。入隆宗門，則皇子進書房也。可知古昔巾帽鞋燈籠皆不忌白，今皇子進書房，亦用白紗燈，世俗曷足以白為忌耶。或曰白生色，可黄可赤可青，乃色之最善者，不必以白為凶。

今俗凶事用白，原非古禮，又何必惑于俗見，而反多忌避耶？董閬石《蓴鄉贅筆》云：秦人衣冠，喜用縞素，首戴麻布巾。士大夫家居，往往如此。閨女出閣于歸，繡輿前行，送者或全身縞素，以白布繫首，毫不為怪。王貽上《隴蜀餘聞》又云：漢中風俗亦尚白，男子婦女，皆以白布裹頭，或用黄帽而加白帕其上。西鳳諸府皆然，華州、渭南等處尤甚。凡元旦吉禮，必用素冠白衣相賀，即今代亦有不以白為凶，不第不以白為凶，且以為吉者矣。元初亦尚白，《元史·耶律楚材傳》注碑云：諸國來朝者，多以後期應死。楚材言陛下新即位，願無污白道子。蓋國初尚白，以白為吉故也。又按：《左傳·閔二年》：大帛之冠。注云：蓋用諸侯諒闇之服，此杜預杜撰。鄭康成引作白云：大白冠，太古之布冠也，是太古原不以白為凶，杜預何得謂為諸侯諒闇之服。惟《宋書·五行志》載，魏武帝以天下凶荒，資財乏匱，始擬古皮弁，裁縑帛為白帢，以易舊服。傅元曰，白乃軍容，非國容也。干寶以為縞素凶喪之為，《志》以為服妖。又《南宋書·明帝紀》：帝末年多忌諱，宣陽門，民間謂之白門，上以白門不詳，甚諱之。尚書右丞江謐嘗誤犯，上變色曰，白汝家門，謐稽首謝，久之方釋。是古人亦有以白為凶而諱忌者，亦所見不達耳。

外域又有以紅為凶者，方坦菴《絶域紀略》云：寧古塔人死則以敝船為櫬，三日而火。章京則以紅緞旌之，撥什庫則以紅布，再下則紅紙。俗賤紅貴白，以紅乃送終具也。

古應試亦着白

今試場不喜穿白，嫌其太素而近于凶也。而粵東士子無論寒暑，長衫皆喜着白，故老云，前四十年時，學院科歲試，有一學院明示曉諭，士子應考不得穿白長衫，時風氣尚白，不能盡變。貧屢之士常乏資財，臨時又不能改作，服非時尚，戚友亦無所假借，不得不穿着仍舊，學院以為士子刁頑，不遵訓戒，不顧忌避，遂大怒，不但士子重加申飭，教官廩保亦厲詞面責。夫易俗移風，原非一朝一夕之故，革故必以其漸，更新必因乎時。

松謂：變白之舉，此實學院不達事理，不通人情，不知士人疾苦，一意孤行，而有此鹵莽滅裂之為耳。今則不然，應考士人無不穿白長衫者矣，其習慣使然，學院亦不之禁也。松按：《老學菴筆記》：宋白尚書詩云：風騷墜地欲成塵，春鎖南宮入試頻。三百俊才衣似雪，可憐無個解詩人。則士人應試穿白，宋已開其風矣。周輝《清波雜志》：乾道以前，仕族子弟未受官者，皆衣白。則士人尚白，不惟粵東。又云乾道間，王日嚴内相申請，謂環一堂而圍座，色皆淺素，極可惡憎，乞仍存紫，至今四十年不改。則官場惡白，自宋孝宗時始。然唐李泌，在肅宗時，不受官，帝每與泌出。軍人環指之曰，衣黄者聖人也，衣白者山人也。則天子之前，亦不嫌穿白，而何嫌于士人之應試耶？

藕芋應月之非

唐李石《續博物志》云：藕生應月，閏月益一節。芋以十二子為衛，應月之數也。松謂不然，嘗見蓮池之藕，隨藕種直出者，謂之藕藤，一葉一節。自春下種，至秋成熟，有多至三四十節者。藕藤非藕，不可食，由藕藤而支出者，乃謂之藕。此藕成熟，如巨臂，可食，然多不過四五節。近藤初出之藕小而長，謂之藕筒。中大而短者謂之藕瓜。一支之藕，壯盛者，藕瓜不過二三節，末節之藕更短，謂之藕尾，斷無有多至十節八節者。蓮[①]盤種之藕[②]蓮，無藕，止是藕藤，亦有不下十五六節者。此藕應月之不足據也。芋有數種，有一芋魁而四五子者，又有八九子如十六七子者。芋子之多寡，視乎其種，又視乎其地之肥瘠，人工之勤惰。有一種白芋，名拖子過橋。一魁輒有十八九子。若地腴力到，則多至二十餘子。若紅芽紅線運諸種，雖地腴工至，一魁亦過七八子。此芋子應月之不足據也。李石之説，不知何所見而云然，故曰盡信書不如無書。又有天芋，生終南山中，葉如荷而厚，見《雜俎》。此蓋芋之異種，亦不不[③]聞其子之應月。

麋茸補陽之非

王楙云：《月令》：仲夏日鹿角解，仲冬日麋角解。鹿以夏至隕角而應陰，麋以冬至隕角而應陽。鹿肉暖，以陽為體。麋肉寒，以陰為體。以陽為體者，以陰為末。以陰為體者，以陽為

① “蓮”字原文似删去。

② “藕”字原文似删去。

③ 原文如此，“不”字衍。

末。末者角也。故麋茸補陽，利於男子。鹿茸補陰，利於婦人。沈存中《筆談》云：《月令》：冬至麋角解，夏至鹿角解，陰陽相反如此。今人以麋鹿茸作一種，疏矣。麋茸利補陽，鹿茸利補陰。《熊氏禮記疏》亦云：鹿是山獸，屬陽，情淫而遊山。夏至得陰氣角解，從陽退之象。麋是澤獸，屬陰，情淫而遊於澤。冬至得陽氣而角解，從陰退之象。孟詵曰麋角常服，大益陽道。據此，則鹿茸為補陰之藥，麋茸為補陽之藥。而陳日華曰麋角屬陰，故治腰膝不仁，補一切血病。按血屬陰，蓋謂麋茸補陰也。李時珍曰鹿之茸角補陽，右腎精氣不足者宜之。麋之茸角補陰，左腎血液不足者宜之，此乃千古之微秘。此又謂鹿茸補陽，麋茸補陰，說出兩岐。

松謂：日華、時珍之說是，而皆不言其理。松按：鹿是山獸，其體屬陽，而角則乘陽而長者也。至仲夏夏至，則陽氣盛極，陽老則變，故其角解。鹿角解者，陽盛極而退之象也。鹿角純陽無陰者也，夏至一陰生，正以見陽之盛極也。鹿角固非應陰而解，又非得陰而解，即謂應陰得陰而解，夏至一陰始生，其所得陰氣幾何？而并其平日生育之陽，皆變為陰，有是理乎。鹿茸利男子，以陽補陽也。麋是澤獸，其體屬陰，而角則乘陰而生者也。至仲冬冬至，則陰氣盛極。陰老則變，故其角解。麋角解者，陰盛極而退之象也。麋角純陰無陽者也。冬至一陽生，以言乎陰之盛極也，麋角固非應陽而解，亦非得陽而解。冬至一陽始生，其所得陽氣幾何。而并其平時生長之陰，盡化為陽，豈理也哉。麋茸利女子，以陰補陰也。鹿茸補陽，麋茸補陰，物從其類，其理不易。

松少患陽虛，初服麋茸無效，後服鹿茸乃效。時珍之說，確不可易，謂為千古微秘，洵不虛也。今醫士皆云鹿茸補陽，麋茸補陰，從時珍之說也。王、沈、熊、孟之說不足據。《廣東新語》云：雷州之野多鹿，鹿以一陰生而為茸，可以補陰。麋以一陽生而為茸，可以補陽。故男宜食麋，女宜食鹿。亦誤，蓋未識時珍之微秘者也。

方書有斑龍丸、鹿角膠、鹿角霜並用，謂鹿一名斑龍，睡時以首向尾，善通腎脈，是以多壽。頭為六陽之會，茸角鍾於鹿首，豈尋常含血之屬所可擬哉。成都道士常貨斑龍丸，歌曰：尾閭不禁滄海竭，九轉靈丹都漫說。惟有斑龍頂上珠，能補玉堂闕下穴。此但言鹿不言麋。

破窑之誤

諺云：破窑出宰相。俗謂宋相吕蒙正也。松按：葉夢得《避暑録話》：吕文穆公父龜圖，與其母不相能，并文穆逐出之，羈旅于外，衣食殆不給。龍門山利涉院僧，識其為貴人，延致寺中，為鑿山岩為龕居之。丈穆處其間九年，乃出從秋試，一舉為天下第一。又十二年而相。其後諸子即石龕為祠堂，名曰肄業，富韓公為作記云。又陳眉公《太平清話》：吕文穆蒙正微時，于洛陽之龍門利涉院土窟中，與温仲舒讀，今傳破窑祖此也。夫燒磚瓦之窟謂之窑。據此，文穆實居土窟，未嘗居窑，此俗傳之誤。《傳奇》又有蒙正乞齋一事，據《録話》，僧識為貴人，延致寺中，僧周以齋則有之，斷無乞齋之事，此俗故甚吕相之窮，以形其得志之盛爾。俗傳又謂寺僧叩鐘而食，蒙正乞齋，寺僧厭之，于是食後叩鐘。蒙正得志後，題詩於利涉寺，有曾遇闍黎飯後鐘之句。按孫光憲《北夢瑣言》：唐段相文昌，家寓江陵，少貧窶，修進常患口食不給。每聽曾口寺齋鐘動輒詣謁飡，為寺僧所厭，自後乃齋後叩鐘，冀其晚至而不逮食也。後登台座，連出大鎮，拜荆南節度。有詩題曾口寺云：曾遇闍黎飯後鐘。蓋謂此也。此段文昌事，俗以為吕文穆事，附會孰甚？

又按：唐相王播有詩云：上堂已散各西東，慚愧闍黎飯後鐘。二十年前塵拂面，於今始見碧紗籠。是王播亦有飯後鐘之事，若以為吕文穆事，並無所據，好事者蕞殘耳。

例監之始

昔人云，明景泰四年四月己酉，右少監武良、禮部右侍郎兼左春坊左庶子鄒幹等，奏臨清縣生員伍銘等，願納米八百石，乞入監讀書，今山東等處，正缺糧儲，宜允其請。從之，并詔各布政司及直隸府州縣學生員，能出米八百石，於臨清、東昌、徐州三處賑濟，願入監讀書者聽，此即例監之所始。河南開封府儒學教授黄鑾奏：納粟拜官，皆衰世之政乃有之，未聞以納粟為貢士者，臣恐書之史册，將貽後世作俑之譏。部議倉廩稍實，即為停罷。松按：《明史・選舉志》例監始於景泰元年。以邊事孔棘，令天下納粟納馬者，入監讀書，限千人止，行四年而罷。成化二年，南京大饑，守臣建議，欲令官員軍民子孫納粟送監。禮部尚書姚夔言：太學乃育才之地，近者直省起送四十歲生員，及納粟納馬者，動以萬計，不勝其濫。且使天下以貨為賢，士風日陋。帝以為然，卻守臣之議。然其後或遇歲荒，或因邊警，或大興工作，率援往例行之，訖不能止。據此，例監當始于景泰元年，可知景泰以前，無納粟入監之例也。

然昔惟生員乃得納粟入監讀書，今例由俊秀，得以輸銀納監。而于是無論士農工商、目不識丁之徒，皆由俊秀得以輸銀納監，其例益寬矣。俗謂例監曰捐監，又曰納監。捐監者，捐銀以入監也。納監者，仍其初納米之意也。考我邑《縣志・事紀》云，乾隆五年諭州縣積穀預備，在本地納穀二百石，准作監生。則今日例監，亦始於納穀。原例監，到部捐納，近年不用到部，各在本省布政使司衙門捐納。大氐倣乾隆五年，在本地納穀准作監生之例，非近年之創也。松按：入貲納監，未嘗不可以育人才。朱國貞《湧幢小品》云：近日民生納粟一途，人頗輕之。然羅圭峰以七試不録，入貲北雍，中解元、會元。蓋既有此途，可以就試。則人才亦即出其中，固未可一概論也。其曰民生納粟，則納監不必生員，自昔然矣。今謂監生為國子監，其名蓋始于隋。按：《唐書・歸崇敬傳》：晉武帝臨辟雍，行鄉飲酒禮，别立國子學以殊士庶。隋大業中，更名國子監，請以國子監為辟雍。

扁鵲兄弟善醫

《鶡冠子》：魏文侯問扁鵲曰：子昆弟三人，其孰最善為醫。扁鵲曰長兄最善，中兄次之，扁鵲最下。文侯曰：可得聞與？扁鵲曰：長兄於病視神，未有形而除之，故名不出家。中兄治病其在毫毛，故名不出於閭。若扁鵲者，鑱血脈，投毒藥，副肌膚，而名出聞於諸侯。文侯曰善。據此，扁鵲有二兄，其善醫過於扁鵲，世罕人知。又王勃《八十一難經序》云：岐伯以授黄帝，黄帝歷九師以授伊尹，伊尹以授湯，湯歷六師以授太公，太公以授文王，文王歷九師以授醫和，醫和歷六師以授秦越人，秦越人定立章句，歷九師以授華陀①。按：《史記》：扁鵲姓秦，名越人。夫伊尹、湯、太公、文王善醫，亦世罕人知。若黄帝、湯、文王、秦越人所歷之九師，醫和所歷之六師，皆善醫之祖，而其名不傳，惜哉！《鶡冠子》：文侯問扁鵲昆弟善醫，扁鵲曰：長兄最善，中兄次之，扁鵲最下。今讀《難經序》，序黄帝以來，歷代相傳，乃傳於扁鵲，而不及其二兄。扁鵲曰扁鵲最下，尊其兄耳，未必善於扁鵲也。抑扁鵲六師，其二兄即其師與。

家祖父子同號

松族五世太祖號潔波，其長子號敬波，次子號介泉。而介泉之子號念泉，念泉公即松分房之祖。念泉公之子，長號紫虚，次

① “陀”，原文如此，應作“佗”。

號雲門，松即雲門公之五葉孫也。族父老世世相疑，以為子同父號，古無此法，深以為異，且不解當日何所則為此。此疑二百餘年，未之釋也。即代有聞人，亦未有知其所倣者。

松按：《南史》，王羲之之子獻之，孫靖之，曾孫悅之，四代祖孫同一名。又晉王彪之子臨之，孫納之，曾孫准之，元孫興之，興之子進之，六代祖孫同一之字。兩王奕葉簪纓，為當時名族。他如徐湛之祖欽之，父逵之，子聿之、謙之、恒之等，不勝羅縷，此松太祖之所倣乎。夫古人祖孫之名皆可同，而況父子之號，四代六代祖孫之名亦可同，而況父子兩代乎。然則我太祖子同父號，有所自來，不足疑也。松嘗援兩王以告族老父，且曰我太祖號敬波者，敬其父不敢慢也，號念泉者，念其父不敢忘也，正以見二祖之孝思，且以勉孫曾之繼繩也。蓋大有深意也，非以鳴異也。

我房孫曾春秋饗祀，稱號如見祖，不可不深長思也。昔黄山谷為張光祖光嗣作字説云，張公載之二孫，其仲曰光祖，季曰光嗣，問字於山谷，山谷曰：古者公子公孫，能世其家者，以王父字為氏，今公載之二孫皆賢，故以王父字別之，字光祖曰載熙，字光嗣曰載輝。斯二子者，山谷皆勗其念祖，而以其祖之字字之，其即我祖敬父念父之意也。

白字

今俗士人，字學多所違忽。詩文之中，如書集字本當作此字，而誤作彼字，或誤書音同形近之字，謂之白字，古謂之別字。《漢書·儒林·尹敏傳》：讖書非聖人所作，其中多近鄙別字，頗類世俗之辭，恐疑誤後生。別字者，不書此正字而別書彼相似之字，即今之所謂白字也，如楊作陽，傳作傅之類。近鄙用俗字也，如賸作剩，瓊作琼之類。別字，今曰白字，別白音近而訛耳。

松按：古詩歌有别字一體，《後漢・東平憲王蒼傳》：蒼薨，詔告中傅封上，蒼自建武以來，章奏及所作書記賦頌七言别字歌詩，並集覽焉。《續漢記》云：凡别字之體，皆從上起，左右離合。《藝文志》小學家有《别字》十三篇。又别字者，辨别俗字也。袁宏《紀》載尹敏語曰：其中多近語，以字取類。何焯曰：如以劉為卯金刀，貨泉為白水真人，皆别字之徵也。

擡頭

今代人臣表章奏疏，凡遇至尊及稱頌朝廷處，不敢直書，皆有擡頭一例。松按：擡頭始於魏晉，魏晉儀注，寫表章别起行頭者，謂之跳出。今之擡頭，即古之跳出也。《元史・孛术魯翀傳》：文宗親祀天地，社稷宗廟。翀為禮儀使，詳記行禮節文於笏，遇至尊不敢直書，必識以兩圈。帝偶取笏視曰：此為黄帝字乎，大笑，以笏還之。兩圈即擡頭之意也。今文人文章書草，遇當單擡頭者，輒下空一字。雙擡頭者，則下空二字，亦識兩圈之意也。不第此也，文人書札，凡以卑奉尊，遇稱尊處，與朋友往來候問片子，稱友朋處，皆有擡頭，皆祖魏晉之跳出也。

卷之八

日開夜閉

廣州有一種草，名日開夜閉，葉大如食指，頭高數寸，葉葉對生，一枝恒有葉七八對，或十餘對，亦有支出小枝，葉亦對對簇生。日則葉開，夜則葉合，名日開夜閉者，以其葉言也。初秋，每對葉根下結一子，如小珠，色緑，又名珍珠草。園圃花盤中，所在多有。治小兒疳積，取葉和豬精肉或肝蒸食輒愈。此種草《本草》不收。或日開夜閉，為我廣土俗之名，故不見《本草》，或《本草》載其别名，亦未可知。但不知以何草為此草耳，故録之。

春生秋死

《淮南子·墬形訓》云：木勝土，金勝木，故禾春生秋死。注：木，禾也，木王而生，金王而死。松按：禾不皆春生秋死，且春生之禾，亦不必秋死。以我廣州言之，有早禾，有晚禾。早禾有夏至白三通、小暑、大暑諸種，皆二月播種，而五六月獲，此春生夏死而非秋死也。晚禾則粳糯粘諸種，其名類不下數十，而太半種於四五月，而獲於十月，此夏生而非春生，冬死而非秋死也。《淮南》之論似泥然。按：《詩·豳風》：三之日於耜，四之日舉趾。傳：三之日，夏正月也；四之日，周四月也。周建子，即今之二月。又云：九月築場圃，十月納禾稼。疏正義曰：言九月之時，築場於圃中以治穀也；十月之中，納禾稼之所收穫者。又按朱子《七月流火》注：七月，斗建申之月，夏之七月也，後凡言月者放此。一之日，注謂斗建子，一陽之月；二之日，謂斗建丑，二陽之月也。變月言日，言是月之日也。後凡言日者放此。則是《豳風》月言夏時，而日言周時也。月言夏，則九月，今之季秋也；日言周，則四之日，今之仲春也。《孟子》亦云：春省耕，秋省斂。漢行夏時。《淮南》之説，正本於此。

豈古之禾，止一歲一熟，而無有今早熟晚熟者耶？今廣州春生秋死之禾，惟秋分洎圍田，早銀粘、降粘數種耳，歲收不及早熟晚熟十之二三也。松按：樹藝一事，必因乎天時，乘乎地利，藉乎人工之巧拙敏惰。蓋天時有利，地産有宜，種植有法，人工有不齊，今昔不同。故播穀有早晚，收穫有遲速，固不得以古昔律今時，更不得以今時衡古昔。蓋栽種之巧，莫巧於今日，即如黄瓜、苦瓜、莧，夏菜也，今則秋冬亦儥之，而味更美於夏時；白菘、辛芥，冬春蔬也，今則夏秋亦有之，味不遜於冬産。禾稼亦然。而其播穫之遲速早晚，大氐初亦巧敏之農，因天規地，儘後儘先，始則小試而暫為之，罔或儉收而少歉，繼則因利而羣效之，寖成力穡之故實。此所以古今農事耕斂之殊候，稼穡蓺熟之異時，職是故也。自周秦逮漢，皆以春生秋死為禾稼生成之候，非與今戾也。蓋以其時之農候言之耳，不足怪也。

乘槎有二

张華《博物志》云：天河與海通。八月有槎去來，海濵人乘槎而去，十餘日至天河，見織女牽牛。又王嘉《拾遺記》：堯登位三十年，有巨查浮於西海。查上有光，夜明晝滅。海人望其光，乍大乍小，若星月之出入。查常浮繞四海，十二年一周天，周而復始，謂之贯月查，亦謂挂星查。羽人棲息其上，羣仙含露以漱，日月之光則如暝矣。虞、夏之季，不復記其出没。遊海之人，猶傳其神偉也。海人所乘之楂，豈即贯月查耶？又云：少昊母曰皇娥，處璇宫而夜織，或乘桴木而晝游。經歷窮桑滄茫之浦，皇娥嘗歌曰：天清地曠浩茫茫，萬象迴薄化無方，浛天蕩蕩望滄滄，乘桴輕漾著日傍，當其何所至窮桑。夫皇娥所乘之桴木，能至日傍窮桑，則亦贯月查之類也。據《拾遺》所云，則查實仙木，而不盡然也。干寶《搜神記》：吴時，葛祚為衡陽太守。先有大查當江，損行舟。若祠祭者，查浮可見；不祭者，輒沉，暗覆行舟。祚造大斧數十，明旦往伐之。其夕，洶洶然波浪振驚，查遂移去，不為江中之患，則查又妖木，而非仙木矣。

賜橘有三

唐太宗九月九日賜羣臣橘，人所共知。然賜橘不獨太宗，《太平御覽》云：秦阿房宫正月二日賜羣臣橘。《翰墨大全》：唐蓬萊殿六月初九賜羣臣橘。

怪遲不怪早

俗凡周旋餽遺與送什物錢貨于戚友作謝，早則忻喜，遲則輒生怨望，皆是也。故俗有怪遲不怪早之語。松讀莊子《齊物論》至狙公賦芧，曰：朝三而暮四，衆狙皆怒；朝四而暮三，衆狙皆喜。彼怪遲不怪早者，其有狙之見也與？俗謂怨望為怪。

遠水不救近火

諺云：遠水不能救近火。見《韓非子》：魯穆公使衆公子，或宦於晉，或宦於荆。犂鉏曰：假人於越而救溺子，越人雖善游，子必不生矣；失火而取水於海，海水雖多，火必不滅矣。遠水不救近火也。今晉與荆雖强，而齊近魯，患其不救乎。郎仁寶《七修類稿》謂：梁杜朔周之言，殊失原本。又趙雲崧《陔餘叢考》云：後魏杜朔周請宇文泰來主賀拔岳軍事，亦有遠水不救近火之語。松按：宇文泰仕北齊，杜朔周仕北周。郎氏謂為梁杜朔周，誤矣。《北史・赫連達傳》：達字朔周，曾祖庫多爾汙。因避難，改姓杜。少從賀拔岳，及岳為侯莫陳悦所害。趙貴建議迎周文，達贊成其議，請輕騎告周文，乃迎之。諸將或欲南追賀拔勝，或云東告朝廷。達又曰：此皆遠水不救近火，何足道哉！趙氏《叢考》所云即此事也。周文，後周宇文泰也。

又按：《莊子》曰：周家貧，貸粟於監何①侯曰：待我得邑金，將貸子。周作色曰：周昨來，有呼周者，視轍中有一鮒魚，曰：我東海波臣也，君豈有升斗水活我哉？周曰：諾，我且南遊吴越，激西江之水迎子，可乎？鮒魚曰：不如早索我於枯魚之肆。又《説苑》：高平王遣使者從魏文侯貸粟。文侯曰：須吾租收邑粟至，乃得也。使者曰：臣來時，見瀆中有魚，張口謂臣曰：吾窮水魚，命在呼吸，可得灌乎？臣謂之曰：待吾南見河堤之君，决江淮之水灌汝口。魚曰：命在須臾，乃須决江淮之水，比至君還，必求吾於枯魚之肆。今高平貧窮，乃遣使與君貸粟，乃須租收，大王必求吾於死人之墓。此二説亦即遠不能救近之意，故《抱朴子》曰：大夏將燔，而運水於滄海，此無及也。

---

① “何”，原文如此，應作“河”。

寒具

古人食物，有名寒具者。《晉書》：桓元嘗具法書名畫，請客觀之。客有食寒具不濯手而執書畫，因有涴，元不懌，自是會客不設寒具。桓譚《新論》：孔子匹夫，而卓然名著天下，莫不以牛羊鷄豕祭之，下及酒脯寒具，致敬而去。寒具皆無注釋，未詳何物。松按：《正字通》：寒具，一名環餅。宋人小説，以寒具為寒食之具，即閩人所謂煎餔。以糯粉和麵，油煎，沃以糖。食之不濯手，則能污物。《楚詞》：粔籹蜜餌。注：粔籹，環餅也，吴謂膏環，亦謂之寒具。《類函》：粔籹，蜜和米麵，煎之。作之冬春，成者可留數月，寒食禁烟時用也。據此，寒具，即今之糖環。閭里人家于季冬春初，以糖勻麵粉或糯粉，搓成條，如食箸大，迴環鈎搭，作圓餅，疏其中，如古錢狀，以油煮之，至深黄色，謂之糖環。味甚甘脆，可留一二月，人皆冷食。余邑鹿步司屬與增城、東莞鄉間多作此種，以為新正餽送姻親拜年之用。今名糖環，以其狀如環，而不名寒具，且不知其為寒具者。今無寒食之禁，故鄉俗亦無寒具之名耳。按：劉禹錫《寒具詩》：纖手搓來玉數尋，碧油煎出嫩黄深。夜來春睡無輕重，壓匾佳人纏臂金。《齊民要術》：寒具名環餅，粉和麵牽索成，象環釧形。《廣雅》謂之粰餓。以壓匾纏臂金與牽索成環釧形為比其造作形製，為今之糖環無疑。《通俗文》寒具謂之餲。《劉賓客嘉話》以寒具為捻頭。《雲溪友議》李日新《題仙娥驛詩》：商山食店太悠悠，陳黯餸饠古餘頭。餘頭，即捻頭也。葛洪《肘後方》：捻頭，捻其頭也。捻頭疑非環餅，不知何狀，豈寒具別名耶?《集韻》具作餖。《餅餌閒談》曰：豆屑雜糖為之曰環餅。則環餅又有以豆屑為者矣。

飯粘

今俗封書函，多用飯粘。飯粘二字，始見於《晉書·殷仲堪傳》：仲堪在荆州，連年飢饉。仲堪食常五碗，盤無餘肴，飯粘落席間，輒食。拾以噉之，緣其性真素也。今小孩食飯，多落餘粒，一膳之頃，飯粘遍地。余甚惜之，必令小孩自拾而自食之，不率，則嚴辭申飭，務必拾食之而後已。事似瑣屑而責備，不知小孩何知，非使之自拾自食，不足以警其心而生其畏，所以杜其後也。夫民天于食，不得食則饑而死。飯粘些少，雖不能飽人，而積飯粘之少，乃可以延一息之命，胡忍以些少而遽棄之？語云：教子嬰孩。使之自拾而食，非吝也，正以防其暴殄之漸，而教之惜福之一端也。

盧媚兒

《珍珠船》云：歐陽永叔知隸穎州。有官妓盧媚兒，姿貌端秀，口中常作芙蕖花香。有蜀僧云：此人前身為尼，誦《法華經》二十年。夫尼誦《法華經》二十年，再生始得為官妓，若不誦《法華經》，誦《法華經》非二十年，不知再生為何等矣。可知女子為尼，已屬卑賤。故誦《法華》二十年，乃得為妓。若或塵心未滅，慾念旋生，雖欲為妓，不可得矣。余謂可將此布告天下庵堂，俾世之為尼者，有所感發，寡慾清心，轉經不怠，庶幾得復為人。按：《宋稗類抄》：盧媚兒，一作歐公婢，名胡媚娘，誦《法華經》二十年，作轉《蓮花經》三十年。

黑鬼仙

松憶嘉慶間，在省城十三行見一夷人，肥頎而黑如漆而多毛，赤脚披髪，眼光若流星。不穀肉食而果食，酒水飲亦茶飲，飲亦不多。少言語，見人輒笑，如褦襶子者。然時隆冬嚴寒，止着單衣。晨夕必落珠江洗浴，夜則宿公司行後英吉利夷樓之下，無被褥，然握其臂掌，常温熱，氣蒸蒸然。詢其來歷於夷人，亦不知其何來，夷人以為仙。夷人好事者，輒與以錢銀，亦不卻。但有所得，無所用。嗜與小兒嬰戲，出則常有十數數十小兒隨之行，錢銀輒沿塗分與小兒。價柑蕉橙柚諸果子食，小兒與之食，食，他人與之食，輒笑而不食。留羊城數月，後亦不知其去云。松按：《陳眉公筆記》：閆頭陀縮龜，能於酷暑中坐竟日。出行則小兒數十，時隨其後。輒令通身揾摩以為快，或上下俱赤體趺坐，或入沸湯中浴，或索酒恣飲噉，不問貴賤，必分及。彼黑鬼仙者，其縮龜之流與?

岳丈之稱

俗稱婦翁曰丈人，始於漢。漢以女妻單于，稱漢天子我丈人行。裴松之注《三國志》，言獻帝舅董卞，謂古無丈人之名，故謂之舅。松之，元嘉時人。《摭遺》云：歐陽永叔謂今人呼妻父為岳公，以泰山有丈人峰，泰山為五岳之一，故附會而稱婦翁曰泰山，曰岳丈。而於是又稱妻母曰泰水，曰岳母。泰水、岳母者，以泰山、岳丈而類稱者也。按：漢《郊祀志》：大山川有嶽山，小山川有嶽㟅山，嶽有㟅，㟅訛為壻，故以泰山岳丈稱婦翁。《寄園·豖渡寄》引《釋常談》云：丈人謂之泰山。玄宗開元十三年，封禪于泰山。張説為封禪使，説女壻鄭鎰，本是九品官。舊例封禪後，自三公已下，皆轉遷一階一級。惟鄭鎰是封禪使女壻，驟遷至五品，兼賜緋服，因大餔次。玄宗見鎰官位騰跳，怪而問之，鎰無辭以對。優人黄幡綽曰：此乃泰山之力也。因此以丈人為泰山，此又一説。婦人亦稱丈人。《顔氏家訓・風操篇》：吾嘗問周宏讓曰：父母中外姊妹，何以稱之？周曰：亦呼為丈人。自古未見丈人之稱施於婦人也。又云：中外丈人之婦，猥俗呼為丈母，士大夫謂之王母、謝母云。松按：中外丈人之婦，考之古昔，亦無有稱丈母、王母、謝母者，不知何所據而云然也。

半子之稱

今俗謂女壻為半子，謂其生子可歸宗以為父後也。半子之稱，見《唐書・回紇傳》。咸安公主下嫁，可汗上書甚恭，云：昔為兄弟，今為半子。按：壻又作聟。《風俗通》：怪神女新從聟家來。此是漢人所造俗字也。《博物志》：王粲與族兄凱依劉表，表有女周率，謂粲非女聟才，乃妻凱。又作倩，《方言》：東齊間，聟謂之倩。郭璞注：今俗呼女壻曰卒便，一作平便。聟又作智。《五音類聚》：智，俗壻字。《九經考異》：《昏義》壻執雁入。陸氏《音義》云：壻一作智。又王羲之《女智帖》：取卿為女智。按：顔元係《干禄字書》① 云：智聟壻，上俗，中通，下正。

松按：聟是漢人俗字，智與聟相似，或傳寫之誤，至六朝時，訛為智耳。《干禄字書》云：智俗聟通。不知智之字，俗而又俗者矣。

① 此處頁眉批注：彙函本作元孫撰。

育嬰堂

我廣羊城有育嬰堂，官府特設以收養民間棄置不育之嬰孩者也。其事倣於宋人。宋世於郡縣立慈幼局，凡貧家子多，厭棄不育者，許其抱至局，書生年月日，局置乳媪鞠視，他人家或無子女卻來局取養之。歲侵，子女多入慈幼局，道無抛棄者。信乎，仁澤之周也。今之育嬰堂，即古之慈幼局。然一法立則一弊生，行之昔則甚仁，行之今則有甚不仁者。良由世風之日靡，人心之多詐，而設法之不週也。夫貧窶不能育者無論矣。有等中人之家，產女過多，慮他年產不給耗，而抱入育嬰堂者；或兒女過多，一婦不能撫鞠，而抱入育嬰堂者；更有嬰孩初生，即罹三朝七日不治之疾，懼其夭死於家，而抱入育嬰堂者，凡此皆在所當禁者也。有等喪良姦黠之徒，陽言抱育為女，及長而儥之為婢為娼者，此種狡詐黠徒在所當刑者也。安得一二明哲官吏，察其奸，執而置諸法，設立嚴規，有犯必懲，以善育嬰之後。而良法美意，庶幾歷久而無弊，其斯為仁育之至乎。

留人洞

俗云：廣西有個留人洞。於是凡有商於廣西者，其妻輒阻之。松初以為真有一洞，名留人洞，故商婦誤會其意，以阻夫行耳。後讀《南中雜説》，始知留人洞，乃其寓言，非真有洞也。《雜説》云：滇俗重財而好養女。女長則以歸寄客之流落者。然貌陋而財[①]下，慮賦《谷風》，則密以藥投之，能變蕩子之耳目，視奇醜之物美如西施。又有戀藥、媚藥，飲之者則守其户而不忍

① 原文頁眉有批注曰："財"字疑是"才"字。

去。雖□□[1]巨萬，治裝客游，不出二站則廢然而還，號曰留人洞。又云：和平縣一老嫗，年五十許，號曰蕭歪嘴者，有異術，能解和合藥，或稍有身家之人，誤飲狂藥，其父兄欲其棄醜物而歸里，則密與歪嘴計之，豫定一僧舍，紿狂人入其中，約數人，制其手足，歪嘴以藥物灌之，大吐二三日，毒盡乃止，其人則羸瘦異常，日以清粥素菜調之，一月而進粱肉，百日而復舊。引之復視醜物，則棄之如糞土，翻然思歸矣。嗟乎！滇中留人洞，不下千萬，安得數百歪嘴布滿十八郡中，藥此浪子也。

按：陳子重《滇黔紀遊》云：龍里南關外有留人洞，幽静可愛，客至，每留戀不忍去。據此，則滇實有留人洞，非徒寓言也。由此觀之，天下淫毒，莫甚於滇緬。按：滇地屬雲南，俗云廣西。豈廣西亦有留人洞如滇者耶？松按：廣西無留人洞而有留人石，在南寧江之北岸，狀如女子。諺曰：廣西有一留人石，廣東有一望夫山。蓋廣東之賈多贅於廣西而不返，其怨婦皆以此石留人，西望而詛祝之，見《廣东新語》。

《泳化新编》云：永樂間，張洪使緬甸。朝夕誨兵卒曰：汝等來時，父母妻子哭送，拜禱神明，望爾生還。今犯人瘴而死，妻必改嫁，父母何歸？皆感泣不敢近人瘴。蓋緬人嘗蓄淫婦，誘我兵卒，犯之必死，謂之人瘴。據此，人瘴甚於留人洞。松謂：人瘴所在多有，無地無之，不惟緬甸。如我粤羊城珠江沙面、東濠口、河南潮揚二幫以及佛山、陳村、西南、石龍諸大鎮巨虛，皆有人瘴，他如寬鄉小埠，凡貨集人稠之地，莫不有人瘴，不可以悉數。即近而一室一家，人瘴具在。人生自少而壯，壯而老，無日不在人瘴中，而不皆死於人瘴者，豈人瘴有毒有不毒之别？故緬甸之人瘴能死人，而我粤之人瘴不能死人耶？非也，要在人之自立爾。夫瘴者，障也，所以障蔽人之心，而使之惑亂自迷者也。惟知其瘴而不為瘴所蔽，入其瘴而不為瘴所迷，人瘴雖毒，其奈我何哉？且天下死於家室之人瘴者比比，又何必緬甸之人

① 原文此處空兩字。

瘴，始足懼耶？松謂：人瘴不足懼，人之心瘴乃足懼耳。雖然，然此可為有為有守者道，若兵卒有何知識，類皆見可欲而動。人瘴在前，而心未有不為之障者。洪朝夕誨兵卒，正以啟其心瘴以遠人瘴爾。若陸觀務①《避暑漫抄》所云：嶺南或見異物從空墜，始如彈丸，漸如車輪，遂四散，人中之即病，謂之瘴母。斯真毒瘴矣，人瘴曷足懼哉！

坐腰拜反腰拜

今新婦初歸，拜見翁姑，謂之拜堂。其儀：新婦跪，拱手而曲腰，作虛坐之勢，謂之坐腰拜。坐腰拜，即古之伸腰拜。《南北史》古樂府詩説婦人曰：伸腰再拜跪，問客今安否。蓋以腰坐而復伸為一拜也，不有坐，何由伸，舉伸以見坐也。《鶴林玉露》云：古者婦女，以肅拜為正，謂兩膝齊跪，手至地而頭不下也，拜手亦然。又引樂府伸腰再拜跪為首至地而頭不下之證。然以事理按之，蓋謂兩膝齊跪，拱手坐腰而手至地。今婦人坐腰拜，手止近地而不至地。雖與肅拜之禮少異，然跪而拱手，坐腰而拜，不叩首，故頭不下，亦似古肅拜之禮也。後世婦人之禮又有拜而不跪者。周宣帝令命婦相見皆跪，如男子之儀，可知周宣以前，婦人皆不跪。婦人拜而膝不跪地，程泰之以為始於武后。王建《宮詞》云：射生宮女盡紅粧，請得新弓各自張。臨上馬時齊賜酒，男兒拜跪謝君王。此言男兒不言宮女，則婦人拜而不跪，自唐已然。程氏以為始于武后，理亦有之。蓋武后重婦人，故為此妄自尊大之禮。雖戾古而不顧耳，不足為典要也。

按：《黄氏日抄》：江陵项氏曰：鄭氏注《周禮》肅拜云：若今婦人揎，蓋古之拜，如今之揖，折腰而已。介胄之士不拜，故以肅為禮，以其不可以折腰也。然則其儀特歛手向身，微作曲

---

① “觀務”，當作“務觀”。

勢耳，鄭氏所謂撎者蓋如此，此正今時婦人揖禮也。據鄭氏説，則漢時婦人之拜不過如此，或者乃謂唐武氏始尊婦人，不令拜伏，則妄矣。周天元令婦人拜天臺，作男子拜，則雖虜俗，婦人舊亦不作男子拜也。况古者男子之拜，但如今人之揖，则婦人之拜，安得已如今之伏。大氐今之男子以古男子之拜為揖，故其拜也加以跪伏，為稽顙之容。今之婦人亦以古婦人之拜為揖，故其拜也加以拳曲，作虚坐之勢。蓋古跪自是一禮，與拜與伏不相干，此項氏説也。晦菴《周禮》九拜辨，惟稽首、顿首為手引頭至地。三曰空首，則頭至地，手不至地矣。九曰肅拜，至輕，但俯下手，軍中拜，婦人拜也。愚按：古者席地而坐，以手引頭，屈服向地，即為拜，故拜字從两手。百拜而酒三行者，因坐俯地，其勢易也，是古拜與今拜不同。軍中有介胄，婦人有首飾，皆不可俯伏，故但俯首謂之粛拜，是女拜與男拜不同又明矣。世俗多疑婦人拜，因並附之。夫《鶴林》謂：两膝齊跪，手至地而頭不下為肅拜。松按：古者席地以跪為坐，兩膝齊跪，即坐也。而晦菴謂但俯下手，黄氏按謂軍中有甲胄，婦人有首飾，不可俯伏，説皆與《鶴林》異。松謂：《鶴林》以古禮言，晦菴、黄氏以今禮言，故有異耳。禮與時為變通，男子婦人，禮本有異，不惟肅拜，且禮有因而亦有損益，固不必以今而戾古，亦不必泥古以合今，貴得乎禮之意，與古不甚相懸，斯可矣。

婦人又有反腰舞，今梨園演劇有楊貴妃醉酒一齣，貴妃輒作醉態起舞，反腰首至地，盤旋而舞，亦甚可觀。按：陸龜蒙《小名録》：羊侃少瑰偉，姬妾列侍，窮極侈靡。有舞人孫景玉能反腰帖地，銜得席上玉簪。可知梨園反腰舞法，亦倣之古昔，非今之巧創也。

盤膝坐垂脚坐

今代北人皆盤膝坐，南人皆垂脚坐，盤膝、垂脚，皆屬倣慢，非古人坐法。松按：古人坐如跪。《漢書》：文帝不覺膝之前于席；又管寧坐不箕股，當榻處當膝處皆穿；向栩坐板牀，積久，板乃有膝踝足指之處，是也；若趙陀箕踞，則為簡慢無禮。今之盤膝坐，雖不若箕踞之甚，而有似於箕踞，實箕踞之遺也。若垂脚坐，更非古禮，魏晉以前，不見於書史。始見於《梁書》，侯景升殿，踞胡床，著靴垂脚而坐。此亦書其傲慢不知禮。是盤膝、垂脚，皆非古人坐法。今公庭宴會，椅坐則無不垂足，若燕居胡床，則坐多盤膝，垂足者鮮，然皆不以為非禮。蓋禮本與時為變通，亦因俗而參用，盤膝垂脚，實緣民俗之便，而因革損益，不必泥古，不必戾今，惟順乎人情，宜乎土俗，便為禮之中、禮之和，又何必生今反古，跪坐而後為禮哉！

老聃之稱有二義

《史記》：老子者，楚苦縣厲鄉曲仁里人也，姓李，名耳，字伯陽，謚曰聃。《神仙傳》：老子者，名重耳，其母感大流星而有娠。老子姓李亦有故，《神仙傳》又云：或云老子之母，適至李樹下而生老子，老子生而能言，指李樹曰：以此為我姓。老子號聃亦有故，《神仙傳》或云：老子欲西度關，關令尹喜知其非常人也，從而問道，老子驚怪，故吐舌聃，然遂有老聃之號。或曰：聃者，耳無郭也。《廣韻》：耳漫無輪曰聃。老子生而有耳異，故名耳，而又名聃。《高士傳》又謂老子為陳人，又老子初生名玄禄，見《玄妙内篇》。

老子之稱有三解

《神仙傳》或云：母懷之七十二年乃生，生時剖母左腋而出，生而首白，故謂之老子。或云，其母無夫，老子是母家之姓。又云：周文王時為守藏史，武王時為柱下史，時俗見其久壽，故號之為老子。《高士傳》亦云：老子陳人，關令尹喜，强使著書，作《道德經》五千言為道家之宗，以其年老，故號其書為《老子》。今俗道士畫像而虔奉，稱為太上老君。

男子亦稱嫁

《列子・天瑞篇》：列子居鄭圃四十年，人無識者，將嫁於衛。張湛曰：自自家而出曰嫁。又蔣子《萬機論》：黃帝之初，養性愛民，不好戰伐，而四帝各以方色稱號，交共謀之，邊城日警，介胄不釋。黃帝嘆曰：君危于上，民不安于下，主失于國，而臣再嫁，厥疾之由，非養寇耶？處民萌之上，而四道亢衡，遞震予師。于是遂師營壘，以滅四帝。向令黃帝若不龍驤虎變，而與俗同道，則其臣民亦嫁于四帝矣。又黃憲《外史・漁論》：故賢士之嫁也，非刑戮之國則就之，非篡弑之朝則就之。又《前漢書・蒯通傳》：通説曹相國曰：東郭先生、梁石君，齊之俊士也，隱居不嫁，未嘗卑節下意以求仕也，願足下使人禮之。凡此所謂嫁者，皆言男子。松按：《爾雅・釋言》：嫁，往也。《説文》：嫁，以女適人也。古昔男子出仕，亦猶女子之適人，以女喻也。又以禍事推于人曰嫁，《史記・趙世家》平陽君豹曰：是欲嫁禍於趙也。今俗推禍於人亦有嫁禍之語，本之《趙世家》，則嫁不必專言女矣。

男子亦稱歸寧

《詩・葛覃篇》：曷澣曷否？歸寧父母。故今婦人歸外家皆曰歸寧，然歸寧古昔不專言婦人，男子亦曰歸寧。《後漢書・陳重傳》：重在郎署，同舍郎有告歸寧者，誤持同舍郎絝以去。主疑重所取，後寧喪者歸，以絝還主，其事乃顯。松按：男子歸寧，謂歸家持喪服也，故又曰寧喪，又曰予寧。《漢書》哀帝綏和二年詔：博士弟子父母死，予寧三年。師古曰：寧謂處家持喪服。又曰告寧。後漢祝諷言：光武絶告寧之典，陳忠争之。《陳忠傳》：大臣有寧告之科。按：吉曰告，凶曰寧，然持妹喪亦曰歸寧。王鈍碑云：拜郎，失妹歸寧，遂釋印紱。則不第持父母喪謂之歸寧矣。又宋《選舉志》：凡入學授業，月旦親書到歷。如遇私故或病告歸寧，皆給假。違程及期月不來參者，去其籍。則不必持喪始謂之歸寧矣，又不必朝廷職官，始有歸寧之例，而入學授業，亦有歸寧之典矣。又按：《儀禮・覲禮》：天子辭於侯氏曰：伯父無事，歸寧乃邦。男子稱歸寧，由來已古，又何必寧喪始稱也。又謂之告歸，《戰國策》曰：商君告歸。延篤以為告歸，今之歸寧也。錢起詩：方子欲歸寧，棠花已含笑。此皆非寧喪也。

丰韻

今俗見婦女嬌媚妍秀，輒曰：丰韻可人。松按：丰，容色美好貌。《詩・鄭風》子之丰兮，是也。而韻字不知所指，且不知其何所取義，意謂丰美其色麗好，而韻美其聲柔婉也。後讀周煇《清波雜志》云：頃得一小説書，王黼奉勅撰《明節和文貴妃墓志》云，妃齒瑩潔如水晶，緣嘗餌絳丹而然。又云六宮稱之曰韻，蓋時以婦人有標致者為韻。煇曾以此説叩於宣和故老，答曰，雖當時語言文字間，或失於揀擇，不應直至是褻黷。然韻字蓋亦有説，宣和間，衣着曰韻纈，果實曰韻梅，詞曲曰韻令。乃梁師成為鄆邸，倡為此讖。時趙野春帖子，亦有複道密通蕃衍宅，諸王誰似鄆王賢，亦迎合之意也。始知韻非美其聲，蓋美其色，唐宋時已有此語。松按：韻，《説文》：和也。婦容固以妖冶為媄，而尤以柔和為佳，故曰韻耳，或曰韻，乃當時土俗之美稱，故凡物之美好者，皆曰韻，猶之我廣州謂婦女之美好者曰𡡉。𡡉，廣俗字，音户鏡反。鏡，音頸，去聲。于是凡物之鮮明者亦曰𡡉也。鄭邸之説，亦似附會。

粉墨

粉墨，古婦女以為色者也。《漢書》：梁鴻家貧，尚節介。勢家欲女之，並不娶。同縣孟氏有女，肥醜而黑，擇對不嫁，鴻聞而娶之。婦以裝飾入門，七日不答，妻跪床下請罪，鴻曰：吾欲裘褐之人，可與俱隱深山者。今衣綺羅，傅粉墨，豈鴻所欲哉？松讀《漢書》至此，竊有疑焉。夫粉白而墨黑，婦人傅粉如繪事，然先有粉地，而後可加彩色。孟氏女既肥醜而黑，若更[①]傅粉且不可為美，若更傅墨，何以為美色？後讀《楚詞》粉白黛黑施芳澤，始悟傅墨，乃以墨畫眉也。黛黑，《釋名》曰：黛，代也。滅去眉毛，以此墨畫代其處也。《説文》黛作黱，畫眉也。黱，《集韻》：黑色。按：黄雪槎《青樓集》：凡妓以墨點面者，號花旦。則傅墨又不必定為畫眉矣。《國策》：張子曰：使鄭周之女，粉白墨黑，立于衢間，非知而見之者，以為神。則婦女以墨黑為飾，自古然矣。夫婦容之白皙者，眉着黛黑，差足為妍。若孟光肥醜而黑，更描黛墨，不知作何形狀矣，無怪梁鴻之不願也。一笑。按：後周大象年間，帝令婦人墨粧黄眉，見《隋書·五行志》。婦人黄眉，更不雅觀，真人妖也。

酥餅

今餅肆多作酥餅，其法以豬脂搓麵作餅，則有酥浮起數層，

---

① “若更”二字原文似删去。

甚鬆脆，若以油搓麵，則不成酥矣，即古之起餅。《淵鑑類函·齊民要術》有《餢鍮篇》：餢鍮滑而美。按：餢鍮，起餅也。發酵使麵輕浮起，炊之。賈公彦以為起膠餅，又名麵起餅。蕭子顯《齊書》永明九年正月詔：太廟四時祭薦，宣皇帝麵起餅。今之酥餅，其製不異所由來者遠矣。《清異録》：郭進家能作蓮花餅，餡有十五隔者，每隔有一折枝蓮花，作十五色。自云：周世宗有故宮婢流落，因傳此法。婢言，宮中號蕊押班。蕊押班，非酥餅之製，酥餅則餅酥浮起數層，蕊押班則餅餡有十五隔。然蕊押班之工巧，非酥餅之可比。酥餅之法，以豬膏為之，餅師所共知。若蕊押班之餅餡十五隔，隔隔有一折枝蓮花作十五色，其法不傳，不特今人不得而知，即當時亦罕人知者，故書史小說，皆不之載。古有鍼神，為古今所獨絕，若世宗宮婢，可謂餅神矣。

包子

今之麵果有包子，即古之饅頭，自宋時始謂之包。《燕翼貽謀録》：仁宗誕日，賜羣臣包子。包子即饅頭，陸游有《食野味包子》詩。松按：饅頭，本作蠻頭。《七修》云：蠻地以人頭祭神，諸葛之征孟獲，命以麵包肉為人頭以祭，謂之蠻頭，今訛為饅頭。然則後世謂饅頭為包者，亦倣諸葛以麵包肉，故謂之包與。

《正字通》：饅頭，麵食也。開首者曰橐駝臍，吴下呼餡臍，言熟食之肥也。《玉篇》：餡音惱，熟食也。又南唐有子母饅頭[①]，皆包子之屬也。

又有土尖麵，亦包之類也。陶穀《清異録》，趙宗儒在翰林時，因中使到院宣旨，中使言今日蚤饌，進玉尖麵，用消熊棧鹿為内餡，上甚嗜之，御十餘隻。宗儒駭其名，問其形製。蓋人間

---

① 眉批曰：《字典·食部》饅字，南唐有子母饅頭。

出尖饅頭也。又問消熊棧鹿之説，曰熊之極肥者名消，鹿既獲，以倍料精養者云棧。今我廣俗謂麵果有餡者為包子，無餡者為饅頭。餡，《字彙》：凡米麪食物坎其中實以雜味為餡。又作鎌，《集韻》：音陷，餅中肉，或作𩞁、膁、𦢊。

鯧非娼

《賢奕·閒鈔》：古優女曰娼。考之鯧魚，為衆魚所淫，相傳娼意出於此。松按：《集韻》：鯧鯸，魚名。《正字通》：生南海，似鯿，頭上突起連背，身圓肉厚，一脊，骨耎可食。閩人偽為鱠魚，無有為衆魚所淫之説。又按：李時珍《本草》注：昌，美也，以味名。或云，魚游於水，羣魚隨之而啖其涎沫，有類於娼，故名。松見今之娼婦甚多，幾曾見有浪子隨之食其涎沫耶？即羣魚食其涎沫，與娼殊不相類，李氏附會。且李氏云：鯧魚氣味甘平無毒，其主治引陳藏器云，食之令人肥健，益氣力。天下古今，曷有無毒而令人肥健、益氣力之娼哉？按：《正字通》所載，鰌魚穴於泥中，與他魚牝牡，莊生云，鰌與魚游是也，曷不名鰌為娼耶？且凡物皆有牝牡交合，可以行淫，惟魚不能行淫，何得以為衆魚所淫誣鯧耶？未知元卿何所見而云然也。又按：娼字，旁从女，本作倡，又从人，皆合六書象形之義，何得又會意於魚？如果會意於魚，則娼、倡字當為鯧，如老娼稱鴇，象鴇鳥無正匹之意，乃何以不曰鯧而作娼？則知象意於鯧，實屬附會。

翰名鷄

或曰：《説文》：翰，天鷄也。《曲禮》：鷄曰翰音。故凡物類之名翰者，多别名鷄。《爾雅·釋鳥》：鶾，天鷄，赤羽。《釋蟲》：螒，天鷄，小蟲，黑身赤頭。

松謂不然。按：蘇東坡《書韓幹牧馬圖》，有鶾龍，不聞鶾馬之別名鶤。《廣韻》：鰰，魚名。不聞鰰魚之別名鶤。《釋鳥》有鶾雉，亦不聞鶾雉之別名鶤。或說不足據。

葫蘆瓜

俗云：依樣畫葫蘆。見陶穀詩。《談苑》云：陶穀久在翰林，意希大用，其黨因對言：穀宣力實多，微伺上旨。太祖曰：翰林草制，皆檢前人舊本，俗所謂依樣畫葫蘆耳，何宣力之有？穀作詩曰：官職須由生處有，才能不管用時無。堪笑翰林陶學士，年年依樣畫葫蘆。松按：語云依樣畫葫蘆，言易效也。《本草》：陶宏景曰：今人謂葫為大蒜，葫，蒜名。《廣韻》葦之未秀曰蘆。蘆，葦屬。畫家畫蒜與葦，非易逼真，且畫筆縱橫無定，又無可依樣者。松按：所言葫蘆，當是壺盧。壺盧，瓜屬，一名瓠瓜，一名匏瓜。《解頤新語》瓠細腰者曰蒲蘆。李時珍曰：短柄大腹者為壺，壺而細腰者為蒲蘆。蒲蘆，即壺盧也，今所在多有，繪入圖畫，雖穉子操筆，亦可逼肖，故有依樣之喻。是葫蘆字當作壺盧，俗作葫盧。以音相同，習而不察耳。按《元史·桑爾直班傳》：金商義兵以獸皮為矢房，如瓠，號毛葫蘆軍。亦以葫蘆為壺盧。又按：壺盧瓜，種類不一，咸豐二年，房姪孫廷賢與我白色小壺盧瓜，核四粒，種為盤玩，葉大如小兒掌，小於壺盧瓜葉太半，三月開小白花，結細腰小壺盧瓜，子數枚，大如小酒杯，甚雅觀。他云：更有一種朱色小壺盧，與白壺盧不異。此白壺盧核，予得之友人。友人云：朱色種收得少，親朋多喜朱色，分送無餘，姑俟明年云。

葫蘆草

南海有一種葫蘆草，葉狀如細腰葫蘆，類橘柚葉，而稍長，蔓生。松初不識此草，嘉慶間，從地理師徐鳳石子遊西樵，見一株，指謂余曰：此名葫蘆草，能辟書籍衣服之蠹，凡醃食物，下葫蘆草葉一二片，永不生蛆。又治小兒疳積神妙。又謂之葫蘆茶。此草産羅浮山中，左近土人謂為仙草，他處罕有，不意今再見於西樵也。因採數枝，歸而試之，良驗，惜西樵亦不多見也。昔人但知芸香草辟書蠹，而不知葫蘆草葉辟書蠹更妙於芸香也。余邑市橋有一裱畫肆，顏曰錦文堂，所裱字畫，永不生蟲蠹，如有蟲蠹，包還再裱，不取裱錢。余家藏字畫，凡錦文堂所裱，雖三四十年，未嘗見其蠹也。其法秘而不傳，世無知者，今無此裱工矣，豈末葫蘆草葉和以為糊耶？裱畫家其盍試諸？或曰，錦文堂裱糊純用石花菜耳。《後山談叢》：趙元老云：寒食麵、臘月雪水為糊，則不蠹。南唐煮糊用黄丹，王文獻以皂莢葉末置書葉間，然不如也。松按：雪能殺蠹，趙法甚妙。但粤東無雪，錦文當不用此。

魚菜

懶真子云：有《小白》詩云：小白羣分命，天然二寸魚。細微占水族，風俗尚園蔬。僕見浙人呼海錯為蝦菜，每食不可闕，始悟風俗尚園蔬之意。今我廣俗呼食饌，皆謂之魚菜。凡燕客與家常早晚膳，呼童市買鷄豚魚鴨，皆謂之買魚菜。謂魚為菜，大氐濱水之鄉，慣食魚鮮，故出口便呼魚，亦蝦菜之類耳。昔人又曰鮭，《廣韻》音鞵，吴人謂魚菜總稱。《世説》庾杲之清貧，每食三韭。任昉戲之曰：誰謂庾郎貧，每食鮭菜，常有二十七種。又《北史》：畢義雲弟義顯、義携，性並豪率，善營鮭膳，器物鮮華。蓋鮭从魚旁，故昔人以為魚菜總名。則謂魚為菜，不自今日始也。

市井

市井之說，不一而足。《史記·平準書》：山川園池市井租稅之入，注：《正義》曰：古人無市，若朝聚井汲水，便將貨物於井邊貨賣，故曰市井。《後漢書·劉寵傳》：寵拜會稽太守，山民愿朴，乃有白首不入市井者，自稱山谷鄙生。注引《春秋井田記》：井田之義有五，一曰無泄天時地氣，二曰無費一家，三曰同風俗，四曰合巧拙，五曰通貨財。因井為市，交易而退，故稱市井。又《莊子》：仲尼曰：商賈旦於市井，以求其贏。司馬彪曰：九夫為井，井有市。《白虎通》：因井為市，故曰市井。

松按：《後漢書》云：白首不入市井，則市井當在國都之內。若以井為井田，則在郊野之外矣。注引《井田記》，似未的。然按《儀禮·士相見禮》：宅者，在邦曰市井之臣；在野，則曰草茅之臣；庶人，則曰刺草之臣。注：宅者，謂致仕者，去官而之宅，亦謂市井在國都之內。按：《詩·陳風》：《詩疏》引應邵《風俗通》：市，恃也，養贍老少，恃以不匱也。俗說市井，謂至市者，當於井上洗濯其貨物、香潔，及自嚴飾，乃到市也。謹按古者二十畝為一井，因為市交易，故稱市井。然則由於井田之中，交易為市，故國都之市，亦因名市井。說與《正義》、《井田記》大同小異。而謂國都之市謂之市井，因井田之市而名，其說甚是。其謂至市者於井上洗濯其物，恐未必然。蓋出市貨物，用洗濯者，十不一二，說似附會。《子史精華·征榷部》引《平準書》市井之入，《正義》曰古人未有市及井云云。

松按《古史考》：神農作市，易繫詞，日中為市，致天下之民，聚天下之貨，交易而退，各得其所。《冬官考工記》前朝後市。又汲冢《周書》黄帝作井。《世本》又云伯益作井。《玉篇》穿地取水，伯益造之。《易》有井卦，堯時有耕田而食，鑿井而飲之歌。《孟子》舜有浚井之文。何謂古人未有市及井耶？不知《正義》所據。又按《禮》：九夫為井。應氏云：二十畝為井。蓋依《漢·食貨志》一井八家，家有私田百畝，公田十畝，餘二十畝，以為井竈廬舍。據其交易之處在廬舍，故言二十畝耳。其云二十畝為井，亦屬蒙混。曷若云一井二十畝之中？因為市交易之為當也。市井為交易之地，後世遂謂商賈為市井。《漢·食貨志》孝惠高后時，為天下初定，復弛商賈之律，然市井子孫亦不得宦為吏。《留青日札》、《風俗通》言人至市者，當於井上洗濯令潔，非也。蓋言市中之道，四達如井，因井路湊集之便，以相交易，説亦有理。《前漢·貨殖傳敘》商相與語財利於市井。顔師古注：凡言市井者，市交易之處，井共汲之處，故總而言之也。説者云：因井為市。其義非也。又按：古者為市，一日三合。《周禮·地官》五十里有市，大市，日昃而市，百族為主；朝市，朝時而市，商賈為主；夕市，夕時而市，販夫販婦為主。唐時市日一合，自日中至日將入。《百官志》丞京諸市署令，掌財貨交易。凡市，日中擊鼓三百以會衆，日入前七刻，擊鉦三百而散。是一日市止一合。

松按：此有似今時之虚，虚蓋市之大者，原因市而大其交易者也。市又有一日四合者，《後漢·孔奮傳》建武五年，署河西議曹掾，守姑臧長。時天下擾亂，惟西河獨安，而姑臧稱為富邑，通貨羌胡，市日四合。注：人貨殷繁，故一日四合也。《唐志》又云：車駕行幸，則立市於頓側，則不必因井為市矣。《青箱雜記》蜀有痎市。而閒日一集，如痎瘧之閒日一發。蓋其俗以冷熱發歇為市喻也，則又不必如井田之市，日一合而三合矣。

卷之九

牝以草名

《爾雅·馬屬》：牡曰隲，牝曰騇。郭璞注：以牡為駁馬，牝為草馬。《魏志·杜畿傳》：為河東太守，課民畜牸牛草馬。《晉書·涼昭王傳》：家有騧草馬，生白額駒。《魏書·蠕蠕傳》：賜阿那瓌父，草馬五百匹。《吐谷渾傳》：吐谷渾嘗得波斯草馬，放入海，因生驄駒。《隋書·許善心傳》：賜草馬二十匹。見《日知録》。又謂今人謂牝驢為草驢。《北齊書·楊愔傳》：選人魯漫漢在元子思坊，騎禿尾草驢。是北齊時已有此語，觀此，是昔人於馬驢皆以草名牝。

松按：字書，草無牝義，不知所謂。按：《容齋四筆》：今人謂野牧馬為草馬。《淮南子·脩務訓》曰：馬之為草駒之時，跳躍揚蹏，翹尾而走，人不能制。注：駒放在草中，故曰草駒。未嘗以草為牝。今俗凡羊皆謂之草羊，鵝皆謂之草鵝，鯇魚亦謂之草魚，不論牝牡，亦以其草食名之也。以草名馬驢者，大氐亦以其嗜草。而別草為牝，乃其方言土語耳，故牝牛不曰草牛，牝犬不曰草犬，牝豬不曰草豬。雖然，必有取以。後讀顏師古《匡謬正俗》云：俗呼牝馬為草馬，以牝少用，常放草中，不飼以芻豆，故云，乃知呼牝為草之義，此亦如草羊、草鵝、草鯇，以其草食名之也。松按：師古之説，有所未盡。蓋外夷重馬驢，而牝則常孕，惟恐其不蕃庶，孕則不欲其重勞，勞則虞其墮犢，故常放草中，欲其逸以養孕也。故牝馬驢名曰草馬、草驢，他牝畜不放草者，非其俗所重也，故亦不以草名也。

弓以斗稱

三十斤曰鈞，十斗曰石。弓以鈞稱，顏高弓挽六鈞，是也。而有以石稱者，《唐書·張宏靖傳》：汝輩挽兩石弓，不如識一丁字是也。更有以斗稱者，《宋史·畢再遇傳》：再遇，武藝絶人，挽弓至一石七斗，背挽一石八斗，步射二石，馬射一石五斗，是也。夫斗、石乃量名，昔人以為弓力之稱。按：衡名百二十斤為石。《書·五子之歌》：關石和鈞。注：三十斤為鈞，四鈞為石。以衡準量，則石百二十斤，若斗則衡無其名，以衡之石準之，十斗為石，斗當是一十二斤。未審昔人言弓力以斗，即以衡數準量數否。按：《楓窗小牘》：熙寧元年十月，詔頒河北諸軍，教閲法。凡弓分三等：九斗為第一，八斗為第二，七斗為第三。弩分三等：二石七斗為第一，二石四斗為第二，二石一斗為第三。是弓弩皆以斗稱。按：九斗，乃一百一十八斤；八斗，乃九十六斤；七斗，乃八十四斤耳。今鄉科較武，弓以百四十斤為超號，百二十斤為頭號，百斤為二號。我朝選武，掄才獨超古昔，宋不足道也。

頭容過身

《書蕉》云：《漢書》：虞詡疏公卿巽懦，頭容過身。按：貓犬鑽穴，頭可容，身即過矣，詡蓋以貓犬喻之也。松謂不然。夫蛇鼠穿穴，頭可容，身亦可過，何必貓犬。不惟獸畜，人亦有然，頭可容，身亦可過，故今俗人家房屋壁上，欲開小窗，亦以不能容頭為式，過闊則以鐵楗間之，不然，偷兒黠竊，不可防也。況頭可容身即過，未足為巽懦之喻，未是的解。若必取譬於物，其惟鼋[①]龜鼈乎？龜鼈見人即縮頭入腹，曰過者，甚之之辭，言其畏怯縮頭，不僅入腹，而欲過乎身也。故今俗謂懦怯者為縮頭龜。昔陳季常作龜軒，東坡贈詩云：人言君畏事，欲作龜縮頭。又皮日休謁歸仁紹，不得見，因作《詠龜詩》有云：頑皮死後鑽須遍，只為平生不出頭。此皆言巽懦如龜，不敢出頭，而縮欲入於腹也。松按：《説文·犬部》：㺜，犬容頭進也，此《書蕉》之所本。

呼飯飲之

《漢書·朱買臣傳》：買臣獨行歌道中，負薪墓間，故妻與夫家俱上冢，見買臣飢寒，呼飯飲之。《隨園隨筆》謂：買臣呼飯飲之，飯可飲乎？此語病也。松謂《隨園》之説非，飯飲之者，謂飯之而又飲之也，緊承上句飢寒而言，飯之所以療其飢，飲之所以禦其寒也。如《隨園》所云。然則《後漢書·彭寵傳》云：寵父宏，偉容貌，能飯飲，亦作飯可飲解乎？夫膳食皆先飲而後飯，作飯飲者，史傳倒文法耳，曷足疑耶？《漢書》未嘗有語病，《隨園》有語病耳。松按：田家飯泔謂之飲，余嘗山行，至增城，道上渴甚，覓茶於饁童，童曰無茶，有飲耳。余初不識飲，然問茶答飲，意必茶類，即曰：飲亦好。童於是舉煲酌碗，乃是飯泔，作桃花色，蓋赤米所炊，田家以之代茶者。余飲兩碗，甘淡勝於茶多多也。飲買臣之飲，豈即田家之飲與？飲，我邑鄉間謂之飯湯，兒童亦嗜食之。

余邑秀才陳夔石震升先生閱此條云，按：飯上聲，飲上去二聲，可讀《論語》飯疏食，飲水是也。《禮·玉藻》飯飲而俟，亦飯飲相連，益見《隨園》之説泥。

---

① “鼋”字原文似删去。

千葉榴

凡樹木茂榮挺發，特異尋常，皆為旺氣所鍾毓，每致瑞祥。昔唐相國李福，河中有宅，庭槐一本，抽三枝，直過當舍屋脊，一枝不及。相國同堂昆弟三人，曰石、曰程，皆登宰執，唯福一人歷鎮使相而已。石晉朝，趙令公家庭有穤棗樹，婆娑異常，四遠俱見，望氣者謂此家合有登宰輔者，後中令由太原判官大拜，出將入相，見《北夢瑣言》。然花木之本花而不實者，一旦結實，亦為瑞徵。余大宗祠東廳，植千葉石榴一株。夏秋花發，遍樹嫣紅，豔麗可愛。此種原以花勝，不結實，原自同社赤磪宗家花苑分種，宗家云，此花亦嘗結實，結實必有瑞兆，我家凡三結實，初結梁建揚進武庠，再結建揚中武舉，三結建勳進武庠云。道光二年分植我宗祠東廳，越四年結一實，無有甚瑞，惟房姪夔石允諧科考一等，旋補廩生，是年所添新丁，多于往年三四耳。惟道光年特盛，結一十七實，族姪孫矩亭同新，是年登進士榜，入詞垣，而新丁之盛，以是年為四百年來之最。此蓋我宗祠旺氣之先見，鍾於榴以兆瑞也。今我族名此榴曰瑞榴。松謂在昔李相國之槐、趙中令之棗，與今我宗祠之榴，皆可謂木榮之瑞。

午時蓮

葉如菱，汎于水面，夏月開小白花，狀如蓮花，大如錢，無香，正午則開，未午、過午則合，花出水面寸許，三四日花結實，復沉入於泥中，又復生根。《羣芳譜》洎《花鏡》諸草卉書俱不載。或云即睡蓮。段公路《北户録》：睡蓮，葉如荇而大，突浮於水面，其花布葉數重，不房而蕊。凡五種色，當夏晝開，夜縮入水底，晝復出也。《廣東新語》亦云然。按：午時蓮，夜不出水面耳，非縮入水底，至結實而復入於泥耳。且只有白色一種，並無有異色者，豈段公之鄉，有五色者耶？抑别一種，與午時蓮小異而大同者耶？又按：吴青壇《嶺南雜記》：有瑞蓮菜，一名睡蓮，花瓣外紫内白，幹如釵股，心似鷄頭，以水淺深為長短，日沉夜浮，必鷄鳴時採之，始可得。清香爽脆，銷暑解酲，出高州。此睡蓮日沉夜浮，與今午時蓮，洎《北户録》之睡蓮，晝開夜合者相反，當别一種，名同實異矣。

余為粤東人六十餘年，詢之高州商賈仕宦土著文人，不聞有此種睡蓮，豈今昔異時，花卉亦有廢興與？抑高人之好事者為是説，以誇物産之奇，吴氏得之傳聞，而誤以為信與？《羣芳譜》亦有睡蓮，無香，不可食，亦與高州睡蓮異。又王嘉《拾遺記》有夜舒荷。靈帝初平三年，起課遊館，采緑苔以被階，引渠水以繞砌，渠中植蓮，大如蓋，長一丈。南國所獻。其葉夜舒晝卷，一莖有四蓮叢生，名夜舒荷。又云：月出則葉舒，又曰望舒荷。松按：初平，為獻帝年號，嘉謂靈帝，誤記。又云：太始十年，有扶支國獻望舒草，其色紅，葉如荷，近望則如卷荷，遠望則如舒荷，團團似蓋。又云：月出則葉舒，月没則葉卷。植於宫中，因穿池廣百步，名望舒荷池。愍帝末，胡人移其種於胡中，至今絶矣，池亦填塞。此與南國所獻之夜舒荷，似有小别。按：太始乃武帝年號，則此荷武帝時已有其種，不始於獻帝。又按：武帝太始，止四年，嘉云十年，亦誤。要之《拾遺》事多荒誕無稽，多是杜撰，望舒荷，殆猶高州之睡蓮，均不足信也。又《洞冥記》有夢草，似蒲，色紅，晝縮入地，夜則出，又名懷夢，懷其葉，則夢之吉凶立驗也。此亦異草，與《北户録》所云之睡蓮亦相反。

好脚頭

俗凡娶婦妾與納奴婢，既歸之後，其家盛昌，事事順利，謂之好脚頭，否則謂之大脚板。按：好脚頭，古謂之好脚跡。唐趙璘《因話録》：李太師逢吉知貢舉，榜成未放而入相，禮部王尚書播代放榜。及第人就中書見座主，時謂好脚跡門生，前世未有。又《宋稗類鈔》：高俅本東坡小史，後屬王晉卿。時裕陵在潛邸，晉卿遣俅賫篦刀子往。值王在園中蹴踘，俅睥睨不已，王呼令對蹴，大喜，留之。踰月，王登位，眷渥甚厚，不次遷拜。其儕類援以祈恩，上曰：汝曹争如彼好脚跡耶？以得俅，踰月而登極也。好脚頭，即好脚跡之謂也。方言不同，有小異耳。

没巴臂

今人謂做空閒無為之事曰没巴臂，此語殊費解。偶讀陳後山《詩話》：熙寧初，有人自常調上書，迎合宰相意，遂丞御史蘇長公戲之曰：有甚意頭求富貴，没些巴鼻使姦邪。有甚意頭、没些巴鼻皆俗語也。又文及翁詠雪《百字令》云：没巴没鼻煞時閒，做出漫天漫地。據此，没巴臂，臂當作鼻，是宋時已有此諺。鼻臂音近，俗訛鼻為臂耳。昔人又有没把鼻之語，言人兩相鬥，切勿把其鼻。蓋人鼻些小，把執必不能牢，脱去甚易，故俗謂人作事無所依據而卒無成曰没把鼻，亦屬費解。松按：没，貪也。《晉語》不没為後，《字典》没字注引之。此當是晉時之諺，猶今俗之云没把柄也。

改火

《周官》司爟，掌行火之政令。四時變國火，以救時疾。注：鄭司農引鄹子曰：春取榆柳之火，夏取棗杏之火，夏季取桑柘之火，秋取柞楢之火，冬取槐檀之火。而《管子・幼官篇》云：時節飲於黄后之井，以倮獸之火爨；春飲於青后之井，以羽獸之火爨；夏飲於赤后之井，以毛獸之火爨；秋飲於白后之井，以介蟲之火爨；冬飲於黑后之井，以鱗蟲之火爨。是改火之令，春秋時已不能盡如其制。又《管子·禁藏篇》：當春三月，鑽燧易火，杼井易水，所以去滋毒也。豈鑽燧易火，則如鄭司農所云，而四時火取於獸蟲，管子別有所用耶？

東坡有《徐使君分新火》詩：三見清明改新火。注引《周禮》：司爟掌行火之政令，四時變國火。韋慎微《咸鎬故事》：清明日，尚食，內官小兒於殿前門鑽新火，先進者，賜絹三匹，碗一口，尋以新火賜宰臣以下。又《迂叟詩话》：《周禮》四時變國火，唐時惟清明取榆柳之火，以賜近臣，本朝因之，是唐宋猶行《周官》變火之政。

若東晉初，王離妻李，將洛陽火度江，云：受於祖母，臨終戒勿絶火，遂常種之傳二百年，火色變青，謂之聖火。此火大抵如今醫家世傳合藥為線，然火以照瘡毒之類耳。其云戒勿絶火，則此火勿絶而已，固未嘗有所改也。且此火止是一火，與四時取榆柳、棗杏、桑柘、柞楢、槐檀諸木之火不同，不得謂之改火。隋王邵上請變火，引以為證，失之遠矣。夫獸蟲之火，其氣腥臊，管子取之，不知所謂，即四時火取於榆柳諸木，舊説以為取五方之色同，榆柳青象木，棗杏赤象火，桑柘黄象土，柞楢白象金，槐檀元象水。而《周官》疏有棗杏雖赤，榆柳不青，槐檀不黑，其義未聞之語。又《留青日札》云：古者鑽燧改火，所以革故鼎新。榆柳，木之火也；棗杏，火之火也；桑柘，土之火也；柞楢，金之火也；槐檀，水之火也。饒魯曰：五行中各有五行，火有五色，如金有五金之類，此又一説。然究未知燧人改火，於義何取。

又東漢《禮儀志》：日夏至，浚井改水；日冬至，鑽燧改火。又與《管子》當春三月易火，時候不同，管子以三月，漢以冬至，是當時雖有改火之名，而已失隨時改火之制，其廢於漢以後。與《管子》《漢志》所云，又與《周官》鄭注所引鄹子異。按《拾遺記》：遂明國有大樹名遂，有鳥啄樹，粲然火出，聖人感焉，因用小枝鑽火，號燧人氏。夫既曰鑽燧改火，鑽遂木以取火也。而《管子》易火取於獸蟲，何有於鑽燧之義？《管子》之説不足據。王邵變火之請，又云：昔師曠食飯，云是勞薪所爨，晉平公視之，果然車輞。今温酒及炙肉，用石炭、柴火、竹火、草火、麻荄火，氣味各不同。以此推之，新火、舊火，理應有別。伏願遠遵先聖，於五時取五木以變火，用功甚少，救益方大。據此，改火以救時疾，亦甚有理。又按《南史·齊武帝紀》：永明十一年，先是魏地謠言，赤火南流喪南國。是歲，有沙門從北齎此火而至，色赤於嘗火而微。云以療疾，貴賤争取之，多得其驗。二十餘日，都下大盛，咸云聖火，詔禁之不止。火灸至七炷，而疾愈。吴興邱國賓，密以還鄉。邑人楊道慶，虚疾二十年，依法灸之，即差。此聖火，未知其即東晉時王維妻之聖火否？即其不然，然自古無百年不息之火，其為煉藥以為大可知，故可以療病，可以常種而不使之絶也。聖火者，藥火也。

祀井

或問今俗，季冬二十四祀竈。然竈火井水，皆有養人之功，何古無祀井之文也。松按：古祀井於冬。《淮南·時則訓》：冬祀井。伏生《洪[①]範五行傳》：仲冬設主於井，索祀於坎正，月令冬祀行。《義疏》：揚雄、蔡邕、劉安皆謂冬祀井，蓋井水、竈火，皆功在養人。夏火、冬水，亦於義為合，行即井也。《易》曰：往來井井。蓋祀井於汲道之旁，故曰行也。《唐月令》亦曰：冬祀井。是古昔非不祀井，井實祀于仲冬，今廢其祀耳。然按我廣鄉俗，則不時祀井。凡四時八節，祀家中香火神，無不祀井。遇鄉香火神誕，祀神，亦無不並祀井。即室婦生子，彌月，亦無不以薑酒祀井。余謂祀井之禮，今俗最為繁數，但井無

① 原文為“鴻”。

專祀之日，而竈則季冬專祀，為不同而與古異耳。又按：《禮·月令》：竈祀於夏。今祀於季冬，亦與古異。

鴃舌反舌

《孟子》：今也南蠻鴃舌之人。趙氏注：南楚蠻夷，其舌之惡，如鴃鳥耳。鴃，博勞也。《詩》云：七月鳴鴃。應陰而殺物者也。許子托於太古，非先聖堯舜之道，不務仁義，而欲使君臣並耕，傷害道義，惡如鴃舌。孫氏疏亦云：許氏乃南蠻鴃舌之惡如鳥者也。《吕覽·欲為篇》：蠻夷反舌。注：夷語與中國相反，故曰反舌。按：鴃，百勞也。《本草釋名》：伯勞，象其聲也。反舌，百舌鳥也。《類函》：江南人謂之喚春，聲圓轉如絡絲。松謂：蠻夷反舌與南蠻鴃舌，同一喻意。鴃舌、反舌，蓋謂蠻夷之聲音，如鴃鳥反舌之音，言其語言不正，人不可通曉，中國所不欲聽聞耳。若謂鴃舌為許行舌之惡如鴃，反舌為夷語與中國相反，未免求深反鑿矣。按：《本草釋名》：鴃曰伯勞，為象其聲，是鴃鳥之聲曰伯勞，猶燕之聲曰呢喃，何得謂之惡，即以中國言，八方土音，亦各不同。廣州如新會水尾之語言，嘉應客家之土音，亦人所難通，則有甚於鴃舌者，恐孟子初無此意，即《吕覽》注反舌，謂夷語與中國相反，亦有可議。蓋夷語非與中國相反，與中國不同、不相通耳，恐吕氏初亦無此意。

按：《淮南·地形訓》有反舌民。注：反舌民不可知，而自相曉。一説舌本在前，不向喉，故曰反舌，南方國名也。又按《國語》：有舌人之官，能達異方之志，象胥之官也。據此，南蠻雖鴃舌，中國未有不通其語者也。按：《元中記》：大樹之山，有採華之樹，食之，則通萬國之言。

烏鵲鴉烏

松嘗作《鴉説》，引用曹孟德《赤壁》詩：烏鵲南飛。或謂引誤，蓋烏自烏，鴉自鴉，鴉非烏也。松按：《爾雅·釋鳥》：鸒斯鵯鶋。注：鴉，烏也。《廣雅》：純黑反哺者謂之烏，小而腹下白，不反哺者謂之鴉。《格物論》又云：烏鴉之别名，則鴉原可名烏鴉，而略以大小毛色少别之耳。又按：鵲，有喜鵲、乾鵲、鳷鵲、練鵲之名，而無烏鵲，可知烏鵲非鵲也。且鵲不夜飛，而鴉有夜飛，則孟德所謂烏鵲非鵲，而為鴉烏無疑。烏鵲，實一鳥也。烏而曰鵲者，以烏與鵲毛色、大小相類，故連類而道，猶今俗之謂鵲為鴉鵲也。若謂烏自烏，非鴉；鵲自鵲，非烏，則孟德所見之烏鵲，又有何鳥足以當之？余故謂烏鵲即鴉烏也，鴉有夜飛，鵲無夜飛故也。

過河衣

喪殯，今俗必用過河衣，不知所始。松按：古有魂衣。魯哀公祖載其父，孔子曰：寧用魂衣乎？公曰：魂衣起宛荆，宛荆於山下，逢道寒死，羊角哀迎其屍，恐神之寒，故作魂衣。吾父生服錦繡，死於衣被，何用為此？見《喪服要記》：魂衣，有似今之過河衣，但其為用不同，取義亦别。今過河衣，主人以方尺白布與五作，裁剪如人形，殮時置於殮衣之中，心胸之間。緣俗巫謂人死則魂遊蕩無依，恍恍惚惚，如在夢中。然必須過一河，至河邊，魂照河水，見其影，乃自知死，乃將此衣擲於河，乃得超渡脱凡云，故曰過河衣。按：今過河衣，與古魂衣異，而要皆為殯殮之物也。

壽飯罌

今俗：喪家，有煮壽飯一事，為古昔所無。既殯，主人以糯米升許，錢三十六文，白豆半升，授於收喪之巫，巫即將糯米錢豆置諸小鑊，加水攪勻。子女息婦共挽，出大門外，哭而煮之，謂之煮壽飯。熟，則哭挽而入，置之靈前，巫以刀瓜分其飯，謂之破飯。以碗分盛之，先供諸香火神，次供祖先，次供伴魂童子，次供新靈，靈前先置一罌、一碗酒、一碗糕種、數百紙錢，於是子女息婦内外親以次跪在靈前，撮飯少許入於罌，撮糕少許入於罌，汲酒一杯、燒紙錢數頁入於罌，叩首而興，謂之入飯。畢，以紅綠布封罌，置之靈几下，三虞五虞致祭畢，亦如之。今喪家答諸親戚、兄弟朋友虞奠品物，布帛、瓷器、刀鷄、祭胙而外，必有壽飯一碗，蓋鄉俗以答壽飯為重禮也。然煮壽飯，我邑亦有不同者，大籬圍，則不用子女息婦，而雇一老媪代煮，俗殊事别，自昔皆然。故地不出數十里，而鄉俗有不必盡同者矣。按：《禮記·檀弓》：重主道也。御按重起於殷代，以含飯餘鬻，以鬲盛之，名曰重。今之糧罌，即其遺制。松按：今之壽飯罌，其為用雖不同於重，而有似於糧罌，其糧罌之遺與。

詭

詭，欺也，謾也，詐也，實獸名也。見《獨異志》。《神異記》注曰：西南大荒中有獸，形如兔，人面而能言，心常欺人，言東即西，言南即北，其名曰詭。詭之義蓋取諸此。按：《説文》謳詭非常，詭異也。莊子《齊物論》弔詭。注：至怪也。皆取詭獸之義。

蝗

粵東無蝗，而有白翼，白翼俗亦謂之蝗。松按：郎仁寶《七修》：蝗，昔人謂戰死之士冤魂所化。理或然也。《淮南子》又謂魚子之變。非也，蓋此物畏水，而旱即生。所以雪大，深入於地。浙土亦嘗飛來，亦嘗下子，明年總不生者，江南水田也，豈有魚子畏水者哉？又按：白翼多生於夏時，秋亦有之。白翼之生，夏秋不同。夏時夜雹或雨，則白翼生；炎日中忽雨，謂之白撞雨，雨白撞，白翼死。秋時不然，日，白撞雨，則白翼生；夜雨，俗謂之秋霖，雨秋霖，白翼死。以夏時言，白翼死於白撞，似畏水，而生於夜雨，則非畏水也。以秋時言，白翼生於白撞，似非畏水，而死於秋霖，則又似畏水也。要之，此天災之流行，天生之，必天乃得而殺之，不得實指其所畏，不得確指其為何物所變。若云戰士冤魂所化，方今粵東太平數十百年，不知干戈為何物，何有戰士之冤魂，而白翼則歲歲有之。但害稼有甚，有不甚耳，《七修》之説，未為有理。若云魚子所變，則白翼宜獨生於水田，山田當無白翼也，不知白翼為災，山田尤甚。水田白翼，不過苗弱而穀少，山田白翼，則苗槁而失收。況山田穫後，田輒龜拆，以牛犁之，暴以冬陽，謂之曬冬耕，曬之愈乾，明年禾愈茂，安得有魚子，此説亦非。松嘗聞之，老農曰：白翼害稼，非白翼之能害稼也。白翼空七日則遺卵，三日卵拆而變蟲，蟲啮苗即槁，必以烟骨毒之乃死。而古昔治蝗之法，無有用烟骨者。古無烟，猶可説也。然考之史傳，蝗狀如蜢，白翼狀如燈蛾。燈蛾，即古今注所云之飛蛾，一名火花，一名慕光。謂白翼即蝗，其狀不類，殆非也，俗不識蝗耳。然昔人凡害稼之蟲，皆謂之蝗，則白翼非蝗，亦蝗之屬也。

礬書

松童時，與儕輩玩弄，輒以白礬石磨水，書字於白紙上，乾而視之，絶無字跡，以此紙鋪於水面，或以淡墨塗紙背，其字畢現，以為戲，亦頗不俗。頃讀《鴻書》，有云：金中都被圍，完顏承暉遣人以礬寫奏告急。始知礬書始於金人。然則兒童之戲，未始非軍國之用也，其可忽諸？

露布

《文心雕龍》云：露布者，露板不封，布諸視聽。又云：插羽以示迅，不可使辭緩；露板以宣衆，不可使義隱。《封氏見聞記》：露布者，謂不封檢，露而宣布，欲四方速知，亦謂之露板。魏武奏事，有警急，輒露版插羽是也。可知露布者，書其事於板，以布告四方者也。而後人遂以為布帛之布。晉王擒劉守光，命掌書記王緘草露布，緘不知故事，書之帛，遣人曳之。後魏每戰克，欲天下聞知，乃出帛於漆竿上，名曰露布。故魏高祖車駕南伐，以韓顯宗統大軍，破蕭鸞軍，斬其將高法援等，顯宗至新野，高祖曰：卿破賊斬帥，殊益軍勢，朕方攻堅，何為不作露布也？顯宗曰：臣頃聞王肅獲賊二三、驢馬數匹，皆為露布。臣在東觀，私每哂之。近雖仰憑威靈，得摧醜虜，斬擒不多，脱復高曳長縑，虚張功捷。尤而效之，其罪彌甚，所以斂毫卷帛，解上而已。《通典》曰：後魏攻戰克捷，欲天下聞知，乃書帛建於漆竿之上，名為露布，自此始也。

又《魏・彭城王勰傳》：勰從孝文征沔北，大破崔慧景、蕭衍，帝令勰為露布，辭曰：臣聞露布者，布於四海，露之耳目，以臣小才，豈足大用？又《齊・杜弼傳》：齊神武破芒山軍，命為露布，弼即書絹，曾不起草。俱見《北史》。是露布自北魏而後，皆以布為布帛之布。《續博物志》亦云：露布，捷書別名，以帛書揭之於竿，欲天下知聞也。後魏高祖嘗曰：上馬能擊賊，下馬作露布版，惟孔修之耳，是軍旅也，而兼文學之用矣。然則，魏時露布不必書帛，而亦有書於版者。

松按：東坡《聞洮西捷報》詩露布朝馳玉關塞，注引傅永，傅永，字修期，仕魏，拜安遠將軍鎮南府長史。帝每嘆曰：上馬能擊賊，下馬作露布，惟傅修期耳。此作傅修期，不作孔修之，未知孰是。

又《隋書·禮儀志》：後魏每攻戰克捷，欲天下知聞，乃書帛建於竿上，名為露布。其後相因施行，開皇中。乃詔太常卿牛宏、太子庶子裴政，撰宣露布禮。是露布一事，始則以為攻捷一時之用，至隋則以為軍旅大禮矣。據此露布似專為誇耀武功而設，而抑知不然。松按：露布之名，始於漢。《光武紀》注：漢制度曰制詔，三公皆璽書，尚書令印重封，露布州郡。《祭祀志》注引《東觀書》，有司奏考，順號露布，奏可。

又《後漢書·鮑昱傳》：中元元年，拜司隸校尉，詔昱詣尚書，使封胡降檄。光武遣小黃門問昱有所怪否，曰：臣聞故事，通官文書，不著姓，又當司徒露布，怪使司隸下書而著姓也。帝報曰：吾欲天下知忠臣之子，復為司隸也。注：凡制書皆璽封，尚書令重封，惟赦贖令司徒印露布，布州郡也。又《李雲傳》，桓帝誅梁冀，而中常侍單超等五人專權，雲憂國將危，乃露布上書。注：露布，謂不封之也。魏改元景初，詔曰：司徒露布，咸使聞知。蜀漢建興五年春，伐魏詔曰：丞相其露布天下。可知蜀漢以前，露布皆用之拜官、赦令、征伐、上封事，而非將帥克捷之用也。後魏以為克捷之用，已失其旨。又書帛建於竿上，以布為布帛之布，更失其義矣。按：《初學記》：露布，人多用之，而不知其始。《春秋》佐助期曰：武露布，文露沉。宋均曰：甘露見其國，布散者，人尚武，文采者則甘露遲重，人尚文。據此，北魏露布，取武露布之意，亦未嘗無理。露實甘露，非宣露之露。既借露以為宣露之露，則借布為帛，雖屬附會，亦非無所本也。又《唐書·封常清傳》：常清初投高仙芝，不甚知名。會奚達諸部叛，詔仙芝邀擊。常清於幕下潛作露布，具記井泉次舍，遇賊形勢，克獲謀略，條最明審。仙芝取讀之，皆意所欲出，乃大駭異，即用之。則後世露布，又不必為書捷於帛之名也。

酒帘[1]

酒帘，始於宋人。《韓非子·外儲説》：宋人有沽酒者，懸幟甚高。注：幟，即帘也，亦謂酒旗。《韻會》：帘，酒家幟，又謂之望子。《廣韻》：青帘，酒家望子，古人以尺布為之，或素或青。宋竇華《酒譜·帘賦》：無小無大，一尺之布可成，或素或青，十室之邑必有。今羊城酒樓，以花紅紙作大圓毬，縷剪紙尾，四圍下垂，懸於店門首，此則古酒帘之變制。按：古昔酒帘，多以布為之，今則以紅紙為之，且如毬，其制不同，故其樣亦異。今鄉間賽會，洎演梨園，亦有酒肆，無肆或樹蓑遮，或蓋篷寮以為肆，簷出一横竿，懸油幟一幅，或紅或黄，上書“酒晏常便”四大字，即古酒帘酒旗之遺也。廣俗謂飯為晏，田家晝食，謂之食晏。

酒埕

今人謂酒一罎為一埕，埕音呈。松按：字書無埕字。而罎字，《字典》注：同壜，《集韻》音覃，瓶屬。按：《禮·禮器》：

① 眉批曰：此段恐有不確，似宜删去。此件東西，外江人謂之麵□，如廣東之米辦也，必賣面店，乃得懸此。

君尊瓦甒。注：瓦甒五斗。《儀禮・士冠禮》側尊一甒醴。疏：甒，酒器，中寬下直，上鋭平底。據甒之狀，有似今之埕。然則今所謂埕，當作墰，埕乃墰之訛。又按：《韓詩外傳》：齊桓公置酒，令大夫後者飲一經程。管仲後，當飲一經程，飲其半而棄其半。今俗之所謂埕，豈即管仲所飲經程之程，而俗誤書其字耶？則埕非墰之訛，但字當作程耳。然今埕有大小，大者，受三十斤；小者，受十五斤如十斤。未審當日經程，其量受何如今之埕耳？又按：《羣碎録》：陶人為器，有酒經。晉安人盛酒器，似瓦壺之製，小頸環口修腹，受一斗。據此，經即壺之屬，經程又似是兩器。方桐山又云：經程，寓止酒之義。豈飲一經程者，以一經酒為飲之程式與？果爾，則程非酒器，不得附會以為今酒埕之埕矣。埕當是我廣俗字，然按賀耦耕先生《經世文編》，福建布政使裘公行簡《閩鹽請改收税疏》云：貧民多就地疊土作埂，塾以塼塊瓦礫，名為鹽埕。又云：查海邊居民之埕，即與平民田賦無異。是閩中亦有埕字，且見之奏疏，則埕非我廣俗字。但我廣以為酒器，而閩人以為鹽場，其用有不同耳。

竹布

王符《潛夫論》、《王符傳》注引沈懷遠《南越志》，又嵇含《南方草木狀》洎《元和郡縣志・韶州下》、《唐六典・户部下》云：漳潮等州竹子布。諸書皆云吴越出竹布。《廣輿記》亦云：韶州錦石溪仁化里人，能織竹為布。《東洋列國考》蘇禄編竹為布。

松生長粵東，不聞韶潮有竹布，所見竹布，白如雪，細緻若絲織，皆番舶帶來貨於我粵，番人云此布漬竹椎練紡織而成。暑月衣之，甚輕涼雅潔，第不甚柔軟耳。以竹為布，余初不之信，以為番人誇張其造作之奇，以重其貨價耳。及閱《異物志》，篔簹生水邊，長數丈，圍尺五六寸，一節相去六七尺，或相去一丈，土人織以為布。劉逵注：左思《吴都賦》篔簹引之《竹譜》，篔簹注引《吴録》：曲江縣有篔簹竹，圍尺五寸，節相去六尺，夷人以為布葛。《左賦》又云：其竹桂箭射筒。劉注：始興以南多小桂，夷人織以為布葛，桂竹生於始興小桂縣。大者圍二尺，長四五丈。據此，始興又有桂竹之布。又《廣東新語》：單竹節長二尺，有花穰、白穰之别。白穰篾脆可為紙，花穰柔而軟韌，篾與白藤同功，練以為麻織之，是曰竹布，故曰南方食竹而衣竹。又云：竹布産仁化，其竹名丹竹，亦曰單竹。節長可緝絲織之，名丹竹布，一名竹練布。庾翼《與燕王書》曰：竹練三端，是也。又陳眉公《銷夏部》：簞竹葉疏而大，一節相去六七尺，出九真。彼人取嫩者，硾浸紡織為布，謂之竹疏布。據諸書所載，無論外夷中土，皆有竹可練緝織以為布，是竹實可為布，自昔已然。

余甚不解，今日城市何以並無我中土竹布之價也。今番舶所來之竹布，雖明過離婁，詳察細審，莫辨其經緯之為綿為竹，可謂工巧之至矣。乾隆嘉慶初，此布我粤貴重，逾於緞綢。其後，粤人不尚，今來亦罕矣。又按：左賦：泉室潛織而卷綃。注：鮫人從水中出，曾寄食人家，積日賣綃，綃者，竹孚俞也。竹孚俞薄而脆，亦名曰綃。竹布，其即竹孚俞與?

又顧微《廣州記》：平鄉縣有筤竹，堪作布。松按：《集韻》：筤竹出荔浦，其笋冬生，不謂其堪作布。粤有竹席，細析竹皮織而為之，亦涼滑可愛，但頗競硬，而不甚柔韌，卷舒不善，則有斷折之虞，不知以何竹為之，即古昔之笋席、篾席也。

吉貝

《陔餘叢考》云：《南史·林邑傳》以吉貝為樹。《舊唐書·南蠻傳》則云：吉貝，草，緝花作布，名曰白氎。《新唐書·林邑傳》並不曰吉貝，而曰古貝，謂古貝者，草也。然則《南史》

所謂吉貝之樹，即《唐書》所謂吉貝之草。其初謂之木棉者，蓋以別於蠶繭之綿，而其時，棉花未入中土，不知為木本、草本，以南方有木棉樹，遂意其即此樹之花所織。迨宋子京修《唐書》時，已知為草本，故不曰木而曰草耳。而松考吉貝，原有木本、草本兩種。我粵所種皆草本，歲歲清明下種，小暑大暑收花，樹高不過三尺，花後枝枯，不耐歲寒。今番舶所來之綿花，聞商於夷者云，皆木本，其樹高數丈。雖深山窮谷，人跡罕到，處處皆種。當花熟時，風過綿落，漫山遍野。岩崎道阻，人不及收，遇有疾風霖雨，綿花隨澗溪流出，土夷結竹筏於溪澗之下流，水出筏下，綿泊筏上，每一二日收花，輒得十餘數十擔。其綿花與中土草本同，謂之洋花。其説未知是否。

洋花有兩種，一種綿茸甚硬，名曰硬花；一種綿茸頗軟，名曰軟花。為用各有所宜，作被胎，硬花良於軟花，以紡織，軟花美於硬花，而温煖則不及我粵草本之花。草本之花，種亦來自外夷。大氐草本收綿少而人工多，木本收綿多而工費少，木本耐久，一樹可數十年，草本不耐久，一歲一樹，故外夷不樹草本而專樹木本。

草本吉貝，傳之中土，我廣州多種，木本吉貝，亦傳之中土，聞湖廣多種。今廣州、湖廣吉貝，種雖來自外夷，而綿則皆美於洋花，可知中土土地之饒，非外夷之所及也。粵東不樹木本吉貝，豈地宜草本不宜木本與？嘗聞一族叔云：夷來洋花，閒有去核未淨，嘗將花核種於棧房棄地，一二年，樹高丈許，葉大於草本而無花，似廣州地不宜於木本吉貝。然道光十九年，粵東有木本吉貝。余歸耕十餘年，是年耕人得種，種於圍礐，是年即花，其綿與草本不異，但收花儉於草本太半耳。是粵中非不能植木本吉貝，族叔云無花者，大抵地不當陽耳。《南史·林邑傳》以吉貝為樹，是也。子京《唐書》以為草，不過洵耳目之聞見，止知中土草本之吉貝，而不知外夷之吉貝實木本也。夫中土之吉貝，與木棉種類懸殊，稱名迥別，木棉高數丈，二月花開，紅爛如血，枝勁葉厚，吉貝當暑花盛，葉薄枝柔，花黄樹短。子京修

《唐書》，明明言吉貝草本，何以宋謝枋得《謝劉純父惠木棉》詩云：嘉樹種木棉，天何厚八閩。厥土不宜桑，蠶事殊艱辛。仍謂吉貝為木棉也。又陶九成《輟耕記》：松江烏泥涇，土田磽瘠，謀食不給，乃覓木棉種於閩廣。黃道婆自崖州來，教以紡織，則棉布始盛耳。皆謂吉貝為木棉。方桐山又謂：松江木棉，即攀枝花。此亦不知攀枝花之棉，不可紡織，誤以木本吉貝為攀枝也。《元世祖本紀》至元二十六年，置浙、江東、江西、湖廣、福建木棉提舉司。責民歲輸木棉布萬匹。又英宗至治三年五月，帝御大安園，見太祖遺衣，皆縑素木棉，重加補綴。又文宗大曆二年十月，造青木棉衣萬領，賜圍宿軍。又明《食貨志》太祖立國初，即下令民田五畝至十畝者，栽桑麻木棉各半畝，十畝以上倍之。此皆在唐以後，何以不云吉貝，而皆云木棉。蓋言木本吉貝耳，非攀枝也，桐山之説，謬。史炤《釋文》，又以草本吉貝為木棉，云：木棉江南多有之，以春二三月下種，既生，一月三薅，至秋，生黃花結實，及熟時，其皮四裂，其中綻出如綿。按：史炤所釋，是草本吉貝。故云二三月下種，一月三薅，若木本則不必一月三薅矣。木本吉貝可云木棉，草本而云木棉，失其義矣。方勺《泊宅編》亦以木棉為吉貝。惟高濬《人天祿識餘》辨别最清，最為可據。若彭乘續《墨客揮犀》謂閩嶺號木棉為吉貝，然嶺南鄉土，謂木棉為斑枝花，無以為吉貝者，其説亦謬。今湖廣之木本吉貝，其種不知來自何代，湖省博雅之士，必有能知者。虞文靖謂杜仲即木棉樹，以其有絲。松按：木棉樹皮無絲，更謬。

卷之十

水鷄

趙德麟《侯鯖録》：水鷄，蛙也。水族中厥味可薦者鷄。郭璞注《爾雅》云：土鴨。松按：蛙，今俗謂之田鷄。而海中沙坦蘆葥中有鳥，狀如鷄，而小于鷄太半，脚頗瘦長，見人則走入蘆葥中，蛋人謂之水鷄，肉味甚美。則又有非蛙而名水鷄者矣。今濱水之鄉，蛋船蟻泊，然十蛋九娼，俗謂蛋女之年少而私為娼者，曰水鷄，以其與所私，常在蘆葥間也。是水鷄之名，不一而足。

山祟

狀如鼈，其皮粗而癩，色深黑，生廣西深山溪澗中，味甘美，遠勝於水鼈。前古食品，不載此種，即我粤中，乾隆以前，不登於俎，蓋其形怪，人不敢食。不知近時何人始食而入食品，且以為珍羞，海錯多不逮也。松按：本草有一種山鼈，云有毒，食之殺人，豈山祟即山鼈與？然今羊城泊鄉俗，無人不食山祟，謂其不第味美，而性滋陰，勝於水鼈，不見其有毒殺人，豈山祟别一種介獸，而非山鼈與？松按：《經世文編·唐甄抑尊論》云：昔明顯帝食鼈，庖人進鼈，帝食而甘之，舍箸而問曰：吾聞劉光縉禁鱔鼈之屬，安所得此？左右對曰：取之遠郊。帝曰：自今勿進，此犯御史禁也。此云取之遠郊，郊野無鼊，山鼊又有毒殺人，必不敢以進御，當即山祟也。然則山祟為食品之珍，不自今始，山祟登俎，更不自我粵始矣。山祟非山鼊，又何疑焉。

鰒魚非蠔

《漢書・王莽傳》：莽嗜啗鰒魚。師古注：海魚也。而不言其狀。松按：《廣志》：鰒無鱗，有殼，生而附石，細孔雜雜，或七或九。《後漢・伏隆傳》：詣闕上言獻鰒魚。注：鰒山蛤，偏著石。而江鄰幾《雜志》云：鰒魚今之牡蠣。如江氏云，則鰒魚實今之所謂蠔是也。蠔，《篇海》：蠣也。韓退之詩：蠔相黏為山，百十各自生。注：殼如石，亦曰蠣房。蠣，《廣韻》：牡蠣也。《本草》：今海旁多有之，附石而生，磈礧相連如房，呼為蠣房，今俗呼蠔殼曰牡蠣，以蠔殼疊砌為垣，曰牡蠣墻。然則王莽所啗之鰒魚，即今之蠔耳。松按：我粵蠔生於鹹水，今新安香山有蠔塘，然蠔不附石而生。土人於洋皮斥鹵坦中，取瓦礫，疏疏布列小堆，如蒔秧然，謂之種蠔。一年有乳蠔如小蜆子肉，黏瓦礫中，二年而[①]稍大如黄蜆，三年有過寸者，可取而市價。《酉陽雜俎》：牡蠣言牡，非謂雄也。介蟲中，惟牡蠣是鹹水結成，然則非鹹鹵之坦，則無蠔矣。周密《癸辛雜志》云：余嘗於張稱深座間，有以活鰒魚來獻，其美蓋百倍於乾槁者。考之鰒魚，出殼即死，未嘗有活者，大抵鮮鰒魚耳。《太平御覽》分鰒魚、蠔為兩種。胡公謹云：登州城山出鰒魚。而蠔則必得鹹水始能生育，山間無蠔，鰒魚非蠔，可不辨而知矣。按：《伏隆傳》注：謂鰒為山蛤，偏著石。《前漢・地理志》蠃蛤，注：蛤似蚌而圓。《本草》：山蛤在山石中藏蟄，似蝦蟇而大，黄色，能吞氣，飲風露。據此，鰒魚當是蚌屬，非本草所云之山蛤，山

① “而”字原文似删去。

蛤在石中藏蟄耳，非偏著石也。《國朝詩人徵略》亦云：鰒魚即今海錯中之鮑魚，非蠔也。

鱁鮧非鰾

《嶺南雜記》云：魚膠，大者徑數尺，小者如盤，厚且堅，不知何魚之鰾。或云：齊明帝所嗜鱁鮧即此。王文貞公服之，連舉八子，甚詫其效。松按：《爾雅・釋魚》：鱀是鱁。注：鱀，鱈屬也，體似鱏魚，尾如䱀魚，大腹，喙小鋭而長，齒羅生，上下相銜，鼻在額上，能作聲，少肉多膏，胎生，健啖細魚，大者長丈餘，江中多有之。據此，鱁，即鱀魚也。《本草》：鮧魚，即鯷。今人皆呼慈音，即是鮎魚。《爾雅翼》鮧魚偃額，兩目上陳，口方頭大，尾小，身滑無鱗，謂之鮎魚，言黏滑也。據此，鱁鮧乃魚名，非魚鰾也。青壇以魚鰾為鱁鮧，誤矣。然青壇之誤，亦有故。《類篇》：鰾，魚胞也。《本草》：鱁鮧魚，一名鰾。《本草》云鰾乃鱁鮧之别名，非魚胞，青壇誤以為魚胞之鰾耳。又按《集韻》：鱁鮧，鹽藏魚腸也。齊明帝之嗜非鱁鮧魚，亦非魚胞，乃鹽魚腸耳。魚胞，今俗謂之魚脬，一名玉腴。陶宗儀《輟耕録》、江鄰幾《雜志》云：丁正臣齎玉腴來館中。沈休文云：福州人謂之佩羹，即今魚脬也。今來粤番舶，時貨魚脬，有長至徑尺者，聞是汶魚之脬。而魚脬庖人烹調，皆以作羹，謂之佩羹，不亦宜乎。今醫家謂黄花魚膠，食之令人有子。黄花膠長不過寸餘，若大徑尺之魚膠，皆是洋舶帶來。余所嘗食，未常見其能益人如文貞公服之，生八子之神效也。

剪邊錢

今俗奸民收儥，康熙乾隆之大邊錢。盜剪錢邊取銅以為利，而其被剪之錢，謂之剪邊錢。錢非私錢，而與私錢相若也。其奸有似於漢之摩取鋊。《前漢書・食貨志》云：今半兩錢法重四銖，而奸民或盜摩錢質而取鋊。注：鋊音浴，銅屑也。摩錢漫面以取其屑，更以鑄錢也。《西京黄圖》序曰：民摩錢屑，是也。其後有司言三銖錢輕，輕易作姦，乃更請郡國鑄五銖錢。周郭其質，令不得摩取鋊。今之剪邊，較甚於摩取鋊。摩取鋊，不過摩錢漫面而取其屑，錢不甚損，錢形仍在。若今之剪邊，直損錢四分之一有奇，錢體大虧，不成錢矣。按：乾隆中，户部錢法，有剪邊之禁。則剪邊之姦，不始於今，而盛於今耳。

鬼頭錢

今夷舶所來與中華交易貨物，賣買之銀，形如錢而大，謂之銀錢，又謂曰洋錢。錢面幕其王面，又謂之公頭錢、鬼頭錢。公者以其王而稱之，鬼者漢人謂夷人為番鬼，所以賤之而薄之也。松按：《史記・大宛傳》：安息在大月氏西，旁國或數千里，以銀為錢，錢如王面。王死，輒幕錢效王面焉。前漢罽賓國，市列以金錢為錢文，為騎馬，為人面。夷人用銀錢，幕錢為王面，自昔為然，由來已久。聞今英吉美利堅白頭諸夷，凡來粵貨價之銀錢，皆出於吕宋，故俗謂之吕宋餅，亦幕為王面。可知今銀錢之王面，吕宋王之面也，而中土亦通行者，以其輕薄，易於碎剪，便於用使。非若紋銀一錠數兩，或十兩如二三十兩之厚且重，而碎剪之難也。初則我廣東通行，邇年客蘇州買絲綢緞布，商福建武夷買茶葉，亦皆通流。云夷人又有以黄金為錢，亦幕王面如銀錢，重亦如之，名曰金錢。

鼈魚化龍

鯉魚化龍，人所共稱，而鼈亦能化龍。《三秦記》云：魚鼈上之，即為龍矣，否則點額而還。言鼈化龍，僅見於此。鮪魚亦能化龍。《漢書》：司馬相如《子虚賦》：䱉鰽漸離。李奇曰：周洛曰鮪，蜀曰䱉鰽，出鞏縣穴中，三月遡河上，能渡龍門之浪，則得為龍矣。高誘注《淮南·氾論訓》《脩務篇》，皆有鮪化龍之説。按：《類篇》：鮪，一曰水名。鞏縣西北臨河，有周武山。武王伐紂，使膠革禦之鮪水上，蓋其處也。相傳山下有穴通江，穴有黄魚，春則赴龍門，故曰鮪岫。此謂黄魚赴龍門，是黄魚即鮪魚也。然按陸璣疏：鮪似鱣，而青黑，頭小而尖，似鐵兜鍪，口在頷下，大者為王鮪，小者為叔鮪。鮪狀青黑，則非黄魚矣。松謂：黄魚，即鱣魚也。《爾雅·釋魚》鱣，注云：大魚，似鱏而短，鼻口在頷下，體有邪行甲，無鱗，肉黄，大者長二三丈，江東人呼為黄魚。陸璣疏：鱣形似龍，鋭頭，口在頷下，背上腹下皆有甲。《爾雅》注曰：鱣鮪也，出鞏穴，三月則上龍門，得渡為龍矣，否則點額而還。

按：《説文》：鱣，鯉類。鮪，鮥也。本是二魚。《釋文》鮪似鱣，則非鱣矣。《爾雅》注：謂鱣為鮪，謬矣。《水經注》古耆舊言，有鱣魚奮鰭溯流，望濤直上，至此則爆鰓失濟，因名湍矣。亦言鱣不言鮪，是為龍之黄魚。即鱣也，非鮪也。成公子安《大河賦》：鱣鯉王鮪，暮春來遊。鱣與鮪對舉，則鱣與鮪為兩魚可證。夫《詩》云：鱣鮪發發。《釋魚》：鮥，叔鮪。注亦云：鮪，鱣屬。疏：河南鞏穴，舊説云，與江湖通，鮪從此穴而來，北入河，西上龍門，入漆沮。大氏鮪似鱣故誤以為鮪渡龍門矣耳。又按：《詩》有鱣有鮪，亦鱣鮪對舉。而箋云：鱣，大鯉也。酈氏《水經注》謂鱣渡龍門，而其水名鯉魚，故又謂鱣為鯉。又按《正字通》引《神農書》云：鯉為魚王，無大小，脊旁鱗皆三十六鱗，上有小黑點，文有赤白黃三種。《釋魚》鯉注云：今赤鯉魚，其狀與鱣異。然則今俗所謂鯉魚化龍，亦誤鱣為鯉矣。其實鱣化龍，而鯉不化龍也。《酉陽雜俎》謂：道書以鯉多為龍，故不欲食，非實事也，亦俗見耳。陶宏景云：鯉最為魚中之王，形既可愛，又能神變，乃至飛越山湖，所以琴高乘之。陶言其神變，而不言其為龍，其識卓矣。又按：《釋魚》鯉鱣二字，本相偶，無二名，非鯉名鱣。毛公、《説文》誤謂《爾雅》以鱣釋鯉，遂合鯉鱣為一魚，非也。

又任昉《述異記》：水虺五百年化為蛟，蛟千年化為龍。《抱朴子》曰：有自然之龍，有虵蠋化之龍，則化龍不僅鱣鼈矣。《交州記》：龍門水深百尋，大魚登此門，化成龍。不得過，曝鰓點額，血流此水，恒如丹池。此云大魚。又《東西洋考》：安南有艾山，在嘉興州蒙縣，面臨大江，峭石環立，人跡罕至。相傳上有仙艾，每春開花，雨後漂水，羣魚吞之，便過龍門江，化為龍。尤西堂外國竹枝詞《詠安南》云：二月常開仙艾花。注：艾山有仙艾，仲春開花，雨後花落，羣魚吞之，多化為龍。據此，凡魚皆可化龍，且不必大魚也。又按：《爾雅》鮇鮪疏：鮪，今東萊遼東人謂之尉魚，或謂之仲明。仲明者，樂浪尉也，溺死海中，化為此魚。若鮪化龍，是人化魚，而魚又化龍矣。《古今注》亦合鯉鱣為一魚，曰鯉之大者鱣魚，即今之赤鯉魚也。兖州人謂赤鯉為赤驥，青鯉為青馬，黑鯉為元駒，白鯉為白旗，黃鯉為黃雉。鯉有多種，即謂鯉化龍，而化龍者果何鯉也？鯉鱣之等化龍，而龍又能為鰍、為蠏、為蛇、為蛙、為諸蟲蚓，又能為鯉、為鯨、為蛟，見石公袁宏道《論廣莊齊物論》。又《東坡志林》：扶風太白山神至靈。嘉祐七年，詔封明應公，且修其廟。祀之日，有白鼠長尺餘，瀝酒饌上，嗅而不食。父老云龍也。《埤雅》：《管子》云：夫龍欲小，則化為蠶蠋。此又言龍化為蠶蠋，而《抱朴子》又謂有蛇蠋化成之龍，然則鼠蛇蠋亦有化龍者矣，不惟鱣鼈。或曰：非鼠化龍，龍變鼠耳。夫龍之變化，極怪極奇，不可度思，此龍所以為神也。又按：《宋史・陶弼傳》，弼常行山間，見雙鯉戲溪水上，傍一老父指曰：此龍也。行且鬥，君宜亟去，行百步許，大雷震電，崖岸傾圮，草木盡拔。觀此，俗云鯉化龍，亦非荒誕也。《水經注》引《爾雅》曰：鱣鮪也。按今《爾雅》無此文。

犬性猶佛

《孟子》：然則犬之性，猶牛之性，牛之性猶人之性與？此言畜性人性，不可同日語也。然此不足以言儒之性，而足以言佛性。釋氏常曰：狗子有佛性。

外家

婦人謂父族曰外家，而古昔又有曰外舍者。《後漢書・和熹鄧皇后紀》：后有疾，特令后母兄弟入視醫藥，不限以日數。后言於帝曰：宮禁至重，而使外舍久在内，誠不願也。注：外舍，外家也。而外甥稱舅族亦曰外家。王保定《摭言》：劉得仁，貴主之子，昆弟皆歷貴仕。而得仁苦於詩，出入舉場三十年，竟無所成。嘗自述曰：外家雖是帝，當路且無親。又曰外氏。馮翊《桂苑叢談》：崔膺，博羅人，性狂，少長於外家，不齒。及長能文，首出衆子，作道旁孤兒歌以諷外氏。今俗謂妻父曰外父，妻母曰外母。妻兄弟曰外兄外弟，凡此皆自外舅之外而推之也。《史記》褚少孫補《滑稽傳》，以傳記雜説為外家，則外家又不僅婦人父族之稱也。

大家

古昔大家之稱，不一而足。家之音有二，一音姑，一音加。《漢書》：班昭，博學高才，有節行，兄固著《漢書》，其八表及《天文志》，未及竟而卒。和帝詔昭就東觀藏書閣踵成之，數召入宮。令皇后貴人師事焉，號曰大家，則大家婦人尊女師之稱。又《後漢·虞美人傳》：以良家子年十三選入掖庭，稱虞大家。熹平四年，小黃門趙祐上言：春秋之義，母以子貴。今冲帝母虞大家，未有稱號，無以述遵先世，垂示後世也。帝感其言，乃拜虞大家為憲陵貴人。則大家又為婦人之美稱，而不必尊師也。

又南宋劉裕起兵討逆，同謀孟昶謂妻周氏曰：我決當作賊，幸早離絕。周氏曰：君父母在堂，欲建非常之謀，豈婦人所能諫。事之不成，當於奚官中奉養大家，義無歸志也。大家又婦人尊舅姑之稱。稱姑又有不稱大家而稱阿家者，北齊崔暹子達拏，尚樂安公主。顯祖嘗問公主：達拏於汝何似？答曰：甚相敬重，惟阿家憎兒。顯祖召達拏母入內殺之。又范曄臨刑，妻曰：阿家莫惱。凡此之稱，家皆音姑。蔡邕《獨斷》親近侍從，官稱天子曰大家，宮人稱天子亦曰大家。宋仁宗遊後苑還宮，索漿甚急，宮嬪曰：大家何不於外宣索。則大家又為近侍宮嬪尊天子之稱。

又凡男子之尊稱亦曰大家。《北齊·神武紀》：神武獵於沃野，見一赤兔。每搏輒逸，逐至迴澤，澤中茅屋有狗出噬之。神武怒，以鳴鏑射之，狗斃。屋中二人出持神武襟，甚急，其母出呵其二子曰：何故觸大家，出甕中酒以待客。又爾朱兆因神武奪爾朱榮妻鄉郡公主馬，疑神武叛。因輕馬渡河謝，遂授刀引領，使神武斫。神武大哭曰：自天柱薨，背賀六渾，更何所仰，願大家千萬歲，以申力用。今旁人構至此，大家何忍復出此言。兆投刀而盟。是同官相尊亦稱大家。

凡此之稱，家皆音加。則大家，不專為婦人之稱矣。松按：大家，乃尊稱女子之辭。今俗稱未出閣女子曰姑，以其行，長女曰大姑，次女曰二姑三姑。姑字當作家，音姑，音同字誤耳。俗舅姑稱子婦曰家，亦以其行，長子婦曰大家，次曰二家三家。家音加，家本古昔之尊稱，而今俗以尊呼卑亦曰家，大與古異。或曰：俗稱未嫁女子曰姑娘，舅姑稱子婦曰家嫂，稱姑不稱娘，稱家不稱嫂，省文耳。家即室家之家，非古稱大家之意，説亦近理。然男子亦稱家，音加。《後漢・王常傳》：光武於大會中，指常謂羣臣曰：此家率下江諸將，輔翼漢宣，心如金石，真忠臣也。此所云家，猶今俗謂人自成一家之家，大氐漢時俗諺耳。今俗婢僕稱小主人亦曰某姑。男子稱姑，此不可解。或曰：姑本女稱，男孩稱姑，子作女看，欲其粗賤易養耳。

一金一端束帛

一金，非一兩金也。莊子《逍遥遊》：不過百金。注：百金，金方寸，重一斤，為一金，百金百斤也。又《史記》注臣瓚曰：秦以一鎰為一金，漢以一斤為一金，鎰者二十四兩，斤者十六兩也。松按：鎰無定兩。《孟子》：雖萬鎰。注：鎰二十兩也。鄭康成曰：三十兩，斤亦無定兩。《正字通》或曰古十兩為一斤。《兵法》：興師一萬，日費千金。燕昭王以千金養士，皆此數也。蜀文谷《備忘小抄》又云：四兩為一斤，布帛之一端，非一匹。《禮記》疏：束帛，十端也。丈八尺為端。《小爾雅》倍丈謂之端，倍端謂之兩，倍兩謂之匹。據《小爾雅》，則二丈為端，八丈為匹。《左傳》幣錦二兩，注：二丈為一端，二端為一兩，一兩一疋也。《左傳注》亦以二丈為端，與《禮記》疏異。《説文》匹四丈也。《前漢・食貨志》布帛廣二尺二寸為幅，長四丈為匹。是《左傳》、《説文》、《漢書》皆以四丈為匹，六朝亦以四丈為匹。宋沈廣之夢得絹二匹，曰：兩匹八十尺，我當八十而終。兩匹八十尺，即一匹四丈也。與《小爾雅》八丈為匹不異。而《正譌》云：四丈則八端。故从儿从匸，象束帛形，五八中四。是又以五尺為一端，又與《禮記》注、《小爾雅》異。

今代布帛不言端而言匹，匹之丈尺，無有定數。來粵蘇布，多一丈八尺如二丈四尺為匹，邇年又有加長者。紬緞多以合裁袍褂丈尺為式，而又有以五丈九丈為匹不等。其實無有定式，我粵亦然。凡綿麻布，大略以十丈為匹，而亦有七丈八丈十五六丈為匹者，亦無一定之數也。夫一代自有一代之制，三代之禮，亦有因革，而況布帛尺式之么麼乎。束帛，亦非一匹帛，五匹帛也。《禮雜記》：納幣一束。注：束有五匹。《公羊傳》乘馬束帛，謂玄三纁二，玄三象天，纁二象地。洪容齋《五筆》：束帛卷其帛為二端，五匹遂見十端。此亦與《禮記》疏異。疏云：束帛十端，丈八尺為端。則其為帛一十八丈矣。容齋云卷帛為二，五匹遂見十端。是端不以丈尺言，以帛之裝束言也。凡此皆所記異辭，未知孰是，録之以折衷博識。

大兩大斤大斗

古二十四銖為兩，十六兩為斤，然有小兩大兩小斤大斤之別。《唐六典》：凡權衡以北方秬黍中者，百黍之重為一銖，二十四銖為兩，三兩為大兩，十六兩為斤。凡積秬黍為度量權衡者，調鐘律，側晷景，合湯藥，及冠冕之制則用之，内外官司悉用大者，是以一兩為小兩，三兩為大兩也。齊以古稱一斤八兩為一斤，開皇以古稱三斤為一斤，此大斤也。杜氏《通典》載諸郡土貢：上黨郡貢人參三百小兩，高平郡貢白石英五十小兩，濟陽郡貢阿膠二百小斤，鹿角膠三十小斤，臨封郡貢石斛十小斤，南陵郡貢石斛十小斤，同陵郡貢石斛二十小斤。所云小斤，即十六兩也，所云大兩大斤，其實皆小兩小斤而三之也。古醫藥方中有云：一大兩者，即今之三兩也。

今我粵羊城鋪肆，晨夕市價魚菜，用小短稱。每司馬稱一斤，小稱得六兩。即古大兩大斤之遺也。而鄉間虛場市井，大行小販，無有用之者。即羊城各貨行，洎諸欄店棧賣買亦置不用。夫唐大小並用，貢物中而用小斤小兩，美矣。然此皆醫藥之物，而內外官司仍悉用大者。今惟鋪肆市買魚菜小稱，乃用大兩大斤。然小民販價，因稱成價，輸虧無幾，非如官司稅斂，不得與之較也。雖然，曷若並鋪肆市買魚菜皆不用大之為畫一也。大斗，顧氏《日知録》云：《漢書・貨殖傳》：桼千大斗。師古曰：大斗者，異於量米粟之斗。是漢時已有大斗，但用之量麄貨耳。松按：今之桼價，其直常過於米粟，不得謂之麄貨，余謂貨桼。本貨桼樹之汁，故用斗以量，以為輕重多寡之數。所謂大斗者，乃桼商所制，用以量桼。然祗以之量桼，餘貨雖麄不用，非謂其貨麄，故置此大斗也。猶今虛市灰鋪量灰之斗，量蜆殼之斗，其大四倍於米斗。而量灰量殼之外，無所用之也，不得以大斗病漢也。

食酒

飲酒謂之食酒，見《漢書・于定國傳》：定國食酒，至數石不亂。注：如淳曰：食酒，猶然喜酒。師古曰：若伊如氏之説，食字當音嗜，此説非也。食酒，謂多飲費盡其酒，猶云食言焉。松謂此説亦非也，食言之食，吐而復吞也。《書・湯誓》：朕不食言。《左傳・僖公十五年》：我食吾言，背天地也。皆取吐而復吞之義。按《左傳・哀公元年》：伍員曰：後雖悔之，不可食已，食消也。食酒之食，解當作消，言能消酒也。若謂能多飲費盡其酒，則止食酒二字，便足見于公之善飲，何必下文又言至數石耶？然則食飯亦可作能多食費盡其飯解耶？夫啖飯肉則謂之食，啜湯水則謂之飲，然粥、湯類也，而亦謂之食。《禮》：既殨食粥。今人飲粥亦曰食粥，飲藥曰食藥，食酒當是漢人諺言，不必紛紛曲解。師古費盡其酒猶云：食言之説，亦有所本。《爾雅・釋詁》食，譌也。疏：言而不行，如日之消盡，故通謂譌言為食言。食作廢盡解本此。按《論語》：沽酒市脯不食。則酒言食，春秋時已云然，不始於漢。然則柳子厚敘飲云：吾病痞不能食，至是醉焉。昔人謂其本之《漢書・于定國傳》，亦非也，本之《論語》耳。

著襪

袒裼裸裎，古以為非禮；襪不露足，今以為莊肅。然漢魏之人，平居亦多不著襪，故吴賀邵為人美容止，坐常著襪，希見其足，當時以為稱。今羊城仕宦與富商巨賈、紈絝子弟，多有自少而壯而老，未嘗一日不著襪者，此雖侈汰餘習，而此一事，似勝古人。惟袒裼裸裎，當暑則日常數四，忸忕而莫之怪。何異察察齒決，而放飯流歠也。宋趙元晉《養痾漫筆》云：真宗久無嗣，用方士拜章至上帝所，有赤脚大仙微笑，上帝即遣大仙為嗣。仁宗在禁中，未嘗鞋襪，惟坐殿方御鞋襪，下扆即去之。然則古賢天子，亦有燕居不常著襪者矣。

然古昔以脱襪為禮。按：《左傳・哀公二十五年》：衛侯為靈臺於籍圃，與諸大夫飲酒，褚師聲子襪而登席，公怒。辭曰：臣有疾，異於人，若見之，君將嗀之，是不敢。公怒，大夫辭之，不可。褚師出，公戟其手，曰：必斷而足。是春秋時，以脱襪為禮。聲子有足疾不脱襪，衛侯怒猶不釋，其禮重矣。杜注：古者見君解襪。《潛邱劄記》云：按陳祥道《禮書》，謂漢魏以後，朝祭皆跣襪。又謂梁天監間，尚書參議按禮跣襪，事由燕坐。今極恭之所，莫不皆跣。清廟崇嚴，既絶常禮。凡有履行者，應皆跣襪。蓋方是時，有不跣襪者，故議者及之，可見六朝時猶然。而尤妙者，在按禮跣襪，事由燕坐二語，古祭不跣，所以主敬。朝不脱履，以非燕坐。故惟登坐於燕飲，始有以跣為歡，後則以跣示敬，此亦古今各不同處。因怪杜注見君解襪，見君字不確，須易為古者燕飲解襪耳。又考《漢・哀帝紀》：中山王賜食於前，後飽，起下，襪係解。此賜食也，非燕飲比，故襪尚存。又按：《文選・東都賦》注引薛君韓詩章句曰：飲酒之禮。下跣而上坐者謂之宴。《左傳・宣公二年》：晉侯飲趙盾酒，其右提彌明趨登曰：臣侍君宴，過三酌[①]爵，非禮也，遂扶而下。服虔本作遂跣而下。注：趙盾徒跣而下走，可知盾侍君宴。跣而上堂，知有變，急不暇襪。故跣而下，此又足為春秋時燕飲解襪之證。

松按：跣足與跣襪不同。跣襪，則脱履耳，而跣足則並襪而脱之也。古昔燕飲，以跣足為歡，其事不雅。以跣足示敬，類於袒裼，何敬之有？今安南夷，無論上下皆跣而不襪，以跣足為敬，其殆近於夷禮與。《元史・安南傳》：俗無陰晴，俱戴笠。見貴人長者，則以脱笠為敬。今英吉美利堅花旗白頭諸夷，皆以脱帽為敬，其脱襪之類與。

又按：《明史・禮志》：洪武二十六年，令文武官於奉天、華蓋、武英等殿奏事，必著履鞵，方許入殿，違者治罪。可知明以前與洪武初，有脱履鞵跣襪入殿者，故有是令。今代臣子上朝，無不著靴，無跣韈者。然則著靴上朝，始於今代與。又按：《隋書・禮儀志》：惟褶服以靴。靴者，履也，取便於事，施於戎服。《北周・武帝紀》宣政元年，平齊之役，見軍士有跣行者，帝親脱靴以賜之。此足見古者靴為戎服之證。然則《明志》所云履鞵者，履鞋連言，則非今之靴也。洪武三年，令庶人鞾，不得裁制花樣金線裝飾。二十五年，民間製鞾，巧裁花樣，嵌以金線藍條。詔禮部，嚴禁庶人不得穿鞾，止許皮札翰。惟北地苦寒，許用牛皮直縫鞾。二十五年，令文武官父兄伯叔弟姪子皆許穿鞾，見《輿服志》，是明制品官始著鞾，庶人不得穿鞾，今士

① “酌”字原文似删去。

庶皆得穿鞾，其便民甚矣，且無論品官士庶，鞾皆以玄青素緞為之，無有花樣金線之飾，洵為質而得其中者也。又洪武六年，定文武官禮鞵，先是百官入朝，遇雨皆躡釘鞾，聲徹殿陛，侍儀司請禁之。太祖曰：古者入朝有履，自唐始用鞾，其令朝官為軟底皮鞵，冒於鞾外，出朝則釋之。

今入朝著鞾，實因唐制也。然按《南史・恩幸傳》：簡文帝立，中書舍人嚴亶，學北人著靴上殿，無肅恭之禮。據此，入朝著靴，始於北朝，而不始於唐矣。《明・輿服志》又云：狀元冠服，有朝鞾氊韈，皆御前頒賜，上表謝恩日服之。據此，明朝著鞾入朝，惟狀元謝恩始用耳。又按《魏志》：建安二十一年春二月，公還鄴。裴松之注《魏書》曰：甲午春祠，令曰：議者以為祠廟上殿當解履，吾受錫命，帶劍不解履上殿，今有事於廟而解履，是尊先公而替王命，敬父祖而簡君主，故吾不敢解履也。據此，漢魏時朝祭皆解履跣韈，此陳氏禮書之所本。《南史・宋江夏王義恭傳》：義恭奏陳貶損親王之格九條，有司更加附益，凡二十四條，中有國官正冬不得跣登國殿一條，是南宋梁時，猶以跣韈為尊禮也。又按：《徐孝嗣傳》：孝嗣尚康樂公主，拜附馬都尉。泰始中，以登殿不著韈，為御史蔡準所奏，罰金二兩。不著韈，則是跣足，古有燕坐跣足，無登殿跣足之禮，故罰之也。《明・禮志》又云：洪武八年，詔翰林院臣考定大祀登壇脱舄之禮，學士樂韶鳳言，漢魏以後，朝祭則跣韈，惟蕭何劍履上殿。《宋・南郊》：皇帝至南階脱舄升壇，入廟脱舄升殿。梁太廟中，皆跣韈。《唐・禮志》：羣臣朝賀，上公一人詣西階脱舄解劍，升御座前跪賀，畢，降階佩劍納舄，燕會應升殿者禮同。宋《開寶通禮》：太廟晨裸饋食，並禘祫，皇帝至東階解劍脱舄。仁宗時，朝賀，脱劍舄以次升殿。又宋敏求詳定朝儀，太尉、中書令、門下侍郎，解劍脱舄，以次升賀，訖，降階佩劍納舄。今議於郊祀廟享。前期一日，有司以席藉地，設御幕於壇東南門外，及設執事官脱履之次於壇門外西階側。祭日，大駕入幕次，脱舄升壇。其升壇執事，導駕贊禮讀祝並分獻陪祀官，皆脱舄於外，以次升壇供事。協律郎、樂武生，依前跣襪就位。祭畢，降壇納舄，從之。嘉靖十七年罷其禮，據此朝祭脱舄。自古為然，至嘉靖而始罷也。又按：賈逵《國語》注：不脱屨升堂。《漢書》曰：祓蘭堂。見《文選》張衡《南都賦》宴於蘭堂注。蓋古昔以履舄踐地為不潔，故祭祀升堂，皆以脱去為敬也。祓者祓其不潔也，跣襪者，非跣足，脱舄而不脱襪也。以襪踐席，故曰跣也。

今制以靴為貴賤通服，故無論大朝祭、大宴享，皆得著以將事。既不泥往古跣足跣襪之儀，又不襲明代官韡民韡之例。所謂禮無今古，輒與時為變通，制有廢興，每沿事為因革，至聖從周，當王者貴也。夫脱舄之禮，以舄不潔，脱之所以致潔，其理則是。但脱舄納舄，文繁節縟。且朝祭宴享，凡臣子得與者，莫不濟濟衣冠，如皆脱舄跣襪，有何雅觀？曷若咸易新靴，事簡而禮易。庶幾升降殿壇，致潔而雅觀之為得禮之宜也。又按：襪本作韤，又作絉，《類篇》：足衣也。《續漢・禮儀志》：絳絝絉。《淮南子・説林訓》：鈞之縞也，一端以為冠，一端以為絉。冠則戴致之，絉則蹙履之。又作袜，《玉篇》：脚衣。漢《雜事秘辛》：約縑迫袜，收束微如禁中。又作韈、帓，字皆從末。《釋名》曰：韈者，末也，在足之末也。按：韤，《説文》：足衣，从韋蔑聲，古以皮為之。徐鉉曰：今俗作韈，非是。然《韓非子・外儲説》，文王韈繫解，因自結，字作韈。松謂：革亦皮也，从革未嘗不可。徐説似泥，《廣韻》或作韈、襪，《集韻》或作韤、靺、絉、妹、袜、帓。韤从韋从革，是古人之韤，以皮為之。可知今俗之緞襪、紬襪、布襪，皆後人踵事而增，非古也。

即元

今俗凡文童生員，當應試之年，戚友書札往來，皆稱即元。此即字本之唐人，唐人稱登榜人為先輩。《摭言》云：牛僧孺應舉時，韓愈、皇甫湜往見之於青龍寺，呼為即先輩，此今俗即字之所倣。鄉科有解元，稱即元是矣。而童子試亦稱元者。蓋縣府試皆有案首，俗謂之案元，故亦稱即元。

萬福

演梨園，凡婦人與婦人相見，洎卑幼見尊長，下賤見尊貴，皆稱萬福。然萬福之稱，宋時以之奉至尊。按宋朝儀，凡上壽賀正旦、冬至、朔望與朝辭，班首皆奏聖躬萬福。凡賜茶，亦引北面躬身奏聖躬萬福。見陳隨《隱漫録》。是萬福之稱，原古昔臣下頌至尊之辭，後婦女緣以為稱，不知所始。又按韓退之《與孟尚書書》有云：伏惟萬福。萬福二字，大氐當時往來問候之通辭，宋時乃以之奉至尊耳。《通雅》云：勝常猶萬福。《老學菴筆記》：王廣津《宫詞》云：見人忘卻道勝常，猶今言萬福也。《前輩尺牘》有云：專候勝常者。勝，平聲，今俗卑幼候問尊長曰納福。按《書・洪範》：次九曰五福，萬者數之極。故臣下以之奉至尊，卑幼以之奉尊長耳。

萱堂

《野客叢書》：今人稱母為北堂萱。蓋祖《毛詩・伯兮》詩：焉得諼草，言樹之背。按：諼草忘憂。背，北堂也。其意謂君子為王前驅，過時不返，家人思念之切，安得諼草種於北堂，以忘其憂。蓋北堂幽陰之地，可以種萱。初未嘗言母也，不知何以相承為母事。借謂北堂居幽陰之地，則凡婦人皆可以言北堂，何獨母哉？傳注之學，失三百篇之旨。袁簡齋曰：《毛詩》：焉得萱草，言樹之背。注：背，北堂也。後人因北堂，遂以萱堂稱母，原屬附會。按：《珍珠船》云：萱草，妓女也，人以比母，誤矣。吴普亦謂萱為妓女花，松謂此特嫌其同名耳。然萱草於母，實有取義也。《本草》：萱花，宜懷姙婦人，佩之必生男，故名宜男。《毛詩注疏考證》亦云：萱草一名宜男，一名鹿葱，宜男又作萱萸。《玉篇》：宜男草，即鹿葱也。

松按：《風土記》：宜男草，高六七尺，花如蓮，婦人佩之必生男。而鹿葱高不過三尺，無六七尺之高，花又不如蓮，是宜男草與鹿葱異，究不知萱草為今之何草。今俗婦人亦無佩鹿葱必生男之説，《注疏考證》似謬。

《覆瓿集》又云：唐人堂階萱草之詩，乃謂思其子。有憂而無歡，雖有忘憂之草，亦如無見，非以萱比母也。按：醫書萱草一名宜男，以萱論母，義或本此，夫既曰宜男，非母而何，故以萱言母。《明史·諸王傳》：汧陽王誠洌以孝聞，母馬妃早卒，以不逮養。追服衰，食蔬者三年，雪中萱草生花。咸謂孝感所致，亦以萱為孝母之瑞。安得以偶爾之妓名，而遂謂其稱之誤耶？是萱草自有母義，何必泥於《詩》之萱草耶？父母稱高堂，故稱母曰萱堂，又何必泥於《詩》注之北堂耶？簡齋之説，泥謬孰甚。《西溪叢語》又云：今人多用北堂萱草於鰥居之人，以其花未嘗雙開故也。據此，似與母義無關，不可以為比。然既名宜男，便有母義。且鰥居之婦，前不必無子，《凱風》之詩足證也。北堂萱堂，雖稱於鰥居之人，而實以有子而稱也。萱堂者，對子而言也，非鰥居即稱之為萱堂也，又何必泥花不雙開為鰥居之義耶？西溪亦誤，萱草，《詩》作諼草，傳云：令人忘憂，又作藼。《説文》：藼，令人忘憂草也。《詩》曰：焉得藼草，重文作萱。《文選》注引《詩》作焉得萱草以忘憂。嵇康《養生論》：合歡蠲忿，萱草忘憂。任昉《述異記》謂，吴中書生呼萱草為善[①]療愁花。松謂婦人多憂思之疾，惟萱可忘憂。憂忘則婦人悦樂而有子，以萱言母，在母則無憂思之疾，在人子亦喜母無憂疾而順也，此母稱萱堂之義也。

---

① “善”字原文似删去。

陸德明又謂萱為善忘之草。李氏黼平《毛詩紬義》云：焉得諼草，《釋文》或作蕿，令人善忘。《爾雅·釋訓》萲字下，《釋文》引此詩云：焉得萲草。《毛傳》云：萲草令人善忘。毛氏、陸氏俱作善忘，今本作忘憂，非矣。但箋云憂以生疾，恐將危身，故欲忘之。是鄭箋《詩》時，已作忘憂，故箋申之如此。《正義》述傳則謂欲得令人忘憂之草。合三説校之，從《正義》作令人善忘憂為得也。《玉篇》蕿云：令人善忘憂草。崔豹《古今注》引董仲舒云：欲忘人之憂，贈之以丹棘。則忘憂之物，又不僅萱草矣。趙雲崧《陔餘叢考》曰：萱草之詩，戴埴鼠璞以為此因君子行役，而思念之辭，與母何與？吕藍衍亦謂《詩》注藼草可忘憂，背乃北堂也，詩意並不言及母，不知何以遂相承為母事也。

按：古人寢室之制，前堂後室，其由室而之内寢，有側階，即所謂北堂也。見《尚書·顧命》注疏及《爾雅·釋宫》，凡遇祭祀，主婦位於此。主婦，一家之主母也。北堂者，母之所在也。後人因以北堂為母，而北堂既可樹萱，遂稱曰萱堂耳。此説亦好，足釋戴埴之疑。李太白《贈楚司空》詩：北堂千萬壽，奉侍有光輝。亦以北堂稱母。又按：萱與諼同忘也，故萱草取其能忘憂，又曰忘歸草。《文選》陸士衡《贈從兄車騎陸士光》詩：安得忘歸草，言樹背與衿。注：衿猶前也，昔人云諼草，只取能忘，故云忘憂忘歸皆可。又按：不特草有忘憂，而木亦有令人不怒不迷者。《山海經》：少室之山，有木焉，名曰帝休，狀如楊，其枝五衢，黄花黑實，服之不怒。又云：南山之首，山曰鵲山，有木焉，狀如穀而黑，其花四照，名迷穀，佩之不迷。見《文選》王簡栖《頭陀寺碑》：九衢之草千計，四照之花萬品。注：不第木有令人不怒不迷，而草又有令人釋勞者。王朗《與魏太子書》云：萱草忘憂，皋蘇釋勞，無以加也。皋蘇，草名，能釋人之勞，猶萱草能忘人之憂也。《酉陽雜俎·廣動植》云：檳榔扶留，可以忘憂。則草之忘憂，又不僅萱也。

壽堂

俗稱人之母曰壽堂，向不知所始。松按：壽堂，即漢壽冢之意。《東坡志林》詩云：穀則異室，死則同穴。古今之葬者，皆為一室，獨蜀人為同墳異葬。其間為通道，高不及眉，廣不容人。生者之室，謂之壽堂。以偶人被甲執戈，謂之壽神以守之。而以石甓塞其甬道，既而葬則去之。蜀人之葬，最為得禮，然則所謂壽堂者，近於死事，乃不祥之稱。今俗以之稱人之母，殊屬不檢，且古不論男女同墳，生者之室，即謂之壽堂，今專以屬婦人，亦習而不察。又按陸士衡《輓歌》云：壽堂延魍魎。注：壽堂，祭祀處也，言既死，於祭祀之處獨相處魑魅耳。林逋又有《壽堂詩》云：湖外青山對結廬，墳前修竹亦蕭疏。茂陵他日求遺稿，猶喜曾無封禪書。此直以為邱墓祭祀之所，不僅近於死已也。

廣州俗謂壽冢曰壽基。漢光武建武二十六年，初作壽陵，集覽帝生前預作陵墓曰壽陵。按：古昔凡預死備物皆曰壽。《後漢・孝崇匽皇后傳》：后元嘉二年崩，斂以東園畫梓壽器。注：畫梓壽器，梓木為棺，以漆畫之，稱壽器者，欲其久長也，猶如壽堂、壽宮、壽陵之類也。趙岐亦自為壽藏。壽藏，壽冢也，藏冢而曰壽者，恐其不壽，以壽名之而祝之也。壽堂又曰明堂。《范冉傳》：冉卒，臨命遺令敕其子曰：其明堂之奠，乾飯寒水飲食之物，勿有所下。注：明堂，神明之堂，謂壙中也。松謂今俗稱人之母曰壽堂者，即《詩》“俾爾壽而昌”之“壽”，所以祝其母眉壽無有艾也。各有取爾，不得以古有壽冢、壽器之稱為嫌也。

卷之十一

索婦

《老學菴筆記》：今人謂娶婦為索婦，古語也。孫權欲為子索關羽女，袁術欲為子索呂布女，皆見《三國志》。又《隋書·太子勇傳》：獨孤后曰：為伊索得元家女。今粵東土俗，惟順德人謂娶婦曰索婦，又曰索親，餘皆曰娶婦。夫男以女為室，女以男為家。按：《書·牧誓》：牝鷄之晨，惟家之索。傳云：索，盡也。疏曰：《檀弓》離羣索居。鄭云：散也，物散則盡，故為盡也，則娶婦言索。大非吉徵，即以孫權、袁術之為子索婦，亦終無成，不得偕老。畢竟言娶婦為吉，雖然，不足泥也。今順德土俗，無人不云索婦，而夫妻諧老、兒孫林立者，不可勝數，又曷足以為忌耶？

荷惠[①]

廣州俗娶婦，詰朝新婦拜翁姑，奉鞋、裙、襪、袴、荷包、

---

① 原文此段眉批曰：此段雖能引□，亦似臆斷，不如刪去。或曰荷音賀之聲，荷、惠二字，就受者言之也。荷惠宜就餽者言，楚師就受者言，故有疑於此，不知名物皆從其本，不言餽而竟言受，是從末也。此則頗有深意。

洋巾、烟袋諸物事以為贄，伯叔親戚亦然，謂之荷惠。荷惠二字，不知所始。松謂：荷，荷囊，今曰荷包。《爾雅・釋言》：惠，順也。《詩・邶風》：惠然肯來。毛傳：時有順心也。荷惠云者，古者朴儉，新婦初歸，惟奉荷囊于翁姑以為孝順也。按《儀禮・士昏禮》：婦執笲棗栗，自門入，升自西階，進拜奠于席。今之荷惠，即古執笲棗栗之儀。荷包，或謂即古之傍囊。《文獻通考》：漢世著鞶囊者，側在腰間，或謂之傍囊，或謂之綬囊，又曰荷。《隋書・禮儀志》：百官朝服，綴紫荷。録令左僕射左荷，右僕射右荷。荷，即荷囊也。

松按：今俗荷包，皆綴于絝帶，著於腰間者，則謂之腰包。腰包即古之傍囊，而荷包之名，則又倣於隋時之荷，而變通其用者也。

屍解

仙道有屍解之法，有死而更生者，有斷頭已死乃從旁出者，有死畢未殮而失骸骨者，有形猶存而無復骨者，有衣在形去者，有髮既去①脱而失形者，此之謂屍解。屍解之外，又有所謂火解、兵解。《録形神經》云：以藥塗火炭，則他人見形而燒死，謂之火解。以一丸和水而飲之，抱草而卧，則他人見已傷死於空室中，謂之兵解。又以録形靈丸，以合唾塗所持杖，與之俱寢，三日則杖化為己形在被中，自徐遁去，傍人皆不覺知，此又在兵解、火解之外者。《漢書・費長房傳》：長房遇壺翁，壺翁以竹代長房死，即此術也。

① “去”字原文似删去。

口讖

曙後一星孤，昔人謂为崔曙口讖。余少與族姪孫綸勳同筆硯，從孝廉李麟閣名奇先生遊，館于羊城汾陽書室。七月館課《織女渡河賦》，勳賦中有云：覽娥女而思悲。時勳猶未娶。館朋咸戲謂勳口讖，明年勳果抱病。大劇，倉卒營娶，三朝而勳卒，吉凶先見，倘其然乎？綸勳即矩亭之胞長兄也。又房姪武生筠，外字金臺。道光十六年二月，南岡夾字對社，出深寒二字。金臺云：深夜高飛雁影寒。社列第七，是年十一月内人棄世，亦口讖也。

鼻涕蟲

廣東有一種蟲，長寸許，大如小筆管，色白。遍身皆涎，蟲行處輒有涎跡。生陰濕處，俗名鼻涕蟲。松按：《續博物志》云：泥壁未乾，揮涕其上，陰雨中化為蟲。狀如蚓，此即俗之所謂鼻涕蟲與。然今鼻涕蟲卵生，不由揮涕。豈其始由揮涕，而後即卵生與①，如虱之類與？按：鼻涕蟲，可入醫藥，已咳嗽痼疾，以産於荔枝樹者為佳。取蟲貯以濕盤三二日，使吐盡宿穢。再以鷄蛋一枚，穴一孔，納蟲七枚于中，封以濕紙，置熾炭煨熟，服之。三次即痊，不再發。此方傳自省城一油漆匠，少膺嗽疾，百藥不效，至背隆駝。服此蟲三次愈，後永不嗽，惟背駝依舊耳。

---

① “與”字原文似刪去。

角彭魚

狀如蒲魚，目上兩角，大口。其大者廣數畝，小亦數百斤，有羣小魚處其兩鰓。角彭飢，則出羣魚为媒以致食，張口。小魚羣出泳游，魚欲啖小魚，小魚反奔，入角彭口。魚尾小魚，與之俱入，角彭吸而吞之。又復出游，角彭饜飽，則不復張口。而小魚涵濡卵育于兩鰓間，與角彭相終始。角彭死，腮間小魚，五七日尚不斃。名曰角彭，亦海中之奇魚也，小魚狀如烏魚。道光七年夏，漁人偶得一頭，粥[①]于澳門之市，人罕有識之者。老漁云：去萬山三五更水程，大洋中則時有之。

松按：角彭之名，不知何所取義，而角彭之狀類蒲魚，大抵本名角蒲。蒲而曰角者，以其目上有角，故以角名耳。蒲彭音近，故漁蛋訛蒲為彭。

魚膾

劉熙《釋名》云：膾，會也。細切肉令散，分其赤白。異切之，已乃會合和之也。赤謂肉之精者，白謂肉之肥者。先分切而後合之，所以為會。朱子云：牛羊與魚之腥，聶而切之為膾。松按：古之為膾，細切肉為絲也。《禮記》：肉腥，細者為膾，大者為軒。《少儀》：聶、切。注：聶之言牒也。先藿葉切之，復報切之，則成膾也。注云：聶切而復報切，非為絲而何？故《説文》曰：膾，細切肉也。傅玄《七謨》：膾錦膚，臠班胎，飛刀浮切，毫分縷解。松按：我粵少食牛羊之膾，而所嗜膾食，皆是魚膾，皆去皮薄切為片，味甚甘爽，為海羞之最。若細切如

① 粥，疑為“鬻”。

絲，則黴韌而不爽。不解古人何以作此切法。或曰：牛羊之肉乃細切耳，魚則未必然也。

松按：潘岳《西征賦》：華魴躍鱗，素鱮揚鬐。饔人縷切，鸞刀若飛。潘尼《釣賦》：乃命宰夫，膾此潛鱗，電剖星飛，芒散縷解。傅毅《七激》：涔養之魚，膾其鯉魴，分毫之割，纖如髮芒。杜甫詩：鮮鯽銀絲膾。《西征記》：鱸魚色鮮盤玉縷。耶律楚材詩：絲絲魚膾明如玉。則知魚膾亦細切如絲，至元猶未改也。《釋名》又云：膾，細切猪羊馬肉使如膾也。是古人有食馬膾者矣。按：古人作膾，不多用副菜。《禮・内則》：膾，春用葱，秋用芥；春用韭，秋用蓼。又曰：魚膾芥醬，不過葱芥韭蓼醬而已。《隋唐嘉話》：南人魚膾，以細縷金橙拌之，號金虀玉膾。南詔膾寸魚，以胡瓜椒蔱和之，號曰“鵝闕”。亦不過用一二物耳。

今廣州食膾倅物，不一而足。蘿蔔、芝麻、薄脆、胡椒、紅薑、芥醬、鹽、醋、蒝荽、鮮薄荷、香花菜、菊花、柚子、肉乾、欖豉、肉白、檸檬葉、青蔞、海蜇之等，皆膾之倅。比之往昔，不下十倍。松謂：食味之旨甘，食品之雅潔，水陸之珍，以此為超。廣俗不謂之魚膾，謂之魚生。按：膾謂之生，亦不自今始。耶律楚材詩：屑屑鷄生爛似泥。據此，則鷄亦可食生，曰爛似泥較之細切為絲，為尤甚也。葉少藴《避暑録話》云：往時南饌，未通京師，未有能斫鱠者，以為珍味。梅聖俞家有老婢，獨能為之。歐陽文忠公、劉原甫諸人，每思食鱠，必提魚往過。聖俞則知魚膾之法，南人獨精，北人罕有知者，又何怪其細切耶？今廣州鱠魚，多以鯇魚。鯇魚似鯿，或黄魚，或三黧魚，然最旨甘，則莫如鯿之腹腴。按黄山谷詩：故園溪友膾腹腴。又云：飛雪堆盤膾腹腴。《禮記・少儀》：冬右腴。注：腴，腹下也。《周禮》疏：燕人膾魚，方寸切其腴，以啖所貴，引以證膴。膴亦腹腴。《前漢》：九州膏腴。師古注：腹下肥白曰腴。昔之所謂腹腴，不言何魚。然可膾之魚，惟鯿之腹下，可言腴耳，倘亦鯿之腹腴耳[①]與？廣西土司，又有蝸牛膾。《赤雅》云：山中有蝸，殼可容升者。以米水去涎，竹刀膾之，角大如指。甘脆，去積解毒。《提要録》：又有法鯽，取鯽之大者，腹間微開小竅，以椒圖馬芹實其中，每一斤，用鹽二兩油、半兩擦窨。三日外，以法酒漬之，入瓶，石灰綿蓋封之。一月，紅色可膾。此以法鯽膾，又膾之異乎尋常者也。古膾以鯉為貴。《詩》：炰鼈膾鯉。今則不尚。《廣東新語》又云：有以塘骨魚為膾。今則未之聞也。

蜜酒

今鄉俗有造甜酒法。以糯米炊飯，布于竹箕。少頃，令微煖而不冷，加酒餅少許，層貯于盤，用紙密封盤口，越五六日則聞酒香，而酒成矣。如飯熱，則酒酸。米用樸，不得舂，則酒清，精鑿則酒濁。時遇冬寒，則置盤于籮，以稻稈環封之，酒出膩如油。甜逾蜜，又謂之蜜酒。土俗于秋收之後，輒釀之。來歲元旦，酌以供家神，又謂之齋酒。松以爲酒之甜如蜜，故謂之蜜酒耳，不知古昔原有以蜜釀酒之法也。

张邦基《墨莊漫録》云：東坡在黄州，嘗以蜜釀酒。其法每蜜用四觔，煉熟，入熱湯相攪成一斗。入好麵麯二兩，南方白酒餅子米麯一兩半，擣細，生絹袋盛之，都置一器中密封之。大暑中冷下，稍涼温下，天冷即熱下，一二日即沸定。酒即清，可飲。初全帶蜜氣味，澄之半月，渾是佳耐。方沸時，又煉蜜半觔，冷投之，妙，味甜如醪醴。東坡蜜酒，其法似佳，但酒以米穀为主。米穀多則酒厚，寡則薄。矧無米之釀耶？以余忖之，究不若糯米之釀為醇厚，濃郁而有益于人也。東坡喜飲醇甜之酒，而不曉糯米釀酒之法，糯酒味甜于自然，蜜酒逊糯酒遠矣。按：

① “耳”字原文似删去。

鄭景星《畫墁録》[1]：《本草》著糯米為稻米，累朝釋略數千言，無一字言堪為酒，正如《白氏六帖録》禽遺大鵬也。是宋時已有糯米為酒之法，而东坡未之知耳。又曷怪諸釋略之不言堪為酒耶。

雖然，東坡煉蜜攪水為酒[2]，而不用米穀，終不能無疑。後讀《東坡志林》云：予作蜜酒格，與真水亂，每米一斗，用蒸餅米麵二兩半，餅子一兩半。如常法取焙液，再入蒸餅麵一兩釀之，三日嘗看，味當極辣且硬。則以一斗米炊飯投之，若甜軟，則每投更入麴與餅各半兩。又三日，再投而熟，全在釀者斟酌增損也。入水以少為佳，始知東坡釀蜜酒，原以米為主，未嘗用蜜。所謂蜜者，亦以其甜如蜜耳。张邦基不識東坡釀酒法，以酒名蜜。遂臆说以為煉蜜攪水為酒，失之遠矣。嘗考釀酒之飯，諸米味皆辣，惟糯米味甜。然則東坡作蜜酒之米，雖不言何米，而為糯米無疑。然則今俗所釀之糯米蜜酒，東坡之遺也。

葉夢得《避暑録話》又云：東坡蜜酒不甚佳，飲者輒暴下，蜜水腐敗者爾。嘗一試之，後不復作。又云：酒非麴蘗，何可以他物為之？若不類酒，孰若以蜜漬木瓜楂橙等爲之，自可口，不必以酒也。觀此，東坡蜜洒，又似全不用麴蘗者，而不知非也。蓋夢得不諳東坡釀蜜酒法，如東施之效顰，故以為不甚佳耳。若如《志林》所載之釀法釀之，未必飲之而輒暴下也。《漢書》：賜丞相養年上尊。注：糯米酒一斗為上尊，稷為中，粟為下，此真知釀醇醴之法，師古非之，謬矣。

魚米地

東粵人商於夷者，謂之趁洋，又曰洋客。洋客謂夷人之埠頭

---

① 《畫墁録》作者應為宋張舜民。

② 書中夾條作：“東坡煉蜜攪水为酒，攪字似錯。”

食物豐富，市買直賤者，為魚米之地。埠頭，猶中華之言鎮頭也。埠頭多濱海，故曰魚米，即中華濱海之虛鎮豐富者，亦曰魚米地。松按：唐范攄《雲溪友議》：鄭愚《醉題廣州使院以譏前政》云：數年百姓受飢荒，太守貪殘似虎狼。今日海隅魚米賤，大須慚愧石榴黃。魚米二字見于此。又按：陳眉公《太平清話》：唐田澄《蜀城》詩：地富魚為米，山荒桂是樵。俗謂地方豐富為魚米地。然則不濱海之鄉，凡人豐物富，皆可謂之魚米地矣。江南廣德州建平縣有魚課，全書開載，起解為辦生銅熟鐵、魚線膠翎毛之用，亦曰魚米，每石徵銀六分零。余邑衛筠園廷樸先生，蒞斯縣，時藩憲駁查，言既稱課米，應照穀米時價，詳定折徵，何得止稱徵銀六分零。明係徵多解少等語。筠園詳言，漁人每得魚一石，徵米石[①]銀六分零，乃俗語蝦米之米，非穀米之米也，見《筠園年譜》。又《急就篇》注：鰕，今之海蝦，堪為鮓鯖，及所呼蝦米者。鰕，魚屬。據此，則魚未嘗不可以[②]言米。

家常飯

凡人一日必再食，一日不再食則飢。古謂朝食曰饔，夕食曰飧。今鄉俗語則謂之家長飯。又謂之家常飯。松按：《鶴林玉露》：范文正公云：常調官好做，家常飯好喫。松謂人能甘於喫家常飯，然後能甘於做常調官。是宋時已有家常飯之語，不惟今日，並不始于我粵。又按：漢曹大家《女論語·事夫章》有云：家常茶飯，供待殷勤。則此語蓋始於漢時。

---

① “石”字原文似刪去。

② “以”字原文似刪去。

卞莊子非勇

《論語》孔子稱卞莊子之勇。《荀子·大略篇》：齊人欲伐魯，忌卞莊子不敢過卞。劉向《新序·義勇篇》亦云：卞莊子好勇。東方朔上奏牘亦云：以卞嚴子為衛尉。世傳卞莊子拳打二虎。松按：《史記·陳軫傳》：韓魏相攻，秦惠王欲救之。未決，問秦軫。軫對曰：亦嘗聞有以卞莊子刺虎聞於王者乎？莊子刺虎，館豎子止之，曰：兩虎方且食牛，食甘必爭，爭則必鬥，鬥則大者傷，小者死。從傷而刺之，一舉必有雙虎之名。卞莊子以為然，立須之。有頃，兩虎果鬥，大者傷，小者死，莊子從傷者而刺之，一舉果有雙虎之功。今韓魏相攻，必大國傷，小國亡，從傷而伐之，此莊子刺虎之類也。是莊子所舉者雙虎，而所刺者實一受傷之虎耳，何勇之有？或曰：卞莊刺虎一事，而受教於館豎，不特無勇，又且無智，曷足以稱？雖然昔太公封於營邱，至就國而受旅人之教，陳平六出奇計，患諸呂而資陸生之謀，豈太公曲逆？亦不足道耶。不自用而取諸人，所謂大勇若怯，大智若愚也。此孔子所以稱卞莊子之勇與。

劉夢得非廉

劉夢得將下世，有《達哉樂天行》曰：先賣南坊十畝園，次賣東郭五頃田。然後兼賣所居宅，仿佛獲緡二三千。但恐此錢用不盡，即先朝露歸夜泉。松按：當今我粵腴田，一頃直銀三四千兩，雖赤鹵瘠田，亦值二千餘兩。兩值一緡有奇。夢得賣十畝園五頃田兼所居宅，乃獲緡二三千，計頃值不及四五百兩，畝不及三四五兩。唐代田宅，價值雖不可考，以今較之，何太不值錢耶？東方朔告武帝以酆鎬之間，號為膏腴。畝收一鍾，其賈一金。袁簡齋謂：安得有田如是賤者乎？按漢一斤金為一金，以夢得之田價較之，才四之一耳，不近情之甚。松謂：夢得過為矯廉以欺後世耳。容齋云：後之君子，試一味其言，雖日飲貪泉，亦知斟酌矣。觀其生涯如是。東坡云：公廪有餘粟，府有餘帛，殆亦不然。然則容齋亦以獲緡二三千為信耶，非深知夢得者。又按：《後漢・杜篤傳》篤作《論都》曰：雍州沃野千里，原隰彌望，保殖五穀，桑麻條暢，號曰陸海。厥土之膏，畝價一金。惠氏《補注》：王懋曰：漢《費鳳碑》曰祖業良田，畝值一金。

松按：漢金一斤，為錢一十六千，是知漢時腴田，每畝值錢一十六千，與今大率相同。惠氏乾隆間人，則知今日田價，亦與漢不甚相懸。惟夢得之田價，太不近情耳。

他日有兩解

《孟子》：他日王謂時子曰。此他日，謂後一日也。《禮・檀弓》：他日不敗績，而今敗績。《左傳・宣公三年》：楚人獻黿於鄭靈公。公子宋與子家將見，子公之食指動，以示子家曰：他日我如此，必嘗異味。此他日，謂前日也。又《魏書・袁渙傳》：劉備為豫州，舉渙茂才。後避地江淮，為袁術所命。吕布擊術，渙往從之，為布所拘留。布初與備和親，後離隙。布欲使渙作書駡辱備，渙不可，曰：渙聞惟德可以辱人，不聞以駡，且渙他日之事劉備，猶今日之事將軍也。如一旦去此，復駡將軍，可乎？布慙而止。此他日，亦謂前日也。觀此，是前日、後日，皆可云他日。

壹切有三解

《大學》：壹是皆以修身為本。注：壹是，一切也。一切，猶云大凡也，此一説也。《前漢書・翟方進傳》：奏請一切增賦。張晏曰：一切，權時也。《路温舒傳》：是以獄吏專為深刻。殘賊而無極。婨為一切，不顧國患。《匈奴傳》：臣恐議者不深慮其終始，欲以一切省繇役。《後漢・王霸傳》：蘇茂客兵遠來，糧食不足，故數挑戰。以徼一切之勝。《文選》曹子建《求自試表》：今臣以一切之制，永無朝覲之望。注：《漢書音義》曰：一切，權時也。趙岐注《孟子》為機變之巧者云：今造機變阱陷之巧，以攻戰者，非古之正道也。取為一切可勝敵也。諸書傳所云一切皆權時也，又作壹切。《前漢・平帝紀》：壹切滿秩如真。師古曰：壹切者，權時之事。如以刀切物，苟取整齊，不顧長短縱横，故言一切。宣帝時，盜賊並起，徵張敞拜膠東相，請吏追捕。有功效者，得壹切比三輔尤異。如淳亦曰：壹切，權時也。此又一説也。又《史記・燕王世家》：田生屏人説張卿曰：臣觀諸侯王邸第百餘，皆高祖一切功臣。《索隱》曰：此一切，猶云一例同時也。此又一説也。松按：壹本與一通。《周禮・天官》：公之士壹命。故一切亦云壹切。

豆糠餈

《周禮・天官・籩人》：羞籩之實，糗餌粉餈。松按：粉餈，即今鄉间之豆糠糰。豆糠糰，以糯粉為之，狀如大錢，扁而圓，厚分許。湯熟之，先炒白豆為屑，和白沙糖，以糰蘸之而食。鄉間小食，多作此種。以其雅潔，且易於製造而香甘適口也。許慎曰：粉餈，以豆為粉，糝餈上也。按此與今之豆糠糰不異，第古則糝豆屑於餈上，不用糖，今則以豆屑和糖蘸之而食，為小異耳。豆糠糰，俗亦謂之豆糠餈。鄉間又有水丸之食，以糯粉為丸，大如大梅子，碎片糖以為餡，以沸湯熟之，名曰水丸，又曰糖心丸，亦古粉餈之屬。而今則與豆糠餈多為人家晌午之恒食也。

紅綾餅

今省城洎虚鎮鄉間大市，凡餅肆，莫不價紅綾餅。而紅綾餅製，則非唐賜進士之紅綾餅，蓋紅綾非餅名，乃當時束餅之綾，其色紅，故曰紅綾耳。按《唐紀》：帝幸南内興慶池，方食餅餤。時進士在曲江，有聞喜宴，命御厨各賜一枚，以紅綾束之。徐演詩：莫欺老缺殘牙齒，曾吃紅綾餅餤來。蓋指此也。今之紅綾餅，蓋仿唐賜進士之餅餤以名。故兒童初進學，戚友輒以紅綾餅與紙筆相饋送，亦取此意也。

松謂：今紅綾餅之綾，當作稜。凡餅皆平面無稜，惟紅綾餅，中間凸起如凸字形，凸處以紫膏印之。大氐世俗慕紅綾之意，附會其説，綾訛稜耳。抑唐時所賜之餅餤，其製即今紅綾餅之製與，是不可考矣。又按今俗紅綾餅，屑豆染絳，和糖以為餡。餡，《字彙補》：音陷。凡米麪食物，坎其中，實以雜味曰餡，或作鎌。歐陽修《歸田録》京師賣酸鎌，俚俗誤書曰酸餡。滑稽子謂為俊叨，蓋不知餡之从臽，而誤从舀也。按：鎌，《集韻》音陷，餅中肉，或作䭑、臁、臘，一作餡。今俗有謂紅綾餅餤之餤為餡，於是凡餅中餡用豆屑染絳和糖為之者，即謂之紅綾餡。於是中秋月餅，餡以紅綾餡者，亦謂之紅綾月餅，誤矣。按：餤，餅之通名也。《正字通》唐賜進士有紅綾餤，南唐有玲瓏餤、駝蹄餤、鷺鷥餤，皆餅也。餤，《廣韻》杜覽切，音淡。禫，同啖。《六書故》：今以薄餅卷肉切而薦之曰餤。與餡音義俱别。

太歳變肉

《暌車志》：平江黄埭張虞部，為人質直，每有興築，不選時日。嘗作一亭，掘地得一肉塊，俗謂太歲神。張不為異，命取瓦盤合而送之水中，就基而創，名曰太歲亭。松按：太歲，乃十二支當年之神之名。如甲子年，則子為太歲。太歲者，煞神之最重者也。于是青烏家無論陰宅陽宅，凡是子方，不得修動。凡子午向，概不建[①]造葬。選擇家凡年月屬子，皆宜謹避，不得選用。蓋凡煞皆可制，而太歲不可制故也。俗以地中肉為太歲者。大氐以其怪異，畏之如太歲耳，非真太歲也。按：《珍珠船》所載晁良正，性剛，不怖鬼神。每年常掘太歲地，掘後，忽見一肉物。良正打之三百，送于河。其夜使人視之，三更後，車馬甚衆，來至肉所，問太歲：何故[②]受此屈辱，不仇報之？太歲曰：彼正榮盛，奈之何？暨明，失所在。則以地中肉為太歲，似確有所據。又張讀《宣室志》：蘭陵蕭逸人，治園屋，發地有物。狀類人手，肥而潤，色微紅。逸人驚曰：豈非禍之芽？且吾聞太歲所在，不可興土事，脱有犯者。當有修肉出其下，固不祥也，今果有，奈何？然吾聞得肉食之，或可以免。則知時俗得太歲肉，固有食之以為免禍者，此更不可以理求。然則太歲之煞，雖甚奕赫，不能擅禍于人。受其禍者，乃時衰福薄者爾，本不足畏。逸人犯之而食之，太歲亦無如之何。然則避太歲者，亦俗之愚妄耳。

《志》又云：按逸人所得，非太歲肉，乃靈芝也。食之與龜鶴齊年，逸人疑為太歲肉耳。此亦臆説，不足據。又《孫公談圃》：元豐修城浚濠，時土中得一物，狀類人而無眉目。埋之他處，所掘得及舁去之人皆死。或言太歲也，果爾。則張志所云太歲所在，不可興土事，犯之不祥，亦似非虛。其所云食之免禍，恐未必然。大抵逸人氣運當盛，太歲亦無能為也。又按：鄺湛若《赤雅》有《無頭鮓》，云：山中有物，形如蠶蛹，無頭輭動。獠人得之為鮓，食之令人不寒。昔陶璜守九真，築城得一大者。

① “建”字原文似删去。

② “故”字原文似删去。

長十九丈，大二十圍，無頭蠢動。割其肉如脂肪，為臛甚香美。璜食之，三軍皆食。又名地蠶。昔人所謂太歲肉者，恐是地蠶之類，非能為禍者，但不時見，故以為怪。本是食物，故怪而可食。其形狀變幻不常者，土地不同，物產亦異，理固然也。

又按宋人小說，徐廷評監廬州酒稅，河次得一物，如小兒掌，無指，懼而埋之。或曰此白澤圖所謂坳也，食之多力。又作拗，《唐韻》：拗，土精，如手在地中，食之無病。據此，太歲肉，即坳之屬也。

婦人生卵

余從姊適本邑新造黎氏，其女聘白梨塘村某。嘉慶二十五年，女之姑，孕而抱病。至娩期，產一卵。大如雞卵，色暗碧。甚堅，投諸石不破。舉家驚異，初甚寶之，拾襲而藏。未幾而姑死，以為不祥，遂投之江。踰年，甥女於歸，後亦無吉凶驗應。松按：《觚賸·粵觚》云：番禺市橋村民家女謝氏，康熙丁丑歸於王閲。歲而孕，及分娩之期，腹痛經旬，委頓欲絶。其姑急投以催生丸，產一物，形如鵝卵，連下六枚。闔室驚異而埋之，婦竟無恙。觀此，番禺民婦產卵有二事。然產卵之婦，一死一不死，是果何怪耶？

余內子又云：嘉慶元年，大步鄉楊族有一婦，亦產一卵，如鵝卵。遍卵紅根亂繞，如碧裂紋。是番禺婦人，產卵有三事。按《博物志·徐偃王志》：徐君宮人競而生卵，以為不祥，棄之水濱。獨孤母有犬名鵠蒼，獵於水濱。得所棄卵，銜以東歸。獨孤母以為異，覆煖之，遂沸成兒。生時正偃，故以為名。又《北史·高句麗傳》：其先扶餘王，嘗得河伯女。因閉于室內，為日所照，引身避之，日影又逐，既而有孕，生產[1]卵大如五升。王

① “產”字原文似删去。

剖不能破，母以物裹置煖處。有一男破而出，及長，字之曰朱蒙，後為高句麗王。觀此，婦人生卵，不必不祥。但徐宮人與河伯婦之卵，卵即生人，與番禺婦人之卵，卵而不人者異，此其所以為瑞與？按：《山海經》有卵民國，其民皆生卵。《高厚蒙求》云：毛人國，人皆卵生。顧太初起元《雜志》載卵生人，如毗舍佉母生三十二卵，卵剖生三十二男。按《古史》韓非子馬卵所生，唐陸鴻漸江流鳥卵所出。又汪可孫《雲宮法語》載：楊文公之祖夢武夷君托化，及大年生。母產一鵝卵，剖之，紫毛被體，怪而棄之江濱。其叔父異之，追至于江。化為嬰兒，收養之，後為光禄丞。又廣州官庫，每交割，出陳異卵一枚，大踰斗，云部民陳鸞鳳之胞也。觀此，卵生人，亦不足異。又鄭如龍《偶記》載曾見驢馬生卵，驢馬生①皆獸，皆胎生，乃不當卵而卵。人生卵，亦猶是耳，又曷足異耶？

《唐書·南蠻·瞻博傳》云：又有多摩萇，其王名骨利詭，云得大卵。剖之，獲一女子，美色，以為妻。是卵生人，不僅徐宮人洎河伯女也。又《隋書·五行志》：大業四年，雁門宋谷村，有婦人生一肉卵，大如斗。埋之，後數日，所埋地雲霧盡合，從地雷震而上，視之洞穴，失卵所在。此卵豈感于龍而生者耶？《志》又云：六年，趙郡李來王家婢，產一物大如卵，此則似卵而非卵，亦卵之屬也。又宋《五行志》：後廢帝元徽中，暨陽女人於黃山穴中得二卵，如斗大，剖視有人形。此不知何卵，而卵中有人形，豈人卵耶？抑此卵時至而生人者耶？按：《續太平廣記》：明萬曆丁未，吴縣石湖民陳，妻許氏懷孕，過期不產。一日請平治僧誦經祈祐，其夕腹痛急，忽產下一胞。剖而視之，乃一秤銀銅法馬子也。權之重十兩，背有鑄成字樣，為萬曆二十二年置七字，鄰里傳玩之。又云：徐州吴氏產子，五十四日，小兒忽嘔出三角物，洗之得大錢七十二文。輪郭周正，皆有年號。

① “生”字原文已刪去。

此真理不可解，謂為婦孕所感，而①則所產物，當如法馬子如大錢耳。而所產法馬子，儼然銅也。且十兩之重，而又有置馬之年。則是人家已用之物，何得入於婦人之孕？錢亦銅也，且有輪郭年號，則是真錢，非貌似也。且七十二文之多，夫子產不過五十四日，而腹有錢，是子在母孕時，此錢已在子腹。此從何所而入於母孕，又從何而入於兒腹耶？較之生卵，為更奇矣。夫婦人生卵，古亦有之，若斯之奇，則前古所未聞也。

於鵲

於，《字典·方部》四畫，於字注云：《集韻》、《韻会》、《正韻》，汪胡切，並同烏。《韻会》：隸變作於，古文本象烏形，今但以為歎辭及語辭字，遂無以為鴉烏字者矣。松按：《穆天子傳》云：北徂西土，爰居其野。虎豹為羣，於鵲與處。注：於讀烏。此即鴉烏之烏。故與②虎豹為對，烏鵲之烏作於，僅見于此。又按《小爾雅》：黑而反哺者謂之烏，小而腹下白不反哺者謂之鴉。白頸而羣飛者謂之燕烏。鴉烏雖一類，而亦有小別矣。

無夷

即馮夷也。《穆天子傳》：天子西征，騖行至於陽紆之山，河伯無夷之所都居。注：無夷，馮夷也。《山海經》云：冰夷，亦即無夷也。《太公陰謀》云：馮脩，亦即馮夷也。《淮南子·原道訓》又云：昔者馮夷，大丙之御也。注：馮夷、大丙，古之得道能御陰陽者。馮夷又仙人之名。又張華《博物志》：馮夷，

---

① “而”字原文似刪去。

② “與”字原文似刪去。

華陰潼鄉人也，得仙道，化為河伯。又云：夏桀之時，費昌之河上。見二日，在東者爛爛特起，在西者沉沉將滅，若疾雷之聲。昌問于馮夷曰：何者為殷？何者為夏？馮夷曰：西夏東殷，于是費昌疾徙歸殷。據此，馮夷當是夏桀時人。馮夷即河伯也。但湯得天下，國號商，其時未有殷之名。費昌與馮夷問答，何得稱殷？此大謬也。《博物志》詎足信與？

火長

本朝與外夷通商，自來夷舶載貨來廣東者，皆下碇於黃埔。聞諸夷舶中，上下職事之人，皆有定名。至尊者為船主，船上以之為主者也，其次曰大火長，次曰二火長，次曰三火長。

松按：火長之名，見《唐書 · 兵志》，五十人為隊，隊有正，十人為火，火有長。火長乃唐兵伍之名，今番舶職事之人曰火長。番人不知書，無有所仿，其與唐制隱合者耶。或曰：番語不云火長。火長云者，翻譯夷語者也。

通事

《癸辛雜志》云：譯者之稱，見《禮記》云：東方曰寄。注：言傳內外言語。南方曰象，言放象內外之言。西方曰狄鞮，鞮知通傳夷狄之語，與中國相知。北方曰譯。譯，陳也，陳說內外之言。皆立此傳語之人，以通其志。今北方謂之通事，南蕃海舶謂之唐舶，西方蠻徭謂之蒲叉。叉，去聲。皆譯之名也。今番舶來粵，傳語之人，亦謂之通事，不第北方為然。按今羊城洋行有通事館，即通傳夷語之人也。蓋唐官不諳夷語，或丈量其船隻，或驗看其入口出口之貨。上餉報單，必須通事，通傳內外言語，面質明訂，庶幾無有錯謬，兩泯詐虞。通事者，不第①譯其言語，亦柔遠人之一事也。按通事二字，見《周禮·秋官·掌交》。

阿戎

阿，音屋，見《韻會小補》古詩家中有阿誰，《木蘭詩》阿耶無大兒，又阿妹聞姊來。《世説新語》一門則有阿大中郎。《字典》阿字注引之，《字彙補》音遏。晉人慣以阿呼人，阮藉謂王渾曰：濬沖清賞非卿倫也，共卿言不如共阿戎談。阿戎，王戎也，王渾之子。今文人以阿戎為從弟之稱，始於杜甫。杜甫於從弟《杜位宅守歲》詩云：守歲阿戎家。唐人沿之。松按：王思遠小字阿戎，為王晏從弟。晏助齊明帝奪國，從弟思遠謂晏曰：兄若及此引決，猶可保全門户。及拜驃騎，晏謂子弟曰：隆昌之末，阿戎勸吾自裁，若從其語，豈有今日。思遠遽應曰：如阿戎所見，今猶未晚也。後果被誅。杜詩阿戎本此，非王戎也。

衙推

林西仲《古文析義》：韓文公祭鱷魚文曰：維年月日，潮州刺史韓愈，使軍事衙權秦濟，以羊一豬一，投惡溪之潭水，以與鱷魚食。松按：衙權，當作衙推，醫卜之士也。衙又作牙，《舊唐書·鄭注傳》：注以藥術干李愬，愬喜之，署為牙推。陸放翁《老學菴筆記》：北方市醫，皆稱牙推。據此，唐時醫士，皆稱衙推。秦濟本醫卜士，在刺史軍中供事者也，故曰軍事衙推。《北夢瑣言》：後唐莊宗好俳優，宮中暇日，自負蓍囊藥篋，令

① 原文劃去，字看不清。

繼岌破帽相隨，以后父劉叟舊以醫卜為業。后方晝寢，繼岌造卧內，自稱劉衙推訪女，直入后宮，后大怒。此足證也。秦濟乃軍中醫卜之士，故曰衙推。西仲改推為權，非，豈推權字相似而誤與？過商侯《古文評注》作衙推，此為得矣，而不注其為醫卜士，亦疏。然據《舊唐書·鄭注傳》云：愬署為衙推，則衙推又節度使屬官之名。夫軍中皆有醫卜之士，而衙推為軍中醫卜之員，故刺史軍中亦有衙推。或曰，北方醫稱牙推，猶京都醫稱大夫，尊之之辭耳。

架梁

廣州俗兩相鬥毆，謂之打架。方共鬥時，旁人扛幫，謂之架梁。架梁二字，不知何所取義，蓋廣諺也。松按：明代以結營不動為架梁，見《明史稾》。今俗謂豪富舊家落薄子弟，而仍鮮衣美食，頤指氣使，謂之鬧架子，亦廣諺也。

短打

廣州俗謂人穿短衫不着長衫為短打。周櫟園《閩小紀》曰：白打即今之手搏，名短打者是也。廣俗之所謂短打，豈亦緣于不逞打架，以衣短而便于手搏與？

昭君套

嘉慶、道光初，婦人冬月戴于額以為飾。其製如豬脾，長四寸所。或以天鵝絨為之，或以獺皮、海虎皮為之。嚴冬天寒，恒戴之以煖額。梨園演劇《王昭君出塞》，昭君首戴狐尾，此飾近之，故名。其飾始于揚州娼妓，而寖流于豪富家婦女，又寖而流於良家婦女。初則省城，繼則鄉間，富侈之家，競尚趨時。專工妖冶，不顧室家之宜，不飭閨閫之範，此不足道。夫以大家婦女，而效娼妓之之[①]飾，不羞而惡，其去娼妓幾何耶？昔崔樞夫人治家整肅，婦妾皆不許時世粧，惡其漸于奢也。今余家婦妾，戒不許戴昭君套，惡其近于娼也。

馬尾鬃

廣俗婦人，髻後垂餘髮，挽之如雌鷄尾，掘而不銳。以遮飾後項，則謂之鬃。婦人多患髮寡，髻且不足，安能分髮以為鬃？不得不代以假鬃。假鬃，或以他人之髮，巧造贋鬃，髮猶難得而工多，今則以黑馬尾毛代之，謂之馬尾鬃，總名之假鬃。自他人觀之，不辨其為贋也。嘉慶間，婦人最尚。按古婦人有假髻無假鬃。《玉篇》：鬃即[②]，高髻也。今俗謂髻尾遮飾後項者為鬃，非古也，廣州方言耳。道光中，婦人又不喜馬尾假鬃，競以真髮為長鬃，有至七八寸者，如漁人晾網之狀，不甚雅觀，而俗尚之，亦世風之一變也。

① 疑衍一“之”字。

② “即”字原文似刪去。

卷之十二

虎石

諸獸腹中，往往有異物而可以治病為藥用者，不一而足。姑述所知，以廣異聞。虎肝，治心氣痛病，磨酒服少許即愈。虎腸，婦人胎衣不下，以寸許繫臍間，頃刻即下。此俗所共知。余鄰鄉長洲曾氏，道光六年二月初二日，鄉人斃一虎，重以斤計二百有奇。余前都養曾羣興，長洲人，儥虎肉於余鄉。家姪斌禮為之言，虎有忍飢草，在虎肚中，曾取出否。答曰，不知有此。於是登即馳歸，破虎肚覓之，果得一草。青緑如生草，長三寸許，有小葉數片，狀如緑芸草，而小不及緑芸十之一二，余親見之。按：董閬石《蓴鄉贅筆》：牛腸胃中未化草，名聖虀。諸獸肝膽之間有鮓答，皆至寶也。

《本草》李時珍曰：鮓答，生走獸及牛馬諸畜肝膽間，有肉囊裹之，多至升許，色白，狀如鷄子，非骨非石，打破層疊，若虎之忍飢草，其聖虀之類與。羣興又云，虎肚中又有一小石，大半寸許，此不知作何藥用耳。按醫藥有牛黄、狗寶、羊哀。《七修類稿》：羊哀治翻胃，牛黄、狗寶治驚癇，牛黄常用易識，羊哀形如濕茅紙，狗寶生狗胞中，形質如鵝卵石，色白，碎之，內有文理數十層。又云馬有馬墨，在馬腎，即虎石之類。虎石之為藥物無疑，誌之以俟博識。余房姪孫掄魁，其祖傳有狗寶石一枚，云治噎食神妙，不聞其治驚癇，豈本治驚癇，噎食其兼治者與？又《物性志》：蛇甚飽則蜕，冬含土蟄，春吐為蛇黄。又

《外紀》：渤泥島有獸似鹿，名把襍爾，腹中有石，能療百病。倘虎石亦能治百病者與，但無所考證，不詳所用，不敢試也。徐朝俊《高厚蒙求摘略》：有異羊，甚倔强，有時倒卧，雖鞭死不起。或以好言慰之，即起。肝生一物如卵，可療諸病，海國甚貴之。又王大海《海島逸誌摘略》：猴棗。猴遇獵人，被刀銃傷而不死者，自識草藥，採取以敷患處，愈而成疤。再為人所獲，割取其疤，中有如石子，圓潔光潤，名曰猴棗。用以為藥，性清涼解毒。蓋猴之有棗，猶牛之有黄也。

咸豐三年，余族姪子笙嘗持猴棗視余，狀如無蒂緬茄，而大半倍於緬茄。子笙云以太陽照之，有五彩紋者真。時十月初十日，日色晦暗，不得見其彩紋，主治心氣痛、腹痛，磨清水服，少許立止，嘗經驗三人云。

按：牛黄生牛膽中。黄牛有黄，水牛無黄。粤東之牛無黄，粤西之牛乃有黄。于何知之？蓋來粤諸夷，以牛為食，不能一日闕。船主、大班、醫生等，日一大餐，牛肉在所必需。即下而水手、炮手、鬼奴，日食牛肉，皆有一定之數，人十二兩云。而夷舶買辦，咸寓我鄉，買辦供牛，日宰十數頭，或二三十頭。屠人屠牛，必探其膽之有黄與否，黄歸屠人。粤東牛少，不給於供，恒販自粤西。屠人云，粤西之牛乃有黄爾。又云，病牛始有黄，未知是否。今小兒醫造小兒疳積散，以本地牛黄為貴，一粒分許，常值銀一二兩云。

蛇角

我邑鹿步司屬，有岑村鄉。鄉人某有蛇角一枚，狀如橄欖仁，色紫黑，似石非石。云其先祖好獵，順治間，鎮粤某將軍之子亦好獵，先祖以獵與之交，甚相得。後將軍回京，將軍子以此蛇角贈别，云得之西域，能解百毒，治蛇傷洎惡毒大瘡，以蛇角附患處，即黏黐不脱。或置蛇角違瘡二三寸許，亦能趨赴瘡所以吸其毒。毒盡而後脱，脱即以清水漬之，使盡吐出其毒。水如沸，移時乃已，洵異寶也。此余目所親見而親試之。吸毒吐毒良是，惟不能趨赴瘡所，此似偽耳。松按：蛇角别名，見之史傳，不一而足。又名骨篤犀。劉郁《西使記》：骨篤犀，大蛇之角也。陶九成《輟耕録》作骨咄犀，謂其解蠱毒如犀角也。又曰骨掘犀，曰蠱毒犀。元史浩《兩鈔摘餘》曰：今骨拙乃蛇角也，蓋名蠱毒犀。

《雲烟過眼録》：鮮于伯機云：骨咄犀，乃蛇角也。其性至毒而能解毒，蓋以毒攻毒也，故又曰蠱毒犀。然《唐書》有骨都國，必其地所産，今人訛為骨咄耳。葉森于延祐庚申夏，其子必明將骨咄犀刀靶二來看，即此也。其花紋如市中所賣糖糕，或有白點，或有如嵌糖糕點。以手摸之，作岩桂香者真。摩之無香者，偽也。

曹昭《格古論》作碧犀，云骨篤犀，碧犀也。色如淡碧玉，稍有黄色，其文理似角，扣之聲清越如玉。磨刮嗅之有香，燒之不臭，最貴重。能消腫解毒。洪邁《松漠紀聞》：骨篤犀，犀不甚大，紋如象牙，帶黄色。作刀靶者，已為無價之寶也。岑村之蛇角，大如欖仁，骨篤之小而又小者也。又作榾柮犀。《遼史·蕭樂音奴傳》：以平重元功，遷護衛太保。俄為旗鼓拽刺詳穩，監障海東青鶻，獲白花者十三，賜榾柮犀。又作骨睹犀。《金史·僕散忠義傳》：賜卿御衣及骨睹犀具佩刀，通天犀帶等。骨睹犀，即骨篤犀，又作骨覩犀。《章宗諸子洪裕傳》：大定二十六年生，世宗喜甚。滿三月，賜曾孫骨覩犀。章宗所進，亦有骨覩犀。按：骨覩即骨睹，《傳》寫之或異耳。據諸史傳所載蛇角，皆謂其能解毒，無有謂其能趨赴毒所而吸毒者，恐是岑村人杜撰，以神其功效之妙耳，不足信也。又岑村之蛇角，其狀與諸書所云異。而吸毒亦有奇功，亦足貴也。《大明會典》云：蛇角出哈密衛。道光二十九年，有洋客持蛇角四枚來儥，每對取價銀一十兩，大於岑村之蛇角，色黄黑，其狀亦異，而功用則同。觀此，蛇角，外國亦所時有，亦非甚難得之物也。

名刺、名帖、名紙、名贄

今俗凡婚禮行聘，儀欵上首書名刺一通。名刺，按：王弇州世貞《觚不觚録》云：故事，吏部尚書體最重，六卿以下投刺，皆用雙摺刺，惟翰林先學以單紅刺往還。《談苑》：按古者未有紙，削竹木以書姓名，故曰刺。後以紙書，故謂之名紙。曰名刺，曰雙摺刺，曰單紅刺，殊失本義。松按：雙摺刺即今之全柬，單紅刺即今之單帖。[①] 今又曰名帖。按：《説文》：帖，帛書署也。亦失本義，當曰名紙為妥。名紙，本之梁何思澄，終日造謁，每宿昔，作名紙一束，曉便命駕，朝賢無不悉押。亦見《談苑》。宋人又謂之名贄。今俗拜帖，通謂之柬。拜柬有全柬、單柬之别。於單柬上左旁，只書姓名，謂之單片。凡與戚友道喜，或親到拜候、拜辭之類，皆先傳此單片，即古之單紅刺也。若卑幼拜候尊長，與同寅初見拜會，則用單片附於全柬，名曰附全，即仿古之雙摺刺也。

耳食、目食、眼食、神食

食，《增韻》：啖也。然食有不必口啖而亦名食者。有耳食。所聞之事，而不知其所以然之理，猶以耳食而不知其味，謂之耳食，見《史記・六國表》，學者牽于所聞，見秦在帝位日淺，不察其終始，因舉而笑之不敢道，此與以耳食無異。有目食。目之所悦為目食。《宋史・司馬光傳》：飲食所以為味也，適口斯善矣。世人取果餌，刻鏤之朱緑之，以為槃案之翫，豈非以目食乎。有眼食。食所以為養，養眼者謂之眼食。《珍珠船》曰：箋

---

① “松按：雙摺刺即今之全柬，單紅刺即今之單帖。”原文似刪去。

云：睡是眼之食，七日不眠，眼即枯。有神食。趙長元《脉望》云：形好食味，神好食氣。氣者，乃陽神之飯食也。

仁兄仁弟之稱

今俗朋友相稱，凡往來書札，洎餽送扇箑，題款皆稱仁兄，見《後漢書·趙壹傳》壹答皇甫規書，略云：旋轅兼道，渴於言侍。沐浴晨興，昧旦守門。實望仁兄，昭其懸遲。又北周武成二年，帝遺詔：冀仁兄冢宰，洎朕先正先父公卿大臣等，協和為心，提絜後人。然又有稱仁弟者。後漢孔融與宗弟書曰：知晚節豫學，既美大弟，因而能瘏。又合先君加我之義，豈惟仁弟，實專承之。凡我宗族，猶或賴焉。夫五德仁義禮智信，何以稱謂不曰義禮智信，而曰仁。按：《六書正譌》：元从二从人，仁从人从二。在天為元，在人為仁。人所以靈於萬物者仁也，故曰仁。婦女亦稱仁。《北周·宇文護傳》：護令有司移齊曰，自數屬屯夷，時鍾圮隔。皇家親戚，淪陷三紀。仁姑世母，望絕生還。彼朝以去夏之初，德音爰發。已送仁姑，許歸世母。

按：兄又音況。《白虎通》兄，況也。兄況於父，今江南北猶呼兄為況。又音荒。《通雅》謂兄為況，本於荒音。《釋名》兄，荒也。荒，大也。青徐人稱兄曰荒。

義父義子之稱

凡同母同居不同父之子，稱同居之父曰義父，之父謂子曰義子。之父之子，長於義子曰義兄，少于義子曰義弟。之父之女，長于義子曰義姊，少於義子曰義妹。義子服同居父服曰義服。拜契之父子兄弟姊妹亦曰義。義之云者，自外入而非正之謂也，見《容齋隨筆》，云人物以義為名，其別最多。仗正道曰義，義師、義戰是也。與衆共之曰義，義倉、義社、義田、義學、義役、義井之類是也。至行過人曰義，義士、義俠、義姑、義夫、義婦之類是也。自外入而非正者曰義，義父、義兒、義兄、義弟、義服之類是也。衣裳器物亦然，在首曰義髻，在衣曰義襴、義領之類是也。合衆物為之，則有義漿、義墨、義酒。禽畜之賢者，則有義犬、義烏、義鷹、義鶻。《容齋》義字之别，最為明晰。松謂義父、義子、義兄弟姊妹之義，當是自外入而非正之義。即如《深衣圖》之所謂義襴。義襴者，衣外别安襴也。唐人謂假髻曰義髻。義髻者，髻外加髻也。又如《樂器圖》之所謂義嘴笛。義嘴笛者，謂笛上别安嘴也。又如李唐妓女彈箏之銀甲謂之義甲。義甲者，甲外加甲也。凡此皆取自外入而非正之義也。今人謂義父、義子、義兄弟姊妹、義服之義，為恩義、情義之義，失其旨矣，殊屬可笑。

月黑

天下古今，晝光莫光於日，夜光莫光於月。而世俗方言，乃有謂之月黑者。蓋月至下旬，則光漸遲而漸稀，俗謂之月黑。究而言之，下旬之夜，無月則黑耳。不當云月黑，當云夜黑。蓋夜有黑而月無黑者也。乃俗不曰夜黑而曰月黑，殆不可解，然亦有所本。《唐西域記》云：月生至滿，謂之白月。月虧至晦，謂之黑月。月有大小，黑月或十四日，或十五日。據此，則凡月十六以後，皆可謂之月黑。黄魯直《宿舒州太湖觀音院》詩：汲烹寒泉窟，伐燭古松根。相戒勿浪出，月黑虎夔藩。又吴人湯益《詠賈似道養樂園》詩：木棉庵外尤愁絶，月黑夜深聞鬼車。是月黑，昔人亦有見之吟詠者。昔人又有黑分、白分、黑半、白半之説。宋永亨《搜採異聞録》：月行至滿，謂之白分。月虧至晦，謂之黑分。白前黑後，合為一月。又曰：日隨月後行，至十五日，覆月都盡，是名黑半。日在月前行，至十五日，俱足圓滿，是名白半。松按：此説見釋家立世論，日隨月後行之下，有日光翳月，漸漸掩覆二句。日在月前行之下，有日日開浄，亦復如是二句。夜黑，昔人又曰夜陰。《北史・崔辨傳》：辨子巨倫，為殷州長史。葛榮聞其名，欲用之。巨倫心惡之，於是結死士，夜中南走，夜陰失道，惟看佛塔户而行。松按：夜陰即夜黑，故不能分别道路。塔户有燈光射出，故可看之而行。

閏日

《西藏記》紀年不紀天干，惟以地支所屬紀年，亦以十二月為一歲。以寅為正月，仍有閏月，但與中國不同。如雍正十年壬子閏五月，其地閏正月。雍正十三年乙卯閏四月，其地於甲寅年閏七月。又有閏日，而無小建。如閏初一，則無初二，即初三矣。或于月内摘去二日，即不呼此二日。假如二十六日，次日即呼二十八日。每月必有初一、十五、三十。其呼正月曰端郭，餘月仍挨數呼之。松按：外夷又有以地支所屬紀年者。《唐書・外夷黠戛斯傳》：俗謂歲首為茂斯哀，三哀為一時。以十二物紀年，如歲在寅，則曰虎年之類。《西域記》又云：十二月所建，各以所宜二十八宿名之，如中國建寅、建卯之類。故夏三月，自四月十六日至五月十五日，為額沙荼月，即兔宿之星名也。自五月十六日至六月十五日，謂之室羅代拏月，即柳星之名也。自六月十六日至七月十五日，謂之婆逵羅鉢陀月，即翼星之名也。其稱名雖與中土異，而實則同也。惟其名月，則以本月十六日始至後月十五日為一月，斯與中土異爾。

内人

《隨園》云：崔令欽《教坊記》曰：妓入宜春院曰内人。今人稱妻曰內人，誤。松按：《周禮·天官內宰》：歲終則會內人之稍食。注：內人，謂九御。又內小臣，正內人之禮事。寺人，掌內人之禁令。凡內人弔臨于外，則帥而往。凡此言內人，皆為王宮九御之屬。又內豎，則為內人蹕。注：內人，從世婦有事于廟者。此內人，亦謂王宮內之人。又《禮記·檀弓》，文伯之喪，敬姜不哭，曰今及其死也，朋友諸臣未有出涕者，而內人皆行哭失聲。此內人，正謂妻妾。據此，妻妾稱內人，由來已久。不得以《教坊記》有內人之目，遂以妻稱內人為誤。《隨園》不據經而據小說，其說甚謬。

外生

今俗呼姊妹之子曰外甥，而古昔史傳所載多作外生。《三國典略》：范豫章謂王荊州曰：卿風流雋望，真後來之秀。王曰：不有此舅，焉有此生。注：范，范甯；王，王悅。《王氏譜》曰：坦之娶湯，范汪女，甯姊姊，生悅。《太平御覽·人部》引之。又《晉書》：桓玄聞義軍起，憂懼曰：何無忌，劉牢之外生，酷似其舅，共舉大事，何慮不成。劉義慶《世說》：王子敬兄弟見郗公，躡履問訊，甚修外生禮。又云：桓豹奴，是王渾外生，形似舅。又云：王奴是王丹外生，形似其舅。又《魏書·盧道虔傳》：道虔外生李彧，尚莊帝姊豐亭公主。又《南史·王泰傳》：泰姊夫齊江夏王鋒，為齊明帝所害。外生蕭子友，並孤弱，泰資給撫訓，逾於子姪。《北史·甄琛傳》：同郡張宣軌，坐事死鄴。及外生高昂貴達，啟贈瀛州刺史。又《儒林·陳奇傳》：奇外生常矯之，仕歷郡守。奇所注《論語》，矯之傳掌，未能行於世。《北齊·尉瑾傳》：子如執政，瑾取其外生皮氏女，由此擢拜中書舍人。是以外生為外甥也。

又有稱外甥為外孫者。《晉書·謝朗傳》：子絢，曾於公座戲調，無禮于其舅袁湛。湛不堪之，曰：汝父昔已輕舅，今汝復來加我，可謂世無渭陽情也。絢父重，即王胡之外孫，與舅亦有不協之論，湛故及此。按：重，朗之字。是稱外甥為外孫也。又有稱外孫為甥者。魏舒為外家甯氏所養，相宅者云，出貴甥。舒曰，當為外祖成此宅相，此又稱外孫為甥也。按：《集韻》：外孫曰甥。據外祖而言，外孫又曰彌甥。《左傳・哀二十三年》：季康子曰：以肥得備彌甥也。注：彌，遠也。康子父之舅氏，故稱彌甥。又《爾雅・釋親》：姑之子為甥，舅之子為甥，妻之昆弟為甥，姊妹之夫為甥。注：四人敵體，故更相甥，甥猶生也。《廣韻》：外生也。《世説》魏舒之稱外生本此。

松按：古文多省字，古張字省作長，見《孫叔敖碑》。《左傳・哀公五年》：范氏之臣王生惡張柳朔。《墨子・所染篇》：范吉射染於長柳朔王胜。王胜，即王生也。《墨子》張省作長。《左傳》胜省作生。外甥作外生，猶胜省作生耳。然則今之姑表兄弟、舅表兄弟、妻舅、姊妹夫俱可稱甥。《爾雅》注：異姓故言外。外者，言非己祖父一脉之所出也，然則俱可稱外甥。姊妹之壻亦稱甥，然則不特女之婿稱甥也。又按：劉熙《釋名》：妻之昆弟曰外甥，舅謂姊妹之子曰甥。據此，甥與外甥之稱，古原有別，今則衹稱姊妹之子為外甥。而姑之子，舅之子，妻之昆弟，姊妹之夫無稱甥者矣。今謂姊妹之子為外甥，與《釋名》異。趙耘菘《陔餘叢考》云：古法，《爾雅》謂妻之昆弟為甥，劉熙《釋名》謂之外甥，是今之所謂舅，正古之所謂甥，乃俗呼正相反。蓋妻之昆弟，方謂我之子為甥。而我呼妻之兄弟亦為甥，本無差別。故從乎己之子之稱，以尊之耳。《新唐書・朱延壽傳》：延壽為楊行密妻弟，行密以其私附朱全忠，乃誑其妻曰，吾喪明，諸子幼，得舅來代，我無憂矣。及至，乃殺之。《通鑑》則云：軍府事，當悉授三舅。胡三省注：延壽第三。呼妻之兄弟為舅，始見於此。則五代時，已有此稱也。而不知已見於《晉書・謝朗傳》，趙氏説誤。

夜漏去點

一夜凡五漏，漏凡五點，五五相遞為二十五，自古已然。眉公《書蕉》云：夜漏五五相遞為二十五。唐李郢詩二十五聲秋點長，是也。至宋世《國祚長短讖》，有寒在五更頭之忌，宮掖及州縣更漏皆去五更後二點，又並初更去其二以配之。首尾，止二十一點，非古也。今猶沿之。夫宋以讖去初更、五更漏點，於明何與？明漏原宋，甚不可解。今初更與五更皆布五點，復古也。唯沿海營汛，盡闕五漏。相傳明成化間，大藤峽有怪藤，圍數丈，五更則浮出水面。時盜賊充斥，賊至五更，緣藤而渡。後知其怪，官戒營汛不報五鼓，怪藤不浮，賊不得渡，乃盡獲之。故至今營汛盡闕五漏，所以志藤峽之怪也，紀平賊之功也，示永矢以弗諼也。然按《蓄德録》：都御史韓公雍征大藤峽，出兵，令五鼓戰，將領恐遲失事，二更即發，大破之。公賞其功，而問以違令之罪。韓公傳令五鼓戰，則不報五鼓之説非。豈當時令五鼓戰，而破賊不用五鼓，故今闕而不報耶。又按：《明紀》：憲宗成化元年，韓雍破猺於大藤峽。初，國子監生封登，奏潯州夾江，諸山險峻，中有大藤如斗，延亘兩崖，勢如徒杠，蠻衆蟻度，號大藤峽。登峽巔，數百里顧眄可盡，諸蠻倚為奥區，乞調兵勦滅。至是雍帥全師長驅至峽口，攻破山南諸巢，追躡至九層崖等山，用斧斷藤，改名斷藤峽，賊悉平。據此，俗傳大藤圍數丈，五更浮出渡賊之説，似是附會。然松按：藤非圍數丈，賊衆亦不能蟻度。聞今我粵肇慶府署有一藤鼓，徑六尺餘，以潯州峽之大藤刳其中為鼓皋陶者也。觀此，則大藤不僅如斗可知。《明紀》紀大藤，似不足信。

夜半鐘聲

海幢寺，粵東名刹也，在廣州羊城珠江之南。寺後建一亭以供佛，佛前懸一大鐘，入夜則撞。其聲幽慘，宵闌夜寂，聲聞數里，幾徹羊城。徐撞隨燒紙錢，直至天明乃已，名曰幽鳴鐘，又曰幽冥鐘。寺僧云，佛力廣大，此鐘一撞，聲徹冥間，十方幽魂，聞聲齊至，聽佛説法，聽佛超度。撞鐘之僧，常見鬼物，旋盤鐘下，或人或畜，或隱約半見，或突露全形。轉瞬即滅，種種變相，種種怪幻，莫可名狀。非壯膽慧心毅力者，不能任其職。恒有供職三兩月而病瘠者，有一二旬而駭怖告退者。此職亦擇僧而使也。馮莘洲先生云，此幽鳴鐘樓門聯，寫作俱佳，係寺之開山和尚阿字所撰，聯云：萬種塵勞千日短；五更風雨一聲寒。松謂此聯，不第可以醒幽魂，更足以醒世迷也。

張邦基云，予妹夫王從一太初著《東郊語録》有云：唐人詩：月落烏啼霜滿天，江楓漁火對愁眠。姑蘇城外寒山寺，夜半鐘聲到客船。此張繼之《楓橋夜泊》之作也。説者謂美即美矣，但三更非撞鐘時。按：《南史・裴皇后傳》載，齊永明中，上數幸諸苑囿，載宮人從車置内深隱，不聞端門鼓漏聲，置鐘于景陽樓上，應五更三鼓，宮人聞鐘聲，早起妝飾。由是言之，夜半之鐘，有自來矣。予以為不然。非用景陽故事，此蓋吴郡之實耳。今平江城中，從舊承天寺鳴鐘，乃半夜後也。餘寺聞承天鐘罷，乃相繼而鳴，迄今如是。以此知自唐而然。楓橋去城數里，距諸山不遠。書其實也。承天今改名能仁云。《老學菴筆記》又云：張繼之《楓橋夜泊》詩，姑蘇城外寒山寺，夜半鐘聲到客船。歐陽公嘲之云，句則佳矣，其如夜半不是打鐘時。後人又謂惟蘇州有半夜鐘聲，皆非也。按：于鄴《褒中即事》詩：遠鐘來半夜，明月入千家。皇甫冉《秋夜宿會稽嚴維宅》詩：宅深臨水月，夜半隔鐘聲。此豈亦蘇州詩耶？恐唐時僧寺，自有夜半鐘聲也。今觀海幢之幽鳴鐘，則徹夜皆有鐘聲，不惟夜半。然則夜半鐘聲，亦叢林之常，又何必蘇州承天寺耶?《王方直[①]詩話》以金輪寺僧謙詠月而得“清光何處無”句，喜極而夜半撞鐘，為夜半鐘聲之證。不知僧謙撞鐘，乃偶然之事。且寒山與金輪，其地又不同，殊屬牽强。又按：《墨客揮犀》：古有分夜鐘，蓋夜半打也。《南史·邱仲孚傳》：每讀書以中宵鐘聲為限。則知半夜鐘聲，所在多有，不足為異。歐陽公謂無夜半鐘聲之理，大氐歐陽公之處，及所經歷，未嘗聞夜半鐘聲，故云然耳。庸詎知八方叢林野刹，人地既殊，寺規各異，不必盡同。夜半鐘聲，不足怪也。

段

今俗謂田畝洎豕肉之等，一塊謂之一段。松按：段，四匹也。張衡《四愁詩》美人遺我錦繡段，《張舍人遺織成縟段》，皆作四匹之稱。惟《説文》曰：段，分段也。帛二曰緉，分而未丽曰匹，既丽曰段。似有一塊之意。

石

今人以石為量名，十斗為石。《前漢書·食貨志》：今一夫挾五口，治田百晦，歲收晦一石半為粟百五十石。除十一之税十五石，餘百三十五石。食，人月一石半。又《管子·國蓄篇》：中歲之穀，糶石十錢。大男食四石，月有四十之籍。大女食三石，月有三十之籍。吾子食二石，月有二十之籍。石又作祏。《廣雅》：石，祏也。《説文》：祏，百二十斤也。稻一石，為粟

① “王方直”，當作“王直方”。

二十升。禾黍一秳，為粟十六升太半升是也。然石本古之衡名。《書·五子之歌》：關石和鈞。注：三十斤為鈞，四鈞為石，是以百二十斤為石。《史記·貨殖傳》：素木鐵器若卮茜千石。徐廣曰：百二十斤為石。榻布皮革千石，鮿千石，棗栗千石者三之。羔羊裘千石，皆此數也。又云：水居千石魚陂。徐廣曰：魚以斤兩為記也。凡此皆言衡不言量。今俗惟米言石。石，百四十斤。而權衡之數，未有言石者，失之矣。然石之輕重，古今不同。古以百二十斤為石，今以百四十斤為石。按：《史記》：秦始皇二十六年，收天下兵，聚之咸陽，銷以為鐘鐻，鑄金人十二，重各千石。注：《三輔舊事》云：聚天下兵器，鑄為銅人十二，各重二十四萬斤。又以二百四十斤為一石。李石《續博物志》：今之所謂石，九十二斤，法為準漢秤三百四十一斤也。此所謂石，又與《史記》異。松按：《博物志》所云九十二斤之斤，當是如後世之大斤，故準漢秤三百四十一斤也。今羊城米埠以六十五斤為小石，百三十斤為大石，名稅館斗，官倉實以百四十斤為一石。

女媧有二

《帝王世紀》：女媧氏，風姓也。承庖犧制度，號女希，是為女皇。此人所共知，而不知有二。《世本》云：禹娶塗山氏女，名女媧。《吴越春秋》作“女嬌”。

太伯有四

一為周太王長子。齊桓公亦稱太伯。《戰國策》：王斗見齊宣王曰：昔先君桓公，所好者五。九合諸侯，一匡天下。援籍立為太伯。門官之長亦曰太伯。《左傳·莊公十九年》：鬻拳曰：吾懼君以兵，罪莫大焉。遂自刖也。楚人以為大閽，謂之太伯。《正義》曰：太伯，門官之長也。又王莽時官名。《前漢書·西域車師傳》：建國二年，以廣新公甄豐為太伯，當出西域。車師王與左右將謀曰，聞甄公為西域太伯，當出，故事給使者牛羊穀芻茭云云。昔人又有大伯之稱。《夢華録要》：量酒博士至店中，小兒子謂之大伯。今我邑鄉間，家生老僕，小主人呼之亦曰大伯，此則卑賤之稱，我邑之方言也，與太伯之稱，不可同日語矣。

炮炆

紙炮，今俗謂炮炆。考之古，字書無炆字，即《康熙字典》，亦無炆字。宋元以前，文人詩詞，亦無有用炮炆者。不知始自何人何代。按：明庠彦沈明德宣賦杭州除夕、元旦《蝶戀花》二詞，其《除夕》詞有云：鑼鼓兒童聲聒耳，傍早關門，掛起新簾子，炮炆滿街驚耗鬼。《元旦》詞有云：接得灶神天未曉，炮炆喧喧，催要開門早。炮炆二字之見於文詞者，於此僅見，見郎仁寶《七修類稿》。今俗凡酬神嫁娶慶賀物儀，皆以炮炆為至要，不僅為驚耗鬼之用也。炮炆，俗又謂之爆竹。

爆竹

爆竹，今俗謂之串炮。按：李畋《該聞集》：仲叟者，家為山魈所祟，擲石開户。畋令旦夜于庭中爆竹數十竿，若除夕然，其祟遂止。古除夕爆竹，謂燒竹耳，非謂炮也。今謂炮炆為爆竹，蓋緣爆竹至節作霹靂聲。今燒串炮，其聲相似，故謂之爆竹也，又謂之炮竹。今俗有用爆竹字為元旦聯者，云：爆竹一聲除舊；桃符萬户更新。

又按：《珍珠船》：或問鬼所惡。答云，最惡金姑聲。閩人謂破竹聲為金姑聲，則不必爆竹，破竹鬼亦惡也。蓋破竹至節，聲亦如爆竹也。山魈，《抱朴子·登涉篇》：山精也，形如小兒，獨足向後，夜喜犯人，名曰魈。《集韻》：山魈出汀州，獨足鬼。仲叟爆竹以止其祟者，大氐此山魈之類也。然按：《廣異記》云：山魈，嶺南所在有之，獨足反踵，手足三岐。其牝好傅脂粉，於大樹空中作巢，有木屏風帳幔，食物悉備。嶺南山行者，多持胭脂鉛粉及錢以自隨。雄者謂之山公，必求金錢。遇雌者謂之山姑，必求脂粉，與之則甚喜。又云：其難曉者，每歲中與人營田。人出田及種，耕地種植，並是山魈，穀熟則來喚人平分。性質直，與人分，不取其多。人亦不敢多取，取多者遇夭疫病。據此，山魈乃人類之一種。其人渾噩，其性質直，無詐無虞，不私不貪，有類太古之民，潔廉之侶，非祟人者。與《該聞集》所載異。豈別一類，如郡縣十室之邑之有忠信者與？此農伴之最佳，閭閻稼耕稼之氓，當愛之不暇，何必聲爆竹以驚懼之耶？

《事物紀原》：魏馬鈞製爆仗。按：《集韻》爆音璞，爇也。亦作爆，火裂也。又烞，《集韻》音朴，爆竹火聲。

碼碯

碼碯，石類也。今切琢磋磨以為器玩，不知古之所謂碼碯，乃真馬之腦。其質如石，可以雕琢為器。《拾遺記》有丹邱之國，獻瑪碯甕，以盛甘露。帝德所洽，被于殊方，以露充於厨也。碼碯，石類也，南方者為之勝。今善別馬者，死則破其腦，視之。其色如血者，則日行萬里，能騰空飛。腦色黃者，日行千里。腦色青者，嘶聞數百里。腦色黑者，入水毛鬣不濡，日行五百里。腦色白者，多力而怒。今為器多用赤色者。若是人工所制者，多不成器，亦殊朴拙。其國人聽馬鳴，則別其腦色。丹邱之北，有夜叉駒跋之鬼，能以赤馬腦為瓶盂及樂器，皆精妙輕麗。

中國人有用者，則魑魅不能逢之。據此，碼碯即馬腦。

然今人為器玩之碼碯，未必如《博物志》所云之馬腦，當別一種石，質色如馬腦者耳。碼碯又作瑪瑙。《博雅》云：次玉也。《華夷考》：瑪碯出日本，生土石間。種有三般，紅黑而白，紋如纏絲者為咸妙。又《廣韻》云：即寶石。《韻會》：此寶石色如馬腦，因以為名。據此，則今碼碯，直是石類，色如馬腦，故名耳。然則如丹邱之馬腦，今無其實矣。又曹昭《格物論》謂瑪瑙出北地，南番西番，非石非玉，堅而且脆，其中有人物鳥獸形者貴。顧薦《負暄録》：瑪瑙産有南北，南瑪瑙産大食，色正紅，無瑕，可作杯斝。又云，其品類甚多，有名栢枝者，花如柏枝。名夾胎者，正視則白，側視若凝血，一物二色。名截子者，黑白相間。名合子者，漆黑中有一白線間之。名纏絲者，紅白如絲。名錦紅者，色如錦。皆貴品。名漿水者，淡水花。名醬班者，紫紅。皆價低。試瑪瑙法，以砑木不熱者為真。

按：今之瑪瑙，來自番舶，石質堅而滑澤，多紅白兩色。《格物論》謂其堅而且脆，中有人物鳥獸形，有似今夷人貨粵之波囉鬆。囉俗音皆多反。波囉鬆，中多有蟲豸花葉等物，然亦無鳥獸人物之形。《負暄録》所載諸色瑪瑙，與試瑪瑙法，又似是琥珀。然以今所見瑪瑙，其形狀無有如《格物論》與《負暄録》所云者，不知所據。一說云，瑪瑙者，惡鬼之血凝結而成。昔黄帝除蚩尤，及四方羣凶，并諸妖魅，填川滿谷，積血成淵，血凝如石也。一說云：丹邱之野多鬼，血化為丹石，則瑪瑙也。不可斫削雕琢，乃可鑄以為器也。《舊唐書・高宗紀》：倭國獻碼碯，大如五斗器。《唐書・裴行儉傳》：初平都支遮匐，獲環寶不貲，有碼碯盤廣二尺，文彩粲然，此固非丹邱之瑪瑙，而更非血化之丹石也。

琥珀

琥珀者，虎魄也。《茅亭客話》云：月暈虎交，食狗必醉，醉人虎多不食。虎視，只以一目放光，一目看物。捕時記其頭藉之處，待其月黑而掘地尺許，必有石子如琥珀者，此乃虎目精魄，淪入於地而成，琥珀因此主療小兒驚癇。可知今之所謂琥珀，以其似虎魄而名耳。《本草》李時珍亦云：虎死，則精魄入地化為石。琥珀之狀似之，故謂之虎魄。俗文从玉，以其類玉也。《華夷考》：林邑多琥珀。《東西洋考》：日本宋時充貢。《廣雅》又云：琥魄，珠也，生地中，其上及旁不生草，淺者五尺，深者八九尺，大如斛，削去皮成琥珀。初時如桃膠，堅凝乃成。其方人以為枕，出博南縣。《續漢書·地理志》：永昌郡博南注引《廣志》亦云然。《異物志》：琥珀之本，成於松膠也。又云，松脂淪入地中，千年化為茯苓，千年化為琥珀，一名江珠。《元中記》又云，楓脂淪入地中，千年為虎珀。孫愐亦曰，楓脂入地為虎魄。《淮南》曰：兔絲，虎魄苗也。據此，琥珀皆楓松脂所成。《博物志》又云：虎魄，燒蜂巢所作。《西域諸國志》：摩盧水邊沙中有短腰蜂窠，燒治以為虎珀。《南蠻記》：寧州沙中有折腰蜂，岸崩，則蜂出，土人燒治以為琥珀。段成式又云，龍血入地為虎珀。《神農本草經》又云：取鷄卵瞉，黄白渾雜者，熟煮，及尚軟，隨意刻作物，以苦酒漬數宿。既堅，内粉，中如真虎珀。此則虎珀之贋，而不可入藥也。夫虎性至暴，而目不横視，至鎮定也。其精淪入于地而為魄，其能鎮驚定癇也固宜。然則治小兒驚癇，得真虎魄，勝楓松脂之琥珀多多矣。《舊唐書·高宗紀》：倭國獻琥珀，大如斗。其真虎魄與？真虎魄無大如斗者，大氐楓松脂之琥珀耳。按：常璩《華陽國志·南中志》：博南縣有虎魄，能吸芥，則虎魄之真贋，當以吸芥試之。按：虎精入地為虎魄，龍血入地當名龍魄。成式謂為虎魄，説似附會。觀此，别物之為虎魄，不一而足。而虎精所化之虎魄，今所罕見，此亦難得之物也。《通雅》、《晉書·山濤傳》：賜濤司徒蜜印，新沓伯蜜印，正蜜臘珀也。松按：古無蜜臘珀之名，蓋蜜臘與琥珀，原是二物，不可渾也，説似附會。

琥珀又名瑿，音兮。《本草》：琥珀千年者為瑿，狀似玄玉，黑如純漆，大如車輪。永昌有黑玉鏡即瑿也。又按：虎魄妙治金創。《宋武帝紀》：寧州嘗獻虎魄枕，光色甚麗。時將北征，以虎魄能治金創，上大悦，命擣碎，分付諸將。

麋可通眉

《偃曝談餘》：《歐陽集古録》云：《漢故北海桐景君碑銘》有云：不永麋壽。余家集録三代古器銘，有眉壽者，皆為麋壽。蓋古字簡少通用，至漢猶然也。按：《博物志》麋以千百[①]為羣。麋壽者，言多壽如千秋云也。非通用眉字也。松按：《博物志》所云麋以千為羣，非以千為歲，似屬傅會。又按：《荀子·非相篇》：伊尹之狀無鬚麋。又《大戴禮·主言篇》：孔子愀然揚麋曰。又《周官·考工記》：梓人，凡試梓飲器，鄉衡而實不盡。注：衡，謂麋衡也。疏：麋即眉也。麋、眉古本通用。足見《博物志》麋千為羣之説支離。顏師古《急就章》注：麋似鹿而大，目上有眉，因以為名。古昔麋、眉通用，蓋以此乎？又揚子《方言》：麋黎老也。注：麋，猶眉也。《前漢·王莽傳》：赤麋聞之，不敢入界。注：麋，眉也。皆以麋為眉。眉又通微。《儀禮·少牢饋食禮》：眉壽萬年。鄭注：古文眉為微。

---

① “百”字原文似删去。

矢亦曰溲

人溺謂之溲。《後漢・張堪傳》遺矢溲便，是也。然不必溺，矢亦謂之溲。《史記・倉公傳》：齊郎中令循病，衆醫皆以為蹷，人中而刺之。臣意診之曰，湧汕也，令人不得前後溲。循曰，不得前溲三日矣。臣意飲以火齊湯，一飲得前溲，再飲大溲，三飲而疾愈。松按：溲便，即今俗云小便也。溲謂之便，自昔云然，《前漢・張安世傳》：郎有醉便殿上者，安世曰：何知反水漿耶？大溲，即今俗云大便也。又齊王太后病，召臣意入診脈曰：風痺客脬，難於大小溲。臣意飲以火齊湯，一飲即前後溲，再飲病已。後溲，亦即今之所云大便也。又曰惡。《前漢・昌邑王傳》：如是青蠅惡矣。注：師古曰：惡即矢也。越王勾踐為吴王嘗惡。大便，今俗文而言之謂之出恭。科歲考童子試，學院場規謹嚴，則有告恭簽。凡士子肚腹不好，則稟告。持此簽以登厠，謂之告恭。

按：小溲又謂之私。《左傳・襄公十五年》：師慧過宋朝將私焉。注：私謂小便。按：溲本作涹。《晉語》：小涹於豕牢而生文王。

中意

今俗凡事物為己心所喜悦者，謂之中意。故凡鋪肆賣買貨物，必先問客中意與否。中意云者，心之所欲，而事物適與之應也。中者，應也，合也。中意，猶合意也。即《左傳・定公元年》季孫曰：子家亟言於我，未嘗不中吾意也。是春秋時已有此語。又《漢書》：張湯以杜周為廷尉史，使案邊亡失，所論殺甚多，奏事中意任用。又見《天文志》與《江充傳》中意之中。

師古曰：當也。《漢書》作去聲。今俗皆作平聲，聲之訛也，與古異矣。

中用

俗凡事物之適於用者，謂之中用。不適於用者，謂之不中用。按：不中用，見《史記·秦始皇本紀》：始皇聞盧生竊議亡去，大怒曰：吾前收天下書不中用者，盡去之。《外戚世家衛王后傳》：武帝梗[①]擇宮人不中用者，斥出歸之。又《王尊傳》：尊為槐里令，兼行美陽令事。到官，出教敕掾功曹，各自底厲，助太守為治。其不中用，趣自退避。中，俗亦作平聲。

瞽叟不終瞽

劉向《孝子傳》：舜父夜卧，夢見一鳳凰，自名為鷄，口銜米以食已，言鷄為子孫，視之乃鳳凰。以黄帝《占夢書》占之，此子孫當有貴者。舜占猶之。比年糴稻，穀中有錢。舜也乃三日三夜，仰天自告。舜過前舐之，目霍然開。又《真源賦》：舜糶於平陽中，父認之，乃舐其目，目以光明，是瞽叟終不瞽也。然《賦》與《傳》所載異，《傳》云糴，《賦》云糶，且以錢治盲。重華而外，千古未聞。松按：唐虞之世，無錢之名。錢始於太公九府圜法，且經書史傳，皆言舜孝，而瞽叟底豫，不聞舜舐瞽叟目。而瞽叟不終盲也，恐是中壘杜撰。瞽叟，《尚書》作瞽瞍。班固《人物志》作鼓瞍。瞽瞍名槐。《吕覽》瞽叟，王伯厚《楊升菴》引作鼓槐。然《吕覽》云瞽槐，亦瞽者之通稱，不必舜父也。孫海門：《稽古異名録》，瞽瞍一作瞽槐。人但知其頑，而不

① “梗”字原文似删去。

知能作十二絃之瑟。松按：《吕氏春秋·古樂篇》：瞽瞍作十五絃之瑟。孫氏説誤。又按《晉書·孝友盛彦傳》：母王氏，因疾失明。彦侍養母食，必自哺之。母疾既久，至于婢使，數見捶撻。婢忿恨，伺彦蹔行，取蠐螬炙飴之。母食以為美，然疑是異物，密藏以示彦。彦見之，抱母慟哭，母目豁然即開，從此遂愈。又《顔含傳》：次嫂樊氏，因疾失明。含課勵家人盡心奉養，醫人疏方，應須髯蛇膽，尋求備至，無由得之。嘗晝獨坐，忽有一青衣童子，持一青囊授含。含開視，乃蛇膽也。童子出户，化青鳥飛去。得膽藥成，嫂病即愈。據此，蠐螬炙、髯蛇膽皆治盲之奇藥，不惟彀中錢也。然未始非孝友之感之所致也。不然，螬炙、蛇膽，非甚難得，何世之盲者不一取之以為治也。

師曠非生盲

《拾遺記》：師曠者，或云出於晉靈之世，以主樂官，妙辨音律。晉平公之時，以陰陽之學，顯於當世。燻目為瞽人，以絶塞衆慮，專心於星算音律，考鐘吕以定四時，無毫釐之異。據此，師曠，晉平公時始燻目為瞽，非生而瞽者也。惟《新序》則謂其生盲，云晉平公閒居，師曠侍坐。平公曰：子生無目眹，甚矣子之墨墨也。豈師曠已燻目而後仕，故平公謂其生盲與？按《周書》，王子晉問師曠曰：且吾問汝之人年長短告吾。師曠對曰：汝聲清汙，汝色赤白，火色不壽。師曠瞑而尚見子晉之色赤白，其目雖燻而未盡瞑者也。王逸《楚詞章句》曰：師曠聖人，字子壄，生無目而善聽。蓋本之劉向《新序》。《唐書·獨孤及傳》：及晚嗜琴，有眼疾，不肯治，欲聽之專也。此即師曠燻目之意。

卷之十三

稱遺詔不必君崩

皇帝將賓天之詔曰遺詔，如《漢書・文帝紀》後七年六月己亥，帝崩於未央宮，遺詔云云，是也。今俗人將歾，遺書以示兒孫亦曰遺囑。然帝未崩，亦有自稱曰遺詔者。《史記・秦始皇本紀》：二十八年，禪梁父刻所立石。其辭曰：貴賤分明，男女禮順，慎遵職事，昭隔内外，靡不清浄，施於後嗣，化及無窮，遵奉遺詔，永承重戒。松謂：始皇初并天下，始巡遊，封泰山。禪梁父刻石頌功，蓋一代之盛。前古不數覯而曰遺詔，此非吉徵其沙邱之先兆與，故卒以巡遊崩。

稱先母不必母死

凡祖父母、父母已歿曰先。司馬遷《報任安書》，太上不辱先，其次不辱身，是也。今俗父母歿，則曰先父先母，曰先考先妣。松按：《史記・衛將軍傳》：昔為侯家人，少時歸其父，其父使牧羊，先母之子，皆奴畜之。服虔曰：先母，適妻也，青之適母。是古人稱適母曰先母，不必已歿而後稱也。

花旦

今俗謂梨園小旦曰花旦。按：黄雪槎《青樓集》：凡妓以墨點面者號花旦。花旦是妓女之名，非優人也。松謂小旦即古之優娥。石公袁宏道《廣莊・廣齊物論》：齊有優娥者，館於泰山之逆旅。龜蒙先生分室而寢，夜半聞蛾謂弟子曰：余初入排場，村叟有聚而觀者云云。以優娥名小旦，名實最副。夫女子之姣好者曰娥。昔有歌妓曰韓娥。《博物志》：韓娥之齊，粥歌假食。既去，餘音猶繞梁三日。今之小旦，優人女粧，以窈窕姣好，歌舞悠揚者為擅場，是優而娥者也，亦歌妓之類也。今俗又稱小旦曰某官，殊無取義，適足長其妄自尊大之氣耳。道光二十五六年，羊城始有戲園，時演女戲有四喜班，班有三女子弟，而名福仔者，可生可旦，色伎俱妙，為女子弟之最。又有金玉班，有女旦二，而名雙喜者，為此班色伎之最。斯真可名優娥矣。按：女裝男，古已有之，不始於今之女戲。《通考》有劍器曲，用女妓而雄裝空手舞，是也。夫戲劇有生旦浄丑之名者。按：《禮記・樂記》注謂：俳優雜戲，如獮猴之狀，乃知生狌也，猩猩也；旦狚也，猵狚也；《莊子》猨猵狚以為雌；浄猙也，《廣韻》似豹，一角五尾；丑狃也；《廣韻》犬性驕。謂俳優如四獸，所謂優雜子女也。末猶末厥之末，外猶員外之外。

又《胡氏筆談叢》曰，凡傳奇傳以戲為稱，無往而非戲也。故其事欲悠謬而無根，其名欲顛倒而無實，故曲欲熟而命之[1]以生也。婦宜夜而命以旦也。開場始事，而命以末也。塗污不潔，而命以浄也。凡此咸以顛倒其名也。中郎之耳順，而壻卓也。相國之絶交，而娶崔也。荆釵之詭而夫也，香囊之幻而弟也。凡此咸以悠謬其事也。由勝國而迄國初一轍也。近世為傳奇者，若良

① “之”字原文似已删去。

史焉，古意微矣。松見今日梨園戲本，又與昔殊。昔之傳奇，或出於正史，或見諸稗官小説衍義新聞，皆有所本。雖不能事事皆實，而必有所依傍，有所影倣。場下觀劇，雖田夫俗子，亦知其所演何朝何代，何人何事。今則鑿空杜撰，務以綫索巧異，造作翻新。前齣已奇，後齣愈奇。令人意想不到，不可測度，便為佳本。不問其人其事之有無，不計其朝其代之先後。有合歷朝數百千年之事，東扭西牽，而支離附會者。有將六朝以後之人之事，而翻在魏晉以前者。更有古今並無其人其事，憑空幻造，而合情合理者。其或演奸貪淫亂，逆子賊臣。有人説不出，彼且做出來，而機變巧湊，不為事理之所無者。總之新巧則讚美，怪奇則豔羨。雖才人學士，博通古今，莫能知其故實。此亦人心之不古，民風之日下，而世道夌𠌫之一端也。可勝嘆哉。

鴇母

昔人謂妓女之母為鴇母。《易林》鴇一名鴻豹，性淫，逢鳥必與之交，故字晝七十鳥為鴇。今呼妓母為老鴇者，大氐以此。《本草》云：鴇，水鳥也，似雁而斑文。或云雌無雄，與他鳥合。夫妓尚華飾，施脂粉，暮迎朝送，無有正匹，其取似雁斑文，純雌無雄，與他鳥合之義惟肖。則所謂鴇者，妓也。鴇母，猶云妓之母也。今俗以老鴇、鴇兒稱妓母，直以妓母為鴇，似誤。然亦有所本，本之孫棨《北里志》：妓假母曰爆炭，即今之鴇也。夫鴇母，非妓之真母。由其老於妓，更債少女以為妓，妓因而母之，謂之鴇母①也，宜也。鴇者，老妓也。又《隴蜀餘聞》：打箭爐，在建昌西南。其俗女子不嫁，輒招中國商人與之通，謂之打沙鴇。商人不思歸，生女更為沙鴇。此沙鴇，雖非妓，亦妓之類也。妓之夫曰娼夫。《七修》云：春秋有貨其妻女

① “母”字原文似刪去。

求食者，謂之娼夫，以緑巾裹頭，以別貴賤。則妓母亦可謂之娼母。今俗謂帷薄不修之傖曰戴緑頭巾，本此。

《陔餘叢考》云：明制，樂人例用碧緑巾裹頭，故吴人以妻有淫行者，謂其夫為緑頭巾。則今俗緑頭巾之諺，實始自吴人。又《日知録》云：明制，伶人服緑色衣。則伶人不惟裹緑巾，兼著緑衣。按：《唐史》及《封氏聞見録》：李封為延陵令，吏人有罪，不加杖，但令裹碧緑巾以耻之，隨所犯輕重，以定日數。吴人遂以此服為耻。據此，吴人緑巾之耻，實始於唐時，不關明制。然唐以為伶人之巾，不謂為娼夫之巾。謂為娼夫之巾，實始於明代之吴人。又按：娼之名，不一而足。《元史·鄭介夫傳》：成宗大德七年，上《大平策》，一綱十二目。其言風俗曰，今街市之間，名曰嫁漢，曰把子合活，曰坐子，人家十室而九，此風尤為不美。且抑良為賤，待告而禁，終不能絶。若令有司察覺，或許諸人陳首，但有此等，盡遣從良。此可厚風俗之一也。元之嫁漢、合活、坐子，即打沙鴇之類也。又優人所戴，不必緑巾，又有風流帽。《堅瓠》戊集《桐下听然》云：馮南谷，吴門博徒，善恢諧，嘗負博錢十萬，匃貸豪門。時王元美在坐，戲以優人風流帽襲其首，曰，能詩，如所請。馮即朗吟曰，天下風流少，區區帽上多。賓邊齊拍手，恰似按笙歌。元美忻然，贈十金。或曰，風流帽，即緑巾也。而抑知不然。

按：風流帽，亦稱不倫，圍如束帶，兩旁白翅，不摇自動。《白兔記》李洪義八義記云：樂人戴之。先大父言張幼于門客某，欲告貸於幼于，浼其兄伯起為言，幼于諾之，曰，以“不倫”為題，吟詩一首，能則與之。伯起復於客，客求伯起代作前詩。所按與《桐下听然》異。是風流帽，又名不倫。而不倫圍如束帛，兩旁白翅，則是白巾，而非緑巾矣。又按《前漢書·東方朔傳》：董君緑幘傅韝，隨主前伏地下。應邵曰，緑幘，宰人之服也。師古曰，緑幘，賤人之服也。《説文》：髮有巾曰幘。《急就篇》注：幘者，韬髮之巾。揚子《方言》：覆結謂之幘巾。幘即巾也，是緑巾，古未嘗以為娼夫之巾。若謂為娼夫之巾，實太主實私於董偃，綠幘不當董君戴矣。大氐明時以綠幘為賤人之服，故以之加於娼夫耳。衛宏《漢舊儀》曰：太官皆有令丞、奴婢，各三十人，大置酒，皆緹韝蔽膝綠幘。上食，用黃金釦器。《隋書・禮儀志》亦云：庖人綠幘。此亦足為綠幘宰人之服，而非娼夫之服之證。然綠巾有不必為賤人之服者。《北史・尉遲迥傳》：隋文帝以韋孝寬為元帥討迥，迥敗，孝寬進至鄴，迥別統萬人，皆綠幘錦襖，號黃龍兵，豈必娼而後綠巾耶。昔人謂戴綠巾為娼夫，荷葉色綠，故今俗戲笑，輒以荷葉帽相譬仿。

按：《北史・僭偽附庸梁帝蕭詧傳》：詧惡見人髮白。擔輿者，冬月必須裹頭，夏月則加蓮葉帽。則蓮葉帽，亦非娼也。又張平子《西京賦》：天子乃駕彫軫，六駿駮，戴翠帽，倚金較。翠色，綠之鮮者。翠帽猶綠帽。杜牧詩，已建元戈收相土，應迴翠帽過離宮。疑即用此。亦足證古昔不以綠帽為賤。又江隣幾《雜志》：近歲都下裁翠紗帽，直一千，至於下俚，耻戴京紗帽。御帽例用京紗，未嘗改易也。翠紗帽，亦猶西京之翠帽。且為風俗一時之尚，又安必綠帽之娼帽邪。夫娼，業之無耻而至賤者也。然管仲相桓公，置女閭七百，以①徵其夜合之資以富國。夫斂青樓夜合之資，以充軍國之用，亦卑不足道也。然則桓公可謂之娼君，管仲可謂之娼相。孔子小其器，孟子卑其功業，有以哉。今我廣俗，謂婦女有外私者曰狗媽。蛋女未嫁而專事外遇者，謂之水鷄。妓女而接番夷者謂之魚。夷妓皆舟居，其舟謂之魚艇。其稱名又與昔異。

水流神

廣州俗尚鬼巫，而地多濱海，選事者往往於水濱涯涘，拾得木石，頗似人形，輒稱為將軍，為大王，奉而神之，謂之水流

① “以”字原文似删去。

神。俗惑之以為靈，香烟不絶，選事者於中而漁利焉。松按：《水經注》：馮翊石柱橋北首，壘石水中，舊有忖留神像。此神嘗與魯班語，班令其神出。忖留曰：我貌獰醜，卿善圖物容，我不能出。班於是拱手與言曰：出頭見我。忖留乃出首。班於是以脚畫地，忖留覺之，便還没。故置其像於水，唯背以上立水上。董卓後焚此橋，魏復修之。忖留之像，曹公騎馬見之驚，此即今水流神之所昉與。果爾，則水流當作忖留。然俗以其得之水涯之際，故謂之水流耳，非如忖留確有所見也。

按：《三齊記》記秦始皇事，亦與忖留類。云始皇於海中作石橋，海神為之竪柱，始皇求為相見。神曰：我形醜，莫圖我形，當與帝相見。乃入海四十里，見海神。左右莫動手，工人潛以脚畫地[①]其狀。神怒曰：帝負約。速去。始皇轉馬還，前脚立，後隨崩，僅得登岸，畫者溺死，衆山之石皆傾注，今猶汲汲東趨。此與《水經注》大同而小異。

又按：《歷代名畫記》：漢張衡，字平子，昔建州蒲城縣山有獸，名駭神，豕身人首，狀貌惡，百鬼畏之，好出水邊石上。平子往寫之，獸入潭中，不出。或云此獸畏畫，故不出，可去紙筆。即去之，獸果出，平子拱手不動，潛以足指畫獸，今號畫獸潭。亦與忖留相類。

據此，是水神之貌皆獰醜。今俗水流神，有因其靈感而廟食者，其塑像有貌如處女美而豔者，稱之曰某娘娘、某夫人。與忖留妍醜，大相徑庭矣。

按宋黄東發任撫州，咸淳九年正旦諭敬天説云，不憂吾民敬天之心不常，祇憂吾民敬神之心不的。神者，日月星辰，風雷雨露，顯然在眼，變化不測，故名曰神，若與人相似，可與人接，則非神矣。今世俗不以天神為神，反裝塑泥像，有手有脚不能舉動，亦名曰神。此尚不得與人為比，豈得謂之神？且神者，生我者也，養我者也。此真神也，我賴其造化者也。有恩當報，故宜

① “地”字原文似删去。

敬之。泥神者，待我揑成者也，待我供養者也。此泥塊也，非神也。乃出於我者也。何恩可報，乃反敬之？楚國語云，民匱於祀。此言楚俗淫祀，因此匱乏。吾州舊亦楚地，其以泥塊為神，至於罄竭家財，作會祭賽，蓋積弊然也。此説甚有理。夫泥塑之神，初則人尊敬之，乃像塑之若水流之神，乃朽木頑石，為俗所擯棄，為人所厭惡。乃擲之中流，任其飄泊，游手奉之猶客之不速無賴因以漁利，若貨之居奇，無有精氣，何有神靈，曷足以敬世以為神，甚無謂也。不更妄而又妄耶？

竹夫人

黄魯直有《趙子充示竹夫人詩，蓋凉寢竹器，憇臂休膝，似非夫人之職。冬夏青青，竹之所長。予為名曰青奴》。又名竹奴。竹几亦稱竹夫人。《東坡志林》：東坡寄柳子玉云：聞道床頭惟竹几，夫人應不解卿卿。又《送竹几與謝秀才》云，留我同行木上坐，贈君無語竹夫人。蓋俗謂竹几為竹夫人，則竹几亦稱竹夫人。竹夫人，唐人謂之竹夾膝。陸龜蒙有《竹夾膝》詩，即今之竹夫人也。按：《天禄識餘・王妃外傳》：妃子謂謝阿蠻曰：爾貧無可獻師，代我與爾。乃命紅桃，孃取紅粟玉臂支賜阿蠻。玉臂支，亦竹夫人之類與。又有進封竹夫人制。《玉海・辭學指南》云：李公甫欲應詞科，真西山指竹夫人戲曰，蘄春縣君祝氏，可封衛國夫人。公甫援筆立成，末聯云：保抱携持，朕不忘兩夜之寢；輾轉反側，爾尚形四方之風。西山稱賞。蓋八字用《詩》《書》全語，皆婦人事。而形四方之風，又見竹夫人玲瓏之意。其中頌德云，常居大厦之間，多為凉德之助，剖心析肝，陳數條之風刺，自頂至踵，無一節之瑕疵，又詳見《鶴林玉露》，涪翁又謂暖足瓶名脚婆。

古之絝無襠

古婦人皆著無襠袴。《前漢書・鈎弋趙婕好傳》：昭帝時，上官皇后為霍光外孫，光欲皇后擅寵有子，雖宮人使令，皆為窮絝多其帶，後宮莫有進者。服虔注：窮絝，有前後襠，不得交通也。師古曰，絝，古袴字，即今之緄襠袴也。據此，古人袴皆無襠。有之自漢制窮絝始。今使婦人著無襠之袴，鮮不以為淫蕩矣。松謂服虔、師古之説皆非。夫窮絝云者，非謂其有襠，以多其帶而名也。蓋絝而多其帶，即不可卒解，故不得交通。多其帶三字，正以見絝之窮也。今男女皆服有襠之袴，豈不得交通？則窮絝非以有襠而名，於此可見。惟多其帶以繫束之，解之不能悉解。真絝之窮，即欲交通，而無可如何也。若以絝有前後襠為窮，非事之理也。按：襠，絝底也，《韓子》：玉巵無當。《廣韻》：當，底當也。襠義取此。又《西域見聞録》：敖罕國，風俗淫佚，尤重男色，人人皆有狡童。童之絝緊束，而以細鎖鎖之，以防外遇。亦即漢帝[①]窮絝之遺，然較之窮絝，不更嚴密耶？

古解絝而寢

古人解衣袴而寢，《漢書・趙皇后傳》：成帝素彊無疾病，昬夜平善，鄉晨傅絝韤欲起，因失衣不能言，崩。注：傅，著也。夫曰鄉晨傅絝，則解絝而寢可知。又曰失衣，則解衣而寢又可知。《論語・鄉黨》：必有寢衣，長一身有半。是夫子齊而後有寢衣，非齊亦解衣而寢矣。聖人齊乃必有寢衣，非聖人則齊亦

① “帝”字原文似删去。

解衣而寢，不必有寢衣矣，故《鄉黨》特志之。今我廣州俗，無論寒暑，富貴貧賤，無有解衣絝而寢者。此一事，似勝古人。或曰，今代山東、直隸、兩湖、兩江，風俗尚多有解衣絝而寢者。此緣古俗之陋而未之變改者耳。

魚排

我邑鄉間，村前多鑿深塘，如城之有池。一則以禦暴盜，再則豢魚以取利。而鄉足魚，不可勝食。秋冬魚肥，塘廣或十餘畝，如二三十畝，水闊魚潛。鄉漁有取魚之網，無取魚之舟，於是競作魚排以當舟排。覆四酒埕於塘，以短梯横壓之，縛板於中。人乘之，溯游塘中，用以撒網取魚，名曰魚排。松按：魚排亦有所本。《史記》：漢王使韓信擊魏，信伏兵，從夏陽以木罌瓶渡軍。楊升菴曰：木罌瓶渡軍者，取罌瓶百千，以木縛之，浮於水以代舡。今之魚排，即木罌瓶之遺。

料絲

廣州俗謂舟檣轉帆之纜繚為料絲。凡風急帆高，舟輒客怖，輒呼舟子，曰看料。蓋風緊則撒料而舟帆乃無恙也。若風順而柔，舟人好逸，輒繫轉帆之繚於舟旁，名曰死料。時遇閃山之風，風驟而競，突如其來，人不及覺，料死不能即撒，往往覆舟。閃山者，風從深谷峻嶺之隙，閃仄衝射而出，聚而不散，故其來也疾而暴。舟人非知機豫防，多不能避。惟風狂，則舟子心惕，必親執料絲，卒有緩急，利於收發，謂之揸生料。曰料而不曰絲者，俗語省耳。松按：《七修類稿》所載有料絲燈，出於滇南，以金齒衛者勝也。用瑪瑙、紫石英諸藥搗為屑，煮腐如粉，然必市北方天花粉菜點之方凝，而後繅之為絲，織如絹狀，上繪人物山水，極晶瑩可愛，價亦珍貴。以煮料成絲，故曰料絲。閣老李西涯以為繚絲，書之於册，一時之誤。此因地與中國相遠，人不知也。據此，與轉帆之纜綀，大相懸絶。而俗亦謂之料絲，不知所仿，且不知何所取義，蓋廣諺也。按：繚，《説文》：纏也。《類篇》：繞也。舟帆之纜綀，實繚繞於檣帆之間。西涯所云繚絲，以我廣舟檣之料絲當之，實甚宜也。豈其初原名繚絲，繚料音近，俗訛繚為料耶？

口過

人凡語言不戒，謂之口過。《孝經》言滿天下無口過，是也。松按：口過有兩解。孟啟《本事詩》云：宋考功，天后朝求為北門學士，不許，作《明河篇》以見意，末云：明河可望不可即[①]親，願得乘槎一問津。更將織女支磯石，還訪成都賣卜人。則天見其詩，謂崔融曰：吾非不知之問有才調，但以其有口過。蓋以之問患齒疾，口常臭故也。之問終身慚憤。然則口過，不第言語之不謹矣。松見今俗人亦時有通體雅潔，而口氣獨臭惡，相對談笑，令人不堪者。醫士云，凡人肺燥或肺肝有所損壞，便作此惡。則口過，有不必齒疾者矣。

技癢

今人謂士人嗜作八股文，逢題便作，不能自忍，謂之技癢。與凡人有一技一藝之長，偶遇人作其所長之技藝，便欲一試以呈其技，不能自忍，亦曰技癢。松按：技癢二字，見杜詩。懶真子云，《唐史》載鄭虔集當世事，著書八十餘篇，目其書為《會

① “即”字原文似删去。

粹》。老杜《哀故著作郎貶台州司户滎陽鄭公虔》詩云：薈蕞何技癢。按：薈，當如薈兮蔚兮之薈，蕞如蕞爾之蕞。虔自謂其書雖多，而皆碎小之事也。後人誤呼為會粹，意謂會取其純粹，失之遠矣。技癢者，謂人有技藝不能自忍，如人之癢也。老杜謂虔私撰國史，亦不能自忍爾。

松按：《南梁書·庾肩吾傳》，太子與湘東王書論曰，吾輩亦無所遊賞，止事披閲，性既好文，時復短詠。雖是庸音，不能閣筆，有慚技癢，更同故態。據此，技癢二字，似是六朝人語，然不始於六朝。《顔氏家訓》：應邵《風俗通》曰：太史公記高漸離變易姓名，為人傭保，匿作於宋子。久之作苦，聞其家堂上有客擊筑，伎癢，不能無出言，是漢人已有此語。

又按：癢本作懩。《正韻》：心所欲也。潘岳《射雉賦》：徒心煩而技枝[①]懩。注：有藝欲達謂之伎懩。

治小兒食穀

小兒無知，見物即食。恒有誤食穀粒，阻在喉間，不得上下，多致斃命。聞族兄某云，某年某鄉有一富家獨子，在禾場遊耍，誤食穀數粒，三日不得下。諸醫束手，因榜於通衢，有能治者，謝二百金。一老農揭榜，教以倒懸鴨子，口即流涎，以杯接取飲之，穀隨飲而下。夫鴨善食穀，亦尅制之理，老農善悟爾。按：《本草》：鵝涎治穀芒[②]賊，凡小兒誤吞稻芒，着咽喉中，不能出，名曰穀賊。以鵝涎灌之，即愈。松以理測之，鴨涎似勝鵝涎。

① “枝”字原文似删去。

② “芒”字原文似删去。

治小兒臍風

小兒初生，五日七日起病，十不一治。其為病多端，而撮口臍風尤甚。按：《本草簡便方》：以艾葉燒灰填臍中，以帛縛之，效。或隔蒜灸之，候口中有艾氣，立愈。黃處厚《青箱雜記》云：樞密孫公忭，生數日，患臍風，已不救。家人乃盛以盤合，將棄諸江。道遇老媼，曰：兒可治。即與俱歸，以艾炷灸臍下，遂活。觀此，小兒臍風，非無可治，而未有愈於艾者。《幼科集成》又有全身燈火之法，臍下亦着三燈，又有十二焦燈火之法，臍下着六焦，皆治小兒臍風。按法而治之，無不立愈。此又不用艾，而用燈心蘸油燃以焦之，臍風亦愈。然則治臍風，固莫良於艾。而其功亦不專在於艾，而又在火也。《本草萬方鍼線》云：小兒初生，末牛黃二三分，與小兒食，自無臍風之患云。

指腹為婚

今俗友朋，意合情投，交同莫逆，而妻妾各皆有孕，于是相與約，所生皆男，則復為朋友，以永世好。若一男一女，則結為婚姻，以續世誼，謂之指腹為婚。或曰，指腹為婚，始於隋末。《北史・王慧龍傳》：子寶興，少孤。尚書盧遐妻，崔浩女也。初，寶興母及遐妻俱孕，浩謂曰，汝等將來所生，皆我之自出，可指腹為親。及婚，浩為撰儀。松按：《梁書・韋放傳》：初，放與吴郡張率，皆有側室懷孕，因指為婚姻。後各産男女，未及成長而率亡。遺嗣孤弱，放常贍恤之。及為北徐州時，有世族請婚。放曰，吾不失信於故友，乃以息岐娶率女，又以女適率子，時稱放能篤舊。觀此，南朝時指腹為婚實有兩事，而韋放尤為今古所難。今人有指腹為婚，後則因端悔婚而成仇者，此不足掛韋放之齒矣。《元史・刑法志》：諸男女議婚，有以指腹割襟為定者，禁之。此防患於未然，不至有悔於異日，亦省訟厚俗之一端，法至良也。

婚家結婚

古昔凡婚家與婚家結婚，謂之連婚。《漢書・王商傳》：大將軍鳳連昏楊彤。注：連昏，婚家之婚親也，今謂婚家為婚，則不能兩利。世俗以為忌，則妄之甚也。又外甥女與舅婚，謂之重親。《漢・外戚傳》：宣平侯張敖，尚帝姊魯元公主，有女，呂太后欲為重親，以公主女配帝為皇后。世為婚姻，謂之代姻。《後漢・皇甫規傳》：大將軍梁冀河南尹不疑，與王室代為姻族。注：梁商女為順帝后，后女弟為桓帝后。冀即商子，故曰代姻。今禮制，舅姑之子，不得為婚。重親代姻，亦為今俗所無。夫代姻為今禮所禁，世俗不為，無足怪也。若婚家為婚，何有禁忌。不能兩利之説，何所據而云然。此婦人女子之小見，曷足為嫌。適以見其不學而識之不達耳。又從舅曰通親。《梁書・陸杲傳》：領軍張稷，是杲從舅。杲嘗以公事彈稷，稷因侍宴，訴高祖曰，陸杲是臣通親，小事彈臣不貸。高祖曰，杲職司其事，何得為嫌。

善鷄[1]

鄉俗，凡鷄出卵六七月之久，公鷄則閹之，而取其子，俗謂

---

① 原文此标題下曰：篇內解“善”字意義亦誤，此段亟宜删去。眉批又曰：“鐥”，見《字典》。又曰：“善”當作“鐥”。鐥鷄即閹鷄。鐥，音線。俗謂雄鷄為鐥鷄者，言已鐥之鷄也。

鷄腎為鷄子，謂之善[①]鷄。鷄善則不踏牝。閹而未浄者，謂之善[②]生，亦不踏牝，惟冠不甚收紅耳。公鷄性淫，遊逐牝鷄，奔競燥悍。閹之其性輒善，且易肥碩，俗謂之熻鷄。熻者，善也，音先去聲。字書無熻字，我廣俗字也。變閹言善，其義最妙。後讀《臞仙肘後經》有云：騸馬、宦牛、羯羊、閹豬、鐓鷄、善狗、浄貓，始知以閹為善，古人已言之矣。廣俗，牝鷄亦有善者。牝鷄善則不生卵，肥碩尤速云。

按：阉豬又謂之豶。《釋文》：豕去勢謂之豶。《易》：豶豕之牙。程傳：豕之有牙，百方制之，終不能使改。為豶其勢，則性自調伏。雖有牙，亦不能為。

種羊

語云：廣東火焙鴨，西疆骨種羊。今火焙鴨卵，剥卵殼而子鴨出，俗所常見，不以為怪。而羊骨種羊，則以為僞言欺世。松按：桐江姚桐壽《樂郊新語》：楚石大師，為沙門尊宿，嘗從駕上都，有《漠北懷古》諸作。余讀其自言羊可種，不信繭成絲之句。疑以為羊可種乎，因以問師。師曰：大漠迤西，俗能種羊。凡屠羊用其皮肉，惟留骨。以初冬未日埋著地中，至陽春季月上未日，為笳咒語，有子羊從土中出。凡埋羊骨一具，可得子羊數隻。此四生胎外之化也，亦不足怪。特非中土所有，致生疑耳。

松按：羊不必以全具骨種，凡皮臍脛骨角皆可種。劉郁《西使記》出西海，以羊臍種土中，溉以水，聞雷而生，臍系地中，及長，驚以木，臍斷，便行嚙草，至秋可食。臍内復有種。陶九成《輟耕録》又云：漠北種羊角，能産羊，其大如兔，食之肥

① “善”字旁注“鐓”字。

② “善”字旁注“鐓”字。

美。《劉子·觀量篇》又云：晉文種菜，曾子植羊。注謂挫羊皮，用土種之也。吴立夫有《西域種羊皮褥歌》云：波斯國中神夜語，波斯牧羊俱雜虜。當道剸刀羊可食，土域留種羊脛骨。四圍築墻聞杵聲，羊子還從脛骨生。據此，種羊之法，不膠一定，大氐其初則以全骨種耳。然羊更有不必以羊物種，而自生於土中者。《舊唐書》：拂菻國有羔羊，生於土中。其國人候其欲萌，乃築墻以院之，防外獸取食也。然其臍與地連，割之即死。唯人着甲走馬，反擊鼓以駭之，其羔驚鳴而臍絶，便逐水草。是羔羊有土生者，此更奇於以皮角臍脛骨種者矣。按：《西域聞見録》：布哈拉，回國也。土産重骨羊。椿園氏曰，京師貴骨重羊之皮，為冠為裘，一時從風而靡。其羊短小肉薄，但骨重耳。黑者極多，灰者十不得一，皆産於布哈拉之地。初不甚牧養，自通中國以後，大獲其利至今。

安集延西南諸國填山塞谷，皆重骨羊羣。此重骨羊，豈即種骨羊。重乃種之訛與。椿園氏謂其羊短小肉薄，但骨重耳。此説恐非。雖然種羊不足異也。

鼈亦可種，虞虹升《天香樓偶得》云：有言種鼈之法，先掘土作大坎，宰母豬一腔，置其中，將肉鼈子千百枚，投入猪肉中。候肉敗時，肉鼈子蠕蠕動，即成鼈矣。俗又云，割生鼈肉和莧菜埋之土中，半月成鼈子。今廣州人食鼈，後三四日不食莧菜，職是故也。蚶亦可種。江盈科曰，四明蚶田，土人磨蚶末調糞桶鱜成水，洒田中，一點為一蚶，期至，收之如收穀。八紘《繹史》又云：合塗國，鷄犬死，埋之不朽。歷數年，於地中聞其鳴吠，掘起養之，復生如故。此雖非種鷄犬，而與種羊相類，皆造物之奇矣。然此亦不足異，人亦有然。無啓民，居穴食土，死埋之，其心不朽，百年還化為人。細民國亦穴居，死埋之，其肝不朽，百年而化為人。夫萬物生於土，安知人之初，不生於土耶。李石《續博物志·寧國論》曰：蜀本無獠，犍為德陽山谷洞中，壤壤而出，轉轉漸大，自為夫婦而益多。然則人亦有自土生者矣，豈獨羊哉。

羊又有生於水者，《水經注》：山谿有白羊淵，淵水舊出山羊。漢武帝元封二年，白羊出北淵，畜牧者禱祀之。俗禁拍手，嘗有羊出水，野母驚仆，自此絶焉。是天地生物之奇，莫奇於羊矣。夫獸畜之肉，皆以供人食，然割之即死。然羊之肉，有取之不窮，割之復生者。宋膺《異物志》：月氏有羊，尾重十斤，稍割以供食，尋生如故。《西域志》亦云：割尾更生。尤西堂《竹枝詞》：黄羊生割百斤油。注：木蘭皮國，物産皆奇。大羊高數尺，尾大如扇，割腹取脂，縫合仍活。夫生可臠割，死可骨種，天地物産，怪怪奇奇，真不可測矣。然不特羊也。《博物志》：越嶲國有牛，稍割取肉，不死，經日肉生如故。又東方朔《神異經》：南方有獸，似鹿而豕首，有牙，善依人，求五穀，名無損之獸。人割取其肉，不病，肉復生①自復。其肉惟可作鮓，使瀋肥美，而鮓不壞。糯盡添肉，復作鮓如初，愈美，名不盡鮓。夫骨種月氏木蘭皮之羊，越嶲之牛，不盡之鮓，使其産於中土，吾知人民無不足於獸，而不可勝食矣。而皆出於外域，惜哉。《劉子》云，曾子植羊。按：《説苑》云：文公種米，曾子駕羊。與《觀量篇》異。又《太平御覽》引《神異經》：肉可為鮓。洎諸鮓字，皆作鮮。瀋音沉，汁也。未詳孰是。

親戚之稱

俗諺云：内親外戚。《曲禮》：兄弟親戚，稱其慈也。疏：親指族内，戚言族外，是也。今俗惟于姑舅姨表四門親家，乃曰親戚。不知古人所稱親戚，皆指族内言，非以族外言也。按：《史記・宋世家》：箕子者，紂親戚也。馬融、王肅以為紂之諸父。服虔、杜預以為紂之庶兄，是諸父庶兄稱親戚也。《大戴禮・曾子疾病篇》：親戚不悦，不敢外交。又曰，親戚殁，誰為

① “生”字原文似删去。

孝。《韓詩外傳》亦云：曾子曰：親戚既歿，雖欲孝，誰為孝。《列子》曰：楚之南，有炎人之國，其親戚死，㓟其肉而棄之，然後埋其骨。秦之西，有儀渠之國，其親戚死，聚柴積而焚之，燻則烟上，謂之登遐，然後成為孝子。《荀子·不苟篇》：鬥者忘其親者也，忘其身者也。行其少頃之怒，而喪終身之軀，然且為之，是忘其身也。家室立殘，親戚不免乎刑戮，然且為之，是忘其親也。《尸子》曰：非人君之用兵也，以為民傷鬥，則以親戚殉。是父母稱親戚也。《左傳·僖公二十四年》：周公弔二叔之不咸，故封建親戚，以藩屏周。杜預注：周公傷夏殷之叔世，疏其親戚，以至滅亡，故廣封其兄弟。《儀禮·士冠禮》：兄弟畢袗玄。鄭注：兄弟，主人親戚也。是兄弟稱親戚也。《左傳·昭公二十年》：棠君尚謂其弟曰，親戚為戮，不可以莫之報也。《三國志》：張昭謂孫權曰，況今姦宄競逐，豺狼滿道，乃欲哀親戚，顧禮制。此亦父兄稱親戚也。母與弟亦稱親戚。《史記·魏世家》：故太后母也，而以憂死。兩弟無罪，而奪之國。此于親戚若此，況于仇讎之國乎。太后亦稱親戚。《史記·荊燕世家》：今呂氏雅故，本推轂高祖定天下，功最大。又曰親戚太后之重。舅姑亦曰親戚。《五帝本紀》：堯二女，不敢以貴驕事舜親戚，甚有婦道，則《路史》所云但言親戚，非諸父昆弟之稱。非也。《戰國策》：蘇秦曰：富貴則親戚畏懼，此又以妻嫂為親戚。《國語》：親戚補察。《古文淵鑑注》：自王以下，各有父兄子弟以補察其過。此又父兄子弟稱親戚。今俗泥于外戚之説，使自稱其父母諸父庶兄子弟為親戚。鮮不非而笑之，則不學之過也。雖然，亦未之思耳。夫內親之不可言戚，猶外戚不可言親也。外戚而可曰親戚，豈內親獨不可曰親戚耶？矧古人亦有親而稱戚，戚而稱親者。《孟子》：其兄彎弓而射之，則已垂涕泣而道之，無他戚之也。又曰，疏踰戚。此內親而稱戚也。《梁書·陸杲傳》：領軍張稷，是杲從舅，杲嘗以公事彈稷，因侍宴，訴高祖曰，陸杲是臣通親，小事彈臣不貸。《舊唐書·韋處厚傳》：管仲拘囚，齊桓舉以為相。冶長縲絏，仲尼選為密親。與夫葭莩之親，瓜葛之親。俗稱四門親家曰姻親，姑舅姨表曰表親。此皆外戚而稱親也。是親戚二字，原可通用，所由來久矣。又按：《專諸傳》：公子光具酒請王僚，王僚使兵陳自宮至光之家。門户階陛左右，皆王僚之親戚也。此又以兵衛為親戚。親戚，《詛楚文》作敊戚，云刑戮孕婦，幽刺敊戚。

又曰戚里，漢制，長安有戚里，人君姻戚居之。後世因謂外戚為戚里。

宗家之稱

今俗稱同姓不同族之伯叔昆弟曰宗家。松按：宗家，乃同族兄弟之稱，見《漢書·韋玄成傳》：玄成父賢，為河都尉，賢病篤，賢次子宏當嗣。宏坐事繫獄未決，家室問賢當為後者，賢恨不肯言，於是賢門下生博士義倩等與宗家計議，共矯賢令，使家丞上書言大行以大河都尉元成為後。注：宗家，賢之同族也。據此，同族乃稱宗家。《史記》有五宗世家，皆謂同族之親，故曰宗。又有以同母者為宗。《魏志·任城王彰傳》：詔曰：先王之道，庸勳親親。並建母弟，開國承家。故能藩屏大宗，禦侮厭難。邢昺曰，宗者，本也。母弟，小宗之親，故以國家為大宗。是宗之云，乃一本九族之親也。又其傳贊曰：文宣貞固俊遠，鬱為宗傑，流派所出，亦謂之宗。《史記·文帝紀》：高帝封王子弟地，犬牙相制，此所謂磐石之宗。《漢書·敘傳》：禮樂是脩，為漢宗英。按：謂河間獻王也。《宋書·江夏王義恭傳》：詔曰：太宰江夏王義恭，地居宗重，受遺阿衡。《舊唐書·滕王元英傳》：地在宗枝，寄深磐石。皆以一本九族為宗。若第以同姓為宗，似見於《詩·大雅》：宗子維城。注：宗子，同姓也。然古同姓，即一本九族之謂，非如今之姓同而族異也。然則今族稱同姓不同族之兄弟曰宗家，未見其是。今俗帖式，同族不曰宗。不同族而同姓者，乃書宗耳，亦未見其是。然天潢外戚姻屬亦稱宗家。《史記·周陽由傳》：其父趙兼，以淮南王舅父侯周陽，故因姓周陽氏，由以宗家任為郎。注：與國家有外戚姻屬，比於宗室，故曰宗家。松按：《傳》注云：比於宗室，故曰宗家。宗室者，同宗之親也。則所云宗家，仍是同族之謂也[①]，非凡外戚姻屬之謂也。《嚴助傳》又以同族子為族家子。族家，亦即宗家也。

猪血解術

今人謂妖術家忌犬血，犬血能解術，而不知猪血亦能解術。《後山談叢》云：御厨不登彘肉。太祖常蓄兩彘，謂之神猪。熙寧初，罷之。後有妖人登大慶殿，據鴟尾。既獲，索彘血不得，始悟祖意，使復蓄之。蓋彘血解術云。或云，婦女月紅，最能厭術。今官府拏獲教匪，以及妖邪行術之人，皆殺狗取血以厭解，而鮮有知猪血之用者矣。

婦陰厭炮

厭勝之術，不一而足，而厭炮則莫如婦人。李霖寰大司馬征播，楊應龍敗，逃囤上。李公以大炮攻之，楊裸諸婦向炮，炮竟不然。此受厭也。崇貞乙亥，流賊圍桐，城上架炮，賊亦逼婦人裸陰向城，時乃潑狗血燒羊角烟以解之，炮竟發。見方密之《物理小識》。又崇貞九年正月，闖王楊天八大王搖天動七賊數十萬，攻滁州急。太僕寺卿李覺斯，同知州率士民固守。賊百計攻之，不克。賊掠村落山谷婦女數百人，裸而沓淫之，已，盡斷其頭，環嚮堞植其跗而倒埋之，露其下陰，血穢淋漓，以厭諸炮，守城

① “也”字原文似删去。

兵多掩面不忍視。賊噪呼向城，城上然炮，炮皆迸裂，或喑不鳴，城中惶懼。覺斯立命取民間圊牏亦數百枚，如其數，懸堞外以厭勝之，燃炮皆發。見《續知寇子》。按：圊牏，《博雅》：圊，厠也。牏，孟康注《漢書·石奮傳》：東南人謂鑿木空中如槽，謂之牏。圊牏，厠木槽也。夫婦人亦人耳，何以獨能厭炮？或曰，以其穢也。然均是人也，何以婦人獨穢，而男子不穢。人與物同，得天地之氣以生。何以禽獸之雌牝，不聞其穢也，此不可解。而賊用之，往往輒驗。

道光二十年庚子，英夷畔援。欽命大將軍奕，果勇侯楊公芳，參贊楊公至粤，即令搜取城中婦人糞桶數百，懸之炮臺，以厭夷炮，不驗，炮臺遂為英逆所破。夫李公之圊牏，與楊公之糞桶，一也，而有驗有不驗，何也？蓋圊牏非能厭炮，以其穢破厭炮裸婦之穢耳。楊公不知而用[①]襲用之，止足為識者所笑。然婦人之陰，本不敵男子之陽，多裸男以勝之，豈不愈于圊牏。按：李光壁《汴圍日録》：先是流寇圍汴梁，城中固守，力攻三次，俱不能克。賊計窮，搜婦人數百，悉裸下體，倒植於地，向城嫚駡，號曰陰門陣，城上炮皆不然。陳將軍永福，亟取僧人，數略相當，令赤身立垛口對之，謂之陽門陣。賊炮亦退後不發。松謂裸男以厭陰門，固為得解，尤不若裸僧之為更妙也。陳將軍真能軍哉。《寇志》又云，賊圍六合，裸婦人數百，駡于城下，少有愧阻，即磔之。然則賊裸婦人，賊之虐耳，不必定為厭炮也。

① “用”字原文似删去。

卷之十四

調停

凡事兩不相協，而有人居間從中講解，謂之調停，見《言行録》：蘇轍為御史中丞時，元豐舊黨，分布中外，多起邪説，以搖撼在朝。吕微仲劉莘老，遂欲引用其黨，以平舊怨，謂之調停。按：《宋史・蘇轍傳》：轍使契丹還，遷御史中丞，調停之説方起，宣仁后疑不決。轍斥宰相，力言其非，退而上疏。后於簾前讀曰：轍疑吾君臣兼用邪正，其言極中理。調停之説遂已。松謂調停之説，用有不同。施之民間，則有息事寧人之美。若用之家國，恐難免苟且事了之弊。蓋鄉俗貴和，而朝廷貴直，不可一概而施，一例而行也。蘇轍可謂能臣。

則劇

俗謂遊嬉曰則劇，亦有所本。松按：《銷夏部》云：淳熙十一年六月初一日，車駕過宫朝太上，遂同至飛來峰，看放水簾。時荷花盛開，太上指池心云：此種五花同幹，近伯圭湖州進來，前此未有也。因閑説宣和間，公公每遇三伏，多在碧玉壺及風泉館、萬荷莊等處納涼，命小内侍宣張婉容至清心堂撫琴，並令棋童下棋，及令内侍投壺賭賽，利物則劇。又《齊東野語》：慈明楊太后養母張夫人善聲伎，隨夫出蜀，至儀真長蘆寺前蹴居。主僧善相，知其女當貴，勉之往行都，當有所遇。遂如杭。或導之入慈福宮為樂部頭，后方十歲，以為則劇孩兒，憲聖尤愛之。據此，則劇之諺，蓋本之宋人。我邑志志粵語，遊戲曰則劇。豈知則劇二字，乃宋人語，而非粵語耶？《廣東新語·土語》：遊戲曰則劇。則劇，雜劇也，訛雜為則也。松謂：此實宋時諺語，不必曲為之解。《新語》：似鑿，今廣州順德縣俗諺，又謂遊戲曰仙。省城又謂遊嬉曰頑耍。耍，俗音沙上聲。又省其語曰頑。

鮓

廣州食品，有糟魚、糟蝦、糟白蟛蜞、糟蠏、糟水魚之等，其製以糯米椒鹽酒腌之，旬日可食，味甚奇美，即古之鮓也。鮓，《正韻》：同藏魚也。《釋名》：鮓，滓也，以鹽米釀之如葅，熟而食之也。《珍羞紀要》曰：鮓，葅也，以鹽米釀魚肉為之，今之糟魚等物，即其仿也。然鮓不一名，魚亦有名鮓者。《博物志》：東海有物，狀如凝血，從廣方員，名曰鮓魚，無頭目處所，內無藏，衆蝦附之，隨其東西，人煮食之。松按：鮓，即今之水母，又作蛇。《嶺表録異》云：水母，廣州謂之水母，閩人謂之蛇。粵東虎門外，又有一種，狀如水母，有全白者，名白鞋。有白中而亂著黑點者，名花鞋。不可食，皆有毒，並[①]不可撈取。著手手爛，著目目盲。即《爾雅翼》所云蛇生東海，正白，濛濛如沫者，是也。粵漁名曰白鞋，名實與水母俱異。《爾雅翼》謂為蛇之一種，而不言其有毒，傷手壞目。格物有所不到也。

① “並”字原文似刪去。

蜃

一名蒲盧，《夏小正》：十月玄雉入于淮為蜃。注：蜃者，蒲盧也。《埤雅》：蜃形似蛇而大，腰以下，鱗盡逆。一曰似螭龍，有耳有角，背鬣作紅色。世云雉與蛇交而生蜃。《中山經》：青要之山，南望墠渚，是多僕累蒲盧。郭璞注：僕累，蝸牛也。按《爾雅》：蒲盧，螟蛉也，即細腰小蜂，非水渚所生。蒲盧與僕累同類，皆墠渚所生。蒲盧蓋即《夏小正》之蜃也。蒲盧之轉聲為蒲嬴。《吴語》：其民必就蒲嬴于東海之濱。蒲嬴亦即蒲盧也。韋昭注，蒲，深蒲也。嬴，蚌蛤之屬。以蒲嬴分為二物，謂蒲嬴為深蒲中之蚌蛤，是蓋未知《夏小正》之蜃為蒲盧，而蒲嬴即蒲盧之轉聲。蒲嬴即蜃也。夫蜃，原蚌蛤之屬。《禮記·月令》：雉入大水為蜃。注：大蛤曰蜃。《述異記》：黄雀秋化為蛤，春復為黄雀，五百年為蜃蛤。《山海經注》：蜃一名蚌，一名含漿，又一名魁。《儀禮·士冠禮》：素積白屨，以魁柎之。注：魁，蜃蛤。疏，魁，即蜃蛤一物。《周禮·考工記》：巟氏涹之以蜃。鄭注引之。又名方諸。李石《續博物志》引高誘注《淮南子》云：方諸，大蛤也。據此，蜃之别名，不一而足，又何疑蒲盧、蒲嬴之為蜃耶？又按：李善《東都賦》注：海畔有獸名蒲勞，性畏鯨，每食於海畔，鯨輕躍擊之，則鳴聲如鐘。今人多鑄蒲勞於鐘上，斲撞作鯨形以擊鐘。蒲勞亦産於水濱。墠渚之蒲盧，豈即蒲勞與？盧勞音同，盧豈勞之訛與？要之海物之産，地有不同。而海物之名，方言各異。不足究，亦不足怪也。

上巳祓除

顧寧人《日知録》云：辰為建，巳為除，故三月上巳祓除不祥。夫三月上巳祓除，以王右軍三月三日蘭亭修禊時值上巳也。松按：《潛邱劄記》：蘭亭三月三日乃丙辰，次日丁巳，則蘭亭祓除，實用上辰之建，而非上巳之除也。且漢正月上辰，亦出百子池祓除。按：正月辰為滿，卯為除，是不用卯之除，而用辰之滿。若謂除日故以祓除，則月月皆有除，何必定于三月上巳也。況蘭亭當日，又非三月上巳耶。大抵時俗傳訛，謂蘭亭祓除，時丁三月上巳耳，不必臆為曲說。唐宋人三月祓除，不問上巳與非上巳，一皆定以三日，甚得古人嘉會之意。顧氏之說，似太拘泥。

今俗禳災送鬼，皆諏除日，豈顧氏亦囿俗耶？又按：世傳右軍三月上巳蘭亭修禊，亦有所本。《西京雜記》：漢高祖與戚夫人，三月上巳張樂于流水。《記》不言上巳為何日，右軍蘭亭修禊，實仿之西京。而蘭亭以三月三日，故謂三月三日為上巳。不知三月上巳祓除，漢西京故事也。三月三日修禊，晉右軍故事也。世傳三月三日上巳祓除，合西京、蘭亭而一之者也，不必究其實也。又按：《癸辛雜志》云：上巳當作上已，謂古人用日，例用十干，恐上旬無巳日。毛西河謂己字一字三讀，非有三形，已之缺左，己之缺右。偶為表記則然耳。吴才老謂辰巳之巳，亦讀似。古人卜日用干，數日用支，故三正建日，爰定子丑。四時分日，乃用甲乙。《禮》：上丁習舞，仲丁習樂。上辛大雩，季辛又雩。皆其証也。謝氏《五雜俎》又云：《西京雜記》正月以上辰，三月以上巳。昔人謂巳為干為支，説皆有理。惟顧寧人云：三代以上，重干。如《易》稱先庚先甲，《詩》稱吉日惟戊，是也。三代以下重支，如《漢書》之吉日剛卯，《蘭亭》之三月上巳，是也。此説最得。《宋書》云，自宋以後祓除[①]禊，用三日不用巳日，以常常朔在午未，則此一旬已無辰巳故也。而《劄記》云，蘭亭三月四日丁巳，則非三月上旬無辰巳也。《宋書》所云，非謂上旬必無辰巳。時有朔在丙午，上旬則無辰巳耳。

---

① “除”字原文似删去。

社日忌作

宋張邦基《墨莊漫録》云：今人家閨房，遇春秋社日，不作組紃，謂之忌作。故周美成《秋蘂香詞》：聞知社日停針線，採新燕，寶釵落枕，春夢遠，簾影参差滿院。余見張藉《吴楚詞》：庭前春鳥啄林聲，紅夾羅襦縫未成。今朝社日停針線，起向朱櫻樹下行。乃知唐時已有此意。松按：今日閨閣，正月七日忌用針線，俗以七日為蟻日，用針線則刺破蟻巢，主是年多蟻。釵裙多于是日出劇，謂之踏蟻。正月十九日亦停針線，謂是日補天穿。用針線，謂之刺破天。七月七日亦不用針線，謂天孫最巧，不敢與天孫賽也。惟祀天孫以乞巧，則用針線耳。而無春秋社針線之忌，其事與唐宋異矣。干寶《搜神記》云：江南人九月九日不用作事，咸以為息日也。則今俗婦女忌拈針線日，亦可謂之閨中息日。

調鬼

諺云：不怕海南人，只怕海南神。蓋言海南鬼神最盛而最靈。故其俗凡有疾病跌傷慘痛，不尚醫藥，而重調鬼。松家伯，字雲興，嘗作客海南。海南官衙六房書吏，多廣州人，多與家伯友善。而調鬼官有例禁，俗不敢為。一日有一海南友，偶登樹，枝反，墮，折臂。傷痛，氣幾絶，命延一線。舁而歸，家人戚友欲與之調鬼而不敢也，請于家伯。家伯大以為妄，姑為關説。是夕果延茅山道士建醮祈禱，名曰調鬼。大略言人得罪于鬼神，鬼神譴責，而傷痛之。道士為之咒經調解，而鬼神之怒息，則病自愈也。又曰跳鬼，曰跳茅山。蓋道士奉茅山法，着戰裙，手牛角，叫跳歌舞以祈禱鬼神，故名也。翌日黎明，其友叩門邀飲福酒，感謝不勝，曰，昨夜調鬼，蒙神力，今傷愈矣。調鬼之驗，其速如此。夫官者，無不欲善其治以安利其民。苟有利于民，從俗可也。調鬼雖左道，而有利于民大矣。古人以神道設教，亦以安利斯民也。今民有折傷痛苦，命懸旦夕，不須醫藥，調鬼即安，其利于民也實甚。調鬼之禁，不可弛之以便民耶?《聊齋》:濟俗民間有病者，閨中以神卜，倩老巫擊鐵環單面鼓，婆娑作態，名曰跳神。都中尤盛，亦甚靈驗。調鬼即跳神之類也。

辟鬼

凡人家住宅，有鬼魅，則徹瓦以通日陽，使雷電震閃。越一二月，然後蓋瓦而居，鬼魅可滅。嘗有人以宅時見鬼魅，舉家惶怖，問余治法，余教以徹瓦通陽。彼甚貧苦，無別宅可遷。余忖思鬼者陰屬，聲陽以震之，理亦當滅，又教之以轟爆竹。試之，果驗。按:《續博物志》:有人為山魈所祟，或教以爆竹如除夕，可弭。人用其言獲安。問之則曰:此《荊楚歲時記》以辟山魈之法。鬼陰冷之氣勝，則聲陽以攻之。始知古人已有先我而行之者。松更有一法，鬼魅之宅，以之貯穀，或以貯稻稈，一二年，鬼魅自滅。余嘗以此法教人，無有不驗。余求其理，大氐民以食為天。穀，民之天也。鬼魅不敢忤民之天，而為其所厭。又鬼魅陰象，陰喜冷而惡熱，穀陽象，熱而不冷，鬼魅所惡，以故滅也。稻稈亦然。積稈氣熱，亦陽象也，故勝陰而鬼惡。

買水

廣州俗，親死有買水一事。其[①]將殯殮，其子携水罌一，銅

① “其”字原文似删去。

錢二，哭往江濱，投錢於江，汲水而歸，用以浴親屍。而兄弟戚友皆白巾素服腰绖隨之往，喪事之至重者也，謂之買水。巫云，此是龍王生水，以浴親屍，潔净可仙，否則共指為不孝。鄉俗無論貴賤貧富，親喪無不買水者。即無子擇子入嗣，亦重買水。既經買水，雖不當嗣，而族紳老亦以買水故，而斷與之嗣，當嗣者不得而争矣。似亦古昔掘中霤而浴之意，而不知非也。松按：買水，乃峝蠻之俗。陸次雲《峝溪纖志》云：獞人親死，慟哭水濱，投錢汲水而返，用以浴屍，謂之買水。否則以為不孝。正今俗親喪買水之所仿。然按《儀禮》、《禮記》，喪禮具在，皆無買水之文。即今代喪禮，亦無買水之制。而我廣鄉俗，以此為親喪之至重。舍典禮而弗由，苟從峝蠻之俗，戾化傷教，莫此為甚。村夫俗子無論矣，即縉紳士宦，莫之敢廢。倘所謂習俗移人，賢者不免耶。安得一秉禮大憲，明示曉喻，辨斥獞俗之非禮，永革買水之陋習。凡有争繼入嗣之訟，不得以買水為辭。庶幾縉紳得以執禮於鄉族，而村愚無所置喙，則積習可除，而禮法可正矣。

招魂

人有出亡死喪，屍不得歸。其父母妻子，往往招魂而葬，所在多有。松按：《晉書·袁瓌傳》：時東海王越，尸為石勒所焚，妃裴氏求招魂葬越。瓌與博士傳純議，以為招魂葬，是謂埋神，不可從也。帝然之。又按：《元經》：東晉元帝太興元年四月，禁招魂葬。《傳》招魂葬，非古禮也。漢魏之術，皆妄也，禁之禮也。可知招魂而葬，原不合義，世俗習而不察耳。

松按：招魂，原是古禮。父母死，登屋極挑鼠而求其人，與登屋而號曰皋某復，此即招魂之事也。又《喪禮》有復，說者謂為招魂。漢賈捐之對有云，遥設虚祭，想魂萬里之外。則招魂，古實有之，非不合義。招魂而葬，乃為不合義耳。又考招魂而葬，亦有所本，本之漢高祖。《史記·高帝紀》注《正義》引

《陳留風俗傳》云，沛公起兵野戰，喪皇妣於黃鄉。天下平定，使使者以梓宮招幽魂，於是丹蛇在水，躍入梓宮，其浴處有遺髮，謚曰昭靈夫人。此招魂葬之始。當時諸臣，無有以非禮諫者。此曷以故。大氐天下初定，諸務未遑。秉禮之儒，多遯荒野，無可考證，故因陋就便，苟從流俗耳。然亦有生而招魂者。今俗人或病劇，百藥莫效，極思無聊。入夜則延女巫或道士，先禮香火門官之神，乃持一生鷄與病人袙衣，出里門，呼病人名，曰某某歸來，某某來歸。路中聞有人聲，則病不日可愈。無人聲而有鷄犬之聲，病雖纏綿，亦可治。若寂然無聲，則凶矣，名曰招魂。然亦有所本。其意本之楚宋玉之招魂，景差之大招。又按：《事物紀原》：桃花水下之時，鄭國之俗，上巳，于溱洧之上，招魂續魄，秉蘭草，拂不祥。則生人招魂，又不惟荊楚與今俗也。

太半

凡數，無論人物，中分皆謂之半。《晉書·習鑿齒傳》：鑿齒以脚疾，廢於里巷。及襄陽陷於符堅，堅素聞其名，與安道俱輿而致焉。既見，與語，大説之。以足疾，與諸鎮書曰，昔晉氏平吴，利在二陸。今破漢南獲士，裁得一人有半耳。又三分有二為太半。《漢書》：漢王欲西歸，張良、陳平諫曰，今漢有天下太半。又作泰半。《召信臣傳》：景寧中，徵信臣為少府，奏請省宮館兵弩什器，減過秦泰半。今俗以太半為大半。大讀如大小之大，非。又十分之中得五分，為十半。《枚乘傳》：今大王還兵疾歸，尚得十半。

太平

太平之稱，古取豐登之義。《漢書》三登謂之太平。《北史》積儲九稔謂之太平。今羊城西南門曰太平門。相傳晉吴修為廣州刺史時，有五仙人騎羊持穗至省城，自是歲多大有，故名。又云，南海高固為楚威王相時，有五羊銜穀之祥。未詳孰是。松按：今粤俗所謂太平，多不取此義。無火災亦謂之太平。故城中街衢，設瓦缸木桶，貯水以防火災，缸曰太平缸，桶曰太平桶。又鑿井豫水以備火，井曰太平泉。無盜賊亦曰太平。故鄉村安静，無劫盜鼠竊，謂之太平莊。凡詢水陸道路有無盜賊，皆曰此處太平否。虎門以北四五里許，為東莞縣屬，有太平虚。虚場南濱大海，此間自來盜賊充斥，設虚之後，貨集人稠，商販渡船，八方湊聚，今成大務，盜賊衰息，名曰太平虚。虚後半里所，水師提督衙署在焉。按：《大雅詩序》：既醉，大平也。醉酒飽德，人有士君子之行焉。疏：作既醉詩者，言大平也，謂四方無事而寧静。此則事之大者，故云大平也。陸德明《音義》：大音泰。

今俗謂無盜賊為太平，亦有所本。商旅舟行，以及巡船快蟖貨艇之等，茶飲又謂之飲太平。蓋東粤緝私，稽查行人甚嚴。茶查音同，故諱茶，變茶言太平者，言不用查也。或曰，粤有太平茶，故云太平耳。富足亦曰太平。《史記》：平原君以趙奢言於王，王用之治國賦，國賦太平，民富而府庫實。則太平原不止一義。又《黄帝泰階六符經》曰：泰階者，天之三階也。上階，上星為天子，下星為女主。中階，上星為諸侯三公，下星為卿大夫。下階，上星為元士，下星為庶人。三階平，則陰陽和。風雨時，歲大登。人民息，天下平，是謂太平。見《文選・左太沖魏都賦》注：此亦有取於豐登。而今俗有年積儲，反不謂之太平。習俗相沿，鮮知豐登之義矣。太平又曰平太。《老子》曰：往而不害，安平太。注：萬物歸往而不傷害，則國安家寧，而太平矣。又云，治身不害神明，則身安而太壽也。

黄銀

黄金為金，銀本白，而亦謂之金。《爾雅·釋器》：白金謂之銀。《前漢書·食貨志》：金有三等，黄金為上，白金為中，赤金為下。注：白金，銀也。赤金，銅也。是銀與銅皆謂之金。然銀亦不必白也，又有黄銀。《隋書·禮儀志》：桃區一嶺，盡是琉璃，黄銀出于神山，碧玉生于瑞巘。按：《山海經》：皋塗之山多黄銀。注：黄銀出蜀中，與金無異，但上石則色白。隋辛公義守并州，嘗大水流出黄銀，上之於朝。然黄銀亦有真假。李時珍曰，世人以黄銀為鍮，非也。鍮即藥成黄銀也。或曰，黄銀即黄金。金之名黄銀，猶银之名白金也。此説殊非。按：《舊唐書·杜如晦傳》：帝嘗賜房玄齡黄銀帶，曰，如晦與公同輔朕，今獨見公。泫然泝淚曰，世傳黄銀，鬼神畏之。更取黄金帶，遣玄齡送其家。此足為黄銀非黄金之證。高似孫引丹砂伏火化為黄銀。《日華子》載有雄黄銀、雌黄銀，丹砂、雌雄黄銀殺精魅。太宗賜如晦黄銀帶，而曰鬼神畏之者。其為丹砂之黄銀與，抑雌雄之黄銀與也。又《演繁露》云：黄銀乃赤銅，其貴比銀，特色黄耳。

松按：此所云黄銀，有似今之所謂風磨銅。愈經風雨飄磨，而赤光愈爛，價過於黄金云。又按：《南齊書·林邑國傳》：永初元年，林邑王範陽邁，初産，母夢人以金席籍之，光色奇麗，中國謂之紫磨金，夷人謂之陽邁，故以為名。風磨銅，豈即紫磨金，而又名黄銀與。《孫公談圃》：子瞻官鳳翔，陳仲亮知府好黄白術，府中術僧以授子瞻。其法用黄金一兩，硃砂一錢，同燒之，須臾化為紫金，其價數倍。所謂紫金，豈即紫磨金與。《物理小識》又有鐵成黄銀法，以汞與膽礬煉鐵，可成黄銀。此則黄銀之贗造者也。又有烏銀。《本草》有黃銀、烏銀，黃以為瑞物，烏以為養生者造器以煮藥，俱曰辟邪之物。《孟郊集詩》有云：贈炭價重雙烏銀。黃金又曰黃鐵。《南齊書・蕭穎胄傳》：長沙寺僧業富沃，鑄黃金為龍，數千兩，埋土中，歷相傳付，稱為下方黃鐵，莫有見者。穎胄起兵，乃取此龍以充軍實。今俗言物之至貴者，輒以黑金為比。考之古無黑金之名，豈即烏銀與。俗語流傳，不知所本。又按：《書》：金作贖刑。注：金，黃金。正義：此傳黃金，《吕刑》黃鐵，皆是今之銅也。按：《吕刑》：其罰百鍰。傳：鍰，黃鐵也。疏：古者金銀銅鐵，總名為金。此傳言黃鐵，《舜典》言黃金，皆今之銅也。古人贖罪皆用銅，或稱黃金，或言黃鐵耳。是銅亦名黃鐵，夫銅與鐵類耳。非如黃金之貴也，然銅色亦黃，故曰黃鐵耳。《寶藏論》云：有銅銀、鐵銀，以藥點化者。則不第金有鐵名，銀亦有以鐵名矣。

朱提

今豪富家昏禮，有以黃金為聘儀，或用銀錠而以金研之，儀款内輒寫朱提如干錠。世俗皆謂朱提為黃金，蓋銀而假金之名以為觀美也，而不知非也。松按：朱提非黃金，乃銀之精者之名也。《漢書・食貨志》：黃金重一斤，直錢萬。朱提銀重八兩，為一流，直錢一千五百八十。他銀一流，直一千。又方勺《泊宅編》云：當時黃金一兩，才直錢六百。朱提銀一兩，直錢二百。其名有金銀之別，其直有高下之殊。則朱提非黃金也，明矣。朱提之直，比他銀為特高。則其為銀之精者，又明矣。《漢書・地理志》：犍為屬國，有朱提縣，山出善銀。朱提是出銀之地名，故以名其地所出之善銀耳。《南中志》：舊有銀窟數處。諸葛亮書曰，漢嘉金，朱提銀，採之，不足以自食。此與漢嘉金並舉，亦言其精也。

皇帝不始於秦

秦始皇二十六年，初并天下。自以為德兼三皇，功過五帝，乃更號曰皇帝。於是後世天子，皆緣始皇之稱曰皇帝。説者謂天子稱皇帝，自始皇始。不知皇帝二字，先見於書《吕刑》，曰皇帝哀矜庶獄之不辜。又曰，皇帝清問下民。傳曰：皇帝，帝堯也。是皇帝自吕侯稱帝堯始，不始於始皇，始皇本之《吕刑》耳。

八子不始於漢

八子，説者謂劉漢内中諸宫妾之號。《後漢書·皇后紀》：爵列八品。注：正嫡稱皇后，妾皆稱夫人，又有美人、良人、八子、七子、長使、少使之稱。松按：八子之名，不始于漢。史言秦武王好力戲，與孟説舉鼎，絶脈而薨。無子，諸弟争立。異母弟稷質於燕，其母芈八子之異父弟魏冉，與國人迎而立之。又秦昭襄王卒，子孝文王立，尊唐八子為唐太后。是八子實秦時宫人内官之名，漢因秦制耳。然則七子、長使、少使諸稱號，亦仿於秦者與。

司命

許氏《説文》祠字下，以豚祠司命也。《春秋佐助期》曰：司命神，名滅黨，長八尺，小鼻，望羊，多髭，癯瘦，通於命運。張衡《思玄賦》：生死錯而不齊兮，雖司命而不晰。《搜神記》：有夫婦夜田者，天帝見而矜之，問司命曰：此可富乎？曰：

命當貧。有張車子財可以借而與之期，曰：車子生，急還之。田者稍富，及期，夫婦輦其賄以逃。同宿有婦人夜生子，問名於其父。曰：生車間，名車子。其家自後遂大貧敝。張衡賦：或輦賄以違車兮，孕行產而為對，指此。王逸曰：司命，御持萬民死生之命也。李善曰：《史記》：病在骨髓，雖司命無奈之何。東方朔曰：司命之神，總鬼録者。據此，司命神，實司人間之富貴貧賤、生死禍福者也。今俗奉竈神亦曰司命。《夢華録》：都人於交年日，以杯酒供竈門，謂之醉司命。除夕亦然。俗謂臘月二十四日竈君朝天，以其家人之善惡達於天帝。范成大《祭竈詞》：古傳臘月二十四，竈君朝天欲言事。則竈神稱司命，亦以其能達人間善惡於天帝而生死貧富人。使人聞名思義，知所警畏以戒惡勉善也。今人罕知此義，然不可不知此義。袁簡齋云，道家稱竈神為東厨司命，誤也。按：《祭法》：諸侯五祀，其一曰司命。鄭司農以為小神，居人間察司小過作譴告者，主督察三命。今時民家，或春秋祀司命。《周禮》：掌之荆巫。應邵《風俗通義》曰：《周禮》司命，文昌也。今民間祀司命，刻木長尺二寸，為人像。行者置篋中，居則别作小屋。齊地大尊重之，汝南餘郡亦多有，皆祀以豬，率以春秋之月。屈平作九歌分而為二，有少司命、大司命之稱。其非竈神明矣。

松謂：道家以司命稱竈神，亦以其能察過譴告，為俗勸善戒惡斯可已。若求其事之實，則未必然也。即以今日言，盜賊充斥，劫掠椎殺，擄人勒贖，棍騙奸宄，凡諸惡戾，不可縷數。而諸惡戾，有家有室，十凡八九，無人無竈，無竈無司命，謂司命能職司察過達天，豈獨於諸惡戾而不告之天以譴罪之耶。豈天畏彼惡戾虐暴，亦避其鋒不敢痛懲之耶。何其猖披之甚，已越數載，而不少衰敝也。此則事理之必無者也。此則道家之誣，而非道家之誤也。然道家雖誣，而其意則在於戒惡勉善。未始非警世善俗之一端，不必問其誣不誣、誤不誤也。雖然，惡戾儔知有竈之司命者哉。松有一説。夫竈者，主司東厨飲食者也，人以食為天，一日不再食則飢，七日不食則死。是人之生命擊乎竈，竈主飲食，飲食所以養人，即是司人死生之命也。此竈神所以稱司命也，不必紛紛曲説祀竈。按：《説文》竈字下説：《周禮》以竈祀祝融，蓋用賈逵句芒祀於户、祝融祀於竈之説。而鄭司農云：老婦之祭，報先炊之義。據此，今俗臘月二十四祀竈，非祭祝融則先炊耳。竈君朝天達善惡之説，附會誕妄，不足據。又按：豬同猪，即《説文》之所謂豚。今羊城鋪肆祀竈，亦用豕肉，所由來者遠矣。

張仙

張仙，不知何許神。劉元卿《賢奕》謂漢王孟昶，昶好射獵。宋藝祖平蜀，得花蕊夫人，夫人不忘昶，奉昶小像於宮中。藝祖怪問，詭對曰，此灌口二郎神也，乞靈者輒應。因命傳扵京師，令供奉之，蓋以報昶也。人以二郎挾弓彈，故誤以為張仙，或以為蘇老泉所夢仙。老泉夢仙挾二彈，以為誕子之兆，因而奉之，果得軾、轍二子。有贊，見《老泉集》中。陸儼山《金臺紀聞》，亦謂世所傳張仙像者，乃蜀王孟昶圖也。初，花蕊夫人入宋宮，念其故主，偶携此圖，遂懸於壁，且祀之謹。一日太祖幸而見之，致詰焉。夫人跪答之曰：此我蜀中張仙神也，祀之令人有子。非實有所謂張仙也。蜀人劉希召秋官向余説如此。蘇老泉時去蜀近，不應不知其事也。儼山實以老蘇所夢之仙為張仙。而袁子才《隨園隨筆》云：昶屢入朝，太祖素識其貌，不容詭對。按：邛州有挾仙樓，仙人張遠霄携彈往來，視人家有災者，為擊散之，見《蜀地志》，此張仙所由昉也。

松見今梨園演諸仙祝長庚星壽，中有張仙，冠王者冠，左挾雕弓，右抱孩子。祝畢，揭一小紅條子，文曰百子千孫。冠王冠，挾雕弓，其狀有似孟昶。抱孩子，文曰百子千孫，其意又似老蘇所夢仙。蓋合二事以為劇者與。而俗所供張仙圖，圖上又畫天狗二三頭。張仙手弓彈，引滿，作彈天狗狀。世傳天狗食小兒，故奉張仙以宜子也。與前二事絶無關涉。《賢奕》謂花蕊夫人詭託二郎神。《金臺紀聞》謂詭托張仙。所傳又各異。《隨園》云：杲屢入朝，太祖識其面，則張仙非杲無疑。按：《宋史》：徽宗政和七年，詔修神保觀，俗所云二郎神者。又按：《元史·文宗紀》：秦時蜀郡太守李冰，為英惠王，其子二郎神為仁佑王。則二郎神，實李冰次子，而非張仙。張仙實不知何神。《隨園》所引挾仙樓之張仙，似矣。然此乃解災之仙，非宜子之仙，又與梨園俗奉不類。元卿《儼山》皆不以二郎神為即老泉所夢仙，律以梨園俗奉則是。而老泉所夢仙，本不著姓，何緣知其為張也。郎仁寶《七修》云：張仙名遠霄，五代時，遊青城山得道者。蘇老泉曾夢見之，挾二彈，以為誕子之兆。老泉奉之，果得軾、轍。仁寶直以遠霄為老泉所夢仙，與《蜀地志》異，恐是附會。《隨園》又云：按《月令》：仲春玄鳥至，以太牢祀於高禖。《明堂記》曰：《戴》以弓韣，《禮》之禖下。今俗祀仙，多於二月。仙像手弓而立，殆即高禖之遺意。又《明史·禮志》：嘉靖九年，定祀高禖禮，設木臺於皇城東永安門北，震方，壇上，皇天上帝南向。獻皇帝配，西向。高禖在壇下，西向，禮三獻。皇帝位壇下，北向。后妃位南數十丈外，北向，用帷。壇下陳弓矢、弓韣，如后妃嬪之數。祭畢，女官導后妃嬪至高禖前，跪取弓矢授后妃嬪，后妃嬪受而納於弓韣。高禖壇又有埋石之事。《隋書·禮儀志》：晉惠帝元康六年，禖壇石，中破為二。詔問石毁，今應復不。博士議，《禮》無高禖置石之文，未知造設所由。後得高堂隆故事，魏青龍中，造立此石。詔更鐫石，令如舊，置高禖壇上，埋破石入地一丈。

按：梁太廟北門内道西有石，文如竹葉，小屋覆之，宋元嘉中修廟所得。陸澄以為孝武時郊禖之石。然則江左亦有此禮矣。據此，帶弓韣者，乃求子之婦，非兆子之仙，且孰知其為張仙也。張仙究不知何神。松按：字弓長為張。弓者弧也。挾弓抱子，懸弧宜子之義也。仙而曰張者，言懸弧之兆，綿遠流長也。梨園俗奉之意，毋乃以此。而所謂彈天狗之説，又何仿也。按

《漢・天文志》：天狗狀如大流星，望之若有光，墮地有聲，千里之內，破軍殺將。《山海經》：陰山，濁谷之水出焉，有獸狀如狸，白首，名天狗，可以禦凶。則食小兒之説妄矣。然《天官五星》有云：命坐天狗，無子。天狗在男女宫，主受剋，亦絶嗣。此彈天狗之所昉與。《北史・羊祉傳》：祉好慕刑名，頗為深文，所經之處，人號天狗下及。以天狗為害人之獸，自古為然。非今俗張仙圖始有是説也。

詿誤

事非己事，因他事而累及于己，今俗謂之詿誤。松按：詿誤二字，見《史記・孝文帝紀》：上自太原至長安，詔曰：濟北王背德反上，詿誤吏民，為大逆。按：《説文》：詿，亦誤也。又[①]《吳王濞傳》：詿亂天下。《前漢書・王莽傳》：臣當受詿上誤朝之罪。是詿亦誤也。又按：《國策・韓策》：張儀説韓王曰：夫不顧社稷之長利，而聽須臾之説，詿誤人主。此即史遷之所本，而無因事連累之義。俗語習而不察耳。

左袒

俗謂凡有心專助於人，謂之袒庇。偏庇於人，謂之左袒。其説本之周勃為太尉誅諸吕，令軍中曰，為吕氏右袒，為劉氏左袒，軍中皆左袒為劉氏。松按：《國策》：周赧王二十六年，齊淖齒殺湣王。王孫賈入市曰，淖齒亂齊國，殺閔王，欲與我誅者袒右，市人從者四百人。又《左傳・襄公十年》：王叔陳生與伯輿争政，王右伯輿王叔陳生怒而出奔。晉侯使士匄平王室，王叔

① “又”字原文似删去。

與伯輿訟焉，士匄聽之，曰天子所右，寡君亦右之。所左，亦左之。正義曰：人有左右，右便而左不便，故以所助者為右，不助者為左。士匄、王孫賈先於周勃，皆尚右袒，當以右袒為當。而俗不言右袒，而言左袒，何耶。按：左、右袒，本於《儀禮》，凡吉凶事皆袒左，惟受刑袒右。周勃取此意，言為吕氏者當刑耳。俗言左袒，未可厚非。

活火

《因話録》李約云：茶須緩火炙，活火煎。東坡詩：活火仍須活水烹。二公煎茶，皆取活火。活火乃炭火之有焰者。松按：煎茶之所以取乎活火者，不特取火之有焰，蓋取炭火之有焰而無烟也。如第取火之有焰，則凡諸薪之火皆有焰，豈惟炭火。又田子藝《宜茶》云：山中不常得炭，且死火耳，不若枯松枝為妙。若寒月多拾松實，蓄為煮茶之具，更雅。松按：田子之論，可以言煎茶之雅，而不可以言烹茶之宜。蓋茶之最忌者火烟。而松枝、松子，乃薪火之烟盛而最燥者。一雜其烟，則茶之氣味俱變，何得為宜。此不知蘇、李活火之意，非貴炭火之焰而貴炭火之無烟也。松按：火之焰烈而少烟，則莫若山枝之薪。秋中山間紅葉亦妙。然亦不貴松毛，松毛之火氣仍燥故也。

活水

《煮泉小品》論井水云：井清也，泉之清潔者也。通也，物所通用者也。其清出於陰，其通入於淆，脉暗而味滯，故鴻漸曰井水下。其曰井取多汲者，蓋汲多則氣通而流活耳。終非佳品，勿食可也。可知昔人煎茗，固貴活火。而瀹茗尤以活水為佳也。東坡詩，活火仍須活水煎。松謂此論太偏。夫瀹茗之水，只論其味之清與不清，甘滑與不甘滑耳，不必論其為井水之與流水，況流水常有劣於井水者。即以廣州之山泉論，如白雲之九龍井，西樵之無葉井、紫姑井，余嘗飲之，其味清甘美滑。白雲濂泉之滴水，西樵翠岩、白雲洞之泉流，余亦嘗飲之，其味清而不甘，冽而不滑。九龍蒲澗，其地同也，而井水遠勝於溪流。無葉、紫姑、白[①]翠岩、白雲洞，其地亦同也，而流泉又不及井水。同此一山之水，而井水大過于活流。安見脉暗而味滯耶。如謂活水取其氣通而流活。則東海之水，日夜奔流，無有止息，氣之通，流之活，莫過於此，而不堪入口，又安見井水必非佳品，而不可食耶。按：昔人謂新汲水為活水。唐子西曰，茶不問團銙，要知貴新。水不問江井，要之貴活。是也。東坡之所謂活水，蓋言新汲水耳，非必大江溪流也。又活水，水名。《水經》：活水出壺關縣，東玷臺下。

墨齒

彭乘云：倪彥及朝奉，嘗為太原府幕官，云太原人喜食棗。無貴賤老少，常置棗于懷袖間，等閒探取食之。則人之齒皆黃，緣食棗故，乃驗嵇叔夜齒居晉而黃之説。見《墨客揮犀》。猶之我東粤海南人，喜食檳榔。無論老少貴賤，寢處常置檳榔于荷包，時時探取嚼食。雖夜睡，亦口含檳榔，醒則嚼之。故海南之人，其齒多黑。齒色本白，而以所嗜之物變其色，故曰近朱者赤，近墨者黑。近且有然，而況宵晝不離口乎。或曰，檳榔固齒。廣州人亦有嗜食者，固齒則未可知，而齒黑，則余所目覩矣。然亦有不盡然者。王黼奉敕撰明節和文貴妃墓志云，妃齒瑩潔如水晶，緣嘗餌絳丹而然。則有食絳而得白者矣。按：檳榔其色亦非黑，且夾青蔞朱灰而食，而輒得齒黑，殆猶食絳而得白與。

---

① “白”字原文似删去。

黃口

或問，孩子俗謂之黃口小兒，而小兒之口不黃，曷以云也。余曰，古人謂人為口。《孟子》：八口之家。《前漢・宣帝紀》：膠東相成勞來不怠，流民自占八萬餘口，是也。按：《北史》：後周武帝保定二年制，男女三歲已下為黃，十歲以下為小。唐制，男子始生為黃，四歲為小。故俗言黃口小兒。按：《説苑》：孔子見羅者，其所得皆黃口也。孔子曰，黃口盡得，大爵獨不得，何也。羅者對曰，黃口從大爵者不得，大爵從黃口者可得。據此，黃口者，鳥雛也。鳥雛口黃也。小兒曰黃口者，借鳥以喻也，又曰黃頷。《北史・崔悛傳》：神武葬後，悛竊言黃頷小兒，堪當重任不。崔暹啟文襄，絶悛朝請。

卷之十五

纏足妖

《賢奕·閒钞》云：纏足一事，謂之妖，古無此，蓋自妲己始。妲己乃雉精，足猶未變，故用裂帛纏之。後世習俗既久，以足小為美。松按：《集韻》：妖娟也，又孽也。女夭為妖，夭少好也，則凡女之少好者，皆足以媚人而為人孽，皆可謂之妖。今羊城倡妓，聚於沙面東濠口，洎河南之揚帮、潮帮，不纏足者十之八九，纏足者一二耳，而為之媚惑至喪身忘家者，不可擢髮數。謝靈運《東陽江中》詩：可憐誰家婦，緑流洗素足。明月在雲間，迢迢不可得。李白《浣紗女》詩：一雙金履齒，两足白如霜。《越女词》：屐上足如霜，不著鴉頭襪。又越女濯素足，行人解金裝。女之惑男，甚于狐妖，何必金蓮玉弓乎！今俗有偏嗜者，謂婦女以赤足為佳。當夏暑時，脱鴉襪，曳高屐，霜跗雪踵，浄潔無瑕，顏玉足瑩，俜停嬝娜，最足銷魂。

若纏足之婦，晚換睡鞋，足帶寬鬆，有何雅觀，輒令人生厭，多致敗興，此雖一偏之論，而未嘗無見，未可厚非。夫宇宙之内，往古來今，聖王之教，仁政之施，必順天地之自然，極萬物之得所，乃可以言仁，乃為王者之政。且女子之生，與男子何别。身體髪膚，肢骸頂踵，皆受之父母。而女子則必纏足，俗以為女生之災難，且女子纏足，必由少小，當其盤湯洗濯。痛苦之聲，聞于閭里。母罵楚笞，不堪言狀。何異奸騙之屈生。採割，史遷之所謂毁肌膚折肢體。女子何辜，甘受此毒。既傷父母之慈，復戾王仁之化，豈得為萬物得所，順天地之自然乎？

我朝康熙間，甚嚴女子纏足之禁，此雖小故，而未始非仁民愛物之一事，終以株累煩擾，事不果行。習俗相沿，積重難返。惜哉！

撒髆髧

今俗女子未嫁以前，輒垂兩鬢抱面以為飾，有垂至領者，有垂至心胸之間者，謂之撒髆髧。髧俗音欽，即詩所謂髧彼兩髦也。唐時謂之抛家髻，見《續博物志》。云唐末婦人梳髮，以两鬢抱面為抛家髻。今撒髆髧，是其遺也。髧古謂之髾。《篇海》：髾同鬘，音鑾。《北齊·禮服志》：後宫之服制，女官八品偏髾髻。注：髾所交切，髮覆目也。蓋夷中少女之飾，四垂短髮，僅覆眉目，頂心長髮，繞為卧髻。

今俗謂前面短髮僅覆額者亦曰髧，兩鬢長垂過肩者曰撒髆髧。今之髧，即古之髾也。按：《禮·内則》：拂髦總角，收髮結之。《詩》：總角；傳：聚兩髦也，髧彼兩髦。傳：髦者髮至眉。然謂至眉，則非己之真髮垂至眉也。收髮者，收取他人之髮為之。聚兩髦，亦聚人之髮为兩髦也。於何知之。

《儀禮·既夕禮》：既殯説髦。注：兒生三月。鬋髮为鬌，男角女羈，否則男左女右。長大猶為飾存之，謂之髦。所以順父母幼小之心。至此，尸柩不見，喪無飾，可以去之。又《栢舟》詩疏：若父母有先死者，於死三日説之，服闋。又著之，若二親並没，則固去之矣。《玉藻》：親没不髦，是也。既可脱去，又可復著，則非真髮可知。觀此今之髧，即古之髦。髧為今女子未嫁之飾，已嫁則將四垂之髧，梳起為髻。事與古合。惟古取人之髮以為髦，今以己之髮為髧，為小異耳。

斬殺足示警

今俗競尚嫖賭，而嫖賭皆有喪身破家之禍，於何知之？於嫖賭中之恒言知之。廣州青樓妓女，於冶遊子弟，凡所中意，即曲意順承，百端蠱惑，惟恐冶遊之一夕離；又慮冶遊之別有所屬，於是好其所好，惡其所惡，務使色有所授，魂為之與，不覺心迷魄喪，樂不思蜀而後已。謂之曰斬，即吕純陽先師所云，腰間仗劍斬凡夫之斬也。思此一字，真令人駭懼汗下。按：《爾雅·釋詁》：斬殺也。《周禮·秋官》：掌斬殺。注：斬以鈇鉞，殺以刀刃，而青樓之斬冶遊，不必鈇钺刀刃，而更有甚於鈇鉞刀刃者。蓋有形之鈇鉞刀刃，人見而畏之；無形之鈇鉞刀刃，人樂而安之。惟其畏也，故痛而避之；惟其樂也，故甘而就之。順承蠱惑，色授魂與，無形之鈇鉞刀刃也。純陽先師明見此事，憫凡夫之執迷，特拈出。可畏之名，加於可樂之地，為凡夫當頭棒喝，使之驚心動魄，迷醒慮回。不謂妓女青樓，劇談謔語，早已彰明直白而顯告之矣。淫蕩者往往引身受刃，而莫之省，是則可哀也。又《釋文》：斬，暫也，暫加兵即斷也。暫加兵而即斷，矧其溺而忘返耶！賭博，凡弄攤錢擲骰子之等，欲赢對家之錢，不曰贏而曰殺，又曰盡殺。溺此二者，皆可顧名知戒。

吉凶不在物

物無吉凶，吉凶在人不在物。物得氣先，故人之吉凶，物則兆之，其機如此，固不得以俗喜為吉，俗惡为凶，又不必以俗喜為凶，俗惡為吉。蓋人之吉凶無定，而物之兆人吉凶，亦無定也。然物性無常，有兆有不兆，更不必臆以為兆，有不兆。則或凶或吉，於物無與，又何喜而何惡耶。且人非物，安知物意？而必謂物兆吉凶，物不任受也，而人則妄矣。如鵩鳥一名鴞，吴人呼为魑魂。吴球方作逐魂，惡聲鳥也。俗傳見其形，聞其聲，皆不祥。然天寶中，韋郇公謫守蕲州，時李鄴侯亦以處士放逐。因夜飲，聞鴟鴞聲，韋公泣下。李侯曰：此鳥人以為惡，其聲可聽，乃令坐客，不聞此聲者，罰以大白，由是聽之不厭。

《新唐書》：路敬潛為遂安令，到官，有梟嘯其屏。敬潛不為懼，久之遷衛令，位中書舍人。《元史》：察罕嘗行困，籍草而寢，鴞鳴其旁。心惡之，擲靴擊之。有蛇自靴中墜，歸以其事聞。帝曰：是禽人所惡者，在爾則為喜神，宜戒子孫勿殺其類。《客退紀談》：黄昏鷄鳴，必殺之，以除不祥也。沈氏黄昏鷄鳴，適有神降於伍氏，沈往問之。答曰：定昏鷄鳴啼，福禄日躋。於是沈氏日昌。可知吉凶由人而生，非由物而生。安見物有吉凶耶！《格物論》：烏鴉鳴，則有凶咎。《本草》、《釋名》：鵲能報喜，故謂之喜鵲。故今人聞鴉多惡，聞鵲多喜。然此皆囿於俗，而以意為之耳，即以聲論，鵲鳴楂楂，鴉鳴啞啞，皆非雅聽，何獨鴉聲有可惡耶？孫氏《瑞應圖》曰：蒼烏，賢君帝主修行孝慈，被於萬姓，則來。《孝經援神契》：德至鳥獸，則白烏下。據此，則聞烏當喜，何惡之有？《北齊書》：奚永洛與张子信對坐，有鵲正鳴於庭樹間。子信曰：鵲言不善，當有口舌事。今夜有喚，必不得往。子信去後，高儼使召之，且云勑喚，永洛詐稱墮馬，遂免於難。據此，則聞鵲當惡，何喜之有？《格物論》曰：烏鴉之别名，是蒼烏、白烏，皆鴉也。是鴉有兆吉，而鵲有兆凶也。又何必喜鵲而惡鴉耶！噫！惡鴉者，安得喜起鄴侯而罰以大白，使皆聽之不厭，則六合無惡聲矣！然則楊椒山喜鴉惡鵲，雖不囿俗，而亦可不必。

正五九月不必忌

日歷《諏吉書》：凡官府上任，忌正五、九月。楮稼軒謂遠見於《南史》，不知何解。《萩園雜記》云：宋尚道教，正五九月禁屠宰。新官上任，祭告應祀郊壇，必用宰殺，故忌之。賢奕載釋氏《智論》：天帝釋以大寶鏡照四大神州，每月一移，察人間善惡。正五九月，照南贍部州。唐人於此三月不宰殺，不行刑，謂之斷屠月。郎仁寶云，正五九月建乃寅午戌，屬火。臣音為商，商屬金，恐火之尅於金，故忌之。松按：《晉書》：穆宗納后，欲用九月九日，是忌月。范汪問王彪之。答曰：禮无忌月。不敢以所不見，便謂無之。博士曹躭荀納等並謂無月忌之文，不應有妨。王洽曰：若有忌月，當復有忌歲。是晉時已有此忌，不始於南宋。松謂此事，當是野人杜撰，原不必忌，晉諸臣論之最當。《雜記》：賢奕郎氏諸論，祇見其穿鑿支離耳，曷足法耶。又按：《北齊書》：高洋謀篡魏，其臣宋景業言，宜以仲夏受禅。或曰《陰陽書》，五月不可入官，犯之不終於其位。景業曰：王為天子，無復下期，豈得不終於其位。洋以五月即皇帝位於北郊，在位十年，崩傳子帝殷，則非不終其位也。夫以洋之淫酗殘暴，雖不終位，猶不得咎之時月，而乃終位傳子。忌月之妄，豈顧問哉！考之前漢《张敞傳》：為山陽太守，奏曰：臣以地節三年五月視事。則知前漢之俗。官上任不忌五月也。且敞在山陽，監護驕賀，其責甚難，卒以無事，其後徵為膠東相，亦不聞有凶横之説。又《後汉朔方太守碑》云：延嘉四年九月乙酉，詔書遷衙，令五月九月到官。可知拘忌之説，起於漢以後。又《獨孤及集》：有為舒州到任表曰，九月到州訖。乃知唐時亦有不忌九月者。因考諸州唐人題名，見不避正五九處亦多，見《野客叢書》。

然按《元史》：次答剌麻八剌傳，成宗崩時，武宗總兵漠北。仁宗在懷州聞訃，先奉母還京師，遣使北迎武宗，以五月即位。武宗只在位四年，雖非不終於其位，而亦不久。以五月為忌月，似亦有其事。而《傳》云：先是妃以兩太子星命付陰陽家，問所立。對曰：重光大荒落有災，旃蒙作噩長久，重光大荒落。武宗生年，旃蒙作噩，仁宗生年也，然則武宗之不久於位，其星命使然，非關忌月也。又况大凡世之所忌，有驗有不驗，則不必忌。蓋天下事，吉凶常參半。如以偶爾之吉凶，泥為一定之吉凶，以為一生趨避之用，牢不可破，則惑也。

今廣俗不帷上任，凡移居入宅開店，皆忌正五九月，則惑之甚也。又《南齊·张融傳》：大明五年，融為倉部郎，倉曹以正月俗人所忌，太倉為可開不。融議不宜拘束小忌，是昔人開倉。亦忌正五九月。則我廣移居入宅開店忌正五九月，亦有自來。今又以初五、十四、二十三三日為月忌。蓋此三日，乃河圖數之中宫五數。五為君象，故庶人不敢用。説亦傳會。又《宋史·苗守信傳》：淳化二年奏，一歲首正月一日與每月八日、三元日，上帝及天地水府三官各下巡人世，伺察善惡，皆不可斷刑。此實道家之妄，不經之談，可以惑顓愚。而適足為達識者之所笑爾。《宋史》：何得取而書諸傳，且既云正月一日、八日、三元日，上帝洎水府三官，下巡察人間善惡而斷刑，正人間所以懲惡而勸善，何得謂是日不可斷刑，豈上帝諸神第賞善而不罪惡耶？必無之理也。抑當時官吏刑多枉濫，不能質諸鬼神而無疑，不敢於此日論斷耶？然則此日為劣官之忌，非黎庶之忌也。夫不斷刑，則上帝諸神不得顯知民间善惡，為之雪冤昭枉，無益于世，又何必著之章奏耶？《宋史》之陋，一至于此。甚矣，作史之難也。

生老病死苦有自來

俗故事，凡書靈旐神主與墓銜等事，字數皆依生老病死苦五字，循環數之。云逢生老則吉，病死苦則凶，此論不知始自何時何人？松按：魏泰《東軒筆録》：熙寧初，富鄭公弼、曾魯公公亮為相。唐質肅公介、趙少師忭、王荊公安石為參知政事。是時，荊公方得君，鋭意新美天下之政。自宰執同列，無一人議論稍合者，天下之人，皆莫不以為生事。是時，鄭公以病足，魯公以年老，皆去。唐質肅公屢争上前，不能得，未幾疽發背死。趙少師力不勝，但終日嘆息，遇一事更改，則聲苦者數十，故當時謂中書有生老病死苦，言介甫生，仲明老，彥國病，子方死，悦道苦也，則宋時已有此語，然究不知始自何時何人。今又有不云生老病死苦，而云生老死絶者。此又方言俗語之不同也。或云，此非我粵之諺，概江浙人俗故實。我粵有仿而行之者爾。

卿相亦曰布衣

今俗謂士人無科名、未仕宦者為布衣。松按：《史記·孔子世家贊》云：孔子布衣傳十餘世，學者宗之。考孔子仕魯，嘗宰中都，位司空，進大司寇，攝相事，而亦曰布衣。是國君以下，皆可稱布衣。松謂孔子雖仕魯攝相，而心則依然布衣之心。故其一生事業，專以讀書誨人傳道後學為務，不以卿相為榮，常存布衣之志。史遷以布衣稱孔子，可謂得孔子之心。今人一得科名，一經仕宦，類多趾高氣揚，頤指意使，無復布衣之素矣。故世俗止謂無科名未仕宦者為布衣。

人臣亦稱寡人

寡人，古昔人君之自稱也。而《韓非子》云：韓宣子曰：吾馬菽粟多矣，甚臞，何也？寡人憂之。《国策》：智伯陰結韓魏，將以伐趙。趙襄子召張孟談而告之曰：夫智伯之為人，陽親而陰疏。三使韓魏，而寡人弗與焉，其移兵寡人必矣。宣子、襄子，時皆晉卿也。是人臣亦自稱寡人、不穀，亦君之自稱也。而《列女傳》云：趙簡子南擊楚，津吏醉不能渡。將渡，用檝者少一人。津吏女女娟攘卷操檝而請曰：妾願備父持檝。簡子曰：不穀將行。選士大夫齋戒沐浴，義不與婦人同舟而渡也。是人臣亦自稱不穀。松按：古昔人君雖有寡人、不穀之稱。而王朝未嚴君臣自稱之制，故人臣而僭君之稱者，往往而有。雖然，於此足見宣子、襄子、简子之不臣。

落英非葉

《離騷經》：夕餐秋菊之落英。字典引《西溪叢語》、《宋書·符瑞志》：沈約云：英葉也。《離騷》：餐落英，言食秋菊之葉也。據《玉函方》：甘菊三月上寅採葉，名曰玉英，是英亦謂之葉也。松按：《玉函方》六月上寅采菊葉。三月上寅乃采菊苗，非采葉也。《玉函·王子喬變白增年方》云：甘菊三月上寅采苗，名曰玉英；六月上寅采葉，名曰容成。九月上寅采花，名曰金精；十二月上寅采莖，名曰長生。《西溪》謂玉英為葉，誤。《集韻》：英，稻初生未移者，則玉英為菊之苗。菊苗實菊初生之嫩葉，即謂英為葉，未嘗不可。但菊初生之苗，其發生方蓬蓬勃勃，無有落者。落即是槁苗，不中食。屈子所餐，斷不指此。松按：菊之葉雖可食，然不若菊之花。《爾雅·釋木》：華而不實者謂之英。《詩·鄭風》：有女同車，顏如舜英。注：英猶華也。又《釋詁》：落，始也。落英者，菊之始花也，即謂英為葉，亦是菊之始葉，乃菊之苗，故《西溪》謂葉為英也。

个字疑介

《左傳·昭公十四年》：楚子使然丹簡上國之兵于宗邱，且撫其民，收介特焉。杜注：介特，單身民也。疏：一介行李。介麋，則介亦特字之義也。松按：揚子《方言》：介，特也。物無耦曰特，獸無耦曰介。二十八年，晉人曰：天禍魯國，君淹恤在外，君亦不使一个辱在寡人。注：一个，單使也。个音當經切，即丁。丁古文作个，人謂之丁。《唐書·食貨志》：租庸調之法，以人丁為本。一个，猶云一人也。《集韻》：箇即个。揚子《方言》：箇，枚也。注：為枚數也，《集韻》始作个。則春秋時不當以个為箇，介又作个。《左傳·襄公八年》：君有楚命，亦不使一介行李告於寡君。注：介古賀反，是以介為个。《書·秦誓》：如有一介臣。《大學》引《秦誓》則曰：若有一个臣。是春秋時，介亦作个。又《周官·考工記》：匠人廟門容大扃七个。《儀禮·大射禮》：司射入於次，搢三个，挾一个。《特牲饋食禮》：俎釋三个。注：个，猶枚也。《左傳·昭公三年》：齊公孫竈卒。晏子曰：又弱一个焉。以个訓箇，自昔然矣，不自《集韻》始也。但五代以前，五經皆手録無刊本，豈傳寫之異與？

袍

《事物紀原》謂始於宇文護，《困學紀聞》謂始於隋大業。松按：《續漢·輿服志》：袍者，周公抱成王，宴居故掩袍也。又《詩·秦風》：與子同袍。《論語》：衣敝緼袍。《禮·玉藻》：緼為袍。《史記》：范雎綈袍。《漢書》：文帝使遺單于繡袷長襦綿袷袍各一。《續漢書》：三老五更皆服都緑大袍。又《輿服志》：公主貴人妃以上嫁娶，得服錦繡羅縠十二色緑袍。《東觀漢記》：明德馬皇后袍，極麤。疏：是漢以前，男女皆有袍服。而云始于隋，誤矣。《古今注》：傳説作袍，是袍始于商。《中華古今注》：袍，有虞氏即有之，是袍實始于虞。又按袍之用有二：一褻衣也。《禮·喪大記》：袍必有表。注：褻衣，又外衣也。《释名》：苞也，苞内衣也。婦人以絳作衣裳上下連，四起施緣，亦曰袍，衣前襟亦曰袍。《公羊傳·哀公十四年》：反袂拭面涕沾袍。今則以長掩着下至跗者為袍，褻服無以袍名者矣，《事物紀原》之説非。

轎

轎之名始於漢，然漢之所謂轎，非今之轎。《漢書・嚴助傳》：上發兵誅閩越。淮南王安上書諫曰：今上發兵入越地，輿轎而隃嶺，拕舟而入水。注：服虔曰：轎音橋，隘道輿車也。臣瓚曰：今竹輿車。《古文淵鑑》注：江表作竹輿以行。是也。然考古車制，与今轎制不同。而《字典》轎字注云：又與橋通。《史記・河渠書》：山行即橋。《正字通》云：即轎也。蓋今之肩輿，謂其平如橋也。又似漢轎与今轎不異。按：《史記》：山行即橋。注：徐廣曰：一作樺，樺直轅車也。考轅，車前輈端横木。所以駕馬，古制，轅從軫前稍曲。而上至於衡，徐廣所謂直轅者。雖稍變古制，而仍是車之屬，何得遽以為今之肩輿。《正字通》誤，夫轎與肩輿之名，以其能載人，有似於輿。轎不用馬而用人肩，故云然耳。則今之轎，非始於漢也。

徐云：橋一作樺。樺，直轅車。而《字典》樺字注云：亦同梮。按：《前漢書・溝洫志》：禹治水，山行則梮。如淳曰：梮以鐵為椎頭，長半寸，施之履下，以上山不蹉跌。則樺非直轅車，以橋為樺，是徐氏之臆說。松謂徐廣《正字通》二説并非。今廣州山行有一種轎，名過山篼，又名篼轎，可登峻嶺行險隘之道。篼轎有二：一以兩杠夾竹椅，兩人肩行。一不用竹椅，而以山木韌枝火煣屈，撓如半矩，上施椅縟，亦人肩而行，取其輕小，上下山為便利也。此①即漢輿轎之遺。然則今之轎，謂仿于漢輿轎而變其制則可，謂即漢之輿轎則不可。轎，服虔注：音橋。《廣韻》、《集韻》、《韻会》、《正韻》皆音橋。《廣韻》又云，渠廟切音嶠。輣車也。《玉篇》：載柩車也。《集韻》：喪車餙也。然則今人乘之轎，當音橋，載柩之車始音嶠，而今俗皆呼

---

① “此”字原文似刪去。

乘人之轎音去聲，有類載柩之轎，習而不察耳。松按：載柩之轎，乃車屬，即古之所謂輿轎，當音橋，即《河渠書》山行即橋之橋，非乘人音渠廟切之轎，非乘人之轎[1]。乘人之轎短小，不能載柩也。諸韻書謂音渠廟切為喪車。大氐方言土語耳，非義之正也。

篼，《正字通》：竹輿也，筬之别名，俗謂之篼子。《史記·張耳陳餘傳》：上使泄公持節问之筬輿前。注：編竹木為筬。《正韻》：音鞭，竹輿也。此正似今不用竹椅之篼。

按：古昔竹輿謂之筍。《穀梁傳·文十五年》：齊人歸公孫敖之喪，脅物而歸之，筍將而來也。注：筍者，竹筬，一名編輿。齊魯以北名之曰筍。《集韻》：筍音峻，竹輿也。

轎又名肩輿，按肩輿之名，見《晉書·謝萬傳》：萬嘗衣白綸巾，乘平肩輿。又《隋書·禮儀志》：方州刺史並乘通幰平肩輿，從横施八横，亦得金鍍裝較。較，《説文》：車騎上曲銅也。崔豹《古今注》：車較，重耳也。在車輦上重起如兩角，然今轎无較。據此，在昔肩輿，亦車屬，非今之轎。轎名肩輿者，以其人乘如車，人肩以行，故名耳。轎，即唐宋時之擔子，亦名腰輿，又名乘人。《宋·輿服志》：龍肩輿，一名椶擔子，一名龍擔子。舁以二竿，故名擔子，南渡後所制也。

東都皇后備厭翟車，常乘則白藤輿。中興以太后用龍肩輿，后帷用擔子，示有所尊也。《随園随筆》引《臨安志》言，坐轎始於宋建炎播遷以後，揚州路滑，許朝士乘擔子，實為坐轎之始。随此本之《宋·輿服志》，然不始于宋。按：《唐會要》：開成五年，黎幹奏朝官出使，只許乘驛，不許更乘擔子。如病可牒明中書門下，自出錢傭用云云。是坐轎始於唐，不始於宋。《随園》之说非。又太宗時，褚無量以腰輿入殿。昭宗時，市人邀崔昭緯、鄭延昌肩輿。訢莫讨李茂贞，此云腰輿肩輿亦即坐轎也。或云，桀紂以人為車。《喪服小紀》：庶人喪與天子同者三，謂

① “非乘人之轎”五個字，原文似劃去。

夜燎乘人專道而行。乘人，有似今羊城出喪之真容轎。

《宋史》：肩輿，神宗所以待宗室之老疾者。熙寧五年，大宗正宗室乘肩輿者，踏引龍燭不傳過兩對。又《留正傳》：正以五鼓肩輿逃去。據此，則唐宋之擔子、腰輿、肩輿洎乘人，即今之坐轎也。又按《漢书》輿轎注，項昭曰：轎音旗廟反。師古謂其音無依據。今南方謂轎，正作此音，蓋本於此。然則師古之非項音，非。

元時又有馬轎。《元史・牀兀兒傳》：至大二年，封句容郡王，有足疾。帝命有司置馬轎。俾乘至殿門。又有象轎。《明史・輿服志》：轎者，肩行之車。宋中興以後，皇后嘗乘龍肩輿。又以征伐道路險阻，詔百官乘轎，名曰竹轎子，亦曰竹輿。元皇帝用象轎，駕以二象。至用紅板轎，則自明始也。其制高六尺九寸有奇。頂红髹，近頂裝圓匡蜊房牕，轎杠二。又皇妃車曰鳳轎，四角抹金銅飛鳳各一垂，用紅髹搁，飾以抹金銅鳳。東宮妃親王妃車，皆曰鳳轎。小轎制同皇妃、郡王妃及郡王，俱用翟轎，制與鳳轎同，第易鳳为翟，夫曰轎杠二，則其用人肩可知。

又嘉靖十五年，禮部尚書霍韜言禮儀定式，京官三品以上乘轎，邇者文官用肩輿，或乘女轎。乞申明禮制，乃定四品以下，不許乘轎，亦毋得用肩輿。據此，明時轎與肩輿異。然則《正字通》謂轎即肩輿，未見其是，豈時代不同，制有因革。而稱名亦有異別，與今代品官轎，有四人、八人之别，亦仿於明代。宏治七年，令文武官，例應乘轎者，以四人舁之。其五府管事内外鎮守備及公侯伯都督等，不問老少，皆不得乘轎。違例乘轎，及擅用八人者，奏聞。概自太祖不欲勳臣廢骑射，雖上公，出必乘馬也。

按：宋時轎，以竹為之。今廣州東莞城皆用竹轎。宋之遺制與古肩輿擔子，不言其制。惟明志，轎與今轎制不異。今之轎，明轎之遺也。元時馬轎、象轎，亦不知其制，且未知其置轎於馬象之背而行，抑以馬象牽制[①]駕而行，皆無明文，不可考詳也。

今公車路上有騾轎，兩騾駕轎而行。比車安稳而價贵。古無騾轎，蓋今制與。

廣州屋

唐以前，廣州無磚墻瓦屋，屋皆茅竹。開元間，宋璟始教民陶瓦築堵為屋。《唐書·宋璟傳》：璟徙廣州都督，廣人以竹茅茨為屋，多火。璟教之陶瓦築堵列肆邸肆，越俗始知有棟梁利，而無災患。據此，唐以前，我廣不特無瓦屋，并無土墻。自開元後，始有土墻瓦屋，今則屋無不瓦，墻而磚石者十之七八，築堵者十二三耳。省城富家裕商，寬鄉華族巨室，則高堂廣厦，亭閣宛轉，雕鏤土木，華麗侈靡，窮極工巧，非復開元之舊矣。

唐荔園

枝[②]荔枝灣，為南漢劉鋹昌華苑紅雲宴勝地，傳之舊矣。邇來羊城西八九里所，海濱潮田，不知何年何人。工築圍基，遍植佳荔。當暑荔熟，彌望紅雲，於是八方名人雅士，騷客詩翁，浪子紈綺，聲妓歌童，買舟溯洄，乘涼擘荔，絡繹不斷，時則遊人雜沓，男女肩摩，紅林小憩。覺蟬聲、竹聲、内聲與耳宜，果香、荷香、脂香與鼻宜，荔紅、顔紅、粉紅與目宜。會心不遠，觸景成趣，俯仰之間，令人應接不暇，洵佳勝也。

嘉慶間，南海邱浩川，慕往昔昌華之勝，憐今時遊劇之盛，即於其地創虬珠圃擘荔亭，謂是紅雲舊地，以為遊人擘荔之所。

---

① “制”文中有劃掉的痕跡，改為“駕”。

② “枝”文中有劃掉的痕跡，改為“荔”。

楊州阮賜卿福為之易其名，曰唐荔園。而為之序曰：廣州城西荔枝灣，舊謂南漢昌華苑。福謂不然，蓋植荔非十餘年不實，實矣，非數十年不繁。偽劉僭竊龑乃大侈，計龑至鋹，仅廿年耳。而紅雲宴特聞，則荔林非始於劉可知矣。《文苑英華》有唐曹松南海人，陪鄭司空遊荔園詩云，葉中新火吹寒食，樹上丹砂勝錦川。所謂南國名園，已具紅雲勝槩。然則昌華紅雲，即因荔園故址為之耳云云。

松謂：地有以人傳，有以事傳，詩人遊詠固足傳，傳以示勸也。霸主豪華，亦未嘗不可傳，傳以示戒也。而賜卿以荔之實繁年數，定其為唐荔園，而非紅云宴，是大不然。即以植荔論，松嘗聞之荔農云，荔植五六年即結實，不可留。清明後，實如大豆，即盡去之，則樹壯[①]壯茂。八九年而實繁，若至數十年，謂之老樹，則多枯弱而子希，荔農則伐以為薪矣。何得謂鋹僅廿年而不能有荔也。且地[②]城西植荔之地，不一而足，安知曹松與鄭司空所遊之荔園之必為荔枝灣也？况邱氏之圃，其址乃潮坦鍬築基磐以為圍田，田中樹荔，不及二三十年。且環圃皆水田，無有高地。南漢時尚為滄海，其不為昌華故地也，明甚。又何得謂此地即唐曹松時之荔園故址，邱氏因之而為虬珠之圃，擘荔之亭也。謂為唐之荔園固非，即謂為昌華苑舊地，亦未見其是。賜卿之說附會，不足據。雖然，江南無荔，賜卿不知植荔法，亦无無足怪。

松按：東坡《次韻曾仲錫荔枝詩》：柳花著水萬浮萍，荔實週天兩歲星。公自注云：柳至易成飞絮落水中，經宿即為浮萍，荔支至難長，二十四五年乃實。此賜卿之所本，夫東坡至嶺南未久，安知植荔法，此實得之傳聞，而不知其謬。故亦猶賜卿到羊城亦未久，又安得而知植荔之法耶？

按：昌華苑，在羊城東南三十里，今之北亭鄉蠏泉井之南是

① “壯”字原文似刪去。

② “地”字原文似刪去。

其故址。何久矣犁而为田矣。今北亭鄉鄉人之社亦名昌華社，所以志古也。又按：曹松詩亦有可議，其云葉中新火吹寒食，寒食時安得有荔耶？

春秋有兩顏回

一為孔子弟子，字子淵，人所共知。一為孟獻子家臣，見劉向新序云，魯孟獻子聘於晉，宣子觴之，三徙鐘石之懸，不移其具。獻子曰：富哉，家！宣子曰：子之家孰與我富？獻子曰：吾家甚貧。惟有二士，曰顏回茲無靈者，使吾邦家安平，百姓和協，惟此二者耳。吾盡于此矣。孔子曰：孟獻子之富，可著於春秋。松按：孔子与獻子同時，是同時有兩顏回。豈獻子之顏回，即孔子弟子之顏回與？然《論語》稱顏子簞瓢陋巷，不改其樂。未聞其仕獻子也。即《史記·仲尼弟子列傳》，亦不言其事獻子。當是兩顏回。《晉書》又有顏回為羌帅。是古昔有三顏回。

晉有兩咎犯

天下古今，人之同姓名者，不可悉數。若同在一國而同姓名，則古不多見。惟晉則有兩咎犯：一為晉文公舅狐偃，字子犯，随文公出亡，此文公時之咎犯也。平公時，亦有咎犯，見劉向《説苑》，晉平公好樂，多其賦斂，下治城郭，曰敢有諫者死，國人憂之。有咎犯者，見門大夫曰：臣聞主君好樂，故以樂見。門大夫入言曰：晉人咎犯也，欲以樂見。平公曰：內之。止坐殿上，則出鐘磬竽笙①瑟，坐有頃。平公曰：客子為樂。咎犯對曰：臣不能為樂，臣善隱。平公召隱士十二人，咎犯申其左

① “笙”字原文似删去。

臂，而詘五指。平公問于隱官曰：占之為何？隱官皆曰：不知。平公曰：歸之。咎犯則申其一指曰，是一也，便游赭畫而峻城闕，二也，柱梁文繡，士民无無褐，三也，侏儒有餘酒，而死士渴，四也，民有飢色，而馬有粟秩，五也，近臣不敢諫，遠臣不敢達。平公曰：善。乃屏鐘鼓，除竽瑟，遂與咎犯参治國。此平公時之咎犯也。是晉有兩咎犯，豈平公時之咎犯，慕狐偃之為人而名之與？

若梁蕭子顯著《古今同姓名録》，有九張良、五韓信、四王敦、二王莽、三董卓，其在隱顯間者無算。自梁以後，又不知增幾許矣。此止同名，而非同時同國，不足異也。

蘇州獃

夫人本點詭而貌為愚戇者，俗謂之蘇州獃，見《玉堂漫筆》。元高德基云，吴人尚奢争勝，所事不切，廣置田宅，計較微利，不知異時反貽子孫不肖之害，故謂之蘇州獃，今俗謂詐獃為蘇州獃。獃，《集韻》：魚開切，音皚。今廣俗音又作牛去聲。我廣云蘇州獃，其意義與吴人所云異矣。松謂吴人所謂蘇州獃，其意深矣。由今觀之，滔滔天下，不為蘇州獃者鮮。詐云乎哉？謂之蘇州，乖也可。《廣東新語・土言》謂聰明曰乖，今俗謂精雋曰乖巧。松按：乖，《玉篇》：戾也，睽也，背也。《易・序卦傳》：家道窮必乖，故受之以睽，睽者乖也。《左傳・昭三十年》：伍員曰：楚執政衆而乖。《通雅》：东方朔謂吾强乖剌而無當。杜預謂陛下無乖剌之心，宋子京謂俗以不循理曰乖角。又《七修類稿》：乖角不曉事意。《韓詩》云：親朋頓乖角，是也。又乖戾、乖張、分乖，皆不順事理之謂。今俗反以乖為聰明，謬矣。俗又謂孩童馴順者曰乖。老媪稱人家之孩子，曰輒，曰乖乖。又男子與女子戲謔，以手輕擊其腮，謂之打乖，亦即乖乖之意。皆羨美之辭，正與乖義相反。殆猶書傳以亂訓治以廢訓置之類與。

佛山話

嘉慶十五六年間，佛山俗話輒曰一半。於是省城鄉間、虚市間巷，無論士農工商、販夫販婦、孩童樵竪，凡言事物之數，輒曰佛山話。則雖愚夫愚婦、幼穉村孩，无不知其為一半者矣。久之街談里語，非言事物之數，出語亦曰一半，遂以一半為語助之辞解。此不可解，此諺不知何祥。

射石

劉向《新序》：楚熊渠子夜行，見寢石，以為伏虎，關弓射之，滅矢飲羽，下視，知石也，卻復射之，矢摧無跡。《史記》：李廣拜為右北平太守，出獵，見草中石，以為虎而射之。中石没鏃。視之，石也，因復更射之，終不能復入石矣。《吕氏春秋》、王充《論衡》皆作養由基事。《黄氏日鈔》曰：此事每載不同，要皆野人相承之妄言耳。松謂誤石為虎，而關弓射之，乃事理之常。勢有必至者，又何必定為一人之事。其後必無有踵而為之也。此蓋古人事之偶爾相類，不得謂野人相承之妄言。

按：《後周書・李遠傳》：嘗較獵於莎柵，見石於叢薄中，以為伏兔，射之，鏃入寸餘。就而視，乃石也。則周漢以後，未嘗無誤石為獸射之而鏃入石者，然則亦可謂之野人相承之妄言耶？又有不必疑獸而射石亦没羽者。《宋史・何灌傳》：灌，遼人，以争贾胡疃泉水，舉兵來犯。灌迎高射之，輒中。或著崖，皆没羽。遼蕭太后驚以為神。《明史》：王邦直有神力，人稱王千斤。常省父還，遇寇，發一矢，不中，中石，石為之泐。寇視矢大如挺，驚不敢犯。夫楚熊渠李廣，知石再射，則不復能没鏃。而何灌、邦直射石，輒没羽而泐。觀此，楚熊渠李北平。遠遜宋何灌明邦直矣。誰謂古今人不及耶。

打岡

廣州番禺、南海鄉村，正月間，各鄉兒童三五為羣，各出村外郊野春遊，隨拾土塊、瓦塊、石塊，互相擊擲，以為戲笑，名曰打岡，謂郊在岡野相戲打也，又曰打擠。擠，《玉篇》：將西切。《説文》：推也，排也。《史記・項羽紀》：漢軍卻為楚所擠。打擠，亦取推排之意也。始則兒童競擲瓦石，繼則丁壯競出排械互鬥。甚至毆傷人命，釀成大案比歲而有。道光中，其風亦少息矣。

按：《天禄識餘》：宋世寒食有抛堉之戲，兒童飛瓦石，若今之打瓦也，或云起于堯民之擊壤。松按：《集韻》，飛抛堉，飛磚戲也。梅堯臣禁烟詩，窈窕踏歌相把袂，輕浮賭勝各飛堉。堉又作至。《篇海類篇》：至音陀。飛磚戲，亦作堉。打岡似即抛堉之遺。堉音陁，按陸稼書為靈壽令，有禁打降示。打降，謂鬬毆也，即廣俗之打岡。據此，打岡之岡又作降。嗟乎！以擊壤之戲，一變而為抛堉，再變而為打降。民心之思變，世風之日下，良足慨矣。湯公斌《毀淫祠疏》云：吴中之俗，無賴少年，教習拳勇，輕生好鬬，名為打降，是吴中亦以好鬬為打降。又《唐書・韋丹傳》：丹子宙，為永州刺史。邑中少年，常以七月擊鼓。羣入民家，號行盜，皆迎為辦具，謂之起盆，後為解素，喧呼疻鬬。宙至禁之。其疻鬬也，亦打降之類也，而有甚於打降矣。

老師之稱

王弇州《觚不觚録》：京師稱謂，極尊者曰老先生。自内閣以至大小公卿皆如之。門生稱座主亦不過曰老先生而已。至分宜當國，而諛者稱老翁，其厚之者稱老翁夫子。此後門生稱座主俱曰老師。予自丙辰再入朝，則三品以上庶僚多稱之曰老翁。又有無故而稱老師者，今不可勝紀矣。觀此則一稱謂之間而已，不勝世道淩夷之感。松嘗見我鄉一黄塾師某，稱馮氏一富翁曰老師，座中莫不捧腹。弇州云：無故而稱老師者，不可勝紀。余亦云然。

按：老師二字，見《史記・荀卿傳》：田駢之屬皆已死。齊襄王時，荀卿最為老師。又《子華子》：今天下老師先生，端弁带而説，乃是兆亂也。然樂工亦稱老師。《五代史・崔棁傳》：其樂工舞郎，多教坊伶人、百工商賈、州縣辟役之人，又無老師良工教習，是樂工稱老師。松謂老師之稱，不若先生之稱為尊。按宋代名儒，皆稱先生，如周茂叔稱濂溪先生，張子厚稱横渠先生，程伯淳稱明道先生，程正叔稱伊川先生，以及楊龜山先生、朱晦菴先生，不一而足。

至明代亦然，如王陽明先生、謝東山先生、陳白沙先生、湛甘泉先生，他如晉陶淵明稱五柳先生，唐白樂天稱醉吟先生。與夫歷代史傳所載，凡有學行而稱先生者，不勝覼縷，而未聞有稱老師者，即以今代言。上官稱下僚，如督憲、撫憲稱各學教官曰老師，而於鄉宦之有德行名位者，乃稱先生。先生之稱，尊於老師，亦可見矣。今俗無論進士舉人秀才，設教羊城，受業門人皆稱之曰老師，即粤秀、粤華、羊城三大書院，門生稱掌教亦曰老師。而或有不稱老師而稱先生，則以為不知禮矣。豈知先生之稱，乃為特尊，而非老師之可比乎。此今俗文人之①稱謂之不可解者也。

弇州又云：余初於西曹見談舊事，投刺有異者。一大臣，於正德中上書太監劉瑾云，門下小厮某，上恩主老公公。嘉靖中，一儀部謁翊國公勳，則云渺渺小學生某，皆極卑諂可笑。然至余所親見，復有怪誕不經者。一自稱不佞，至有稱通家不佞，年家

① “之”字原文似删去。

不佞，鄰治不佞，眷不佞。一自稱牛馬走，亦曰通家不[①]牛馬走，治下牛馬走。一曰湖海生，一曰形浪生，一曰神交小子，一曰將進僕，一曰未面門生，一曰門下沐恩小的，一曰何罪生。此皆可嘔噦，真堪捧腹。松謂此種稱謂，不第令人嘔噦，而其人之品，亦可知矣。朝士若此，何以為國?

相公之稱

宋故事，宰相呼相公，節度使带開府儀同三司。元豐官制，前带同中書、門下、平章事，亦呼相公，謂之使相三公。正真宰相之任，呼公相。尚書改令廳為公相廳。蔡京首以太師為公相，其子攸自淮康軍節度使除開府儀同三司，遂父呼公相子，呼相公。時傳京父子入侍西宴。上云，相公公相子，人主主人翁。朱彧《可談》載之甚詳。今俗平民妻妾稱夫，奴婢稱小主人，皆曰相公。湖南人稱客，無論平等以及尊長呼卑幼，皆曰相公。余嘗從湖南李成照先生遊，有師弟之分，而每稱余曰相公。余詢所謂。先生云：湖南俗稱客，雖尊長呼卑幼亦曰相公云。夫以卑贱而襲尊貴之稱，不以為僭。不知所自起，記之以俟識者。

---

① “不”字原文似删去。

卷之十六

錢已腹痛

聖王在上，國用有制，於是乎作錢貨以利民用。然錢貨不特利民用，更可以已民疾。松七弟栐年，一日忽患腹痛，洩瀉嘔吐，俗名絞腸砂。此感陰陽不正之氣，多至斃命。飲藥數帖，不獲效。適適[①]琶洲鄭堂妹歸寧，云此病易易，不足慮。即令取道光通寶錢六文三陰三陽，以一小碗水，煎十數沸。又調以冷水一小碗，飲之，即愈。如法服之，少頃而痛泄吐止。夫此症多由于食滯，又中天行不正[②]時毒而致。按：《本草》：銅，散瘀止痛。鉛，解毒墜痰消積解熱。錢以銅鉛為之，似亦足治斯疾。然無消食治洩瀉之文，顧其效若此。蓋錢為國寶，用以壓其不正之氣，而正氣自復，時毒不得為患也。此以知聖天子仁民愛物之施，無之而不在也，以其利疾便人。故特誌之，時道光四年甲申十月十五日也。若感時疾，而手足筋縮。拘攣不能轉動，斃命尤速。方用早禾米皮糠半斤，鹽四五兩。同炒熱布裹之，由臍上緩盪至臍下四五寸。少頃，有氣如箭，從臍下直射至陽物而出，立愈，真妙方也。餘嘗經驗，晚禾米皮糠，則不效也。故又志之，以便親朋之罹斯疾者，亦濟世之一事也。近年又得一妙方，用青蔞二

① 後一“適”字原文似刪去。

② “不正”二字原文似刪去。

片，片糖半塊，半[①]夾食。食二三次，立愈。此方之妙，愈於上方，以其能愈疾而適口也。

糠制白蟻

南方卑濕多生白蟻，白蟻生於地下幽陰之處，喜暗畏明。其行也，必銜泥以自蓋。大如豆角，中通以為道路，迤邐潛伏而行。高高下下，雖數丈十餘丈，莫不如是。若爽塏之地，光明開朗，則白蟻深藏隱不敢出。無論危樓廣厦、篋笥衣物，一遇白蟻，蠹食無餘。白蟻通體懦軟，口微紅而堅利，大為物害。金銀瓷器，亦能食之，不惟木也。尤嗜松木，惟芳木紫荊，不能着齒耳。俗以蜆蠔殼灰，洎信石屑，糁於地縫墻邊，則蟻不敢出。然不能長久，殼灰可一年許，信石可五六年，氣息即淡，蟻復冒灰石而出。矧白蟻多由墻心緣墻而上，非必自邊縫也。近得一治法，凡生白蟻之處，以穀糠布地，蟻不敢出。穀糠俗謂之老糠，老糠雖重積，亦鬆而不實，且有芒刺。白蟻腹軟，畏糠刺。凡築室，夾墻無論磚石，近基尺許，墻心實以老糠，可禦白蟻數十年。糠耐久不爛，爛而芒刺仍存故也。松嘗用之，勝白灰、信石等多多矣。

或曰，白蟻隨風而至，其地生白蟻，必有一方空虛受風暗射使然。然亦不盡。然松嘗見海中漁人掛網罭杙杙[②]，與池塘松杉木樁，往往中生白蟻蛀食，豈海底池中亦受風穿耶。此理之不可解。然白蟻不必盡為物害，松住宅向無白蟻。嘉慶八年，忽生白蟻無算，沿墻穴壁，遍佈門樓桁桷，百端除治，愈治愈盛，久而習慣，概置不論，至十年而自絶。余意宅中桁桷門扇等，皆被潛食，朽敗不堪。十一年，擬欲修弊而更新之。匠人拂拭蟻泥，依

---

① “半”字原文似刪去。

② 前一“杙”字原文似刪去。

然如故。無分寸木壞。更有可異者，室東北隅置一高櫃，上與閣連，故舊衣物滿其中。白蟻從櫃地入櫃，潛沿櫃隅。上通於閣，衣物無少破壞。莫明其故。夫白蟻之為物害素矣，人皆惡之。若我宅之白蟻，可謂能廉者矣。按：《吴書・孫權傳》：赤烏十一年五月，鄱陽言白虎仁。注：《瑞應圖》曰：王者不暴虐，則白虎不害也。夫白蟻之害物，猶白虎之害人，今白蟻不為物害，亦可謂白蟻仁也。儻亦家嚴慈仁愛之應與，又有蟻虎，能殺白蟻。昔有人自淮南得種來，比白蟻之大三四倍放入蠹柱。少頃，蟻紛紛而墜，腦上率有小竅。才半日，空柱無餘。見《夷堅志》。《物理小識》[①] 又云：青梔子實，曬乾黄，能消白蟻為水。馬教思曰：血忌日，五更斫松柱，無白蟻，或斧敲。云今日血忌，蟻自去。中悳曰：養竹鷄柱下，白蟻畏其聲。中通曰：白蟻必嘝水上柱，乃能食木。松易受水，引泥作路。杉木受水易乾，故蟻不能上也。

松按：我廣杉木，為白蟻所食，所在多有，中通之説非。又按：松木多油，非易上水者，蓋其氣香，為白蟻所嗜。故松多招白蟻耳。近聞人説，人溺亦治白蟻，以溺灌蟻穴，蟻則滅。又云，魚鯹水亦治之，治法如用人溺。松謂蟻虎為上，老糠次之，白灰、信石為下。人溺、魚鯹水，未之試。而要不若余宅之白蟻仁也。

敵門即古之納采

婚禮六禮，首云納采。納采者，婚禮之始也。宋時謂之敵門。《宋史・禮志》：諸王聘禮，賜女家白金萬兩敵門。注：敵門，即古之納采，松按：《士昏禮》納采之采，取采擇之義，謂為采定而後可納昏也。今俗多昧於納采之義，誤以采為采幣之采，謬矣。

---

① 《物理小識》係明代方以智著作。其子方中悳、方中通為之作注。

掌模即古之手印

婦人多不知書，凡賣田宅、子女不能書契，輒倩他人代筆，契内則用婦人指模掌模。我朝自康熙乾隆間，契券内不見有掌模，而止用指模。其法宋時已有。《宋史》：元絳知永新縣，豪子龍聿誘少年周整博，而取其田。周母告官，官驗有母手印存，弗受。及絳至，母又來訴。絳視券呼聿曰。券年月居印上，是必得周母他牘尾印，而撰僞契續之耳。聿駭伏。按今之指模，即宋手印之遺也。然則今之奸黠匪人，誘引良家子賭蕩花銷。無所貸借，而私造假印，印僞契以典按銀兩，不自今始矣。今律嚴私造假印之禁，奸民又别出僞法，陰作僞契，以投縣印，契僞而印真。雖明哲之士，莫能察識。他時其奸即發，亦得免私造假印之罪。斯則奸外之奸，黠而又黠者矣。

河豚毒

孔平仲《談苑》云：河豚其狀可惡，製食不中度多死，棄其腸與子。飛鳥不食，誤食必死。登州瀕海人，取其白肉為脯，先以海水洗凈，换海水浸之，暴於日中，以重物壓其上。須候四日，乃去所壓之物，傅之以鹽，再暴乃成。如不及四日，則肉猶活。太守李大夫嘗三日去所壓物，俄頃肉自盆中躍出。

松謂豚魚多涎，其殺人在涎不在肉。番禺三月清明時節多豚魚，人多食之。味甚甘旨，且皆烹鮮而食。無有壓肉而後食者。肉活之論殊非。食法，先熾鑊，擲河豚於鑊中。反側煎之，去其涎，健硬者其涎去，可烹而食。軟者則涎不能去。殺人，惟棄腸與子耳。俗云，不第取其旨美，能温胃煖氣，婦人尤宜云。鄉俗多有甚嗜者，不聞其肉活，亦罕殺人。然《談苑》云：太守李大夫親見其肉躍，亦似有據，豈登州之豚魚肉故活耶。《游仙雜録》暮春楊花飛，此魚大肥，江淮人臠其肉，雜蔞蒿、荻芽，瀹而為羹，或不甚熟，亦能殺人。松按：此説最得。余家伯父緣食未熟魚乾河豚棄世。祖母嘗云。又云烹河豚，偶落火烟煤，亦能殺人，不可不慎。《廣俗》云，豚以白欖子或葉同煮，不殺人。褚學稼《堅瓠續集》云：聞海濱人云：河豚同鴨卵煮食，則不殺人。按：河豚，即古之鮭魚。《北山經》：敦薨之水，其中多赤鮭。郭璞注：今名鯸鮐為鮭魚。《雷公炮炙論》：鮭魚插樹立使枯乾，一名鯢魚，一名嗔魚。《日華子》謂之河豚。《爾雅翼》：鯢即今之河豚。每三頭相從，謂之一部。王充《論衡・言毒篇》：毒螫渥者，在魚則為鮭與鮗鯸，故人食其肝而死。

《演繁露》引《博雅》亦云：河鈍背青腹白，觸物則怒。其肝殺人。

然今俗食河豚，謂其肝味更美，我粤尚之。《論衡》之説亦謬。

《酉陽雜俎》亦云：魚肝與子俱毒，艾能已其毒。江淮人食河豚必和艾，世俗之嗜河豚者，不可不知。按：河豚以食楊花而肥，梅聖俞《河豚詩》：春洲牛荻芽，春岸飛楊花。河豚於此時，貴不數魚鰕。然我邑南亭村前海心岡，豚魚最肥。我邑少楊樹，南亭一帶濱海村落皆無楊，則河豚不必食楊花而亦肥也。諸書所云大氐各據其鄉土所見耳。

《本草》：河豚狀如科斗，大者尺餘，背色青白，有黄縷，無鱗腮，目能瞇者有毒。一名鯸鮧，一名鶘鮧。《儒林公議》：張詠性剛急，嘗作《鯸鮧賦》。其序略曰：江有若覆甌者，漾於中流，移晷不没。舟人曰：此嗔魚也，觸物則怒，多為鶂鳶所食，遂索書驗名，古謂之鯸鮧，因而賦之。《博雅》作鯸鮔云鈍也。按：我粤河豚，俗名鷄鮑。背多有紅縷紅點者，謂之花腰鷄鮑。鮑音抱，又名鰤鰤。《山海經》：少咸山敦水東流注於鴈門之水，中多鰤鰤之魚，食之殺人。《本草》：河豚一名肺肺。又按：河豚有生啖而不死者。《録異記》：鯸鮧文斑如虎，俗名河鈍，煮不熟，食之必死。饒州有吴生者，家盛豐足，夫婦和睦，曾無嫌隙。一夕吴生醉歸，投身床上。妻為解履，扶其足。醉者運動，誤中妻之心胸，蹶然而死。妻族挾為毆擊致死，獄訟情實，縶系狴牢，以俟王命。吴生親族，懼敕命一到，必正典刑。因餉生鯸鮧鱠以啗之，冀其自斃。吴生食之無苦，如此數四，竟不能害，益加充裕。會赦獲免，還家之後，胤嗣繁衍，年洎八十，竟以壽終。豈河豚生食無毒，而煮不熟乃有毒與。非也，蓋天憫吴生，假此以白其冤於世耳。葉寘《筆衡》：楊廷秀舉河豚原起，古書未有載敘者。尤延之曰，《吴都賦》曰：王鮪鯸鮐。劉淵林注，鯸鮐魚，狀如科斗。大者尺餘，腹下白。背上青黑有黄文，性有毒。雖小獺及大魚不敢餤，蒸煮餤之肥美。豫章人珍之，以是考之。河豚莫明白於此，廷秀檢視無殊。因嘆曰，延之真書厨也。夫我粤鄉俗，嗜食河豚，向以為嗜味之異。而淵林注謂豫章人珍食。是豫章人先得我粤之所嗜。不足異也。但未有以為鱠食者矣。

又按：《藝苑》：雌黄河豚，水族之奇味。《本草》：吴越人春月甚珍貴之，尤重其腹腴，呼為西施香①乳。東坡詩："更洗河豚烹腹腴"。自注：予嘗謂荔支厚味，果中無比，惟江鰩柱河豚近之耳。松謂言：河豚腹腴也。

蒲魚毒

吴青壇《嶺南雜記》云：蒲魚即鱄魚。味甚美，而尾美②極毒。中之癢悶不已，用葛布燒灰同麻油調塗，良。松嘗詢之老漁，所以傷人之故。老漁云：蒲魚有二尾，一長一短，傷人非長尾。長尾根處，另有一尾，長寸餘，尖利如鈎戟，螫人見血，不

① "香"字原文似删去。

② "美"字原文似删去。

移時死。漁人得蒲，必先斷去短尾而後粥。余鄰鄉為琵琶洲，嘉慶二十五年六月，有一都養戲捕魚於洲南，得一蒲魚，大如葵扇。不知捕法，手為蒲尾所螫。初不覺痛，忽見血流滿掌，始知為蒲尾所螫。俄而痛甚，無有治法，至晡時死。後訪之老漁云：濃煎茶仔水浸之，使其涎出盡，即愈。蓋蒲尾有涎，其毒亦在涎，蒲螫人，尾涎即入傷處故也。青壇知蒲尾之有毒，而不知其能殺人。不半日而斃，是則猶未詳蒲魚之毒之烈也。蒲魚一名鯆魚，《正字通》：按：鯆魚，潮州有之，俗名蒲魚。鯆，《集韻》音麾，又即鱝魚。《正字通》：鱝音憤，魚形如荷葉，長尾口在腹下，目在額上，尾長有節，螫人。郭景純《江賦》：鱝鼅鼊鼊魔。注：鱝魚如圓盤，口在腹下，尾端有毒，據鱝之形狀，即蒲魚。亦不知其有短尾殺人。諺云：耕當問農，魚當問漁，信矣。

陣毯

周達觀《真臘風土記》：人家養女，其父母必祝曰：願汝有人要，將來嫁千百箇丈夫。富室之女，自七歲至九歲，至貧之家，則止於十一歲，必命僧道去其童身，名曰陣毯。蓋官司每歲于中國四月内擇一日，頒行本國。有養女當陣毯之家，先行申報官司，官司先給巨燭一條，燭間刻畫一處，約是夜遇昏點燭，至刻畫處，則為陣毯時候矣。先期一月或半月，父母必擇一僧或一道，官富之家，饋以酒米布帛檳榔銀器之類，至有一百擔者，直中國白金二三百兩，少者或三四十擔，一二十擔。所以貧人家至於十一歲而始行事者，為難辦此物耳，亦有捨錢與貧女陣毯者，謂之做好事。一歲中，一僧止可御一女，僧既允受，更不他許。是夜，大設飲食鼓樂，會親鄰，至期，僧與女俱入房，親以手去其童，納之酒中，或謂父母親鄰各點于額，或謂俱嘗以口，或謂僧與女交媾之事，或謂無此，但不容唐人見，所以莫知其的。至天將明時，又以轎傘鼓樂送僧去。後當以布帛之類與僧贖身，否則此女終為僧有，不可得而他適也。前此父母必與女同寢，此後則斥於房外。任其所之，無復拘束提防矣。陣毯之夜，一巷中或至十餘家，城中迎僧道者，交錯於途。鼓樂之聲，無處無之。《高厚蒙求》云：暹羅婚，則羣僧迎婚至女家。僧取女紅，貼男額，稱利市。其風俗與真臘同。

松按：番俗多淫，而番僧尤甚。唐房千里《投荒雜録》云：南方蠻以女配僧曰師郎。天雷苗中，有師娘者，方許住菴，令人摩阿濕昆之腹祈子。元成宗大德九年，天寧寺有秘密佛，鄭所南亦言塑裸佛與妖女合。明崇貞[①]辛巳，姜如須過湖入一巷，後殿封鐍。具題乃開，皆裸佛交媾形，凡數百尊。守者曰：前年大内發出者，其像皆女坐男身，有三頭六臂者，足下皆踏裸男女，累人背而疊之。《蓴薌贅筆》云：遼陽城中一古刹，内塑巨人二，長各數丈。一男子向北立，一女子南面抱其體頸，赤體交接，備極淫褻，土人呼為公佛、母佛，崇奉甚謹。又嘉靖十五年，大善殿有鑄像，極其淫穢，鉅細不下千百。夏文愍公言建論焚之，以清宮禁，盡付諸火，其像號歡喜佛，乃元之遺制。按：鄭所南《心史》載，元人於幽州建佛母殿，鑄佛裸形，與妖女合，淫狀種種，纖毫畢具。據此，佛教本淫。今僧不娶妻，有犯姦，輒叱之為奸僧，庸詎知俗之所謂奸僧者，乃真佛弟子。今俗僧心無不淫，而仍不敢公然行淫。此今所以無真佛與？

産後

番婦産後，即作熱飯，抹之以鹽，納於陰户，凡一晝夜而除之。以此産中無病，且收斂常如室女。番婦多淫，産後一兩日即與夫合，見《真臘風土記》。松按：熱飯，温而煖氣，鹽定病[②]

① “崇貞”，原文如此，應為“崇禎”。

② “病”字原文似删去。

痛，散風走血，用之産後，其方甚妙，中國何不用之。番婦産後一兩日，與夫合而不致病者，亦以此與。録之以告天下，素病産後者，如法治之。或曰：人以食為天，飯者養人之寶也，不可如此污殄。松謂以之為藥以濟人治病，似亦不妨。今俗謂婦人生産後，未滿百日，夫與之合，而夫若婦，往往得癆瘵之疾，謂之蘇癆。病主吐血不止，深則吐白痰。時醫以其失血過多，恐致虚損，輒投以補劑，則百不一治，參茸尤忌云。

我邑南亭有一老蛋名黄明者，精醫此症。只用草藥一味，不知何藥，黄云以解毒散瘀為主。每服藥不過二錢許，濃煎，加冰糖七八分，調和而服，服二三次即愈。愈後仍戒房事一百日，否則復病，不可治矣。余嘗得其草藥之實一枚，大如大豆，破之得仁五粒，仁色紅，已播種於花盤中，俟其萌産。詢之藥師，必得其名也。詎料此草實，至來春，不見萌芽甲析，余將再訪之。或云，此草藥，黄先蒸過，日暴乾，乃與人食耳。

破天荒

今凡　鄉一族一家，前未有人泮登科，而始入泮登科之人，則謂之破天荒。松按：《事文類聚》：唐荆州每解舉人，多不成名，號曰天荒，至劉蜕舍人，以荆州解及第，曰破天荒。東坡嘗以二句贈瓊州進士姜唐佐云：滄海何曾斷地脈，白袍端合破天荒。用此事也。又開禧初，南溪登第者由史子申始，人謂之破天荒。又播州冉從周舉進士，時亦呼為破天荒，見《堅瓠廣集》。是破天荒，乃初發進士及第之名。今俗謂鄉族凡初入泮登科亦曰破天荒，實仿劉蜕故事。又盧相光啟，先人伏法，爾後兄弟修餙赴舉，因謂親知曰，此乃開荒也，此取廢而復興之義。然則凡古無而今始有之事，皆可謂之破天荒，不必定為科名言也。

騎手馬

今鄉俗娶婦，轎至壻門，新婦出轎，足不履地，用兩健僕婦四手交挽如馬鞍，新婦跪其上，扶入洞房，謂之騎手馬。松初以為鄉俗鄙俚可笑，後讀《蘇氏演義》云：宋初婚姻，坐女於馬鞍之側，此胡人尚乘鞍馬之義也。又《酉陽雜俎》：今娶婦家，新人入門，跨鞍馬，則知今俗新婦騎手馬入房，大抵仿此。若省城娶婦，則無此故事。邇來鄉間亦少行此，第以一夫婦雙全而多子之僕婦，背負入房耳。事雖沿古，然究屬鄙俚無義。按：歐陽修《歸田録》引劉岳《書儀》：婚禮有壻[①]女坐壻之馬鞍之禮。今之士族，當婚之夕，以兩椅相背，置一馬鞍，反令壻坐其上，飲以三爵。女家遣人三請而後下，乃成婚禮，謂之上高座。凡婚家舉族内外姻親與男女賓客，堂上堂下竦立而視者，惟上高座為盛禮爾。或有偶不及設者，則相與悵然咨嗟，以為闕禮。其轉失乖謬，至於如此。今雖名儒巨公，衣冠舊族，莫不皆然。嗚呼。士大夫不知禮義，而與閭閻鄙俚同其習見，而不知為非者多矣。倘所謂習俗移人，賢者不免耶。松按：《唐書》：突厥默啜請尚公主，詔送金縷具鞍，默啜以鞍乃塗金，非天子意，請罷和親。鴻臚寺卿逢堯曰：漢法重女壻而送鞍，欲安且久，不以金為貴，默啜從之。今人家娶婦跨鞍馬，與《書儀》坐馬鞍，皆緣唐送默啜金鞍而傳會。坐馬鞍，其始於唐代與。又《堅瓠續集》：新婦入門，不踏光地，必傳席始行，唐人呼為轉席。白香山《春深娶婦詩》，青衣轉氈褥，錦繡一條斜。是也。今俗新婦騎手馬，亦不踏光地之意，變轉席而為之耳。聞今京都娶婦，新婦入門，亦不踏光地。自大門至於新房，一路皆鋪紅氈。若紅氈不足。則互相轉接而行，即唐人轉席之遺也。

---

① "壻"字原文似删去。

天蛇

天蛇，毒蛇也。俗傳天蛇傷人，不一日死。《夢溪筆談》載，邕管吏人，為天蛇所毒，舉身潰爛。一醫視之曰：疾已深，不可為也。乃以藥傅其瘡。有腫起處，以針挑之。有物如蛇，凡十餘條，而疾不起。又錢唐西溪一田家忽病癩，通身潰爛。西溪寺僧識之曰：此天蛇毒也。取木皮煮飲一㪷許，令其恣飲三頓，遂愈。驗其木，乃秦皮也。然不知天蛇為何物，或云草間黃花蜘蛛。是也。又云，天蛇其大如筋而匾，長三四尺，色黃赤，多生於幽陰之地，遇驟雨後則出。越人深畏之，以醋澆之則消，或以石灰糝之亦縮死。《爾雅·釋蟲》：土鼅鼄。《注疏考證》，鄭樵云：土中者，能毒人，俗謂天虵。按：《本草萬方針線》，天蛇毒注云：有似癩非癩。天蛇乃草間草①花蜘蛛也。人被其螫，為露水所濡，乃成此疾。有遍身潰爛，號呼欲絕者。《本草》亦謂花蜘蛛為天蛇，今俗謂天蛇如小蚯蚓，有鱗，色黑於蚯蚓。乍視之，與蚯蚓無異，但有鱗而頭扁能昂，為小異耳。俗云，螫人不移時死。長不過五六寸，與《夢溪》所云長三四尺色黃赤迴別，未詳孰是。《夢溪》云：醋澆之則消，石灰糝之亦縮死。然則天蛇毒，醋灰亦可治，不惟秦皮②。據此，天蛇毒人亦多治法，不惟秦皮，醫家不可不知。

道光元年，松族建始太祖祠，松主其事。一日於叢磚之下濕磚上，見一黑蟲，大如小花管，長不知幾許丈，遍身皆涎。環繞磚上，幾滿一磚，大氐陰濕之所化生。頭扁如蛇，行則昂起三四分許，常左右搖，有眼，眉如金縷。所行之處，輒留涎痕如蝸牛。其行遲遲，身長不能全行。只六七寸許可左右行，而尾仍不

① “草”字原文似刪去。

② “不惟秦皮”，原文似刪去。

動也，不識何蟲。雖古老博識，莫[①]有所不知也，其天蛇之類與。又《夷堅志》，姑蘇張比部，崇寧間，於後圃起華堂，前鑿大池。取其土以築堂阯，掘地數尺，得一蛇，細才如箸。然蟠結穹窿，其長不可勝計。比部之子，命僕夫斷為數百截而輦去之。凡運至十八九擔而後盡。時人謂張子凶於妖祟，戲自名其堂為太歲堂。然亦無恙，後遭兵禍。始蕩為邱墟，豈亦天蛇耶。此蛇比余所見之濕蟲更長，為更異矣。

班婆

洋客云：洋海之中有物，狀如螢火，千百為羣，名曰班婆。班婆出，必主大風，洋舶遇之大不利。班婆倘集帆檣，舟人驚懼，即鳴金擊鼓，以紅布纏頭跳呌呼，祈神佑庇。否則遭風，有覆溺之虞。實不知何物。老商謂為魯班妻之精靈所化，故名。

松按：北齊李騊駼聘陳，問陸士秀曰：江南有孟婆，是何神。士秀曰：《山海經》，帝之女遊于江中，出入必以風雨自隨，以帝女故名孟婆。又宋徽宗詞，孟婆孟婆，好做些方便，吹箇船兒倒轉。松按：孟婆出，則有風雨。而班婆出，亦主大風。是孟婆班婆，皆風神也。豈班婆即孟婆歟。蓋洋客本不知班婆為何物。太氏當日有知書洋客，偶遭此物。即遌巨風知古昔主風雨之神有孟婆，因以名之。後人輾轉相傳，遂訛孟婆為班婆耳。俗謂為魯班妻所化，殊屬附會。俗又謂九月十三為孟婆生日。《丹鉛録注》又云：孟婆，宋汴京勾欄語，謂風也。又云江南七月間，有大風，甚於舶艃，野人相傳以為孟婆發怒。方密山《物理小識》：陸游云，嶺表有瘴母，起時圓黑，久而漸廣。所謂孟嫂，颶母也。嫂，《字彙補》同婆。其狀與班婆異。又非帝女之孟婆。《廣東新語》：颶者具也。颶一起，則東西南北之風皆具，而合

① “莫”字原文似删去。

為一風，故曰颶也。曰母者，以颶能生四方之風，而為四方之風之母。分其一方之風，可以為大風。故曰母也。又云，颶母即孟婆。春夏間有暈如半虹，是也。此以半虹為孟婆，今俗謂之風颶蔑。蓋亦以颶母主風，與孟婆同。故又謂為孟婆與。

九眼井

九眼井有二。一在羊城粵秀山，三元宮之南。又名九眼泉，味清而甘。雖隆冬亢旱，千百人汲，其泉不竭。昔名趙陀井，又名玉龍泉，南越尉陀所鑿。南漢高祖嘗飲之，故號玉龍泉。井廣丈許，有九孔，文石為蓋。汲者欲得井華，分綆而下。瓶罌為滿，毋相抵觸，人甚便之。又唐李綽《尚書故實》云：張尚書延賞云：舒州灊山下有九井，其實九眼泉也。旱則殺一犬投其中，大雨必降，犬亦流出。以犬致雨，古所未聞。

松按：《周禮・秋官・司寇・犬人》疏：犬是金屬，豈金生水，故以犬致雨與。然考之諸經傳，皆云犬止風，不聞以犬致雨。《周禮・大宗伯・疈辜》疏：狗屬西方金，金制東方木之風，故用狗止風。又《爾雅》：祭風曰磔。注：今俗當大道中，磔犬以止風。又《公羊・僖公三十一年傳》疏引李巡曰：祭風以牲頭蹄及足，破之以祭，故曰磔。孫炎曰：既祭，磔其牲，以風散之。此即郭注所云今時磔狗祭以止風也。又《淮南畢萬術》云：黑犬皮毛，燒灰揚之，止天風。是古人皆以磔犬為止風之用。而舒州九井，則殺犬以致雨，斯亦異矣。然《大宗伯》疏云：金以制木，金可制木，豈不能生水。殺犬致雨，亦理之所有，不足奇也。

紫竹林

羊城東門内禺山書院之南有寺，名紫竹林。初以為寺多植紫竹，故以名也。而寺無一紫竹，詢之寺僧，皆不知所謂。大南門外西横街，亦有紫竹林寺。後讀《睽車志》云：紹興辛未歲，四明有巨賈，泛海阻風，抵一山。商登至絶頂，有梵宫，彩碧輪奐，適遊其門，闃然無人。惟丈室一僧獨坐，商前作禮。僧起接坐。商曰：舟久阻風，欲飯僧五百，以祈福祐。僧曰：諾。期以明日，商還舟，如期造焉。僧堂之履已滿矣，不知其所從來也。齋畢，僧引入小軒，窗外竹數箇，幹葉如丹。商堅求一二竿，曰欲持歸中國，為偉異之觀。僧自起斬一根與之。商持還。即得便風。就舟裁其竹為杖。每以刀鍥刻削，隨刃有光，益異之。前至一國，偶携杖登岸。有老叟見之，驚曰：君何自得之。請易以箪珠。商貪其賂而與焉。叟曰：君親至普陀落伽山，此觀音座後旃檀林紫竹也。商始驚悔，歸舟取削葉餘札，寶藏之。有久病醫無效者，取札煎湯飲之，輒愈。始知紫竹林之名，實取普陀落伽山旃檀林紫竹以名也。而世俗鮮有知者，故録之。

又《夷堅志》：温州巨賈張愿，紹興七年，涉大洋遭風，漂其船，不知所届。經五六日，得一山，修竹戛雲，彌望極目。乃登岸伐十竿，擬為篙棹之用。方畢事，見白衣翁云：此是何世，非汝所當留，宜急回，不可緩也。船人拱手白曰：某輩已迷失道路，將葬魚腹，仙翁幸教，何如可達鄉閭。翁指東南方，果得善還。十竹已雜用其九，臨抵岸。有倭客及崑崙奴，望桅檣大叫可惜。既泊，見一竹尚存，争欲求買，愿索價五千緡。崑崙即輦錢授之。愿問之曰：此竹實不知為何寶物，而汝曹競欲售如此，為我言之，曰：此乃寶伽山聚寶竹，每立竿於巨浸中，則諸寶不采而聚。雖累千萬價，亦所不惜。愿始嗟嘆付之。然則寶伽之竹，不僅妙於治病，而又能聚寶，此與寶母何異，又可謂之寶母竹。

觀此，寶伽山之竹，盡是寶竹，不必觀音座後旃檀林幹葉，如丹之紫竹而後為寶也。且彌望極目，修竹戛雲，則不僅窗外數箇也。《睽車》與《夷堅》所載，似有異同。而不知佛法無邊，境物變幻，不可思議。故其為用，亦不可思議也。

馬流

廣州土俗，孩童相詬罵，輒曰馬留。初不知所謂，蓋俗呼猴子曰馬留，意謂是耳。按：《唐書·南蠻環王傳》：西屠夷，蓋馬援還，留不去者，才十户。隋末孳衍至三百，皆姓馬，俗以其寓，故號馬留人，又作馬流。俞益期曰：馬援立銅柱於壽冷岸北，有遺兵居壽冷岸南，家對銅柱而居，悉姓馬，號曰馬流。《方隅勝覽》謂馬人散處南海，謂之馬流。始知馬留乃馬人，俗以其非我族類。故以相罵，蓋賤之也。非以其為猴也。然昔人亦有以馬留為猴者，不惟廣俗。《樂善録》：王景亮與鄰里仕族浮薄子數人，結為一社，純事嘲誚。士大夫無問賢否，一經諸人之目，無有不被不雅之名者。元佑間，吕惠卿察訪東京。吕天姿清瘦，每説話，輒以雙手指畫。社人目為説法馬留，此則以馬留為猴也。按：李時珍《本草》獮猴一名馬留，見《倦遊録》。時珍云：養馬者，廐中畜之，能辟馬病，胡俗稱馬留云。

虎子

漢代以玉為虎子，以為便器。使侍中執之，行幸以從。故時人戲侍中為執虎子。按：《西京雜記》：李廣兄弟獵於冥山之北，見卧虎焉，射之。一矢即斃，斷其髑髏以為枕，示服猛也。鑄銅象其形為溲器，示厭辱之也。據此，虎子始於武帝時。《字典》水部溺字注云：溺謂之溲。《後漢·張堪傳》，遺矢溲便。

松按：溲不專言溺。《史記・倉公傳》：不得前後溲。又云：難於大小溲。則溲不僅言溺可知，即虎子亦不專為溺器。蔣正子《山房隨筆》：賈秋壑喪師，鄭虎臣監押秋壑。虎臣一路淩辱。至漳州木棉菴，病泄瀉。踞虎子欲絶，虎臣知其服腦子求死，則虎子不專為溺器可知。字書專以溲為溺，似未盡得。按賈逵解《周官》：楲，虎子也。古之受大小溲，皆以虎子呼之。見[1]此為至當。

更樓

嘉慶道光間，盜竊頗多，放火尤甚。省城鋪户，守禦最為嚴謹，而防夜尤嚴。各街鋪舍，約違八九間。簷下懸一琉璃燈，徹夜光明，奸竊無所藏慝。街上傳更，皆擊鑼或柝。瓦面上又有更樓，去十餘鋪，輒作一所，仍擊鑼柝。每更更夫於瓦面上巡行三四番，每高聲大呼曰：各人醒睡呀，防有盜賊呀。有警，則鑼柝亂擊，以次遞傳，頃刻遍數十街，其法最善。村鄉亦有更鼓樓，此似仿自北齊李崇為兖州刺史。州多劫盜，崇乃村置一樓，樓懸一鼓。盜發之處，槌鼓亂擊。諸村始聞者，撾鼓一通，次聞者復撾以為節。俄頃之間，聲布百里。伏其險要，無不擒獲。松謂：今各村鄉，倘能如其法，先擇鄉外賊人歸路險要必經之地，以有密林叢棘，可以掩身者為佳。立定章程，某處險要，派丁壯若干。必須著定人名，不可更易。炮械若干，各自携帶。一聞更樓鼓响，即各往守要隘。不得推諉，以致遲緩；不得聲彰，以防漏泄。以逸待勞，以静制動。吾知無不可擒之賊，無不可守之鄉矣。賊雖多，無能為也。

---

① “見”字原文似删去。

渡船

古之小津有橋梁，而無渡船。惟大津給船，然皆官辦而非民造。孟子十一月徒杠成，十二月輿梁成。《唐六典》：凡天下造舟之梁四，河則蒲津、太陽、河陽，雒則孝義。石柱之梁四，雒則天津、永濟、中橋，灞則灞橋。木柱之梁三，皆渭水，便橋、中渭橋、東渭橋。巨梁十有一，皆國工修之，其餘皆所管州縣隨時營葺。其大津無梁，皆給船。人量其大小難易，以定其差等，是也。夫古大津雖給船，而無有渡船之名。渡船之名，見於《明史》：成化八年九月丙申，順天府府尹李裕言：本府津渡之處，每歲水漲，及天氣寒沍，官司脩造渡船，以便往來。近為無賴之徒，冒貴戚名色，私造渡船，勒取往來人財物，深為民害。乞敕巡按御史嚴為禁止，從之。是渡船初設，原出於官，以便往來，並無收客錢物之事。今之渡船則納餉於官，謂之餉渡。而商客往來，皆收渡錢。是收渡錢，自明無賴始也。然今之餉渡，其法勝於明之官渡。何也？官渡，渡人奉公，循行故事而已。即有私造，於渡人無損，不為告詰。無賴得藉以為利，而索客財物，多至無厭，民受其害。餉渡，則渡有專人。名在官籍，無賴私造。渡人得以指名呈究，渡錢有定額。無有需索之患，民賴以便。餉渡者其救官渡之弊者與。我廣自道光二十八九年，盜賊充斥。往往假府縣巡船，緝私搜犯，以劫掠渡船。渡船雖疑其為賊，又恐其非賊，不敢與校，輒被劫掠。傷人斃命，不可羅縷，官亦無如之何。又不為之設法以杜其弊，則餉渡又不如官渡也。何也？官渡被劫，官不得不為之設法嚴捕劫盜。若餉渡，則渡屬於民。雖累稟盜劫，官不屑意。只是簽差緝捕，而盜之獲不獲，所不計也。此假公劫盜渡終無已也。松有一法，可免假巡船以劫渡船之患。今日之渡船，無不稟官備設炮械，然必官給渡船札喻。凡巡船緝私捕犯，不得於海上渡船搜捕，蓋走私與匪犯，若在渡船，必須登岸，乃能逃逸。巡船尾渡泊岸，儘可捉拿。巡船如敢抗違，便是奸賊。准賊渡船發炮轟擊，即傷斃巡船人等，勿論。則假公劫渡之患可免。又有一種奸盜，使五六不逞，懷刃先落渡船，羣盜伏泊海濱。渡至，盜發攻渡。渡賊即起，裏應外合，渡人束手。雖有炮無械，亦無可如何。松又有一法，可弭此弊。官每渡發一嚴示，凡落渡客人，衣箱包裹，許渡主驗看，如客抗違不依，即是奸賊，許渡主斥逐。若客身上有可疑，許渡主搜檢；形跡有詭異，許渡主盤詰。如檢出有盜賊行劫器物及火藥蒙汗等藥，許渡主綑解究辦。則裏應外合之奸可破，而渡船可少安矣。惜乎其不出，此可為長太息也。

污糟

不潔，廣俗謂之污糟，又曰痾糟。高澹人《天禄識餘》云：俗語以不潔為鏖糟。按：《霍去病傳》鏖皋蘭下注：以世俗謂盡死殺人為鏖糟，又謂鏖戰。義雖不同，卻有所出。松按：此語出自宋人。《宋稗類鈔》：司馬温公之亡，當明堂大享，朝廷以致齋不及奠，肆赦畢，蘇子瞻率同輩以往。程正叔固争，引《論語》子於是日哭則不歌。子瞻曰：明堂乃吉禮，不可謂歌則不哭。正叔又喻司馬諸孤不得受弔。子瞻曰：頤可謂燠糟鄙俚叔孫通，今俗曰污糟。似非出於鏖戰之義。汙或曰污，即燠之訛。燠，烏皓反。痾即污之事。今俗謂放屎放尿為痾屎痾尿。故又謂不潔為痾糟。松謂：糟當作遭，言與污相遭也。不潔又曰醃臢，見《正字通》，曰俗呼物不潔白曰醃臢。而焦竑刊誤載雜字，不浄曰婄贓。又宋若華《女論語・營家章》：撮除邋遢，潔静幽清。邋遢亦污遭之意。今廣俗又謂不潔曰拿膩，膩俗音利。又曰拿紨，拿，俗音去聲。

收拾

俗謂檢點為收拾。如謂收拾行李、收拾衣物之類，是也。而置人於死亦曰收拾。其語始于明末流賊。按：《張獻忠亂蜀本末》云：獻忠開科取士。狀元張大受，成都華陽人，年未三十，身長七尺，頗善弓馬。羣臣諂獻忠，咸進表疏稱賀，謂得天下奇才。獻忠大悦，賞賜美女十人。第一區，家丁二十人。次日鴻臚寺奏，新狀元午門謝恩畢，將入朝面謝聖恩。獻忠忽嚬蹙曰：這騾養的，咱老子愛得他緊。但一見他，心上就愛得過不得。咱老子有些怕看見他，你們快些與我收拾了，不可叫他來見咱老子。凡流賊謂殺人為打發，如盡殺其衆，則謂之收拾也。諸臣承命，即刻將張大受綁去殺之，并傳令將大受全家并所賜美女家丁盡數斬戮，不留一人。故今俗謂害人為收拾，蓋本之流賊之語也。又按：《玉堂叢語》：何淡所撰李克嗣墓誌銘贊曰，前數十年，士大夫多以富為諱，争自洗濯，以免公議。今聞人仕，衆必問曰，好衙門否。聞人退，衆必問曰，有收拾否。此又以收拾為宦囊豐富矣。按：收拾二字始見《後漢書・光武紀》：不能收拾。

女生外嚮

俗云女生外嚮，見班固《白虎通》：以男生内嚮，有留家之義；女生外嚮，有從夫之義。松按：此説似是而非。夫婦人懷孕，男胎，子必嚮母；女胎，子必背母。於何知之，嘗詢之接生老媪，云：凡子生，面嚮裏者必男，面嚮外者必女。無不皆然。然所謂女生外嚮，不必盡取從夫之義也，蓋女從夫，我中華為然耳。若夷狄之俗，則女留家，男從女矣。夫天地生人，不獨為中土而生，夷狄亦同生天地間者也。且以《天下地輿圖》按之，中國不能得十分之一二。何得以中國從夫一事，為女生外向之義耶。夫八方土地不同，風俗各異。若以一隅之事例天下，論非無理，而所見不廣矣，為義亦偏矣。文人論事，每多此種。

覆水難收

覆水難收，俗傳皆以為漢朱買臣事，而《漢書・朱買臣傳》無其文。即稗史小説，亦不見其事。松按：此乃姜太公事。太公妻馬氏，不堪其貧而去。及太公既貴，再來。太公取一壺水傾於地，令妻取，乃語之曰：若言離更合，覆水定難收。光武詔亦嘗引此。見王勉夫《野客叢書》。然按《後漢書・光武紀》：更始二年，諸將議上尊號。馬武進曰：天下無主，如有聖人承敝而起。雖仲尼為相，孫子為將，猶恐無能有益。反水不收，後悔無及。王氏謂光武詔引此，誤矣。胡三省曰：水覆於地，不可復收。言事發則不可收拾也。又《何進傳》：進召董卓屯關中，並詔召橋瑁屯城皋，皆以誅宦官為名[①]言。太后猶不從，苗謂進曰：始共從南陽來，俱以貧賤，依省内，以致貴富；國家之事，亦何容易，覆水不收，宜深思之，且與省内和也。

---

① “名”字原文似刪去。

卷之十七

束脩

《論語》：自行束脩以上，吾未嘗無誨。注：脩，脯也，十脡為束。松竊有疑焉。按孔注：束脩，謂為束帶脩飾。然考之史傳，亦多作檢束脩身之義。《秦誓》，孔傳：束脩一个臣。正義即引《論語》孔注。李固奏記梁商曰：王公束脩厲節。《伏湛傳》：束脩其躬。《卓茂傳》：束身自脩。《鄧后紀》：故能束脩，不觸羅網。又鄭均束脩安貧，恭儉整節。《馮衍傳》：珪璧其行，束脩其心。《鹽鐵論》：桑宏羊曰：臣結髪束脩。三國魏桓范薦管寧亦云：束其躬。又晉荀羨擒賈堅，堅曰：吾自束脩自立，君何謂降耶。嵇康《戒子書》：不須行小小束脩之意氣。元魏獻文帝時，欲置學官於郡國，詔高允參議。允請郡立博士助教，學生人各有差。其學生取郡中清望，人行脩謹，堪束脩名教者。帝從之。凡此束脩，皆言約束脩整。《論語》束脩，大氐言能飭躬者，未嘗不誨也。又按：《漢書·延篤傳》稱：吾自束脩以來。章懷太子注引鄭玄束帶脩飾，年十五以上也。又杜詩《薦伏湛疏》云：自行束脩，訖無毀玷。注：十五以上也，則自行束脩，未嘗無誨。又言自十五以上，自行來學，未嘗無誨也。束脩作十五以上解，尤為近理。蓋未十五以前，猶孩童也。其來學也，必父兄與之俱，無自行來學之理。況古者十五入大學，始入大學者猶且誨之，況其他乎，益見聖人誨人不倦之深心。若如注作十脡脯，意雖本之《禮記》、《檀弓》、《少儀》、《穀梁傳》，《周禮注》諸書，恐非聖人與其進之意。

按：《唐六典》：國子生初入學，置束帛一篚，酒一壺，脩一案，為束脩之禮。又《開元禮》載皇子束脩，束帛一篚，五疋也[①]。酒一壺，二斗，脩一案，三脡。皇子至學門外，陳三物于西南。少進曰：某方受業于先生，敢請見。其餘學生束帛酒脩如皇子。此仍《禮記》、《穀梁》諸書傳之意，而分束脩為二物。李氏《羣經識小》又云：禮薦脯五膱。凡作脯之法，皆以條肉中屈之，五膱則為胎者五，為脡者十，故謂之束，取其與束帛十端而五疋者同義。唐以束帛與脩脯為束脩，非古義矣。《唐書·歸崇敬傳》：教授學生謁師，贄用服脩一束，酒一壺，衫布一裁，色如師所服。是唐時又以衫布為束帛。《唐書·禮樂志》：皇子入學，服學生之服，以見博士。注：學生之服，青衿也。《傳》云：束脩，有布衫一裁，色如師所服。豈博士服布衫，而皇子則青衿與？抑《傳》所云，蓋士庶之禮，而非天家之禮與？《宋書·禮樂志》又云：國子太學生，冠葛巾，服單衣，以為朝服，執一卷經以代手版。即顏延年《皇子釋奠詩》所云巾卷充街者也。《志》云，服單衣。單衣，大氐即單布衫，蓋國子太學生所服，亦即唐志學生見博士之服也。又《東軒筆録》：楊安國，膠東經生也。官至天章閣侍講。一日侍仁宗講，至自行束脩以上，吾未嘗無誨焉。安國遽啟曰：官家，昔孔子教人也須要錢。仁宗哂之，此則直以束脩為錢矣。今俗從學，亦以銀當束脩。然則安國以錢為束脩，雖失聖人之旨，而已為後世不易之則矣。按：《南史·袁憲傳》：憲父君正，梁武帝時，生徒對策，多行賄賂，門客岑文豪請具束脩。君正曰：我豈能用錢為兒買第耶。以錢為束脩，不自安國始矣。

束脩，今俗謂之脩金。村學先生，間有弟子歲終不能足送脩金，輒留其書枱書箱之等，以抵脩金，此又以束脩為貨取矣。然古人亦有行之者，《北史·賈思伯傳》：初，思伯與弟思同，師

① “也”字原文似删去。

事北海陰鳳。業竟，無資酬之，鳳遂質其衣物。時人為之語曰：陰生讀書不免癡，不識雙鳳脱人衣。及思伯之部，送縑百疋，遺之。因具車馬迎之，鳳慚不往。今留弟子書枱書籍之先生，可不一念思伯送縑之事乎。又《北史》：徐遵明講學於外二十餘年，海内莫不尊仰。頗好聚斂，與劉獻之張吾貴，皆河北聚徒教授。懸納絲粟，留衣物以待之，名曰影質。有損儒者之風。影質，亦即陰鳳質賈思伯衣物之類，大氐北朝之俗風使然。設教而放于利，文斯為下矣。又《北史・儒林》：馮偉，門徒束脩，一毫不受，此則過情，不合中道。若《隋書》：劉儒林劉焯，博學，後進質疑受業，不遠千里。然嗇於財，不行束脩者，未嘗有所教誨。此又不及情，而大非聖人誨人之意矣。昔名儒又有以束脩易錢者，《元史・孛术魯翀傳》：文宗時遷國子祭酒，翀以古者教必有業，學必有舍。舊制，弟子員初入學以羊贄，所貳之品與羊等。翀曰：與其饜口腹，孰若為吾黨燥濕寒暑之虞乎。命撙集之，得錢二萬緡。作屋四區，以居學者，羊贄亦即束脩也。此以贄易錢，然則謂束脩為錢，未可厚非。然劉焯不可與魯翀同日語矣。昔人學書亦有束脩。《北周・冀儁傳》：大統間，征儁教世宗及宋獻公等隸書，時俗入書學者，亦行束脩之禮，謂之謝章。儁以書字所興，起自蒼頡，遂啟太祖，釋奠蒼頡，及先聖先師。松按：書師，漢時已有。《姑蘇志》：東方朔久居吴中，為書師數十年。又按古昔初入學，束脩不必脯酒帛羊。歐陽氏曰：古者士之見師，以菜為贄，始入學者，必釋菜以禮其先師。其學官四時之祭，乃皆釋菜。菜不更薄于脩脯耶。

松謂：陰鳳遵明，不曉釋菜之義。不特有玷儒者之行，并不得為孔子之徒。其品鄙陋，其行委瑣，不足以為人師，亦可見矣。夫世風之弟靡，日下一日，而利之一途，俗趨尤甚。不但以錢為入學之束脩，而錢銀且有精神之目。《戒菴漫筆》：馬懷祖嘗為人求文字於祝枝山允明。枝山問曰：是現精神否。俗以錢銀為精神也。觀此，入學固以財為贄，而文字亦以財償矣。夫楊安國以束脩為錢，固為後世入學不易之禮，而祝枝山謂錢銀為精神，更中今日文人素志之私，然不惟文人也。普天之下，士農工商，見錢銀而不精神奕奕者誰耶？文人且然，而況於四民，不足怪也。又按：《尚書・太傅略說》：太王避狄，過梁山，邑岐山，國人之束脩奔走而從之者三千乘。此云束脩，又是囊橐餱糧之謂也。豈必弟子初入學奉師之禮，而後謂之束脩哉。又按古之所謂束脩，即今之贄儀。今贄儀之外，又有脩金。蓋贄儀為初見之禮，脩金為周歲之敬，而仍以脩名金者，亦不離束脩之義也。

潤筆

世俗凡知故親戚師長子弟，或赴童子試科舉試，場前為設筵席，邀與暢飲。以長雄心以壯筆力，謂之潤筆。松按：潤筆二字，見《隋書・鄭譯傳》：高祖受禪，封譯柱國公，以罪除名，未幾徵之，見於醴泉宮，賜宴甚歡。上謂侍臣曰：鄭譯與朕同生共死，間關危難，興言念此。何日忘之。譯因奉觴上壽，上令內史令李德林立作詔書，高熲戲謂譯曰：筆乾。譯答曰：出為方岳，策杖言歸，不得一錢，何以潤筆。上大笑。今人潤筆，似仿此意。然昔人以錢潤筆，今俗以酒潤筆，酒雅而錢俗。昔人潤筆於作文之後，今俗潤筆於未作文之前。昔人以有所求而潤筆，今俗以鼓勵而潤筆。似此一事，今人勝於古人。

按：《夢溪筆談》：內外制，凡草制除官，自給諫侍制以上，皆有潤筆物。太宗時立潤筆錢，數降詔刻石於舍人院。每除官，則移文督之，在院官下至吏人院騶皆分需。元豐中，改立官制，內外制皆有添給，罷潤筆之物。是昔以潤筆為戲談，至宋時則以為事例矣。王禹稱嘗草李繼遷制，卻潤筆馬五十匹，受知于上。然則潤筆一事，宋時為盛。元亦有之，《孛术魯翀傳》：文宗時翀從幸上都嘗奉勅[①]撰碑文稱旨，帝曰：候朕回，當還汝潤筆

① “嘗奉勅”三字原文殘缺，據《元史》補。

資，遷集賢學士兼國子[1]祭酒。又《堅瓠續廣集》：以財乞文，俗謂潤筆之資。唐李玭善書，東川節度使顧彦暉請書德政碑。玭曰：若以潤筆為贈，則不敢從命。《容齋隨筆》謂文人潤筆，自晉宋以來有之，至唐始盛。李邕作文，受納餽遺至巨萬。皇甫湜為裴度作福先寺碑，度贈車馬綵繒甚厚。湜猶以為薄，又酬絹九千疋。白居易作元稹墓誌，謝以鞍馬綾帛玉帶，價踰六七十萬。裴均死，其子持萬縑與詣韋貫之求銘。劉禹錫祭韓昌黎文云，公鼎侯銘，誌隧表阡。一字之價，輦金如山。自宋以後，此風衰息矣。王弇州云，饒介之仕偽吴，求時彦作醉樵歌，以張仲簡作為第一，高季廸次之。介之贈仲簡黄金十兩，季廸白金三斤，後承平日久。張脩撰洪，每為人作一文，僅得錢五百文，尚未慊意也。

《戒菴漫筆》云：有人求文於桑思玄，悦託以親昵，無潤筆。思玄曰：吾平生未嘗白作文字，可暫將白銀一錠，置吾案間，鼓吾興致，待文作完，并銀送還可也。唐子畏寅有一巨本，録記所作文字，簿面題“利市”二字。都南濠穆生，生平至不苟取，嘗有疾，以帕裹頭强起，坐書室中。人有請其休息者，答曰：若不如此，則無人來求文字，索潤筆矣。又祝枝山為人作文，必現精神，則欣然捉筆。時俗以錢銀為精神也。觀此，唐時潤筆之[2]資，消賒而不現者矣，且有賒而乾没者矣。不然枝山何以必現[3]精神而後欣然捉筆也，是則可知也。又《南窗閒筆》載，陳白沙善畫梅，求之者衆。白沙戲題座側曰：馬音人又來。人不解，問之，白沙曰：白畫白畫。衆為絶倒，是潤筆資，白沙先生亦受也。故有是戲。

又按：以財求文，當始於漢，陳皇后失寵於漢武帝，别在長門宫，聞司馬相如天下工為文，奉黄金百斤，為文君取酒。相如

---

① “國子”二字原文殘缺，據《元史》補。

② “潤筆之”三字原文殘缺，此據上下文補。

③ “必現”二字原文模糊，此據上下文意推測。

因為文以悟主上，皇后復得幸。此風西漢已然。孫登《相如賦》曰：長門得賜金。是也。據此，則不始于晉宋矣。又魏陳壽撰《三國志》：丁廙有盛名于魏，壽謂其子曰：與我千斛米，當為尊公立佳傳。其子不與之，遂不立傳。此亦求潤筆之類也。夫史筆貴直，陳壽索米不遂，不為立傳，則陳壽史筆，亦可慨見。又魏收作《魏書》，爾朱榮子文略，嘗大遺魏收金，請為父作佳傳。收論榮比彭韋伊霍，蓋由此也。此雖不云潤筆，亦潤筆之類也。又按：王禹偁嘗卻李繼遷潤筆馬五十匹，潤筆而至馬五十匹，則宋時此風，未為衰息也。容齋之論，此似可議，又桑思玄作文，謂置銀案間，可鼓文興，則祝枝山謂銀銀[①]為精神，當不虛也，此古昔潤筆之故實也。今惟與應科試之士宴飲，乃名潤筆。若因事故而酬謝秉筆之人，則曰筆資，無有言潤筆者矣。今之所云潤筆，按之於古，名同而實異矣。又俗於科試場後燕諸戚好，又[②]曰洗筆。松按：唐時舉子，又有謝筆故事。陶穀《清異録》：唐世舉子將入場，嗜利者，争賣健毫□鋒筆，其價十倍，號定名筆。筆工每賣一枝，則録其姓名。候其□□則詣門求阿堵，俗呼謝筆。

食糞乃學仙之門

費長房之從壺翁學仙也，歷諸驚險而不怖。復使其食糞，糞中有三蟲，臭穢特甚。長房意惡之，翁曰：子幾得道，恨於此不成。王阮亭《隴蜀餘聞》云：明初有一西域僧來遊普光寺，蹤跡詭異。或飲食無算，或累日不食，或自遺矢，取雜鉢中并食之。一居士欲從之游，師指矢令食。有難色。師笑舍之去，後所遺矢處，輒生白蓮花。古方術家，又食女子天癸，謂之先天紅

① 前一“銀”字原文似删去。

② “又”字原文似删去。

鉛，以延年益壽。《明史・諸王傳》：載堉奉道，南陽人梁高輔自言少師尹蓬頭，能導引服食，載堉用其術，取梅子配以含真餅。梅子，煉女子天癸為之。含真餅者，嬰兒未啼時口中血也。夫天下之至臭，莫如糞矢，至穢莫如天癸。而欲求仙，偏在這裏，是清淨法門，翻成污穢惡業。雖然，人間汙臭。忽作潔白蓮花，陰溝紅流，偏可延長壽命。化臭腐為神奇，寄仙緣于穢跡。神仙變幻，服食多奇，糞矢亦自馨香，何有於梅子含真乎。

御女非長生之術

《漢書・杜周傳》：欽説大將軍鳳曰：珮玉晏鳴，《關雎》嘆之。知好色之伐性短年。趙台鼎《脉望》：《南華經》：無勞爾形，無搖爾精，乃可以長生。夫聞御女延年之術也，誰生厲階，至今為梗。故葛穉川以為冰杯盛陽，羽苞蓄火。陶隱居以為抱玉赴火，李玉溪稱為地獄種子，以其害人而終以自害也。又楊誠齋戲色者曰：閻王未曾相喚。子乃自求押到，何也？則古傳容成御女之術，冷壽光行容成御女之法，年百六十歲。甘始、東郭延年、封君達，皆能行容成御婦人術，皆百餘歲，或二百歲，不可據以為信。按健陽之藥，有所謂插翹春、吉弔、紫稍花、龍鹽者，赤雅。山獭骨，一名插翹春。用為丸，勝海狗腎。山獭性最淫，凡物皆交，交至一二日不休。山有獭，則諸牝悉避。獭無偶，獠女采藥歌歘。獭聞氣即躍抱其身，遂扼殺之。驗之法，令婦人擦手一呵，取至掌心，骨喜跳舞。又云，龍鹽，龍每生三卵。一曰吉弔，上岸與鹿交，精遺草木，結成蒲桃，號紫稍花。美人採之，用於帷薄，勝插翅春。楊升菴曰：道樞所謂鹽龍，即吉弔也，紫稍花也。《春渚紀聞》曰：宋徽宗時，蕭注破南蠻，得鹽龍長尺餘。養之，以海鹽飼之。鹽出鱗間，收取能興陽。《廣州記》：吉弔生嶺南，蛇頭龜身，豈即鹽龍與？松生長嶺南廣州，今年已七十，不聞有吉弔、紫稍花、鹽龍諸物。豈古有而今無耶？插翅春，《桂海虞衡》、《齊東野語》皆作插翹春。《北夢瑣言》：又謂吉弔與鹿游，於木上遺瀝直流，□則枯。著木如蒲桃，或青黄，或灰色。又有石鍤者，《揮麈新談》云：石鍤，大鵬之精也。鵬獨運無雌，海静不波。見影在下，以為雌也。其精溢出，墮土上為土插。木上為木插，石上為石鍤。惟石上為不失本性而佳，浸酒服之健陽。天順中，駙馬都尉趙輝自海得之，可御女百數，而精神不衰。一少妾患苦之，竊以投於池。輝痛惜，度必是妾所為，乃竭池覓之，不得。或教以婦女袒衣投池，果冒土躍出。輝嘆曰：豈吾之精血耶，果物之能耶？取一毫與貧人，令往倡家，一夕不休，以薑酒醉之乃解。後輝卒，其物不知存亡。或云英國公張懋得之，亦畜百妾云。又《説郛》：《南墅閒居録》載丁謂龍精石，謂龍交海上，精流於石者。豈即石鍤與？所聞異，故所記亦異與？

據此，容成御女之術，豈其有藉於藥物耶？然不聞趙駙馬張國公之壽百餘歲也，則非有藉於藥物也。吾聞妖狐有採補之術，採補者，交合之際，採他人之元精，而益我之丹母。道家所謂陽衰氣補之術，容成豈有得於此耶。然採補之法，損人以利己，安有損人利己而可仙耶。容成有熊氏之賢臣，斷不作利己損人之事，抑别有所謂容成而非有熊之容成也。終不可以為信也。不然，則世俗之好事文人，故為此説以惑世也。又有緬鈴，昔人亦謂為鵬精所作。《蓴鄉贅筆》云：世稱緬鈴，為婦人所御。據彼土人云：緬人覓鵬精，裹以小金丸，如菉豆大，男子微割其勢，納鈴於中，旋復長合，終身弗復出，名太極丸。鵬性最淫，遇牝即合，遺精于地，收之為鈴，得煖則跳躍不止。鵬精健陽，大氐不虚，但云遇牝即合，與《新談》獨運無雌之説異矣。《簷曝雜記》謂緬鈴，淫鳥之精為之，不言鵬，不知何鳥，恐是吉弔為之耳。

又按：《漢書・藝文志》，有房中八家，《容成陰道》二十六卷，《堯舜陰道》二十三卷，《務成子陰道》三十六卷，《湯盤庚陰道》二十卷，《天老雜子陰道》二十五卷，《天一陰道》二十四卷，《黃帝三王養陽方》二十卷，《三家内房有子方》二十七卷，共百八十六卷。又云：房中者，性情之極，至道之際，是以聖王制外樂以禁内情，而為之節文。樂而有節，則和平壽考，乃迷者弗顧。是以生疾而隕性命，則知所謂容成御女之術者，專在能制外樂禁内情，以故和平壽考。今人乃以御女百合不倦為容成之術，失其旨矣。夫黃帝堯舜湯盤庚諸聖，雖聖無不通，未必留心於陽方陰道，而著諸方策，傳之後世。松謂：此皆戰國秦漢間之方術誕士，妄演無稽之談，以逢世俗之好，乃偽託上古聖帝哲王，有德行道藝而壽考者，假其名以為書，以神其不經之論，以取信于後世，而文其説之誕謬耳。雖《藝文志》志之，不足取也，不足以為典要也。謂容成永壽，在文得御女之法，余未之信也。

按：女子亦有採補之術。《列仙傳》：女兒者，陳留沽酒婦也。作酒甚美，遇仙人過飲，以《素書》五卷為質，兒開書，乃養性交接之術，於是閑房與諸少年飲酒，與止宿，行《素書》法，顏色更好，如二十時，仙人後遇過之，笑曰：盜道無師，有翅不飛。遂逐仙人去。此是女人採補之術，不獨狐也，且有採補之書，《藝文志》房中八家，其濫觴與。

洗車湛轆

《廣義》云：七月七日，織女渡河以會牽牛，故六日雨名洗車雨。謂織女將乘車以會牽牛，故先洗其車也。又《占候書》云：六月六日雨，謂之湛轆雨。主有秋水，晴。主有乾稻，湛轆。不知何所取義，而古今文人詩詞少用，然湛轆洗車，自是天然妙對。

詐清充隱

《史記·張湯傳》：匈奴來請和親，羣臣議上前，博士狄山曰：和親便上問湯。湯曰：此愚儒無知。山曰：臣固愚儒。若御史大夫湯，乃詐忠，愚儒詐忠，可謂妙對。夫忠有詐，而清亦詐有詐。《北史·後周蘇威傳》：上謂羣臣曰：人言蘇威詐清，家累金玉，此妄言也。《晉書·桓玄傳》：玄將為逆，愧己世無肥遯之士，乃徵皇甫謐六世孫希之為著作郎，並級其資用，皆令讓而不受，號曰高士。時人名為充隱，詐清充隱，亦可稱天然妙對。

坳胡

今俗小兒啼，婦媪輒曰坳胡來，以恐怖小兒，而啼輒止。其語蓋有所自，《南史》載劉胡本名坳胡，以其面坳黑，以胡為名，至今畏小兒啼。語曰：劉胡來，啼輒止。今廣俗言坳胡不云劉胡者，蓋以劉胡面坳黑，有異于常人，人見之而生畏。世俗相傳，以其可畏者怖小兒，故曰坳胡而不曰劉胡耳。

汗淋

市肆工人，舂米傭，最辛苦，夏月無不汗流浹背。今俗戲謔舂米傭曰汗淋，以與翰林音同也。然宋人已有此謔。《東軒筆録》：王平甫學士，軀幹魁碩，而眉宇秀朗。嘗盛夏入館中，方下馬，流汗浹衣。劉攽見而笑曰：君真所謂汗淋學士也。又廣州俗，謂早晚膳之魚菜為送，魚菜所以送酒送飯。俗云送者，省文耳。凡小兒飯，每喜食送，戒其饕食，輒曰母大送。俗則目為趙匡胤。趙匡胤者，大宋王也。此與汗淋皆為俗謔之可笑者。

荒外無歷

太古之世，蠻夷荒外。歲歷未著，多有不知正朔者。其紀年，多因乎鳥獸草木日月，而四時節氣，則皆在所略也。烏桓國見鳥獸孕乳以別四節，見《後漢書》。高昌無文字，但候草木榮落，記其歲時，見《魏書》。高昌，《北史》作宕昌羌。波斯國以六月為歲首，突厥不知年歷，以草青為記，俱見《北史》。吐蕃不知節候，以麥熟為歲首，見《舊唐書》。塞外民不知紀年，問之，則曰我見草青幾度矣，以草一青為一歲也，見《松漠紀聞》。蒙古國初無庚甲，其俗每以草青為歲。人問其年，則曰草幾青矣，見月圓為一月。若見草青遲遲，方知是歲有閏。又記其年春秋，則曰草青草枯。記其月朔望，則曰月滿月缺，見《蒙古録》。《三墳書》以一歲為一易草木。都波之人，莫知四時之候。女貞之俗，不識正朔紀年。但云已見草青幾度。流求之國，以月生死辨時，以草木榮枯為歲。儋崖觀禽獸産乳識時，占藷芋成熟紀歲。宕昌黨項，皆候草木以記時序，見《路史注》。黨項國地寒，五月草生，八月霜降，候草木以記歲，見《唐書》。鷄籠山，其國四序，以草青為歲首。又占城，其國不解朔望，以月生為初，月晦為盡，不置閏。又佛柔國，節序以四月為歲首，俱見《明史》。新當戴燕卸敖諸國，皆無來由種類，以十二月為一歲，不計閏。又云：地在西南，氣候迥異，朔望不常，緣不置閏也。其四時八節，悉皆符同。以冬至後十日為歲首，千百載如一，見《海録》。又《番社采風圖摘略》云：番無年歲，不辨四時，以刺桐花開為一度。又《代醉編》：中國以月晦為一月，而天竺以月滿為一月。唐《西域記》：月生至滿謂之白月，月虧至盡謂之黑月。西域回子亦無正朔，見新月為月初，三十日為一月，無小建。十二月為一年，無閏。然算其一歲之終，皆三百六十四日。其實皆以八栅爾計算，每七日八栅爾一次，每八栅爾五十二次為一年。以故三百六十四日也。其紀歲月日時，皆有地支無天干，見《西聞見録》。今來粤之夷，七日禮拜一次。是日船上水手工人，皆停工作，飲酒野游以為樂。禮拜，即回子之八栅爾。番國之土語，有不同耳。《唐書》：黠戛斯國謂歲首為茂斯哀。三哀為一時，以十二物紀年。如歲在寅則曰虎年，在午則曰馬年之類。此雖無歲歷，而亦近於中國之歲歷矣。

夷俗多淫

夷俗多淫，不知禮法，其事載之史傳，不一而足。姑舉所知，以博異聞。匈奴父死，子妻其母。王昭君嫁呼韓邪單于，號寧胡閼氏。生一男伊屠知牙斯，為右日逐王。呼韓邪立二十八年，建始二年死，呼韓邪長子雕陶莫皋立，為復株累若鞮單于，復妻王昭君，生二女，長女云為須卜居次，小女云為當于居欠，見《前漢書》。夫余國，兄死妻嫂。夷州舅姑子婦男女共一大牀，交會之時，略不相避，見《後漢書》。嚈噠俗，兄弟共一妻。夫無兄弟者，其妻戴一角帽。若有兄弟者，依其多少之數，更加角焉。宕昌俗，父子伯叔兄弟死者，即以繼母叔母及嫂弟婦等為妻，俱見《魏書》。安國風俗同於康國，妻與姊妹及母子遞相禽獸。吐火羅其俗奉佛，兄弟同一妻，迭寢焉。每一人入房，户外掛其衣以為志。生子屬其長兄，挹怛兄弟同妻。婦人有一夫者，冠一角帽。夫兄弟多者，依其數以為角。波斯國，其俗妻其姊妹。嘉良夷俗，妻其羣母及嫂。兒弟死，父兄亦納其妻。突厥父兄死，子弟亦妻其羣母及嫂，並見《隋書》。按嚈噠吐火羅挹怛俗，皆兄弟共妻。而挹怛與嚈噠婦人，則皆以帽之角數，表其夫之多寡。其俗同其事例亦同。此蓋以夫多為榮，不知羞耻為何物者矣。又夷俗子死，父則擐甲持刃，向門三砍，仍收其媳。父死妻其後母，兄弟死，盡取其妻妻之。不如此，反相訕笑，見蕭大亨《夷俗志》。東夷新羅國，婚娶以親屬為上。其族名第一骨、第二骨，以自别。兄弟女、姑、姨、從姊妹，皆聘為妻。王族為第一骨，妻亦其族，生子皆為第一骨，不娶第二骨，雖娶，常為媵妾，見《唐書》。回子男女無别，除生己之母，己生之女外，皆可苟合，亦可公然婚娶。博羅爾，西域别一種也。其風男女無别，恒兄弟四五人共娶一妻，次第歇宿，以靴懸户上為記。生子女，亦以次第分認。無兄弟者，與戚裏夥之，以齒為序，見《西域聞見録》。

凡此固屬淫而無禮矣，然其土俗習慣，上下皆然。彼不知何者為禮，並不知淫之為耻。此不足怪。若北齊徐之才，見其家人與男子私，倉皇走避曰：恐妨少年嬉笑。南唐韓熙載後房妓妾數十，旦暮不禁出入，或竊與諸生淫。熙載過之，笑而趨曰：不敢阻興。此生長禮義之邦，官宦之家，帷簿不修，而故為縱淫。斯更戾禮，無羞惡之心，真夷狄之不若矣。然猶未若商紂使男女裸體相逐為嬉，漢齊思王終古使所愛奴與八子及諸御婢姦，終古或參與被席，或白晝使裸伏與犬馬交接，終古親臨觀。産子輒曰：亂不可知，使去其子。江都王建欲令宫人與禽獸交而生子，强令宫人裸而回據，與羝羊及狗交。廣川王海陽，畫屋為男女裸交接，置酒請諸父姊妹飲，令仰視畫。又女弟為人妻，而使與幸臣姦。宋廢帝幸華林園，使宫人裸體交接，與左右為樂。南漢劉鋹，波斯女喜淫，號媚豬。好觀人交，選少年配以雛宫人，皆妖俊美健者，就後園褫衣，使露而偶。鋹扶媚豬巡行覽玩，號曰大體雙。元順帝宣淫，男女裸處，號所處室曰暨，即兀該。夫夷狄之淫，不過無親族之嫌，無倫常之别，然此猶是一己之淫，而非樂他人之淫，以長其心目之淫，此猶是以人淫人，而非使人與獸畜淫，以快一己之淫。若廢順南漢諸帝，洎齊思江都廣川諸王，生居中國，貴為帝王，而公然去人倫，肆淫觀，公然使宫人裸合畜交以為快，斯則逞邪心於異類，同人道於禽獸，滅倫傷化。淫奇事怪，又夷俗之所不齒也。若漢犍為任永妻淫於前，匿情無言。廣漢馮信侍婢對信姦通，陽為不見，此托青盲以避世難，不得謂之縱淫。徐之才、韓熙載等，不可與之同日語矣。

荔枝

吴荆溪云：荔枝再接遂無核。此荒説也。松按：荔枝核之大小，以其種耳。如蘿岡之桂味、糯米糍，赤磡之小兒拳，新興之香荔，西菴之掛緑，其種核特小。若火山黑葉尚書懷田岩諸種，雖十接而核不能小也，况無核耶。夫粵荔之種類甚夥，而核之大小，亦不膠一定。松母舅為官洲鄉陳氏，舅氏房祖遺一火山荔，在鄉後某山之崖。其高拂雲，其蔭數畝。其荔自根四尺許，岐分兩株，皆大數圍。而東株特佳，荔子不甚大。核小如白豆，味香甜，非諸荔比。西株仍火山之常種，子大核大而味酸，與東株迥别。松童時隨母歸外家，同諸表弟兄輒登東株探食，真奇荔也。嘉慶初，為颶風所拔，今無其種矣。惜哉。同一荔而核有大小。荆溪將何以為説耶。

橘柚

一名鐳柚。《字彙補》：鐳柚，大橘也，見《臨海志》。粵東俗亦呼橘柚曰鐳柚。有數種，曰金粟，色黄而香，肉甘軟；曰洋額，亦色黄而無香；曰桑麻，色深緑而甜爽；曰臙脂脚，果類桑麻，而味勝之，肉脚微紅肉故名；曰斗太柚，大如斗，有兩種，肉白者酸，肉紅者甜；曰風柚，大如斗柚，色金黄而特香，肉不甚佳，狀如瘋人之面，凹凸不平，書窗供玩，以此為最；曰金蘭柚，皮香而肉甘美，類臙脂脚；曰蜜柚，大而甜如蜜，故名。又名降柚，言霜降始熟也。曰入口甜，味甘色緑曰青皮，熟亦不黄。又有一種無花柚，不花而實，狀如金粟，其蓄久入藥，除痰順氣，遠勝橘紅。廣州南海裏水一帶村鄉多種之。余心遠園嘗植一柚，樹高丈五六尺，柚大如金粟。香亦如之，甘甜少遜金粟，亦冬熟，柚頂稍尖細。果農云：此名尊柚。以其狀如尊，故以尊名耳。究不知其何柚也。此柚道光初，余從白雲簾泉寺移來。餘名之曰佛柚，亦異種也。

抹胸

今俗女兒將破瓜，如十四五齡時，藺乳初發，或以綿麻布，或以紬綾緞紗，濶四五寸，長稱身結小鈕密叩圍束之，謂之抹胸，俗又謂之文胸。蓋女兒惡胸乳發突，束之使平，欲其不礙觀也。豪富驕冶女兒，於抹胸左右當乳處，刺繡時樣花朵以為飾，故曰文胸，言其麗美如文繡也。

松按：此物始於楊太真。《青瑣高議》云，貴妃日與禄山嬉遊。一日醉舞，無禮尤甚，引手抓傷妃胸乳間。妃泣曰：吾私汝之過也。慮帝見痕，以金為訶子遮之。後宮皆效焉。按訶子，《本草》、《釋名》，訶梨勒一名訶子，蓋於遮乳傷處，以金作訶子以為飾也。今俗文胸，即貴妃金訶子之遺，或曰始於漢。《雜事秘辛》云：建和元年，選梁商女女瑩為后。保林吴姁奉詔，周視女瑩動止，姁乞女瑩緩私小結束，瑩面發赤，閉目轉面向内。姁為手緩，規前方後，築脂刻玉，胸乳菽發，所謂私小結束。即今之抹胸也。

松觀《雜事秘辛》上下文義，胸乳菽發之下，云臍容半寸許珠云云，蓋舉一身上下而言，所謂私小結束者，袒袴之類耳，非抹胸也。當始於太真，第不知其時訶子如何製造耳。又謂之襴裙，見《夷堅志戊集》：淳熙十三年，上元之夕，任道元為北城居民建黄籙大醮，觀者雲集。兩女子丫髻駢立，頗有容色。任顧之曰：小子穩便裏面看。兩女拱謝，復諦視之，曰：提起爾襴帬。襴帬，閩俗言抹胸。提起者，謔謔語也。楊升菴《丹鉛録》

云：袜，女人脇衣也。隋煬帝詩，錦袖淮南舞，寶袜楚宮腰。盧照鄰詩，倡家寶袜蛟龍被。是也。或謂起自楊妃，出於小説偽書，不可信也。崔豹《古今注》謂之腰彩，注引《左傳》衵服，謂日日近身衣也。是春秋之世已有之，豈始於唐乎。沈約詩：領上蒲桃繡，腰中合歡綺。謝偃詩：緗風吹寶袜，輕露濕紅紗。升菴以寶袜腰彩為抹胸。松按：寶袜腰彩，皆著於腰，非著於胸。大氐即今之煖肚。袜，《廣韻》：袜肚。《類篇》：所以束衣也。字書無女人脇衣之訓，升菴謂為女人脇衣，不知所據。古有抹額，所以束額。《唐書·婁師德傳》，募猛士討吐蕃，乃戴紅抹額來應詔，是也。抹胸，所以束額胸。升菴誤抹為袜矣。《古今注》注引《左傳》衵服，衵服即今之汗衫汗袴，以注腰彩亦非。《隨園隨筆》云：漢和帝製胸兜，名曰假兩，抹胸即胸兜之遺。但古為男子之用，其製未有明文，未審亦如今俗女子抹胸否耳。又《説文》：帴，帬也，一曰帹也，一曰婦人脅衣。松按：《周官·考工記》，若苟自急者先裂，則是以博為帴也。鄭司農注：帴讀為翦，謂以廣為狹也。疏讀帴為翦，翦亦狹小之意。《廣韻》：帴，狹也。帴當是女子之抹胸，抹胸束於脅，取其狹以約乳之隆起也，故閩俗謂之襴帬。又按：漢和帝無假兩之製。《南史·齊和帝紀》：先是百姓及朝士，皆以方帛填胸，名曰假兩，《隨園》謂為漢和帝，誤矣。《通雅》：假兩，今之鞔胸兜也，亦謂為齊明帝時製。

煖肚

孩童恐風之入於臍而腹痛也，於是以夾布為遮而加帶。上懸於頸，而下繫諸腰，以護臍，名曰煖肚，又曰肚遮。松按：煖肚，有似古之抱腹。劉熙《釋名》：抱腹，上下有帶，抱裹其腹，上無襠者也。又名袜肚。《廣博物志》：袜肚，文王所製也，名腰巾。袜肚，即今之煖肚也。馬縞《中華古今注》亦云：袜肚文王所製，謂之腰巾。但以繒為之，宮女以彩為之名曰腰彩。至漢武帝，加以四帶，名曰袜肚。至靈帝，賜宮人蹙金合勝袜肚，亦名齊襠。今煖肚之製加帶，似仿之武帝，又曰袜腹。《陳書・周迪傳》：迪性質朴，不事威儀，冬則短身布袍，夏則紫紗袜腹。袜腹亦即袜肚也。《博雅》，裲襠謂之袹服：袹，《集韻》：腹也。袹服，即袹腹。劉考標《樂府》：裲襠雙心共一袜，袹腹兩邊作一撮。裲襠，《釋名》：其一當胸，其一當背也。據此，裲襠有似今之背心，非袹服，《博雅》說非。又曰腹衣。《文選》嵇康《幽憤詩》注引韋昭曰：緥若今時小兒腹衣，腹衣蓋今俗兜子，是昔人所謂襁緥之緥，即今之煖肚也。岳珂《桯史》：宣和之季，京師士庶，競以鵝黄為腹圍，謂腰上黄也。腹圍，亦煖肚之類與。又曰袍肚，宋大卿以下，不給錦袍者，加以黄綾繡袍肚。方桐山謂即包肚也。又曰勒帛，以帛勒腰也。《雜俎》載穀城石人，刊其腹曰，磨兜鞬。磨兜鞬，慎勿言。按兜鞬即兜肚，如馬之鞬勒。鞬，包也。松按：《左傳・僖二十三年》：右屬櫜鞬。注：櫜以受箭，鞬以受弓。故曰包也。據此，煖肚實仿於兜鞬。又按：我廣俗有兜肚，其製有圓有方，兩頭作兩耳，穿帶繫於腹下袴帶之上。行商小販，用以載帳簿錢銀，非用以煖肚，與《雜俎》所云名同而異用者也。

圖式

或問今木工與人建做室屋樓房亭院，必先繪圖式。其圖式之高下廣狹，皆以分為寸，以寸為尺，以尺為丈。或以分為尺，以尺為丈，其法甚妙。不知始自何代何人。松曰：其始於漢世乎。《隋・宇文愷傳》：煬帝時愷拜工部尚書，奏明堂儀表曰：昔張衡渾象，以三分為一度。裴秀《輿地》：以二寸為千里。臣之此圖，用一分為一尺。推而衍之，冀輪奂有序。今木工縮寸為分，縮尺為寸，縮丈為尺與縮尺為分，縮丈為寸。本之宇文愷之縮尺為分，而宇文愷之縮尺為分，實本之裴秀之縮千里為二寸，張衡縮一度為三分之法。《舊唐書》：賈耽令工人畫《海内華夷圖》一軸，廣三丈，從三丈三尺，率以一寸折成千里，亦即是法。《新唐書》謂以寸為百里，與舊書小異。又按：《隋書・天文志》：王蕃云：古舊渾象，以二分為一度，周七尺三寸半，而莫知何代所造。至桓帝延熹七年，太史令張衡更以銅製，以四分為一度，周天一丈四尺六寸一分。蕃以古制局小，以布星辰，相去稠穊，不得了察。張衡所作，又復傷大，難可轉移。蕃今所作以三分為一度，周一丈九尺五分四分之三，長古法三尺六寸五分四分分之一，減衡法亦三尺六寸五分四分分之一。據此，宇文愷謂張衡以三分為一度，謬矣。《志》又云：宋文帝以元嘉十三年詔太史更造渾儀，太史令錢樂之依舊説，采效儀象，鑄銅為之。五分為一度，徑六尺八分少，周一丈八尺二寸六分少。元喜十七年，又作小渾天，二分為一度，徑二尺二寸，周六尺六寸，其制又與王蕃異。《南宋・書謝莊傳》：莊製木方丈，圖山川土地，各有分理，離之則州別郡殊。合之則宇内為一。此亦用張衡、宇文愷、裴秀之縮尺縮里之法。

樣子

范公稱《過庭録》云：神宗大長公主，哲宗朝重於求配，遍士族中求之。莫中聖意。帶御器械狄詠，頗美丰姿。近臣奏曰：不知要如何人物。哲宗曰：要如狄詠者。天下謂詠為人樣子。今人凡作器用什物，必畫一式，以與工人，謂之樣子。樣子二字，初以為俗之方言，不知其所由來者，久矣。詠，青之子也。按：樣，法也。《文獻通考》：政和八年令禮部造履三十副，下開封府鋪户為樣。今人駡不肖子弟，輒曰：不成樣子。曰：成何樣子。樣子，即古之所謂楷模，言可為法式也。《後漢・李膺傳》：天下楷模李元禮。今駡不肖曰：不成樣子，成何樣子，猶言不合法式也。又按：《隋書・禮儀志》：高祖平陳，明堂未立，詔命議之，後將作大匠宇文愷依《月令》文，造明堂木樣，丈尺規矩。皆有准馮，以獻。高祖異之。是六朝時，工匠已有式樣之事。《唐書・柳公權傳》：公權在元和間，書法有名。劉禹錫稱為柳家新樣。①

雷公鷄

俗傳雷州地下有雷公，形如鷄，名雷公鷄。鷄卵名雷公春，粵人謂卵為春也。每雷將升，前數日，其地上必有紅光閃爍，雷則裂地而起。《易》所謂雷出地奮，不虛也。雷州人每興土木，必先掘地搜索，輒得鷄與卵。烹而食之，味頗甘美云。松按：此事甚怪，而李肇《國史補》亦云：雷州多雷，秋則伏蟄。人掘地取而食之。揭暄又云，雷有如鳥、如豕、如猴諸異相。又云，有時伏地如彘，掘之可食，是雷之狀不惟鷄。又有如鳥、豕與猴者矣。《山海經》：雷夏澤中有雷神，龍身而人頰，鼓其腹則雷。是雷又有如龍而人頰者矣。郭班《世語》：曹爽將敗，夢二虎銜雷公，若二升碗，放著庭中，占者馬訓謂爽將以兵亡，則雷又有如碗者矣。雷之變狀，不一而足。雷鷄不足奇矣。又按雲師、雨師，亦可食。《開山圖》曰：霍山有雲師、雨師。注：雲師如蠶，長六寸，似兔。雨師似蛹，長七八寸，似蛭。雨雲之時，出在石上，肉甘可熟而食。雲師雨師亦可食，則雷人之食雷鷄雷卵，亦不足異。雖然，雷師雨師，蟲耳。以其雨雲則出，故名耳。非真雲雨師也。若雷公鷄，則儼然雷也。雷神物，能飛騰霹靂，鼓震萬物，而獨不能以自全，而為人所食。為不可解。殆猶

---

① 此條頁邊旁白：諸葛君形細面粗，猶如松柏，皮膚枯槁，與《三國演義》所載美如冠玉，唇若塗硃者異矣。無怪黄承彦以黄髮醜女而有才德者配之，先生輒為首肯也。新婦得配中郎，亦復何憾乎！

應龍潛於潢汙，魚黿得而媟之。蛟地行水溢，山行石破，而入海則為大魚所啖耶。又《物理小識》云：雉與班蛇交。入土則為蛟蜃，閩人謂之蛟笋。望地氣而知之，掘而食之，猶雷州人掘雷子而食也。夫蛟亦神物，當其蟄伏，亦為人所食。此可與雷鷄同嘆。又鈕玉樵《豫觚》云：中州山嶺間，有物如蜥蜴。天將雨，將羣蟲從石罅緣石而上。仰口噓氣如珠，青白不一，直上數丈，漸大如甕。須臾合併，散漫滃然瀰空，遂成密雲。山中人稱為雲蟲，其雲師之類與。蟲又有名雨母者，蛣，《類篇》：猥狗也。淮南呼為雨母。《廣韻》、《淮南子》曰：蛣知雨至，蛣蟲大如花管，長三寸，燕代謂之猥狗，知天雨，則於草木下藏其身。又按：物之名雨師，不惟蛣蟲。木亦名雨師。《詩・大雅・皇矣》篇：其檉其椐。疏引陸璣疏：河柳皮紅赤如絳，一名雨師。枝葉似松。《爾雅翼》：檉葉細如絲，婀娜可愛，天將雨，檉先起葉以應之，故一名雨師，而字從聖。或曰，檉即今之垂絲柳。然《詩疏廣義》云：檉非獨知雨，又能負霜雪，大寒不凋，有異餘柳。梁江淹《檉頌》：木貴冬榮，檉實寒色。今垂絲柳歲寒則凋，則非檉也。郝氏《爾雅義疏》：髦澤柳。按柳桃葉相似。髦，旄，象毛髮下垂。今之垂絲柳，柳葉阿儺，如將委地。今東齊人謂之麻柳，垂師絲實非雨師矣。按雲師雨師，説亦不一。《楚詞》注：按豐隆，或曰雲師，或曰雷師。屏翳或曰雲師，或曰雨師，或曰風師。《歸藏》云：豐隆筮雲氣而告之，則雲師也。《穆天子傳》：天子升崑封豐隆之葬。郭璞云，豐隆筮師。禦雲得大壯之卦，遂為雲師。《淮南子》：季春三月，豐隆乃出，以其將雨。張衡《思玄賦》：豐隆軒其震霆。雲師䨴以交集，則豐隆雷也，雲師屏翳也。《天問》曰：萍號起雨。則屏翳雨師也。《洛神賦》：屏翳收風則又風師也。《列仙傳》：赤松子，神農時為雨師。風俗通，元冥為雨師。詳見《玉海》、《六經天文編》。據此，雲師雨師，固非一定之物，而亦非一定之神也。

太婆豬

廣州俗，田家年晚報賽，必以豕肉。廣俗謂歲暮為年晚，即朱傳歲晚之意。于是鄉間裏巷，有養太婆豬一事。二三月間，每同里同巷，無慮數家，或十餘家。醵錢共買一頭少猪，輪門飼養，以備年晚賽神之用，謂之太婆豬。如子孫供養太婆然，輪門而食也。若裕農則自養，不須輪門，謂之拜神猪。猪雖至肥茁，非報賽不用。凡猪為太婆豬，必馴而有性，輪飼一遍。于是其家值飼，則猪自到其家。周而復始，無少紊亂。較之自養之豬為尤馴。俗謂神靈之所使云。其事仿之蜀人，《懶真子》云：峽中一土人夏侯節立夫，言峽中人家多事鬼。家養一豬，于祭鬼不用，於羣豬中呼烏鬼以別之。杜詩：家家養烏鬼。概謂此也。今之拜神豬似之。

律正音

三分哀復益隔八每相生阳，黃鐘、太簇、姑洗、蕤賓、夷則、無射間，太呂、夾鐘、仲吕、林鐘、南吕、應鐘。十一月、十二月、正月、二月、三月、四月、五月、六月、七月、八月、九月、十月，凡十二管，皆争三分有音，空圍九分，黄鐘之長九寸，太呂以下，律吕相間，以次而短，至應鐘而求黃鐘、太吕、太簇、夾鐘，姑洗、仲吕、蕤賓、林鐘、夷則、南吕、無射、應鐘，焉以之制，乐卩音，則長去声下，短去声高，下則重濁，而辟遲，上去輕清而剽疾。黃帝使伶倫取嶰谷之竹，截為二十管。阳六為律，阴六為吕，律法也。言而阳氣與阴氣為法也。吕，助也。言阴氣助阳宣氣也。然阴統於阳，故阴阳皆稱律，而謂之十二律。阳律位子寅辰午申戌，阴律位丑卯巳未酉亥。按十二月，此言六律，該六吕也。五音始於宮，宮數八十一，黄阳鐘十一月，商數七十二角，太阳簇正月，角數六十四，姑阳洗三月，徵數五十四，林阴鐘六月，羽數四十八，南阴吕八月，以數之多寡為尊卑，故曰：宮商角徵羽。五音宮最濁，商稍濁，角微清微濁，徵稍清，羽最清。十二管，長去声濁，短去声清。宮商角徵羽之高下，無定準，必以律管長短定之。律吕正音之法，每三分而損益，隔八位以相生，如不以八十一數之黄鐘，不能正其音之宮，不以五十四數之林鐘，不能正其音之徵，不以七十二數之太簇，不能正其音之商，不以四十八數之南吕，不能正音之羽，不以六十四數之姑洗，不能正其音之角，由一鈞以往，旋相為宮，而莫不皆然，然后五音所得而正焉，旋相為宮者，每律可以起宮也。三分損益者，凡阳律三分其數，而損一分，以下生阴，阴律三分其數，而益一分，以上生阳，如黄阳鐘之數，八十一為宮，三分其數，損去一分得五十四數。合下生林阴鐘為徵，三分林鐘，益一分，得七十二數，合上生太阳簇為商，三分太簇，損去一分，得四十八數，合下生南吕為羽，三分陰南吕，益一分得六十四數，合上生姑洗為角，姑阳洗六十四數，三分而零一數，即分不盡，數不行矣。此音所以止于五也。隔八相生者，如子為黄鐘之宮，歷丑寅卯辰巳午至未，而為林鐘之徵也。如此，則三分損益者，正所以隔八相生，非兩項事分，字俱去声，读非分寸之分，古律用竹，亦用玉，漢末以銅為之。

盥誦《筆談》數遍，開拓眼界不少。可惜美不勝收，無小史代録，是一恨事。中有數條偶録所見，以博一粲，此又僭跋數語，恐亦無當高深也。聞前處更有筆記、時事，未經繕正，此更求賜閱，一開茅塞，尤抄有新到邸抄，并求擲一可也。此請午安不具，弟翔狀白夢軒先生史席。六月三日冲[①]

---

① 這是卷十七最後的內容。於此可知，該書的旁批及其添加内容，均可能為一個叫“翔”的人所為。

卷之十八

庶母呼名

今俗適室之子，呼庶母輒呼名。松謂：既曰母，則不当呼其名。蓋母之云者，以其為父之妾，故母之也。母也者，以父之尊而尊之者也。《礼》：士不名長妾，已之長妾，且不名之，矧父之妾乎？然此亦不自今始。按：《雲溪友議》：武后朝嚴挺之娶裴卿之女，纔三夕，既娠而産嬰兒，其狀端偉，挺之薄其妻而愛其子。嚴武年八歲。詢其母曰：大人常厚元英，未嘗慰省阿母，何至于斯乎？竊就英寢，奮撾碎其首。左右驚白，以为戲殺。武曰：安有大臣厚妾而薄妻者？兒故殺之，非戲也。父奇之，曰：此真嚴挺之子也。元英，挺之妾也，則適子呼妾庶母名，自唐已然。雖然，此豈教家之道哉？嚴武英偉，而有殺庶母之事，雖非由于呼名，未始非由此而長其輕殺之戾也。松家則不然，父之貴妾無論矣，虽是婢妾，嫡子亦以姐稱之，而世俗不以為是也。

子貴不名

世俗其子有室，則父不呼子之名，而呼子之字。雖學士世儒，縉紳鄉宦亦有如此，而自以為知禮者，而不知此實戾禮而不可為訓者也。昔嚴嵩稱子世蕃曰東楼而不名，後世譏之，以為口實，此足鑑也。而漢人有稱子曰公者，《史記・晁錯传》：錯為御史大夫，請諸侯以罪過削其地，諸侯皆諠譁疾錯，錯父聞之，從潁川來，謂錯曰：上初即位，公為政用事，侵削諸侯，別疏人骨肉，人口議多怨公者。错曰：固也。不如此，天子不尊，宗廟不安。错父曰：劉氏安矣，鼂氏必危矣，吾去公歸矣。孚遠曰：御史大夫三公也，錯父呼錯为公，蓋以官稱也。孚遠亦知父稱子為公之非禮，故以官稱釋之也。又《萬石君傳》：子孫為小吏，來歸謁，萬石君必朝服見之，不名。然則子孫仕宦而不名者，亦禮與，非也。松意萬石之意，以為官雖小吏，亦朝廷之官也，不名者，所以尊君也。雖然，先王制禮，固無子孫在官不名之文，即漢代官儀，亦無其制。在朝言朝，在家言家，萬石君雖曰敬恭，而未免矯情，所謂非禮之禮者，此類是也。

焚土牛

粵東省城迎春土牛，迎春畢，故事焚土牛于廣州府衙甬道，必正中，不能稍偏過東西一寸。蓋廣州首縣，西屬南海，東屬番禺。相傳焚土牛，稍過甬道西，是年南海必多人命案，過東則番禺多命案。焚土牛時，南、番兩縣差人齊集，分中立牛，間有少存私意。偏東偏西，立即生釁，互相爭駡，甚而械鬪，官亦不之禁也。如生事端，官亦排解息争而已，不之罪也。夫土之用，所以勸農，而土之制，則配以五支干納音。按：宋景祐元年，以《土牛經》四篇，頒示天下，丁度為序。《宋志》丁度有《土牛經》一卷。土牛，陳氏曰：土勝水，牛善耕。勝水，故可勝寒之氣；善耕，故可以示農耕之早晚。土牛之法，如甲子歲，甲為幹，色青，為牛首。子為枝，色黑，為身。納音金，色白，為腹。又如丙寅日立春，丙為幹，色赤，為角耳尾。寅為枝，色青，為頸。納音火，色赤，為蹄。餘倣此，見《玉海》、《六經天文篇》。今為土牛以紙不以土，已失勝水、勝寒之義。色多青黑，象水牯而已，鮮有能知其義者矣。土牛，廣俗又謂之春牛，以春名者，亦示春耕之意也，而焚土牛有所偏，則主多命案，此不可解。此論不知始於何時，倘亦縣差之好事者為之説與，抑何年偶有所偏，而是年所屬之縣適多命案，遂倡其議以為故實，故至今不易與，不可得而詳也。

取象牙

象牙來自番舶，聞説夷人取象牙之法，象甚自愛其牙，而力又雄猛，難於搏執，故象牙罕有生得者。惟歷年久，則其牙自脱，象必於人跡罕至之處，穴土而深藏之，歲必數四開土察視，牙在，則他年牙脱，亦并埋之。如為人取去，則奮怒跋扈，山為之震，木石崩折，後牙脱不復埋於此矣。故土人每取象牙，必以木牙易之，冀其後脱也。張世南《遊宦紀聞》：唐相段文昌門下醫人吴士皋，因職于南海，見舶主言取①犀之法，犀每脱角必培土埋之，海人跡其處，潛易以木角。若直取之，則犛徙去別山遯跡，不可尋也。觀此，象性與犀性同，夫象愛其牙，犀愛其角，脱落而猶珍惜密藏之，可謂其慮深，其計周矣，而卒不免於人取，諺云：人無百歲壽，枉作千年計。象於牙，犀於角，可鑑也。

妾之稱

妻之下為妾，而妾之稱名不一。曰須。《易》：歸妹以須。《仲氏易》云：媵，妾之稱。熊過云：《天官書》須女四星，賤妾之稱也。《子夏傳》、孟喜易皆云妾也。陸績《周易述》作嬬，注云：妾也。又曰童。宋衷《易》大畜童牛之牿。《章句》云：

① 原文“采”字被作者劃去，改為“取”。

童，妾也。又曰屬婦。《尚書·梓材》：至于屬婦。疏：經言屬婦，傳云：妾婦者，以妾屬於人，故名屬婦。《小爾雅·廣義》云：妾婦之賤者，謂之屬婦。屬，逮也。逮婦之名，言其賤也。又曰嬖御人。《禮記·緇衣》毋以嬖[①]御人疾莊后。注：嬖御人，愛妾也。又曰小婦。《前漢·外戚孝元王皇后傳》：鳳知小婦弟張美人已嘗適人。師古曰：小婦，妾也。又曰晐姓。《吴語》：一介嫡女，願執箕帚以晐姓于王宫。又曰如夫人。《左傳》：齊桓公多内嬖，有如夫人者六人。又曰小妻。《前漢·外戚恩澤侯表》陽都侯張彭為小妻所殺。《枚乘傳》：乘在梁時，取皋母為小妻。《孝成許皇后傳》：後姊孊寡居，與定陵侯淳于長私通，因為之小妻。

又曰嫛。《説文·女部》：嫛，一曰小妻也。見《前漢書·枚乘傳》、《外戚傳》、《佞倖傳》，《後漢書·孔光傳》、《陽球傳》：定陵侯淳于長小妻迺始等六人。《後漢書·竇融傳》：融女弟為大司空王邑小妻。又《宗室四王三侯傳》：趙惠王乾居父喪，私聘小妻。注：小妻，妾也。陳王鈞取掖庭出女李嬈為小妻；樂成王黨，取中山傳婢李羽生為小妻；《梁王暢傳》臣小妻三十七人，其無子者，聽還本家。

又曰下妻。《王莽傳》：立國將軍孫建奏，今月癸酉，不知何方男子。遮臣建車前，自稱漢氏劉子輿成帝下妻子也。注：下妻，猶之小妻也。《光武紀》：建武七年五月詔曰：為青、徐賊所略為奴婢下妻，欲去留者，恣聽之，敢拘制不還，以賣人法從事。又十三年十二月詔曰：依託為人下妻，欲去者，恣聽之，敢拘留者，以比青、徐二州，以略人法從事。

又曰少妻。《後漢書·董卓傳》：卓將朝，升車，而馬驚墮泥，還入更衣，其少妻止之，不從，遂入，為吕布所殺。又曰庶妻，《王世充傳》：世充，祖西域胡，號支頹耨，徙新豐死，其

① “譬”，原文如此，《礼記疏》卷五十五《淄衣第三十三》中作“嬖”。

妻與霸城人王粲為庶妻，其父收從之，因冒粲姓。又曰下袟。《拾雅》：下袟，妾御也。注：《楚辭・九嘆・湣命篇》：逐下袟於後堂兮。又曰婢子。《禮・檀弓》：使吾二婢子夾我。又曰孺子。《國策》：薛侯所寵七孺子。又曰姬。《前漢・吕后紀》：得定陶戚姬。淳如淳注：姬，衆妾之總稱也。郅都亦云，亡一姬，復一姬進。《國策》、《史記》亦曰幸姬，曰如姬。又曰宧女，凡事人者皆曰宧。《左傳・僖公十七年》：子圉西質妾為宧女焉。注：妾，晉惠公女名。宧，謂事於秦為妾也。又曰側室。漢文帝與趙陀書曰：朕高皇帝側室之子也。《南史》：齊安成王秀早孤，文帝命側室陳氏母之。《韋放傳》：放與張率皆有側室懷孕，因指腹為婚姻。又曰傍妻。《漢元后傳》：王粲好酒色，多取傍妻。

又曰次妻。《明史・任昂傳》：廣東都指揮狄崇、王臻為次妻乞封，下廷臣議。昂議曰：禮莫大於分，分莫大[①]於名，妾不可為嫡云云。又田[②]聲音人。《東觀奏記》：安平公主下嫁劉異，拜邠寧節制，將赴鎮。安平入辭，以異姬人從，安平左右皆姬[③]宫人，上盡記之，忽見别姬問安平曰：此誰也？安平曰：劉郎聲音人。上悦安平不妬。

今廣俗稱妾曰二娘，曰二奶，曰亞姐，曰大姐。廣州婦女貴纏足，而妾多赤足。若纏足之女為人妾，俗謂之平妻，言皆纏足，與妻不異，故曰平也。

又曰沙薑，蓋沙薑非薑，而亦名薑，以其似也。猶平妻非妻，而亦曰妻者，以其足之相似也。俗又呼之曰亞沙，省文耳。廣州女子贵纏足，而妾多赤足，纏足之女為人妾，俗謂之平妻，言皆纏足，与妻一也。又曰沙薑，沙薑非薑，而亦以薑名，言其

① “大”字原文無，此據上下文補。

② 原文為“田”，此處疑為“曰”。

③ 按：《東觀奏記》卷上原文“安平左右皆宫人”，《四庫提要著録叢書》，第6頁。“姬”字原文似删去。

似也，猶平妻非妻，而亦謂之妾[①]。省城又有一種妾，居常婢僕稱謂，與稱正妻不異，而實則妾者，與正妻異居，有永不相見者，有相見而稱正妻曰姊者，謂之兩頭大，此亦似妻而非妻，實妾而不安於妾者也。若男子所與旁通之婦人曰外婦，見《漢書·齊悼惠王肥傳》。其母，高祖微時外婦也。師古曰：謂與旁通者，則又似妾而非妾者也。又《禮記·月令》躬桑注引《夏小正》：妾子始蠶。疏引皇氏曰：妾謂外内命婦，子謂外内子女，則妾亦不必定為小妻之名也。

子之稱

《禮》：君天下曰天子。蔡邕《獨斷》：天子，夷狄之所稱父天母地，故稱天子。天子之子曰元子。《書·微子之命》：殷王元子，又曰太子。傳正義曰：《吕氏春秋·仲冬紀》：紂之母生微子啟與仲衍，尚為妾，已而為妻，後生紂，紂父欲立啟為太子。又《周禮·夏官》：諸子掌國之倅，國有大事，帥國子而致于太子，惟所用之。又凡諸侯之子曰世子。《禮·文王世子》：古曰孟侯。《尚書大傳》：太子年十八曰孟侯。孟侯者，於四方諸侯來朝，迎于郊者，問其所不知也。《韓詩外傳》：自唐虞已上，經傳無太子稱號，夏殷雖傳嗣，其文略矣，至周始有文王世子之制。

唐稱長子為大枒。《唐紀》序：高力士對玄宗曰：但從大枒。注：謂肅宗也。《金史》：呼長子為亞迭，男子曰丈夫子。《戰國策》：非徒不愛子也，又不愛丈夫子，獨甚？女子曰女子子，《曲禮》：女子子疏，男子稱子，女子則重言之。按：鄭注《喪服》云：别於男子。松謂男子單稱子，女子則重言子者，陽

① 此處“自廣州女子貴纏足，而妾多赤足……而亦謂之妾”，原文劃去。

奇陰偶之義也。若如《喪服》所云別於男子，何不云男曰男子子，而女曰女子以別之耶？是則可知也。

嫡子曰宗子。《詩·板》篇：宗子維城。又曰樹子。《穀梁·僖公九年傳》：無易樹子。《孟子》亦云然。又曰門子。《周禮》：小宗伯掌三族之別，以辨其親疏，其正室皆謂之門子。又謂大門宗子。《周書·皇門篇》曰：其有大門宗子，茂揚肅德，以助厥辟。

始生之子曰鼻子。《説文》：自，始也，自讀若鼻。今俗以作始生子為鼻子，是也。揚雄《方言》：鼻，始也，嘼之初生謂之鼻，人之初生謂之首。許謂始生子為鼻子，字本作鼻，今□[①]乃以自字為之，經[②]作自字，今俗謂漢時也。松謂：鼻作自者，乃□[③]鳥之誤，脱鼻字田下半截耳。《説文解字》訓自為始，亦屬支離傅會。

嫡子之同母弟曰餘子，《左傳》：餘子公行。杜預注：嫡子之同母弟也。又曰別子，《喪服記》：別子有三，一是諸侯適子之弟，別于正嫡，家之長子曰家督。《史記·越世家》：家有長子曰家督，庶孽曰私子。《周書·皇門解》：其善臣以至于有分私子。注：私子，庶孽也。又曰公子，《玉藻》：公子曰臣孽。注：適子而傳世曰世子，餘則但稱公子而已，比之木生之餘，故以臣孽自稱。《孟子》：孤臣孽子，亦庶子之謂也。又曰諸子，《周禮·夏官》：諸子掌國之倅。按：《正韻》：諸，衆也，猶云衆子也。又曰庶子，《文子[④]世子》：庶子之正於公族者。又有吾子，《管子》：非吾籍之諸君吾子，有二國之籍者六十萬[⑤]。注：諸君，老男老女也；吾子，少男少女也。又大男食鹽五升少半，

① 原文此處空一字。

② “經”字，原文如此，《説文解字注》卷一篇上《文二》為“徑”。

③ 原文此處空一字。

④ “子”字，原文如此。《礼記》原文为“文王世子”。

⑤ “六十萬”，原文如此。《管子·海王》原文为“六千萬”。

大女食鹽三升少半，吾子食鹽二升少半。

雙生子謂之釐孳，又曰僆子，又曰孿生，女曰嫁子。揚子《方言》：陳楚之間，凡人獸乳而雙生謂之釐孳，秦晉之間謂之僆子，自關而東，趙魏之間謂之孿生，女謂之嫁子。又《淮南子》：故夫孿生之相似者，唯其母能知之。

孩童曰穉子，又曰胄子，曰育子，曰鬻子。《書教》：胄子，王云胄子，國子也。馬云：胄，長也，教長天下之子弟。《今文尚書》作育子，《五帝本紀》作教穉子。《爾雅釋言》：育，穉也。《邶風》鄭箋云：昔育之育，穉也。《豳》：鬻子之閔斯。毛傳：鬻子，穉子也。

兒墮地未能開目視者，謂之瘖生子，見《風俗通》：父死而生者為遺腹子。《淮南子》：遺腹子不思其父，無貌於心也，不夢見像，無形於目也。《前漢·泗水思王傳》：戴王立二十二年薨，有遺腹子煖。後漢鄭康成有子益思，孔融為黄巾所圍，益思赴難死，有遺腹子，康成以其手文似己，名之曰小同。無父之子曰遺男，《列子》：鄰人京城氏之孀妻，有遺男，始齓。

養弟子為子曰所子，《漢書·宣帝紀》：封賀所子弟子侍中中郎將彭祖為陽都侯，師古曰：所子者，言養弟子以為子也。

兄弟之子曰同産子。《漢書·兩龔傳》：同産子一人，故養昆弟之子以為子，曰子同産子。《平帝紀》：令諸侯王公列侯關内侯，亡子而有孫，若子同産子者，皆得以為嗣。師古曰：子同産子者，謂養昆弟之子為子者。非所生之子曰養子，《漢書》：良賀卒，帝封其養子為都鄉侯，三百户。又曰螟蛉，《南史》：漢①宋明帝負蛉之慶，言廢帝非所生也。《北史》：胡叟養子，字螟蛉。董仲舒斷甲無子，養非所生，引《詩》螟蛉有子，蜾蠃負之之義。又《毛詩注疏》：螟蛉一名戎女。又謂之假子，《北史·陸俟傳》：俟子馛為相州刺史，簡取諸縣强門百餘人以為假子，令各歸家，以為耳目，於是發奸擿伏，事無不驗。又曰分

① “漢”字原文似删去。

子，洪氏《隸釋》稱光和紀年，稱分子者六十人，景君碑有鴟鴞不鳴，分子還養之語。按：《三國志》：彭羕與孔明書曰分子之厚，誰能過此。裴松之注：羕言劉王分兒子厚恩，施之於己。松謂螟蛉，亦得分其所生子之厚恩者也，故謂之分子。

凡子皆曰息，《東觀漢記》：此蓋我子息也。《戰國策》：老臣賤息舒祺，最少。《史記·高祖紀》：吕公曰，臣少好相人，相人多矣，無如季相，願季自愛，臣有息女，願為季箕帚妾。長子曰冢息，次曰次息，《唐書·桑道茂傳》：李鵬為盛唐令，道茂曰：君位止此，而冢息位宰相，次息亦大鎮。小兒亦曰息，《尸子》：棄黎老之言，用姑息之語。注：姑，婦也；息，小兒也。吴處厚《青箱雜記》：閩人謂子為囝，愛子曰壤子。鄒陽《上吴王書》：壤子梁王。按：揚子《方言》：梁益之間，所愛諱其盛曰壤，壤子，猶愛子也。

人恐子不育，輒寄他人名下，曰寄子。漢靈帝寄子史道人家，今我廣鄉間，凡生子多生少育，輒拜火居道士，洎多男之戚友，或僕婦蛋民為契爺，名曰契子，即漢人之所謂寄子也。又謂之義子，子為同室①出姊妹所恩慈者，曰一家共子。《漢書·匈奴傳》：我與大閼氏一家共子。一家，言親姊妹也；共子，兩人所生恩慈無別也。

隨母嫁之子曰入子，《周禮》：媒氏之職，判妻入子必書。《左傳》：崔杼娶東郭姜，以其子入。錢唐謂之帶來子，我廣謂之隨娘子。失子曰唐子，《莊子》：其求唐子也，而未始出域，有遺類矣。注，唐，失也。亡人之子為亡子，《戰國策》：安陵君言：先君手受太府之志憲，憲之上篇曰：國之雖大赦，降城亡子，不得與焉。注：以城降人，及亡人之子。

不肖子曰姦子，《國語》：故堯有丹朱，舜有商均，啟有五觀，湯有太甲，文王有管蔡，是五王者，皆元德也，而有姦子。

---

① “室”字原文似删去。

今廣俗婦人產子，子未彌月而夭，取他之[①]嬰以為己子，曰接乳子。又婦人艱於子，欲贋為孕，輒懷筲箕於腹，帶繫之，如孕狀，及訪得他嬰，便偽娩，俗謂之筲箕子。姦生之子，俗曰野子，又曰野仔。嫖賭花銷之子，曰敗子，又曰蕩子，曰浪子。

飛虎飛魚

陳眉公云：滇中寧山有虎能飛，狀如蝙蝠。甲午十月，王太原公出十獸皮，大不能二尺，如紫貂色，左右皆有肉翼，翼上生毛，疑即飛虎。松聞海中有飛魚，有兩翼，毛如貂。洋客云：嘉慶間，夷船嘗帶其皮來粵，大二尺許，與眉公所見不異。考之經史傳注，不聞有飛虎，安得滇人而一問之，豈飛魚皮耶？又聞趁洋人云：出虎頭門老萬山外，舟行一二日，即多飛魚，隨逐夷舶，無慮千百，遊翔如織，附檣棲帆，人驚之，輒飛去，既而復集，色黑無毛，大如赤鯉，無二尺者。咸謂洋海飛魚有兩種云，且洋中魚皮，多有有毛如獸皮者，即今番舶所來之芝麻貂皮，亦非貂皮，實魚皮也，曰貂者，夷人詐以昂其價耳。

紙龍紙馬

今道士為人建醮誦經讖門等，開壇輒先焚奏表紙龍紙馬，以上陳天聽。松按：紙龍紙馬之制，仿於漢。朱文公謂漢祭河，用寓龍寓馬，以木為之，是也。又按：《史記・封禪書》：陳寶節來一祠，有用時駒四匹，木禺龍車欒車一乘，木禺車馬一駟。注：禺音偶，寄也。寄生龍馬形于木也。又云：有司議增西畤、畦畤、禺車各一乘，禺馬四匹，駕被具，第古寓於木。今寓於

① “之”字原文似刪去。

紙，為少異耳。《蚓庵瑣語》云：世俗祭祀，必焚紙錢甲馬，有穹窿山施煉師，名亮生，攝召温帥下降，臨去，索馬，連燒數紙，不退。師曰：獻馬已多。帥判云：馬足有疾，不中乘騎，因取未化者視之，模板折壞，馬足斷而不連，乃以筆續之，帥遂退。然則紙馬實中鬼神之用，倘有祀事，未可視為玩物也。

牛角牛毛

俗語：先生如牛毛，學生如牛角。語本之魏蔣濟《萬機論》。學如牛毛，成如麟角，見《太平御覽》。然古昔所載，皆曰麟角，不曰牛角。《北史・文苑傳序》亦云：學者如牛毛，成者如麟角。《抱朴子・極言篇》亦云：為者如牛毛，獲者如麟角。皆作麟角，無有作牛角者，見《困學紀聞五箋集證》，大抵諺傳訛麟為牛耳。

松按：麟為瑞獸，世所罕有，故古言麟，今世無麟，俗識牛不識麟，故云牛耳。

古意重如麟角一邊，慨學成之少，今意重如牛毛一邊，誚為師之多，誚為帥之多，所以傷世之放于利也，而世風日下矣。《北史・魏崔浩傳》：浩曰，東州之人，常謂國家居廣漠之地，人畜無算，號稱牛毛之衆，亦以喻其多也。

地鶏地鴨

《骨董》云：嘉定戊寅冬，廣西諸司奏，知欽州林千之食人事。始，千之得末疾，有道人教以童男女肉，强人筋骨，遂捕境内男女十二三歲者，腊而食之，謂之地鷄地鴨，其家小婢妾被食者衆。又崇貞十五、十六，經年亢旱，山東一帶，民間公然開肆屠賣人肉，每斤價八分，名曰肉米，見《蚓庵瑣語》。夫以男女比鷄鴨，千之之虐，千古罕聞。以屠人為肉米，山東之飢，尤堪太息。然山東之肉米，事出于無可奈何，而千之之鷄鴨，忍心更不可問。千之以食人治疾，吾知疾必不可為矣。

飯袋

今俗喪殯，附於棺者，無不用飯袋，以布縫一小囊，中置飯焉，謂之飯袋，由來已久。按：《喪服要記》：魯哀公祖載其父，孔子曰：寧設五穀囊乎？公曰：五穀囊乎[①]者？伯夷叔齊餓死首陽，恐其魂之飢也，故設穀囊，吾父食味含哺而死，何用此焉？今之飯袋，即古之五穀囊，然則用飯袋，非禮也。松謂：夷齊耻食周粟，遂餓而死，然則當日設五穀囊，穀亦周之穀也，豈其不食于生前，而乃食于死後乎？豈其生不畏飢而死乃怕餒耶？未必然也。夷齊之鬼，亦長此餒而而已。哀公不識此意，以為食味含哺死者，則不必穀囊，豈知夫食味含哺者乃不慣飢，而正需此耶。若夷齊則不必設此，設之毋乃愈傷其志耶？哀公謂設五穀囊，為恐夷齊之魂飢，不知所據，恐想當然而為此說耳。俗以為故事者，實慮新鬼無依，魂餒無所得食，聊以備一時之需，亦孝子左右就養無方之推耳，非本之哀公之説也。俗又用梭袋，置小梭于袋中，與飯袋並，不知何仿。

分梭

俗男女既聘，未婚而男子殁者，女家輒遣僕婦，携一梭至男子尸前，折而為二，僕婦暗稟大略言：相公既殁，婚姻折散，鸞鳳分飛有如此梭，不可復合，幽明異路，人鬼殊途，前日姻緣，

① “乎”字原文似删去。

付之東海云云。將此斷梭，一留尸側，一携歸，擲之於路，謂之分梭。義取梳疏，音近。男死女與之分離疏遠，不復為夫婦，女改適乃利也。女死，男家亦然，此俗故事也。松謂：夫妻重結發，梭所以理髮分梳者，使各分理其髮而不復結耳。

詐死

周夢石言：嘗見《龍威秘書》所載江淮異人司馬郊，一名凝正，一名守中，遊於江表，常被冠褐，躡屐而行，日可千里。衣褐不改作而常新，所為粗暴，人無敢近。能詐死，以至青腫臭腐，俄而復活，常入店，召主人與飲，因凌辱之，既而互相擊搏，郊忽踣於地，視之已死，體冷色變，一市聚觀，鄉里縛主人檢其屍，責詞，將送於州。時已向夕，欲明旦乃行，至中夜，店中喧然曰：已失司馬尊師矣。詐死而能至體冷色變青腫臭腐，此千古之至奇，豈其有術耶？

松曰：非也！此不足奇，東漢時已有之。《漢書·杜根傳》：永初元年，根為郎，時熹和鄧后臨朝，儀在外戚，根以安帝年長，宜親政事，乃與同時郎上書直諫，太后大怒，收執根等，令盛以縑囊，於殿上撲殺之，執法以根知名，私語行事人，使不加力，既而載出城外，根得蘇，太后使人檢視，根遂詐死三日，目中生蛆，因得逃竄。其事與郊相類，而目中生蛆，且三日之久，更有甚于體冷色變青腫臭腐，郊不足異也。

聞今無賴姦匪，亦有能詐死以嚇詐人人財者，彼服藥為之，亦以藥解，如①可死七日，如七日不服解藥，則竟死不復能蘇矣。按：《宋稗類鈔》：回回國有一種草，名押不蘆，最毒，人觸其氣即死。用法：以犬拔其根，犬觸毒死，就埋坎中，經歲取出，用他藥製之，以少許磨酒飲，人則麻痹而死，三日後，以少

① “如”字原文似删去。

藥投之即活。今無賴詐死之藥，豈即押不蘆耶？又按：周密《齊東野語》：林復險隘忽酷，知惠州，日以酖殺人，徐安國按其家，有僭擬等物，于是有旨令大理丞陳樸追隸，隨所至置獄鞠問。至朝陽，遇諸道，就鞠于僧寺中，林知不免，願一見家人訣別，既入室，即探囊中藥投酒中飲之，有頃，血流滿地，家人號泣，使者入視則仰藥死矣，因以其死復命，然其所服，乃草烏末，及他一草耳，至三日乃甦，即亡命入廣，其家以空柩歸葬。今無賴詐死，其服草烏耶。松謂：官府凡有此等詐死嚇詐案，不必另治其罪。止令差役嚴守其尸，十日，乃扛出埋葬，即以無賴之術，還之無賴之身，使其自作自受，此實情中之刑，而非法外之刑，乃可謂中刑，而大畏民志矣。

奇飲

《宋書・五行志》：晉惠帝元康中，貴遊子弟，相與為散髮倮身之飲，對弄婢妾，逆之者傷好，非之者負譏，希世之士，恥不與焉。此飲已奇，然猶飲之樂者，若石曼卿善豪飲，每與客痛飲，露髮跣足，著械而坐，謂之囚飲；飲于木末，謂之巢飲；以藁束之，引首出飲，復就束，謂之鼈飲。見《續墨客揮犀》。按：《畫墁録》：蘇舜欽、石延年輩，有名曰鬼飲、了飲、囚飲、鼈飲、鶴飲、鬼飲者，夜不以燒燭；了飲，飲次挽歌哭泣；囚飲，露頭圍坐；鼈飲，以毛席自裹其身，伸頭出飲，畢復縮之；鶴飲，一杯復登樹，下再飲耳。所載與《墨客揮犀》小異。

《夢溪筆談》：曼卿與布衣劉潛為友，嘗通判海州，潛訪之，曼卿與之劇飲，露髮跣足，着械而飲，謂之囚飲。飲於木杪，謂之巢飲，所載亦略異。曼卿之飲，與舜欽、延年之飲，有何樂趣？松謂：此可謂之惡飲，謂之苦飲，謂之怪飲。

然惡飲、苦飲、怪飲，又有先於蘇石者。《北史・高季式傳》：季式豪飲率好酒，神武壻黄門司馬消難，尋季式酣歌留宿，且日重門並關，消難請出，不許，酒至，不肯飲。季式索車輪括消難頸，又更索一車輪，自括其頸，引滿相勸，消難笑而從之，方俱脱車輪。此可謂之括輪飲。又《晉書·阮咸傳》：諸阮皆飲酒，咸至宗人間共飲，不用杯觴斟酌，以大盆盛酒，圓坐相向，大酌更飲，時有羣豕來飲其酒，咸直接其上，便共飲之，此可謂之接豕飲。

昔夏桀為酒池，可以運舟，一鼓而牛飲者三千人。① 此等飲法，後世不為，而蘇石、高阮之飲，亦後世所不為。

又有鼻飲，鄺湛若《赤雅》：鼻夷，獠族，鼻如垂鈎，間出市鹽，與之酒，鼻飲輒盡。又徐季方《見聞録》云：童子時，見魯仙者，出其勢垂盆中，吸酒有聲，唼唼片時而盡，漸覺面有酒色，斯更飲之，奇矣！此不特見所未見，亦聞所未聞也。

若《唐書·胡証傳》云：証膂力絶人，取鐵燈檠撓合其跗，横膝上，謂客曰：飲不釂者，以此擊之。此非飲之奇而為勸飲之惡矣，又飲酒有大小户之名，言酒量之大小也。《吴志》：孫皓每饗燕人以七升為限，小户雖不能入，並澆灌取盡。白居易詩：户大嫌甜酒，蓋本吴志也。

文武狀元

孔平仲云：狀元始見於宋祥符八年，蔡文忠狀元及第，上視其秀偉，顧宰相曰：得人矣。因詔金吾給騶從傳呼。松按：陸樹聲《耄餘雜識》云：韓文公名重山斗，其子衮為狀元，不聞世有稱狀元衮者，是唐時已有狀元之名。《韓門綴學録》亦云：以第一人為狀元，唐宋皆然，則狀元不始于宋。平仲説，非，然古有文狀元，無武狀元。武狀元始于明崇貞四年武會試，命詞臣方逢年、倪元璐再試，逢年等奏請殿試，傳臚如文例，乃賜王來聘

① 原句旁注“越勾踐有酒流之江，與民共飲”，似删去。

等及第出身有差，武榜有狀元自王來聘始。

若武舉人，則始於唐武則天。《唐書·選舉志》：武后長安二年，始置武舉，其制有長垛、馬射、步射、平射、筒射，又有馬槍、翹關、負重、身材之選。翹關，長丈七尺，徑三寸半，凡十舉，後手持關，距出處無過一尺；負重者，負米五斛，行二十步，皆為中第。又開元十九年，始置太公尚父廟，以留侯張良配。天寶六載，詔諸州武舉人上省，先謁太公廟，見《禮樂志》。松按：今制，無論文、武科試，生員、武生、舉人、武舉，皆謁孔聖廟，夫孔子為萬世師表，兼文武而言者也。即以武言，孔子不嘗曰：我戰必克；即以力言，《淮南子》曰：孔子杓國門之關，而不以力聞。此[①]孔子師表萬世，不獨言文，於此可見，孔子愈於太公遠矣。觀此，今制勝唐制又遠矣。[②]

男女旱魃

《詩·大雅》：旱魃為虐。傳：魃，旱神也。《説文》：旱，鬼也。我朝李公錫徵，官黄縣知縣，黄俗遇旱，則以里中新喪為魃，劫而誅之。次年辛亥大旱，李公為旱魃辨，以曉黄民曰：嗟爾民，旱甚矣，非魃不至此，我急欲誅之，以紓爾憂。然以新喪當之，則不可。《詩》曰：旱魃為虐。經無明注，及考他書，兆天下之旱者二，旱一國者亦二，而兆一邑之旱者四，新喪不與焉。其狀如狐而有翼，音如鴻而名獙獙者，姑逢山中有之石膏，

---

① “此”字原文似删去。

② 原文此頁旁批：今制武科，試以弓力。石弓則馬射、步射。馬射有二，挺身六矢，步射五矢，又有地毬一矢。刀，鐵刀以百十斤，為頭號百十斤，為二號以三舉，□三背花為合式。石以花頭□為合式，刀似仿於□□，石似仿於負米。入大弓以十個力為頭號，十個力為二號。馬射靶以中矢，地毬步射矢，大弓以開三榜，爲合中式。

水中似蟺而一目，音如鷗者，女巫山中有之，見則天下旱者也。其旱一國者，若南方之似人而目生頂上，行如飛者，一首兩身，似蛇而名肥者[①]遺，生於渾夕山者是也，其狀如鴞而赤足直喙，音如鵠而黃文白首，人面而龍身者，在鐘山之東也。有鳥焉，似鴞而人面，蜼身而犬尾，在崦嵫山也。西望幽都，有音如牛，是鐓於母逢山之大蛇也。有如蛇而四翼，其音如磬，是鮮山之下，鮮水之鳴蛇也，如是者旱一邑，此皆出《神異經》及東西南北中諸《山經》，非予之臆説也，爾民往察之，有一於此，任爾率比閭族黨往誅之，無赦，其或仍謂新喪為魃者，是亂民也，惡風也。予將執國法以誅之，亦無赦。此風遂熄云。

松按：《明史·張驥傳》：正統中，巡撫山東，俗遇旱，輒伐初葬塚墓，殘其肢體，以為旱所由致，名曰打旱骨樁。以驥言禁絶之，黃之惡俗，亦猶昔之打旱骨樁也。按：北齊後主帝緯武平五年五月大旱，晉陽得死魃，長二尺，面頂各二目。帝聞之，使刻木為其形以獻，斯真旱魃矣。據此張巡撫打旱骨樁，衹見其無識而虐耳。又按：《南史》：齊安成王蕭秀子推字智達，歷淮南、晉陵、吳都太守，所臨必赤地大旱，吳人號為旱母。觀此則不必死人而後為魃而兆旱也。又《可談》云：世傳婦人有產鬼形者，不能執而殺之，則飛去，夜復歸就乳，多瘁其母，俗呼為旱魃。分男女，女旱魃，竊其家物以出；男旱魃，竊外物以歸。初，虞世和甫，名士善醫，公卿争邀致，而性不可馴狎，尤忽權貴，每貴人求治病，必重誅求之，至於不可堪，其所得賂，旋以施貧者。最愛黃庭堅，常言：黃孝於其親，吾愛重之。每得佳墨精楮奇玩，必歸魯直。魯直語朝士曰：初和甫於余，正是一男旱魃。時坐中有厭苦和甫者，率爾對曰：到吾家，便是女旱魃。

夫世之醫士，類皆女旱魃，其男旱魃者誰哉？魃又作妭，文字指歸，女妭禿無髮，所居處天不雨。又旱鬼曰耕父，張衡《東京賦》：囚耕父于清泠。注：耕父，旱鬼。《山海經》：豐山之神

① “者”字原文似删去。

曰耕父。又《字彙補》，南方有人名曰𪄪，所之國大旱，斯則更甚於魃矣，安成王豈其苗裔與？

相公相王

顧亭林《日知録》云：前代拜相者必封公，故稱之曰相公。若封王，則稱相王。司馬文王進爵為王，荀顗曰：相王尊重，是也。晉簡文帝及會稽王道子，亦稱相王。松謂：此一時之偶[①]尊稱耳，不必泥其封公與王也，漢代丞相必封侯，而不聞有稱相侯；周公相成王，不聞周時稱相公；子産無國，而《淮南子》言子産為鄭相國；召平，齊相非君，而魏勃紿召平，稱曰相君。曷有定耶？顧氏之説，似是而非。

丞相相國

宰相，古謂之相國，又謂之丞相，漢初則相國與丞相不同，相國特尊於丞相。《漢書·百官公卿表》：首相國，次丞相。高帝元年，沛相蕭何為丞相，九年，丞相何遷為相國。惠帝二年七月辛未，相國何薨。七月癸巳，齊相曹參為相國。五年八月己丑，相國參薨。六年十月己丑，安國侯王陵為右丞相，曲逆侯陳平為左丞相。自後有丞相而無相國。《百官表》又云：相國、丞相，皆秦官。秦有左右，高帝即位，置一丞相。十一年，更名相國。按：《蕭何傳》：沛公為漢王，以何為丞相，陳豨反，上自將至邯鄲，而韓信謀反關中，吕后用何計誅信，上已聞信誅，使使拜丞相為相國。夫何由丞相拜相國，乃漢高疑忌何，特以相國尊寵何，可知相國尊于丞相，則非更丞相名為相國者，若相國為

① “偶”字原文似刪去。

丞相更名，則相國丞相等耳，高祖又何必多此一拜耶？則相國非丞相更名無疑，此漢書表傳之矛盾者。又按：《周勃傳》：最從高祖得相國一人，丞相二人。是當時諸僭國，亦有相國丞相二官。

弟子不得稱門人

《史記・仲尼弟子列傳》：孔子曰：自吾有回，門人益親。又曰：受業身通者七十有七人，皆異能之士。是門人受業，皆弟子之通稱，本無分別，而我邑有一副貢士羅某，設帳省城，四方來學，實繁有徒，嘗聞友人云，凡弟子來學，名帖上必書受業某，羅氏乃受。若書門人，即行擲還，以為不知禮，須改書受業，乃許從學。松因戲之曰：昔曹交受業，不為孟氏之徒，子夏門人得沐西河之教。語未畢，友人隨曰：使曹交而在，必為羅氏之徒矣。

按：《程氏演繁露》曰：《通典》：魏文帝黄初五年立太學于雒陽，時慕學者，始詣太學為門人。是門人之名，孔子而後，未嘗無稱，況《書傳》所載，從學稱門人者，不可覼縷耶。夫自行束脩，孔子未嘗無誨，而羅氏乃拘拘于名帖之門人，便拒而不納。羅氏設科，事不師古，不知何意，不知所本。又按《日知録》：歐陽公《孔宙碑》陰題名跋云：漢世公卿，多自教授，聚徒嘗數百人，其親受業者為弟子，轉相傳授業者為門生。又謂，漢人以受學為弟子，其依附名勢者為門生。引郅壽《揚彪傳》以為證。

又謂《南史》所稱門生，即今之門下人。引《宋書・徐之湛顔竣謝靈運傳》，《南齊書・劉懷珍謝超宗傳》，《晉書・劉隗傳》，《南史・齊東昏侯紀》、《后妃傳》、《姚察傳》為證。又引《宋書・顧琛傳》謂門生不得雜以人士，又引《陳書・沈洙傳》。《顔氏家訓》謂門生冗賤，與童僕並稱。按：《通鑒注》：門生家奴，呼其主為奴[1]郎，亦門生與家奴並稱。羅氏固我邑知名士，大氐以此，不受從學門生帖耳。非門人也，其傳聞者誤耶。雖然，沈氏《讀書鏡》云：歐公與尹師魯、蘇子美，俱出杜祁公之門，歐公雖貴，不替門生之禮，張芸叟《荊公哀詞》有云：今日江湖從學者，人人諱道是門生。則從學稱門生，何嘗不可，羅氏畢竟拘泥。

父女亦可稱父子

子不必男子之稱，古人謂女亦曰子。《周禮·媒氏》：凡嫁子娶妻。《詩》：齊侯之子，之子于歸。《論語》：以其子妻之，以其兄之子妻之。《左傳·昭公二十五年》：季公之姊，為小邾夫人，生宋元夫人，生子以妻季平子。生子，林注：宋元夫人生女。又二十八年，子重之子曰重。注：之子，其女也。《史記·秦本紀》：大業取少典之子曰女華，女華生大費。皆謂女為子。《禮記》：女子子，胡氏以為重言子者，衍文；黃氏以為女子之子，皆非。夫子之上加女子者，所以别於男子耳。昔儒謂《禮》父子不同席句，是蒙上文姑子妹，女子子已嫁而反，兄弟弗與同席而坐，弗與同器而食，合為一節。父子之子，即女子子之子，其説甚的。庶女亦稱庶子，《儀禮·喪服·小功章》：大夫之妾，為庶子適人者。注：君之庶子，女子子也。

① “奴”字原文似删去。

卷之十九

春秋奪娶子婦

春秋奪娶子婦有三：衛宣公為其子伋娶於齊，而聞其美，欲自娶之，乃作《新臺》於河上而要之，故國人惡之，為作《新臺》之詩，見《詩》注。又魯惠公適夫人無子，公賤妾聲子生子息，息長，為娶於宋，宋女至而好，惠公奪而自妻之，生子允，見《史記·周公世家》。又，楚平王求秦女為太子建婦，至國，秦女好，自娶之，更為太子娶，見《楚世家》。

夫春秋之世，亂倫之事，不可枚舉，而至於奪娶子婦，雖非聚麀，其與聚麀，相去幾何？按：《隋書》：嘉良夷俗，兒弟死，父兄亦納其妻。然必兒死而後納其婦，若為子娶，聞其美而奪娶，斯則夷狄之不若矣。又《列女傳》，秦立魏公子政為太子，魏哀王使使者為太子納妃而美，王將自納焉。曲沃負欵王門上書曰：曲沃之老婦也，妾聞男女之别，國之大節也，今王為太子求妃而自納之，從亂無别，父子同女，妾恐大王之國危矣。王曰：然，寡人不知也。遂與太子妃，而賞負三十鐘，此則欲奪娶而未成者也。至如《管蔡世家》所云：蔡景侯為太子般娶婦於楚，而景侯通焉。此雖非奪娶，而為亂倫則一也。其後唐元宗奪子壽王瑁妻楊氏為貴妃，斯更彰明較著，尤而甚於景侯者也。又《長編》云：趙元昊娶野利氏，生甯令哥而愛之，為娶没移氏為妻，見其美，自取之，立為新皇后，甯令憤而行弑，此則奪娶子婦而伊戚自貽者矣。

漢代姦生子女

俗以姦生子女為不祥，皆不養育，或棄諸荒野，或溺諸池塘河海。松按：《史記·外戚世家》：薄太后父，吴人，姓薄氏，秦時與故魏王宗家女魏媪通，生薄姬。又《漢書·衛青傳》：其父鄭季，以縣吏給事侯家，平陽侯曹壽尚武陽姊陽信長公主，季與主家僮衛媪通，生青，青有同母兄衛長君，及姊子夫，子夫自平陽公主家得幸武帝，故青冒姓衛氏，衛媪長女君孺，次女少兒，次女則子夫，子夫男弟步、廣，皆冒衛氏。青為侯家人，少時歸其父，父使牧羊，民母之子皆奴畜之，不以為兄弟數。又《霍去病傳》：大將軍青姊少兒子也，其父霍仲孺，先與少兒通，生去病，及衛皇后尊，少兒更為詹事陳掌妻。蓋少兒故與陳掌通，上召貴掌故也。君孺為太僕公孫賀妻，建元二年春，青姊子夫得入宫幸上。皇后，大長公主女也，無子，妬大長公主聞衛子夫有身，妬之，廼使人捕青，青時給事建章，大長公生執囚青，欲殺之，其友騎郎公孫敖與壯士往篡之，得不死。上聞，乃召青為建章監侍中，及母昆弟貴，賞賜數日間累千金。夫薄姬為衛媪姦生之女，後為漢文帝母，為皇太后；衛青為鄭季姦生之子，後封長平侯；霍去病、子夫，為霍仲孺姦生之子女，子封冠軍侯，為將軍，女為皇后；君孺少兒並配顯貴，長君步、廣賞賜千金，可知姦生子女，未嘗不貴，矧赫赫於前者，又有鬬穀於菟乎。

今俗姦生子女，其中豈必無出類拔萃之賢，掘起非常之貴，乃輒棄之而不育，詎不大可惜乎？雖然不可以為訓，如使姦生而公然可育不以為嫌，吾恐天下為鄭季、仲孺、衛媪、少兒之行者，不可以數計，而皆得藉口於薄后、長平、票騎、子夫，則其違禽獸不遠矣。若宋賈似道，諸家小説，或言其母為逃婢，夜宿賈門，收而姦生似道；或云，賈涉在鳳口，遇洗衣婦人挑而從之，因別買於其夫；或云涉為萬安丞時，與爨婢通，生似道，其後嫡不容其母，賣為石匠之妻，此亦姦生而貴者也。似道雖貴，然曷足道哉。

春夏浚井

《管子》：當春三月，杼井易水。《續漢·禮儀志》：日夏至，浚井改水。松按：今人浚井，必以冬月，無以春夏者。蓋冬時井水早乾，天氣下降，地氣上騰，井底温煖，乃可施功。若春夏之時，雨水淋漓，井泉盈溢，井底寒冷，雖有哲匠，無所施用巧。《管子》、《漢志》改水之令，在春夏間者，何耶？惠定宇《後漢書補注》曰：井神名吹簫女子，今俗井皆神龍王，與古異矣。

隆冬慎火

時值隆冬，風乾物燥，羊城鋪户，皆用黄紙書謹慎火燭四字，揭於通衢，火字皆倒書。又於街坊門首，設水缸水桶，水皆滿注，缸曰太平缸，桶曰太平桶，揭於通衢者，所以觸目而警心也。預設缸、桶者，所以思患而預防也，此法最善。偶讀石[①]葉夢得《石林燕語》云：陳希夷將終，密封一緘，付其弟子，使候其死上之。既死，弟子如其言入獻，真宗發視，無他言，但有慎火停水四字而已。

或者以為道家養生之言，而當時皆以為意在國事，無以是解者。已而祥符間，禁中諸處，數有大火，遂以為先告之驗。上以軍營所聚居，尤所當戒，乃命諸校悉書之門，故今軍營皆揭此四字，則此事宋已先行之矣。雖然，此亦聊盡人事耳。我粤省城，防火甚於防盗，救火車桶，無不預備，加以夷人救火之器，如鐵

① “石”字原文似删去。

車水櫃，運其機，提其水喉，水出如箭，可至數十百丈，可高可下，可左右右，視火所在，以為趨向，無不如意。而道光二年十月，城西火，通城水車，不下百餘，叢集環救，火卒不滅，至延燒民鋪房舍萬二千餘區。自秦漢以來，粵城火災，未有如此其甚者。凡火之為災，皆順風延燒，而此火風西北而火東南，風東南而火西北，火皆逆風而熾，故救者束手。然則凡有火災，罔非天意，天災於民非人事所能勝也，推斯意也，希夷一函未免多事。

方鏡鐵鏡

秦庫有方鏡，廣四尺，高五尺九寸，表裹通明，人直來照之，影則倒見，以手掩心而照之，則知病之所在，腸胃五臟，歷然無礙。葉法善有一鐵鏡，鑒物如水，每有疾病，以鏡照之，盡見腑臟中所滯之物，後以藥療之，竟至痊瘥。世傳神農氏腹若琉璃，洞見五腑六臟，故嘗百草，知毒之所在，而不為害。松甚疑之，按：《淮南子》云：神農嘗百草滋味，一日而遇七十毒，由是醫方興。《史記・三皇本紀》[①]：神農始嘗百草，始有醫藥，並無腹若琉璃、洞見腑臟之文，然苟非洞見腑臟，嘗藥遇毒，何能驟解，世傳似非盡屬荒誕，豈其有假於方鏡、鐵鏡之照與？雖然，松有所疑，夫方鏡、鐵鏡，雖洞見腑臟，而嘗藥遇毒，而能即解其毒，非神農聖無不通，曷克臻此？蓋其時醫藥未興，苟知所在之毒，而不知所解之藥，雖洞見腑臟之毒，亦復何益？可知洞見腑臟知毒所在乃其餘事耳，惡足以盡神農之聖神耶。

《雙槐歲抄》云：成化甲辰，宿州墾田，得鏡，照見農家男女墓中人物，農夫驚異而碎之。其方鏡、鐵鏡之類與？而非也。按：《本草经》：太一子曰：凡藥上者養命，中藥養性，下藥養病，神農乃作赭鞭鉤䥫，從六陰陽與太一外，五岳四瀆土地所

① “《史記・三皇本紀》”，原文如此。《三皇本紀》應為司馬貞所補。

生，草石、骨肉、心皮、毛羽萬千類，皆鞭問之，得其所主治，當其五味。又遇有七十餘毒，《養生略要》：《神農經》曰五味養精神、强魂魄，五石養髓肌肉肥澤。諸藥其味，酸者補肝養心除腎病，苦者補心養脾除肝病，甘者補脾養肺除心病，辛者補肺養腎除脾病，鹹者補腎養肝除肺病，五味應五行，四體應四時，此神農鞭問百藥而得其要者也。是神农□嘗百草，乃鞭問百草，所以遇毒而知解毒之藥□□□若琉璃。野人之語不足據也。任昉《述異記》：太原神釜岡中有神農嘗藥之鼎。咸陽山□□鞭藥處，一名神農原，一名藥草山。山有紫陽觀，世傳神農於此辨百藥也。

杈尺三星

杈尺、三星，今凶徒不逞所用之兵器，出入常納諸懷中，杈尺長尺五六寸，狀如竹蔗，其柄握手上有一直支，長二寸餘，故曰杈。松按《隋書》，煬帝大業五年制，民間鐵叉搭鉤穳矛，皆禁絶之。鐵叉似即今之杈尺。三星之製，以鐵片為之，厚太半分許，廣狹各二寸許，下有一環，上浮起三釘如星，故名。以手握之，所以護拳，以利鬭毆也。按：《元史》：世祖至元二十年二月乙亥，勑中外凡漢民持鐵尺手撾及杖之有刃者，悉輸於官，所謂鐵尺手撾，大氐即今之杈尺、三星。乾隆嘉慶初，我粵匪類，皆用此二物，道光間，乃少用此，而用雙刀，長二尺許，名曰大貨。又用小尖刀，長四五寸，以其便於暗算殲人，人不及覺，名對面笑，其毒害更有甚於大貨者矣。

木石成麵

麥屑為麵，北人多以為膳食，然不僅麥屑為麵，樹亦有麵，有桄榔麵。《後漢書・夜郎傳》：句町縣有桄榔木，可以為麵，百姓資之。注：《臨海異物志》：桄榔木，外皮有毛，似栟櫚而散生，皮中有似檮稻米片，又似麦麪，中作饼饵。《广志》曰：桄榔樹大四五圍，長五六丈，洪直，旁無枝條，其端生葉不過數十，似椶，葉被其木，肌堅難傷，入數寸得麪，赤黄密緻，可食也。劉恂《嶺表録》：桄榔木，性如竹，紫黑色，有文理而堅，樹皮中有屑如麵，可作餅食。左思《吴都賦》：麵有桄榔。

又有莎麵。《廣志》：莎樹多枝葉，兩邊行列若飛鳥翼，其麵色白，樹収麵不過一斛，擣篩乃如麵，不則如磨屑，為飯滑軟。《南中八郡志》：莎樹大四五圍，長十餘丈，皮能出麵，大者百斛，色黄。莎又作穰，《吴録地理志》：交趾望縣有穰樹，其皮中有白米屑者，水淋之，似麵，可作餅。《本草》李時珍曰：穰即莎木。[1] 左思《吴都賦》文穰楨橿，李善注：穰樹皮中有如白米屑者，乾擣之，以水淋之，可作餅，似麪，交趾盧亭有之。又《本草拾遺》穰名莎木，生嶺南山谷，大者木皮内出麪數斛，色黄白，李時珍亦謂穰即莎木。劉欣期《交州記》都勾樹似椶櫚木，中出屑如桄榔，時珍又謂即穰木。

按《廣韻》：桫欏，木名，出崑崙山，木似桄榔，出麪。《益都方物記》：娑羅生蛾眉山中，類枇杷，數葩合房，春開葉在表，花在中，或言根不可移，故俗人不得為翫。桫羅豈即莎樹耶？

今夷舶來貨於粤有西米，狀如我邑之葛丸而細小。按：《東西洋考》：吉蘭丹物産，有西國米。注，那名沙孤米，其樹名沙孤，身如蕉，空心，取其裹皮削之，以水搗過，舂以為粉，細者為王米，最精。粗者民家食之，以此代穀。《華夷考》：滿加刺山野有樹名沙孤樹，將樹皮如中國葛根搗浸澄濾取粉作丸，曬乾賣之。彭亨、柔佛、丁機宜亦産此米，亦桄榔、莎麪之類也。

今粤東海南船又有一種南椰粉，色微紅，云是擣樹皮屑以為粉，食之已痢，其椰樹皮耶，抑莎穰耶，桄榔耶。夷舶帶來又有

---

[1] “《本草》李時珍曰：穰即莎木”一句原文似删去。

一種沙穀米，色亦微紅，亦能已痢，而粒大於西米二三倍，亦云以草木根皮搗舂成粉為之，豈西米之粗者耶，不可詳也。

不惟樹也，石亦有麪。《唐會要》：玄宗時，王倕奏武都郡番禾縣嘉瑞鄉天寶山，周迴五六里，石化為麪，在近村閭及諸部落，自今正月以來，取食甘美益人。又太和四年八月，太原節度使柳公綽奏：雲蔚代三州，山谷间石化为麪，人取食之。又《澠水燕談》：元豐中，青淄荐飢，山中及平地生白麪，白石如灰而膩，民有得數十斛，以少麪同和為湯餅，可食，大濟乏絶。又《寄園滅燭寄》：天啟七年，鎮江東北里徐山，因蝗蟲無収，有鄉老夫婦，難以度日，思自盡，忽來一老人勸云：無自盡，跟我來，有物與汝食。至一山，呌帶鋤挖土。貧老曰：土豈能食乎？老人曰：挖下自有物，伊將土挖開。果見有白粉石。貧老口噙如粉，即言曰：汝非神仙乎？老人曰：我非神仙，那前來者乃是仙。回頭已不見，鄉人争取，救活萬人。《稗史》又云：崇貞庚辰，徽郡大飢，婺山忽產石屑，軟而黄，土人掘以為餐，名曰觀音粉，食而斃者十之二三，然賴以存活甚衆。秋成後，石屑亦化為烏有。又歲丙午，江南大旱，居民多赴烟城濠中，掘黑埿和麪作餅。見《簷曝雜記》。

牛犬可食

牛肉，《本草》：甘温安中，補脾益氣。犬肉，《本草》：酸温煖脾，益胃。脾胃暖，則腰腎受蔭。病脾虚腎冷者，食品以牛犬為最。但牛肉補而不熱，多食無害，犬肉熱而膩，不宜飽食耳。今俗有為佛氏陰隲之説者，謂牢字從牛，獄字從犬，食之有牢獄之災。此世俗誣惑之語，荒唐不經，陳隨隱已闢其非理。松按：馬牛羊鷄犬豕，六畜皆為人所常食，古今一致者也。又按：《周官》：牛人掌養國之公牛，以待政令，祭祀供享牛、求牛，賓客供積膳之牛，饗食供膳羞之牛，軍事供犒牛，喪事供奠牛。

《曲禮》：祭祀宗廟之禮，牛曰一元大武。祭天地之牛角繭栗，宗廟之牛角握，賓客之牛角尺。又天子以犧牛，諸侯以肥牛，大夫以索牛。内則春宜膳膏薌，以春木克脾土，故以牛薌之土氣助養脾也，又曰牛宜稌。

又凡祭祀，犬曰羹獻，言犬肥則可為羹以獻也。《淮南子》：楚人有烹猴羹而召其鄰人，以為狗羹也，而甘之，後聞其猴也，據地而吐之。是古昔以狗羹為美饌。又《月令》：仲秋以犬嘗麻，季秋以犬嘗稻。《詩・豳風》：朋酒斯飨。毛传：飨，鄉人饮酒也。其牲鄉人以狗，大夫加以羔羊豕。《仪礼・鄉饮酒礼》、《鄉射礼》皆曰：其牲狗也，且止是狗之一牲，不兼他味，蓋古以犬为珍食，故用以养老。《三才圖會》：犬有三種，一田犬，二吠犬，三食犬，食犬若今菜犬也。《左傳》：景公走狗死，命外供之棺，内給祭，晏子諫。公曰：趣庖治狗，以會朝屬。衛戴公之廬於曹，齊桓歸之牛羊豕鷄狗皆三百。漢王莽末年，三牲以鷄當鶩，雁犬當麋鹿。蔡邕《月令》論曰：十二辰之會，五時所食者，必家人所畜，丑牛、未羊、戌犬、酉鷄、亥豕而已，其餘虎以下，非食也。黄姬水《貧士録》：周方叔居丹徒，築室五州山，誦讀不休。家貧，或終日不食，一日龔農卿準孫、常州吴會，造其廬，無以為具，乃烹犬食之，二公忻然盡歡，歎息而去。賈思勰《齊民要術》：有犬牒，犬肉三十斤，小麥六升，白酒六升，煮之。令三沸易湯，更以小麥白酒各三升，煮令肉離骨，乃擘鷄子三十枚著肉中，便裹肉，甑中蒸，令鷄子得乾，以石迮之，一宿可出食，名曰犬牒。他如《周官》：奉牛牲，奉犬牲。《月令》：食稷與牛，食麻與犬。《内則》：折稻犬羹，取其味之和，犬宜粱，取其氣味相配。夏膳膏臊，臊犬膏也。以夏火克肺金，則以犬臊之金氣助養肺也。又八珍，牛狗居其五，牛四狗一，其他經史傳記所載食牛食犬之事，不勝覼縷。惟狗之赤股而躁臊，與牛之夜鳴而病痼者，洎狗之腎，蓋狗為陽畜，腎又其陽之舍，君子惡其不利於人，故不食耳而去之耳。

據此，古昔何嘗不食牛犬？何嘗有食牛牛之戒？且以供祭祀，燕賓客，軍旅喪事，未嘗廢之，何嘗有牢獄之患？何嘗有緣食牛犬而致牢獄之禍？豈《禮經》不足法，而世俗無稽之妄説，惑世之謬言，乃足信耶？又按：牢字，《説文》：闌養馬牛圈也。《玉篇》：三王始有獄，又謂之牢，牢本取闌馬牛之義，非謂牛為牢也。《説文》又云：獄从㹜从言，二犬所以守也，非謂犬即獄也。佛氏陰隲之説，意謂宀牛為牢，故不食牛，犬言為獄，故戒食犬，可一生免牢獄之凶。然按田藝衡曰：古者穴居野處，未有宮室，先有宀而後有穴，宀象上阜高凸，其下有冋，可藏身之形，室家宮宁之制皆因之。《集韻》：宀音綿。《説文》：交覆深屋也。牢从宀，然則屋亦不可居耶。獄从言，然則口亦不可言。長此默默，如瘖如啞，乃可免獄耶？推而言之，疾字从矢，然則射矢者亦犯疾耶。斬字从車从斤，然則官宦之乘車，與樵夫之操斧斤者，皆犯斬戮耶。且五刑之屬，椓居其一，椓字从豖，然則食豖肉者，亦犯椓刑耶，然則並豖肉亦不可食耶，此必無之理，必不可行之事，亦足破世俗之惑也。如使牛犬果為牢獄之兆也，則更當食之，食之則牢無牛，獄無犬，牢不成牢，獄不成獄，真為吉象，其不足忌也明矣。

今俗食牛猶不甚忌，尤忌食犬，然按《後漢書·禮儀志》：明帝永平二年，行大射禮，郡縣道行鄉飲酒禮於學校，皆祀聖師周公、孔子，牲以犬。注：取其擇人也。魯相《乙瑛碑》：請為孔廟置百石卒史一人，出王家錢給犬酒。祀周公、孔子尚用犬，周公、孔子且不忌，而況學周公、孔子者耶。雖然，牛能耕，犬能守，本有裨於人，苟非為養生卻病，亦可不食，然亦不必不食，若以為陰隲之戒，則惑矣。《禮》不云乎：國君無故不殺牛，士無故不殺犬豖，則知有故，其殺也必矣。為牢獄之説者，更惑之惑也。

夫妄為陰隲之説者，不過謂牛大能出其力以事人，人食其肉則為忌，心害義耳。然馬亦出力以事人，且為軍國所必需，何食馬不謂之損陰隲耶？牛犬人第資其力以耕以守耳，若羊豖鷄鵝鴨，則致其身以養人，以功計之，其與牛犬孰難孰易，孰優孰劣，可得而知也。人恤牛犬之力，猶不忍食，羊豕鷄鵝鴨有致命之慘，不更大可憫耶？乃不此之恤，而拘拘于牛犬，用情舛錯，莫此為甚，而世之明通理義者，亦復如是，此不可解者也。按古后王膳用八珍，則其不戒食牛狗可知，而累葉百疊，養以天下。梁武帝麵為犧牲，則具戒食牛犬，又可知，乃及身罹禍，餓死臺城，且宣尼飲食之謹，備載鄉黨，不聞有不食牛犬之文。亞聖庖厨是遠，見於《孟子》，未嘗特著牛犬之戒。即如仙城多熟食犬肉之肆，飯店尚厚膊牛肴之羞，我廣無論幼艾耋耆，又食牛犬者十之七八，豈皆嬰牢獄之禍耶？戒食者十之二三，豈必無縲綫之犯耶？即普天之下亦莫不然，是則可知也。第牛為太牢之首，非士庶所宜嗜，犬為養老之珍，非少壯所宜饗，犯分越禮，無故殺食尤不可耳。若云陰隲禍福，則在人之存心。其心正，雖日膳牛犬，陰隲何嘗有虧，其心不正，即一生戒食，陰隲亦復無補，且泥陰隲者，多徼倖而望報，徼倖即為行險之媒，拘禍福者多憂疑而尤怨，憂疑則非居易之道，不更大乖陰隲耶。使牛犬果不當食，圣賢如孔孟肉食備内則，何無一言以著戒也。夫讀孔孟書，當從孔孟，胡忸於世俗，釋□□□□孔孟而猥從異端，動言陰隲□□□西竺釋氏本以牛羊為食耶。松謂：以戒食牛犬為陰隲，可為禨禨開道，不可為達人言也。

或曰犬肉穢，尤不可食。按：《異林》：張道修為道士，師事胡風子，授五雷法，道修好食狗肉，常有病瘧者求治，會方食狗肉，遂以汁濡作符以授之，曰：僅握之及家而後啟。其人易之曰：何物能治病耶？中途竊視之，忽有神人怒撻之，幾絶。狗汁尚可書符役神，何穢之有？《東坡志林》云：今日廂界有殺狗公事，司法言，新書不禁殺狗。問其説，出於《禮·鄉飲酒》：烹狗於東方不禁。然則《禮》云：賓客之牛角尺，亦當禁殺牛乎？孔子曰：敝帷不棄，為埋馬也。敝蓋不棄，為埋狗也。死猶不忍食其肉，况可殺乎。

松謂：東坡近於世俗禪，今俗有私宰耕牛之禁，恐牛之生育不多，而耕必用牛，民恣食之，患不給於耕耳。謂勞其力不忍食其肉，猶後耳。夫王者仁心為質，民吾同胞，物吾同與，勞其力者不忍食其肉似矣。豈不勞其力者，便忍亦[1]食其肉耶？君子遠庖厨之謂何？豈必勞其力者乃不忍耶？夫人為萬物之靈，天地生物，無一不以供人之用，使天下之人，皆不食牛犬，而必聽其自生自長而老死，牛犬之生齒日繁，不難有逼人之患。即不慮此牛耕犁馱物之外，無所用，犬守夜防盜而外，亦無所用。民間凖田畜牛，凖户豢犬，多則無用，而牛犬食人之食，勢不得不擯而棄之。牛犬不飢而死者，十不能五六，何陰騭之足云。

雖然宰牛之禁，亦不自今始。《隨隱漫録》：太史梁傳昭子婦，嘗得家餉，牛肉以進。昭曰：食之則犯法，告之則不可，取而埋之。宰牛之禁，自梁已然。松自惟生平作事，不知何者為陰騭，惟勸屈暢月桂德先生弛食牛肉戒一節，似可以言陰騭耳。嘉慶初，先生授徒余鄉，先生精青鳥，而年近七十，有二幼孫而多病，病脾虚受濕，飯不能一盅，面黄腫，行步數十，即氣喘足罷，湏休息片時，方能再步。余甚為之憂，度無可為治，惟食牛肉，庶幾可以補脾益胃，去濕榮筋。第先生矢牛肉戒，已四五十年。余勸之開戒，初甚難之。余乃言曰：先生今病劇而貧屢，無力參茸，坐而待斃，卒有不諱，二幼孫所靠何人？今弛戒，不僅為一身計，為祖宗计也。迨六畜飼人，以牛為首，八方城鎮虚務市肆宰牛儥肉，皆是也，牛非為先生而宰，先生即矢牛戒無補於牛億之一，何以戒為？於是先生以余言為然，遂解牛肉戒，早晚膳不離牛肉，不半載，而飯健步健，一如壯歲。越八載幼孫成立，乃捐館舍。余謂此可以言陰騭，故特志之，以質諸世俗之侈言陰騭者。

① “亦”字原文似删去。

子姓有兩解

子姓，子也。《漢書》：田蚡，孝景王后同母弟也。生長陵，竇嬰為大將軍，方盛，蚡為諸曹郎，未貴，往來侍酒嬰所，跪起如子姓。注：姓，生也，言同子禮，若已所生也。《外戚傳》論：既合歡矣，或不能子姓，成子姓矣，而不能要其終。注：姓，生也，言既生子，而不能長養成人也。孫亦謂之子姓，《玉藻》：縞衣玄武，子姓之冠也。孔疏曰：姓生也，孫是子所生，故謂孫為子姓。特牲饋食禮，言子姓兄弟。注曰：所祭者之子孫，言子姓者，子之所生。《楚語》：率其子姓，從其時享，亦同此義。

金吾有七説

《古今注》：以金吾為木棒，伍伯執之以參於前者。此一説也。顏師古以為鳥名，姚寬《西溪叢語》：古曰金吾，鳥名也。主辟不祥，天子出行，職主先導，以禦非常，手執此鳥之象，因以名官，此二説也。《博物志》：金吾，其形似美人首，魚尾，有兩翼，其性通靈不睡，故用巡警。此三説也；應邵曰：執金吾，執金革以禦非常。吾者，禦也。《漢・百官表》：中尉，秦官。武帝太初元年更為執金吾，曰執者，言執此以禦非常也。此四説也。又《中華古今注》：棒者，崔正熊注，車輻也。漢朝執金吾，金吾亦棒也，以銅為之，黃金塗兩足，謂之金吾，御史大夫、司隸校尉亦得執焉，用以夾車，故謂之車輻；一曰形似輻，故曰車輻，是金吾即車輻。此五説也。《通雅》又謂金吾椎類，云《茶經》炭撾，若今河隴軍人木吾，猶言椎耳。執金吾，亦杖稽以禦之名。稽，棁撾之類也。又云今曰：今[①]瓜椎，漢人曰吾，凡渾圓曰昆吾。據此，金吾又椎屬。此六説也。《通雅》又云：又見一條，言《漢志》金吾以為馬。此七説也。按：《韻會》：金吾刻犦牛於槊首。《緯略》云：此獸抵觸百獸，無敢當者。觀此，金吾當有八説。

冷煖針

西北洋如美利堅、英吉利諸夷，皆有冷煖針以占寒暑，其製甚巧，狀如小花管，作兩曲，長六七寸許，以琉璃為之，中空，實以水銀。天寒，則水銀縮上，寒一分則縮上一分。極寒，則縮至針秒。天熱則水銀墜下，熱一分，則墜下一分。極熱，則墜至針底。又有風雨針，形如小葫蘆，亦玻璃為之，中空，實以水銀。無風雨，則水銀在葫蘆下層，風雨將作，則水銀出上上層。甚風雨，則水銀全出上上層，驗風雨之大小疾徐，看出上上層之水銀多少緩急。其應如響，其水銀不知用何物制煉，運用之妙，直與天通，可謂人巧絶術。

松房兄外字晃亭，中歲棄舉子業，貿易洋行。時仲夏初更，月明如晝，而暑炎特甚，因往鬼子樓乘涼，適鬼子回，一看風雨針，即忙呼管店工人，將四面窗門緊閉，云即有大風雨，晃亭以為妄。俄而黑雲突起，長空改色，暴風烈雨驟至，撼窗拍檻，樓閣為之動摇，半時乃息，則又明月滿天矣。其準驗有如此者，晃亭云。余初甚贊歎以為前古後今，工巧莫之能及。及讀《漢張衡傳》陽嘉元年，衡造候風地動儀，以精銅鑄成，圓徑八尺，合蓋隆起，形似酒尊，飾以篆文山龜鳥獸之形，中有都柱，旁行八道，施關發機外有八龍，首銜銅丸，下有蟾蜍張口承之，其牙機巧制，皆隱在尊中，覆蓋周密無際。如有地動尊，則龍振機發，

① “今”字原文似删去。

吐丸而蟾蜍銜之，振聲激揚，伺者因此覺知。雖一龍機發，而七首不動，尋其方面，乃知震之所在，驗之以事，合契若神。夫天主動，則有氣機之可測。地主静，則無跡象之可尋。候風地動，其精巧又出冷煖、風雨針之上，而夷巧所不可及也。

然此以人巧合天，猶理之所有，若《眉公筆記》所載，范文正公家有古鏡，背具十二時，如博棋子，每至此時，則博棋中明如月，循環不休。又市人蔣家十二鐘，能應時自鳴，季雁山公，宋宗眉，各見一爐，羃上有十二孔，應時出香。又《述異記》：石門沈元征先生言，其鄉人因天旱浚河，於土中得一銅爐，方圓徑尺，有蓋，蓋上有十二生肖，口俱張開。焚香，則每一時烟從一肖口出，此不可以理究，非人巧所能，其天巧耶。嘉慶間，某賈有一瓦鼎，本三足而闕其一，以諸香刻足代之，納一熾炭於鼎中，如以檀足代，則烟熏為檀，以沉香足代，則烟熏為沉。某年六月，賈嘗携至余鄉馮族某高訾家，儥價索千金，以其價昂，不售。賈携之去。余鄉人有見其異者，為余言之，滿議明日往觀，至則行矣，此尤不可以理究矣。惜未得一見，為深恨耳。

屈伸劍

沈夢溪云：錢塘有聞人紹者，常寶一劍，以十釘陷柱中，揮劍一削，十釘皆截，隱如秤衡，而劍鑞無纖迹，用力揮屈之如鈎，縱之，鏗然有聲，復直如弦。關中种諤亦畜一劍，可以屈置盒中，縱復直。張景陽《七命》論劍曰：若其靈寶，則舒屈無方，蓋自古有此一類，非常鐵所能為也。松見今英吉、花旗洎西洋諸夷所畜劍，多有屈之可能繞腰，縱之則直，削鐵而鋒不挫者，俗謂之屈伸劍。然精劍術者，謂其軟而不勁，勇無所施，可裨觀玩，不適於用，古以之為非常靈寶，今視之凡劍之不若矣。大氐古昔寶之者，以其屈伸之異，不問其中用與否也。松按：夷人兵器，多不適中土之用，蓋夷人尚工巧，祇以奇異為可嘉，而中土尚技藝，必以勁利為可貴。若屈伸之劍，工則巧矣，而不可以禦敵。夫器物以中用為美，苟不中用，雖至奇至異，曷足取耶。豈古之屈伸劍，亦來自外國，中土罕見，故以為靈寶耶。

星飛

道光四年甲申七月十二日戌中，有一大星如七八寸盤，後有小星數百，相隨如琲，長數十丈，自東南飛於西北，聲隆隆然，光照如白晝。

龍氣

甲申四月十一日，是日甚雨。晡時，大雷電，有黑風起於我邑鹿步之烏涌口，由西而東北，其聲蓬蓬轟轟，如天崩地裂，頃刻而止。於是涌口晚泊漁船數十，盡覆，有一船方食飯，風挾而飛，墜於里許之陸，舟人皮面肢體傷甚，幸不死。附近為岡頭園鄉，鄉百餘家，室屋瓦面，盡為揭撤碎爛，所存十餘間耳。鄉後多山，拔去大小樹木數百株，有數圍大木，拔而飛落隔山者。鄉前有塘，廣數畝，有人立塘西礐，乘風飄過東礐者。風之所至，不出二里，俗咸謂龍氣過云。更有可怪者，是鄉人云，喬木與小木並，乃有拔小而存喬，高屋與矮屋鄰，乃或完高而壞矮，為不可解耳。松謂：此非龍氣，龍氣猛厲，其勢不止此，此或海中不正之風暴橫[①]漫為虐耳。時道光四年也。

① “横”字原文似删去。

君子有别名

君子之别名有二：一為士卒之名。《左傳》：楚沈尹戍帥都君子以濟師。杜預注：都君子，諸都邑之士，有復除者。又《國語》：王以私卒君子六千人。是也。又《史記·越世家》：勾踐伐吴，發君子六千人。韋昭曰：君子，王所親近有志行者，猶吴所謂賢良，齊所謂士也。虞翻曰：言君養之如子也。一為盜賊之名。《後漢書·陳寔傳》：時歲荒民儉，有盜夜入其室，止於梁上，實陰見之，乃起自整拂，呼命子孫。正色訓之曰：夫人不可不自勉，不善之人，未必本惡，習以性成遂至於此，梁上君子是矣。盜自投於地，實遺絹二匹而遣之。夫入室之盜，不搏，執而梃擊之，斯厚幸矣，而乃稱之曰君子，遺絹而遣之，實真君子哉。

才士有異稱

虞溥訓諸生誥曰：所觀彌博，所習彌多。日聞所不聞，日見所不見，然後心開意朗，敬業樂羣，不覺大化之陶己，至道之入神也，則知一以貫之，無事多學而識，為聖者能之。下此，則博學其首要也。前古博學之士，每錫以嘉名。如漢京師謂鄭康成為經神，何休為學海。《典論》謂孔北海、鄭康成為學之淵府。《拾遺記》：任末河洛秘奥，非正典籍所載，皆注記於柱壁及園林樹木，慕好學者來輒寫之，時人謂任氏為經苑。晉杜預有左氏癖，博學多通，人號曰杜武庫，言無所不有也。隋公孫景茂少好學，博涉經史，時人稱為書庫。房暉遠明“三禮”、《春秋》三傳、《詩》、《書》、《周易》，兼善圖緯，牛宏稱為五經庫。任彦昇通經，時稱五經笥。《南史·傳昭》：終日端居，以書記為樂，雖老不衰，博極古今，世稱為學府。《梁書》：許懋為國子祭酒，江祐目為經史笥。《北史》：劉芳為太子庶子。昔漢世造《三字石經》於太學，學者文字不正，多往質焉。芳音義明辨，疑者皆往詢訪，時號為劉石經。《唐書》：谷那律淹識羣書，褚遂良嘗稱為九經庫。李磎，昭宗時為宰相，磎自在臺省，聚書至多，手不廢卷，人號曰李書樓。《職官分紀》：唐柳璨遷左拾遺，公卿朝野托為箋奏，時譽日洽，人以其博，目為柳篋子。《拾遺記》：曹曾，魯人也。天下名書、上古以來文篆訛落者，曾皆刊正，垂萬餘卷。世亂，曾慮先文湮没，乃積石為倉以藏書，故謂曹氏為書倉。《南部新書》：李涪尚書精於舊典，號周禮庫。《珍珠船》：孟景翼，字輔明，嗜學，行輒載書隨，所坐之處，不過容膝，四面卷軸盈滿，時人謂之書窟。宋宜黄李郛，文學浩博，人號為書厨。福清鄭格，博聞强記，亦號書厨。蒲田李綱，通諸子百家，人亦目為書厨。通州張大中，羣經百氏，一覽不忘，人目為黑漆書厨。邛州吴時敏，於為文未嘗屬稿，人目為立地書厨。明武進陳濟，六經子史，無不究竟，時稱為兩脚書厨。南海唐奎，遍覽諸書，稱唐書櫃。瓊州邱濬，亦號邱書櫃。《潛確類書》：唐太宗嘗出行，有司請載副書以從。上曰：不須，虞世南在行，秘書也。《唐書》：李守素署天策府倉曹参軍，通氏姓學，世號肉譜。虞世南改號為人物志。《宋書》：朱昂少與熊若谷、鄧洵美同學，時有朱遵度，好讀書，人號為朱萬卷，目昂為小萬卷。《珍珠船》：劉孝綽博悉晉事，時號皮裹晉書。又《晉書・褚裒》：外無臧否，而内有褒貶，桓彝見而目之曰：季野有皮裹春秋，凡此皆以博學得名。程明道先生以記誦博識，為玩物喪志，卻將此事做話頭，以接引博學之士耳。惟晉傳迪好廣讀書，而不知其義，劉柳惟讀《老子》，廸每輕之，柳曰：卿讀書雖多，而無所解，可謂書簏矣。唐李善，淹博古今，不能屬辭，人亦號曰書簏。齊陸澄世稱碩學，欲撰《宋書》不成，讀《易》三年，不解意義。王欽戲之曰陸公書厨。此為譏耳，可知讀書固貴多聞多識，尤貴心開意朗，至道入神也，若陸之書厨，傳李之書簏，雖多亦奚以為。

九星

唐楊筠松《撼龍經》言九星：一曰貪狼，二曰巨門，三曰禄存，四曰文曲，五曰廉貞，六曰武曲，七曰破軍，八曰輔，九曰弼。今堪輿家多用之，考諸《天星書》，皆無此九星之名。即《二十二史天文志》，亦所不載。松按：《素問·太始天元册》文所云九星：謂天逢、天内、天衝、天輔、天禽、天心、天任、天柱、天英。今惟《奇門遁甲》用之，則此九星，非楊公之所謂九星也。又按：《楚詞》劉向《九歎》云：訊九魁與六神。王逸注：九魁，北斗九星也。洪興祖補注：謂北斗七星，輔一星，在第六星旁，又招摇一星，在北斗杓端。《北斗經疏》云：不止於七，而全于九，加輔弼二星，故也。而《春秋斗運樞①》云：斗七星，第一天樞，第二旋，第三機，第四權，第五衡，第六開陽，第七摇光。摇光，即招摇也，見《曲禮正義》。此以摇光、招摇合為一星，與《楚詞補注》謂招摇在北斗杓端不同。

又按：《甘石星經》：瑶光，北斗第七星，主金，亦為應星。招摇星，在梗河北，主胡兵。據此，則瑶光、招摇，自是兩星，豈招摇即《北斗經》之所謂弼星與？楊公九星，惟輔弼二星，見之於書。然則《撼龍經》之九星，即《北斗經疏》之七星而加輔弼者與。然楊公取以為地理之用，究不可曉。《通雅》云：星家言北斗九星以應九州。王伯厚謂：九星，即九紀，地理之用，豈以此而通其理者與。又按：《宋史》：宣和間，蜀人王俊明，在京師謂人曰，汴都王氣盡矣。吾夜以盆水直氐房下，望之，皆無一星照臨汴分野者，更於宣德門外，密掘土二尺，試取一塊嗅之，枯燥索莫，不復有生氣。天星不照，地脈又絶，而為萬乘所都，可乎？即投匭上書，乞移都洛陽。然則楊公以九星為

① “《春秋斗運樞》”，原文如此，疑為“《春秋運斗樞》”。

地理之用，亦有取天星照臨之意與。然以九星挨方位，定吉凶，其理究不可曉。《通雅》引《酉陽雜俎》云：北斗魁第一星神名曰執陰，二曰叶詣，三曰視金，四曰拒理，五曰防午，六曰開寶，七曰招搖。此是段誤，蓋七曰搖光。八曰招搖，九曰元戈，其名又與《斗運樞》[①] 異。今俗火居道士，為人禳星禮斗，有迎九帝之儀。九帝，即楊公所云貪、巨、禄、文、廉、武、破、輔、弼之九星，又名曰九皇。此俗道士附會杜撰之無理者也。

九州

九州之名，經傳所載，各有不同。《禹貢》九州：冀、兖、青、徐、揚、荆、豫、梁、雍也。《周禮》九州：東[②]南曰揚州，正南曰荆州，河南曰豫州，正東曰青州，河東曰兖州，正西曰雍州，東北曰幽州，河内曰冀州，正北曰并州。《爾雅》九州：兩河間曰冀州，河南曰豫州，濟東曰徐州，河西曰雍州，漢南曰荆州，江南曰楊州，燕曰幽州，濟河間曰兖州，齊曰營州。《禹貢》無幽、并，《周》有幽、并，無徐、梁。《爾雅》有幽、營，無梁、青。梁[③]，蓋舜時分冀州為幽州、并州，分青州為營州，始置十二州。《周》之幽并，《爾雅》之營，仍舜舊也。禹治水畫九州，水土既平，舜乃分九州為十二州，故《書》曰肇十有二州。肇，始也。而《河圖括地象》曰：天有九部八紀，地有九州八柱。東南晨[④]神州曰晨土，正南卬州曰深土，西南戎州曰滔土，正西弇州曰开土，正中冀州曰白土，西北柱州曰肥土，北方元州曰成土，東北咸州曰隱土，正東杨州曰信土，與《淮南

① “《斗運樞》”，原文如此，疑為“《運斗樞》”。

② 原文為“南”，疑似删去，改為東。

③ “梁”字原文似删去。

④ “晨”字原文似删去。

子·地形訓》同。淮南以西北為台州，正北為濟州，東北為薄州，正東為陽州，為小異耳。《隋書》北郊之制，有神州、迎州、冀州、戎州、拾州、柱州、營州、咸州、陽州。《周禮·職方氏》疏曰：自神農以上，有大九州，柱州、迎州、神州之等。至黄帝以來，德不及遠，惟於神州之内，分為九州，見《日知録》。夫神州，東南一州也，分為九州，即《禹貢》之九州也。而疏云自黄帝以來，德不及遠。然則《禮·祭法》所云，共工氏之霸九州也。其子曰后土，能平九州。《淮南子》所云，往古之時，四極廢，九州裂，天不兼覆，地不周載，於是女媧煉五色石以補蒼天，斷鼇足以立四極。《管子》神農氏作樹五穀淇山之陽，九州之民，乃知穀食。皆在黄帝以前。其所謂九州，則非神州内。《禹貢》之九州，其即《河圖》與《周禮》疏之所謂大九州與。然以余觀之，所謂大九州，未免荒誕，而鄭疏引之，何也？此與《史記》、《孟子》、荀卿、騶衍所言中國名曰赤縣神州，同一無稽。若昭二十二年，晉籍談荀躒帥九州之戎。杜注：州鄉，屬也。五州為鄉，哀四年，士蔑乃致九州之戎。《國語》：謝西之九州何如？韋昭曰：謝西有九州。二千五百家為州，則非《禹貢》諸書所去之九州矣。

卷之二十

夫婿别称

男以女為妻，女以男為夫，古矣。夫之称，不一而足。詳見上卷三“妻子之稱”條内。兹再舉古昔夫婿之别稱之見於史傳者，以益新聞。婦人所與姦通之夫曰私夫，見《漢書・王商傳》。頻陽耿定上書言：商與父傳通及與女弟淫亂，奴殺其私夫，疑商教使。師古注：私夫，女弟之私與奸通者，又曰私壻。《説苑》：昔東夷慕諸夏之義，有女，其夫死，為之内私壻，終身不嫁。夫淫他婦曰寄豭。豭，牡豕也。《史記・秦始皇本紀》：夫為寄豭。注：夫淫他室，若寄豭之豬也。母所與姦之夫曰假父。茅焦谏始皇曰：車裂假父。《集览》，假父指嫪毒。去妻之夫曰妻夫，見《朱買臣傳》：入吴界，見其故妻，妻夫治道。姊之壻曰姊夫，見《晉書・閔王承傳》：湘東太守鄭澹，王敦姊夫也。妹之壻曰妹夫，見《晉書・裴憲傳》：東海王越，盾妹夫也。女之夫為婿，曰子壻，見《史記・劉敬傳》：冒顿在，固為子壻。又曰聟，《風俗通》：怪神女新从聟家來。揚子《方言》：東齊間聟謂之倩。《博物志》：王粲與族兄凱依劉表，表有女。周率謂粲非女聟才，乃妻凱，聟，胥去聲。《史記・倉公傳》：天雨，黄氏諸倩見建家京下方石，即弄之。注：《方言》曰：東齊之間，壻謂之倩。又曰卒便。郭璞注：今俗呼女壻為卒便。又曰嬌客。《老學菴筆記》：秦檜有十客，吴益以愛壻为嬌客。又曰快女壻，見《魏書・劉昞傳》。曰好壻，見《周書・陆騰傳》。曰佳婿，見《唐書・楊於陵傳》。曰良壻，見《酉陽雜俎》。

壻自稱曰門人。韓文公為李漢壻，朱子為黄幹壻。其見於文集者，不稱子壻稱門人。妹壻又曰娟壻。《唐書・李密傳》：太守趙佗捕密，密往依娟壻雍邱令邱明君。娟，妹之轉音也。《説文》：楚人謂女弟曰娟。《唐宗室傳》：同安公主，高祖同母娟也。同門之壻曰友壻，見《嚴助傳》：上問助居鄉里時，助對曰：家貧為友壻富人所辱。又曰僚壻，《舊唐書・蕭嵩傳》：初娶會稽贺晦女，與吴郡陸象先為僚壻。又曰亞壻，《爾雅・釋親》：两壻相稱為亞壻，又曰連袂，曰連襟。馬永卿《懶真子》：同門壻，江北人呼為連袂，又呼連襟。赵雲崧《陔餘叢考》引《懶真子》，連袂作連袂。今俗大小姨夫相稱曰襟兄襟弟，本此。亡女壻曰丘壻。孟康曰：西方謂亡女壻曰丘壻。丘，空也。榜下擇壻曰臠壻，見范正敏《遯齋閒覽》：今人於榜下擇壻，號臠壻。或有意不願就，為贵勢豪族擁逼，不得辭者。家貧出贅妻家曰贅壻，《史記・滑稽傳》：淳于髡，齊之贅壻。贅壻又曰布代，見《潛居録》：馮布少時，絶有才幹。赘於孫氏。其外父有烦瑣事，輒曰俾布代之。至今吴中謂贅壻為布代。又曰布袋。猗覺寮曰：世稱贅壻為布袋，謂如身入布袋，氣不得出也。或云：人家無子，恐世代自此而絶，不肯出嫁，招壻以補其世代，故俗又曰補代。

松謂：補代之説為得。今廣州省城，亦時有寡婦無子，止有孤女。于是女不出嫁，而擇可意男子入贅其家，俗謂之招郎入舍。其女初生之子，則以繼外父之後，從外父之姓。次生子乃為贅壻之子，从壻之姓。又或無論初生次生，凡有子女，皆為外父之孫，不得從贅壻之姓，即姑子歸宗故事也。布袋云者，補，布音近，俗訛補為布耳。又倡妓謂遊壻曰婟嫪。嫪《正韻》郎到切。

《史記・吕不韋傳》：求大陰嫪毐為舍人。《索隱》曰：士罵人淫曰嫪。

奴婢之稱

古制無奴婢。奴婢，古之罪人也。鄭康成《周禮・司厲注》曰：今之奴婢，古之罪人也。吴中謂之家人。《風俗通》亦云：古制无奴婢，奴婢皆是犯罪者。今吴中亦諱其名，謂之家人。松按：古昔奴婢之稱名，不一而足。不僅家人之云也，如厮役僕[1]扈養，皆僕隸之名也。《公羊傳》注：艾草為防者曰厮，汲水漿曰役，养馬曰扈，炊烹曰養。厮又通作廝，又作斯。易旅初六，斯其所取災。郭京云：斯合作廝。王伯厚曰：斯。王注為斯賤之役。郭京謂：合作廝。據《後漢書・左雄傳》：職斯禄薄。注：斯，賤也，不必改廝。為人造食曰都養，《史記・儒林傳》兒宽常為弟子都養。注：為弟子造食也。又曰都講，《漢・楊震傳》有冠雀銜三鱣魚，飛集講堂前，都講取魚進曰云云。後漢侯霸篤志好學，師事九江太守房元，始《穀梁春秋》，為元始都講，造食之奴曰膳奴。《通鑑》：高歡獲衡州刺史蘭欽子京，以为膳奴。又謂之炊家子。《司馬法》：一車甲士三人，步卒七十二人，炊家子十人。又曰私人，《詩》：私人之子。注：皂隸之屬也。又曰童使，《篇海》男有罪為奴曰童使。

今我廣俗鄉間，謂奴僕曰走使。使，音勢上聲。然凡奴婢通謂之童。《前漢・食貨志》：童手指千。注：童，奴婢也。又作僮，《衛青傳》：季與主家僮衛媪通。师古注：僮，婢妾之總稱。《張安世傳》：僮七百人，皆有手技。又《史記・貨殖傳》：卓王孫家僮八百人。《韻會補》：童奴也，幼也。童僕之未冠者曰豎。《史記・酈生傳》：沛公罵曰豎儒。注：豎，童僕之稱。沛公輕之以比奴豎，故曰豎儒。按：豎本作豎。《史記・留侯世家》：豎儒幾敗乃公事。《列子・說符篇》：鄰人之亡羊，請楊子之豎

① “僕”字原文似删去。

追之。《晉書・阮籍傳》：時無英雄，使豎子成名。《宋史・周朗傳》：婢豎无定科，皆作豎。又作尌，小篆作豎。《後漢・陳寔傳》：耘夫牧尌。注：童僕曰尌子。

僮又曰奚。《唐書・李贺傳》：贺小奚奴背古锦囊，遇所得詩，投囊中。按：奚，隸役也。《周礼・天官酒人》注：奚猶今官婢，通作嫨傒。是婢亦曰奚，不必童奴也。又曰臧護。《前漢・相如傳》注：应邵曰：《方言》荆淮海岱之間，罵奴曰臧，罵婢曰獲。又燕之北郊，男而壻婢謂之臧，女而婦奴謂之獲。服虔《通俗文》：古本無奴婢，即犯事者或原之臧者，被臧罪没入官為奴婢。獲者，逃亡獲得為奴婢，详見《天禄識餘》。

家生奴謂之奴産子，《漢書・陳勝傳》：秦令少府章邯驪山徒人奴産子，悉發以擊楚。注：奴産子，猶云家生奴也。又曰蒼頭，曰廬兒，曰將軍。《前漢・鮑宣傳》：蒼頭廬兒，皆用致富。《後漢・光武紀》注：秦呼民為黥首，奴為蒼頭，以别於良人也。《容齋隨筆》：彭寵為奴所缚，呼其妻曰，趣為諸將軍辦裝。东漢注曰：呼奴為將軍，欲其赦已也。今吴人語猶為小蒼頭為將軍。又曰鼻頭，《堅瓠集》：吴下稱奴曰鼻頭，又曰宜禄。沈休文《宋書》：宰相呼蒼頭為宜禄，又曰大誰卒。《漢書・五行志》：褒故公車大誰卒。又曰白衣，《兩龚传》：闻之白衣，皆奴僕之名也。又曰家奴、家丁，范至能《桂海虞衡志》：洞蠻以攻剽山獠，及博買嫁娶所得生口，男女相配，給田使耕，世世隸屬，謂之家奴，亦曰家丁，又曰都公。五色線，唐人呼左右為都公。

又曰力。《南史・陶潛傳》：為彭澤令，不以家累自隨，送一力给其子，書曰：汝旦夕之费，自給為難。今遣此力助汝薪水之勞，此亦人子也，可善□之。

又曰驅口。陶宗儀《輟耕録》：今蒙古色目人之臧獲，男曰奴，女曰婢，總曰驅口。国初，買良為驅口有禁。又曰婢僕。初來時曰擂盤珠，言不撥自动也。稍久曰算盤珠，言撥之即動。既久曰佛頂珠，言終日凝然，虽撥亦不動。又曰景子。《海録》：

咭嘣丹國王及官長，俱裸體跣足，無異居民。出則有勇壯數十，擁護而行，各持標鎗，謂之景子。景子，猶華言奴僕也。又《博雅》：嬗娙娭侮獲，婢也。《說文》：婐，一曰女侍，曰婐。孟軻曰：舜為天子，二女婐。《孟子》作果。又曰媄，《说文》女穎也；《周官》作奚，酒人，女酒三十人，奚三百人①。鄭注：古者從坐男女，没入县官為奴，其少才智者以為奚。或曰奚、宦人。守祧女。祧，每廟二人。奚，鄭曰：奚，女奴也。又曰娠。《说文》：一曰官婢女，隸謂之娠。《方言》曰：燕齊之閒，养馬者謂之娠，官婢女厮謂之娠。近幸之婢曰傅婢。《漢書・王吉傳》：王吉孫崇，為傅婢所毒。注：近幸之婢也，又曰侍兒，《史記》：袁盎自為吴相時，嘗有從吏嘗盗愛盎侍兒。文穎曰婢也，官婢女穎謂之媵，見《集韻》。媵妾謂之左右人，又曰祇候人，又曰貼身，又曰横床，又曰横門。莊綽《鷄肋篇》：古所謂媵妾者，今世俗西北名曰祇候人，或云左右人，以其親近為言。已極鄙陋，而浙人呼為貼身，或云横床。江南人又云横門，尤為可笑。初賣之婢，謂之一生人。陸游《老學菴筆記》：都下買婢，謂未嘗入人家者為一生人，喜其多淳謹也。今廣俗婚嫁之隨從服事新婦婢媪，亦謂之近身。婢之未嘗入人家者，曰人家女。嘗為人婢而轉價者，謂之過兜，稱名與昔異矣。又取良人為奴婢，謂之自賣人。《後漢書》：梁冀起别第於域西，取良人悉為奴婢，至數十人，名自賣人。婢通稱曰上清。司馬光《考異》引柳珵《上清傳》：竇參知敗屬上清定為宫婢。一曰上清，或婢本名。《正字通》：當時通稱婢為上清，使婢曰嫛女。嫛者有急則需嫛之義。又曰羔，《拾雅》：羔，使女也。注：《易説・卦傳》：兑為羔。按：今本《説卦》傳作兑為羊。虞氏本作羔，虞云羔，女使也。鄭氏本羊作陽。陽，養無家女，行賃炊爨，賤于妾者。郭璞引《魯詩》曰：陽如之何。又曰，巴濮之人，自稱阿陽即此。又曰丫頭。劉賓客《贈小樊詩》：花面丫頭年十四，春來綽

① 原文衍“人”字，此處删去。

約向人時。花面者，言未開，臉也。《留青日札》：今呼侍婢曰丫頭，言頭上方梳雙髻。未成人之時，即漢宫所謂偏髾也。髾同鬟，音鑾。又《北齊書·禮服志》：女官偏毒髻。注：少女之飾。今廣俗統呼小婢曰丫鬟。鬟髾音近，鬟，恐是髾之訛。

又曰妮。《六書》：故今人呼婢曰妮，音尼。又曰媕，音艷。《玉篇》：婢也。

又《暘穀漫録》云：京都中下之户，生女則隨其資質，教以藝業，用備士大夫采拾娛侍，名目不一。有所謂身邊人、本事人、供過人、針線人、堂前人、劇雜人、拆洗人、琴童、厨娘、棋童等名，供内中出入之役，謂之陳家蘭。周達觀《真臘風土記》：凡人家有女貌美者，必召入内。其下供内中出入之役，呼為陳家蘭。婢役於婢者謂之重臺。《輟耕録》：凡婢役於婢者俗謂之重臺。今廣俗謂僕為二分二，曰大使。使，西上聲。曰長班，曰跟班，曰爺門，曰底下人。爺門，所役之役曰二爺門，曰三爺門，曰星宿。親家稱親家之僕曰大舅，曰大倌，曰倌家。稱僕婦曰大妗，曰大姆。隨嫁婢曰裝嫁妹，曰轎脚妹，曰跟尾妹，曰入埕。廣俗呼婢曰妹，妹音平聲。入埕者，言其幼小，可入於埕中，而帶來也。米鋪田家所雇工人曰耕仔。不訾家所雇厨下婦，曰煮飯媽，此則似僕婢而非僕婢者矣。奴僕自稱曰小底。《晉公談録》：劉承規在太祖時，為黄門小底。金海陵召藥師奴為小底。《宋史》有内班小底，《遼史》有承應小底，今稱小的，的即底之訛。曰假厮兒。金海陵王令諸妃位下，皆以侍婢服男子衣冠，號假厮兒。

又梵語吃栗多，華言賤人，即奴婢之謂也。又曰馱索迦，華言奴也。

結社

《字典》：後世賓朋會聚曰結社。《事文類聚》：遠公結白蓮社，以書招淵明。又謝靈運求入浄社，遠師以心雜止之。松按：《遵生八箋》：凡事物以類相聚。亦名曰社，不必賓朋。《八箋》云：《武林舊事》：三月三日祐聖觀，二十八日東岳行宮，二聖生辰。宮觀前開十四社，曰錦繡社，花繡也。曰緋緑社，雜劇也。曰齊雲社，蹴踘也。曰遏雲社，唱賺也。曰同文社，耍詞也。曰角觝社，相撲也。曰清音社，清樂也。曰錦幖社，射弩也。曰英略社，拳捧也。曰雄辨社，小説也。曰翠錦社，行院也。曰繪華社，影戲也。曰浄髪社，剃梳也。曰律華社，吟叫也。曰雲機社，撮弄之戲也。

眉公《銷寒部》[①] 云：廬山白鹿洞，遊士輻湊。每冬寒，醵金市烏薪，為禦冬備，號黑金社。然則凡物類相聚，皆可名社。古者二十五家為一社，亦取相聚之義也。我邑波羅南海神廟，二月十三日為神誕辰。乾隆嘉慶間，神延前五六日，省城洎各鄉虚埠，諸行商販皆集，百貨萃聚。八方男女遊人旁午，參神價玩，晝夜不絶。黄木灣邊，客舟妓舫，摩舷銜尾，絡繹里許。時當月夜，笙歌雜沓，爆竹繁喧，聲聞十里，至十六日止。其興鬧當不減祐聖觀前十四社也。自道光二十一二年，英夷叛换，盜賊乘時蜂起，海氛内訌，水陸戒懼。遊人販客，比之往昔，減其太半。疇昔之興鬧，今不復覩。不知何年，而風景依舊也。

按：波羅玩物，以紙鷄為最盛。鷄有大有小，以油漆之，逼真生鷄。小者每隻價錢不過四五文，大者則其價不等。有一頭而粥銀七八錢者。凡客至波羅，人無不買波羅鷄數十隻，歸家饋送

---

① “《銷寒部》”，原文如此，當為“《辟寒部》”。眉公，即陳繼儒，明末人，著有《銷夏部》、《辟寒部》等著作。

里鄰，以為兒童之玩者。土人云，約計一歲所賣波羅鷄，不下數十百萬。左近村鄉家人婦子以造紙鷄為業者，百有餘家。然一歲工作六七日，即市售無餘，此生理之罕奇，實神靈之赫奕有以致也。然波羅之玩物，以鷄為重，不知何所取以。或曰，波羅有浴日亭。蓋雄鷄一唱，則日將出。所以志波羅見日出之早也。或曰，何年盜賊劫略村鄉，約鷄鳴而退。時方二鼓，忽聽波羅鷄鳴，盜即忙走，盜劫不成，鄉人德之，故至今以為太平之瑞。所以志舊也，未詳孰是。

會單

今行商貨於他省他縣州府，所鬻貨銀。洎仕宦別省，或有羨餘。慮途道阻險，不便携回，就於此處地方，將銀納於殷實之鋪户之有生理，鋪店在商鄉土者，各立一印單。商持單歸，到彼鋪店合單，即便歸璧。松按：其法始於唐之飛錢。按：《食貨志》：德宗正元初，駱谷散關，禁行人以一錢出關者。憲宗時，商賈至京師委錢於道，進奏院及諸軍諸使富家以輕裝趨四方，合券乃取之，號飛錢。盧坦請許於三司飛錢，每千增給百錢，然商人無至者。宋太祖開寶三年，詔於兩京置便錢務，使陳鄂監，仿唐飛錢也。按：便錢務即交子務。交子務始於蜀。仁宗天聖元年，薛田張若谷請官置交子務。徽宗大觀元年，改交子為錢引。高宗紹興元年，張俊置見錢關子於婺州，後行於淮南江東。錢端禮造會子，二十一年立會子務，以千萬緡為一界。飛錢，馬端臨亦以為即今之會票。又曰便換，趙璘《因話録》：有士鬻産於外，得錢百緡。懼川途之難賫也，祈所知納於公藏，而持牒以歸，世所謂便換者也。便換亦即今之會單。今羊城錢銀鋪招牌，亦有寫便換者，此言以銀換錢。以銀換銀，以輕銀換重銀，以重銀換輕銀，以成圓換中錢，錢入碎銀之類，非會單也。粵東用鬼頭洋銀，洋銀則貴成圓而賤碎。成圓每員重七錢二分為重，不及七錢二分為輕，碎換成圓。圓加銀一分或二三分，謂之出水。所云便換，與宋之便換名同而實異矣。

天地生人之奇

天地生無量百千萬億人，人別無量百千萬億相，相具無量百千萬億變。闔辟之内，至奇至怪，莫過於此。然無量百千萬億相之外，又有異相。如盤古氏龍首、伏羲牛首、女媧蛇軀、皋陶鳥喙、吕望芝眉、孔子牛脣駢齒、晉文駢脅、蔡澤顩頤蹙額。唐叔生而有手紋曰虞，遂以為名。仲子魯惠夫人，生而有手紋，曰為魯夫人。季友生而有手紋，曰友。甄尋手理有天子字。王莽戮尋，解臂視之，曰此一大子也。劉淵父豹，母呼延氏，淵生而左手有文，曰淵。彭神符生而有文在其手曰神符。張文潛生而有文在手，曰耒，故以為名。梁武帝生有文在右手，曰武。陳瀆女有紋在其足，曰“為天下母”四字，灸之愈明。王和女足下有七星，自稱當母天下，被誅。吴王夫差肉食，而有墨色。干將子眉廣一尺。阮邱耳長七寸，口中無齒。元俗日中無影。梁高祖蕭衍生而有異，身映日無景。溟海之北有勃鞮之國，人皆日中無影。南齊張元始生子，子隆無影。公孫吕面長三尺，廣三尺。

張良手紋如琴，陳平手紋有兵符，其妻蕭氏手有帝金花印，周燮欽頤折額，諸葛亮手長八尺，形細面粗，猶如松栢，皮膚枯槁，文理潤澤。勾驪王位宫生而開目能視。石崇聲如鼓。顧思遠頭有肉角，長寸許。杜皇后長而無齒，晉成納采之日，一夂盡生。劉聰左耳有白毛長二尺。劉曜生而白眉，鬚髯百餘根，皆長五尺。偃王有筋無骨。苻秦有背文隱起曰草付。慕容皝板齒。吕光左肘有玉印。劉元海鬚長三尺，當心有赤毫三根，長三尺。泗州僧伽頂有一孔，以絮塞之，發則異香出，氛氳滿室。佛圖澄左乳下一孔，圍七寸，亦以絮塞之。夜讀書，發絮，則光照一室。蕭道成鱗文遍體。梁簡文眉翠色。梁武妃丁貴嬪左臂有赤痣，上有五彩，而體多疣，納之其疣并失。沈約左目有重瞳。胡景春一目重瞳。大舜、顏回易牙。項羽、李後主目皆重瞳。王敬則兩腑下生乳，各長數寸。元德秀乳中生湩，能乳兄子，壽之善鄉吏垂乳流潼，如乳婦。李善哺乳李元之孫，乳為生湩。侯景左足上有赤瘤，狀如鼃，戰應克捷，則隱起分明。如不勝，瘤低。及王僧辨至石頭，瘤隱肉中。又左足偏短，不便弓馬。釋曇如足白於面，雖跌泥水，未嘗汙濁。陳武章皇后手爪長五寸，色並紅白。每遇期功之服，則先折一爪。張麗華髮長七尺。後魏拓拔濬立髮委地，每睡則鬚垂至臍。梁簡文帝直髮委地。劉曜孫胤身長八尺三寸，髮與身齊。元魏昭成帝立髮委地，卧則乳垂於席。

後周文帝洎軒轅集，李山甫皆髮長委地。山甫嘗沐後，令二婢捧金盤承而梳之。吠勒國，人長七尺，被髮至踵。楊大眼，眼如車輪。蘆曹身長九尺，臂毛逆如豬鬣，力能拔樹，卧伸一足舉二人。黃巢足有黃巢字。唐高祖體生三乳。真宗左食指有文成天字。楊太真生而玉環在左臂，環上有八分太真二字。高力士胸有七黑子。丁晉公重影。李賀連眉，長指。楊都女生而連眉。安禄山體重三百五十斤，雙足黑痣有毫。司馬保重八百斤。孟業重一千斤。唐李光弼之母有鬚數十，長五寸。許都下朱節妻，鬚長尺許，宋徽宗賜為女冠。洪武初，南京齊化門東街，達達婦人，有髭鬚長尺許。宏治十六年，應山縣民張本華妻崔氏，鬚長三寸。余里人卓四商於鄭陽，見主家一婦美色，頷下有鬚三繚，長數寸，人目為三鬚娘。正德十三年，臨河城靳氏女將笄，忽生鬚長四寸許，剪之復出。王欽若項有附疣。朱仲晦面有七星。秦檜眼有夜光。婁道者右手中指凡七節，一目生於掌中。吕文德足長尺餘。趙子昂尖頭。古弼頭尖，時人呼為筆公。堂邑縣一鄉農，陽長一尺，無人與昏。姑蘇民姓唐，兄妹皆長一丈二尺，不復能婚娶。

江山邑寺緇童，眉長踰尺，無量百千萬億形，又有異性，如文王嗜膽，吴王好劍，楚王好細腰，周仁期為不潔，王戎卻阿堵，嵇康好鍛，武子好馬，戴良之母好驢鳴，陸羽好茶，米顛拜石，倪雲林癖潔，何佟之、蒲宗孟、庾仲文、殷冲、王思遠、米芾皆有潔癖。鄭泉癖酒。畢卓、陶淵明、孔敬林皆癖酒。蕭詧惡見婦人。隋文帝、唐明皇、梁武帝皆好佛，則天、海陵好淫。涪翁好奕棋。嵇中散、瓚禪師好懶。鮮于叔明嗜食臭蟲。麻叔謀、朱粲嗜食小兒。權長孺嗜人爪。高豐好飲人血。王彥升好食人耳，前累立戰功，前後噉數百千人。五代兀欲東丹，其子號永康王，亦好飲人血，左右姬妾多刺其臂吮之。明太祖第五子定王橚子有熺，喜生食人肝腦，薄暮伺人於門，掠而殺之。烏滸人以人掌為珍味。嘉靖初，佛郎機貢使，好蒸食小兒。韓雍探賊心腦，食之至盡。羊道生好吞人睛。劉邕嗜瘡痂。舒州刺史張懷肅、左司郎中任正名、李棟，皆好服人精。賀蘭進明好啖狗糞。僧宗泐嗜糞浸芝麻，雜米和粥。駙馬都尉喜食婦人陰津月水。南京祭酒劉俊喜食蚯蚓。吴江婦人喜食死人腸胃。文王嗜菖蒲葅。屈到嗜芰。曾皙嗜羊棗，不但此也，即生人之異，亦不可勝原。如蘲嫄見巨人跡，履之而生棄。有娀氏吞元鳥卵而生契，見《史記》。

女國窺井而生子，夜郎侯生於竹，檀石槐妻吞雹而孕，哀牢沙壹觸沉木而懷妊，産子十人，見《漢書》。高麗河伯女感日光而生卵，有一男子破殼而出。百濟王侍婢，有物如鷄子，來感有孕，生子曰東明，見《隋書》。《漢書》作北夷索離國王侍婢兒，投鹿侯妻晝行，聞雷震，仰天視，而雹入其口生槐檀石槐，見《魏志・鮮卑傳》。注：與《隋書》小異。王曇首妻夢靈鳳，有身而生知遠，見《香案牘》。人有卵生，閻浮地利多。有商人入海，得二鵠鳥，生二卵，産二童子，後大出家，證阿羅漢。人有濕生，頂生王尊者，遮羅尊者，是也，見《鞞婆沙論》。人有火生，樹提伽生於火中，見《内典》。人有樹生。畏兀兒之地，有和林山，一夕有神光降於樹，樹乃生癭。越九月十日而樹癭裂，得嬰兒五人。其最穉者曰布可罕，既壯雄武，而君長其地，見《元史・野立安敦公主傳》。若《述異記》載大食國，有一方石，石上多樹，枝上總生小兒，長六七寸，見人皆笑，頭着樹枝。《唐書》亦云然，此亦人生於樹也，土亦生人。《寧國論》云：

蜀中本無獠，犍為德陽山谷洞中，壤壤而出，轉轉漸大，自為夫婦而益多，見《續博物志》。人皆孕十月而生，而黄牛羌人孕六月而生，見《魏略》。獠人孕七月而生，見《博物志》。陸崑母孕七月而生崑，見《明史》。聞我邑瀝滘鄉衛太僕廷璞公，亦七月而生。余族姪武生，别字金臺，妻衛氏，孕七月而孳生一男一女，女夭子育，子名錫鎏。又符堅母孕十二月而生。焉耆王龍安夫人，獪胡之女。娠十二月，剖脇生子曰會，見《晉書》。堯及昭帝皆以十四月生，見《漢書》。王守仁母亦娠十四月而生。劉聰母孕十五月乃生，見《十六國春秋》。黄帝母孕二十四月而生帝，見《搜神記》。黄溍母童氏，懷孕二十四月始生，見《元史》。南宋《符瑞志》亦云黄帝母軒轅氏，孕二十五月而生黄帝。太原温磐石母，孕三年乃生，見劉敬叔《異苑》。大人國，其人孕三十六年而生，白頭，見張華《博物志》。老子母懷之七十二年乃生，生時剖母左腋而出，見《神仙傳》。又陸終氏娶鬼方之女，孕，左脇出三人，右脇出三人，子孫傳國千年，見《史記》。汝南屈雍妻王氏生男，兒從右腋下小腹上而出，其母自若，見《魏志》。修已背拆而生禹，簡狄胸拆而生契，見《史記》。晉時，常山趙宣母孕，而髀上作痒，搔之成瘡，兒從瘡出。又義熙中，魏興李宣妻樊氏，額上有瘡，兒從瘡出，長為將軍，名胡兒，並見《異苑》。翟陽婦人孕三十月乃生，子從母背上出，見《嵩山記》。蒲田尉舍之左，有市人妻生男，從股髀間出，見《野史》。

成化中，宿州一婦孕，脇腫如癰，兒從癰生，見《琅琊鈔》。嘉靖辛酉，真定民婦於右臂下産一男，見《從信録》。隆慶五年，唐山縣民婦孕，左脇腫起，兒從脇生，見《本草綱目》。成化二十一年，徐州民婦下生瘤，漸長皮色薄瑩，兒從[1]後産從此出，見陳眉公《見聞録》。淳熙中，建康杜屠婦於左脅下裂腹生子，見《夷堅志》。成化辛丑，祝枝山作甲午，歷鳳

① “從”字原文似删去。

陽，宿州張珍妻王氏孕，當産，臍下右側痛不可忍，一日腹裂生男。御史周蕃聞於朝，官為給養，見《客座新聞》。萬曆癸已，吴中李翰林大武家楊文妻，裂腹下右裏股，生一男子，母亦無恙，見馬氏《聞見録》。

不惟婦人生子，男子亦生子。宣和六年，都城有賣青果男子孕而生子，見《宋史》。嘉靖已酉，横涇傭農孔方忽患膨脹。數日，自脇産一肉塊，剖視之，一兒肢體毛髪悉備，見《西樵野記》。康熙三十三年夏，德清縣白雲橋男子産一女，見《東軒述異記》。齊門白甸寺，有僧病痞死。僧少齒，美姿容，荼毘忽爆一聲，腹裂中有一胞，胞内一小兒，長數寸，面目眉髪皆具。又閶門一男子生子死，街卒以聞於徐公，公顧諸門子曰：汝輩慎之，見《庚已編》。福建總兵楊富，有孌童生二子，楊子之名天舍、地舍，後歷江西提督。又樂陵男子範文仁亦生子。余内兄張賓公親見之，見趙雲崧《簷曝紀聞》。又有不胎而生者。顧太初《雜志》，揥羅婆利濕生。《堅瓠集》，徐偃王、秦非子、陸鴻漸、楊大年皆卵生。《山海經》卵民國，其民皆卵生。《内典》，陸羽生於水中。《堅瓠續集》，隋王德祖家樹生瘿，大如斗，三年瘿爛，見一孩收養之，長名梵志。

又有男子化為女子，嫁人生一子，見《漢書》。又男子化為女子，見《續漢書》。女子化為丈夫，見《晉書·洪範五行傳》。女子化為男，見《南史》。賢婦化為貞石，見《譚子化書》。石工化石，見《宋史》。武昌貞婦望夫化為石，見《世説》。江夏黄氏母浴水，化為黿，入於淵，見《續漢書》。清河宋士宗母浴於室，化為鼈，見《搜神記》。牛哀化虎，見《淮南子》。江陵有猛人能化虎，見《博物志》。郴州左史因病化虎，擒之乃止，而虎毛已生。商州役夫將化虎，衆人以水沃之，乃不果，並見《唐書》。藤州夷人往往化貙，見《郡國志》。高平黄秀入山，化為熊，見《異苑》。相州桑門化為蛇，長二丈許，見《隋書》。又漢平帝元始元年，長安女子有生兒，兩頭異頸，面相向，四臂共胸俱前向，尻上有眼，長二寸所，見《前漢書》。懷帝永嘉元年，吴縣萬祥婢生子，鳥頭、兩足、一手，無尾。五年，抱罕令嚴根妓産一龍、一鵝。建興二年，抱罕羌妓産一龍子，色似錦文。劉聰建元元年，聰后劉氏産一蛇、一獸，皆見《晉書》。與夫鯀為黄熊，杜宇為鶗鴂，褒君為龍，君子為鵠，小人為猿，彭生為豕，如意為犬，宣武為鼈，鄧艾為牛，徐伯為魚，鈴下為鳥，書生為蛇，齊女為蟬，不可勝紀。

又有胎不生人而生物者。《續太平廣記》：萬歷丁未，吴縣石湖民陳妻許氏，懷孕過期不産。一夕腹痛急，産一胎，剖視之，乃一秤銀銅法馬子也，權之重十兩，背有鑄成字樣，為萬歷二十二年置七字，鄰里傳玩之。又云徐州吴氏産子，五十四日小兒忽嘔出三角物，洗之，得大錢七十二文，輪郭周正皆有年號。又有一年而生三子者。《夷堅志》興元統制潘璋買一妾，兩歲後，得疾若懷娠者。一月枵腹，經十旬，産一男子，三月復然，又四月亦如之，是歲連生三子。後皆俊慧，能讀書。周有八士，一母四乳生八子，後世以為瑞異，然有不必然者。

按：《獨異志》：淮南程幹本富人，三年間為水火焚蕩俱盡。妻茅氏連八年，孿生十六子，相持行乞於市。《後山叢談》：剡城民妻有二十一子，而雙生者七，近事存疑。康熙中江南某府吏鄭某，十八歲完娶，夫妻兩口一年一胎，胎皆雙生。年三十六歲，有子三十六人，現皆存活。又有一産而三四五六七子者。《堅瓠集》：《天都載》宋自建康至天禧中，一胎産兩男一女者三。天聖至治平，一胎産三男者四十有四。《晉書》載記：石勒時，黎陽人陳武妻，一産三男一女。勒賜以乳婢一口，穀一百石。堂陽人陳豬妻，一産三男，賜衣帛廩食、乳婢一口。《五代史》：後唐同光二年左熊威將趙暉妻，天成元年硤石縣民高存妻，漢乾德元年内黄民武進妻，皆一産三男。《仙里塵談》：嘉靖初，京師米鑒妻、香山蓮塘鄭七妻、廣州黄世綱妻，俱一産三男。《續庚己篇》：汝寧燕季才妻一産三男。光州民婦一胎三女，知州陸人傑見而異之，配為夫婦。萬曆中，高平縣吴守倉妻牛氏，松江有民妻，俱一胎三子。康熙癸丑，黄州衛生員李宏妻張氏，乙丑五月諸暨妻張茂妻李氏，俱一産三男。又漢永寧元年，南昌有婦人一胎生四子。唐永徽六年，淄州高苑民吴威妻，嘉州民辛道護妻皆一産四男。宋建康中，一胎四男者三，一男三女者二。北魏延興三年，季容郡有婦人一産四男，四産一十六男。大同有婦人一産四男。治平一胎四男者二。寶歷二年十二月，延州人賀文妻一産四男。萬歷戊申，福州蘇九妻鄧氏一産兩男兩女。成化十三年二月，南京鷹衛軍陳僧兒妻朱氏，一産三男一女。又宏治十一年六月，騰驤左衛百户黄盛妻宜氏，一産三男一女。嘉靖十一年，當塗民吴倫妻一産三男一女。《庚巳編》：正德中，長洲吴奇妻一産四男。又武進疾麻妻一産五男。《西樵野記》：天順中，揚州有民婦一産五男，無一夭者。又《耳談》：萬曆庚寅，南宿州有民婦一産七子，膚髮紅白黑青各異，以為妖，屬人瘞之江滸。是夜里有長者夢神謂曰：明日有七將軍在阨，過爾門。爾救之，當獲福佑。長者起視之，果有人携一筐，以衣覆之。發視，果七兒，因留育於家，是七兒皆能養育。惜未知其後出處何如耳。又有一胎産十子十三子者。《後漢書》：哀牢夷，其先有婦人石少壹，居牢山。嘗捕魚水中，觸沉木，若有所感，因懷姙十月，産子男十人。蘇州崇明縣有孕婦，腹奇大。産兒僅五六寸，連産不止。至第九兒，忽作細語曰：予兄弟共十三人，偶來相托，將福汝家。産竟，果十三兒，怪而投之海。見《蓴鄉贅筆》。又有一孕四十子者，顔之推《稽聖賦》：中山何夥，有子百廿。魏嫗何多，一孕四十。然此，猶不足奇。更有一胎産千子者。晉釋法顯《佛國記》：恒水上流有一國王，王小夫人生一肉胎，大夫人妬之，言汝生不祥，即盛以木函擲恒水中。不流，中有一國王遊觀，見木函，開看，見千小兒，王取養之。長大，勇健所往征伐，無不摧伏。次伐父王本國，王大憂。小夫人曰：勿憂。但於城東作高樓，我能卻之。王如言，賊到。小夫人於樓上語賊，言：汝是我子，汝等若不信，盡仰向張口。小夫人即以兩手構兩乳，乳各五百道，墜千子口中，賊知是母即放弓伏。又

《括異志》：□□[1]小虞山有鬼母，一産千子，朝産之，暮食之。今蒼梧有鬼姑神是也。斯真千古之奇矣。又有一人生子而過百者。文王則百斯男，田成子有子百餘人，漢張蒼生子百人，中山靖王子百二十人，杜子、微子一百四十人，慶成王河洛周王，皆子百人。又《北史》：馮跋有子百人。《梁書》鄱陽王恢男女百人。《宋史》：錢昱生子百數。《廣漠野語》：成化間，福建光澤縣民某妻妾十一人，生百子，多寡不等。又有童女生子者。《南史》張麗華十歲有娠，生子。《輟耕録》：至元丁丑，松江民蘇達卿女，年十二，贅浦仲明之子為婿。明年生一子。《珍珠船》：隰陵寧張娼之女，十二歲而得男。《聊齋》：真定界右孤女，方六七歲，收養於夫家，居一二年，夫誘交而孕，未幾生男。

又有老女生子者。《太平廣記》：張督妻年七十餘，再嫁潘老，生二子，曰滔，曰渠。《金史》：始祖函普居完顔部，部人以六十歲未嫁賢女配之，即明懿明[2]皇后也，生德帝烏魯，季曰斡魯，女曰注思版。

又有童男生子。《大戴禮逸篇》：文王十三，生伯邑考。《晉書》：明帝崩時，年二十七，其子成帝，已享國七年，年一十二。是明帝年十三，生成帝。北魏獻文帝亦十三生孝文帝。北齊琅琊王儼，被害時年十四，已有四男。

又有老男生子。張鷟《耳目記》：柳州曹泰八十五，生子曰曾。《南齊書・蕭暎傳》：荆州上津鄉張元始，年一百十六歲，至年九十七生兒。

他如《山海經》之三首穿胸、獨臂諸異，《爾雅》之比肩，《南方異物志》之飛頭蠻，《永昌志》之濮人生尾如鼊之等。

洎《博物志》、《河圖玉版》云：龍伯國人長三十丈，大秦國人長十丈，日東北極人長九丈，東海之外大荒之中，大人國僬僥氏長三丈，東方蟕螂焦沃人長三丈，長狄喬如長五丈四尺，或

① 原文殘缺不清。據《括異志》，當為“南海”二字。

② “明”字原文似删去。

云長十丈。又《史記·孔子世家》：僬僥三尺，短之至也；罣勒國人長三寸，見饒伸《學海》，罣同畢。《列子·湯問篇》東北極有人名曰浄人，長九寸。

種種色色不勝覼縷，而况尚有經史傳疏、稗官雜志之所未載。洎余知見思之所未悉，更不可以枚舉。今之所志，譬猶長天之片雲、泰山之點塵，滄海之一勺耳。顧世俗以為奇之又奇，怪之又怪。然不足奇不足怪也，即如天之日、月、星、雲、霧、霞、雨、雪、風、雷、霜、露，地之山嶽、岩洞、樹石、花果、川澗、河海，使從古無有。今一見之，其怪奇為何如也。又如人之鬚眉睫髮，洎涕淚唾溺噦噫嚷咳，物之馬牛豕羊狗鷄鵝鴨，與蟲介鱗豸，使自古無有。一旦見之，其奇怪又何如也。是六合之内，無一不是怪怪奇奇之物。寰宇之人，無日不在怪怪奇奇之中。其不以為怪奇者，習慣使然也。其見一不常見之物事，便以為奇為怪者，蓋少所見，故多所怪也。然則人當見怪不怪，不當以怪為怪。蓋原物之始，無所不怪也，要物之終，無怪亦非常也，又何怪之足云。

張李殺人之慘

明亡於流寇，夫人而皆知之。時流寇之號，不一而足。然賊勢之雄强，則莫如張獻忠、李自成，殺戮之慘毒，更莫如張獻忠、李自成。姑舉其酷虐之見於稗史雜志者，而一述之，真覺古今寇賊無此兇殘，古今生民無此禍毒也。

《明季遺聞》云：流賊破鳳陽，殺戮之慘，天地為黑。有縛人之夫與父，而淫其妻女，然後殺之者。有驅人之父淫其女以為戲，而後殺之者。甚至裸孕婦于前，共卜其腹中男女，剖而驗之，以為戲者，一試不已，至再至三者。又以大鍋煮油，擲孩子于内，觀其跳躍啼號以為樂者。又縛人于地，生刳其腹，實以米豆，牽羣馬而争飼者。所擄人子女百千，臨行不能多帶，盡殺而去。或殺人而間以蘆葦薪木堆城下，縱火焚之，令穢氣烟焰薰逼城上，兵守立仆。

《寇志》云：殺陷鳳陽，焚皇陵樓殿為燼，殺守陵監六十餘人，殺知府顔容暄等官六員，殺武官四十一人，殺生員六十六名，陵墻班兵二千二百八十四名，高墻軍一百九十六名，精兵七百五十五名，操軍八百餘名。又云，賊圍六合，聚穉子百人，環木焚之，聽其哀號，以為笑樂。又裸婦人數千，詈於城下，少有愧阻，即磔之。

《怡曝堂集》云：六合再破時，冠聚衆將坑之。忽有令免死，人斷一手，争先伸臂，無言痛者。《續知寇子》云：崇禎九年，闖王等賊攻滁州，不克。賊掠村落山谷婦女數百人，裸而沓淫之，已，盡殺其頭，環向堞，直其跗而倒埋之，露其下陰，血穢淋漓，以厭諸炮。《政餘筆録》云：漢口兩岸村落名二十里，商舶千艘，女妓十餘班，簫鼓徹夜不絶。流寇至，無一存者。《文水公日記》云：流賊破漢口，盡驅而陷之江，江水為塞。

《綏史》云：賊攻城也，束手降者不殺不焚。守一日者殺十之三，二日殺十之七，三日屠。殺人束其屍為燎，謂之打亮。城將陷，步兵萬人周堞下，防縋城者，馬兵徼于外，承其隙巡之。張獻忠至殘忍，所攻城，一門陷，則一門可逃。李自成若覆舟于海，無噍類。《豹斑集》云：賊破夔，擁老少江畔圍殺，天忽昏黑，大雷雨。獻忠怒曰：咱老子殺人，天不肯耶？然巨炮向上擊之，雷雨遽止，殺人如故。

《涂原疏抄》云：賊殺蜀人之慘，割手足曰瓠奴，分夾脊曰邊地，鎗其背於空中曰雪鰍。置火城以圍數百小兒，見奔走呼號以為笑樂，曰又裸婦人數千，詈言于城下，少有愧阻，即磔之[①]曰貫戲。剖孕婦之腹，抽善走之筋，碎人肝以飼馬，張人皮以懸布。《綏史》云：蜀大醫院有銅人舊製，獻賊以楮幕其關竅，召

① “曰又裸婦人數千，詈言于城下，少有愧阻，即磔之”，原文似删去。

諸醫考其鍼砭，有一穴差者立死。《岳半主人偶編》云：朝天關獲成都諸生顔天漢等通表自成。獻忠怒，以為闔境皆反，詭稱開科，用軍禮發遣諸生，不至者孥戮。盡殺之，凡二萬二千三百人，棄筆墨成邱壠。《鶏窗賸言》云：賊破城，常縛多人，令童子操刀殺戮，少有畏懾，即刃童子；有黠悍者，遂以善殺為樂，上下馬如飛，殺人如刈菅，名曰孩兒軍。

《西皋外集》云：獻賊在川，偶沾疾，對天曰：疾愈，當貢朝天蠟燭二船，衆不解也。比疾起，令斫婦人小足，堆積如二山，將焚之，必欲以最窄者置其上，遍斬無當意者。忽見已之妾足最窄，遂斫之，灌以油，其臭達天。獻忠大樂。

《明史·張獻忠傳》：獻忠黄面長身，虎頷，人號黄虎，性嗜殺。一日不覩流血，輒悒悒不樂。入川坑成都民於中園，又遣將軍分屠各府縣，名草殺。偽官朝會拜伏，呼獒數十下殿，獒所齅者，引出斬之，名天殺。將卒以殺人多少敘功次，共殺男女六萬萬有奇。賊將有不忍，至縊死者，偽都督張君用、王明等數十人皆坐殺人少，剥皮死，並屠其家。

《蓴鄉贅筆》云：獻忠窮兇極惡，千古無兩，入蜀後僭號大西，改元天[①]順，首殺成都百姓，三日三夜始畢。次殺紳士數十萬。次殺川兵二十三萬，家口三十二萬餘。次屠成都府屬三十六縣，州縣百姓每城户口多至千百萬，不能記數。次屠鄉村百姓，老少無遺。次殺官兵十□□餘。次殺將官五千七百餘，次殺家屬一萬□千二百餘，次殺□□□□□□□□□□，婦五十萬餘。

《見聞隨筆》云：順治三年丙戌正月十日，張獻忠在川，復檢各衛軍及各新營，兵年十五以上者殺之，各路會計所殺衛軍七十五萬有奇，家口不計，兵二十三萬六千有奇，家口三十二萬。自成都北威鳳山至南門桐子園，綿亘七十餘里，屍積若喬岳。十六日出偽令，命張可望曰：將軍等出[②]分道出屠川民，得男女手

① “天”字，原文如此，當為“大”。

② “出”字原文似刪去。

足二百雙者，授把總，女倍之，官以次進階，童穉手足不計。可望等寅出酉還，比賞格有逾十倍者。五月回，上功疏，可望東平一路，殺男五千九百八十八萬，女九千五百萬；文秀撫南一路，殺男九千九百六十餘萬，女八千八百餘萬；定國安西一路，殺男七千九百萬，女八千八百餘萬；能奇定北一路，殺男七千六百餘萬，女九千四百餘萬，幼小俱不在其數。獻忠自領者名御營老府，其數自計之，人不得而知也。又有振武、南廠、七星、治平、虎賁、虎威、中廠、八卦、三奇、隆興、金戈、天討、神策、三才、太平、至正、龍韜、虎略、決勝、宣威、果勇等營，分勦川北、川南，約不減可望等所殺之數。而王尚禮在成都，復收近城未盡之民，填之江中。蜀民于此，真無孑遺。

又云：獻忠將北行入陝，惡其黨太多，欲汰之，恐其生變，乃以汪兆齡計，先立法責各將軍等多置邏者，以伺察營伍。偶語及微過，俱置之法，並連坐。密議已定，諸營尚未知，猶習故態，角射酗酒縱博，嬉笑怒駡如平時。邏者至，輒收治，自誣服並及其家。是日所殺即十餘萬人，于是人人惴懼，無敢出一二言者。邏者無所得，乃夜踰垣穴壁、入伏霤下及第幃幕間，竊聽，但有笑語，即躍出收縶，并其家。他如僞右軍都督米脂張君用，八卦營汝州王明、振武營麻城洪正隆、隆興營涇陽郭胤、三奇營鳳陽朱官、永定營合肥尚義、三才營山東婁文、干城營六安汪萬象、援勦營寶鷄彭心見、決勝營周尚賢、定遠營張成、中廠營萬縣杜興文、英勇營黃岡張其在、天威營開封王見龍、龍韜營麻城商元，及志義、天討、金戈、神策、虎威、虎賁、豹韜、虎略等營總兵失其名，俱以搜刮無功，坐狗庇誅逆剥皮死，并其家口部落，盡斬于南河。又獻忠剥人皮。剥皮者，從項至尻，刻一縷裂之，張于前如鳥展翅，率逾日始絶，有即斃者，行刑之人坐死。

又云，獻忠嗜殺出天性。偶夜静無事，忽云。此時無可殺者，遂令殺其妻及愛妾數十人，惟一子亦殺之。令素嚴，人無敢諍者。晨興召妻妾、左右以告，則又怒其不言，舉左右奴隸數百人悉殺之，其他屠城坑邑，不可以數計者，不一而足。夫以獻忠、自成之乖張殘忍，常自將數百萬衆衛兵營將，剥皮誅戮，不測禍生，而卒無一將一卒之或叛者，斯亦奇矣。

松謂：此蓋天地之劫數，二賊乘劫運而生，不如此不足以消其劫，故當其逞志。一似天亦無如之何，非天無如之何也，天實使之，不得而阻之也。□則凡官民之在所當劫者，皆不能逃。非不可逃賊之戮，實不能逃天之劫也。而况衛兵營將之在劫數中者乎。其不足以有為斷斷也。昔白起長平之役，坑降卒四十萬人，後世莫不嗟其好殺，而曾不及張李萬分之一。由此以觀，自生民以來，殺戮之慘，未有甚于明季者也。嗜殺而至殺其妻子愛妾，酷虐而至剥衛軍營將之皮。由此以觀，自生民以來，嗜殺之性未有甚于獻忠者也。獻忠屠蜀，至黎民靡有孑遺，全蜀幾無人跡。

又林閬頂云：鳳陽自兵火之後，十載不聞鷄聲。郝炯卿云，六合州男子俱無手，誠可恨也。由此以觀，自生民以來，生民塗炭未有甚于此時者也，故諺有之曰："寧作太平犬，莫作擦亂人。"豈不信哉。又談往云，崇禎十六年自八月至十月，京城内外，病稱癟瘩，貴賤長幼，呼病即亡，不留片刻。街坊間，閒民為之絶影，有棺無棺，九門計數已二十餘萬，大内亦然。又云，癸未京師大疫，病必有紅點在背，中包羊毛一縷，無得活者，疫死至數百萬。觀此明季之人，既慘死于賊，而又虐死于疫，是天地之劫氣。歷數千年來，而特甚于明季者也。不然，如獻忠之嗜殺，妻子親卒亦所不免，豈能一朝居哉。

松按：字書無癟字，或是瘍字之訛。瘍本作暍。《集韻》：内熱病也。方書"受暑中暍"，或是癘字之訛。《左傳·昭四年》：癘疾不降。注：癘，惡氣也。《玉篇》：疫氣也，字相似而誤。

心遠論餘

自　序

凡物不可有餘，月盈則虧，水滿則溢。凡物不可無餘，月閏，歲之餘；冬，月之餘；夜，日之餘；陰雨，晦明之餘；綿巒平巋，山嶽之餘；小派支流，河海之餘；詩歌詞賦，文章之餘。癸未冬，余倦遊歸里，局居心遠小樓，時則思慮有餘而寂，心目有餘而閒，手筆有餘而逸。對影之下，輒披覽古今篇籍，以遣無聊。其於古人言論行事，經傳注疏以及史子詩文雜説，足與身世相警，發學問相資益者，心與之獨，不能恝置筆閒墨飫，輒為略識。或有疑義，不忖[1]淺陋，閒亦竊附己意，或引而伸之，觸類而長之，旁參博考而訂證之，折而衷之，用是抒臆寫胸臆，聊以自娱。荏苒光陰，頹耄老境忽然將至，筆之所及，檢會所得，儼然成帙。因出示知故，以共撫掌之資，而讀者輒讀輒贊，嘆曰鴻才宏論，可以壽世。余曰駒隙消閒，率爾操觚，隨得隨識，蕪舛不倫，思薄辭謭，愧不成論。昔人有言，論者，綸也，輪也，理也，次也。言可以經綸世務，圓轉無窮，蘊含萬理，篇章有序也，此古昔聖哲之為。余之所識何有於是，壽世則吾豈敢，不過論之緒餘。如歲之閏、月之冬、日之夜、晦明之陰雨、山嶽之綿巒平巋、河海之小派支流、文章之詩歌詞賦云爾而已。後將覆瓿，深慙虚美，曷足道哉。

① 據《心遠小榭文集》卷三補充。

卷之一

《禮記·月令》：孟春之月，天子親載耒耜，躬耕帝藉，天子三推。季春之月，后妃親東鄉躬桑，以勸蠶事。松按：我朝乾隆《欽定大清會典》，仲春吉亥，皇帝躬耕帝藉，皇帝黄耒，駕以黄犢，從耕三王，九卿朱耒，駕以黝牛。皇帝行耕藉禮，户部尚書跪進耒，順天府尹跪進鞭，皇帝右秉耒，左執鞭，耆老二人牽犢，上農夫二人扶犁，和聲署署吏揚采旗，司樂官引署吏鳴金鼓，歌《禾辭》。順天府丞奉青箱以從，户部侍郎播種。皇帝三推三返，每歲奉旨加一推一返，著為令。

仲春吉巳，皇后躬祀先蠶，於蠶生日，行躬桑禮。皇后金鈎黄筐，從採桑，妃嬪銀鈎柘黄筐，福晉夫人命婦鐵鈎朱筐。皇后御繭館，行採桑禮，相儀女官二人，跪進鈎筐。皇后右執鈎，左執筐，内監揚采旗，鳴金鼓，歌《採桑辭》。皇后東西三採，妃嬪各五採，福晉夫人、命婦各九採。我朝耕藉親蠶二大典，耕則令著四推，桑復禮，隆三採。其鄭重農桑，實遠邁皇古。

今日寰宇太平，穀帛頌三登八繭，閭閻慶足食豐衣，有由然也。或曰：秦漢以前，耕藉無用牛之事。故周官牛人，不言耕事。耕藉用牛，始見於晉潘岳《藉田賦》，云：葱犗服於縹軛兮，紺轅綴於黛耜。儼儲駕於廛左兮，俟萬乘之躬履。李善注曰：古耕以耒，而今以牛者，蓋晉時創制，不沿於古也。《賦》又云：坻場染屨，洪縻在手。三推而舍，庶人終畆。李注云：既云用牛，而又言推者。蓋沿古成文，不可以文而害義也。松觀今之耕牛，以曲木横掛於牛項上。曲木長尺餘，名曰牛軛，即潘岳《賦》所云縹軛者也。曲木兩頭，各繫以繩，繩下繫犁，牛行則犁隨，人扶犁尾以推之，起土甚易，耕藉三推，謂扶犁隨牛以推，凡三次也。既用牛，又言推。與牛耕之法正合。李注謂沿古成文，蓋未悉牛耕事耳。其後隋唐《禮儀志》、宋明《禮志》，皆明載耕藉用牛矣。

然史傳明載，耕藉用牛則自晉始。《晉書·杜積傳》拜度支尚書，乃奏立藉田。又云：有司奏御牛青絲繩斷，詔以青麻代之。李善云：晉時創制，有由然也。又按：《月令》云：天子三推。夫曰推，則其為扶犁可知，犁非牛不行，則雖不言牛耕，其為牛耕又可知。耕藉用牛，當始於秦，不始於晉。然《月令》實周公之書，而吕不韋述之耳，則耕藉用牛不始於秦，當始於周。《周官》為王莽劉歆之書，不得以牛人不言耕事為疑。又《隋書·禮儀志》云：北齊耕藉，帝三推三反，一品五推五反，二品七推七反，三品九推九反。

松按：古無七推之禮。又《會典》玄宗開元十九年，耕於興慶宫龍池，親耕三百餘步。又開元二十三年正月，上親耕於洛陽東門外，諸儒奏議，以為古者以一墢為推，今以牛耕宜以一步為推，上乃親藉。太常告三推禮畢。上曰：朕憂人知勤勞，俯同九推而止。自是公卿以下皆過於古。又《會要》云：開元二十三年正月十八日，親祀先農，禮畢，上謂左右曰：帝藉之禮，古則三推。朕今九推，庶九穀之報也。其年十一月十六日，親祀農神於東郊，親執耒耜而九推焉。又《通典》云：開元二十三年二月，祀先農畢，躬秉耒耜於千畝之甸。時有司進儀注：天子三推，公卿九推，庶人終畝。元宗欲重勸耕藉，進耕五十餘步。孫可之讀《開元雜報》云：樵曩於襄陽間，得數十幅書，繫日條事，不立首末。其略曰：某日皇帝親耕藉田，行九推禮。《唐書》肅宗乾元二年，詔去耒耜雕刻曰：田器樸素，豈貴文飾。天子祭神農氏，以后稷配，冕而朱紘，躬九推焉。《舊紀》云：乾元二年正月戊寅，有事於藉田，上行九推禮，官奏太過。曰：朕勸農率下，所恨不終千畝耳，雪盈尺。是唐玄宗、肅宗耕藉，皆行九推禮。

又《會典》：宋雍熙五年正月乙亥，帝親享先農禮畢，次詣耕藉位，行三推之禮。有司版奏禮畢，帝謂左右侍臣曰：朕志在勸農，恨不能終千畝，豈止於三推為限乎？遂耕數十步，侍臣固請，乃止。又仁宗明道二年二月丁未，上祀先農，乃就耕位，執耒行禮。禮儀使張士遜奏三推而止。上曰：朕既親耕，不以古禮為式，願耕之終畝，以勸天下之農。士遜奏曰：王者三推，禮經舊式，皇慈勸勉，度越古先，請命公卿進耕，以循典禮。帝曰：朕志在千畝，卿等固請，遂耕十有二跬而止。又紹興十六年正月二十二日壬辰，皇帝衮冕，親享先農，行藉田禮，推至七至九。二月四日詔曰：朕親耕藉田，以先黎庶，三推復進，勞賜耆老，嘉與世俗，遵於富厚，夫禮貴得中。唐宋帝王耕藉，往往三推復進。

松按：古禮，天子三推，三公五推，卿諸侯九推。漢《舊儀》：天子三推，三公五，孤卿十，大夫十二。天子推而至七至九，毋乃下替於公卿諸侯乎？若耕至五十步，或數十步，或十有二跬，則公卿大夫以下，不知多少推耕矣。勸農之意雖至，未免無等威之辨。今上令著四推，越古聖皇而有進，而公卿以下，不復有加者，大一尊也。其斯無太過無不及，禮之得中者與。《會典》云：開元十九年，諸儒奏議，謂古者以一墢為一推。

松按：《周語》：王耕一墢，班三之。賈逵注云：一墢，一耦之發也，耜廣五寸，二耜為耦，一發廣尺也。班，次也，三之，謂公卿大夫也。王之下各三，其上公三發，卿六發，大夫九發。據此，所謂墢者，言所耕之藉田，王廣一尺，公三尺，卿六尺，大夫九尺也。且周制天子三推，宣王不藉千畝，虢文公諫王，豈不遵先王之制，而以一推畢乃事乎？此必不然也。宋儒謂墢為推，誤矣。《明史・本紀》：宣德五年，帝奉皇太后謁陵，道見耕者，下馬問農事，取耒三推，顧侍臣曰：朕三舉已不勝勞，况吾民終歲勤動乎？此以一舉為一推，更不合禮文。王后親蠶禮，《月令》止云季春之月，后妃齋戒，親東鄉躬桑，而採桑之數，未有明文。按《晉書・紀》：武帝太康九年三月丁丑，皇后親蠶於西郊。又《禮志》：皇后蠶於西郊，取列侯妻六人，為蠶母。蠶將生，告擇吉日，后著十二笄步摇，衣青衣。乘油畫雲母安車，駕六騩馬。女尚書陪乘，載筐鈎，外命婦皆步摇，衣青衣，各載筐鈎。先桑二日，蠶室生蠶，著簿上。桑日，太祝令以一太牢告祠。皇后至西郊，東面躬桑，採三條。諸妃公主五條，縣君以下九條，以桑授蠶母。又《唐志》：皇后季春吉巳，享先蠶，遂以親桑。皇后鞠衣，尚功引詣採桑壇。尚功奉金鈎，採桑三條止。内外命婦以次採，一品採五條，二品採九條止，司賓引至蠶室，尚功以桑授蠶母。蠶母切之，以授婕妤。食蠶，洒一簿止。據此，皇后三採，諸妃以下或五採，或九採，其制自晉武帝太康始。

《詩·召南》：一發五豝。朱傳以班孟堅《西都賦》中必疊雙釋之，陳處士謂是誇善射也，勸多殺也。《通義》駁其説久矣。松按：《文選》注：疊，聯也。疊雙者，射中禽獸，必聯貫一雙也。若五豝，則两雙有半，非一發所能聯中也。豝，《説文》：牝豕也。《周禮·夏官·大司馬》注：二歲為豝。《小爾雅》：大者謂之豝。何承天《纂文》：漁陽以大豬為豝，小豕一發尚不能中其五，矧豝之大者乎？又況春田之豝，當是野豝，當即今之山豬，山豬遍身叢生毛箭，人觸之，輒能自發毛箭射人。獵人云：獘山豬難於獘虎，而謂一發可中其五耶。《詩》傳云：虞人翼五豝，以待公之發。孔疏申之，以為五豝而止一發，不忍盡殺，仁心之至也。傳疏亦知一發不能中五豝，而云五豝而止於一發，又以見仁心之至，其説甚當。豵，《小爾雅》云：豕之小者。《説文》：豕一歲曰豵。《爾雅·釋獸》：豕生三豵，注豕生子常多，故别其少者之名。豵，小豕也。朱傳云：春田之际，禽獸之多。而《詩》云五豝五豵，合而計之，不過十獸，且止是大豕小豕，又並無别獸，何得云多。

松謂：諸侯承文王之化，春田之際，不尚多殺，亦不求奇禽異獸，所獵者不過豝豵。豝豵雖各五，而皆止於一發，非盡殺乃止，不以傷愛物之仁也。諸侯不尚多殺，故不侈言禽獸之多，止舉此五豝五豵而已足，正以見其愛物之仁也。如《齊風·旋》之詩云：並驅從兩肩兮，從两牡兮，從两狼兮。斯真禽獸之多矣，而豈必關德化哉。《博雅》：獸一歲為豵，二歲為豝。謂豝豵為獸，不謂為豕。而《釋嘼》別有豕屬，與《說文》異。

夏禹之生，諸書所載不同。禹母之名，諸書所載亦不同。《吴越春秋》云：鯀娶於有莘氏之女，名曰女嬉，年壯未孳。嬉於砥山得薏苡而吞之，意若為人所感，因而有妊孕，剖脅而産高密，家於西羌，地名石紐。《大戴禮記》云：鯀娶於有莘氏之子，謂之女志氏，産文命。《史記》：夏禹名文命。《帝王世紀》：伯禹夏后氏，父鯀，妻修也，已見流星貫昂，夢接意感，又吞神珠薏苡，胸拆而生禹於石坳。宋《符瑞志》與《尚書帝命期》皆云：修已感星精而生禹。《孝經鈎命決》云：命星貫昂，修紀夢接生禹，命使之星，謂流行之星也。《遁甲開山圖》云：古有大禹，女媧十九代孫，壽三百六十歲，入九嶷山，仙去。後三千六百歲，堯理天下，洪水既甚，人民墊溺，大禹念之，乃化生於石紐山泉。女狄暮汲水，得石子如珠，愛而吞之，有娠，十四月生子。及長，能知泉源，代父鯀理洪水，堯帝知其功，如古大禹知水源，乃賜號禹。禹母孕，或云吞薏苡，或云吞石珠，或云感星精。禹母，或名女嬉，或名女志，或名修已，或名女狄，諸說所見，各有不同。

松按：《世紀》云，又吞神珠薏苡，蓋本之《吴越春秋》與《開山圖》。而《開山圖》所云大禹之號，堯因古大禹而賜，更聞所未聞，豈其然耶？王充《論衡》云：禹母吞薏苡而生禹，故夏姓姒。按《周語》：帝嘉禹德，賜姓曰姒。《禮記正義》引鄭駁《異義》云：堯錫禹姓曰姒。《論衡》之説附會。

程一校讀《史記·世家》有曰：秦繼周而王者乎？其始為諸侯也，《列國》、《世家》皆書曰：秦襄公始為諸侯。曷為書之？謹其始也，謂其係天下之强弱也。孔子繼周而聖者乎？其相魯而卒也。《列國》、《世家》皆書曰：孔子相魯曰孔子卒。曷為書之？謹其终也，謂其係天下之重輕也。松讀《史記·世家》

亦有曰：周非自厲王而壞亂乎？其出奔也。《列國》、《世家》皆書曰：周厲王出奔，居彘。曷為書之？謹其漸也，謂其係周之陵替也。周非自宣王而中興乎？其即位也，《列國》、《世家》皆書曰：周宣王即位。曷為書之？謹其始也。謂其係周之盛衰也。西周非自幽王而絶乎？其見殺也。《列國》、《世家》皆書曰：犬戎殺幽王。曷為書之？謹其終也。謂其係周之中衰也，春秋非始於魯隱公之元年乎？其立也，《列國》、《世家》皆書曰：魯隱公初立。曷為書之？快其始也，謂自此而衰，周之亂臣賊子有所懼也。獲麟非在於哀公之十四年乎？而哀公之立也，《列國》、《世家》皆當書，乃略而不書。曷為略而不書？不忍其終也。謂其自此衰，周之亂臣賊子無所懼也。此皆太史公微旨。若吴世家、厲王出奔、宣王即位、秦列諸侯、犬戎殺幽王、隱公立，皆不書。曷為不書？吴為荆蠻，外之也。而孔子卒書，曷為書？聖人悲天憫人，不以蠻夷而絶也。杞世家亦皆不書，曷為皆不書？陳杞合世家，陳書之而杞可不書也。越世家亦皆不書，曷為皆不書？越南蠻，不與諸侯會盟也。楚宋世家書弑隱公，不書立，變文也。其他衛、宋、趙、鄭、魏、韓諸世家，有書有不書略之也。

《書》序：伊陟相太戊，亳有祥桑穀，共生於朝。傳曰：二木合生，七日大拱，不恭之罰。疏曰：七日大拱，伏生書傳文。《史記》：帝太戊立，亳有祥桑穀，共生於朝，一暮大拱，太戊懼，問伊陟。伊陟曰：臣聞妖不勝德，帝之政，其有闕與？帝其脩德，太戊從之，而祥桑枯死。《帝王世紀》亦云：桑穀共生於朝，太戊問伊陟，伊陟曰：臣聞妖不勝德云云，與《史記》同。《家語・五儀解》、《説苑・君道篇》皆記，太戊時有桑穀之異，湯時亦有此祥。《吕氏春秋・制樂篇》云：成湯之時，有穀生於庭，於昏而生，比旦而大拱，其吏請卜其故，湯退。卜者曰：吾聞祥者，福之先者也，見祥而不為善，則福不至。妖者，禍之先者也，見妖而為善，則禍不至。於是早朝晏退，問疾吊喪，鎮撫百姓，三日而穀亡。《韓詩・外傳》亦云：穀生湯之廷，三日而大拱。湯問伊尹云云，武丁時亦有此祥。《尚書・大傳》云：湯之後，武丁之時，先王道虧，刑罰罰犯，桑穀俱生於朝，一日而大拱。武丁召其相而問焉，其相曰：吾雖知之，不能言也，問諸祖已。曰：桑穀，野草也，野草生於朝，亡乎？武丁側身修行，諸侯重譯來朝者六國。《説苑·敬慎篇》：武丁之時，桑穀俱生於朝，七日而大拱，工人占之。《漢·五行志》：高宗怠於政事，桑穀之異見。《論衡·異虚篇》：殷高宗之時，桑穀俱生於朝，七日而大拱。《説苑·君道篇》所載，太戊武丁之世，皆有桑穀之事。班史《五行志》引劉向語屬之高宗。《藝文志》又云：桑穀共生，太戊以興，豈祖孫皆有是異耶？抑本一事，而所記者錯誤耶？《吕覽》、《説苑》諸書，多所附會，當以《書》序為正。燿北梁氏云：昏生旦拱，與一暮大拱，並理所難信。《尚書·大傳》、《漢書·五行志》、《説苑·敬慎篇》、《論衡·異虚篇》，並作七日大拱。《韓詩·外傳》作三日大拱，當以七日為是。《偽孔氏傳》及《家語·五儀篇》亦作七日。

松謂梁氏説泥，夫朝廷非桑穀所生之地，桑穀生於朝廷，不當生而生，其異甚矣，况桑與穀，二木並生乎？《五行志》謂之草妖，曰妖，則變怪莫測，何必計其七日、三日、昏旦、一暮而大拱乎？且凡理之可信者，不得謂之妖。妖之興也棄常，必其出於人情物理之外。桑穀生朝，棄常孰甚，則不可以理求矣。夫天下易生之物，莫如蒲盧。宋沈适以為蒲葦，然亦非七日而可大拱也。如梁氏所云，以七日為是。桑穀既可七日大拱，又何必不可昏旦大拱乎？七日大拱，便為理之可信乎？則泥之甚也。又按：穀，樹名。陸璣疏：穀，幽州人謂之穀桑，或曰楮桑。荆揚交廣謂之穀，其皮擣以為紙，謂之穀皮紙。《續博物志》云：穀膠可以團丹砂。又曰：為金石之漆。今粵東有穀木樹，高數丈，以刀砍樹，膠出如乳，謂之穀木膠。兒童常以膠續瓦甓以為戲，想即此與。又按：《埤雅》：穀，惡木也，而取名於穀者，穀，善也。惡木謂之穀，即甘草謂之大苦之類也。《詩》曰：爰有樹檀，其下維穀。穀，惡木也。而疑於美，散木也。而疑於才，其別之難矣，以誨宣王分別善惡，有隆於後，然則桑穀並生，亦天示祥，以勗其君分別善惡與。《詩》傳亦云：穀，惡木。《稽古編》云：草木疏謂穀，皮可為紙、為布，葉又可茹。本草亦用以入藥，其益於人多矣。傳以為惡木，殆因上章之蘀而連及之與。

又按：穀有雌雄二種，雌者皮班，可為冠，華成長穗，如柳，可食。雄者皮白，結實如楊梅。今之穀木，亦有實如楊梅，即雄穀與，其皮不可為紙布，葉不可食。傳云：惡木，殆謂此與。《草木疏》所載，與《本草》所用，其雌穀與。《史記》、《世紀》諸書皆云：桑穀共生，是桑與穀為二木，故曰並生。而陸疏云：穀，幽州人謂之穀桑，或曰楮桑。穀而曰桑，其沿桑穀之事與。又按《廣東新語》：長樂有穀紙，厚者八重為一，可作衣服，浣之至再不壞。穀紙自昔見重，唐蕭仿為嶺南節度使，敕諸子以穀紙繕補殘書。子廩諫曰：州距京師且萬里，書成不可露賚，必將貯以囊笥，貪者伺望，得無薏苡之嫌乎？仿曰：善，吾思偶不及此。此穀，大抵非廣州穀木膠之穀。

《太平御覽·篪部》云：《史記》：伍子胥至於江上，無以糊其口，行蒲伏，肉袒吹篪，乞食於吴市。《簫部》又云：伍子胥鼓腹吹簫，乞食於吴市中。《事文類聚外集》又云：伍子胥載橐而出昭關，夜行晝伏，至於陵水，無以糊其口，膝行蒲伏，稽首肉袒，鼓箎乞食於吴市。《續集》又云：伍子胥夜行晝伏，吹竽乞食於吴市。或曰篪、或曰簫、曰箎、曰竽，所記不同如此。

於菟，虎也。唐《石經》：楚人謂虎為於菟，又作烏塗。顏師古《急就章注》：豹似烏塗而圓文。王氏補注：烏塗，虎也。《前漢書·敘傳》又作於檡，又作烏艬。《説文》：楚人謂虎為烏艬。艬，《唐韻》音徒。又作於䖘，《廣雅·釋獸》，於䖘李耳，虎也，又作於艬。揚子《方言》虎，江淮南楚之間，謂之李耳，或謂之於艬。郭璞注：於音烏，今江南山邊呼虎為艬，音狗竇，不音徒。

松按：《左氏》宣公五年傳云：楚人謂乳穀，謂虎於菟，穀於菟，猶《義縱傳》云乳虎。《爾雅·釋獸》虎醜，其子狗。郭注律曰：捕虎一，構錢五千，其狗半之。邢疏謂此當時之律，郭引之以證虎子名狗之義也。《左傳·昭七年》正義引李巡曰：熊虎之類，其子名狗。《玉篇》狗作豿。熊，虎之子也。是狗本為虎子之稱。郭又注：牛屬，其子犢云，青州呼犢為㺃，㺃之為言狗也。牛之子名㺃，亦猶虎之子名狗也。又通作軥。《漢書·朱家傳》：乘不過軥牛。晉灼注：軥牛，小牛也。㺃、軥皆音狗。又犬屬，未成毫狗。郭云：狗子未生乾者，可知古人凡獸畜之幼小者，皆呼曰狗。故江南呼虎為䖵，音狗，蓋虎子謂之狗，江南人混而稱之，故凡虎皆呼狗耳。縠於菟，即小虎。小虎名縠，即虎子名狗也，《釋獸》又云：貔白狐，其子縠。《説文》：縠，小豚也。所謂小犬小豚者，未離夫乳者也，故以為幼小之稱。《漢書·敘傳》注如淳云：縠音構，牛羊乳汁曰構。於菟，王氏引之《經義述聞》謂虎之文也，云楚鬬縠於菟，字子文。按：於菟，虎文貌。《説文》：¤，黃牛虎文，讀若涂。菟、¤聲義並同。虎有文謂之於菟，故牛有虎文，謂之¤。於菟云者，言其文之於菟然也。《説文》：虍，虎文也。於菟與虍，聲相近而義同。单言之，謂之虍。重言之，謂之於菟。又南詔國呼虎為波盧，見陳眉公《虎薈》。《淵鑑類函》引《玉谿編事》作波羅。又云：雲南蠻人呼虎為羅羅。又按：《南山經》抵山有魚，其狀如牛，其音如留牛。注《莊子》曰：執犁之牛，謂此牛也。《穆天子傳》曰：天子之狗執虎豹，是留牛即名狗。能執虎豹，則非犢矣。然則牛有名狗者矣，然則狗有猛於虎豹者矣。《博物志》：韓國有黑犬，名虎。

杜詩《飲中八仙歌》云：知章騎馬似乘船，眼花落井水底眠。注杜者謂，知章越人，不慣騎馬，況當醉後竟以乘船之法騎之。夫騎馬有法，人所共知。松，粤人，家住濱海，出入非舟楫不得行，不聞有所謂乘船之法。且乘船，惟洪濤巨浪中，乃顛側耳；若平風静浪，穩如陸居，何得謂以乘船之法騎馬。松按：《事文類聚續集》云：阮咸醉騎馬欹傾，人皆指而笑曰：箇老子騎馬，如乘船行波浪中。杜蓋用阮咸事，注杜者不知，而云以乘船之法騎馬，殊屬可笑！

《吕氏春秋》：后稷教民樹藝之法云：五時見生而樹生，見死而穫死。見生樹生，謂望杏敦耕，瞻蒲勸穡也。見死穫死，謂靡草死而麥秋至也。又云：五穀生於五木。松按：《氾勝之書》曰：黍生於榆，大豆生於槐，小豆生於李，麻生於楊，大麥生於杏，小麥生於桃，稻生於柳，木自天生，穀待人生，故穀候於木也。故曰：見生而樹生，據此。是七穀生於七木。元司農司《農桑輯要》載《齊民要術》云：杏花盛，桑椹赤。可種大豆，是大豆亦生於杏，不第大麥。又按：靡草死。注：薺苨之屬。《吕氏春秋·任地篇》：孟夏之昔，殺三葉而穫大麥。注：昔，終也。三葉，薺苨也，葶藶也，菥蓂也。見三葉之死，則大麥可穫之候也。又按：《易·賁·彖傳》正義曰：四月純陽，陰在其中，而靡草死。十月純陰，陽在其中，而薺麥生。張文饒曰：陽雖生於子，實兆於亥，故十月薺麥生。陰雖生於午，實兆於巳，故四月靡草死。《董子·雨雹對》云：建巳之月為純陽，薺麥枯，由陰殺也。建亥之月為純陰，薺麥始生，由陽升也，見《西京雜記》。《淮南子·地形訓》云：木勝土，土勝水，水勝火，火勝金，金勝木。故禾春生秋死，菽夏生冬死，麥秋生夏死，薺冬生中夏死。注：禾，木也。木王而生，金王而死。菽，火也。火王而生，水王而死。麥，金也。金王而生，火王而死。薺，水也。水王而生，土王而死。《參同契》又謂：麥八月生。其《卯酉刑德章》云：二月，榆落魁臨於卯。八月麥生，天罡據酉。又有謂：五月靡草死者。《後漢·和帝紀》：永元十五年，有司奏以為夏至則微陰起，靡草死，與諸説異。又賈思勰《齊民要術》云：禾生於寅，壯於丁午，長於丙，老於戊，死於申，惡於壬癸，忌於乙丑。黍生於巳，壯於酉，長於戌，老於亥，死於丑，惡於丙午，忌於丑寅卯。穄忌於未寅。豆生於申，壯於子，長於壬，老於丑，死於寅，惡於甲乙，忌於卯午丙丁。麥生於亥，壯於卯，長於辰，老於巳，死於午，惡於戌，忌於子丑。又引《氾勝之書》曰：小豆忌卯，稻麻忌辰，禾忌丙，黍忌丑，秫忌寅未，小麥忌戌，大麥忌子，大豆忌申卯。凡九穀有忌日，種之不避其忌，則多傷敗。松按：諸書所言樹藝之候，與九穀忌日皆田家切要，三農其可忽諸？

楊升菴《丹鉛録》云：殷之德，陽德也，故以男書子。周之德，陰德也，故以女書姬。然則夏亦陰德，故以女書姒。虞亦陰德，故以女書姚與。黄帝亦姓姬，然則亦陰德與？松按：《周語》：帝嘉禹德，賜姓姒。《説文·女部》云：神農居姜水，黄帝居姬水，虞舜居姚虛嬀汭，皆以為姓。可知上古因生賜姓，不拘乎陰德陽德也。不然，豈上古皆陰德，而陽德獨一殷與？未必然也，升菴説泥。

飛廉，一為紂臣。《孟子》：驅飛廉於海隅而戮之。一為禽名，一為漢宫名。《前漢·武帝紀》作長安飛廉館。注，應邵曰：飛廉，神禽，能致風氣者也。晉灼曰：身似鹿，頭如爵，有角而蛇尾，文如豹文。又《焦氏筆乘》云：飛龍，鳥名。鳳頭，龍尾。其文五色，以象五方。一名飛廉，一名龍雀。李石《續博物志》：昔有於王敦城下得一銅鉦，中間鑄一物如羊頭。其身如篆文，乃飛廉也。諸所云飛廉之狀各異，又作蜚廉。郭璞云：蜚廉，龍雀也。漢銅鑄其象，以彰瑞應。明帝至長安，迎取飛廉天馬，置平樂觀。赫連勃勃造刀名曰龍雀，取其義也。又《楚辭》説：後飛廉使奔屬。飛廉，風伯也。又藥名。漏蘆一名飛廉。《本草》：飛廉，隰草。時珍云：此草附莖有皮如箭羽，療風邪。又沈存中云：飛廉獸，今船尾畫之以呼風，世稱為飛虎。松謂：此即應邵之所謂神禽也，禽獸通名耳。

《論語》：射不主皮。朱注云：古者射以觀德。但主於中，而不主於貫革。周衰禮廢，列國兵争，復尚貫革。貫革謂矢穿皮也。松按：《論語》何晏《集解》，馬云：主皮，言射者以中皮為善。《周禮·鄉大夫職》云：三曰主皮，亦謂能中質。是主皮，謂中皮也。邢昺疏引鄭玄説，謂庶民無射禮，因田獵分禽，則有主皮者。主皮者，張皮射之，無侯也。皆不謂主皮為貫穿侯革。又按《儀禮·大射儀》：司射北面，視上射。命曰：不貫不釋。上射揖。鄭注云：貫猶中也。射不中鵠，不釋算。據此，中謂之貫，不必穿皮。賈疏云：言不貫者，以其以布為侯。故中者貫穿布侯，故以中為貫也。嚴氏杰《經義叢鈔》載：金氏鶚釋貫云：貫，古通關，鄉射禮不貫不釋。注云：《古文》貫作關，即《吕氏春秋》所謂中關而止之關也。夫關者，彎弓之限也。《孟子》所謂彀率也。張弓中關，則能中正，故鄭云貫猶中也。賈氏以貫穿布侯解鄭説，誤矣。古者射以觀德，貴於中而不貴於貫侯者。以貫侯為貴，是尚力也。《記》曰：禮射不主皮。鄭注云：不主皮者，貴其容體比於禮，其節比於樂，不待中為雋也。主皮者，張獸皮而射之，主於獲也。《論語》曰：射不主皮，為力不同科。蓋人之力有甚弱，不能至侯，則不中皮，而比於禮樂，亦必取之，不主於中皮也。然則射雖貴中，而猶有不待中而雋者，况中貫侯乎？惟解為中關而止之關，則不失其彀率，即所謂比於禮樂者也。雖不中猶中也，故曰不貫不釋。松謂：《論語》射不主皮，亦當作如此解。故夫子曰：古之道也。蓋古以中侯為主皮，非以穿侯為主皮也。

柳下惠，趙岐《孟子注》云：魯公族大夫也，姓展，名禽，字季。柳下，是其號也。又名獲，見《左傳・僖公二十六年》：公使展起犒師，使受命於展禽。孔疏引《魯語》：對臧文仲云，獲聞之，是其人氏展，名獲，字禽。柳下是其所食邑名，謚曰惠。松按：《魯語》注云：展禽，魯大夫，展無駭之後，柳下惠也，字季。禽獲，展禽之名也。細玩此注，當以字季為句。禽獲句謂禽獲皆其名也。《左傳》疏似未分曉，且諸書傳注皆云：柳下季。《魯語・海鳥爰居篇》云：文仲聞柳下季之言。注云：柳下，展禽之邑。季，字也。《莊子・盜跖篇》云：孔子與柳下季友。《國策・齊策》：顔斶對齊宣王亦稱秦攻齊，令有敢去柳下季壟五十步而樵採者。是季為字也。且考古書傳無言柳下禽者。此足證《左》疏之誤。惟漢高誘注《淮南子・説林訓》柳下惠見飴云。柳下惠，名獲，字禽。家有大柳，惠、德，因德號柳下惠。此《左》疏之所本，然秦以前書傳，無言字禽者，不知高氏所據。據高氏云：柳下，謂其家有大柳，因以為號。是柳下有二說。《左傳》正義又云：季是五十字，禽是二十字。觀此，展起受命時，展禽年二十也。

梁氏玉繩《瞥記》云：柳下惠，氏展，名獲，字禽，又字季，謚惠。而柳下之稱，未知是邑是號。趙岐注，以柳下為號。《廣韻》及《唐書·宰相表》云：食采柳下，遂為氏。故《左傳》、《論語》疏謂柳下，食邑名。《莊子·盜跖》《釋文》一曰邑名，而《藝文類聚》八十九引許慎《淮南子注》云：展禽之家樹柳，行惠德，號柳下惠。《莊子》、《釋文》、《荀子·成相》大略注並同，其説以為居於柳下也。魯地無名柳者。展季卑為士師，亦未必有食邑。當是因所居號之。松按：晉陶潛，號五柳先生，亦即此意。顏師古《漢書·董仲舒傳》注云：展禽，魯大夫。柳下，所食采邑之名。惠，謚也。師古亦以柳下為食邑。然柳下惠為士師，三黜，則不第士師，官卑無食邑，士師即有食邑，而亦非惠之所有矣。郝氏懿行《爾雅釋詁義疏》云，或曰：獲，主禽者也。按魯人展獲，字禽，與或説合，此亦以為名獲。

《淵鑑類函·鷄部》引《淮南子》曰：鷄知將旦，鵠知夜半。而《鶴部》引《毛詩義疏》云：鶴常夜半鳴。又引《春秋題辭》云：鶴知夜半。鶴，水鳥也，夜半水位，感其生氣，則益喜而鳴。又在[①]《左傳·閔公二年》衛懿公好鶴疏引《淮南子》曰：鷄知將旦，鶴知夜半，其鳴高亮，聞八九里。雌者聲差下，又易中孚，鳴鶴在陰。注：離為鶴，坎為陰。夜鶴知夜半，故鳴鶴在陰。據諸書説皆云：鶴知夜半，則《鷄部》所引《淮南子》云：鵠知夜半，似誤。松按：《字典》鵠字注云，按《正字通》云：《轉注古音》、《讀書通》俱云鵠通作鶴。《淮南子·覽冥訓》鴻鵠，鶬鶴，莫不驚憚伏竄。班固《西都賦》：玄鶴白鷺鷺，黄鵠鵁鸛。左思《吴都賦》：鳥則鶤鵠、鶂鶴。皆分鵠、鶴為二。至於《别鶴操》雄鵠、雌鵠，劉孝標《辨命論》竈鵠千歲，費昶《擣衣詩》開韞舒龜鵠，古本皆作鶴。俗偽為鵠，豈可據此

① “在”字原文似删去。

謂鴰為鶴也。鶴不過叶音，同鴰耳。稽康《琴賦》鶴與曲叶，讀如鴰，豈可言鴰即是鶴？故胡[1]鶴不宜與鴰通。《本草釋名》亦云：師曠《禽經》云：鴰鳴咭咭，故謂之鴰。羅氏謂鴰即鶴亦不然，則知夜半者為鶴，而非鴰也明矣。《類函·鷄部》豈以昔人有鶴通鴰之説，故云鴰知夜半與？《爾雅翼》亦云：鴰即鶴音之轉。後人以鴰名頗著，謂鶴之外，別有所謂鴰。故《埤雅》既有鶴又有鴰，此亦《正字通》之説。

松按：《淵鑑類涵》、《太平御覽》諸書，鴰鶴皆各分部，不惟《埤雅》。又按：鴰即鶴之假借字。《莊子·天運篇》：鴰不浴日而白。《庚桑楚篇》：越鷄不得伏鴰卵。《釋文》並云：鴰本亦作鶴。《史記·滑稽傳》：齊王使淳于髡獻鴰。《藝文類聚》引作獻鶴。《魏志·管輅傳》注引《輅別傳》曰：家鷄野鴰，猶尚知時，況於人乎？此即《淮南》所謂鷄知將旦，鶴知夜半，《墨子》所謂鶴鷄時夜而鳴也。《南史·褚彦回传》：別鴰之操。按：別鴰，即王昭楚妃之千里別鶴。鴰鶴二字，古人互相假借。荀爽《九家易》云：震為鴰。按：震為善鳴，鶴乃善鳴之鳥。《藝文類聚》引《集韻》云：鶴，善鳴鳥是也。《小雅》：鶴鳴于九皋，聲聞于天。此鶴善鳴之證。是震為鴰之鴰當作鶴。

---

① “胡”字原文似刪去。

卷之二

左氏敘戰事，以城濮之戰為第一。此晉文最得意之戰，而左氏最得意之筆。史遷敘戰事，以項羽鉅鹿之戰、韓信背水之戰為第一。此亦項、韓最得意之戰，史遷最得意之筆。范蔚宗敘戰事，以昆陽之戰為第一。此亦光武最得意之戰，蔚宗最得意之筆。以最得意之戰而寫以最得意之筆，可稱雙絕。松每讀此，輒拍案稱贊曰：快事快筆。

《莊子》曰：蒲衣八歲，而舜師之。《尸子》曰：蒲衣生八歲，舜讓以天下。是師事與讓天下，同一年事也。松按：正義：舜年六十二為天子，以舜大聖，且年已六十二。而顧師此八歲之童子，堯之禪舜也。始則四岳薦之，繼則徵庸試之。欲觀其外，則使九男事之。欲觀其內，則以二女嬪之。且遲至三十載，而後遜位。今舜一見八歲之蒲衣而即欲讓以天下，蒲衣雖賢，舜即視棄天下如敝屣，未必若是之遽也。諸子之書之不足信如此。

《爾雅・釋鳥》：桑鳸，竊脂。郭注云：俗謂之青雀，觜曲，食肉，好盜脂膏，因名云。邢疏引鄭玄《詩》箋云：竊脂，肉食。陸璣《毛詩疏》云：竊脂，青雀也。好竊人脯肉脂，及箭中膏，故名竊脂也。按：竊，古淺字。竊脂，淺白也。而諸儒必以為盜竊脂膏者。以此《經下》別云：桑鳸，與竊玄竊黄等並列，則為淺白者也。此自別一種青雀，好竊脂肉，目驗而然。《詩・小雅》交交桑扈是也。郝氏《釋鳥・義疏》云：《説文》及《詩・小苑傳》俱用《爾雅・繋傳》引蔡邕云：桑鳸氏趣民養蠶。鄭箋，竊脂肉食。《左傳》疏引李巡云：竊脂，一名桑鳸。又引陸璣疏云：説竊脂，青雀也。好竊人脯肉，故名。《淮南・説林訓》云：馬不食脂，桑扈不啄粟。高誘注亦以桑扈為青雀。今驗青雀，俗名黑阿鸛，大如鸛鴿。背青黑色，腹下藍色，性喜食肉。高誘、陸璣所謂青雀，蓋指此也。《訓》竊為淺，可施於下文竊藍、竊黄。而《説》竊脂則舛，竊脂，非白鳥也。

松按：竊脂，即今之所謂白頭婆，色青而頭白。人家暴脯肉，此鳥好食其脂。見人即飛去，人去復來，食如竊盜然。古謂之竊脂，詢不誣也。而《注疏考證》引鄭樵云：按此鳥，今謂之蠟觜。性甚慧，可教。色微緑，其觜似蠟。竊古淺字，言淺有脂色，謂其觜之色也。松按：今之白頭婆，其嘴不蠟。鄭樵所云即今之蠟觜禾鴿。然《釋鳥》所云竊玄、竊藍、竊黄、竊脂、竊丹。注云：諸鳸皆因其毛以為名。夫禽獸因毛色以為名，是所常有。如今俗所謂斑鳩、麻雀、雪衣之類是也。從未有因一小體之色以為名者。因一小體之色以為名，或亦有之，然必以其小體之異者而以為名。如蠟觜白頭翁、白頭婆之類是也。鄭氏謂蠟觜為竊脂，因其觜之色以為名，恐未必然。郝氏《釋鳥・鵁鶄鳥》義疏云：即白頭翁，引《御覽・九百二十八》引孫炎曰：鵁鶄，水鳥。按：即白頭鳥也。《吴志・諸葛恪傳》注引《江表傳》曰：曾有白頭鳥集殿前，權問何鳥，恪曰：白頭翁。即此鳥也。此鳥亦白頭，而非竊脂矣。又按：《中山經》：崌山有鳥，狀如鴞，而赤身白首，其名曰竊脂。松謂即今之白頭婆。彼云赤身，色與今異。蓋此鳥遷地而變其色耳。

枳椇，李時珍曰：木高三四丈，葉圓大如桑柘。夏日開花，枝頭結實如鷄爪形。長寸許，有岐。若鷄之足距，故又名鷄距子。味甘如蜜，解酒毒。《本草》云：木能敗酒。丹溪朱氏治酒病，往往用其實。震亨云：一男子年三十，因酒發熱，又兼房勞虚乏，服補氣血之藥，加葛根以解酒毒，微汗，人反懈怠，熱如故。後加枳椇，服之而愈。東坡云：眉山楊穎臣病消渴，日飲水數斗，飯亦倍常，小便頻數。服消渴藥逾年，疾日甚，自度必死。余令延蜀醫張肱胗之，笑曰：君幾誤死。乃取麝香當門子，以酒濡濕作十許丸，用枳椇子煎湯吞之，遂愈。問其故，肱曰：

消渴、消中皆脾弱腎敗，土不制水而成疾。今穎臣脾脉極熱，而腎氣不衰，當由果實酒物過度，積熱在脾，所以食多而飲水。水飲既多，溺不得不多，非消非渴也。麝香能制酒毒，花朮、棘枸亦解酒。屋外有此木，屋内釀酒多不佳。故以此二物為藥，以去其酒果之毒也。棘枸實如鷄距，故俗謂之鷄距，即枳椇也。今俗謂之卍字果，以其形如卍字也。是古人用枳椇以治酒疾，皆鷄距子也。

松向患酒疾，常服鷄距而不效，心竊疑之。然今方醫以鷄距為枳椇，以治酒疾，皆是也。余鄰鄉金鼎進士凌暘谷先生善醫藥，道光丁亥七月過我，談及枳椇，云：枳椇解酒毒最妙。然非藥肆所價之枳椇。藥肆之所謂枳椇，非枳椇，鷄距子也。萬壽果核，乃枳椇也。嘗與人治酒頂疾，多用枳椇不效。後質諸舅氏羅氏瑞嶺先生，亦老名醫也。舅氏云：藥肆所市之枳椇，非枳椇。萬壽果核，乃真枳椇耳。如言用之，立愈。於是始知《本草》諸方書所言枳椇，皆誤。且《本草》云：能敗酒。屋外有枳椇，屋内釀酒亦不佳。而今俗常以卍字果浸酒，甘香濃郁，經年而酒不敗。則鷄距不能敗酒也明矣。暘谷先生一論，足破方書千古之疑，特誌之，以告天下之患酒疾者。萬壽果，廣州處處園林多植之，高二三丈，樹直無枝柯，葉大如葵。春夏開花，結實纍纍如串。果狀似木瓜，色深緑，核白如雪，若老胡椒。皮縐紋如卍字，考之《本草》，無此種果。而南人用以糖煮醋淹，無人不識，且無人不食也。

《書序》：唐叔得禾，異畝同穎，獻諸天子。王命唐叔歸周公於東，作《歸禾》。《傳》云：畝，壟。禾各生一壟，而合為一穗。疏正義曰：唐叔於其食邑之内，得禾，下異壟。畝，上同穎穗，以其有異，拔而貢之。《史記》：畝作母。《魯世家》：唐叔得禾，異母同穎。獻之成王，成王命唐叔以餽周公於東土，作《餽禾》。松按：《書序》云：異畝同穎。畝，壟也。異畝焉能同穎？且獻者獻其同穎之禾耳，非并生禾之畝而獻之。其云異畝，亦無可據。大抵畝、母音近，《書序》誤母為畝無疑。《史記》

為近，異畝同穎。鄭康成曰：二苗同為一采。穎，采也。《説文》穎，禾末也。《毛詩・生民篇》穎，垂穎也。禾末結實而下垂者，則是采矣。鄭説是。又按伏生《大傳》：成王之時，有三苗貫桑葉而生，同為一采，大幾盈車，長幾充箱，民得而上諸成王。《白虎通》、《韓詩外傳》、《尚書》疏引《書傳》皆云然。鄭云二苗，與《大傳》異。采，穗也。或曰《大傳》所載，實有可疑。《博雅》云：貫，穿也。禾采大幾盈車，則其苗之大可知。桑葉之大幾許，而貫三苗，斯真無稽之論矣。

松按：周制，度地居民，五畝之宅，二畝半在田，墻下樹桑，桑葉與禾苗並茂。然樹桑之地，恒高於樹。禾之田，桑木之高，常十倍於禾苗之茁。《大傳》云：三苗貫桑葉而生，謂有三苗直貫出桑葉之上而同采。言此三苗之壯盛而高長也，非謂三苗貫一葉之中而生也，或説泥。夫禾以穎多為貴，若唐叔之禾，三苗止得一穎，以為禾之異則可。若以為禾之瑞則非也。禾異近於草妖，何足以獻？或曰《大傳》所云成王時民獻之禾，此必并三苗所貫之桑葉以獻，故至今猶傳。若云禾之茁，直貫出桑葉之上，猶之異壟同穎耳，曷足據耶？松按：三苗同采，大盈車，長充箱。其采若此，則其莖之高長可知。貫桑而生，此民獻禾時，道其苗生長之情狀，筆而記之，以紀實耳。此理之所有，非如異壟同穎，為理之所無也。又按：《玉海》引《尚書大傳》云：三苗貫葉而生，子為一穗。貫，叢聚也。鄭司農言煮鬱云：十葉為貫。《淮南子・兵略訓》云：條修葉貫。《爾雅・釋木》：貫木，《釋文》作樌。樌，《唐韻》：木叢生也。樌即貫，凡貨貝之散者，貫而聚之，故貫訓為習。習，重也。重亦聚之義。《玉海》謂三苗聚葉而生。宋時《大傳》猶存，《玉海》説是。然《大傳》云：苗貫桑葉而生。則禾苗之提茁，實與桑並，故能與桑葉叢聚而生，亦言苗之壯盛而高長也。《拾遺》云：燕昭王時，有白鸞孤翔，銜千莖穟，穟於空中自生花實，落地則生根葉。一歲百穫，一莖滿車。故曰：盈車嘉穟，斯則荒誕矣。《拾遺》又云：武王五年，因祇之國貢嘉禾，一莖盈車，則盈車之禾，蓋有先於成王時矣。又云：須彌山有九層，第三層有禾穟，一株滿車。

宋馬永卿《懶真子》云：田敬仲、田稺孟、田湣、田須無、田宇、田開、田乞、田常，五世之後，並為正卿，謂無宇也。八世之後，莫之與京，謂田常也。自齊桓公十四年，陳公子完來奔，歲在己酉，至簡公四年，田常殺其君，凡一百九十二年，其事始驗。《史記》但云：田敬仲世家，不謂之齊，不與其簒也，與《莊子·胠篋篇》同義。

松謂：永卿之論，似是而非。夫史遷作世家，必溯其始封之君。如吴太伯、魯周公、燕召公、衛康叔、宋微子諸世家之類，則系以國。太公為齊之始封，故太公世家曰齊太公世家，志其始也。若田常簒齊，不過齊之末胙，猶餘分閏位耳。史遷特以田常亦為一國之主，傳之數世，不得不列之世家中。故推田常之祖之所以興，而作田敬仲完世家，作田敬仲完世家者，所以終齊國也。而不系以齊者，敬仲非齊始封，所以别於始封之太公也。若如永卿所云，則韓、趙、魏簒晉，三分晉國，《史記》何以不曰韓厥世家，而曰韓世家；不曰趙衰世家，而曰趙世家；不曰畢萬世家，而曰魏世家。豈《史記》於田氏不與其簒，不書國，而於韓、趙、魏獨與其簒而書國耶？或曰：韓、趙、魏簒晉而改晉，自立國號，與田氏仍齊號者有别，故不得不書其國。韓、趙、魏世家書國，而不書其始君，亦不與其簒也，亦非也。按：《史記》陳、杞、晉、楚、越、鄭諸世家，亦書國而不書其始君，然則亦皆簒耶？皆史遷所不與耶？故曰：永卿之論，似是而非。

人處順適之境，老令少從，安常無事，似無甚樂處。及見他人處逆境，疏戾親離，左支右拙，都無一是，始知處順之至樂。即在安常無事之時，處盛治之世，士農工商，各安其業，似亦無甚樂處。及觀古昔亂朝，軍征吏酷，子散妻離，無一生路，始知治世之大樂，正在各安其業之中。《孟子》曰：父母俱存，兄弟無故，一樂也。堯氏擊壤之歌曰：耕田而食，鑿井而飲，帝力何有於我。真知道之言。

閔鶴瞿《粵述》云：粵西土官多韋姓，乃韓信子孫也。云：呂后擒信時，舍人負其幼子，求救於蕭何。何泣下，謂南粵可居，乃作書屬南粵尉佗撫之。子孫因以韋為姓，其何書尚存土司。余見張和仲燧所輯《千年眼》一書曾載此說，而鍾竟陵亦附之鑑末。第漢法踵秦之慘酷，彼高祖時，何敢與尉佗通書耶？此論似是。松謂：韓信舍人，假何名，為書以屬尉佗耳？夫信以舍人告反，伏誅而亡，其孤亦以舍人屬尉佗而存。信之存亡，皆出舍人之手。告反之舍人，《功臣表》謂慎陽侯樂說。存孤之舍人，其名不傳，惜哉！

人之良知，與生俱來，與死俱盡。世間雖至不忠不孝、不仁不義，以及奸貪巧佞、窮兇極惡之小人。其作為則滅絕天理，而其心未始滅絕良知。何也？夫此不忠不孝、不仁不義、奸貪巧佞、窮兇極惡之小人，使有人面指之為不忠不孝、不仁不義、奸貪巧佞、窮兇極惡，未有不拂然怒者。其怒也，即良知之發見也。有等不忠不孝、不仁不義、奸貪巧佞、窮兇極惡之小人，當其逞志，無所不至。及至臨終，往往備述生平所為不忠不孝、不仁不義、奸貪巧佞、窮兇極惡之事而自怨自艾者。其怨艾也，亦良知之發見也。故曰：與生俱來，與死俱盡，則知人雖不肖，良知未始盡無。一息尚存，良知猶未澌滅，故孟子曰性善。

四時節氣，有夏至、冬至，而無春至、秋至。《管子・輕重篇》云：以冬日至始數，九十二日，謂之春至。以夏日至始數，九十二日，謂之秋至。而禾熟，天子祀於太惢，春至、秋至見此。

《孟子》：文王之囿方七十里。人皆疑其過大。閻百詩《四書釋地》云：近考得其說，蓋《三輔黄圖》云：靈囿在長安縣西四十二里。王伯厚以文王之囿方七十里註於下。余謂在今鄠縣東三十里。正《漢・地理志》所謂文王作酆，有鄠杜竹林，南山檀柘，號稱陸海，為九州膏腴者。文王當日弛以與民，恣其芻獵以往。但有物以蕃界之，遂名之曰囿云爾。此實作邑於酆時事。文王作酆，注云：今長安西北界靈臺鄉豐水上是。杜氏《左傳注》：酆，在鄠縣東，有靈臺。松按：《拾雅·釋地》云：有墻曰苑，無墻曰囿。閻氏謂文王之囿，有物以蕃界之，未見其是。夫此七十里之地，乃文王當日蒐苗、獮狩、遊觀之所。文王初無有囿之名。囿之名，文王以民力為臺為沼時，民歡樂之，謂臺曰靈臺，沼曰靈沼。於是并此七十里之地而謂之靈囿云爾，非文王真以七十里為囿也。故芻蕘雉兔者，皆得往焉。若使文王有物以為蕃界，則凡蕃界之内，皆實文王之囿也。文王即不禁民芻獵，而文王之民，愛戴文王如父母。芻蕘雉兔者雖無知，然足至蕃界之地。王之囿，儼然在其心目，豈肯公然芻獵於囿中，以自蹈不敬乎？吾知文王雖招芻蕘雉兔者往，而未必往也。惟無有蕃界，文王無所為囿。王之囿，即民之郊野，民亦忘其為王之囿，故芻蕘雉兔者往也。此地有靈臺靈沼，則謂文王有囿也可。而芻蕘雉兔者往，即謂文王無囿也亦無不可。閻氏又云：或曰以《穀梁傳》所云里數，計今之六十二里，遂當古之百里。周時七十里之囿，今僅四十三里。參以《毛詩傳》，囿所以域養禽獸。諸侯四十里，恰合此更附會。

考之古者諸侯，大國地方百里，而以四十里之地域養禽獸可乎？矧次國七十里，小國五十里，域養禽獸之地，豈不倍於居四民之地乎？《毛傳》詎足信乎？《拾雅·無墻》曰：囿以之釋文王之囿，最得。又按：《周禮·天官·閽人》疏引《白虎通》云：天子之囿百里，大國四十里，次國三十里，小國二十里。然成公十八年《公羊傳注》云：天子囿方百里、公侯十里、伯七里、子男五里。以為《孟子》之文，《司馬法》亦云然。據此，益知文王當日斷不域七十里之地，以為養禽獸之囿也，然今《孟子》無此文。或曰：《春秋·成公十八年》，築鹿囿。昭公九年，築郎囿。囿而書築，其為築墻為界域以養禽獸可知，豈《春秋》不足據，而《拾雅》足據與？不知《春秋》兩書築囿皆譏之也。築墻以域養禽獸，此春秋時之囿，故齊有殺其麋鹿如殺人之禁，不得以律文王之囿。周廣業《孟子逸文考》云：《後漢紀》靈帝作靈泉畢圭苑。司徒楊賜上書曰：六國之際，取獸者有罪，傷槐者被誅，孟軻為梁惠王極諫其事。

按：取獸有罪，即此齊宣事。楊氏誤以為梁惠事耳，若文王之囿曰靈囿。毛云：神之精明者稱靈，本指文王之德。鄭云：文王化行，似神之精明。即《說苑》所謂積愛為仁，積仁為靈者是也。文王既化行如神，何必界域此七十里以為已囿哉？《日知録》云：文王以百里。其實文文之國，不止百里。周自王季伐諸戎，疆土日大。文王自岐遷豐，其國已跨三四百里之地。伐崇伐密，自河以西，舉屬之周。至於武王，而西及梁益，東臨上黨，無非周地。紂之所有，不過河内殷墟。其從之者，東方諸國而已。觀此，似七十里之囿，亦不為大，然域七十里之地以養禽獸，其地比於次國。雖富有天下，非甚昏愚之君，亦不為此，而謂文王為之乎？斷不然也。

焦氏《孟子正義》云：《說文・口部》云：囿，苑有垣乎[①]也。一曰禽獸曰囿。《艸部》云：苑所以養禽獸也。《國語・周語》云：囿有林池。《楚辭・愍命篇》云：熊羆羣而逸囿。韋昭、王逸皆注云：囿，苑也。然《淮南子・本經訓》云：侈苑囿之大。高誘注云：有墻曰苑，無墻曰囿。《一切經音義》引吕忱《字林》同，然則《說文》言苑有垣。三字連屬，明囿無垣也，此說最是。《拾雅》本之高誘，然則《大雅・靈囿疏》謂囿築墻為界域，而禽獸在其中。《初學記》謂囿猶有也，有墻曰囿。皆錯會《說文》意耳。或曰：《周禮・天官・敘官・閽人》，王宫每門四人，囿斿亦如之。《注》云：囿，御苑也。斿，離宫也。《疏釋》云：斿離宫者，囿是大苑。其門皆使閽人守之也。此離宫即囿斿之獸禁，故彼鄭云：謂囿之離宫小苑觀處也。或以為斿，亦謂城郭中於宫外為之者也。據此，文王之囿，實有域墻，而不知《周禮》乃漢儒之書，即以為周公之制，所云囿斿，亦周時王之囿，非文王之囿。何也？文王之囿無獸禁，若有獸

---

① “乎”字原文似删去。

禁，芻蕘雉兔者焉得而往焉？且謂於城郭中宫外為之，王畿雖廣，亦斷不域七十里之地以養禽獸。以周官囿斿，為即文王時之囿，不已謬乎？《左傳·莊公十九年》：子頹有寵，取蔿國之圃以為囿。孔穎達《疏》云：圃以蕃為之，所以樹果蓏。囿則築墻為之，所以義養禽獸。此亦春秋時之囿。春秋時，囿固築墻為之。僖公三年，齊侯與蔡姬乘舟於囿。杜《注》亦云：囿，苑也。若據之以釋文王之囿，於理有所不通矣。《漢書·揚雄傳》《羽獵賦》與《後漢書·楊賜傳》、袁宏《後漢紀》、唐陸贄《奏罷瓊林庫狀》，皆云文王之囿百里。古本《孟子》亦作文王之囿，蓋方百里，更不足據。

文王靈臺，《五經異義》云：《公羊説》天子有三臺，諸侯二。天子有靈臺，所以觀天文。有時臺，以觀四時施化。有囿臺，以觀鳥獸魚鼈。諸侯當有時臺、囿臺。諸侯卑，不得觀天文，無靈臺。據此，則文王當日之靈臺，實囿臺，因其民歡樂謂之靈臺，以尊崇其君，故《詩》亦云靈臺，以見文王之德及百姓耳。又按：《左傳·僖公十五年》：秦伯獲晉侯以歸，乃舍諸靈臺。秦為諸侯，何得有靈臺？杜預注云：在京兆鄠縣，周之故臺也。嚴氏杰《經義叢鈔》云：鄠縣，為西周豐邑。今縣東五里有酆宫，又二十五里有靈囿，囿中有靈臺。臺高二丈，周一百二十步。僖十五年，秦獲晉侯舍諸靈臺，即此，是秦之靈臺，即文王之靈臺耳。惟哀公二十五年，《左傳》曰：衛侯為靈臺於藉圃。此諸侯有靈臺之見於傳者，僭也。

黄河清，世以為罕覯。松按：《元史·地理志》云：按河源在土蕃朶甘思西鄙，有泉百餘泓，沮洳散涣，弗可逼視。方可七八十里，履高山下瞰，燦若列星，以故名火敦腦兒。火敦，譯言星宿也。羣流奔湊，近五十里。滙二巨澤，名阿剌腦兒。自西而東，連屬吞噬。行一日，迤邐東騖成川，號赤賓河。又二三日，水西南來，名亦里赤，與赤賓河合。又三四日，水南來，名忽闌。又水東南來，名也里术，合流入赤賓。其流浸大，始名黄河。然水猶清，人可涉。又二日，岐為八九股，名也孫斡倫，譯言九渡，通廣五七里，可度馬。又四五日，水渾濁，土人抱革囊騎過之，聚落斜木幹象舟，傅髦革以濟。又云：自八九股水至崑崙，行二十日程，則知河源在崑崙九渡之前，本清。出九渡崑崙之後，則全濁也。《爾雅》云：河出崑崙虛色白。所渠并千七百，一川色黄。注疏：《山海經》曰河出崑崙西北隅。虛山下基也，言河源出崑崙山之下基。其初纖微，源高激湊，故水色白。潛流地中，汨漱沙壤，所受渠多，衆水溷淆，宜其黄濁。郝户部《爾雅義疏》云：今據補《離騷》云：朝吾將濟於白水兮，登閬風而緤馬。《後漢書》注引《河圖》云：崑山出五色流水。其白水，東南流入中國，名為河。然則白水，即河水也，故晉文投璧於河，而曰有如白水。《晉語》即作有如河水，是其證也。又云：徐松曰河入鹽澤，水皆清澈，伏流一千五百餘里。東南至巴顔哈喇山麓，伏流自崖壁上涌出，釃為百道，皆作黄金色。東南流為阿勒坦郭勒，譯為[①]言黄金河也。據此，是河流將入中土始黄濁耳。《漢書》云：河一石水，六斗泥。是河流至中土，無不黄濁，無有清者，故咸曰黄河。此後世所以以河清為瑞也。

河患始於夏時。《竹書紀年》：帝少康十一年，使商侯冥治河。帝杼十三年，商侯冥死於河。松按：少康在位二十二年，是商侯治河二十四年，而死於河，可知河患猶未平也，所由來者遠矣。又按：自禹平水土後至少康十一年，凡二百三十四年，復有河患。遂遺患至今。或十餘年一決，或數年一決。雖多方修治，終不能久安。於戲！禹之治水，誠萬古不可及矣。閻徵君《潛邱劄記》云：按鄭康成言九河，周時齊桓公塞之，同為一河。因思齊桓卒於襄王九年戊寅，至定王五年己未，甫四十二年。而《周譜》云：定王五年河徙。《水經注》：周定王五年河徙故瀆，蓋下流既壅，水行不快，上流乃決，理所宜然，河之患始此矣。閻氏謂河患始於周定王五年，豈知少康十一年已有河患。第不知冥死後，何人治平之耳。又按：胡東樵《禹貢錐指》：河自周定王

① “為”字原文似删去。

五年東徙之後，大伾以下，禹河故道，不可復問。然則今之河患，非禹河故道矣。少康時河，仍禹疏故道。二百餘年，乃復為患。矧今河非禹故道，其為患特甚，理固然也。

《字典》伶字注云：伶人，樂工也。伶倫，古樂師，世掌樂官，故號樂官為伶官。松按：經傳伶作泠。《左傳·成公九年》：晉侯見鍾儀，問其族，曰：泠人也。正義云：泠氏世掌樂官而善，故後世名樂官為泠官。又《詩·簡兮篇》序云：衛之賢者，仕於泠官。箋云：泠官，樂官也。泠氏世掌樂官而善焉，故後世多號樂官為泠官。疏云：泠官者，樂官之總名。昭公三十一年傳，景王鑄無射，泠州鳩藏之。《周語》：景王鑄鐘成，泠人告和。《魯語》云：泠簫詠歌，及鹿鳴之三。伶皆作泠。《左傳》、陸德明《音義》云：泠依字作伶，誤矣。唐《石經》亦作泠官。據此，所謂泠氏者，伶倫也。《傳疏》引《吕氏春秋》云：黄帝使伶倫。自大夏之西，崑崙之陰，取竹斲兩節而吹之，以為黄鐘之宮。是伶倫為制樂之祖。又按：《漢書·志》伶倫作泠綸。《古今人表》又作泠淪。《吕覽》亦作泠淪。然則伶倫之伶當作泠。又《釋名》：泠官音零，字从水，樂官也。《五經文字》亦云：泠樂官，或作伶。《廣韻》：泠，又姓。又按《吕氏春秋·古樂篇》：伶倫自大夏之西，乃之阮隃之陰，取竹於嶰谿之谷。《傳疏》引作崑崙之陰，不知所據。

舜作五弦之琴，瞽瞍作十五弦之瑟。《吕氏春秋》云：舜欲以樂傳教於天下，乃令重黎舉夔於草莽之中而進之，舜以為樂正。是舜父子，皆能制樂者也。松按：《國語·鄭語》云：虞幕，能聽協風以成樂物生者也。又《左氏傳·昭公八年》：自幕至於瞽瞍，無違命。舜重之以明德。據此，瞽瞍自祖宗以來，皆掌樂世其官。舜作五弦之琴，是承祖父而宿其業者耳。邵氏晉涵《爾雅正義》云：《通典》引揚雄《清英》云：舜彈五弦之琴，而天下化。堯加二弦，以合君臣之恩。是五弦琴為舜作，而琴七弦，為堯所加也。又按《樂書》：朱襄氏使士達制五弦之瑟，後瞽瞍判五弦瑟為十五弦，復增以八，為二十三。《吕氏春秋·古樂篇》云：帝堯立，乃命質為樂，質乃效山林谿谷之音以歌，乃以麋輅置缶而鼓之，乃拊石擊石以象上帝玉磬之音，以致舞百獸。瞽瞍乃拌五弦之瑟，作為十五弦之瑟。命之曰大章，以祭上帝。舜立，仰延乃拌瞽瞍之所為瑟，益之八弦，以為二十三弦之瑟。《樂書》云瞽瞍作十五弦之瑟。本之《吕氏春秋》，而益八弦以為二十三弦。《樂書》亦以為瞽瞍所益，與《吕覽》異，未知孰是?《吕氏春秋注》云：質當作夔。《左氏傳》云：自幕至瞽瞍無違命。然則古樂官，不必皆瞽者也。豈自虞幕至瞽瞍，而皆瞽者耶? 未必然也。《國語·魯語》云：幕能帥顓頊者也。注云：幕，舜之後，虞思也。注甚誤。又按：《爾雅·釋樂》：大瑟謂之灑。邢疏引《世本》云：庖羲氏作五十絃，黄帝使素女鼓瑟，哀不自勝，乃破為二十五絃，具二均聲。此又以瑟為二十五弦。《禮圖》舊云：雅瑟，長八尺一寸，廣一尺八寸，二十三絃，其常用者十九絃，其餘四絃，謂之沓。沓，贏也。頌瑟，長七尺二寸，廣一尺八寸，二十五絃，盡用之。據此，二十三絃之瑟，乃古之雅瑟也。又《釋樂》大琴謂之離。郭注或曰：琴大者二十七絃，未詳長短。《廣雅》：琴長三尺六寸六分，五絃。邢疏引《琴操》曰：伏犧作琴。《世本》云：神農作琴。《廣雅》云者，此常用之琴也，五絃象五行。大絃為君，小絃為臣。文王、武王加二絃，以合君臣之恩也。又五絃，第一絃為宫，其次商、角、徵、羽。文武二絃，為少宫、少商。據此，琴亦非舜始作。而五絃琴，自舜始耳。據《通典》，二絃實堯所加。《廣雅》文武二絃之説，附會孰甚。《隋書·音樂志》云：絲之屬四，一曰琴，神農制為五弦，周文王加二弦為七者也；二曰瑟，二十七弦，伏羲所作者也。此又以五弦琴為神農所制，而伏羲所作之瑟，二十七弦也。松按：古今樂器，瑟弦多而琴絃少。郭注：大琴，謂二十七弦，恐誤瑟為琴耳。

《禹貢錐指》云：舜作五絃之琴，以歌南風。其詩曰：南風之時兮，可以阜吾民之財兮。説者謂池，遇南風則結鹽多，故曰可以阜財。蓋鹽鹽未幾即興也。松謂：其説甚謬。夫民以食為天，以時事按之，舜詩蓋為粒食而歌也。五穀之生，有早熟者，有晚熟者，南風多生於夏時。舜之歌，為早熟之禾而歌也。早熟之禾，每遇南風，苗勃然興，故曰：阜吾民之財。若遇北風，則苗槁矣。若謂南風之詩，為鹽鹽而發。當時洪水滔天，民嗟淡食，煮鹽尚不可得，而況鹽鹽耶？水土既平，青州所貢，鹽皆土煮，鹽鹽之法未興，舜何得豫為鹽鹽而歌之乎？支離附會，莫此為甚。又按《禮記・樂記》：昔者舜作五絃之琴，以歌南風。注：南風，長養之風也。《正義》曰：言已得父母生長，如萬物得南風而生也。又《淮南子・詮言》云：舜彈五絃之琴，而歌南風之詩，以治天下。高誘注：南風，凱樂之風。《詩正義》引李巡曰：南風，長養萬物，萬物喜樂，故曰凱風。凱，樂也。蓋南之為言任也。任，養也，能長養萬物，則物皆凱樂。《大雅・卷阿》之詩：飄風自南箋云，迴風從長養之方來入之。其來也，為長養民。《漢書・律歷志》云：太陽者南方，南任也。陽氣任萬物，於時為夏。《白虎通》云：八月之律，謂之南吕河。南者，任也。《説文》言陽氣尚有任，生薺麥也。《説文》云：草木至南方，有枝任也。諸書皆訓南為任，是南風為長養百物之風。夫物惟生物，始可以言長養。若鹽鹽，則不可以言長養矣。南風雖不僅長養稼穡，然天下大利歸農。阜民之財，此足以當之，故《史記・樂記集解》引王肅曰：南風者，養萬民之詩也。又按《通雅》：山西解池，西有一池，曰女鹽澤。今説以南風成鹽，《錐指》南風結鹽之説，其本此與？然此特後世一處之鹽，不得以舜詩當之。《家語・辨樂解》：夫先王之制音也，奏中聲以為節，入於南不歸於北。南者生育之鄉，昔舜造南風之詩，其興也勃然，亦不謂其結鹽。

孔子稱夫子，本之《春秋・昭公七年》。《左氏傳》云：孟僖子召其大夫曰：我若獲没，必屬説與何忌於夫子，使事之。《疏》云：身為大夫，乃稱夫子。此時仲尼未仕，不得稱為夫子。以未仕之時，為仕後之語，是丘明意尊之，而失事實。據此，夫子乃大夫之稱。松按：《左傳》崔成、崔彊稱其父，亦曰夫子，則不第外人稱之，而至親亦稱之也。僖子稱孔子曰夫子，尊之之辭。猶之孟子年未五十，而梁惠王稱之曰叟耳，不得以失事實為嫌。此後世稱孔子曰夫子之所由也。孔子為萬世師表，孔子稱夫子，於是世俗相沿，遂以夫子為師長之通稱。君稱其臣亦曰夫子。《左傳・文公元年》：晉人歸秦帥，秦大夫及左右皆言於秦伯曰：孟明之罪也，必殺之。秦伯曰：是孤之罪也，孤實貪，以禍夫子。夫子何罪，復使為政。

堯有九子，見《孟子》帝使其子九男事之云云，又見《尸子》與《史記》、《淮南子》。松按：九男之名之見於書者，止有一丹朱。丹朱為元子，不能出以事人。孟子云九男事之當是丹朱而外，尚有九男。而趙岐注云：《孟子》所言舜事皆《堯典》及《逸書》所載，獨丹朱以胤嗣之子，臣下以距堯求禪。其餘八庶無事，故不見於《堯典》。是堯只有九子，而丹朱亦在其內。又按《吕氏春秋・去私篇》：堯傳天下於舜，妻以二女。臣以十子，堯有子十人，不與其子而授舜。高誘注云《孟子》曰：堯使九男二女事舜。據此，堯實有十子，皆臣於舜。《莊子・盜跖篇》：堯殺長子。《釋文》載晉崔譔云：堯殺長子考監明，則丹朱當在九男之數。丹朱為嗣子，所謂事之者。蓋師事舜，如後世太傅、太保之教太子與。

又按：《史記索隱》引皇甫謐云：堯娶散宜氏之女曰女皇，生丹朱。又有庶子九人，皆不肖也。羅泌《路史・後紀》亦云：丹朱之兄考監明，先死，不得立。庶弟九，監明封於劉，朱又不肖，而弗獲嗣。其後丹房、傅鑄、唐冀、隨郁、櫟函，皆云堯後之國。據此，丹朱而外，尚有九男。《孟子》言九男事之，則丹朱不在九男之數。又按《漢書・古今人表》：有堯子名宋，而列於下中，此亦不肖也，其七子不可考矣。然據《莊子》與《路史》，是堯長子已亡，丹朱以次長為胤嗣耳，此必事舜時，監明已死，惟有九男，丹朱當在九男數中。《吕覽》、《路史》，似不足據。《趙注》為當。丹朱，《漢書・楚元王傳》《論衡・譴告篇》皆作丹絑。《説文・系部》：絑，純赤也。《虞書》丹絑如此。兹从之，亦作絑。舜亦有九子，《吕氏春秋·去私篇》與《王邵傳》皆云舜有子九人。

松按：《帝皇世紀》云：娥皇無子女，英生商均。《路史》云：舜二妃，娥皇無子，女英生義均及季釐。季釐封緡，為桀所殺。義均封商，是為商均，喜歌舞。舜子之可考者，惟商均、季釐耳。又按：《大荒東經》：有中容之國帝俊生中容。注：俊亦舜字。又有司幽之國，帝俊生晏龍，晏龍生司幽。又有黑齒之國，帝俊生黑齒，又摇民國。帝舜生戲，戲生摇民。《大荒南經》又云：有人三身。帝俊妻娥皇，生此三身之國。姚姓《海内經》又云：帝俊生禺號。據此，商均、季釐而外，又有中容、晏龍、黑齒、戲、三身、禺號六子，亦不合九子之數。然郭璞《山海經注》云：聖人神化無方，故其後世所降育，多有殊類異狀之人。諸言帝俊生者，多謂其苗裔，未必是其所産。然則《山海經》所云帝舜六子，未盡足據也。《海内經》又云：帝俊生三身，三身生義均。此云義均為舜孫，與《路史》異。又云：帝俊有子八人，是始為歌舞。其云八人，又與諸書異。《大荒南經》又云：羲和者，帝舜之妻，生十日。郭注言：生十子，各以日名名之，故言生十日。按：舜子見於《書》《傳》，無以日名者。此云生十日，然則舜生十八九子耶。《大荒西經》又云：帝俊生妻常羲，生月十有二。豈亦如郭所云，言生十二子，各以月名名之耶？要之《山海經》多言聖人神化莫測，不必皆實有其事也。

劉向《列女傳》有虞二妃，帝堯二女也。長娥皇，次女英。而《尸子》云：堯聞舜賢，妻之以媓，媵之以娥，九子事之，而託天下焉。《尸子》分娥皇為二女，且謂娥為媵，其説荒唐。女英，《世本》作女瑩，《大戴禮》作女匽。按：《虞書》孔穎達疏引《列女傳》云：二女，長曰娥皇，次曰女英。舜既升為天子，娥皇為后，女英為妃。然則初適舜時，即娥皇為妻。鄭不言妻，不告其父，不序其正，此亦足證《尸子》之謬。

卷之三

嚴氏杰《經義叢鈔》載《詁經精舍文集》周中孚《〈爾雅·釋畜〉脱簡考》云：《爾雅釋文》云：《釋獸》、《釋畜》二篇，俱釋獸而異其名者。畜是畜養之名，獸是毛蟲揔號。故《釋畜》惟論馬、牛、羊、鷄、犬。《釋獸》通説百獸之名。按《釋畜》有云：馬八尺為駥，牛七尺為犉，羊六尺為羬，彘五尺為豟，狗四尺為獒，鷄三尺為鶤，總題之六畜。依檢全篇，獨闕彘屬，陸氏不置一辭何與。然失之於此，猶可得之於彼。《釋獸》寓屬有云：豕，子豬。豱豶。幺幼。奏者豱。豕生三豵，二師，一特。所寢，橧。四豴皆白，豥。其跡刻，絶有力。豟，牝豝。共三十五字，核其文法，與《釋畜篇》極相似，其為錯簡無疑。此段入羊屬之下，題曰彘屬，庶成全篇，且於彘五尺為豟句，亦相應矣。所可異者，《左氏·昭二十五年傳》正義云：豕有野豕，故因記之於《釋獸》耳。此段絶不見有野豕，何得如孔氏所云？又云：近有新正義本，竟采孔氏之説為主，於《釋獸》篇目下，復申之曰：野豕非可常畜，而實為豕類，故豕見於《釋獸》。此自序所謂耳目所接，時或失焉者。

松按：豕之見於《釋獸》，非錯簡。蓋野豕與畜豕同名，而畜豕之名，人所習知習聞，故著豕於《釋獸》，使人知野豕之名，不異於畜豕耳。於何見之？《詩·召南·騶虞篇》一則云一發五豝，再則云一發五豵。豝即《釋獸》牝豝之豝，豵即三豵之豵。此春田之獸，斷不得謂之畜豕，此足證也。然豕之屬，既見於《釋獸》，則《釋畜》當從其略。然畜實有豕，又不可盡略，故於六畜又言彘五尺為豟。豟即《釋獸》之絶有力豟。《尸子》曰：大豕為豝。五尺，於《釋獸》言其力，於六畜言其大，所以別於《釋獸》也。獸尚猛摯，故《釋獸》之豝言力。畜尚肥腯，故六畜之豝言大也。如以豕子豬以下三十五字，另題彘屬，在羊屬之下，則《釋獸》亦闕野豕之屬而不全矣。古人著書，不尚複出，詳此略彼，其例也。又何必疑其錯簡耶？孔氏野豕之説為允。周氏之説，本於《爾雅注疏·考證》。

《爾雅》有同名而物異者。《釋草》云：茨蒺藜。注：布地蔓生，細葉，子有三角，刺人。《釋蟲》云：蒺藜，蝍蛆。注：似蝗而大腹，長角，能食蛇腦。是草名蒺藜，蟲又名蒺藜也。《釋獸》云：鼳，鼠身，長尾而賊，秦人謂之小驢。注：鼳似鼠而馬蹄，一歲千斤，為物殘賊。《鼠屬》云：鼳鼠。注：今江東呼為鼳鼠，狀如鼠而大，蒼色，在樹木上。松按：《字典》鼳作鼰，音古闃反。是獸名鼳，鼠又名鼳也。《釋鳥》云：鶾天雞。注：鶾雞赤羽。《逸周書》曰：文鶾若彩雞。成王時，蜀人獻之。《釋蟲》云：螒天雞。注：小蟲，黑身赤頭，一名莎雞。是鳥名天雞，蟲又名天雞也。《釋草》云：杜土鹵。注：杜，衡也，似葵而香。《釋木》云：杜甘棠。注：今之杜梨。是草名杜，木又名杜也。《釋草》云：皇守田。注：似燕麥，生廢田中，一名守氣。《釋鳥》云：皇黃鳥。注：俗呼黃離留，亦名摶黍。是草與鳥皆名皇也。《釋木》云：諸慮山櫐。《釋蟲》云：諸慮奚相。是木名諸慮，而蟲又名諸慮也。《釋蟲》云：密肌繼英。《釋鳥》云：密肌繫英。繫音計。是蟲名密肌繼英，而鳥又名密肌繫英也。《釋草》云：蒢茥藸。《釋木》云：蒢茥著。著音儲。是草名蒢茥藸，而木又名蒢茥著也。若《釋草》云：離南活莌。莌音奪。注：草生江南，高丈許，大葉，莖中有瓤，正白，零陵人祖日貫之為樹。下文又云：倚商活脱。脱音奪。注：謂即離南。《釋鳥》云：鳸鴳，桑鳸竊脂。注：竊脂，俗謂之青雀，觜曲食肉，好盜脂膏，故名。下文又云：冬鳸竊黃，桑鳸竊脂。注：因其毛色以為名。竊，淺也。竊脂，淺白色也，名同而實則別。然則《釋草》所云倚商活脱，注云即離南，安知其不如竊脂之名同而實異耶？且離南倚商，其名已異，安知其不為二草耶？是草與草同名。而一鳥且同名而異義也。《釋鳥》云：雉絶有力奮；《羊屬》又云：絶有力奮；《鷄屬》又云：絶有力奮。是雉、羊、鷄絶有力，皆名奮也；《釋獸》兔子嬎，絶有力欣；《牛屬》絶有力欣犌。是牛、兔絶有力，皆以欣名也。有一物而三見者，《釋鳥》云：倉庚商庚。注云：即鵹黄。下又云：鵹黄。楚雀注云：即倉庚。下又云：倉庚鵹黄也。疏云：即上鵹黄。有物名同音而實異者。《釋草》云：莪蘿。疏：舍人云：莪一名蘿。郭云：即莪蒿也。《釋蟲》云：蛾羅。疏：此即蠶蛹所變者也。又《狗屬》未成毫狗。《釋獸》熊虎醜，其子狗。是虎子亦名狗也。《釋草》莪，蚍衃。注：今荆葵也，以葵紫色。《釋蟲》蚍蜉大螘。注：俗呼為馬蚍蜉。《釋草》果臝之實栝楼。注：今齊人呼為天爪。《釋蟲》果臝蒲盧。注：即細腰蜂也。《釋草》葖蘆萉。疏：紫花菘也，一名蘆菔，今謂之蘿蔔。《釋蟲》蜚蠦蜰。注：即負盤臭蟲。《釋鳥》寇雉泆泆。泆，音逸。注：即鷂鳩也。下云：秩秩海雉。秩，音逸。注：如雉而黑，在海中山上。他如《釋草》薜山蘄。又云：薜白蘄、薜庾草、薜牡蘋、薜山麻，則有五草而皆以薜名者矣。又《釋言》皇華也。疏：草木之華一名皇，則不僅鳥與草名皇也。

儒生修行，當從聖人大學之道，誠意正心八條目做去，不可涉於異端曲學。張楷以作霧致罪，郭璞以占驗危身，擇術不可不慎。故索隱行怪，聖人弗為。然隱怪莫甚於讖緯。魏孝文帝太和元年春正月戊寅，詔圖讖秘緯，及名為《孔子閉房記》者，一皆焚之，留者以大辟論。隋煬帝即位，發使搜天下書籍，與讖緯相涉者皆焚之。歐陽公欲取九經之疏，删去讖緯之文，使學者不為怪異之言惑亂，其意深矣。

史書無一字不是關係要緊的，卻無一字可删闕略忽的。若隨便讀過，其中何字下得最切要，何字下得最簡括，何字换轉不得，何字闕少不得，盡屬罔然，不如不讀。故程伯子先生[1]讀《漢書》，未嘗遺一字。史中無一事不關世道人心的，卻無一事不折衷義理的。若只作文字看過，善惡成敗，全不知覺，真是枉讀。故程叔子先生[2]讀史至半，必掩卷思所以成敗。其有不合，又復深思不釋。二程讀史之法，千古不易。

《新序》：昔者鄒忌以鼓琴見齊宣王。宣王善之，鄒忌曰：夫琴之，妻止之曰特與兒戲耳。曾子曰：嬰兒非與戲也，嬰兒非有知也，待父母而學者也，聽父母之教。今子欺之，是教子欺也。父欺子而不信其母，非以成教也，遂烹彘也，豈孟母本之曾元之母者耶？抑原一事，而記者舛異其人耶？何其相類之甚也。

傳休奕擬《金人銘》作口銘云：患從口入，禍從口出。松竊思之，入口之患猶小，而出口之禍甚大。嘗見今俗有與人偶然角口，卒至釀成殺身之禍。片語頗涉諷譏，便爾怨結終身，牢不可解。《金人》之誡曰：磨兜堅，慎勿言，余將終身誦之。《讀書鏡》云：孔子於《易》，著慎言者十二；於《論語》，著慎言者十五；於《戴禮》，著慎言者八。老氏猶譏之曰凡今之世，聰明深察而近於死者，好譏議人者也。博辨閎遠而危其身者，好發人惡者也。孔子大聖，老氏猶譏之，況其下者乎？且入口之患，患成，藥石猶足以治之。出口之禍，禍發，賢智不足以弭之。入口之患，及其身而止。出口之禍，及其身，及其家，及其子孫，及其邦國天下。吁！可畏哉！然則人謹入口之患，當先謹出口之禍。黃太史曰：萬言萬中，不如一默。是故君子欲訥於言。

所以象政也，遂為王言琴之象政狀，及霸王之事，宣王大說，與語三日，遂拜為齊相。有稷下先生，喜議政事。鄒忌既為齊相，稷下先生淳于髡之屬七十二人，皆輕忌，以謂設以辭，鄒忌不能及，乃相與俱見鄒忌。淳于髡之徒禮倨，鄒忌之禮卑，淳于髡等三稱，鄒忌三知之如應響，淳于髡辭屈而去。松按：《史

① “先生”二字原文似刪去。

② “先生”二字原文似刪去。

記》鄒忌子以鼓琴見威王，威王説，三月而授相印。淳于髠見之曰：髠有愚志，願陳諸公前。鄒忌子曰：謹受教。淳于髠語之微言五，其應若響之應聲。據此，鄒忌乃齊威王之臣，以鼓琴取相，亦威王時事。《新序》謂為宣王，誤矣。《六國表》齊威王二十一年，鄒忌以鼓琴見威王。二十二年，封鄒忌為成侯。《戰國策》鄒忌亦威王之臣。

《韓詩外傳》：孟子少時，東家殺豚。孟子問其母曰：東家殺豚何為？母曰：欲啖汝。其母自悔而言曰：吾懷妊是子，席不正不坐，割不正不食，胎教之也。今適有知而欺之，是教之不信也。乃買東家豚肉以食之，明不欺也。事與曾子之妻教子相類。《韓非子》云：曾子之妻之市，其子隨之而泣。其母曰：女還，顧反為女殺彘。適市來，曾子欲捕彘殺。

《周南·螽斯篇》序云：螽斯，后妃子孫衆多也。言若螽斯不妒忌，而子孫衆多也。《傳》螽斯，蚣蝑也。箋云[①]：凡物有陰陽情慾者，無不妒忌，惟蚣蝑不耳，各得受氣而生子，故能詵詵然衆多。疏亦云：螽斯之蟲不妒忌，故諸蚣蝑，皆共交接，各各受氣而生子。

松按：昆蟲之屬，雌雄相遇，則合而生子，非如人有夫婦之分、禮義之别，且人非螽斯，安知螽斯之不妒忌耶？若以螽斯多子，為興后妃不妒忌。然王者一人，而后妃夫人世婦等皆進御焉。螽斯非一雄，而羣皆雌也。昆蟲之雄，逢雌則合。或一雌而疊合衆雄，或一雄而輪交數雌，無有從一，無有倫常者也。謂螽斯多子為不妒忌，以美后妃，可耳。然雌蟲不擇雄，則文王亦不妒忌而後可。疏云：諸蚣蝑皆共交接，各各受氣而生子，殊欠分曉。夫詩人美文王子孫衆多。然多子之蟲，莫如螽斯，故舉以為興耳。何必定謂以螽斯興后妃不妒忌耶？詩序與箋、疏，皆似支離。朱子譏《箋疏》謂以不妒忌歸之螽斯，乃敘之誤是矣。《通義》謂此敘，當於言若螽斯絶句，連上文讀，而以不妒忌屬下

---

① “云”字原文似删去。

文，文義最穩，此說亦得。蓋詩本美文王子孫衆多，而其所以衆多之故，皆由后妃不妒忌。故敘言子孫衆多，而又言后妃不妒忌，推本而言也。

《詩·大雅》：太姒嗣徽音，則百斯男。毛云：則百斯男，太姒十子，衆妾則宜百子也，然有可疑者。文王百子，而見於書傳者，惟太姒十子，十子而外，不少概見。衆妾之子，雖賢愚不等。然百男之多，見於書傳者，惟《春秋左氏·僖公二十四年傳》云：管、蔡、郕、霍、魯、衛、毛、聃、郜、雍、曹、滕、畢、原、酆、郇一十六國。十六國中，太姒之子居其八。其八十餘子，不當無一人一事見於書傳。《詩》正義云：太姒一人有十子，不妒忌而進衆妾，則宜有百子。能有多男，為國屏翰，是婦人之美事。夫既云為國屏翰，則是百男皆賢，更不當止一十六國見於書傳。大抵詩人見太姒已有十子，後來生生不已，正未有艾，故以百斯男為頌耳。毛氏謂衆妾則宜，有百子，想當然耳。文王非真有百男也。太姒十子，《史記·管蔡世家》云：武王同母兄弟十人，其母太姒，其長子曰伯邑考，次曰武王發，次曰管叔鮮，次曰周公旦，次曰蔡叔度，次曰曹叔振鐸，次曰郕叔武，次曰霍叔處，次曰康叔封，次曰聃叔季載。皇甫謐曰：文王取太姒，生伯邑考，武王發，次管叔鮮，次蔡叔度，次郕叔武，次霍叔處，次周公旦，次曹叔振鐸，次康叔封，次聃叔季載。其名與《史記》同，其次則異。而定公四年《傳》云：武王之母弟八人，周公為太宰，康叔為司寇，聃季為司空，五叔無官。杜注：五叔，管叔鮮、蔡叔度、郕叔武、霍叔處、毛叔聃也。孔疏：《史記》云：聃季載，杜云：毛叔聃，又不數叔振鐸者，杜以鐸非周公同母，故不數之。孔氏謂叔振鐸非周公同母，豈其然乎?《注疏考證》亦謂孔氏之説未可信。或曰《白虎通·王者不臣篇》云：召公，文王子。《詩·甘棠篇》疏引皇甫謐亦云：召公，文王庶子。召公即尚書之君。奭，《説文》奭，燕召公名。王充《論衡·氣壽篇》亦云：召公，周公之兄也。此文王庶子之見於經史傳者。

松按：《史記·魯周公世家》云：周公旦者，周武王弟也。《管蔡世家》云：管叔鮮、蔡叔度者，周文王子而武王弟也。《衛康叔世家》云：衛康叔，名封，周武王同母少弟也。而《燕世家》云：召公奭，與周同姓，姓姬氏。云同姓不云文王庶子，亦不云武王庶弟，則非文王子也。《春秋》莊十三年，《穀梁傳》云：燕，周之分子也。注云：分子，謂周之别子孫也。《禮大傳》云：别子為祖。注云：别子，謂公子。《儀禮·喪服記》：公子為其母。注：公子，君之庶子也。《穀梁》云：周之分子，不云文王分子，則召公乃文王之從子耳。《史記集解》譙周曰：周之支族，食邑於召，謂之召公，是也。且書傳亦無有載文王之子名奭者。召公為周支族，非文王子，無疑。又《管蔡世家》注徐廣曰：文王之子，為侯者十有六國，本之《左傳》。而《左傳·昭公二十八年》成鱄對魏子云：昔武王克商，其兄弟之國者十有五人，與僖二十四年《傳》異。

又按：《禮記·樂記》：封黄帝之後於薊。陸氏《音義》云：薊即燕。孔安國、司馬遷及鄭皆云：燕邵公，與周同姓。按：黄帝姓姬，君奭蓋其後也。或黄帝之後封薊者滅絶，而更封燕郡乎？疑不能明也。而皇甫謐以邵公為文王之庶子，記傳更無所出。又《左傳》富辰之言，亦無燕也。據此，益見皇甫《白虎通》、《論衡》之説非。《周書·君奭》，周公留召公而作。若召公為文王子，與周公共輔成王，無可去之理，周公亦斷不稱之為君也。

《史記》太姒十子，謂管叔為周公之兄，周公為蔡叔之兄。皇甫謐謂周公為管蔡之弟。松按：《孟子》：周公弟也，管叔兄也。《趙岐注》云：《孟子》以為周公雖知管叔不賢，亦不必知其將畔，周公惟管叔弟也，故愛之。管叔念周公兄也，故望之。親親之恩也。趙氏注《孟子》而顯與《孟子》相背，必有所據。焦氏循《孟子正義》曰：《周書·金縢》管叔及其羣弟，乃流言於國。某氏傳云：周公攝政，其弟管叔及蔡叔、霍叔乃放言於國，以誣周公。《孔氏正義》云：《孟子》曰：周公弟也，管叔兄也。《史記》亦以管叔為周公之兄。孔似不用《孟子》之説，或可。孔以其弟謂武王之弟，與《史記》亦不違也，乃下公將不利於孺子傳云，三叔以周公大聖，有次立之勢。然則孔自以周公為武王弟，管叔為周公弟，乃為有次立之勢。其弟管叔承周公攝政之下，自指為周公弟，非承上為武王弟也。蓋漢時原有二説。《史記·管蔡世家》：武王同母兄弟十人，其長子曰伯邑考，次武王發，次管叔鮮，次周公旦。此以管叔為周公之兄也。《列女傳·母儀篇》：太姒生十男，長伯邑考，次武王發，次周公旦，次管叔鮮。《白虎通·姓名篇》：文王十子。引《詩傳》云：伯邑考、武王發、周公旦、管叔鮮，此以周公為管叔之兄也。盧氏文弨校《白虎通》引孫侍御云：此所引《詩傳》，疑出《韓詩内傳》，以周公為管叔之兄，與趙岐注《孟子》合。按《白虎通·誅伐篇》云：尚[①]《尚書》曰：肆朕誕以爾東征，誅弟也。又云：以爾東征，誅禄父也。誅弟，正指管蔡，不可以蔡統管。若管是周公兄，則宜以管統蔡云誅兄，今云誅弟，則管蔡皆周公弟也。高誘注《淮南子·氾論訓》云：管叔，周公兄也。此用《史記》。注《吕氏春秋·開春篇》云：管叔，周公弟。又注《察微篇》云：管仲叔，周公弟也。蔡叔，周公兄也。誘亦嘗注《孟子》者也。

按：《後漢書·樊儵傳》：儵云周公誅弟。注云：周公之弟管、蔡二叔流言於國。又張衡《傳思元賦》云：旦獲讟於羣弟兮，啟金縢而乃信。注云：成王立，周公攝政，其弟管叔、蔡叔等謗言云公將不利於孺子，周公乃誅二叔。《魏志·毌丘儉討司馬師表》云：春秋之義，大義滅親，故周公誅弟。稽康《管蔡論》云：按：記管蔡流言，叛戾東都。周公征討誅凶逆，頑惡顯著，流名千里。且明父聖兄，曾不鑒凶愚於幼穉，覺無良之子弟，而乃使理亂殷之弊民。下云：文王列而顯之，發、旦二聖，舉而任之。又云：凶頑不容於時世，而管、蔡無取私於父兄。此

① “尚”字原文似删去。

論正本《孟子》發之，而以文、武、周公為管、蔡之父兄，與趙氏同。李商隱《雜記》云：周公去弟。此皆以周公為兄者。毛氏奇齡《四書賸言》云：予嘗以此質之仲兄及張南士，亦云此事有可疑者三：周公稱公而管叔以下皆稱叔，一；周公先封周，又封魯，而管叔並無畿内之封，二；周制立宗法，以嫡弟之長者為大宗，周公、管、蔡皆嫡弟，而周公為大宗，稱宗國，三。趙氏所注，非無據也。周氏柄中《辨正》云：趙氏以周公為兄，管蔡為弟。《列女傳·母儀篇》數太姒十子，亦以管、蔡為周公弟。《鄧析子·無厚篇》：周公誅管、蔡，此於弟無厚也。《傅子·通志篇》：管叔、蔡叔，弟也，為惡，周公誅之。又《舉賢篇》周公誅弟而典型立。漢、晉諸儒，固有以管叔為周公弟者，不待臺卿此注也。此辨論周公為管、蔡之兄，最是明析。

松按：毛氏三疑，似可不必。夫周公佐武王定天下，武王崩，成王幼。當此之時，轉輔幼主而攝政，匪異人任，必賴懿親之賢者以輔相之，然後王室可安也。周公賢於管、蔡，此周公所以相成王踐阼攝政也。然爵人以功，五等之爵，公為首。周公攝政而治，有大勳勞，以公爵周公，所以尊周公也。封於周又封於魯，所以報周公也。其稱公者，非以周公為嫡弟之長而稱之也，所以爵有功也，非然者，何以五等之爵，如伯子男等，管、蔡皆不得封也？封魯者，猶之叔鮮封管，叔度封蔡耳。其封於周者，以周公攝政，不得就魯，故又封周，猶後世賜湯沐邑之意耳，亦所以報有功也，亦非以嫡弟之長而封之也。管、蔡無功，曷克有此？成王初立，管、蔡即以畔誅，即管叔為嫡弟之長，而身死國滅。史遷云：管叔鮮作亂，誅死無後，是也。既國滅無後，何得為太宗，又何疑周公為大宗而魯稱宗國乎？且伯邑考，文王嫡長子也，為暴紂所殺。文王崩，武王以次立，當以伯邑考為大宗。史遷云：伯邑考，其後不知所封，是伯邑考亦無後，立大宗，非周公而誰？毛氏之疑，似是而非。盧氏云：若管是周公兄，則宜以管統蔡曰誅兄，不可以蔡統管而云誅弟，此亦有可擬。夫周公誅管、蔡，管即為周公之兄。而云誅弟者，正以見周公不忍其兄之誅，亦親親之意也。管、蔡同畔，未有不同誅者。不言誅兄，而天下後世無不知管與蔡同誅者。史遷云：武王崩，成王少。管叔、蔡叔挾武庚以作亂。周公承成王命，伐誅武庚，殺管叔而放蔡叔，是蔡叔流放，而管叔實誅死。不云誅兄而云誅弟，此實體周公不忍誅兄之心，而有所不得已也，非以蔡統管也。要之《孟子》一書，實為弟子所會集。周公、管、蔡，記者或誤弟為兄，亦未可知。或實如《孟子》所云，亦未可知。年湮代久，考據殊難。漢去周未遠，且不能確知而有二説，豈今去周數千百年，而考據反確於漢儒乎？此必不然也。程氏瑶田《通藝録·論學小記》云：父子相隱，是事已露而私之也。周公使管叔監殷，是事未形而私之也。周公之為不知，而使不待言。然自陳賈言之，以為不智。何説之辭，自《孟子》言之，則曰周公弟也，管叔兄也。故私其兄而不疑之，此乃天理人情之至，斷無疑其兄畔之理。故曰周公之過，不亦宜乎？此論最精，當從《孟子》、《史記》。

沈括《筆談》云：高郵人桑景舒，善樂律。舊傳有虞美人草，聞人作《虞美人曲》，則枝葉皆動，他曲不然。景舒試之，誠如所傳，乃詳其曲聲，曰皆吴音也。他日取琴試用吴音製一曲，對草鼓之，枝葉亦動，乃謂之《虞美人操》。其聲調與《虞美人曲》全不相近，始末無一聲相似者，而草輒應之。與《虞美人曲》無異者，律法同管也。又云：予友人家有一琵琶，置之虚室，以管色奏雙調，琵琶弦有聲應之，奏他調則不應，寶之以為異物，殊不知此乃常理。二十八調，但有聲同者則應。若遍二十八調而不應，則是逸調聲也。《易》曰：同聲相應，其理然也。松因憶東漢張衡作候風動地儀，其形如酒尊，神機巧制，皆在尊中。外有八龍，首銜銅丸。下有蟾蜍，張口承之。如地動，尊則振龍機發，吐丸而蟾蜍銜之，振聲激揚，伺者因此覺知。一龍發機而七龍不動，尋其方面，乃知震之所在。驗之契合如神，其機秘密，後世不得而知。夫地動必有聲，以余意測之，大抵亦同聲相應之理。以黄鐘、太簇、姑洗、蕤賓、夷則、無射、大吕、夾鐘、仲吕、林鐘、南吕、應鐘之八聲，按八方而施其機於尊内，故其方地動，則其方機發而聲應。如《虞美人》草之應吴音，琵琶之應雙調耳。今之善五行音律者倘推其法，神而明之，庶幾悟其巧乎。

乾剛坤柔，剛陽柔陰，離陰坎陽。離之卦外皆陽，而中含一陰，故火雖猛烈，可撲而滅。坎之卦外皆陰，而中舍一陽，故水雖懦弱，而可以浮舟。

坎為水，魚生水中。鬐鬣翅尾，其狀類火，故諸魚皆屬火。坎中之陽也，即沈括所謂魚鱗蟲龍，類火之所自生也。

宋王逵《蠡海集》云：人為陽，物為陰。陽數自一而至九，無尾。陰數自二而至十，有尾，故人無尾而物有尾也。其理似是而非。夫以十為尾，則當以一為首。陰數起於二，無首，而物皆有首，何也？且吾聞黎人有尾，人不必無尾。螺、蜆、蛤、蚌、蝶、蜘蛛、蚊蠅、烏賊、蝮蠏，無尾之物，不可枚舉，物豈必盡有尾耶？又云：陽奇陰耦。陽為人，得奇數；陰為畜，得耦數。奇數縱，故人首直；耦數横，故畜首横。其説亦似是而非。人目横而畜目直，人畜口皆横而不直，此又何説？

《蠡海集》又謂：大海之内，夜黑有光，為真坎之象。陰極之坎，中有真陽，故夜中有光。松家番禺，濱大海，備知海狀。蓋海之夜光，假星月以為光。若天陰暗，作風雨，無星月，海之晦黑，更甚於陸。惟隆冬嚴寒，亢旱已久。海生鹹鹵，舟破浪開，楫分濤裂。輒紅光閃爍，如萬道金蛇，此則夜愈陰黑而光愈熀爍。若春夏雨水淋漓，則不作是光。王氏所謂夜黑海光，當謂隆冬之時。夫以一時之光，而遽以為象坎中之陽，附會孰甚。《蠡海集》又云：牛色蒼，雖有雜色而蒼多。近於春陽之生氣，故聞死則觳觫。羊色白，雖有雜色而白多。近於秋陰之殺氣，故聞死則不懼。凡草木，經牛噉之餘必重茂，羊噉之餘必悴槁。諺曰：牛食如澆，羊食如燒。信夫蓋生殺之氣致然也。

松謂不然，牛觳觫，羊不懼，物惟[①]性然耳，不關春秋生殺之氣。豕色亦蒼，何以聞死而不觳觫？犬色亦白，何以聞死而多懼？若牛羊噉草有茂有悴，蓋亦有故。牛性柔，其噉草也緩，緩則草根不動，故重茂。羊性剛，其噉草也競，競則草根動摇，故悴槁。牛食青草，不食他物，其口無毒，故噉草而草重茂。羊食斷腸草，又食死蛇、死鼠諸毒物汁，不食則羊瘟，其口毒，故噉草而草悴槁。草木之重茂、悴槁，實不關陽生陰殺之故。此格物有所不到而好為附會耳。且牧羊之山，草未嘗不重茂，幾曾見山緣牧羊而童也？亦因乎其時耳。使羊噉於春夏，草未必不重茂。牛噉於秋冬，草何嘗不悴槁。以牛羊之色為生殺之氣，泥矣。即以色而論，物産亦因乎其地耳。如我粤之牛有蒼、赤两種，蒼牛謂之水牛，赤牛謂之黄牛，而黄牛多於水牛數倍。若羊則俱黑，而白者千不一二，又何必牛近生氣而羊近殺氣耶？若以牛羊之色為陰陽生殺之氣，又何以解於我粤之牛羊乎？

太極生两儀，两儀生四象，四象生八卦，而生生之理備矣。卦爻自下而生上，故凡草木百穀皆倒生。系於地曰頭，親於天曰尾。即人與禽獸初生時，亦皆首在下。

晉文公出亡時，過衛。衛文公不禮，去。過五鹿，飢而從野人乞食。野人盛土器中進之，重耳怒。及反國，伐衛以報，見《史記·晉世家》。漢高祖微時，嘗辟事，與賓客過巨嫂食，厭叔叔與客來，嫂詳為羹盡，櫟釜，賓客以故去。已而視釜中尚有羹，高祖繇此怨其嫂。乃[②]及高祖為帝，封昆弟，伯子獨不封。太上皇以為言，高祖曰：某非忘之也，為其母不長者耳。於是乃封其子信為羹頡侯。《正義》曰：羹頡山，在嬀州懷戎縣東南十五里。按：高祖取其山名為侯號者，怨故也，見《漢書·楚王傳》。淮陰侯為布衣時，常數從其下鄉南昌亭長寄食。數月，亭長妻患之，乃晨炊蓐食。食時信往，不為具食。信怒，絶去。及

① “惟”字原文似删去。

② “乃”字原文似删去。

信為楚王，至國，召下鄉南昌亭長，賜百錢，曰：公為德不卒，見《淮陰侯傳》。夫以飲食細故，而斤斤於報復，器亦小耳。晉文譎詐，淮陰無行，不足道也。高祖提三尺定天下，素稱豁達，而亦不忘此，毋乃有傷大度耶，甚矣。怨之於人也，雖細必報。

景安趙彥衛《雲麓漫抄》謂：《後漢·徐孺子傳》云：家貧，常自耕稼，非其力不食。恭儉禮遜，所居服其德。屢辟公所不起，時陳蕃為豫章太守，以禮請為功曹。穉既謁而退。蕃在郡不接賓客，唯穉來特設一榻，去則收之。及《陳蕃傳》不書此事，卻云蕃為樂安太守。郡人周璆，高潔之士，前後郡守招命莫肯至，唯蕃能致焉，字而不名，特為置一榻，去則收之。璆，字孟玉，臨濟人，有美名，司馬温公《通鑑》亦祇書徐穉事，而不及周璆，故周璆之名益不顯。細考之，蓋陳蕃能尊敬賢士，為豫章太守則下徐穉之榻，為樂安太守則下周璆之榻，范蔚宗不能發明之耳。松謂：此正蔚宗史筆。陳蕃為徐穉下榻，詳書於《徐孺子傳》中，所以表孫孺子之賢，而不復書於《陳蕃傳》中者，此史家之省筆也。蕃為周璆下榻，詳書於《陳蕃傳》中，所以表周璆之賢，而不為周璆立傳者，亦史之簡筆，且以見孺子之賢於璆也。正如史遷《史記·范蠡》伯越諸筆策畫，詳載於《越世家》，而《范蠡傳》中不載之類。趙氏謂《陳蕃傳》不載下徐穉榻事，譏其不能發明，非善讀史者。周璆，《羣輔録》作冉璆。楊升菴《丹鉛総録》云：魏裴潛為兖州太守，嘗作一胡床，及其去，留以挂柱。梁簡文帝詩：不學胡威絹，寧桂裴潛床。太白詩：去時無一物，東壁挂胡床。夫陳蕃收榻所以待賢，裴潛挂床表其自潔，两太守均足千古。

《詩·周南》：卷耳，即今藥草中之蒼耳子。《爾雅》卷耳，苓耳，《廣雅》苓耳，枲耳也。《蒼頡篇》葈耳，一名蒼耳，葈枲同音，葈耳即枲耳。《埤雅》引《荆楚記》亦云：卷耳即蒼耳。陸璣疏云：葉青色白，似胡荽，白華，細莖，蔓生，可煑為茹，滑而少味，四月中生。郭璞注云：形如鼠耳，叢生如盤。松按：今蒼耳，樹生，無蔓生者。色不白，不似胡荽，花竊紅，葉如覆盆，子大如小豆，狀如爪椎，多刺，高二尺許，不可煮食。不知陸氏所據。《爾雅》《陸德明音義》引《廣雅》云：苓耳，蒼耳、葹、常枲、胡枲之類。松按《廣雅》：無蒼耳之文，而有枲耳。陸氏誤引枲耳為蒼耳耳。

陳處士啟源《毛詩・稽古篇》云：張子厚、吕和叔皆謂采卷耳，以備酒醴之用，見《讀詩記》：此見下章金罍兕觥語，故為此說也。按《本草》蒼耳，並無釀酒之用。惟崔實《月令》有伏後為麴之説。張吕豈本此乎？今造神麴，亦用蒼耳汁。然神麴惟入藥，不以釀也。《月令》之麴，殆斯類。松按：張吕之説，正本崔實《月令》。《書・説命》若作酒醴，汝為麴蘖。蓋誤認麴為麴蘖之麴，故云備酒醴之用耳。《芣苢》，《韓詩》云：芣苢，澤寫也。

松按：《爾雅・釋草》：芣苢馬舄，馬舄車前。注：今車前草，大葉長穗，好生道旁。陸璣詩疏：此草好生道邊，及牛馬跡中，故有車前當道，馬舄牛遺之名。澤瀉，《别録》云：生汝南池澤。《本草綱目》注蘓頌曰：今山東、河陝、江淮亦有之，漢中者為佳。春生苗，多在淺水中，葉似牛舌，獨莖而長，秋時開白花，作叢，似穀精草，與芣苢狀類迥別。《韓詩》謂芣苢即澤寫，大抵以《爾雅》、《芣苢》馬舄誤馬舄為澤瀉與。然馬舄之舄，四夕反，足履也。澤瀉之瀉，先野反，水瀉也。音義皆殊，《韓詩》何得有是誤？又按：《釋草・蕍蕮》注：今澤蕮。陸《音義》：蕮本，又作舄，私夕反。郭云：今澤舄。按《本草》一名水舄，一名及瀉。據此，澤瀉古本名澤舄，《韓詩》之誤當以此與。又按：《本草》：車前子，氣味甘寒無毒，主治强陰益精，令人有子。周南婦人宜採其實矣。而澤瀉亦甘寒無毒，補女人血海，令人有子，亦宜於婦人。《韓詩》誤芣苢為澤瀉，抑以此與？芣苢馬舄，陸《音義》引《説文》：芣苢、馬舄也，其實如李。按《周書・王會篇》云：桴苡，其實如李，食之宜子。孔晁注：食桴苡，即有身。《詩疏・王肅》引《王會解》：桴苡，音芣苢，木也，如李，出西戎。

王基駁云：《王會》所記雜物奇獸，皆四夷遠國，各賫土地異物以為貢贄，非周南婦人所得采，是芣苢為馬舄之草，非西之木。陸氏引《説文》謂芣苢如李，誤矣。又按：《本草》注：芣苢，處處有之，春初生，苗葉布地如匙面。累年者長及尺餘，中抽數莖作長穗，如鼠尾。陸璣疏：澤蕮，其葉如車前草大，其味亦相似。《韓詩》以其似而誤與。即如《魏風·汾沮洳》之三章，言采其藚。毛傳：藚，水蕮也。孔疏引《爾雅》：藚，牛脣。李巡曰別二名。郭璞引《詩》傳曰：水蕮也，如續斷，寸寸有節，拔之可復。又引陸璣疏云：今澤蕮也，葉如車前。是孔疏又以澤蕮為藚，不知《爾雅》疏原不用陸璣澤蕮之説。《爾雅》別有蕍蕮，為今澤蕮。《詩》疏不為置辨，亦誤。馬舄，徐鍇引翰《韓詩》：芣苢，亦謂木名，其子亦似李，但微小耳。考今車前子，狀不似李。按：《韻會》所引李作麥。此為近之。徐氏蓋泥於《王會》之説。又見今車前子不如李，故云亦似而微小與，而不知皆非也。

松按：芣苢有兩種，《御覽·草部》引《爾雅》芣苢郭注云：今車前草，大葉長穗，好生道邊，江東呼為蝦蟆衣。《周書》所載同名耳，非此芣苢。則知《王會》、《説文》所云之芣苢木，實如李者，乃別一種，惟食之，亦令人有子，與芣苢同，故亦謂桴苡為芣苢，名同實異，非《詩》之芣苢也。今本《爾雅》郭注，脱去《周書》所載以下十一字，故起後人之疑耳。《太平御覽》引《爾雅·釋草》：藚牛蘈。孫炎云：車前一名牛蘈，與今《爾雅注疏》迥異，不知所據。

卷之四

二月驚蟄節，古云啟蟄，《夏小正》正月啟蟄，《左傳·桓公五年》凡祀啟蟄而郊是也。漢景帝名啟，漢避景帝諱，改啟為驚，故《南淮子》云：雷驚蟄。自後歷代相沿皆云驚蟄，承漢諱也。松按：今歷與古歷，不無小異。《夏小正》：正月啟蟄。《月令》：仲春之月始雨水。是古歷先啟蟄，後雨水。《律歷志》又先穀雨，後清明。齊氏《注疏考證》云：蟄蟲始振，注：漢始以驚蟄為正月中；疏：前漢之末，劉歆作《三統歷》改驚蟄為二月節。按前志猶云驚蟄，正月中雨水二月節。至《續志》始移雨水於前，則劉歆之後，始改易也。《春秋》疏乃云：太初以後，更改氣名，以雨水為正月中，驚蟄為二月節。不幾兩疏自相矛盾乎？據此，漢始改驚蟄為二月節，今沿漢歷也。《周官·考工記·韗人》凡冒鼓，必以啟蟄之日。鄭注云：啟蟄，孟春之中也。賈疏云：正月立春，啟蟄中，故云中也。據此，漢末猶以啟蟄為正月中也。《春秋》疏不足據。

《春秋》有兩行人子羽，一為鄭大夫公孫揮，一為衛大夫。《左傳·哀公十二年》：初，衛人殺吴行人且姚而懼，謀於行人子羽。注：子羽，衛大夫也。

《前漢·敘傳》：且後宫賢家，我所哀也。注：師古曰班倢伃有賢德，故哀閔其家。松謂：家，當讀如曹大家之家，音姑。大家，女之尊稱。班倢伃賢，故太后稱曰賢家耳。師古説於文義牽强。

《曲禮》：醫不三世，不服其藥。三世，注云：慎物齊也。

疏云：擇其父子相承，至三世也。吕氏曰：醫三世，治人多，用藥[1]物熟，功已試而無疑，然後服之，此謹疾之道。又云：一曰《黄帝針灸》，二曰《神農本草》，三曰《素女脉訣》。又云：夫子脉訣，若不習此三世之書，不得服其藥。松謂後説為得。夫醫之一道，奥妙深微，在人心悟，真有父不能得之於子，子不能得之於父者，非父子相承，便為名醫也。若習熟《針灸》、《本草》、《脉訣》諸書，則醫學淹博，醫理貫通。雖掘起為醫，其失之者鮮矣。今人請醫，往往以祖傳為良者，誤矣。焦氏《禮記補疏》云：按不讀《神農》、《黄帝》之書，不知《針灸》、《本草》、《脈訣》，不可為醫。一醫字，已詳審其能讀書、知藥物矣。又必祖孫相傳，乃不致以紙上陳言，誤人生死，所為慎物齊者。如此不知醫，而徒以三世固非慎，徒以讀《神農》、《素問》之書。而不三世亦非慎，彼不能讀書，不可為醫，而妄稱為醫者。早屏之不論不議，又何問其三世否也？《潛邱劄記》言：元人葛恒齋嘗立説，以為醫當視時之盛衰為損益。劉守真、張子和值金人强盛，民悍氣剛，故多用宣洩之法。及其衰也，兵革之餘，饑饉相仍，民勞志困，故張潔古、李明之多加補益。愚謂司天在泉，《素問》詳矣。而三元甲子，以百八十年而周。上元風木，中元火土，下元金水，氣化既殊，治法亦異，非三世不足以目驗知之。

松見金[2]今醫，其亦曾涉獵《神農》、《黄帝》之書，與《針灸》、《本草》、《脉訣》者，間或有之，而果熟讀《神農》、《黄帝》之書，真知《針灸》、《本草》、《脉訣》者，已千不得一，一之為難，矧三世相傳耶！如焦氏説，三世之醫，世罕其人。恐病者終無可服之藥也。今禮食飯，止食一穀。食黍則黍，食稷則稷，食稻則稻，食粱則粱，無有一時數穀並食者。松按：《儀禮・公食大夫禮》云：宰夫設黍、稷六簋於俎西。黍當牛俎，其

① “藥”字原文似删去。

② “金”字原文似删去。

西稷。又云：宰夫膳稻於粱西，注：進稻粱者以篚。又云：賓卒食，會飯，謂黍稷也。此食黍稷，則初時食稻粱。據此，是黍稷稻粱，一時並食也。然《公食大夫禮》賓止三飯，何能辯食四穀？則四穀雖設，而不必辯食者也。而《禮》云：會飯。豈黍稷兩飯相和而食與？

魚翅，今俗以為海羞珍品；而乾鳥翅，古人亦以為脯羞。《儀禮・士冠禮》：三醮，有乾肉，北面取脯，見於母。疏云：鄭注云：大物解肆乾之，謂之乾肉，若今梁州鳥翅矣。又《士虞禮記》有乾肉折俎。注：乾肉，牲體之脯也，如今涼州鳥翅矣。折以為俎，實優尸也。松按：乾鳥翅，食之無肉，與鷄肋何異。古人重此不知作何食法耳，大抵亦如今煮先魚翅之法與。鳥翅之鳥，一作烏。

《管子・小稱篇》云：毛嬙、西施，天下之美婦人也，盛怒氣於面，不能以為好。越苧蘿女，亦名西施，豈古有此美婦人？而越女慕之以為名與。夏姬，亦名西施。《莊子》：厲與西施。司馬彪注云：夏姬、驪姬，亦名西施。《墨莊漫録》：麗姬，晉獻公嬖之，以為夫人。崔誤本作西施，然考之書傳，無有以西施名麗姬、夏姬者，不知所據。豈亦以麗姬、夏姬之美如古西施？故以名與。《孟子》：西子蒙不潔。趙岐注云：西子，古之好女西施也。蒙不潔，以不潔污巾帽而蒙其頭也。當是《管子》所云之西施，非苧蘿之西施。而宋孫奭疏云：按《史記》西施，越之美女。越王勾踐以獻之吴王夫差，大幸之。每入市，人願見者，先輸金錢一文，是西施也。

松按：管仲在滅吴前二百餘年，而《管子》之書已云西施。凡稱美必於其始。則《孟子》所稱西施，為古之西施，非越之西施無疑。故趙注亦云古之好女西施，而不云苧蘿之西施，亦知古有美人名西施，而《孟子》不謂苧蘿女也。孫氏未讀《管子》，不知古有西施，且《孟子》言西子蒙不潔，亦即《管子》西子盛怒氣於面之意，言以為越之西施，誤矣。《淮南子・脩務訓》云：今夫毛嬙、西施，天下之美人。若使之銜腐鼠、蒙蝟皮、衣豹裘、帶死蛇，則布衣韋帶之人，過者莫不左右睥睨而掩鼻。趙氏云：汙巾帽而蒙其頭，意本《淮南》。《楚策》云：西施衣褐，而天下稱美；衣褐者，衣服惡耳，非如《淮南》所云之不潔，故亦以為美。所云西施，皆當是古西施，非越西施。且按今《史記》，無每入市云云之文，不知孫氏所據。夫以王妃之貴且豔美，為王幸寵，而入市斂錢。有是理乎？荒唐孰甚。毛嬙，司馬彪云，古美人，一云越王美姬。然《管子》已言毛嬙亦當是古美女，而非越王姬也。

《大戴禮·曾子·少間篇》云：海外肅慎，北發渠搜，氐羌來服。注云：渠搜貢露犬。汪氏《大戴禮記正誤》云：露，盧，刻作虛。《戴氏文集》曰虛字誤。又引《逸周書》曰：渠搜以鼩犬。鼩犬者，露犬也，能飛食虎豹。松按：《説文》：鼩，胡地風鼠。《廣韻》：鼠屬，能飛食虎豹之物，似鼠而小也。諸字書所載，皆云鼩能飛食虎豹，未有云鼩犬者。此皆不知《逸周書》之以鼩為鼩犬也。鼩犬，方桐山《通雅》作鼩犬，謂《王會》之鼩犬，即《山海經》馬成山之露犬。如白犬而黑頭者，能逐虎。王融《曲水序》用紈牛露犬是也。松按：《爾雅》鼠屬，鼩鼠。注：小鼱鼩也，鼩為鼠名。書傳未有信[1]言別獸之名鼩者，鼩當是鼩之誤。其云如白犬，又與《説文》異。夫露犬者，瘠犬也。《左傳·昭公元年》，勿使有所壅閉湫底，以露其體。注：露，羸也。疏：肌膚瘦，則骸骨露也。渠搜之獸名露犬者，當是羸瘦骨露，故露名與。其飛也，駛如風，故胡地又名風鼠。鼩鼠屬，而以犬名者，犬能獵獸，鼩飛食虎豹，以故名也。且凡獵犬皆羸瘦，羸瘦則其奔走也捷，益知露犬之露之為羸瘦矣。王廙《易注·説卦》為瘠馬。注云：健之甚者，為多骨也。露犬能飛食虎豹，健之甚也。此足為露犬羸瘦之證。《博物志》云：文馬，赤鬣身白，似若黄金，名吉黄之乘，復薊之露犬也，能飛食虎豹，此又以露犬為良馬。

① “信”字原文似已删去。

武王伐紂，《周書·克殷解》云：紂自燔於火，武王擊之以輕吕，斬之以黄鉞。折縣諸太白。《史記》云：紂登鹿臺，臺蒙衣其珠玉，自燔於火而死。武王以黄鉞斬紂頭，懸於太白之旗。《墨子》云：武王折紂而擊之赤環，載之白旗。《論衡》云：紂赴火死，武王就斬以鉞，懸其首於太白之旗。《春秋元運苞》亦云：武王以黄鉞斬紂頭。《古今注》云：武王以黄鉞斬紂，故王者以為戒。《尸子》云：武王砟殷紂之頭，手污於血，不温而食。諸書皆云武王以黄鉞斬紂頭，惟《世紀》云：紂自燔於宣室，周公為司徒，使以黄鉞斬紂頭。夫武王伐紂，紂既自燔死，斯亦已矣。何必親斬其頭而懸諸太白耶？雖在後世假仁假義之君，滅人之國，其君已死。猶以君禮葬之，矧武王之聖耶！斯事理之必無者。如諸書所載，或者一人倡其論，而諸人從而和之與。《尸子》云：手污於血，不温而食。斯又和之而特甚其詞者與。《賈誼新書》又云：紂將與武王戰，紂陳其卒，左臆右臆，鼓之不進，皆還其刃，顧以鄉紂也。紂走還於寢廟之上，身鬭而死，左右弗助也。紂之官，立舉紂之軀，棄之玉門之外。民之觀者，搴帷而入，提石之者，猶未肯止。據此，武王不曾斬紂，又使人帷而守紂之尸。諸書皆云紂自燔死，而《新書》謂其鬭死，所見亦異。《淮南子》云：紂拘於宣室，而反其過，而悔不誅文王於羑里。據此，武王不特不斬紂，紂且不死，而武王拘之耳。而《周書·世俘解》云：武王在祀，太師負商王紂懸首白旂、妻二首赤旂，乃以先馘入，燎於周廟。商紂之死，諸説紛紛，未詳孰是。如果武王以紂薦俘，是以斬紂張武王[①]功也，武之心尚足問哉。

馬宛斯云，紂若不死，武王為民請命，亦放廢之而已，未必遽推刃於其頸。松按：《周書》、《史記》諸書，皆云武王斬紂，即以仇讐言。仇生則必剚刃於其腹，仇死不重戮其尸者有之。未有死尚戮其屍，而生反釋其刃者。或曰：武王與紂何讐。伐紂，

① “王”字原文似删去。

為民請命耳，不得以仇讐為比。不知武王誅紂，為天下匹夫匹婦復讐，更切於一己之私。觀於《世俘解》，太師負商王懸首白旂、先馘，武王正以斬紂表彰武功，又安知紂不死？武王必不推刃於紂耶！馬氏衹欲回護武王而云然矣。然馬氏非知武王意者。武王蓋以商紂暴虐，殘害萬姓，親離衆叛，同於獨夫。不伐紂，何以除暴救民；除暴救民，不取殘，不足以快天下；取殘而不誅，更不足以快天下。斬紂薦俘，武王正以此表白臣民，以示周之伐商，非為一己之私，實憫萬姓凶害之罹，而無辜荼毒也。此武王之心本也，雖然已甚矣。

黽勉，嚴粲《詩緝》曰：力所不堪，心所不欲，而勉强為之，曰黽。《集韻》：黽，勉也。《孫季昭示兒篇》：黽，蛙屬。黽之行，勉强自力，故曰黽勉。又作僶俛。陸機《文賦》：在有無而僶俛。李善注引《詩》：何有何無，僶俛求之。劉公幹詩：僶俛安能追。殷仲文《表》：僶俛從事，又作僶勉。《舊唐書》朱全忠請討沙陀天子，僶勉從之。黽勉之“黽”又作“閔”。《書・君奭》：予惟用閔於天越民。傳閔，勉也，勉又作免。《前漢書・薛宣傳》：宣因移書勞免之。故黽勉又作閔免。《漢書・谷永傳》：永諫成帝微行，閔免遁樂。師古注：閔免，猶黽勉也。《五行志》作閔勉遯樂。又《釋名》：敏，閔也。汝穎言敏曰閔。《漢書》又以黽勉為敏勉。敏勉，猶勉勉也。《爾雅・釋詁》又作蠠没。郭注云：蠠没，猶黽勉。邢疏云：以其聲相近，方俗語有輕重耳。陸《音義》云：本或作蠭。《説文》云：古密字。

松按：阮宮保《鐘鼎彝器款識》云：古器銘，每言蔑歷。按其文，皆勉力之義。是蔑歷，即《爾雅》所謂蠠没，後轉為密勿，又轉為黽勉。《小雅・十月之交》云：黽勉從事。《漢書・劉向傳》作密勿從事是也。據此，黽勉，古原作蔑歷。《毛詩》黽勉同心，《文選・為宋公求加贈劉前軍表注》引《韓詩》，亦作密勿同心，勿亦勉也。《禮・祭義》：勿勿乎其欲其饗之也。注：勿勿，猶勉勉也。《禮器注》亦云然。蠠没，又轉為懋慔。《釋訓》：懋懋慔慔，勉也。又轉為侔莫。《方言》：侔莫，强也。

北燕之外郊，凡勞而相勉若言努力者，謂之侔莫。又轉而為文莫。《方言》之侔莫，即《論語》之文莫。劉端臨曰：文莫吾猶人也，猶曰黽勉吾猶人也。又按：勉，本通俛。《周禮·矢人》：前弱則俛。《唐石經》俛作勉。顧寧人以《石經》為誤，蓋不知古人俛、勉通用耳。《表記》：俛焉，日有孳孳。鄭注：俛焉，勤勞之貌。是俛即勉也，俛本俯字，亦音免，故借為勉。黽勉，又通作僶。《爾雅·釋詁》：劭僶，勉也。《方言》：周鄭之間謂相勸勉曰僶。注云：僶亦訓勉。《文選·思玄賦》：僶自強而不息兮。舊注：僶，勉也，又通作僶。《爾雅·釋文》：僶字本作僶，又作黽，或作泯。《集韻》僶音泯，義同。是僶之一字，有黽、勉二音，而又有黽、勉之訓。俛又通冕，《左傳》衮冕，孔穎達疏、《儀禮·士冠禮》、《周禮·弁師》、賈公彥疏，皆云：冕，俛也。《白虎通》云：十一月之時，陽氣冕仰，黃泉之下，萬物被施。前冕而後仰，故謂之冕。俯仰之俯，本通作俛，音府，不音勉。據《白虎通》，音勉而不音府，《白虎通》以冕當俛，則俯仰直可謂之冕仰矣。

戚施，方桐山《通雅·釋詁》云：韓道昭作《頡頏詩》，戚施注讀為蹴駝。叶鴻則離，古離讀羅，施讀駝。楊氏引《詩》疏作頡頏。《說文》引詩得此䵶䵹，即戚施。故《薛君章句》以戚施為蟾蜍，而升菴遂以䵶䵹為戚施，誤矣。蘇宏家《韻輯》載䵶䵹，注：音去秋，出《說文》，此沿升菴䵶䵹之誤，而又收字書訛省之字也。劉氏《玉麐甓齋遺稿》云：《詩》得此戚施，《爾雅·詁詩》作戚施，《說文》引《詩》作䵶䵹，戚施之義，毛傳曰：戚施，不能仰者。《釋訓》：戚施面柔。郭璞曰：面柔之人常俯，似之也。賈逵注《國語》曰：戚施，僂也。薛君傳《韓詩》曰：戚施，喻醜惡也。夫曰常俯，曰不能仰，曰柔，曰僂，止解得一戚字，至曰醜惡，則賅括矣。然未分晰也。惟許氏則曰：䵶言其皮䵶䵶，䵹言其行䵹䵹，以䵹䵹狀其行來之態注釋家所未嘗見及者。彼《邱中有麻》之詩曰將其來施施，《孟子》曰施施從外來，即此戚施之施也。蓋詹諸之體出目侈口，豐前耀後，皤腹短脰。蚵蚾鉏鋙，緩胡蹣跚，性則䗪蠑，縱體甚難。故《淮南》訕其不能捕蚤，而人之舒遲其行者往往似之。故《詩》傳曰：施施，難進之意。箋曰：舒行伺間。毛鄭之説，與許氏合。乃《孟子》趙岐注曰：扁扁，喜悦之貌。夫齊人厭飽，酒肉歸於其室，邪施而行，驕態盡出，殆亦如詹諸之鼀鼀然。若但以為扁扁喜悦，則未盡形容矣。此亦謂戚施為詹諸。

松按：《新臺》之詩，上章言籧篨。籧篨乃席之粗者，此言戚施、詹諸乃蟲屬之醜者，皆以物之粗醜者為喻。《爾雅》言籧篨體柔，戚施面柔。籧篨為席，席則可卷，故曰體柔；詹諸首本常仰，惟見人即俯，故曰面柔。《詩》箋亦云：面柔，下人以色，故不能仰也，詹諸殺有此狀。又按：詹諸本能跳躍，惟其行則蹣跚，劉氏謂即《詩》與《孟子》之施施。其行舒遲之狀者，蓋謂詹諸之行也。劉氏云：《爾雅》、《詁》、《詩》作戚施。松謂詁字上當有釋字，詩字上當有引字。《通雅・蟲部》云：蟾蜍，一作詹諸。《爾雅》鼁䵷、蟾諸，即蝦蟆、詹諸、蛤蚾也。身大、背黑、多痱磊，曰蛤蚾，一名去甫。俗以蝦蟆為黽之通名，謂此為癩蝦蟆。《爾雅》鼈蟇，謂青䵶也。䵶、蟈皆総名，大而青脊者，俗名土鴨，鳴甚壯；黑色者，南人呼為蛤子，食之至美，亦名水鷄，亦呼田鷄。按：我廣俗謂黑背多琲磊者為禽䵷，人少食，惟患痢者食之，甚毒。老禽䵷噴氣如火，能與蛇鬬；又能以掌掩目，以避蛇毒，蛇輒負。禽䵷腹大而脚瘦短，其狀與田鷄異。田鷄多跳躍而少行，禽䵷多行而少跳躍。若以為行舒遲之喻，則戚施當是今之禽䵷，非田鷄。禽䵷即蟾蜍，琲磊，蘇頌作痱磊。

《孟子》：雖有鎡基。趙岐注：鎡基，田器，耒耜之屬。又作鎡錤。《禮・月令》：具田器。注：田器，鎡錤之屬。正義引《孟子》作鎡錤，《齊民要術》亦作鎡錤。《説文解字》：欘，齊人謂之鎡錤。郝氏懿行《爾雅・釋器》義疏引《説文》作鎡其。又作兹其。《周禮》薙氏注：以兹其斫其生者。疏：漢時兹其即今之鋤也。王氏念孫《廣雅疏證》云：斫，齊謂之兹其。《衆經音義》引《倉頡篇》云：鉏，兹其也。《漢書·樊酈滕灌傳》、《靳周傳贊》皆作兹其。又作鎡具。《月令》：季夏，燒薙行水。疏引薙氏、鄭康成注云：萌之者，以鎡具斫其生者。松按：具，蓋其之誤。又作兹基，《漢書·樊噲傳贊語》云：雖有兹基，不如逢時。又作兹箕，《爾雅·釋器》：斪劚，謂之定。陸氏《音義》引《説文》云：齊謂之兹箕，李云鋤也，又作鎡箕。《詩·大田篇疏》云：耒耜之具，别言田器，則耘耨所用，故彼注云鎡箕之屬。松按：《周禮·地官》遂大夫簡稼器。鄭注：稼器，耒耜鎡基之屬，此趙岐注之所本。

《論語》：耰而不輟。注：耰，覆種也。《孟子》：播種而耰之。亦覆種也。《説文》作櫌，从木憂聲。徐注：櫌，摩田器。引《論語》櫌而不輟，布種後以此器摩之，使土開發處復合、覆種也。松按：耰有二義。《齊語》：管仲云：及耕，深耕而疾耰之，以待時雨。韋昭注云：耰，平也，時雨至當種之也。《莊子·則陽篇》：深其耕而熟耰之，其禾繁以滋。注：耰，鋤也。《史記·龜策傳》：耕之，耰之，耡之，耨之。觀此，耰之事，當在布種之前，不僅覆種始言耰也。又《淮南子·氾論訓》云：民勞而利薄，後世為之耒耜耰鋤。注：耰，椓塊椎也。三輔謂之儓，所以覆種也。注：謂耰為椎，椎所以擊碎土塊而後播種耳，與覆種本是二事。若土塊未經椓碎，乃先播種，而後椓碎其塊以覆種，必無之理。注：甚蒙混。莊云熟耰，當是反覆鋤椎其土塊，使之細碎；又横縱推摩之，使之平正。若今俗開耕時復鋤碎，冬耕謂之耕熟矣。

廣俗凡高田及濱海圍田，收穫後，或用人，或用牛，先鋤犁其田，翻起土塊，使冬陽暴之，謂之曬冬耕。冬耕有二，其先放水潤田，然後鋤犁，謂之濕冬；其田已先暴乾，然後用工硬鋤，謂之乾冬。冬耕透暴，來歲田不糞而腴，獲穀常過於常畝。然濕冬又不及乾冬之尤肥美，即《廣東新語》所謂廣州十月穫終，即起土犁曬，根荄霜凝，則田可以不糞者也。耰又訓勞，耰田即勞田。勞田，及時摩勞也。歐陽公《通進上書》云：久廢之地，其利數倍於勞田。本《六韜》勞地之勞，諸刻作榮田，非。又《齊民要術》云：春耕尋於勞，秋耕待白背勞。凡秋耕欲深，春夏欲淺，犁欲廉，勞欲再。注云：古曰耰，今曰勞。《說文》曰：耰，摩田器，今人亦名勞曰摩。鄙諺曰：耕田，摩勞也。秋多風，若不尋勞，地必虛燥。諺曰：耕而不勞，不如作暴，蓋天澤難遇，喜天時故也。再勞地熟，旱亦保澤，故勞欲再也。見《通雅》。據此，勞亦謂熟耕其田，即《管子》疾耰以待時雨之意。晉灼《漢書注》云：以耒推塊曰耰。《夏小正》二月，往耰柔禅。洪氏震煊《疏義》引《氾勝之書》云：凡耕之本，在於趨時和土。春，地氣通，可耕堅硬強地黑壚土，輒平摩其塊以生草；草生，復耕之；天有小雨，復耕和之。勿令有塊，以待時，所謂強土弱之。春候地氣始通，土塊散，陳根可拔。此時二十日以後，和氣去，即土剛。以此時耕，一而當四；和氣去耕，四不當一。杏始華榮，輒耕輕土、弱土。望杏花落，復耕；耕輒勞之，草生，有雨澤，耕，重勞之。古曰耰，今曰勞。此亦言初耕時，摩平土塊，不謂之覆種。耰專訓覆種似誤。

又按《漢石經》，耰亦作櫌。《五經文字》云：櫌音憂，覆種，見《論語》。《孟子》：播種而憂耰。孫氏《釋文》：耰，壅苗根也，亦覆種之意。段氏玉裁《說文解字注》云：《五經文字》曰經典及釋文皆作耰。鄭曰：耰，覆種也。與許合。許以物言，鄭以人用物言。《齊語》：深耕而疾耰之，以待時雨。韋曰：耰，摩平也。《齊民要術》曰：耕荒畢，以鐵齒鎇鍱，再徧鈀之。漫擲黍穄，勞亦再徧。即鄭所謂覆種也。許云摩田，當兼此二者。賈又云：春耕尋手勞，秋耕待白背勞。古曰耰，今曰勞。勞，郎到切，《集韻》作撈。按：撈，今俗所謂抄也。土初耕尚粗成塊，以鐵齒耙之則細，屢耙則愈細，所謂抄也。先耙其土令細，是摩平也。既播種又耙之，是覆種也。摩平、覆種二事，而皆用此耰。覆種亦是摩田，而摩田不皆覆種也。播種而耰，當是履覆種。《論語》耰而不輟，方在耦耕之後，蓋始摩平其粗塊，不必覆種矣。《音義》引丁云：音憂，壅苗根也。時方播種，尚未生苗；種已生苗，豈容摩平。丁説非是，是未播種之前，摩平土塊謂之耰。已種之後，摩土覆種，亦謂之耰。言耰之事，當其二義。《漢書·食貨志》：趙過能為代田，一晦三甽，后稷始甽田。廣尺、深尺曰甽，長終晦，一夫三百甽，而播種於甽中，苗生葉以上，稍耨隴草。因隤其土以附根苗。苗稍壯，每耨輒附根。比盛暑，隴盡而根深，能風與旱。據此，畝間深處為甽，高處為隴，濬甽所以播種，隤隴所以附根。隤隴附根，即耰覆種之意。

古今以好客顯名天下，莫若齊孟嘗、趙平原、魏信陵、楚春申也。當其時，孟嘗之客三千人，平原之客數千人，信陵之客亦三千人，春申之客三千餘人，此四君者好客則同，而優劣則有別也。松謂四君，信陵為最，孟嘗次之，平原又次之，春申為下。夫孟嘗食客三千，而得客之用者四：一取狐白裘之狗盜，二出函谷關之鷄鳴，三以邑入假與賢者之魏子，四焚債券之馮驩，皆能脱孟嘗於難，而孟嘗賴以安者也。孟嘗罷相，馮驩説秦，秦遣車十乘、黄金百鎰，以迎孟嘗，孟嘗得復其位。由此觀之，孟嘗之見重於秦齊食客之力也。平原亦食客數千人，而得客之用者止一毛遂。如十九人者，亦録録而躄者見笑於平原，卒至利令智昏，貪馮亭邪説，使趙陷長平兵四十餘萬，邯鄲幾亡。此其食客皆録録，亦可見矣。後感李同之説，得敢死士三千人赴秦軍，秦軍為之卻三十里，邯鄲復存。此趙有賢士，而平原不能得之之明驗也。吾故曰：孟嘗次之，平原又次之。春申嘗為諸侯合從長，以伐秦，至函谷關，秦出兵，皆敗走。春申有朱英而不能用，後竟為李園所刺殺，投其頭於棘門之外，徒有朱履三千之名，而不得一客之力，身死名喪，為天下笑。若信陵者，其好士與三公子異矣。三公子之好士，所以自張自豪；信陵之好士，壹以卻秦存魁[①]魏，邯鄲之救也，得侯生朱亥矯奪晉鄙兵，得選兵八萬人，進擊秦軍，秦解去矣。秦之攻魏也，得毛公、薛公開説，即趣駕

① “魁”字原文似删去。

歸救魏，遂率五國之兵，破秦軍於河外走。蒙驁乘勝逐秦軍至函谷關，抑秦兵，秦兵不敢出，此皆資客之智力，以存趙魏。其後自知魏王不用，再以毀廢，乃謝病與賓客為長夜飲，竟以壽終，可謂明哲保身矣。漢高即位，為之置守家五家，世世歲以時奉祠，其顯當時、傳後世。視春申，秦兵出而敗走，為李園所欺，身戮名喪者，為何如哉？吾故曰信陵為最，春申為下。夫平原亦嘗卻秦軍三十里，豈不足與信陵比？然長平兵陷四十餘萬，職以平原信馮亭之故，功不足蓋過矣，猶不若孟嘗之以名重秦之為愈也。春申以楚懷王、項襄王故，恐秦一舉滅楚，上書秦昭王，其辭旨不無可觀，倘所謂能言不能行者與。

太史公《平準》一書，多為武帝窮兵邊塞、耗損財幣、進用計利之臣，以至天下貧困而發，中間以卜式、桑弘[1]羊作樞紐。卜式忠朴，而弘羊計算；卜式心於便民，弘羊專於損下；卜式務於安靜，弘羊喜於紛更。道本不同，又不相能。而書中往往兩兩牽合比敘。如曰：式上書願輸家財之半縣官助邊，天子以問丞相弘。弘曰：非人情，不軌之臣不可以為化而亂法。上敘式樂輸，而下即敘弘羊沮式，曰：卜式乃拜為郎。牧羊上林，歲餘，羊肥息，上善之。式曰：非獨羊也，治民亦猶是也。以時起居，惡者輒斥，毋令敗羣。上奇式，拜緱氏令，緱氏便之；遷成皋令，將漕最。上以式忠朴，拜齊王太傅。而桑弘羊為大農丞，筦諸會計事，稍稍置均輸，以通貨物矣。上敘式善政，而下即敘弘羊置均輸，曰：卜式貶為太子太傅，而桑弘羊為治粟都尉，領大農，盡代僅筦天下鹽鐵。弘羊以諸官各自市，相與爭，物故騰躍，而天下賦輸，或不償其僦費。上敘卜式貶，而下即敘弘羊以諸官各自市，而賦輸不償僦費，曰弘羊賜爵左庶長。是歲小旱，上令求雨。卜式言曰：縣官當食租稅而已，今弘羊令吏坐市列肆，販物求利，亨弘羊，天乃雨。上敘弘羊拜爵，下即敘旱卜式請亨弘羊，此中大有深意。夫卜式，良吏也，非弘羊暴斂之比，

---

① 原文避諱為“宏”，應為“弘”。

而以之列於平準，且處處與弘羊比敘。一若卜式、弘羊，為武帝並任者，乃未幾天子不悦卜式而寵弘羊，卜式敗[①]貶而弘羊進。細玩文義，而武帝退便民吏而畜聚斂臣，罔利虐民，以擾天下之意，已在言外。故《平準》一書數千言，而以“亨弘羊，天乃雨”六字結之，其旨微矣。且卜式云：以時起居，惡者輒斥，毋令敗羣，可為萬世治民法則，不言弘羊平準、均輸之害，而為害可見矣。夫以卜式之賢而亦以財進，則不言武帝之重利，而重利之意亦見矣。此皆太史公言外深意，不可不知。

主父偃拜謁者，一歲四遷，發燕王定國陰事，大臣皆畏其口。人或説偃曰：太横矣。主父曰：我阨日久矣。吾日暮途遠，故倒行而暴施之。日暮途遠兩語，本之伍子胥，子胥伐楚，掘平王墓，出其尸，鞭之三百。申包胥使人謂子胥曰：子之報仇，其以甚乎？子胥曰：為我謝。申包胥曰：吾日暮途遠，吾故倒行而逆施之。夫子胥之倒行逆施，為報父兄之仇也。主父之倒行暴施，為困阨之日久也。然則貧困之移人，固亦不減於仇怨之毒人耶！子胥已甚，而主父尤甚也。要之惠廸吉，從逆凶。順理則裕，從欲為危。雖有至怨，未嘗不有報之之平，烏在其倒行而逆施也。子胥、主父卒受誅夷，不得其死，有以也夫。

今俗有女子未嫁，聞夫死而即奔喪守志者，俗謂之守清節。或曰皇朝旌表節婦，必已嫁而夫死，守志三十年，方得旌表。若守清節之婦，歷朝無旌表之例，何也？原請揆理。已嫁之婦，與夫歡合情好，夫死而為之守節，情不容已，義不容辭。若清節之婦，與夫既無好合之歡，非有欣愛之篤，一旦抱從一之義，為夫守身，較之已嫁尤為甚難，而旌表不及，不知何義。或曰：婦人易静難動，不見所欲，心亦安之。若已嫁，則情慾之感已通，難於隱忍。清節之婦，不可與已嫁之婦同日而語。

松謂：此野人之語，不合禮節。按：《公羊傳》：在家稱女，在途稱婦。在家而未嫁則女也，不得謂之婦。有夫謂之婦。無夫

① “敗”字原文似删去。

謂之女。守節者，為夫守也。既曰女，將誰守乎？又按：《曾子問》：女未廟見而死，則如之何？孔子曰：三月而廟見，成婦之義也。若不廟見而死，則不遷於祖，不祔於皇姑。婿不杖、不菲，不居喪次，歸葬於女氏之黨。何則？未成婦也。夫女嫁三月，已成婚矣，未廟見猶不得謂之婦。女死婿不得居喪，歸其棺於女黨。已歡合而猶離異，且不得以為婦，女未嫁而夫死，不可對觀乎？或謂守清之婦，從一而終，此說更謬。女既無夫，一於何有？無夫而守，義於何有？傳不云乎，一與之齊，終身不二，不謂一受其聘，終身不二也。謂其已與之齊，故不二也。《禮》鄭注云：齊，謂共牢而食，同尊卑也。若未與之齊，是初且未嘗有也，何有於終？又云：烈女不事二夫，不謂不聘二夫也；謂其已事夫，故不二也。若未事夫，是一夫且未嘗有也，何有於二。且女子三從，在室從父母，無以身許人之道。女子許聘於人，乃父母許之，與女子無與。《禮》云：女不親許，義也。乃六禮不備，婿未親迎。一旦聘夫死而奔喪，是女子以身許人也。俗女子之往守清也，乃女子潛往，而女父母不知也，是不待父母之命也。女子不待父母之命，而以身許人，與私奔何異？此則戾禮之甚也，旌表不及，不亦宜乎？式①左氏昭公元年《傳》云：抑子南，夫也。焦氏補疏云：按下文夫夫婦婦，所謂順也。則此夫字，乃夫婦之夫。上云公孫楚聘之矣，公孫黑又强委禽焉，則子南在前，故云子南，夫也。言子南聘已在前，有夫婦之分也。杜以戎服左右射解為丈夫。《正義》引曹大家《女誡》，謂男欲剛，女欲柔，以解夫夫婦婦之順。於義不協，蓋聘則有夫婦之道，於此可證歸熙父妄斥未嫁之貞女，盍讀此言邪？

松按：焦氏之論，似是而非。謂聘已在前，而不肯改適他人則是；謂其有夫婦之分，則非。松細玩傳文云，犯請於二子，請使女擇焉。子皙盛服入云云，子南戎服入云云。女自房觀之曰，子皙信美矣，抑子南夫也云云。夫犯妹既知子南已聘，有夫婦之

① “式”字原文似删去。

分，則當待字深閨，直以正辭拒絶公孫黑可也。何以擇為？既曰擇，則視乎女志之所在以為從否，不得以已聘、未聘為辭也。此足知犯妹初無有以子南為已聘之夫之見存也。且静一之女，假使為聘夫守貞，則當視復求昏而强委禽之人為强暴，雖仇之可也。如强暴勢熖威灼，萬難解免，則以一死謝之可也。豈可靦然人面聘夫與强暴並選，無所羞愧，而又為信美之言，以謔强暴，犯妹可謂蕩而無耻矣。尚得謂不忘聘夫耶？松故曰：焦氏之論，似是而非。又況未嫁之女，本無有夫，貞於何有？焦氏援此謂歸氏妄斥未嫁貞女，豈有[①]其然耶？杜説為是。

然閱道光二十年四月二十邸報云：禮部謹奏，為請旨事，准宗人府文稱多羅郡王綿懃之女，奉旨給厢黄旗滿洲鑾儀衛正敘倫之子聯智為妻。未昏，聯智病故，該王之女過門守貞，奉旨封為貞節縣主，欽賜貞一性成匾額。因姑媳不和，奉旨交該王養贍。俟病故后，附葬塋地，以全芳節等因。欽此欽遵，在案。該縣主病故，與旌表之例相符，應請交部辦理，於上年十一月十二日奉旨依議。據此，我朝宗室之女，守清節者，亦得旌表。夫禮以時而因革，道原情為變通。清節之女，雖未成婦，而其志足尚，其操可嘉，與之旌表，亦勵飾婦行之一道也。又《明史・諸王傳・襄陵王冲烋傳》，王孫徵鑛病卒，聘杜氏，未婚。父母謀改聘，杜不可，願歸徵鑛家。志操甚厲，詔賜旌表。然則明代諸王子孫清節之女，亦得旌表也。松按：字書無鑛字，當是鐄字之訛。又按：《徐忠實傳》建文二年，擢兵部右侍郎，奉使两淮。海州女子年十六，許嫁而夫亡。歸夫家持服養姑，姑死，誓不嫁。採訪使上其事，禮部謂年未五十，不在旌例。宗實言，此女哭夫笓嫁之初，剪髮葬姑之後，雖剜目截耳，無以復加，應與立志卓異者同科。詔如宗實言。據此，明對時黎庶清節之女，亦有旌表之例。邸報云與旌表之例相符，則我朝原有旌表清節女之例也。

《文昌帝君陰騭文》云：萬惡淫為首。今律和姦科罪止枷

---

① “有”字原文似删去。

杖，似甚懸殊。何也？萬惡之最易犯者，莫過於淫；衆人之最樂犯者，又莫過於淫。帝君故甚其罪，為世俗當頭棒喝耳。若以淫為小惡，天下不為禽獸者幾希。王律科罪，仁心為質，不為已甚。苟情有可原，便從末減，蓋帝君以言覺世，不妨特甚其辭。王律以刑齊民，詎可少過於刻，可見帝君嚴於心法，王道本乎人情。

卷之五

《禹貢·兗州》獨言桑土既蠶，豈他州皆無蠶桑之事乎？非也。蔡氏曰：蠶性惡濕，故水退而後可蠶。然九州皆賴其利，而獨於兗言之者。兗地宜桑，後世之濮上桑間猶可驗也。王樵曰：蠶性惡濕，於下土非宜；兗地宜桑，於水退始宜。故獨於兗志之。秦處度《蠶書》曰：考之《禹貢》，楊、梁、幽、雍不貢繭物，兗篚織文，徐篚玄纖縞，荆篚玄纁璣組，豫篚纖纊，青篚檿絲，皆繭物也。而桑土既蠶，獨言於兗；然則九州蠶事，兗為最。予游濟河之間，見一婦不蠶，比屋詈之，故知兗人可為蠶師也。諸説皆謂兗地宜桑，水退可蠶，故獨於兗言之。然徐、荆、豫、青皆貢繭物，非獨兗始宜桑也，説似未確。

松謂：兗獨言桑蠶，其説有三：《禹貢》九州，先冀次兗，兗先於七州。兗地宜桑蠶，則當於兗先言之。而凡徐、荆、豫、青之宜桑蠶者，言厥篚，而桑土之既蠶可知矣。且兗之水患，先平於七州，則兗之桑蠶，先於七州可知。兗獨言桑蠶者，以其先也，其説一。鄭玄云：兗州寡於山，而夾川两大流之間，遭洪水，其民尤困。陳東陽云：兗、徐、揚，居河濟江淮之下流，即知洪水未平，兗患特甚；水患既平，兗之下濕，其土既可桑蠶，則凡他州之下濕不及兗者，其桑蠶更可知矣，其説二。兗既詳言桑土，則徐、荆、豫、青可從其略。其篚貢皆繭物，非桑蠶而何？非略也，此《禹貢》文煩簡之宜，以略見詳也，其説三。若蔡氏云：蠶性惡濕，故水退而後可蠶。説尤偏漏，不知水患未平，非不可蠶，不可樹桑，蠶無以食耳。經云桑土既蠶，是降丘澤土。正義云，洪水之時，民居丘上，於是得下丘陵居平土。民居丘上，則非下濕，非蠶性所惡，何必水退而後可蠶耶？經文先桑土而後蠶，其義昭矣。或曰：胡東樵云，《詩·魏風》：彼汾一方，言采其桑。又曰：十畝之間兮，桑者閑閑兮。《貨殖列傳》：燕、代田畜而事蠶。是冀土有宜桑者。《孟子》言文王養老之政：樹墻下以桑，匹婦蠶之。而《豳風·七月》之二章、三章詠蠶桑事甚悉。是雍土亦有宜桑者。《禹貢》先冀，何以不言桑蠶，而於兖始言之？雍土亦宜桑蠶，何以《禹貢》雍州厥貢厥篚無繭物也？不知冀為帝都，為禹治水施功之始。洪水既平，八州之草木皆得遂其生，而況帝都。天子封疆之内，無事於貢，故冀州不言物産。尊帝都，大一統也。雍土宜桑蠶，《禹貢》厥篚不言繭物。鄭云：貢者，百功之府，受而藏之。其實於篚者，入於女工，故以貢篚別之。蓋禹平水土時，雍土無桑蠶；桑蠶之事，起於既平水土之後也。時無桑蠶，焉得有女工？既無女工，焉得有厥篚之貢？即蠶事已興，然帝都一統，無事於貢，何有於篚，不足為疑。

閻徵君《潛邱劄記》云：按《通典》謂《禹貢》物産、貢賦、職方、山藪、川浸，皆不及五嶺之外，以知嶺南地非九州之境。説尤不然。今嶺南多蕉多木綿，非揚所貢之卉服織貝乎。松按：《孔氏傳》織細紵貝水物，穎達疏織細紵布，《釋魚》之篇貝有居陸、居水，此州下濕，故云水物。《釋魚》有元貝、貽貝。餘貾，黄白文。餘泉，白黄文，當貢此有文之貝以為器物之飾。鄭玄云：貝，錦名。《詩》云：成是貝錦，凡為織者先染其私絲，乃織之，則文成矣。《禮記》曰：士不衣織，與傳、疏異。閻氏直謂貝為木綿。嶺南木綿，昔人多以為吉貝。閻氏謂木綿為貝，亦以木綿為吉貝與？不知木棉木本，吉貝草本，原分兩種，以木棉為織貝之貝，固與傳、疏異。以貝為木棉，豈得謂真知嶺南産物者哉！又按：《禹貢》：島夷皮服。王氏炎云：北方地寒，故服皮；南方地煖，故服卉。東陽陳氏曰：非也，此自各言其所出耳。如吉貝、木綿，皆南方所出，然皆非暑服也。陳氏分吉貝、木棉為二，其説甚是。蘇氏亦曰：島夷績草木為服，如今吉貝、木棉之類。吉貝，古謂之古貝。

《舊唐書》：婆利國有古貝草，緝其花以為布，粗者名古貝，細者名白氎。又《南史》言林邑等國出古貝木，其華成對，如鵝毳。抽其緒，紡之以作布，與苧不異。《南史》云：古貝木，蓋吉貝原有草本、木本兩種，非木棉也。閻氏謂吉貝為木棉，亦有所木。《文昌雜録》陳襄曰：閩嶺以南多木棉，土人競種之，採其花為布，號吉貝。蘇氏又云：吉貝文斑爛如貝，引《詩》貝錦為證。按：今吉貝色白，文不斑爛，亦誤。《蔡傳》謂南夷木棉之精者，亦謂之吉貝。今粵木棉、吉貝，各自為種，無渾稱者。且吉貝今只有草本，木本亦無之，豈古時粵有木本吉貝？故誤以木棉為吉貝與。方桐山《通雅》亦云：古貝即吉貝，今廣東有之，亦曰木棉，高數丈，亦以木棉為吉貝。李東璧云：當是古字，古貝是木棉木本，古終是木棉草本。松按：今草本吉貝，無有古終之名，不知李氏所據。唐李石亦云：古即吉之訛，吉貝一作劫貝。又云：驃國諸蠻，並不養蠶，收娑羅木子，破其殼，中如柳絮，細織為幅服之，謂之娑羅籠段。見《續博物志》娑羅，即西域之木本迦波羅。西域云睒婆，木棉也；迦波羅，劫貝也。劫貝即吉貝。《太平御覽》：南蠻有木綿濮。郭義恭《廣志》曰：木綿濮，土有木綿樹，多葉，又房甚繁。房中綿如蠶所作，其大如棒，此即木本吉貝，人亦謂之木綿。松按：閩粵無木本吉貝，且云房大如棒。吉貝房，不過如酒杯大。所謂木棉者，實斑枝花也，不可為布。

《漢書》：司馬相如身自著犢鼻褌，與保庸雜作。犢鼻褌，韋昭曰：今三尺布作，形如犢鼻。《玉篇》犢鼻，以全三尺布作，形如牛鼻，相如所著也。松按：《玉海》、《急就章補注》、姚令威云：醫書膝上二寸為犢鼻穴，言褌之長財至此，即今俗所謂牛頭袴者是也。松謂：犢，《爾雅》及《説文》並云牛子。犢鼻褌，今俗別其名為牛頭袴也。褌，《類篇》一作裩。馬縞《中華古今注》：裩，周文王所製，長至膝，謂之蔽衣。是褌之製本至膝，不如今袴之長也。揚子《方言》：無祠之袴謂之襣。郭注：

袴無踦者，即今犢鼻褌。今牛頭袴有裥，但長至膝上，而不過膝下耳。據《方言》，則犢鼻褌非牛頭袴。有似今之裹肚，裹肚以布纏遮前陰後臀而已，無裥。正庸作人所服，然則今牛頭袴，乃仿古犢鼻褌而變其制者與。又按：《七修類稿》云：今牛頭袴，即古犢鼻褌，其來最遠。引《二儀實録》云：西戎以皮為之，夏后氏以來用絹，長至於膝。漢、晉名犢鼻，北齊則與袴長短相似。考犢鼻之名，起於西戎，變於三代，而折中於北朝者也。今人但知相如著犢鼻褌，不知其製已古矣。又按：《本草》李時珍云：犢鼻穴在膝下，與姚氏所引異。

離婁有三解：一人名，孟子離婁之明。《楚辭·九章》離婁微睇兮，瞽以為無明。《通雅》離婁，言其透明也。郝氏曰：古之至明者，因以為名，又作離朱。《通雅》云：黄帝時人，百步能見秋毫之末。一云見千里針鋒。孟子作離婁是矣。又見司馬彪《莊子·駢拇篇注》、《列子·湯問篇》，離朱、子羽方晝拭眥，揚眉而望之，弗見其形。注云：離朱，黄帝時明目人，能百步望秋毫之末。《漢書·古今人表》以離婁列於春秋時，《廣韻·離字下》以離婁為孟子門人，俱失之矣。《景祐集韻》又作䍦瞜，古明目者。《説文》廔，屋麗廔也。《廣韻》作廲廔，皆平聲。麗廔，實因離婁而名也。麗廔，《長門賦》、《靈光殿賦》皆作離樓。《説文》瞴，莫浮切。瞴婁，微視也，讀若眸娄，以此益可證離婁為至明也。《山海經》作離俞。《廣韻》廲廔，綺窗也。一鏤刻貌。何晏《景福殿賦》：繚以藻井，編以綷疏，紅葩鞙韡，丹綺離婁。註：離婁，鏤刻分明也。松謂以離婁為鏤刻分明者，即取離婁之明之意。或曰離，明也；婁，鏤也，故云一草二[①]名。《本草》藺茹，一名離婁，《名醫别録》又有離樓草。又木名，《西京雜記》上林苑，羣臣遠方各獻名果異樹，有離婁樹十株。

郎仁寶《七修》云：隱語之興，起自東方朔“口無毛，聲

① “二”字原文似删去。

謷謷，尻益高”之誚舍人事，後遂有許碑重立之碑陰也。今人所知，惟以起於“黄絹幼婦，外孫齏臼”之事耳。松謂隱語不始於東方朔。按《文心雕龍・諧讔篇》：讔者，隱也。遯辭以隱意，譎譬以指事也。昔還無社求拯於楚師，喻眢井而稱麥麴；叔儀乞糧於魯人，歌佩玉而呼庚癸；伍舉刺荆王以大鳥；齊客譏薛公以海魚；莊姬托辭於龍尾；臧文謬出於羊裘。又《國語》晉文公時，范文子暮退於朝。武子曰：何暮也？對曰：有秦客廋辭於朝，大夫莫之對，吾知一二焉。韋昭注：廋，隱也。謂以隱伏詭譎之言聞於朝也。吴虎臣謂廋辭起於《春秋》，《傳》范武子廋辭於朝，是也。《漢書・藝文志》有《隱書》十八篇。劉向《别録》云：《隱書》者，疑其言以相問，對者以慮思之，可以無不諭。《吕氏春秋・重言篇》言荆莊王好隱。《韓非子・説難篇》言人有設桓公隱者。是隱語春秋時已有，不始於漢，諧讔。又云：漢世《隱書》十有八篇，歆固編《文録》之歌末。隱語，編而為書，始於漢耳。然劉向《新序》有云：齊宣王發隱書而讀之，則隱書亦不始於漢也。

《史記》云：病有六不治，信巫不信醫為一不治。今俗家人有病，輒拜神求籤，誦經送鬼。醫示方藥，輒禱之神，珓卜以决，不得聖珓，輒置不服，卒至病死而不悔。又為之説曰，鬼神不祐，是其命當死也。此俗病之不可醫，而人病因之不治者比比也。《新語》云：扁鵲居宋，得罪於宋君，出亡之衛。衛人有病將死者，扁鵲至其家，欲為治之。病者之父謂扁鵲曰：吾子病甚篤，將為迎良醫治，非子所能治也。退而不用，乃使靈巫求福請命，對扁鵲而咒，病者卒死，靈巫不能治也。夫扁鵲為天下之良醫，而不能與靈巫争用者，俗病之不可醫也。此足為信巫不信醫不治之一證。持此以曉俗，足以破愚。松按：古巫即醫，《廣雅・釋詁》：醫，巫也。巫與醫，皆所以為人除疾，故醫之字或从巫作毉。考之古巫本通醫，《海内西經》云：開明東有巫彭、巫抵、巫陽、巫履、巫凡、巫相、巫夾，窫窳之尸，皆操不死之藥以距之。郭璞注云皆神醫也，引《世本》巫彭作醫。《吕氏春秋・勿躬篇》亦云：巫彭作醫。又《大荒西經》：大荒之中，有山名曰豐沮、玉門，日月所入。有靈山，巫咸、巫即、巫肦、巫彭、巫姑、巫真、巫禮、巫抵、巫謝、巫羅，十巫從此升降，百藥爰在。郭注：羣巫上下此山采之也。又周官巫馬之職，掌養疾馬而乘治之，相醫而藥攻馬疾。《楚詞・天問》化為黃熊，巫何活焉？王逸注云：言鮌死後，化為黃熊，入於羽淵，豈巫醫所能復生活？惠士奇《禮説》云：古者巫咸初作醫，故有祝由之術。移精變氣以治病，春官、大祝、小祝、男巫、女巫，皆傳其術焉。據此，古巫皆為醫，然則今俗信巫，亦有所本。惠氏謂巫咸作醫，與郭注所引《世本》異。然按郭璞《巫咸山賦序》又云：巫咸以鴻術為帝堯醫。然則彭咸皆醫之祖，而又為巫者與？然今巫不知醫，祇為人驅邪求福。微特邪不能驅，福不可求，即邪除神福，而自古未有不藥而愈之病也，而俗固偏信之甚矣。俗之愚之牢不可破也。

郎仁寶《七修類稿》云：《列子》曰：人終日在天中行止。注曰：自地以上皆天。予意此句，似有礙也。人本在地上，但登高之極，方是天中。故《抱樸子》曰：自地以上四十里則乘剛氣而行，此說方通。松謂二說皆非。夫天包乎地，地實在天之中，而人在地上，故《列子》云然耳。

《七修・辯證》云：《深雪偶談》紀東坡居陽羨，士人邵民瞻為之買宅，坡卜吉入居有日。後同邵行，聞老嫗之哭而問之。嫗曰：百年之宅，因子不肖，一旦售人，吾今日遷徙，故泣也。遂焚券還之。然既曰卜吉入居矣，何又曰今遷徙耶？文義乖錯，言非遺逸，事必紀誤無疑。松按：《偶談》所紀云坡卜吉入居有日，則東坡實未入居，但已卜其入居之日耳。下云同。邵行聞老嫗哭，嫗曰：吾今日遷徙，故泣。明是嫗於遷徙時，不忍去故宅而泣。嫗未遷徙，而東坡先入宅而居，有是理乎？郎氏竟謂坡已卜吉入居，而不細玩有日二字，遂謂其文義乖錯，可發一笑。有日，即《國策》“魏惠王死，葬有日矣”之有日。

《商子・來民篇》云：且周軍之勝、華軍之勝、長平之勝，秦所亡民者幾何？民客之兵，不得事本者幾何？臣切以為不可數矣。松按：商鞅事秦孝公，《史記·六國表》：孝公十年，衛公孫鞅為大良造。二十四年，孝公薨，商鞅反死彭地。而周軍、華軍、長平之勝，乃秦昭王時事。昭王三十四年，白起擊魏華陽軍，芒夘走，得三晉將，斬首十五萬，此華軍之勝也。四十七年，白起破趙於長平，殺卒四十餘萬，此長平之勝也。五十二年，昭王使將軍摎攻西周，西周君奔秦，頓首謝罪，盡獻其邑三十六，口三萬，此周軍之勝也。三軍之勝，皆商子卒後六七十年事，此篇恐非《商子》原書。

《史記·周本紀》十年，烈王崩，弟扁立，是為顯王。顯王五年，賀秦獻公，獻公稱伯。下文云：王赧時，東西周分治。《索隱》曰：西周，河南也；東周，鞏也。王赧微弱，西周與東周分王政理，各居一都，故曰東、西周。松按：《正義》引《括地志》云，《史紀》周顯王二年，西周惠公封少子子班於鞏，為東周。其子武公為秦所滅，是東周之分。在顯王二年，而《周本紀》於顯王時不載始封東周事。下文遽云：東、西周分治，疏矣。《趙世家》成侯八年，與韓分周，以為兩趙。成侯八年，即顯王二年，豈以此事見於《世家》，而《本紀》可不詳載與？要之東周之封，乃周末一大關鍵，不宜略於《本紀》。

《左傳》僖公五年，均服振振。注：均服，戎服也。《漢書·五行志》作袀服。顔師古曰：袀服，黑衣。師古謂袀服為黑衣，本之《續漢·輿服志》。秦以戰國即天子位，滅去禮樂、郊祀之服，皆以袀元。又五嶽、四瀆、山川、宗廟、社稷諸沾秩祠，皆袀元長冠，五郊各如方色云。百官不執事，各服常冠，袀元以從。又祀宗廟諸祀皆服袀元。注：《獨斷》曰：袀，紺繒也。《吴都賦》劉逵注：袀，皁服也。又《閒居賦》服振振以齊元。李善注《左氏傳》曰：袀服振振。服虔曰：袀服，黑服也。《説文》：袀，玄服也。臧氏庸《拜經文集·與段若膺明府書》云：按《毛詩》鬒髮如雲。《説文·㐱部》作㐱髮如雲。《毛詩》謂鬒為黑髮，則㐱之本義為黑。故㐱从衣為黑衣，㐱从車為元路，皆以袀服為黑服。又《文選・吴都賦》：六軍袀服。劉淵林注：《左氏傳》曰：袀服振振。《漢書》及劉、李注引《左氏傳》皆作袀服，則知古本《左氏傳》原作袀服，而為黑衣之義矣。或曰：古戎服用黑，亦有據乎？松按：《國策・趙策》：左師公曰：老臣賤息舒祺，最少，不肖，而臣衰，竊愛憐之，願令補黑衣之數，以衛王宫。注：黑衣，戎服。師古以袀服為黑衣，當本於此。又按：今本《説文・衣部》無袀字，有袗字，云元服，據《閒居賦注》所引。則知唐初《説文》原有袀字，後人誤脱，即以袗字當之，蓋袗本可作袀。《儀禮・士冠禮》：兄弟畢袗。元注：古文袗為均。今《左傳》袀服亦作均，均古本通用也。又作袀袨。《淮南子・齊俗篇》：譬若芻狗土龍之始成，尸祝袀袨，大夫端冕以送迎之。高誘注：袀，純服。袨，墨齋衣也。

松按：揚子《太玄經》：陽氣袀晬清明。袀，純也，無黑色之義；袨，乃黑服。上下皆玄，故謂之均服，均猶同也。《儀禮》袗；玄注亦云：袗，同也，同玄者，玄衣玄裳也。劉逵注《吴都賦》引左氏“袀服振振”，注：袀，同也。《周禮・春官・司几筵》疏引《左氏傳》云：均服振振。賈服、杜預等皆為袀。袀，同也，即杜氏所謂戎事上下同服也。《管子・大匡篇》四年脩兵，同甲十萬。同甲即均服也，則均服不得謂之黑服矣。《説文》、《獨斷》、師古、服虔皆謂均服為黑服，失之。又按：《周禮・春官・司服》：凡兵事，韋弁服。鄭注：韋弁，以韎韋為弁，又以為衣裳。今時伍伯緹衣，古兵服之遺色。賈疏釋曰：韎，是蒨染，謂赤色也，以赤色韋為弁。又云：鄭取韎為赤色韋，猶以為疑，故舉漢事以為況。伍伯者，宿衛者之行長，見服纁赤之衣，是古兵服赤色，遺象至漢時尚存，是其兵服赤之驗也。胡氏培翬《研六室雜著》釋韎云：韎者，茅蒐染韋之名，染韋以為戎服，曰韎韋。引《左傳》有韎韋之跗注。杜注：韎，赤色，是古兵服。服赤，與諸傳説異。據此，均、袀不當訓黑。謂袀服為同服，此論最精。隋則戎服以黄，見《隋書・高祖紀》。

《詩・大雅》：豐水有芑。毛傳：芑，草也。孔疏言豐水之傍有芑菜。而《禮記·表記》引豐水有芑，鄭氏注：芑，枸檵也。松按：《爾雅·釋木》枸檵注：今枸杞也。嚴粲《詩緝》謂集於苞杞，言采其杞，隰有杞桋，枸檵也。杞、芑音同，鄭氏豈誤以杞為芑與？又按：陸璣《草木疏》：苦杞，秋熟，正赤，服之輕身益氣，此即枸杞。枸杞《本草》常山者，良。沈存中云：陝西枸杞最大，高丈餘，可作柱。據此，枸杞陸生，而非水生。然則豐水之芑，其為水草而非枸檵可知。又按《詩·小雅·薄言采芑疏》：芑菜，似苦菜，莖青白色，摘其葉，白汁出，肥可生食，亦可蒸為茹。《史記·田完世家》：田常修釐子之政，以大斗出貸，以小斗收。齊人歌之曰：嫗乎采芑，歸乎田成子。注：《索隱》曰：言嫗之采芑菜，則不第水草有芑，而陸菜亦有名芑者矣。又《詩·大雅》：為穈為芑。《爾雅·釋草》：芑曰苗。注：今白粱粟。《説文》：芑，白苗嘉穀，音起《別録》。白黍，曰芑，則穀亦有名芑者矣。豐水之芑从艸，枸杞之杞从木。豐水之芑，當是水草，否則是《小雅》之芑菜，《爾雅》之芑穀，而非枸杞也，斷矣。鄭注：以枸杞釋芑，誤。又按《説文·草艸部》：蔖，菜之美者，雲夢之蔖。《廣韻》云：蔖菜似蕨，生水中。説者謂豐水有芑即此，此亦足為芑水艸之證。《初學記》引《夏小正》：二月，祭鮪下，有采芑。注云：芑音杞，藘也。松按：藘即《爾雅·釋草》之藘蔬。注：似土菌，生菰草中。菰，《集韻》：同苽。《淮南·天文訓》：大旱，苽封熯。注：苽，生水上，相連，特大而薄者也。而藘生菰草中，亦水草也。豐水之芑，當即此芑。又《表記》、正義云：芑，枸檵。《爾雅·釋木》文，孫炎云：則今枸芑。

松按：《釋木》注、疏皆作枸杞。杞皆從木旁，不作草頭，且無孫炎云則今枸芑之文，不知孔氏所據。又按：地黃，一名芑，見《本草》。《爾雅·釋草》：苄，地黃。疏引之《山海經》：東始之山，有木名芑，其汁如血，可以服馬。注：以汁塗馬，則調良也。《淵鑑類函》引之。又按《白虎通》引《王度記》云：天子鬯，諸侯薰，大夫芑蘭。則香草亦有名芑者，見《困學紀聞集證》：薏苡仁，音起。《别録》云：一名芑實。

《詩·小雅·杕杜篇》：陟彼北山，言采其杞。鄭箋云：杞，非常菜也。孔疏云：升彼北山之上，采其杞木之菜。杞木本非食菜，而采之者托有事以望汝也。松按：杞，枸杞也，故曰杞木，粤俗婦女常采枸杞初葉以為菜，煮而食之，謂之枸杞菜。俗傳枸杞菜能驅風散瘀，於婦人尤宜，多食令人有子。《詩》：言采其杞。疏云：采杞木之菜，其即采杞葉，如廣俗之以為菜也。疏云：杞木本非食菜，是未知杞葉之可食者，蓋杞葉非常食之菜耳，非不可食也。《北山篇》：言采其杞。疏云：我采其杞木之葉，此杞葉非可食之物，而登山以采之，非宜，此亦謂杞葉不可食。是格物所不到也。又按陸璣疏云，枸杞一名苦杞，一名地骨。春生作羹茹，微苦。《爾雅·釋木》：杞枸，檵。疏引之。蘇頌《圖經》云：枸杞，春生苗，葉如石榴葉，而軟薄，堪食，俗呼為甜菜。則杞葉可作菜食，由來已久，不自今始也。松按：今藥以枸杞根皮為地骨。枸，又作句。《左傳·昭公十二年》：我有圃，生之杞乎。正義引《舍人》曰句杞也。《釋文》枸，又作狗，又作苟。《詩·釋文》枸，本作苟。《南山經》：虖勺之山，其下多荆杞。郭注：杞，苟杞也，又作椈。《博雅》：椈乳，苦杞也。杞又作芑。《禮·表記》：豐水有芑。注：芑，枸檵也。正義引孫炎云，即今枸杞，又作忌。《本草》：枸杞，一名枸忌，又作已。《御覽》引《吴普》云，一名枸己。

王伯厚《困學紀聞》云：《秦詩》：在其板屋。西戎地寒，故以板為屋。張宣公《南嶽唱酧序》云：方廣寺皆板屋，問老宿云，用瓦輒為冰雪凍裂。自此，如高臺、上封皆然。原注《漢·地理志》：天水、隴西民，以板為屋；以南嶽觀之，非獨西鄙也。閻潛邱云：按《南史·隱逸傳》：南嶽鄧先生郁，隱居衡山極峻之嶺，立小板屋兩間。是南嶽上之有板屋舊矣。松謂秦以板為屋，不因地寒，蓋秦在西戎邊鄙之地，不同中華，民俗樸陋，故民屋室廬，皆因陋就簡。大抵其時無瓦，故以板為屋，非惡凍裂而不用也。《唐書·宋璟傳》：璟徙廣州都督，廣人以竹茅茨為屋，多火；璟教之陶瓦築堵，列邸肆，越俗始知有棟梁利，而無災患。可知我廣州唐以前亦無瓦屋。南方少冰雪，非為地寒瓦凍裂而以竹茅為屋也。廣州亦如秦，地在邊鄙，故不與中國同耳。然廣州至唐時尚無瓦，則秦時無瓦可知。王氏以張宣公《序》證秦板屋，偏矣。即如鄧先生衡山板屋，當時不為無瓦則為省費，斷非為瓦凍裂也。《漢·地理志》云：天水、隴西山多林木，民以板為室屋。緣其地多林木，故以板為屋，益知非為瓦凍裂而以板易瓦也。又況瓦以水火煉土而成，非冰雪所能凍裂耶！明陳以忠《華山遊記》云：玉女峰大石如龜，殿立龜背，甓瓦皆鐵，陶瓦則山風能颺去之也。我粵羊城粵秀山五層樓，瓦皆以石，亦恐颶風吹去也，豈板屋亦為山風故與？《陳記》又云：觀仙掌岩還，復至王道士所，余憩板屋，已被風吹去。則板屋不能禦山風矣。衡山板屋，不為無瓦則為省費，又何疑耶？晉張華《博物志》云桀作瓦屋，《古史考》曰夏昆吾氏作瓦，《廣韻》引《尸子》亦曰夏桀臣昆吾作陶。

松按：《周禮》：有虞氏上陶。《檀弓》：有虞氏瓦棺。《史記·五帝紀》：舜陶河濱，河濱器不苦窳。瓦之不起於夏時可知。許氏《説文·缶部》曰：古者昆吾作匋，壺系之昆吾圜器。韋昭曰：昆吾，祝融之孫，陸終第二子，名黎，為已姓，封於昆吾衛，是也。則昆吾作匋，謂始封之昆吾，非夏桀時之昆吾也。《博物志》、《古史考》諸書大抵以昆吾為夏時之昆吾，故有是誤。《廣韻》引《汲冢周書》云神農作瓦器，似得其實矣。然《周禮·春官》籥章掌土鼓，注：杜子春云，以瓦為匡，以革為两面。鄭司農引《明堂位》曰：土鼓，伊耆氏之樂。疏云：土鼓，因於中古，神農之器。黃帝以前未有瓦器，故後鄭不從子春之説。據此，黃帝以後，始有瓦器，與《周書》異。又《會要》：唐玉華殿、暉和殿，正殿瓦覆，餘皆葺之以茅，意在儉約。正觀二十二年四月二十四日，太宗謂侍臣曰：唐堯茅茨不剪，以為盛德，不知堯時無瓦，瓦蓋桀、紂為之。今朕架采椽於椒風之日，立茅茨於有瓦之時，將為節儉，自當不謝古者。此不第謂桀作瓦，并謂紂作瓦矣。

又按：《説文》：瓦，土器已燒之總名。凡土器未燒之素，皆謂之坯，已燒皆謂之瓦。《毛詩·斯干傳》曰：瓦，紡專也，此瓦中之一也。今俗惟蓋屋之瓦始謂之瓦，而陶燒、盤砵、煲墰諸什物，則統謂之缸瓦，無有獨言瓦者矣。按《文選·魏都賦注》引《如淳注》云：陶人作瓦器，謂之甄匋。《衆經音義》卷二引《倉頡篇》云：陶作瓦家也。則知有陶即有瓦。而舜則陶於河濱，瓦不始於桀時斷斷也。楊升菴《丹鉛録》亦云：桀之瓦，誤矣。或曰：按《禮運》：昔者先王未有宫室，冬則居營窟，夏則居橧巢。後聖有作，然後范金合土，以為臺榭、宫室、牖户。合土，注云：瓦，瓴甓。又正義曰：伏犧為上古，神農為中古，五帝為下古。所謂昔者先王，謂中古神農以前也；所謂後聖有作，謂下古黄帝以後也。黄帝以後作陶之始，雖未見經傳，而“有虞瓦棺”見於《禮經》，“舜陶河濱”見於《史記》。舜陶在未登庸之前，則知堯時已有瓦，有瓦則可以蓋造宫室，而仍茅茨不剪，所以為盛德。若伏犧、神農，不必以是美之矣。

松按：《韓非子》亦云：堯之有天下也，茅茨不剪，采椽不斲。亦見《淮南子·主術訓》。《史記自序》又云：墨者亦尚堯舜，道言其德行，曰堂高三尺，土階三等，茅茨不剪，采椽不刮。其所謂“茅茨不翦”者，按《玉海》一百五十五卷引《六韜》云：帝堯王天下，宫垣屋室不堊，甍桷椽楹不斲，茅茨徧庭不翦。據此，茅茨不翦，非以茅茨葺宫室，不以瓦之謂，蓋不翦庭階之茅茨耳。矧茨為有刺之草，《爾雅·釋草》：茨，蒺藜。注：布地蔓生，細葉，子有三角刺，人之不可以蓋屋耶！太宗誤以堯為以茅茨代瓦，而以茅葺殿，為德邁唐堯，妄矣。《大戴禮》謂明堂以茅蓋屋，上圓下方。《吕氏春秋·召類篇》：故明堂茅茨蒿柱，土階三等。明堂始於神農，見《淮南子·主術訓》曰：昔者神農之治天下也，以時嘗穀，祀於明堂。明堂之制，有蓋而無四方。《史記·封禅書》曰：濟南人公王帶上黄帝時《明堂圖》，中有一殿，四面無壁，以茅蓋。此足為黄帝以前無瓦之證。或曰：按《説文》：茨，以茅蓋屋。劉熙《釋名》：屋以草蓋曰茨。茨，次也，次比草為之也。《書·梓材》：惟其塗塈茨。《周禮·夏官·圉師》：茨墻則翦闔。《莊子·讓王篇》：原憲居魯，環堵之室，茨以生草。茅茨之茨非刺草，蓋比茅以蓋屋之名耳。安必堯不以茅茨蓋屋耶？不知堯時既有瓦，皇居帝室，且吝而不用，而謂黎庶可用乎！衣裳十二章，五采五色，不嫌其侈，而謂宮室獨吝其蓋乎！帝德聖神廣運，未必若是之矯，此蓋後人因神農、黄帝時之明堂以茅為蓋而附會。茅茨不翦以稱堯，其實不知黄帝明堂用茅為無瓦也。《六韜》説是。

《晉志》：帝堯叶和萬邦，制八家為鄰，三鄰為朋，三朋為里，五里為邑，十邑為都，十都為師，州十有二師。松按：《通鑑外紀》黄帝經土設井，以塞爭端，立步制畝，以防不足。使八家為井，井開四道而分八宅，井一為鄰，鄰三為朋，朋三為里，里五為邑，邑十為都，都十為師，師十為州，分之於井而計於州，則地著而數詳。據此，八家為鄰之制不始於堯，而始於黄帝。《晉志》誤。

劉向《新序》：宋玉因其友以見於楚襄王，襄王待之無以異。宋玉讓其友。其友曰：夫薑桂因地而生，不因地而辛；婦人因媒而嫁，不因媒而親。子之事王未耳，何怨於我？宋玉曰：不然，昔者齊有良兔，曰東郭㕙，蓋一旦而去五百里；齊有良狗，曰韓盧，亦一旦而去五百里。使之遥見而指屬，則雖韓盧不及衆兔之塵；若躡跡而縱緤，則雖東郭亦不能離。今子之屬臣也，躡跡而縱緤與？遥見而指屬與？其友人曰：僕人有過，僕人有過。

松按：《宋玉集》：宋玉事楚懷王，言友人於王，王以為小臣。友人讓玉，玉報友人書。曰薑桂因地而生，不因地而辛；女因媒而嫁，不因媒而親也。《新序》謂宋玉事楚襄王，宋玉讓其友。《宋玉傳》謂事楚懷王，友人讓玉。兩説互異。又按：屈原事楚懷王，懷王入秦，屈原未放逐。上官大夫短屈原於頃襄王，襄王怒而遷之。而宋玉又在屈原之後，且宋玉《高唐賦》云：昔者楚襄王與宋玉遊於雲夢之臺。《神女賦》云：楚襄王與宋玉遊於雲夢之浦，使玉賦高唐之事。《登徒子好色賦》云：大夫登徒子侍於楚襄王，短宋玉。《諷賦》云：楚襄王時，宋玉休歸，唐勒讒之於王。《風賦》云：楚襄王遊於蘭臺之宮，宋玉、景差侍與。夫《舞賦》、《釣賦》、《大言》、《小言》各賦，凡言宋玉者，皆屬之襄王，而《宋玉傳》云事懷王，非。《新序》又云：楚威王問於宋玉曰：先生其有遺行耶？何士民衆庶不譽之甚也。宋玉對曰：唯，然有之，願大王寬其罪，使得畢其辭，客有歌於郢中者，其始曰下里巴人，國中屬而和者數千人云云。威王更在懷王之前，《新序》矛盾。

松按：《文選》威王亦作襄王。又《説苑》孟嘗事與《新序》所載宋玉事相類，云：孟嘗君寄客於齊王，三年而不見用。故客反謂孟嘗君曰：君之寄臣也，三年而不見用，不知臣之罪也？君之過也？孟嘗君曰：寡人聞之，縷因鍼而入，不因鍼而急，嫁女因媒而成，不因媒而親。夫子之材必薄矣，尚何怨乎寡人哉？客曰：不然。臣聞周氏之譽，韓氏之盧，天下疾狗也。見兔而指屬，則無失兔矣，望見而放狗也，則累世不能得兔矣。狗非不能，屬之者罪也。《説苑》、《新序》皆劉中壘之書，二事引喻，筆致皆同，喻之妙者，不妨數見與，而不知非也。事同人異，中壘之書，每多此種，不僅孟嘗、宋玉事也。

《前漢・蘇武傳》云：陵惡自賜武，使其妻賜武牛羊數十頭。惡自賜武，師古注謂，若示己於匈奴中富饒以夸武。顧亭林以為非，謂嫌於自居其名耳。松謂二説皆未盡得。蓋陵反覆説武降，武以死自誓，陵見其至誠，喟然嘆曰：嗟乎！義士。陵與衛律之罪，上通於天，因泣下霑衿，與武決去。陵知武性耿烈，不可干以私，而賜武牛羊。適繼其後，有似復説之以利，陵以此自惡，恐武不受其牛羊，故使妻賜也。不然。知故問餽，往來之常，何必嫌於自居其名耶？陵使其妻賜武牛羊，顧氏又謂今人送物與人，而托其名於妻者往往而有，此論亦未為得。蓋夷狄之俗，妻尊而夫卑，問餽宴會，輒以其妻主名，至今猶然。此不過陵有惡於自賜，假從胡俗以為禮耳。顧氏似未知胡俗者。

卷之六

《前漢·食貨志》：秦并天下，黃金以溢為名。注：孟康曰：二十兩為溢。師古曰：改周一斤之制，更以溢為金之名數也。松按：溢與鎰同。《孟子》：雖萬鎰。《晉語》：黃金四十鎰。是周本以鎰為金之名數，非秦之更制。又按：《史記》注臣瓚曰：秦以一鎰為一金，漢以一斤為一金，蓋漢以前以鎰名金，漢以後以斤名金也。鎰者二十四兩，斤者十六兩也。據此，以斤名金，乃漢制，非周制，師古説非。又按：《儀禮·既夕》：朝一溢米，莫一溢米。鄭氏注云：二十兩曰溢，為米一升二十四分升之一。《禮記·喪大記注》同。而《史記·平準書》：黃金以溢名。孟康注云：二十兩為溢。《漢書·張良傳》：賜良金百溢。服虔注：二十兩為溢。《吕氏春秋·異寶篇》：金千鎰。高誘注：二十兩為一鎰。《晉語》韋昭注亦云：二十兩為鎰。《孟子》：雖萬鎰。趙岐注亦云：二十兩為鎰。而正義引《國語》云：二十四兩為鎰。《禮》云：朝一鎰米。注：亦謂二十四兩。今注誤為二十兩，是漢儒多以鎰為二十兩，宋孫奭《正義》乃以為二十四兩。又《文選·詠懷詩》：黃金百溢。盡注引賈逵《國語注》云：一溢二十四兩。《吴都賦》：金鎰磊砢。劉淵林注：金二十四兩為鎰，此又以二十四兩為溢。然賈公彦《儀禮·既夕》疏依算法亦云二十兩為溢。焦氏循《孟子正義》：按孫子算經，亦云以石法言之，當以二十兩為溢，諸書所云二十四兩，四字當是羨文。又《字典·金部·鎰字注》引《孟子》雖萬鎰，注：鎰，二十兩也。鄭康成曰：鎰三十兩。

松按：今本《孟子注》無鎰三十兩之文。又按：鎰原當作溢。阮宫保元《校勘記》云：經注中鎰字，皆俗字也，當依《儀禮》作溢。溢之言滿也，滿於十六兩，為一斤之外也。《荀子・儒效篇》：千溢之寶。《韓非子・五蠹篇》：鑠金百溢。皆作溢。《孟子注疏考證》云：按許氏《説文》鎰、益同，數登於十則满，又益倍之謂鎰。則諸書云溢二十兩為得其義也。焦氏《孟子正義》謂賈公彦《既夕》疏云：二十四兩曰溢，亦羨四字；又云賈氏作疏，不致違背之以為二十四，知二十四之四必為羨字。

松按：《既夕》賈公彦疏本云二十兩曰溢，無二十四兩曰溢之文，不知焦氏所據。《大記》注云：二十兩曰溢，為米一升二十四分升之一。按《後漢書・南蠻傳》：計人禀五升。李賢注：古升小。《三國志》裴松之注引《魏氏春秋》：諸葛公所噉食，不過數升。司馬宣王曰亮將死矣。夫人日食數升，則為米四五十兩，亦不為少。若謂溢為二十四兩，則五升當是百餘兩，為更多矣，此足為溢非二十四兩之證。

王厚齋云：《古詩》：何能待來兹。兹，年也。《左傳・僖公十六年》：今兹。注云：此歲。《吕氏春秋》：今兹美禾，來兹美麥。《正字通》引孫氏説云：今年曰今兹，从草木兹生紀也。松按：滋，乃有生長之義；若兹，無生長之義，然滋可通兹。《前漢・五行志》：賦歛兹重。兹，益也，亦非生長之義。古未有兹通滋者，孫氏借兹為滋耳。又按：《公羊傳》：諸侯有疾曰負兹。注：兹，新生草也，一年草生一番，故以兹為年耳。《史記・周本紀》：武王入商，康叔封布兹。注：蓐席也。《爾雅・釋器》：蓐謂之兹。《荀子・正論篇》：琅玕龍兹。注：與髭同，即龍須。《説文》：兹，草木多益也。凡此兹，皆云草耳，非滋生也，孫説附會。又按：《左傳・宣公十二年》：隨武子曰：昔歲入陳，今兹入鄭。《史記・蘇秦傳》：今兹效之，明年又復求割地。趙岐《孟子》：今兹未能。請輕之，以待來年然後已，何如。注：今年未能盡去，且使輕之，待來年然後復古，何如?《後漢・明帝紀》：昔歲五穀登衍，今兹鸝麥善收。劉敬叔《異宛[1]》：太康二年冬，大寒，南州人見二鶴於橋下，曰今兹寒，不減堯崩年。皆以兹為年，不必取滋生之義。《本草·菜部》繁縷，即《爾雅》之蔰縷，一名滋草。李時珍云：此草易於滋長，故曰滋草。《古樂府》云：為樂當及時，何能待來滋？滋乃草名，即此也。

松按：來滋之滋，當作兹，兹當訓如今兹之兹，年也。李氏作滋，訓草，亦是附會。《釋氏》又謂年為白，《傳燈録》：我止林間已經九白，梵言一年為一白也。松按：正月雪，謂之三白。西北農諺：要宜麥，見三白。麥一年一熟，正月為一年之首。佛本西來，而西北人麥食，正月見三白，則年麥盛豐，故梵言一年為一白，亦即《公羊傳注》以兹為年之意與。

《禮·内則》：國君世子生，射人以桑弧蓬矢六，射天地四方。注：天地四方，男子所有事也。疏：男子上事天，下事地，旁禦四方之難。而賈誼《新書·胎教篇》云：懸弧之禮，東方之弧梧，南方之弧柳，中央之弧桑，西方之弧棘，北方之弧棗。五弧五分矢，東、南、中央、西、北，皆三射。其四弧餘二分矢，懸諸國四通門之左；中央之弧餘二分矢，懸諸社稷之左。據此，弧不必桑，而矢不必六也。《内則》言桑弧者，舉中央以該四方耳。疏又云：射禮唯四矢者，謂天地非射事所及，唯禦四方，故止四矢。然則《内則》所云射天地，大非男子事天事地之意，有似於暴戾之為，豈可以為世子生之禮乎？

《内則》：妻將生子，及月辰，居側室。注正義曰：夫正寢之室在前，燕寢在後，側室又次燕寢，在燕寢之旁，故謂之側室。妻既居側室，則妾亦當然也。故《春秋傳》云：趙有側室曰穿，是妾之子也。生子不於夫正室及妻之燕寢，必於側室者，以正室、燕寢尊故也。正義以妾生子在側室，因謂妾之為側室，引《春秋傳》趙穿為證，殊屬蒙混。夫妻生子亦居側室，然則妻之子，亦可謂側室乎？松謂側室者，妾之名分也。夫以婦為

---

① “宛”，原文如此，應為“苑”。

室，《曲禮》：三十壯，有室是也。室，即妻也；止言妻不言妾，故曰室，不曰正側。妻曰至正室者，以有妾言之也。妾者，妻之副也，故曰側室；側者，對正而名之也，妻曰正室，故妾曰側室。《春秋傳》謂趙穿為側室，明其為妾子也。所謂側室者，非謂妾生子於側室而名之也。正義説誤，謂妾子為側室，故適子謂之正室。《周禮·春官》小宗伯之職，其正室皆謂之門子。注：正室，適子也，將代父當門者也。所謂正室，亦不以妻生子之地而名也。

胡東樵《禹貢錐指》云：《書》言刊木，而《孟子》云舜使益掌火，益烈山澤而焚之。其説不同，何也？蓋刊乃常法，間有深林窮谷，薈蔚蒙蘢，斧斤不可勝除者，則以一炬空之，殊省人力，此聖人變通之智。松謂：此説有所未盡。夫洪水之時，民無所定，下者為巢，上者為營窟，故凡草木暢茂，為禽獸繁殖之處，則使益烈火而盡去之。若為巢為營窟，黎民所居之處，不能施火，則刊伐而疏通之，用各有當也。隨山刊木。鄭云：必隨州中之山而登之，除木為道，以望觀所當治者，則規其形而度其功焉。松謂：此禹治水第一良策，鯀不知此，故九載績用弗成。或曰《祭法》云：禹能脩鯀之功，又安知隨山刊木，非禹述鯀之事乎？而非也。按《竹書》：堯六十九年，黜崇伯鯀。七十五年，司空禹治河，相去不過六年。使鯀治水時，已焚林斬木，六年之間，林木滋生有幾，而又須焚斬耶？惟鯀不知隨山刊木，所以不能規形度勢，績用弗成，良有以也。禹治水，其施功首在於鑿龍門，辟伊闕，析底柱，破碣石，而其所以知此者，在於隨山刊木。蓋山木既刊，無有障蔽，則何處水之激湍，何處山之阻隘，何處逆流泛濫，何處下流壅塞，歷歷可見，故能致開鑿之功，施濬決之力。水土之平，端由於此。《禹貢》首言隨山刊木，其意深矣。又按《尚書·洪範》箕子曰：鯀陻洪水。陻，《説文》作垔，塞也。《漢書·五行志》引此文。應邵注云：陻，塞也。水性流行，而鯀陻塞之，失其本性。鯀治水，疏通之法且不知，其不知刊木之用必矣。

又按：兖州、豫州厥貢有漆，青州有松，徐州有孤桐，楊州有篠簜、有木。傳：木謂楩梓、豫章。厥包有橘柚，荆州有杶、幹、栝、柏、箘簵、楛。水土一平，即有此貢，可知當時隨山刊木，非盡刊也。其所刊者，大抵叢薈之林，禽獸所繁殖與。夫柯交濃密，有阻道路觀望者耳。若有用之材木，禹仍不刊也。《孟子》：益烈山澤而焚之。《周語》：澤水之鍾也。當洪水泛濫，懷山襄陵，澤更低污，皆成巨浸，安有草木？何用烈焚？即有草木，烈焚安施？云山澤者，連類而及耳。又按：《史記·五帝紀》作行山表木，刊一作栞。《淮南·脩務訓》云：隨山栞木。高誘注：刊為表者。《周語》云：道有列樹。注云：古者列樹以表道，刊蓋削而識之。《説文》：栞，槎識也。亦引《禹貢》：隨山刊木。又云：槎，衺斫也。《魯語》云：山不槎蘖。注云：槎，斫也；槎識者，斫木為識也，諸書皆謂刊木為削木以表道。但禹治水，何用表道？此解不切當日情事，鄭注為當。《管子·形勢篇》云：禹身決瀆，斬高橋下，即刊木也。蓋斬高木以橋下濕也，此足為刊木訓除木之證。刊當如《左傳·襄二十一年》：井堙木刊之刊。注云：除也。且洪水之時，草木暢茂，即列樹以表，亦必刊除叢木，去其蔽翳，留一二木，削識以為表，方可一望而知。不然林木蓊藹，孰別何木之為表耶？

《漢書·轅固傳》：固與黄生争論上前，黄生曰：湯武非受命，廼殺也。固曰：桀紂荒亂，天下人心皆歸湯武，湯武因天下之心而誅桀紂，不得已而自立，非受命而何？黄生曰：冠雖敝，必加於首；履雖新，必貫於足。何者？上下之分也。桀紂雖失道，然君上也；湯武雖聖，臣下也。夫主有失，臣不正言匡過以尊天子，反因過而誅之，代立南面，非殺而何？固曰：必若云，是高皇帝代秦即天子位，非耶？於是上曰：食肉不食馬肝，未為不知味；言學者毋言湯武革命，不為愚。遂罷。

松謂：轅固非通儒，特理塞辭窮，為强辭以奪理耳。夫三代而下，帝王受命之正，漢高為最。漢高掘起閭里，為楚臣，非為秦臣；即為秦臣，與湯武祖若父世臣夏殷者，不可同年而語。湯放桀而有慚德，恐不免為後世口實。湯之心實有所不安處。然桀虐無道，湯放之姒氏無賢可立，而湯代之，可也。若武王誅紂，當時尚有微、箕，皆為聖人。初箕子嘗欲立微子，帝乙不從，而立紂耳；則微子可立，如曰微子既去；則箕子可立，如曰箕子佯狂。當時武庚未聞失德，則武庚又可立，使武誅紂，或迎立微、箕，武庚而退歸西岐。如舜之避堯子，禹之避舜子，而民心不戴，微、箕、武庚而戴武，然後踐天子之位。斯受命之正，乃不出此而自立，以為受命未見其可。秦無賢嗣，何得以高祖即皇帝位為非惜乎？黄生祇知湯武不服事桀紂不得為受命，不舉斯義以折服；轅固又惜景帝祇知為君父諱漫以言學者毋言湯武革命，不為愚，為轅固、黄生開説不持此義，以顯謫轅固也。朱子云：武王伐紂，觀政於商，無取之之心；而紂罔有悛心，武王灼見天命人心之歸已，不得不順而應之。此實委曲為武回護耳，何也？

《論語》一書，孔子論帝王者數矣，無一言稱武王者。惟《才難》一章稱文王三分天下有其二，以服事殷，為周德之至。孔子稱文王以服事殷為至德，則不服事殷而代殷者，非至德可知。《古史》曰：武王伐紂，伯夷、叔齊相與叩馬，陳君臣以諫，左右欲兵之。太公曰：此義人也，扶而去之。以夷、齊陳君臣之為義，則臣伐君之非義又可知。且既云武王無取之之心，灼見天命人心之歸已，不得不順而應。則是天下之人皆知紂惡而去紂，皆知武德而親武，可不戰而定。如漢高至霸上，秦王子嬰即素車白馬，系頸以組，封皇帝璽符節，降枳道旁。秦民争持牛羊酒食獻享，唯恐沛公不為秦王也。何以《周書》泰牧四誓，狗師告誡，反覆明數紂之凶殘，表彰已之功德，不為留餘。一則曰：爾衆士其尚廸果毅以登乃辟，功多有厚賞，不敵有顯戮。再則曰：不愆於六步、七步乃止齊，不愆於四伐、五伐乃止齊。三則曰：尚桓桓如虎如貔如熊如羆。四則曰：爾所弗勗，其於爾躬有戮，其迫儆難慎，如恐弗勝，較之湯誓更為諄諄，灼見天命人心歸已，順而應者，固如是耶！甲子會師，而庚午即位，無所遲疑，無取之之心者，又固如是耶！夫革命大舉，勝則為順天應運，負則為賊子亂臣，間不容髮。然理之順者，不可以得失言；事之正者，不得以成敗論。假設武不能誅紂，而為紂戮，而欲天下後世不譏武為賊亂，斷斷乎難！此足覩受命非受命之概矣。然則受命，湯尚可言，武不可言也。雖然朱子且云，而况轅固、黄生，可謂通儒。《淮南子·氾論訓》曰：湯武有放弑之事，真誅心之論。

古人復仇，往往有可已而不已，而或失之過當者。如南陽趙憙從兄為人所殺，無子。憙年十五，常思報之，乃挾兵結客，後遂往復仇。而仇家皆疾病，無相距者，憙以因疾報殺，非仁者心，且釋之而去。顧謂仇曰：爾曹若健，遠相避也。仇皆卧自搏縛。後愈，悉自縛詣憙，憙不與相見，後竟殺之。夫仇為從兄之仇，與不反兵有别，既憐其病而不殺，且仇自知罪而悉自縛詣請，不可以已乎？而卒殺之，是可已而不已也。且憙以因疾報殺為非仁，仇健而歸罪而亦殺之，遂得謂之仁與；憙以報兄仇為重，可謂之義。仁則吾不知也。蘇不韋父謙與魏郡李暠有隙，官至金城太守，去郡歸鄉里。漢法免罷守令，自非詔徵不得妄到京師。而謙後私至洛陽，時暠為司隸校尉，收謙詰掠，死獄中，又刑其尸，以報昔怨。不韋時年十八，仰天嘆曰：伍子胥獨何人也！乃藏母於武都山中，變名姓，盡以家財募劍客，邀暠於諸陵間，不剋。會暠遷大司農，時右校芻廥在寺北垣下。不韋與親從兄弟潛入廥中，夜鑿地，晝逃伏。經月，遂得達暠寢室，出其床下。值暠在厠，因殺其妾并及小兒，留書而去。暠大驚懼，乃報棘於室，以板籍地，一夕九徙，雖家人莫知其處；出輒劍戟隨身，壯士自衛。不韋知暠有備，乃日夜馳到魏郡，掘其父阜冢，斷取阜頭，以祭父墳。當時士大夫譏其發掘冢墓，歸罪枯骨，不合古義，而任城何休方之伍員。太原郭林宗聞而論之，謂其優於伍員。松竊以為過矣。夫不韋殺暠妾及小兒猶可，而發冢斷暠父頭則不可，何也？蘇謙與暠積有仇隙，值謙犯法，暠得以乘間而報怨。暠假公憲以報私仇，其心雖險，然使謙不犯法，暠亦無緣報謙，則謙之死，雖暠挾仇中傷，而謙亦不得謂非自取也。至若畐父已死，何有罪過，與不韋何仇，與謙何仇，而發冢斷首，豈非太過？且不韋亦未見其可也。畐親陷其父以死，是不韋不戴仇畐也。不韋不能手戮，而徒報怨於仇之子妾，又移怨於仇之死父，卒使仇得安席以終。不過知盡能索，桀逞凶暴，不得謂能報父仇。奈何何休方之伍員，郭林宗論其優於伍員也。夫伍員復仇之日，平王已死；不韋掘畐父冢之時，畐未之死也。平王殺伍奢，員之仇也；畐父不殺蘇謙，非不韋仇也。不韋與伍員，不可同日而語矣。如謂不韋優於伍員，然則伍員報楚，而戮及靈王，亦不得謂之非義耶？雖然於此亦足見東漢之風重節義。

史遷不為孝惠帝立本紀，而以《呂后本紀》統之，非尊呂后而略孝惠也，所以惡高后也。惡高后之擅權，而孝惠之無可如何也，觀於太史公贊而可知矣。首曰：孝惠皇帝高后之時。又曰：故惠帝垂拱，高后女主稱制。兩言惠帝高后，皆先惠帝而後高后，其意深，其旨微矣。《索隱》謂太后以女主臨朝，自惠帝崩後，立少帝而始稱制，正合附惠紀而論之。不然。或別為《呂后本紀》，豈得全沒孝惠，而獨稱《呂后本紀》合依班氏分為二紀，非知太史公意者。

《前漢書·張釋之傳》云：釋之從上登虎圈，上問上林尉禽獸簿，尉左右視不能對，虎圈嗇夫從代尉對甚悉，欲以觀其能口對嚮應無窮者。帝曰：吏不當如此耶。詔釋之，拜為上林令。釋之前曰：嗇夫喋喋利口捷給，陛下以嗇夫口辯而超遷之，臣恐天下隨風而靡，争口辯，亡其實，不可不察。帝曰：善，乃止。《後漢·虞延傳》云：虞性敦樸，建武二十年東巡，路過小黄，高帝母昭靈后園陵在焉。時延為部督郵，詔呼引見，問園陵之事。延進止從容，占拜可觀，其陵樹枝葉蘖，皆諳其數；俎豆犧牲，頗曉其禮。帝善之，後拜公車令，遷洛陽令。夫嗇夫遷令，釋之阻之；虞延遷令，卒為名臣。虞延陵樹枝蘖皆諳其數，與嗇夫對禽獸簿甚悉等耳。而延則為敦樸，嗇夫則為利口，觀於兩史之序其事，兩人優劣見矣。其序嗇夫也，一則曰代尉對；再則曰欲以觀其能；三則曰口對嚮應無窮，恰恰繪出一利口捷給、自張其能氣象。其序虞延也，一則曰詔呼引見；再則曰進止從容，占拜可觀；三則曰俎豆犧牲，頗曉其禮，恰恰繪出一厚重爾雅、不伐善規模。序延曰詔呼，曰從容，曰頗曉，與序嗇夫曰代對，曰欲以，曰無窮，又恰恰兩兩相反。兩人之行，如見紙上，此兩漢繪影寫聲之筆，而非後史之所能及也。

《丹鉛總録》云：《考工記》以脰鳴者，以注鳴者，以旁鳴者，以翼鳴者，以股鳴者，以胸鳴者。鄭玄注：脰鳴，鼃黽之屬；注鳴，精列屬；旁鳴，蜩蟬屬；翼鳴，蟋蟀屬；股鳴，螽斯屬；胸鳴，榮原屬。許氏《説文》：蝌鼃、詹諸以脰鳴者，虺以注鳴；又榮原、蛇鼊以注鳴者，蟬以旁鳴者，蟜蟥以翼鳴者，蚣蝑以股鳴者，蠵，大龜，以胸鳴者。蠵一作蠖，二家解不同，可以參考。

松按：陸佃《埤雅》引《考工記注》，旁鳴，蜩蜺屬；翼鳴，發皇屬；股鳴，蚣蝑屬，與升菴所引異。今《周禮注疏》與《埤雅》同。疏云：蜩蜺，即蟬也，蟬鳴在脅；蚣蝑，即螽斯，引《七月詩》“五月斯螽動股”，與升菴所引名雖不同，而實則一也。惟翼鳴，鄭注云：發皇屬。疏按：《爾雅》：蛂，蟥蛢。郭云：甲蟲也，大如虎豆，緑色，今江東呼為黄蛢，即此發皇也。而升菴云蟋蟀屬。鄭注：注鳴，精列屬。疏按：《釋蟲》云蟋蟀，蛬。注云：今促織也，亦名青蛚，方言楚謂之蟋蟀，或謂之蛬。如升菴云，則注鳴、翼鳴，皆蟋蟀屬矣。嶺南廣州，鬬蟋蟀之戲最盛，而番禺、南海為尤盛。松為番禺人，備知蟋蟀情狀，果以翼鳴，不以注鳴。於何知之？兒童戲耍，有拔其翼，則不能鳴也。鄭玄謂精列屬為注鳴，非升菴之説本不差，第引鄭玄注以為翼鳴蟋蟀屬，則誤矣。胸鳴，馬融以為胃鳴，干寶以為骨鳴，疏云：胃在六府之内，其鳴又未可以為狀，骨鳴亦難信，皆不如作胸鳴。《埤雅》云：説者謂胸、胃、骨三字相近，雖容有誤，而馬、鄭與干，皆前世名儒，或所授師説不同。

按《説文》：蠵，大龜也，以胃鳴者。則馬本作以胃鳴，當謂蠵屬。而升菴引《説文》蠵，大龜，以胸鳴者。又按《字典》：蠵字分注引《説文》亦云以胃鳴。升菴引《説文》亦誤，《爾雅・釋文》引《字林》亦云：蠵，大龜，以胃鳴。又按《考工》：以脰鳴之上云外骨、内骨。注：外骨，龜屬。疏云：自紆行以上不能鳴者，據行而言；自脰鳴以下能鳴者，據鳴而言。是龜不能鳴，而胸鳴者必非龜也。且上既云外骨龜屬，下不當重言胸鳴之蠵。《説文》以蠵當胸鳴，似誤。又按：《易・説卦》：離為鼈、為蠏、為龜，注皆云骨在外，與《考工注》異。然按《爾雅・靈龜注》云：即今觜蠵龜，一名靈蠵，能鳴，是蠵實能鳴。疏云外骨不能鳴，亦誤。又按《山海經》：鱗山多鳴蛇，音如磬；又大同之山有長蛇，其音如鼓。析則紆行之蛇，亦能鳴。又按《説文》：螾，側行者。鄭云：仄行蠏屬，郤行螾衍屬。螾即丘蚓，今觀丘蚓，實郤行非側行，鄭説為是。

《論語・泰伯章》朱注云：太王之時，商道寖衰，而周日强大。季歷又生子昌，有聖德。太王因有翦商之志，泰伯不從，太王遂欲傳位季歷以及昌。泰伯知之，即與仲雍逃之荆蠻。此數句有語病。松按：朱子《通鑑綱目》：太王遷岐，在小乙之末祀，越三祀而武丁立。《孟子》云：由湯至於武丁，賢聖之君六七作，天下歸殷久矣，久則難變也。《史記》云：武丁修政行德，天下咸驩，殷道復興。武丁在位五十九祀，祖庚無失德，祖甲亦號賢君，太王正當武丁、祖庚、祖甲之世，商道方隆，何得謂之寖衰？

又按：季歷生子昌於祖甲二十八祀，昌生之祀而亶父薨。如謂太王因昌生有聖德，遂萌翦商之志，其時商道方隆，不可即翦，是欲以翦商之事，遺之文王耳。雖然古公以翦商遺文王，而文王異日之果能翦商與否，事未可知，泰伯豈以數十年以後不可知之事而先違親志。至啟其親有舍適立少之嫌，泰伯固不出此，即太王亦斷不若是之紊也。且泰伯不欲翦商，亦易易矣。是時商道未衰，古公垂暮，翦商非古公事也。古公薨而泰伯當立，泰伯立，一如文王之服事殷，未為不孝，何必托採藥而逃？托採藥而逃，勢不得不立季歷以及昌，正以成翦商之事，安在其為泰伯不從也？松謂太王無翦商之志，泰伯亦無不從翦商之事。《詩》所謂“至于太王，實始翦商”，乃後人追遡興王之所由。實始古公，古公非有其志，其功不得不推原古公耳。《詩》疏云：太王居岐，民歸往之，初有王跡，實始有翦齊商家之萌兆也。疏云：萌兆，則非太王之志也。明矣。夫子論泰伯至德，而云以天下讓，亦由武王有天下之後追遡所由，實自泰伯採藥荆蠻，乃立季歷以及昌，至武而有天下。不然昌雖至聖，亦無由立；昌不得立，武王雖賢，安得有天下？故曰以天下讓耳。且夫武之得天下，亦適然耳。使商祖甲之後，代有賢君，武王固不得有天下。商後王即非賢聖，而暴虐不如紂；武之得天下，亦在不可知之數耳。而謂泰伯時有讓天下之事乎，其為事後之論也，明矣。《前編》云：按泰伯之賢，不下於季歷、文王；但以泰伯無子，而季歷有聖子，故太王之意欲改卜耳。則知古公當日只緣泰伯無子，遂欲傳位季歷以及昌耳，非泰伯不從翦商之志而改立也。泰伯採藥荆蠻，亦體父志，以其無子，欲傳季歷及昌耳。非先有不從翦商之事，而古公欲改傳季歷也。考亭直謂太王有翦商之志，泰伯不從翦商，以實夫子稱泰伯以天下讓之事，誤矣。又按《通鑑》：季歷生昌之年而古公薨，子生未週歲，何由知其有聖德？附會孰甚。或曰：按《宋書・符瑞志》云：周文王龍顔虎肩，匈有四乳，其相異，故云然與。然此聖相耳，亦不當云聖德。惟《通鑑分注》云：季歷生昌有聖瑞，古公曰：我後世當有興者，其在昌乎！聖瑞二字甚好。

松欲增删朱注曰：太王之時，周日强大，泰伯無子，季歷又生昌有聖瑞，太王遂欲傳位季歷以及昌。泰伯知之，即與仲雍逃之荆蠻。如此似較妥，適未審臆見有當否，書之以質高明。又按《竹書紀年》，祖甲之後為武乙。武乙元年，邠遷於岐。周三年，命周公亶父賜以岐邑。《史記・殷本紀》云：武乙無道為偶人，謂之天神。與之博，令人為行。天神不勝，乃為革囊盛血射之，曰射天。武乙之後為文丁，文丁二十一年，囚殺季歷。文丁之後為受辛，考亭謂太王之時，商道寖衰者，豈從紀年武乙元年古公遷岐之説與？然《通鑑》乃考亭删定之書，未必舍《通鑑》而從《紀年》，此節注大抵考亭未經删改者耳。袁子才謂《通鑑綱目》非朱子所作，乃門人趙師淵所為。《朱子文集》中已言及之，其信然耶。

《殷本紀》云：祖甲立，是為帝甲。帝甲淫亂，殷復衰。《索隱》曰：《國語》曰：帝甲亂之，七代而隕，是也。似祖甲亦無道。然按《通鑑分注·前編》曰：高宗以祖甲為賢，欲廢祖庚而立之。《書·無逸》：其在祖甲云云。祖甲實與高宗、中宗比德，雖《無逸》傳謂祖甲為太甲，泥於《史記》、《國語》耳，不足據。鄭康成亦云：祖甲，武丁子，帝甲也，有兄祖庚賢，武丁欲廢兄立弟，祖甲以為不義，逃於人間。又按《孟子》：賢聖之君六七作云云。焦氏循《孟子正義》引趙氏佑《温故録》云：或曰：《孟子》何以獨言由湯至武丁，紂之去武丁，皆不及祖甲？曰：子統於父也。祖甲即武丁子，且其兄亦賢，兩世皆承武丁之烈，則以武丁統之，可矣。惟由武丁歷祖甲，皆能以賢嗣賢，享年又長，有深仁厚澤以綿殷道，故益見其久而難變。不然僅至武丁而止，則紂之去武丁，中間更無接續。相越且百年，亦不得言未久也。按此説是也。據此，祖庚、祖甲，皆殷賢主，無足疑也。又按《史記·周本紀》云：季歷娶太任，生昌有聖瑞。《正義》曰《尚書帝命驗》云：季秋之月甲子，赤爵銜丹書入于酆，止于昌户，此蓋聖瑞。此《通鑑分注》之所本。

陸稼書《泰伯三讓論》主讓商，云：讓商也者，太王有翦商之志而伯不從，伯不從而周不遽王，商不遽亡，是之謂以天下讓云爾。又云武丁之中興，泰伯之讓成之也。史稱小乙之世，商道寖衰，是時六七作之賢聖已遠，而恭默思道之君猶在民間。商不絶如綫，而周以積功累仁之後，加以太王之英明，綱紀益修，德澤益廣。天下歸太王於小乙之世，猶歸文王於受辛之世也。泰伯又以明聖顯懿之資，佐乎其後。使太王主之，泰伯從之，商之不祀，豈待孟津之會哉？泰伯知其勢不可止也，是故以身去之，泰伯去而太王以遲暮之年，王季又當儲位。初定之日，勢不能及遠，然後天下之歸周者稍衰，商之勢得以稍安，而徐俟夫賢聖之君出而振興之，此泰伯之志也。故武丁之興，泰伯成之也。

松謂此論大謬，恐泰伯初無此意。如陸氏所云：是泰伯去於小乙之世，武丁猶在民間。然考之朱子《通鑑綱目》，小乙二十六祀，古公亶父自豳遷岐；武丁四十一祀，古公亶父生子季歷；祖甲二十八祀，周世子季歷生子昌，是祀古公亶父薨。古公於小乙之世僅三祀，其時不特，季歷未生昌。古公尚未生季歷。朱注云：季歷又生子昌，有聖德。太王因有翦商之志，而泰伯不從，太王遂欲傳位季歷以及昌。泰伯知之，即與仲雍逃之荊蠻。據此，太王因昌有聖德，乃有翦商之志，非欲翦商於小乙之時。泰伯去於昌生之後、太王將薨之年，非去於小乙之世，而去於祖甲之世也。其時武丁已興，所謂俟賢聖之君出者曷俟乎？其云泰伯知其勢不可止，直謂太王欲翦商於小乙之世，何不考之甚也。又云商之不祀，豈待孟津之會。其說益謬。何則？夫周積功累仁，文王承古公之餘烈，在位五十年，加以季歷四十六年，最九十餘年，而天下歸心者不過六州。太王雖賢聖，然當避狄遷岐，修治未遑，自保有所不暇；且其時歸太王者，止豳之民耳。越三祀而武丁中興，商道方隆，雖至愚妄，亦不作有天下想矣，而謂太王為之乎？小乙之世，商道雖衰，乃太王遷岐，三祀而武丁中興。三祀之中，太王草創初定，紀綱初立，為時未久。雖施仁布澤，未能及遠，揆之文王之世，大相逕庭，而謂天下歸太王於小乙之世，猶歸文王於受辛之世，此不揣本之論也。又云：武丁中興，泰伯之讓成之。夫武丁立時，季歷猶未生，何有泰伯之讓？可發一笑。要之陸氏之論，種種謬誤，不第誣泰伯，并冤太王矣。阮宮保《揅經室集》載《國史·儒林傳序》，稱陸隴其、王懋竑等，始專守朱子，辨偽得真。陸氏何於泰伯三讓，而不一考之《朱子通鑑》也？

按：三讓有三說，趙岐注謂逃去為一讓；太王死，季歷為喪主，訃泰伯，泰伯不來奔喪，為二讓；斷髮文身為三讓。《路史》謂太伯遜以與王季，王季以與文王，文王以與武王，而終有天下，故曰三以天下讓。夫太伯遜與王季，可以言讓。若王季與文王，文王與武王，蓋傳也，非讓也。是王季與文王讓，非泰伯讓也，此說附會無理。又按：《儀禮》：三遜謂之終遜，蓋謂終以天下遜也。此說較優。張華《博物志》三讓，一曰禮讓，二曰固讓，三曰終讓，與《儀禮》同。松愚謂：三讓之三，猶三黜之三，讀去聲似較妥。

漢明帝圖功臣於雲臺，馬援以椒房之親不與。陸稼書謂明帝知有功，不報，非所以為公；知功同而報異，非所以為公；有心薄之，非所以為公。松謂：雲臺之圖，所以顯諸臣佐命之功，使垂之萬世，永永不没耳。若馬援之於漢，其坐制公孫策圖。隗囂西平羌亂，南破交趾，功不在馮寇祭銚下。其聚米以陳形勢，據鞍以示矍録，帷幄運籌，英風卓越，千載之下，如見其人。雲臺雖不圖馬援，而後之人讀《漢書》，觀雲臺諸賢，其心莫不有一椒房之親馬援在。雲臺諸臣，如萬修、王梁、陳俊、劉植之徒，亦不甚赫赫昭人耳目，其顯名後世，不逮馬援遠矣。又何必圖於雲臺而後顯耶？雲臺不圖馬援，而馬援之功益以顯，馬援之名益以著，何也？後之名儒，見雲臺不圖馬援，以有心薄之咎明帝，咎之益以顯之也；又以明帝以椒房之親，故不見圖於雲臺，為馬援惜，惜之益以著之也。欲示公於天下，雲臺不可無馬援；為顯名於後世，馬援不必圖雲臺。圖雲臺而功名顯，不圖雲臺而功名益顯。圖雲臺，功名顯於後世之人之耳目；不圖雲臺，功名繫於後世之人之心。雲臺無馬援，雖謂雲臺有馬援也可，雖謂明帝不圖馬援於雲臺，為特厚馬援，亦無不可，其咎明帝惜馬援贅矣。

陸稼書《又論馬援以椒房之親不與雲臺》云：夫天下之道惟其公，故可以垂法萬世而無弊。有功必賞，有罪必誅，此天下之至公也。有功而不録，則亦將有罪而不誅，其獘曷可勝道哉。是故有雲臺不與之馬援，勢必有殺都鄉侯暢而不問之竇憲，勢必有跋扈不可制之梁冀，孰非明帝有以啟之耶？松按：明帝雲臺不圖馬援，正以抑椒房之親，所為防微杜漸也。使章、順二帝能體明帝之意，抑椒房以杜漸防微，未必有竇憲、梁冀之禍。陸氏謂有功不録，亦將有罪不誅，其理則是，其事或不必然；謂竇憲、梁冀之禍，啟於馬援不與雲臺，此論過矣。然則當日馬援與雲臺，其後自無竇憲、梁冀之患與，此事理之必不然也。馬援不圖雲臺，後世椒房之親猶恣；馬援圖雲臺，後世椒房之親之禍且有先於竇梁者矣。陸氏之論，松無取類[①]焉。

① “類”字原文似刪去。

卷之七

《書·説命》：夢帝賚予良弼，乃審厥象，俾以形旁求于天下。説築傅巖之野惟肖，爰立作相，王置諸左右。《書序》高宗夢得説，使百工營求諸野，得諸傅巖，作《説命》三篇。《史記·殷本紀》武丁夜夢得聖人，名曰説，以夢所見視羣臣百吏，皆非也。於是乃使百工營求之野，得説於傅險中。是時説為胥靡，築於傅險。見於武丁，曰是也，舉以為相。王嘉《拾遺記》：傅説賃為赭衣者，舂於深巖以自給。夢乘雲繞日而行，筮得利建侯之卦。歲餘，湯以玉帛聘為阿衡也。聖主賢臣，皆感於夢，斯亦會遇之奇乎？《拾遺》謂湯聘傅説為阿衡，與《書序》異。且考之經傳，亦無傅説相湯為阿衡之文，不知《拾遺》所本。司馬彪《莊子音義》謂傅説生無父母。洪氏注《楚辭》又謂説，一旦忽然從天而下，便為成人，無少長之漸。此不過欲極賢傅説，張大其辭，以為天降耳，曷足據耶？或曰：《丹鉛總録》云：隴西處士王嘉，隱居倒虎山，有異術，苻堅迎之入長安。今世所傳《拾遺記》，嘉所著也。其書全無憑證，直講虛空。可知《拾遺記》，多嘉杜撰，本不足據。

按《蔡傳》：説築傅巖，築之為言居也。今人卜居，猶曰卜築。王嘉謂：説赭衣舂於深巖，謬矣。然《孟子》亦曰：傅説舉於版築之間。《墨子·尚賢篇》亦云：昔者傅説，居北海之州，圜土之上。衣褐帶索，庸築乎傅巖之城。武丁得而舉之，立為三公。《史記》張守節《正義》引《地理志》云：傅險，即傅説版築之處，所隱之處，窟名聖人窟。諸説與經皆謂説築傅巖，則築字不得作卜築之築矣。嘉謂赭衣舂於深巖。

松按：赭衣為罪人之服，蓋本之《史記》説為胥靡。晉灼注《漢書》云：胥，相也。靡，隨也。古者相隨，坐輕刑之名。《賈誼傳・服賦》：傅説胥靡，乃相武丁。張晏曰：胥靡，刑名也。傅説被刑，築於傅巖，武丁以為己相。然則説以被刑而為版築與，蓋不然也。孔安國曰：傅氏之巖，通道所經，有澗水壞道，使胥靡刑人築護此道。説賢而隱，代胥靡築之。説貧，代胥靡之役以自給，亦不足異。嘉之説亦有自來矣。顧炎武謂相之名，不見於經，而《説命》有爰立作相之文。松按：《墨子》：武丁得傅説，舉以為三公。《外傳》亦云升以為公，不謂其作相。《墨子外傳》皆東周以後之書，各自為説，不必盡為有據。又按：湯與伊尹，亦有夢感之事。《帝王世紀》：湯思賢，夢見有人負鼎抗俎，對己而笑。寤而占曰：鼎為和味，俎者割截天下，豈有人為我宰者哉？初，力牧之後曰伊摯，耕於有莘之野。湯聞以幣聘，有莘之君留而不進。湯乃求婚於有莘，遂嫁女於湯，以摯為媵臣。至亳，乃負鼎俎見湯。《宋書・符瑞志》：伊摯將應湯命，夢乘船過日月之旁。文王與太公望，亦有夢感之事。趙氏《寶甓齋札記》云：汲縣有晉汲令盧无忌。《太公吕望表》云：太康二年，縣之西偏，有盜發冢，而得竹策之書。書藏之年，當秦坑儒之前八十六歲。其《周志》曰：文王夢天帝服元穰，以立於令狐之津。帝曰：昌，賜汝望。文王再拜稽首，太公於後亦再拜稽首。文王夢之之夜，太公夢之亦然。其後文王見太公，而剖之曰：名為望乎？答曰：唯，為望。吾如有所於見汝。太公言其年月與其日，且盡道其言，臣此以得見也。文王曰：有之。因與之歸，以為卿士。

松按：王嘉謂湯聘傅説為阿衡，大抵以《帝王世紀》湯以夢聘伊尹為阿衡，而誤以伊尹為傅説與。《荀子》謂傅説身如植鰭。《史記》云：武丁以夢所見，視羣臣百吏，其即視以植鰭之形與。

《説命》：審象形求。《孔氏傳》謂審所夢之人，刻其形象。齊召南按：《傳》言，刻其形象，是刻木，非繪圖也。孔穎達疏不疏解刻字。後文引皇甫謐云：使百工寫其形象，是作繪圖解也。疑傳刻字是則字之訛。或曰：周以前無繪畫之事。畫始見於《爾雅・釋言》：畫，形也。注：畫者為形像。人曰：猷圖也。注引《周官》以猷鬼神祇，謂圖畫。是周以後始有畫。況古人文字，皆刻之簡策，故筆曰刀筆。則無畫事可知，皇甫謐繪圖之論似誤。《疏》引之，承其誤耳。當以《傳》為正。

松按：《畫塵》云：世知封膜作畫，不知自舜妹嫘始。孟奇引《説文》：畫嫘，舜妹也。《史》《正義》作顆，又云：繫畫始於嫘，故曰畫嫘。是周以前已有畫事。又按：《尚書・益稷》，帝曰：予欲觀古人之象，日、月、星辰、山、龍、華蟲作會云云。所謂觀古人之象，即黄帝垂衣裳之象。會事之見於經，實始於此。豈當時會事，乃畫嫘為之與？畫人之象，畫嫘已開其先，皇甫繪圖之説何必不然。又按：方桐山《通雅》云：畫事始於伏羲畫卦。則並不始於畫嫘。又《荀子・非相篇》云：傅説之狀，身如植鰭。楊倞注：植，立也，如魚之立。是説之形象本有異，故可以形求。

李翔①《楊烈婦傳》云：有以弱弓射者，中其帥，墮馬死。弱弓，《古文淵鑑注》引孔鮒曰：楚王張繁弱之弓。楚之弓名也。《注》以弱弓為繁弱之弓，恐未必是。松謂弱弓，即《左傳・定公八年》顔高奪人弱弓之弱弓。弱與强對，言非强弓，以見項城小邑，無長戟勁弩之意耳。按：左氏《傳》定公四年，封父之繁弱。注：封父，古諸侯也。《釋文》云國名。疏：鄭玄云，古者伐國，遷其重器，以與同姓。此繁弱，封父之國為之，不知何時滅其國而得之也。《宰相世系》云：封氏出自姜姓，至夏后氏之世，封父列為諸侯。高誘曰：繁弱，良弓所出地也，因以為弓名。是繁弱，本魯分封之物。《淵鑑注》謂為楚之弓名，誤矣。又作蕃弱。司馬相如《子虛賦》：彎蕃弱。注：文穎曰：蕃弱，夏后氏之良弓名。

---

① “翔”，原文如此，應為“翱”。

童子背誦經書，今俗謂之念書，古人亦有是言。唐李漢《韓文公文集·序》云：比壯，經書通念曉析，即背誦也。又曰：倍文，《周禮·春官·大司樂》諷誦。鄭注云：倍文曰諷。《賈疏》又作背文。云倍文曰諷者，謂不開讀之。云以聲節之曰誦者，此亦皆背文。但諷是直言，無吟詠；誦則非直背文，又為吟詠。又韓愈《韓滂墓誌》云：滂讀書倍文，功用兼人。注云：倍文，謂背本暗記也。韓語本之《周禮注》古背文，謂暗記不開讀。暗記不開讀者，不開書以讀，而暗為記誦也。按《三國·吳志·張昭傳》：孫權嘗問衛尉嚴畯：寧念小時所闇書不？畯因誦《孝經》仲尼居。昭曰：嚴畯鄙生，臣請為陛下誦之。乃誦“君子之事上”，咸以昭為知所誦。是念書之稱，由來已久，不始於唐也。《明史·選舉志》：國學建鷄鳴山下，改學為監。其教之之法，每旦，祭酒、司業坐堂上，諸生揖，質問經史，拱立聽命。惟朔望給假，餘日升堂會饌，乃會講、復講、背書、論課以為常。據此，明代國子監生，猶日日背書也。今俗，子弟年十四五以上，從師受業，多不背書，且以背書為瑣屑。而師亦因之，不以背書勗弟子。此經術所以日疏，而學問所以日偽也。

《古文淵鑑》柳子厚《嶺南節度使饗軍堂記》：内之幅員萬里，以執秩拱稽。注引《吴語》擁鐸拱稽，拱執也。稽，計兵名籍。又《周官》小宰之職，聽師田以簡稽。注：簡稽士卒兵器簿書。簡，閱也。稽，計也，合也。合計其士之卒伍，閱其兵器，為之要簿也。《國語》曰：黄池之會，吴陳其兵，皆官師擁鐸拱稽。疏：吴人令曰，伏兵甲，陳士卒百人為徹行，行頭官帥，擁鐸拱稽。稽，名籍也。《周官注疏》亦謂稽為名籍。松按：《國語·吴語》韋昭注：稽，戟也。與諸説異。[①]

柳子厚《南雎陽廟碑》云：立懂以怒寇。《古文淵鑑注》：

① 原文頁旁批注：上巳，世多以地支，俟音讀。有一説作上巳，音紀，以天干讀，比如上辛祈穀，上丁釋菜之類，均用日干，不用日支。是亦可參一解。松按：此説見《癸辛雜志》。

慬，勇也。松按：立慬，本《列子・説符篇》無以立慬於天下。

辰巳之巳，今俗音字。《容齋三筆》謂《律書釋》十母十二子之義，四月云，其於十二子為巳。巳者，言陽氣之已盡也。據此，則辰巳之巳，乃為矣音。松按：《韻補》，古巳午之巳，亦讀如已矣之已。《增韻》陽氣生於子，終於巳。巳者，終已也。象陽氣既極，回復之形，故又為終已字，已為矣音。古人有先《容齋》而論之矣，《正韻》音似《説文》已也。四月陽氣已藏，萬物皆成文章，故巳為蛇，象形。《前漢・律歷志》：振美於辰，已盛於巳。《釋名》：巳也，如出有所為，畢已復還而入也。巳皆作已矣之已解，而音似。據諸韻書所載，皆無字音。今俗音字，誤矣。郝户部《爾雅義疏》云：按巳，古有二音。《詩・維天之命篇》正義引《譜》云：子思論《詩》於穆不已；仲子曰於穆不似。《斯干篇》云：似續妣祖。鄭箋似讀如巳午之巳。巳續妣祖者，謂已成其宫廟也，證以《説文》巳已也。四月陽氣已出，陰氣已藏，《釋名》亦巳已也，陽氣畢布已也。《漢書・律厤志》云：已盛於巳。《史記・律書》云：巳者，言陽氣之已盡也。是皆巳午之巳讀為矣音之證。後世，上巳之巳，讀詳里切。終已之已，讀于紀切。非古也。

顔師古《急就章注》：轅，謂輿中空處，所用載物也。轅之言空也。《爾雅》曰：漮，空也。松按：《正字通》轅車，送亡者之紙簍也。簍，竹籠也。《急就篇注》：簍者，疏目之籠，言其孔樓樓然也，亦空虚之意。故凡字从康，多有空虚之義。《爾雅・釋詁》：漮，虚也。《説文》：漮，水虚也。《釋文》引作水之空也。通作穅。《謚法》云：穅，虚也，省作康。《詩・生民》之篇及《莊子・天運篇》、《釋文》並云：穅字，亦作康。《詩・小雅》：酌彼康爵。箋：康，空也。正義云：康，虚，《釋詁文》、《穀梁傳》：四穀不升謂之康。注：康，虚也。又通作歉。《説文》云：歉，虚也。《釋文》漮字又作歉，又作糠。《汲冢周書・謚法解》：凶年無穀曰糠，糠亦虚也，又通作㡾，㡾亦空也。《説文》屋㡾㝗也，謂屋閑。《玉篇》：空也，虚也。《方言》云：㡾，空也。郭

注：㡾㝩，空貌。㡾或作歁，虚字也，又通作槺。《文選》司馬相如《長門賦》委參差以槺梁。李善注：槺與㡾同。方桐山謂槺梁即㡾㝩。㡾亦空也。《集韻》㠕㟑，山空貌。《正字通》㠕之為空，因《賈誼賦》寶康瓠之注也。《廣韻》分㡾㝩為宮室空，㠕㟑為山谷空。㻊，亦虚也。《廣韻》：《爾雅》云：㻊，虚也。

按今《爾雅·釋詁》本作漮，鄭康成作荒。今本漮虚也，師古注虚作空，師古引誤。松按：漮、荒本通用。《易》包荒，《釋文》：荒，鄭讀為康，云虚也。《詩》具贅卒荒，傳、箋並云荒虚也。荒，正文作穅、糠。《説文》：糠，虚無食也。《玉篇》省作穅。《釋文》荒本又作㱂，又㼹。《集韻》云：石聲。松按：《樂記》石聲磬，而磬與罄通。故注云：磬當為罄。《魯語》：室如懸磬。《左傳·僖二十六年》作室如懸罄。《説文》：罄，器中空也。《淮南·冥覽訓》：罄龜無腹。高誘注：罄，空也，又通作窒。《説文·穴部》引《詩》瓶之罄矣作窒，空也。且石必中空，而後其聲清越，而聲又無形跡之可見。是㼹，亦有虚義。

父師、少師有兩解。《書·微子》若曰：父師、少師。傳：父師、太師、三公，箕子也。少師、孤卿，比干也。而古者致仕而歸，教於閭里者，亦謂之父師、少師。見《書傳·略説》云：大夫、士七十致仕，退老歸其鄉里，大夫為父師，士為少師。新穀已入，穮耡已藏。祈樂已入，歲事既畢，餘子皆入學。十五始入小學，見小節，踐小義；十八入大學，見大節，踐大義；距冬至四十五日，如出學，傅農事。上老平明坐於右塾，庶老坐於左塾，餘子畢出，然後皆歸，夕亦如之。鄭注云：上老，父師也；庶老，少師也。

松按：父師、少師，即《儀禮》之所謂鄉先生。《士冠禮》云遂以摯見於鄉大夫、鄉先生。注云：鄉先生，鄉中老人，為卿大夫致仕者。疏云：此即《鄉飲酒》與《鄉射禮》先生，及《書傳》父師，皆一也。先生亦有士之少師，鄭以經云：鄉大夫不言士，故略之，其實亦當有士也。

《白虎通》謂之右師、左師。《辟廱篇》云：古之教民者，里皆有師，里中之老有道德者，為里右師，其次為左師，教里中之子弟以道藝、孝弟、仁義。又按《食貨志》：春秋出民，里胥平旦坐於左塾，鄰長坐於右塾，畢出然後歸，夕亦如之。入者必持薪樵，輕重相分，班白不提絜。此謂坐塾者為里胥、鄰長，與《大傳》小異。《尚書大傳》又云：王太子、王子、羣后之子以至公卿、大夫、元士之適子，十三年始入小學，二十入大學。入小學大學之期，與《略說》異。又按《禮·內則》：十年出，就外傅，學書計，朝夕學《幼儀》；十有三年，學樂誦詩舞勺，成童舞象學射御；二十而冠，始學禮。《論語》注：古者十五而入大學。《白虎通·辟雍篇》：古者所以年十五入大學何？以為八歲毀齒，始有知識，入小學，學書計；七八十五，陰陽備，故十五成童，志明，入大學，學經術。《漢書·食貨志》亦云：八歲入小學，學六甲、五方、書計之事，始知室家長幼之節。十五入大學，學先聖禮樂，而知朝廷君臣之禮。其期又與《大傳》諸書異。《大戴禮記·保傅篇》又謂：古者年八歲出就舍，學小藝焉，履小節焉。束髮就大學，學大藝焉，履大節焉。其期又與《內則》異。賈誼《新》引《容經》亦云：年八歲入小學，踬小節，業小道。束髮就大學，踬大節，業大道，即《戴禮》之義。《容經》即《儀禮》，古以容代儀。按周制，小學習寫字。《周禮》八歲入小學，保氏教國子，先以六書是也。而《禮記·內則》、《白虎通》諸書皆云：入小學，學書計，書而兼數教[①]矣。《漢·律歷志》云：其法在算術。宣於天下小學，算即計也；書計，即寫字計數也。

葱葉曰袍，見《齊民要術》云：種葱，良地三剪，薄地再剪。八月雨不止，則葱無袍而損白。葱肉曰白，其青謂之袍。崔寔又云：二月別小葱，六月別大葱，夏葱曰小，冬葱曰大。今其袍皆中虛，故脉如葱葉謂之芤，音摳。葱袍二字，甚新雅。瓜有鼻臍，瓜脱華處曰鼻，著華處曰臍。《埤雅·木瓜》：江左故老

① “教”字原文似刪去。

視其實，如小瓜而有鼻，食之澤潤，不木者謂之木瓜。木李，大如木桃，似木瓜而無鼻。鼻即瓜之脱華處，里俗呼之為咮，其著華處乃臍也。按《魚龍河圖》：瓜有兩蒂兩鼻者，殺人。瓜鼻、瓜臍亦新，菰有手。《本草注》菰生水中，春末生白茅如笋，即菰菜也。其中心如小兒臂者，名菰手蓮蔕，《本草》一名荷鼻。張衡《西京賦》：蔕倒茄於藻井。注：蔕，果鼻也。《説文・草部》蒂，瓜。當也。

陸佃《埤雅》云：細腰曰蒲，一曰蒲盧。細腰土蜂謂之蒲盧，義取諸此。《中庸》曰：夫政也者，蒲盧也，亦謂之果蠃。今蒲，其根著在土，而浮蔓常緑於木，故亦謂之果蠃也。《詩》曰：不流束蒲，蒲性輕揚善浮，故此亦或謂之蒲，蒲亦善浮故也。《淮南子》曰：百人抗浮。説者曰：蒲，一名浮，是矣。

松按：《詩・小雅》，螟蛉有子，蜾蠃負之。《毛傳》云：蜾蠃，蒲盧也。陸機疏云：似蜂而小腰，取桑蟲負之於木空中，七日而化為其子。《爾雅・釋蟲》果蠃，蒲盧。郭注云：即細腰蜂也。鄭注《中庸》蒲盧，亦謂蜾蠃為土蠭，即《説文》所謂細腰土蠭。《釋文》亦云：今之細腰蠭，一名蠮螉。古注最是，而沈括以為蒲葦。松按：《中庸》，蒲盧，言其成之速也。若蒲葦之生，必積月累日而後成，而土蜂之化不過七日。二物相較，其成之速，土蜂過於蒲葦多多矣。且謂蒲盧為蒲葦，乃沈括之創解。而蒲盧土蜂，一則見於《爾雅》、《説文》、《釋名》，再則見於毛傳、鄭注、陸疏，豈皆不足據？而沈括之創解，乃足據與？而朱子采之何與？方桐山《通雅》云：今人呼茶酒瓢為懸瓠，音轉蒲盧，今即以藥壺盧為蒲盧。蒲盧，土蜂也，其腰約，故象之。陳善《捫虱新話》亦以瓠盧、蒲盧為一類。據此，今瓠盧瓜，亦可名蒲盧。李時珍《本草》亦謂，今以匏之有短柄大腹者為壺，壺之細腰者為蒲蘆。據《埤雅》蒲盧直可謂之蒲，又可謂之浮。

今我廣俗謂浮曰蒲，謂浮萍曰蒲翹。然天下生物之速，莫如蒲翹。蒲翹一母，夜生七子。鄉間池塘之過膩而不能蓄魚者，則取蒲翹以瘠之。十畝之塘，放蒲翹一掬，十餘日間，遍塘都緑。

再逾旬日，蒲翹厚積，近寸許矣。《中庸》之所謂蒲盧，豈即蒲翹之屬與?

《爾雅》：果贏，蒲盧。果贏，即細腰小蜂，而鳥亦名果贏。《廣雅》：果贏桑飛，工雀也。松按：《廣雅》果贏桑飛，又名工雀小鳥，即今俗之所謂相思仔。果贏，小貌，小蜂謂之果贏，故小鳥亦謂之果贏。又作過贏。揚子《方言》：桑飛自關而東，謂之工爵，或謂之過贏。《集韻》引《廣雅》果又作鶡。又作過贏。《詩・豳風・鴟鴞篇》疏引陸璣疏云：鴟鴞似黄雀而小，其喙尖如錐，取茅秀為巢，以麻紩之，如刺襪然，縣著樹枝，或一房，或二房。幽州謂之鸋鴂，或曰巧婦，或曰女匠；關東謂之工雀，或謂之過贏。《爾雅・釋鳥》疏引此，亦作過贏。

松按：《説文》：贏，瘦也。過贏，鳥之至小者，言其過於瘦小也，過贏之贏，當从羊，不當从鳥。《釋鳥》有鶅鷉湏贏。注：似凫而小，膏中瑩刀。此从鳥，與過贏異鳥。據陸疏，是過贏即鴟鴞。《詩傳》云：鴟鴞，鸋鴂也。《文選》陳孔璋《檄吴將校部曲》云：鸋鴂之鳥，巢於葦苕，苕折子破，下愚之惑也。李善注引《韓詩外傳》：鴟鴞，鸋鴂，鳥也，所以愛養其子者，適所以病之。愛養其子者，謂堅其窠巢；病之者，謂不知托於大樹茂枝，反敷之葦蔄。風至，蔄折巢覆，有子則死，有卵則破，是其病也，即《詩》予室翹翹，風雨所飄揺。箋云：巢之翹翹而危，以其所托枝條弱也。又《説苑》客説孟嘗君云：臣嘗見鷦鷯巢於葦之苕，鴻毛著之。已建之安，工女不能為，可謂完堅矣。大風則苕折卵破者，其所托者使然也。説同《外傳》，是鸋鴂，又即鷦鷯也。鷦鷯即鷦鸑，《説文》訓桃蟲，郭璞謂為桃雀。《焦氏易林》云：桃雀竊脂，巢於小枝。揺動不安，為風所吹。又即蒙鳩，《荀子・勸學篇》：南方有鳥，名曰蒙鳩，以羽為巢，編之以髮，繫以葦苕。風至苕折，卵破子死。巢非不完也，所繫者然也。蒙鳩，《大戴禮》作蝥鳩。諸家之説，皆謂鴟鴞為小鳥。

松按：《爾雅・釋鳥》：鴟鴞，鸋鴂。郭注：鴟類。然《釋鳥》所云茅鴟、怪鴟、梟鴟，皆是大惡鳥。劉向《九歎》云：

鴟鴞集於木蘭。王逸注：貪鳥也。蔡邕《吊屈原文》云：鸋鴂軒翥，鸞鳳挫融翮。皆以鴟鴞為貪惡大鳥，此郭注之所本。陸疏謂鸋鴂即過羸，蓋本之《方言》。然有謂為小鳥，有謂為大鳥者，豈四方稱謂不同，抑為鳥之名同實異者與？《廣東新語·禽語》亦謂鷦鷯為相思仔。其云久畜之，可使為戲。及占卦，名和鵠卦。松按：廣州有和鵠鳥，狀如麻雀而小。和鵠食穀，相思仔食蟲。和鵠與相思仔異，屈氏附會耳。和鵠食穀，和鵠之和當作禾，屈氏作和，亦非。

《公羊傳》文法多自重復，然莫如城衛、城杞二傳。《左傳·僖公二年》：春，諸侯城楚邱，而封衛焉。不書所會，後也。《公羊》云：孰城，城衛也，曷為不言城衛？滅也，孰滅之，蓋狄滅之；曷為不言狄滅之？為桓公諱也；曷為為桓公諱？上無天子，下無方伯，天下諸侯有相滅亡者，桓公不能救，則桓公恥之也。然則孰城之？桓公城之。曷為不言桓公城之？不與諸侯專封也。曷為不與？實與而文不與，諸侯之義不得專封。諸侯之義不得專封，則其曰實與之何？上無天子，下無方伯，天下諸侯有相滅亡者，力能救之，則救之可也。又《左傳·僖公十四年》：春，諸侯城緣陵，而遷杞焉。不書其人，有闕也。《公羊》云：孰城之？城杞也。曷為城杞？滅也。孰滅之？蓋徐、莒脅之。曷為不言徐、莒脅之？為桓公諱也。曷為為桓公諱？上無天子，下無方伯，天下諸侯有相滅亡者，桓公不能救，桓公耻之也。然則孰城之？桓公城之。曷為不言桓公城之？不與諸侯專封也。曷為不與？實與而文不與。文曷為不與？諸侯之義不得專封也。諸侯之義不得專封，則其曰實與之何？上無天子，下無方伯，天下諸侯有相滅亡者，力能救之，則救之可也。

《公羊》兩事而文無異辭，不增減一字，蓋事同、義同文法不可變易也。《韓非子》更有一事而兩載者。云：齊桓公好服紫，一國盡服紫。當是時，五素不得一紫。桓公患之，謂管仲曰：寡人好服紫，紫貴甚，一國百姓好服紫不已，奈何？管仲曰：君何不試勿衣紫也？謂左右曰：吾甚惡紫之臭。於是左右適有衣紫而進者，必曰：少卻，吾惡紫臭。公曰：諾。於是，郎中莫衣紫；其明日，國中莫衣紫；三日，境内莫衣紫也。一曰：齊王好衣紫，齊人皆好也。齊國五素不得一紫，齊王患紫貴。傳説王曰：《詩》云：不躬不親，庶民不信。今王欲民無衣紫者，王請自解紫衣而朝。羣臣有紫衣進者，曰：益遠！寡人惡紫臭。是日也，郎中莫衣紫；是月也，國中莫衣紫；是歲也，境内莫衣紫。韓子每好一事兩載，一衣紫也，事雖兩見，而文法略變，便饒姿致。今人文章多患犯復，文法用事更患犯復。倘有如公羊、韓子之犯復者，鮮不訾而議之矣，所見不廣也。

《晏子春秋》：崔杼既弑莊公而立景公，杼與慶封相之，劫諸將軍、大夫及顯士、庶人於大宫之坎上，令無得不盟者，為壇三仞，埳其下，以甲千環列其内外。盟者皆脱劍而入，惟晏子不肯，崔杼許之。有敢不盟者，戟拘其頸，劍承其心。令自盟曰：不與崔、慶而與公室者，受其不祥，言不疾，指不至血者死，所殺七人。次及晏子，晏子奉桮血仰天嘆曰：嗚呼！崔子為無道而弑其君，不與公家而與崔、慶者，受此不祥。俛而飲血，崔杼將殺之，或曰不可！子以君為無道而殺之，今其臣有道，而又從而殺之，不可以為教矣。崔子遂舍之。夫崔杼弑莊公，不敢自立，立景公而相之，則其心雖無君，而外仍有君臣之名也。其令自盟曰：不與崔、慶而與公室者，受其不祥。明核諸臣以不與公室，毋乃淺露之甚。晏子盟曰：崔子無道，弑其君，不與公室而與崔、慶，受此不祥。晏子恐未必如此激烈，《左傳》慶封盟國人於大宫曰：所不與崔慶者。晏子仰天嘆曰：嬰所不唯忠於君，利社稷者是與，有如上帝乃歃。杜注《盟書》云：所不與崔、慶者，有如上帝。讀《盟書》未終，晏子從中截斷，仰天嗟嘆，而易其辭，言崔、慶若不忠於君，不利社稷，而與之者，有如上帝。

松謂：《左傳》序事，該括藴藉，曰所不與崔、慶者，則不與公室意，在言外。曰所不唯忠於君，利社稷是與，則不與崔、慶之意，亦在言外。曰所不與崔、慶者，語猶未終，即接晏子仰天嘆曰云云，更覺姿態横生。《傳》不過二十餘字，而當日崔杼之無君，晏子之忠國，一一寫出，情事如畫，其行文勝《晏子春秋》遠矣。

又如《左傳》楚將戮慶封，負之斧鉞，以狥於諸侯。使言曰：無或如齊慶封弑其君，弱其孤，以盟其大夫。慶封曰：無或如楚共王之庶子圍，弑其君兄之子麇而代之，以盟諸侯。王使速殺之。《穀梁傳》云：靈王使人以慶封令於軍中，有若齊慶封弑其君者乎？慶封曰：子一息，我亦且一言，曰：有若楚公子圍，弑其兄之子而代之為君者乎？軍人粲然皆笑。《穀梁》靈王、慶封兩下，衹稱其弑君。而《左傳》楚王聲慶封之罪，聲其弑君，并聲其弱孤與盟大夫。慶封反唇，聲其弑君，并聲其為共王庶子與盟於諸侯。

兩傳相較，松謂：穀梁之文，似簡於左氏，而不知聲罪致戮，不嫌於詳。穀梁衹稱其弑君，便覺辭平意索，無責駡凌厲之氣，不肖當日情事。不若左氏機鋒相對，字字犀利。《左傳》慶封曰：無或如楚共王之庶子圍，弑其君兄之子麇。共王之庶子五字，辭嚴義正，更令靈王愧慚，無處躲避，穀梁不逮遠矣。《吕氏春秋》云：得慶封，負斧質，以狥於諸侯軍，令其呼之曰：無或如齊慶封弑其君，而弱其孤，以亡其大夫而殺之。不載慶封反唇相稽之言，意趣索然。且云令其呼之，更與《左傳》、《穀梁》相左。以慶封之狡獪陸梁，楚令其自呼，未必便從楚令。吕氏之説，似不合當日情事。

諸子之書，互相承襲，事同人異者，不一而足，如《韓詩外傳》云：齊景公使人為弓，三年乃成。景公得弓，而射不穿二札。景公怒，將殺弓人。弓人之妻往見景公曰：蔡人之子，弓人之妻也。此弓者，太山之南，烏號之柘，騂牛之角，荆麋之筋，河魚之膠。四物者，天下之練材也，不宜穿札之少。夫射之道，在手若附枝，掌若握卵，四指如斷短杖，右手發之，左手不知，此蓋射之道。景公以為儀而射之，穿七札，蔡人之夫立出矣。而《列女傳》以為晉平公事。《説苑》云：齊景公遊於海上而樂之，六月不歸，令左右曰：敢有先言歸者，死不赦。顔燭進諫曰：君樂治海上，而六月不歸，彼儻有治國者，君安得樂此海也？景公援戟將斫之，顏燭趨進，撫衣待之，曰：君奚不斫也？昔者桀殺關龍逄，紂殺王子比干。君之賢，非此二主也；臣之材，亦非此二子也，君奚不斫？以臣參此二人者，不亦可乎？景公說，遂歸。中道聞國人，謀不內矣，而《韓非子》以為田成子事。又如《左傳·昭公三年》：燕簡公多嬖寵，欲去諸大夫，而立其寵人。冬，燕大夫比以殺公之外嬖。公懼，奔齊。而《史記·燕世家》以為燕惠公事。

又有同一人之書而事同人異者，如《韓非子》云：晉文公之時，宰臣上炙，而髮繞之。文公召宰人而譙之曰：女欲寡人之哽邪？奚為以髮繞炙？宰人頓首再拜，請曰：有死罪三：援礪砥刀，利猶於干將也，切肉，肉斷而髮不斷，臣罪一也；援木而貫臠，而不見髮，臣罪二也；奉熾爐，炭火盡赤紅，而炙熟而髮不燒，臣罪三也。堂下得無微有疾臣者乎？公曰：善。乃召其堂下而譙之，果然，乃誅之。又以為晉平公事。又有同一人之事，而所記又不盡同者。《列子》云：齊景公游於牛山，北臨其國城而流涕曰：美哉國乎！鬱鬱芊芊，若何滴滴去此國而死乎？使古無死者，寡人將去斯而之何？史孔、梁邱據皆從而泣，晏子獨笑於旁曰：使賢者常守之，則太公、桓公將常守之矣；使有勇者而常守之，則莊公、靈公將常守之矣。數君者將守之，吾君方將被蓑笠，而立乎畎畝之中，惟事之恤行，假念死乎？則吾君又安得此位而立焉？《韓詩外傳》謂國子高子從泣，謂古而無死，則太公至今猶存。《晏子春秋》不言從泣之人，謂古而無死。丁公太公有齊國，桓襄文武，皆將相之。錯雜舛誤，諸子之書，每多如此，姑舉一二，以見一班耳。

《史記》：黃帝居軒轅之邱，而娶於西陵之女，是為嫘祖。生二子，其一曰元囂，是為青陽，降居江水。其二曰昌意。松按：《帝王世紀》：元妃，西陵氏女，曰嫘祖，生昌意。次妃，方雷氏女，曰女節，生青陽。次妃，彤魚氏女，生夷鼓，一名蒼林。次妃，嫫母，班在三妃之下。據此，青陽非嫘祖所生，而次妃女節生青陽。黃帝崩，青陽繼有天下，是為少昊。《河圖》云：大星如虹，下流華渚。女節意感，生白帝朱宣。宋均注：朱宣，少昊也。《帝王世紀》云：少昊，名摯。字青陽，姬姓。《宋·符瑞志》：帝摯，少昊氏，母曰女節。見星如虹，下流華渚。既而夢接意感，生少昊。諸書所載，皆言女節生少昊。蓋元囂、昌意為元妃嫘祖子，青陽為次妃女節子，史遷誤合為一人耳。《外紀》云：元妃嫘祖生昌意、元囂、苗龍，二妃女節生休及清，三妃彤魚氏生揮及夷鼓，四妃嫫母生蒼林、禺陽。則元囂、青陽非一人，青陽非嫘祖所生可知。

《帝王世紀》合夷鼓、蒼林為一人，為彤魚氏所生。又按《國語》、《外紀》，夷鼓、蒼林是二人。《漢書·古今人表》：彤魚生夷鼓，嫫母生蒼林。所載亦異，當以《國語》為正。《漢書》又云：黃帝之子清陽，其子孫名摯，是為少昊。所載又不同。《外紀》云：少昊名摯，姓己。又與《帝王世紀》不同。王子年《拾遺記》：少昊以金德王，母曰皇娥。是少昊又非女節所生。紫陽《通鑑綱目》分注又云或曰：黃帝之子清，是為青陽氏，娶於類氏之女曰皇娥，生摯於河之湄。此又以皇娥為青陽氏之妃，少昊為青陽氏之子，與《漢書》所見略同。少昊名摯，有聖德；帝嚳，高辛氏之子亦名摯，荒淫無度，皆繼有天下。則堯舜以前，當有兩帝摯。

《鬻子》：禹之治天下也，得皋陶，得杜子業，得既子，得施子黯，得季子甯，得然子堪，得輕子玉，得七大夫以佐其身，以治天下，而天下治。湯之治天下也，得慶輔、伊尹、湟里且、東門虛、南門蝡、西門疵、北門側，得七大夫佐以治天下，而天下治。禹七大夫，自皋陶而外，而六大夫之名不彰。湯七大夫，自伊尹而外，而六大夫之名亦不彰。王鳳洲曰：鬻子為諸子之首，文王為聖德之宗，熊為文王之師。書乃政教之體，雖篇軸殘闕，紀綱猶備焉。松按：禹湯時，無大夫之官，不然，不當不一見於夏商兩書。《鬻子》一書，當是後人偽作。七大夫兩語，自露其肘矣。

《鬻子》又云：禹之治天下也，以五聲聽。門懸鐘鼓鐸磬而置鞀，為銘於簨簴曰：教寡人以道者擊鼓，教寡人以義者擊鐘，教寡人以事者振鐸，告寡人以憂者擊磬，語寡人以獄訟者揮鞀。按：夏時，君上亦未有自稱寡人者。或曰：《周書·立政》言常伯、常任、準人，《周官》不載。即如携僕、綴衣、牧、尹，《周官》亦缺。大夫、寡人之稱，或夏商已有。其獨見於《鬻子》者，蓋書傳逸之。正如《周官》之不載常伯諸官，而獨見於《周書》耳。《禮·明堂位》：夏后氏官百。鄭注引《昏義》曰：天子立六官，三公、九卿、二十七大夫、八十一元士，凡百二十。蓋夏時官也。是禹時實有大夫之官，何得云無？

松按：《尚書·周書》云：唐虞稽古，建官惟百。夏商官倍，亦克用乂。是夏時官實二百，而《明堂位》云官百。《禮記》為漢儒之書，曷足據乎？鄭氏引《昏義》立官以為夏時官，又云：以夏周推前後之差，有虞氏官宜六十，夏后氏宜百二十，以强合《昏義》立官之百二十。又何以解於《尚書》唐虞建官惟百，夏商官倍之文乎？豈《尚書·周官》不足據，而漢儒之《禮記》乃足據乎？鄭記附會。《説苑》云湯問伊尹曰：古者所以立三公、九卿、大夫、列士者何也？伊尹曰：三公者，所以参五事也；九卿，所以参三公也；大夫，所以參九卿也；列士，所以参大夫也。故参而有参，是謂事宗。事宗不失，内外若一。《説苑》謂古者立三公、九卿、大夫云云。中壘豈以三皇五帝時，已立三公諸官耶？

黄憲《外史·天文篇》：徐淵遊於蜀山，見蒼禽集西岡之坡，順風而交鳴，徐淵異之。歸而問諸徵君曰：此何禽也？曰：其蒼鶂乎？鶂之孕不精而感，不交而生，其感也以風，其生也以睨，此之謂氣化。其鳥載於《爾雅》者也。松按：《爾雅·釋鳥》無蒼鶂之文。鶂見《莊子·天運篇》：鶂之相視，眸子不運而風化。又《史記·宋世家》：六鶂退飛。《左傳》作鷁。《集韻》：鶂，水鳥，雄雌相視則孕。與鷁同，似鷺而大，黄氏説誤。

卷之八

古人貴竹席，《尚書·顧命》牖間南嚮，敷重篾席。傳：篾，桃枝竹。正義云：此篾席與《周禮》次席一也。鄭注：彼云次席，桃枝席，有次列成文。鄭玄不見《孔傳》，亦言是桃枝席，則此席用桃枝之竹。鄭注此下則云：篾，析竹之次青者，則篾席為桃枝席。又西序東嚮，敷重底席。正義鄭玄云：底，致也，篾纖致席也。鄭謂此底席，亦竹席也。又東序西嚮，敷重豐席。正義鄭玄云：豐席，刮凍竹席。又西夾南嚮，敷重筍席。傳：筍，蒻竹。徐云：筍，于貧反，竹子竹為席。《正義·釋草》筍，竹萌。孫炎曰：竹初萌生謂之筍。是筍為蒻竹，取筍竹之皮以為席也。夫天王大喪，嗣君即位，典禮備物，席皆用竹，則知古席以竹為貴。松按：筍，乃初萌之竹，其皮脆嫩，不可為席。又按《禮·禮器》：如竹箭之有筠。筠，音義于貧反。鄭云：竹之青皮也。疏：竹箭四時蔥翠，由於外有筠也，筠是竹外青皮。《顧命》云：敷重筍席。鄭云：析竹青皮也。是呼筍為筠。據此，筍席之筍，即竹之筠，故可為席。則音當于貧反，不當音息引反。今俗讀息引反，誤矣。

江徵君《尚書集註音疏》敷重筍席，注云：鄭康成曰，筍，析竹青皮也。《禮器》如竹箭之有筍。疏云：鄭注云，見《禮記·禮器》正義，及正義云：筍，析竹青皮也者。謂離析竹幹，取其外之青皮以為席也。今《禮器》正義引作折竹青皮，折字，蓋誤也。引《禮器》者，證筍為竹外青皮也。《禮器》如竹箭之有筍。今本《禮記》筍字作竹下均，俗字也。在《說文》新附字中，非尗重原文。鄭君引以注此經筍席，則鄭本《禮記》作筍字可知。

松按：《尚書》筍席注及疏正義，皆無鄭云筍析竹青皮也之文。而《禮器》正義引鄭云：筍，析竹青皮。然亦作析不作折，不知江氏所據。豈江氏之本作折耶？抑書板之誤析作折，而江氏認以為真與？笉，《篇海》：竹膚之堅質也。竹無心，其堅强在膚。《漢書·高帝紀》以竹皮為冠。韋昭注：竹皮，竹笉也。《說文》無笉字。《說文》：笢，竹膚也，从竹民聲。《廣韻》竹，竺也，其表曰笢。是笉即笢之借。筍，《類篇》於倫切，弱竹，可為席。此與《書》、《傳》並訓筍為弱竹，則非竹萌矣。此云於倫切，與笉音同，則非竹胎聳尹切之筍矣，可知筍亦即笢之借。《書》正義引孫炎說，謂竹萌為蒻竹，誤矣。

桃枝竹，按《爾雅》：桃枝四寸有節。疏云：竹相間四寸有節者，名桃枝。又按《周禮·司几筵》：掌五几、五席之名物。注：五席，莞、藻、次、蒲、熊。又云：凡大朝覲、大饗射，凡封國、命諸侯，王位設黼依，依前南鄉，設莞筵紛純，加繅席畫純，加次席黼純。次席即《顧命》之篾席，而朝覲、饗射、封國皆用之，可知古人貴竹席。不僅為喪事用也。葛稚川《西京雜記》：會稽歲時獻竹簟供御，世號為流黃簟。是竹席至漢猶貴也。

《竹譜》云：桃枝皮赤，編之滑勁，可以為席。《顧命篇》所謂篾席者也。松按：篾，即《釋草·簢筡》中之簢筡。簢，《釋文》或作篾。筡，《說文》：析竹笢也。笢，竹膚也。《方言》：筡，析也。析竹謂之筡，轉而為篾。《顧命》：敷重篾席。鄭注：篾，析竹之次青者，是篾為析竹之名。然松有所疑，按《正韻》篾，竹皮也。桃枝皮赤，以之為席，次列成文，所以為佳。鄭云：析竹之次青。是去其赤皮，而取皮裏之青以為席。若取皮裏之青，則凡竹皆可，何必桃枝？按張衡《南都賦》云：其竹則籦籠篁篾。李善注：篾，桃枝也。據此，桃枝竹，蓋一名篾。篾即是桃枝之竹，非析竹為篾之篾。且凡以竹為席者，皆析竹為篾，然後可施織工。豈桃枝之席，始以析竹織，而諸竹席不以析竹織耶？鄭說非，李注為是。《宋書·明帝紀》：太妃乘青篾車。篾而曰青，則是竹皮，非取其次矣。此云青篾，乃析竹之篾。又按：桃枝席，即桃笙簟。《吴都賦》：桃笙象簟。劉逵注：桃笙，桃枝簟也。揚子《方言》云：笙，細也。自關而西，秦晉之間，凡細貌謂之笙。《廣雅》：笙，小也。《方言》又云：木細枝謂之杪。江淮陳楚間謂之篾，注：篾，小貌也。然則所謂篾席，即桃枝席，席之至纖幼細緻者也。桃枝一名簋簕，又名篘簛。《博雅・釋草》：簋簕、篘簛，桃支也。篘簛，又作鉤端。《西山經》：嶓冢之山，《中山經》：驕山、高梁之山、龍山，並云多桃枝鉤端。郭注：鉤端，桃枝屬也。

桃笙，簟也。左思《吴都賦》：桃笙象簟。劉逵注云：桃笙，桃枝簟也。松按：笙者，精細之名。《方言》云：簟，宋魏之間謂之笙，或謂之籧篖。又云：自關而西秦晉之間，凡細貌謂之笙。簟為籧篨之幼細者，故有是稱。《太平御覽》引《東觀漢紀》云：馬稜為會稽太守，詔誥會稽車牛不務堅强，車皆以桃枝細簟是也。籧篨，席之粗者。《説文》：籧篨，粗竹席也。《方言》：簟之粗者，自關而西謂之籧篨，關而東或謂之筕篖。《淮南子・本經訓》：若簟籧篨，高誘注：籧篨，葦席也。郭璞曰：江東謂籧篨。直文而粗者為笪。斜文為簾。《鹽鐵論・散不足篇》：庶人即草蓐索經，單藺籧篨。皆言其粗也。觀此，籧篨與籧篖異。籧篖，亦細席也。桃笙，細析桃枝竹以為簟者也。《爾雅・釋草》桃枝四寸有節。郭注今桃枝節間相去多四寸。《竹譜》桃枝皮赤，編之滑勁，可以為席。《春官・司几筵》：加次席黼純。鄭注：次席，桃枝席，有次列成文。席而有次列成文，則其精細可知。屈氏《廣東新語・草語》云：五色藤，以紅者為簟，曰桃笙，色如夭桃，甚瑩滑。屈氏謂紅藤，簟為桃笙，恐是附會。然亦有所本，蔡九霞《廣輿記》：瓊州府土産有紅藤簟。注：《方言》謂之笙，亦曰籧篨。

松按：籧篨，乃粗竹，席名，當是籧篖之誤。《國語》：籧篨不可使俛。王氏引之《經義述聞》云：籧篨，疾也。故人之不肖者，亦曰籧篨。《邶風・新臺篇》曰：燕婉之求，籧篨不鮮，謂不肖之人也。《淮南・脩務篇》注云：籧篨，醜貌也。故物之粗醜者，亦曰籧篨。《方言》曰：簟之粗者，自關而西謂之籧篨。松按：籧篨，字皆从竹頭。竹簟之粗者，乃是籧篨本義。人之不肖亦曰籧篨，是其借義耳。《篇海》：編籧篨為囷，如人之擁腫而不能俯，故以名醜疾。王氏之論有似倒置，《爾雅・釋訓》：籧篨，口柔也。郝户部懿行《爾雅義疏》云：籧篨，即笱簩也。其名為簟，其體偃蹇，其文便旋，以言語悦人者似之，故以為口柔之喻。此亦謂以物喻人。松按：笱簩，《廣韻》云：笪也。揚子《方言》：笱簩，自關而東周洛楚魏之間謂之倚佯，自關而西謂之笱簩。注：笱簩，似籧篨，直文而麤，江東呼為笪。據此，笱簩之文本直而麤，郝云其文便旋。夫竹簟而有便旋之文，是次席之屬，則非麤簟矣，郝説附會。《本草》笱簩，竹簟別名。《桂海虞衡志》桃枝竹多生石上，葉如小椶間[①]櫚，人以大者為杖。松按：此之桃枝竹，即今之夾竹桃。《通雅》、范大成言桃枝似小椶，劉美之亦曰椶竹。皮葉皆似椶，亦謂之桃竹，即杜子美桃竹杖引之桃枝[②]竹，與《爾雅》桃枝四寸有節者殊，此不可以為席。

我粵連州產龍鬚草，纖細滑澤，織為席，為粵東草席之最，一張値銀二三兩。松按：《爾雅・釋草》：蔏，鼠莞。疏云：《説文》云：莞草可以為席。此蔏一名鼠莞，纖細似龍須，亦可以為席。蜀中出好者。《書》正義引樊光曰：《詩》云：下莞上簟。郭云：似龍須者。鼠莞，蓋即我粵之龍鬚草與。夫疏云似龍須，則非龍鬚草，而纖細似之耳。然則我粵之龍鬚草，更細緻於鼠莞矣。又按《中山經》云：賈超山多龍修。郭注：龍須也。似莞而細，出山石穴中，可以為席。此即連州之龍鬚草矣。《史記》武王入商，康叔封布茲。注：茲，席也。《荀子》琅玕、龍茲、華瑾以為寶。注：龍茲即龍須。或曰茲髭同，此即今之龍鬚席

---

① “間”字疑為衍字。

② “枝”字原文似刪去。

也。古人且以為寶，其貴重可知矣。

又端州多石，黃岡村衣食於石，其南岸金渡村居民，則以龍鬚蒲席為生。龍鬚出廣寧、高明二縣，其莖多倒垂，以莞而細。土人春取其萌於石穴，種之成田，名曰龍鬚田；龍鬚至芒種而肥，肥則勿壅，壅之生蟲退色；至秋分而熟，收之，而使金渡村人織之。長樂龍鬚磜亦產此草，而織手不及，見《廣東新語》。據此，產龍須草不獨連州。其云似莞而細，則龍鬚非《爾雅》之鼠莞矣。龍須，《廣志》一名西王母簪，《本草》一名石龍芻，一名草續斷，一名龍修，一名龍華，一名縉雲草。《遊名山志》云：龍鬚草，唯東陽永嘉有之。永嘉有縉雲草堂，意者謂鼎湖，攀龍髯時，有墜落化而為草，故有是名。又有虎鬚草，亦可為席。《本草》云：虎鬚，燈心草也，一名碧玉草。吴人蒔之，收瓤為燈炷，以草織席及蓑。

松按：今燈心草，皆出我邑李村、大石兩鄉。然不聞有虎鬚之名，且無有以此草織席者。唯蒲草中有一種，纖短而卷曲者，名虎鬚。此草長不逾三寸，粵人以為盆玩，斷非可織為席之虎鬚矣。崔豹《古今注》亦云：今有虎鬚草，江東亦織以為席，號曰西王母席。據此，古信有虎鬚席，而未必即今之燈心草也。

《周禮》價字有兩解。《地官·胥師》價慝。注：鄭司農云賣也，謂行且賣姦僞惡物者。《賈師》凡天患，禁貴價者。注：謂若貯米穀棺木，而睹久雨疫病者，貴賣之，因天災害阨民。使之重困。此皆釋價為賣也。《司市》以量度成賈而徵價。注：價，買也。物有定價，則買者來也。又掌其賣價之事。注：買也。《質人》凡賣價者，《賈師》凡國之賣價，皆釋價為買也。市字亦有兩解。《齊策》云：竊以為君市義。此以市為買也。《越語》云：又身與之市。此以市為賣也。賈字亦有兩解。《逸周書·命訓篇》云：極賞則民賈其上。孔晁注：賈，賣也。《左氏·桓十年傳》云：若之何其以賈害也。《成二年傳》：欲勇者賈余餘勇。杜注並云：賈，買也。《玉篇》賣或作粥。粥字亦有兩訓。《曲禮》：不粥祭器。鄭注：粥，賣也。《荀子·儒效篇》：

魯之粥牛馬者，不豫賈。此以粥為賣也。《淮南·説山訓》：郢人有粥其母。高誘注：粥，買也。此以粥為買也。

買辦之辦，古作辨。《周禮·天官》宰夫之職，大喪小喪，掌小官之戒令，帥執事而治之。注：治，謂共辨。《注疏》考證云：辨，即辦字也。漢以前未有辦字，一字而兩用之。《周官·儀禮注》皆然。《集韻》：辨，具也。《冬官·考工記》：以辨民器。注：辨，偫具也。亦作辦，辦字始見於《史記·項羽傳》，云：項梁常為主辦。又《前漢書·韓信傳》云：多多益辦。是漢以後始有辦字。松按：《説文》：辨，判也。《廣韻》：别也。買辨者，貴其市買能判别衆物之精粗美惡而貴賤其價也。字當作辨，不當作辦。《明史·鄒緝傳》：永樂十九年，三殿災，詔求直言。緝上疏曰：陛下肇建北京，幾二十年，工大費繁，征求無藝，官吏横征。日甚一日。如前歲買辦顏料，本非土産，動科千百。民相率斂鈔，購之他所。大青一斤，價至萬六千貫。此買辦二字之見於史者。

《論語》：誦詩三百，授之以政，不達。又曰：《詩》三百，一言以蔽之，曰思無邪。此《詩》三百，皆誦詩也。然古人誦詩之外，又有弦詩、歌詩、舞詩。《墨子·公孟篇》曰：誦詩三百，弦詩三百，舞詩三百。《詩·子衿篇》《毛傳》亦云：古者教以詩樂，誦之、歌之、弦之、舞之。松按：阮宫保《揅經室集·釋頌》云：《詩》分風、雅、頌。頌之為訓為形容者，本義也。且頌字，即容字也。故《説文》：頌，皃也，籀文作額。《漢書·儒林傳》魯徐生善為頌，即善為容也。所謂《商頌》、《周頌》、《魯頌》者，若曰商之樣子，周之樣子，魯之樣子而已，無深義也。何以《風》、《雅》無樣？《風》、《雅》但弦歌笙閒，賓主及歌者，皆不必因此而為舞容。惟三《頌》各章，皆是舞容，故稱為《頌》。

《風》、《雅》弦歌笙閒。注云：凡樂縣並在堂下，惟琴瑟隨工而得升。笙則倚於堂，弦歌閒以笙者，如諸侯燕羣臣及聘問之臣，升歌《鹿鳴》、《四牡》、《皇皇者華》。閒歌《魚麗》，笙

《由庚》；歌《南有嘉魚》，笙《崇丘》；歌《南山有臺》，笙《由儀》。大夫、士，鄉飲酒禮亦如之。三《頌》皆舞容。注云：頌之舞容。《禮記·文王世子》：適東序，釋奠於先老。登歌清廟，下管象，舞大武。注云：象，周武王伐紂之樂也，以管播其聲，又為之舞。《明堂位》：以禘禮祀周公於太廟，升歌《清廟》，下管《象》。《祭統》：大夫嘗禘，升歌《清廟》，下而管《象》。《仲尼燕居》：升歌《清廟》，示德也。下而管《象》，示事也。《詩序·維清》：奏象舞也。箋云：象用兵時刺伐之武，武王制焉。又云：武，奏《大武》也。箋云：《大武》周公作樂所為舞也。集又云：《仲尼燕居》：子曰：大饗有四焉。下管《象》、《舞》，《夏》籥序興。所謂《夏》者，即《九夏》之義，《九夏》即在《頌》中。注云：《禮·内則》：十三舞《勺》，成童舞《象》，二十舞《大夏》。《勺》即《周頌·酌》，《象》即《周頌序》云《維清》奏象武①也，《大夏》則夏禹之樂也。《九夏》、《清廟》之什，凡十篇。古登歌用《清廟》，尚餘其九。

呂叔玉云：《肆夏》、《繁遏》、《渠》，皆《周頌》也。《肆夏》，時邁也；《繁遏》，《執競》也，《渠》，《思文》也。其餘六夏，蓋《維天之命》等等篇，為近之矣。據此，《風》、《雅》，弦歌之詩也。三《頌》，舞詩也。是弦詩、歌詩、舞詩，皆在三百篇中。墨子謂誦詩之外，又有弦詩三百，舞詩三百，未詳所指。《史記·孔子世家》云：《詩》三百五篇，孔子皆弦歌之，以求合《韶》、《武》、《雅》、《頌》之音，此足證墨子弦詩三百，舞詩三百之謬。

《曲禮》：定猶與也。孔疏云：《說文》云：猶，獸名，玃屬。與，亦是獸名，象屬。此二獸，皆進退多疑，人多疑惑者似之。松按：猶，《爾雅·釋獸》云：如麂，善登木。《水經》：江水過僰道縣北。注云：山多猶猢，似猴而短足，好遊巖樹，一騰百步，或三百丈，順往倒返，乘空若飛。猶猢，即猶也。與則諸

① “武”字，原文如此，應為“舞”。

類書獸部皆不載。《字典・臼部》與字注，引《正字通》云：疑慮未決也。不謂其為獸。《曲禮注》與，本亦作豫。《豕部》、《豫部》字注云：猶、豫，二獸，名性多疑。凡人臨事遲疑不決者，借以為喻。又引《曲禮》猶與疏，亦本之《說文》，是與之為獸。《說文》而外，《山經》、《爾雅》，無有載與之為多疑獸者。方桐山《通雅・釋詁》云：猶與，一作猶豫。揚敞猶與無決，代王猶豫未定。《陳湯傳》：椎破印，將卒猶與。謂疑也。猶，獸名，聞有聲，則豫上樹。《獸部》云：崔浩曰：猶，仰鼻長尾，性多疑。一曰似麂，居山中，聞人聲，務豫登木，無人乃下。叚柯古曰：狐性好疑，鼬性好豫，以鼬通猶耳。亦不以豫為獸，恐是許氏臆説附會。以豫字从象，故云象屬耳。《集韻》亦云：猶，居山中，聞人聲，豫登木，無人乃下。所謂豫者，乃先事豫防之意。《釋獸》謂猶善登木。

而《集韻》謂猶居山中而豫登木，此蓋附會於登木之猶以為豫耳。不知猶豫者，蓋謂猶多惑而善豫耳。以豫為獸，其說始自漢人。《淮南子・兵略訓》云：擊其猶猶，淩其與與。此謂與為獸，即《說文》之所本。又按：猶、豫，皆犬名。《尸子》曰：五尺大犬為猶。《顏氏家訓・書證篇》引作六尺犬為猶，其釋《曲禮云》：人將犬行，犬好豫在人前，待人不得，又來迎候，如此往還，至於終日，斯乃豫之所以為未定也，故稱猶豫。亦不謂豫為獸。惟《文選・養生論》注引《尸子》作五尺大犬為豫。按：《尸子》本作猶，注引誤猶為豫耳。即以豫為獸，豫亦犬名，而非玃象之屬矣。

鳥有自為牝牡者。《玉篇》：鵸鵌鳥自為牝牡。《廣雅》：鵸離，怪鳥也。郭璞《南山經》注引《廣雅》離作鵌。又《北山經》：帶山，其上有鳥焉，其狀如烏，五采而赤文，名曰鵸鵌，是自為牝牡，食之不疽。又太行之山，又東三百里曰陽山，有鳥焉，其狀如雌雉，而五彩以文，是自為牝牡，名曰象蛇。又《春秋・宣公五年》：子公羊子曰：其諸為其雙雙而俱至者與?徐彥疏曰：舊說雙雙之鳥，一身二首，尾有雌雄，隨便而偶，常不離散，故以喻焉。按《大荒南經》：南海之外，赤水之西，流沙之東，有三青獸相并，名曰雙雙。郭注言體合為一也。《公羊傳》所云：雙雙而俱至者。蓋謂此也，此與《公羊》疏所引舊説異。不惟鳥也，獸亦有焉。《西山經》：竹山有獸焉，其狀如豚而白毛，大如笄而黑端，名曰豪彘。郭璞注云：貆豬也，夾髀有麤豪，長數尺，能以脊上豪射物，亦自為牝牡。《南山經》亶爰之山有獸焉，狀如貍而有髦，其名曰類，自為牝牡，食者不妒。《列子》云：亶爰之獸，自孕而生，曰類。即是獸也。《莊子》亦云：類自為雌雄而化。又《異物志》：靈貍一體，自為陰陽。

按：段成式言香貍有四外腎，所以自能為牝牡與？又《星禽真形圖》：心月狐，房日兔，皆有牝牡兩體。其香貍之類與？是禽獸皆有自為牝牡者矣。今粤東有一種貍，其尾寸白寸黑，或寸黑寸黄相間，名七間貍，以其尾黄白黑相間而名也，自為牝牡。又名不求人，肉甘美，甚能滋陰，火盛水虧者宜之，其即香貍與？按：劉郁《西域記》：黑契丹出香貍，文似土豹，其肉可食，糞溺皆香如麝氣。《通雅》謂大理香貓如貍，文如豹，即《楚辭》文貍。王逸注為神貍者也。今七間貍，外無四腎，糞溺腥臊，大抵别為一種，非香貍，第其自為牝牡，有類香貍耳。抑物産各有地宜，貍之生也，西香南臊，猶橘踰淮而化枳與？《廣東新語》云：雷州産香貍，所觸草木生香，臍可代麝。《本草》稱靈貓，自為牝牡者也，亦名果貍。松按：今果貍，即七間貍，外腎甚臊，臍不可代麝，《新語》附會。

《孟子》緣木求魚，謂木必無魚也。松按：《益部·方物略》：鯢魚，出溪谷及雅江，有足，能緣木，其聲如兒啼。《史記·司馬相如傳》：禺禺鱋魶。注徐廣曰：魶，一作鰨。《漢書》作禺禺魼鰨。《説文》：鰨，鯢魚也，似鮎，有四足，聲如嬰兒。《正字通》：鰨，即今福州銅盆魚。《説文》：鯢，刺魚也。《爾雅·釋魚》鯢大者謂之鰕。郭注：今鯢魚似鮎，四脚，前似獮猴，後似狗，聲如小兒啼，大者長八九尺，别名鰕。《本草》：

鯢魚，一名王鮪，在山溪中，似鮎，有四脚，長尾，能上樹，天旱則含水上葉覆身，鳥來飲水，因而取之。伊洛間亦有之，聲如小兒啼，故曰鯢魚。一名䱱魚，一名人魚，膏燃燭不滅。鯢，古通兒。《王會篇》云：穢人前兒，前兒若獼猴立行，聲似小兒。蓋即鯢也。《北山經》云：决决之水，其中多人魚，其狀如鯑魚，四足。其音如嬰兒，食之無癡疾。郭云：鯑，見《中山經》，或曰人魚即鯢也，似鮎，四足，聲如小兒啼，今亦呼鮎為鯑。《山海經》：休水多鯑魚，狀如蟄蜼，而長距，足白而對。《水經·伊水》注引《廣志》云：鯢魚，聲如小兒啼，有四足，形如鯪鯉，可以治牛，出伊水也。《史記》始皇帝之葬，以人魚膏為燭。《徐廣注》亦曰人魚即鯢。《御覽》引《異物志》云：鯢魚四足如鼈，而行疾，有魚之體，而以足行。故《釋魚》謂之鰕，含水仰天，不動，小鳥就飲，因而吞之。《海外西山經》云：龍魚陵居，一曰鰕，一曰鼈魚。亦即鯢也，似鯉化龍，鯢魚狀如鯪鯉，故名龍魚，形又似鼈，故又名鼈魚。《漢書音義》又云：魶，鯷魚也。《博雅》：鯷，鮎也。《國策》：鯷冠秫縫。注：鯷，大鮎，以其皮為冠。《正韻》：同鮷，大鮎也。是魚有登木者矣。

又按：鰕魚，亦有四足。《類篇》：如龜而行疾，亦作魵。《正字通》：狀如鮎，四足長尾，聲如小兒，善登竹，别作鰄。此魚亦能登竹木，然其狀與魶同，殆即魶魚而别其名者與？夫鯢鰨皆實同名異，皆云似鮎，而鯷鮷即鮎之大者，何得謂魶為鯷魚耶？《漢書注》誤。又郝户部《爾雅·釋魚》鰲鰊，義疏云：《廣韻》鰻鰊，魚名。鰻鰊，即鰲鰊。《本草别録》作鰻鱺。陶注：能緣樹食藤花，形似鱓是也。是登木之魚，又不僅魶鰕等也。又按：牙兒魚，亦登木。《夷堅志·丙集》云：應山縣外，大龜山，高峻可二十里。上有小寺，寺外一池，泉源未嘗竭，産一種魚，名牙兒魚，有四足，能登岸升木，作聲咿嚘，全如嬰兒，大者亦重一斤許。相傳不可網釣，常有寺頭陀捕取其一，欲烹而食，人苦勸止不聽，未幾病死，自是人莫敢害也。按：其狀即鰣魚，然人食之則疾病死。然則《孟子》云緣木求魚，雖不得魚，無後災。豈知夫得魚而食之，乃有後災耶？按《北山經》謂食之無癡疾，《廣志》謂可以治牛，然則頭陀食之病死，事逢其適者耳。

《爾雅·釋蟲》：蟫，白魚。郭注：衣書中蟲，一名蛃魚。松按：《説文》：蟫，白魚也。《廣雅》：白魚，蛃魚。此郭注之所本。《爾雅翼》：蟫，始則黃色，至老，則身有粉，視之如銀，故名白魚。《本草》：衣魚，一名白魚。又曰蛃魚者，丙象其尾形也。《詩》疏引陸機疏：蘭，香草，可著粉中藏衣，著書中辟白魚。諸書皆謂白魚為衣書中魚蟲。

今按：白魚，即俗之所謂長尾蛆，長四五分許，岐尾，狀略如魚，色白，捉之則粉脱如蛺蝶。衣篋殘書中，時時見之。此蟲雖寄寓於衣書，然不為衣書害。考之古昔，無紙印之書，文書皆以方策。方版也，策簡也，版以木為之，簡以竹為之。蔡邕《獨斷》云：策者，簡也，其制長二尺，短者半之，其次一長一短，兩編下附，單執一札，謂之為簡。連編諸簡，乃名為策。凡書，字有多有少，一行可書，書之於簡；數行可盡者，書之於方；方所不容者，乃書於策。此白魚斷不為簡版之蠹。《爾雅》邢昺謂：相傳周公作以教成王。周初無紙印之書，周公何得知其為書中蟲？郭注似未當，當云衣中蟲。今書中亦有之為是。或曰：按《穆天子傳》：天子東巡，次雀梁，蠹書於羽陵。郭注暴書中蠹蟲，使不藏匿也。徐陵《玉臺新詠序》云：辟惡生香，聊妨羽陵之蠹。蓋本此也，此非暴白魚而何。

松按：許慎《説文序》：黃帝之史倉頡，初造書契，依類象形，故謂之文，其後形聲相益，即謂之字，著於竹帛謂之書。《詩·小雅》：畏此簡書。疏：古者無紙，有事書之於簡，故曰簡書。鄭注《周禮·秋官·翦氏》云：蠹物，穿食人器物者。是凡器物皆有蠹。蠹，《説文》云木中蟲也，《莊子·人間世》以為柱則蠹。注：蟲在木中謂之蠹。傳云：蠹書。則為簡版中蟲，而非白魚也，明矣。

《詩・邶風》：凡民有喪，匍匐救之。《檀弓》引《詩》匍匐作扶服。又《詩》：誕實匍匐。《釋文》本亦作扶服。《漢書・谷永傳》引《詩》亦作扶服，捄之。《霍光傳》：中孺扶服叩頭。《揚雄傳》：皆稽顙樹頷，扶服蛾伏。扶服即匍匐。又作扶伏。《左傳・昭公二十一年》：宋公子城射張匄，折股，扶伏而擊之。《釋文》本或作匍匐。《家語》引《詩》匍匐救之，亦作扶伏。又作蒲伏。《左傳・昭公十三年》：奉壺飲氷，以蒲伏焉。《釋文》本又作匍匐。《漢書・淮陰侯傳》：俛出胯下，蒲伏。又作蒲服。《史記・蘇秦傳》：嫂委蛇蒲服。《索隱》曰：蒲服即匍匐。《范雎傳》：膝行蒲服。《國策》：伍子胥坐行蒲服，乞食於吴市。《文選・七發》：蒲服連延。又作匍伏。《藝文類聚》三十九，《初學記》十三，並引湛方生《盟文》云：俯從詩人匍伏之義。凡扶服、扶伏、蒲伏、蒲服、匍伏，皆匍匐之義。丁度又作匍匔，又作匍百。鄺氏曰：《秦和鐘銘》：高引有慶，匍百四方。言四方匍匐歸命也。

松按：《説文》云：匍者，手行也；匐者，伏地也。《釋名》云：匍匐，小兒時行也。匍猶捕也，藉索可執取之言也。匐，伏也，伏地行也。據此，則伏地手行，謂之匍匐。又曰跧莊，曰䍮局。《博雅・釋言》：跧莊，匍匐也。《釋訓》：䍮局，匍跧也。又曰䞳趁。《玉篇》：伏地也。趁䞳，匍匐也。又曰跁。《正字通》：今俗謂小兒匍匐曰跁，音罷，又曰蹳，讀與彭同。凡夫曰：《方言》謂：匍匐曰蹳，見《通雅》：古拘儒有以膝行為匍匐者，宋處士陳烈弔喪，自門外膝行而入，人問其故。曰：《詩》不云乎？凡民有喪，匍匐救之。

《詩・大雅・皇矣篇》：無然畔援。箋云：畔援，跋扈也。《韓詩》云：强武也。又作畔换。《漢書・敘傳》：項氏畔换。注：師古曰：畔援，强恣之貌，猶言跋扈也。引《皇矣》詩作無然畔换。又作叛换。《文選・魏都賦》：雲撤叛换。劉淵林注：叛换，猶恣睢也。又作畔諺、畔喭。《增韻》：畔諺，剛猛也。《韻會》：叛諺，不恭也。或作喭。引《論語》鄭注：子路失於畔喭。舊注作畈喭，失言也。言子路性行剛彊，常畈喭失於禮容也。畈又作詖，音半。《類篇》：詖諺，自矜也。《書》：乃諺。傳云：乃叛諺不恭。正義引《論語》由也諺，今《論語》作喭。邢昺疏引王弼云：剛猛也。又作怑悗。《集韻》：不順也。

松按：跋扈，猶强梁也。《後漢·梁冀傳》：質帝嘗朝羣臣，目冀曰：此跋扈將軍也。注：跋扈，猶强梁也。强梁又作彊梁。《金人銘》：彊梁者不得其死。彊梁猶倔强。《宋史·趙鼎傳》：鼎不附和議，檜曰：此老倔彊猶昔。又作屈强。《漢書·陸賈傳》：賈說趙佗云：乃欲以新造未集之越，屈强於此。《宋書·禮志》又作堀强。强梁又作陸梁。王幼學曰：陸梁，猶强梁也。張平子《西京賦》：怪獸陸梁。《後漢·皇甫規傳》：先零諸種陸梁。揚雄《甘泉賦》：飛蒙茸而走陸梁。注：陸梁，跳也。又曰跳梁。《莊子·逍遥遊》：貍狌東西跳梁，中於機辟。

《史記》：桀召湯，囚之夏臺。《太公金匱》：桀怨湯，以諛臣趙梁計，召而囚之均臺。而《世紀》云：夏桀無道，皋諫者，湯使人哭之，桀囚湯使於夏臺，而後釋之。《世紀》謂囚湯使，非囚湯。

關龍逢諫桀，桀殺之，有四說。《韓詩外傳》：桀為酒池糟邱，關龍逢進諫，桀因而殺之。《符子》：桀觀炮烙，龍逢諫，桀以炮烙殺之。《博物志》：桀為長夜宮於深谷之中，男女雜處，十旬不出聽政，又為石室瑤臺，關龍逢諫，桀以為妖言殺之。《續博物志》：諸侯叛桀，關龍逢引《皇圖》以諫桀，桀殺之。

程伊川曰：韓退之《拘幽操》有曰：臣罪當誅兮，天王聖明。道文王意中事，前後之人，道不到此。松按：賈誼《新書》，桀自謂天父，紂自謂天王。

《泰誓》曰：獨夫受。《孟子》曰：一夫紂，是獨夫一夫，皆非美詞，而一丈夫則為美詞。《汲冢周書·文傳解》云：故諸橫生，盡以養從。注：從下脱一生字，從生盡以養一丈夫。注：橫生，物也。從生，人也。一丈夫，天子也。言兆民養天子也。

《史記·秦始皇本紀》之下，太史公再紀秦系，楊升菴以為欲以互證而備遺。如《酈生傳》又附酈生書之例是也。然其紀始於襄公、文公，終於二世，二世之下，再敘趙高為丞相，安武侯於二世生十二年而立，右秦襄公至二世六百一十歲之上，其間實有深意。蓋秦自襄公、文公肇基王業，始襄公文公。所以識秦之興。趙高無君，弄二世於股掌。二世任用趙高，卒至敗亡。歷六百一十年之秦，一趙高足以亡之，故秦系終二世而再及趙高，所以著秦之所由亡也。正義曰：《秦本紀》，自襄公至二世五百七十六年矣。《年表》自襄公至二世五百六十一年。三說並不同，未知孰是。夫二世，人頭畜鳴，篤惡殘虐，亡秦而有餘，然實由於趙高逢惡，故立三年而秦亡。秦之亡，趙高促其期也。趙高一宦者耳，而秦之存亡繫焉，故太史公敘趙高以終秦系。

《史記》侯生、盧生謂始皇，天下之事無大小，皆決於上，至於衡石量書，日夜有呈，不中呈不得休息。始皇驕，不得聞過，實由於此。趙高說二世曰：今陛下富於春秋，初即位，奈何與公卿廷決事？天子稱朕，固不聞聲。於是二世常居禁中，與高決諸事，公卿不得朝見。二世見弒，實階於此。夫趙高說二世，仍是始皇獨決之意，故其言易入。但始皇自決，權不旁替，自天子出，以故不喪。二世與趙高決，政柄下移，倒持太阿，所以滅亡也。然則亡秦者高也，豈獨胡哉？觀於《詩·秦風》，始《車鄰》，而《車鄰》之詩，首言寺人之令。然則秦以趙高亡，於《詩》已兆其端矣。又讀《史記·年表》，穆公學於宁人。宁人，守門之人，即寺人也。穆公霸秦，《尚書》猶録其誓，而乃學於宁人。然則二世之聽趙高，穆公已聞其先矣。

《新語》：秦二世之時，趙高駕鹿而從行。王曰：丞相何為駕鹿？高曰：馬也。王曰：丞相誤也，以鹿為馬。高曰：陛下以臣言不然，願問羣臣。臣半言鹿，半言馬。《史記》：趙高以鹿獻二世，謂之馬。二世問左右：此乃鹿也？左右皆曰馬也。二世驚，自以為惑。徐孚遠注：謂馬有似鹿者，價千金，高依此而為詐也。松謂不然，趙高初無此詐，高之無君，素矣，欲弒其君而未發，蓋以馬與鹿，大相懸殊，因獻鹿謂馬。一以驗人心之向背，二以占二世昏愚之甚否？猶之《左傳·成公十八年》：周子有兄而無慧，不能辨菽麥。疏謂：豆麥殊形異別，故以為癡者之候耳。然人但知趙高指鹿為馬，以欺二世，而不僅此也。《藝文類聚》引《史記》云：趙高將為亂，先設驗，獻蒲以為脯，惑二世，有言蒲者誅之。又禮器或素或青，鄭注云：秦二世時，趙高欲作亂，或以青為黑，黑為黃。民言從之，至今語猶存也。據此，趙高欺二世，不僅指鹿為馬矣。如徐所云，豈蒲亦似脯，青亦似黑，黑亦似黃乎？後漢崔琦對梁冀曰：將使玄黃改色、馬鹿易形乎？蓋用趙高事也，曰改色，曰易形，則非似矣。按：獻蒲為脯，今《史記》無其文，豈古別有《史記》與？

秦自襄公、文公始基王業，然觀文公而知秦之所由興，亦觀文公而知秦之所以亡。《史記·秦本紀》：文公十三年，初有史以紀事，民多化者。是秦文事之興，自文公始；民俗之化，亦自文公之興文事始。故曰觀文公而知秦之由興。夫曰民多化者，則知無文事，不足以化民也，故始皇焚書，不再傳而亡。又文公二十年，法初有三族之罪。夫文公為肇基王業之祖，而首立三族之刑，為慘刻先，創垂不善，莫甚於此。然則始皇以苛法亡天下，文公有以啟之也。故曰。觀文公而知秦之所以亡。

始皇兼天下，自以為代周火德，從所不勝。滅火者水，故以水德王。及其將死，則有滈池君置璧，夢與水神戰之兆。豈其水德將衰，而凶之先見與？抑水德不德，而先以為逆也。夫所謂水德者，特始皇滅火之暴見，非真五德之運然也。而兆應不爽，若是，倘所謂當王者貴耶？始皇，秦暴主也。其制：天子自稱曰朕，號曰皇帝。命為制，令為詔。遂為後世不易之制，故曰不以人廢法。《史記·六國表》云：始皇二十八年為阿房宮。《始皇本紀》云：三十五年作前殿阿房。此太史公文之自為矛盾者，未知孰是。賈長沙《過秦論》云：籍使子嬰有庸主之材，僅得中佐，山東雖亂，秦之地可全，而有宗廟之祀，未當絕也。

松謂：秦之天下，已潰壞於二世趙高，圖書所謂亡秦者胡是也。子嬰即位，秦已土崩，不可救藥，斷非庸主中佐可能回挽，誠有如大厦將傾，非一木所能支也。且趙高弑二世，將立子嬰，子嬰即能刺殺趙高於齋宮。三族高家，以徇咸陽，沛公入關，子嬰知天命已去，國不可支，即奉天子璽符以降，其智決，有英主所不能及者。秦之亡，不得歸過子嬰，賈生之論，未為允當，班孟堅譏其不通時變誠然。

卷之九

九族有三説。《尚書》：以親九族。鄭云：上自高祖，下至玄孫，凡九。傳云：以睦高祖、玄孫之親。皆同姓。正義云：此《古尚書》説，夏侯説亦云然，此一説也。《左傳・桓公六年》：親其九族。杜注：九族，謂外祖父、外祖母、從母子及妻父、妻母、姑之子、姊妹之子、女子之子，非己之同族，皆外親有服而異族者也。孔氏《正義》引許慎《五經異誼》云：今《禮戴》、《尚書》歐陽説，九族乃異姓有屬者，父族四，五屬之内為一族，父女昆弟適人者與其子為一族，己女昆弟適人者與其子為一族，己之女子子適人者與其子為一族；母族三，母之父姓為一族，母之母姓為一族，母女昆弟適人者與其子為一族；妻族二，妻之父姓為一族，妻之母姓為一族。又鄭玄云，為昏必三十而娶，則人年九十，始有曾孫，其高祖元孫無相及之理，則是族終無九，安得九族而親之？以此知九族皆外親有服而異族者也。此二説也。《白虎通》曰：族者何也？族者湊也，聚也，謂恩愛相流湊也。生相恩愛，死相哀痛，有聚會之道，故謂之族。族所以九者何？九之為言究也，親疏恩愛究竟，謂之九族也。父族四，母族三，妻族二，與《戴禮》、《尚書》、歐陽説同。惟母族三，《白虎通》謂母之父母為一族，母之昆弟為一族，母之女昆弟為一族，與歐陽説異。此三説也。

然按《儀禮・喪服》，自斬衰三年，上殺之至於齊衰三月，自齊衰期服下殺之至於緦麻，又旁殺之亦至於緦麻，所謂父之姓為一族也；姑之子緦麻，所謂父女昆弟適人與子為二族也；甥緦麻，所謂己女昆弟適人與子為三族也；外孫緦麻，所謂己之女子子適人與子為四族也。為外祖父母小功，所謂母之父母為一族也；舅與舅之子皆緦麻，所謂母之昆弟為二族也；從母小功，從母之子緦麻，所謂母之女昆弟為三族也。妻之父母皆緦麻，所謂妻之父為一族，妻之母為二族也。妻之親略，故父母各一族。夫族之言凑、聚，蓋生相恩愛，死相哀痛，有聚會之道，故得謂之族，故喪服為之制服。若母之母姓，何有恩愛，何有哀痛，世俗生平不與母之母姓相識者多矣。何有聚會，喪服不為之制服，亦以其生無恩愛之情，死無哀痛之意也，不得謂之族。許慎《五經異誼》云：母之母姓為一族，其說非是。

松按：《白虎通》之説，似勝歐陽。正義云《禮戴》《尚書》歐陽説者，當作《戴禮》、歐陽《尚書》説。或曰先言經而姓次之，尊經也，見《左傳注疏考證》。又明燕王即位，方孝孺哀絰，號哭闕下。上逼其草詔，上降榻親授筆札，孝孺投筆於地，且哭且罵。上大怒曰：汝不怕死，獨不顧九族乎？孝孺曰：便十族何妨？哭罵益厲，遂命磔於市，宗黨坐死者凡八百七十三人，朋友與孝孺一面者，悉皆誅戮，見《遣愁集》。是九族之外，又有朋友一族。

又按：朱竹垞纂修《明史》時，上總裁書有云，方孝孺衰杖哭闕下，語文皇曰：成王安在？此事之所有也。至文皇謂曰：獨不顧九族耶？答曰：便十族何如？因并其弟子朋友為一族戮之。此則三家村夫子之説矣。歐陽、夏侯、《尚書》雖云九族者，父族四，母族三，妻族二，而馬鄭俱云九族上自高祖下至玄孫，九峯蔡氏從之。故世之言九族者，名為九族，其實本宗一族耳。迨秦漢誅及三族，為最酷，而造為是説，使文皇果用是刑，無遽舍母妻之族而遽誅及弟子朋友者。且正學之友，最莫逆者，如宋仲珩、王孟、温仲縉、鄭叔度、林公輔諸人，故叔度之弟叔美、叔端，仲縉之子叔豐，皆為及門高弟，諸君惟仲縉早卒，其餘當日咸不及於難。輯其遺文以傳，足以破野史之陋，見《熙朝新語》。此説甚確。《遺愁集》不足據。[①]

松按：《詩・葛藟序》云：周道衰，棄其九族。傳云：上至高祖下及玄孫。《漢書・高帝紀》：七年，置宗正官，以序九族。是漢初亦以九族為同姓。凌明經曙《禮説》云：九族中不當有異姓。按《爾雅・釋親》於父為考母為妣以下，標檡[②]題宗族二字，此中並無異姓。於母之考為外王父云云，妻之父為外舅云云，二處皆另為標題，曰母黨，曰妻黨。夫各以其黨名之，而不在宗族之列。《爾雅》之次序，豈無謂乎？又《左傳》：士踰月，外姻至。外姻指母族、妻族。古之同姓，恒聚族而居，九族之中，絶無異姓，故云外姻以別之也。又《大傳》上治祖禰，尊尊也；下治子孫，親親也；旁治昆弟，合族以食，序以昭穆。異姓中亦有昭穆可序乎？又曰同姓同宗合族屬，則族中惟有同姓可知也。又曰：五世袒免，殺同姓也。據此，五世之服，專主同姓，不許異姓也。

又按：喪服，傳曰：大宗者，收族者也。大宗有異姓乎？則收族當指同姓也。傳又曰：絶族無施服，親者屬也。蓋妻於夫家與族齒，其出也與族絶，則族字屬父家而不屬夫家也。以外家之服為施者[③]服，施者在旁而及之謂，蓋推而遠之也。而謂喪服族中有異姓乎？又緦麻章，族曾祖父母，族祖父母，族父母，族昆弟。族之中有異姓乎？經傳凡三言族，皆不指異姓，是豈不足徵乎？《春秋》立外孫為後。經書：莒人滅鄫。而後人且以異姓為亂宗，乃援異姓入宗族之中可乎？《日知録》云，《唐六典・宗正卿》：掌皇九族之屬藉，以別昭穆之序，紀親疏之別。九廟之子孫，其族五十有九，光皇帝一族，景皇帝之族六，元皇帝之族三，高祖之族二十有一，太宗之族十有三，高宗之族六，中宗之族四，睿宗之族五。此在玄宗之時已有七族，若其歷世滋多，則

① “《遺愁集》不足據”六字，原文似删去。

② “檡”字原文似删去。

③ “者”字原文似删去。

有不止於九者。而五世親盡，故經文言族，自九而止也。孔氏《正義》謂：高祖玄孫無相及之理，不知高祖之兄弟與玄孫之兄弟，固可以相及，亦何必疑帝堯之世，高祖玄孫之族，無一二同在者乎？説甚明晰，九族當以鄭説自高祖至玄孫為正。

古又有五族、三族之説，而後世虐政，則有五族、三族之誅。六朝崔浩之誅，清河崔氏無遠近皆死。崔頤、崔模與浩敘族，因浩平日常輕其家世，模曰：桃簡止可輕我，豈合輕周兒？此語流聞已久，二家始得免，崔寬以遠來疏族，亦得免。可見當時族誅之令，父族不僅五屬之内，而同族皆不免也，此後世之尤而甚者也。桃簡，崔浩小字；周兒，崔頤小字。六朝又有誅五族之令，衛王儀之弟觚使于燕，為所殺；太祖平中山，收害觚者傳高霸、程同等，夷五族。

松按：《周官》：小宗伯之職，掌三族之别，以辨親疏。鄭注三族，謂父、子、孫，人屬之正名。《喪服小記》曰：親親以三而五，以五而九。賈疏以三而五，謂此父子孫之三，以父親祖，以子親孫，則五也。據此，五族，自祖至孫也。三族，按《漢書》注張晏云：父母兄弟妻子也。如淳曰：父族、母族、妻族。《儀禮·士昏禮》：惟是三族之不虞。注：三族，謂父昆弟、己昆弟、子昆弟。皆與鄭注異。

古人謂人倫有五，而兄弟相處之日最長。君臣遇合，朋友會萃，久速固難必也。父生子，妻配夫，其蚤者皆以二十歲為率。惟兄弟或一二年、四三年相繼而生，自竹馬遊戲，以至鮐背鶴髮，其相與周旋，多至七八十年之久。恩意浹洽，猜忌不生，其樂寧有涯哉！松謂：此種至樂，為兄弟無故者，惟能有其樂耳。若抱司馬之憂，恩意不能必其浹洽，猜忌不能必其不生。即浹洽恩意，不生猜忌，而亦少味矣。然此不得歸咎於弟，凡為之兄者，苟欲有兄弟之樂，當思《孟子》中也養不中，才也養不才之訓。

兄弟不必察察分明，於是非曲直，若察察分明，是非曲直，便是陌路人了。松族有一桀暴逆弟，某因寵妾口語細故，便將其兄百端肆駡，凌辱不堪，其兄衹是涕泣不與較，人謂其選愞懦弱。松謂：此正得處逆弟善法，使其兄亦復激烈，以剛乘剛，不至盤破箍斷，手足相殘不止。眉公云：天下惟有五倫施而不報，彼以逆加。吾以順受，有此病自有此藥，不必校量。旨哉！松按：《大戴禮·曾子事父母篇》單居離問曰：使弟有道乎？曾子曰：有。弟之行若中道，則正以使之；弟之行若不中道，則兄事之。詘事兄之道，若不可，然後舍之矣。注云：兄事之者，亦如事兄之道養之也，中養不中，賢兄之道也。詘猶屈也，詘事兄之道於弟，猶不可化，則舍之，舍，釋也。洪震煊云：釋之以湏其後。阮氏云：養容也，夫逆弟方桀暴，其兄衹是涕泣不與較，正詘事兄之道以容之，以俟其自化也，此正得古人處不中之弟之法。其後桀暴之弟，亦改行而克恭厥兄，未始非其兄養容之化也。其兄某，道光間，族縉紳舉於學官，充鄉飲賓，且高壽，誠篤行君子也。

松兄弟六人，松居長，次柏年，俱嫡出；三椿年，四湘，幼亡，五榆年，七桳年，皆庶出。先嚴號蓬洲，五十之年，常多病，恐不獲延，欲析産於諸子，謂先慈曰：汝二子居長，且嫡出，余欲多與田各十畝，汝意云何？先慈曰：毋人子有嫡庶，而我子無嫡庶，庶子獨不以我為母乎？嫡子、庶子，皆我子也。子賢，白手可以創業，如其不肖，多與，衹益其賭蕩資耳，均之為是。先嚴為嘆服。先嚴於是將産業沃瘠均勻，集衆親戚，申明先慈雅意，焚香鬮執，親戚莫不嗟嘆，以先慈為賢。

後讀《遣愁集》云：歐陽池，係嫡子，兩兄皆庶出。父析産，欲厚嫡。池妻馮氏請曰：嫡庶子為父母服，有差等乎？父曰：無異。馮曰：服無差等，財産豈可有異，應均分為宜。父嘆服，從之。松不禁惕然嘆曰：古亦有婦人如先慈者也。因憶先嚴析産時，諸庶弟皆幼，今幸成立，各皆安業，恪守家規，不願乎外，此實先慈之德澤貽流有以致也。先慈氏陳，資性中正而和易，子女有過，只是開導曉諭，未嘗朴責，與先嚴同年，尤愛椿年，每有慍怒，椿年為之寬譬，三四語輒解，享壽七十有一。今越十有餘歲，族父老薦紳，語及先慈，輒豔思嘆卬不置。以為慈讓可風也。顧炎武曰：一父之子，而以同母不同母為親疏，此人情最陋之見，誠哉是言。今松兄弟皆有妾，妾皆有子，而嫡庶皆雍睦，皆無有以同母不同母為親疏，嫡子、庶子亦無有以同母不同母屑意，未始非先慈德化之遺也。松嘗告諸戚，好曰：吾家有三幸，而功名富貴不與存焉。兄弟友于，築里雍睦，一幸也；妻妾無嫉妬，嫡子、庶子無彼我，二幸也；不姑息其子女，不酷虐乎婢僕，三幸也，故曰吾家有三幸，而功名富貴不與存焉。斯事雖細，然實先嚴先慈之德教，導之於先，子婦有所法則，而恪守於後也。

朋友有分財之義，夷吾鮑叔是也，況兄弟耶。松見今人兄弟争産，甚至涉訟，往往各出其財，以賂官吏，而官吏固為遲遲，不使案結，數反覆以啗金錢，相争者既耗其財，務相勝以償其耗，卒至兩不能勝，不敗家破産而不已。原其初念，不過一貪為之耳，官訟一成，愈激愈憤，譬如騎虎，不得中下。於是所貪者小，而所喪者多，始之於貪，而終之於貧，不自知悔，則惑之甚也。松為進一解曰：假如兄弟二三，分財時，便可作五六觀，兄弟五六，分財時，便可作七八觀，則貪念自然冰釋，争端自然雪消。嘉慶間，同邑有高氏兄弟争産，結訟十餘年，各虧金數萬，以飽審官房差，案懸不結。我邑孝廉屈，與其姻家伍，憫高手足参商，為之居中講解，兩訟願息，遂禀請太府縣主。太府縣主皆利其案之不結，不准和息。又延一二月，乃上禀撫憲，嚴批仰府，訟始得息。諺云：官訟連綿，一構十年，且欲罷訟而不得。吁，可畏也已！

劉調父《賢夾編》云：河東節度使柳公綽，遇歲饑，則諸子皆蔬食，曰：昔吾兄弟侍先君，為丹州刺史，以學業未成，不聽食肉，吾不敢忘也。《漢書·宣曲任氏傳》：任氏善富者數世。然任公家約，非田畜所生不衣食，公事不畢，則不得飲酒食肉。夫學業未成，不聽食肉，尚有未成之學業耶？公事不畢，不得飲酒食肉，尚有不畢之公事耶？柳任二公家約，可為萬世法。

漢召信臣為南陽太守，好為民興利，為民作均水約束，刻石立於田畔，以防紛爭。晉杜預都督荊州諸軍，修召信臣遺跡，激用滍淯諸水以浸田原萬餘頃，分疆刻石，使有定分，公私同利，衆庶賴之。則知田農争水溉田，自古為然矣，而信臣刻石立田畔，為萬世不易之法。今我邑番禺鹿步司屬，多山谷高田，必資潤流灌溉，始能耕種。每逢亢旱，農人争水鬬毆，輒傷人命，構訟連年，官亦有修信臣之制於陂中分流，與里老定約而立石者。未幾奸貪躓踣，因而盜没，復偷鑿鄰陂，鬬争又起。原其故，皆由碑没無據，豪惡得以逞其姦。嗚呼！立石之後，安得一嚴明有司，將陂流遠近深潤，著明丈尺，繪圖存案。復將繪圖一様，令各勒碑於争水之鄉，與争水之鄰鄉之祖祠，與各鄉之鄉約書院，仍歲歲巡行省視。碑有動移，責其里老，勒復堅豎；奸人盜没，立即懲治修復，即争水之鄉之碑奸没，而争水之鄰鄉與鄉約書院之碑不没也。雖百年之久，可取之以為證。庶幾奸貪無所逞其智，田疇無偏灌之患，而民訟以息，則亦今之杜預也。

《後漢書·安帝紀》，元初二年正月，修理西門豹所分漳水為支渠以溉民田。注：《史記》曰：西門豹為鄴令，發人鑿十二渠，引水灌田。所鑿之渠。在今相州鄴縣西也。《史記·河渠書》又云：西門豹引漳水溉鄴，以富魏之河内。《正義》曰：鄴，相州之縣也。《説苑·政理篇》：魏文侯使西門豹往治於鄴。《論衡·率性篇》，西門豹灌以漳水，成為膏腴。是《後漢書》、《史記》、《説苑》、《論衡》，皆以分漳水溉鄴，為西門豹事，而不知實史起事。松按：《吕氏春秋》：魏王曰：漳水可以灌鄴田乎？史起對曰：可。王使之為鄴令，史起因往為之。水已行，民大得其利，相與歌曰：鄴有聖令，時為史公決漳水，灌鄴旁，終古斥鹵生之稻粱。《前漢·溝洫志》亦云：史起為鄴令，引漳水灌鄴，以富魏之河内。民歌之曰：鄴有賢令兮，為史公決漳水兮灌鄴旁，終古舄鹵兮生稻粱。皆以為史起事。顧亭林《日知録》云：《史記》魏襄王與羣臣飲酒，王為羣臣祝曰：令吾臣皆如西門豹之為人臣也。史起進曰：魏氏之行田也，以百畝，鄴獨二百畝，是田惡也。漳水在其旁，西門豹不知用，是不知也。知而不興，是不仁也。仁智豹未之盡，何足法也？於是以史起為鄴令，引漳水溉鄴，以富魏之河内。史起既譏西門豹不知用漳水，則引漳水非西門豹事，實史起事無疑。故唐姜師度為同州刺史，開元八年十月詔曰：昔史起溉漳之策，鄭白鑿涇之利。柳宗元《興州江運記》亦云：西門遺利，史起興嘆，皆以為史起事。然則《水經十・濁漳》：又東出山，過鄴縣。注云：昔魏文侯以西門豹為鄴令，引漳以溉鄴，民賴其用。其後至魏襄王，以史起為鄴令，又堰漳水以灌鄴田，咸成沃壤，百姓歌之。與左太冲《魏都賦》云：西門溉其前，史起灌其後。《括地志》亦云然，皆實失其實。又按《史記・滑稽傳》，楮先生曰：西門豹發民鑿十二渠，引河水灌民田，與《河渠書》小異。然《吕氏春秋》先於《史記》，當得其實。豈西門豹所引者河水，後人或誤以為漳水與？又按：馬遷《史記》無史起對魏襄王譏西門豹事，其事見《前漢書・溝洫志》，顧氏引誤。

魏文侯時，西門豹為鄴令，會長老問民所疾苦。長老曰：苦為河伯娶婦。豹問其故，對曰：鄴三老廷掾，嘗歲賦歛百姓取錢，得數百萬，用二三十萬為河伯娶婦，與祝巫共分其餘錢。當其時，巫行視人家女好者，云是當為河伯婦，即聘取。洗浴齋戒粉飾之，如嫁女床席，令女居其上，浮之河中。始浮，行數十里乃没。西門豹曰：至河伯娶婦時，幸來告語之，吾亦往送女。皆曰：諾。至時，豹往會之。河上三老、官屬、豪長、里父老皆會。豹曰：呼河伯婦來，視其好醜。女至前，豹視之，顧三老、巫祝、父老曰：是女子不好，煩大巫嫗入報河伯，得更求好女，後日送之。即使吏卒共抱大巫嫗投之河中。有頃，曰：巫嫗何久也？弟子趣之？復以弟子一投河中。有頃，曰：弟子何久也？復使一人趣之？復投一弟子河中。凡投三弟子。豹曰：巫嫗弟子，是女子也，不能白事。三老為入白之。復投三老河中。豹簪筆磬折，立待良久。豹顧曰：巫嫗三老不來，奈何？欲復使廷掾與豪長者一人入趣之。皆叩頭，且破額，血流。豹曰：諾，且留待之須臾。豹曰：廷掾起矣。河伯留客之久，若皆罷去歸矣。夫西門豹治河伯娶婦，投巫嫗三老於河，千古快事。而廷掾、豪長者，實與三老、巫嫗相比為姦，殺人取財，罪孰甚焉？豹乃投三老巫嫗，而貸廷掾、豪長者，是猶殲厥小醜，而免彼渠魁，何以雪前河伯婦之冤乎？於此不毋遺恨。

松按：《史記·六國表》：秦靈公八年，城塹河頻，初以君主妻河。《索隱》曰：謂初以此年取他女為君主，猶公主也。妻河，嫁之河伯。魏俗為河伯娶婦，蓋其遺風。靈公八年，即魏文侯八年，文侯二十二年，任西門豹為鄴令，則秦遺妻河之禍於魏，已十餘年矣。秦以城故妻河，而魏效之，則惑之甚也。《風俗通》云：九江逡遒有唐居山，名有神，衆巫共為取公嫗，歲一易，男不得復娶，女不得復嫁，百姓苦之。時太守宋均到官，主者白出錢給聘男子女。均曰：衆巫與神合契，知其旨，欲卒取小民，不相當。於是勑條巫家男女以備公嫗。巫叩頭服罪，乃殺之，是後遂絶。宋均之舉。即以其人之道，還治其人之身，不事更張作意，奸巫無所置喙，自伏其罪，而民害除，作用勝似西門。

西門豹治河伯娶婦，投巫嫗三老於河，後世稱為快事。然猶貸廷掾、豪長，祝巫未盡誅夷，不若唐左震誅巫之大快人意也。肅宗時，王璵以祠禱見寵，驟得宰相。帝嘗不豫，卜云：山川為祟，璵請遣中使與女巫乘傳，分禱天下名山大川。所至干托州縣，賂遺狼藉。時有巫，盛年美色，以無賴惡少年數十自隨，尤憸狡不法。馳入黄州，刺史左震晨至館請事，門鐍不啟。震怒，破鐍入，取巫斬廷下，悉誅所從少年，籍其贓，得十餘萬，因遣還中人。璵不能詰，帝亦不加罪。夫鄴之巫，不過廷掾、豪長為奸，誅之有功無罪。若黄州之巫，奉宰相之命為天子祠禱，誅之罪且不測，而震盡殄滅之，其剛決過西門氏遠矣。而後世多稱西門而少稱左震者，何耶？

《史記》：蚩尤作亂，不用帝命。於是黄帝乃徵師諸侯，與蚩尤戰於涿鹿之野，遂禽殺蚩尤。《帝王世紀》：黄帝徵諸侯，使力牧、神皇直討蚩尤，擒於涿鹿之野，使應龍殺之於凶黎之邱。《山海經》亦云：應龍殺蚩尤。《歸藏》：黃帝殺蚩尤於青邱，作《棡鼓之曲》十章。《周書》：黃帝執蚩尤，殺之於中冀。《黃帝内傳》：黃帝斬蚩尤，蠶神獻絲。《鹽鐵論》：軒轅戰涿鹿，殺兩曎、蚩尤而為帝。諸書所載，皆云黃帝殺蚩尤。惟《魚龍河圖》云：黃帝時，有蚩尤兄弟八十一人，並獸身人語，銅頭鐵額，食砂石，造立兵杖刀戟大弩，威振天下，誅殺無道、不仁慈。萬民欲令黃帝行天子事。黃帝仁義，不能禁蚩尤，黃帝仰天而嘆。天遣元女下授黃帝兵信神符，制伏蚩尤，使之主兵以制八方。天下咸謂蚩尤不死，八方萬邦，皆為弭服。觀此，黃帝不殺蚩尤而用之也。又《管子》：黃帝問於伯高曰：吾欲陶天下而為一家，有道乎？伯高對曰：上有丹沙者，下有黃金；上有慈石者，下有銅金；上有陵石者，下有鉛錫赤銅；上有赭者，下有鐵，此山之見榮也。苟山之見榮，君封而祭之。修教十年，而葛盧之山發而出水，金從之。蚩尤受而制之，以為劍、鎧、矛、戟，是歲相兼者諸侯九。雍狐之山發而出水，金從之。蚩尤受而制之，以為雍狐之戟、芮，是歲相兼者諸侯十二。《韓子》曰：師曠謂晉平公曰，黃帝合鬼神於西太山之上，蚩尤居前，風伯進掃。此亦足見黃帝不殺蚩尤，而用以主兵也。諸書所載，不同如此。《魚龍河圖》又云：蚩尤没，畫蚩尤形像，天下咸謂蚩尤不死。因畫像而咸謂其不死，似無是理。

有蒙師某問：《世本》，蚩尤以金作兵。兵有五：一弓，二殳，三矛，四戈，五戟。豈古弓亦以金為之耶？不惟弓也，殳亦不用金。《夏官》：司馬掌五兵。注：五兵，戈、殳、戟、酋矛、夷矛。又按《釋名》：殳，殊也，長一丈二尺，無刃，有所撞挃於軍上，使殊離也。冶氏為戈、戟之屬，不言殳刃，此足為殳無刃之證。戟柄亦名殳，見揚子《方言》：三刃枝，南枝[①]楚宛郢謂之匽戟。其柄自關而西謂之柲，或謂之殳。戟之柄乃名殳，又

① “枝”字原文似删去。

足為殳不用金之證。不知蚩尤所作何兵也？松答曰：按《管子》：蚩尤以葛盧山之金制劍、鎧、矛、戟，以雍狐山之金制戟、芮。蚩尤所制之兵，劍、鎧、矛、戟，非五兵皆蚩尤作也。又況蚩尤時，無五兵之名。《世本》本之《管子》戟芮之芮，按《史記・蘇秦傳》：革抉㕹芮，無不畢具。注：芮，謂繫楯之後綬也。芮亦不用金。又按《史記正義》引《魚龍河圖》云：蚩尤造五兵仗刀戟大弩，威振天下。大弩亦不用金。其云以金作兵，又云造五兵，凡作兵多用金，故云然耳。楊升菴《丹鉛總録》亦云：蚩尤五兵。夫古謂軍中所用之器械為兵，而後世則謂軍中之士卒為兵，亦有五兵、七兵、四兵之名。如魏置五兵尚書，五兵，謂中兵、外兵、騎兵、别兵、都兵也。晉太康中又置七兵尚書，以中外兵加分左右也。又四兵，宋丁度《兵録》云：一曰禁兵，殿前馬步三司隸焉；二曰廂兵，諸州隸焉；三曰役兵，郡有司隸焉；四曰民兵，農之健而材者隸焉，見《天禄識餘》。

又按：鎧，甲也。《説文》：鎧，甲也。《廣雅》：函、甲、介，鎧也。《書・説命》：惟甲冑起戎。注：甲，鎧也。然則《周禮・夏官・司甲》疏與《禮記》疏云：古用皮謂之甲，今用金謂之鎧。《書・費誓》正義謂古之作甲用皮。秦漢以來用鐵，鎧、鍪二字皆從金，蓋用鐵為之，而因以為名。《儀禮・既夕禮》：甲冑、干笮。疏：甲，鎧；冑兜鍪者。古者用皮，故名甲冑。後代用金，故名鎧兜鍪，隨世為名也。諸注疏皆云，古甲用皮，豈不知蚩尤始作兵時，已用金為鎧耶？《雲笈・軒轅紀》云：蚩尤始作鎧甲兜鍪，時人不識，以為銅頭鐵額。松按：古人頭頸皆有鎧。《初學記》云：首鎧謂之兜鍪，亦曰冑。臂鎧謂之釬。頸鎧謂之錏鍜。

《山海經》：蚩尤作兵伐黄帝。《龍魚河圖》：黄帝時，蚩尤造立兵仗刀戟大弩，威振天下。《管子》：蚩尤受盧山之金，而作五兵。松按：《孔子三朝記》謂蚩尤不能作兵。《用兵篇》云：哀公曰：古之戎兵，何世安起？子曰：傷害之生久矣，與民皆生。公曰：蚩尤作兵與？子曰：否。蚩尤，庶人之貪者也，及利無義，不顧厥親，以喪厥身。蚩尤惛慾而無厭者也，何器之能作？蜂蠆挾螫而生，見害而校，以衛厥身者也。人生有喜怒，故兵之作，與民皆生。聖人利用而弭之亂，人興之，喪厥身。《大戴禮》亦云然，是兵仗不作於蚩尤。《吕氏春秋》云：蚩尤非作兵也，利其械矣。大抵蚩尤亦嘗作兵器，而非始造兵器也。《周禮·肆師》鄭注云：貉，師祭也。祭先世創首造兵法者也，其神蓋蚩尤，或曰黄帝。《公羊傳》莊八年，甲午祠兵。《五經異義·公羊説》，祠者，祠五兵及祠蚩尤之造兵者。是古者祠兵，皆祠蚩尤。

松按：黄帝殺蚩尤於涿鹿。蚩尤雖嘗造兵，而兵之利，不及黄帝。夫五兵所以静亂也，蚩尤作亂，而黄帝誅之。黄帝之兵神矣，貉當祭黄帝，不當祭蚩尤。貉，即《爾雅》是類是禡之禡。然則漢禮於武庫祀蚩尤，唐禮禡祀亦祭蚩尤，皆本康成之説，而不知已失其本矣。惟宋禡祭則祭黄帝，隋亦祀黄帝。大業七年，行幸望海鎮，於秃黎山為壇，祀黄帝，行禡祭。十年，次臨渝宫，親御戎服，禡祭黄帝，見《隋書·禮儀志》并《帝紀》，斯得祀典之正矣。又按：五兵之名，《周禮·司兵》：掌五兵五盾。先鄭云：五兵者，戈、殳、戟、酋矛、夷矛。後鄭云：是車之五兵。步卒之五兵，則無夷矛而弓矢。《太平御覽》引《周書》五陣云：春為牝陣，弓為前行；夏為方陣，戟為前行；季夏圓陣，矛為前行；秋為牡陣，劍為前行；冬為伏陣，楯為前行，又見《通典》。《春秋穀梁傳·莊二十五年》：天子救日，陳五兵、五鼓。徐邈云：矛在東，戟在南，鉞在西，楯在北，弓矢在中央。范甯《集解》曰：五兵，矛、戟、鉞、楯、弓矢。楊士勳疏引《公羊傳》説云：五兵，矛、戟、劍、楯、弓鼓。《淮南·時則訓》云：春兵矛，夏兵戟，季夏兵劍，秋兵戈，冬兵鎩。揚子雲《太玄經·玄數説》：以木為矛，金為鉞，火為戈，水為盾，土為弓矢。《禮記·月令》：季秋習五戎。鄭注：五戎謂五兵，弓、矢、殳、矛、戟也。《國語·齊語》定三革，隱五刃。韋昭曰：五刃，刀、劍、矛、戟、矢也。《禮記·隱義》云：東方用戟，南方用矛，西方用弩，北方用盾，中央用鼓。《書大傳》云：迎春田車載矛，迎夏田車載弓，迎秋田車載兵，迎冬田車載甲鐵鍪。《續漢志》注引《皇覽》略同，惟夏車載戟。司馬法曰：弓矢圍，殳矛守，戈戟助。凡五兵，長以衛短，短以救長。諸書所載五兵，名雖小異，配方亦略有不同，而用當以司馬法為正也。又按：《周禮》有五兵、五盾，《穀梁傳》有五兵、五鼓，楯與鼓，不當在五兵之數，凡謂楯鼓為五兵，非。又按：《漢書》有《孔子三朝》七篇。劉向《別録》云：孔子見魯哀公問政，比三朝，退而為記，凡七篇。

《晏子春秋》：晏子使於魯，比其反也，景公使國人起大臺之役，歲寒不已，凍餒之者鄉有焉，國人望晏子。晏子至，已復事，公乃坐，飲酒樂，晏子曰：君若賜臣，臣請歌之。歌曰：庶民之言曰，凍水洗我，我若之何？太上靡散，我若之何？歌終，喟然嘆而流涕。公就止之曰：夫子殆為大臺之役夫，寡人將遂罷之。晏子再拜出而不言，遂如大臺，執朴鞭而不務者，曰：吾細人也，皆有蓋盧，以避燥濕，君為壹臺，而不速成，何為？國人皆曰：晏子助天為虐。晏子歸，未至，而君出令趣罷役。松按：晏子之智，本之司城子罕。《左傳・襄公十七年》：宋皇國父為太宰，為平公築臺，妨於農收。子罕請俟農功之畢，公弗許。築者謳曰：澤門之皙，實興我役。邑中之黔，實獲我心。子罕聞之，親執扑以行築者，而抶其不勉者，曰：吾儕小人，皆有闔廬，以辟燥濕寒暑。今君為一臺，而不速成，何以為役？謳者乃止。或問其故，子罕曰：宋國區區，而有詛有祝，禍之本也。觀晏子朴鞭不務者之言，即子罕抶不勉者之言。晏子之智，即子罕之故智也。又按：《左傳》、《史記》不載景公築臺、晏子鞭役事，豈實子罕事，而誤舛以為晏子事耶？

《高士傳》：亥唐，晉人也。高恪寡素，晉人憚之。雖蔬食菜羹，平公每為之欣飽。公與亥唐坐有間，亥唐出，叔向入。平公伸一足曰：吾向時與亥子坐，腓痛足痺不敢伸。叔向勃然作色不說。公曰：子欲貴乎？吾爵子；欲富乎？吾禄子。夫亥先生乃無欲也，吾非正坐無以養之，子何不悦乎？此以不敢伸足為平公待亥唐事。《韓非子》：叔向御坐，平公請事，公腓痛足痺轉筋，而不敢壞坐。晉國聞之，皆曰：叔向賢者，平公禮之，轉筋而不敢壞坐。晉國之辭仕托慕叔向者，國之錘矣。此又以轉筋不敢壞坐為平公待叔向事。

松按：平公，能尊賢之主也。尊賢之主，斷不慢人。亥唐，晉之賢士，而叔向亦晉之賢大夫。平公不敢慢亥唐，未必遽慢叔向，腓痛足痺而不敢伸。韓子云叔向御坐平公，《高士傳》云與亥唐坐，或皆有其事，亦未可知。然斷無見叔向而伸足，且以欲富欲貴面斥叔向之理。大抵《高士傳》欲推高亥唐，援叔向以相形耳，未可據信。《抱朴子·欽士篇》云：晉文接亥唐，脚痺而坐不敢不正。此又以平公為文公。亥唐一作期唐，亥之為期，猶箕之為荄也。惠氏棟《左傳補注》云，史趙以亥字推算其年者。蓋以亥為絳縣人之名，即孟子之亥唐。《韓非子》言晉平公於亥唐云云，或孟子傳寫，倒其名氏也。又有以為魏文侯待段干木事。《劉子·文武篇》：干木在魏，身不下堂。袁孝政注云：魏之隱士，姓段名干木。魏文侯往其家，與共言，坐語終日。文侯脚胑而不敢伸，謂左右曰：寡人富於財，干木富於德，吾脚胑而不敢伸。秦聞魏有干木，罷兵不敢攻魏。

戰勝臞者肥，事見《韓非子》：子夏見曾子，曾子曰：何肥也？對曰：戰勝，故肥也。曾子曰：何謂也？子夏曰：吾入見先生之義則榮之，出見富貴之樂又榮之，兩者戰於胸中，未知勝負，故臞。今先生之義勝，故肥。是以志之難也，不在勝人，在自勝也。故曰：自勝之謂强，而閔子騫亦有是事。《尸子》，閔子騫肥。子貢曰：何肥也？子騫曰：吾出見美車馬則欲之，入聞先生之言則又欲之。兩心相與戰，今先生之言勝，故肥。松謂此是一事，而記載舛異其人耳。按《韓詩外傳》：閔子騫始見於夫子，有菜色，後有芻豢之色。子貢問曰：子始有菜色，今有芻豢之色，何也？閔子曰：吾出蒹葭之中，入夫子之門。夫子内切磋以孝，外為之陳王法，心竊樂之。出見羽蓋龍旂旃裘相隨，心又樂之。二者相攻胸中而不能任，是以有菜色也。今被夫子之教寖深，又賴二三子切磋而進之，內明於去就之義，出見羽蓋龍旂旃裘相隨，視之如壇土矣，是以有芻豢之色。意與《尸子》同，恐是閔子騫事。今文人皆以為子夏事，所見不博耳。

卷之十

《周禮·天官》：太宰之職，三農生九穀。注：三農，鄭司農云，平地、山、澤也。玄謂三農，原隰及平地。疏釋曰：云鄭司農云三農，平地山澤也者，以其積石曰山，水鍾曰澤，不生九穀，故後鄭不從之也。松謂：山非必積石，我粵麻豆秫，多種於山，斜禾鋪地白鋪地赤之禾，亦種於山。而澤田我粵尤多，澤田宜種之穀，不下十餘種，稻黍皆可種。後鄭云：山澤不生九穀，誤矣！其云三農，原隰平地者。《爾雅》：高平曰原，下濕曰隰。原及平地可種黍、稷之等，隰中可種稻麥及苽。

松按：麥宜高原，不宜下濕。後鄭亦誤。且三農云者，統天下之田農而言者也。若但言原隰平地，而遺卻山田澤田，是止説得一邊。司農之説，為得其實矣。楊升菴《丹鉛總録》云：《周禮》三農有兩訓。先鄭云：山農、澤農、平地農也。後鄭云：原與隰及平地。先鄭之説為是。山農，南方之刀耕火種，巴蜀之雷鳴田也。澤田，廣東之葑田，雲南之海簰，諺所謂：戽水插秧，乘船割稻者也。若原隰平地，只可言中原，不可該邊甸也。

松謂：廣東澤言田，凡海中浮沙積坦，皆是乘船收割，不僅葑田也。三農，蓋即《月令》孟春之月："善相丘陵、阪險、原隰土地所宜，五穀所殖"之丘陵、阪險、原隰。土高曰丘，大阜曰陵。丘陵者，山田之屬也。《詩·小雅》：瞻彼阪田。箋云：阪田，崎嶇墝埆之處。崎嶇墝埆，故曰險。阪險者，如今山腰、山麓高地矣，俗所謂望天田。望天者，無他水灌溉，望天淋雨也。廣平曰原，下濕曰隰。原隰者，如今高田、坑田矣。

廣州番禺、南海、東莞、順德、香山、新會、新安諸縣，又有海浮沙坦，俗曰潮田，又曰水田。高者富農鍬基築圍以藝穀，其二三月鹵淡者，可種掙稿，五六月鹵淡者，止可種晚禾一造。農貧不能鍬築者，樹藝亦如之，但穫差少耳，此可謂之潮農。其低窪而淳鹵者，不可樹禾，則種魚草、馬草。赤鹵而低窪未甚者，則種根草。根草，東莞人刈以織席，此可謂之草農。更有一種赤鹵鹹田，五穀不生，不能植禾，而土人以之種蠔。先投瓦礫於田中，二三年間，瓦礫皆成蠔房，俗謂之蠔田。蠔而曰種，此可謂之蠔農。是我粤三農之外，又有潮農、草農、蠔農，可謂六農矣。按：今廣東無葑田。《玉堂嘉話》云：番禺縣嘗有俚民牒訟，夜失蔬圃。詰之，則云淺水中荇藻之屬，風沙積焉，墾為圃，夜為人盜若浮筏故也。今濠中多夾竹植蕹菜，本此，此則葑田之屬也，今番禺亦無此。

五穀之長有四説。《説文》：稷，齋也，五穀之長。齋或作粢，《越絶書》云：甲貨之户曰粢，為上物。《周禮》甸師注云：粢，稷也。穀者稷為長。《禮·月令》注及《郊特牲》疏引《孝經説》皆云：稷，五穀之長。班固《白虎通》亦曰：稷，五穀之長，故封稷而祭之也。又曰稷者，陰陽中和之氣，而用尤多，故為長也。《續漢書·祭祀志》引《孝經援神契》曰：稷者，五穀之長也。注引《月令章句》曰：稷，秋夏乃熟，歷四時，備陰陽，穀之貴者。又《内經·金匱真言論》：岐伯曰：東方青色，其穀麥。王砅注云：五穀之長者麥也，故東方用之。《本草》亦云：麥為五穀之長。又《家語》孔子曰：黍者，五穀之長，祭先生以為上盛。《韓非子》亦云然。《禮·郊特牲》疏亦云：或云原隰生百穀，黍為之長。又《韻會小補》：粱粟類，米之善者，五穀之長。今人多種粟而少種粱，以其損地力而收獲少也。

松按：《本草》稷米在下品。氾勝之《種殖書》無稷。程氏瑶田《九穀考》云：稷粱二者，言人人殊。鄭氏注“三禮”及箋《詩》，獨不詳稷之形狀。吕氏《淮南子》所著書，往往言諸穀之得時及太歲所值之年。穀之或昌或疾，東西南朔之地，地各有所宜種，而獨不及稷。而鄭衆、班固、服虔、孫炎、韋昭、郭璞之徒，其言稷者，類皆冒粟之名。唐以前以粟為稷，唐以後或以黍之黏者為稷，或以黍之不黏者為稷。今讀《説文》，較然不可相冒。及尋鄭氏説，稷粱兼收，黍稷不溷，足證諸家之謬。據此，昔人不知實以何穀為稷。

《九穀考》又云：五穀之長，齋稷也。粢齋重文秫，稷之黏者，黏齋，大名也，黏者為秫。北方謂之高粱，或謂之紅粱，通謂之秫。秫又謂之蜀黍，蓋穄之類，而高大似蘆。《月令》：孟春行冬令，則首種不入。鄭氏注：舊説首種謂稷。今以北方諸穀播先後考之，高粱最先，粟次之，黍糜又次之，則首種者高粱也。諸穀惟高粱最高大，而又先種，謂之五穀之長，不亦宜乎！據此，五穀之長，當有五説。或曰：高粱即粱，非也。粱即黄粱。《説文》云：粱，稻穀名，高粱之米不甚佳，而黄粱之米特美。《本草》云：黄粱出青冀。杜甫《贈衛八處士》詩：夜雨翦春韭，新炊閒黄粱。《注本草》香美逾諸粱，程棨三柳軒。《雜識》云：五穀以稻為貴，古人各以其類配之。如以殺鷄配為黍，謂野人之餐也。以啜菽配飲水，謂貧者之孝也。以蔬食配菜羹，謂貶降之食也，惟食稻則對衣錦。又祭祀以稻為嘉蔬，公享大夫以稻為吉饎，是五穀以稻為貴也。可知稻即黄粱，故可貴也。

又《素問》以麻、麥、稷、黍、豆為五穀，以麻為首，然則麻亦可為五穀之長矣。麻，胡麻。《通雅》曰：漢麻，張騫得油麻種來，故曰胡麻，即黑脂麻也。又按：稷之形狀，見《本草集解》李時珍曰：稷與黍，一類二種。黏者為黍，不黏者為稷。稷黍之苗似粟而低小，有毛，結子成枝而殊散，其粒如粟而光滑。三月下種，五六月可收，亦有七八月收者。其色有赤白黄黑數種，黑者禾幹高，今俗通呼為黍，不復呼稷矣。稷熟最早，作飯踈爽香美，為五穀之長而屬土，故祀穀神者以稷配社。五穀不可遍祭，祭其長以該之也。

九穀有五解，鄭司農注《周禮・太宰職》曰：黍、稷、秫、稻、麻、大小豆、大小麥。後鄭康成注《周禮》，不從先鄭説，以六穀用食醫之六宜有苽，九穀亦當有苽，以黍、稷、粱、苽、稻、麻、小麥、大小豆為九穀。《氾勝之書》又云：稻、粱、黍、麻、秫、小麥、大麥、小豆、大豆。段成式《酉陽雜俎》又云：黍、稷、稻、粱、三豆、二麥。元司農司撰《農桑輯要》又云：黍、稷、稗、稻、麻、大麥、小麥、大豆、小豆。然韋昭注《國語》百穀，用後鄭九穀以目之，《炙轂子》言九穀，亦依後鄭之説。古又有五穀、六穀、八穀、百穀之名。《天官・疾醫》五穀養其病。注：麻、黍、稷、麥、豆。《職方》五種注又云：稻黍稷麥菽。按：《月令》春食麥，夏食菽，中央食稷，秋食麻，冬食黍。此《疾醫》注之所本。《素問・金匱真言論》：東方青色，其穀麥。南方赤色，其穀黍。中央黄色，其穀稷。西方白色，其穀稻。北方黑色，其穀豆。此《職方》注之所本。《周書》又云：五穀，稻、黍、麥、粟、菽。《膳夫》食用六穀。注：黍、稷、粱、麥、苽、稌。《星經》：八穀星主黍、稷、稻、粱、麻、菽、麥、烏、麻，星明則俱熟。

百穀，《爾雅翼》：粱者，黍稷之總名。稻者，溉種之總名。菽者，衆豆之總名。三穀各二十種為六十，蔬果之屬助穀，各二十種，凡百穀。楊泉《物理論》亦云然。

松按：《易解》卦彖曰：百果草木皆甲拆。《國語》曰：昔烈山氏之有天下也，其子曰柱，能殖百穀百蔬，是蔬果皆有百種。《爾雅翼》以蔬果各二十種，合三穀六十種為百穀。謬矣！《國語》百穀百蔬並舉，益見《爾雅翼》之謬。又地官舍人，掌粟米之出入。注：九穀六米。疏：九穀之中，黍、稷、稻、粱、苽、大豆，六者皆有米。麻與小豆、小麥，三者無米。松按：麻與大豆、小豆無米，而大麥、小麥皆有米，不知賈疏所據。《本草》小麥，李時珍云：北麥皮薄麪多，南麥反此。大麥，宏景曰：今稞麥，一名牟麥，似穬麥，惟皮薄爾。恭曰：大麥出關中，即青稞麥。形似小麥而大，皮厚，故謂大麥，不似穬麥也。藏器曰：大穬二麥，前後兩出。蓋穬麥是連皮者，大麥是麥米，但分有殼無殼也。蘇以青稞為大麥，非矣！按：小麥，陳承云：

即今人以磨麪日用之麥，與大麥皆有殼有米。舍人註謂：小麥無米，豈以連皮之穬麥為小麥與？粵東有一種穀麥，皮殼厚而有米，人不食，鴨人以之飼鴨，即大麥與。又《孟子》云：夫貉五穀不生，惟黍生之，五穀似不當言黍。又按：大豆、小豆，古謂之菽，漢以後方謂之豆，故《六經》言菽不言豆。又《論語註疏考證》云：《纂箋》王氏曰九穀者，以三農所生而言。百穀者，號其多而言。五穀者，以五行所屬而言。皆不實指其名，此說近之。

《爾雅翼》以粱、稻、菽、蔬、果之屬各二十種為百穀。松按：穀之種類甚夥，以松所見，粵東穀類，已不下百種。兹以逐月所收穫者，而略記之。我廣州一歲之中，惟正二三月，無穀登塲。四月始穫穀，穀名定犁歸。農人春三月始犁田，言犁田方定，而穀即穫歸，故名。番禺大籮圍多種。五月穫者，則有早白、竅鼻、大圍塹、紅脚（紅脚禾稈，燒灰為末，治小兒疳眼甚效）、矮骨、夏至仔、絲毛粘（即夏至白）、秋香，金鷄粘、三通、六十日、長腰早，皆白米。糯粘赤、珠羅赤、矮仔赤，赤米此最。已上番禺多種。下馬看、奇藍、牛嶺早，南海多種。飯羅粘，香山多種。河田赤、大白（即東莞白），東莞多種。一盪早、赤黎（此穀黑売白米）、捧尾赤，肇慶府四會多種。六月穫者，則河頭早、南京白、鋪地白、鋪地赤、花羅粘、糯鐸、白花粘、早糯白、鋪狗尾（此禾穗垂而復起，如狗尾，故名）、花蕘（其米經久不敗），香山、東莞、四會多種。七月穫，則早粘、新興白（一名圍田早）、粘糯（一名擔杆糯，苗甚長勁，故名），番禺、順德、香山多種。八月穫，則秋分白、秋分赤（一名癲粘），番禺多種。九月穫，則寒露粘、降粘，矮苗（矮苗有黑殼、黃殼兩種）、銀粘、二粘、三粘，番禺多種。十月穫，則黃粘、三朝齊、鬼頭粘、绿苗粘（貝底水油粘，有二種，曰離苗，禾穗高出，離苗五六寸；曰葉下藏，禾幹高硬，宜低軟之田，此粘之最美者）、大骨油粘、細骨油粘、鋪地粘、齊尾粘、青粘、竹粘、赤米仔、鼠牙粘、蛇粘、大骨粳、布公嘴、赤鬚粳、白鬚粳、孖尾粳、交趾粳（禾幹甚短而多粒，又名矮脚粳）、琶洲粳、矮骨粳、遲水粳、金風雪（有兩種，一矮脚，一高脚）、蝦稻、金櫻子、紅嘴糯、黑启糯、毛糯、蓑衣糯、絲線糯、絨線糯、牛虱春糯、蠔壳蠕糯、鋪狗尾糯、鴨肥糯、鬚糯、青粳糯、糯雜、紐線鐸赤，已上番禺多種。大花粘、黑壳白、金包銀、玉繡毬、春水白，順德多種。油粘赤、班粘、斗尾蟲、麻雀班、官窑糯，南海多種。粘仔白、糯粘、香粳、鹹蘊赤、亚姑赤，香山、增城、東莞多種。水浮蓮，一名硬梗白，三水多種。廣西赤，四會多種。又有黑米粘，增城多種，以之浸酒，色紫赤如碼腦。黑米糯，羅定多種，此米時或價於羊城珠江，以之釀酒，色紫黑而馨香甜美，遠勝黑米粘，近聞我邑蘿岡洞亦種之。十一月穫，則興寧白、興寧赤、穮仔，東莞多種。十二月穫，則蘇稻，一名雪粘，東莞、花縣多種。

又有洋糯，米長二分有半。洋粘，米長二分七八，尖小於油粘有半，食甚旨美。此二種，不知何名。道光十八年，夷船帶來。其飯黏黐者糯之，不黏黐者粘之，故謂之洋糯、洋粘。以松所見所聞，穀之類，已百有餘種。其所不知不聞，與十八省州縣土地所宜之種，又不知凡幾，又何必以菽豆蔬果之類，而始足百穀之數耶？

又《廣東新語》云：嶺南之穀，黏有虎骨、泠水拋犁、麻包錦、黄魚串，糯有安南糯、班魚糯、白糯、黄糯、蕉糯、油糯、翻生糯、荔支糯、金包銀糯。又云：粤東之稻，有曰香秫，粒小而性柔，甚香。其紅者曰香紅蓮、曰界稻。十一月種，至四月熟，界在兩年，亦曰三時稻。其出於徐聞、陽春、澄邁者曰香稻，出番禺者曰斜禾，與吉貝、茶豆、胡麻雜植丘阜間，名曰種斜，粒白而長，亦絶香。據此，粤東穀之香者，不僅增城香粳也。界稻亦廣州所無。又云：崖門内有村曰三家村，澗中有自生禾，粒長而白，有一紅腰，傳為御米，宋帝昺之所食云。按：御米，蓋精細米之名。《韻會小補》粟一斛為糲米九斗，舂糲一斗為粺九升，又去為糳則八升，米之細者乃窮於御。《詩・大雅》：

彼疏斯粺。正義：米之率，糲十，粺九、鑿八、侍御七。《九章》粟米法：粟率五十，糲米三十，粺二十七，鑿二十四，御二十一。言粟五升，為糲米三升，以下則米漸細，故數益少。四種之米，以三約之，得此數也。《新語》謂御米為宋帝所御之米，與《九章》異義。又按：豐年之豐字，下从豆，則以菽為穀猶可，以蔬果為穀，真屬附會。以今按之，穀之屬不止百種。云百穀者，舉大數，如《國語》云百蔬，《禮》云百果，《四代篇》云百草。咸淳《風俗通》云百卉必彫耳。若如《爾雅翼》所云，整整百數，所謂粱、稻、菽、蔬、果各二十種，果何所指也？矧菽之可當穀食者，又無二十種之多耶。

《荀子·富國篇》云：今是土之生五穀也，人善治之。則畝數盆，一歲而再穫。今我粵斥鹵潮田，一歲一穫。圍田、高田，皆一歲再熟。雖藉人力，而未此始非土地之宜，然皆再種再熟。徐堅《初學記》載：郭義恭《廣志》云：稻有蓋下白，正月種，五月穫，穫其莖根復生，九月復熟。此一歲再熟，不用再種，而為一本兩刈，斯亦異矣。

松憶道光十五年七月，颶風大作，斥鹵圍田，基壆率多崩壞。早熟之禾，被水淹没八九日。苗則盡槁爛，圍田皆種掙稿。禾已槁爛，不能再種。農人亦無如之何，皆以為歲少一熟。其後槁爛之禾，莖根復生，至九月熟，畝得穀可比常收十之三四，亦蓋下白之類。大抵以其穫穀希少，故農人再種，而不長舊根耳。

又《唐書·西域傳》：天竺土溽，稻歲四熟。顧岕《海槎餘録》：儋耳種旱稻曰山禾，粒大而香，連收三四熟。斯亦異矣！然不足異，更有九熟之稻。《抱朴子》：南海晉安，有九熟之稻，又有月熟之稻。《水經注》：更於草甲萌芽，穀月代種，種稑早晚，無月不秀，耕耘功重，收穫利輕，速熟故也。《唐書·南蠻訶陵傳》：墮婆登，在環王南行二月，乃至東訶陵，西迷黎車，北屬海，種稻月一熟。斯更異矣！然亦不足異，更有旬熟之稻。王嘉《拾遺記》：漢宣帝時，背陰之國，來貢方物，言其鄉在扶桑之東，有浹日稻，十日而熟。斯又異矣！然亦不足異。《拾遺》又云：燕昭王時，有千莖稻，一歲百穫，是三日半一熟，斯真異矣！

今挣稿禾亦兩熟，早熟之禾曰圍田早，一名新興白。二月布穀，三月蒔秧七月穫。晚熟之禾曰金風雪，布種蒔秧。每後圍田早一旬水，廣州一月潮水兩旬，初一與十六，潮汐同候。初二以後至十四，與十七以後至三十，潮候亦同。一旬水者，十五日也。十月乃穫蒔圍田早時，預疏其禾巷以為蒔金風雪之地，故曰挣稿。會計歲收，畝可得一畝有半。屈氏《廣東新語》云：雷州稻，有六十日而熟者。今我邑山鄉亦種之，其米赤。觀此，穀之速熟，莫稻若也。然以余所見，中土穀之速熟，莫六十日若也。

周穆王八駿，諸書所載不同。《拾遺記》云：周穆王巡行天下，馭八龍之駿。一名绝地，足不踐土；二名翻羽，行越飛禽；三名奔霄，夜行萬里；四名超影，逐日而行；五名踰輝，毛色炳燿；六名超光，一形十影；七名騰霧，乘雲而奔；八名挾翼，身生肉翅。松按：《穆天子傳》名云：天子八駿，赤驥、盜驪、白犧、踰輪、山子、渠黄、華騮、緑耳。《列子·周穆王篇》八駿，白犧作白欒，驊騮作繭騮。王伯厚《玉海》引《穆天子傳》八駿之乘，華騮作駵騮，白犧作白儀，赤驥作赤鼀。《筆談》引驊作騚，驥作驀，白犧作白俄。無功又謂《列子本傳》驥作蘢，欒作餓。《丹鉛總録》升菴謂《列子》繭騮作服繭，白犧作白義，與《拾遺記》迥異。《博物志》云：周穆王八駿，赤驥、飛黄、白蟻、驊騮、騄耳、騧騟、渠黄、盜驪，與諸書所載亦有小異。

又《中華古今注》：秦始皇七名馬，一曰追風，二曰白兔，三曰躡景，四曰追電，五曰飛翮，六日銅雀，七曰神凫。《通雅》躡景作阰影，神凫作晨凫。《西京雜記》：漢文帝自代還，有良馬九匹，皆天下駿也。一浮雲，二赤電，三絶羣，四逸驃，五紫燕，六緑驪，七龍子，八驎駒，九絶塵，號九逸。《舊唐書·鐵勒傳》：獻良馬十匹，太宗奇其駿異，名為十驥。一曰騰霜白，二曰皎雪驄，三曰凝露驄，四曰懸光驄，五曰決波騟，六曰飛霞驃，七曰發電赤，八曰流金騧，九曰翔麟紫，十曰奔虹赤。《續博物志》：天寶中，大宛進汗血馬六匹。一曰紅叱撥，二曰紫叱撥，三曰青叱撥，四曰黃叱撥，五曰丁香叱撥，六曰挑花叱撥。上乃製名曰紅輦，曰紫玉輦，曰平山輦，曰凌雲輦，曰飛香輦，曰百花輦，後幸蜀以平山凌雲為識。

馬牛皆有果下之稱，《桂海虞衡志》有果下馬，土產小駟也。以出德慶之瀧水者為是，駿者有雙脊骨，健而喜行，名雙脊馬，高不踰三尺。《廣東新語》羅定之羅镜、西寧之懷鄉，產小馬，高僅三尺，可騎行樹下，名果下馬，一曰果騮，多海石榴色，駿者有雙脊骨，能負重凌高躡險，輕疾若飛，小而堅壯。又名石馬，粵人凡物之小者皆曰石。然果下馬非有種，馬中偶然產之，不可常得，故其價絶貴。《爾雅・釋畜》犤牛。郭註：犤牛，庳小，可行果樹下，今之㹀牛也。又呼果下牛，出廣州高凉郡。邢疏：以庳小可行果樹下，故又呼果下牛。

《前漢書・董仲舒傳》：仲舒治《春秋》，下帷講誦，三年不窺家園。《後漢書・桓榮傳》：榮習《歐陽尚書》，精力不倦，十五年不窺家園。《法真傳》：法真隱居大澤，講論術藝，歷年不問園圃。《何休傳》：休作《春秋公羊解詁》，覃思，不窺家園十有七年。《趙昱傳》：昱就處士，東莞綦母君受《公羊傳》，兼該羣業。至歷年潛思，不窺園圃。今人讀書，輒覓芳墅幽園，謂借花木池亭，以攄寫讀書樂趣。松謂：今人讀書，其趣在外，故學業疏而淺。古人讀書，其趣在内，故學業精而深。

松少年愛涉經史，以其通權變，長智識，勸善懲惡，益人心術，而知故之事。舉業者，專意八股，見松累躓名場，每謂專讀經史，為廢時失業，非進取急務。松竊思古聖賢，未有不留心經史者。孔子假年學《易》，可以無大過。又曰：不學詩無以言，不學禮無以立。又曰：興於詩，立於禮，成於樂。又曰：其為人也，温柔敦厚而不愚，則深於《詩》；疏通知遠而不誣，則深於《書》；廣博易良而不奢，則深於《樂》；絜静精微而不賊，則深於《易》；恭儉莊敬而不煩，則深於《禮》；屬辭比事而不亂，則深於《春秋》。蘇子美客外舅杜祁公家，每夕需一斗酒讀《漢書》。程伊川先生几案間無他物，惟印《唐鑑》一部。朱晦庵先生潛心司馬《通鑑》，嘗云：病中信手抽得《通鑑》一兩卷看，正值難處置處，不覺骨寒毛聳，心胆落地。真西山謂學校養士，所習不過舉業，未嘗誦習經史，有失國家育材之本意。又請主學官，立定課程，舉業之外，更各課以經史，使之紬繹義理，講明世務。庶幾異時為有用之材，此數君子，功名事業，今猶赫赫，正與日月争輝。可知讀經史，正為異日進取大作用，曷云廢時失業耶！顧亭林云：八股盛而《六經》微，十八房興而《二十一史》廢。昔閔子馬以原伯魯之不説學，而卜周之衰。少時見有一二好學者，欲通旁經而涉古書，則父師交相譙呵，以為必不得顓業於帖括，而將為坎軻不利之人。然則讀經涉史，昔之父師，亦譙呵之矣，今不足怪也。雖然，昔沈攸之晚好讀典册，常云，早知窮達有命，恨不十年讀書。松寧尚抱攸之之恨哉！

松讀史，每一書必作數次讀。初求其治亂興亡，用人行政得失之故；次究聖賢豪傑之作用，奸人敗亂之初終；次筆記其事跡文物之臧否。每書讀三過，而大概得十六七矣。自以為讀史秘法，非前人所知，比讀東坡《與王郎書》云：少年為學者，每一書皆作數次讀之，當如入海。百貨皆有，人之精力，不能兼收盡取。但得其所欲求者爾，故願學者，每次作一意求之。如欲求古今興亡治亂、聖賢作用，且只作此意求之，勿生餘念。又别作一次求事跡文物之類，亦如之也。若學成，八面受敵，與涉獵者不可同日而語。始知東坡先得我心。所憾者，松學未成耳。按《丹鉛總録》所載，與此小異，云嘗有人問於蘇文忠公曰：公之博洽可學乎？曰：可。吾嘗讀《漢書》矣。蓋數過而始盡之，如治道、人物、地理、官制、兵法、貨財之類。每一過，專求一事。不待數過，而事事精覈矣。参伍錯綜，入而受敵，沛然應之而莫禦焉。此言也，虞邵菴嘗舉以教人，誠讀書良法也。

凡一部書，其中有盡善盡美處，亦有不純不備處。讀一部書，須知其善美處，亦須知其不純不備處，才真讀書，才真有益。即如小説，其中有邪僻處，亦有至理處。讀小説，須知其邪僻而以之為戒，又須知其至理而以之為法，才真讀小説，才真無弊。梁璜溪師云：讀一卷書，須得一卷之益。乃為有用，乃不辜負此書，旨哉言乎！

讀書不可有一毫浮念，偶起浮念，則有眼無字。有眼無字，焉能精熟？讀書不可有一毫外念，一生外念，則有聲無味，有聲無味，烏能見理？少年讀書，多犯此弊。解書不可着一毫草率意，一涉草率，則所見多粗。所見既粗，英華莫咀。解書又不可有一毫固我意，一涉固我，則見義多偏，見義既偏，書傳亦謬。少年解書，當去此病。講書不可有一毫好奇意，一涉好奇，則持論多僻，持論而僻，遺惑後人。講書又不可有一毫拘泥意，一着拘泥，則論事多誣，論事而誣，古人見枉。少年講書，當去此弊。

松少年善病，觀書不能半日，便目力疲倦，輒欲閉眼假寐。又復醒醒然，屬者萬慮俱灰。惟文字緣，不能斷絶。因思范武子有疾，從張湛求方，湛授以六物：用损讀書一，減思慮二，專内視三，簡外觀四，旦晚起五，夜早眠六，武子一服而愈。程子老年不觀書，山谷發願去筆硯。朱文公行年如此，當先學上天，後學識字。楊升菴神前發誓，不作詩文，真是養生第一法門。自惟四十之年，忽然將至，駒隙歲月，何可多着病磨？古人云：使四庫書隻字皆為我作。天下書，一言皆為我文。何補於安身立命？正當以張、程諸公為法。

蘇秦説秦王，書十上而説。不行，去秦而歸。形容枯槁，狀有愧色。歸至家，妻不下紝，嫂不為炊，父母不與言。蘇秦喟然嘆曰：妻不以我為夫，嫂不以我為叔，父母不以我為子，是皆秦之罪也。及説趙，趙王大悦，封為武安君，受相印。將説楚王，路過洛陽。父母闻之，清宫除道，張樂設飲，郊迎三十里。妻側目而視，側耳而聽。嫂蛇行匍伏四拜自跪而謝。蘇秦曰：嗟乎！貧窮則父母不子，富貴則親戚畏懼。人生世上，勢位富厚，蓋可忽乎哉！主父偃西入關，見衛將軍。衛將軍數言上，上不召。資用乏，留久，諸公賓客多厭之。及偃拜謁者，一歲四遷。大臣皆畏其口，賂遺累千金，人或說偃曰：太橫矣！主父曰：臣結髮游學，四十餘年，身不得遂，親不以為子，昆弟不收，賓客棄我，我阨日久矣！且丈夫生不五鼎食，死即五鼎烹耳。後主父拜齊相，至齊遍召昆弟賓客，散五百金予之，數之曰：始吾貧時，昆弟不我衣食，賓客不我内門。今吾相齊，諸君迎我或千里，吾與諸君絶矣，毋復入偃之門。夫附勢趨炎，輕貧賤而重富貴，千古人情，大抵如斯。雖至親而父母、妻嫪、昆弟，亦所不免，賓客又曷足怪耶！主父之請，與諸君絶，不若蘇君之云勢位富厚不可忽，為蘊厚而達世也。然則世之貧賤而受人輕慢者，不足以為怒。當以蘇君自勉，世之始受人輕慢而終富貴者，不必以責人，毋效主父之隘。

唐相張延賞累代台鉉，選子壻，莫有入意者。其妻苗氏，太宰晉卿之女也，有才鑒，特選韋皋秀才，曰：此人之貴。既以女妻之。韋郎性度高郭廓，不拘小節。張公稍侮之，至不齒禮。一門婢僕，漸見輕怠，惟夫人待之極厚。皋妻泣言曰：韋郎七尺之軀，學兼文武，豈有沉滯兒家，為尊卑見誚乎！韋乃遂辭東遊，妻罄妝奩贈送。清河公喜其往也，贐以七驢馱物。每之一驛，則附遞一馱而還，行經七驛，所送之物，盡歸之。清河公覩之，莫可測也。後權隴右軍事，會真宗幸奉天，有西面之功。車駕旋復之日，自金吾持節西州，以代清河公，乃易姓名為韓翶。至天回驛，有人報曰：替相公者，金吾韋皋將軍，非韓翶也。夫人曰：若是韋皋，必韋郎也。公笑曰：天下豈無同姓名者，彼韋生應己委溝壑，豈能乘吾位乎？夫人又曰：韋郎比雖貧賤，氣凌霄漢，每以相公誚。未嘗一言屈媚，因而見尤，成事立功必此人也。翌日入州，方知不誤。公憂惕，莫敢瞻視，曰：吾不識人。從西門而出，凡是舊時婢僕曾無禮者，悉遭韋公杖殺，投於蜀江。元丞相載：妻王氏，字韞秀，右丞維之姪。初王相公縉鎮北京，以韞秀嫁元載，歲久而見輕怠。王氏謂夫曰：何不增學？妾有奩幌資妝，盡為紙筆之費。王氏父母未之知，親屬以載夫婦皆乞兒，厭薄之甚。載乃與妻游秦，到京屢陳時務，深得上旨，肅宗擢拜中書。王氏喜元郎入相，寄諸妹詩曰：相國已隨麟閣貴，家風第一右丞詩。笄年笑解明璣婦，耻見蘇秦富貴時。元公，肅宗、代宗兩朝宰相，貴戚莫比。太原內外親族，悉來謁賀。韞秀置於閑院，忽因晴日，以青絲緣四十條，每條長三十丈，皆施羅綺錦繡，緣下排金銀爐二十枚，皆焚異香，乃命諸親戚西院閒步，韞秀謂諸親曰：豈料乞索兒婦，還有兩事蓋形粗衣也。於是諸親戚羞赧，稍稍而辭。韞秀每分衣服器飾於他人，惟不及太原之骨肉。且曰：余非不禮於姑姊，其奈當時見辱何？

松觀此二事，為之廢書三嘆。夫慕銅臭而薄寒士，豪貴大抵皆然，不謂張、王二公，竟施之於其婿也。然男兒立志，貴自強耳。韋皋、元載，得妻奩妝以為資，竟得申其志，均得內助之賢。乃韋皋既貴，而悉杖殺舊時無禮婢僕；韞秀既貴，而曝衣以愧親戚，分與不及骨肉。雖亦展一時之志，而其量隘矣。若苗氏者，以韋郎為相公所誚，未嘗一言屈媚，定韋郎之成事立功，其才鑒豈不高出張、王兩相萬萬歟？真偉婦人哉！世俗守財虜，輕寒儒壻，可以鑒矣！

交道之難，殊未易言。如蛾子慕羶，羶馨則來，羶盡輒去，自古已然。竇嬰封魏其侯，游士賓客争歸之。及田蚡親幸，士吏皆去嬰而趨蚡。衛青拜大將軍，賓客盈門。及青日衰，而霍去病貴盛，青故人門下多去事去病。趙人廉頗，封信平君，假相國，長平之免歸也，故客盡去。及復用，客又至。頗曰：客退矣！客曰：吁！君何見之晚也？夫以市道交，君有勢，我即從，無勢即去，此其理也，又何怨焉？下邽翟公為廷尉，賓亦填門，及廢，門外可設爵羅。後復為廷尉，賓客欲往。翟公大署其門曰：一死一生，乃知交情。一貧一富，乃知交態。一貴一賤，交情乃見。他如張耳陳餘之凶終，蕭育朱博之隙末，又不可更僕數。無怪朱穆著《絶交》之論，蔡邕作《正交》之文。王丹撻子之奔慰，灌夫杜根於後棄也。古之善交，世稱管仲、鮑叔，次則王陽貢禹、陳遵張竦，中世則廉范慶鴻、陳重雷靄義。尚矣！推其所以全交之道，大都以義為合，而不以利為比。以情相親，而不以勢相赴。久而敬而不狎而愛，淡如水而不甜如蜜耳。然而人情冷煖，集菀棄枯。利害易心，反眼莫識。交道淩夷，於今尤甚。旨哉！翟公之署信平之客之言乎。

周室東遷，晉文侯能翼周。平王以文侯為方伯，賜以秬鬯弓矢，作册書以命之。是謂文侯之命，著之於書。晉文公伐楚，獻楚俘於周。襄王命晉侯為伯，賜大輅彤弓矢百，玈弓矢千，秬鬯一卣，珪瓚虎賁三千人，而無册書之命，非無命也，此周道衰微，而王室册命，率不録傳也。史遷《晉世家》：遽以平王文侯之命，為襄王文公之命。疎矣！

《史記・魏世家》：魏置相，相田文。吴起不説，謂田文曰：請與子論功可乎？田文曰：可。起曰：將三軍，使士卒樂死，敵國不敢謀，子孰與起？文曰：不如子。起曰：治百官，親萬民，實府庫，子孰與起？文曰：不如子。起曰：守西河，而秦兵不敢東鄉，韓、趙賓從，子孰與起？文曰：不如子。起曰：此子三者皆出吾下，而位加吾上，何也？文曰：主少國疑，大臣未附，百姓不信，方是之時，屬之於子乎？屬之於我乎？起默然良久曰：屬之子矣。此乃吾所以居子之上乎也。吴起乃自知弗如田文。《吕氏春秋》田文作商文，所載與《史記》略異，云：吴起謂商文曰：事君果有命矣！夫商文曰：何謂也？吴起曰：治四境之内，成訓教，變習俗，使君臣有義，父子有序，子與我孰賢？商文曰：吾不若子。曰：今日置質為臣，其主安重。今日釋璽辭官，其主安輕，子與我孰賢？商文曰：吾不若子。曰：士馬成列，馬與人敵，人與馬前援桴一鼓，使三軍之士，樂死若生，子與我孰賢？商文曰：吾不若子。吴起曰：三者子皆不若吾也，位則在吾上，命也。夫事君！商文曰：善。子問我，我亦問子。世變主少，羣臣相疑，黔首不定，屬之子乎？屬之我乎？吴起默不對，少選曰：與子。商文曰：是吾所以加於子之上已。

松按：《吕氏》所載，其辭婉而騫舉，今日置質為臣云云，更為喫緊，似勝《史記》。又按：吕東萊《大事記》題解云：田文與孟嘗君姓名適同而在前。《西山讀書乙記》謂：田文游俠之宗主，以主少國疑自任，未知其可也，誤以為孟嘗君。據此，田文非孟嘗君，史遷誤以為孟嘗，故以少主國疑屬之耳。

《戰國策》：楚圍雍氏五月，韓令使者求救於秦，冠蓋相望也，秦師不下殽，韓又令尚靳使秦。宣太后召尚子入，謂尚子曰：妾事先王日，先王以其髀加妾之身，妾固不支也；盡置其身妾之上，而妾弗重也，何也？以其少有利焉。夫救韓之危，日費千金，獨不可使妾少有利焉。太后之對，此何等事，而乃設言於與國使臣之前，可謂老顏不識羞恥之甚矣。觀其私魏醜夫，病將死而欲以醜夫殉葬，其老淫無恥，固矣。後以庸芮若死者有知，先王積怒之日久矣。太后救過不贍，何暇乃私醜夫之諫而止太后，其猶知懼先王哉！

卷之十一

鄭注《儀禮·喪服》章：凡女行於大夫以上曰嫁，士庶曰適人。松按：《周禮·地官·媒氏》：掌萬民之判，令男三十而娶，女二十而嫁。又云嫁子娶妻，又云禁嫁殤，皆言庶民。据此，不必於大夫之上始曰嫁也。如云男三十而娶，女二十而嫁，亦約略之辭，舉大數耳。《家語》：魯哀公問於孔子：男子十六精通，女子十四而化，是則可以生民矣。而禮男三十而有室，女二十而有夫，豈不晚哉？孔子曰：夫禮，言其極，不是過也；男子二十而冠，有為人父之端。女子十五許嫁，有適人之道。於此以往，則自昏矣！譙周云：男自二十以及三十，女自十五以及二十，皆得以嫁娶。先是則速，後是則晚。則知男女嫁娶，非必三十、二十，第不過三十、二十耳。墨子曰：丈夫年二十，毋敢不處家；女子年十五，毋敢不事人。聖王之法也。《家語》：孔子不①十九娶丌官氏。《大戴禮》：文王十五而生武王。《國語》：越王勾踐令女子十七不嫁，其父母有辠。丈夫二十不娶，其父母有辠。《韓非子》云：齊桓公令男年二十而室，女年十五而嫁。松按：《韓詩外傳》：男八歲而齠，十六而精化小通。女七歲而齔，十四而精化小通。

《明史·禮志》洪武元年定制，凡庶人娶婦，男子十六，女年十四以上，並聽婚娶，蓋本此意，則男子娶以二十，女子嫁以十五，亦不為早。其後漢昭帝年十二，立皇后上官氏。北齊高澄亦年十二，尚馮翊長公主。後周于翼年十一，尚平原公主，此則

① “不”字原文似删去。

婚娶過早，而不可著為令者。《戴禮》又云：太古男子，五十而娶，女子三十而嫁。備於三五，合於八八也。夫男子六十稱壽，五十將近於壽，而始娶，毋乃太遲，恐是《戴禮》杜撰。古男三十而娶，女二十而嫁，亦有取以《周禮·媒氏》注：二三者，天地相承覆之數也。《易》曰：參天兩地而倚數焉。《尚書大傳》曰：孔子曰：男三十而娶，女二十而嫁。通於織紝紡績之事，黼黻文章之美。不若是，則上無以孝於舅姑，而下無以事夫養子。《淮南子·氾論訓》云：禮三十而娶。許叔重注曰：三十而娶者，陰陽未分時，俱生於子，男從子數左行，三十年立於巳，女從子數右行，二十年亦立於巳，合夫婦，故聖人因是制禮，使男三十而娶，女二十而嫁。又《説文》第九：包，象人裹妊，巳在中，象子未成形也。元氣起於子，人所生也。男子左行三十，女右行二十，俱立於巳，為夫婦。裹妊於巳，巳為子也，十月而生。男起巳至寅，女起巳至申。故男年始寅，女年始申也。此説更明晢夫男女配合，欲歡合成子姓耳。文王十三而生伯邑考。北魏獻文帝十三歲，生孝文帝。北齊瑯琊王儼被害時年十四，已有四男。是男子十三四歲，可以生子。《南史》：張麗華初事龔貴嬪，方十歲。後主見而悦之，因得幸，遂有娠。

《輟耕録》：至元丁丑，民間訛言采秀女，故婚姻不問長幼。松江民蘇達鄉女，年十二，贅浦仲明之子為壻，明年生一子。是女子十一二歲，可以生子。又《聊齋》：真定界右孤女，方六七歲，收養於夫家，居一二年，夫誘與交而娠，未幾生男。觀此，女子九歲亦可生子。或曰：按《左傳·襄九年傳》：晉侯問公年，季武子曰：會於沙隨之歲，寡君生。晉侯曰：十二年矣。國君十五而生子，冠而生子，禮也。君可以冠矣，與《周禮》三十而娶異。然則周時嫁娶之令，本無定與。

松按：《左傳》：國君十五而生子。孔疏：按此傳文，則諸侯十二加冠也。《左傳》説人君十五而生子，三十而娶，庶人禮也。《詩·摽有梅》疏引《異義》云：天子諸侯十二而冠，成王十歲即位，十二而冠。魯襄公立九年，十二年而冠。《通典·嘉禮》注引《異義》云：《春秋左傳》說：歲星為年紀十二而一周於天，天道備，故人君年十二可以冠。自夏殷天子皆十二而冠，是古天子諸侯，皆十二冠也。《晉語》柯陵會，趙武冠，見范文子。冠時年十六七，則大夫十六冠也，士庶則二十而冠。故《曲禮》云二十曰弱冠是也。又許慎謹按《文王世子》曰：文王十五生武王，武王有兄伯邑考。人君早昏所以重繼嗣，可知天子諸侯十二而冠，冠而生子。大夫以下從庶人禮，三十而娶也，然則三十而娶為庶人言，非為天子諸侯言也。今《大戴禮》說男三十娶，女二十嫁，天子以下及庶人同禮，非也！夫古者，冠而即娶，故文王十二冠，而十三生伯邑考。疏云：士庶二十而冠，何遲至三十而後娶耶！《荀子》云：天子諸侯十九而冠，與諸疏異。又按：范甯《穀梁傳》注引《儀禮》緦麻三月條：婦為夫之姊妹服長殤。長殤，年十九至十六。若男子三十而娶，其妻安得有夫之姊之長殤之服耶？馬昭云：舊說三十而娶，而有夫姊長殤者，何關盛衰？一說關畏壓溺而殤之，盧氏以為衰世之禮也。

《通典》男女昏嫁年幾論云：按三十、二十而嫁娶者，《周官》掌萬民之判，即衆庶之禮也。《服經》為夫姊之長殤，士大夫之禮也。《左傳》十五而生子，國君之禮也。且冠有貴賤之異，而昏得無尊卑之殊乎！則卿士大夫之子，十五六之後，皆可嫁娶矣。可知趙武子之冠，正大夫之禮也。又按：《春秋》經傳魯莊公生於桓公六年至莊公二十二年。《春秋》書公如齊納幣計莊公已三十五歲，乃始圖昏於齊。二十四年八月，夫人姜氏入。是莊公三十七歲，乃娶於齊。所云國君十五而生子，亦非周時一定之制。或曰：莊公為文姜所制，令必娶齊襄公女，而襄女待年，故遲遲爾。或又曰：孟任與莊公割臂盟，許為夫人。已生子般，公不得背之而更娶。至孟任已卒，然後更圖昏於齊耳！雖然，魯秉禮之國，先王制禮，昏娶既有一定之時，果如或言，是文姜得以私意違禮，莊公得以私情後時。國君且然，而況於庶人乎！

然按之《春秋》經傳，又有可疑者。何則？齊襄之弑在莊公八年，襄女之生，當在八年以前。姜氏之薨在莊公二十一年，是文姜未卒時，襄公女年當在十四五之外矣。王肅《聖證論》據孔子《家語》、《服經》等，謂男十六可以娶，女十四可以嫁。此時襄女可嫁，不必待年。文姜果必令莊娶襄女，文姜生時，當為莊娶之。即曰待年，亦當先為之納幣行聘，以固齊昏，乃莊不惟不娶，六禮又未嘗一行，安知文姜必令莊娶襄女耶！又《春秋·莊公二十四年》：夏，公如齊逆女。秋，公至自齊。八月丁丑，夫人姜氏入。夫公親迎姜氏，當與姜氏同日入。今姜氏遲公入，《公羊》以為姜氏要公，不與公俱入。蓋以孟任在宮，故必與公約。許遠孟任而後入，是莊娶姜氏時，孟任猶未卒也。或說非是。又《左傳·桓公六年》：親其九族，疏引鄭玄云：為昏必三十而娶，則人年九十始有曾孫。其高祖玄孫無相及之理，則是族終無九，安得九族而親之？鄭氏亦泥於三十而娶之文，豈知古言三十而娶者，禮言其極，謂不得過三十耳。《淮南》之說，附會不足據。

《周官》：仲春，令會男女。《詩·邶風》：士如歸妻，迨冰未泮。皆以二月為昏娶之期也。《夏小正》：二月綏多士女，冠子取婦之時也。《唐風·綢繆章》：三星在天。鄭箋云：三星，心星也，為二月之合宿。故嫁娶以為候，昏而火星不見，嫁娶之時也。正義云：二月日體在戌，而斗柄建卯。初昏之時，心星在於卯。二月之昏，合於本位，故稱合宿。心星是二月之合宿，故嫁娶者以為候，謂候其將出之時，行此嫁娶之禮也。昏而火星不見，嫁娶之時，謂仲春之月，嫁娶之正時也。在天，則過時矣！亦以二月為嫁娶之正時，然一歲之中，嫁娶之時，止期於仲春之一月。其為日毋乃甚少，周公制禮，本乎人情，斷不出此，且亦非王者蕃育人民之意。

松按：毛傳云：三星，參也。在天，始見東方也。三星在天，可以嫁娶矣。正義曰：參有三星。《漢書·天文志》白虎宿三星是也。二章在隅，三章在户，是從始見為說。逆而推之，故知在天，謂始見東方也。《毛》以秋冬為婚時，故云三星在天，可以嫁娶。王肅云：謂十月也。《周南·桃夭》之詩疏引正義謂：毛以少壯之桃，夭夭然，復灼灼然。桃之盛華，以興十五至十九少壯之女之美色，正於秋冬行嫁。然是此行嫁之子，往嫁於夫。正得善時，宜其室家矣。《陳風·東門》之楊傳曰：男女失時，不逮秋冬。毛氏皆以秋冬為嫁娶正時，其義不易。當矣。即如《召南·摽有梅》之詩疏云：以梅實喻時之盛衰，不以喻年。若梅實未落，十分皆在。喻時有未衰，即仲春之月是也，此經所不陳。既以仲春為正，去之彌遠，則時益衰，近則衰少。衰少則似梅落少，衰多則似梅落多，時不可為昏，則似梅落盡。首章其實七兮，謂在樹者七，梅落仍少，以喻衰猶少，謂孟夏也，以去春近，仍為善時。故下句言迨其吉兮，欲及其善時也。二章言其實三兮，梅落益多，謂仲夏也。過此則不復可嫁，故云迨其今兮。卒章傾筐塈之，謂梅落既盡，喻去春尤遠。善亦盡矣，謂季夏也。不可復昏，待至明年仲春，故云迨其謂之。《序》云：《摽有梅》，男女及時也。召南之國，被文王之化，男女得以及時也。據此，則孟夏、仲夏為昏，亦非不及時，如謂《摽有梅》為文王之化，有故不以仲春者。至於夏時，尚使行嫁，所以蕃育人民，故歌而美之。此必泥於《周官·媒氏》之令，求其過時之説而不得，而為此遁辭耳。《綢繆》序：刺晉亂也，國亂則昏姻不得其時焉。毛傳云：不得初冬、冬末、開春之時，故陳婚姻之正時以刺之。此論當矣。如鄭箋云：三星在天，是三月之末，四月之中；三星在隅，是四月之末，五月之中；三星在户，是五月之末，六月之中，亦猶之《摽有梅》之意耳。若謂晉以國衰亂，故男女不能及時。至使晚於常月，《摽梅》、《綢繆》，均屬過時，而美刺各異，有是理與？果爾，亦視其君之美惡耳。其君美，雖過時亦謂之及時，曷有一定之昏時乎？其實周時昏娶，本無一定之時。觀《摽有梅》之诗，是春夏可昏也。

《管子》云：春三卯，十二始卯，十二中卯，十二小卯，而始卯合男女。秋三卯，十二始卯，十二中卯，十二小卯，而始卯合男女。春始卯合男女，謂清明後，出耕之日，始卯之辰。秋始卯合男女，謂白露下，收斂之初，始卯之辰。是春秋皆可為昏娶之期也。《儀禮・士冠禮》云：夏葛屨、冬皮屨，是夏冬皆昏娶之時也。《春秋・成公十四年》：九月，僑如以夫人婦姜氏至自齊。《隱公二年》：冬十月，伯姬歸於紀。《莊公元年》：王姬歸於齊時，亦為冬十月。《襄公二十二年》：十二月，鄭游販將如晉。未出境，遭逆。妻者奪之，晉束晳以為四時皆可昏姻。亦引《春秋》為證，《太玄》亦云：內婦始秋分，自秋至春，辛壬癸甲，皆嫁娶之時矣。《參同契》謂：二月榆落魁臨於卯，八月麥生，天罡據卯。蓋麥生而嫁娶行，榆落而昏禮殺，合於天時者與。

又《家語》：羣生閉藏為陰而為化育之始，故聖人以合男女，窮天數也。霜降而婦功成，婚娶者行焉。冰泮而農業起，昏禮殺於此。又云：冬合男女，春班爵位。荀卿亦曰：霜降逆女，冰泮殺止。霜降，九月也。荀卿、毛氏之師，在秦未焚書之前，必當有所據。毛氏以九月至正月皆可為昏，即荀卿之論也。是自秋至春，皆可為昏姻之期也。董仲舒曰：聖人以男女陰陽，其道同類。嘆天道嚮秋冬而陰氣來，嚮春夏而陰氣去。故古人霜降始逆女，冰泮而殺止，與陰俱近而陽遠也。亦有不然，鄭箋之意，安見昏期必於仲春之月耶！鄭氏亦泥於《地官・媒氏》之令與，周制昏娶本無一定，後儒或因其一二《風詩》而疑之耳。班固《白虎通・嫁娶篇》亦云：嫁娶必以春者，春天地交通，萬物始生，陰陽交接之時也。引《詩》士婦如歸妻，迨冰未泮，并《周官》仲春令會男女為證，豈如今制嫁娶，聽民之便，不拘時月，較著彰明。此正我朝所以仁洽天下，蕃育黎庶也。其意美法良，不且駕周文而上哉！

《毛詩注疏考證》云：毛以秋冬為昏期，故指三星為參。然參七星，與伐連而十星，不止三星矣。余謂三古本作參，三即參也。《博雅》云：參，三也。《周官・冬官・考工記》參分其股，圍凡三皆作參。《詩》云三星，即參星也。傳寫之誤耳，又何必計其為星之多寡耶！如以心星數三，故謂之三星。織女胃宿亦三星，何不謂之三星，而必謂心星為三耶？亦不過泥於仲春會男女之説，而心為二月之合宿，故云然耳。《周官》為漢儒之書，曷足據耶！況心星自有心之名，又因其星之數而名之，則附會之甚也。

《拾雅》：不由媒氏曰奔。《周語》有三女奔之，是也。陳繼儒謂古禮有不可行於今者，如仲春之月，會男女奔者不禁是也。《周官》注云：重天時，權許之也。夫周公大聖，豈故為淫亂之倡，竊嘗疑焉。

松按：《堅瓠集》云：《周禮·媒氏》中春之月，令會男女，是月也，奔者不禁。奔非踰墻行露之謂，古有聘則為妻，奔則為妾之言。以奔對聘，是明有奔之一例矣。意奔者，當是草率成婚。若今草野小家之為，不能如聘者之六禮全備耳。蓋荒祲死喪，或孤弱而不能自存，必待備禮，而需以歲年，則遲歸無時，男女失所多矣。故周公通此一格，以濟大禮之窮，不待其既亂而為之所也。其曰令，媒氏令之也。既有令，則非私合矣。不禁者，不禁其闕禮也。若以奔为淫冶之私，雖後世昏淫之主，亦無此法。曾是周公制禮，而有是乎？此論似是，雖然，不能無疑。

按《周官》：大司徒以荒政十有二聚萬民，十曰多昏。注：謂不備禮而娶，昏者多也。若仲春之月，奔者不禁，則與荒政無別。周公制禮，不應混淆若是。又《詩序》：《行露》，召伯聽訟也，衰亂之俗微，貞信之教興。强暴之男，不能侵凌貞女也。

劉向《列女傳》云：召南申女，許嫁於酆。夫家禮不備，而欲迎之。女不肯往，夫家訟之。女終拒之，而作此詩。《辑評》云：文王滅崇，始邑於酆。女為酆人所訟，召伯聽之。貞女得伸，召伯聽訟之明也。若以奔者為不備六禮，則酆女不肯行，是梗化也。召伯伸之，是枉法也。禮不備女不肯行謂之貞，夫强迎之謂之强暴。則奔者非禮不備更可知。善乎，魏了翁之云也。魏了翁云：《周官》：中春之月，令會男女，於是時也，奔者不禁。若無故而不周[①]用令者，罰之。此文極分明，謂使媒氏會合

① “周”字原文似删去。

昏嫁，苟有奔者而不為之禁止。若元無喪故而不用此令者，則皆置之罰。非謂權許其奔也，若讀如子若孫之類，此説最得。且奔則為妾之奔，不專以不備六禮言。《爾雅》：門外謂之趨，大路謂之奔。邵文莊云：卜而妾者，聞而趨，不待六禮，故謂之奔。

今鄉俗娶妻則用轎，娶妾則步行過門，不用轎，此正合奔則為妾之義。奔則為妾之奔解當從《爾雅》，言其由路奔來也。《内則》奔則為妾。注云：妾之言接也，聞彼有禮，走而往焉，以得接見於君子。《左傳・昭公十一年》：泉邱人有子女，夢以其帷幕孟氏之廟，遂奔僖子。蓋謂奔孟氏而為僖子妾也，正合此義。若以奔者不禁之奔，為奔則為妾之奔，尤非周公制禮之義。《左傳・成公十一年》：聲伯之母不聘，穆姜曰：吾不以妾為姒。此亦以不聘為妾，以不聘為妾甚是。若以不聘訓奔，於義無取。錢氏《潛研堂集》引梁鴻翥《周禮解》謂：會男女之會，讀如惟王不會之會。謂會計其數，非令其會合也。凡男女自成名以上，媒氏既書其名。娶判妻入子，則又書之。是匹夫匹婦，其嫁娶皆書於媒氏。仲春會男女，謂會計其未嫁娶者，令其及時嫁娶也。古者女子有罪為人妾，而《内則》云：奔則為妾，以其六禮不備，卑之也。仲春奔者不禁，謂不禁其為人妾耳。

松謂：梁氏之説附會。《周官》止云令會男女，若云會計其數，非令其會合，然則《周官》令會男女之下，尚有闕文與。若云會計其未嫁娶者，令其及時嫁娶，則《周官》令會男女之下，當有及時嫁娶明文，乃直接於是時也。奔者不禁，如若所云，豈會計其為妾之數與。若云仲春不禁其為妾，然則非仲春則為妾有禁與。考之經傳，未見周時有非時為妾之禁。既無其禁，則不當仲春乃弛其禁，梁氏何所據而知周時必仲春乃不禁其為妾也？按：《家語》：霜降而婦功成，婚娶者行焉。冰泮而農事起，昏禮殺於此。荀卿亦曰：霜降逆女，冰泮殺止。則知周制嫁娶不定仲春，即如梁氏所云，當是會計，仲春一月其已嫁娶者，以達於王耳。若云計其未嫁娶者，令其及時嫁娶。按令會男女之下，直接奔者不禁。然則仲春之月，有不嫁娶者，女雖為妾，亦須及時盡嫁與。然男不能娶，又當何如設法令其及時盡娶也？此則有所不能行者。梁氏之説，不合情理，錢氏引之何耶？

又按：汪氏《述學》云：媒氏令男三十而娶，女二十而嫁。凡男女自成名以上，媒氏皆書其年月日名焉，於是時計之，則其年與其人之數，皆可知也。其有三十不娶，二十不嫁，雖有奔者，不禁焉，非教民淫也。所以著之令，以耻其民，使及時嫁子娶婦也。猶之《月令》仲冬之月，農有不收藏積聚者，馬牛畜獸有放佚者，取之不詰，非教民盜也。所以著之令，以懼其民，使及時收斂也。此論似勝梁説。又按：《禮・内則》奔則為妾，鄭注云：奔或為衒。《説文》衙，行且賣也，或作衒。今俗皆買女為妾。衒者，從為妾之女言之也。此説似是，然按《廣韻》：衒，自媒也。《越絶書》衒女不貞，衒士不信。《漢書・東方朔傳》武帝初即位，四方多上書言得失。自衒鬻者，以千數。師古曰：衒，行且賣也。今買妾亦有媒，若謂女自媒則為妾。自媒，則越禮甚矣，何得著之《禮經》？鄭説非是，果爾，以之證《周官》奔者不禁之奔尤謬。然則謂妾不待六禮，聞命而趨為奔，則為妾之奔則可。若謂自媒為奔，則為妾之奔，則不可。自媒而奔，是私奔也，是淫奔也，與為妾之奔迥别。

洪氏《讀書叢録》云：按《内則》奔則為妾。注：奔或為衒。《説文》行且賣也。不禁，亦謂賣者不禁。松按：民貧則賣女為妾，本不拘時候，何必仲春之月？此説亦非。繼儒謂不可行於今，不識奔之義，并不知了翁之説耳。

姜湛園《札記》云：奔則為妾，當是二月會男女奔則不禁之時也。若桑間濮上，乃王法所必加，何妾之有？

松按：《周禮》奔者不禁，奔者非謂為妾也。禮聘則為妻，奔則為妾。聘是備六禮者，奔是不聘者，不聘謂六禮全無也。而《周官》之言奔者，先儒皆謂六禮。不備為奔，非謂六禮全無也，第不備耳。蓋指男女已長，臨時結婚，即行嫁娶，仲春一月為日無幾。或行文定親迎一二禮，而不能全備六禮者，故亦不禁其為婚耳！若以六禮不備訓奔則為妾之奔，按古有娶妻之昏禮，無買妾之昏禮。納采、問名、納吉、納徵、請期、親迎，六禮具在，人皆知之。然古今人買妾，不一而足，而昏禮六禮，何禮是為妾行者。古今無有也，可知禮以奔則為妾，對聘則為妻。正以明妾之不聘，而六禮全無。聞命而趨也，奔則為妾之奔，與奔者不禁之奔，原異義也。且周制重嫡，未必為妾特立條例，姜氏説誤。

古昏禮有六，納采、問名、納吉、納徵、請期、親迎。今俗無問名、納吉、親迎，止用納采、納徵、請期三禮，然由來已久。松按：《明史·禮志·庶人婚禮》禮云：婚禮下達，則六禮以行，無貴賤一也。《朱子家禮》無問名、納吉，止納采、納幣、請期，明洪武元年定制用之。今俗婚用三禮，承明故事也，其實本之《朱子家禮》。納幣，即納徵也。然則庶人昏禮，不必備六，自宋已然矣。

《管子·戒慎篇》云：威公將東游，問於管仲曰：我遊猶軸轉斛，南至瑯琊。司馬曰：亦先王之遊已。何謂也？對曰：先王之遊也，春出，原農事之不本者，謂之遊。秋出，補人之不足者，謂之夕。夫師行而糧食，其民者謂之亡。從樂而不反者，謂之荒。先王有遊夕之業於民，無荒亡之行於身。威公退再拜，命曰寶法。觀《孟子》齊景公問於晏子曰：吾欲觀於轉附、朝儛云云。晏子對曰：天子諸侯無非事者，春省耕云云。是則桓公先有瑯琊之遊。而晏子之對，本之管子。《後漢書·陳蕃傳》：延熹六年，車駕幸廣城校獵。蕃諫曰：齊景公欲觀於海，放乎琅琊。晏子為陳百姓惡聞旌旗與馬之音，舉首嚬眉之感，景公為之不行。

松按：孟子此舉，景公有吾何修而可以比於先王觀之問，晏子有省耕省斂之對。景公悦而興發補不足，較著彰明。乃蕃以孟子對齊宣鼓樂田獵之語，為晏子對景公之言，附會孰甚。豈其時孟子之書，猶未行於世耶！然按《孟子題辭》正義云：孝文帝時，《論語》、《孟子》、《孝經》、《爾雅》皆置博士。又云：炎漢之後，盛行於世。為之注者，西京趙岐出焉。蕃當桓帝之世，正《孟子》盛行之時，而蕃為此對，豈非欺主之不學哉！立言不可不慎也。

周制地官司徒，夏官司馬，秋官司士，冬官司空。松按：《管子》：黃帝得六相而天地治，神明至。蚩尤明乎天道，使為當時；大常察乎地利，使為廩者；奢龍辨乎東方，使為土師；祝融辨乎南方，使為司徒；大封辨乎西方，使為司馬；后土辨乎北方，使為李。故春者，土師也。夏者，司徒也。秋者，司馬也。冬者，李也。按：土師即周之司空，周以為冬官，黃帝以為春官。司徒，周以為地官，黃帝以為夏官。司馬，周以為夏官，黃帝以為秋官。李即司士，周以為秋官，黃帝以為冬官。又按：《外紀》風后明乎天道，《管子》謂蚩尤。據《魚龍河圖》：蚩尤為黃帝主兵之臣，則明天道者為風后，非蚩尤也，《管子》似誤，即《管子》黃帝問作高亦，以蚩尤為主兵之臣。

《秦誓》、《書序》與《史記》所載不同。《序》云：秦穆公伐鄭，晉襄公帥師敗諸崤。還歸，作《秦誓》。而《史記》云：二十六年，繆公復益厚孟明等。使將兵伐晉，渡河焚船。大敗晉人，取王官及鄗，以報殽之役。晉人皆城守不敢出，於是繆公乃自茅津渡河，封殽中屍，為發喪，哭之三日。乃誓於軍曰：嗟，士卒聽無譁，余誓告汝。古之人謀，黃髮番番，則無所過。以申思不用蹇叔百里之謀，故作此誓，令後世以記余過。此云《秦誓》作於取王官封屍之後。

《説苑》：楚莊王伐陳，吳救之。雨十日十夜，時左史倚相曰：吳必夜至，甲列壘壞，彼必薄我，何不行列，鼓出待之。吳師至楚，見成陣而還。左史倚相曰：追之。吳行六十里而無功，王罷卒寢，果擊之，大敗吳師。松按：《左傳·昭公十二年》：楚子次於乾谿，析父謂子革：吾子楚國之望也。今與王言如響，國其若之何。子革曰：摩厲以顧，王出，吾刃將斬矣。王出復語，左史倚相趨過。王曰：是良史也。子善視之，是能讀《三墳》、《五典》、《八索》、《九邱》云云。據此，左史倚相，楚靈王之臣非莊王之臣，靈王後莊王四世。《説苑》誕謬，此類最多。《春秋年表》魯昭十二年，即楚靈王十一年。

《爾雅》鼠屬：鼨鼠，豹文鼮鼠。郭璞注：鼮鼠，謂鼠文彩如豹者，漢武帝時得此鼠，孝廉郎終軍知之。《玉篇》説終軍識豹文鼠，與郭注同。然考之《前漢書·終軍傳》，無辨豹鼠事。《野客叢書》亦謂《前漢書》不聞終軍有此語。《説文·鼠部》云：鼨，豹文鼠也。《字典》鼨字注云：按《爾雅》本文：鼨鼠，豹文鼮鼠。郭璞鼨注未詳。鼮鼠注：鼠文彩如豹者。許慎鼨注：豹文鼠。豹文二字，或上屬，或下屬，未知孰是。

松按：後漢《竇攸家傳》：竇攸治《爾雅》，舉孝廉為郎。世祖與百僚大會靈臺，得鼠，身如豹文，熒熒光澤。世祖異之，以問羣臣，莫能知者。唯攸對曰：鼮鼠也。詔問何以知之，攸對曰：見《爾雅》。詔按秘書如攸言，賜帛百疋。詔諸侯子弟從攸受《爾雅》。《水經注·穀水篇》亦謂世祖得鼮鼠於靈臺。《文選》任彦升表注引摯虞《三輔決録》文，及《藝文類聚》、《太平御覽》所載竇攸事，並同，皆與郭注異，皆以豹文為鼮鼠。則識豹文鼠事，實光武時孝廉郎竇攸，非終軍也，郭注誤。又按：《唐書·盧藏用傳》：其弟若虛，有獲異鼠者。豹文虎臆，大如拳。職方辛怡諫謂之鼮鼠，而賦之。若虛曰：非也。此許慎所謂鼨鼠豹文而形小者，一坐驚服。是唐人説豹鼠者，主許氏之説。

松謂：豹文鼠，許慎謂為鼨鼠，竇攸、郭璞謂為鼮鼠。大抵各據所見而云然耳，皆無有辨别確據。若虛謂鼨鼠豹文，而一坐驚服，不知其為何而驚，為何而服也。此蓋唐人少讀《説文》，一聞若虛之説，以為闢異，故不覺為之驚服耳。松謂：鼮鼠，即鼨鼠。《爾雅》鼨鼠，豹文鼮鼠，猶云鼨鼠，其文如豹，一名鼮鼠耳。若虛謂據《説文》謂豹文鼠為鼨鼠，非鼮鼠，偏矣。

江氏《羣經補義》云：《汲冢周書·王會篇》北唐以閭，閭即今之驢也。成王時，北唐之君獻之。射禮因以其形為盛算之中，兩君射於郊。用閭中，驢配牝馬生騾。經傳無騾字，蓋中國此獸未繁殖也。松按：《山海經》：縣雍之山，其獸多閭麋。又：濟山之首，曰煇諸之山，其獸多閭麋。又：荆山，其獸多閭麋。

又美山、倫山、即谷之山，皆云多閭麈。郭注：閭即羭也，似驢而岐蹄，角如羱羊，一名山驢。《鄉射記》注：閭，獸名，如驢一角，或曰如驢岐蹄。《周書》曰：北唐以閭，斫羽為旌。《射記注》亦引《周書》，是北唐之閭，即縣雍之閭。《通雅・獸部》引王會云：閭，似踰冠。據此，閭實山獸似驢而有角，非今之驢也。江説誤。騾字始見於《吕氏春秋》，趙簡子有兩白騾，甚愛之。其臣陽城渠胥有疾，醫云：得白騾肝則生，不得則死。簡子殺所愛白騾，取肝與之。又作騻，《集韻》：音婁，馬屬。一曰大騾，本作蠃。《説文》：驢父馬母。《正字通》：似驢而健，驢力在髀，蠃力在腰，乘者隨其力而進退之。《六書正譌》：俗作騾。松按：《易・説卦傳》乾為馬疏：乾象天，天行健，故為馬。馬力在腰，蠃以馬為母，故得馬之健，而力亦在腰也。

又按：騾之類有五。《本草集解》李時珍云：騾大於驢，而健於馬。其力在腰，其後有鎖骨，不能開，故不孳乳。其類有五：牡驢交馬而生者，騾也；牡馬交驢而生者，為駃騠；牡驢交牛而生者，為駝駬；牡牛交驢而生者，為䮝䮫；牡牛交馬而生者，為駏驉。今俗通呼為騾矣。按：《説文》：駃騠馬，父蠃子。與李説異。《集韻》：䮝騴，騾屬。《廣韻》：駏驉獸，似騾。又按：《漢書・匈奴傳》：其奇畜則橐駞、騾驢、蠃、駃騠、騊駼、驒奚。《鹽鐵論》：蠃驢馲駞，銜尾入塞。驒奚騵馬，盡為我有。《霍去病傳》：單于遂乘六蠃。是外夷原以驢騾為奇畜。漢時文人亦多採用，司馬相如《上林賦》：騊駼橐駞、蛩蛩驒騱、駃騠驢蠃。杜篤《論都賦》：虜傚侲，驅騾驢，馭宛馬，鞭駃騠。是漢人亦以驢騾為奇畜。夫驢騾雖奇，而為用則賤。劉向《九嘆》：郤騏驥以轉運兮，騰驢蠃以馳逐。揚雄《反離騷》：騁驊騮以曲蹇兮，驢連蹇而齊足。蓋驢蠃大笨，遠遜馬之徤捷也。

犀首，《集覽》云：魏官名，公孫衍為此官，因為號焉。司馬彪曰：犀首，魏官名，若今虎牙將軍。松按：犀首之官，不始於魏。《國策》：犀首伐黄過衛，使人謂衛君曰：今黄城將下矣，將移兵造大國之城下。衛君懼，南文子曰：是勝黄城，必不敢來。是勝黄城，則功大名美，内臨其倫。夫在中者，惡臨議其事。蒙大名，挾成功。坐御以待中之議，犀首雖愚，必不為也。按此，犀首非公孫衍。南文子相衛悼公，悼公元年，乃晉出公六年，而公孫衍當魏襄哀王之世。後衛悼公二三十年，是晉出公時，已有犀首之官。大抵魏分晉，因其官以官公孫衍耳。

又按：《史記·秦本紀》：惠文君十一年，樗里疾攻魏焦，降之，敗韓岸門，斬首萬，其將犀首走。注：子龍曰：犀首，秦官也，韓亦有之。是秦、韓皆有犀首之官。趙岐《孟子注》又謂公孫衍虎為犀首。焦氏循《孟子正義》引《史記·秦本紀》云：惠文君五年，陰晉人犀首為大良造。裴駰《集解》云：犀首，官名。又《張儀列傳》附《公孫衍傳》：公孫犀首者，魏之陰晉人也，名衍，姓公孫氏。《集解》亦云魏官名，趙氏云號為犀首，未詳所本。《國策·秦策》云：王用儀言，取皮氏卒萬人，車百乘，以與魏犀首，吴師道云：《年表》陰晉人犀首為大良造，則非官名。而《韓策》樛留以犀首、張儀首言，何為一人獨以官稱乎？恐犀首或姓名也，魏將有犀武。按：犀首即公孫衍，明見《史記》，意者先在魏為此官，後遂以為號，故人通稱之。松謂：犀首本魏官名，衍魏人，因魏官名以為號，猶之晉武公名司空，亦以官名為名也。

《春秋合誠圖》云：堯坐舟中，與太尉舜臨觀，鳳凰負圖授堯。其章曰：天賜帝符璽字。《春秋運斗樞》亦云：赤龍負圖以出河，見堯與太尉舜等百三十人集，發藏大麓。松按：唐虞時無太尉之官，秦始有太尉官名。二書出自秦漢人，杜撰其事，以為瑞應之驗耳，不足信。又按：《禮·月令》注疏考證云：命太尉，贊傑俊。鄭注：三王之官，有司馬，無太尉。孔疏：此堯時置之，三王不置也。齊召南按：鄭多據緯書，獨此注能不用緯書之妄。太尉自是秦官耳，三王之官無太尉，况唐虞乎！孔疏乃引《中侯》巧偽之説，一若堯時有太尉官，而三王改稱司馬者。何其妄也！此足為堯官無太尉之證。

臧氏庸《拜經日記》云：《吕氏春秋·孟夏紀》：命大封，

贊傑儁。遂賢良，舉長大。行爵出祿，必當其位。《淮南子·時則訓》依漢制改大封為太尉，漢儒傳《禮記》從之。俗本《吕覽》，又同《月令》作尉。朱子《儀禮集傳集注》云：吕尉作封。今據此改正。按：《管子·五行篇》云：黄帝得大封而辯於西方，故使為司馬。高氏注：仲冬，命神農將巡功云。昔炎帝殖穀，號為神農。後世因名其官為神農，則此亦因大封治西方，職為司馬，後世因名司馬為大封也。考《漢書·百官公卿表》：太尉，秦官。金印紫綬，掌武事。武帝建元二年省，元狩四年，初置大司馬，以冠將軍之號，是太尉即漢之司馬。《淮南》改《吕覽》以從漢制，不作司馬而作太尉者，以漢初官制，因秦未革，至元狩四年改制，而淮南王以謀反誅。在元狩元年，已不及見矣。鄭康成因太尉秦官，而以《月令》為秦制，蓋未考之《吕覽》與。

又按：《周官》：大司馬之職，進賢興能。司勳，掌六鄉賞地之法。司士，以德詔爵，以功詔祿，以能詔事，以久奠食。《諸子》：凡國之政事，國子存遊倅。使之修德學道，春合諸學，秋合諸射，以考其藝而進退之。及虎賁氏旅賁氏，皆屬以於司馬。所謂贊傑儁，遂賢良，舉長大。行爵出祿，皆其職也。據此，古大封之官，即秦之太尉，周之司馬之職，漢之司馬也。又按：漢光武建武二十七年五月，改司馬曰太尉。《宋書·百官志》：太尉一人，自上安下曰尉。堯時舜為太尉官，漢因之。《隋書·高祖紀》：周帝册相國隋王云：堯得太尉，已作運衡之篇。亦承《合誠圖》之誤。梁武帝則大司馬、太尉並設，均在十八班之列。陳及後齊，亦皆大司馬、太尉並設。

皋陶有兩解：一為人名，虞舜時為士官；一為鼓木。《周禮·考工記》：韗人，為皋陶，長六尺有六寸，左右端廣六寸，厚三寸，穹者三之一，上三正。鄭司農曰：皋陶，鼓木也。陶，音逃，夫鼓木，謂之皋陶。未詳其義，當是周時諺語。

卷之十二

孔子生，《史記》云：魯襄公二十二年而孔子生。《左傳·襄公三十一年》，子產不毀鄉校，仲尼曰：人謂子產不仁，吾不信也。杜注亦從《史記》云：仲尼以二十二年生，於是十歲。《通鑑》云：周靈王二十一年十一月，孔子生。《拾遺記》云：周靈王二十一年，孔子生於魯襄公之世。松按：周靈王二十一年，即魯襄公二十二年，《春秋二十國年表》云：襄公二十二年十一月庚子，孔子生。諸書皆以為孔子生於襄公二十二年十一月庚子，惟《公羊》、《穀梁》二傳，謂孔子生於襄公二十一年。《公羊》謂十一月庚子，《穀梁》謂十月庚子。《前編》曰：按《公》、《穀》二傳，皆謂魯襄公二十一年孔子生。而《史記》獨云二十二年。或謂《春秋》用《夏正》，《史記》如秦法，然不可考。按：襄公二十一年日再食，決非生聖人之年也，當從《史記》。《索隱》又云：《公羊傳》襄公二十一年十有一月庚子，孔子生。《史記》以為二十二年，蓋以《周正》十一月屬明年，故誤也。《後序》孔子卒，云七十三歲。每少一歲，按此實差一年。前後又牴牾，諸説紛紜，總不能畫一。

然年有可疑，庚子之日則無疑。若由今之甲子，逆數至春秋時魯襄公二十一、二十二兩年。何年十月、十一月有庚子，則孔子之生年月日無疑矣！若《前編》云襄公二十一年日再食，決非生聖人之年，此非當論。蓋天生聖人，正以維持衰世之天下也。孔子作《春秋》，亦以維持衰世之君臣，正其名，定其分，使亂臣賊子有所懼也。日，君象也，再食者，諸侯彊僭，周室衰微之象也。天若曰：周室將微，非聖人不足以維挽也。生孔子而天示之兆，使天下後世皆知夫天生孔子，非虚生也。為夫周室之淩夷也，若至治之世，孔子生與不生，天何庸心焉?《前編》不知，此以是決其為非生聖人之年，疏矣。

又按《索隱》：周正屬之明年之説，不足據。蓋三正推法，衹以後月屬之前月，並無以前月屬後月者。《左傳》：叔孫昭子曰：周之六月，當夏之四月。梓慎曰：火出於夏為三月，於周為五月。《朱傳》周七、八月，夏五、六月，是也。周正十一月，衹可云夏正九月。未聞可為夏正之正月者，其謬誤甚矣。又按：《春秋經》云：冬十月庚辰朔，日有食之。而《公羊傳》謂十一月庚子，孔子生。庚辰為十月朔日，庚辰至庚子，相去乃二十日。而《公羊》云十一月，是一月而得二十日，有是理乎?孔子生年，積疑數載。後讀錢氏《養新録》云：《左氏傳》於哀公十六年，書孔子卒，而不書生年。《公羊》云襄二十一年十一月庚子生，《穀梁》云二十年十月庚子生。考賈逵注《左傳》，於襄公二十一年云，此年仲尼生。又昭二十四年，服虔註引賈逵説云：仲尼時年三十五。是漢儒皆以孔子生在襄二十一年也，是年經書十月庚辰朔，則十一月無庚子日。

予以三統術推，襄二十一年十月己卯朔，其月二十二庚子，是為宣尼生之日。年從《公羊》，月從《穀梁》，與《左傳》賈服注亦合。又云：是歲入甲申統，一千零九十一年也。襄二十一年，周正月癸未朔，是歲閏餘在二月，依術遞加。二月癸丑朔，大。閏二月癸未朔，小。三月壬子朔，大。四月壬午朔，小。五月辛亥朔，大。六月辛巳朔，小。七月庚戌朔，大。八月庚辰朔，小。九月己酉朔，大。十月己卯朔，小。十一月戊申朔，大。十二月戊寅朔，小。據此，孔子實襄二十一年十月二十二日庚子生，《史記》、《公》、《穀》諸書，各有錯誤，然錢氏亦有錯誤。

松按：《穀梁傳》亦云襄二十一年庚子孔子生，錢氏謂為二十年，《公羊傳》謂十月庚子孔子生。錢氏謂為十一月，而云年從《公羊》，月從《穀梁》，不知所據。陸德明謂《公羊》庚子，孔子生，傳文上有十月庚辰，此亦十月也。一本作十一月庚子，今以十月庚辰朔校之。舊有十有一月字者誤，故定從《釋文》。周十月，夏八月，日在壽星之次，與斗柄同位。

先儒言夫子生時，帝車南指，此日加午之驗也，占之《金匱》式曰：六陽罡為六合臨時之方，青龍繫日，具神聖光。天乙登車，朱雀翱翔，始以龍見，終以蛇藏，是有德而彰，無位而王者與。《解詁》曰：時歲在己卯。謹按於今禄命術，得己卯、癸酉、庚子、壬午，應四極之位也。漢四分歷，是歲己酉，與何氏不合，見孔氏《公羊通義》。然則《春秋二十國年表》、《通鑑前編》皆謂《公羊傳》載孔子生於襄公二十一年十一月，大抵皆見別本《公羊傳》，故云然耳。

又按：《左傳・哀公十六年》：四月己丑，孔子卒。李氏惇《羣經識小》云：推長歷，四月無己丑，己字乃乙字之誤，蓋孔子以襄公二十一年十月二十一日庚子生，依夏正則在八月。以哀公十六年四月十八日乙丑卒，依夏正則在二月，歷年凡七十三也。據此，以寅正按之，孔子生辰，當是八月二十一日也。今俗日歷通書載孔子誕辰，在十一月初四日，不者之甚也。

然據錢氏推《三統術》，周正十月乃己卯朔，己卯至庚子，當得二十二日。李氏云二十一日，孔子生，亦誤。是孔子生辰當是今八月二十二日也，孫志祖亦據《公羊》十月庚辰朔，謂孔子夏正八月二十一日生，亦誤。齊召南又云：考杜氏長歷，十月庚辰小，十一月己酉大，十一月無庚子，庚子乃十月二十一日也。説見阮宫保《公羊傳校勘記》，其説與錢氏所引《三統歷》異。孔子生，《公羊傳》云時歲在己卯。

《校勘記》據錢大昕説，於“三統術”，是年歲在乙己，乙卯當為乙巳之訛。謂疏作己卯亦非，又與孔氏所引《禄命術》異云，《公羊傳考證》又云：按是歲，實在己酉，不知何氏何以言歲在己卯。又云：按古文卯作丣，酉作丣，字形相類，故何氏誤以己酉為己卯。又云：按羅璧辨孔子生年月日，引《五行書》謂：生於庚戌年二月一十三庚子，引《孔氏家譜》、《祖庭廣記》，謂生於魯襄二十二年十月二十七日庚子，與《公》、《穀》俱不合，《五行書》固不足信，《家譜》所傳當别有據。又阮宫保《疇人傳》載黄宗羲論孔子生卒云：自哀公十六年四月己丑，孔邱卒，推至襄公二十二年庚戌，為七十三歲，孔子生年在庚戌無疑。又云：孔子之生在二十二年酉月，是年酉月甲戌朔，推至庚子為二十七日，故羅泌以為八月二十七日是也。又《孔庭纂要》云：周靈王二十一年庚戌，即魯襄公二十二年，是年冬十月庚子日，先聖生。十月庚子，即今之八月二十七日也。按：《纂要》年從《史記》，日月從《穀梁》，與羅泌之説同。觀此，諸説紛紛，不能畫一。倘所謂所聞異辭，所傳聞又異辭者耶！松謂羅泌之説為得。

《家語》：叔梁紇雖有九女而無子，其妾生孟皮，孟皮一字伯尼，有足疾。松按：《儀禮》疏：孔子有兄曰伯居，第二則曰仲。與《家語》異，大抵居尼字相似而誤也。又孔子名邱，《正韻》：四方高，中間下曰邱，孔子頂上圩，故名。《孝經》仲尼居。《正義》曰桓六年。《左傳》申繻曰：名有五，其三曰以類命為象。杜注云：若孔子首象尼邱，蓋以孔子生而汙頂，象尼邱山，故名邱，字仲尼。臧氏琳《經義雜記》謂孔子字仲邱，引《世家》：孔子生而首上圩頂，故字仲尼。《索隱》云：圩音汙，言頂上窳也。孔子頂如反字，言若屋宇之反，中低而四旁高也。按《説文》丘部，屔，反頂受水丘也。从丘，泥省聲。古人文字相配。孔子名邱字仲尼，則尼當作屔。又劉瓛述張禹之義，以為仲者中也，尼者和也。孔子有中和之德，故曰仲尼。梁武帝又以邱為聚，以尼為和。屔古通泥，仲尼，漢碑有作仲泥者，正合古義。然有可疑者。

按《左傳》孔子卒，魯哀公誄曰尼父。尼是孔子謚，而諸書皆以為字。豈哀公即以孔子之字為謚與，即《檀弓》魯哀公誄孔丘注亦云：誄其行以為謚。疏亦云：尼即謚也。而《左傳疏》駁鄭玄禮注云：《傳》惟説誄辭，不言作謚。《傳》記羣書，皆不載孔子之謚。至漢王莽輔政，尊尚儒術，封孔子後為褒成侯，追謚孔子為褒成尼君，明是舊無謚也。然古亦有以字為謚者，桓二年，宋督弑其君與夷，及其大夫孔父。《穀梁子》曰：孔氏，父字，謚也。范氏因為之説曰：孔父有死難之勳，故其君以字為謚。鄭氏之説，似未可厚非。

周密《癸辛雜志》云：孔子初名兵，後乃去下八字，不知所出。又《拾雅釋蟲》云：尼，蟲也。注引《孝經·開宗明義章》仲尼居。松按：仲尼之尼訓蟲，見《援神契》。《孝經陸氏音義》引之，又云：尼又音夷，字作尼，古夷字也。阮宮保《孝經釋文校勘記》云：盧本尼，作𡰥。按：作𡰥是也。《玉篇》云：𡰥，古夷字。又按：張邦基《墨莊漫録》南海有蟲無骨，名曰泥，在水則活，失水則醉，如一堆泥然。漢碑仲尼有作仲泥，《援神契》訓尼為蟲，豈謂是與？

劉熙《釋名》云：水潦所止曰泥邱，其止汙水留不去成泥也。《爾雅·釋邱》：水潦所止泥邱。邢疏水潦，雨水也，邱形頂上汙下，雨水停止，而成泥濘者，名泥邱，皆謂泥邱為水止成泥，而郭注衹云頂上汙下者，不云止水成泥，是郭以頂上汙下為泥矣。然謂泥為頂上汙下，似於義無取，故疏申言之，謂水停止而成泥濘，以求合於泥之義，似矣。然可不必。松按：《説文》：丘部，𡵨，反頂受水，泥省聲，釋邱之泥，其義正同。《説文》之𡵨，豈釋邱之泥本作𡵨，後人傳寫誤作泥與。郭云泥頂上汙下，正本《説文》。《釋名》與邢疏，説似穿鑿，然則仲尼漢碑作仲泥，亦此意也。

《史記·孟子列傳》云：孟軻，鄒人也，受業子思之門人。陳榕門《孟子序説》云：《索隱》云：王邵以人為衍字，未知孰是。考《列女傳》云：孟子旦夕勤學不息，師事子思，遂成天下名儒。《漢書·藝文志》云：儒家《孟子十一篇》名軻，鄒人，子思弟子，有列傳。《風俗通·窮通篇》云：孟子受業於子思，既通。趙岐《孟子題辭》云：孟子長，師孔子之孫子思，治儒術之道。通五經，尤長於《詩》、《書》。《淮南子·汜論訓》云：孟子受業於子思之門，成唐虞三代之德。敘《詩》、《書》

孔子之意，塞揚墨淫辭。《孔叢子》亦云：孟子受業於子思。

松按：《家語》孔子年十九，娶宋亓官氏之女，一歲而生伯魚，是孔子二十歲生伯魚也。《史記》云：孔子年七十三，以魯哀公十六年四月己丑卒。又云：伯魚年五十，先孔子死。伯魚生伋，字子思，年六十二，是伯魚死時，孔子年六十九也。考《春秋二十國年表》：魯哀公十六年，乃周敬王四十一年。《通鑑》敬王在位四十三年，至元王。在位六年，至貞定王。在位二十八年，至哀王。在位三年，至思王。在位五月，至考王。在位十六年，至威烈王。在位二十四年，至安王。在位二十六年，至烈王。在位七年，至顯王。在位四十二年，至慎靚王。在位七年，至赧王。《通鑑》周顯王三十三年，書孟子至魏。由此以觀，自孔子卒年，至孟子至魏，計一百四十六年。《史》云子思年六十二，不書子思生年。即以伯魚卒年生子思，是子思卒於威烈王二年。自威烈王二年至顯王三十三年，計八十九年。是孟子至魏時，去子思卒已八十九年。然按：《孟氏譜》孟子生於周烈王四年己酉，卒於赧王二十六年壬申，壽八十四。此似可據。孟子生，計去子思卒年，凡五十二年，何得云孟子受業於子思？

又按：《孔叢子記問篇》子思問於夫子曰：為人君者云云。又問於夫子曰：伋聞夫子之詔云云。孔子在時，子思年已長矣，則斷非伯魚卒年生子思也。是子思卒後六七十年，孟子乃生。《史記》云受業於子思之門人，又何疑焉？王邵謂人字為衍，陳榕門不能決，特未以其年考之耳。趙氏注與《列女傳》、《孔叢子》諸書，皆不足據。《子思子》亦云：孟軻問牧民之道何先，子思子曰：先利之云云。亦以為孟子與子思同時，亦誤。可知《子思子》亦後人僞撰之書。《韓文公送王塤秀才序》亦云：孟軻师子思，皆誤。

松讀王貽上序《孔叢子》云，至《雜訓篇》所載。孟子尚幼，請見子思，子思甚悅其志，命子上侍坐，禮敬甚崇。子上以孟孺子無介而見為疑。子思告以昔從夫子於郯，遇程子於途，傾蓋而談。命子路贈以束帛故事。此又當辨。按：《左傳》孔子見郯子，在昭公十七年，孔子時年二十八，伯魚尚幼，子思安得遂從夫子於郯耶！高氏指摘，乃未及此，亦見其疏也。松謂：王氏譏高氏之疏是矣，而不知辨孟子後子思卒而生，此亦見其疏也。

《詩·周頌·維天之命》篇，傳疏引《孟譜》云：孟仲子者，子思弟子，蓋與孟軻共事子思，後學於孟軻。又《春秋左氏傳序》、孔疏亦云：孟軻當六國時，師事孔子之孫子思。毛傳、孔疏皆不知孟子後子思卒而生，亦誤。《中庸》，子程子曰：此篇乃孔門傳授心法，子思恐其久而差也，故筆之於書，以授孟子。豈其然耶！《孟子題辭》考證云：疏引《列女傳》云：孟子师子思。又引《史記》云：受業於子思之門人。今《朱子序說》獨取《史記》，而附趙氏及《索隱》等說於注，尋其意義，蓋子思子親受曾氏之傳，述《中庸》以明道統，非僅七十子之徒可比，孟子若果師之，則七篇中所稱引者，當必有尊異之辭，如魯論之於魯曾子有子，以見師承之義，不應第云予私淑諸人而已。以是知《史記》所云受業於子思之門人者，其說近是。《索隱》以人字為衍文，恐未足深據也。此說甚是，然不若以年數按之為確實無疑也。

郎仁寶《七修續稿》云：《史記》不書孟子生卒。而《孟譜》云：生於周定王三十七年四月初二日，即今之二月二也。卒於赧王二十六年正月十五，即今之十一月十五，壽八十四。松按：周定王在位止二十一年，何得有三十七年？定王去赧王二百九十餘年，何止八十四？郎氏所引《孟譜》，殊屬乖謬。且孔子先於孟子，孔子以靈王二十一年生，敬王四十一年卒。而定王乃靈王之祖，赧王乃敬王十一世孫，《孟譜》所記，不倫若是。而郎氏據以為信者，不考之甚也。又按：任釣臺《孟子考略》云《孟譜》，孟子生於周烈王四年己酉四月二日，上距孔子之卒一百八年，與《七修》所引《孟譜》異，當以任為近。

《孟子》孟子見梁惠王，王曰：叟。註：叟，長老之稱。松按：任釣臺《孟子考略》引《孟譜》，孟子生於周烈王四年己酉四月二日。又按：《通鑑》周顯王十三年書，孟子至魏，以其年考之，孟子至魏時，年三十七歲，則惠王稱孟子曰叟者，乃尊之之辭，非以其年長而稱之也。然孟子與齊景公語，有天下達尊三：爵一齒一德一，惡得有其一以慢其二云云。按：《通鑑》周慎靚王二年，孟軻去魏適齊。如《孟譜》所云：孟子至齊，亦不過五十六七歲，不當以齒德自尊。任氏《考略》，恐猶未確。

《孟子》注云：孟子名軻，字子輿。宋《禮部韻略》云：孟子生居坎軻之地，故名軻，字子居。顏師古《急就章》注亦云：孟子名軻，字子居。松按：趙岐《孟子題辭》云：孟子名軻，字則未聞也，是孟子本逸其字。史鶚《三遷志》云：孟子字，自司馬遷、班固、趙岐皆未言及。魏人作徐幹《中論序》云：孟軻、荀卿，懷亞聖之才，著一家之法，皆以姓名自書，至今厥字不傳，原思其故，皆由戰國之士，樂賢者寡，不早記録耳。據此，孟子字，漢時已不傳，而今《孟子》注所云字子輿，與諸書所云字子居者，皆本之《孔叢子》注。

王伯厚《困學紀聞》亦云：孟子字未聞。《孔叢子》云：子車注：一作子居，居貧坎軻，故名軻，字子居，亦稱字子輿，疑皆附會。是王氏亦以子居、子輿為偽托附會也。《漢書・藝文志》注引《聖證論》亦云：子思書《孔叢子》有孟子居，即是軻也。《文選》劉孝標《辨命論》云：孟子輿困臧倉之訴，注引《傅子》云：孟子輿。按：《王肅傳》元皆生於司馬、班、趙之後，司馬、班、趙尚不知，王傳何由而知之？其為附會無疑。陳士元《孟子雜記》云：按《孔叢子》、《聖證論》等書，子車一作子輿，一作子與，一作子居。而楊倞《荀子注》又作子輿，蓋車、居音同作與。輿字，偽也。松謂：展轉相傳，訛而又訛，偽而又偽，而不知皆附會也。《孔叢子》、《四庫書目録注》云：舊本題陳勝博士孔鮒撰，凡二十一篇，末為《連叢子》上、下二篇，漢孔臧撰，皆依託也。可知《孔叢》原是後人依記之偽書，曷足據耶！

《詩・小雅》：遐不黃耇。傳：老也。松按：黃耇，總而言之，為老之名。析而言之，則各有取義。《詩・大雅・行葦》篇箋疏云：黃，黃髮。耇，涷梨。《釋詁》云：黃髮耇老，壽也。舍人曰：黃髮，老人髮白復黃也。孫炎曰：黃髮，髮落更生者，面涷梨，色似浮垢也。《方言》云：燕代北鄙謂耇為梨。郭璞注：梨，面色似梨也。又按：《說文》梨作黎，老人面涷黎，若垢也。《釋名》：耇，垢也，皮色驪悴，恒如有耇者也。此直以黎訓黑，耇訓垢。然《爾雅》疏，舍人曰：耇，覯也。血氣精華覯竭，言色赤黑如狗矣。松按：狗不盡赤黑，取以譬者，附會耇音，殊屬不倫。又按：《爾雅・釋詁》黃耇疏：黃髮，髮落更生黃者，乃郭璞注文，《詩》箋謂為孫炎之說，郭蓋本之孫炎，郝氏懿行《爾雅義疏》云：以今驗之，耋老耆人，秀眉宣髮。未蒙更生，而華顛皓首。芸然變黃，誠有如舍人所云者矣。松亦謂：頭髮，乃白髮之久者。老人之髮，由黑變白，白亦有漸，常有一髮，下半已白而上半仍黑者，蓋髮為血餘。老人血衰，故髮白。髮之白先由髮末，漸至髮根，白久則黃。甚久則有作金光色者，非由髮落而更生黃也。郭注云：髮落更生，謬矣。前漢師丹、尚書令唐林疏曰：丹經為世儒宗，意為國黃耇。師古注亦云：黃，謂髮落更生黃者也。本之《釋詁》疏，而不知其謬。

《中庸》燕毛，朱注云：以毛髮之色，別長幼為坐次。鄭注亦云：以髮色為坐。朱注仍鄭注也。又《國語・齊語》班序顛毛，以為民紀統。韋昭注：顛，頂也，毛髮也，言次列頂髮之黑白，使長幼有等，以為治民之經紀。可知古人多以毛色別長幼。然有可疑者。松按：《玉篇》：髮，首上毛也。夫王與宗族燕，此禮之大者。未必脫冠露頂，不脫冠露頂，何由見其毛髮之色。《小雅・常棣篇》兄弟既具。傳云：王與親戚燕，則尚毛。疏引《司儀》曰：王燕，則諸侯毛，亦謂同姓諸侯也。故彼注云：謂以髮鬢為坐。按：《說文》：鬢，頰髮也。《釋文》：其上連髮曰鬢。鬢，濱也。鬢在頰旁耳際，雖冠亦見。《傳疏》引《司儀注》以釋燕毛，似勝鄭注。然按《周官・秋官・司儀》：王燕則諸侯毛，注謂：以須髮坐也，老者二毛。故曰毛音義，亦云毛須髮也。《說文》：須，面毛也。《易・賁卦》：賁其須。注：須之為物上附者也。疏：須附於面。《逸雅》：頤下曰須。須，秀也，別作鬚，俗作鬚。須更易見，此説更優，與《詩疏》所引易[①]異。《中庸》注：似蒙混，毛髮之色，當改須鬢之色，庶幾，明晳。

《爾雅·釋草》：苻鬼目。郭注：今江東有鬼目草，莖似葛葉圓而毛，子如耳璫。赤色叢生。松按：即《本草》之白英子。陳藏器云：白英，鬼目菜也。蔓生，三月延長。《爾雅》：名苻，又名縠菜，名白草，名排風，名白幕。《吴志》云：孫皓時，黄狗[②]家有鬼目菜，緣棗樹，長丈餘，葉廣四寸，厚三分，人皆異之。《東觀》按圖以為芝草。李時珍以為即排風子。又《本草》紫葳，一名鬼目。《集解》：紫葳，即凌霄花。時珍曰：凌霄野生，蔓纔數尺，得木而上。即高數丈，春初生枝，一枝數葉，葉尖長有齒。至秋開花，一枝十餘朵花，開五瓣。赭黄色，八月結莢如豆，莢長三寸許，其子輕薄如榆仁。又《開山圖》云：遼東襄平有鬼目，蛇魚守之，似是異物。《本草》：羊蹄草，又名鬼目。時珍謂即《詩·小雅》言采其蓫之蓫。陸璣云：即今之羊蹄菜，根似長蘆菔，而莖赤，可瀹為茹，滑美。

江東有鬼目草，人過則粘衣，江東呼為鬼指甲。方桐山云：一曰鬼指甲，即《爾雅》之蘮蒘，一名竊衣者也。又《唐本草》云：椿樗二樹，形相似。蘇頌《圖經》椿葉香，可啖。樗氣臭，北人呼為山椿，江東人呼為鬼目。李時珍又云：嶺南有木果，亦名鬼目。葉似楮子，大如鴨子，七八月熟，黄色，味酸，可食。即狀如之麂目。麂目，一名鬼目。《交州記》云：鬼目出交趾、九真、武平、興古諸處。樹高碩似棠梨，葉似楮而皮白。二月生花，仍連着子。大者如木瓜，小者如梅李，而小斜不周正。七八月熟，色黄，味酸，以蜜浸食之佳。《廣志》云：鬼目似梅，南

---

① “易”字原文似删去。

② “狗”，原文如此，應為“耇”。

人以之下酒。又見稽[1]含《草木狀》、《廣東新語》諸山果云：鬼目子，大如梅李，皮黃肉紅，味甚酸。人以為蔬。以皮上有目，名鬼目。一曰麂木，麂者，兔之偽也。麂即《廣志》所云之鬼目，據此知，《草木》皆有名鬼目者，不第《爾雅》之苻矣。

《爾雅·釋草》：蘦，大苦。郭注：今甘草也，蔓延生，葉似荷，青黃，莖赤有節，節有枝相當。邢疏亦以為甘草。松按：蘦，同苓。《詩·邶風·簡兮篇》隰有苓。傳云：苓，大苦。正義引孫炎《爾雅》□云，《本草》云：蘦，今甘草是也。蔓延生，葉似荷，青黃，其莖赤有節，節有枝相當，或云蘦似地黃。又按：李時珍《本草》有黃藥子，《綱目》云：一名大苦。時珍按沈括《筆談》云，《本草·甘草注》引郭璞注《爾雅》云：蘦，大苦者。云即甘草，蔓生葉似薄荷，而色青黃，莖赤有節，節有枝相當，此乃黃藥也。其味極苦，故曰大苦，非甘草也。夫甘草大甘，而云大苦，反言以名，俗或有之。如《釋草》云：啮苦堇。疏云：此菜野生。《禮·內則》：堇、荁、枌、榆之堇。《本草》云：味甘。此云苦者是也，然藥草有黃藥，其味極苦。《綱目》又名大苦，則信有大苦之藥矣。時珍據沈括之說，乃謂大苦非甘草，是矣。然按：《本草圖經》黃藥葉似蕎麥，而藥葉似荷，似地黃，其狀與黃藥逈別。

松按：□□□□地黃。而大苦似地黃，大苦之苦，當即苄字之誤，苦作苄字通用。《儀禮·士虞禮》鉶芼用苦，若薇有滑。注：苦，苦荼也。古文苦為枯，今之或作苄。《公食·大夫禮》鉶芼，牛藿，羊苦，豕薇，皆有滑。注亦云：今文苦為苄，大抵古以蘦似地黃，故謂為大苄。苄、苦古通用，故又謂為大苦耳。黃藥與蘦，其葉一，同當是兩種草。沈括不知蘦大苦即大苄之誤，而以黃藥味苦，遽謂大苦為黃入亦非。又按：《爾雅注疏考證》云：甘草枝，衆悉如槐，高五六尺，但葉端微尖而糙澁。似有白毛，實作角生，如相

① “稽”，原文如此，應為“嵇”。

心。角作一木生，熟則角坼。子如小扁豆，極堅，齒嚙不破，其狀與蔓生之大苦迥别。郭注謂：大苦為甘草，實誤。《詩》疏蓋承郭注之説耳。木亦有名大苦者。《唐韻》橘苦木也。《集韻》橘木名大苦，豉亦名大苦。《楚詞·招魂》曰：大苦鹹酸，辛甘行些。王注云：大苦，豉也。

《列士傳》：羊角哀、左伯桃二人，相與為死友。欲仕於楚，道遥山阻，遇雨雪，不得行，飢寒無計，自度不能俱生也。伯桃謂羊角哀曰：天不我與，深山窮困。併在一人，可得生宦。俱死之後，骸骨莫收。内乎捫心，知不如子，生恐無益，而棄子之能。我樂在樹中，角哀聽之。伯桃入樹中而死，得衣糧，前至楚。楚平至愛角哀之賢、嘉伯桃之義，以公卿禮葬之。《琴操》云：昔思革子、尹文子、叔澮子相與為友，聞楚成王賢，俱往見之。至嶔巖之間，卒逢飄風暴雨，共伏於空柳之下。衣寒糧乏，自度不能俱活。以革子為賢，乃共衣糧與之，二子遂凍餓而死。革子見楚王，楚王知其賢，陳酒設鐘鼓而樂之。革子操琴，而作别散之音，楚王賜百金以葬二子。二事相類，而皆仕於楚，豈一事而記者舛為二耶？不然，抑何楚得義士之多也。

《吕氏春秋》：宋景公時，熒惑在心，召子韋而問焉。子韋曰：熒惑者，天罰也；心者，宋之分野也。禍當於君。雖然，可移於宰相。公曰：宰相可與治國家也，而移死焉，不祥。子韋曰：可移於民。公曰：民死，寡人將誰為君乎？寧獨死。子韋曰：可移於歲。公曰：歲害則民飢，民飢必死，為人君而殺其民以自活也，其誰以我為君乎？是寡人之命固盡已，子無復言矣。子韋載拜曰：臣敢賀君，君有至德之言三，天必三賞君。今夕熒惑其徙三舍，舍行七星。星一徙，當一年，君延年二十一歲矣。是夕熒惑果徙三舍。《左傳·哀公六年》：楚昭王卒於城父。是歲也，有雲如衆赤烏，夾日以飛三日。楚子使問諸周太史，周太史曰：其當王身乎？若禜之，可移於令尹、司馬。王曰：除心腹之疾，而置諸股肱，何益？不穀不有大過，天其夭諸。有罪受罰，又焉移之？遂弗禜。夫宋景公以有三善言，天賞之，延之年三七二十一。昭王有一善言，與景公同，以天福景公之善衡之，當延七歲，而昭王竟以是歲卒也。天道杳茫，詎真可得而知耶？子韋之云，其偶中者耶！雖然天意不可測，而理則可憑子韋之對。雖涉於術數，要之人心，安天理得。惠迪吉從逆凶，其理有不可易者。吴入郢掘平王墓，鞭屍三百，此不戴之仇。昭王反國，不聞興復仇之師，天厭之久矣。一言之善，曷足回天心耶！嗚呼！孰謂天道之無憑哉。《論衡》謂子韋知星行度，適自去，自以著己之知，明君臣推讓之所致。見星之數七，因言星七舍，復得二十一年，因以星舍計年之數，事或然也。

《古文瑣語》知伯為趙襄子所敗，將出走，夢火見於西方，乃出奔秦。又夢見於南方，遂奔楚也。松按：《戰國策》、《史記》智伯從韓、魏兵以攻趙，自晉陽而水之，城之不沈者三板。襄子懼，使相張孟同私於韓、魏。韓、魏與合謀，三國反滅智氏，共分其地。《韓非子》智伯兼范、中行而攻趙不已，韓、魏反之，軍敗晉陽，身死高良之東，遂卒被分，漆其首，以為溲器。《淮南子》知伯圍襄子於晉陽，襄子疏隊而擊之，大敗智伯，破其首以為飲器。《呂氏春秋》張孟談踰城潛行，與魏桓、韓康期而擊智伯，斷其頭以為觴。《後漢書》注引《史記》韓、魏殺智伯，埋於鑿壺之下。諸書皆云智伯見殺，安有出奔秦、楚之事？《瑣語》非是。《史記·六國表》：秦厲共公二十四年，魏桓子、韓康子、襄子敗智伯於晉陽。二十五年，晉大夫知開率其邑人來奔。正義曰：聞，智伯瑶子。《瑣語》之訛，大抵誤以智開為智伯耳。然知氏奔楚，則諸書皆無之，不知所見。智伯頭，一云以為溲器，一云為飲器，一云為觴，所載亦小異。又按：《後漢書》注所引《史記》，今本無，倘列國之《史記》與？

我粵老蜑云：洋海中有一種惡魚，其名曰鱀，俗音忌，黑者名烏鱀，白者名白鱀。烏鱀狀如豬，長丈餘，長喙鋸牙，大腹多力。白鱀亦長數尺，狀如婦人，有髪，有面目，有乳，有臍，有陰，而無手足。常□浮，烏鱀覆其上，相抱而游，其游也昂頭高數尺。復沉而仰其□，亦高數尺，如舂碓然，俗謂之舂碓魚。洋船見之，無不駭懼，求神祐庇。偶觸之，船必覆溺，人為之食。《廣東新語》云：鱀魚大者長二丈，脊若鋒刃。《志》稱南海歲有風魚之災。風，颶風。魚，鱀魚也。有烏、白二種，來輒有風，又曰風魚。鱀一作鯚。松按：《字書》無鯚字，鱀必當依《爾雅》作鱀。《爾雅·釋魚》：鱀是鱁。郭注：鱀，鱔屬也。體似鱏，尾如鯯魚。大腹，喙小，鋭而長，齒羅生，上下相銜，鼻在額上，胎生。健啖細魚，大者長丈餘，江中多有之。今之烏鱀、白鱀，其狀有似於《釋魚》之鱀，豈即是與？然郭云江中多有之，不云其能覆舟，又似别為一魚，未知是否。洋海人有一種鯊魚，狀如鯇，亦長數尺，重數百斤，食品海味之魚翅，即鯊魚翅也。其肉腥臭不可□食，鱗如沙，故名。匠人以之治木，使其光滑。凡魚卵生，而鯊魚胎生，洋客云。

松按：《爾雅·釋魚》鯊鮀。郭注：今吹沙小魚，則非洋海之鯊魚矣！是鯊魚有二種。又按：《正字通》：海鯊青目赤頰，背上有鬣，腹下有翅，味肥美。今洋客云腥臭不可食。大抵昔人著書，多得之傳聞耳。所云味肥美者，豈謂翅與？然翅亦無味之物。筵宴用魚翅，皆借他物之味以為味，而為水羞上品者，以罕為奇耳！據《釋魚》鱀是鱁。注：鱀亦胎生。張華《博物志》東海鮫錯魚生子，子驚還入母腸，尋復出錯。《玉篇》作鮫鰆魚，鼻前有骨如斧斤，一説生子在腹，朝出食，暮還入。郭注：鱀，鰆屬，即鮫錯魚也。是胎生之魚，亦數種，不僅鯊魚也。

洋海中又有一種印魚，狀如鱘龍魚，其頭甚扁，額有方印，赤如硃砂，常黏鯊魚之腹。夷人取得鯋魚，印魚仍黏縭，用力擘之，乃脱云。《臨海異物志》云：印魚無鱗，額上如印有文章，諸大魚應死者，印魚先封之。豈鯊應死，而印魚封之？故人取得鯊，則必有印魚與！又《韓詩外傳》云：鶬鴰胎生。孔子渡江，見而異之。孔平仲《談苑》云：秀州華亭鶴，胎生者真鶴也，形體緊小，不食魚蝦，惟食稻粱。又《爾雅·釋鳥》鵞鶬。《正義》今人謂之鸕鷀。《後漢書·馬融傳》注引楊孚《異物志》能没於深水，取魚而食。不生卵而孕雛於池澤間，既胎生而又吐生，多者生八九，少者生五六，相連而生，若絲緒焉。據此，鳥亦有胎生者矣。又《大戴禮·易本命篇》咀噬者，九竅而胎生。注云：又曰狸十有一種，囊狸卵生也。是獸亦有卵生者矣。今按捕魚之鸕鷀乃卵生，不知楊孚所據。

鰥魚即鯤魚，而有小大之別。《詩·齊風》其魚魴鰥。傳：鰥，大魚也。《孔叢子·抗志篇》：衛人釣於河，得鰥魚焉，其大盈車。子思問曰：何如得之？對曰：吾垂一魴之餌，鰥過而不視，更以豚之半，則吞矣。此謂鰥為大魚也。而《爾雅》謂為小魚，《釋魚》鯤，魚子。注：凡魚之子總名鯤。疏引《詩》云：其魚魴鰥。鄭云：鰥，魚子。鯤、鰥字異，蓋古字通用也，此謂鰥為小魚也。《類篇》亦云：鯤或作鰥。邢氏以鰥釋鯤，鄭氏謂鯤、鰥通用，尚未更易《詩》字。至《太平御覽》鯤魚引《毛詩·鷄鳴》曰：弊笱在梁，其魚魴鯤。徑改《詩》字矣。而鰥魚，又引《毛詩》弊笱在梁，其以魴鰥。注：鰥，大魚也。同出一書，而所引互異，《御覽》每多此種。

松按：《莊子》北溟有魚，其名為鰥[①]鯤，其大不知幾千里。宋玉對楚王問曰：鯤魚朝發崑崙之墟，暴鬐於碣石，暮宿於孟諸。《廣雅》云：鯕，鯤也。《本草拾遺》云：鯕魚生南海，有肉翅，尾長二尺，刺在尾中，逢物以尾撥之，食其肉而去其翅[②]刺。《王子年拾遺記》黑河，北極也，有黑鯤千尺，狀如鯨，常飛遊往於南海。是大魚亦名鯤，不但名小魚也。楊升菴《丹鉛總録》云：《内則》卵醬讀作鯤。《國語》亦云：魚禁鯤鮞。皆以鯤為魚子，《莊子》乃以至小為至大，便是滑稽之開端。然按之宋玉對楚王之鯤，與《拾遺》黑河之鯤，實有大魚名鯤者，未必言出莊子，便為滑稽，升菴似泥。又按：鰥，《詩》、傳、《孔叢子》皆謂其為大魚，不言其形狀。劉熙《釋名》：鰥，昆也，

① “鰥”字原文似删去。

② “翅”字原文似删去。

昆，明也。愁悒不寐，目恒鰥鰥然也，故其字從魚，魚目恒不閉也。亦不言其形狀。

松按：李時珍《本草》鰥魚即鱤魚，又名鮨魚。鱤者，敢也。鮨者食而無厭也，生江湖中，體似鯮而腹平，頭似鯇而口大，頰似鮎而色黄，鱗似鱒而稍細，大者三四十斤。啖魚最毒，池中有此，不能畜魚。《東山經》云：姑兒之水多鱤魚，是也。其性獨行，故曰鰥。故啖，故曰鱤。松嘗見今之畜魚池塘，若有鱤魚則衆魚不時跳躍，必多方網捕除之。而衆魚乃静，則信乎鱤之敢於啖魚矣。然時珍謂鱤為鰥，《廣雅》謂鮮為鯤。鯤鰥同為一魚。然鮮之形狀，與鱤魚又不相類，未知孰是。又《東山經》減水亦多鱤魚。注：一名黄頰。松按：名黄頰者，大抵以其頰黄而名也。今鱤魚頰不黄，當别一種。

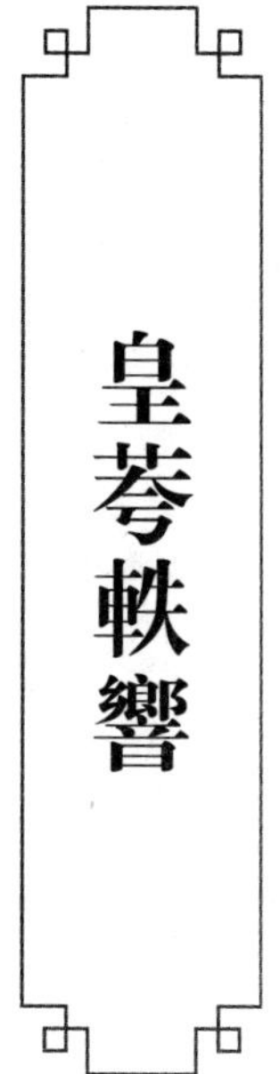

皇荂軼響

自　序

昔崔實著《四民月令》，應卲作《風俗通》，周處為《風土記》，宗懍撰《歲時記》，孫思邈作《千金月令》，韓鄂作《歲華紀麗》，皆所以識一時士庶之事宜、土俗之慣習、歲節之異同，良時嘉會之盛事也。今一披閱，不必覩太史之書、輶軒之採，古風如在目前。然歲月遞遷，流俗各別，八方風氣不必盡同。跡今按古，或小合而大殊，或源同而流異，不足勝言。予自少至壯，不出閭里，未能免俗。兹值春暇，爰將所聞所見，俗言俗事，參稽手録，以娱永日。自惟中淺植弱，無異窺天之管，測海之蠡，所録率多闕雜，蕪舛不文，非敢謂如崔、應、周、宗、孫、韓之著作，周備切當，可誦可傳，直不過村夫之鄙語，里巷之臢談已耳，故命之曰《皇荂逸①響》。

道光歲在元黓敦牂②番禺梁松年夢軒識。

---

① 梁松年自序作“逸”，但書中均作“軼”。故統一為“軼”。

② 即道光二年（1822）。“元”字應為“玄”之避諱，古称太岁在壬曰玄黓，在午曰敦牂。

卷之一

四時有八節，凡春秋分、冬夏至，立春、立夏為啟，立秋、立冬為閉，謂之八節。見《左傳》疏。

八節之外，良辰嘉會，流俗相沿，傳為盛事，亦謂之節。《岳陽風土記》：岳州自元日獻歲，鄰里宴飲相慶，至十二日始罷，謂元日為雲開節。范石湖又謂之新節打灰堆。詞云：不嫌灰涴新節衣。《類書纂》又謂之天節。《月令通考》：宋真宗大中祥符元年正月三日，天書降，遂以為天慶節。《荆楚歲時記》：元旦至月晦並為酺聚飲食，每月皆有晦朔。正月初年時俗重以為節。《唐書》：李泌奏請以二月朔日為中和節，因賜民間以青囊，盛百穀瓜果種相遺，號獻種子。《劇談録》：京都遊曲江池，獨盛於中和節。《道經》：以二月初一為天正節。《壼中録》：閩中以二月初二為踏青節。又蜀中以是日為踏草節，二月初八日為芳春節。五晨大道君登玉霄琳房，四盻天下。

《金史》：以三月初一為萬春節，去冬至一百五日謂之寒食。《山堂肆考》曰冷節。《淵鑑類函》百日節，即寒食日。《外國傳》：以三月初九為寒食節。《淮南子・天文訓》：春分後十五日，斗指乙為清明。《景龍文館記》曰清明節，唐中宗命侍臣為拔河之戲；三月三日上巳謂之清節。荀勗是日《從華林園詩》云：清節中季春，姑洗通滯塞。《燕北雜記》上巳以木雕兔，分朋走馬射之。先中者勝，其負者下馬奉勝者酒，勝者於馬上接琖飲之。番人呼此節為陶裒花。陶裒兎花，射也。《唐書》：德宗以前世上巳九日皆大宴集，而寒食多與上巳同時，欲以二月名節，自我作古。李泌請廢正月晦日，以二月一日為中和節，因賜大臣戚里尺，謂之裁度。帝悦乃著令，以中和、上巳九日為三會節，又以三月為華節。《宋史》：真宗祥符元年四月初一日，天書再降，内中功德閣以為天祺節。《道書》：四月二十八日，上元星官下降為天休節。

《宛署記》：燕都自五月一日至五日，飾小閨女，盡態極妍，已出嫁之女，亦各歸寧，俗呼是日為女兒節。《温州府志》：平陽江南五月初四日做節，謂之重四節。《提要録》：五月五日午時為天中節。《山堂肆考》：初四日王沂公上帖子，明朝知是天中節，旋刻菖蒲要辟邪。《玉海》：宋徽宗政和三年，以五月十二祭方六日，祀昊天上帝於圜邱。右師蔡京奏天神降格，乞付史館。帝手詔播告天下，尋以是日為天應節。《通考》：占城國即古越裳氏，風俗以十一月望日為冬至節。《豹隱紀譚》：吴俗重冬至節，曰肥冬瘦年，各送節物。《宋史・外國傳》：勃泥國以十二月七日為歲節。《玉溪蒿》：南詔以十二月十六日為星迴節，是日登避風臺，命清平官賦詩。《類書》以十二月為暮節。《堅瓠集》：宋人以臘月二十四為小節夜，三十為大節夜。今俗凡二十四氣皆謂之節。正月十五日上元節，三月初三日上巳節，四月初八日四月八節，五月初五日端五節、端陽節，七月十四日蘭盆節，曰鬼節，八月十五日中秋節，九月初九日重陽節。

又神聖帝王誕生日亦名節。《宋史》：明道元年正月三日，英宗生於宣平坊邸，後即位，立為聖壽節。開禧元年正月初五，理宗生於紹興山陰之虹橋里節，即位立為天基節。《齊抗寺碑》：正月二十日，唐順宗生號聖壽節。《長編》：二月十六，宋太祖於洛陽夾馬營。建隆元年羣臣上表，請以是日為長春節。《宋史》：重和元年，帝以太上混元皇帝二月十五日生辰為貞元節。《舊唐書》：咸通八年二月二十二日，昭宗生於東，内以為嘉會節。《天中紀》：二月二十八日，晉高祖生，馮道等表請以是日為天和節。《遼史》：興宗以二月生日為永壽節。《金史》：宋三月一日生，以為萬春節；又宣宗三月十三日生，以為長春節。《玉海》：三月初七日，後漢隱帝生，為嘉慶節。《天中記》：三月九日隱帝生，百寮表請為嘉慶節。三月二十二日，唐昭宗生，以為嘉會節。《宋史》：神宗以慶歷八年四月戊寅生於濮王宮，即位立為同天節。度宗諱禥，嘉熙四年四月初九日生於紹興邸第，即位立為乾會節。《天中記》：宋欽宗生於靖康元年四月十三日，太宰徐處仁等請以是日為乾龍節，百官詣龍德宮上壽。《遼史》：天祚帝以閏四月庚戌生，乾統二年十一月，有司請以帝生日為天興節。《宋史》：理宗以五月十六為皇太后壽慶節。《貫耳集》：宋韋后五月二十一日生高宗。《湖海新聞》：建炎元年，以是日為天申節。《遼史》：景帝保寧元年五月，有司請立生日為天清節。《天中記》：六月十一日，唐武宗生於東宮，以為慶陽節。少帝六月廿一日生，馮道等請以是日為啟聖節。宣宗以六月二十二日生於大明宮，為壽昌節。《宋史》：真宗以七月一日聖祖降，為先天節。《金史》：章宗七月丙戌生，即位為天壽節。《山堂肆考》：唐明皇以八月五日生，張説奉詔置千秋節。《玉海》：周太祖八月二十八日生，以為永壽節。《宋史》：徽宗政和三年，以八月九日青華帝君生辰為元成節。《遼史》：道宗以八月生日為天安節。《金史》：帝允濟以八月生日為萬秋節，又哀宗以八月二十三日生日為萬年節。《册府》：景雲二年九月三日，肅宗生於東宮之别殿，祥光照空，即位後，號是日為天成地平節。《天中記》：唐哀宗以九月三日生於大内中，號乾和節。九月二十四日周世宗生，百寮上表，請以是日為天清節。《宋史》：咸淳六年九月己丑恭帝㬎生於大内，即位立為天瑞節。紹興十七年九月乙巳，光宗生於藩邸，即位立為重明節。《事物紀原》：大祥符五年，以閏十月一日聖祖下降日為先天節。《異聞録》：宋徽宗五月五日以俗忌，因改作十月十日生，宰臣章惇等請立為天寧節。《天中記》：唐文宗太和七年十月十四日，宣宗生懿宗於藩邸，以其日為延慶節。《宋史》：寧宗以乾道四年十月十九日生為天祐節，尋改為瑞慶節。五代梁太祖十月二十一日生，為大明節。《銷寒部》：十月二十二日，宋孝宗皇帝會慶聖節。《事物紀原》：宋真宗祥符五年，詔以十月二十四日聖祖降於延恩殿日為降聖節。先是，唐會昌元年，詔以聖祖降，改為降聖節。《宋史》：徽宗以元豐五年十月二十五日生，為天寧節。《遼史》：太宗皇帝以十月生日為天授節。《金史》：太宗以十月生日為天清節。《天中記》：乾德六年，元德皇后李氏十二月初二日生真宗於開封第，至道三年即位，以日為承天節，羣臣上壽於崇德殿，於是晏殊作《承天節述聖賦》、楊億作《承天節頌》。《合璧事類》：宋欽聖皇后朱氏，熙寧九年十二月初七日生哲宗於宮中，赤光照室，及即位，羣臣請以是日為龍興節。《天中記》：哲宗七日生，為龍興節，羣臣復請以八日為龍興節。《玉海》：唐莊宗於十二月二十二日生，為萬壽節。《遼史》：聖宗以十二月生日為千齡節。祭日月，禮畢，百僚稱賀。

按：宋時皇后誕日，亦稱節。真宗劉皇后以生日為長寧節，寧宗楊后以五月十六日生為壽慶節。理宗謝后立生為壽崇節之等，不一而足。惟神宗向后，史稱其性簡素，不立誕節，則知皇后立誕節，宋故事也。其後遼后妃生日皆稱節，太祖后述律氏，太宗即位尊為皇太后，建生日為永壽節；聖宗后蕭氏，小字菩薩哥，太平三年七月生日為順天節；又欽哀后，小字耨斤，興宗即位尊為皇太后，生辰為應聖節；又興宗后蕭撻里，以生辰為坤寧節。至元時，則凡皇帝誕日，皆謂之天壽節；皇后生日皆謂之千秋節。

又宋真宗大中祥符元年十一月，奉天書還宮，立正月三日為天慶節；四年，詔以六月六日天書再降為天貺節；天禧元年夏四月朔旦，立天祥節以及慶天祺節。此又不緣天子而以節名者矣。

良辰佳節前後，古人有愛憐不置而連類以及，亦以節名錫之者。有因景物不殊而良辰難再，因緣類以推，亦與慶節不異者，如元旦稱小歲，《歲時雜詠》盧照鄰《元旦述懷》云：人歌小歲酒，花舞大唐春。《宋史》：理宗淳祐三年，趙京兆請預放元宵自正月十二起。《清夜録》：先是徽宗宣和六年元宵有謔詞云：奈吾皇，不待元宵景色來到，恐後夜，陰晴未保。淳祐，臣寮是日請預放元宵。《劄子》引此詞末二句，謂之預元宵。太祖乾德五年增十七、十八兩夜元宵，謂之增上元，時名曰五元宵。《江鄰幾雜志》：京師上元放燈三夕，錢氏納土進貢買兩夜。今十七、十八燈，因錢氏也。

松按：宋永亨《搜採異聞録》：上元張燈。《太平御覽》載《史記·樂書》云：漢家祀太一，以昏時祀到明，今人正月望日夜遊觀燈，是其遺事。按今《史記》無此文。唐韋述《兩京新記》曰：正月十五夜勑金吾弛禁，前後各一日，以看燈，本朝京師增為五夜，俗言錢忠懿納土進錢買兩夜，如前史所謂買宴之比。初用十二、十三夜，至崇寧初，以兩日皆國忌，遂展至十七、十八夜。予按《國史》乾德五年正月，詔以朝廷無事，區寓又安，令開封府更增十七、十八兩夕。宋王詠《貽謀録》亦云然。然則俗云：因錢氏及史稱崇寧之展日，皆非也。

松考：《開元傳信録》：明皇御勤政樓，大酺張燈，縱士庶觀看，人物喧填終五日，宴酺則十七、十八，實唐故事，更非始宋乾德中也。又故實三元皆張燈，太平興國五年十月下元，京城始張燈如上元之日；至淳化元年六月，始罷中元、下元張燈，是宋時中元、下元亦有張燈之事。上巳曰重三。張説《文集·三月三日》詩：暮春三月曰重三。又《曲水詩》三月重三是也。又展上巳。《天中記》：唐文宗開成元年，歸融為京兆尹，時兩公主出降，府事供帳事繁，又逼近上巳，曲江賜宴，奏取改日。上曰：去年重陽取九月十九，未失重陽之意，今改三月十三日為展上巳。《歲時記》：京師人以五月初一為端一，初二為端二，初三為端三，初四為端四。《明史》：又謂端午為重午。《職官志》鴻臚寺掌歲正旦、上元、重九、長至，賜假賜宴。按：重五見於《遼史》，穆宗應歷十八年五月重五，被酒不受賀。《武林舊事》：端五先日命學士院進帖子如春日，例内禁排當例於朔日，謂之端一。《廣莫野語》：鴻臚高少卿五月四日壽辰，其子棠折柬相訂，箋尾曰端四日具。正月亦曰端，宋仁宗朝王珪上言，請以正月為端月。正音與上名音相近也。七月初八謂之八日，《宋史》：王居安少讀《孝經》，有從旁指曰：曉此乎？即答曰：夫子教人孝耳。七月八日劉孝韙過其家塾，見居安異凡兒，使賦八日詩，援筆成之，有思致。凡月五日皆稱端午。洪容齋《隨筆》：唐玄宗以八月五日為千秋節。宋璟表云，月維仲秋，日在端午。張説《上大衍歷序》云：謹以開元十六年八月端午獻之。《續世説》：齊映為江西觀察使，因德宗誕日端午，為銀缾，高八尺以獻。《歲時記》：京師士庶於重九後一日再會，謂之小重陽。《藝文志》：唐高宗麟德十年，以是日小重陽，百僚追賞，帝賦詩以賜。《唐書》：文宗開成元年，於三月十三展上巳，以次年九月十九日展重陽。

之外，又有不必九月，而亦謂之重陽者，《合璧事類》：東坡云：嶺南氣候不常，菊花開時即重陽，涼天佳月即中秋，十月九日菊始開，乃與客作重陽，因《和陶九月九日詩》。《容齋續筆》東坡十一月十五日有菊花開時即重陽之語，故記。其在海南，藝菊花九碗，以十一月望與客泛酒，作《重陽説》者，謂冬至前一日為小至，杜少陵有《小至》詩，陸游《老學菴筆記》云：《太平廣記》有盧質傳云：是夕冬至除夜，乃知唐人冬至前一日，亦謂之除夜。陳師錫《家享儀》謂，冬至前一日為冬住，蓋閩俗住與除同音，猶云冬除也。除夕謂之大年夜，臘月二十四日，又謂之小年夜，宋人謂之小節夜。《正字通》：俗謂臘之明日為初歲，秦漢以來皆有賀，夫《合璧事類》：以十月九日東坡作重陽。《容齋筆記》：以十一月十五日東坡作重陽。以今按之，嶺南十月九日菊花必斷，不遲至十一月而始開也。然我粤十一月菊花尚開，《容齋》：豈以所見，以為十一月東坡作重陽與？又《天中記》謂，展重陽在展上巳之前一年。《唐書》云：展重陽在展上巳之後一年，未曉孰是。

元旦：鄉俗不過鄰家借火，收藏掃帚不掃地，各家封井不汲水，除夕必蓄水，以足元旦一日之用。鄉以為鄉俗多忌，不知自古已然。松按：《通考》元旦不討火、不汲水、不掃地。元旦不汲水，始於漢。《堅瓠集》：漢時除夕，各家封井不復汲水，至正月三日始開。不掃地，俗云惡見掃帚。《荊楚歲時記》：正月一日以錢貫繫杖脚，回以投糞帚上云，令如願；此又不以掃帚為忌，而以掃帚為利矣，如願。見《異録記》：有商人區明過彭澤湖，見清洪君，君以一婢名如願許之。商有所求悉能致之。後除夕將旦，如願晚起，商人撻之，走入糞堆不見。今吴俗除夕打灰堆，即此一説。如願走入糞帚，故元旦收藏掃帚云。不借火，不知所始，或曰火盛陽旺象也，故不借火。廣俗元旦日又惡打破碗碟杯盤之屬，以為不祥。按《前漢書》哀帝時正旦日蝕，鮑宣上書諫曰：小民正月朔旦尚惡敗器物，况日虧缺乎？可知廣俗之惡亦有所倣。

今鄉俗於秋收後十二月歲將暮時，家家皆頻頻舂磨穀米，不惟禦冬，以可食至春二三月不乏，乃輟其工。俗忌正月開磨，故也。然亦所本，古昔正月十六日，古謂之耗磨日，官司不開倉庫。唐張説詩：上月今朝減，流傳耗磨辰。還將[①]不事事，同醉俗中人。大氐今俗得之傳聞，不知耗磨惟正月十六日，而概以為正月不開磨也。噫！妄矣。

粤東省城元旦拜年，士民皆用紅單柬，書某某恭賀新禧，或書某店恭賀新禧，使人互相傳送。凡一面識亦送一柬，以為有禮，殊屬虚文可厭。松按：《堅瓠集》：元旦拜年，明末清初用古簡，有稱呼。康熙中則易紅單，書某人拜賀，素無往還，道路不揖者而紅單亦及之，大是可憎。猶記文衡山一絶云：不求見面惟通謁，名敕朝來滿敝廬。我亦隨人投數紙，世情嫌簡不嫌虚。始知虚文亦有所，自是此風起於明末，而當代因之，前古未有也。

而我邑鄉間元旦拜年不通柬，子弟輩則肅衣冠，造門拜謁尊長，即親戚知故亦莫不然，而平日之一面相識，素無往還者，道路相值一拱手而已，猶為質樸近禮。自道光十四年，因元旦雨，鄉間紳士别族拜年，亦有用紅單者，今則鄉紳市肆無不用此虚文矣，而本族仍不用也。至於尊長，世好父執子弟，仍親踵門拜賀

① 將，原文缺，據唐張説《耗磨日飲二首》補。

也，仍不全以虛文也，此猶行先進之道也。《唐書·禮樂志》：正旦羣臣上千秋萬歲壽，制曰履新之慶，亦世風之一轉也。

新正：尊長以紅紙封錢與兒童，曰利市。利市二字，見范成大《祀灶》詞：乞取利市歸來分。《左氏·昭公十六年傳》：鄭人盟商人之辭曰：爾無我叛，我無强賈，爾有利市寶賄，我勿與知。此利市二字之見於經者，然不始於《左氏傳》，始於《易説卦傳·巽》為近利市三倍，其俗語之所本與。

粵東：凡商賈城市舖肆工匠之人，皆以初二、十六為禡日，故正月初二，俗謂之頭禡，以生鷄、鯉魚、茨菇、清酒，禮門官，謂之開禡，以求財邀福。按：禡，師旅所止地，祭名，《詩·大雅》：是類是禡。傳：於内曰類，於野曰禡。《王制》禡於所征之地是也。又《周禮·春官》：大田獵祭表貉。注：貉，師祭也。疏：師者，即《大雅》云是類是禡。蓋祭先世創首造軍法者也，今人以為求財之祭，不經之甚，而定以初二、十六為禡祭，更不可解。

禡，《正韻》：音罵，今俗音衙。蓋禡即牙之訛，而牙又互之訛也。按《易·大畜》：六五，豶豕之牙，吉。牙，鄭讀為互，蓋隸楷之變以互為𤘘，牙、𤘘字形相似，易於混錯。《周官·牛人》：牛牲之互。𠄠，徐仙民亦音牙。《漢書·谷永傳》：百官盤互。師古曰：互字或作牙。《通卦驗》“有人侯牙，倉姬演步”，謂太公，字子互。《字典》引《中山詩話》：古稱駔僧，今謂之牙，非也。劉道原云：本稱互郎，主互市。唐人書互為𤘘，𤘘似牙，因訛為牙耳。《唐史·史思明傳》互市、互市郎，《安禄山傳》互市牙郎，蓋為後人添一牙字。今《通鑑》亦作互市牙郎。今之禡祭，大抵祭先代始為互市牙郎之人也，禡當作牙，而必定以初二、十六，不知所謂，亦不知所始。然按韓詩云：如今便别官長去，直到新年衙日來。《容齋》云：疑是月二日也，則宋時已以月二日為衙矣。據此，牙又當作衙。按：衙本通牙。唐朝正視事執政曰執事堂，亦曰南牙。武塈曰南牙，宰相地。宇文化及帳中南面坐人，有白事者，不答。下牙方取啟狀。

注：猶古之退朝也。見《通雅》。據此正牙、下牙之牙，即今之所謂衙也。

正月初間，山鄉武勇少年有舞龍舞獅之據。龍獅頭皆以紙竹雕作，粉飾如龍獅狀，其身尾則畫布為之，少年十數成羣，過村越鄉，至人家祖祠，先呈一慶賀新年柬，然後入祠演劇，舞龍則一人手龍頭，數人手龍身龍尾，一人持龍珠導舞，俯仰屈伸，蜿蜒宛轉，首尾相應如生活龍，或在祠前戲舞地，有大樹，龍則繞樹穿出没，隱現變化，夭矯莫可名狀，洵屬雅觀。舞獅亦一人手握獅頭，一人為獅尾，初伏不動，次作伸懶狀，作緩步狀，作作威狀、疾走狀、回頭狀、吮尾狀、跳躍狀，一人握彩毬導舞，毬則或前或卻或左或右，不離不即；獅則按節蹲跳，高高下下，争逐彩毬，若戲若怒，一一逼真，名獅子滚毬，士民婦女觀者如堵。又數人打鑼鼓、吹螺殼以助獅威，以壯觀聽。舞畢，各呈拳棒鎗刀等技，半日乃竟，以慶太平盛世。大抵仿古魚龍之戲。事畢，鄉人觀喜，或賞以酒食，或賞銀三二兩，以作花紅，此實好事少年，借此漁獵錢銀，以徒餔啜者也。自道光廿二年以後，盜賊充斥，村鄉莫不戒嚴，舞獅舞龍，概不許入於此，不無今昔之感。太原王穉登《吴社篇·會之技術》有廣東獅子一事，可知舞獅之戲，以廣東之技為獨絶。

我粤省城，新年人家多作年糕、菜頭糕，正初，客至，用作小食點心。其製作：合糯粘米粉，糯七而粘三之，調黄糖以甘之，加紅麴少許以色之，盛以銅盤，烈火以蒸之，三時而成，其色淡紅，名曰年糕。搗蘿蔔如泥和之，以粘粉勻之，以椒鹽脂脯蒸之，法如年糕，其色白名曰菜頭糕。二糕甚耐久，可畜一月不變味。軒切而煎之以供客，菜糕香脆，年糕甘軟，實佳品也。省人又薄片年糕，曝而乾之以釀酒，名年糕酒，云可延年，亦甚旨美。

烟新之事拜年也，鄉間男家，具鷄、魚、酒、肉、油堆、鬆糕、炒米餅，餽女家，謂之拜年。省城不作炒米餅，多用油堆鬆糕，鄉間或止用魚肉餅，不用糕，其大略也。

廣州賽會多搭浮橋以跨水，橋上起花欄，幔天紙作鳥獸、花卉、人物，五色燦爛，名曰花橋。於是婦女結伴相遊橋，謂能宜男卻病。其俗與燕城南北風俗相彷彿。《歲時記》：燕城正月十六夜，婦女羣遊，凡有橋處相率以過，名曰走百病。《雜志》：南北風俗，中秋夜士女出遊，名曰踏八步以卻疾。凡渡橋謂之過運。今番禺大嶺鄉渡頭廟前，正月岡尾，洪聖王神出遊，名曰岡尾會，亦搭一橋以便過會，四鄉婦女遊橋，亦云宜男卻病。

《宛署記》：燕都燈市正月十日至十六日止，結燈者各持所有貨於東安門外，燈名不一，價有一燈千金者。廣州正月初七八至十六七，省城旗下軍民男婦各造花燈，有人物、寶玩、鳥獸、蟲魚、花卉、果樹不等，争妍鬬麗，以精巧為工，競貨於歸德門内，謂之燈市。觀燈買燈遊人，肩摩踵接，不絶於道。

江鄰幾《雜志》：京師上元，放燈三夕。《宋史》：乾德五年增十六十七兩夜，時名曰五元宵。則元宵放燈，原十四、五、六三夕，宋增之至十八而止。今土俗兒童於正月八日後，各點小燈籠，出街遊耍，謂之行年宵。省城正月夜，士民以紅白疏紗絹作排燈上，以各色薄紗巧作各種鳥獸、魚蟲、豸介、花果，璀璨斑爛，中燃蠟燭，四面玲瓏，清光外徹，如同白晝，工巧妙絶，夜出遊劇不下數百千人，鑼鼓喧天，燈月交映，觀者竟夜，謂之出年宵，亦謂之鬧年宵，至二月中旬乃罷其事，亦有所做。但宋起於十四，今起於初間，為太早耳。按《帝京景物略》：明太祖初建南京，盛為綵樓，招徠天下富商，放燈十日。今北都十夜燈，始初八迄十七乃罷，則今宵起於初間，亦有所自。夫古之元宵放燈，定以三日，增則五日，多則十日，皆至十七八而罷。今且至於二月，毋乃流連之甚邪。年宵，本名元宵，年即元之訛。

廣州鄉間，元宵前後，又有裝色之劇，選美男妙女年十三四者，扮名人故事，風情服飾無不逼真，名曰裝色。趁星月以夜遊，繪太平之景象，亦□[①]隆一盛事也。自英夷叛後，明火盜

① 原文空一字。

賊，攻劫無時，村鄉戒嚴，不復有是事矣。噫！

鄉俗上元前數日諏吉開燈，各家買批皮橙、紙燈，或樹頭燈，或金銀錠燈、走馬燈，掛於門官神前，祀以鯉魚、牲肉，謂之開燈，又曰掛燈。每夕拜燈，以茨菇果酒祀之，謂之慶燈，至十六止。是日，或以果酒，或以粉角，祀神而火化之，謂之化燈，又名完燈。其事似倣於《神隱》。《神隱》云：十四日點燈以祀太乙，至十六日止，用糯米圓、不落角祀之，燈下兒聚食，謂之慶上元。故事：古祀太乙，今祀門官。古祀太乙，所以慶上元也；今祀門官，所以祈子姓也。

俗故事：人生子謂之添新丁，今年生子則明年正月開燈，開燈日，市批皮橙燈，掛各祠太祖前，或社前，或里巷門官神前，祀以牲酒甘蔗，謂之開燈。是日，戚友子姪兄弟饋鯉魚、茨菇、豕肉、喜酒，謂之賀燈。新丁主人張筵，燕戚友子姓兄弟，謂之飲燈酒。翌日，子姓兄弟還席，請新丁之父母，曰慶燈。燈、丁音近，故俗以開燈為添丁之慶，然僻鄉野俗，乃有艱於養子而後開燈者，此又以開燈為不祥矣。嗟乎！風氣各殊，鄉俗多異，一至於此，雖然鄉俗之不同，豈獨一開燈已哉。

《歲時記》：燕城正月十六夜，婦女羣遊，其前一人持香辟人，名辟人香。今我廣鄉間婦女觀夜梨園，反使婢各持火枝一把，一以照道，一以辟人，亦可名辟人火枝。迎神賽會，其前一人持頭牌，上書經路徑名曰路徑牌，遊人見此牌則迴避，亦可名曰辟人牌。出春色、出年宵，其前兩人挑擊一鑼一鼓，人聞鑼鼓聲輒避立道旁，名曰頭鑼鼓，亦可謂之辟人鑼鼓。

《淵鑑類函》云：《拾遺記》以正月二十為天穿日。俗以紅絲縷繫煎餅置屋上，名曰補穿天。相傳女媧氏以是日補天，故也。李覯是詩云：一枚煎餅補穿天。又謂之天飢日，《天中記》：池陽俗以二十三日補天穿，謂女媧以是日補天也。《韻瑞》又謂：江東俗以二十四日補天穿。今我廣俗以十九日補天穿，俗煎糯粉薄撐以祀神，謂之補天穿，不知始自何人何代，又未知當以何日為是。予謂《拾遺》、《天中》、《韻瑞》諸書，要不過採風覩俗見事書事耳，矧補天又屬俚俗臆説無稽誕事耶。原始是非，姑不必辨。

松以乾隆甲辰正月十九日生，憶童時生日，先慈輒云：今日天穿，漏爾出來。然則予實天降。俗云：是日生人命多鄙。松年四十八始生子，而四十四先慈見棄，故當時先慈甚為屑意。予自惟平生好讀書，可謂之天儒，安分草茅，不求仕宦，可謂之天逸。人匪降自天，而我實由天降，亦可謂之天人，又何嘗鄙予用，是以慰先慈也。松今年六十有三，當六十晉一之年，諸弟張筵為松稱觴。松因為五古一篇以自壽，其詞曰：又《陸文裕集》平定浮山，環千萬家。每歲上元，大小之家俱置高五六尺許，當户實以雜石木炭夜煉，火光徹天達旦，亦名曰補天。

正二十日，廣俗謂之賴敗。是日與十九天穿日，婦女皆忌拈針線。

《隨園隨筆》：東漢《禮儀志》：仲夏，以朱素葷菜、彌牟朴蟲桃印六寸，施於門户。蓋即今端陽掛蒜之始。余廣俗端陽不掛蒜，而正月十九天穿日掛蒜，名曰掛白鬚公，無蒜則以葱代，凡門户牀灶皆掛，明日黎明即收，若見日出而不收，主其人患眼濕，云與漢俗異。

正月三十，俗蒸粘米粉糕，名曰蒸滿。貧家無糕粉，或買蜆子以蒸，亦曰蒸滿。蓋蜆子半砵，蒸之則蜆子皆開而砵滿也，糕蒸亦然，故云。正蒸音近，故訛正為蒸，然實不可解。又以油餢軒切炒之以祀神，謂之炒眼光，主是年家人眼目光明無他疾也，亦不可解。

九州歲時節日，不必盡同。流傳原始，亦不必真確。《月令廣義》云：二月初一，介之推被火焚，國人哀之，因各禁烟。《山堂肆考》：晉文公出亡，子綏割腓股以啖公。公復國，子綏獨無所得，作龍蛇之歌而隱，公求之不得，乃燔左右木。子綏抱木以死。公哀之，令人是日不得舉火，後人謂之冷節，又名禁烟，又名熟食。或云五月五日琴操，亦云五月五日，子綏即子推。《漢書》周舉為并州刺史，太原舊俗以介子推焚，有龍忌之禁，其月咸言神靈，不樂舉火。《鄴中記》：并州俗，冬至後百五日為介子推斷火，冷食三日。《魏書》武帝明罰令，亦謂冬至後百五日絶火寒食，云為介子推。《外國傳》高昌國即西州也，又以三月初九為寒食節。夫《漢書》不言日，《鄴中記》、《魏書》皆云冬至後百五日。按之歷，當是清明前一日，又無定日，然皆以為為子推而起。予按《荆楚歲時記》：去冬至一百五日，即有疾風甚雨，謂之寒食。

又按：《周禮》司爟氏修火禁於國中，注為季春出火也，則禁火寒食，實節氣使然，實始於周。且《左傳》、《史記》並無載子推被焚之事，則非始於子推可知。《雅州志》：景自芳以二月十二作寒，至今里人號景村寒食，此豈亦為子推耶？且流傳紛紛，有云二月初一日，有云三月五日，有云三月九日，有云五月五日，有云冬至後百五日，迄無有定，又何必定為子推耶？當以《周禮》《歲時記》為正，即如花朝，亦無定日。《提要録》：唐以二月十五日為花朝。《堅瓠庚集》：花朝本二月十二日，杭俗以二月十五日為花朝節，園下競以名花，荷擔叫鬻。《輿圖考》：洛陽以二月初二為花朝。《事文玉屑》：二月十二日有詩：新雨百花朝。古本以二月十二為花朝。由此以觀，時節亦與俗轉移耳，曷有定耶？楊秋衡《海録》：新當國土番皆無來由種類，每歲將終，國中有貴賤老幼皆禁烟一月，日中唯閉户安寢，夜静始舉火具食，是禁烟不必中土為介子推，外國亦有其事。但其時不同，所禁在日，而不禁夜，為異耳。

《壺中録》：二月初二日，土地神生。粤俗以為財神，競以五色紙作花炮，大三四圍，高丈許，或二丈許，雕紅刻翠，週環幻出樓臺、亭院、山水、人物、樹木、鳥獸、蟲魚古人故事，有若塑生簪花披紅，精綵絢爛，所費不訾，以賀財神寶誕，另備一大竹炮，炮頭纏以紅紬，俟祀神畢烈之，其聲轟然，響徹雲表，有頃，頭滚翻落地，都人以接得為喜，以為是年發財生子之兆，坊鄰稱賀。有頭炮、二炮、三四五炮之名。炮之最高大而華麗者為頭炮，如接得頭炮，明年二月二日酬還，其炮之華麗，比上年而有加，踵事而增，廣俗皆然也。二、三炮亦如之。此風省城為盛，花炮巧艷，又以雙門底、佛山渡頭為最云。

我廣鄉間，族各立社。春秋社日，鄉俗劇錢備牲肉酒飲以祭社，祭畢瓜分肉飲於劇錢之家，由來已久。《漢書》：陳平為宰，分社肉甚均，是也。俗謂兒童言語不伶俐，則宜食社肉、社飯，今社肉、社飯皆分與兒童啖吃，職事故也。按孟元老《東京夢華録》：八月秋社，以猪羊肉腰子□[①]房、肚肺、鴨餅、瓜薑之屬，切作碁子片樣，滋味調和鋪於飯上，謂之社飯，請客供養。今鄉族社飯，止以鹽煮猪血加少許於飯上，衡之古昔，豐約天□[②]矣。而兒童每争食之，謂其飯香美，遠勝多珍云。俗畜了哥，飼以社肉、社飯，亦能言云。《雲笈七籤》：飯社酒，治耳聾。《石林燕語》載，五代宋李濤《春社從李昉求酒》詩：社翁今日没心情，為乞治聾酒一瓶，惱亂玉堂將欲遍，依稀巡到第三廳。時昉為翰林學士，有月給肉庫酒，故濤從乞之。

《圖經》：梧州容縣有迎富亭，俗以二月初二日為節，宕渠之地，每歲是日，郡人從大守出郊，名曰迎富。又萬州俗：是日携酒鼓樂郊遊飲宴，暮回，亦曰迎富。高澹人《天録識餘》云：秦俗以二月二日携鼓樂郊外，朝往暮回，謂之迎富。按韓鄂《歲華記麗》：巢人乞子以得富。注：昔巢氏時，二月二乞得人子，歸養之，家便大富，後人以此日出野採蓬葉，向門前以祭之，云迎富。元旦亦曰祝富貴。元稹《元日》詩：富貴祝來何所遂。

《天中記》：池陽風俗，正月二十九日謂之窮九，掃除塵穢投之水中，名曰送窮。《四時寶鑑》：高陽氏之子是日死，世作糜粥破衣祝於巷，曰除貧，蓋此子好衣敝食糜，時號貧子。姚合《送窮》詩：年年到此日，瀝酒拜街中。萬户千門看，無人不送窮。韓退之《送窮文》亦云：正月乙丑晦，除夕亦送窮。王賓《除夕》詩：守得歲來慵攬鏡，送將窮去自裝船。此實妄人妄

① 原文空一字。

② 原文空一字。

事。子曰：富而可求也，雖執鞭之士，吾亦為之。求尚不可，而可迎乎？又貧與賤不以其道得之不去也，去尚不欲，而可送乎？此可為迎富送窮輩藥癡。又謝陳[①]肇淛《五雜俎》：閩中以正月二十九日為窈九，謂是日天氣常窈晦然也，家家以糖棗之屬作糜餔之。

修禊，《字典》：禊，繻也。《南齊書》：禊者，潔也，濯也。周處、吴徽注《吴地記》：漢有郭虞者，生三女，一以三月上辰，一以上巳，一以上午三日，三女乳時並亡，今俗大忌，是日，女忌諱不復止家，皆適東流水上為祈讓，自潔濯，謂之禊祠，分流行觴遂成曲水。上巳修禊，拔除不祥也，俗遂沿為故事。郭虞《續齊諧記》作《徐肇記》云：晉武帝問尚書摯虞曰：三日曲水其義何指？答曰：漢時，平原徐肇以三月初，生三女，而三日俱忘，一村以為怪，乃相携之水濱盥洗，遂因流水以濫觴，曲水起於此。帝曰：若此談便非嘉事。尚書郎束晳曰：摯虞小生，不足以知此。臣請説其始，昔周公卜成洛邑，因流水以泛酒，故《逸詩》云：羽觴隨波去。又秦昭王三月上巳，置酒河曲，有金人自東而出，奉水心劍曰：令君制有西夏及秦霸諸侯，因其處立為曲水，二漢相沿，皆為盛集。帝曰：善。賜金五十斤。左迁摯虞為陽城令。

又王嘉《拾遺記》，昭王淪於漢水東甌所獻二女延娟、延娛，與王乘舟同溺於水，故江漢之人到今思之，立祠於江湄，至暮春上巳之日，禊集祠間，或以時鮮甘味採蘭杜，包裹以沈水中。《拾遺》所載昭王事，又與束晳之對異。要之，三月修禊，由來已久。《月令》：暮春天子始乘舟。蔡邕《章句》曰：陽氣和暖，鮪魚時至，將取以薦寢廟，故因是乘舟，禊於名川也。《太平御覽》引《韓詩傳》云：三月桃花，水下之時，士與女方秉蘭兮秉執也。當此盛流之時，衆士與衆女方執蘭而拂除。又《後漢書》注引薛君《韓詩章句》云：唯溱與洧方洹洹兮，唯士

① “陳”字衍。

與女方秉蘭兮。注謂鄭國之俗。三月桃花水下以招魂魄，秉蘭草除歲穢。陸云蘭草為蘭，蘭不祥也。《周禮》：女巫掌歲時，祓除釁浴。鄭注：如今三月上巳，如水上之類釁浴，謂以香薰草藥沐浴也。蔡邕《月令章句》：《論語》暮春浴沂，古有此禮。今三月上巳祓於水濱，蓋出此。是春秋時已有三月祓除之事，若以為始郭虞，則當並上辰、上午而亦忌之，何獨上巳祓除耶?

按葛洪《西京雜記》云：戚夫人侍兒賈佩蘭，後出為扶風人段儒妻，說在宮内時，三月上巳張樂於流水。《後漢書·周舉傳》：三月上巳，大將軍梁商大會賓客，讌於雒水。《袁紹傳》：三月上巳大會賓，從於薄落津，是上巳宴會始於周，而盛於漢也。三月三日，昔人又謂之重三，張説《文集·三月三日》詩：暮春三月日，重三又曲水。詩三月重三日，是也。昔人又有謂三月二日為上巳者，《癸辛雜志》或云：上巳當作十干之巳，蓋古人用日例以十干，如上辛、上戊之類，無用支者若首午尾卯，則上旬無巳矣。故王秀夷《嵎山已詞》云：曲水湔裙三月二，此其證也。褚稼軒《堅瓠續集》謂：上巳當作十干之巳，為周草窗之説。

松按：《周禮·司巫》注疏：一月有三巳，據上旬之巳而為祓除之事，此蓋當日祓除，適逢三月上旬之巳，故云上巳。後世成為故事，仍其名曰上巳耳，不得以是月首午尾卯上旬無巳為疑。漢時，上巳讌會已成風俗。郭虞者，固屬附會，束皙之對，果足據耶？今粵東不尚此風，粵東三月三日，惟賀北帝神誕，演梨園以祀神，頗為鬧熱。北帝主水之神，粵東濱海，故崇其祀，然有春禊，亦有秋禊。春禊，上巳也；秋禊，七月十四也。《丹鉛摘録》王右軍蘭亭修禊，春禊也。劉楨《魯都賦》：素秋二七，天漢指隅，人胥祓禳，國子水嬉。此用七月十四日，指秋禊也。按春禊不始於王右軍，當始於漢。修禊亦不止上巳，正月亦有修禊，《西京雜記》漢高祖與戚夫人正月上辰出百子池邊，灌濯食蓬餌以祓邪。又《文館記》唐景龍四年正月二十八日，上幸滻水祓除。《北齊書》：君臣於正月三十日祓除，放舟遊宴。

《玉燭寶典》：元旦至三十日，人並為酺食，士女湔裳酹酒於水湄，以為度厄。二月亦有祓除，《詩·大雅·生民篇》：克禋克祀，以弗無子。箋疏：《釋詁》云：祓，福也。孫炎曰：祓除之福，弗之言祓也。禋祀上帝於郊禖，祓除其無子之疾，以得其福。秋禊亦不止七月，《漢書》：八月祓於灞上。則八月亦有祓除事。今俗自五月端一至端五，數日潮水濫，大甚於平時，謂之龍舟水，俗為競渡之戲，士女泛舟嬉遊，歡宴竟日，取其水以頮面濯足，名曰洗龍舟水，以祓除不祥，則此可謂之夏禊。

我粵潮州澄海五月五日，俗浴貓狗，見龔澄《軒海》五月五日《竹枝詞》云：嶺南事比江南早，浴趁端陽狗與貓。注：江南六月六浴貓狗，澄海以五月五日浴之，然則貓狗亦有夏禊與。又按：禊者，絜也。《續漢·律曆志》：明帝永平二年三月，是月上巳，官民皆絜於東流水上，自洗濯祓除，去宿垢疢為大絜。絜者，言陽氣布暢，萬物訖出，始絜之矣。注云：謂之禊也。《風俗通》曰：《周禮》：女巫掌歲時，以祓除疾病。禊者，絜也。蔡邕曰：《論語》：暮春者，春服既成，冠者五六人，童子六七人，浴乎沂，風乎舞雩，詠而歸。自上及下古有此禮。今三月上巳，祓禊於水濱，蓋出於此。又杜篤《祓禊賦》云：王侯公主暨於富商，用事伊雒，帷幔玄黃。本傳大將軍梁商亦歌泣於雒禊也，自魏不復用三日水宴者焉。是三日修禊，魏時已輟其事，不知何時再復，至晉而又傳蘭亭修禊事也。

松按：《晉書·禮志》：漢儀，季春上巳，官及百姓於東流水上洗濯祓除。自魏以後，但用三日，不以巳也。晉中朝公卿以下至於庶人，皆禊洛水之側。趙王倫篡位，三日會天泉池誅張林，懷帝亦會天泉池賦詩。陸機云：天泉池南，石溝引御溝水，池面積石為禊堂，本水流杯飲酒，亦不言曲水。元帝又詔罷三日弄具海西於鐘山，立流杯曲水，延百僚皆其事也。又《涼武昭王李暠傳》：暠上巳日讌於曲水，命羣僚賦詩，而親為之序。《傳》云：讌於曲水，曲水似是西涼地名。又按：《北史》：魏宗室任城王元澄，從太武之流化渠，帝曰：此曲水者，取乾道曲成，萬物無滯。則曲水亦不必定是地名，而為不上巳祓除之遊也。沈約《宋書》亦云：自魏以後，但用三日不以巳也。據此，魏以後不用巳耳，非不用三日也。

《南齊書・禮志》：史臣曰：按：禊與曲水，其義參差，舊言陽氣布暢，萬物訖出，姑洗絜之也，巳者，祉也，言祈介祉也。一説三月三日清明之節將修事於水側，禱祀以祈豐年。按：高后祓霸上，馬融、梁冀《西第賦》云：西北戌亥，玄石承輸，蝦蟆吐寫，庚辛之域，即曲水之象也。今據禊為田水事，應在永壽之前，已有祓除，則不容在高后之後，祈農之説於事為當。唐文宗開成元年，歸融為京兆尹，時兩公主出降，有司供張事繁，又逼上巳曲江賜宴，請改日。上曰：去年重陽取九月十九不失重陽之意，可以十三日作上巳。是古亦有改十三為上巳者，不必三月三日也。

韓詩秉蘭，今詩作秉蕑。《傳》蕑，蘭也，又作菅。《漢書・地理志》引《詩》云：方秉菅兮。師古注：菅，蘭也。凡《諸經音義》引聲類云：蕳，蘭也。又引《説文》云：蕳，香草也，出吴林山。今《説文》缺香字。《山海經・中山經》：吴林之山，其中多蕳草。郭璞注：蕳，亦菅字；蕳、蕑字同菅。《釋文》引《韓詩》云：蕑，蓮也。此當是《陳風》有蒲與蕑之注，陸氏誤載於此。蘭，又名都梁香，盛宏之《荆州記》：都梁縣有山，山下有水，清泚，中生蘭草，名都梁香，因山為名，可殺蟲毒，除不祥，故鄭人方春三月於溱洧之上，士女相與秉蕑而祓除。又有蕑子藤，生緣樹，實如梨，赤如鷄冠，核如魚鱗，取生食之，見《齊民要術》。此别種，非秉蕑之蕑矣。

《周禮》：墓祭則冢人為尸。《禮記》：宗子在他國，庶子無廟，孔子許望墓為壇，以時祭祀。此非見諸《禮經》者乎？謂《禮經》無墓祭者，特未之考耳，獨是周有墓祭，而不定墓祭之時。今人上冢祭墓，謂之拜山，定於清明一月之内，名曰行清。是日，取竹柳枝插於門户，謂之插青，清明彌月謂之閉墓，又曰閂門，不知所仿。按：《續漢・禮儀志》：正月上下，祠南北郊，以次上陵西都。此明帝之制。《唐書》：開元敕寒食上墓，《禮經》無文，近代相傳，寖以成俗，宜許上墓同拜埽禮。《憲宗紀》：元和元年三月戊辰，詔常參官寒食拜墓，故柳宗元既貶詒京兆尹，許孟容書曰：近世禮重□[①]埽，今闕者四年矣，每遇寒食，則北向長號，以首頓地。

《五代史·唐明宗家人·淑妃王氏傳》：漢高祖遣郭從義入京師，殺妃母子，妃臨死呼曰：吾家母子何罪？何不留吾兒？使每歲寒食持一盂飯洒明宗墳上。聞者悲之，此以寒食祭墓。《銷寒部》：宋時二月遣使朝陵，都人亦出都拜墓，用綿裘赭衣之類。《東坡集》：南海人上巳上冢，余携酒訪諸生，皆出，獨老符秀才在，因與飲至醉，此又以二月三月上冢，不必清明。惟《堅瓠集》載：吴中於清明前後，率子女長幼，持牲醴楮錢祭埽墳墓，有族人祭無祀孤墳，女夫祭外父母者，紙灰滿谷，哭聲哀戚，然此亦以清明前後，不定清明。清明祭墓，始見於《宛署記》：清明，燕城男婦盛服携榼酒祭墓，此所謂清明祭墓者，大氐亦如今俗。

自清明始而滿一月，皆可祭墓也。南國祭墓，插竹枝於冢，掛以楮錢，名曰標柏。按《春秋緯》：諸侯墓樹柏：漢《東方朔傳》：柏者，鬼之廷也。標柏，乃古俗相沿，故燕城以竹代柏而亦仍其名耳。標柏，即今之插青，掛楮錢，即今之掛帛。今俗清明祭墓，大抵燕俗之遺。按《西湖遊覽志》：清明人家插柳滿簷，青蒨可愛，男女亦咸帶之。諺云：清明不帶柳，紅顏成[②]皓首。是日，傾城上冢，此今俗清明插青祭墓之所仿。夫宋時南海上巳上塚，今廣州皆以清明後一月之内，風俗因時而改，良有以也。今俗拜新葬之墓，則定於春社之前，不俟清明。諺云：拜新山不過社。此又吴俗之遺也。廣州、東莞、增城與我邑之鹿步司屬，多有以九月重陽上冢者，不知所始。

① 原文空一字，疑為“拜”或“祭”字。

② 原文缺“成”字。

按古人拜墳，又有用八月、十月、十一月者，閩將樂、歸化人以三月為小清明，八月為大清明，展墓者或小廢，無敢大廢者，見周櫟園《閩小紀》。又十月朔，都城士庶皆出城饗墳，禁中車馬朝陵如寒食節，見《夢華録》。又《程氏遺書》：拜墳則十月一日，拜之感霜露也。今俗重陽上冢，亦此意與。閻氏若璩《四書釋地》云：余每讀東郭墦間之祭者，趙注：墦間，郭外冢間也，以為此古墓祭之，切不知何緣。至東漢建寧五年，蔡邕從車駕上陵，謂同坐者曰：聞古不墓祭。魏文帝黄初三年詔曰：古不墓祭。自作終制曰：禮不墓祭。此言既興，下到於今，紛紛撰述，皆以墓祭為非古。余謂孟子且勿論，請博徵之。《成陽靈臺臺[①]碑》云：慶都仙没[②]，蓋葬於兹，名曰靈臺，上立黄屋，堯所奉祠，非墓祭之見於集乎？《韓詩外傳》：曾子曰：椎牛而墓祭，不如鷄豚逮親存，非墓祭之見於子乎？《周本紀》：成王上祭於畢。畢，文王墓地也，非墓祭之見於史乎？《周禮·冢人》：凡祭墓為尸。非墓祭之見於經乎？更有可證者，孟子之前，孔子卒葬魯城北泗水上，魯世世相傳以歲時奉祠孔子冢，豈有非禮之祭而敢設上聖人之冢哉？據此，墓祭似始於堯時，不知《成陽靈臺碑》亦周以後人所作，安知其非習，見《周禮》而想當然以為碑乎？

蔡邕之論，與文帝之詔云：古不墓祭。所謂古者，蓋謂周以前也。若堯時已有墓祭，何以歷虞夏商三代凡數百載，書傳並無一載其事耶？則墓祭始於周無疑。又《明史·禮志》云：顯陵典禮容有未備，自今每歲清明節，遣大臣祭告如長陵之儀。又禮部尚書夏言言：上陵之祀，沿前代故事，每歲清明、中元、冬至，凡三。嘉靖十四年罷冬至上陵，而移中元於霜降，惟清明如舊，蓋清明禮行春，所謂雨露既濡，君子履之，有怵惕之心者也。霜降禮行於秋，所謂霜露既降，君子履之，有悽愴之心者

---

① 後一“臺”字疑為衍字。

② 原文缺“仙没”二字。

也。今俗□[①]墓以清明，重陽亦此，立正也，俗仍明故事也。又古以正月望日插柳於門，《續博物志》：正月望祭門，先以楊柳枝插門，隨楊枝所指，以脯飲食及豆粥插筯祭之，與今俗清明插柳異矣。

松按：墓祭實始於周而盛於漢也。漢官儀曰：秦始皇起寢於墓側，漢因而不改。楊泉請辭曰："古不墓祭。"葬於中野而廟在大門裏不敢外，其親平明出葬，日中反虞，不敢一日使神無依也。周衰禮廢，立寢廟於墓，漢興而不改，及其末，因寢之在墓，咸往祭焉，蓋由京師三輔豪酋大姓，力强財富，婦女贍侈，車兩相追，宿止墓下，連日厭飫，遂以成俗，迄於今日。夫死者骨肉歸於土神，而有□[②]豈肯守天敗懷草莽哉。今省城富家清明祭墓，凡兄弟親戚知故，皆相率往祭，道遠則在左，近山莊讌飲為樂，亦本之漢人。漢《禮儀志》：帝正月上陵西都，舊有上陵東都之儀，百官四姓，親家婦女，公主諸王大夫，外國朝者，待子郡國計吏會陵。注：蔡邕獨斷曰："諸王大夫凡與先后有瓜葛者。"《晉書·劉暾傳》：暾子更生初婚，家法婦當拜墓，攜賓客親屬數千乘載飲食而行拜墓，攜賓客親屬亦漢俗之遺，而以初婚拜墓，則無時月之拘矣。

清明日，鄉間閨人婦女六七相攜，出郊野遊玩，採山花山草而歸，謂之踏青。考古清明無踏青之事，惟正月有踏青，《月令廣義》：蜀俗正月初八日踏青遊冶。二月亦有踏青，《舊唐書》：代宗大曆二年二月壬午，幸昆明池踏青。《壺中録》：閩中以二月初二為踏青節，蜀中亦以是日為踏草節。上巳日亦踏青，李綽《歲時記》：上巳曲江禊飲曰踏青。盧公範《饋餙儀》：三月三日上踏青鞾。《尊生八牋》亦云：杭人三月三日上踏青鞵。《荆楚記》三曰："四民踏百草。"今人因有鬥百草之戲，踏百草即踏青也，今之踏青得毋仿此？清明踏青，大抵古昔上巳、清明同

① 原文空一字。

② 原文空一字。

日，故四民訛上巳為清明，或比清明於上巳耳。陳傳良有《上巳清明詩》云：雖有庭除臨曲水，更無尊酒試新烟。《月令》：五月五日踏青，鬥百草為戲。趙彦端《正月二十三秀野堂詞》云：山園幽事，中都風味，鬥草分香如舊。則正月二十三亦有鬥草之戲。按：鬥草之戲由來已久，劉禹錫詩曰：若共吴王鬥百草，不知應是欠西施。是周末時已有此戲，然不始於吴。申公詩曰：芣苢兒童，鬥草嬉戲。歌謡之詞賦也，則此戲始於周初。

又按：安樂鬥百草，剪康樂所舍南海衹洹維摩鬚，則鬥草又不必期於踏青矣。古又有鬥花之戲，《清異録》：劉鋹在國，春深令宫人鬥花，凌晨開後苑，各任採摘，少頃勅還宫，鎖苑門，膳訖，普集，角勝負於殿中，宦士抱關，宫人出入皆搜懷袖，至樓羅歷以驗姓名，時號花禁，負者獻要金要銀買燕。又《廣東新語》：瓊州之敝，尤在上元，自初十至十五，五日内，竊蔬者，行淫奔者，不問名，曰采青，此宜嚴禁。瓊州之采青，與廣州之踏青，異矣。又鷄籠山，其土宜五穀，而不善水田，穀種落地則止殺，謂行好事助天公乞飯食。既收獲則標竹竿於道，謂之插青，此時逢外人便殺，見《明史·外國傳》，此則比瓊州之采青尤而甚矣。

四月初八，廣州鄉俗以為節，謂之四月八節。採媽西草葉，擂爛絞汁，和米粉、黄糖以印餅，謂之媽西餅；又搓粉條如小指横指，節中用指輕握，謂之五指花，熟以祀神。媽西草生溪邊，葉深録，邊如鋸齒，大寸長二三寸許，四月初旬採食葉汁，頗香，餘月採食則苦臭，不堪入口。俗云：是日食之，可卻小兒疳病，鹿步人謂之疳藥，又為治痢神藥。四月初間採媽西葉，和粳米舂而為粉，無論紅白，新久痢病，以此粉為粥，三四服即瘥，其效如神。是日，又有摘水君子葉，擣汁和粉為餅，云食之，亦已小兒疳疾。

五月五日，昔人謂之重五。《野客叢書》：今言五月五日曰重五，廣俗謂端五節，人家買蚊煙香，凡門户牀底渠口各點一枝，云是日點蚊煙香能辟蚊蛇。香用木屑和少許硫磺以紙裹之，大如大指，或竪如小枝，或卷圓如餅，其事見於《月令事宜》。五月收藏萍乾為末，和雄黄作紙纏香，焚之辟蚊，廣州謂然燒曰點，燒燭曰點燭然曰點燈。按：神隱云，十四夕點燈則謂然燒，為點亦不始於廣俗。昔人又謂五月十五日為五月五日，《漢書音義》：漢使東郡送梟，五月作羹，高誘《淮南子》注：五月望作梟羹，據此古云五月五日節者，又謂五月望也。《夏小正》五月云：匽之興，五日翕望乃伏。傳云：五日者也，《大戴禮》：十五日也。翕，合也，伏也，入而不見也。《淮南子》云：蟬三十日而死，謂既興，十五日而鳴，又十五日而伏也。匽，蟬首上有冠，緌者也。《小正》亦謂五日為十五日。趙雲崧《陔餘叢考》云：古時端午用五月内第一午日，《後漢書·郎顗傳》：以五月丙午日遣太尉。又《論衡》云：五月丙午日，日中之時鑄陽燧，是午節宜用午日，或丙日，後世專用五日，誤。按：《周官》：涿壺氏午貫象齒，鄭注：午，故書為五，蓋五午相通之誤。

松謂：端者，正也。云端午節者，取天中至正之月，至正之日之時以為節也，不惟鑄陽燧。凡醫家合除邪之藥，皆以之五月者，午月也。午為十二時之中，故日時皆以午為正也。又觀《續世説》：齊映為江西觀察使，因德宗誕日端午，為銀瓶[①]高八尺以獻。夫一日之中以午為正時，故去日亦謂之午。端午之者，猶云至正之吉日。故謂德宗誕日為端午，必五日也。又韓鄂《歲華紀麗》八節之端。注：履端於始歲，且更始四序，端為資始。又云端日謂履端者也，則元旦亦稱端，亦不必五八月也。唐明皇八月五日生，張説《上大衍歷序》曰：謹以開元十六年八月端午，赤光照室之夜獻之，宗璟請以為千秋節表云：月為仲秋，日在端午，是八月五日亦云端午也。據此，今俗以五月五日為端午，猶之八月五日為端午也。然則八月亦須以月内午日而後為端午耶，則何必日干植午而後為端午也。趙氏以日干午為端午，其理似

① 原文為空白，現據清嘉慶宛委別藏本宋孔平仲撰《續世説》卷十二補“瓶”字。

是。然實按之不必泥也，趙説似是。

五月初一至初六，或初六至初八、九，我廣州番禺、南海海濱鄉俗多為競渡之戲，謂之划龍船，士女泛舟遊觀，千帆萬楫，絲竹鼓樂，爆竹人喧，聲聞數里，龍船長十餘丈，濶五尺許，船高於水不七八寸，正中豎一竿旗，高十餘丈，名曰標；中間植各色羅傘，間以鼓鑼，兩旁列坐百數十人，皆竹帽赤背，划以短橈，其駛如飛，兩船齊划，快者為勝，謂鬥龍船。勝則自拔其標為左右舞，使遠觀者悉知其某勝某負，謂之拔標。鄉俗耻負喜勝，往往以此釁，甚而仗戈毆鬬，弩射炮擊，船壓水淹，往往互傷人命，今成禁物矣。

松按：標，當作幖。《説文》：幟也。《正韻》：立木為表，繫綵於上，謂之幖。增城、東莞則自六月至八月，皆為競渡之時。競渡制作短於番禺競渡三分之一，沿海之鄉多出標，賞鬥龍船，然人皆揖讓，不以勝負介意。若奪得標回欣喜雀躍，復劇錢演梨園，或放烟花不等，其風氣美於番禺遠矣。按《後漢書・吴漢傳》：十一年春，漢率征南大將軍岑彭等伐公孫述，及彭破荆門，長驅入江關，漢留夷陵，裝露橈船。注：橈，短檝也。今廣州俗謂短檝曰橈，長檝曰槳。舟子用槳曰棹，用橈曰划。掉槳人面船尾，仰身而棹，划橈人面船頭，俯身而划。龍船用短橈即古露橈船之遺也。划龍船，相傳弔屈原大夫也。宗懔《歲時記》五月五日競渡，《採雜藥》注：五月五日競渡，俗為屈原投汨[①]羅日，傷其死，故命舟檝以拯之。洪容齋云：端午故事莫如楚人競渡之的。

松按：《隋書・地理志》：屈原以五月望日赴汨[②]羅，土人追至洞庭不見，湖大船小，莫得濟者，乃歌曰：何由得渡湖，因爾鼓棹争歸，競會亭上。習以相傳為競渡之戲。其迅檝齊馳，櫂歌亂響，喧振水陸，觀者如雲，諸郡襄陽尤甚。據此競渡之戲，當

---

① 原文無“汨”字。

② 原文無“汨”字。

於五月望日。又按《類函》：漢建武中，長沙區迴於五月五日，忽見士人自稱三閭大夫謂回曰："君當祭我。"今端五競渡謂為弔屈大夫，豈以區回之故與。又按：鬥龍船、拔標起於南唐之打標，《南唐書》：保大中，許郡縣村社競渡，每歲端五，官給綵緞，俾兩兩較其遲速，勝者加以銀椀，謂之打標。然競渡不必五月，亦不必為弔屈原。《唐書・杜亞傳》：亞為淮南節度使，方春，南民為競渡戲，亞欲輕駛，乃髹船底，使篙人衣油綵衣没水不濡。又《舊唐書・敬宗紀》：寶歷二年三月，幸魚藻宫，觀競渡。又《夢溪筆談》：皇祐二年，吴中大饑，時范文正領浙西，吴人喜競渡，希文乃縱民競渡，太守日出宴於湖上，自春至夏，居民空巷出遊。《宋史・禮志》：淳化三年三月幸金明池，命為競渡之戲，擲銀甌於波間，令人泅波取之，因御船奏教坊樂，岸上都人從觀者萬計，帝顧視高年皓首者，就賜白金器皿。文文山《指南集》有《元夕詩》云：南海觀元夕，兹遊古未曾。人間大競渡，水上小燒燈。則元夕亦有競渡。《舊唐書・穆宗紀》：九月觀競渡於魚藻宫，則九月亦有競渡。《宏簡録》：昭宗光化元年六月幸西溪觀競渡，則六月亦有競渡。《夷堅志》：慶元三年四月，鄱陽小民循故例競渡於鄱江，率皆亡賴惡子，又無衣裝結束，唯袒裼布褌，終日鳴金，喧樂上下，又有持酒賞犒，或以六七撥棹者，往往酣醉，才東西值遇，各呌呼相高，稍近則抛石互擊，甚者至射弩放彈，雖遭傷痕，亦不告官，據此則有競渡不惟五月，然則緣競渡而相鬥，亦不惟廣俗，鄱陽已先之矣。

琉球亦以重陽競渡於城西之龍潭，見張學禮《使琉球紀》。區迴，吴均《續齊諧》作區曲。邯鄲淳《曹娥碑》云：五月五日，時迎伍君，逆濤而上，為濤所淹，則吴俗五月五日又有迎子胥之事，又有謂招屈原為三月三事者。《丹陽集》云：《荆楚記》：屈原以五月五日投汨[①]羅，故武陵以此日作競渡，以招之。今江浙間，競渡多用春月，疑非本意。及考沈佺期《三月三日驪

① 原文無"汨"字。

州詩》云：誰念招魂節，翻為禦魅囚。王績《三月三日賦》云：新開避忌之席，更作招魂之所。則以上巳為招屈之時，亦必有所據。

松按：上巳招魂，見《韓詩·溱與洧注》，乃濫觴於漢郭虞事，非招屈原也。《丹陽集》傅會不足據。又五月競渡，俗傳能已癘疫，道光三十年正月，我粵省城大疫，至四月下旬猶不止，鄉間亦多染疫，人民洶湧鬥，競渡原公令嚴禁，至是人民以治疫，稟請官暫為弛禁，而疫頓止。然則俗洗龍舟水，以祓除不祥，亦有其理。《大戴禮》：五月五日蓄蘭為沐浴。《楚辭》：浴蘭湯兮沐芳華。亦以祓除不祥也。

言禽録

自　序

天下無不能言之鳥，燕呢喃，黃鳥綿蠻，桑扈交交，雎鳩關關，皆言也。彼燕呢喃，此燕呢喃，人之聽之，皆呢喃也。自夫燕聽之，皆言也。呢喃，燕之言也；呢喃，非燕之言也。若人解燕言，則知呢喃即燕言也，不以為呢喃也。若人不通燕言，地以呢喃狀燕言也，即以為呢喃也。呢喃，人言也。北人不知南人之言，以南蠻為鴂舌，亦若是已矣。① 彼綿蠻、交交、關關，亦若是已矣。燕有燕言，黃鳥、桑扈、雎鳩，有黃鳥、桑扈、雎鳩言。燕與黃鳥言，桑扈與雎鳩言，有所不能通者矣。北人以南蠻為鴂舌，亦若是則已矣。故曰：天下之鳥，無不能言也，能鳥言也。杜云春入鳥能言，能盡鳥之性也。《禮》云：鸚鵡能言，言非能鳥言，言能人言也。夫鳥自鳥言②也，人自人也。鳥言自鳥言也，人言自人言也。鳥不能人言也，猶人不能鳥言也。萬物之靈者，人也；蠢然者，鳥也。而人不能鳥言也，而鳥能人言也。人解鳥言，如公冶長、魏尚、張子信、孫守榮、侯子瑜、陰子、春成、武丁者。君子取而録之傳之也，以其知鳥言也。矧鳥而能人言也，鸚鵡能言，著於《禮》矣。鸚鵡何言未之録也？能言之鳥，鸚鵡見于經矣。鸚鵡而外，不多録也。然鳥而人言，則非鳥也；鳥而人也，不可以鳥忽之也，言鳥鳥之出於尋常者也。言鳥之言，鳥可不録之傳之也。鳥鳥言也，余且愛之也；鳥人言也，余益愛之也。余欲以余之所愛，公諸人所同愛，則凡鳥言見於書傳者，録之；得諸傳聞者，亦録之，為著《言禽録》。

---

① “北人不知南人之言，以南蠻為鴂舌，亦若是已矣”，原文似刪去。

② “言”字原文似刪去。

鳳凰

《南宋書·符瑞志》：鳳凰其鳴，雄曰節節，雌鳴足足。晨鳴曰發明，晝鳴曰上朔，夕鳴曰歸昌，昏鳴曰固常，夜鳴保長。

報春鳥

唐《顧渚山茶記》云：山中有鳥如鸜鵒，而小色蒼黄。每至正月二月作聲，云春起也；至三月四月，云春去也。採茶者呼為報春鳥，又名喚春鳥。《寄園·獺祭》或云即布穀鳥，又名各家插禾，又名春去也，以其音之相似也。南方俱有，或云即子規鳥。不獨顧渚有之。

惜春鳥

《海録碎事》曰：惜春鳥大不踰燕，其聲曰莫摘花果，人又謂之護山鷄。青城蛾眉間有護花鳥，至春則啼，其音若曰無偷花果，仿佛人言。見《類書》，護花鳥即惜春鳥。

鸜鵒

《淮南萬畢術》曰：鸜鵒，一名寒皋，斷舌使語。《本草·釋名》：鸜鵒，《廣韻》謂之哵哵鳥，以其聲也。天寒欲雪，則羣飛如告，故曰寒皋。皋，告也。鸜鵒似鵙而有幘，其舌如人，舌剪剔，能作人言，見《本草集解》。鸜鵒可使取火，效人言，勝鸚鵡，見《酉陽雜俎》。宋天臺、黄巖等寺觀，師畜一鴝鵒，常隨人念阿彌陀佛，一旦立死籠中，乃穴土而葬之，舌端生紫蓮花，大智師為之頌曰：立亡籠閉渾閑事，化紫蓮花也，大奇，見《類書》。晉司空桓豁在荆州，有參軍五月五日剪鸜鵒舌，教學語，遂善能效人語聲。司空大會，吏佐令悉效四座語，無不絶似。有生齆鼻，語難學，學之不似，因納頭于甕中以效焉，遂與齆者語聲不異。主典人于鸜鵒前盜物，鸜鵒伺無人，密白主典人盜禁物，參軍御之而未發。後盜牛肉，鸜鵒復白參軍曰：汝云盜肉，應有驗。鸜鵒曰：以新荷裹，著屏風後。檢之果獲，痛加責治。而盜者患之，以熱湯灌殺之。參軍悲傷累日，見《幽明録》。夫訐以為直，君子猶惡之。鸜鵒小鳥，而數攻揭人私，其能免于禍乎？子曰：言人之不善，當如後患何？惜鸜鵒未學此語。

鸚䳇

能言之鳥，鸚䳇為最。《萬畢術》曰：乾罼，一名鸚䳇，斷舌可使言語。《本草·釋名》曰：按《字説》云：鸚鴞如嬰兒之學母語，故字從嬰母，亦作鸚䳇。熊太古云：大者為鸚鴞，小者為鸚哥。《異物志》曰：鸚䳇，西域靈禽，能言凡鳥。《山海經》：黄山及數歷之山有鸚鴞，人舌能言。《異苑記》：張華有白鸚䳇，每出行還，輒説僮僕善惡。後寂無言。華問其故。鳥曰：見藏甕中，何由得知？公後在外，令唤鸚䳇。鸚䳇曰：昨夜夢惡，不宜出户。公猶强之。至庭，為鸇所搏，教其啄鸇脚，僅獲免。《幽怪録》曰：隋開皇中，柳歸舜自巴陵泛舟，遇風吹至君山，因維舟至一處，有鸚䳇數十，相呼姓字，有有[①]名武游郎、阿仙郎、阿蘇兒者，有名自在仙、武仙郎、踏蓮路者，有名鳳花

---

① 後一“有”字，疑衍。

臺、戴蟬兒多花子者，有善歌者。因問歸舜所來及姓字，曰為足下轉達桂家十三娘子，因遥呼曰：阿春，此間有客。有青衣乘雲而下為之設食，有道士自空飛下，投一尺綺與歸舜曰：以此掩眼，即去矣。歸舜從之，身如飛，卻墜以達舟所。

《明皇雜録》：開元中，嶺南獻鸚鵡，養宮中，聰慧，洞曉言詞。上及貴妃皆呼雪衣女，授以詞臣詩篇，數徧便諷誦。上每與貴妃及諸王博戲，上稍不勝，左右呼雪衣娘，必飛入局中，鼓舞以亂其行列。忽一日飛去貴妃鏡臺語曰：雪衣娘，昨夜夢為鷙鳥所擊，將盡于此乎？上使貴妃授以《多心經》以禳之。後從校獵，戲殿上，忽有鷹搏之而斃。上與貴妃嘆息，命瘞于苑中，為立鸚鵡冢。

《春渚紀聞》：韓奉議為隴州通守，家人得鸚歌。忽語家人曰：鸚歌數日來，甚思量鄉地。若得放，鸚歌生死不忘也。家人憐之，即解所縶。至數月，舊任有經使何忠，自隴州差至京師，始出州城，因憩一木下，忽聞木杪有呼急足者，忠仰視之，即有鸚歌，且顧忠曰：你記得我否？我便是韓通判家所養鸚歌也。你到京師，切記為我傳語通判宅眷，鸚歌已歸到鄉地，甚快活，深謝見放也。忠咨嗟而行，至都，至韓第，具言其所見，舉家驚異，且念其慧黠，及能偵候何忠傳達其言，為可念也。

《緑雪亭雜言》：宋高宗宮中養鸚鵡數百，皆能言。高宗一日問曰：思鄉否？曰：思鄉。遂使中貴送歸隴山。後數年，有使過隴山。鸚鵡問曰：上皇安否？《邵氏聞見録》：關中賈得鸚鵡于隴山，能言，愛之。賈偶以事陷縲絏，既脱而嘆怏不已。鸚鵡曰：郎在獄數日已不堪，鸚鵡籠閉累年奈何？賈即放之。去後，其儕輩過隴，鸚鵡必於林間致聲問主人也。

又《楓窗小牘》：高廟在建康，有大赤鸚武自江北來集行在，承塵上口呼萬歲。宦者以手承之，鼓翅而下足有小金牌，有“宣和”二字。因以索架置之，不驚。比上膳，以行在草草，無樂。鸚武大呼卜尚樂起，方板[1]響。久之曰：卜娘子不敬萬歲。卜蓋道君時掌樂宮人，以方響引樂者，故猶以舊格相呼。高廟為罷膳泣下。

《天寶遺事》：長安有豪楊崇義，妻與鄰兒李弇私通，謀殺崇義。府吏詣其家檢校，其架上鸚鵡忽厲聲曰：殺崇義者，李弇也。遂捕伏法。府尹具其事，明皇取鸚鵡置後宫，封為緑衣使者。《採蘭雜志》：河間王琛有妓曰朝雲，善歌；又有緑鸚鵡善語。朝雲每歌，鸚鵡和之，聲若出一。琛愛之，號為緑朝雲。

《青林詩話》曰：蔡確貶新州，侍兒名琵琶者隨之。有鸚鵡甚慧，公每叩響板，鸚鵡傳呼琵琶。李繁淵聖蘧廬曰：東都有人養鸚鵡，以其慧，施于僧。僧教之，能誦經。往往架上不言不動。問其故，對曰：身心俱不動，為求無上道。及其死，焚之，有舍利。《孔帖》曰：貞觀五年，林邑獻五色鸚鵡，數訴寒，有詔還之。又見《唐書・環王傳》。本林邑也。

《禮》云：鸚鵡能言不離飛鳥。今人而無禮，雖能言不亦禽獸之心，于鸚鵡尚有微辭。余謂鸚鵡雖禽而有人心。張華之鸚鵡能別善惡；歸舜所遇之鸚鵡，而有東道主情；明皇之鸚鵡，能誦詩篇、《多心經》；宋高宗韓奉議關中賈之鸚鵡，不忘舊主；王琛、蔡確之鸚鵡，能解歌意；林邑之鸚鵡能自訴寒；楊崇義之鸚鵡，能白主冤；東都僧之鸚鵡，能通禪悟道。人之心，鮮有能如鸚鵡之心者，且鸚鵡知義，劉義慶《宣驗記》曰：有鸚鵡飛集他山，山中禽輒相愛重。鸚鵡自念雖樂，不可久也，便去。後數月，山中大火，鸚鵡遥見，便入水霑羽，飛而灑之。天神言：汝雖有志意，何足云也？對曰：雖知不能救，然嘗僑居是山，禽獸為善，皆為兄弟，不忍見耳！天神嘉感，即為滅火。夫鸚鵡之義心一動，而天神為之嘉感，安可以禽獸外鸚鵡？然則謂人有禽獸之心則可，謂鸚鵡不離禽獸之心則不可。余于鳥之能言者，鸚鵡無間焉。

---

① “板”字原文似删去。

兒回來

汴洛深山中多異鳥，其聲多類人言。一鳥名兒回來，鳴曰兒回來，娘家炒麻誰知來。土人以為昔有继母偏爱己子，以生麻子授之，以熟麻子授前妻之子。囑之曰：植麻生者得歸家。二子不知也。幼子嗜食熟麻子，遂彼此相易。由是其子誤植熟麻，子不得歸。母思之至死，化為此鳥，呼其子曰兒回來、兒回來。余謂此可為黑心符之戒。

鷓鴣

《本草集解》曰：鷓鴣生江南，鳴曰鉤舟格磔，又曰鷓鴣多對啼，今俗謂其鳴曰：行不得也哥哥。《南越志》：鷓鴣鳥，其名自呼杜薄州。《異物志·鷓鴣鳴》云，但南不北。《本草·釋名》曰：《禽經》云：隨陽越雉也。晉安曰懷南，江左曰逐影。張華注：鷓鴣其名自呼，飛必南向。韋莊詩：懊惱澤家非有恨，年年長憶鳳城歸。自注：懊惱澤家，鷓鴣聲也。家音姑。嗟乎！行不得也哥哥。蹇宦岐途，征人羈旅聞之，當一齊下淚矣。

歸飛

《西洋考》：占城物産有歸飛。注：《水經注》曰：林邑城外，香桂成林，時禽異羽，翔集間関，兼比翼鳥。不北不飛，鳥名歸飛，鳴聲自呼。俞益期與韓豫章牋曰：其背青，其腸赤。丹心外露，鳴情未達，終日歸飛，飛不十丈，路有萬里，何由歸哉。

姑惡

苦鳥大如鳩，黑色，以四月鳴，其名曰苦苦，又名姑惡。人多惡之。俗以為婦被姑所苦死所化。宋范成大《姑惡詩》序曰：姑惡水禽，以其聲得名。世傳姑虐其婦，婦死所化。東坡詩云：姑惡姑惡，姑不惡，妾命薄。此句可以泣鬼神。

余行苕霅，始聞其聲，盡夜哀厲不絕。客有惡之，以為此必子婦之不孝者。余為作後姑惡詩曰：姑惡婦所云，恐是婦偏詞。姑言婦惡定有之，婦言姑惡未可知。姑不惡，婦不死。與人作婦亦大難，已死人言當如此。

松謂天下婦人，無一肯認錯者。偶争小口舌，輒奮激而死者比比，不必有所苦虐。此鳥必長舌剛戾之婦，虐姑而姑不受其虐者所化。自古無不是底翁姑，此婦至死化鳥，猶常常鳴曰姑惡，則其生前之事，姑可知矣。

《荆楚歲時記》又謂之鬼鳥。云正月夜多鬼鳥度，家家槌床打户、捩狗或滅燈燭以禳之。《元申記》云：此鳥名姑獲，一名天帝女，一名隱飛鳥，一名夜行鳥。遊女好取人女子養之，有小兒之家，即以血点其衣，以名誌，故世人名為鬼鳥。荆州弥多，斯言信矣。

松謂：姑獲即姑惡。惡、獲音近而訛耳。據此夫姑獲，世俗謂為鬼鳥，則此鳥之名惡鳥可知，而謂婦為姑虐死所化，附會孰甚。

杜鵑

《本草·釋名》云：蜀人見鵑而思杜宇，故曰杜鵑。鵑與子巂、子規、鶗鴂、催歸諸名，皆因其聲似，各隨方音呼之而已。

其鳴若曰：不如歸去。《閩中記》曰：子規自呼為謝豹。《老學菴筆記》云：吴人謂杜宇為謝豹。杜宇初啼時，漁人得蝦曰謝豹蝦。市中賣笋曰謝豹笋。唐顧況《送張衛尉詩》云：綠樹陰中謝豹啼。又思歸樂鳥，狀如鳩，而慘色，三月則鳴。陶岳《零陵記》云：其音云：不如歸去。即杜鵑也。

反舌

反舌，蒼毛尖嘴，形小於鴝鵒，二三月鳴，至五六月無聲，亦候鳥也，一名望春，一名喚起。江南人謂之喚春，聲圓轉如絡絲。《易緯通卦》曰：百舌者，反舌也。能反覆其口，隨百鳥之音。《本草·釋名》云：反復如百鳥之音，故名鶷鶡，亦象聲。今俗呼為牛屎唎哥，為其形似鴝鵒而氣臭也。鶷鶡，音轄軋。山谷云：予讀《月令》反舌無聲，佞人在側，乃解杜詩“過時如發口，君側有讒人”之句。夫以百舌能反覆如百鳥之音，且能反覆其口，隨百鳥之音，宜其鳴之而無有惡斁也。然當陰生之候，猶知所戒而無聲，而況于人乎？而況人當羣陰熾盛之時乎。

寒號蟲

五臺山有鳥名號寒虫，狀如小鷄，四足，有肉翅，不能飛，其糞即五靈脂。當盛暑時，文采絢爛，常自鳴曰：鳳凰不如我。至深冬嚴寒之際，毛羽脱落，索然如鷇雛，遂自鳴曰：得過且過。噫，世人中無所守者，不甘澹泊，鄉里中必振拔自豪，求尺寸名，便志得意滿；及遇貶抑，遽若喪家之狗，揺尾乞憐，視號寒蟲何異也。白香山有詩曰：得過且過，飲啄隨時度朝暮，得隴望蜀徒爾為，未知是福還是禍，得過且過。見《堅瓠集》。余謂得過且過，可為世俗僥倖富貴，沉溺勢利者之藥石。

楊升菴《丹鉛録》謂即曷旦。然按《月令》仲冬之月，鶡鴠不鳴，似與號寒之名不類。

伯勞

《本草・釋名》云：伯勞，象其聲也。戴勝，楊氏指為伯勞。羅願曰：即祝鳩也。江東呼為烏臼。臼音匊，又曰鵶鴫，小于烏，能逐烏，三月即鳴，今俗謂之駕犁，農人以為候。五更輒鳴曰：架架格格。至曙乃止，故滇人呼為榨油郎。陳思王《惡鳥論》曰：伯勞，昔尹吉甫信後妻之讒，而殺孝子伯奇。俗傳云：吉甫後悟，追傷伯奇，出遊於田，見異鳥鳴於桑，其聲噭然。吉甫心動曰：無乃伯奇乎？鳥乃撫翼，其聲尤切。吉甫曰：果吾子也。乃顧曰伯奇勞乎？是吾子，棲吾輿；非吾子，飛勿居。言未卒，鳥尋聲而棲其蓋，歸入門，集於井幹之上，向室而號。吉甫命後妻戴弩射之，遂射殺後妻以謝之，故俗惡伯勞鳴，言所鳴之家必凶也。余謂惡伯勞鳴，始於溺愛後妻虐前妻子，而不知悔之愚夫。惡之者，惡彰其過也，非然者。聞伯勞鳴，且將憐之，惡於何有？雖然與其能悔于死後，曷若不信讒於生前？

鷄

《風俗通》呼鷄曰朱朱。俗云：相傳鷄為朱氏翁所化，今呼鷄皆朱朱。按《説文》解喌：喌，二口為讙，州其聲也，讀若祝祝者，誘致禽畜和順之意。喌與朱音相似耳。《類書》云：含圖國去皇都七萬里，人善服鳥獸，鷄犬皆使能言。《幽明録》：晉兖州刺史沛國宋處宗，嘗買得一長鳴鷄，愛養甚至，恒籠著窗間，鷄遂作人語，與處宗談論，極有元致，終日不輟，處宗因此功業大進。梁元帝《金樓子》曰：羅含之鷄能言，今人有日封嚴師益友，朝夕講學，而業不進者，矧與鷄談論耶，於此可見處宗嗜學。今俗云鷄鳴之音，曰黃穀倒落甕，或曰黃穀倒落羅，或曰黃穀倒落盆也。又按《拾遺記》云：昭帝元鳳二年，含塗國貢其珍怪，其使云，去王都七萬里，鳥獸皆能言語。

崔鴻《十六國春秋》：石勒時，長安城中，鷄鳴音皆曰基慈。

布穀

《方言》云：自關東西梁楚之間，謂之結誥。周魏之間，謂之擊穀。自關而西，或謂之布穀，又曰雄鳩。《淮南子》：孟夏之月，以雄鳩長鳴，為帝候歲。注：雄鳩，布穀也。

《爾雅》曰：鳲鳩，即布穀。張華曰：農事方起，此鳥飛鳴于桑間，若云五穀可布也，故曰布穀。揚雄傳注：布穀，一名買鵤。蓋聞其聲，則農賈鵤插以布穀也。又其聲曰：家家撒穀，因其聲相似也。《本草・釋名》曰：布穀名多，因其聲之似而呼之，如俗呼阿公阿婆、割黍打禾、脱卻布袴之類，皆因其鳴時，可為農候故耳。布穀一名秸鵴，一名摶黍，一名獲穀，一名撥穀。《荆楚歲時記》云：夏七月，有鳥名穫穀，其声自呼。農人候此鳥，則犁把上岸。宋陳造《布穀吟》序：人以布穀為催科，其聲曰脱了潑袴。淮農傳其言曰：郭嫂打婆。浙人解云：一百八個，皆以意測之。《方言》又云：脱卻破袴。《寄園寄所寄》謂：布穀，又名各家插禾，又名春去也。以其音之相似也，南方俱有。或云即子規鳥。

天吊水

廣州有鳥，以四、五、六月鳴；天將雨，則鳴曰天吊水，故名天吊水。天晴旱，則鳴曰樹枝點火灼灼，又名樹枝點火灼。其鳥色相如百勞云。

寧了

《陶庵夢憶》云：大父母喜豢珍禽，有一異鳥名寧了，身小如鴿，黑翎如八哥，能作人語，絶不噝噉。大母呼媵婢，輒應聲曰：某丫頭，太太叫。有客至，叫曰：太太，客來了，看茶。有一新娘子善睡，黎明輒呼曰：新娘子，天明了，起來罷。太太叫快起來，不起，輒駡曰：新娘子，臭淫婦蹄子。新娘子恨甚，置毒藥殺之。寧了，疑即秦吉了。

秦吉了

秦吉了，即了哥。《唐書》作結遼鳥，出嶺南容管廉邕諸州峒中，大如鸜鵒，紺黑色，夾腦有黄肉冠，如人耳，丹咮黄距，人舌人目，目下連，瑣有深黄文，項尾有分縫，能效人言，音頗雄重。《朝野僉載》云：天后時，左衛兵曹劉景陽使嶺南，得秦吉了二隻，能解人語。至都進之，留其雌者，雄煩怨不食。天后問之曰：何乃無憀也？鳥曰：配為使者所得，頗憶之。乃召景陽曰：何故藏一鳥不進。景陽叩頭伏罪，仍進之。《唐志》曰：開元初，黄州獻秦吉了，言音雄重如丈夫，委曲識人情。《續文獻·義物考》曰：瀘南人蓄秦吉了，外國買之。吉了曰：我漢鳥也，不願入異方。遂不食死。《舊唐書·音樂志》：武太后時，宫中養鳥能人言，又常稱萬歲，為樂以象之舞。

今按：嶺南有鳥，似鸜鵒而稍大，乍視之不相分辨，養久則能言，無所不通，南人謂之吉了。《赤雅》：唐武德宣撫使得秦吉鵋，能歌舞者上之，歲餘不語。上怪問之。答曰：身居南土，生長禽中，父母殊方，有懷綿默。上憐之，賜金環，令使者送還。北歸舊巢，鵺母已死，鵺以所賜殉母，鄉人感焉，為之立冢。冢石藤縣。舊傳：吉了摩其背則瘖，與鸚鵡同。小説又言：情人所化，名曰情急了。按：吉了，一名了哥。然南方所謂了哥，有兩種，其狀與諸書所云吉了異。

《廣東新語·禽語》云：秦吉了，剪舌能人言，比鸜鵒尤慧。鸜鵒聲如兒女，秦吉了如丈夫，一名了哥，亦曰咧咧哥。常有畜者，番酋以多金買取，咧咧言：我漢禽，不願入番。遂不食而死。

了哥

廣州了哥，色深黑，惟眼圈金黄，小于鵲，夾腦無黄肉冠，不能步，行則跳躍，故俗謂兒童之輕跳者，曰好似了哥。栖人家簷瓦間者，謂之瓦了；栖樹林間者，謂之樹了。樹了以社飯飼之，能如人言；瓦了不能言。而皆謂之了哥，且解人意。余聞諸老媪言，彼嘗蓄一了哥，投以火紙，曰：了哥去借火。了哥於是以喙銜火紙，至鄰舍曰：借火。鄰家與之，遂銜火歸。呼鷄、呼狗、呼子女、呼婢僕，皆能達主言。後以霜降日，自懸頭於木而死云。俗傳了哥每至霜降日，多自縊死。蓄了哥者，是日藏於甕，乃不死，故以霜降日為了哥忌，此不可解。舊傳：鴝鵒可使取火，效人言。了哥未肯多讓。

産於海南者，喙足皆紅，而大倍於廣州了哥，語言比廣州了哥尤為清俐。故今俗謂人利口者為海南了哥。

時樂鳥

《酉陽雜俎》：玄宗時，有五色鸚鵡，能言。張詠以為時樂鳥，非鸚鵡。上表賀曰：臣按《南海異物志》有時樂鳥，鳴云太平，天下有道則見。今此鳥本南海貢來，與鸚鵡狀同，而毛尾全異，其心聰性辨，護主報恩，固非凡禽。

哥爵

清明興犁之候，有鳥常鳴曰：哥阿哥阿。俗名哥爵。余不知其狀，田間處處有之，俗云：昔有兄妹耕田，兄犁田，妹歸饁餉，遇颶雨，兄不得歸，溺水而死。妹悲泣不勝，亦死，化為此鳥，故其鳴曰：哥阿哥阿。不忘兄也。余謂聽此，足生人友於之愛。

灼山看火

灼山看火，蠶時鳴。吴人業蠶，故叶其音若此。言灼蠶箔，須看火，故名。又鳴云：家家扒撲，言農月家家辛苦也。或曰黄巢作亂，人被殺，化為怨鳥。鳴曰：黄巢殺我。見《類書》。

搗藥禽

搗藥禽，不見其形，但聞其聲，如杵舂敲磕，人謂之葛仙翁搗藥禽。《類書》云：搗藥鳥，形罕見，春夏之間，月夜獨鳴於深岩幽谷之中，啼曰：克丁當，宛如杵臼敲戛之聲，清亮可聽。又有獨舂鳥，《臨海異物志》云：獨舂鳥聲似舂聲，聲多者五穀傷，聲少者五穀熟。

畫眉

畫眉似鶯而大，黃黑色，其眉如畫，巧作千聲如百舌。見《淵鑑類函》。余嘗見畫眉，有能呼貓喚狗者。

竹鷄

《格物論》曰：竹鷄比鷓鴣差小，毛羽褐色，多斑赤文，自呼曰泥滑滑。《本草・釋名》：山菌子，即竹鷄也。蜀人呼為鷄頭鶻，南人呼為泥滑滑，因其聲也。

烏鳳

《桂海禽志》：烏鳳如喜雀，色紺碧，頸毛類雄鷄，鬃頭有冠，尾垂二弱骨，各長一尺四五寸，其杪始有毛羽一簇，冠尾絶異，大略如鳳。鳴聲清越如笙簫，能度小曲，妙合宮商。又能為百蟲之音，生左右江溪蠻洞中，極難得。

鳳

《論語摘衰聖》曰：鳳有六像九苞，行鳴曰歸嬉，止鳴曰提扶，夜鳴曰善哉，晨鳴曰賀起，飛鳴曰郎都。知我者惟黃持竹實來，故子欲居九夷，從鳳嬉。《白虎通》曰：鳳，雄鳴曰節節，雌鳴曰足足。《宋書・符瑞志》：鳳凰，仁鳥也。其鳴雄曰節節，雌曰足足，晨鳴曰發明，晝鳴曰上翔，夕鳴曰歸昌，昏鳴曰固常，夜鳴曰保長。

奈何帝

陳后主未敗前，蔣山衆鳥鼓翼而鳴曰：奈何帝，奈何帝。

鵠

師曠《禽經》曰：鵠鳴咭咭，故謂之鵠。《列仙傳》：仙人死葬陵陽山下，有黄鵠棲其冢邊樹上，鳴常呼子安。

婆餅焦

人有遠行者，其婦從山頭望之，化為鳥。時煎餅，將以為餉，使其子偵之，恐其焦不可食也。往已見其母化此鳥，但呼婆餅焦也。今江淮所在有之。見《情史》。

《臨海異物志》曰：鸊鵜，鳴聲哀，俗云繼母欲嫁，因爨，使人守之，母遂不還，兒因呼母言鸊烓也。鸊鵜，有似於婆餅焦。

峨眉山鳥

峨眉山周回千里，高八十里，云有山鳥如鸜鵒，鳴類人言。見陸儼山《蜀都雜抄》。又云：山中光怪若虹蜺然，每見於雲日映射之際，俗所謂佛光者是已。予自陝入川，巡撫陝西，黄都憲臣伯鄰為予言：曩為川轄時，親登其上觀佛光，光未發時，有鳥先飛過，若言施主發心，菩薩來到。光既散，復來作聲，施主布施，菩薩去了。近余編修承勳為余言：鳥聲只三字，若言佛現了，其鳥類雀而稍大，只有三枚，別無種類，三鳥飛入佛殿中，嘗就僧食，但不見有長育耳。又嘉定高任《説禽言》亦云：施主佛現，施主請回。今菴寺若得此鳥，一枚當值百金。

山鳥

山鳥，形如八哥，能作種種禽獸音，教之亦能學人語。余携歸二隻，臆間有黑色，园長者善鳴，眼紅者善鬥，彼處多蓄之。見吴青壇《嶺南雜記》。

燕

《吕氏春秋》：有娀民有二佚女，為之九成之臺，飲食必以鼓。帝令燕往視之，鳴若謚隘。

鴛鴦

《本草·釋名》：鴛鴦終日並遊，或曰：雄鳴曰鴛，雌鳴曰鴦。崔豹《古今注》云：鴛鴦雌雄不相離，人獲其一，則一相思而死，故謂之匹鳥。今丈夫富貴而厭糟糠，婦人嫌貧而思去室，其有愧鴛鴦多矣。

孔雀

《紀聞》曰：羅州山中多孔雀，羣飛，數十為偶。雌者尾短，無金翠；雄者生三年有小尾，五年成大尾。山谷民烹食之，味如鵝，解百毒。其鳴曰都護。李昉名孔雀曰南客，一名孔都護。晉公卿賛曰：世祖時，西域獻孔雀，解人語，彈指應節起舞。

阿濫堆

阿濫堆，驪山鳥也，其鳴曰阿濫堆。唐明皇采御玉笛，以其聲翻為曲。張祐詩：至今風俗驪山下，村笛犹吹阿濫堆。李白詩“羌笛横吹阿亸回”，即阿濫堆也。升菴又以唐屠鷟為阿濫堆。

紡紗婆

紡紗婆，不知其狀，每秋月鳴曰：掎扣掎扣揶。如婦女紡紗婆之聲[①]，故名。相傳紡紗婦所化，廣州處處有之。或曰即鸑澤虞。《爾雅・釋鳥》有鸑澤虞。按《爾雅》郭注：鸑澤虞，常在澤中，見人輒鳴唤不去。或又謂之鸑鴉，大抵非是[②]。或云即寒蟬，未知孰是。

---

① 原文“之聲”兩字在“婆”字旁，疑“婆”為多字，故删去。

② 此處“大抵非是”四字，似劃去。

架格格

《荆楚歲時記》曰：春分日，民並種戒火草，於屋上有鳥如烏，先鷄而鳴曰：架格格。民候此鳥，則入田以為候，人架犁格也。

穫穀

又曰夏七月，有鳥名曰穫穀，其聲自呼，農人候此鳥，則犁把上岸。見《荆楚歲時記》。

念佛鳥

念佛鳥，大如鳩，羽色黄褐翠碧，間而成文，音韻清滑，如誦佛聲，一名念佛子。見《類書》。

深掘

猫首鳥，喙似鵂鶹而大，放聲而哭，哭畢鳴曰：深掘，深掘。意賈生所謂鵩也。見鄺露《赤雅》。此即今之貓兒頭鷹，頭如貓，目有金光，以晨夜鳴，鳴曰：侵侵侵侵侵、掘拂掘拂。俗謂之不祥鳥，聞之必有凶事，其意謂人死，掘地而拂其尸以葬也。

余謂不然。余嘗旅寓省城番禺學宫尊經閣，春夏晨夕，必聞此鳥聲，亦無有凶處，大抵俗惡其聲耳。

厭油鳥

《誌異録》云：山東有一道，通高麗，其地海旁有居民處無豆之屬，油不可致。有一等鳥如鴨，自呼其名曰：厭油厭油。土人捕得以力厭出油，投之海中又活，四五日仍飛繞其村，人又厭之，出油為供。天之不乏人用如此，此鳥自呼名，實曉人用其油也。按《堅瓠續集》：蓋州有蟲名壓油，形肖水凫，每暮春時，從水中出，自呼其名，人因採取，以重物壓之，油津津出，油罄皮僅存焉，投之水中復生。蓋亦一種業報。《内典》所謂壓油殃者，是也。松謂：此鳥之異怪異者也。怪而能濟世之用，則鳥之有功于人者也。

鴆

邕州朝天鋪及深山處有鴆，其種有二，一大如鴉，黑身赤目，一大如鴞，毛紫緑色，頸長七八寸，雄曰運日，雌曰陰諧，聲如羯鼓，遇毒蛇則鳴聲邦邦，蛇入石穴，禹步作法，石裂蛇出。

譆譆

《左傳·襄公三十年》：或叫於宋太廟曰：譆譆出出。鳥鳴於亳社，如曰譆譆，則為火之徵也。譆譆，熱也。《本草綱目》：姑惡鳥，一名譆譆，豈即是耶。

吴越異鳥

咸通中，吴越有異鳥，極大，四身三足，鳴山林間，其聲曰：羅平。占曰：國有兵，此後荒亂相繼云。

蚉

晉惠帝元康中，洛陽南山有蚉，作聲曰：韓屍屍。識者曰：韓氏將屍也。言屍屍者，盡死也。其後韓謐誅。按《博物志》：蚉，鳥名，一翼一目，相得乃飛。

冶鳥

張華《博物志》：越地深山有鳥如鳩，青色，名曰冶鳥。穿大樹作巢如升器，其户，口徑數寸，周飾以土，堊赤白相次，狀如射侯。伐木見此樹，則避之去。或夜冥人不見鳥，鳥亦知人不見己也，鳴曰：咄咄上去。明日便宜急上樹去。曰：咄咄下去。明日便宜急下樹去。若不使去，但言笑而不已者，可止伐也。此鳥白日見其形，鳥也；夜聽其鳴，人也。時觀歡樂便作人悲喜，形長三尺，澗中取石蟹，就人間火炙之，不可犯也。越人謂此鳥為越祝之祖。

松按：此鳥實怪而有利人之心，伐木客入山逢之，敬而祀之，可也。

傷魂鳥

王嘉《拾遺記》：惠帝元熙二年，改為永平元年。常山郡獻傷魂鳥，狀如鷄，毛色似鳳，帝惡其名，棄而不納。當時博物者云：黄帝殺蚩尤，有貙虎，誤噬一婦人，七日氣不絶。黄帝哀之，葬以重棺石槨，有鳥翔其冢上，其聲自呼為傷魂，則此婦人之靈也。

江湖鳥

江湖間有鳥，鳴于四五月，其聲云：麥熟即快活。今年二麥如雲，此鳥不妄語也。見《東坡志林》。

傳信鳥

蘇鶚《杜陽雜編》云：處士元藏幾，大業元年為過海使判官，遇風壞船，為破木所載，經半月，至滄浪洲。有二鳥，大小類黄鸝。藏幾呼之即至，令授人語，乃謂之傳信鳥。

鷹

泰興劉太宰机，未第時，郡中偶有鷹神，乃一獵鷹也，能為人言。一日飛入公宅，公家作糍以飼之，其奴作之不潔，鷹攫其帽，若懲之者，呼公語曰：公大貴，他日當八人擡橋，參贊南畿。已而飛去。後皆如其言。見《耳談》。

結遼

《舊唐書·林邑國傳》：有結遼鳥，能解人語。

百靈

狀如鵪鶉，而小於鵪鶉，善跳躍，能人言。余嘗於羊城紬緞鋪中，客至，見百靈呼曰：請坐。又喚主人斟茶奉烟者。

雀

《海録》：公冶長辨鳥雀語云：唶唶嘖嘖，白蓮水邊。有車覆粟，車脚淪泥。犢牛折角，收之不盡，相呼共啄。人驗之，果然。《留青日札》云：公冶長長貧而閒居，無以給食，其雀飛鳴其舍，呼之曰：公冶長，公冶長，南山有個虎馱羊。爾食肉，我食腸。當亟取之，勿彷徨。子[①]長如其言，往取食之。及亡羊者跡之，得其角，乃以為偷，訟之魯君。魯君不信鳥語，逮繫之獄。孔子素知之，為之白於魯君，亦不解也。於是嘆曰：雖在縲絏之中，非其罪也。未幾，子[②]長在獄舍，雀復飛鳴其上，呼之曰：公冶長、公冶長，齊人出師侵我疆。沂水上，嶧山傍。當亟禦之，勿彷徨。子[③]長戒獄吏白之魯君，魯君亦弗信也。姑如其言，往跡之，則齊師果將及矣。急發兵應敵，遂獲大勝。因釋公

① “子”字原文似删去。

② “子”字原文似删去。

③ “子”字，原文如此，疑衍。

冶長而厚賜之，欲爵為大夫，辭不受。蓋耻因禽語以得録也。後世遂廢其學。夫亡羊事之小者耳，何得訟至魯君，此事理之必無。此説鄙俚不足信，且公冶長辨禽，亦其性之靈，非可學而至，如可學而至，何以長以前無傳辨禽言者，長安所學耶？然則《左傳》所稱介葛盧辨牛鳴，亦豈學而能耶？《日札》云：後世遂廢其學，亦妄。

羅平鳥

《唐書·逆臣·董昌傳》，昌將反，容倪德儒曰：咸通末，《越中秘記》言：有羅平鳥王越，禍[①]景福中和時，鳥見吴越，四目而三足，其鳴曰羅平。天策民祀以禳難，今大王署名，文與鳥類，即圖以示昌，昌大喜。乾寧二年即僞位，國號大越羅平，建元天策。

梟鳲鳩

梟逢鳲鳩曰：子將安之？梟曰：我東徙。鳩曰：何故？梟曰：鄉人惡我鳴，以故東徙。鳩曰：子能更鳴可矣。不能更鳴，雖東徙亦不免於人之惡也。

江湖鳥重出

《東坡志林》云：江湖間有鳥，鳴於四五月，其聲若云：麥熟即快活。今年二麥如雲，此鳥不妄語也。

---

① “禍”字原文似删去。

鶴

遼東城門有華表柱，忽有一鶴集，徘徊空中。言曰：有鳥有鳥丁令威，去家千歲今來歸。城郭如故人民非，何不學仙去，空伴冢累累。遂上冲天。見《續搜神記》。

名鳥

《唐書·禮樂志》：鳥歌者，武后作也。天授年名鳥歌者，有鳥能言萬歲，因以制樂。此鳥當時不知其名，故以名鳥名之耳。又《五行志》：咸通中，吴越有異鳥，極大，四目三足，鳴山林，其声曰羅平。①

舍利

《隋書·婆利傳》：有鳥名舍利，解人語。

自呼名鳥

《禽經》云：鴨鳴呷呷，其名自呼。鵶鳴啞啞，故謂之鵶。

《山海經》：盧其之山多沙石，沙水出焉，其中多鴑鶘，狀如鴛鴦而人足，其名自訆，後人轉為鵜鶘。

---

① “又《五行志》：咸通中，吴越有異鳥，極大，四目三足，鳴山林，其声曰羅平”，原文似删去。

禱過之山有鳥，其狀如鵁而白首，三足人面，名曰瞿如，其鳴自號。

章莪之山有鳥，其狀如鶴，一足，赤文青質而白喙，名曰畢方，其鳴自叫。

灌題之山有鳥，狀如雌雉而人面，見人則躍，名曰竦斯，其鳴自呼。

陽山有鳥，狀如雌雉，而五彩以文，是自為牝牡，名曰象蛇，其鳴自詨。

景山有鳥，狀如蛇而四翼，六目三足，名曰酸與，其鳴自詨。

散鳩之山有鳥，狀如烏，文首白喙赤足，名曰精衛，其名自詨。

魔山有鳥，狀如山鷄而長尾，赤如丹火而青喙，名曰鴒鸚，其鳴自呼。

支離之山有鳥，名曰嬰勺，狀如鵲，赤目赤喙白身，其尾若勺，其鳴自呼。

崔豹《古今注》：鷓鴣出南方，鳴常自呼。酈道元《水經注》：時禽異羽，翔集間關，兼比翼鳥，不比不飛，鳥名歸飛，鳴聲自呼。彭乘《墨客揮犀》：河州有禽名骨托，狀類雕，高三尺許，常以名自呼，能食鐵。《本草・釋名》：鵬鳥狀如母鷄，有斑文，頭如雊鵒，目如貓目，其名自呼。

鈎割雀

雀產瓊州，四五月，夜半向東飛鳴，如云鈎割則年豐，鈎鈎割則年必歉。見《廣東新語》。

碧鷄

《六帖》云：羅浮有碧鷄，羣飛絶巘，或獨鳴於林曰：先顧先顧。每當日出，則碧鷄先鳴，山中人乃以為天鷄云。亦見《廣東新語》。

鳷鵲

《拾遺記》：章帝永甯元年，條支國貢異瑞，有鳥名鳷鵲，形高七尺，解人語。其國太平，則鳷鵲羣翔。

言獸附：

麒麟

《宋書·符瑞志》：麒麟，牡鳴曰逝聖，牝鳴曰歸和；春鳴曰扶幼，夏鳴曰養綏。

角端

宋《符瑞志》：角端，日行萬八千里，又曉四夷之語。明君聖主在位，明達外方幽遠之事，則奉書而至。

澤獸

宋《符瑞志》：澤獸，黄帝時巡狩，至於東濱，澤獸出，能言。達知萬物之精，以戒於民，為時除害，賢君明德幽遠則來。

趹蹄

宋《符瑞志》：趹蹄者，后土之獸，自能言語。王者仁孝於國則來，禹治水而至。

張林家狗

宋《五行志》：晉孝怀帝永嘉五年，吴郡嘉興張林家狗，人言云：天下人餓死。

牛

《五行志》又云：晉惠帝太安中，江夏張聘所乘牛言曰：天下方乱，乘我何之？聘懼而还。犬又言曰：歸何蚤也。《京房易妖》曰：牛能言，如其言占。

鼠

《五行志》又云：魏齊王正始中，中山王周南為襄邑長，有鼠從穴出，語曰：王周南，爾以某日死。南不应，鼠还穴。後至期，更冠幘皂衣，出語曰：周南，汝日中當死。又不應，鼠復入。斯須更出，語如向日。適欲日中，鼠入復出，出復入，轉更数語如前。日適中，鼠曰：周南汝不應，我復何道？言絶，顛蹶而死，即失衣冠，取視俱如常鼠。按：班固説，此黄祥也。是時，曹爽秉政，競為比周，故鼠作变也。

豕

《隋書》：開皇末，渭南有沙門三人，行投陁法於人場圃之上，夜見大豕來詣其所，小豕從者十餘，謂沙門曰：阿練，我欲得賢聖道，然猶負他一命。言罷而去。又渭南有人寄宿他舍，夜中聞二豕對語。其一曰：歲將盡，阿爺明日殺我供歲，何處避之？一答曰：可向水北姊家。因相隨而去。

心遠小榭文集

序

人境不喧，心遠地偏，淵明陶氏之以詩寄意也。番禺梁子夢軒所居鳳浦，地雖偏隅，南濱大洋，夷舟蟻泊，奇觀萃焉，著為文稿名曰《心遠》，宜若有所慕於淵明而仿之者。予曰：淵明詩意非可仿，夢軒之文自有其獨得者，亦不在仿也。仿則並失夢軒之真矣。淵明當晉宋易代之際，恥事二姓，不為五斗折腰，蓋有托而逃，迄今讀《桃花源記》、《五柳先生傳》，真不啻羲皇上人也。夢軒躬逢盛世，力學好古，經史之暇，留心時務，逮困塲屋，退而著書，有信今傳後之想，則其所謂心遠者，正與淵明異，乃適得其為同哉。坊選文章游戲集，曾刻《夢軒雜著》數篇，非其至也。全稿矩矱唐宋高者，殆規漆園。至學海堂課作直陳時事，指畫邊防，固不為無用之學。夢軒又言：夷人創造火輪船，廣開埠頭，志在弋利而已，船行日駛千里，各省物價旬日週知，海商不得居奇貨，反壅而不售，諸夷坐困，此則為法自敝也，所見尤遠。予因序夢軒文而並及之，以質知言君子。

咸豐辛亥二月香山愚弟何瑞齡序

序

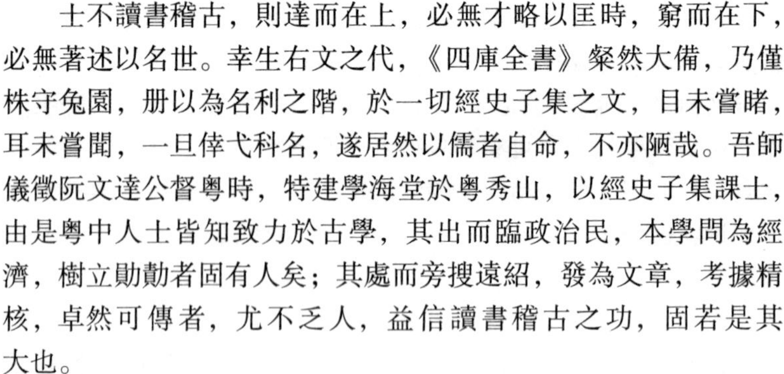

士不讀書稽古，則達而在上，必無才略以匡時，窮而在下，必無著述以名世。幸生右文之代，《四庫全書》粲然大備，乃僅株守兔園，册以為名利之階，於一切經史子集之文，目未嘗睹，耳未嘗聞，一旦倖弋科名，遂居然以儒者自命，不亦陋哉。吾師儀徵阮文達公督粵時，特建學海堂於粵秀山，以經史子集課士，由是粵中人士皆知致力於古學，其出而臨政治民，本學問為經濟，樹立勛勣者固有人矣；其處而旁搜遠紹，發為文章，考據精核，卓然可傳者，尤不乏人，益信讀書稽古之功，固若是其大也。

番禺梁君夢軒與余同門為山堂老友，家多藏書，日擁而讀之，至老不倦，間或攄其所見，著為古文，繁徵博引，足稱宏富。至於救時之策，尤能切中情勢，可以施行，惜乎困於塲屋，終老牖下，未克展其抱負，又足跡不出鄉里，文譽弗獲遠揚，年七十有四，已歸道山。今其喆嗣濟翔將以所遺《心遠小榭文集》付梓。屬余為之點定，並弁數言於簡端，因得盡覽所作，益知夢軒生平，有匡時之才略，有名世之著述，皆自讀書稽古中來也，雖生前闃寂，而身後流傳，不誠愈於陋儒之博取科名，轉瞬間已與草木同腐者耶？後之讀是集者，可以興耳。

光緒元年瀋陽樊封序，時年八旬有七

序

聞先生名久矣，憶自少時讀《太叔祖勵畊公七十壽序》，其詞樸以古奇而雄，知為先生巨製。古之人與心焉企之，竊自恨余生也晚，未獲親覩先生之德行道藝，時切觀摩，致數十年窮廬株守，獨學無成，為可惜耳。歲甲申，就梁觀察聘館於鳳浦鄉之凌雲閣，適先生之孫兆鏗亦來受業於門，乃得索其文飽讀之，而先生之為人宛然在目矣。蘅之來豈或後哉？越乙酉，集將付梓，兆鏗承乃翁命，以所遺文屬為校訂，蘅不學任曷能勝。然於校字時，重讀先生文，覺一時有墨皆金，無筆不鐵。古松其骨，仙竹其姿，如登泰山之頂，雲氣忽來，逸情為之頓遠也；如觀大海之濤，長風鼓盪，豪懷為之一壯也；如捫岣嶁之碑石，赤字青好，古之心又為之隱動也。捧誦再三，心竊喜，喜欲狂，狂且舞，及回顧己所為文，又復轉而生慚，慚且懼，懼斯惱，所謂見王嬙西子，歸而自憎其貌者，此也。先輩文豈後學所能捉影掠聲，略為仿佛者。吁！先生之文高矣，古矣。竊願兆鏗輩讀其文，寢饋弗忘，孳孳焉，日勉於學，祖武是繩，無忝厥志。俾先生之學得以光前垂後，道脈長延，心之遠而名愈彰，緒之留而文未墜。此先生志也，亦即鄙人所為深望者。

時光緒十一年乙酉秋仲通家姪陳蘅芳謹序

卷一

論

兵不可一日忘論

昔先王之設兵也，將以禦禍亂，而亦以備非常也。禍亂之事已成，非兵不足以堵剿而安定。而非常之變不測，非兵不足以自固而銷弭。兵固當豫籌於禍亂未來之先，而尤當修備於禍亂已戢之後，故兵可百年備而不用，不可一日緩而廢弛，誠以亂多出於意外，而變常生於已安也。

即如今春二月，英夷猖亂，百麥恣睢。（傳聞英逆義律、百麥，皆兵頭，馬哩信，英逆參謀，義律主和，百麥主戰。二月逆亂，實馬哩信慫恿百麥為之云。）藉我皇上之天威，賴大將軍而伸討，省中大憲與參贊一德而一心，西臺將官擊暴夷，三炮而三北。既已兵民協力，夷目授首，我師氣張，英逆膽裂，義律兵頭沮然思遁，三檣逆船盡皆退出，獅洋寗謐，虎門肅清，似乎已安已定，可以偃武，而兵不必用矣。不知英逆之性狡獪叵測，英逆之志貪得無厭，柔以懷之，則英逆以我為怯而狡然思逞。惟威以震之，斯英逆以我為能而帖然懾服。以今日之事勢，衡古昔之兵謀，誠有如鶡冠所云："兵不可一日忘者也。"

生本愚昧，不足以知兵。惟恨英逆之陸梁，憤義律之橫肆。

今逆雖已遁，仍當思患而禦防。生以為備夷善後不可一日忘者，有十事焉。

其一、炮臺之亟宜堅築也。沙角、大角、横檔為夷船入口要區，英逆之亂也，沙角、大角二炮臺已被轟毁，横檔亦復破傷，若此三炮臺修築牢固，守之以精兵，則逆夷不能入，誠有所謂“一夫當關，百夫莫敵者”。而或者曰：“昔日豈無炮臺，而英逆長驅直入，炮臺似不足恃也。”而不知炮臺之制宜精，炮臺之築宜固，守臺之將宜威，護臺之兵宜備，使英逆無所用其長，而我兵無驚惶之弊，則守之易易也。生謂炮臺之制宜圓，圓則炮彈之擊也易卸，臺圍宜約十五六丈，中間空六七丈，以為池，臺週厚二丈五尺，高下則因地勢度炮位。恰當夷船者以為設施，其垛厚八尺、高七尺，每一垛口置大炮二位，一在前，一在後，炮位外門約高四尺、闊三尺，中間稍狹，内則漸殺而闊至六七尺，兩傍作龕，深闊約三尺許，以藏掌炮之兵。臺厚原二丈五尺徐，垛厚八尺，以為炮車輪流疊進之地，垛裏架堅厚横木以為蓋，垛後近池約餘五尺，週環各去丈許，豎石柱上架大木，插直貫於垛，以承垛上横木，蓋上覆以灰沙，堅築厚二三尺，衺下如屋瓦面。然夫逆夷之攻入也，必先登檣盤以千里鏡窺人虛實，然後乘虛轟擊，或纜懸五六百斤小炮，從高下擊，或向空燃大口短炮，炮彈大如西瓜，内藏火藥碎鐵，墜營迸裂，散如礸磹，焖燒營帳，此最利害，不能卒避。若炮臺有蓋，逆夷不得窺我虛實，彈子下擊不能傷我臺兵，而落於池，任其大炮轟擊，斷不能穿我臺垛，而我掌炮之兵不驚，衹從炮門審視逆船，度中而後發，發則隱其身於龕中，畢則推炮退後，而後炮又進，循環不已，逆船雖堅，其能當我環炮乎？計一處炮臺不過三百膽勇之兵，多置鳥鎗鉤鎗，以防敵兵，從炮門划入則可以固守，此事半功倍而萬全者也。炮固貴重大，而尤貴乎長，長則能去遠。凡擊逆船必先發小炮，逆以我炮不能及遠，船必駛近，然後發長大之炮以擊之，斯炮無虛發，而逆船齏粉矣。炮臺之築宜用灰沙，不宜用石。石之當炮也，其聲轟磁如天崩地坼，則我軍震恐；灰沙之當炮也，其聲不洪，則我軍安帖，兵不震恐，而戰心乃雄。戰心雄則人思立功，安有臨敵退走之患？至于守臺之將官，必需鎮副，其將尊，然後兵不敢慢怠而用命，則一可當百也。炮臺之後，又必擇險要築小土城，住兵以防後襲，或鑿陷坑深丈廣二丈，炮臺之前亦留餘地，以作陷坑，逆兵不能搶登則備禦週也。即奸夷一旦為逆，船炮雖利，而我之堅鞏足以禦之，安所得長驅而進也？虎門以内可無虞也。炮臺之守所以衛省城也，則凡虎門以内之炮臺堅築之法，當視此矣，此不可忘者，一也。

其二、澳門則尤宜糾察也。澳門本西洋旅寓，今則英逆之富商奸賈皆寓於此，英逆兵餉、火食、火藥，皆仰給於澳門。澳門者，英逆所萃之淵藪，而恃以為根本者也。今西洋弱而英逆强，西洋輒為英逆所抑，加以英逆叵險意計姦深，往往句通漢奸以為耳目，所有上諭京抄督撫轅門日報，逆輒先知。於是國家用人行政，官吏升黜與省中大憲時刻動静，無不稔悉，機事不密，莫此為甚，皆漢奸之為之也。而漢奸多在於與英逆交易之媽氈與服役，英逆之沙文供火食之金不多，若不嚴加糾察重為究辦，則漢奸不絕於澳門，而英逆覬覦畔援未有已也，宜設文武大吏駐防澳門，多設兵役嚴密督察，務以杜絶漢奸之私通，備悉英逆之詭譎，關閘、前山二處又屯之以精兵，設英役亂萌，關閘、前山之兵可一呼而集，乘其未備，盡將住澳英逆之富商奸賈拿獲，解省監禁。嚴究英逆根本已失，兵餉、火食、火藥無所措辦，省中消息不能相通，無以知我運籌，而英逆之計窮矣，此不可忘者二也。

其三、横檔西河之炮臺宜加嚴也。夷船進港之道有二：一為横檔東，一為横檔西。横檔東深必經炮臺之前，横檔西淺乃在炮臺之後，夷人貨船重必由横檔東，逆夷兵船輕可由横檔西。今春二月，逆夷之奪横檔、虎門也，火船兵船皆由横檔西河而入，故得轉攻横檔之後，炮臺之失守，職是故也。此宜相地加築炮臺，或於深處用泥石塞淺，務使火船兵船不得任意往來，則英逆雖黠無所施奸矣，此不可忘者，三也。

其四、虎門内河之炮臺宜添置也。逆夷兵船進省有南北二路，北路則由魚珠，南路則由石頭嘴，中間岡巒綿亘，迤邐中流，山至東盡與魚珠、石頭嘴形勢如品字者，為長洲尾；以北路言，則魚珠在北，長洲尾在南；以南路言，則長洲尾在北，石頭嘴在南，如門户相對，皆依山傍田，犬牙相錯，均當逆船來路。魚珠、石頭嘴、長洲尾三處最宜添置炮臺，夫逆船之利在風，占上風則炮之發也競而去遠，且炮烟冲我，我兵昏瞀，炮施無準，而逆船之炮得以巧中，若在下風，逆炮一發，滿船皆烟，移時不能盡散，炮不得再發，此逆船所深忌。若魚珠、長洲尾、石頭嘴俱築炮臺，南北可以交攻，我師必占一上風，逆船必在下風，逆失其利而中其忌，逆船雖堅駛不能飛渡矣，此不可忘者，四也。

其五、護臺之船宜堅利也。凡一處炮臺必設師船，或十艘或二十艘，左右遥列以為犄角之勢，一以遥望逆船，一以近護炮臺，如見逆船之來，即駕駛飛報，炮臺即預為之備。夫剛之至者度我，剛不能敵，惟柔足以制之，大之至者度我，大不能及，惟小而多亦足以制之。師船之制不宜過大過高，計船可發千餘斤炮，不震不裂而止；過大則轉掉不快，過高則炮施難準，高大得中而師船始適於用也。至於裝船之木必需堅厚，或力木或紫荆木之等，不宜用杉，杉木鬆脆而不堅韌，不足當逆船之炮，亦不能載發千餘斤重大之炮，蓋擊逆船之炮，非千餘斤不足用也。師船既堅牢，則逆或以大船攻臺，而我師船四面遊奕，窺其有間可乘，則駕船駛占上風，忽遠忽近，彼退此進，輪疊而攻，或排列蜂聚而合攻，使逆船應接不暇，則攻臺不得專，而我臺上可整暇而施炮，此取勝之一道也。如逆以三板攻臺，則師船可以左右環攻，三板亦斷不能取勝矣；或招集拖罾魚船百數十隻，以兩船為一連，上掛罾罛三重，則敵之大炮可禦，蓋大炮之攻，其勢甚競，惟罾罛之軟且疊三重，則不能穿，適足以瀉其彈而入于海。更于各船上置七八百斤小炮二，二船相連，共得四炮，十連為一隊，每分四隊，四面輪攻，自遠而近，亦能困逆。且英逆所恃者火船，以為彼所獨有，而火船之制，我廣州巧匠有能仿而為之者，亦宜購匠督制一二隻，以奪英逆之巧，亦得以護我師船追攻英逆，則英逆無所逞其技矣，此不可忘者，五也。

其六、保兵之餉宜預儲也。近年洋行商人，多至不支，蓋亦有故。其弊半由奸夷半由貧商，而港脚白頭之夷奸黠尤甚。白頭之夷一味貪詐，籠絡貧商貨之價也，先探得時價，然後與之議售，甜言滑舌，務使貧商虧本而後售。而貧商明知虧本而亦與之售者，商久窮困，或關餉催迫，或客帳難延，無所為計，一受其貨即便發價，得收其貨價，以救目前之急，取東補西，牽南填北，至無所牽取，不得不敗露而歸之夷欠。此各行夷欠積致數百千萬之所由來也。欲絶其弊，莫如設公行。公行者，合衆行而為一者也，其法無論入口出口之貨，一皆歸公行辦理，公行之事務，每月各商輪流分值。其入口出口之貨餘利皆有定額，貨十利一，如貨值銀一萬兩，除國餉使用外，准洋行得餘利銀一千兩，不得多取，亦不得私減，其所得之餘利，半歸洋商，半貯洋行會館，每月晦日，公行值事之商將一月出入口之貨價若干，會館應存貯若干，造册詳報海關咨督存案。倘夷人蠢動，一切兵餉皆取支於洋行會館，不足然後動支庫項，如日久無事，此項乃歸洋商，是財用之在洋行會館者，與貯於帑藏不殊，有急而需，一朝可取。傳所謂即以其人之道還治其人之身之意也，或曰本十利一，毋乃太重。然聞夷人貨歸發價所得餘利或倍於本，或半於本，今取其一，較之夷人所得，微之微也，不足為重。果能如是，則夷人無商欠之累，洋行無貧乏之商，而禦夷之兵餉可免由各省轉運之勞矣，此不可忘者，六也。

其七、燒逆船之謀之宜謹密也。夫逆船最忌火攻，然與其明攻不若暗圖，明攻則逆可以抵禦，暗圖則逆無所措施，蓋兵不厭詐也。然暗圖之法，用兵又不如用民，用兵則事機慮其或洩，蓋兵不得將令不敢擅行，行則不能匿跡；用民則計畫莫不同協，且民不必待令見可而進，進亦無跡可疑。生謂於沿海村鄉，凡沙坦，潮農與歲，必入水挖取污泥，以為田料者，必善游泅，如英船進港為逆，即密諭沿海村鄉諸紳耆，明示賞格，燒一三檣逆船賞銀三千兩，一三板賞銀二百兩，即不用火攻，而或别用奇謀，奪得三檣船與三板，亦如燒之賞。其船與炮械彈子火藥等歸官，貨物銀兩論功全賞，生獲一逆夷兵頭，賞銀五百兩，如獻級有據，賞銀三百兩，生獲一逆夷兵，賞銀一百兩，獻級者半之。若打仗被傷給湯藥銀二十兩，陣亡給優恤銀二百兩，使之各密諭其左近膽勇善游泅之農，教以潛燒逆船之法，倘能成功，着紳耆帶領潮農到省領賞，則農人深信而争先立效矣。其潛燒之法，不用多人，每一逆船用二人，月黑之夜泛二木桶，桶可藏火藥三四十斤者，桶旁有環，以丈一二尺草繩繫連之，桶面以油紙固封之，惟留一孔以通藥綫，貫以竹筒藥綫，繫然香二寸許，上覆以稻稈，一人湧一桶，人仍以稻稈覆首，逆夷即見，以為水之泛稈也，必不知覺，乃從順流湧至逆船邊，分桶而合抱之，少頃火發，船必不免。計逆船多寡，以為用人、用桶之數，發必齊發，不得于彼必得於此，且可一舉而盡灰燼之，斯法之至妙，即逆夷知覺，擊以鳥鎗，人從水底泅去，亦不至傷。而我則或虚或實、或間夜或夜夜而為之，如計一行，逆無噍類脱計不就，逆夷罷於看守，又恐有失，必不敢逗留而自退矣。然此特潛燒英逆之一法，不必迂拘，或有特建斃夷妙策，功成賞亦如之。又或於在昔招徠撥歸總局之快蟹，密傳其頭人及各水手而面諭之，將各快蟹分列字號，頭人某、各水手某某而編記之，示以燒船殺逆賞格，諭令各出奇計，陰為設法，如某字號快蟹有功，當賞於設謀尤為出力之人，先給頂戴，然後頒賞，賞必齊集，其頭人水手當堂按名分給，如一人不齊不得領賞，則官吏頭人不能兜吞，而快蟹之人志益奮勇，争圖立功，必有奇計以斃逆矣。又或於尚未招徠，現與夷逆載私出入之快蟹，使幹役與素能制快蟹蛋民死命者，持賞格密諭使之合謀暗算，有功則赦罪加賞，否則妻子為戮，蛋民畏罪放利，又必有以圖逆。圖逆多方，逆斷不能不潰敗矣。此不可忘者，七也。

其八、制登陸之夷之宜整備也。逆夷長於水攻而短於陸戰，巧於火炮而拙于刀牌，兵雖敢死而失之輕燥。生以為合民兵而兩擊之，可取必勝，逆之來也，即先明示賞格於各山鄉暨各客家村莊，勸勉鼓勵，使之協力擊逆，如數隊合擊，勝則均賞，逆之服物不得私藏，亦皆均分，毋得見利舍逆以自取敗。然兵民雖合而仍利於分兵，與兵為隊，民與民為隊，又使之自擇其同心同力之人以為隊，則兵民無睚眦之嫌、無强弱之争，兩相輯睦而攻逆專矣；分隊貴多，隊多則更畨接應，層出不窮，逆不能支，隊不必多人，人多則聲譁意别不能畫一，隊或數十百人，如二百人先刀牌，牌以水浸漬則逆鎗不能穿；次鳥鎗，次弓箭，次順刀手，民不習弓箭則刀牌鉤鎗，順刀手為次，蓋逆夷足硬，一蹶難於復起，故利於鉤鎗，於是窺逆必由之路，四面埋伏，掩旗息鼓，先使數十人示弱以誘逆，逆知進而不知退，必窮追度至伏所，而後喊聲返戰，戰則伏兵四起，左右衝擊，旗張鼓震，遍野皆兵。逆必倉卒無措，又憎我衆彼寡，首尾必不能相顧，必自亂。夫逆之利在炮，逆兵本無多，登陸多不過數百人，大炮不能轉運，所用必四五百斤小炮，倘見逆火光，則羣伏卧於地，聞炮響即起而趨奔赴逆，比至近，逆小炮不能發，只用鳥鎗以濕牌禦之，牌刀即乘勢斫逆，而鳥鎗又進，弓箭鉤鎗順刀手疊進，逆鎗不得再鳴，必不能禦則奔逃四散，又不識道路糊跑亂竄，而各處兵民逢逆便殺，逆無噍類矣。其尤妙者，先備救火之水車於伏中，逆至將近，即從中突出，力鼓水喉以射之，逆必不能站立，濕其衣身鳥鎗，逆失所恃，逆無能為可盡擒殺。羅大經云：開禧用兵，諸將皆敗，敵常以水櫃敗我。則古之人有行之者。逆既分兵登陸，船内必虚，乘時令水勇襲取以成大功。聞潮州三陽壯勇鳥鎗捷利，視死如歸，最為勇敢。番禺慕德里鹿步與東莞新安之鄉人，刀牌敏捷，習于鬬仗。平居一言之忤，一物之争，常奮不顧身便糾衆排戈攻殺，若作其義氣，許以重賞，此可用以誘逆，或從後截殺，必立奇功。逆夷食黄牛而畏水牛，水牛畫以虎文，仿田單火牛之法，亦可以破逆。逆兵鳥鎗擊人，十中其七八，凡兵器之可以蔽身而眩逆目者，最利於用，則戚少保之狼筅，亦可仿以潰逆，此不可忘者，八也。

其九、斷逆進港之路之宜扼要也。逆夷專利，以通商為急而反覆，凟陵勢必封港不與交易，慮其猖獗計，必塞河以阻逆，而塞河必得其要，庶幾費半功全，聞莊棚之上約五里所有一險隘，水面雖闊而深處僅通一夷船，名曰破牛，又名兩坡，計沙石不過數百艘，便可塞斷，厚五六丈，其餘水面當潮極長，火船兵船亦可出入，塞法須如馬跡，或圓或方，或長或短，棋佈交錯，務使水道曲彎，逆船不能運掉，計用沙石二千餘艘可以集事。若全封夷港，則塞斷此處，所有夷船俱不能進；若只封逆港，惟虞逆之直造珠江，則南路塞長洲尾、石頭嘴之海口，或穗石、新造、大岡之海口，或南亭汛、海心岡之口；北路塞鳥涌上之淺，或黃浦沙尾之淺，或獵德上之淺，逆自不能渡。然塞海不可專用大石，宜雜以細碎沙石，逆則不能疏挖，又必守之以兵，逆乃不敢疏挖，此處又築有魚珠、長沙尾、石頭嘴三炮臺以為護，逆斷不能肆行疏挖。逆南北俱無進省之路，而省城可無兵火之驚矣，此不可忘者，九也。

其十、制逆死命之策之宜勇決也。夫逆以茶葉、大黄為命，湖絲、土絲、桂皮等，又逆所必需，倘逆不念我朝厚恩，仍自作不靖，則禁絶茶葉、大黄等不許來粤。聞茶葉、大黄，夷人固不可一日不食，而茶葉于夷婦尤為切要，夷婦孕育不得茶葉，必生産後之病，十不生一，嬰孩亦隨之而夭。夷族婦尊而夫卑，土廣人稀，若絶其茶葉，不過三年，死喪頻仍，逆不聊生矣。然必全封夷港，於各國恭順之夷則温語鼓勵，令彼共滅英逆，然後與之通商，以杜轉鬻茶葉各貨之弊，則各夷亦必共慫逆而攻逆，即不能亡逆，逆必不敢與我為難矣。若不全封夷港，惟不與英逆通商，則重收關税，使逆暗虧其利而受其害，重税之法不必加收夷人之税，而收各貨來粤之税。查茶葉、大黄、湖絲等來粤有小嶺、大嶺兩路，兩路各設一關，專收茶黄湖絲等税，凡貨至關，即登記客名字號，每百斤税銀五兩，給票過嶺；貨至我粤韶關，又税銀五兩給票；至省交粤海關查驗，又税銀五兩然後給票，歸貨行發鬻。聞黑茶為英逆最重，各國不甚銷流，於黑茶特加税銀二兩，每百斤各關税銀七兩，我粵産如和平、清遠、四會、古勞、西樵等處，則於其出山要津，關而税之，税亦如之，徵土絲之税，法亦如之；桂皮來自粵西，則於梧州關税之，税如茶黄。凡貨若無各處關票，便為私貨，一經查出，罪與販賣烟土同科。仲夏之月，夷船歸國十凡八九，於是會核各關來粵之貨與貨客，貨行所發價洋行受貨若干、舖家若干、尚存若干，舖家受貨歲有定額，不得過萬斤，一一而對，比之如來粵之貨，各關互有多寡，貨行來貨浮於發價，必有走私之弊。即將關吏及貨客貨行之商，嚴行究辦，則走私之奸不緝而自絶。又凡各省商販，販洋貨出粵至韶關，每疋大呢税銀一十兩，小呢五兩，畢嘰四兩，洋布二兩，魚翅、魚肚、海參每百斤税銀五兩，檀香、洋參每百斤税銀一十兩，其如胡椒、木香暨諸藥物雜貨等，量其貨而上下之，所取税項即以為填補此次逆亂軍需。英逆既不得通商，定必轉鬻於各國夷商，而各國夷商受貨既昂，轉售必貴，計一歲洋貨來粵不下數千萬關税，既重則貨轉必滯，我粵消用幾何？逆貨即假各國來粵，亦不得不賤售，逆賣買俱虧，不出十年必大困，無能為矣。或曰茶葉乃中土恒産，一旦禁絶，徽、閩等省民業半廢，豈不自受其累，不知茶葉為夷人日用要需，度夷人舊屯，斷不能敷用三載，三載之後逆無所為，計必心降誠服懇請通商，此時嚴諭各夷必彼自願出具甘結，一遵我朝定例，方允其請，而徽閩之茶當禁絶之時仍照常收辦，暫貯本處，立定綱程；若開港通商，茶葉發價先舊後新，舊茶苟未清售，新茶不得度嶺，如違貨没入官，人則治以販私之罪，茶雖暫時停滯，民業亦無所害，此實以柔制剛，以静禦動之上策，强於十萬雄兵。此不可忘者，十也。

誠能於十者，豫籌而力行之，逆夷必自困，不第不能為逆，并不敢為逆，我粵可安堵無慮矣。所謂不可一日忘者，以今日事勢而論十者，其切要也。生淺近之言等於芻蕘，本不足道，惟目覩昔月英逆之跛扈虐暴，籌酌今日攻守之至善至美，不恃愚昧，謹抒臆見，竊以為有合於古昔之兵謀，而先王設兵以備禍亂，禦非常之深意，不外是矣。

馬文淵不入雲臺論

天下功名事業，有以顯而顯，有以不顯而顯。以顯而顯則其為顯也，衆以不顯而顯，斯其為顯也。獨夫顯之衆者，顯與衆共，惟顯之獨者顯為獨彰。昔漢明帝圖功臣於雲臺，馬援以椒房之親不與，陸稼書謂：明帝知有功不報非所以為公，知功同而報異非所以為公，有心薄之非所以為公。松謂：雲臺之圖，所以顯諸臣佐命之功，使垂之萬世永永不没耳。若馬援之於漢，其坐制公孫策圖隗囂，西平羌亂，南破交趾，功不在馮寇祭銚下，其聚米以陳形勢，據鞍以示矍鑠，帷幄運籌，英風卓越，千載之下如見其人，雲臺雖不圖馬援，而後之人讀《漢書》，觀雲臺諸賢，其心莫不有一椒房之親馬援。在雲臺諸臣如萬修、王梁、陳俊、劉植之徒，亦不甚赫赫，昭人耳目，其顯名後世不逮馬援遠矣，又何必圖於雲臺而後顯耶？雲臺不圖馬援，而馬援之功益以顯，馬援之名益以著，何也？後之名儒見雲臺不圖馬援，以有心薄之咎，明帝咎之，實以顯之也。又以明帝以椒房之親，故不圖馬援於雲臺，為馬援惜，惜之益以顯之也，欲示公於天下，雲臺不可無馬援，為顯名於後世，馬援不必圖雲臺。圖雲臺而功名顯，不圖雲臺而功名益顯；圖雲臺，功名著於後世之人之耳目，不圖雲臺，功名繫於後世之人之心。雲臺無馬援，雖謂雲臺有馬援也可，明帝不圖馬援於雲臺，雖謂明帝為特厚馬援亦無不可，其咎明帝惜馬援淺矣。

漢亡論

人知覆漢天下者，董卓、李傕、郭汜，篡漢天下者，曹操，而不知實由於何進。人知壞漢天下者，宦官擅權，而不知實根於何太后柄政。何則？何進以太后貴位大將軍，兄弟並領勁兵部曲，將吏皆英俊名士，樂盡力命，天下事在其掌握，素知中官為天下所疾，而欲誅之。袁紹進説以竇武欲誅内寵，言語漏泄反為所害，為言其籌策明切，至中害弊，乃進不之決，而以計白太后。太后不聽，進乃狐疑，稽久反從袁紹後策，不聽陳琳之諫，召四方猛將諸豪傑，使引兵向京師以脅，太后遂西召前將軍董卓屯關中上林，卓兵未至，而進之頭已齒渠穆之劍矣。何進既死，卓即逞奸兵入京師，首謀廢立，遷何太后於永安宫，遂以弑崩。於是縱放士卒淫略中貴戚室婦女，剽虜資物，謂之搜牢。又遷天子西都，酷戮賢良，淫刑以逞。王允深患，謀使吕布誅之，董卓既誅，而李傕、郭汜之亂更甚於卓。三四年間，至長安城空，關中無復人跡。逮後，韓暹大破李傕，韓融又與傕、汜連和，帝乃得還洛陽。建安之元，諸將争權，韓暹又攻董承，承奔張楊，暹乃矜功恣睢，董承以為患，乃潛召兖州牧曹操。操遂移帝幸許都，許之後權歸曹氏，天子總已百官備員，卒移漢祚。然始終皆一，何進階之厲也。使當日袁紹説進，進即從紹議，盡誅奸宦以謝天下，朝廷肅清，袁紹不必再畫脅太后之策，董卓何緣引兵至京師。董卓不至，傕汜之亂不萌，韓暹何緣恣睢，曹操不過一盛世之能臣耳，何緣遷許篡漢耶？然此皆何太后柄政之所致也。進之心未嘗忘中官，特以太后包荒重違其意，以故遲疑欲徐圖耳，不幸為中官所圖，固進之自取而不得謂非太后致之也。或者[①]曰：當進之時，中官蹇碩典禁兵，張讓、段珪、趙忠、畢嵐之徒布滿宫掖，擅柄朝廷，進雖總握威權，恐難一掃而滅，不知蹇碩欲圖進，進已使黄門令收而誅之矣。袁紹趣董卓欲進兵平樂，觀小黄門皆詣進謝罪，惟所措置矣。袁紹勸進便於此決之脱，進從紹計，乘時掃滅，此曹猶鼓洪爐燎毛髮耳，乃不出此而卒中張讓之謀，成嘉德之禍。漢之危亂，魏之代漢，實兆於此。語

① “者”，原文如此，疑應為“昔”。

云："當斷不斷，反受其亂。"何進之謂也。吾故曰："壞漢天下者何太后，而覆漢天下者何進也。"

縱囚論

守信達順，難於自修之君子；感恩激義，不難於兇惡之小人。《傳》所謂"中庸不可能，而白刃可蹈"也。歐陽子《論唐太宗縱囚》謂：太宗意其必來以冀免，而縱之以求名，囚意自歸而必獲免，所以復來，此事後之論而未深察諸事理者也。余以為太宗此舉，實一時惻隱之發，而囚之歸而就戮顧出於感恩，而激義太宗好名之主也，囚不縱不害於名，縱而不歸則敗名，囚，兇徒也，心不足問，且三百九十衆，其志不能畫一，有如萬分一，有一人不及期自歸，即取笑當時，貽譏後世，實甚處萬無敗名之地，故冒為甚易敗名之事，雖至愚不為，而謂好名者為之乎？而太宗為之乎？夫屠人屠殺鷄豕牛羊，君子猶惕然動念。太宗有唐一代英辟，録大辟囚至三百九十，而為之怵惕不忍，未必事之必無，吾故知太宗實發於一念之惻隱，如齊宣不忍殺釁鐘之牛，當其縱之時，必無有名之見存也。囚自歸而冀免，此幾倖之事，罪大惡極之徒，姦譎百出，安知必盡信其獲免，必無有一人疑其不獲免者。吾又知囚之自來，實自念罪戾重極，死不償辜，而邀恩格外，感激不勝耳，使非其胸中懇懇勃勃，有激於義氣之重，而死之輕，斷斷不出此，且其事非太宗創也。王伽固嘗行之，伽為齊州行軍參軍，送囚徒李參等七十餘人詣京師，次滎陽，伽憐其枷鎖辛苦，悉脱之，使行至京師，與期曰：某日當至，如致前卻，吾當為汝受死，流人咸悦，依期而至，無一離叛。王伽以死抵囚徒，非能免囚徒者；囚徒之不離叛，亦豈冀獲免耶？無他，至誠之感，未有不動恩感於意外，而義激於中也。

夫桀悍之夫，平居不顧義理，争睚眦，輒剚刃人腹、取人頭作飲器；落拓窮困，便椎埋劫奪不復畏恤，一旦逢知己，感一金一飯之恩，雖赴湯蹈火、粉身糜骨，有所不辭，非熟理精義，其性氣然也。矧其自分即死，忽得延數十日之生，其心感之至，豈一金一飯云爾哉。歸而就戮，囚死有餘歡不足為難，不然雖明詔之，來歸則赦之，不來則殺之，未可操券其盡來也，何也？囚誠冀免彼小人之尤無有遠慮，寧肯舍目前已然之免，而復來以儌倖異時之免哉，不近理之至也。然則謂太宗閔此囚感恩激義而復來，而故赦之，則可謂太宗意囚冀免而必來，故赦之以求名則不可。太宗假以此求名，何不於囚之來歸殺之無赦，施恩而不虧法，明信而不違義，為大得名，顧姁姁瑣瑣，徇情委法，貽人口實，名於何有？然則謂太宗施恩德六年，不能使小人不為極惡大罪，而一日之恩能使視死如歸而存信義，為不通之論。又謂縱而來歸而赦之，不可為常，非聖人之法。此尤膠固之甚，昔大舜在位三十有五載，不能使苗民之不逆命，舞干羽，七旬而有苗格，亦可謂之不通之論乎？夫干羽之舞，亦偶一為之耳。若凡有不庭征之弗服，舞干羽而可使之自格乎，亦可謂為聖人常法乎。夫受恩常忽於平時，而激義多發於一日，異典無傷於仁術，雖骫法不害於常經，豈獨囚也哉，豈獨縱囚也哉。是故，尚論古人必察夫事理，不逆詐以掩德，不因難而蓋易。

贊

代家矩亭書文震公畫竹題辭贊

亭山族祖文震公有志節，善畫竹。余耳之素矣，輒恨不得一見。丙申，余給假歸里，至亭山謁始太祖，覩公畫竹於祠壁，筆意古勁，可想見其節操。後讀叔祖夢軒畫竹題辭，不禁贊嘆，不置感慨係之矣。為書題辭於畫首。

考

三歸考

《論語》管氏有三歸。朱子注：三歸，臺名，事見《説苑》。松按：《説苑·善説篇》桓公立仲父致大夫曰：善吾者入門而右，不善吾者入門而左。有中門而立者，桓公問焉。對曰：管子之知可與謀天下，其强可與取天下，君恃其信乎？内政委焉，外事斷焉，驅民而歸之，是亦可奪也。桓公曰：善。乃謂管仲，政則卒歸于子矣。政之所不及，惟子是匡。管仲故築三歸之臺，以自傷于民。據此，則是桓公猜疑管仲。管仲無以自白，乃築三歸以自傷于民。夫任賢勿貳，桓公既疑管仲，何以成霸？且臺名三歸，義何所取，此事之不足信者。管仲築三歸以自傷于民，乃閉門自省之意，則此臺未必侈靡，以取怒于君，結怨于民。與聖人謂管仲有三歸為非儉之意，相剌謬。

又按：《韓非子》桓公解管仲之束縛而相之。管仲曰：臣有寵矣，然而臣卑。公曰：使子立高國之上？管仲曰：臣貴矣，然而臣貧。公曰：使子有三歸之家？管仲曰：臣富矣，然而臣疏。于是立以為仲父。霄略曰：管仲以賤為不可以治國，故請高國之上；以貧為不可以治富，故請三歸；以疏為不可以治親，故處仲父；管仲非貪以便治也。此云桓公以三歸之家富管仲，則三歸或地名，以三歸地賦與管仲也。歸或數名，如十萬為億之類，以三歸之財與管仲也，故管仲曰臣富矣，則三歸非臺名可知。管仲患貧而請桓公與以三歸之富，則管仲不能安貧而侈奢可知，此方與聖人謂管仲非儉之意脗合。《説苑》本不足信，而朱子取之何也？《説苑》又云：桓公使管仲治國。管仲對曰：貧不能使富。桓公賜之齊國市租一年，然則所謂三歸者，倘其以三處市租歸諸管仲與。又《國策·周策》齊桓公宫中女市女閭七百，國人非之，管仲故為三歸之家，以掩桓公。鮑注：仲蓋三取女也。包咸注：《論語》亦曰娶三姓女，婦人謂嫁曰歸，則非自傷于民也。《説苑》之非益見，而娶三姓女之説，于理亦究非所安。《禮》大夫不再娶，仲相桓之年不可考，然桓尊之為仲父，則其有年可知。仲雖貧，嘗與鮑叔賈，分財多，自與未必不能娶。仲娶三姓女，亦指妾言耳。《史記》云齊中衰，管子修之，設輕重九府，則桓公以霸，管氏亦有三歸。上云設輕重九府，下云管仲有三歸，是言管仲之富也，且與桓公以霸對舉。若云三歸為三姓女，以一上相而有三姓之妾，何足為異？何足以見管仲之富？何足與桓公之霸對舉？

陽湖孫氏曰，或據《説苑》以三歸為臺名，非也。《説苑》蓋言築臺以居三歸耳，孫氏知三歸之非臺，而不知三歸非三姓女，亦非是也。又按《晏子·雜篇下》晏子相景公，老辭邑。景公曰：昔吾先君桓公有管仲，恤勞齊國，身老賞之三歸，澤及子孫，今欲為夫子三歸澤及子孫，豈不可哉？翟晴江教授云：以管氏本書證之三歸，特一地名。讀《輕重篇》自見三歸本公家地，桓公賜以為采邑耳。此説最是。金仁山謂，算家有築臺三歸法，説近附會，方庶常觀旭嘗非之，則以歸為數名，尚不能與翟説争審，而謂築臺傷民之説，為可據乎？

按班氏《食貨志》亦云，在陪臣而娶三歸，皆謂三歸為取三姓女。據《國策》：齊桓之非在多女，仲欲掩桓必多娶女而後可。《禮》：諸侯娶三姓女，大夫娶一姓女。仲大夫而娶三姓女，故謂仲為侈似也，然有可疑者，《禮·郊特牲》：古者五十而後爵，何大夫冠禮之有？雖仲相桓之年無可考，然桓尊之曰仲父，其為五十以後可知，未必此時仲猶未娶，則仲非娶于相桓以後又可知。或曰：仲妻没而繼娶耳。夫仲喪妻之年不可考，即以為繼娶，桓公初立，勵精圖治，未必為女市女閭。女市女閭當作于既霸之後，按《史記》：桓公七年甄之會，桓公始霸，即仲再娶于相桓之後，亦未必不後不先，而適在國人非桓之日，使國人不非桓，然則仲將不娶與？此必不然也。程子云：大夫以上無再娶禮。但自大夫以下有不得已再娶者，蓋緣奉公姑或主内事爾，如大夫已上自有嬪妾，可以供祀，《禮》所以不云再娶。據此，大夫不再娶。按《左傳·成公八年》杜注：古者諸侯娶適夫人及左右媵凡九女，是諸侯八妾。《曲禮》：大夫不名世臣姪娣，士不名家相長妾。《正義》引熊氏云：士一妻二妾，卿大夫妾數，雖無明文，而以諸侯八妾，士二妾例之，卿當六妾，大夫當四妾。仲相桓公，位上卿，以一上卿而娶三妾，不得為侈。《疏義禮》大夫雖有妾媵，然適妻衹娶一姓。今仲娶三姓女，故曰三歸，豈亦以仲相桓後而始娶妻耶。

又按《周禮·天官·内宰》：凡建國佐后立市。鄭司農云：佐后立市者，始立市，后立之也。《冬官》：匠人營國，面朝后市。賈疏：朝是陽，王立之；市是陰，后立之。陰陽相成之義。襄楷云：《天官》宦者星不在紫宫，而在天市，明當給使主市里也。《山陽公載記》：市垣二十二星，帝座居中，宦者四星，供市買之事。夫立市始于后，宦者供市買，上見天星。然則桓公為女市、女閭，亦有所取以也。《韓非子》：桓公宫中二市，婦閭二百。注：閭里，門也，與《國策》小異。

辨

虞仲非仲雍辨

《史記·吴世家》：武王克殷，求太伯仲雍之後，得周章。周章已君吴，因而封之，乃封周章弟虞仲於周之北，故夏墟是為虞仲。而《周本紀》云：古公有長子曰太伯，次曰虞仲。二處所載，大相矛盾。

松按：《論語·逸民》伯夷、叔齊、虞仲，而知為周章之弟非仲雍也。仲雍先于夷齊，若虞仲即仲雍，則當先書虞仲，而後書伯夷、叔齊。《論語》書于夷、齊之後，明乎虞仲為周章之弟也。且書夷、齊而曰伯、曰叔，書仲雍當從其例，而不當書虞仲，周章之弟封於虞，故曰虞仲。仲雍君吴，非君虞，又不當稱虞仲。仲雍，名虞仲，或曰：古虞、吴二字通用。仲雍君吴，故曰虞仲。然考之《吴越春秋》太伯曰：其當時有封者吴仲也。古字雖通用，然當時既謂仲雍為吴仲，則仲雍又當稱吴仲，不當稱虞仲。仲雍既名虞仲，周章之弟又名虞仲，是祖孫同名，而世次紊矣。《通志·氏族略》亦謂，虞仲，周太王之子。班固《漢書·地理志》亦以《論語》虞仲為仲雍，皆承《周本紀》之誤。又按：虞仲原封于周北故夏墟，即《漢書·地理志》所謂封周章弟中于河北，是為北吴者也。後世謂之虞為晉獻公所滅，考之殷時諸侯有虞國，《詩》所謂虞芮質厥成是也。大抵武王克殷時國滅，而封周章之弟中于其故墟，故曰虞仲耳。周章以後，世代無可考。

松謂，仲雍本封吴，自周章以前則謂之吴，其後虞仲封于虞，故自虞仲之後則謂之虞，猶之昔人謂盤庚未遷殷以前謂之商，既遷以後則謂之殷也，夫復何疑。

又按：《春秋》桓公五年疏引《世族譜》：虞，姬姓，武王克商，封虞仲之庶孫，以為虞仲之後，處中國為西吴，後世謂之虞公。此蓋以虞仲為仲雍。所謂庶孫，大抵即周章之弟。西吴處中國，大抵即周北故夏墟。所謂虞公，蓋以虞仲為名，非《詩》所謂虞芮之虞地也。

松按：虞有東西，句吴，東吴也。西吴，《齊語》西服流沙。西吴，注：雍州之地。《周禮》雍州嶽山，注：吴嶽雍地近西戎，所謂西吴者，以近西戎而名也。所謂北吴者，以在河北而稱也。西吴、北吴，地同而名異者耳。或曰：盤庚遷殷以後，《書》、《傳》未嘗不言商，昔人之説，恐未必是。松謂：遷殷以後而仍稱商者，不忘其始也。《北史·崔宏傳》：道武帝詔有司議國號，宏曰：三皇五帝之立號也，或因所生之土，或以封國之名，故虞夏商周始皆諸侯，及聖德既隆，萬國宗戴，稱隨本號，不便更立，唯商人屢徙改號曰殷，然猶兼行不廢始基之號，故《詩》云：殷商之旅。此其義也。松謂：《詩》云殷商，商本先於殷，而以殷先商者，可見遷殷以後謂之殷也。

五行生尅辨

青鳥先生誇于青囊主人曰：五服八荒，五行所積也；吉凶悔吝，生尅所致也。予博古有年，折衷盡善，雙山三合，大小元空，驅使由心，兆應畢協，逢生則吉，遇尅則凶。子業地理之業，曾究五行之妙用，審生尅之化神乎？青囊主人莞爾笑曰：萬物必有其創始，衆理必有其不易，故大而《河圖》、《洛書》，支干納音，小而舟輿器械耒耜弧矢，雖歷千萬年，去百億世，苟遠稽創始之哲，研究不易之微，莫不源源本本，按籍無疑。余上博典墳經傳，下獵稗官史乘，名物象數原流莫遁。五行生尅始于何代，創自何聖，著在何經？配合陰陽允符，楊曾聞所未聞，先生誠習而不察也。且其為説，勉强安排，舛錯無紀，今姑置五行之創始，與言生尅之無理，如曰金生水，先生蓋有説乎？

先生曰：何子學之不博也。古以明鏡取水於月，豈未之聞耶？主人曰：噫，先生誤矣。夫天氣下降，陰精之氣凝鏡為水，故以鏡取水，非水由鏡生也。余蓄古鏡，封以側理，藏諸淺櫝，久而又久，封未始漬，櫝未始溢，即泉刀之府，金銀之藏幾何波滾浪漩也。

先生曰：天一生水，夫人而皆知之。乾天屬金，子又何多致辨？主人曰：乾天屬金，誰屬之也？先生曰：《易》曰：乾為天，為金。主人曰：亦為寒，為冰，何不云屬水也。天三生木，天五生土，然則木也、土也，而皆金生也。天下無水不由地中行，泉簾瀑布，峻嶺倒懸，洌井溪流，平原時出，曾不聞南陸北陸，星躔次舍，若決江河也，曷不云土生水也？

先生言：乾天屬金，則坤地土也，土生金，天由地生耶；艮山亦土也，山而生天耶。先生曰：子之論左矣。子見有不土生之金耶？主人曰：先生之説偏矣。吾聞麗水生金，漢永平十一年漅湖出黄金，金不皆土生也。先生見有不土産之木乎，曰土生木，未見其不可也，而曰水生木有至理耶？

先生曰：木資水而生，黄口小兒罔不備悉，子未邃格物之學矣。主人曰：何先生之謬也。夫木以水為恩，以土為母，養物謂之恩，生物謂之母。若養即生也，何異目穀生人，草生馬，露生蜩，羶生蟻也。夫欹巖之松，亢旱不彫，萬年之青，不水而長，其得土也。有誰覩滄江巨浸挺生喬條，洪瀾灝濤頓萌甲拆，况徒水以滛木，木瀕落矣。諺云：榕見水而根縮，即謂水尅木可也。

先生曰：均則資生，多則反尅。子不揣本而齊末，夫何足言？主人曰：胡金多而不尅水，土多而不尅金，木多而不尅火也。余嘗見油沸于鼎，澆水則焚，水生火也。今曰木生火，其義何也？先生大笑，揚言曰：古人取火於木，榆柳桑柘，槐檀柞楢，歷歷可稽。子尚矜言博學於予前耶。主人曰：謂取火于木，則可謂木生火，則不可必若所云，則今人以石擊金，火迸如星，金土皆生火也。矧古取火于木難，今取火于金石易，胡不舍難從易也？蜀有火井，火從井出，不假强為。春木陶遂，蒼翠如滴，破之汁出。水實生火，木實生水。先生詎倒置耶！

先生曰：此天地之變，子强詞奪理耳，烏足言理之常耶！主人曰：煤，泥土也。天地之常也；火之即然，與木等耳。胡不曰土生火也，且何謂火生土也？先生曰：火化萬物而皆為土，斯理之至顯，而子猶諄諄耶。主人曰：此辭反，夫化物者，火而為土，仍物之燼也，抑土豈皆火化而成乎？五嶽三神然何物而增其大？崑崙長白積何燼而累其高？火化物，物化而為土；水腐物，物腐獨非為土乎？吾聞滄滄之海，能變桑田，則水生土也。又聞天包乎地，地，天内一塊耳。既云天屬金，則金生土也。先生啞然。主人曰：既無一定之生，焉有一定之尅。若火尅金，何所見而云尅也。

先生曰：金質堅，無物能破其堅，惟火足以爍其堅，尚有他物能尅者耶？主人曰：尅則尅矣，然猶有金之質存也，若火爍木，木竟灰矣。吾不解不云尅木而云尅金也。如以破為尅，則鐵剪斷金，可謂金尅金也。以鑠為尅，則蘇木弊木，亦可謂木尅木乎？胡曰金尅木也？先生曰：木質堅韌，加以刀鋸，迎刃而解。主人曰：若是則天下不為金尅者鮮，李廣之箭没石，昆吾之劍切玉，尅土也；屠牛坦之刀莫鐵自尅也，火鼠吞火尅火者也，木蠹蛀木尅木者也，游魚破浪尅水者也。臨以鋒銛飲刃而弊必矣，金不軼尅火、尅木、尅水者，而大尅耶，水漬木朽，土埋木枯，斯真尅矣。胡曰金也土尅木矣，而曰木尅土，何耶？

先生曰：夫土厚甚也，木疏土之厚不見，夫木之生，其根散入土中乎？主人曰：否，否。夫曰尅為所尅者，胥受其災。然高山削崖，喬木千章，叢林蒼翠，未始以生木而癯，産木而壞，使徒以能入其中，即謂之尅，耰鋤起土，謂金尅土也可，漏久穿石，謂水尅土也可。

先生曰：吾不謂是也。夫盤栽之木，未幾根薤充塞而土，十不半存，非尅而何？主人曰：木盂止水，金罍滿注，久而漸乾，點滴不存，何以異？是意者金木亦尅水耶？惟土遇水不敗其質，則潰其膚，謂水尅土，實甚宜也。若是土不尅水也明，尅水者其火乎？試注水瓶盎，曝以秋陽，蓄水釜甑，烈以積薪，其乾可立待也。水滅火，火乾水，則又兩相尅也。浸假燎火于原，或撲以松毛，或覆以重土，或掃以鐵棒，芒熛頓息，奚必水也。噫！理既無定説，又無稽，先生大言欺世，排生論尅，誇吉談凶，蠱惑萬衆，豈不種禍于人，且自禍乎？先生忸怩語塞，莫然有間，遽呼主人曰：《禹謨》言：水火金木土，《洪範》言：水火木金土，何謂無稽？主人曰：民生日用，端賴五行，箕疇是衍，六府用修，為生為尅，未之前聞也。

先生曰：龍馬負圖，左旋相生，洛龜獻象，右轉相尅。尅而不生，生必間斷，生而不尅，生無裁制，豈前賢之我欺而諸書之可廢？”主人曰：《河圖》奥旨，太極陰陽，庖羲作《易》，闡發綦詳，無片言與隻字論生尅，而究災祥、建僞術以惑衆，皆秦漢之濫觴。後又演於羑里，繫自尼山，占爻辭而别吉凶，實可考之班班，豈古聖脱遺乎生尅，將五行而特删？

先生於是嗒然，意下肅然，改容曰：聆子宏論，豁我塵胸，如雷灌耳，如撥霧雲，洵稽古之極博，誠抉擇之維精。嗟！相見之恨晚，悟前學之冥冥，子業地理之業絶口生尅，結舌五行，虚懸無薄，何適何遵？子盍施子之法力，度我于迷津？主人曰噫嘻！先生學崇操要，理貴大中，先天貴徹，後天胥融，四神三卦，各藴奇踪，陰陽交構，化育元功，孰凶孰吉，河洛變通，尚論羲文，法觀周孔，根柢周易，庶得其宗。先生于是仰而思，豁然悟曰：善哉乎斯論理法，貫通乎河洛授受，淵源乎楊曾大集，前聖之妙藴，深探闔闢之元英，請改絃而易轍，庶術正而業精。

書

重陽日送何禹之先生粉糕書

重陽所同也糕，予所獨也重陽，而糕成俗故事所同也，糕之製之味之香所獨也。糕之味非甘則鹹，更無有作酸作辛作苦者所同也，烏乎！獨作糕之法，屑黍以糁之，水漿以匀之，調味以和之，脂膏以滑之，火齊以蒸之，又所同也，烏乎！獨然或失則燥，或失則澤，或失則淺深不中，味不脱粉氣，無有糕香，入口厭矣。予糕為予細君所作，細君獨得手妙其作糕也，黍糁多寡中宜，水漿中度，調味中和，脂膏中滑，火齊中候，無所經意以神遇，不以目視，未嘗見糕也，故其味忘乎，淺深甫出，釜蔀澤蒸，然温潤而膩，不澤不燥，且韌輭而不風以裂也，於所不獨而有所獨，此予糕之所以獨也。予不敢私其所獨，將公之同敬餽先生，願先生笑納也。

余謂於詩文亦然，詩文同作，詩文則作者所獨作，詩文同而結構之精，布置之整，徵引之當，落筆之超脱，長短之中矩，提揭照應之簡老，字句之宜風華，宜古峭，如畫工作畫，花木、竹石、山水、人物，濃淡分明，布列井井，則作者所獨也。余故嘆曰：為此糕者，其知道乎！因憶昔劉夢得作《九日》詩，不敢題糕，謂六經無，糕字為獨造，無有來歷，惡獨也，真高叟之為詩也，庯詎知今之所謂來歷，即古之所獨造，今之所獨造不，即後世之所謂來歷耶。

麴糵梅鹽，自《書》始，乾胏臘肉雉膏餗自《易》始，餴饎饛飱脾臄鱨鯊薁鬱壺薺叔苴自《詩》始。《禮》以卵為鯤，以將為牂，以酏為餰，以澤為醳，以羶為馨。《周官》言鉶羹，言饎，言饋醬，言酏，言糝，言醫，言醷，言糟，言齊菹醢醬。《爾雅》言餀餘饐餲。《博欄》言饋餾，言鬻。《盲左》言熊蹯餺黿，推之《揚子》之餇餚、之饐饋、之餈、之饁、之飥、之飫、之餹、之餦餭；《屈子》之黂醹澆饡椒糈粔敉，此類不可覶縷其諸，皆《書》、《易》、《詩》、《禮》、《周官》、《爾雅》、《盲左》、《揚子》、《屈子》所獨也，未始聞《書》、《易》、《詩》、《禮》、《周官》、《爾雅》、《盲左》、《揚子》、《屈子》以獨介嫌也，未始見後之人訾而議《書》、《易》、《詩》、《禮》、《周官》、《爾雅》、《盲左》、《揚子》、《屈子》之獨也。《書》、《易》、《詩》、《禮》、《周官》、《爾雅》、《盲左》、《揚子》、《屈子》尚矣，不惡獨夢得惡乎惡獨也，且不有作何有述，使古人惡獨絶著作，今不為詩為文則已，為詩為文將安辭獨安從稽，據以為來歷也。夫亦可恍然於詩文之用字法矣。

至如司馬長卿之《上林》，班孟堅之《兩都》，張子平之《兩京》，左太冲之《三都》，王延壽之《魯靈光殿》，木玄虛之《海》，郭景純之《江》，馬季長、稽叔夜、潘安仁之《笛》、之《琴》、之《笙》，揚子雲之《羽獵》，長揚以逮班馬之第作弟，但作地、凡作最、既作溉、勑作飭、制作剬、以作吕、銜作嗛、察作詧、專作剸、詳作翔、詎作巨、貽作飴。《山海經》之鵲以為鵲，逐以為豚，櫹以為楸，雍以為甕，欽歐菅鱗魁嬰虫繇武夫虖勺槫木，以為吟嘔盲鱗神罌虺傜碱砆滹沱扶桑，其字多創見以意為解夢，得視此不走且僵耶。

又況六經未嘗無糕也。《周禮・天官》：籩人羞籩之實糗餌粉餈，鄭箋云：即今之餈糕，豈箋不足當經耶？沈佺期《嶺表寒食詩》：春來不見餳，六經無餳字。夢得嘗疑之矣。及讀《毛詩》簫管備舉，鄭箋云：簫，編小竹管，如今賣餳者所吹，然後知六經此中有餳字，則箋似足當經也。夫鄭箋經用經所無之字，何所據以為箋，詎不可謂之無來歷耶？且既知鄭箋之有餳，曷乎忘鄭箋之有糕也。意其祇讀《毛詩》之箋，《周禮》之箋顧未知讀耶！抑必見之六經之文，乃為來歷耶！如必見諸六經之文也。沈佺期之餳已先糕而獨造也，胡夢得始疑之而終信之耶！

考《五經》諸子先秦兩漢之書，末有花字，然則並花而不敢題耶！夢得儼然題花也。《踏歌詞》云：陌上拾花鈿。《拋裘樂詞》云：春早見花枝，甘棠館之，銜落半岩花。《和樂天春詞》：行到中庭數花朵。既不題糕，胡題花也。豈糕必見諸六經之文，而花可不必耶。其所知止耶！《亥字老人迎》：笙簧百囀音韻多，松花滿盌試新茶。皆夢得詩也。

三代以上言文不言字，字字[①]始於秦李斯、程邈，二漢以上，言音不言韻，韻字始于齊梁周融、沈約。周秦以上，有荼而無茶，茶字始於《漢書・地理志》。何夢得獨不以為六經所無，而不之題顧鰓鰓于糕耶，不僅此也。稽夢得所為詩，其字不見諸六經，數數也。若野戍岸邊留畫舸之舸，書幌誰憐夜讀寒之幌，猿狖窺齋林葉動之狖，藥爐燒姹女之姹，臺毀生穭穀之穭，此皆不見諸六經，胡皆題之而皆不疑耶！是楚人之矛盾也。六經，古人糟魄耳，矧一字之文耶！夢得胡不哇其糟，而含其英咀其華耶？夢得負詩豪一世而無糕字，膽宜其貽譏景文也。予細君作有不辭，夢得述尚不敢殆不余。細君若也讀書疏略未得解也，倘起夢得而質之，當心折也。先生胸孕奇氣，志倜儻，膽氣粗，朱文

① 後一"字"字衍。

緑字，烏跡蟲書，罔不搜探，動與古遊，不沾滯乎，六經必敢啖，以故餽也。予願先生持予細君糕，以風天下之虛拘戚促，規規陳跡，如不敢題糕者。

與陳雲客先生書

梁松年再拜言，士得一知己，可以無憾，豈非信哉！雖然文章千古，得失寸心，苟非其人，雖與百回讀，終無所會心，莫得解喻旨趣，況乎發其妙而揭其短耶！未易言也。且今世有所謂文章知己矣，其觀人之文，輒稱不容口，非周、秦、兩漢，則韓、柳、歐、蘇，遇有玷瑕為之文，之以委曲；為之説，稂莠不堪，讀亡已乃或竄易其一二言，不計工拙為善，其評曰：點竄堯典舜典字，改易清廟明堂詩。受知之士方神飛色動，忼愒揚譽，不自覺其文之陋，且不知其於己之文，實未嘗用好也。此今世之所謂文章知己也。

嗚呼！豈其然耶！夫人之相知，貴知其心，知己論文，貴知作文者之心，當夫其為文也，胸中勃勃潑潑，有俯岱岳、涵滄海之概，走雷霆、馳風雨之勢，如龍蛇蜿蜒，夭矯變幻，不可方物，層巒疊瀾，奔赴腕下，隨筆所之即頃刻就至，其用意之高卓卑下，起伏照應之疎密，筋脈之斷續，稱事引類之切當，泛浮字句純疵，與夫損之而可不損，益之而可不益，是之似非，非之似是，往往日夜諷繹，反覆玩思，卒不能以自得，而巨識者目至心了，一旦為之發所未發，檢不及檢，益不足去有餘、定是非、決游疑，美則嘉與必中乎肯綮，疵則詆削不為留餘，輒令作者意足心厭，愧汗並發，贊嘆心服，以為藥當其疾，此真文章知己也。

假設其文苟有可觀，故靳而弗許，無以知其是非，知己瑕疵而不之擇，粃謬而不之正，宜删不删，宜改不改，詳其所譽，略其所詆，無以知其非，且自以為是，不能有所自進也，尤非知己。昔歐陽永叔云：晉無文章，惟陶淵明《歸去來兮》一篇。

東坡云：唐無文章，惟韓退之《送李愿歸盤谷序》一篇。不得謂永叔、東坡，非淵明、退之知己也。范武子云：左氏其失也誣，《穀梁》其失也短，《公羊》其失也俗。茅鹿門云：蘇文定鑱削不如父，雄傑不如兄；王荆公雄不如韓，逸不如歐，飄蕩疎爽不如蘇氏父子兄弟；柳子厚深醕渾雄不如昌黎。不得謂武子、鹿門非左氏、穀梁、公羊、文定、荆公、文公、子厚知己也。何也？永叔、東坡得淵明、退之之文之妙也；武子、鹿門中左氏、穀梁、公羊、文定、荆公、文公、子厚之文之短也。

余曩呈淮南厲王牡馬生駒三足二論，先生賞之以為奇，及讀論評點定非卓絶奇偉，羅括今古，具高世之識，不能洵當今歐、蘇、范、茅，豈世所謂文章知己者，比哉。今送近所為文一卷最二十九首，才業疏淺，淵明、退之非所敢望，其中必有不足為文，無當先生之意，深願先生之為武子、鹿門也，不然甯封其文，藏之名山，投之水火，委之塵埃，神靈呵護，鬼物揶揄聽之；覆瓿糊壁，化餤為坭，魚吞龍食，永永湮没，亦聽之；終不敢投於不知己也。謹再拜。

策對

程大中丞杜絶洋煙策對

天下積重之弊，刑法所不能禁，則當因其勢而故與之，使之不禁而自止。蓋法禁者，所以抑其流，而故與者，所以弭其源也。夷人西洋英吉利之貨鴉片於粵，毒流中國，非一朝夕，自來嚴明官府法禁刑創，卒莫得而杜絶，非規畫之不善，勢有不能也。其難有三：

中國人之煮鴉片洋泥製烟膏以食，不下數十萬，食之而嗜，嗜之而篤，俗所謂有引①，與嗜他物異，他物雖甚嗜，可數日不食無苦；洋烟之嗜，日不再食，則昏悶汗出，涎垂奄忽欲死，有引者需洋烟甚於需五穀，不能杜絕。中國而使之不食，其難一。

人之嗜之而不可釋也，於是洋泥之來，歲百千擔，售數千擔，亦售賈廉固售，賈貪亦售，無有積滯，不能流轉。夷人得利，較他貨奚翅十倍。中國防禁日加嚴，夷人貨利日益夥，不能杜絕夷人而使之不來，其難二。

今上惡其害人也，欲絶之，故洋泥無正課，而沿海為設關廠，巡船武弁多至數十以嚴緝私，法非不甚密以周，豈知立一法即生一弊，關廠、巡船武弁用以緝私，即藉以走私，間有緝獲，除武弁新進邀功外，非私規不均，即私規有欠，既緝獲矣，而武弁大都初則邀功念切，繼則利慾薰心，或獲多而報少，或夤緣而使之私贖。武弁之鋭，不及一月而鋒挫，走私之奸，未至官衙而放釋，人不知畏，又不能杜絶奸民而使之不走私，其難三。

以數十年流弊之積重，加以不能杜絶之三難，欲一旦清其弊，不可得也，明甚。曷若乘其勢之不可止，明與其貨之來而不之禁，為之重其國課，著為定額，嚴其走私，國有常刑，使夷人不得暗收重利，食烟之人漸以稀，官吏奉法力勤而效奏，即官吏奉行不力而效亦奏，不二十年，洋烟自不至，中國之為得也。

國課之重何，凡洋烟入粵，每百斤徵税額銀一千六百兩，著為令。走私之嚴何，凡夷舶至澳所來洋烟之貨若干，令夷人具册先報，如貨浮於報不實，計每斤罰夷人銀二百兩，其貨衹準洋商與夷人承買，非洋商而與夷人承買洋泥，百斤以上者絞，衙門官吏書役犯者，加一等，斬監候。夷人不由洋商而私賣别人者，罰每斤罰夷人銀五十兩。發賣之法，每洋商一支分小商五，如鹽課大埠之有小埠焉，於是凡買賣者，驗有洋商行單，方準販賣。販賣之賈適十里者，其單半月而更，百里者一月而更，千里者三月而更，期過一月，貨不盡售，洋商繳回行單，餘貨計價給還本銀

① 原文“引”應為“癮”。下同此。

十之八，不准再行販賣；過期貨不盡售，而販賣不自送回行單餘貨，貨以私論，計斤罰銀一百兩，銀歸行商，則藉單屯私之奸絕。由是各省亦各設烟商，督憲給文憑至粵東，與洋商公買一切，法如粵東。無洋商行單而私賣買至一斤以上者，杖八十，發邊遠充軍，准贖罪。每斤罰銀一百兩，衙門官吏書役犯者，加一等，絞監候，不准贖罪。

粵海關為特設三十槳巡船十艘，專緝洋泥，不與他私，每巡船設候補知縣一人，或千總一人以督役。遇私，勇獲物百斤以上文員，即得實受；武弁進一階，巡役均分其私，而督役得十之二，所有粵省文武衙門官役暨各路巡船司，稍令俱得緝捕洋泥，軍民匿私，有投首者，即賞投首者，盡以所匿之私，匿私之罪與無行單而私買賣者同科，則走私、匿私之徒，畏其防密、其賞重、其罰嚴，官吏巡役奉行力固，走私之無慮，即作弊通同而私規太多，不能均派，即欲均派洋泥百斤，非一千六百兩所能足矣，勢必盡歸洋商正課發賣。以今所聞洋泥之價，加以正餉，百斤當值銀三千餘兩，煑泥製烟，除去粗皮渣滓，大抵得十之五，烟膏百斤，當值銀六千餘兩，其價昂，非富厚之家不得食。初食而未有引者，必不食；即有引而亦必漸漸減食，食者漸少，於是夷人歲來之洋泥有所不售，不得不賤其價以求售，不復收其重利，不過十年而洋泥至中國必減半矣。

吾聞食洋烟者有引則不得戒食，有引而戒食十死八九，然非一食而即有引也，必積月漸漬而后成，又非始食而即自沽以食也，必於朋從過往試食而漸嗜焉。然烟價既昂，食烟之人自食多不給，勢難波及，而於是入引者益少矣。入引又少，則需泥無多，夷人無所得利，不過十年，中國食洋烟之人萬無一有。夷人既失利，洋烟亦必不至中國矣。所謂因勢而故與，而數十年積重之弊，不禁而自止也。誠遵斯法，上則廣皇上好生不已之仁，次則絕夷人無窮之毒，下亦杜奸民玩法之心，而使之相戒。不然法禁愈嚴，洋泥愈貴，夷人愈壟斷，關廠巡船武弁與走私之奸愈相濟而得利，上下相蒙，奸譎日熾，無益於治，所慮此法一立，洋泥來粵日少，歲徵以為定額，異日不堪矣。尚其論貨輸税、歲無定額，則官商兩便。

生草茅一介，罔知治體，恭承下問，不忖愚陋，攄臆以對，惟大人取裁而詳擇焉。

文

哭族姪約之文並序

道光二年五月二十二日，房姪約之以病卒。余臨哭之，未盡愴懷，擬即搦管陳詞，罄攄哀意，淚涔涔下，不能就思。延至六月十七日乃追思為文，以告約之。其辭曰：

嗚呼！傷哉！約之而竟死耶！吾聞顏子三十二而卒，仲尼痛之曰：不幸短命。今汝年二十有八，不逮顏子之年者四，余甯能勿痛耶？且汝不可死不一足矣，上有慈親子姓，惟汝鞠育之報，曾幾何日，養志之事，曾未幾時，而中道夭罔極謂何？汝則極之不匱謂何？汝則匱之，謂汝為孝耶？謂汝為不孝耶？豈以汝兄故賢而可委諸耶？汝兄授徒羊城，視膳奉匜，賴汝常依膝下也。況斑衣之戲不及喪明之悲，聽伯塤之吹不聞仲篪之奏，庭幃聚順，今昔頓殊。汝兄愈承歡，汝母愈增忉怛耳，汝胡忍棄母去也。中有少妻，一燈孤幃，好合之歡曾未得其半世，汝曷情之薄也。下有幼子，授經方始，庭訓無依，家學無旨，汝胡不假年以視其成立也，則更汝之遺憾也。

嗚呼！傷哉！汝生平俶儻，有志節，好讀書，切功名，善真草書法，工詩文，悲省塲屋多躓。方議跋涉京師，北闈仰首，既而以病不果行。憶曩日，余數屬汝為余作隸草書，為猶子輩楷模，汝又累以病為辭，使余至今抱人字俱亡之恨也。

嗚呼！傷哉！吾聞臧病則氣色發於面，體病則欠伸動於貌。

汝病積兩載，去冬而面目黎多黑痣，此死徵也。汝其臧病耶。諺云：三十見而四十亡，四十見而五十亡。余早知汝病不得全痊，不悟諺言不足據，汝乃先四十而卒也。今春，汝病寖加，足弱不能百步輒喘，余甚慮汝之不一稔食也，既乃得南海沛然張醫善方，汝又能存精神，止念慮輔助醫藥以自持，於是食飲日益進，步履稍健彊，幾幾平復反常。五月四日，與汝泛舟赤岡觀競渡，汝能作葉子戲，竟日不倦，余又甚幸。汝善自消息鍊臧積精以適神也。越數日，汝云不得溲，病復得之，飲豕小脬粥，即不健食，數藥不能自復。余謂汝中氣不足，而溲溺變法，當温心腎取溲，不得導溲。十七日，轉得後溲泄。十九又得氣喘逆得汗。張醫難之，乃更守諸方醫、參醫、痘醫。朱方川連主清，張醫方耆桂主補，汝母欲投朱方，汝以醫論歧，遂二日不果藥。廿二日，復延省醫林阻風遲，汝兄重違母指且懸遲，林不敢主藥，至酉中，大漸漸手足瀶，大駭。適遌儒醫北亭崔奇峰乞即診視，方與朱張孰近，即主方藥。奇峰切之曰：甚矣，殆真臧脈見法，頃刻死可毋藥彊之方，方附子回陽不得，卒藥而汝逝也。

嗚呼！傷哉！汝病小佳，緣汝善自調攝；汝之死，余甚傷汝之不善自調攝也。夫闇焰之燭，不加之膏不能復明；涸轍之魚，不益之水不能遂生；垂絕之病，不養以藥不得彌留。汝病既臻，不可一時不藥，而汝竟不藥二日也，則汝自誤也，非藥之罪也。聞汝二十一日凌晨，猶能步出，與張醫訂藥；二十二日而夭弢解，汝在床不及二日，何死之速也。倉公云：病者，安穀則過期，不安穀則不及期。汝不安穀故耶，且夫前事之得者，後事之師也。汝素病虛損，前張醫飲以沉香參附輒效，汝不宜執不可補之迷也。矧汝汗而冷膩，孤陽外越也；喘而小腹痛，腎不納氣也；泄而不致力，胃脾氣絕也。其候為陰陽將散，非參桂薑附不足功，汝胡桀棄張醫精方，而卧以待死也，未始非汝之自取也。

嗚呼！傷哉！汝魂即升天，亦當一回首人間世也。吾聞汝歿後，汝母念汝無瞬刻，哭汝無晝夜，奄奄床席，百勸不食，淚滴何曾乾，腸斷何曾續，汝胡不為帝休，以已母愁化萱草，以忘母憂也。汝妻悲寡，正在芳年，嘆生離兮鏡破，嗟死別兮鸞分，孤影誰憐，百年長恨，汝胡忍瑟琴之響絶，房幃之淚漣也。汝兄友于膏肓，孔懷篤摯，一旦詩廢，鶺鴒何以為心，花殘棠棣何以為情，知己論心，語咽噓唏，孤館思惟，伏枕涕洟，汝胡不如子晉之吹笙緱嶺，令威之化鶴遼城也。汝子尚幼，煢煢在疚，寞不知愁，汝母汝妻惟此解憂，童孫兮愛憐，幼子兮姑息，或者廢學于髫齡，將無成于壯歲，職汝之故也。念汝在生，文章事業願未少償，手跡貽留終于何寄，汝寧不憂二子之不秀不實，而莫繼汝志耶？汝目當不瞑也。

嗚呼！傷哉！憶汝病劇，余恐汝不獲延，使汝兄樸端勉汝服附桂，冀汝于萬一，汝又多疑，堅不食，卒以不起，汝心又當自悔也。汝未殯，余與三弟綺園揭帛見汝一面，汝尚未敗，面如生時。余哭汝悲不自勝，涕淚被面，不能熟視。汝三弟見汝頤數數動，汝其不忍與余為死別離耶。汝三虞，余見汝子貢璆中昴斬衰謝客，扶杖稽顙，面形戚容，童年何辜，竟罹孤苦，觸目惻心，又不禁悲從中來而淚落如豆也，而況汝母汝妻也耶！而況汝兄也耶！而況汝也耶！今歲正月，汝兄夔石為余言，元旦之夕夢羣犬爭啮左臂，驚痛而寤甚惡，恐罹手足之傷，慮汝不免。余為支離寬譬，不謂汝今果符凶夢也。

嗚呼！傷哉！今寅月，汝房兄石銜卒，汝尚能哭石銜以詩，詩十章，余讀之輒墜淚，不忍卒讀，汝不自意哭石銜，不數月而汝石銜續也。先是，余欲為文哭石銜，未果。不意汝後石銜歿，而余乃先摛辭以哭汝也。余真有無涯之痛也。

嗚呼！傷哉！事業未成，天年不永，壯志未遂，黃泉飲恨，與汝一别，相見無期，哭汝千言，心跡如斯。汝其有知，其聽余之哀辭，其鑒余之幽思，其將何以慰汝母、汝妻、汝兄、汝子之壹鬱而悽悲？

卷二

記

代周近菴重修周濂溪先生祠碑記

有興不必其無廢，有廢不必其不興，非必一廢而即不興也，而況百千萬世，萬萬不可廢者乎？夫有百千萬世，萬萬不可廢之理，無百千萬世，萬萬不能廢之事，或廢之而不使之廢之，雖曰天事未始，非人之有以轉旋之也。

我祖濂溪元公得千聖不傳之緒，孔孟之後一人，雖歷百千萬世，神明祝俎豆奉，宜也，況為其子孫乎？元公派衍粵東，舊矣，明正統二年創濂溪書院於羊城春風橋北，嘉靖元年改建粵秀山麓，遭有明革命亂，子姓析居，故址不復存，故今派分四十有四也。我大清龍興，首崇道學，康熙二十二年詔修書院，復聚族呈請卜築於仙湖，仍顏其堂曰道源。顧一時盛，邇年垣楹就朽，祀典幾闕，豈天道好還，興必有廢，實人事不振耳。

嘉慶辛未，修春祀，搢紳父老咸在，謂余曰：破落哉，是院仰視見天日，胡以妥先靈？傳曰：春秋修其祖廟，其有以新之。余惟元公瓜綿嶺南合四十有四族，歲時相與論世，次洽宗盟，序齒言歡，怡怡融融皆於此祠。賴苟任風雨飄搖，祠棟頽委，不一再傳而為荒墟，並於異姓建大廈創臺榭，舊跡無存，父老不能記憶，疑傳疑疏愈疏，四十有四族有莫知其為元公後矣，豈不痛哉。

余日夜念此，不敢自逸諉任，遂偕同事某某歷詢故老，察稽載籍，得《道源堂祠規》一卷，始悉嘗業，原有康熙二十六年李中丞恩准蘇德芳等樂送祀田良田古塱二庄一十二頃，暨濠畔祠前舖舍共一十餘所，始悉為後祀侵漁蠹蝕殆盡，得實乃力行究核，譬以情理為動，乃次第輸還，于是歲得租四百餘兩，閱八載，除度支，計羨白金二千兩有奇。己卯，議新公祠，督修剸屬任品經、太炘、家挺、富滿、爾衆、朝彦、滿良、言則、任南、熙熊、積文、藩宣，總成則文禮、奕年與余。又虞不給于需，爰設入主法，其有志急公捐資二十兩，得奉神主一代入祠，嘗蒸世世勿絶。以某月經始，庚辰某月落成。僉曰夥頤元公之祠沉沉者僉多，余規畫盡善，乃元公之德百千萬世萬萬不可廢有以致也。

余用是重有感矣，興廢之理詎有涯哉。百年以前，歲入數百兩計，豈不甚盛，而侵漁蠹蝕者則且踵其後，卒至祀事不腆，壁瓦破敗，葺修無以為資。今則復其侵漁蠹蝕，廟貌得以重新享祀，庶幾豐絜。烏知異日必無有侵漁蠹蝕者踵其後耶？又烏知必無有如余等者為之復其侵漁蠹蝕也，何也？理學之傳，上契於穆，歷百千萬世，萬萬不可廢，天不欲廢其傳，即侵漁蠹蝕者百出，安得而廢其祀；天不廢其祀，又安得使其祠長此垣殘楹敗，黕點黮昧而不作之新也？殆猶孔孟至今傳也。雖廢之而必有興之也。

余去元公三十有餘世，相隔九百有餘歲，其精神容貌，父老猶能傳。今讀《太極圖》、《通書》，慨然有修明理學之志；讀《愛蓮説》，恍然如見元公出處大節不為世推移，為之子孫，實甚宜繼繩弗諼，柰何袖手坐視其廢耶？族紳老屬余序其事而鎸諸石，非夸也，紀實也。祠前十武外，青烏家謂崇建魁閣，可預卜科名，無害於義，且有以志。今日之廢而復興為後嗣勸，不必違俗。姑從之。

為胡鏡泉重修龍眼洞文佛廟記

西來之教，與聖人治天下之道通，博施濟衆，聖人治天下之道也；慈悲普濟，西來度衆生之法也。聖人治天下以文字，西來度衆生無文字。奉聖人之教則有辟雝學校，猶之奉西來之教之有菴廟蘭若也。

余邑龍眼洞鄉之東北，曰大坑。兩水滙流，激湍洶湧，人病干涉。故老傳，乾隆丁巳秋，有土佛身中流坐化，自是水勢紆徐為徒涉利，里人異而靈之，象其像，遂廟焉，顏曰文佛。厥後凡有朽壞，必完葺之。今春廟貌莊嚴，悉皆黕點。是鄉善男子、善女人各發善願，捐資再造，今復焕然。及門樊某屬余為文紀事而鐫諸石。

客有告余曰：吾聞西來之教，不立文字，廟曰文佛，於義無取，今又為文鐫石，於無文字中添如許文字，毋乃佛嗔饒舌耶？余曉之曰：此西來釋迦文佛也。《魏書·釋老志》云：所謂佛者，本號釋迦文者，譯言能仁，謂德充道備，堪濟萬物也。今佛化身利人，非釋迦文乎，即以文字言。昔東林老樵與頭陀論文字禪，老樵曰：少室西來，不立文字，頭陀于禪則得矣，如文字何？頭陀曰：否否。昔黄面瞿曇，住世四十九年，自謂未嘗説着一字，其三乘十二分五千四十八部，非文字乎？西天四七，東土二三，直指單傳，迨及子孫，蔓為葛藤一千七百，非文字乎？世人文字而不禪者有矣，未有禪而不文字者，何得謂佛不可稱文耶？夫佛法無量無相，納須彌于芥子，化芥子為須彌。大坑一廟，直微塵中不可説，不可説復不可説之一微塵耳，而乃葺之又葺，完之又完。何以故？佛之普濟，微特是鄉士女農商牛畜利其涉，復有無量無數無邊阿僧衹，士女農商牛畜利其涉，其普濟慈悲，較之聖人博施濟衆，無有異别，有功德於民者宜廟食，然則廟朽破必葺之莊嚴，故必新之宜也。

聖人治天下，以文字博施濟衆，不專文字，佛之普濟慈悲亦若是耳。何得沾沾在無文字中求佛，何嘗不可于文字言佛？佛曰文亦宜也。是鄉善男子、善女人當一一諦聽，生净信心，以文佛為杭筏、為略彴，念念記着文佛捨身中流，化為泥沙，普濟一切衆，一日如是，一十二萬八千歲亦復如是。自時厥後，葺破完壞亦復如是，是種無量功德，結無量因果，作無量福田。余為斯廟記也。

異時十方文人學士度斯坑，謁斯廟，當知是鄉非徒奉佛，實以佛之能仁普濟慈悲有合于聖人治天下之道，廟而祀之不足過也。西來本不立文字，如必曰不言文字乃證西來，是落最下乘。客點首而笑曰：斯可以為釋迦文矣。予文而記之，西來護法最為第一。

心遠園記

余讀陶元亮“結廬在人境”詩云：心遠地自偏。而有得也。孟子曰：心之官則思。又曰：先立乎其大者，則其小者不能奪。蓋言心之思先立，則天下萬事萬物皆為之聽命，而不為物所役使，故心而之動；即山潛谷隱，所見草木，所聞飈聲，有甚於寄身朝市，心而之静；雖托跡闤闠，目近文彩，耳遇折揚、皇荂，胸中無所蔕芥，心以易境，非境以易心，地之偏不偏，不因乎地，則心之遠不遠為之也。

戊寅之秋，余於里中得黨人敝廬一區於通衢，局且隘，為之塗垣葺瓦，繩之墨之而更新之，傾之積之而高下之，繚以矮籬，籬疏徑曲，沿植卉木以為園而自休焉。環四壁而為鄰者，皆桑梓家人子宅。兒童呼羣，擊鉦敲缶打鼓，唱没字曲，戲嬉嘲笑，鬥争紅女，老媪紡績劇談，姑婦築里相勃谿，鷄犬鳧鵝，咿咿狺狺，鴨鴨鵙鵙，與夫少長雜坐里門，相講語，争論諆詆詈駡，日與耳接，村子俗夫駔會，紈綺游食，工傭小販，托鉢行乞，日過於門，而與目接。傾刻之間，猥瑣煩擾，紛紜而過，續余則囂然自樂，無所介介，何以然也。人各有好，好鴻鵠者如無弈，余之心之好在於遠，而近者為之忽也。

余惟上自羲農，下至於今，其間聖人大孺、賢豪博通之士紛然錯出，或推弼翊帝王之勳績，或集仰鑽聖賢之德業，壽諸簡策；或抑鬱不得志，退而名山終老，著述自娱；或罹辜網罪，憂愁幽思無所解，免而垂文以自見。天下古今學問才德，忠孝廉節，佞奸撲廎，世代隆替。國家治亂，人事得失，至一名一物之瑣細，凌雜米鹽，罔不備著，而十三經、百家史事、六藝之書箋疏傳注，辨審音義，考核同異之籍，諷勸戒懲，褒善讓惡，言近旨遠，微文深意之詩歌騷賦，山藏冢出，石鎸土埋，壁遺甕覆，水賸火餘，瑰瑋怪奇，浮誇荒誕，幽遠元杳之文章，以曁天文律歷、五行蓍龜、兵權名法、醫墨從横、數術地理、方言農圃、浮屠老子、小説諸子，一家之言皆古今人心跡，學術精妙之寓，無纖非鉅，無顯非微，有百年不能卒業，繼日思之而不可得，疲神刻慮，終莫會其藴趣。

余精神不雋，方静默湛思考證，借觀以開蒙惑，甚懼乎。神志精力之不給，何暇役役耳。目於兒童婦女，少長獸畜之譁諠，往來行道之雜遝，吾心方祈嚮於古今聖賢奇士，名言精理，賞析其論説衆物、表裏精麤之概，引喻稱事本末之故要乎。理義至善之歸，以推究立言本旨戚戚然，慮不獲通解於萬一，其有不得，反覆繹思，自覺耳聾目眩，無聞無見。偶有所得便胸次豁然，若身處其地，恍然見古今聖賢於几席之間，如夢初覺，不知身在何地，又何人境之不足結廬耶？然則地之偏，不偏乎地，偏乎其人，地不以人偏，以人之心之遠而偏也。余不及古人，常有志乎古人，名其園曰心遠，書之座隅，觸目惕心，庶知自勵也。

登大坦尾記

龍眼洞西大坦尾，先子瘞玉處也。嘉慶己卯，集工採石重營先子墓。余足力薄督修，剸屬中弟茂之，將竣，茂之家旋慰勞之。茂之曰：非勞樂也，未歷斯境不知斯樂矣。余曰：而語而樂。茂之曰：大坦之為山也，參干碧落，右白雲，左猺子，齊其高不能過一尺，俯瞰羣峰，十百蹲伏若培塿然、覆杯然，東峙火羅，高數百丈，其卑然者也。東北之崖有泉池邐回曲，繞過先子墓前，復東折據山左股，爭奪隘險，涴演漩澴，犇流於獅嶺（俗名亞婆髻）之下，可一里許石澗也。石狀怪古，瞥見愕駭，有蹲如牛者，有怒如虎者，有平如几桌者，有如人衆爭道相逼、而肩摩，欹如鷹鳥斜飛，站站欲墜，挺如奔馬臨崖而勒者、竅者、罅者、穴者，水穿石出，或現或伏，澄明清淺，宜鑒宜渴，宜頮宜漱宜濯足，幾於流可溯，而源不可尋也。流阻石轉，聲洶洶如涍涍如，時遇穴竅坎罅則渢渢乎，作絲竹音，環澗皆菖蒲，移石壓流，被越菖蒲而下，瀲瀅晶皎似水晶簾，覺白雲蒲澗少此幽趣，山間氣象輒與時佳。

凌晨，天脚横紅，山掩過半，朝旭將升也。始露一彎，繼懸半鏡，隱約林外，俄如殷車輪，赤光閃爚，突火羅崖，拗而上，林木青葱，盡變金碧。昔登波羅浴日亭觀日出，以為巨觀，以此方知之猶觀水之未覩海，觀山之未登泰岱也。及暮，猺子以西，大湖嶂職旗峰，綿亘數里，白雲怒起，才如炊烟一縷，高不踰尺，轉盼蒸鬱，雲上累雲，山外疊山，為芙蓉、為飛巒、為層巘、為鳥獸魚龍，奇幻萬狀，直聳天際，回視諸山樹石仿佛碧紗罩籠。日入月出，則萬頃清光成一派巨浸，前伏諸峰大小畢見，渾如水泛葫蘆，維時萬籟俱寂，天籟徐發，颼颼微扇，亹亹清飀，松株動摇，調調刁刁，其聲翏翏，謏謏可聽，舉步破月，側耳聆風，清氣逼人，萬塵頓滅，飄飄如欲仙，祇知當境之足樂，而不知樂之外有所謂勞也。余曰：有是哉，石澗水石，暮雲怪幻，曩嘗略覩。若夫風聲之宜耳，朝旭之絢目，夜月之怡情，洵至樂也。而善取樂，無怪勞忘。今工就竣，將登大坦視先子墓而樂而之樂也。

越四日，偕茂之曉發鳳州，渡萬里亭，時十一月十日也。隅中至獅嶺下，澗泉潺湲，了不異昔留覽者。久之，乃沿澗蹇躡，十有餘仞，折北梯陟巉徑，嶒嶝難於上天，踝儃踵重，氣逆喘急，計躋其巔，凡十五息，引領南望，凰洲一浮鉢，萬里亭清烟一點，不可辨耳。少憩，省先子墓，畢，休足竹屋。竹屋違先子墓半箭所，茂之為營墓創以為寄也。是夕也，天風欲作寒氣折綿，冷月朦朧，不辨尋尺。頃之就枕，朔風驟至，崖壑震振，山林畏佳，飀飀鰲鰲，觸石怒號。謞叱叫実，巖谷應響，如輕車鐵騎，快蹄雜遝，驫駇驫矞，鞁霅驚捷，桑驊轠轤而長嘶也。又如巨浪排空，瀟濤乘焱，澎湃訇訇，撼舟檣折也。瞥過竹屋，葵瓦欲飛，短榻搖搖，寢不成寐，至五漏息也。晨起日出，如茂之言，月色風聲，大殊往昔，豈風月緣慳耶，實常變之莫測也。余因是有感矣。

嗟夫，遷變不常，世故為甚，詎風月已哉。夫富貴甲一時，華堂大厦，坐卧文繡，亦云甚盛；一旦捐館，子孫紈絝，葬事草草，或途修路蹇，省謁漸疏，年遠世湮，墓祭寥落，其冢墓不一再傳而荒涼頹壞，為棘榛藪，為狐兎穴，農夫芸而為田。附墓村落，故老不得而指識，嘗見百千人族，閥閱代著，賢孝子孫林立，而不知祖墓之所在，稽訪無從，卒付之無可如何者。悲夫！今營先子墓，皆以石墓穿宫，横直各二十五丈，皆石表之，而勒字以界焉，非故奢也，庶幾百世後，得免荒涼頹壞，不為棘榛藪狐兎穴，農夫不得芸而為田，附墓村落，故老得而指識。先子墓不為世變移，余用是少慰斯，即余之甚樂也。風月姑不必道，遂取筆而為之記。旦日下山，茂之留。

遊蓮花巖記

番禺極東有蓮花岡，岡頂峙浮屠九級，為蓮花塔。塔旁二十步為蓮花城，東為獅子洋虎頭門，西北為石子頭，為大嶺諸村落，迆邐南下，奇石突立，争為異形怪狀者，為石礦岡，其下有蓮花巖焉。自余為番禺人四十年，近聞斯巖怪奇幽妙，欲遊而未有隙也。

今年三月二十六日，緣送妻母殯至大嶺，慨然即遊，遂與外兄孟兼善過石子頭，駕一葉舟泊乎石礪之下。於是緣郊塍，披荆芥，躡巉磴跧，豐茸攝衣，而登行半里所陡闢一境，週環皆山，環山皆石，山有小徑，鋤而為級，策杖徐下約數十步，豁然開朗，土平地曠可十許畝，野樹嘉禾，豆黍新苗，蔚青敷秀，寺宇儼然，兼善曰：此蓮花巖也。巖態百出，西得一巖，水滴七八，冬春不絶，名滴水巖。又有如老屋如磲、如窅、如大窖、如突厦陶窯窩窟、如門户相通，岈然而高，窪然而深，巖寝峪窨，嶇嶔杳窱，不得名狀。巖下多池塘，蓄水闇墨，投以石，洞然鳴，諸巖應響，其聲清越，頃之乃寂，深不知其幾百十丈也，使人毛悚心怖，不能久聽。俄而，寺犬吠狺，山僧迎門，入則洞空邃廠，凡十數丈，無楹棟，門左齋厨，右土地祠，祠鄰僧房若回廊然，正中供佛為龕，右側為客堂，堂右静室；左側供盤米施主，又左拾級五六為大士巖，谽谺潔雅，樹屏界其左為客廳。余與僧點茗於此，巖四壁上下，舉因石以為設施，如天造地成，雖巧匠莫得其妙焉。縱目遠眺，山之嵐翠，雲之霽碧，巖滴之冷清，蔬果木葉之鬱蒼濃緑，魚鳥之游飛，咸争榮耀色，而為斯巖獻媚。余與僧曰：何修而闢此？僧曰：斯巖也。昔採石石工開鑿之所偶成也。余從閩省來，慕斯巖勝，用剷刈蕪穢，誅鋤惡木，基石高下而修飾之，煮茗於斯，為八方騷人遊客樵牧耕夫東道耳。

余因是悟天地萬物出處有時，斯巖向者荒涼委棄，荆榛叢棘，得以蔽掩，狐狸虺蟒，得以竊據，孰知此中為奇區奥境，洞天福地。曩之騷人游客樵牧耕夫登臨遊眺，咸至蓮花岡，觀蓮花塔，遊蓮花城，望獅子洋虎頭門以為勝事，又誰知有巖之名也，隱而終顯，棄而終用，然後知天地無棄物，而特厚斯巖也。兼善曰：天地非特厚斯巖，厚斯僧也，且於子與余而有所厚也。余曰：唯余深有慕於斯巖久矣，然則天下負瑰瑋怪奇，落拓不偶，未始非天之特厚，而斷斷不以匏落終也。余深有慕於斯巖久矣，少選出山，返舟回視石子頭，大嶺諸山暮色蒼然，而蓮花岡之塔影已東。

遊西樵記

廣州山勝曰白雲，曰西樵。白雲，余總角嘗遊滴水、鄭仙兩巖，頗幽致，餘悉庸庸無奇。耳熟西樵境幽區奥，一溪、一洞、一水、一石，靡不天然入畫，夙昔恨不得一遊。

吾庶母舅吴，樵西人，今春三月，遣伻逆余遊樵，余喜甚，乃嘆曰：平昔之恨，庶幾於此遊償乎？遂偕中弟茂之、綺園泛舟而西，風力不弱，即一日至，遂艤舟於樵墟官山之北。是日，舍舟而塗，為樵東之遊，經官山之茶墟，墟西有石豬井，多金蝦，日常千人汲水不得竭，蝦不得絶。由墟東出為龍井，深尺許，底清澈，有石龍頭倒豎，水從龍口出，味甘美，美于他井，逢亢旱，有司禱于井，輒得雨云。西為大鎮，其高矗天北，環如屏，石壁嶄絶有若斧削，時轟爆竹，一響千應，巖谷為震。其陽建潮水古廟，基石高下，中有鴨蛋、龍牙、蛇髻諸石，絶静僻。東折為珠坑，坑懸百仞，水流涔涔，時或瀦蓄，清瑩溶漾，樵人於坑旁為水磨，機變巧絶。

西出二里為繙子峰，白雲寺、白雲書院在焉。左為白雲峰，有溪為白雲溪，舊傳有金蝦、没尻螺、金銀魚，故覓之見蝦非金色，無魚螺，大抵希見物也。沿溪而上，則叢菁礙目，棘荆刺足，茅竹藤石交錯，不辨蹊路，披登攀陟數十餘步得一徑，徑甚狹，林木森森，巨石側出，硋硋如堵墻特起，晴晝而不見陽也。石上多字刻，木葉欄遮不可讀，惟“石臺”二隸可辨。前半箭頗平坦，石穴窅然，上刻“若谷”隸字，谷左列石，崟峩横泐“眠雲夢月”字，字徑尺。左折為石室，可容十許人，復越險上，出數百武，開豁廠朗，絶壁四峭，壁立千仞，為白雲洞。洞口橋横，泉聲渢渢紆流其下，如金石鏘鳴，橋曰“滌心”。踰橋拾級，級十餘，上枯木杓跨，下臨不測，睇之愕然，翼人乃渡。茂之膝慴，殆不能從焉。既渡則石磴蕩平，廣不半畝，中疊數石，上刻四隸曰“曲水流觴”。東壁飛瀑陡落，若雷霆風雨相搏擊，突如由空而下，抵石分流，屈曲乎石磴之上。昔人仿古為曲水流觴。南壁半壁為觀音巖，洞賓巖壁上，豎刻“削壁天開”字。北壁横泐“白雲洞”字，下刻何元幹重刻，何觀察序贊二，又刻“仙跡”字，字模糊多不可認。引領仰視，懸崖嵂屼，至天大半，岌岌欲墜，目頓眩轉。壁高水瀉，清冷逼人，心膽生栗。既而尋途出溪，覿面有“仿佛武陵”四字，刻於對山之石，為廖槐先生題。時足力頗不接，少憩于白雲書院，而夕陽已西，不可復遊。

翌日，復遊樵西，登金釵峯，濃陰夾道，蹣跚石磴四百餘級，有半山亭，亭背山面海，臨風遠眺，千頃一碧，由亭左上折而右，有石對列，圓如彈，為龍眼石。東望崖拗，突石磅礴，名吠犬石，前行十箭，眼界頓寬，層巒疊巘，別開天地，則樵山頂也。詩云：山從人面起。即此益信。於是鳥聲、水聲與耳宜，山色、草色與目宜。好風透衣，嵐光照面，遍野藝茶，時則露濃雨霽，競發新芽，漫山釀碧。村姑樵婦携稚執筐，藉地採摘，笑歌之聲連郊屬野，不絶於路。迎涼徐步，興逸意舒，如履田塍而頓忘山行也。

北行二里為玉峯，兩山陡分，高峭蔽日，崖裂成澗曰翠巖，巖下花谿隨流折曲，其間土築者為書室，磚者為蒼頡廟。廟前立化字紙亭，依巖者為天后巖，巖上水歷亂滴，晴亦雨飛。四柱者為茶亭，亭左小池為葫蘆池，池畔小石為釣魚石，澗底橋起則淩波橋也。其側削石壁峙，壁洞小孔，水晝夜流，如溺之，所為之名陰陽水壁。右奔泉入澗，潺湲曲出，其支流潛入于葫蘆池。山之奇秀，水之幽折，目不給賞，披襟踞石，澗泉之清，可茗可頮，嘉木異石錯置，杜鵑花紅，映耀巖壁，能使遊者眷戀而不能去也。白雲滴水巖不逮遠甚，歷淩波而上出巖石，或坎或穴、或俯或突，高高下下，無平不欹，如窮無路。忽石底逗光，自上而下為玲瓏徑，左有石泐觀瀾二字，徑若罅纔通人，斧石為級可六七八，出徑穿林為碧雲村，有無葉井，澄澈見底。余一漱齒，清有餘甘，木蔭四圍，井無一葉，亦異跡也。迆邐而南半里為大科峯，土人云峯頂舊有旱井，無水而生螺蜆，今為陳氏墓所堙。山多杜鵑，聊摘數枝以供把玩。登峯四矚，綿巒低環，桑田萬頃，林間老屋隱約，炊烟吐白，則九江龍山關氏、温氏之世居也。似雲非雲，似烟非烟，藍碧蒼翠，蔚然東鎖，則白雲之嵐影也。山如偃月卧踞，平畝人家四環，良苗之青不斷於目，則龍江巨鄉，美酒之所出也。

廣河如帶，蒲帆危檣，乘風站站，帖水而傾側若飛者，吉安、官山諸渡之往來也。樵峰之高，大科為特，鼓行南出，為雷壇峰，過霍文敏公祖墓，憮然感山川之鍾毓，青烏家之不盡誣也。墓左有雷壇古廟，阮大中丞之所築以禱雨也；又左有文敏公夫人墓，墓前古寺頹垣剥削，寺前為沉佛池，相傳文敏公以夫人墓故，毀寺而沉佛于池，故名。折而東為冰壺峯，下有紫姑雙井，井泉恒尺，春尺冬尺，衆汲尺，不汲亦尺。聞樵之溪坑巖流井溢，權泉輕重，此井最早。省大憲常取此水以祈雨。今井前阮大中丞建六角亭，為紫姑也。南越三四峯為雲谷村，又南為九曲溪，溪南峭石危立為雲門，上鎸“雲門”二草字，旁鎸“泉翁書”三小草字。前行一石柱卓峙為第一關，又前為石塘，壁削千尺，溪中石渚清淺，有形如仙人足跡者，如鱻者循溪直下。北轉為雲巖，如孕雲靉靆靇靇而下覆，因巖為寺，刊玉泉精舍于巖石，右蹲石虎，左伏石龍，又名龍虎巖寺。前茂植敷抒，湛甘泉先生洗耳石在其下，舊傳曩昔泉瀑飛落寺前，如水晶簿。今無瀑，移流於寺右溪，出百許步，近溪口有石，圓如笠蓋，圍十丈，泉咽其脚名募化石。昔雲巖僧圓寂火葬於石巔。

山下里所為大坑村，由村又東里所，遥見新婦石亭亭綽約，孑立峯頭不可即，頗以為恨。其他如雲路之李抱真墓，葫蘆之阮孝子墓，鐵泉湛子廣朗閣，鄧子鐵泉精舍，白雲何白雲先生讀書處三湖書院，攻玉樓石排，何敦恪先生之讀書臺，大科之見日亭，麗嵩先生鳴絃閣，太史坊、玉茗澗，湛文簡公之大科書院，寶峯霍文敏之四峯書院，小科之棲雲書舍，白山之方子石泉書院；馬鞍之蝌眼井，聚雲之金銀井，吉水之八音石，蜘蛛之稼香田；雀子之象吼，長庚之風摇石，與夫平庸無奇而著于傳聞者，尚不一足。

茲之遊歷其境，不知其跡者十之一二，見其跡不識其名者又十之一二耳。其名而未至其境者尚十之六七，足弱日促不能遍，姑俟異日。且日以庶母舅故舟遂還。然則向之恨其未得一遊者，今庶無恨，誰知正留有餘之恨也。茂之曰：大造無常，忽則變易。雲巖之瀑移而右矣，大科之井堙而墓矣，雷壇之寺毁佛而魚矣，白雲之曲水流觴，翠巖之花溪書室茶亭，自無而有矣。溪橋、坑洞、澗泉村、墟井、寺院、墓、亭廟、池石，今之儼然名勝者，非能與天地同終古也。古今名賢顯宦，仙佛石刻遺跡，終亦苔遮蘚蝕，榛掩蘼埋也。今之遊方以不得覩雲巖之瀑、大科之井、雷壇之寺之佛為恨。設身昔人之遊，未及覩白雲曲水流觴、翠巖花谿書室茶亭諸勝，其恨猶是也。今既得覽昔人未覩之勝，似不足恨，烏知後之不更踵事而增，且緣劫而壞，恨終無了也。況登高眺遠，探勝選奇，興至則遊，興盡則返，如雲烟過眼，不着跡象，又何必多此恨也。然則世之足跡不一至樵，并此溪橋、坑洞、澗泉村、墟井、寺院、墓亭、廟池、石刻遺跡，不知為何物，恨又何如也。今之恨昔，猶昔之恨今，昔之恨今，猶今之恨將來也。不恨何恨，恨何已恨，又何必沾沾屑意于足弱日促，不得遍遊諸勝耶？綺園曰：人生貴適意耳。今日遊今日無恨，何有明日如留餘恨，恨於胡底，將與樵齊，曷貴遊也。余於是點樵茗、玩杜鵑花，而欣然神解。

為周夢石石岡虚石路記

羊城東四十六里為石岡虚。虚者，日中貨聚，交易而退，虚無人也，惟石岡虚不然，賈儥蟻附，舖肆鱗次，一大務也。虚南濱海，東出波羅，西達東圃，北通羅岡。我茅岡則北路一支途焉，於石岡為近路，舉因乎田塍欹危隘束。天雨時降，溋淖泥濘，淤者、漥者、培塿者，斷而溝者、圯者、穴者，尋常之途險狀疊出，曾不得尺坦焉。罷橦蹣跚，田夫蹴躃，矧士女孩稚行旅肩挑耶，余甚憐之。爰知同志倡義募貲，使石工石之，欹者正，危者平，隘者拓，束者坏。基已完則洫澮弗之啮也，途已堅則淫霖弗之圯也。昔之佤邪離絶，一朝坦夷，而後乃今，車行者輪不溓，犢驅者蹄不踠，遠來者足不躠，駛趨者踵不瘇，宵遊者不惑，雨蹀者不滑，士女孩稚可携行也，行旅肩挑可並走也。凡路出石岡皆無頗不平也，義而有益于人者，此舉也，雖然義不公好事何由集，凡捐貲董役皆好義君子也，不可没也。役既訖，余為書事於碑，以勸夫諸好義者。

得月樓記

庚辰五月望前三日，遻河南方子賓暘於羊城旅邸，談笑移時。賓暘謂予曰：子不過我三稔矣，待子不來，尊中酒濁，盍過我一理觴政。今天氣朗清，夕月必佳，作月下飲，當得新趣。予諾之，遽買舟抵河南，憇於賓暘之南書樓。樓廣不踰六步，高十五尺，面東南，洞朱寮以豁眺望，枕池池如弓眠。樓前而右皆緑水環，簷懸鐵馬，迎風弄聲，細響丁璫。其下繞以疎欄，外植花木點綴，殊俗。樓之上，賓暘課兒曹，樓之下賓暘讌戚好也。頃之，杯盤前陳，子翺步爵爵未及半，白雲亘天清光，蘸水漲痕滿地，虚窻生白。賓暘曰：我方家月來矣，可引滿飲一大斗。予意訝之，蒼穹一月耳，合寰宇無量百千萬億人，人人見月，月人人照，胡賓暘據為已有，豈寰宇百千萬億人，月皆吝之而獨私賓暘邪？月人人同，然有見月者，有未始見月者，有見月而未始見月者，其於月之趣索矣。孰是如賓暘時時見月，時時左挈壺、右舉觴、倚碧欄、坐花茵，留連素波，聆簷馬之琮琤，耳熱酒甜而放歌、而起舞、而賦詩，與月為浹洽也。賓暘之尊，無時無酒之樓，無夜無月，月非負寰宇百千萬億人，寰宇百千萬億人乃故負月，故人人有月，人人無月，人人見月，人人未始見月。若賓暘得月之趣深矣。曷怪其云方家月也。予謂賓暘曰：斯樓可名得月。賓暘莞爾曰：莊生云：名者實之賓。今為下一轉語曰：實者名之主。余名之久矣，弟未有識。余趣而記之，頃讀子文稿，當今文無過子佳，子為余記樓記月，記月記酒，記酒記子，與余庶不使月笑人也。予曰賓暘趣引滿飲我一大斗，予既已記之。烏乎，記即是以為記。賓暘曰唯。呼子翺席花陰録之，遂相與對月而笑。

碑

土華重修大廟碑

番禺濱海，濱海鄉落多神南海神。波羅南海神與四瀆同尊，此其大者也。次則土華南海神，神之廟曰大廟。每歲神誕日，鄉中搢紳、耆年、婦女、孩稚莫不沐浴齋戒，焚香頂禮。廟前演梨園劇，凡士女舟謁波羅，往往返棹土華，瞻拜觀劇，咸謂之曰小波羅，或曰南海神，僅廟食一鄉，廟而曰大。何大乎爾？余謂大之義有三：

夫大廟之立，創始前明，土華三四族姓，咸畏敬奉承，罔敢瀆褻。且歷數百年如一日，國之大事在祀，土華神南海神，少長咸集，事之至大也。然非神靈廣大，曷克致此？廟宜稱大，一也。

自時厥後，無疾疫夭札，為鄉之人民，禍無蝗蝝、螟螣蟲蠹，為鄉之稼穡果實，秏無水厄、火災、盜賊，為鄉之士庶男婦驚神之福，是鄉功德大矣。廟宜稱大，二也。

廟祀南海神，濱海之鄉皆是也。土華之神獨赫濯，婦女拜謁，不得踰廟閾，咸跪拜門外，否神即顯謫，或仆伏或迷昏，謙訥讖罪乃蘇神之威靈，實有大過乎？濱海諸鄉之廟祀者，廟宜稱大，三也。

夫波羅南海神，福被東粵大矣。土華南海神，福遍一鄉。福之所及有廣狹，而神靈之昭昭一也，不得以廟一鄉而小之也。是廟也，凡二十餘歲，無論破壞與否，輒一重新，蓋鄉人奉事之誠無所攄洩，乃新其廟以達其忱也。今歲適當重新，宗人富南屬余紀事鐫石。余鄉違土華不過數里，備悉大廟靈感，與鄉人之虔奉、八方人士之敬仰，不下波羅。因書其事而為之記，並記鄉中人之效誠樂輸以新斯廟者。

道光壬辰八月里人梁松年盥手頓首拜撰。

重修南約沙浦洪聖廟碑

東粵地多濱海，人民土俗雅尚鬼神。南海神，四瀆之一，歷朝崇祀，百世罔替。黄木灣波羅廟神靈赫濯，此其最也。於是凡鄉村之濱海者，莫不廟而神之。黄埔之南，我胡、梁二氏聚族而居，曰南約。初，我梁氏始遷黄埔之鼻祖，與胡氏始祖為中表親，故合廟於沙浦，神南海神，以為二族香火，示永好也。夫南海神之德之神之顯奕今古者，余不具論。惟我二族聚處數百年于兹，子孫悉皆蕃衍，搢紳、耆艾、蒸庶與夫士農工商稗販，皆各安其業，式相好無相尤。即辛丑，英逆悍焕，我南約違夷艘不及千尺，而獲保安全，無鋒火之苦，非神之威靈福祐，曷克臻此？兹廟貌毁壞，風雨不庇，裝嚴敗頽，爰商勸二族咸樂輸資，而鼎新之工不日成，皆神之德洽人心，我約日夜思報之不暇有以致也。諸紳老屬余序而鐫石，因誌神之陰隲，與約人踴躍襄事之誠，并誌八方君子之發善願捐喜金，而允膺多福者。

説

洗村説

昔子貢欲去告朔之餼羊。仲尼曰：爾愛其羊，我愛其禮。禮之所繫，雖寖微寖滅，君子必力持維挽，使延綿一線不致湮滅，冀其復於將來。歷代之禮因革損益，不必沿襲。然假使有一名一事，稍足與古禮相發明，君子猶不忍蔑視之。矧禮本乎古越數百千年，時或一見之鄉俗間，烏可不重而存也。

余族固籍有近古者，每歲仲冬，農功始畢，與鄰族胡，同醵錢建道士醮兩晝三宵，謂之保境，殆猶古之臘祭也。終醮之夕，夜漏四下，道士登壇坐，嚚童四人跂足壇下，一人執一神曰牛頭獄卒，左立；一人執一神曰馬面大王，右立；一人中左立執一神曰土地判官；一人中右立執一神曰地方喪神。四神皆紙作，狀貌衣冠儼然。于是道士揮劍拍案，噴符水，遞呼四神敕令，索疫逐鬼，祛祟斬邪。兒童無慮，數十人或頭紅布纏，或手戈刀戟矛，或鳴金、伐鼓、擊鉦、打鐃鈸、吹哱囉，或持火炬、火籃、撒火粉、燒爆竹，焱焱轟轟。道士吹牛角、振真言、敲馬鑼、摇符劍弄蛇、譾魔誦咒，從四神跳街走巷，沿户噭嘑，搜索驅逐，二童僕肩一紙船大呼，划船殿後，蓋以載鬼也。家人競資送以茶米香楮，誼呼周遍，前後鼓噪，出里南門西轉，至于水濱，乃擲火炬烈四神、然紙船，道士步虚。禮畢而返，名曰洗村。而他族無是也。

父老謂余曰：戲弄之事，他族無之，不可以已乎？余曰：非戲，古大儺禮也。《論語》云：鄉人儺，孔子朝服而立于阼階，敬其事也。按《周官》方相氏掌蒙熊皮，黃金四目，元衣朱裳，執戈揚盾，帥百隸，而時儺以索室驅疫。又《禮·月令》季冬，命有司大儺旁磔。周秦以來未之有改，而《漢書·禮儀志》志之至詳。志云：冬季，勞農大享臘。先臘一日大儺，謂之逐疫。大略選中黄門子弟十歲已上、十二已下為侲子，皆赤幘執大鼗，夜漏上水，黄門令奏曰：侲子備請逐疫。于是中黄門倡侲子和曰：甲作食殈、胇胃食虎、雄伯食魅、騰蘭食不祥，攬諸食咎，伯奇食夢，强梁、祖明共食磔死寄生，委隨食觀，錯斷食巨，窮奇、騰根共食蠱，凡使十二神追惡凶。赫女軀，拉女幹，節解女肉，抽女肺腸，女不急去，後者為糧，因作方相與十二獸，皆有衣毛角儛呼周遍，持火炬，送疫出端門門外，騶騎傳炬，出司馬闕門門外，騎士傳火棄雒水中。又《漢舊儀》：方相率百隸童女，以桃弧棘矢土鼓，鼓且射之，以赤丸五穀播洒之。凡此皆古儺之儀也，皆天子行之，下及庶人也。五代隋唐以降，朝代迭更，其儀不無因革損益，有舉之不必先臘一日，有行之戊夜四唱，有選樂人子弟為侲子至二百四十人，有衣皂褠衣赤布袴褶執鞞角。

即以今按之，古儺索室驅疫，今洗村沿户搜索驅逐。古傳火炬棄雒水中，今擲火炬于水濱，因也古有。黄金四目、蒙熊皮作十二獸，今則亡，是革也。古行之季冬，今行之仲冬；古舉之先臘一日，今舉之終醮之夕；古以夜漏上水，今以夜漏四下；古名大儺，今曰洗村，亦革也。古逐疫用十二神，今用四，損也；古鼓土鼓，執大鼗鞞角，今鳴金伐鼓、擊鉦、打鐃鈸、吹哱囉牛角、振真言、摇符劍弄蛇；古持火炬傳火，今以火炬、火籃、火粉、爆竹；古第逐疫無資裝，今為船以載鬼，益也。古執戈揚盾、桃弧棘矢，今手戈刀戟矛；古玄衣朱裳、赤幘、皂褠衣赤布袴褶，今頭紅布纏；古或童女或百隸或侲子，侲子或百二十人或二百四十人，有定數；今兒童數十，無定數。古用方相，今用道士。古以赤丸五穀播洒，今以香楮茶米資送，此皆以損益為因革也。其事其儀，考之古儺，未盡悉合。或曰：古天子之儺之儀有志，庶人之儺之儀無志。或曰：覩天子之儺之儀，可推庶人之儺之儀。無志即有志，其有不合，則因革損益為之也，不得謂非大儺之遺也，其可得與民變革者，儺之儀；其不可得與民變革者，儀之禮也。且禮自周秦凌夷至今，百不一復，其滅没無傳者，好古之士日網羅搜獵，冀求一節之近乎古，卒不足徵。

由以此觀，余族猶有古遺風也，烏可以已也。余更謂父老曰：父老是禮也。《周官》有書，《月令》有記，史傳有志。孔子大聖未嘗忽之，毋以別族為也，古禮不多，復女惡其戲，我愛其禮。

銘

硯銘

刓崢崢以為方，劖崚崚以為圓。周義全智，任世磨研。仁軌不能污，維翰不能穿。宜乎翰苑，寶之為席上之珍，寒士比之為不荒之田，非汝氣骨之堅，胡為乎？歷千磨萬涅，而不剥喪汝之天。

筆銘

直哉其躬，洞然中通。脱穎鋭見，與囊錐同。及鋒而試，天下利汝之利。競誇如椽之奇，豔羨生花之異。千軍横掃汝大勇，雄奸檄討汝真義。吁嗟！一日悲頭，童搔首盡，斂前鋩鋒，直躬中通。均無庸棄捐，誰復能相容，功成身退無嗟窮。

紙銘

皎潔其質，滑澤其資。本來清白，涅之則緇。不貞而字，與世乎轉移。龍章鳳誥，汝則榮。覆瓿拭案，汝則衰。此巢父所以洗耳，墨子所以悲絲。

盤銘

身垢當浴，心垢當去。塵面務頮，塵慮務除。濯厥身，勿遺心；滌厥面，惕若慮。

几銘

坐必正，毋忘敬。隱而卧，滋怠惰。危然以憑，毋矯節以釣名。肅莊以涖，毋内荏而色厲。

誥封奉政大夫分發儒學教諭理齋馮公墓誌銘

道光丁酉十二月，世姪馮著銓、著培遣伻以書抵余曰：先嚴理齋府君，葬有日矣。府君病革治命，求世叔銘琴城之石敢請?余與理齋少同筆硯為文章社，不敢辭。

公諱燮元，字友文，一字理齋，資簡默厚重，質雅慧中而樸外，居平勵舉業，涉獵諸名家，而獨精究元墨雅，不作第二人想。某年，補府學生，益勉進取，鄉闈屢薦不售，輒欲一展驥足。某歲，援例分發儒學教諭，又以尊人年耋，奉養不可一日離，不即涖任。某年，又以子援例誥封奉政大夫。公材藝過人，善綜繁劇，桑梓二十四鄉建彬社書院，以為諸鄉人士課文之所。公為倡義總理捐簽，不日工竣，公之力為多。方當展志，而癸巳得疾，逾月遽歸道山，人咸惜之。公生乾隆辛丑十月初九日未時，卒道光癸巳十月二十日卯時，得年五十有五。配室宜人氏黎，太學生黎璇道翁女，生于素豐，而性尚儉約且多男。詩序所謂有是德宜有是福也。卒于道光某年某月某日某時，拒生于乾隆某年某月某日某時，得年若干，子男九人，長濟臣，國學生，甲午年卒，今附葬于公之塋右，著銓例授奉政大夫，出嗣公之同懷弟，國學生涫，著培、著濤、著鎮、著烜、著銘、著海、著貞，女子子三，一適武略騎尉陸麗中翁之子，二待字。孫五人，齡玖。騰漢、騰驤、騰驃、騰芳。以今年十一月合葬于沙貝某岡某向之阡。

銘曰：今之高貲，競誇汰侈，氣使而頤指，而公獨勵學，多藝多材，不隨俗而委，此足風世而傳後，挽頹而起靡。於戲！其古特達之通人，純懿之君子與！

傳後

書廷文馮公傳後

昔人有言：治天下易，處一家難，故治國必先齊家；交外人易，處骨肉難，故齊家必先修身。若我鄉廷文馮公，則無難非易也，推其故不過一誠而已。誠而敬，故得繼母歡心，克恭厥兄焉；誠而愛，故大友於弟且及其弟之子，勞費弗辭焉；誠而義，故妻歿不再娶而終其生焉。此雖庸德庸行，似平平無奇，而求之仕宦學問中，日行修齊之事，日究修齊之理者，多遜謝不敏矣。儻莊生所云：不實喪者與。今公賢郎□□能體公志接物，壹皆以誠，後來德業正未可量，公之貽謀何如也。公為余同社理齋，昆玉久相知故，故知其梗概，今瞻公《弄孫圖》并讀胡礪隅先生所撰公傳，不啻如在理齋書齋晤對時也，曷勝人琴之感哉。

跋

代黎經臺《南漢詩草》跋

南漢偏安，無專史，舊矣。其事乃時見於《五代史》，百僅二三耳。余乃東粵番禺人。東粵為南漢故地，雅欲索幽搜隱，即稗官、野史、小説、雜家、古老流傳，凡事關南漢者亦輯集，而釐正之成一家言，有志而未之逮矣。歲戊戌夏，我邑謝于川先生出其所著《南漢詩草》視余，余一讀不已，至再至三，不忍釋手，為詩一百二十四篇，而南漢五十五年之事業興衰成敗，與夫賢良奸倖、淫暴風流、勝跡遺蹤，靡不畢括，而褒貶與奪，皆於詩意寓之，使人一披覽即燎然於心目。倘所謂詩史者非耶，夫《南漢春秋》劉玉書先生著，似有專史，第其體例不衷諸古史，考核無所訂正，遜於先生以詩為史多多矣。讀先生詩即謂讀南漢史也。可如第以讀詩之法讀之，豈足當先生一嗤哉。

代馮鴻逵和竹草廬自跋

余雅愛竹，幽篁風戛，輒作金石聲響，清音逸耳。其聲不必尚友七賢，而餘韻宛在也。然聲之妙者，不可無和，余欲和之以詩，則費索枯腸；欲和之以嘯歌，又苦勞氣動志，孰與端默静坐，澄思寧慮，不以聲和，而以神和，以不和和此。君當不笑余拙也，因字吾廬曰和竹。

心遠樓自跋

陶詩云：心遠地自偏。言人境可結廬也。余建樓適在人境，故以心遠名。昔有問心遠之義于胡文定公，公舉上蔡語曰：莫為嬰兒之態，而有大人之器；莫為一身之謀，而有天下之志；莫為終身之計，而有後世之慮，此之謂心遠。上蔡數語，雖非陶意。然登斯樓，顧名思義，觸類引伸，亦當作如是觀。

容安軒自跋

陶靖節云：容膝易安，自適其適也。余為下一轉語，君子貴有容，有容與君子交，可以無過；與小人接，可以無怨。無過無怨，安孰大焉！故曰有容德乃大。因思《洪範》思曰：睿伏生五行。傳暨董生《春秋繁露》述五行五事篇，皆作思曰容。容者，言無所不容。又云：容作聖。聖者，設也。王者心寬大，無所不容，則聖能設施事，各得其宜也。夫容之為用廣矣，擴而充之，治國平天下，不外是也，容之時義大矣哉。

團瓢誃室自跋並序

余於住宅東南隅築一誃室，廣不能方丈，書席外，僅容四三人坐，有似北齊龐氏之團焦。團焦者，團標也。弱侯曰：標音瓢。今人曰團瓢，言一瓢之地也。因顏曰團瓢誃室。

謂為室也，則瓢矣；謂為瓢也，則室矣。室乎？瓢乎？瓢乎？室乎？心不逆境，境不逆心，天地之縣瓢乎？長房之仙室乎？芥子也，而須彌也。姑作如是觀。

雜志

月火

《五行志》言：青眚，青祥；黃眚，黃祥；赤眚，赤祥；白眚，白祥；黑眚，黑祥，至詳至備。而傷稼必書傷稼，非亶螟螣蝗蟲蚜蚄彭蜞蟹鼠，天降之災，更測於不測，窮於無窮。嘉慶壬申七月望，月食圓復，俄而月生紅暈，俄而有火燡燡，流於月中，長百丈許，光如電如曳，一疋朱錦，燦爛奪目，自西南墜於東北，聲隆隆然。旦日廣州番禺市橋而下百里所稌其苗枯焦，其穗穅穢。越月，穫畝計五，乃穀斤百。其穀黑不可食，可飼鴨，其藁霉爛，其臭羶。市橋而上，歲則大熟，老農百歲云未之覩，咸太息咨嗟以為怪。

予考前古害稼災異，大雷電以風禾盡偃，有書旱傷麥旱無年，有書暴雨害豆麥，有書霖雨暴雪傷秋稼，霖雨暴霜傷秋稼，有書隕霜雪殺豆麥，大風傷秋稼，風雹傷稼，雨雹傷禾麥。傷秋稼、三豆，史靡不書，不可殫述。而月火前古未有也，史志未之載也，黎獻未之傳也。其為異，尤奇於雷電、旱雨、霜雪、風雹也，其為災尤甚於螟螣、蝗蟲、蚜蚄、彭蜞、蟹鼠也，不經見而見者，創也；非時有而有者，怪也。無怪百歲老農未之覩，而太息咨嗟也。諺云：豐熟年年有，災殃各地頭。非虛言也。天變不測，莫有窮儩，録此以補《五行志》青黃赤白黑眚祥之所未備。故老傳：忘其年號、歲月、甲子，我邑南亭村前海燃，竟一晝夜，焰高尺許，微赤，水熱如半沸，舟不可近。夫水滅火而反生火，世俗罕見，至今傳為巨怪。按《晉・惠帝紀》：光熙元年五月，范陽地燃，可以爨。《隋書・五行志》：東魏武定二年十一月，西河地陷而且燃；後魏張天錫時，有火燃於泥中，土火生也，而乃生火。其怪與海燃類。又按：穆帝升平三年，凉州城東池中有火，四年姑臧澤水中有火。《五代史》：吴天祐十二年，濬楊林江水中出火，可以燃，其怪與海燃同。夫月，水象也，月生火，猶之海燃也，猶之池澤、江水中有火也。然則事雖前古所未有，而實即《五行志》火沴水之理也。又曷足怪耶？

了哥

了哥産嶺南，有兩種，栖於樹，名樹了哥；栖屋瓦間，名瓦了哥，俗又謂之樹了、瓦了。樹了三飼社飯，能效人言；瓦了雖十飼，不能言也。秦吉了亦名了哥，吉了大如鸜鵒，有五色，丹咮黄，距夾腦有黄肉，冠如人耳。樹了、瓦了，色純黑，小於鵲，不能步行，則跳躍，性馴，蓄之久，近人如燭夜；吉了以熟鷄子和飯飼之，亦能人言，《朝野僉載》云：天后時，左衛兵曹劉景陽使嶺南，得秦吉了二隻，能解人語。唐志云：開元初，廣州獻秦吉了，言音雄重如丈夫，委曲識人情。《續文獻·義物考》云：瀘南人蓄秦吉了，外國買之。吉了曰：我漢鳥也，不願入異方。遂不食死。凡書所載秦吉了，皆名了哥。然皆非樹了、瓦了，俗以其能人言且同名，遂認樹了、瓦了即了哥，非鳥貴能言。

余謂樹了為嶺南佳鳥，樹了非第能言且能呼更。余嘗舟行，夜薄大嶺溪橋下，橋畔古榕摩空，蔭覆半畝，橋上擊拆，每一轉，樹間羣鳥紛噪，各十許聲，遽止。余異之。乃詢舟子此何鳥也，而更轉必噪？舟子曰：樹了。樹了故知更，若瓦了則不噪矣。余因悟樹了能言，瓦了不能言之故。瓦了傍人門户，食人家烟火，天性昏濁，故雖有口而難言；樹了得天清淑，無人間烟火，氣真性渾然，故能言而知更。樹了過秦吉了遠矣。《淮南子》云：鷄知將旦，鵠知夜半。鷄、鵠遜樹了遠矣。

鴉

鳥之出入，有自然之性，惟隨事精察者，得契其微。余常枯坐心遠小榭，朝暮數鴉，備知鴉性。鴉，晨出必東飛，暮歸必西向，飛南飛北，目所未覯。鴉色烏即烏鵲，南人謂之鬼雀，又謂之鵯鶋，又謂之老鴉可知。曹吉利《赤壁》詩：烏鵲南飛，南字誤用。《荀子》曰：蟹六跪而二螯。然蟹實八跪，荀子不知蟹。蔡謨初渡江，見蟚蜞大，喜以為蟹，烹之既食，吐下委頓。蔡謨不識蟚蜞。物格知致，談何容易。阿瞞未足多笑，不僅鴉也。鳥各有性，雁以白露南來，小寒北鄉。燕以春社來，秋社去。王母晝下，老鵵夜飛，鶺鴒春來秋去。《淮南》云：乾鵲知來而不知往。《禽經》云：鷓鴣飛必南翥，雉上飛能丈，鷃上飛能赤。《本草》：寒號糞不能遠飛。此皆物性之自然，不足為異，人第不察耳。然鳥得氣先，凡禽類有變常之舉動，則人事有異常之兆應。按宋洛陽聞杜鵑，謂其自南而北，唐鳴鵽羣飛入塞，謂其自北而南。物性反常，適為亂徵。然則烏鵲南飛，或亦赤壁之敗徵與，或曰：子非鴉，烏知鴉性？番禺濱海，鴉出東飛，詣海求食也，是又一説。

蟻

蠢然者物，而醯鷄識風，委貝識霽，知機其神，而燕魚知陰，鮻薄知水，蟲鱗未嘗無一點靈氣。嘉慶庚午，予旅寓羊城養桂書屋，啟心衛老親翁過予，值雨連日，厭苦之，因蹙然曰：旦日能晴否？予曰：晴矣。曰：今尚密雨如絲，烏知其晴也？予指窗前桂上蟻封以對。夫蟻嗜濕而畏水，雨則就乾，晴則就濕，作封桂上避雨滛也。今旁午遷巢自上而下，晴可立待，明日遂晴。

啟心曰：董子曰穴居知雨，信然。曰：予去歲家居，亦嘗驗之。時自七月不雨，至於八月，日烈若然，農人請雨，相屬於道，瞥見溝邊赤蟻紛紛啣卵穴於壁上。予曰：明當雨也。既而酉刻果傾盤。《説文》云：鸛知天將雨則鳴，或云：鳩雄呼晴，嶋呼雨。然鸛嶋鳩知雨不知晴，雄鳩知晴而不知雨。而蟻備知晴雨，鸛鳩雖大，智出蟻下。予故嘆曰：人實靈于物，而觸機于未然反不如一蟻。蟻非亶靈，于鸛鳩實靈于人也夫。啟心曰：蟻嚆矢耳，子見蟻知雨，人實靈于物也。

疫兆

澳門屬廣州香山縣，西洋英吉利夷人之旅寓也。道光元年歲辛巳，有牝貓産一鷄；越月，沙梨頭民婦方宰鷄為君姑壽，沙梨頭亦澳門地也，落毛剖腹，瞥見一小兒官骸畢具，眼爛爛如電，蠕動腹中，輒驚死，未殊仆于地。姑怪而婦殺鷄久，且寂寂不聞其聲也，往覘之，見婦無狀，大駭，呼招鄰媪共扶婦，婦手足若冰，氣息裁屬，奄奄如縷，急多方救，薑飲艾灸，一時並下，移時婦醒。問故，婦道怪狀，衆取視鷄，罔不悚懼毛戴。同月，又有一夷婦孕，臍腹絞痛，晝夜悲啼，歷三月所，自省微綿分必死，無復生望。夷帶下醫百藥弗中，然視婦無致死，法憐其苦，投以脱胎飲達，生一物，不類人，似獸非獸。無何疾疫大作，櫓為之貴。夫夭與祥，吉凶之先見，民多疾疫，凶孰甚焉。都人士咸謂：妖不虛生，妖由人興。多其妖者，甚其災也。貓産鷄，鷄孕人，人生獸，實疾疫先兆云。

予按：諸異《京房易傳》皆以為痾眚、為凶徵，而不言疫兆。又考《晉史》，惠帝元康七年，秦雍疾疫，未幾氐羌反叛，雍州刺史解系敗績，則疾疫亦凶兆也。彼且為兆，而乃有為彼兆耶。若果疫兆也，則是貓産鷄，亦可謂之鷄孕人之先兆，鷄孕人亦可謂之人生獸之先兆耶。未必然也。

澳門為西洋英吉利旅寓，其地妖異疊興，考古證今，變通推類，當不為疾疫先兆也。夷人其將有大恐與，按：生物之怪，古昔時有，張唐英《蜀檮杌》云：王建所乘馬死，剖之得小蛇于心間。《博物志》：齊桓公獵得一鵠，宰之，嗉中得一人，長三寸三分，著白圭之袍，帶劍持刀，罵詈嗔目。《稗史》：萬曆庚寅，長洲縣民吕氏鷄産一人，形數寸，眉目皆具。《漢書·五行志》云：愍帝建興二年九月，蒲子縣馬生人；成帝咸和六年六月，錢塘人家猳豕産兩子，皆人面，如胡人狀；懷帝永嘉元年，吴縣萬祥婢生子，鳥頭兩足一手，無毛尾；五年五月，抱罕令嚴根妓産一龍一鵝；建興二年抱罕羗妓産一龍子，色似錦文；劉聰建元元年，聰后劉氏産一蛇一獸。而疾疫之徵，前古未聞。

贅生

贅，屬也，綴也，謂繫綴而屬之也。人有贅疣何贅乎？《爾·釋文》謂横生一肉，屬著體也。然則凡體之外有物屬著，皆得以贅名也。

予鄉凰洲，地濱大河，四方輻輳，不減羊城都會。凡追人高絙踵丸、喇喇筒子、踹高蹻、都盧緣諸戲，與闌遮奇形異狀，擊鉦聚覩為獵錢，至羊城咸一至凰洲。嘉慶庚辰，有獵錢者居一贅生男子以為奇，男子年十六七，狀貌不異尋常，啟衿有一如二三歲小兒，着于心胸之間，手足腹乳臍陰矢溺之竅，罔不畢備，手足不足運動，恒彎彎抱男子腹，惟男根雄偉，不類二三歲小兒，類十六七男子，能前後溲，溲矢則舉。反側之，如乳媪事嬰孩溺，然無首，其頸綴屬男子咽下四寸而身下縣，猶之附贅之疣也，不知何許人以其生而贅，故謂之贅生。

吾聞晉謝真生子，有男女兩體。惠帝之世，京洛有人兼男女體，亦能兩用人道；義熙末，豫章吴平人有二陽道重累生，此則近似乎贅生，第贅一骸耳。建興四年，新蔡縣吏任僑妻産二女，腹與心相合，自胸而上、臍而下各分，此則大類呼贅生。第彼贅贅以腹，贅生贅以頸，彼贅有首，贅生無首，彼贅女贅，女贅生男贅，男為贅少異，然為異不異。按《五行志》謂之人痾。夫痾者，病也。凡物之著身，無所為用者，皆贅也。五官有司也，四體有勤也，人莫不有用也，不得謂之贅也、痾也。贅生者不必有，而有不適于用，而適足以累，若男子之身，其贅也、其痾也，然則大丈夫立身天地，苟遭時不偶所遇壹鬱，豐沖天之翮而不能奮飛，厲截蛟之劍而不得一割，局趣效轅下駒阨塞，若潛淵魚澤不及蒼生，譽不出閭里，于世無所為用，于人無所為益，容容録録，藐然中處，亦天地之贅生也。天下不為天地贅生者幾何也？若予者，天地之贅也。

鳥卵

六合之內，八荒之外，羽飛、鱗潛、跂行、喙息、蠕動，怪怪奇奇，其中山經不備載，史志不悉書，不勝覶縷。

嘉慶辛未，英吉利番船來，大卵十餘枚，云是鳥卵，其最徑二尺，長三尺，餘皆一尺二尺有奇，色青碧，滑不留手，通卵露疏，疏錯落，紅綫裂紋，洞一孔大若碗，番人轑取卵中黃青以食。云：頗甘美。厚過寸，質堅于石，可實三石，不知何許鳥卵？番人入山樵汲拾得之，載以行也。番人好奇，一草一石為世罕得，輒寶之不輕以示人，然視若卵若尋常，然不甚貴惜，悉以餽人，人使玉工，中鎅之團，團如兩甕，大都番人數見物也，觀者靡不駭嘆咋舌，而番人嘗曰：小之，此不足大，有大若船者，緣破壞且重，力不任，故棄大拾小耳。

予曩讀《漢書·張騫傳》，大宛發使隨漢使來觀漢廣大，以大鳥卵及犛靬眩人獻于漢。應邵注云：鳥卵大如一二石罋；而顏師古注云：鳥卵如汲水之罋耳，無一二石也。應注失之，師古云無一二石，意疑鳥卵過大以為誕，遽以汲水罋為解。予嘗疑之，又讀《文獻通考》，條支有大鳥卵如甕，《漢書・西域傳》：烏弋國有鳥卵大如甕。師古注：甕，平聲，汲水瓶也。甕以為瓶，予益疑之。按甕，嶺南廣州有青缸甕、黄缸甕，納二石如三石，有石涌甕，納十石、十餘石至二十石。應邵注云：一二石乃甕之小者。師古直以瓶釋甕小大，去遠不倫。然鳥卵如瓶，世已少所經見，况如一二石罋。故後人咸是師古而非應邵。今觀番船鳥卵其大，半倍二石之甕。又云如船當什倍于甕。應邵云如一二石甕，斷非無見，應邵注是，顔師古注非。夫復何疑。杜環《經行記》云：大食國鳥卵大如二升。方之番船鳥卵藐乎小耳，若汲水瓶與二升等，曷足云大。吾聞粵西武陵有赤蟻若象，遺卵大如斗，則斗大之卵，中國有之，汲水之罋詎大于斗，大宛曷足以為獻耶？師古一代博學名儒，而不識鳥卵，不知自失而臆非應邵，譬猶營廷之魚不知江海，少所見多所怪耳。莊生云：鯤化為鵬，鵬之背不知其幾千里，其翼若垂天之雲。未可以荒誕非意莊生，確有所見耶，豈如甕如船之卵即鵬卵耶。《中元記》云：崑崙山西北有山，周圍三萬里，巨蛇繞之得其三周，蛇為長九萬里。又舊傳美利嘰國番人云：曾見一蛇退廣百餘步，横拖亘兩山約五里所，若非鵬卵，豈其蛇卵耶？《山海經》云：荆山之首曰冀望之山，貺水出焉。其中多蛟。注云：似蛇而四脚，小頭細頸，大者十數圍，卵如一二石甕，其蛟卵耶。此更師古所見聞不到耳。人心如小天地，讀書稽古，當胸羅萬象，智通造化，無怪之非常，無奇之非平，若盡信書注而不知所折衷，鮮不被古人瞞過？

石馬頭

縊死之鬼，有代之縊，而縊鬼乃得超生；溺死之鬼，有代之溺，而溺鬼乃得超生，此俗傳也。然治縊鬼無法，而治溺鬼有法，法斬一白馬頭，馬頭血淋淋，滴沿溺所而曳之沉埋水底，壓以石，溺鬼滅。俗惡用奢而不可久也，鎸刻白石，肖馬頭狀立於水涯，僉云：刑生馬頭可三十載無再溺，鐫石馬頭可石不爛，溺不再也。

予邑鄉落多濱海，恒患溺，有一歲一溺，三歲一溺，或一歲再溺，如約信，然立石馬頭，往往果無溺，馬頭之為靈，昭昭也。俗相沿久已成故事，而于理實不可解。或曰：馬為地之精，坤之象，馬土也，溺鬼以水致人死，土尅水，溺鬼為所尅也。或曰：鬼幽陰，溺鬼棲魂于水陰之甚也，馬屬午，其位離陽之甚也。陰不敵陽，陽舒陰散也。然予聞馬可禳火，《左傳》宋火災用馬于四墉，是也。不聞其治溺也，且溺不盡夫夜也，有日中而溺，鬼豈不畏日爇之陽，而乃畏所屬之陽耶？矧溺者水，而水之畔岸皆土，鬼祟人常近岸，豈其不尅于真土，而乃尅於象土者耶？非事之理。夫溺鬼魅人欲超生耳，古之名馬恒生水中，如元狩二年，馬生余吾水中；元鼎四年，馬生渥洼水中，意馬生于水，將且并彼溺鬼而超諸生天耶，抑馬主行不寐，眼常爛爛，溺鬼故懼不敢出耶。《九鼎記》云：馬鬼常以晦夜出行，狀如炎火，將無以鬼嚇鬼耶？然生馬始有鬼，石馬無鬼，何生馬反不及石馬之靈長也？不敢終以為信也。

予街前鑿方塘，廣數畝，常溺人。族父老咸咎溺鬼之為祟也，屬予鐫馬頭以石以壓之。予詢諸石工，石工云：聞諸師傅曰馬啖溺鬼，猶鬱壘神荼之啖山鬼也。鐫馬頭須張口，若閉口不復啖也，此又一說。予因鐫馬頭立塘之北，張口如欲啖鬼然，後果無再溺者。夫天下多有事奇驗而理不可解，當以不解解，不當索解解，若石馬頭之為靈昭昭，後來繼今人得免不弔之患，則可不求甚解也。宋儒每言理學于理所無者，即臆斷其必無庸，詎知天壤內無所不有，即理無所不在。予不敢謂馬頭無治溺鬼理，轉恨故老無傳治縊鬼法，姑俟考。

異珠

六合之外，聖人存而不論；六合之内，聖人論而不議。天地恢恑憰怪，無乎在，無乎不在。道光二年，番禺鹿步自波羅至黄村三十餘里，草皆生珠，其珠綴于草根，拔之累累如串，大若粟。初出土，色光亮，越日漸黄如舊珠，渾以珍珠。雖老珠賈不能辨，質脆薄，撚之則碎，中有水若漿。聞某鄉民婦持二珠歸，置枕箱中，夜與其幼子卧，婦醒撫子，子僵無氣息，爥之有二小蛇鹽其吭，視珠已杳，羣謂蛇為珠所變。然鹿步有珠之家不下千百，余歷歷稽，殊不謂然，未足據信。又聞昔歲冬，增城縣民某，新塘人，不知誰氏，赤貧，母死無以為斂，與弟負尸持畚鍤蓆葬于某山，起土三尺許得珠二枚，大于龍目。以一枚質典肆得白金二十兩，遂備棺葬焉。自時掘地搜珠，幾遍增邑。然亦往往得珠，第如芝蔴小，無有如小豆大者，咸謂孝感所至云。

按《宋書·符瑞志》：王者不以財為寶，則地生珠。地珠實，我朝之瑞，應而適成某孝名耳。草珠，古五行、符瑞諸志不經，志為祥為眚，無所考，見《山海經》云：厭火北赤水上有三珠樹如柏，葉皆為珠。按：此樹生而非草生，葉生而非根生，常生而非偶生，類而不類。郭憲《洞冥記》云：黄珠或言是黄蛇之卵，名蛇珠，赤松子得之以仙，亦名銷疾珠。今草珠云能變蛇，其黄珠之類，而蛇之卵與。然則得其用法亦可銷疾，與夫《大學》之教，首在格物致知。草珠似極怪異，難于格致。然以理推之，不異而平，不怪而常。珠雖生草之根，而實出于地，即地珠。其為我皇上寶不貪之祥，草木咸若之徵。夫何足疑。君子凡事折衷以理，不言讖緯術數，豈知夫讖緯術數，固理之推闡而索於其隱耶。倘起赤松、京房、陳訓、戴詳、佛圖澄、邵康節輩而論議之，其謂余言為謬，即其不謂余言為謬耶。

瑞粒

今上御極之元年，歲在大荒。落冬，有老農告余曰：我邑慕德里屬劍嶺下，有田三畝許，其穗累累，一粒雙米。穀之狀若孖蕉，然稍扁，大于常穀。吾聞海濱之田多腴，嶺畔之畝多瘠，田腴粒盛。今瘠也，胡雙米也？余曰：非爾知也。《漢書》三登謂之太平，《北史》積儲九稔謂之太平。此今上之仁，被乎草木，遍于海隅，昔年河南一禾九穗，今冬劍嶺一穀雙米，誠唐虞耕鑿之民所未覩太平之徵兆，見於此瑞之至也。老農曰：我欲獻諸有司，上達天子。余曰：毋，安之，聖天子不言瑞。

龍牙

龍，神物也，變化不測，為靈昭昭也，其利澤及人，又浩浩也，興雲雨，膏育萬物無論己。即骨角齒牙之蛻落，尚能已大病利民用其功，參朮不得而並焉。夫龍之骨角齒牙，方書言修治，小異而大同，大抵能愈驚癇諸痓、癲疾狂走、心下氣結不能喘息。以余今所聞見則有異焉。

余鄉馮世叔泰階云，嘉慶癸酉秋，偕姊壻某艤舟虎頭門，時風月清朗，倚舷容與。與老漁、老蛋劇談。老漁曰：龍上水於天而為雨也，今昔不同矣。余曰：何？老漁曰：今龍之上水也以尾，尾掉水升其為力也易，昔龍之上水也以首，首轉水運其用力也艱。首之運也，而有待於口吸，遇沙礫則牙竟落矣。故海外沙磧時有龍牙。又一老蛋名福華者云：何年拾得一龍牙於龍穴沙磧，以酒研治心氣痛疾，無不立愈。余甚異之，欲即取觀。老蛋寶之，趣數四乃出，視之狀若老魚牙，方扁而稍長廣寸，厚半寸長寸半，色白而微黃，甚滑澤，齦平未鋭，中界小渠如兩齒合然，摩挱撫弄，手不忍釋。越年，姊壻卒，姊之孀患心氣，投百藥莫效。姊叩余妙方，忽憶龍牙，遽告之。姊力趣余往購，諾之。遂行至，老蛋吝之，謀諸婦。婦憐人病苦，且鑒余急人之病也，遂發囊與余，且曰：寶之不須還也。余益謝之，持之歸，如法治，痛頓已。

夫物之能救苦濟病，誰不受之，龍牙治心氣痛有神效，無怪老蛋寶之也。雖然余竊有疑。按方書：龍齒主治心下氣結不能喘息，無治心氣痛之文。倘今之所謂心氣痛，其即心下氣結之疾與，推之驚癇諸痙、癲狂諸病亦可愈與。又按《本草》諸圖，圖龍齒率尖鋭，其有不鋭狀，與人獸齒不甚相懸，與今老蛋之龍牙絶異，意老蛋之所謂龍牙非《本草》所載之龍牙與。吾聞神龍見首不見尾，老漁烏覩乎？今之龍之為雨之以尾而不以首也。陶宏景云：梁益巴中出龍骨，齒小，强猶有齒形，皆是龍蜕，未聞因砂而蜕也，則老漁之説荒矣。陶云有齒形，今龍牙不類人畜齒，烏知乎所謂龍牙之非龍牙，而别為異物乎？要之，龍，神物，變化不測，不可以跡求，其能愈心氣利人病，德施普矣，則大有龍之功用也。老蛋非諳醫藥，而知龍牙之能愈心氣疾，彼得之傳聞舊矣。矧龍為鯉化。今龍牙類魚齒，是未盡離乎魚之質耳，又烏知乎龍牙之必非龍牙乎？姑不具論。莊生云：六合之外，聖人存而不論；六合之内，聖人論而不議。龍牙近出海濱沙磧，非六合外物，且能已病利人，烏可不誌。

道光甲申，世叔出龍牙視余，且屬余誌。誌之龍牙之用，於是不没，若其是否龍牙，後之博識必有能辨之耳，或曰非龍牙，鰐牙云。

題辭

文震公畫竹題辭

文震公，余族亭山十五世祖也，資俶儻磊落，善琴能詩，尤工畫竹，好讀書，萬曆鄉科中副貢士者。再其大父漁樵公手著有兵法、律歷書數種，悉潛心究徹。當有明蹇運，流寇蜂起，輒欲一出胸中之奇，為國家扞禦，遭逢不偶，往往太息咨嗟，走筆揮墨，畫竹數榦，以抒寫壹鬱無聊之趣。

道光丁酉夏，亭山族弟占峰，持公墨竹視余，筆法蒼古，洵分與可一席。余後公二百餘年，今觀畫竹，恍然如見公之為人，夫公負撥亂才，又丁世多故，不得一展驥足，亦殊憾矣。公生平扼塞，無所攄洩壹寄之於竹，後之人觀之，傷公之志為公憾，更甚於公自憾也。占峰慕公志節，懼公湮没，屬余題辭，庶幾竹與公並傳永久。余不敢辭，為告占峰曰：公之詩業已散失無存，斯墨竹實公手澤之吉光片羽，當拾襲藏春秋，張諸祠壁，使後嗣子孫咸知我祖有抱才不遇之，文震公借畫竹以寄胸臆也。於是斯竹不朽矣，於是文震公不朽矣。斯畫竹遺失十有餘載，占峰輸白金五兩從順邑購得。占峰云：道光歲在强圉，作噩旦月，黄浦十四傳孫松年頓首拜題。

行述

皇清例授登仕佐郎顯考蓬洲府君行述

政不孝，非能張先君之德也，世之為人子者，親歿之日，即求搢紳先生撰行述、作墓表，以為親榮。而搢紳先生揚厲鋪張，廣為延譽，往往失實，於是其親果有至行足垂不朽，亦並為浮詞掩矣，心竊鄙之。先君去世十有一年，不即求搢紳先生撰行述、作墓表，以為親榮，且不忖固陋，執筆為先君述梗概。其詞蕪，其文薄而荒，無以榮先君，不且重為先君累耶。雖然政不計也，政之述先君行也，瞿瞿然惟恐失實也。先君力行之善，身歷之事，非政目所親見，耳所親聞，不敢述。凡以述其實也。

先君諱汝鰲，字元興，號蓬洲，曾大父昌溢公之孫，大父孔羨公之三子也。先君行最少，同懷兄二人，一諱汝河，字潤興，先先君二十九年卒；一諱汝龍，字雲興，後先君五年而終。姊三人，適横沙羅仕能，南村鄔卓巽，崙頭黎倫相。先君天性純篤，智慮過人，愛讀書，勇為義，躬行孝友，善誨子姪。洵曾大父、大父餘慶之貽以有先君也。先君天資高敏，善强記，入小學僅五載，而修辭磊落簡古，字畫端楷勘勁有筆意。生不辰，十五失怙，家貧，不克終於學，志學之年，即懋遷有無矣，所遭艱險諸瑣事，家慈常為政言。

先君年二十五以前，轗軻累投，幾不聊生；二十五以後，營謀頗順，又疊遭艱險，非天心福善，先君早卒於三十年以前矣。丙午，先君適澳遇賊於舟，刃傷左臂，劫掠一空，幸神艙預藏之二十金尚在，得越險而歸。戊申，仍在澳，澳有一井，今忘其處，水清澈不知深幾丈也。先君旦日叅神先浴，慕兹泉潔，往汲，失足墮井，心膽俱裂，適手扳井石，疾聲號救，藉拔得免，豈非天耶！事先祖母至孝，今鄉曲猶稱道弗衰。瑣屑細事，政能憶記時，大母年且老，先君貿易省垣，月必歸省，衣服寒燠漱澣必請，甚而痰碗溺器，皆親滌𣪧，曰人老則血氣衰，血氣衰則肌膚癢；又蒙不潔，將終夜無熟睡時矣。冬月天冷氣肅，晨起輒負大母、負暄，與捫虱，雖纏足之帶，搜討無遺。又於大母床側置小圓箱，視大母所嗜餅果悉實其中。大母酷愛政，每分餘以啖，政未嘗見此箱之或空也。己酉，大母以病終，先君哀毀骨立，緣家窶空，附身附棺不能從厚。先君抱恨終其身。

事先伯甚謹，政嘗聞諸堂伯母曾，先伯潤興赤貧，不事家人生産，因不得大母心。先君解衣分甘，維持調護，先伯終免飢寒，大母頓為悦色。故先伯臨終執先君手曰：余死必默祐汝也。事雲興先伯如父，事先伯母、先堂伯母如母。每元旦暨伯父母生辰，必衣冠率政等拜賀。先堂伯母嘗謂先君曰：汝已作翁矣，不必為此喚諸子來可也。先君曰：余為諸子先耳，余不為此，恐諸子褻邇，將不守家庭禮矣。嗚呼！富貴而孝弟，易貧賤而孝弟難！先君孺慕之誠、恭兄之摯，實從天性中來也。迨後與族左垣作管鮑交，漸獲嬴餘，於嘉慶辛酉，援例登仕佐郎，議請晉封大父母，有志未逮。壬戌為政受室，娶孟氏，大嶺國學生會高翁長女。乙丑，為政娶妾郭氏。前先君二月而死。甲子為弟國成受室，娶金鼎淩祥鳳翁之次女。時内顧無憂，政等亦勵學。先君意頗適，為未獲抱孫為少憾耳。待子□[①]姪嚴慈並濟，如善讀書，舉止循謹，則霽顔與語終日不倦作，非為必嚴辭痛責，不少假借。又勇義好施，有婚姻喪葬短於財而弗克，襄厥事者竭力助之，猶記從叔字集興貧不能婚，先君與之完娶。先叔諱汝蕃，先君再從弟也，生而貧，病且殆。先君親往視疾，先叔扶病起，跪先君前曰：蕃今日死矣，無以報三哥德。悲泣不勝，莫能仰視。先君亦為飲泣，醫藥喪葬皆出先君，此類不可覶縷。每歲終，計族之鰥寡孤獨廢疾貧，無以自存者，資以錢米，且遣僕送至，無庸啟抽豐之口也。

先君為人莊肅和平，寡言善默，有時為人排難解紛，出其肺腑，至情至性之言愷惻真摯，輒三四語而剖。交友以義，常出資付人權子母，間有奸貪大肆漁蠹，先君絶無愠色，此不必求其人以實矣。又嘗與族叔諱佐足者，居貨於鄉數載，族叔亡，遺一妻一子金二百。先君撫恤備至，歷二十餘年，今其妻已老，其子成立有室，二百金仍在也。其重義輕財多類此。尤愛人讀書，政甫四齡，即延師教讀。憶政妻父為政述，先君言曰：欲子光大門

① 原文漫漶不清。

閭，莫若教子讀書；欲子守成家業，更莫若教子讀書。嗚呼！言猶在耳。政等學業未成，功名未遂。先君竟棄政等而長逝耶。

先君生於乾隆二十三年戊寅十月十七日戌時，年華未艾，竟患淋疾，綿綿延延，幾至兩載，眠食無時，肌肉漸脱。一日泫然曰：余病非可藥石愈也。遂於嘉慶丁卯八月　日集内外親戚，將産業沃瘠均匀立分單六紙，焚香鬮執，唤政暨諸弟前曰：女父不敏，無多産業貽爾後人，然能守儉亦堪糊口。立分單非必分也，爾兄弟合德同心，雖如張氏九代可也。倘士農異業，各欲起家則各管名下之業，不至起争端於異日耳。越兩月，病稍劇，政痛参术無靈，承歡日短。又念先君積善一世，無所建白，不於此時製屏稱觴，何以快先君志於萬一？倉卒商諸左垣，並告諸戚好與搢紳先生之與先君平昔相知者，僉曰：他年豐潔杯棬，何如生前洗腆。乃詹丁卯年九月廿八日菽水介眉焉。

是日也，先君坐，政與諸弟環侍，先君含淚語家慈曰：余年未登壽，而政等作此舉，恐余一旦没，抱終天憾也，此余所以教子讀書也，余無憾矣。孺人有子矣，後福正長。余疾必不起無以為囑，惟教子讀書識字耳，孺人誌之。越九日疾大漸，先君益經理後事，唤政搜諸債券，戚好艱於償者悉焚之，曰：他日無掛爾等懷也。雖細而戚友頭帛腰帛之長短，三虞五虞，筵席豐約，無不次第諭政筆記。嗚呼！人之寢疾而至將死，其精神意氣大都衰散，古人所為有亂令也，如我先君大事無所糊塗，纖瑣亦復精到，其殆得天厚耶？亭午天弢欲解，政率諸弟跪請更衣整冠，加帶畢，少間從容言曰：吾去矣，爾兄弟和好，勤讀書，善事而母。遂瞑，時嘉慶十二年丁卯十月初八日午時也。政等痛泣呼號，籲天莫及。嗚呼！膏肓作祟，天左善人，以先君令德不獲享遐齡，誠不能為天道解也；且辛勤半生不得一日樂晚年之樂，豈政等不孝禍延先君耶?！先君享年五十。入殮日，親若戚莫不太息流涕，族之父老子弟老媪莫不太息流涕，即行道人耳，先君篤於為善，亦莫不太息流涕。嗚呼！先君非有奇才異能，祇自任其天性之真，何感人深且遠也。擇地十載，乃卜嘉慶二十二年丁丑八月初六日酉時葬於龍眼洞之西土名大坦尾，首亥壬趾己丙之原宅，兆寬廣穿宮横二十五丈，直二十五丈，該税十畝，乃石牌鄉飲大賓創國池太親翁送我先君也。

家慈氏陳在堂，持家有法，足佐先君德，生子二，長不孝，次國成，援例國學生。庶母吴氏、馮氏各生二子一女，吴氏在堂，馮氏不安室。吴氏生國錦、國湘，國杰、國治，馮氏出也。湘九歲早夭，錦娶莘汀屈氏，龍驂翁長女、鄉進士龍驤翁姪女也；杰聘石牌可樂翁次女、創國翁之孫女也；治聘繩周翁長女小洲簡氏；女一許字瀝滘邑庠衛嘉謨翁之三子，一許字珠村潘氏。成現生丈夫子二泰來、泰清，女子子一，待聘。政復娶妾陳氏，現舉女子子三，俱幼。嗚呼！先君杳矣。政見聞有限，曷克罄先君德，惟不敢張揚失實，上誣先君，堪告無罪者此耳。庶幾後嗣子孫繼繼繩繩，備知先君生平梗概，而開基之忠厚，貽謀之善美永不没也。

時嘉慶二十二年歲次丁丑霜降後九日不孝男國政謹述，鄉進士文林郎候選知縣特授高州府吴川縣教諭屈老親翁龍驤填諱

卷三

序

《心遠論餘》自序

凡物不可有餘，月盈則虧，水滿則溢。凡物不可無餘，月閏，歲之餘；冬，月之餘；夜，日之餘；陰雨，晦明之餘；綿巒平巋，山嶽之餘；小派支流，河海之餘；詩歌詞賦，文章之餘。癸未冬，余倦遊歸里，局居心遠小樓，時則思慮有餘而寂，心目有餘而閒，手筆有餘而逸。對影之下，輒披覽古今篇籍，以遣無聊。其於古人言論行事，經傳注疏以及子史詩文雜説，足與身世相警，發學問相資益者，心與之觸，不能恝置，筆閒墨飫，輒為略識。或有疑義，不忖淺陋，閒亦竊附已意，或引而伸之，觸類而長之，旁參博考以訂證之，折而衷之，用是攄寫胸臆，聊以自娱。荏苒光陰，頹耄老境忽然將至，筆之所及，檢會所得，儼然成帙。余資素健忘，或朝稽而夕違，或夜讀而晨忽，因為之門分類聚，俾易覆閱以補疏心，以裨善忘，嘗出示知故，以共撫掌之資，而讀者輒讀輒贊，嘆曰鴻才宏論，可以壽世。余曰駒隙消閒，率爾操觚，隨得隨識，蕪舛不倫，思薄辭譾，愧不成論。昔人有言，論者，綸也；理也，次也。言可以經綸世務，圓轉無窮，蘊含萬理，篇章有序也。此古昔聖哲之為。余之所識何有於是，壽世則吾豈敢，不過論之緒餘，如歲之閏、月之冬、日之夜、晦明之陰雨、山嶽之綿巒平巋、河海之小派支流、文章之詩歌詞賦云爾。後將覆瓿，深慚虛美，曷足道哉。

咸豐元年陬月番禺梁松年夢軒書於團瓢誃室。

《言禽録》自序

天下無不能言之鳥，燕呢喃，黄鳥綿蠻，桑扈交交，雎鳩關關，皆言也。彼燕呢喃，此燕呢喃，人之聽之，皆呢喃也。自夫燕聽之，皆言也。呢喃，燕之言也；呢喃，非燕之言也。若人解燕言，則知呢喃即燕言也，不以為呢喃也。若人不通燕言，以呢喃狀燕言也，即以為呢喃也。呢喃人言也，彼綿蠻、交交、關關，亦若是已矣。燕有燕言，黄鳥、桑扈、雎鳩，有黄鳥、桑扈、雎鳩言。燕與黄鳥言，桑扈與雎鳩言，有所不能通者矣。北人不知南人之言，以南蠻為鴃舌，亦若是已矣。故曰：天下之鳥，無不能言也，能鳥言也。杜云春入鳥能言，能盡鳥之性也。《禮》云：鸚鵡能言，言非能鳥言，言能人言也。夫鳥自鳥也，人自人也。鳥言自鳥言也，人言自人言也。鳥不能人言也，猶人不能鳥言也。萬物之靈者，人也；蠢然者，鳥也。而人不能鳥言也，而鳥能人言也。解鳥言如公冶長、魏尚、張子信、孫守榮、侯子瑜、陰子、春成、武丁、麥宗麗者。君子取而録之傳之也，以其知鳥言也。矧鳥而人言也，鸚鵡能言，著於《禮》矣。鸚鵡何言未之録也？能言之鳥，鸚鵡見於經矣。鸚鵡而外，不多録也。然鳥而人言，則非鳥也；鳥而人言，不可以鳥忽之也，言鳥，鳥之出於尋常者也。言鳥之言，烏可不録之傳之也。鳥鳥言也，余且愛之也；鳥人言也，余益愛之也。余欲以余之所愛，公諸人所同愛，則凡鳥言見於書傳者，録之；得諸傳聞者，亦録之，為著《言禽録》。

《夢軒筆談》自序

余雅病，中氣不足，不能多談，談則氣逆，語澀，頭岑岑，眼昏昏，越半日不平，復反常也。而性又好談，讀書之下，偶有奇聞新説，即器物方言，以及草木禽魚之非習知常見，輒欲為諸弟一談，以快新得。然諸弟每苦余傷氣，又不能已於談，且隨聽隨忘，不復記憶。屬余有所聞見，即便筆記，以筆代談，既免傷氣之患，又得時時檢視，不至遺忘，差勝口談多多也。余甚以為然，第筆荒文陋，隨得隨筆，無有倫次，不足為大雅君子觀，聊以示諸弟耳。昔沈存中著《夢溪筆談》，筆意精卓，竊嘗慕之。今余以談寄筆，余之所筆即余之所談也，故亦曰《筆談》，而豈復有筆意哉。道光四年皋月。夢軒梁松年識。

《皇荂軼響》自序

昔崔實著《四民月令》，應卲作《風俗通》，周處為《風土記》，宗懔撰《歲時記》，孫思邈作《千金月令》，韓鄂著《歲華紀麗》，皆所以識一時士庶之事宜、土俗之慣習，歲節之異同，良時嘉會之盛事也。今一披閱，不必覩太史之書，輶軒之採，古風如在目前。然歲代遞遷，流傳各别，八方風氣不必盡同。跡今按古，或小合而大殊，或源同而流異，不可勝言。余自少至壯，不出閭里，未能免俗。兹值春暇，爰將所聞所見，俗言俗事，參稽掌録，聊以自娱。自惟中淺植弱，無異窺天之管，測海之蠡，所録率多闕雜，蕪舛不文，非能如古人著作周備切當，可誦可傳，直不過村夫之鄙語，里巷之臆談已耳，故命之曰《皇荂軼響》。

《棣華齋雜識》自序

昔司馬温公私第廳事，前有棣華齋，為諸弟子肄業之所。余於心遠閣前西偏闢一小齋，晨夕課諸子姪，亦顏曰棣華齋。景温公也。功課暇日，輒為涉獵羣書，然書不可空讀，讀不可無得，有得不可不識，故凡於有裨學問者，識之；有資世務者，識之；古事今同，今事古異者；識之；耳所聞，目所見，説奇事怪者，又識之。常者識，變者亦識；正者識，邪者亦識；則識亦雜之，甚矣。何識乎？爾識者，記也。昔劉宗正校書天禄，當時有《説苑》、《雜記》諸書行于世，雜烏乎不識。《漢書・藝文志》有雜説千家見於書目，雜又烏可以不識。異日諸子姪讀是書，其常者、正者，足以感發；其變者、邪者，足以警戒。且當知所識者雜，須更求其純，又當知雜而亦識，庶幾得餘力學文之意也夫。

《吉山八景詩》序

天地間，勝區幽境，不晝方隅，所在都有，然有名有不名。既名矣，有傳有不傳；既傳矣，有彰有不彰。此曷以故？夫天地至巧至奇，結而為山峙，融而為川流，毓而為草木花果，鳥獸苐離翔走，人時時習聞習見，似甚庸平。然或則分其一事一物於山陬水涯之鄉，村落郊原之野，境忽而幽，地忽而勝，足與桃源、羅浮相埒而不之遜者，往往而有，則信乎天地巧矣奇矣。然天地能創此巧與奇，不能自名其巧與奇，不得不借諸文人逸士，顯宣其巧與奇，名之傳之而表彰之。天地既不秘而設，施此幽勝以供人之覽遊，使此都之文人逸士，不為之名之傳之而表彰之，微特失斯景也，并天地之巧與奇而負之也，至足惜也。

道光丁亥，吾友徐君麗天館於吉山，遣伻札余，盛道吉山八景之勝，不下羊城。吉山在番禺治東，波羅之西，一大鄉落也，其族多。余宗文人逸士之所聚，而山川之毓秀也，其景曰東園桃李，鄉之東園栽桃李，前繞清溪，有桃源風致故；曰西郊牧笛，鄉之西疇，郊平草緑，日近高春，牛背笛聲。繚繞夕陽故；曰南澗潮平，鄉之南有菱角湖，風輭波眠，漣漪綯碧故；曰北嶺梅花，鄉之北嶺曰高嶺頭，鄉人業梅於此，臘寒花放，雪月同白，不減羅浮梅村故；曰三山荔赤；曰十里橙黄，鄉之左山曰三山，樹藝佳荔，夏如虬火，左右平原，滿望霜橙，冬熟如黄雲映帶緑畝故；曰松徑禽音；曰山亭遠眺，鄉之前迤松徑，後構山亭，日暖松風謖謖，鳥聲上下輒與耳宜，時當晴霽，空明雲浄，一目千里故。

夫景者，境也。何所無景，而吉山之景以名何名乎？爾非之鄉之人自名之，倣於國初屈子翁山、陳子元孝、梁子藥亭三詩人遊覽於斯，愛斯幽勝而名之也。名之則傳之矣。然今之文人逸士過吉山十不一知，夫有斯幽勝也，何也？傳之而不彰也。彼鄉之文人若北垣醴谷懼斯景之不彰，久且不傳，且莫知斯景之名誰何也，於是創為詩社，以八景命題限韻傳之。通邑都城俾八方之文人逸士，其嘗遊觀斯景者，得以愛慕欣賞之情，寄之於詩；其未遊覽者，亦足以知斯鄉有如是之幽勝，寫諸詩以導異日之遊也。詩篇既富，妙句好辭，不一而足。蘿村羅太史拔其尤，鎸之梨棗，庶幾吉山八景與羊城八景並傳，屬余序而弁於篇首。

夫世間負瑋懷奇，落落蹇遇，蘭芳無言，鶴鳴寡和，聲銷跡匿，草茅韜晦，卒以不傳不彰，與鹿豕萊蒿同其湮没者。余輒為太息三嘆，矧夫勝區幽境，孕天地之至巧至奇，忍使其名之而不傳之彰之耶？諸詩人既以詩傳之彰之，余不自知筆墨荒，拙述雅意為之序，不第吉山之景欲傳之彰之，諸詩人亦并欲傳之彰之也，敢報知己為謝？余宗文人言之當否，所不計也，徐君其許余否？

代家姪泰基送張蘊玉先生歸羊城詩序

羊城東北十里所為白雲山，又北摩星嶺，其高插天，重巘疊巒，迤邐南出，將濱於海，合漢三城而一之，則羊城也。其中名山之鍾靈，淵海之毓秀，代不乏人。道光庚子辛丑，英逆披猖，城幾不完，於是綴文之士、卓犖之英，親戚蕩析離憂而鬱邑，豈非天運之阨，而斯文之將喪耶？而能挺然特立，任命委心，不為世運推移，處擾亂而安之若素者，則張子蘊玉一人耳。張子，性俶儻不羈，能文章，善書畫，樂詩酒，素患難，里鄉莫不蒼黃徙家，張子則以詩酒遣之，若不知其為患難也。昔夫子畏匡，斯文未喪，匡人無如夫子何。今英逆困阨羊城，張子守聖人之訓，英逆亦無如張子何，其所養者素也。歲丁未，張子館凰洲余族之愛吾書室，講課之暇，輒與設帳，余鄉諸先生論文説詩，出其奇論新議，道古人所未道，發經傳所不傳，詼辨笑歌，旁若無人。其言論風度，真可接武曲江。今皆絳帳將解，張子賦詩贈別諸先生，相與屬和，儼然成帙。余序而志之，亦我凰洲一勝事也。古人云：人之相知，貴相知心。余與張子總角，好交莫逆。張子歸羊城時，或與二三周旋，賦詩飛觴，酣酒噱談，須述余今日所稱，不作羊城第二人，非自負也。張子以為然否？

梁厚本堂義地序

截長補短，凰洲之地不足十里，四面濱海，潮脱滋肥田而耕者，去十之五，東南平衍，聚族閭居不下千户，又去五之二，無崇山巨谷；西北岎嶼七八，鷹山為特高，廣不及半里。余嘗登鷹山，見叢冢累累，鱗砌枕藉，重慮凰洲人日益多，而埋胔之土不得廣寸也。余族居凰洲一十八葉，祖宗墳墓扦凰洲者十之二三，非輕去其鄉，有不得已也。夫恒產素豐，出其資猶能營塋兆於異鄉異邑，無論深山大峽，數十里遥，收其嘗賦以供燔祭，可舟可輿，子孫即至老至幼者可歲一省墓，不至湮没為棘荆蛇虺所據。所不堪者貧者耳，貧者生無以為養，死無以為禮，衣衾棺殮，竭力不足自完，葬不能出鄉，今吾族二百如三百人，有厝而未葬者耳，即葬有不一再傳，而不知其墓者矣，甚有纔閲十餘歲，葬之之人，概不辨其墓之孰為已墓者矣，何者？葬地偪仄日滋，逼處墳毁形易，昏耳亂目，清明拜奠，不自祭其先而祭他人之先者比比。

悲夫！余生凰洲三十有七年，不忍此，為之善其後也，爰集同志捐資營地，違鷹山三箭所得榮岡、土園二邱，合税一畝八，西南環水，東北繞山，為分立條例，設號正向，葬有定次，毋使淩紊，穴有定尺，毋致并侵。凡有葬者皆記諸簿，荒没可案，顔之曰厚本，以為族之貧無以為葬者便，既非崇山大谷、異邑異鄉，孩童耆耇，弱足可至，不必舟輿。今後庶幾無有逼處之憂，無有墳毁雜亂之虞，無有厝而不葬，無有不知其墓祭他人之先之患。然則恒產素豐，力能出鄉營高敞地，不可與此貧者争此一坏土，斷斷也。族方椒繁未艾，後來繼今而至千人至萬人，視今之所營地褊小甚矣，其再營毋出凰洲十里内，是所厚冀於後之有志者。

代家夔石詩圖博識序

日月、冰雪、霜露、雷電、風雲、星雨、蝃蝀，天之文；山川、草木、鳥獸、鱗介、昆蟲、寶藏，地之文；宫室、臺囿、池沼、車旂、服采、器用，人之文。古忠臣孝子，離人思婦，攄發性情，托物起興，作為詩歌，於是天之文、地之文、人之文皆萃；古忠臣孝子，離人思婦，而為古忠臣孝子、離人思婦之文，余讀三百篇於一名一物，嘗想見古忠臣孝子、離人思婦寄托之深遠，感遇之微旨，然往往以識其名，未得盡識其形為憾。余自為孔穎達之疏、鄭康成之箋，尚矣。安所得唐伯虎、仇十洲之畫筆，逐物繪形。又安所得并孔鄭之箋疏，唐仇之化筆合為一書，使詩中萬有之物，燦如燎如，一展卷而古忠臣孝子、離人思婦如見其人，如見其人之心。

嘉慶庚辰，余授徒羊城河南家，遜之挾其所為詩圖博識，屬余序。遜之非能畫也，其箋疏上窺孔、鄭，畫有唐、仇筆意，乃嘆古忠臣孝子、離人思婦之文，今遂為遜之之文。觀遜之之文，直不啻如見古忠臣孝子、離人思婦之人之心。余胸中數十年私願鬱積而終，不克如願，不悟遌之遜之也。遜之今年三十有七，不知稽古如何得力，然覽其著述，卓卓有古名儒風，於詩圖博識，足覘遜之之概矣。西泠徐野君著三百篇《鳥獸草木記》，稽核精確，第美而不備，詳名略形，譬如珊瑚珠貝，天下之至寶。假設徒識寶之有珊瑚珠貝不得，而覩珊瑚珠貝之若者，為珊瑚珠貝曷貴？珊瑚珠貝之為天下寶也，其不逮遜之遠矣。所為畫，余以為其人，計必老成奇古，及詢遜之，乃十三齡岐嶷童子、遜之甥鄭桂生也。然則遜之得古忠臣孝子、離人思婦之文，以為文不自彰，得桂生畫而益顯。余意天之文、地之文、人之文，不專屬之古忠臣孝子、離人思婦。古忠臣孝子、離人思婦之文，不專屬之遜之，而又為十三齡童子桂生之文。桂生非弟，能知詩人托物之意，如遜之旨，吐之筆端，能解誦六經，遜之及門云。

崔奇峯姊丈進蹇圖序

嘗讀《漢書·翟方進傳》，方進年十二三失父，孤學，欲西至京師受經，母隨之長安，織履以給。方進學成，以射策甲科為郎，後為漢名相，不禁喟然嘆曰：賢哉，翟母。輒倒尊引滿，釂一叵羅。余蘭姊歸亭山崔奇峯，一日歸寧，為姊供膳。姊述其君姑奇節，君姑資儉約，炊粥蒸水以頹履敝滌暴而代薪，惟督子受學，歲費五十金，晏如也，不禁喟然嘆曰：賢哉，崔母。輒倒尊引滿，釂一叵羅。再述奇峯十三失怙，守母訓勵學，勉功名。鑒父一旦與音容俱去，追恨無補，乃繪《進簋圖》，圖母容以誌孺慕，卒有不諱，無恨三泉，又不禁喟然嘆曰：孝哉，奇峯。復倒尊引滿，釂一叵羅。逾年，過亭山，適奇峯他出，姊飲余。余獨酌飲，瞥見堂正中張一圖，圖堂上老媼據案坐，形貌精神，崔母也；堂下少年率兩婢奉巵登，形貌精神，奇峯也。顧謂姊曰：是姊所稱《進簋圖》者耶？姊曰：唯。余惟奇峯力學十餘年，婁鬱不得志，退而攻盧扁業，衹以一簋為母娛，亦足悲矣。然語云：不為良相，當為良醫。奇峯醫良，非碌碌，何不可慰母？不禁喟然嘆曰：賢哉，崔母，其翟母也。孝哉，奇峯，不愧子威也。即倒尊引滿，釂數叵羅，雲醉狂作，當席援筆序書于圖額，起持叵羅倒尊引滿，長揖謝母曰：今奇峯進取志未解，尚事事當有以報母，母毋過奇峯也。無何奇峯歸，意怪余使酒汚圖，亟讀一過，既乃喟然嘆曰：生我者，母；知我者，夢軒也。趣呼余姊，更煮酒倒尊引滿，與余對釂三叵羅。

代許監察奉賀例授儒林郎馮豁堂先生暨梁老孺人七十雙壽序

《洪範》次九之疇曰：五福。其中曰壽、曰富、曰康寧、曰攸好德。洵人生自然之福，天下雖有掀揭天地之才智，佐治太平之勛業，不能强致，且掀揭天地之才智，佐治太平之勛業，不難其人，而備是福，不必多有，此其間有天事焉。天于萬億兆人間，生是人，膺是福，非偶然也。

憶余嘉慶戊寅，宦遊粵東，主講粵秀，講課暇，輒集諸生敘論，竊嘆苟備人生福，則一切才智勛業，胥出其下，屈指計，無足以當之。番禺馮燮元及門諸生之表表也，諸生時道其尊人豁堂先生、梁老安人亹亹不置，先生粵東福人也，資磊落任率，不飾威儀。少好讀書，為文章如大河長江不可遏抑；既冠則端木氏，棄舉業，屢中援例儒林郎晉封父母，里閈榮之，時逐非素志也。先生嘗語人曰：能約其躬，儋石之稸以豐，苟肆其欲，海陵之積不足。和嶠之癖，王戎之膏肓，不足道也。於是任真推分，棲心淹博，尤耽讀廿二史，深得旨要，雅嗜酒，健強無疾病，可三五斗醉，亦可八九斗醉，謂下酒佳物，肉脆鯉腴，珍錯千品，不如《漢書》兩部。與番禺司鐸莫元伯、南海陳太常鴻章二先生相友善，為杜康知己，迭賓主數擊鮮上頓，賞花賦詩，拳戰歡笑竟日。十日而更，每當讌集酒酣，天趣露發，五情飛越，宣吐佳言，如鋸木屑，霏霏不絶，聲滿四座，聽者絶倒。嘗辨論古今忠孝節廉賢佞臧否，剖析折衷，持平義理，有可補作史所不逮。時人服其淹識，咸謂先生辭論豐博，言談林藪，絶不耐俗。人有以俗務來告，輒飲以醋酒，默不復辯，任達閑暢自適。其適世無與比，惟治家嚴整，五尺之童足跡不得入閫，安人亦閒靜淑慎，内教以肅穆聞，然皆先生讀書稽古茹史傳之膏腴，身修於先，安人仰其言論風旨，相助為理也，時先生行年六十有七，尚能德與時進，賢嗣早食廩餼，且森森如千丈松，雖磥砢多節目，施之大厦有棟樑之用，童孫六七復秀徹儁朗，異日榮褒當更有進，其為福豈人事所可黽勉，致以視夫天下之才智勛業為何如也？

余今叨職蘭臺，所當揚闡善類，宣贊休明。余去粵既五載，今未喻先生福履之綏更復何如也？頃得郵筒，乃及門番禺馮燮元為二尊人壽，諸戚好相與製屏，誌具慶，而問余序。余亟坐使問豁堂先生藉履依然乎，矍鑠如昔乎？含飴弄孫之下，讀史飲酒、高談雄論、精神尚滿腹乎？使曰：過之。余乃嘆曰：天下才智勛業，天不偶生而備人生福，天尤不偶生也。豁堂先生真粵東福人也。夫嶺表多珠璣犀瑇瑁果布，不此之稸而稸書充棟，藉枕於中，以酒自娛，不敝敝乎世俗，怡養天和，其備人生福也固宜，余言不足重，顧不遠遥遥數千里傳請於余，知余知先生素也。余其奚辭其曷以頌，即以《洪範》次九之疇曰壽、曰富、曰康寧、曰攸好德，為先生頌。昔山季倫嘗以一字拔蔡子尼曰正。余今亦以一字壽先生暨安人曰福。書以復之先生與安人，且加進三爵。

為家夔石奉祝敕授孺人劉母曹孺人陳孺人壽序

廣州俗尚奢華侈靡，婦女尤甚，素豐無論矣。即中人之産，大都日事嬉遊，曳紈著羅，有勗以習勞紡績，輒笑鄙俚不識時尚矣。年來余授徒羊城，晡時每口解經書或古文，日者適講《國語》敬姜論逸勞。讀至其母方績，文伯曰：以歜之家，而主猶績云云。不禁慨然嘆曰：以文伯之賢不能免俗，猶以主績嫌也。繼而讀至逸則淫，淫則忘善，忘善則惡心生，又嘆敬姜以勞防淫，皆本諸古聖王之處民也。再讀至男女效績，愆則有辟，因顧謂門弟子曰：古昔自天子至於庶人之婦，莫不各有其勞，且績愆則辟，何今昔頓殊也。今庸有敬姜之不逸者乎，世難其人矣。

頃之，門弟子某避席而請曰：弟子願有言也。曰：子言之。曰：先祖字粹德，祖母陳氏，早不禄，繼祖母曹生一女子，子甫七日而先祖棄世。祖母力勤積儉，産業日增，宵晝紡績，雖嚴冬不以寒輟也。又好施，遇戚故困乏，隨時賙恤喪葬婚娶，里中多取資焉。今年登七袠，精神健旺，紡績未嘗一日去手也。庶祖母氏陳侍先祖八載，乃生家嚴，字孔暉。家嚴生七月，先祖殂。庶祖母守節撫孤，家業壹皆祖母摒擋，庶祖母惟事紡績中饋，此外無所與事，今壽六十有三，事祖母數十年，相對紡績如好友，人不偶見其忤容也。道光十年，榮邀天恩旌表曰“節孝流芳”，二祖母雖不敢望敬姜紡績之勤，其庶幾乎家嚴念二祖母撫鞠劬勞，持家勤儉，今夏援例登仕郎，晉封繼祖母曹氏、庶祖母陳氏皆孺人。十月　日又為製屏稱觴，庶報二祖母勤劬于萬一。囑某請序於先生為二祖母壽。余乃嘆曰：余曩謂敬姜後世難其人，子家有二祖母好勞惡逸，其德與敬姜比賢，不可謂世難其人矣，真足以風今世矣。尊公又能顯親，余雖荒拙不文，敢不贊成尊公之孝子，其仰體二祖母志，勵學問、毋好逸，異日顯榮，當更有進勉諸，是為序。

代家矩亭奉祝族曾叔祖母嚴太淑人九十壽序

婦人有三長，曰才、色、德。色不如才，才不如德。至薄才與色不尚，而尚德，尚矣。夫德，止一身一家，非能壽之千百世，已甚細也。婦德之云不過曰勤曰儉，不矜不驕已矣。若乃行事可壽之千百世，世少概見而出之，不沽譽，不市惠，不假强，為肫然發於心，所不容已更少概見而以為。今之巾幗不復可得，不悟於余族曾叔祖母嚴太淑人遇之也。淑人族直堂曾叔祖淑配也，天性純懿，豁達大度，落落有丈夫氣。初，曾叔祖素屢空，無儋石儲，淑人相相以理，卒成巨家。六十而嫠，子可垂慷慨敢任，嘗謂須作天壤第一等人，慕鴟夷子皮，姑舍舉子業，援例儒林郎加級誥封宜人。未幾，可垂厭世，撫孫卓峰，以義方訓廸，不沾沾為姑息。卓峰由武庠援例武翼都尉晉封淑人，已而卓峰又不禄，儻所謂天道其不可測耶，天以蹇遇遺之，實默剸屬任以創垂也。淑人樂與人為善，口不言人過。聞族子弟逮所知識，幼壯孝弟，善讀書成功名，及勤儉安分，勃卒起家，輒稱道。弗置溺博蕩産，所昵庸雜，與凡疾病夭死為之惋惜，太息愊憶不自勝。雅樸約任，真無殷賑歟姁態，衣恒布衣，不靄不自奉養。食時不力珍，弟取温飽，僮僕夥够，猶躬帚掃，時與丐婦談道寒苦，輒剌剌不休，憐勉兼至，人以為辱，淑人意豁如也。平居愉怡，無所矜飾，若録録未有奇節，然守意端直，務遠大善果決，每臨巨重與計議，言輒析理中，往往出賢智意表，莫不欽其達識，以為莫及。

始太祖祠咸正堂朽壞，淑人深慮之。嘉慶戊寅，語族叔祖夢軒曰：咸正之堂，壁瓦欹點，楹棁蠹腐，漏風日而施薜蘿也。春秋惕怵霜露曷忍視此？叔祖曰：余意未嘗有忘，力有不逮耳。淑人曰：噫，族方昌熾，賢孝林立，裘成于集腋，胡自菲棄？盍新之，余家無多貲，敢不竭力？踰年，家尊與論建祠，議劇金。淑人慨然輸八千餘兩。三載，咸正堂成，渾堅質樸，人咸稱世世子孫永久攸寧云。是役，捐金襄事，族益忭躍，微淑人力不逮此。其他施棺、賑貧、恤飢、衣寒餘事耳。夫單素之家，一旦富貴，類多志奓體汰，豁平昔時意，稍稍約勤，里閈嘖嘖羨。倘勉之出金錢力，善感當時傳後世，顧有獎勸誘掖，督責迫蹙而不能者。淑人富不易貧，貴不改賤，凡所言行皆率情發中，曲盡事理，中乎人情，傳百千世而可繼，此實才哲之所難，男子不數數覯也。

去冬，族父老薦紳相與議，來夏五月十日淑人設帨之辰製屏，屬余序而為之壽。余時北行，倉卒未就報命。今春公車，偶憶念及，甚懼重負族父老薦紳并負淑人，即走筆書千餘言，略展淑德，趣郵傳歸，使俗知世之婦人女子登枝捐本、易賤貧而炫貴富，皆其所卑卑不屑也。礪節儉勤為一身家計，無遠大圖，觀此可自勉也。前年淑人年八十有八，尚精神矍鑠，言辭軒朗，策杖行無喘逆。廬陵歐陽公云：為善無不報，而遲速有時。淑人積善成德，宜享昌榮。今曾孫綸魁沉潛謹厚，懷熊雄儁卓犖，洵吾族麒麟，興宗充閭可拭目俟慶，何如也。為語族父老薦紳，屆時騰爵稱慶，為余一觴淑人，當以大丈夫視淑人，無以婦人視淑人也。是為序。

代陳鹿苹賀乳源司訓劉慕堂榮贈考妣並弟榮娶序

乳源司訓劉子慕堂，余初識即欣然神解，恨相見之晚也。初，余懼學孤，欲為文章社，以交識省内諸鴻生鉅儒，相與磨礲砥礪，劭勉不逮。時則察諸才品優茂而足余益者得九人，于是得慕堂于增城，慕堂寬和温厚，昂昂鶴立，有出塵之表，著書成癖，别有會心。居平讀《漢書·黄香傳》，至九歲喪母，思慕憔悴，輒三復流涕；讀《宋史·蘇軾傳》，至軾幼有大志，父洵游學四方，母程氏親授以書，則又嗟嘆羨慕。夫古人讀書得意感時撫事，往往痛哭太息，歌笑怒駡，於忠義節烈間有奇舉傑行，即拍案叫絶，願為執鞭，或豪傑數奇不遇，壹鬱拓落，為廢書三嘆，遇回面污行，攄發激烈不平之氣，欲殺欲割，掩卷而不屑讀；即或境遇之適天倫至樂，無有虧缺，又不禁稱道不置，余意慕堂流涕羨慕，殆讀書得意之感耳，豈知夫其中有所隱憾，鬱積不能釋，無可告語，觸之則發而不自遏也。

入歲，慕堂為余言，余生不辰，三歲失恃，幼不及識母，抱憾三十餘年，於今前八載，先子又見棄，因撫勖弱弟，事家人生産，學幾隳廢，甚虞碌碌，無尺寸進，與諸弟之不成立，俾先嚴慈不瞑，重泉湮没，没世顔愧何寄，由此以觀慕堂，安能已於流涕羨慕也。今慕堂以乳源縣訓導援例敕贈先考逌軒修職佐郎、先妣吴氏八品孺人。天恩被沐，泉壤生輝，諏于今十月日潔粢祇告，稽首焚黄，因與中弟完娶萬一，少安先志。嗚呼！慕堂二尊人，可謂有子永永不没，今後慕堂讀書，其或可少輟流涕羨慕也。

余曩讀慕堂二尊人行述，夙欽其為人，今覩慕堂之志，尤足起發性情，然此實慕堂二尊人之德之貽，而慕堂繼志之善之報，非苟而致。孔子曰：舜其至孝，五十而慕。慕堂年近五十而慕，若是聞慕堂之風，必有流涕羨慕，更過於慕堂者矣。夫士窮年矻矻，負抱瑰瑋，數鬱不得志，支詘無賴，一旦膺一命為親顯，真意足心厭，慕堂毛翮豐滿，飛當翀天，晉贈立俟寧第僅此。然則此可少慰慕堂平日之流涕羨慕，未可竟輟乎流涕羨慕也。今秋，余幸獲薦，先慕堂着一鞭度時，未啟北行，恭逢斯慶，敢不登堂拜手為壽，并聽和琴，爰知社中諸子為文，屬其事而序于屏，以彰孺慕，以勉慕堂。僉曰善。遂屬何子澧蘭浣手端書於幱㡤。

代家夔石祝張雲庭少府汪太孺人七十一壽序

道光歲壬午，得讀漢陽才人雲庭張君詩云：家貧兼母老，逼上舊征鞍。慨然有慕乎張君，并慕張君汪太孺人也。曷以言也？夫人稍得展志，名列士版，以為慈母慰，亦良厚幸。然常常離慈闈，走數千里幾補一官。當出門祖道，慈母屑涕，必依依不忍别，輒囑。子得官迎養，絮絮諄篤不置，若自甘家食，身操刀尺井臼，歡然無恨色。而勖子之官如恐不及，不作牽裾留戀態，其節操慷慨，豈非閫傑諧？竊謂世難其人，乃見之於張君汪太孺人也。

張君胸次洒落，恬素有行檢。少孤事母，能孝好學，詞藻清贍，尤工詩，謙遜逾常，聞人能作佳文好詩，輒先持詩導和，欣願把臂入林。壬午，張君攝篆茭塘，諧逮治下以詩知，張君與相見，傾膝若故，輒云恨晚。張君因出茅栗園學憲前撰《汪太孺人五十壽序》，與諧讀，不禁一讀一擊節，為下拜致慕。慕張太翁之師表人倫，太孺人之貞孝節文，復慕張君之廉能清慎，博涉多才也。張君廉能清慎，博涉多才能，令人慕，乃知太孺人之德之教，有以養成也。太孺人阻遠不得見，今見張君廉能清慎，博涉多才，不啻若見太孺人貞孝節文也。諧不禁喟然嘆曰：其古之孟德曜、辛憲英乎？張君曰：家慈雅有丈夫氣，五十以後罹人不堪之憂，不自改樂，更僕難數。諧曰：何如？張君曰：敢不略意。嘉慶己巳，僕任歸善縣丞，時家慈迎養治内，值海氣麻沸，僕以慈命乞假歸，行道，内子物故，襁褓中饋，家慈實并，又以僕甫中年，不可無室，誰差繼娶壹縈，慈懷僕念，此竊謂罔極何報，得禄千鍾，不與易片時也。乙亥春，家慈忽慨然謂僕曰：孟子曰仕非為貧也。而有時乎為貧？汝舌耕六載，蕭然其居，計不如返粤，希得升斗，庶幾無替父志。余精神尚不至憊弱，無以母老為也。昔朱仲卿廉平不苛愛利為行，至今誦稱不輟，汝其效之。途路修阻，余愛弄孫不汝隨，汝與婦俱余貫食貧，余自安之，勿以為念也。僕於今終不忘，諧又不禁喟然嘆曰：太孺人節操慷慨，女中無雙，張君又能孝不曠，貴太孺人有子，張君可謂有母也。

今秋九月之八日，張君衣行裝造諧省館，握手言曰：今與子別矣。諧詢之，始知張君為明年太孺人七十一壽辰歸而稱觴也。諧自惟素慕張君與太孺人之為人，夙以不得登堂拜謁，一瞻閫儀為憾，今將屆太孺人壽，敢以一慕畢乃願耶。諧匪才不計，爰走筆為詩一章，復序其梗概，書之於屏，以志太孺人德、志張君孝，并志諧慕為太孺人壽，因語張君曰：張君明年奉觴介眉，為更舉一爵祝曰：廣東番禺庠生梁允諧甚慕太孺人節操慷慨也。願釂斯爵，更為誦生詩曰：坤儀維静翕，婦道尚純懿。有母系休寧，倜儻蘊殊致。貞節實性生，儉約其素志。送子官粵東，不洒離別淚。轗軻即累投，樂之不必避。劭子以力廉，復勵仁與義。母年八十初，子適辭禄位。歸里薦瑶觥，勸母且一醉。昔第樂含飴，今快老萊戲。以侑。

為張翰山祝敕封孺人姚母莫太孺人八十一壽序

苟能豐子孫之祥、致老壽之福，非有純懿之行、頤養之節，未易幾也！行莫大於積善，節莫尚於淡薄。積善在身，如長日加益，人不自知，非乖戾之萌則保祐己命也；淡薄在口，猶蘗日漸滋，人不自見，無濃濁之戕則神氣已和也。此雖平平無奇，然必蘊厚。貞静、敦龎，純固乃克臻也。

廣州番禺孝廉姚蔚林之母敕封孺人，莫太孺人，殆其人也。初，余主講粵秀時，蔚林諸生為余及門落落穆穆，居然出羣之器。及聞莫太孺人篤行，乃知祥不虛豐，福不虛致也。太孺人少寬厚少言，嘗讀書、工紡績，乃敕封文林郎、國學生博兹公再室也。公至孝友，從父兄時逐，往往急病讓夷，性甚嚴毅，一切倡優博奕意錢諸鄙褻，不足邀其一眄。公時業外，太孺人治内，敬奉尊章，躬執爨臼，服食器用，皆手跡整理，夙夜劬心，勤不告勞，數十年無少懈。公不憂内顧，亘得致志發貯鬻財，大都太孺人推轂，公家以不訾，鄉里稱賢。且又能孝，操作女紅，贏餘輒購旨甘以遺其母，嘗語人曰：不敢以母口腹貽夫家累也。忸狀約樸，飾不修華，衣穿空輒補穿而服，惟享祀必加豐腆。善厚下，如恐不足，凡頒授福胙，赤婢奴産子，莫不俾之飫食。太孺人素執粗而不臧，乃或不厭餕餘，以為經宿之味多不合口，旋即棄耳，何忍食之棄地也。子婦時以珍羞。羞，輒嘗少許。歠辭，辭卻曰：淡食已貫，不欲盡改，吾素也。間有女屬與道貧苦，太孺人語刺刺不休，每寬譬曰：母以貧也，安貧不終貧，不安貧乃長貧耳。古人有言：不以其道得之，不去。其尚安之。識者以為至言。

郎君四人，長藝圃，敕贈孺人李太孺人，出生十歲而失恃。次雲巖、次蔚林、次慕之，皆太孺人出，而撫字藝圃恒兼倍所生，世以為有李穆姜之風。今長次季郎鼎立傑出，次第入國學。蔚林又德行恂恂，非池中物。孫某並嶄然頭角，以武進庠，餘皆亭亭玉立，一門之盛世罕其匹。曩時諸生輒嘖嘖道，余嘆曰：此太孺人之行之節，有以致未有艾也。是秋，蔚林登賢書，今春至京都謁吾於京邸。余詢太孺人康彊並及行素，蔚林曰：家慈行年今七十有九，尚不必以杖步，而樂為善、安淡薄，今不殊昔，屬者愛讀書勗諸孫，日授詩歌一二，則為誨之。日語云：書中有金玉，汝曹讀書方曉晵衆理，昭達萬情，不至儻募科名猶後矣。余益重之，乃語蔚林曰：昔曹太家《女誡》云謙讓恭敬，先人後己，是謂卑弱下人。執務私事，不辭劇易，是謂執勤潔。齊酒食以供祖宗，是謂繼祭祀。太孺人以之。夫廣州俗尚奢華，富者競欲侈汰，恒登枝捐本，太孺人贍給益勵貧節，敦善不怠，其蘊厚貞静，孰麗純固，洵女中長者。後年太孺人九十肇一，子稱觥介眉，其以余言示諸戚好，而壽之于屏，使世之為婦者知樂為善、安淡薄，斯能致老壽之福，豐子孫之祥也。是足以風也。

代淩暘谷祝敕授騎都尉簡松亭翁八袠開七榮壽序

余第六婿簡達華，小洲松亭翁八郎也。今春二月，携春酒過余舍，為余介眉，因傾尊與宴三爵，後達華奉觴起言曰：代家嚴敬進一爵。余釂為謝，乃顧謂之曰：尊公今年乃七十有七乎？曰：然。余乃嘆曰：日月之邁如弦吐箭。余與尊公轉瞬皆成黃髮矣。余蹉跎仕宦十餘年，歸又録録，不足為戚故道，獨念尊公為人古皃古心，資樸質修胸中，誠不華言飾行，其生平才德，有讀書數十年不能行其一二者。且生長素豐而棲心儉約，服食如寒士，治家嚴謹，數十口無間，指大事固周悉，即什物器用、淩雜米鹽，壹關心目，其精神矍鑠，余不逮遠矣。

又樂善好施，如今始祖祠朽壞，壁瓦漏風雨，尊公多捐資為族人倡，不日而祠宇焕然，今世祖某公孫曾繁衍為盛，族最饗祀鄉附某祖祠，尊公遽出金錢數千，特創一祠，以妥祖靈，以庇族姓。又為太親翁某公建祠于鄉之南園，宏厰壯麗，輒費萬金。今無論族子姓、行道人過南園，睹某公祠，莫不嘖嘖羨曰：顆頤某公之祠。沉沉者，其敬尊祖宗一皆出諸至性至情，甚難得也。然此猶其分不容委者。至尊公母舅某公家落無子，不聊于生，托足數椽亦質作食資，尊公為贖還之；又為之誰差其族子之昭穆相當當後者，後之又奉腴田以養之；視母舅如母，雖古至孝，何以加此？然此猶其義不容辭者。

至如嘉慶某年之某月，尊公卜葬親家母某恭人于台涌之飛鵝，瞥見無主溺骸，即令工人檢拾，近地瘞之。某歲，又遷葬恭人于長洲，因并遷溺骸瘞于恭人墓地外，俾世世墓祀恭人并祀溺骸。夫瘞溺骸于飛鵝，溺魂亦已安矣。又慮其餒，而也更遷之于長洲以就墓祀，其用心仁厚，雖古道學亦不過此。

《易》云：積善餘慶。《傳》云：有是德宜有是福。異時食報，詎有涯哉。尊公年踰古稀，而健膳强步過于壯夫，令昆玉六人皆森森如千尺松，有楝梁之用。童孫十數莫不崢嶸頭角，孕瑋負奇，後來繼今，榮褒正未有艾。其他籌畫鼎建彬社書院，及徇石井人士之請，策計建造官橋，費省功倍，與夫賑饑恤寒，葺修祖墓，特其小焉者耳。子其勵學勉思，所以紹彰尊公之德。達華乃起而對曰：唯家嚴今歲議欲援例騎都尉，敕贈先祖某公昭武都尉、先祖妣某氏四品恭人，俾得稍盡子職，無忝所生。余曰：善善莫大于顯親，然尊公九月念八日非其生辰乎？曰：然。家嚴以丙子閏九月懸弧，去歲家嚴常語人曰：余生無生辰，明年始有生辰，生非無生辰也，未嘗九月閏也。今歲九月閏，諸家兄咸欲承菽水歡，為家嚴壽，製屏十二，囑壻請序於丈人，為親戚光寵。余笑曰：凡人好自儉約，大都皆見小遺大，接物壹從遴嗇，乃尊公薄于已而厚于施，且于水源木本，有加無已。莊生所云不實喪者，與尊公渾噩敦默，如太古民而任重禦務，輒中事中，出人意表，其得天者厚也。德福臻至，壽而康强，洵人生不可多得。季秋，尊公懸弧，月值重閏，此千載一時。又援例晉職榮邀敕贈欣忭，奚似子昆玉素以養志。聞今洗腆稱觴，所謂表親孝、揚親德、顯親福，而榮親壽，此其時也。子問余序，余忝屬親家，不敢辭，不必更序，即書今席之言以為序，以成子昆玉之志。子其先以余言達之尊公，至期余登堂拜祝，與尊公釂一大觥，莫謂黄髮不勝酒力也。達華乃避席，揖而謝曰：謹受教。

代梁雲門祝登仕郎邵藝圃翁九袠開一壽序

余旅寓羊城，余友番禺塘步邵子湄光遣其子文裕問余曰：家祖今年八十晉一，承家嚴命請問所以祝壽者。余念湄光之愛其親，與文裕之愛其祖，舉《天保》之詩，所謂如岡如陵、如松如柏，凡可以祝長生、頌無疆者，當無不至。不待余言，且令祖藝圃翁有壽者，實其宜壽，不一而足。

翁少屯蹇，童年失恃怙，賴繼母區孺人撫鞠且屢空。孺人患貧，恐不聊于生，時翁纔十餘齡，每飲泣寬譬，孺人輒色喜，于是留心貨殖，以勤起家。道光甲申，區孺人八袠開一，翁為之製屏稱觴。後孺人棄世，孺人之姪，幼無兩親，又為之撫恤至長而婦，翁實能孝，此其宜壽也。翁于鄉之西倡建義祠，凡鄉之人没而木主無棲者棲之，又昌建一廳，凡鄉人婚娶如賓親至無款洽處所者，皆于此廳燕飲為樂，鄉人便之，義也，又其宜壽者也。又樂善好施，嘉慶庚午饑，翁出穀賑贍存活數百千人，仁也，又宜壽者也。翁之壽皆翁所自致，又何待余言，何待文裕橋梓祝。雖然願有言也，夫人得親必由于順親，順則樂，樂而壽者可益壽也。今翁四代一堂，兒孫林立。

道光辛巳，承皇上恩寵，賜登仕郎，尊嚴又援例登仕郎，斯足稍暢翁之志矣。近聞尊嚴築一園于里，顔曰藏春。室亭樓池、花木竹石，布置備極幽趣，以為翁娱。翁固磊落倜儻好交，日與二三知故傾尊倒醁，或日數醉，至今精神矍鑠，膳步皆健，其樂為何如也，然更有進也，凡人之壽，大抵不過百年，今令昆玉春秋方富，允文允武，苟由此奮勵敏事，努力名列黄榜，勳書竹帛，當不為難，爾時翁不更情怡心懌與，且使百十世後，皆知翁之為文裕、昆玉之祖，其壽豈特百年乎哉！今昆玉立此志以為翁壽，不較勝於以《天保》詩人之頌為翁祝哉，文裕勉之哉！

代梁雲門奉祝誥封黄宜人九袠晉一暨高宜人九袠晉二壽序

世俗母之愛女，恒過於愛其子，言母之慈至愛女而極。姑婦之間恒多勃谿，不勃谿而姑恕婦從，已為家門大慶，若姑之愛婦而過於母之愛女，不可多得。婦之見愛于姑而過於女之見愛於母，更不數覯矣。

番禺梁鏡湖其洞為余及門講席之暇，嘗與論古今賢婦，因道其祖母黄太宜人資儉質、勤紡績，歲成一匹皆手自經營，至老不倦。其即《因話録》所云：元佐貴為相，其母月織絹一疋，示不忘本之意。與宜人素甘淡薄，食時不力，珍心坦蕩如赤子，生平未嘗怒戚，對人輒笑。且好施，遇貧屢道苦況，輒唏嘘太息，與以錢米，慰藉不置，甚溺愛家慈，即一晝食輒絮絮為家慈勸，家慈雖偶違和倦食，輒為加餐，家慈高宜人最得其歡心，家慈厚重慎默有幹材。

曩者，先嚴經商于外，家慈整理于内，事黄家人如母，先嚴無内顧慮。先嚴起家，家慈實為推轂，且精算術。歲壬戌，創建住宅三四區，先嚴外出幹業，一切木石磚料以及工匠人等，皆家慈支理，次第井井，黄宜人如無一事，心甚樂之，喜悦每形于色。余為之嘆曰：子令祖母之愛尊慈，真過於世俗之母之愛其女，有尊慈之賢孝，無怪令祖母愛之過也。

癸巳正月，鏡湖過余旅寓，云：家祖母今年九袠晉一，迭逢家慈七袠開二，家兄六符，前歲以直隸舊州營守府奉旨榮養，今月十五日欲為家祖母、家慈稱觴，請余為序。余曰：子曩述令祖母之愛尊慈，與尊慈之賢淑，有是德宜有是福，宜皆享大年，是可以為序矣。今子八兄榮歸孝養，九兄名列國學，子又進邑庠，諸弟姪森森林立如芝蘭玉樹，後來繼今，榮慶且未有艾。倘所謂和氣致祥者耶，安得世俗姑婦皆如子之祖母、尊慈者耶？足以風矣。是為序。

邑庠鄉飲正賓平波陳公八十壽詩序

夫詩以理性情，性情理，則中和之氣油然而生，故深於詩者則心氣和平，心氣和平則事理通達，事理通達則無人而不自得，無人而不自得，于是舉凡世俗萬事萬物，其足以賊吾性，戾吾情而戕吾生者，皆于詩焉遣之，故《詩》言：壽命之長，必要之彌。爾性性者，情之所自出，性已彌而情斯無不正也。

吾邑有詩人氏陳，塘溪其里居，平波其別字也。資磊落和平而胸負奇氣，少補弟子員，聲蜚黌序，尤耽吟詠，嗜詩成癖，壯為黨里正，甚公平，鄉俗有曲逆宰天下之望。道光二年，公年六十一，諸鄉先生以公高年邵德，聯呈合舉於學官為鄉飲正賓，真可謂無慚典禮矣。性至孝，有老萊娛親之風；善醫藥，得俞扁真訣；又好義，歲饑倡賬，人咸與其義而樂為輸。道光十年，翟陳二運憲慕其為人，仰茭塘少府敦請公主勝州善俗書院講席最一十載，今勝州文人漸起，公之化也。今春英逆畔援，賊盜因而蜂起，大簕圍、茭沙二司凡百有餘鄉，莫不戒嚴，公與諸搢紳遍説，約圍中諸鄉屬聯合為相助守望，圍中解嚴得以寗謐，公與有力焉。凡此皆公深于詩得性情之正，而見諸行事者也。

夫詩之善者，可以感發人之善心，惡者可以懲創人之逸志。公本詩以為教其感人易人，故薰其德者咸善勸逸戒焉。今公灼園優豫，以詩自娛，安時而處，順以存養天和，綰綽眉壽，今年年登八十，十一月十日乃公覽揆辰，諸戚好咸以詩為公壽。徐幹《中論》云：壽有三，有王澤之壽，有聲聞之壽，有行仁之壽。《詩》云：其德不爽，壽考不忘，聲聞之壽也；孔子曰：仁者壽，行仁之壽也；《書》曰：五福一曰壽，王澤之壽也。得其一壽，亦足榮當時傳後世，乃公則兼而有之。溯公高祖則百齡雙慶，祖若父復並介耋耄，期頤人瑞，公家之素且年者壽之名也。余今隨諸詩人登堂壽公，不僅壽公年，壽公德也，且壽公德之有得于詩，素能頤養中和之性情，于以純保茀禄之壽命也，斯真壽之實也。

公為余房姪孫登俊丈人，余知其生平甚悉，俊為請余序以弁壽，什文雖蕪陋不敢辭。公好詩，諸詩人皆以詩壽公，余不復詩為誦，頌《詩》之辭曰：俾爾熾而昌，俾爾壽而臧，俾爾昌而大，俾爾耆而艾。借以為余壽公之詩，可乎？

代邱滋畬奉祝劉蘭堂先生八十一壽序

歲壬午秋，增城乳源司鐸劉君慕堂過余，相與語。慕堂曰：三代以上患功之不立，三代而下患名之不立。名之立非苟而已也，視乎其實，又視乎其時。達仕宦為舟楫為霖雨，不離道，民不失望，其立名也。易草茅不得志，無尺寸柄，往往白首牖下，譽不出里閈，其立名也難，苟不為立之難也，而立之內省之而無所愧，不數數覯。

余曰：古或有之，三代而下益不數覯也。慕堂嘆曰：龍門社潭，余宗家蘭堂殆其人乎？余曰：如何？曰：蘭堂之為人也，少儁朗穎悟，能讀等身書，時謂龍門千里駒，長尤冲謙勵學，不作苟免，不治苟得，數奇屢試不售，乃喟然曰：大丈夫即生不遇時，豈便瑣瑣碌碌不足齒耶。遂援例入成均，益自砥礪積善，以為行修，以達其幹濟，人有一德一長必道揚弗置，遇惡戾無賴勸戒並摯，桀黠輒為低首沮氣，消折姦萌，辨訟紛争委曲，理喻輒心厭，深自愧慚。嘗訓其子曰：人有不及可以情恕，非意相干可以理遣，胡僕僕齟齬為人。

龍門問蘭堂先生，無少長賢愚莫不知其為人者，素艱子姓，年五十乃始舉子，今年八十有一，其長君已拔上舍，次君鋭志典籍，力務淹識，如琅玕球琳，居然出羣之器；羣孫玉立，洵滿砌芝蘭，人咸稱積善之慶，有以致後未有艾。蘭堂既名著鄉邑，而樂善常不以老而倦也。余曰：其曩龍門邑侯師公，所選舉黨正者乎？師公殆得人焉矣乎？慕堂曰：唯某年于學博所選舉龍門鄉飲正賓，又非其人與。慕堂曰：唯。余乃嘆曰：不仁者，遠可為劉公頌矣。昔衛武帝行年八十，好學弗倦，今稱弗衰，若劉公者，不可多得之龍門也。余居讀先儒陳白沙先生詩文，其數相與贈答者有劉一崖先生，嘗想見其為人，公豈其苗裔耶？慕堂曰：即其高祖也。是其生平所祖述，而憲章不敢愆忘也，于是知一崖先生之流澤長，公之善之積有自也。乃謂慕堂曰：今劉公積善若是，聞譽若是，年壽又若是，誠盛世之人瑞，龍門之偉人，雖古名達無以過。余蹇宦二十餘年所聞不多如公者。子誼屬桑梓，胡不一稱觴為壽，褒公之德，聽其没没耶？慕堂曰：今戚族方議製屏，某月日蘭堂懸弧之辰，為之壽。屬余為乞先生序。先生其有以序之。余曰：嚴周云：名者，實之賓。今其名也，其實也。子既序之詳，余又何所致辭？慕堂曰：唯。乃頓首為余拜曰：謝先生序。

代家矩亭恭祝國學生則齋馮世伯大人八袠暨淑配鄭孺人七十晉四榮壽序

夫享大年者資必敦篤，膺大福者慶多晚年。資敦篤，所以植大年之基，慶晚年，所以兆厚福之綿也，其間有天道焉，天意有獨注，輒出人意外。世俗莫得而測也，何以知其然也。

余於余鄉馮世伯則齋翁而知之也，翁天性和易，風神秀徹，不與人物忤争，善與人交，無論貴富賤貧，酬接常藹如春也；且笑言不苟，天情閑泰，閒遇瑣瑣庸流、匈匈惡戾，誾呵里罵，不足感其方寸，偶一為之講解，瑣瑣匈匈輒自忿釋怒平。翁祇任真推誠而感人，若是至誠，未有不動也。尤篤彝倫，敦九族，翁三弟楷堂公中年即世，遺一妻二子，臨逝以生平素積金二百餘兩付翁為撫養資，翁諾之，歷十餘年其子成立，與之完婚，乃將所付金并歷年餘息悉還之，今其子起家實基於此。從叔奕教公素赤貧，棄世，叔母周氏迎養於家終其身。子綽斯壹視如同懷，從姪英豪少失怙恃，翁教育逾子姓，從妹二人皆貧寡無以自存，翁迎歸養，今皆七十餘歲矣。凡此皆世俗所難，鄉族莫不賢之，以為石德，嘖嘖豔羨，咸謂翁仁親積善，後來大福當未有艾。而翁不自以為德，且不知其為德，視若尋常也，可謂穆行矣。

翁令子喬林能孝，磊落倜儻，任達通侻，殖貨獲贏，援例國學生，年邇四十，蘭芽玉笋尚未梯萌，常以不得抱男子子，以怡親顔為憾，豈知天之降材不膠一定，賢能輒多晚出，大器不必早成。今一索再索而四而三，皆頭角峥嶸，形神儁朗，如蒼筤翠竹，一出便有淩雲干宵之氣，喬林能養志，乃天道之福善，有以致翁之樂為何如也。翁淑配鄭孺人勤慎雍睦，和於室人，親戚築里臧獲無閒言，實推轂以成翁德，齊眉偕慶，良有以也。

余鄉皆水環，翁今精神尚猶滿腹，每晨起，輒緩步鄉南，出鳳浦門臨河延佇，看曙色、觀潮流、數風帆、聽蛋歌，以自娱樂。少選言歸，又嗜《通鑑》及《廣東通志》，歸少憩，徐於書厨抽一二卷，加靉靆細閲，常謂此書足以增長人見識，且知我粤古今事跡，歷三四時不倦，倦則掩卷踞胡床，唤諸孫含飴餌餅，導之擊鉦打鼓摇鼗，唱俚歌村調，捉竹竿叫跳，戲嬉怡弄。余謂樂人生樂莫翁若也。夫翁非有奇才異能，文章功業不過勉庸德、謹庸行，如沈懷文稱江智淵人所應有盡有，人所應無盡無耳。而世之負奇才異能，擅文章功業者，往往遜謝不敏，儻所謂中庸不可能者邪，翁之大福晚而愈隆，而大福之綿晚猶始也。今春正月，得喬林郵札知則齋翁今年年八袠，諸戚好僉欲於八月製屏稱觴，以余梓里素知翁，求序於屏。余視學楚南日不暇給，且筆短文拙不足書美，第誼不獲辭又不可鑿空華譽，姑略翁生平一二事，書以復喬林。夫製屏稱祝祝其壽，不謹為其壽祝也，祝其所以壽也，有壽者名無壽者實，不祝可也，有壽者實而又日隆，致壽之德、樂壽之福，祝之宜也。大福有基，大年必永，如岡陵如南山，諸親舊登堂拜祝盍為，余誦之。

為家矩亭恭祝國學生茂之叔祖暨淑配淩孺人六十晉一雙壽序

余族叔祖茂之，當今長者也，其言足以化澆立廉，而行足以型鄉厲俗，存諸心一主忠信而出以慈祥，見諸事尤先倫常而必盡誠實。性好讀書，嘗謂書如五穀於人，不可一日闕，賢聖盡性盡倫皆由讀書中來也。尤好作八股文，雖炎夏深夜，蟲蝱薨薨恣飭噆膚，而通昔不倦甌也，乃文工而不售，遂援例國學生。至今猶卷不去手，且資稟純懿，任真率性，不為廉隅峭厲，接待後輩，諄諄勗以孝弟正言之，不足為之委婉喻譬，如鋸木屑霏霏不絕，務使情事曲盡，莫不悦繹而去。夫有諸己而後求諸人，若叔祖者推己及人者也，其天性然也。

去秋，熙亭叔郵札京邸，言明歲丙午五月，為家嚴慈舉六十晉一之觴，索余一言以祝。余才菲筆短，不足達叔祖生平，姑舉其孝弟一二事，以見一斑，使人知叔祖之壽非偶然，實有以致之也。叔祖之父蓬洲公，素與余先君管鮑交二十餘年，蓬洲公抱病經年，叔祖視藥視膳靡不誠至。一日，有外戚饋紅綾餅來問疾，蓬洲公因啖半餅而病劇，遂不獲延。叔祖痛父之以啖紅綾而增病，致不治以歿也，遂終身不食紅綾餅。

昔宋有孝子張根父病蠱戒鹽，根終身食淡，又趙彥遠父終肺疾，終身不食肺，祭亦不以肺為羞。叔祖其張、趙之儔，與叔祖昆仲六人，長兄夢軒，少有酒癖且善病，叔祖深以為憂。每客至，筵設必先知客，無多與兄酒，觴飛巵錯，往往微視酒能釀病之意，兄感其誠，為之斷酒二十餘年。其兄淫於書、過憊目力，致嬰視一為二之疾，叔祖輒舉張湛授范武子損讀書，減思慮之方，黃山谷去筆硯之願，楊升菴不作詩文之誓，兄輒首肯，今目疾全痊，叔祖力也。叔祖四弟偶食犬肉歸岱，叔祖又為之終身不食犬，其孝弟之摯，一一皆出於天性，吾輩中亦罕其人。

余族有叔祖，子弟有所矜式，族之望也。且樂善好施，凡族戚婚姻喪葬，貧不能襄事，輒量力倡助，事集而後止，斯孝弟之發而為仁者與。叔祖母資婉順，能體叔祖意，撫妾子如己出，鞠育踰所生，築里里鄰疾痛娩育，輒身親籌畫有所需，輒出其家所有以濟，無少吝。叔祖之行修，叔祖母多所推轂。有子曰孝弟也者，其為仁之本，與仁者壽之本也。今舉六十之觴，海屋初籌耳，未有艾也，謹書此以復熙亭叔，為叔祖、叔祖母壽。若夫叔祖之友于雍睦，瑟琴静好，佳兒林立，令孫蘭茁，讀書稽古之報，積善餘慶之祥，異日榮封可預卜期，頤可必得。諸戚好必競為稱祝，余何庸贅，其以告叔祖，並為余晉長春之酒、稱不老之觥而醉之。

代家矩亭奉祝例授登仕佐郎晉封武略騎尉勵耕陳太親翁大人暨淑配楊孺人晉封安人七袠晉一雙壽榮慶

天下有不必立奇德、著異行，苟能如是，而鄉里輒為稱道弗置者，孝弟是也。天下有不必策巨勳、建殊績，人人如是，而國家賴以安全永固者，力田是也。能孝弟則心和順，其束身自修，愔龐湻固，可預知也。能力田則躬敏勞，其清儉匪懈，精勤不怠，大氐然也。所謂孝弟之人持心近厚，力農之侶悃愊鮮奸，孝弟力田實為君子之基、型州閭之式，雖平平不足奇，然朝慶太平，野賡仁讓，端在此矣。

余視學楚南，職當採俗觀風，聞有孝弟力田者，輒嘖嘖稱賞，為朝廷額頌，蓋郅治之隆，莫不由斯也。秋七月，得郵寄綺園叔祖專札，始悉其親家石樓勵耕翁太親家大人暨太親母楊安人七袠晉一榮慶。今歲仲冬，為翁製屏稱觴，以祝問序于余。

余因悉翁生平，翁資寬平，恭愛與人接，似恂恂不能言，鄉黨故舊雖行能與翁迥殊，而皆愛慕欣欣焉。然少遭屯蹇，早失恃，哀慕如成人，家又屢空，晝無俚念，天下大利歸農，乃躬耕知稼穡，遇有歲頗獲贏餘，孝養之志，乃少得伸，事父暨大父饔飧備旨甘數擊鮮未有原，晨夕問寢，無間寒暑。大父卒，哀毀骨立，父厭世傷感逾於大父，宗族稱孝。伯父某某捐館，遺三子。翁撫恤教育一如子姓，今皆成立，伯子某已進武庠。翁義行内修不求名譽，人有以是德翁，翁不自以為德。第曰：其分耳。又多材藝，篤宗親，凡先太祖祠舊壞壁瓦頗形破漏，翁輒集衆倡議鳩工葺建，務使舊者新，破者完，然渾堅樸素，不事華餙。常語人曰：先靈未安，吾心弗能安也。善誘人善，舉善而教，勞心諄諄，終日不倦。人有善行，譽之不容釋口。有不善則反覆引譬獎勸，終不自顯，故人不以直為稱，而咸推長者。翁之積善為何如也？

翁今子男六人，次郎宏肇援例國學生，六郎宏章才明勇果、豁達廓落、多大節略，舉丙午科武闈鄉薦，餘皆業農。孫男十有四，森森林立，具有千霄凌雲之慨。今且齊眉，同堂三葉，雍雍睦睦，家庭之慶，世罕其匹，此皆翁孝弟力田，積善餘慶有以致。今翁以子宏章晉封武略騎尉而未有艾也，翁起家勤儉，安人又能推轂，摒擋内務，相與有成。聞翁與安人嘗誡諸子曰：治家無忘勤儉，福無過享，一日勤儉即留一日之福也。藹然，仁者之言。翁之教家，推之教國，亦由是耳。

夫孝弟為仁之本，仁者壽力田者，福之基。五福一曰壽，翁之壽從孝弟力田中來也。昔漢孝惠元年舉民孝弟力田者復其身；孝文十二年置孝弟力田常員，他如賜粟賜帛，終漢之代不可縷縷，誠以力田者裕國裕民之原，而孝弟者平治天下之本也。夫翁入而孝弟，出而力田，實庸德庸行，非殊材異能豐功偉績，而民則鮮能。昔卜式牧羊輸材助邊，漢武特尊顯之，以風百姓。余舉翁之孝弟力田，致膺多福多壽多男之慶，顯而彰之，是不可以風鄉俗乎？書之于屏，以表余志，以為翁壽。翁不僅為世俗王澤之壽，而為皇朝昇平人瑞之壽矣。書此以復叔祖，叔祖當以余言為當也。

代家矩亭奉祝南邨鄔氏諸太親翁賢壽屏序

道光上章淹茂之歲，天地開朗，日月重光，恭遇聖天子御極之初，握乾之元，運際河清，時逢海晏，五星聚于奎垣，景老耀乎南極。鳌牟早徵於昔歲，嘉穀大有於當年，僻壤遐陬，共仰光呈華。蓋外夷遼裔，咸占律入東風，文獻鼓舞而賡歌廣運，耈老粲晏而樂慶泰和，猗歟休哉，累洽重熙，唐虞夏商弗之逮矣。頃者，蘭臺日永，松廳風清，南使瞥來，得夢軒叔祖傳牘，悉其親家鄔族諸太親翁之賢者壽者。賢而壽者，親戚知故相與聯以為屏，明歲春王正月，春酒釀熟，索予一言，序於屏而稱觴以祝。余忝屬姻誼不得辭夷。

考鄔氏乃先賢鄔單夫子之後，而我邑之名族也。髦俊旗翼，代不乏人，茲合今之賢壽而書之屏，此族之慶、世之隆、人之祜，不數覯也，時則有才奇未展，援例捐職而彈冠有日者，某某其人也，以學官搢紳薦舉而與鄉飲賓之選者，則六十幾齡之某某，七十幾齡之某某，其人也。

二十二年辛丑，以軍功而職千總，有干城之用者，某某其人也，俊秀而入學成均，養干霄凌雲之氣者，某某其人也，此皆處則足為鄉里式型，出則可備朝廷擢用者也。又六十曰耆者某某，紅顏華顛，扶鳩杖而遊鄉國也；背鮐齒鯢，年晉七袠者某某，禮崇異膳，昔天子有賜王杖黄帽，太官厨食也；邁古希而登耄耋者某某，古稱鄉三老饌珍五豆，加賜緑衫木笏也；若臻上壽而近期頤之某某，則禮經所謂飲食不離寢，天子有問就室以珍從也，此皆昇平之人瑞，濟濟熙熙，最七十有幾人而萃於一鄉，聚于一族，則不第我粵一時之盛。

方今聖天子初基，俊乂人瑞著于鄉邑，實聖天子昌熾壽臧之徵，國家禮年賜粟肉賜錢棉，此其首也。來歲，昭陽太淵獻聖，天子改元咸豐，是月也，堂開賢壽之屏，人仿耆英之會，子姓昆弟遠戚邇親酌兕稱觥，咸登仁壽□[1]壽舉觶共快雍熙，皆聖天子之錫予而厚厥衆萌之福也。夫郅治之世類多人瑞，而乃在余之邑里，又適當聖天子改元之始，非偶然也。賢與壽當亦如咸豐之元後靡有涯也。余願賢者勵勉而益賢，壽者頤養而益壽，以上副聖天子壽考作人之化，而以裕億兆姓五福來備之祥也。南臺退食，

---

① 原文漫漶不清。

爰書數百言，報達叔祖，敢告姻親來春張屏歡宴，尚其肅肅雍雍，望北拜手稽首而謝聖天子之仁也。是為序。

奉祝敕授文林郎山東奎文閣典籍壽垣六兄大人八袠晉一壽序

夫天下有奇福者必有奇行，有奇行者必有奇性。性者，行之本，而行者，福之基也。行根于性，斯其為行真，福根于行，斯其為福篤。福也者，行之徵；行也者，性之見也。

余為番禺鳳浦人，好讀書，未能盡性，何有至行，曷敢言福？性也，行也，福也，相因而成者也，必全而備世不數數覯，倘求其人以實，則余族舅壽垣其人也。壽垣行六，今年年八十壽也，語云：人生七十古來稀。稀者，罕也，物罕則奇。矧古稀而更袠進也，則壽垣壽奇，壽垣壽奇，夫人而皆知之，而不知壽垣不奇于壽，而奇于所以獲壽之故也。壽垣資侃直，聲若洪鐘，疾惡若仇，親知有過舉，輒面折，不少假借；子若姪以過受朴，雖抱子不貸也。然無宿怒，異日覿面，相與談又絮絮不休，重然諾，敢任作事，不辭勞作，太祖事更不辭勞，人托以事，雖艱險備歷無德色，則其性奇。壽垣少苦貧，行年十六阨于貨殖，僅資糊口，其同懷兄號西疇億屢中慮壽垣貧，欲將贏積蓄產瓜分而半與之。壽垣辭曰：毋留以貽子孫，弟貧命運屯蹇耳。然君子居易以俟命，兄友于太至逾于推解尚矣，然安知弟異日必不能起家，而長此以終乎？孟子曰：可以取可以毋取，取傷廉。弟雖貧不敢去也。西疇固與，終辭不受，可謂一介不取，壽垣有焉，族咸義之。

嘉慶十八年，與北亭房合修七世祖墓，得羡餘銀百二十兩為權子母，今墓祭永不乏資，皆壽垣力也，此特其小焉者矣，則其行奇。夫人年近七十，類多龍鍾氣嗽、目瞀、腿軟，百事需人杖而能步，壽垣乏諸老態，目力益强，視細書如少壯，不事靉靆，尤健於步，遇名山勝跡，輒走六七十里以快遊觀，無罷倦容，此真大授而得天者全也。余年未六十，而選軟作態，行不能五十里，以視壽垣，烏可同日而語哉，則其福奇，有是福而推其福之所以致，壹由於行之實，有是行而究其行之所以實，端由於性之真。夫人天賦理成性，賦氣成形，壽垣能率性修行，以致福得天之正，故其生平措施多能人所不能。福奇、行奇、性奇，此壽垣所以壽也，何也有是奇宜有是壽，孕三奇以為壽，則其壽益奇壽者，所以表其奇也。《洪範》九疇次九曰五福，一曰壽，此王澤之壽。世且以為奇，壽垣今家已不訾富也，健視、健步，康寗也，推産攸好德也。

道光元年偕出嗣子允瑜供職孔廟，授山東奎文閣典籍，允瑜授詩禮堂啟事，次子允和援例登仕佐郎，今兒孫林立，如一叢春笋，凌雲干霄，正未可量，則其福備也，豈僅壽之奇而已哉。秋七月廿九日，壽垣懸弧之辰，允瑜、允和咸欲製屏稱觴祝壽垣壽，而問余序，自惟如山如阜如岡如陵，壽祝常談，不必為壽垣頌，請以余所稱壽垣三奇，書於幱幭。是日，諸親戚登堂拜祝，觀余所稱，當不僅奇壽垣之壽，且莫不贊嘆壽垣之性、之行、之福、之奇也。

三十九自壽序

余旅寓天地，今三十九春，直一夢耳。自惟三十年為一世，世已過九，六十歲為壽，壽三之二，而乃屯蹇阨塞所如，不合與俗，浮沉即積，不死歲月，而二世而三世，而與籛鏗比壽，非俗之貴，矧不及乎壽，曷以壽也。

余自嘉慶乙亥，倦遊家居，今七年矣，家弟茂之昕夕勸余勵學勉進取，或者偶逢伯樂，使得一吐胸中之奇，獲尺寸進為宗族光，庶不與三尺蒿同湮没。意余資閒懶，為高尚頹惰，自荒棄此，猶有俗之見存，不知余之最也。人苦不自知，余將為名乎？

名者實之賓，無實烏乎名？余將為功乎？功者德之著，無德烏乎功？自卜者審，不能者止，假設不自知量，而强與世争譽，則葛生所云：力蒼蠅而慕沖天之舉，策跛鼈而追飛兎之軌。飾嫫母之篤陋，求媒陽之美談；推砂礫之賤質，索千金于和肆。必不得之數也，豈若求諸己不假諸人，安其内不願乎外，推分任真之為得也。莊生云：人生也有涯。信哉。

余年未四十，而知識死喪歷歷可紀。嘉慶二十年，同社倜儻磊落之李軼羣即世，二十四年抱才蹇遇之何禹之歸道山，今春隽逸風流善詩畫之家姪石衡又捐館舍。雖曰死者大理，然每念及此，輒鬱鬱作數日，惡日月之逝如箭之别弦，一轉瞬而視茫茫而髮蒼蒼，今實甚宜審所處，以求吾志也。余生平竊有所慕亦有所惡，皇甫謐耽玩典籍，忘寢與食，時人謂之書淫；鄭泉閒居，每曰願得斗酒五百斛船，以四時甘脆置兩頭，反覆没飲之，酒有斗升減，隨即益之。之二子者，余甚慕之。王濬沖聚斂不知紀極，每日執牙籌夜算，計恒若不足，吝嗇不自奉養，天下謂之膏肓之疾；荀道將多所交結，每得珍物即貽都下戚貴，道遠恐不鮮美，募得千里牛，每遣信，旦發暮還。之二子者，余甚鄙之。夫人情人之好尚，相去如九牛毛。許由巢父讓天下之貴，而市道小人争半錢之利，余之所慕用以自娱。竊謂雖南面王不與易也，何功名之足云。夫貌之美者，不待華采而崇好；姿之艶者，不待文綺而致愛。極粉黛、窮盛服，未必無醜婦；廢華采、去文繡，未必無美人。王濬沖、荀道將詎不位極一時，功名著世，然曷足道哉！名位糟粕耳，勢利塵埃耳，安必不功名而即作不足齒之傖耶？

孔子云：如不可求，從吾所好。非意有所矯，猶袒納博奕，聊用忘憂耳。且利鈍者，時也；優劣者，素也。昔人有言干將之劍，陸斷狗馬，水截蛟龍，而鉛刀不能入泥；騏驥、驊騮之乘，一日而致千里，而駑蹇不能邁畝；鴻鵠一舉横四海之區，出青雲之外，而尺鷃不陵桑榆。若揣經摩文，精思凝神，穿桑子硯，着祖生鞭，非鉛刀、駑蹇、尺鷃之所能致。余將近强仕，而中淺植弱，無所短長，鉛刀也，駑蹇也，尺鷃也。茂之顧以為干將、騏驥、騂騮、鴻鵠，鰓鰓然，欲斷狗馬、截蛟龍、致千里、横四海、出青雲，則夢之夢也，真不知余之最也。余將效皇甫、鄭二子之為人，有終焉之志，自今以往，為大椿壽也，為朝菌、為蜉蝣，亦壽也。余即未背鮐齒鯢，顏童髮鶴，故不妨姑以自壽也。漆園云：顏子為壽，彭祖為夭壽。余所壽非俗所謂壽也。浮生若夢。古人有言，彼世之高顯貴榮，往往作不了夢，患得失求神仙，璅璅鹿鹿烏足感余方寸哉。孟子曰：我四十不動心。余知勉矣。

四十自壽序

人生也有涯，吾生也無涯。生也有涯，壽非壽也；生也無涯，非壽壽也，則名實之謂也。有壽者名，無壽者實，則世之六十、七十、八十、九十、百年，非壽也，有涯也。無壽者名，有壽者實，即余之四十，而可至五十、六十，而百歲而千萬歲，真壽也，無涯也。何以知其然邪？吾聞之莊叟曰：柤梨、橘柚、果蓏，實熟，則剥則辱，大枝折小枝泄，此以其能苦其生，故不終其天年而中道夭。宋荆氏楸栢桑，其拱把而上，求狙猴之杙者斬之；三圍四圍，求高名之麗者斬之；七圍八圍，貴人富商求樿傍者斬之；故未終其天年而中道夭於斧斤。商邱大木結駟千乘，隱將芘其所藾，其枝拳曲而不可以為梁棟，其大根軸解而不可以為棺槨，神人以此不材。曲轅櫟社，其樹蔽牛，其高臨山十仞，而後有枝，以為舟則沉，以為門户則液樠，以為柱則蠹，此不材之木無所為用，故能若是之壽。柤梨、橘柚、果蓏、楸栢桑，不拙於用，而受人之賊殘，喪壽之實，大造詎能阿之而與以大年邪。邱木社樹無所可用，而物莫之傷絶不壽之害，大造詎能困之而奪其大年邪。大千横目之稱觴祝祜者之，張屏頌德者之，皆六十、七十、八十、九十、百年也之。皆崇名譽、盛貴、富榮、子孫也。彼固壽者也，彼固非壽者也。彼烏知乎名譽、貴富、子孫之為桎梏，為斤斧之適足，剸其心、戕其性、鑠其身，而賊其天年乎？山木自寇也，膏火自煎也，烏知乎六十者之必至七十、八十，八十者之必至九十、百年乎？使至百年而剸心、戕性、鑠身未始息，又烏知乎不與柤梨、橘柚、果蓏、楸栢桑同，不終其天年而夭其生乎？夫剸心、戕性、鑠身、適足，夭其生而不終其天年，而況既名壽者乎？

吾生四十年於今不强於仕，不惑於志，淡焉薄焉，如梁雉如濮魚，文章不著於世而無才智，不知于人而棄名利，不止於心而去寵辱，不介於己而忘名譽、貴富、子孫，聽之造化而安之若命，何異邱木社樹，無剥辱折泄之苦，無杙麗樿傍之求，梁棟、棺槨、舟柱之用，而遂蔽牛藾駟之養神完性，全無勞吾形，無摇吾精，無怵吾心，無所困苦，遊於天和，庸詎知可四十者之不可五十、六十而百歲千萬乎？庸詎知今之四十者不即後之五十、六十而百歲千萬乎？後之視今亦若是已矣。冥靈五百歲為春，五百歲為秋，大椿八千歲為春，八千歲為秋。自余視之不當一俔。余豈兄廣成彭祖，恂遜然弟之哉，將與造物同其永，究是自其所以，乃彼六十、七十、八九十而百年，世之譽上壽者，吾且以之為童子，以之為孾孩，以之為朝菌、蟪蛄。壽者實全，又何必敝敝然、汲汲然，求彼壽者名乎？余求無所可用久矣，人知有用之用，誰知乎無所可用之乃為余大用乎？使余斤斤役役殉乎名譽、貴富、子孫，志紛意營，以苦其生，備不壽者實，又安幾不壞乎壽者名乎？或曰：天下物，無所可用為散物，人無所可用為散人。烏乎！無用求也。余曰：吾聞文木之材，大琢為楹，小剸為橑，刳劂彫劖，升廟堂之上，有用且貴矣。而為木者寧求其文，而受虚貴以削夭乎？寧甘於散，而抱不材以長生乎？或曰：烏求其文而受虚貴以削夭？余曰：信矣。吾將甘於散而抱不材以長生。

心遠小榭詩集

序

《詩》為《六經》之一，發源於風雅，衍流於屈宋，至漢魏六朝三唐，而其境益廓，為之者必其有過人之胸襟，涵蓋萬物之蘊蓄，而詩乃不苟作。古今作者，惟淵明有見於道，且非晉人之所謂道，故其詩出晉人上。番禺梁夢軒先生胸次超曠，淡於榮利，慕淵明之為人，以"心遠"顏其居，其為詩冲淡微婉，自抒胸臆，凡夫氣機之消長，物化之遷移，險阻行役，以及草木禽魚之態狀，無不摹繪惟肖。其於兄弟朋友之間憂樂悲懽，多不能已之，故一發之於詩。抑聞先生所居濱海，番舶估檣之所，出没他族之所，覬覦詭俗異狀，驚心駭目者不可殫述。而先生杜門卻埽一卷自娱，其殆有見於道者耶，其殆有合於淵明心遠地偏之旨者耶。讀篇中獨醉諸什，覺魏晉風流，去人未遠，願瓣香奉之。

光緒丙戌上巳日江寗後學秦際唐謹序

序

昌黎云：文以載道。道者，切於日用事物，而不為無益之言。近今以來，古文道敝汩没乎，俳優之辭、酬應之習，以苟悦乎世人之耳目。譬諸觀水者，不窮崑崙岷山之源，而但決溝澮以自足；登山者，不陟泰華諸峯，而但逍遥於培塿之巔近矚以為快，烏知所謂古文，又烏知所謂因文見道者哉。番禺梁夢軒先生少負經濟才，不見用於世，退而著書以自見，其文不名一家，不拘拘於成法，而説理必鈎其元，論事必窮其源，委可立見，諸施行視。夫與道悖，而徒傷辭費者若霄壤矣。先生家南海之濱，豺狼之所窺伺，犬羊之所恃為窟宅。海上事起，輒首當兵衝，先生見微知著，凡近今十餘年兵革之禍，彼族恣肆要挾之計，與所以毒我中國者，皆瞭如指掌，使當軸早用其言，則廟堂可以安坐，而沿海數行省蕩析流離，覆兵殺將之禍，不至若此之亟。其卓識遠議賈長沙、陳龍川之流亞，而其因文見道，雖酬答亦不苟作，則又直入昌黎之室矣。世但以文人目先生，豈知先生者哉！

題辭

後學黃佐宗

其一

黎吕張黄後，斯才未易逢。風雷驅健筆，冰雪滌吟胸。律細三唐溯，文奇兩漢宗。等身留著述，老去興猶濃。

其二

觸物見真性，篇開繫我思。纏綿蛱蝶諷，愷切鷓鴣詞。語直言非激，思深調自悲。短歌閒三復，字字興淋漓。

其三

坐擁書城富，幽窗手一篇。壯懷徵詠史，適意託遊仙。心遠地逾僻，神問天自全。獨膺文字福，身閲古稀年。

其四

豈特才華贍，兼聞考覈精。《筆談》徵實事，《餘論》振英聲。不作塵中想，應留身後名。嗟予生恨晚，捧誦意先傾。

卷一

四言古詩

短歌行

莫曰予知，坦途擭罟。慎行謹言，庶莫予侮。一解
鼠兮鼠兮，狡獪莫測。我心之憂，靡所止極。二解
翻手作雲，覆手作雨。言實芝蘭，心實狼虎。三解
舉足蹈危，我心恐疚。顛當守門，蠨蛸興冦。四解
既脂我車，不行謂何。龍蛇共穴，貓鼠同窠。五解
蜜口蜂螫，作為鬼蜮。如此之人，豺虎不食。六解
顧瞻四方，言歸止息。道有豺狼，野有荆棘。七解
螳螂捕蟬，自謂無咎。貪得忘形，黄雀在後。八解
鳥巢深林，翔而後集。虎穴石窟，惟尾先入。九解
猶性尚豫，狐性善疑。胡能先覺，尚或鑒之。十解

題竹灣圖

幾竿新篁，半灣澄淥。宜月宜風，鏘金戞玉。四角圍簷，一園翠縟。叢筠黛流，回欄泉曲。几浄烟生，階懸涯促。境有餘

清，人無點俗。中寄甯君，黃嶺秀毓。志在流水，修到脩竹。字以竹灣，復顔其屋。貞何必松，淡何必菊。可以洗心，可以濯足。風景渭川，學問淇澳。林追賢七，溪邁逸六。智者性情，高人節目。綠天遜幽，廉泉分馥。潺湲弄琴，苯蓴敷蓐。簾捲雲凝，泉奔雨續。瀲灩浮青，周遭孕綠。瀟湘丹青，輞川畫軸。斗室千里，萬丈尺幅。念彼伊人，眷懷芳躅。瀟洒出塵，天高豈跼。我欲枕流，清風穆穆。怪底子瞻，寧食無肉。

五言古詩

擬古詩十九首

行行重行行，遊子泣別離。長亭猛着鞭，遨遊遍天涯。木落秋風高，故人心依依。倦鳥飛知還，悵悵將何之。睸彼異地柳，怦怦有所思。扳此嶺頭花，聊以遺相知。寄言戚與舊，世途險不夷。不越旅況苦，何知安逸歡。青青河畔草，嬝娜當風偃。陋巷有佳人，局促傷貧蹇。膏沐誰為容，金夫即瞻戀。委身商人婦，淡薄甘微賤。商人輕別離，三歲不得見。理鬢適倡家，氣節真情變。商人滿載還，赧顔復眷眷。

青青陵上栢，鬱鬱澗中松。濃濃爭春花，冉冉彫霜楓。七十稀古來，壽非松栢同。願為少年遊，金鞭紫螭驄。策馬杏花村，一斗復千鍾。但得醉且閒，何論嗇與豐。簞豆不為薄，鐘鼎亦云窮。苦樂異其生，貧富同所終。今日良宴會，孰為我解人。解人當在玆，握瑜復懷珍。貴富等浮雲，非難甘窮貧。寄世若大夢，胡為獨沉淪。旦望崇勳業，管晏雄經綸。人生本有用，悠悠寄其身。願為齊庭鳥，一飛超凡塵。

西北有高樓，皎皎佳人居。巧笑羞春花，流眄沉游魚。當户理雲和，幽曲淩清虛。高山復流水，不覺長欷歔。知音寂無人，我心鬱不舒。嗟彼鍾氏子，于我一何疏。寧侔伯牙志，終身長悵如。

涉江采芙蓉，鴛鴦戲清沚。物尚重綢繆，人胡隔天只。摘彼雙頭花，寄遠難憑鯉。嗟嗟各一方，含情聊復爾。寄身雖異地，志願同生死。

明月皎夜光，照我藍縷衣。束襟傷肘見，寒冽交迫饑。顧影獨自憐，窮途將誰依。念彼舊同遊，患難誓相隨。不念管鮑交，寧憐范生悲。枉尺欲直尋，傷我潔白姿。守義以適志，道重情難為。自忖還自商，志立誰能移。冉冉孤生竹，亭亭抽勁節。抱質堅且直，不畏嚴霜雪。與君諧瑟琴，寸心誓如鐵。瑟琴未成彈，絲絃何斷絶。念念薄情郎，無義非人傑。寄以合歡扇，遺以同心結。察識回心志，兩情當愉悦。思君君不知，憂愁肝胆裂。冷落守空房，漣漣淚雨血。君雖輕棄捐，妾以一死決。庭中有奇樹，越歷春復秋。感念我友生，中心殊隱憂。各在天一涯，道遠將何求。摘英以為贈，寄彼久别愁。異國雖云樂，悲淚昔人流。

迢迢牽牛星，皎皎牽牛渚。盈盈河漢水，娥娥河漢女。朝聞機杼聲，暮宿仍獨處。欲涉褰裳衣，苟合不我與。心事兩相違，涕泗滂沱雨。安得鵲成橋，携手相與語。迴車駕言邁，馳驅遊帝京。丹陛輝彩色，朱門飛雕甍。丈夫不如此，毋乃負所生。我生二十年，胡不争榮名。抱此可畏質，賢聖當垂成。壽考不我長，四十尚譽聲。無見疾君子，没世名不稱。

東城高且長，百雉相絡繹。下有豫章材，參天逾百尺。中有千里鵬，欲作振雙翮。萬物各有懷，而人獨窘迫。窮達貴知命，胡為傷落魄。處世貴達觀，焉往不快適。宛洛有美人，冶艷徇麗澤。安得木桃投，報我以瓊璧。俟我城南隅，相約永今夕。願聯斷金盟，矢志介于石。去者日以疏，一疏不復親。曠覽同門友，半已即邱墳。死後供杯棬，曾否入齒脣。墓頭覓知己，樵夫與牧民。松栢鳴悲風，瑟瑟傷隱淪。生前不宴樂，重泉無故人。驅車上東門，徘徊還四顧。但見墓與墳，歷亂不知數。土堆生白楊，荒冢走狐兔。嗟彼長眠人，潛寐無朝暮。不知春復秋，千載長偃仆。寄世塵依草，壽命花朝露。立身貴及時，寸陰莫虛度。寡欲自康彊，勿為金丹誤。君子惟居易，行止守乎素。

生年不滿百，憂患常盈千。勤劬日復日，舛息年又年。為樂有幾何，胡不開瓊筵。斗酒亦足醉，優游即神仙。今者尚不樂，抱恨恒終天。倏忽宛其死，罔聞後議前。嗤彼褦襶子，空守牀頭錢。

凜凜歲云暮，涼風颯颯吹。寒蛩鳴唧唧，寥寥擣寒衣。月落霜砧高，遊子懷感悲。長夜守空牀，鬱鬱凝幽思。出戶見良人，良人來何遲。促膝敦古歡，涕泣話別離。握手永偕老，解帶入羅幃。方訢相思苦，轉眼隔天涯。恨非比翼鳥，焉得長相隨。俯首淚潸然，感喟徒悽欷。孟冬寒氣至，皓月流涼輝。三五遞盈缺，歲月累遷移。寂寥苦更長，愁思當訢誰。仰觀明月光，迢迢千里思。憶昔初分袂，富言暫別離。約以大刀唱，破鏡上天時。一日即三秋，夜夜還相睎。細語囑明月，寄與遊子知。客從遠方來，遺我一函書。書中嗟契濶，字字説懷予。挑燈反側讀，中有淚如珠。生離古所傷，同心而異居。感君懷憂惻，搔首獨踟蹰。將書入懷袖，掩淚長欷歔。明月何皎皎，入我綺羅幃。憂愁不能寐，默默對清輝。攬衣起徘徊，溶溶鎖空闈。憶昔我往矣，楊柳正依依。今未賦來思，雨雪已霏霏。胡馬尚北嘶，越鳥猶南飛。覩物懷感傷，心事兩相違。撫景獨徬徨，素影上林扉。

擬謝靈運從斤竹澗越嶺溪行

曉起遊志健，曙景餘嫩寒。霏烟亂山凹，紅旭躋林端。睇膕開霧霽，彳亍碎露團。陟磴響屐折，卬笻停雲攢。清流轉澗石，暴湧争崖巓。厲揭紛跋涉，洄游快盤桓。沉魚戲唼沫，輕鷗浴翛翰。轉返睞危壑，惝恍墜崇巒。掀莔眷伊人，擷蕙憶所歡。徙倚俗塵捐，俯仰宇宙寬。心浄物交物，無地非居安。

擬曹植公讌詩

輕輦邁西園，公子清夜遊。哲衷一何暇，神泰心日休。筵開賦燕樂，宴薦徇莫愁。馳情敦古歡，撫景幸良儔。蟾魄耀飛蓋，螢光灼華旒。丹霞夾金鏡，北辰環斗牛。華林挺喬木，石渠揚清流。繁花落水面，靈鳥鳴枝頭。金風轉朱轂，玉露飛瑶甌。願言傾瓊液，嘉會長千秋。

擬謝靈運石壁精舍還湖中作

嵐光雜薰靄，辰昏霽景變。靈鳥時飛還，我亦遊志倦。雲霞釀巖碧，夕晷爛林絢。藍黛殊適觀，蒼葭更深眷。蕩舫洄洪瀾，飛楫擘江練。波驚白射檣，照返紅當面。氣象非習觀，風景異常見。趨途時翩躚，玩物轉依戀。思浄來天機，神寧無昏眩。性情各有樂，山水仁知羨。

擬郭璞遊仙詩

巍巍王石富，錦帳三十里。赫赫韓趙貴，聲勢震桑梓。豔羡競當時，明花隨委靡。人生得意遭，黄粱夢而已。不如超凡塵，淡薄抛青紫。願言采石脂，歸真復返始。偶逢利禄徒，拂袖蒼煙裏。

秦王訪方士，漢武餌藥丸。求仙仙不得，空嗟海漫漫。千古神仙倫，非徒服金丹。俗慮塵緣清，自覺身世寬。得道張子房，試與一盤桓。

海東有蓬萊，周旋三萬里。上有金銀臺，玲瓏五雲起。中有不死人，飄飄烟霞士。一笑碧落中，浩歌白雲裏。餐霞復嚼雪，控鶴還乘鯉。携手傲然遊，長空隨徙倚。高挹風塵外，契交赤松子。

陟山采靈草，木芝饒芳妍。服之乃長生，洪崖得我先。迢迢崑崙墟，鸞鳳飛神仙。鍾離排雲出，廣成來翩蹮。王母飲我酒，醉倚浮雲巔。戲把偓佺袂，笑憑容成肩。嗟彼蜉蝣壽，不數龜鶴年。長揖謝塵寰，偃仰大羅天。今日快遊遨，歡樂誰與京。雙成吹雲和，子晉按鸞笙。旋波縈塵嬌，提謨集羽輕。逸響隨風發，一聲天地清。妙舞倒腰折，四璧飛碎琼。不有生與死，何有功與名。昂然撫八璈，一彈清風生。

邐迤化橋杖，躑躅登雲梯。揮手自兹去，遥遥浮雲躋。朝來方丈間，夕宿員嶠西。悠悠寄清虚，黄鶴一聲啼。回首望人寰，淒淒塵霧迷。

層疊山嶂複，玲瓏花木迢。彷彿西那都，幽人高飄飄。左凭琼飴酒，右引白玉簫。瑶觴飛金漿，快飲迴鯨潮。朶頤口流涎，手還持一瓢。鬚眉頽然古，百歲如垂髫。倚石一長嘯，浩氣凌層霄。七日幾千年，世上無逍遥。

擬陶淵明結廬在人境

理浄自越俗，何必重避人。豈入山林密，而後絶俗塵。秋菊笑東籬，乃我身外身。東籬饒佳色，即此見天真。天真時流露，静對歸飛禽。得意欲忘言，此心是何心。

雜詩

久在鮑魚肆，惡臭不必避。久入芝蘭室，馨香不撲鼻。所趨只兩途，要惟義與利。為義舜其心，為利蹠其志。君子日由義，秉彝漸純懿。小人日放利，天良盡消澌。惠迪吉攸歸，從逆凶立至。丈夫鷄鳴起，孳孳慎所事。逐日笑夸父，移山嗤愚公。精衛銜木石，東海仍冲冲。抱此不竭力，乃為無益窮。今人與古人，豈必無從同。悦道力不足，異端偏能攻。孺悲與夷之，孔孟責反躬。肥甘日足口，藜藿見真嗜。朝市日勞形，園林更幽致。習慣覺平庸，偶覩頡新異。聖賢悦其心，不外理與義。時習無斁思，温故愈適意。欲罷有不能，卓爾得深至。人為萬物靈，胡不尚乎志。

李下無整冠，瓜田戒納履。息舍惡木陰，飲避盜泉水。君子慎纖微，非博聲譽美。拾塵友見惑，撮蜂子以死。流言謗姬旦，甲從在武子。千古蕭墻禍，釁以嫌疑起。寧歆重割席，韓李尚分氈。趙典堅閉門，嚴遵卻三賢。古人慎擇交，不為名利牽。所差只毫釐，充類殊天淵。守道崇令名，胡執求富鞭。蛣蜣轉争拾，蘇合丸棄捐。子瑕啗餘桃，龍陽泣前魚。董君寵斷袖，恩遇一何殊。譬彼争春花，含英艷態舒。過時頓零落，委地填泥淤。阿媚以取容，色衰愛亦疏。大人亮高節，直道羞吮疽。用行展所學，舍藏愛吾廬。

我昔遊蓬萊，携筐採元芝。朝行一百里，道遇王子期。遺我長生訣，誨我脱籓籬。鑿破食色性，割斷名利羈。玉液紫琳腴，得道不在茲。子淵亦云壽，籛鏗非期頤。豪華尚辟穀，夢裏黄粱炊。

鸒鳩搶枋榆，高飛私自喜。鵾鵬翔南溟，逍遥幾萬里。林鳥不能潛，曷損兩翼技。淵魚不能飛，詎為鬐鬣恥。萬物各有能，自盡而已矣。女紅計絲絮，農夫謀籚篕。市賈逐蠅頭，漁人思鰋鯉。大舜棄敝屣，巢父洗清耳。我有湛盧劍，斫玉如斫坭。光騰一萬丈，天地為寒淒。欲報知己讐，出門相提携。嘯擊漸離筑，悲風吹淒淒。暮宿咸陽市，朝發易水西。五陵美少年，貽我千金蹄。醉飲羊羔酒，按節碎銀篦。高歌貫白日，羞作嬰兒啼。丈夫重節氣，不數盟丹鷄。

有鼠復有鼠，唧唧出墻隅。白晝不畏人，入夜更揶揄。眇小頡作怪，亦復假威狐。衣物恣饞嚼，筆硯紛汙塗。猛虎入檻穽，爾輩焉逃誅。

梟鳥不革聲，終身勿復鳴。荆吴俗不異，惡汝同其情。不如學黄鸝，間關巧且輕。不如同反舌，絡絲圓轉聲。既塞不理口，更免人屢憎。不祥語逆耳，弗咈誰則能。絶莫作舊態，入世為上乘。

述懷

憶昔予髫齡，四歲入家塾。誘掖有嚴慈，獎勸勞伯叔。師嚴不我貸，閉關捧篇牘。予時頗知書，有若啖粱肉。日有常課程，諷誦更夜卜。慈母慰我勤，紡績伴我讀。有逾晝获教，不啻和熊勗。嚴詞以創懲，鼓勵代鞭撲。弱弟未免孩，入暮即酣宿。一燈如豆紅，母子分趁逐。我更癡且頑，起晏便啼哭。不念老母勞，反以生怨讟。何知罔極恩，終身受愛育。嚴父出經商，安知我頑碌。讀書可也勤，言念罪莫贖。時家亦素貧，不蓄童與僕。晨餐親手炊，夕飧恒半菽。日午偶來歸，看看餒而腹。既鮮不托供，且喜冷淘熟。八紀漸能詩，脱口似不俗。頗能展親顏，焉敢作朽木。十二始屬文，頃刻就半幅。非成豫章材，亦以免枯禿。十七八九時，書味醲郁郁。譬彼農人忙，宵晝亟成屋。春及屋烏飛，其始播百穀。譬彼作垣墉，勤修備畚築。經營始要終，成之不日速。天機如源泉，一發不可束。心地絶垢氛，詎能容物欲。顧兹利禄徒，惡之逾毒蝮。喜無世緣累，惟恐讀未足。偶一為文章，如發舊儲蓄。筆墨化烟雲，心花散芬馥。雖非雲錦裳，安擬摩天鵠。立志不能卑，安肯甘蟵伏。出身取青紫，竊謂驥走陸。十年場屋間，潦倒顧自恧。愧詠場藿駒，羞對野苹鹿。寶劍埋韋韝，雕弓隱皮韣。悔上敝裘書，寧藏刖足玉。日夕鳴悲風，椿花殞秋肅。弟妹五六人，一一當撫鞠。附郭有遺田，歲歲事耕劚。古人不願外，我亦慕樹畜。浸少道味娱，增多俗塵黷。爾來入世頻，戒懼渝污濁。勞形時萬種，積憂日一斛。況復無坦途，崎嶇且翻覆。機熟剥良知，事冗眩心曲。夙學滿華月，壯歲轉朱轂。已已復何為，不如脱塵梏。肆志傲山林，結廬白雲麓。倚石聽流泉，趺坐看飛瀑。道心悠然清，不覺天真復。吁嗟天地寬，俯仰胡局促。春秋變榮枯，貴賤何寵辱。寄世有幾何，百年渾倏倏。勉勉及時遊，春夜秉紅燭。坐花布氍毹，傾尊倒醽醁。對月吟清輝，賦詩賞芳緑。且撫淵明琴，不數漸離筑。皎露滴新條，微風度疏竹。頽然卧南軒，落花徧茵褥。蕉聲時一鳴，纔歇鳥聲續。淡薄志自明，似勝良天禄。朝接妻孥歡，暮着老萊服。捧檄乏殊榮，樂耽補清福。事功世則營，於我淡如菊。頻年毋多病，入山劚老茯。

贈周近菴

三尺黄鯉魚，容與在孟津。浮沉黄河水，無異諸川鱗。騁懷孟諸滙，朝欲發崑崙。超騰志所願，婉轉仍逡巡。何時風雲會，當在歲季春。一朝度龍門，長辭河東濱。七十有二尾，知君軼羣倫。我從東海來，亦願化其身。雲雷隨我後，燒尾飛蒼旻。請勿傷蠖屈，終亦為龍伸。斗酒三尺劍，勸君莫蹙蹙。寄世若大夢，年華風過目。天台生蓮花，未得長生籙。買臣甘負薪，平章掛角讀。苦節不可貞，汲汲干世禄。古愛身後名，曷若杯中醁。子胥為鴟夷，屈平葬魚腹。身狗終莫成，今人徒痛哭。邵種東陵瓜，陶采三徑菊。遂令千載下，往往想芳躅。得喪會有時，胡自傷局促。金谷豈足榮，富春亦非辱。為歡有幾何，堂堂去日速。臨笻卓文罏，黄花新釀熟。與君一石醉，揮劍破塵梏。

暑夜吟

六月隆蟲蟲，炎蒸猶未了。流毒至秋初，溽暑不加少。火雲日燒空，闌宵如縱燎。繁星恣焰灼，浩月赤光朓。明河亘長夜，脈脈空晶皎。天籟窒無聲，微風息木杪。蕉緑絶新凉，花影寂不掉。凝懷五内煩，兀坐熱腸繞。揮箑腕力微，渴飲腹量小。沉李據桃笙，浮瓜傍林沼。相憐釜中魚，劇羨枝上鳥。舉頭祝畢箕，憑軒挹篁篠。胡床不成寐，展轉鷄催曉。

寒露後三日曉步東菑

夙霧開澄霽，平楚湛濃碧。昨昔雨霏微，芳疇膏濛霢。欣此寒露辰，凉飈嚴未劇。凌晨喜無事，散步出郊陌。槿花嬌欲然，苜蓿翠如滴。野菊秀塍涘，楓柏隕籬隙。片片霜葉紅，團團草露白。江村繡壤環，衡茅穲稏迫。穟穟凝新黄，稠稠[1]重緑積。軋艻黍穲夷，稫稄稻花墉。穗穗飽朝霜，粒粒肥不瘠。穎叢萬畦疇，香溢五畝宅。喜無螟螣害，復需秋霖澤。污邪願載祝，大田什細繹。我稼卜茨京，我庾必維億。龍鱗隰顧瞻，刻鏤塍蠲躑。暗為元元幸，不覺日輪赤。

曉起

高高凌雲閣，曉月落前楹。窗鷄紛嘲哳，林鳥猶未鳴。檢此幾希理，如彼山木萌。平旦有真氣，悠然清復清。思繹孟子書，涵諷孔聖經。破脱反覆梏，存存自誠明。舜蹠争毫釐，所為貴擇精。德性與問學，遵道交竭誠。聖賢日孳孳，德至至道凝。愧我讀廿年，三十無令名。令名有以立，我師三人行。大成丈夫志，毋使身虚生。曉起氣萬象，推櫺恣眺矚。天空點白雲，叢疏漏朝旭。亞檻佛桑紅，環窗乳蕉緑。好風從東來，吹我凌雲竹。清聲古音節，戛戛碎金玉。感此絶佳辰，傷彼歲月促。維翰硯未穿，祖逖鞭不速。志道素絲悲，擇善歧途哭。學成非一朝，日月邁不復。安得斷俗緣，誅茅南山麓。白日縶長繩，下帷三載讀。

---

① “稠稠”兩字旁有“裯裯”兩字。

雜感詩

異氣起牛斗，瑩瑩寶劍光。孔章掘豐獄，瞥見青石藏。開函得雙劍，莫邪與干將。鑄以茨山鐵，文采何雄芒。拭以華陰土，朗耀明秋霜。神物終變化，隱淪曷足傷。請看延平津，雙龍飛翱翔。

留侯張子房，綽約若處子。手無伏鷄力，詎類扛鼎士。空揮搏[①]浪椎，莫雪戴天耻。况當逐鹿時，羣雄中原起。龍潛終勿用，下邳布衣耳。鷄鳴遇黄石，跪進圯上履。一從隆準公，如魚得江水。躡足封齊王，借箸決千里。愴卒定亂危，什方侯雍齒。功成學赤松，棄爵猶敝屣。智士貴運籌，拔山曷足恃。

深谷生幽蘭，亭亭自芬芳。花比玉瓊瑶，葉如寶劍長。采采當及時，毋使謝崇岡。凉秋腓百卉，况復隕繁霜。菲菲頡頏頏，誰不悲中腸。當門世所忌，自獻古所傷。今雖同草萎，昔為王者香。

責馬以捕鼠，汗血謝元貍。勉犬以司晨，青鸇遜雄鷄。鵾鵬南溟禽，詎可一枝栖。齊庭不飛鳥，每作驚人啼。未築黄金臺，駿骨辱塗泥。所以渭濱叟，釣璜老磻溪。使無飛熊卜，懷寶終自迷。晨門封人輩，知非駿駃騠。高陟羅山頂，遥望浮山巔。兩崖削壁立，下臨千仞泉。中有大毒龍，豢養五百年。鐵橋亘百尺，迤邐飛雲烟。猛虎隨風來，舞躍道士前。食草不食人，黄尾而白顛。云是仙人畜，時嘯依巖前。冬熟不死藥，黄精大如拳。入世良亦難，結想學神仙。

---

① "搏"字旁有"博"字。

秦儀二豎子，不入孟軻目。桓文兩霸雄，尼父尚不足。丈夫立身名，功業聖賢卜。鷄口為小耻，牛後洵大辱。後車載帝師，天下競臣服。結壇拜大將，八載得秦鹿。三陽盪和煦，二月春風暄。灼灼櫻桃紅，含英燦東園。菲菲楊柳碧，流芳映高軒。豈無美人色，嬌艷飛朝霞。豈無美人態，嬝娜舞腰斜。可憐大火流，顦顇好容華。一為傷心樹，一為斷腸花。誰知景山松，歲寒傲霜葩。東海有神龍，露首不露尾。當其潛於淵，無異大蛇虺。乘時忽變化，陡隨風雷起。怒拏萬山雲，俯噴百川水。頃刻改元黃，赤道日失晷。吾觀飛在天，博施蒼生喜。草間懸露珠，床下鳴促織。凉秋竟欲暮，感此歲華逼。古人秉燭遊，盛時難再得。世路如波瀾，巇險不可測。人心似轆轤，圓轉無停刻。寄世箭去弦，胡不惜其力。三萬六千日，幾日快遊惜。至愚亦愛樂，豈有大卓識。當局每自迷，智士愈眩惑。壯歲不歡娱，衰老傷日昃。齊景牛山淚，嗟哉空悽惻。

寤生斲天良，公叔不得全。陳思豈失德，萁豆豆萁然。元公大聖人，乃有鴟鴞篇。手足斷莫續，胡忍急相煎。葛藟庇本根，常棣紛鮮妍。堂前紫荊樹，尚愧京兆田。歷山喜鬱陶，謨蓋怨咸捐。竊節以赴義，乘舟悼前賢。何如唐花萼，大被天家眠。

招摇西指亥，凝陰冱寒成。萬物深閉藏，百卉摇其精。繁葩紛暴落，木葉脱不榮。覩此增蕭颯，感兹松栢生。松栢有真節，霜雪安足傾。更有孤山梅，數點天地清。嬴政創阿房，自謂萬世基。錙銖殘民力，漲膩流民脂。祖龍今年死，一炬水德衰。扶蘓為秦本，蒙恬為秦楨。尚仁不尚暴，書儒枉焚坑。矗矗千萬落，而無一木撑。惟有靈囿臺，至今聞頌聲。

感心有百憂，綿綿如修綆。瞻彼北堂萱，輒欲自猛省。古人悲素絲，今我泣浮梗。飽目空花鏡，充腸看畫餅。所願竟何如，似逐水中影。未逢伯樂顧，豈任驥足騁。誰識龍在田，漫笑蛙處井。安得九方子，聊一慰悲哽。我欲蹈東海，東海何瀰漫。又欲陟崑崙，崑崙何巑岏。千年老白茯，道是長生丹。矢志學辟穀，朝夕勉加餐。未覩桑田變，何知滄海乾。一朝鬼魄喚，骸骨坐銷殘。返魂詎有術，尸解空夸謾。求生不免死，何如隨遇安。子淵乃真壽，秦嬴增悲嘆。為人尚未易，求仙當借觀。我在巫山陽，言放巫山渚。步遊雲夢臺，遥望高邱阻。尋古遍高唐，莫遇朝雲女。遇合豈有期，天風吹愁緒。神女竟不來，我心難獨處。朝暮陽臺下，但見行雲雨。靈均上官讒，仲尼叔孫毀。譬彼日月明，纖雲翳其晷。纖雲一旦開，日月光如水。潔身既皭皭，沿湘采蘭芷。何妨君子窮，從容歌虎兕。直道莫能容，今古同一軌。水母借蝦目，雄狐假虎威。化育即留憾，物類各有依。翩翩重首鳥，尾屈不能飛。願得大翅禽，許我銜其翬。一飲黃河水，聊以解渴饑。詎料棄我去，歔欷心事違。驅車出東門，歷亂白楊樹。風吹楊花飛，寂寞寒食路。巍巍馬鬣封，雜沓不知數。但見牧與樵，來往無朝暮。為問牧樵子，言是豪華墓。舊聞附葬時，玉匣而金鉒。上如厦屋覆，下重三泉錮。即今成荒邱，族聚野狐兎。嗟嗟餒而鬼，在昔故紈絝。感此動悽惻，傷悲淚如注。劇憐蒿里人，不作南柯悟。

苧蘿鬻薪女，昔是吴王妃。當日入館娃，六宫無妍姿。狐媚恣煽惑，頓令君心移。床笫忘烏喙，屬鏤醢鴟夷。今遊姑蘇臺，荒墟引鹿麋。秋風振林木，響屧草披離。國滅太宰戮，五湖埋范蠡。飲溲亦已矣，七術終自危。嗟彼君若臣，直為貪癡兒。何如胥江潮，千古令人悲。白日駒過隙，人生塵依草。容顔如電飛，精魄浸木槁。秋多變元鬢，雪滿不可掃。古昔賢聖人，誰永顔色好。没兮食薇翁，杳矣采芝皓。不及牧羊兒，金華長不老。宋有大愚人，梧臺得燕石。珍如大秦珠，寶若連城璧。十重革匱藏，十襲緹巾籍。竊謂天下奇，鄭重見周客。遂笑楚山璞，三獻遭譴謫。不圖遇文王，理璞光奕奕。聲價重列侯，詎比珉與礫。荆山真良寶，燕石直瓦甓。淮陰當少賤，不如屠狗兒。申胥遭屯蹇，乞食市吹篪。臨卭落魄子，蜀中真蟛蜞。棘津賣食傭，誰識熊與羆。以貌失子羽，至人觀其微。青蓮巨眼公，囚檻脱子儀。掛角負薪儔，豈非一世奇。自古天下士，窮時多布衣。欲躋九折坂，羣山互聳峭。崎嶇絶攀沿，巇巉駭瞻眺。削壁鬬羊腸，狹不容輿轎。天陰猿哀啼，風悲虎嗷嘯。亭午鵬鳥飛，日落山鬼趒。附葛窮陟登，膽裂不敢訆。回睇萬丈崖，頓破五情竅。吁嗟行路難，歸垂嚴灘釣。丈夫未遇時，所志在通顯。勳名既成立，所貴在知轉。季鷹識機宜，元亮妙懷卷。秋風憶蓴鱸，思致一何善。荒蕪歸去來，田園興不淺。達人有至慮，泥塗視軒冕。自來狡兎盡，走狗當不免。豈如具五刑，始嘆牽黄犬。鳳凰食琅玕，不食人家粟。鵷鸞飲醴泉，不飲滄江淥。安能入鶵羣，溷跡比雁鶩。偷以全其軀，與之争半菽。超然自高舉，萬仞寄芳躅。朝鳴瓊樹枝，夕息孤桐木。崑崙任翱翔，疏圃肆棲宿。遠引青雲端，逍遥脱羈束。下視人間禽，貪饕争果腹。不知將為牲，真堪一痛哭。

訪樂昌漢桂陽周太守碑

粤道險於蜀，嵚巇亂山積。西北樂昌踞，硉矹森劍戟。蹲若犛牛皤，聳似猨猱瘠。削壁立危崖，雜沓壘峭石。俯瞰目為眩，深可半千尺。中瀉萬里流，潺湲悠瀰湱。下游出三瀧，纔通一線脈。舟行日里半，磯湍互窘迫。句廉直矗天，虎陟輒蹶踖。棘榛交縛纆，豺豹競充斥。天險不得升，往往無人跡。東漢熹平間，太守布奇策。開鑿嶻屶平，有若五丁闢。半壁轉羊腸，迤邐一步窄。瀧流日淙淙，來往多行舶。長年慣打縴，上嶺猶躅躑。前縴如蛇行，踵接後縴額。崎嶇縱復横，勢逼陡若拍。下臨不測溪，人徑入雲脊。危檣偶側欹，縴夫頓喪魄。回憶未鑿前，雖險如坦陌。有誰瀧口過，撫今不追昔。周君涖桂陽，一舉盡善畫。沿廁夷仄險，仿佛神靈掖。人工過鬼斧，遂貽萬姓澤。由漢千餘年，聲稱仍嘖嘖。前民思答恩，瀧口廟奕奕。《寰宇記》云：瀧上有太守周昕廟。太守食報宜，千秋罔替革。當時曲江吏，鎸石紀勳績。鴻文百世傳，逾于垂竹帛。字勒古隸奇，摩抄尚可譯。譔寫不誌名，依稀苔蘚碧。舊傳郭從事，不堪詳考覈。舊志云：郭從事蒼譔，而原碑不著譔寫姓名，不足為據。周君德業隆，名字應膾炙。有云煜與昕，君光最足繹。憬暻誰證訛，紛紛岐載籍。曾南豐據王之才書云：周君名昕，蔣之奇《續武溪詞押韻》云，名煜。歐陽修據劉仲章所遺原碑刻云，憬字君光，又或訛憬作暻。諸論紛紛，大抵當以劉仲章原碑為確。德彰名字糢，傳疑真可惜。我來覓剩碑，幾幾不復獲。云在曲江廟，《寰宇記》云：今碑在韶州張九齡廟。讀之不厭百。恨不生同時，竟作數代隔。遺文空剥落，幾經雷雨戹。漫漶且闕疑，不敢遽億逆。抱憾殊怏怏，此心終未釋。瀧樹苒苒青，瀧水茫茫白。瀧道駭篙師，瀧船恐行客。安得因周舊，劖修繼偉跡。鑿砌成坦途，巖徑絶險僻。縴夫如履平，庶以慰行役。功更不可諼，四民愈悦懌。濟美跨前修，後作莫之益。我且一縱觀，登臨快遊適。磴道平蕩蕩，真可蠟山屐。征舠如織梭，風駛紛掛席。負縴亦忘疲，鼓棹不礙磧。山複水瀠洄，奇趣豁胸膈。叩舷和篙聲，不管風欹幘。周君既不朽，踵事功尤碩。因民利利之，一成不再易。振筆頌豐功，泐珉永赫赫。我當載放歌，聊破訪故癖。

為茂之贈周近菴入泮

高高太華峯，嶙嶙插天起。羣山與萬壑，俯覽若臂指。洋洋東海潮，漫漫瀉萬里。支流與衆派，視之一勺水。周子特達姿，崢嶸與之似。周子雄邁才，灝瀚與之比。乘時得風雷，頓化龍門鯉。擷此泮芹香，探彼月桂蕊。捷寫泥金書，寵邀白麻紙。庶幾平生志，差慰萬一耳。勸君勿復忘，琢磨胡可已。

甲戌九月，偕屈暢月先生、輔廷家兄、茂之家弟，尋龍於黄陂之最高嶺，險不可踰，中道而返，備述顛末，以誌苦況

蕭蕭木葉黄，湑湑秋露白。感兹時物變，使我心愴惻。嚴君捐館舍，寒暑已九易。何曾馬鬣封，久未安窀穸。蛇飲覓無從，龜葬兆未闢。欲鼓行而東，竭目窮搜擇。晨渡萬里亭，散步恣躅躅。甫出新塘村，萬山翠如積。趣途抵黄陂，疊巘相絡繹。中有一峯峭，巔若聚龍脈。危崖五丁開，右股巨靈擘。前迎獅象朝，後展仙人帝。攀蘿為猱升，披荆學虎陟。削磴露羊腸，僅納一步窄。跮踱復跧莊，步十一僵踣。附葛勉蹣蹝，促氣頓喘逆。忽無一隙通，雜襲交牙石。崱屴復縱横，斜欹勢欲拍。有時兩扇開，藤蔓互交織。白茅長蘢葱，高于人一尺。舉頭睨崇巔，尚去一里隔。吁嗟足力窮，恨不生兩翮。回首一下睇，頓喪我魂魄。復尋故道回，股栗步蹶踖。目眩意迷舛，不覺松枒掖。既落參軍帽，更折東坡屐。徐徐返新墟，暫作旅人驛。信宿趣行裝，于歸且安息。一路好風俱，中途雨濛霢。芳畦滑于油，步履不堪舄。十里路迢迢，棄屣雙脚赤。臨河渡横江，恰遇顛風逼。雲垂鷄爪形，射波黯以黑。一葉載沉浮，幾不免于溺。天非降大任，胡累遭阻阸。雖云跋涉艱，我心殊不戚。親骸未歸土，此憂終莫釋。倘得地牛眠，越險非所惜。

獨醉

左徒愛獨醒，而我偏獨醉。醒故多離憂，醉則絶塵累。予生有至樂，胡使憂患積。興來飲一斗，一石亦適志。人羨酒中豪，

我得醉中意。或吟詩百篇，時復頂書字。陶然學逃禪，小極抱影寐。慷慨胡為者，悲歌更何事。既無一種愁，曷有千古淚。索笑觀梅花，悠悠展芳思。青天皎明月，對影足佳致。安得五柳子，傾尊為把臂。

近得紅梅茶送何禹之先生

天地一大釜，人物如魚游。際茲徂暑晨，火雲凝不流。藐然處其中，甚于涸轍鮒。林木寂聲影，瓜李空沉浮。竹榻無新涼，桃笙猶未秋。久矣不熱中，忍厠趨炎儔。新得紅梅茗，敢與蘊隆讎。姑效盧仝飲，兩腋生飍飂。思君亦同病，薄餽為君瘳。此中有雪意，須向孤山求。魚眼羨花乳，何如蘇子甌。

嶺南十二月勸耕詩

正月

天子重農時，元辰御勞酒。田家尚占驗，往往卜歲首。諺傳逢穀日，家家束掃帚。廣俗八日不掃地，謂掃斷穀芽也。為晴為雨風，徵彼年無有。計日玩其占，豆十而麻九。廣俗云七人八穀九麻十豆。嶺南少歉歲，緣被皇仁久。春酒日介眉，速諸父與舅。燈棚一推倒，將有事南畝。俗云：推倒燈棚即要開耕，上元十六七折燈棚，謂之折倒燈棚。

二月

汙邪不厭肥，甌窶多墝埆。偶無十日雨，町疃即龜坼。趁此驚蟄前，澍雨膏濛霢。既霑復既足，高畝亦透隔。兒童驅犢來，把犁上牛軶。舉重似若輕，浹辰遍三陌。耙之復平之，疆場坦于席。水渾泥亦融，瀲灩漲痕碧。土膏既動發，播種事來迫。

三月

荷蓑趨郊塍，戴勝鳴桑枝。催耕喚西疇，布穀啼南基。原隰無剩荒，隴畝有餘滋。糞種以火灰，山鄉以禾稈灰和穀種，取其肥美，每坎落穀一撮，謂之點禾。兩兩相黏縭。乘時紛點禾，姑婦恒相隨。乳子不襁負，竹畚挑童兒。山農之婦不以襁負子，以竹畚載子，以隨力作。手足任胼胝，毋失此良時。但得五日晴，点禾後五日宜晴，若暴雨則有傷穀芽，且穀種散亂，難於樸地生也。庭碩庶足期。

四月

下坦鹹潮退，圍田亦帮好。俗謂墾田曰帮田。別辨土地宜，不如農之老。或蒔白鬚粳，或種紅蝦稻。此或宜癩黏，彼或利掙藁。鬚粳、蝦稻、癩黏、掙藁，俱穀名，坦田宜之。清明浸穀種，不遲亦不早。秧鍼已成苗，剪尾宜晚造。盼彼插田人，俗謂蒔田曰插田。有若集沙鴇。五日便翻青，勿憂苗則槁。凡蒔秧，初必稿黄，得雨二三日或四五日，便翻青。安得所樹秧，手手成瑞藁。秧一把俗謂一手。

五月

氣候漸炎暑，敏農不得息。早禾逢夜雨，往往生白翼。赫日正鬱蒸，陡起流雲黑。颼飀倏欻來，石湖打西北。四五月炎日中突來西北風雨，謂之打西北。石湖、白翼則死。白娥赴水死，盡殲厥螟螣。良苗即懷青，農甿有喜色。畎畝不日月，滿望黄雲積。百夫揮霜鐮，紛紛頻艾穫。嶺表多早收，無如夏至白。夏至白，穀名，五月收。生成各有宜，耕穫詎足測。

六月

大沙生娥眉，鹵坦多犁頭。坦田多生娥眉、犁頭二草。夏芸此最急，切勿一息休。前月執頭造，二造更堪憂。俗謂芸草為執草。

芸草一次為一造，有執頭造、二造草之名。鷄蔓務除根，沙田有鷄蔓草，根最深，最難除。蔑稗寸不留。顧兹好新苗，含滋札札抽。畝畝發芳腴，田田秀緑稠。上農敏力穡，墩埆恒倍收。豈必登穀時，方始信有秋。

七月

早禾望白撞，夏日炎蒸忽雨，俗謂白撞雨。晚造喜秋霖。七八月夜雨，謂之秋霖。晚熟禾宜之。今歲好天時，各各順晴陰。生上尺有餘，感兹雨露深。圍田早漸熟，圍田早，穀名，七月收。串串成黄金。長畝穗成毬，逼仄如稠林。禾生密巷，俗謂之生成林。好風吹綺陌，彧彧載浮沉。白旗既已無，青子不可尋。禾全穗不實，謂之白旗。一穗中有數米而不實者，謂之青子。更幸無生死，田禾中有熟有不熟，謂之生死禾。庶以慰農心。

八月

秋分八月熟，秋分，禾名，八月收。處處腰鐮揮。天氣尚和煖，乘兹雪未霏。婦子勤納稼，歛穧略無遺。禾尾争早落，收割打穀謂之落禾尾。暴之趁晴暉。已過一日熱，曬穀一日謂之過一日熱。紛紛挑上圍。凡收穫將穀曬一日，即用竹圍圍起，謂之上圍，以便曬後穫之穀。暗暗祝秋陽，式乾且庶幾。困鹿慎牢固，無使穴蜱威。

九月

霜降忌霖雨，寒露惡烈風。禾穗節節斷，玉粒實不充。俗云寒露惡風，霜降忌雨，風則穀不充實，雨則禾穗節斷。且幸兩不至，家家祝天工。千里沿海鄉，食田浮水中。遲粳與白稻，上坦樹藝同。硬糯水浮蓮，二者皆穀名，下坦宜之。下坦宜穰豐。重陽後數日，地堂興築工。塲圃，俗名地堂。亟其浸茶麩，毒彼蚯蚓蟲。農人築地堂時，輒碎茶麩浸水，以毒蚯蚓。來月大收割，俗云收斂曰收割。黽勉成歲功。

十月

十月割大禾，沙田禾俗謂大禾。歲穰農夫喜。徙家出禾塲，携男與婦子。人客來賣鐮，割禾工人俗稱人客。十月初間分往各鄉或廟或市，羣立待傭，謂之賣鐮。于廟或于市，有時割打路。禾田附鄉可以陸去，謂之割打路禾。或則割宿水，田違鄉遠，禾船一日不能返，謂之割宿水禾。日暮擔禾歸。禾城迤邐起，堆起禾把謂之禾城。皎月出東林。踊禾牛戾止，叱犢上禾堂。農人以牛踊禾落穀，輒聚禾一百數十把，謂之一堂。左右轉不已，日落不到脚。天晴不足恃，俗云：冬日落不到脚，主明日雨，農人以此為占。無俾禾暗堂。凡牛踊禾已畢，未出稈遇雨，謂之暗堂。久則穀粒朽敗。粒否而不止。嗟我好農夫，勤勤穫稷黍。

十一月

隆冬日可愛，朔風霽赫炎。上山山谷農，乘時艾雪黏。雪黏，穀名，十一月收。一莊六七户，穗秸齊茅簷。男婦運連枷，勤劬晝夜兼。豈不重疲憊，安之素若恬。腹饑便飽餐，衣寒不重添。作苦多家人，所以無吝嫌。稼穡本艱難，勗哉爾閭閻。

十二月

良農不自逸，終年常苦辛。歲晚喜農隙，報賽答明神。鄉鄉醮保境，收割後，鄉間建醮酬神，謂之保境醮。有如古吹豳。趁此天晴暖，力作倍于春。壯者犁冬耕，曬白始足珍。隆冬亢旱至十二月，敏農將田犁轉日曬至白，來春耕種田自肥美，不用糞料，謂之犁冬耕，又曰曬冬耕。行街亦須蓄，農人歲暮無事，多出城市尋取溝泥溷草曬乾，以為來歲糞田，名溷草日行街。多積無因循。君子期無逸，矧爾力農民。於戲耕田食，歲歲飫皇仁。

五言律詩

心遠園小詠

小苑初成築，心猿囿草萊。羊腸芳徑曲，麂眼翠籬開。樹透墻蚴出，花沿石罅栽。讀書慵惓後，呼婢試新醅。耳目總無營，栽花養性情。閒來看鶴舞，静極領蕉聲。讀史心彌壯，翻經意益平。掩窗聊學易，無過即功名。

九日登高

茱萸新釀熟，勝劇不能賒。杖響雲山石，鞋香野徑花。清歌開翠黛，黄酭醉烏紗。擬仿龍山會，筵中幾孟嘉。

病吟

感懷傷寂寞，抑鬱病淹身。就枕即成夢，看書覺短神。除痰煎貝母，滲濕抱茵陳。莫遣膏肓祟，高堂有老親。

初秋雜詠

金飈起蕭颯，孤館滿離愁。莫問紫姑卜，還登王粲樓。溪流無日夜，木葉有春秋。不盡古今感，長吁往事悠。舉世皆混濁，獨清良亦難。未售司馬賦，肯免范生寒。瓦釜黄鐘貴，康瓠周鼎看。無才負聖世，愧服進賢冠。久讀孫吴略，羅胸有甲兵。途窮奇計出，智盡妙機生。業半浮誇敗，功全戒懼成。烽烟絕不發，胡更學縱横。湑湑露初下，庭堦慎履霜。世情雙白眼，富貴一黄粱。大嘯肅天地，高吟舞鳳凰。年來尚疏脱，雅愛謫仙狂。夜深人語歇，滿耳擣衣聲。月霽雲逾白，秋寒水更清。臨流無盡意，對影有餘情。欲悟此真趣，悠然感我生。耿耿不成寐，支笻出矮籬。露深蟬噪静，天迥雁飛遲。有觸發三嘆，無端蹙兩眉。狂歌復絕倒，吾自愛吾癡。有感夜孤坐，相思斷復連。獨彈幽怨調，誰拂别離絃。鶴警月中露，螢飛雨後天。砧聲如識意，莫到戍樓邊。越鳥南枝戀，家鄉有舊廬。鱸肥歸計決，菊瘦宦情疏。潦倒一杯酒，情閒半畝蔬。呼童且早睡，曉起勉耘耡。好花開冶豔，那得幾朝芳。身世樗蒲局，功名傀儡塲。俠遊思七首，歡宴羨華妝。隨唤雙清子，將詩入錦囊。憶昔河梁别，怱怱歲月移。春花成恨事，秋草繫幽思。獨鶴聲如怨，孤鴻影自隨。鍾情正我輩，無計寫違離。活火煎泉飲，山家午飯時。微醺停不落，兼味愛來其。地僻人過少，簷低月到遲。醉眠作何意，都付鳥猿知。蕭蕭楓葉落，展卷讀《離騷》。未解工齊瑟，偏教啜楚糟。紉蘭聊作珮，製芰且為袍。風雨閉門夜，棱棱秋氣高。客况知音少，孤衾夢亦親。約誰開菊日，共此賞花晨。未月堦無色，經秋榻上塵。燕遊須及早，木落遍前津。疏略交遊少，閒雲竟日飛。夕陽藤子落，暮雨稻花肥。螢火月中細，蛙聲霜後稀。感懷百端集，空自掩柴扉。初曙月在地，林東幾點星。養香青玉鉢，索醉白銀瓶。露浥秋絲重，花寒蝶夢醒。荳棚風獵獵，清冷逼紗櫺。

村落

烟樹隱繚垣，柴池穲稏村。白精栖柘影，烏鬼透籬根。餉午樵歸簇，陽斜牧返喧。桑麻如太古，不減武陵源。

絶糧

久惡小人濫，偏遭君子窮。僕憂朝夕給，誰尚有無通。曲突炊烟冷，清厨爨釜空。何如學辟穀，違世訪崆峒。

曉發鳳凰洲

林鳥仍酣夢，扁舟去故鄉。波心翻小白，天脚曳微黃。遠樹留朝月，征帆破曉霜。一聲歌靄廼，江旭起扶桑。

冬夜

半霄飛雨雪，迎凍北窗先。霜烈如凌簿，風强欲打綿。炙冰研鐵硯，添火續爐烟。何以消寒夜，高吟秋水篇。

不寐

無眠中夜起，天漢恒西流。望後巳旬日，月明仍一鈎。鷄聲環北屋，星影薄危樓。漫漶如將曙，清凉似早秋。

夢同周嶽降西園雨中聯吟，剛成兩韻而醒，遂彷佛夢中景況，續成一律

風急雲心亂，天低雨脚齊。紫藤沿粉壁，白笋裂春泥。兩韻夢中吟。虎草翠如滴，鶯花溢欲啼。夢遊猶約略，鳥語畫樓西。

初秋心遠園曉步

南陸落斜暉，林端月影微。貍鼪花架躍，蝙蝠畫簷飛。菊孕黄仍瘦，梨胎白已肥。時梨花亦着蕾，書以誌異。蘭軒徐領略，得意每忘歸。

杜鵑

千古含冤苦，誰能杜宇同。歸心無可白，啼淚任教紅。碧血隨春盡，青山叫月空。毋勞呼百遍，思婦尚飛蓬。

冬菊

棱棱傲霜菊，節以晚而堅。耐雪枝逾秀，凌冰花自妍。寒英三徑畔，凍蕋半籬邊。不有陶彭澤，歸來恰暮年。

二羅涌阻風

雲脚忽齊眉，江濤白馬馳。帆顛舟欲覆，風逆鳥飛遲。短睡何曾穩，生還未可知。今宵如出險，稽首謝馮夷。

感懷

家居亦足樂，俯仰有餘情。憂疾憐慈母，論文愛弟兄。喜無懸磬慮，欣聽讀書聲。久欲希賢聖，躬修愧未成。

遣興

年華逝不返，冉冉早秋來。酒愛人同酌，花須手自栽。草芳康樂夢，蘭鼈左徒才。夜月清如水，空階漲綠苔。

答植子奇觀弈

坐隱渾閒事，聊消白日悠。局中同指畫，象外各神遊。姑婦談多幻，仙人意自幽。獨憐爛柯者，袖手幾經秋。

和子奇觀弈原韻

輟讀仍工弈，其間妙略存。安危須智識，死活與心論。已見中原定，曾回伯楚吞。手談非小術，方罫括乾坤。

植梅谷過心遠園賞菊，適予外出以詩留贈，因和原韻，並邀再至

愛仿陶公趣，偏輸屈子才。寄懷蘭作佩，遣興菊親栽。酒擬高人酌，花留逸士開。芳辰去不返，休暇一重來。手盥薔薇露，瑶篇韻獨幽。清新初霽月，老勁早寒秋。雪蕊清如浥，霜花豔欲留。只今開口笑，聊共唱刀頭。

花田懷古

彌望白如雪，吁嗟霸業傾。花留亡國恨，香憶美人情。豔骨憐銷滅，芳魂幻化生。至今耘耔侶，猶識素馨名。

愛月夜眠遲

宵闌人静後，對鏡獨支頤。為愛一輪月，都忘午夜時。八磚花上疾，孤枕夢來遲。擁被胡為者，空階漲碧漪。

五言截詩

班倢伃

紈扇經秋節，君思重棄捐。淒清長信月，不解向人圓。

蕭觀音

紅顏莫多才，釁起回心院。更寫十香詞，一何無灼見。

曹娥

至孝動天地，瓜沉信不虛。父尸如可得，瞑目葬江魚。

木蘭

束妝輕健兒，忠孝屬娥眉。捷奏沙場日，猶然未嫁時。

羅敷

女有結髮夫，誰能奪其節。一歌陌上桑，疇不為心折。

關盼盼

不敢死相隨，深心更超越。十年燕子樓，空牀守明月。

虞美人

楚歌聲四面，一死謝恩深。垓下月明夜，猶聞環珮音。

王昭君

不遇毛延壽，深宮一老嬪。琵琶出塞日，應莫怨邊塵。

蘇若蘭

千古懷才女，偏多怨恨詞。璇璣詩二首，一字一相思。

朝雲

不苟免于難，羞同羣妓散。依依嶺外雲，漫作傷春歎。

薛濤

牋撰浣花中，詩吟碧鷄裏。只今萬里橋，芳魂呼欲起。

晚眺

晚眺夕陽邊，歸鴉止何處。山空少人行，野鹿引麑去。

子夜歌

小雨簾纖落，春閨對短檠。空階一夜滴，切切到天明。羞對鴛鴦宿，憑欄緑沼中。不憎花解語，卻妬並頭紅。朔風動别愁，凉月增離思。日日雁南來，邊關無一字。

新婦詞

十七新嫁孃，未諳妾婦道。不恨嫁朗遲，卻悔嫁郎早。

夏日尊經閣雜詠

西風吹白雲，雲聳半天立。捲起緑筠簾，青山欲飛入。乘凉夜未眠，不覺日窺牖。遽起倚欄干，倉庚囀高柳。

卷二

七言古詩

二月一日聞雷

二月一日雷發聲，穹蒼陡作驚人鳴。倏忽碧落走訇訇，風伯電母殊不平。紅光一匝飛轟轟，須臾滂沱失晦明。黑雲四合天為傾，夭喬甲折洵咸亨。畢出盡達新勾萌，地脈土膏含資生。杏花菖葉羣敷榮，東村提壺如催耕。西疇南畝忙編氓，溝塍霑足綠瀼瀯。布穀一喚春犁輕，姑姑桑鳩紛呼晴。聖王承天而時行，五日十日年順成。道逢野老一笑迎，於戲優渥洽輿情，稽首大有為載賡。

雨中偕姪夔石泛舟赤岡圍醉飲而歸

黑雲漫天壓飛閣，顛風吹檻掀垂幕。昨夜黑猪急渡河，散作濛濛遍城郭。盥手擬裁喜雨詩，樂羣更赴遊春約。吾家夔石志倜儻，風流每向泛宅託。鷄翼買櫂溯游洄，鷁首叩舷恣歡謔。舠受一人兩人寬，篷篩大珠小珠落。輕橈遲遲出波心，濕帆片片曳雨脚。破浪既喜風勢强，順流頗恨水力弱。夾岸鞸鞢翠如滴，層巒蒼藹秀似削。到天古塔望邐迤，浴水飛凫戲瀰漠。此景居然米顛畫，是遊較勝蘇老樂。吾人未倦緑溪遊，舟子遥呼赤岡泊。豈知花明柳暗外，瞥露欹簷矮屋角。芳疇百畝環緑圍，小洫八尺架短彴。冒緑秧針如試錐，錠紅荷碗初破蕚。榆楊葉掩吠犬狺，桑柘枝低飛燕掠。枳籬疏缺新笋補，棘扉欹朽老藤縛。牿牸頻拖磟碡爬，杈枒倒掛轆轤索。畦塍鷄趵攢鎖碎，泥濘鴨跡紛踱躩。境幽只有鳥啼春，地僻時見人披箬。不速嘉客最散誕，肥遯主人逾脱略。雨中招邀殷且勤，風前款洽忭以躍。讀書豈不知稼穡，格物亦解論錢鎛。買春不用碧玉壺，賞雨還命田家酌。堆盤已具鷄黍餐，充庖又聽細鱗斮。劇飲滿引大白浮，快談風生觥籌錯。疏狂酷愛俗腸澆，慷慨都忘舊態作。倉庚不鳴倒接羅，杜宇一聲返歸櫂。吁嗟，桻源天地萬古新，頡令經生功名一時薄。

越王臺懷古

雲山飛出雙紅蓮，陸離光怪紛連天。蟠空變幻象萬千，炳蔚繚繞蒸龍川。憶昔赤帝起握乾，蠻夷大長争漢權。龍吞虎據礪戈鋋，竊稱帝號不安偏。跳梁欲汙史臣編，陸生三寸舌輪圓。南來片語惡即悛，大興土木悔前愆。歌舞岡側越山前，雕刻甍桷窮精妍。迴曲檻榭互鈎連，巍巍峩峩紅日邊。矗矗直欲摩星躔，旁列玳瑁紫瓊筵。中施玉花錦文氈，如雲侍從競傳宣。老王高跨錦花韉，迤邐戾止躬惟蹮。稽首北面禮則虔，山呼拜舞時拳拳。吁嗟霸業如滿弦，隙駒一過不少延。繁華勝劇都棄捐，朝臺盛事今空傳。殘基遺圮百十全，頹垣剥落壁四縣。罘罳蟏蛸絲綿聯，棟題蝙蝠跡蹁躚。新苺紫緑鴦瓦纒，老藤蒼翠花磚沿。雨蝕烟銷風飄牽，花落鳥啼草披綿。須臾今昔殊天淵，荒涼萬狀心酸憐。我來登臨陟其巔，憑欄高瞻神飛騫。上下千載意悠然，嶙峋羅列挹便娟。汪洋縈洄環清漣，河畔雪飛流濺濺。海邊花發紅鮮鮮，南山啾啾鳴金蟬。北山紛紛啼杜鵑，撫掌長嘯凌蒼烟。萬斛抑鬱為滌躅，臨風趺坐鼓五絃。長空冉冉孤雲還，蓊林鬱鬱老鶴翩。色空萬化如逃禪，循環盛衰開必先。胡然太息為悁悁，人生一夢則已焉。不數興忘八百年，雄圖剩跡今荒田。搔首欲一問前緣，青山默默竹竿竿。

題屈暢月先生小影圖歌並序

先生淡泊寧静而胸負奇氣，行清志潔而性近虛玄。壬申初冬，過謁先生於壁間，得觀先生小影圖，筆涉生趣，一邱一壑，峭石孤松，骨秀神閒，青鞋道扮，皡皡羲皇上人，飄飄神仙中侶，静覽之下，令人滌去十斛俗塵，因作長歌以贈。

削崖摩空石峭壁，一曳寒光百千尺。虬龍鐵爪紫金鱗，鬱鬱老變蒼松紋。層陰褷䙰鳥聲寂，天半雜沓走白雲。空山愈淡愈嵴崒，銜花白鹿不肯出。暢月先生氣昂藏，趺坐樹下蟠雙膝。廿遯不折五斗腰，元亮歸來彭澤日。手揮羽扇脱綸巾，卧龍諸葛南陽逸。鬚眉岸岸更倜儻，落落欲捫王猛虱。松濤澎湃掀天風，翠嵐墮地飛龍蔥。露頂默默不作語，直欲湔洒洗塵蒙。青鞋碧袍亦太古，一坐十載追赤松。仙姿道骨神奕奕，孤高絶俗成山癖。君不見真人不死術，飽食茯苓與琥珀。君不見叱石化為羊，飄飄騎作神仙客。念珠摩搓意忘言，不記何年折阮屐。性定有若陳摶閒，趣逸擬飛安期舃。神凝意静饒真樂，尺幅中涵氣磅礴。偶托小隱寄林壑，奚童遣去斸山藥。獨對瘦山消寂漠，松子紛紛衣邊落。

六月過河南方家園啖紅蒲萄

南中嘉果多堪珍，大紅蒲萄尤絶倫。種分葉護之長乳，水晶馬乳失鮮新。河南方氏開别院，風流擬仿紅雲宴。不數漢王荔子紅，杉棚詰曲垂千串。珠顆累累紛陸離，寶瑠碌碌凝胭脂。逼仄磊落豔虬姿，火棗交梨當一嗤。熊熊火雲倚空立，毬實爛熟赤光熠。鷄冠匀塗漢臯珮，猩血濃染鮫人泣。珊瑚滿落玉盤珠，瑪瑙叢堆磁盎粒。絳珠圓裹紫琳腴，豔膚酥溢瓊飴汁。我來主人勸我餐，玉腋沁入肺腑寒。細啥膩滑金漿迸，大嚼繽紛心星殘。浸牙三日住甘郁，人齒百顆無澁酸。梅炎藻夏日長至，赤帝祝融扇炎熾。日食三百心脾清，浮瓜沉李猶餘事。腸熱不用元忠遺，日渴何須高祖賜。洞庭橘柚亦尋常，嶺南龍目又其次。安得百斛釀美酒，讀書得意飲一斗。

代家夔石贈周近菴

周生志氣如游龍，蜿蜒變幻盤蒼穹。三十年前尺蠖蟲，一朝騫舉凌雲風。周生德力如玉驄，一嘶冀北千羣空。爾時伏匿棧豆中，騰夷走險心豪雄。雙清高閣月玲瓏，曾照讀書金缸紅。青黎元夜將毋同，讀破萬卷出樊籠。有若秋霽冲天鴻，他年爛縵桂香濃，與君袖領清虛宮。

蜘蛛諷

蜘蛛絲蜘蛛絲，危簷厰户遍布之。蜻蜓蛺蠓不敢窺，朝朝暮暮營其私。便便大腹將何為，蠶吐柔絲織作物。爾吐遊絲物喪魄。蠶絲輕煖民衣裳，爾絲密結蟲窀穸。經綸滿腹柰爾何，嗟哉誤用誠堪惜。

蛺蝶諷

蛺蝶翩蛺蝶翩，花明柳媚豔陽天。香鬚粉翅殊便嬛，栩栩飄飄花枝前。相思春意何綿綿，鮮花冶豔洵無比。驟雨淒風中夜起，花魂含涕委香泥。花心飲恨入流水，嗟爾夜夜抱花眠，終亦風流為花死。

題陳從風先生雪夜待漏圖

嶺南陳生洵材武，手挽十石之彊弩。百步矢貫由基蝨，南山羽飲北平虎。桓桓壯志正崢嶸，紫宮旁列天鉞明。秋圍較射大選舉，七書一捷翔鯤鵬。昂然蹻足入軍府，志吞十萬横行虜。人馬辟易嗤赤泉，曳牛挾輈不足數。方今宇內慶恬熙，陸讋水慄賓四夷。雁臣錦頌來重譯，瞽工都忘采薇詩。永清偃武静烽候，玉帳金壇脱甲冑。敦詩説禮紛投戈，不着戎衣着絺纊。正陽橋外寒雲堆，紫金城門凍不開。危簷倒掛雪十丈，衚衕柳絮飛毰毸。平明謁帝鷄鳴入，天安銅壺箭欲急。一人手捧寶佩刀，一卒布武帶決拾。寒星淒淒光漸稀，涼月晶晶影初微。朔風挾寒折綿絮，六花繽紛墮朝衣。輕裘煖帶古儒將，天與我朝作保障。雪深三尺不知寒，一片丹心挾絲纊。臣心夙抱懔若霜，氣吐長虹亘八荒。李愬夜猶破元濟，況乃待漏覲龍光。聖朝在上勤宵旰，正大光明鷄人唤。庭燎晰晰夜未央，臣工鞠䠋如魚貫。龍驤虎視先百僚，嚴猛哮吼迴嚴飈。東方未明肅冠帶，端門鵠立朝復朝。少年忠勇塞碧落，尺幅精神肆飛躍。異時經略佐太平，會須畫向麒麟閣。

花田懷古

天寶西幸隕玉環，馬嵬到今稱人間。楚亡垓下玉顏倒，芳心化作美人草。千秋不死是情根，情根不死寄花魂。莊頭南漢埋香地，豔骨生花美人字。美人舊是素馨名，素馨不死花不生。花開枝枝白如雪，看花淚洒英雄血。伯國山河如轉輪，只今惟有花美人。美人不作漢宮舞，朝朝暮暮泣秋雨。秋雨秋風劇可憐，可憐香軀捐荒田。荒田露冷月色白，對鏡情傷感芳魄。芳魄當年花見羞，玉容紅散花長流。漢王已矣花顏好，花如有知花不老。我來愛探美人花，探花記憶昔繁華。繁華霸業烟銷歇，花留千鈞引一髮。珠江今日賣花奴，聲聲猶把素馨呼。素馨不花素馨死，素馨花兮花更美。芳畦淡淡美人妝，好花真足斷人腸。澆酒花前一吊古，吁嗟南漢有抔土。

浴日亭觀海

晨飈鬌發潺湲急，江豚吹風風欲立。千里萬里河津涯，我來直擬一口吸。南海波羅浴日亭，巍巍峩峩挺滄溟。洶湧澒洞撼峭檻，澎湃滉瀁掀危檽。黃昏團團黑雲走，狂颸倏忽無而有。地為裂兮山為崩，浪為岑兮波為阜。當溪馮夷披短髮，邀路海童開笑口。人魚嘻嘻赤兩脚，海女娥娥纖雙手。蒼鯨聳脊長千尋，黑鰍飢腹廣數畝。陸離光怪紛變幻，眂睨駭悚不敢久。陡然澄澈浄涓涓，新磨金鏡圓田田。小虎大虎擘靄霧，零丁獅子飛蒼烟。紅毛西洋來滿帆，漁姑蠻婦歌叩舷。晶晶上下渾一色，頃刻不辨水與天。扶桑蓬蓬火輪起，瀁瀁漫漫看邐迤。紅瀾千疊綯如羅，丹霞萬縷散成綺。璀璨金光滾洪潮，斑斕瑞色翻清瀰。玉山雪嶺一時傾，天孫雲錦不足擬。昂然撫掌發浩歌，數百年來海無波。聖人在上信非訛，汪洋灝瀚緑於螺。風帆烟楫平不頗，軸簾四眺樂則那。安得一揮魯陽戈，乘風破浪一葦過。窮觀遍覽暢天和，韓蘇氣象胸中羅。

羅某七十雙壽詩

七十年前開紫府，金童玉女下凡土。青精黃芽飽肺腑，天縱長生不肯老。羅翁心兒如太古，眉龎髮鶴健步武。逍遥物外輕華組，寢食文墨耽老圃。冀缺陶潛樂不苦，蘭桂馥郁環街廡。雙璧二龍不足數，芝顔桃面凝天祜。仙厨為我擗麟脯，麻姑且進兩清酤。一醉仙公與仙姥，華堂飽看老萊舞。

九曜石歌

我聞禹鼎數有九，光怪離奇世莫偶。又聞九數著天星，光茫焜耀輝牛斗。忽驚碧落墜熒熒，磄磃怪石無而有。當年霸業雄南粤，鑿湖千畝泉潈潈。臨流檻榭結構精，流花紅瀾相滏渤。徵奇搜特闔粤窮，太湖萬里移硉矹。流水井北西湖東，礌硐嶙峋驚崪屼。陰崖嶮岋欲摩空，濃花淺草遥出没。巖巉礸碓渾句連，恍若列曜排雲窟。飄零風雨八百年，剩有零星數峰屹。瑰奇磅礴氣連天，湖光瀲灧環蜒蜷。嵲嵲蒼翠蔽修竹，螺痕古色相紛翩。嶔嵚怪狀神變幻，擘雲綯雨翻新鮮。異態巑岏互句漏，纖茸細蘚枯藤纏。烟霏月霽更磊落，欲起欲倒仍欲眠。黄昏霧靄白雲走，嵐光四壁清瀏瀏。羅紋苔莓纏其腰，鐵色榕根掣其肘。似馬欲渡聳其肩，如牛喘汗溺其口。霞蒸霧蔚多歷年，雨蝕烟銷來已久。襄陽米老南中來，摩崖紀勝心悠哉。徙倚延佇酣相偎，搜覓篆刻披蒼苔。西園名士慶叨陪，賦詩快飲飛瓊杯。一時豪氣舒逸才，大筆揮灑雲霧開。顛倒墨跡黑如煤，日暮藥池紫霞堆。至今摩挲古字猶徘徊，感今懷古情何極，悠悠往事堪追憶。昌華舊苑今何存，芝蘭之湖誰復識。芳春園址成邱墟，仙湖花塢徒太息。霸圖遺跡散如烟，空餘九石留南國。不知越歷多少興與亡，回首舊劇增悽惻。桑田滄海春復秋，花藥依然碧水悠。繁華代謝成今昔，風流遊詠業已不，惟此斑斕古石依稀如，與萬古相長留。

七言律詩

遊羅浮訪葛穉川故蹟

奇峯四百直參天，老鶴歸來素影翩。璇室日斜花自落，丹爐灰冷草空綿。蒼松五鬣駐斑馬，紅藥半林啼杜鵑。欲向鐵橋問消息，青山無語竹竿竿。

衣巖藥灶幾何年，松竹柯交百尺巔。未必隔林無道士，不知何處有神仙。丹砂已没餘坏土，琪樹猶存鎖暮烟。紫府石樓雲漠漠，空教蝴蝶舞蹁躚。

秋笛

聲羌笛出長天，海角天涯共悄然。韻入戍樓經塞月，響隨征雁破湘烟。撩將旅客三秋思，醒盡離人午夜眠。嶺表梅花今又落，望鄉臺上眼曾穿。

秋日客吴門聞吹篪有感

闔閭城外思悠悠，一曲聲淒旅店秋。似訴當年君國恨，如悲昔日父兄仇。英雄養晦甘寒乞，豪傑奇窮增知謀。三百鞭屍完孝弟，胥江無復暮雲愁。

鮫綃

水國生涯事有無，冰紋一幅擬霜鋪。魚梭織就纔三尺，蛟窟携來可六銖。波練白涵秋霽月，湘縑光擬夜明珠。龍宫若逐蠅頭利，可遣馮夷泣白榆。

葭灰

一點葭莩造化通，始知人巧奪天工。陰陽妙理歸餘燼，聚散元機運太空。緹室氣應宜黑殿，靈臺律已中黄宫。乾坤秘藴偏能識，土炭高懸術轉窮。

丙寅季夏望前四日，舟至三桂，覩售舊家土木，夜泊韋涌，月色皎然，用感興廢

海角天涯思杳然，夕暾初墜月嬋娟。片帆孤鳥歸離恨，萬水千山入夜眠。代謝興亡真是夢，循環貧富總如烟。繁華千古誰能淡，輸我輕舟一葉扁。

大通煙雨

羃羃霏霏蓼岸前，由來勝跡别經年。危簷欲切連朝雨，古井如先起暮烟。雲捲翠飄楊柳渡，風迴清到素馨田。等閒霧散翻澄徹，飛出冰輪掛碧天。

九日登高

秋迥天高花滿蹊，丹楓崖畔綠蟏蛸。讀書古冢聽狐語，戲馬荒臺印鹿蹄。三徑菊黃蝴蜨媚，半林烟白子規啼。幽情擬寄雲山外，一線風鳶夕照西。

探梅

横斜老幹骨珊珊，和靖襄陽興未闌。村僕蓬頭霜影泊，道人鐵脚雪花攢。臞容瞥面淡而古，清氣撲人香更寒。真趣此中誰會得，孤山高士擬同看。

秋杪

邊笳塞笛夕陽樓，紅葉丹楓遍海陬。老屋胡床鳴蟋蟀，瘦山枯木掛獼猴。六花幾點乾坤冷，孤雁一聲天地秋。寒樹淡烟飛漠漠，霜華催贖驌驦裘。

二月之杪，豁堂馮世伯邀赴牡丹回門宴，時花[①]已謝矣，飾以紙朶，濃艷逼真，洵韻事也。醉後即席奉和諸老先生原韻。

東風吹盡洛陽葩，故是姚黄第一家。昨愛杜蘭同臭味，今羞桃李媚烟霞。婕好寵罷君恩重，豁堂以牡丹輪送莫善齋，師陳恕亭諸公作牡丹宴。是日，回門作牡丹回門宴。妃子妝殘春意賒。時牡丹已謝矣。我醉倚欄誰為醒，旋開頃刻續芳華。

題白樂天送客潯陽聽琵琶圖

蘆荻花飛月影移，琵琶嘈切酒添時。紅顔亦解傷淪落，白傅何堪賦別離。抱怨獨彈千古恨，相憐同病兩心知。青衫濕盡弦凝絶，如見當年泣淚垂。

心遠園雨後作

寶鼎初薰拂篆烟，雨餘清靄畫欄前。蝸旋石背苔痕破，魚戲波心水暈圓。遠樹模糊青障合，斷山葱鬱白雲連。衍波一幅閒臨帖，姑舍蘭亭學米顛。

① 原文為“華”。據目録原文改為“花”。

癸酉八月十五夜有感

圓靈水鏡古方諸，漢影低横壓綺疏。仙木欲窮星宿海，文光看射斗牛墟。花開桂蘂飄金粟，曲奏霓裳舞玉蜍。一望長天清似水，秋江遥羡化龍魚。

酒酣直上雙清樓，俯仰乾坤一目收。兔魄正圓千里影，蟾精初滿萬家秋。擬從擲杖聽霓羽，幾欲乘楂摘斗牛。雲凈月華飛彩色，天香今夜遍凰洲。

詠斗山園紫龍鬚菊

老懶翦虬謫太空，紫髯飄落小園中。九天昨夜收霖雨，三徑凌晨放豔叢。雪戰染將鮮血赤，露深勾綴寶珠紅。斗山幽賞真彭澤，不是當年楚葉公。

初舉女孩兒

春杪芙蓉百朵榮，是年，小苑秋芙蓉，當春盛開。興懷物瑞感吾生。功名壯歲何難薄，兒女中年亦繫情。書誤弄麞非懵懂，夢曾呑月已分明。内庭日煖渾無事，酷愛嬌娃學笑聲。

步友人泛溪原韻

碧雲繚繞壓清溪，風飫蒲帆夕照西。身世閒於和靖鶴，論談雄似處宗鷄。漲痕迤邐青如染，烟樹模糊緑欲齊。擊楫好乘千里浪，隔江休教杜鵑啼。

初夏心遠即事

裊裊烟清玉鼎温，歸與終日掩重門。覔閒慣領魚遊趣，愛静翻嫌鳥語喧。日煖教花緣粉壁，雨多移菊避茅軒。興來漫酌金尊酒，花落花開且莫論。

荔枝灣舟中劈荔有感寒韻

我來珠海已安瀾，鼓棹西遊竟日歡。風曳蟬聲千樹碧，霞飛虬火半林丹。繁華散盡紅雲淡，霸業消餘緑水寒。大嚼瓊漿歌舊曲，扣舷聊倣漢家彈。

昌華凋謝漢劉杳，此地祇如荔火丹。荔火燒空夏復夏，我來選勝空嗟嘆。紅雲千樹繁華歇，緑水一灣終古寒。停棹擬餐三百顆，不禁蟬曳夕陽殘。

讀韓信傳有懷漂母

未遇淮陰餓殍鄰，遺篇斑馬並傳真。愛才月下推蕭相，知己塵中讓婦人。不有王孫哀一飯，何緣國士定三秦。功成太息身葅醢，吕氏多慚母也仁。

初春有感

駒隙韶光又一春，春留不住酌芳醇。花因看慣翻無趣，人到離多分外親。皎月每于初霽浄，垢衣還憶舊時新。平生閲歷都如夢，幻裏何須太認真。

七言截詩

九日登高

嵐光掩映逼寒襟，壯志高懷寄古林。偶憶滕王王子句，落霞秋水幾沉吟。

幾處秋花幾曲溪，晚香分得玉壺携。酒豪翻笑詩人拙，糕字當年不敢題。

添綫詞

捧將一幅錦花箋，並蒂蓮花幾葉圓。最愛夕陽添半綫，繡成翡翠一雙眠。

遲遲初日影悠悠，綫引針牽玉指抽。誰道日長堪懊惱，夜長還倍日長愁。

慵伸雙腕轉秋波，鏡展菱花淡掃蛾。日日新愁聊復爾，應如日日綫添多。

哭四弟阿湘並序

阿湘天性靈敏，舉動循謹，英姿卓犖，瀟洒風流。他日成人，予正厚望。何意西風蕭颯，花蕚飄零，愁雨連綿，常棣憔悴，令予真個已愴神也。撫枕唏嘘，夜不成寐，挑燈揮淚，聊寫數章，而幽思已與地天長、海淵深矣。惜哉！悲夫！

苦雨淒風夢不良，寂寥無賴度更長。是夕風雨交作，真令人淒絶。淸淸四漏初殘後，忽聽天邊隕雁行。阿湘丑時棄世。

椿花凋謝未經時，常棣飄零又繼之。喪父未踰一載，又復遭此。蹴地呼號都莫及，一心還作兩心悲。

死別生離不忍聽，何堪孤苦又零丁。兩眶一夜翻成血，争奈南柯夢不醒。

呼湘湘已返其真，握手唏嘘倍愴神。阿湘將死，予握其手，氣絶方釋。縱爾塵寰緣分薄，童年胡忍棄雙親。阿湘庶出，嫡母、生母俱在堂。

沉疴七日返丹邱，阿湘抱病七日而卒。抱憾長生藥未收。三頁紙錢聊復爾，阿湘入棺時，予燒紙錢三頁，揖而送之。友于今始付東流。聚首如今未十春，阿湘時方九歲。死生何處問前因。從兹膝下嬉萊服，擬奏塤篪少一人。

悲風別鳥夜哀鳴，端坐無聊百感生。訓弟遺言猶在耳，庭前不見喚兄兄。先君死未七旬，五弟、七弟素口驕，每食無肉則泣涕不下咽。湘責之曰："阿爺死後，諸事俱要廉儉，豈必肉而後食乎？居然老成。予大喜過望，不幸短命如之，何勿憂？

七夕戲吟

徘徊小苑意閒閒，笑指如鈎月一彎。傳說今宵牛女會，銀潢清淺白雲間。

金飈颯颯渡魚軒，雲渚星河月未昏。多少相思無限恨，相逢應亦兩無言。

玉露冰輪一樣清，低垂銀漢影斜横。誰家少婦多情甚，碧水晶盤弄化生。

小盒蜘蛛羨翠蛾，羨誰得巧羨誰多。儂家慣守閨中拙，巧似天孫可奈何。

紅顔紈扇怕悲秋，一結姻緣擬白頭。聞道歡娱只今夕，誰云織女嫁牽牛。

姊妹香閨慣影單，銀河佳會議同看。人人説道天孫苦。儂學天孫片刻難。

採蓮詞

清波遥釀碧溪霞，争羨含羞解語花。妬殺多情雙翡翠，緑荷深處翼交加。

姊妹雙雙賽碧筒，清歌繚繞渡江風。緑楊柳外嬌聲逸，約略疏篷紅白中。

秋夜不寐寄懷周嶽降並序

皎月如珪，明河似練，竹榻秋新，苔階露淺莎根。歌女似解悲吟，砌畔王孫無端泣。夜側聞鄰家女校書，撥四綫清絃，小善才唱，五更新嘆就枕醒，醒巡簷寂寂，紅豆天涯，相思堵室，遥想故園，綠褪紅稀，感懷知己，花晨月夕，當不殊白司馬謫江之況，王侍中登樓之感也。爰裁詩六章，攄情萬種以誌別恨，兼況無寥。藁就而三漏未殘，吟成而雙魚欲去，無如羊城寥泬。雲斷千山，珠海瀰漫，烟隔萬里，宵闌漢廣，星言未駕鵲橋，秋逈天長，鳥道難憑鴻翼，因哦唐棣之詩一章，詠蒹葭之什八句，而巫山神女命駕剛來，槐安國王聘書適至。邯鄲有路，且莫銷江子之魂；蝴蝶多情，遂幻入莊生之夢。

黃梁一枕夢難成，芳草天涯百感生。銀漢貼天如脈脈，棗花簾捲月淒清。

嘈嘈切切四絃彈，掩抑聲聲月未殘。失志無庸幽咽訴，江州司馬淚闌干。予與嶽降累試俱不得志，聞聲興感，不覺傷懷。

懷人幽思似牽蘿，絡繹蟲聲隱徑莎。今夜樓臺如水浸，愛吾別墅月明多。時嶽降設帳凰洲愛吾書室。

思爾偏教室遠而，東南烟樹影迷離。石榴花曲調新笛，心遠西廂剪燭時。嶽降善音律，而石榴花曲尤為黃絹幼婦。

高懸絳帳想丰姿，小苑燃膏輟讀時。風雪滿天爐燼冷，瑶琴一曲話離思。愛吾南軒顏曰瑶琴一曲。舊歲冬杪，與嶽降話別於此。

憶昔淒風颯颯吹，掃將紅葉煑醇醨。柴門深掩梧桐落，暮雨瀟瀟論《楚辭》。前秋雨夜煑酒，與嶽降論《楚辭》，頗有心得。

雪

雲淡星淒日影斜，因風柳絮亂飛花。分明片片寒侵骨，偏入鶉衣處士家。

雲

青天峭削玉芙蓉，出岫無心淡復濃。頃刻風雷變氣象，長辭邱壑去從龍。

杏花雨

臙脂淡冷罩冰綃，宋玉墻東絳雪飄。一夜小樓聽不盡，幾村新漲泛紅潮。

薄暮從三元里入城口占

日落西山半郭明，暮雲迢遞鎖孤城。羊腸一路行人少，又聽青蛙嗑嗑聲。

八月九夜懷嶽降周子

渭樹江雲思不禁，銅壺漏滴夜沉沉。西園詩句今清絕，惜柳新裁三十吟。嶽降近吟惜柳詩三十首，清新俊逸，不減庾鮑風流。予族姪實函顏其閣曰：“雙清”，取“風月雙清”之義。囑予作序。予囑求嶽降子筆。時嶽降館實函，愛吾書舍也。後過訪詢作序之時，即八月九夜，其殆神交與。

雨花臺聞梵

花雨金陵事有無，至今猶聽梵模糊。何如當日天厨食，留與臺城濟餓夫。

臺高百尺梵音馳，妙感天花雨太奇。底事臺城當日渴，不曾一見佛慈悲。

梵音繚繞出臺遲，佛法慈悲千古疑。天只雨花不雨蜜，君王應笑捨身癡。

柳波涌柳花詞

風流自古慣飄零，珠海繁華一落萍。底事江頭太無賴，窺人竟日眼醒醒。

儂辰鵝湖二八齡，柳花清潔想娉停。玉顏脂粉猶嫌汚，肯落珠江浪化萍。

花田懷古

芳畦月冷白如霜，花落花開總斷腸。南漢至今無寸土，香魂猶足繫興亡。

長生殿

塞酥一答露微情，天子無勞説誓盟。到底阿環心有屬，憑欄空自訂來生。

歡娱恩愛百年期，變起胡兒羽檄馳。世世生生由在耳，馬嵬無計護蛾眉。

和植子奇夏日新晴寄贈倒韻一首，次韻一首

麗句飛來飄欲仙，心花香透衍波箋。清逾冰雪浄如玉，不食人間一點烟。

銘勳胡必入淩烟，咄咄書來空作牋。事業功名如泡幻，掉頭擬訪赤松仙。

羊城竹枝詞

月八中秋過八天，登臨勝劇最堪憐。遊人絡繹東門去，上白雲山拜鄭仙。

龍殿輝華幻百靈，花街燈彩夜熒熒。通衢不斷梨園戲，八月笙歌醮火星。

鷓鴣詞

暮春天霽碧晴烟，山草山花劇可憐。幾處澤家啼不住，淡風遲日鷓鴣天。

越秀山頭朝霧生，越王臺畔晚風清。年來南國烽烟静，底事哥哥不得行。

九曲山谿茅屋外，三家村店板橋東。離情萬種無人訴，都在森森苦竹叢。

風輕日暖送春寒，孤館離憂晝夢闌。虧爾相呼行不得，世間行路本來難。

觸景偏遭春已還，忽看南翥鳥斕斑。鉤舟格磔何多恨，啼遍南山又北山。

三月春深花最明，如絲細雨午剛晴。行人莫向江頭過，湘竹林多懊惱聲。

隨陽啼徹曲江頭，恨緒離絲乙乙抽。前世可為商客婦，化身猶記喚鉤舟。

清明風細野花飛，阻道迢迢過客稀。知己也應憐杜宇，沿山都唤不如歸。

文毛珠憶擬山鷄，淺草平林夕照西。春事欲闌今已暮，隔江猶自盡情啼。

粵禽無賴又無聊，啼月啼烟暮復朝。莫説哥哥行不得，哥哥行得更魂銷。

南翔越鳥喜新晴，戲暖平蕪相對鳴。林密山深身已隱，緣何終日自呼名。

南邦花鷹紫文翰，晨逐朝暉夜怯寒。珍重潔身雙錦翅，蓬蒿深處有罻竿。

烟靄荒郊暗草萊，戒行枉自喚多回。豈知同類生机事，前嶺相呼即是媒。

花濃草豔繪芳辰，盛世甄陶化育鈞。宇內鳴禽皆得所，聲聲懊惱惱何人。

江南江北對啼時，為爾傷春春未知。懊惱阿誰真擺脱，感懷聊寫鷓鴣詞。

跋

右，文三卷，詩二卷。先大父所撰也。大父去世垂二十餘年矣。生平撰述頗多，鏗生也晚，不獲校而藏之。厥後檢閱，不無散失。又困於資，難次第問世，余小子竊有憾焉。今承家君命，先讎校詩文，將授梓。鏗少年受學見囿一隅，其中魯魚帝虎之訛，不知凡幾。大父已邈，莫可質也。歲乙酉春夏間，讎校愈勤，其中之間有可疑者，以質諸吾師陳楚湘夫子暨家兄秩生，以蕆成厥事。際兹梓工告竣，謹述巔末附後，願博雅君子之閱是集者，為正所訛，匡所不逮，是先人光也，亦鏗之所大幸也。家所藏者尚有《筆談》二十卷、《皇考逸響》四卷、《言禽録》二卷、《棣華齋雜志》三卷、《心遠論餘》一百四十三卷，幸存殘篋，續梓問世且俟他年。

時光緒十一年六月十一日孫兆鏗謹識

跋

昔唐確慎奉常，嘗以漢學諸儒為翼經，當矣。暇援此言以廣之曰：許、鄭、孔、賈之翼經，近世惠、戴、王、段嗣之；桓寬、杜佑、司馬端臨之翼史，近則二顧《地理》、賀氏《經世文編》、李氏《先正事略》嗣之；太元、法言、文中、潛虛之翼子，近則《癸巳類稿》足嗣雜家，《農政全書》足嗣農家，而其餘皆闕。蕭選、徐庾、韓柳、歐王集之雄也，近則八家、四六、姚選、古文足以嗣之。然經史尚矣，而愚以為近世之務，唯兵為要。

心遠先生於粵夷事創巨痛深，故言之鑿鑿。愚昔應王春綬方伯試《兵不可弛論三藝》，與先生之旨合，今乃悟其不然，解在孟了，城非不高數語。蓋以經史子集四者求人，即所得如上諸賢猶不能御，不言四者之渠魄，遺山所謂大戟長戟，不信渠也。烏乎，安得起先生而尚論取士之術哉。

光緒歲次丙戌仲春上元，汪士鐸跋

英夷入粵紀略

鴉片之流毒我中華也久矣。皇上憫斯民之陷溺而不知覺，以給事中黄公爵滋奏，即嚴禁烟土。道光十九年，命兩湖總督林公則徐爲欽差，來粤專辦烟土。林公至粤，即以兵困英夷烟商義律、顛地於公司行，義律畏威，即遵繳烟土二萬餘箱，飭令義律此後不得載烟土來粤，如違貨則入官，人則正法，義律允遵，然後釋義律回國。詎料義律心藏叵測，竟肆言誣林公允准每箱烟土發回價銀貳百員，假以討烟價爲名，累思跋扈。水師提督關公天培，與林公同心協力，四處海口，嚴爲之備，義律不得逞志。至二十年庚子十二月十五日，英逆攻沙角、大角炮臺，三江協陳連陞與子鵬舉俱陣亡，此我粤英逆倡亂之始也。初沙角、大角炮臺，督憲林公原撥兵八百名屯駐炮臺後山，又暗藏釘桶於炮臺後路，約十數丈，以防逆兵後襲。八月林公革職，十一月欽差琦侯善到粤，旋授兩廣總督，於是將炮臺後駐兵與釘桶盡行撤去，故逆兵得取道，從炮臺後夾擊，以致失守。聞琦善語逆夷義律云："打得快，和得快。"今粤人無不知其語，無不切齒。炮臺失守，皇上震怒，將琦善革職留任，省中軍務仍交琦善辦理，後以閩浙欽差裕公謙疏奏琦善通夷賣國等語。四月皇上始查抄琦善家産，拿京治罪，而廣東險隘盡失，都爲英逆所據，逆船直造羊城，皆琦善撤去各處兵備，掣肘將官，有以致也。所謂小人之使為國家，災害並至，雖有善者，亦無如之何矣。

松按：《明史·陶成傳》，正統中為浙江僉事，成有智略，倭犯桃渚，我密布釘板海瀚中，倭至艤舟躍上，釘洞足背，倭畏之。觀此林公釘桶，良足□□。

十八年戊戌，林大人未除欽差之前，人競傳有讖語云："閩人為天使，廣東作戰場。"十九年林公來粤查辦煙土，是年十二月，果有英夷之亂。林公，福建侯官人也，其天數耶?

戊戌感事十八詠。時洋煙流毒，例禁特嚴，督憲鄧公廷楨發兩廣巡船四隻，以備緝捕，廣州協韓肇慶，委守備蔣大彪、効力職員王振、高例，千總徐廣督領巡船，因之用以載私。傳聞韓蔣等竟與英夷勾通，英夷月奉規銀三萬六千兩，於是兩廣船公然滿載煙土，往來傳遞，無有揹阻，如有快蟹私載，兩廣船卽攻擊之，煙土入虎，全歸兩廣船矣。好事者蒿目時事，為作十八詠云：

聞道廷臣急理財，海疆新令走風雷，無多煙戶供朘削，既倒銀瓶望挽回。生道殺民原聖德，變通盡利賴宏才，此邦凋敝難堪命，况復頻年水火災？

元寶如泉布百蠻，分明津要失防閑，望洋空嘆銀濤湧，籌海虛糜鐵鎖環。時恐英夷猖獗，虎門橫檔，預為之備，海面用木排鐵鍊橫鎖之。誰使貨通獅子國？豈無兵駐虎門山？年年悖出河沙數，幸有雄師取賂還。

蠻煙流毒遍關津，興霧蚩尤術固神，拯救有權仍在我，誅鋤為事反狗人？效雖可必先防擾，法亦何常不外仁，正惜羣魚甘受餌，翻教釜內作游鱗。

遠物焉能遍市闤？水師沿海可防奸，渴來不飲貪泉水，飛渡難過大庾山。君子有財斯有土，今人為暴卽為關，然犀試向源頭照，百怪呈形咫尺間。

樓船威照粵西東，全改盧遺蛋戶風，蛋戶本盧循軍士遺種，兩廣船之設，始自盧制軍敏恪公，因借用之。曾列戎行皆巨富，縱抄民物亦奇功。何時鐘室誅韓信？自昔銅山屬鄧通，正本清源誰不解，同官無奈要和衷。

鐵艦喧傳節鉞臨，月錢三萬六千金，江湖盜賊收王振，錦繡妻孥羨蔣欽。自許得名兼得利，須知能縱始能擒，至今翻覆波瀾處，孽海茫茫怨毒深。

時平偏易立功名，不用文官只用兵，牙爪倍承祈父恤，腹心誰向武夫傾。一抔土繫愚民命，萬竈煙屯大將營，怪得牧猪屠狗輩，紛紛投筆請長纓。

鴉軍飛遍越江湄，送往迎來任所之，新政忽聞尊國體，宿贓早已浚民脂。道塗竟欲拘淫具，江海焉能塞漏卮？到處營私兼犯法，如公原不是謙詞。

風土人情久漸移，煙霞痼疾急難醫，法當最密行宜恕，利到能興害轉滋。鬼滿棘林聞夜哭，人多菜色忍朝飢，怪哉冤積蟲無限，吉了能言鳳或知。用白居易《秦吉了》歌。

鶯粟花香分外濃，晨昏忙煞雨衙蜂，棄灰尚自難逃死，比戶居然盡可封。幾處閭閻齊罷市？半年囹圄已難容，下民易虐渾閒事，那見痌瘝達九重？

直同兒戲捉迷藏，息鼓籌燈夜泛航，越境誰能識官長，倒戈況是自傷戕。貪功趙括威名喪，十八年七月廿八日，督憲鄧密委巡捕趙濬、順德縣威昌，帶差役百餘人，夜入黃埔馮族搜索煙土，馮族人見無地方官長，並本縣差役，以為大盜假官搶劫，咸出堵禦，趙威差役，懼其拒捕，倒戈奔逃，夜黑不辨，自相擊捕，至傷人命，遂釀巨案。為政張君德頌長。廿九日廣州協祺公壽帶兵到黃埔剿捕拒捕傷官匪徒，番禺縣主張公錫蕃，洞知馮族冤，為之上下調停，官兵入鄉，秋毫不犯，市肆如故，只勒馮氏交出匪人數名治罪完案，鄉獲安全，今馮氏建報恩祠祀祺張二公，示不忘也。假使當時聲罪討，村甿焉敢抗王章？

欽恤何人解泣辜，漸看法網似秋荼，逃亡家室生何計？貧病累囚死未殊。坎地埋書徵合比，呼天無罪夢良夫，從來南海神祠外，曾見親祠獄鬼無？南海獄中鬼哭，縣令祭之。

羊狠狼貪案牘繁，狐埋兔搰孰平反？木人屢竊江充智，薏苡爭鳴馬援冤。時有插贓誣陷兩案，皆馬姓人。黔赤萬家愁大索，倉皇半夜走訛言，請看貫耳巡軍日，時弋獲食洋煙人，貫耳遊行。秦鏡歡呼照覆盆。

小民畏罪復何求？武士貪功卒未休，種禍詐財奸屢敗，誘人犯法術彌周。飛蚨有母將焉往？野雉無媒肯自投？王道從來稱正直，也同餌敵任權謀。

但見累累日被拘，未聞研鞫脫冤誣，食洋煙人被獲，固無一得免，即其不食洋煙之戚友，在坐同時被獲，到官即收監，亦無一得昭雪者。三章新改蕭何律，一卷誰陳鄭俠圖？執法敢辭民怨讟？宣威則被鬼揶揄，感君寬厚培風俗，遮道牽衣盡博徒。煙禁既嚴，陋規無出，因寬賭博之禁，甚至當街設局遮道招邀。

官吏追呼徧石濠，用杜工部《石濠吏》章。尚防沾溉有殘膏，淡煙已逐波中散，時獲解煙土，官於海濱為池放水銷毀。明月虛從浪裏撈。掩耳盜鈴聊自慰，拖泥帶水不勝勞，地皮剗盡君知否，猶當黃金鎮日淘。

無復天津估客船，都從橋上聽啼鵑，難通百貨價三倍，已散四方人數千。屈指有呼庚癸日，驚心又近丙丁年，可憐粵海繁華地，城市荒涼似禁煙。

希旨誰求固寵榮？全抛國計與民生，但將驚擾為能事，幾見申韓致太平？入境逢人皆槁瘠，斷煙無日不清明，長歌當哭吾何敢，半是嗷嗷澤雁聲。

此十八詠余從省中録得，不知何許人作。聞督憲鄧已將此詩入奏，謂是吸煙人見禁煙太嚴，恐將來斷食，故作此以詆毀官吏云爾，然而豈其然耶？

戊戌七月，省城靖海門内西街有找錢鋪，櫃圍前地忽流血如箭，標起三尺許，頃刻乃止。按《宋書・五行志》：“晉惠帝元康五年三月，呂縣有流血東西百餘步，此赤祥也。元康末，窮凶極亂，僵屍流血之應也。干寶以為後八載而封雲亂，徐州殺傷數萬人，是其應也。”又郎仁寶《七修類稿》云：“嘉靖甲寅三月，寧波慈谿縣灌浦鄧家忽地裂流血，舉家驚惶，至暮町畦皆是，當道舉奏。明年四月倭賊陷其縣，縉紳軍民死者無算。”據此當為二十、廿一兩年，逆夷攻陷大角、沙角、鎮遠、靖遠、威遠諸炮臺，烏涌土臺卡座，殺死官兵以千數。廿一年四月又攻省城，湖南兵虐殺我省義勇，義勇又反殺湖南兵，亦殺死千數之應。

二十年庚子十一月，英逆蠢動，督憲五營公館千總某請仙，仙降乩云：“正月平平，二月罹兵，三月又平平，又三月不寧，四月虛驚，五月鬼去，六月康寧。”後果正月無事，二月初四、五日，逆攻横檔、亞娘鞋、威遠、靖遠、虎門諸炮臺，廣東水師提督關公天培、碣石鎮標都司署水師提標遊擊麥公廷章皆死之，炮臺盡為逆所據。初七日，逆船至烏涌，攻烏涌土臺卡座，署湖南提督祥公福，遊擊沈公占鰲，守備洪公達科死之。初十日，又失琵琶洲土臺卡座。十三日又失獵德炮臺。十四日又失二沙尾炮臺，諸守炮臺官兵皆聞風先遁。二十日，大戰鳳凰岡，江西南贛鎮長公春，炮擊中逆火輪船，逆船少退。廿一日，復攻凰凰岡，逆炮利害，我軍不能支。初楊侯芳預伏地雷於營壁，度逆得勝必登岸毀拆營帳，至是我軍徐退，逆兵耀武登岸入營，地雷一發，轟毀逆兵二百餘人。越一日，逆又攻大王滘炮臺，守臺將官水師千總湯其釗、督標外委倫傑，慮無師船接應救護，孤臺難守，先暗藏地炮六位，然後與逆對攻，至力竭勢迫，度不能守，乃燃地炮，擊死夷兵數十百人，炮臺又失守。廿二日又失新造炮臺。廿六日，逆以大兵船數隻與水師營對炮，小兵船與三板數十隻，冒險而進，於是水師營、西寧、永靖、海珠各炮臺盡皆失守，省城震恐，城内外男女四散逃生，漫山徧野。是夜霖雨，道路無所棲止，死亡散失，不可勝數。數百年來，生民塗炭，莫此為甚。

廿七日，逆夷遽稟請大憲，不討別情，只求通商。廿八日，憲准其請，即日出示通商，夷虜始靖。此罷兵之應也。三月無事。

又三月，果勇侯楊傳令趕緊各處添鑄大炮，煉火藥，又造木排、木城、火船、藤牌、槍刀等，日不暇給，所謂不寧也。四月初一日夜，大將軍奕忽發令攻夷，我火船失利。初二日，逆攻省城，是日東南風，我火船不得占上風泊岸，轉延燒城外近海鋪舍數處。城外沿海預設大炮轟夷，皆不得一中。逆兵登岸，我粵水勇並福建水勇，奮勇拒逆，殺死逆兵十數人，詎料湖南兵心懷忮疾，從後殺我水勇，先斷其辮，偽作漢奸以邀賞，於是水勇解體，省城被困。初六日，逆夷由城西南岸登陸，暗度城北，攻東西得勝，並四方炮臺。時湖南兵守臺，聞鬼子來，便羣呼相率奔竄，三炮臺遂為逆夷所據。四方炮臺，即永寧臺也。逆夷擬欲從炮臺架炮攻城。初七日，逆船又攻東炮臺，東炮臺又失守。時大將軍與參贊暨各鎮副將官，俱團駐貢院，逆遂懸炮於檣盤，下擊貢院，大將軍大恐，督糧道朱崇慶慫恿大將軍令搖白旗，夷人以白旗為和旗，逆即止炮，大將軍即令廣州府余保純縋城説和。義律索銀六百萬員，重四百二十萬兩，余並不敢與爭，如數許賂，合議即成。聞洋行人有與義律識者云：“義律云：始願不及此，悔不奢索八百萬也。”是役也，羊城西炮臺，俗名火枝炮臺，為入珠江隘口。時四川川北鎮張青雲大人鎮守，逆船合攻西炮臺不震不動，炮臺轟壞，督率軍士随即修補，審視逆船度中，然後發炮，三炮轟没逆夷二檣大三板三隻，逆夷氣奪，臺兵只傷一人。自後逆船不敢近，俱從河南渡入珠江，河南去西炮臺頗遠，炮不能擊，河南原有永靖炮臺，與西炮臺對峙，時永靖已失，故逆得沿河南而入也。是役也，將官堵禦悍夷，惟張公一人而已。逆夷雖得勝仗，而我兵民傷死不過二三十人，將官千守以上，無一遇難者，所謂虚驚也。十二日，三元里鄉兵復東西得勝各炮臺。十三至十八日，逆船盡離省城，或退出虎門，或退至長洲蠔墩。

至五月初二三日，義律、百麥與各兵船盡退出虎門，所謂鬼子去也。仙乩皆驗。又北城人請仙吕純陽先師降乩，中有云：“白雲山上陳師旅，萬里奴夷九曲通。”白雲山在省城北，去省城十餘里，即有兵屯，亦當在山下，斷無陳師山上之理。不知事役外省調來之兵，湖南為多，湖南之兵怯懦而淫暴。兵初到粤，屯於東較場，東較場去瘋院不過二三里，瘋人婦女入城，必經過東較場，湖南兵恃强羣誘挾瘋女，肆行淫辱。又劫奪其首飾衣服。瘋女既被淫污，又劫去衣服，無不恨入骨髓。凡瘋疾傳染，重則一月，輕則二三月，如百日即發，未幾而傳染疾發。湖南兵懷羞忿，聞粤人云：“童子肉已瘋疾。”於是相率要孩童於路，殺而烹食，或孩童有父母兄弟與爭，即並殺其父母兄弟。聞城中雙門底有婦人攜一童子，湖南兵殺母奪子而食，又恃係外省兵丁，逢我粤賣買人，或義男，即便要殺，而我粤義男亦不下數千人，同仇共忿，羣轉而反殺之。湖南兵本怯懦，詎能當我義勇之精悍？所殺過當，湖南兵慴懼，至改其裝束，不敢自認湖南。議和後，兵無所用，楊候又恐粤人尋仇，不相容。於是令湖南兵遠屯於白雲山頂，是役之敗，其咎皆在湖南兵。

四月初三日逆夷三板共有三十餘隻，初招徠撥歸總局之快蟹二十餘隻，與順德水勇拖船三十餘隻，暗約快蟹誘三板入罾步深，至滘半快蟹即返攻。拖船先埋伏罾步左近，聞炮聲即入炮夾攻，三板必無一存。是日快蟹誘三板至滘口，滘口有湖南兵二百餘名，見快蟹誘三板入滘甚恐，即發炮先擊快蟹，快蟹不敢入，轉奔石門，三板追至石門，不敢窮追而返。拖船聞炮響，以為三板中計，即出接應，遇三板自石門回，共攻拖船，拖船不能支，各赴水逃竄，於是三板盡燒拖船，拖船水勇有逃奔至佛山者，遇湖南兵又殺水勇數人，計四月數次打仗，我粵義勇水勇與民人死於逆夷者十之一二，而死於湖南兵者十之八九。嗚呼，我粵其劫數當如此耶！何湖南兵之淫暴而不一置之法也！我粵大角、沙角、横檔、虎門，此四處炮臺真天險，所以制外夷，詎料琦侯撤去炮臺後援，逆攻沙角、大角，逆兵從左近登岸，繞出炮臺之後，前後夾攻，攻横檔亦從西河繞攻臺後，致皆失守，逆夷竟長驅而入，直至珠江。逆夷原短於陸戰，詎料由南岸暗度城北，據三炮臺，分兵虜掠，竟至蕭岡馬領，有三十餘里，豈止九曲而已哉？又逆船重大，水淺輒膠於泥，不能進，逆輒五六人駕小三板，所至遍詢漁人河面地名，以長繩繫鐵錘，沿河探水淺深，與河底泥色，一一筆記，以為兵船進退道地。東北探至香山城，西探至石門，西北至罾步滘，西南至佛山，南至市橋、沙灣等處，凡百餘里，是水路亦不止九曲，純陽先師兩言亦驗。

庚子年八月後，啓明星伏不見，至十有二月始見，農人咸云。蓋農人披星而出，飯而後田，恒視啓明為早炊之候，故備悉啓明隱見。松案：《宋書・天文志》：“西晉懷帝永嘉二年正月庚午，太白伏不見，二月庚子始晨見東方，是謂當見不見，占為百官庶民將流散之象。其後破軍殺將，不可勝數。”又《隋書・天文志》曰：“常星列宿不見，象中國諸侯微滅。”今啓明伏不見，亦當見不見，當同此占。廿一年辛丑二月，英夷作亂，水師提督關大人天培、署湖南提督祥大人福等陣亡。於是英逆直造珠江，省城被困，百官震恐，庶民流散，不得已以賂求和。英逆勒大將軍奕、參贊隆、楊，並各省來粵之兵，俱要退出城四十里，然後准和，逆船乃退出虎门。於是大將軍奕、參贊隆，出住金山寺，惟參贊楊仍在省城，湖南、四川各兵或出屯燕塘，或屯清遠，有屯白雲山頂者。此皆百官庶民流散諸侯微滅之應也。然按《明史·天文志》，洪武二十五年三月丙午，辰星隱，至四月戊辰復見。時正當承平，宋志之占，恐未必然。

夷逆之入虎也，從横檔西河而繞攻臺後，以致失守，於是威遠、鎮遠各炮臺，亦皆失守。聞横檔、鎮遠敗仗兵丁云："上年十二月時提督關大人已發文到省，清塞斷横檔西河，並請備辦茅草火船二三十隻，以防逆船從臺後轟擊，督憲琦固執不允。關公又叠次申請，琦不得已，乃與廣州府余保純酌量，余云横檔西河水淺逆船不能進，草船二三十隻，猶以一頁紙錢而燒合圍之柱，必不能濟也。琦難重違關公所請，時余辦軍局，只得行文仰東莞縣知縣備辦以塞責，知縣又忖上官意，遲疑觀望，自十二月至正月，關公行文累催，竟付之不聞。至二月初三日，始有砂石二船到横檔，横檔西河非石二三百船不能濟事，時逆帆蔽海，躍欲鬭仗，關公仰天長嘆，對屬官泣説曰："余受皇上恩厚，度今事勢，斷不能支，惟辦一死，以報君恩耳。"屬官皆飲泣，乃先封印，委官送交督憲，以示必死。初四日，逆夷攻臺，横檔不支，關公在鎮遠，親督將弁發轟八千斤大炮，一炸一豎，逆船環攻，關公力竭自刎，陣亡。逆夷登臺，見關公屍。關公威名素著，夷目義律憐其精忠，取紅氈二，移關公屍於氈上，復以紅氈覆之，十二日始委官殯殮，關公面色如生。關公靈柩發引開船，義律令所有兵船，各放炮以送，義律與各夷目夷兵，俱著黑一日，夷禮以黑為孝服故也。嗚呼，我朝精忠之臣，逆夷猶畏敬之而不敢辱，而臨事掣肘關公之員，可勝誅哉！使當日琦侯如關公所請，塞斷横檔，西河草船多備，逆船不能繞攻臺後，必不致失守，逆夷無能為矣，此可為長太息也。

廿一年辛丑，正月十日，督標馬把總繼援，在虎門寨，見一大星從寨隕於鎮遠炮臺，其星煌煌，有尾長數十百丈，時水師提督關公天培猶在省。至二月初四日，英逆攻横檔各炮臺，關公陣亡於鎮遠。

辛丑二月初五日，英逆擊横檔炮臺，炮台失守，逆人登臺，有一步兵額外姓張名遇祐。逆欲割其辮，張堅執不肯，且曰："辮為我天朝所最重，頭可斷，辮不可割也。"遂引頸呼逆，賊速殺我，逆義之，為報兵頭義律，義律亦義之，與銀一百元以旌其義，張力卻不受。固與之，張怒曰："我雖貧，不受逆金，急持去，毋污我目!"義律釋之。廿六日逆船直至珠江，止求通商。廿七日，廣州府余保純奉參贊果勇侯楊公命，面諭義律，諭其通商。和議既成，義律因詳道額外張遇祐志節，儘堪録用，余稟達果勇侯楊，即賞外委頂戴。時前閩浙總督鄧公廷楨留粵，協辦夷務，有詩贈之云："截髪何如竟斷頭，盤空硬語壓夷酋，男兒要膂堅如鐵，愧殺夸毗慣體柔。煢煢孤寡影形隨，張母年十八生遇祐，是年夫亡。遇祐遇逆時，年亦十八。去日含悽歸益悲，母節寒松兒勁柏，雙清好報九泉知。"逆夷凡得勝仗，遇我官兵必剪其辮，彼低首甘受逆夷剪辮之將官，聞張遇祐之風，真堪羞煞矣!

二十年庚子，十二月十五日，英逆大小兵船二十餘隻，分攻沙角、大角炮臺，其攻大角炮臺也，自辰至申，大角炮台前面灰沙牆被逆打倒數段，火藥局亦被逆打穿，火藥轟發，并延燒兵房十餘間。逆又撥夷兵漢奸數百名，由大角山后緣山而上，從牆缺處打進炮台，守臺千總黎志安身受重傷，恐炮位被搶，即督兵將好炮十四位，推落海内，然後負傷打出，遂攻陷炮臺，逆夷一無所得。其攻沙角炮臺也，逆先撥黑夷千餘名，漢奸百餘名，由穿鼻灣登岸，逆兵船則攻炮台前面，黑夷從山后攻炮台後面，我兵兩面受敵，又無外援，遂致不支。三江協陳連陞與子鵬舉皆死之，守臺千總張清齡亦陣亡，丁死傷過半，沙角遂為義律所奪。初，沙角炮臺後路，林公則徐蒞粵時，原設兵八百名以防後擊，琦侯善到粵，盡行撤去，故逆兵得從附近登岸繞出炮臺之後，前後夾攻，炮臺失守，職是故也。

英逆作亂，皇上特簡大臣奕公山為靖逆大將軍，果勇侯楊公芳為參贊。果勇侯楊到粵，初甚精鋭，巡營鼓勵，朝夕不輟，約束軍士，營伍整肅，粵人仰賴，咸以為修備戰具，一戰必奏膚功。乃四月初一日，發令攻夷，不得勝仗。初二日，逆夷攻我省城，我兵退走。初五日，逆夷登陸，繞出城後，攻東西得勝，並四方炮臺，皆為逆夷所據。初七日，大將軍奕、果勇侯楊大恐，計無所出，即令廣州府余保純縋城講和，許賂義律銀二百八十萬兩，另有一百四十萬兩，係洋行所出，共四百二十萬兩。至十一日，番禺三元里諸鄉民，忿英逆横肆，糾合各鄉義衆，一呼而集，萬有餘人，遂殺逆夷百餘級，中有一大兵頭名某，亦被殺戮。十二日共圍攻逆，逆不能支，義律大懼，求廣州府余出城彈壓，余恐和議反復，即出勸諭諸紳勇，稱言奉大將軍令。紳勇不得已解圍，逆乃得脱。時鄉勇多有詬余為漢奸者。逆兵本無多，盡皆登陸，據我炮台，此時鄉勇雲集圍攻，義律膽裂，又無救兵，不難盡殲醜類，醜類盡殲，逆之兵船無兵，只有駕船水手，不能打仗，此時若發水勇攻襲兵船，兵船數十艘，垂手可得，逆無能為矣。乃大將軍參贊，計不出此，惟恐和議中變，大將軍乃與參贊隆公文出住金山寺，各省之兵或出屯燕塘，或白雲山頂，或清遠、花縣不等，失此機會，英逆幸免。逆船十三日即退，十八日盡皆退出，至七月初旬又往福建攻廈門，廈門失守，皆此次縱逆所致也。

時有枯楊詞十八首，刺果勇侯也。詞云：

質原蒲柳本尋常，嘘植何緣到上方？一自阿麽曾賜姓，頓令非種亂青楊。

昔日芳榮得遇春，朱門依傍慣因人，如今老去當摇落，猶詡秋風百戰身。

費盡靈和殿上栽，柔條不稱棟梁材，要知大樹將軍號，都歷蟠根錯節來。

翠蓋亭亭拂翠微，緑條金縷舊光輝，也經漢苑稱人字，休負將軍腹十圍。

春到蠻煙瘴雨天，終朝三起復三眠，笑他自負凌雲志，偏遇黄楊厄閏年。

禁煙時節正舒眉，插戶家家仰翠旗，人道楊枝能辟鬼，奈何無刀禦封姨。

摇蕩驚心草木兵，荒臺畫角助悲聲，可憐細柳屯軍地，無復威名漢將營。

蒼松翠竹亦因時，幾見凌霜傲雪姿，惱殺春風狂似虎，折腰先是最高枝。

霧障煙迷日欲昏，纔聞羌笛亦銷魂，傷心葉敗花殘處，辜負東皇雨露恩。

緑楊城郭變荒陬，亂絮顛狂勢未休，倘使閨中重望見，應教紅粉薄封侯。

折得金絲贈楚兒，濃陰偏護漢江湄，往來亦解憐行役，不管流離管別離。

搜神紀異事猶傳，柳下何來擁萬錢？從此魏金家裏樹，移根只合種貪泉。

忽見生梯向艷陽，强將金色逗姚黄，更兼獻媚來張緒，引得風流老更狂。時有鄉官姚某、張某，進美婢以媚楊云。

海國春深不遇春，欲邀青盼竟無因，那知九烈靈堪乞，汁染藍袍別有人。

松按：《明史·李賢傳》，也先數貢馬，賢謂輦金帛以强寇自弊，非策。夫以金帛易馬，且猶不可，矧以四百萬金賂逆耶？我邑蔡樹百先生挹甕齋詩草，有《秋窗記略》云：“少楊昔日建奇功，匹馬臨營靖逆風，可惜黄花無晚節，珠江千頃恨無窮。”注：楊芳軍中稱少楊，以別昭武侯。戰功亦多，陝甘散遣鄉勇致變，侯單騎説降，功最偉，后禦英夷于羊城，一籌莫展，縱兵虐民，聲名掃地矣！

辛丑二月初七日，英逆攻烏涌土臺卡座，土臺失守，是日日色黄暗，一連四五日，日色皆然。按《隋書·五行志》：“日或黑或青或黄，師破。”此其驗也。

辛丑六月初二、三，連日颶風，初八日復颶，英逆所據香港之裙帶灣，又名裙帶路，被颶打壞兵船貨船共九隻，淹斃逆夷數十人。山上篷寮所貯棉花諸貨物，亦被颶半掃落海。此二次颶風，破虧英逆，不下數十萬，兵頭義律亦被風打去新安某灣，得漁人救援，乃免。虎門口外，又沉英逆兵船二隻云。又裙帶灣多毒草，草拂人足初則癢，漸則癢不可忍，手搔血出，癢乃不止，俄頃則痛，隨出毒水，毒水所至，内盡潰爛，三日之間足無完膚。此處雜草太多，被毒之人，亦不知其何草。松按：杜工部有《除蕑草詩》云："草有害於人，蜀名蕑麻。"《墨莊漫録》云："川峽間有一種惡草羅生於野，土人呼為蕑麻，其枝葉拂人肌肉，即成瘡疱，浸淫潰爛，久不能愈。劉袤延仲至蜀嘗見之。蕑，《廣韻》音挦，《集韻》音潛。"又《文選》鮑明遠《樂府苦熱行》："瘴氣晝熏體，菵露夜沾衣。"注：宋永初《山川記》："寧州瘴氣菵露，四時不絶。菵草名有毒其上，露觸之肉潰爛。菵，音罔。"今裙帶灣毒草葉有毛芒，觸人如蠆，以人溺洗之，可解也。灣之毒草，豈即蕑麻與？抑菵草也與？否亦其類也。灣之水亦有毒，人多腫足，久則癱瘓。

道光二十一年辛丑，六月初九日，颶風起省城。諠傳廣州府署頭門内甬道左右，有榕樹二株，大四五圍，被颶打斷，根上二尺許，平如刀切云。是年廣州府余保純以罷試勒令離任。至二十六年乙巳，廣州府劉潯以酷虐，人民鼓噪，督撫又勒令離任，此其應與。

辛丑，英逆所據之香港裙帶路，七月廿六日夜四更時候，有黑氣從沙角、大角來，砂飛石走，灣中街道，如千軍萬馬，奔騰連蹀，灣中人以為官兵卒至，有潛匿地臺版下者，片刻乃止。灣人震恐，即日散去數百人。此必大角、沙角陣亡將官兵士雖死，忠魂靈氣，猶欲呑滅夷虜，故顯斯異，而為滅逆之兆也。

省城東門聚陞弓箭鋪吴某善卜，辛丑正月時在省卜英逆，謂二月四日必為亂，省城亦遭驚擾，所幸死人不多。八月復小亂，然自七月中旬以後，英逆所向必敗云。至七月十一日，逆攻福建廈門，十二日炮臺失守，為逆所據，不數日官軍大敗英逆，福建行商人家書到省云："七月廿四日官軍大敗英逆，焚毀火輪船四隻，三枝桅桿船六隻，二枝桅桿船十二隻，小三板三十六隻，圍困大兵船八隻，殲殺白鬼七百餘名，黑鬼九百餘名，生擒二百餘名，殺夷目四名，有級無屍，其在船上被燒夷兵水手，不計其數。"又香港裙帶灣有人云："聞逆夷兵鬼説，七月廿四日，英逆大敗，被官兵打破七十四位炮，名心地科，大兵船一隻，火輪船三隻，三檣兵船六隻，大小三板三十餘隻，斬燒死逆兵二千餘名。"又洋港生地波有人回，説逆夷敗仗，與此不同。但云殺死逆兵二千餘名，中有五百餘名係漢人。初，逆船在裙帶灣以修船起貨為名，雇漢人做工，共七百餘工人，至日中便揚帆，直往福建，故有如此多人云。此吴某之卜之應也。

又辛丑八月初四日巳刻，番禺署前，旋風忽起，捲去白衫三領，高數十餘丈，南北盤旋，食頃二領下墜，一領直捲入雲，不知何去。從來旋風未有如此之怪者，亦一異也。余按：葛稺川《西京雜記》："濟陰王興居反，始舉兵，大風從東來，直吹其旌旗，飛上天入雲而墜城西井中。左右李廓等諫，不聽，後自殺。"又《晉書·賈充傳》："元康九年六月，飆風吹賈謐朝服，飛上數百丈，墜於中丞臺，明年謐誅。"又元興二年正月，桓玄遊大航南，飄風飛其韡輗，至三月玄敗。《南齊書·五行志》："宋昇明二年，飆風起建康縣南塘里，吹帛一疋入雲，風止下禦。道紀僧真啓太祖，當宋氏禪者，其有匹夫居之。"《金史》：衛紹王允濟崇慶元年七月，有風自東來，吹帛一段，高數十丈，飛動如龍形，墜於拱辰門。明年為胡沙虎所弑。《南史·齊始安王遥光傳》：先是遥光行還入城，風飄儀繖出城外，后遥光以謀反伏誅。《梁書·蕭棟傳》：侯景奉棟為主，及即位升殿，欻有迴風，從地涌起，翻飛華蓋，徑出端門，時人知其不終。後為朱買臣沈於水而死。《隋書·五行志》："仁壽二年，西河有胡人乘騾在道，忽為回風所飄，並一車上千餘尺，乃墜皆碎焉。後二年，漢王諒在并州謀逆亂，月餘而敗。"據此旋風所吹白衣，未知為何人之衣，其必有災眚乎？衣色白，白者兵象也，其人或死於兵乎？

又辛丑八月廿七日亥初，余坐心遠小樓，見一星從西北隕於東南，其光如日。越五日二弟茂之，同族姪鏡湖，往大籬圍小羅塘地方，覓龍羅塘。鄉人云：“是夜戌亥之間，有一星墜於羅塘對鄉東杈之田，到田作霹靂聲，分而為三，一從東飛去，一從南飛去，一乃升於天，不知何祥也。”夫羅塘在我鄉之南三四十里，隔山嶺數重，故止見其墜于南，而不見其分而為三，二飛去，一升天之異也。

又辛丑八月十八日巳時，空中有物數百千點，大如綠豆，在陽燄中白光閃閃，忽散如亂星，忽聯續如雁字，長數丈許，自東而西。

辛丑七月十二日，逆夷佔據福建廈門口岸，其死難將官，閩浙總督顏公伯燾七月二十一日續奏云：“查金門鎮江繼芸在水操臺，率將士開炮攻擊，因夷兵上岸，該鎮持刀追逐，落水身死。准升福建遊擊現護延協副將凌志，因夷兵搶土炮臺，該將持刀殺退，夷眾一擁上前，該將身受重傷，奮勇力拒，遂被割首剖腹。汀州守備署灌口都司王世俊與凌志，同在炮臺力戰，亦遭慘害。又陸路提標左營遊擊那丹珠，在炮臺抵禦，被夷炮擊穿左腿。水師遊擊楊清江在鼓浪嶼身面均受重傷，猶復率兵擊沈兵船三板三隻，逆夷擁動搶上，該遊擊又連攻殺退，有一夷賊，繞至該遊擊身後，用刀斫倒，經兵勇搶回，現在養傷未斃。又水師把總紀國慶、楊肇基、李啓明，均被炮擊傷身死，其餘兵丁尚多傷亡，現飭確查，查行陳奏”云云。

辛丑六月，有一遊方邱道人，不知何名，至各鄉云：“華山有讖語云：‘你是胡人二百秋，拆完廟宇有人收，紅花出水黄花落，更有胡人在後頭。’”時人人傳，愚謂此妖言，實邱道士偽為讖語以惑世，為王法所當誅，有識者毋為其所欺。

今俗園林別墅書房小廳之類，多牆壁粉白，效鬼子樓樣，小帽頂尚尖鋭，如回子帽，衣衫尚窄，竟有袖僅容臂，袖口僅能出拳者。又用鬼子鈕扣，遥望與鬼子無甚異別。斯雖俗尚細故，愚謂此亦服妖之類。按《宋書・五行志》：“晉武帝泰始後，中國相尚用胡牀、貊盤、及為羌煮貊炙，貴人富室，必置其器，吉享嘉會，皆此為先。太康中，天下又以氈為絈頭，及絡帶衿口。百姓相戲曰：中國必為胡所破也。氈產於胡，而天下以為絈頭帶身衿口，胡既三制之矣，能無敗乎？干寶曰：元康中，氐羌反，至於永嘉，劉淵、石勒遂有中都，自後四夷迭據華土，是其應也。”據此，今之俗尚，未始非英夷叛逆困省城，據香港之兆。夷人相見以脫帽為大禮，揭帽為小禮，英逆亂時，聞廣州府知府余保純，素與英逆言談，熟識者偶遇於城外打銅街，英逆揭帽，余亦揭帽以為禮，道路以目，一時譁然，咸謂余與英逆揭帽，戾禮傷教，羞辱朝廷。嗟乎！以堂堂太守，而用夷禮，恬不知愧，其重廉尚恥，反出於行道人之下，不知是何居心，且不知何祥也！

辛丑，自七月廿六，不雨。至於九月初一，微雨。初八，小雨。廣州一切山鄉坑田與高隴之田，禾槁八九。

辛丑，廣州府余牌示：八月初二日在學憲署內開考各屬文童試，南海縣頭場。是日余轎到署，文童譁然，皆云：“我輩讀聖賢書，皆知節義廉恥，不考余漢奸試！”蓋以余行賂求和，並禁三元里諸鄉義勇不得圍殺佔據四方炮臺之逆夷也。余初猶委屬員教官禁止勸諭，然愈禁愈諠，時南海、番禺兩知縣亦在場，皆以軍功賞六品頂戴藍翎，諸文童指其頂而詈之曰：“有如此清貴之金頂子不戴，而戴此污糟白石奚為？”又手玩弄其翎曰：“何羞而得此，既重欺皇上，不宜拖在後，宜拖在前，庶足少遮羞顏也。”兩縣謝曰：“本縣蒙賞，非以軍功，以籌辦軍務也。”譁猶不已。余度衆怒難犯，卽上轎回衙，各文童以瓦塊擲擊，轎為之破。撫憲怡亦知余之所以得罪於百姓而諸文童一時負義之故，於是卽勒余解任，調雷州府易公長華代理廣州府事，再示試期初七日開考，頭場仍南海縣，諸童帖然。夫四月之役，余本納賂求和，稱言代還商欠，其欺甚矣！既和之後，大將軍保舉將官水勇義勇既多，賞賜白石頂子花藍翎不一而足。時人有“有頂皆白石，無帽不藍翎”之語，省城里巷，孩童嬉戲，嘲笑口令，又有：“鬼子來，走得快，有白頂，藍翎戴”之謡。

初，辛丑正月，總督琦善約英逆兵頭義律定初五日燕會於獅子洋石樓之蓮花岡，岡下蓋大篷廠，為燕會之所。是日義律以一火船拖一小兵船至獅子洋，琦先撥兵二千餘名屯蓮花岡以自衛。巳刻義律率各兵頭馬哩信、瑕畢等共八人，隨帶鳥鎗兵八十名至，琦令知府參游以下屬員排班以迎，琦接見義律，稱義律大將軍。燕畢，義律令鳥鎗兵演鎗數次以示精練，畢，琦與義律皆下船，琦邀義律過船，屏人與語移時，義律乃返，琦餽義律籐牌十面，牌刀十張，弓十把，箭十枝。義律餽琦火箭二枝，西瓜大炮彈二個，另木小箱一個，其中不知何物。聞箱中所載，都是義律挾制我朝各款條例。是役軍民人等在蓮花山觀看者，不下數千人，咸道其燕會情節如此。余是日偶得感冒疾，不得親往目覩其事，為可憾耳。夫牌刀弓箭，乃我朝得勝長技，而逆夷之所短者也。奈何以之與逆耶？聞説十九日，琦又出蛇頭灣，初逆夷猶疑不敢攻我橫檔各炮臺，是日琦會義律，因與義律遍觀各炮臺，義律見我炮臺炮位炮車，累笨不堪，意遂決。至二月初一日，逆遂攻陷三角炮臺。初四日攻陷橫檔各炮臺，遂長驅直入，職此之由云。

辛丑聞督標把總覃光耀出差，自京回粵，道過江蘇徐州府，黄河水清澈見底，砂石分明云。愚按《符瑞志》云："黄河清，聖人出。"《明史・梁潛傳》："潛字用之，洪武間以薦除廣東四會知縣，縣有龍橋河，吏廉平則河水清，自潛至迄去，水可鑑。改陽江陽春，皆有治聲。"此雖非黄河，然常濁而忽清，亦當與黄河同瑞。

九月下旬，省憲探聞閩浙總督顏接據寧波府鄧廷彩來稟云："定海縣地方八月十二日，有夷船侵犯，經官兵擊退，經稟在案。自十二以後至今，久無聞報，正在懸望間，忽於十八日申時，據署定海縣事舒恭壽之堂弟舒恭烈賫印到營，哭訴定海縣自十三日至十七日官兵連打勝仗數次，用炮擊壞夷船夷匪無數，該夷因新築土城，堅固不能取勝。隨於曉峯嶺地方，别用杉板小船，載夷兵由陸攻取，先經三鎮會議，曉峯嶺道路險要，必應重兵防守，遂經壽春鎮王錫朋帶領壽春兵八百名到彼堵禦。乃自十五日至十七日午時，壽春鎮兵極力殺賊，前有陣亡者，後隊繼進，業將逆賊殺退數次，無奈愈殺愈多，我兵擡炮至於紅透，不能裝打，壽春兵仍復捨命死戰，王鎮身受重傷，不知下落。夷賊隨由曉峯嶺回攻竹山處州鎮，鄭國鴻被炮轟擊，糜爛無存。逆由竹山門至東岳宫攻打，署定海鎮葛雲飛勢孤，亦即陣亡，舒恭禱身受重傷。城陷之後，旋即身死。該署令於危急之時，將糧臺用剩銀九千兩，而委典史鄧均、同候補同知黄維誥等，途送内渡，又將印信交其堂弟舒恭烈攜送到營等由。”後見浙江裕謙大人定海失守奏疏云：“壽春鎮王錫朋被炮打斷一腿陣亡。”

英逆火箭，是其長技，能射數百丈，狀如中華之起火。起火以竹為尾，火箭以堅木為尾，長八九尺，或丈許。受藥之筒，長二尺，大三寸，以薄銅或馬口鐵為之，筒下旁環六孔以引火，箭尾之木，以鐵羅絲緊貫於筒中，筒上又貫鋭木尺許。木末或用鐵如槍筒，内三之二受起火之藥，三之一受爆竹横藥。箭到藥燃，筒轟迸裂，火即散飛，延燒營帳房屋。四月之役，逆從永寧臺發火箭數十百枝，射入城中，攢聚火藥局，無一燃者。咸云：見一白衣婦人，以袖拂箭，箭落不燃，咸謂觀音山慈悲大士顯聖云。昔韓世忠敗於金兀术之火箭，張世傑又敗於元阿术之火箭，夷人火箭利害，自昔然矣。然此火箭今我粵匠亦能倣造，但放發無準，為少遜耳。

九月十三日，浙江來文云：“鎮海縣於八月廿六日被逆夷攻破，該處文武不知下落，提督余步雲大人，現收聚殘兵。欽差裕謙大人，因旬日間連失二縣，跳水自盡，經百姓救回。”十六日來文又云：“裕謙大人因跳落水自盡救回後，於廿八日身故。”

又來文云：“寧波府城亦已於廿九日失守，余步雲大人不知下落，寧紹道臺鹿澤長、寧波府鄧廷彩，均已受傷跳水，經救回，現在生死未卜。”然九月初間，有人見澳門夷人買辦來書云：“八月廿六日，英逆攻福建，被官兵燒毁心地科大兵船一隻，三檣兵船六隻，虜獲大兵頭七名，一船主被炮打去一腿。廿九日火船載回澳門醫治。”然浙江失鎮海，即八月廿六日。大抵逆攻福建而分兵略鎮海者也。十月初間有香港蛋人回云：“聞夷兵説九月廿六日逆在杭州府河被兵民用石塞斷河流，逆船三十餘隻俱不能出擊，殺逆兵四千餘名，逆夷氣喪，又有一大兵頭亦被磔殺梟示云。”

沙角炮臺之失守也，逆兵蟻赴炮臺，陳公連陞與子鵬舉手强弓，射殺逆夷二三十人，矢盡短兵接，又殺數逆，乃遇害。橫檔炮臺之失守也，守臺將官為督標中軍副將達邦阿、肇慶協慶宇。炮臺失守，逆登炮臺，慶宇改裝如兵卒，逆見其狀不類，疑是將官，究問之，他云：“是官，親來觀打仗者。”逆釋之，而剪其辮，慶宇俯首受剪，其有愧於張遇祐多矣。鎮遠炮臺之失守也，大炮炸後，關公天培知天意不就，人無能為，呼諸將官兵弁泣而告曰：“大炮已炸，炮臺斷不能守，爾等各自逃生，無遭逆夷之毒。我受皇上恩重，義不辱於逆，惟一死以報國耳！”諸將官兵弁皆涕泣不能仰視，關公揮之使去，遂自刎而亡。烏涌土臺卡座之失守也，初六日祥公福至烏涌，偏觀土臺炮位，知不足恃，即日雇泥工乘夜加築土臺，以易置炮位。至初七巳刻，逆船已至，泥工盡散，旋即打仗，不能設施。時東南風急，逆佔上風，炮烟沖覆我營，水又暴長，炮位多没水中，只有東南角一炮，可以攻逆，而炮架累笨，地又鬆軟，不能寸轉，炮發不應，逆知卡座不濟，遂發三板數十隻，蝟集土臺。祥公福與沈公占鰲、洪公達科等，仗刀督率兵弁，奮勇堵禦，逆登土臺被我兵鳥槍擊斃二百餘人，我兵火藥且盡，欲且擊且退，詎料逆兵蜂湧而至，逆槍齊發，彈子如雨下，我兵不能當，祥公、沈公、洪公陣亡，土臺後路原隔一涌，闊二三丈，祥公本欲為背水之戰，不搭浮橋，故我兵退走不得渡，多為淹斃。是役湖南兵弁，最為奮勇，陣亡者五百餘人，死於逆槍者四之一，死於水淹者四之二也。自後湖南兵弁，一蹶不振。聞鬼子來，便心驚膽裂，望風逃竄，無復烏涌之勇敢矣。琶洲土臺卡座之失守也，守臺千總某、把總外委某某，逆船未至，先已逃去，所留兵弁百數十人，見逆船影即便發炮，苟且塞責，各鳥獸散，惟一把總劉公，不知其名，以其短小膽勇，軍中咸稱矮仔劉，與管下兵丁十餘人，挨逆船至近而後發炮，炮中逆船。惜船大炮小，不能轟沒耳。遥見三板赴岸，兵丁咸速之退走。劉曰：“不必忙，俟逆近岸再發鳥槍一排，不能擊退，我奔未晚也。”後槍發不能退逆，乃被逆槍中其臂，四五兵丁掖之而去，此亦一勇士也。東西得勝，與四方炮臺之失守也，守臺將官某官口常春，初夷兵止七十餘人，取道潛至炮臺，時守東西得勝並四方炮臺湖南、四川暨各省兵弁共有六千餘人，聞鬼子來，便爭先逃竄。常春不知逃往何處，兵弁有逃至白雲山滴水巖上者，巖上有一客家茶簝，茶簝餧鷄食餘糠飯，逃兵爭啖，喘息未定，羣問茶保，此處鬼子來得否。又有兵弁數百人，逃至白雲寺求寺僧價米以食，每升銅錢一百文，僧價之，各皆就炊。僧念逃兵太多，而寺米無幾，恐後不給，必受滋擾。乃生一計，使十餘工人，從山後忽恐奔回寺中，大呼：“鬼子來了！鬼子來了！”逃兵無措，舍炊而奔，頃刻散盡，所遺炊飯，寺僧十餘人接淅暴乾，可作一月食云。

辛丑五月，逆船退出虎後，督憲祁公墳欲修建省河各炮臺，慮夷情反覆，恐工興而逆船擾阻。六月間遂敦請廣州知名教官會釗王培芳、陸殿邦、何春培等，督辦石船運石，填塞逆船來省所必經，如大石之三杈海，暨瀝滘、獵德各海口，工將就半。傳聞先是六月初八日颶風，義律亦遭風險，廣州府余，遣人往澳候問，有云：“他日會面，備談一切之意。”此是我中土候問常語。義律認以為真，七月中旬，義律委人到省報謝，見南北兩路水口，紛紛填塞，即馳報義律，義律委兵頭瑕畢駕一兵船，欲到省面會廣州府余，船到大石三杈海，不能進，於是出一偽示，張貼大石，並曉諭鄉人云：“兩國既和好，何為塞河？俟後不得再加填塞，如再加填塞，我斷不依云云。”其偽示云：“大英國都督瑕畢為曉諭事：照得甫到粵港，得接照會，兩國和好。茲看各處河面，俱用木石填塞，顯有交兵之勢，是以先拆毀横檔炮臺，以逞兵威，自後有似此失信者，必先預為攻擊也。大英國一千八百

三十九年　月　日，道光廿一年七月廿八日示。”又沿海遇有往省渡船，亦以此示示之，欲其上達官聽也。督撫憲一聞此信，愈益惶恐，於是傳諭近省沿海鄉紳，廣招義勇，南路則汀橋以至大岡脚暨大石、大山、三山、石頭村、西塱等處。北路則獵德、員村、四大股圍等處，俱堅築土臺，多設大炮。鄉紳督率義勇，不時操練，以嚴堵禦。獵德之築土城也，在獵德涌口之東，其地徧植洋桃，土地所宜，洋桃以獵德為最，鄉人衣食於此，凡十餘家，聞官取此臺地，地價照契發回，又洋桃每株給回洋銀一兩，而鄉人猶有怨咨者。愚曉之曰：“君不見《明史·湯和傳》乎？洪武間倭寇上海，帝顧謂和曰：卿雖老，强為朕一行。和請與方鳴謙俱，鳴謙習海事，帝訪以禦倭策。鳴謙曰：倭海上來，則海上禦之耳。能量地遠近，置衛所，陸聚兵，水具戰艦，錯置其間，倭無所得入，入亦無所得，若縱之登岸，則難制矣。帝曰善。帝命和董其事，和乃度地於浙西東，並海設衛所城五十有九，選壯丁三萬五千人築之，而民家牆除碓磑之石，率發以佐築，浙人頗苦之。或謂和曰：‘民讟矣，奈何？’曰：‘成遠算者不近量，任大事者不細謹，國無備，及於戈鋋，井里將墟，安所得碓磑乎？復有讟者齒吾劍。’踰年城成，稽軍次，定考格，立賞令，浙東民四丁以上者戶取一丁戍之，凡得五萬八千七百餘人。明年閩中並海城工亦竣，所築沿海城戍皆堅緻，久而不圮。正德、嘉靖間，倭屢入寇，浙人賴以自保，多歌思之。”今英逆入寇，官度地於獵德而築土城，亦猶是也。而地價樹值，官皆發還，較之湯襄武之築浙海衛所城，民間牆除碓磑之石，率發以佐築，其恩怨為何如也？鄉人乃悅。惟我粵素受西水之患，今阻塞大石，瀝滘、獵德等處河流，吾恐將來西水之災，更甚於英逆之亂也。

裙帶路人回說：“十一月初二日，有逆夷火船載二兵頭屍回香港埋葬，蓋在浙江被箭射死者。”又云：“英逆甚貧，前月擄得回省天津船一隻，貨物即日喊去，夷人投賣貨物謂之喊。又刼掠新安渡船數隻，敝壞衣物，雖值錢數十文，亦皆喊去云。”夫英逆以假仁假義，籠絡中土，其素志也。至擄中土之船，㩐渡船之貨，其貧困可知也。今裙帶路火船兵船，止各二三隻，逆之潰敗，又可知也。吾聞勞師襲遠，兵家所忌，英逆萬里重洋，寇我中土，其兵多黑鬼，皆出於招雇，其舉事皆英逆各富商醵銀為之，勝而得地，則此地賦稅，富商先收十年或二十年，然後歸於逆王，所有軍餉兵船，皆出自富商。如兵船不足，則勒取貨船，兵丁不足則抽選貨船水手，夷商不敢抗。敗則各商自抵，或船破兵殺，皆富商賠墊補恤，英王亦不之罪也。夫以無多之兵船，有限之軍餉，而欲與天朝抗，猶以卵擊石，其斃可立而待也。今英逆貧，兵餉將不繼，利於速戰，然天嚴冰結，朔風凄烈，黑鬼畏寒，不時死喪，又不能戰。余謂堅守内地以老其師，嚴封内港以乏其食，加其貨稅以匱其財，則英逆進退支絀，不攻而自遁矣。又澳門人云："十二月逆夷劫長洲渡，掠去銀一千二百兩，另客貨及衣物。渡主為唐亞澤，澤託夷目買辦盧亞景關説兵頭，納銀贖渡，兵頭不允。至壬寅正月初四日，馬里信回澳問景，唐官近有何議，景云：不聞其他，但聞官云英國甚窮困，日間專掠船隻銀貨，以充軍需，必不能久，聽其自敗可也。馬里信聞此，即着兵頭盡將所掠船隻釋放，銀兩如數交還，貨物不計，於是長洲渡得脱，盧亞景亦蛋中之黠狡者哉。"

十一月，新安縣有稟到省云："本月初二日，英逆火船駛入城河索詐，聲言要辦一萬兩銀伙食，其銀文武各半，如不應辦，立即攻城等由。英逆放肆已極，令人髮指，然未始非四月時賂義律四百萬階之厲也。"越五日又稟云："逆夷於初六日將縣屬之南山炮臺拆毁，并將各炮毁去炮耳，遂欲攻城，因縣屬各村莊百姓齊出保護，逆夷立即退去。先是新安、長洲渡船，被洋賊劫掠，時賊船四五隻，賊以一小船泊渡逐客搜剥衣物，盡闌入小船，任其飄盪，賊即扯渡帆駛去，天寒風利，客船適飄近，逆夷兵船有通夷語客，即以被賊告，賊去猶未遠，且指告逆夷，逆夷即傳令火船追賊，逆炮利害，賊勢迫，賊亦發炮轟逆，將近南山，炮臺守臺兵弁，以為逆夷劫民渡船，又發炮擊逆，逆自負我為中土擊賊，本以保護百姓，官不以為德，反以怨報，遂怒而攻炮臺，炮臺失守，逆是以有拆毀炮臺之舉。”

逆夷最畏我朝刑法，聞裙帶路人回説云：“諸逆兵常相與語，若打敗仗，寧即死於刀炮，不願被獲，中國刑法慘毒不堪。廣人益甚言刑烈以恐逆兵，逆兵即色怖震慴。”夫制人者必中其所畏，苟獲得逆夷，無論兵頭水手兵役，立即處以極刑，梟示海濱，一則以生逆夷之畏，二則以奪逆夷之氣，此亦制逆之一法也。計年來各處所獲逆夷不下百數十人，解至省，白鬼則令夷廚供火食如上賓，黑鬼則交官看守，仍厚其飲食，不聞有一人正法，逆夷或以卑辭求請，或假花旗名記，或以强語恐愒，即便釋放。聞前督憲林時購獲得一白鬼即百麥也，琦侯至即委官送回逆船，而委官反受逆夷鞭辱，不敢與較，逆夷之所以輕視我粵者，職是故也。且古之人，有行之者。唐郝玼，貞元中詔城臨涇為行原，以玼為刺史，玼在邊獲虜必刳剔而歸其屍，虜大畏，道其名以怖兒啼。又明朝觀，洪武二十七年，拜征南左副將軍，討更吾蓮花大藤峽思恩都亮諸蠻，平之。觀生長兵間，綜練武略，鷙悍誅罰，無所假。下令如山，人莫敢犯。初羣蠻所在蜂起，邊民苦之，將士畏觀法，爭死鬥，觀得賊，必處以極刑，間縱一二，告諸蠻，諸蠻膽落，由是境内得安。又彭倫，成化初，從趙輔平大藤峽賊，進都指揮使，討叛苗，以邛水諸砦不即邀遏，乃下令：賊入境，能生致，與重賞，縱者置諸法。由是諸司各約所屬，凡生苗軼入，即擒之，送帳下者累累。倫大會所部，目把縛俘囚，訊得實，置之高竿，令卒亂射殺之，復割裂肢體，烹啗諸壯士。罪輕者，截耳鼻使去，曰以此識，再犯不赦矣。羣苗股栗，不敢犯。又劉寧，有膽智，為大同副將，時入貢者數萬人，懷異志。寧率二十騎，直抵其營，衆駭愕。寧下馬與諸部長坐，舉策指畫，宣天子威德，一人語不遜，寧摑其面，奮臂起，其長叱之退。寧復坐與語，呼酒歡飲，皆感悟，卒如約。《傳》云：“德以柔中國，刑以威四夷。”此萬古不易之法也。

辛丑十一月廿二日，新造米肆客李氏過余館，説云：“本月初二日，有一逆船從浙江回載尸五六百名，在尖沙嘴之黄婆沙埋葬屍，皆是在浙凍死夷兵夷目之屍。”此亦天滅逆夷之兆也。李氏為米賈。又作石船，時官招集石船載石填塞大石、瀝滘、獵德各處河道以防逆，李氏船常出潭州南沙取石，道經尖沙嘴，其伴親見回説云：“二十二年正月，浙江委員稟報内有云：一寧郡山民仍貿易負販，往來道路，並未阻梗。又聞鬼子並不怕冷，一路吃雪，每早晨必用冷水洗身。”夫逆夷詭譎，必使逆兵先食壯煖之藥，然後吃雪洗冷，示不畏冷耳。且示弱者不弱，示强者不强，逆夷吃雪，其畏冷也必矣。逆夷來粤，天氣瑟縮，住房亦熾火爐，不聞有吃冰洗冷者，矧浙之寒，與粤大相徑庭耶？余為黄埔鄉人，鄉前夷船叢泊，鄰族時有為夷人買辦，頗知夷性，我軍將官，慎勿為其所愚。

十二月初八晚，初更時候，觀音山脚理事廳火藥局失火，燒去藥局一座，燒斃工人十一名，幸不延燒民房。

《明史·陶成傳》：“成子魯，字子强，弘治間改湖廣左布政使，兼廣東按察副使，領嶺西道事，人稱之為三廣公。魯善撫士，多智計，謀定後戰，鑿池公署後，為亭其中，不置橋，夜則召部下計事，以板渡人，語畢令退，如是凡數人，乃擇其長而參伍用之，故常得勝算，而機不洩。羽書狎至，戎裝宿戒，聲色不動，審賊可乘，潛師出城中，夜合圍，曉輒奏凱。賊善偵，終不能得要領，歷官四十五年，始終不離兵事，兩廣人倚之如長城。”松讀至此，輒為之贊嘆。陶公之所以每戰奏凱者，誠以謀定后戰，機事不洩也。感時撫事，又未嘗不太息今日英逆之亂，半敗於機謀之不密也。辛丑二月，英逆陸梁，夷帆直到珠江，羊城被困，而督、撫二憲轅門，日報某日委某官往石門催辦木排，委某官往佛山督鑄大炮，某日委某官備辦茅草火船若干隻，如此之等，不一而足，上諭京抄紅單，省城旁午傳派。逆又善偵，大將軍、參贊、督、撫，每定一謀，不踰時逆輒先知，逆有不利，預為之備，而我積數十日籌辦之勞，糜千萬兩軍需之費，都無所用，所謂機事不密則害成，安在其能不敗也？噫！

盧亞景，疍民也。素充英逆兵船金不多，英逆倡亂，官禁斷兵船火食，景則竄往香港裙帶路，串通香山、新安奸民，仍供兵船火食。廿一年十一月靖逆大將軍奕與督憲祁密購軍民縉紳人等之與景生平厚善者，説使歸誠，回省賞以六品頂戴藍翎，多人説景，景面斥，且出不遜言。既而得諸生馮某，景先曾受某恩者，潛往反覆説景，景意肯，託外賬數萬，一時不能收拾，須俟清款，然後回省。至廿二年正月，復遣馮某直攜翎頂造裙帶路賞給景。景受之，亦不回省，仍為英逆金不多。景今在裙帶路，儼然六品官員，且拖翎矣。金不多者，譯言買辦也。夫景不過英逆一買辦耳，是英逆之役也，何足重輕？但逆船以火食為重，景能備供英逆，牛羊鷄豕麵頭包乾之等，無使不給，故英逆以景為能。英逆無上下尊卑之分，故義律暨諸兵頭常與景執手，至於兵船進退，打仗與否，不與景謀，景不得而阻也。聞景之受頂翎也，景先具情節，稟明兵頭，堅命之受，然後受。受之日，大張筵宴，凡景知故與在裙帶路之一面識者，皆與焉。夫景役於英逆，英逆喜則與之揸手，怒則鞭罵斥逐，景俯首受，不敢與抗，此英逆臨買辦，買辦奉承英逆之素，不獨景也。聞英逆戲景曰："我金不多亦爾國六品之員，州縣不足道也。"嗟乎！夫以天朝六品拖翎之員，而為英逆買辦，斯亦名器掃地矣，此可為長太息也。俗謂夷人曰番人，謂中土人曰唐人，聞景在裙帶路，儼然官長，英逆委景彈壓唐人，唐人有犯，發景鞭箠，景藉以為奸，因招集不逞兇徒數千餘人，分駕草扁拖罾數百餘隻，在虎門外洋面，肆行劫掠，其坐艙賊頭，名曰"屌揸"，俗謂男陰為屌，音鳩，又謂竊賊為亞屌仔，謂凶惡出類為揸，又謂有所硬阻為揸，揸音傾，去聲，字書無揸字，然廣州俗，田房典按契内，常書不得揸阻，揸俗字也。屌揸者，男陰龜頭之名也。陰頭有稜，故謂之揸，故俗謂龜頭為屌揸。故裙帶路人，呼賊頭渾名為屌揸也。凡賊欲為屌揸，必關白景，景准將賊名牌示，俾人皆知某人作新屌揸，於是新屌揸設席請諸舊屌揸，舊屌揸各具儀稱賀以為榮。聞今有屌揸一十三起，皆出自景，每起船或二十至三十隻，每船賊或二三十人不等，火食炮械俱備。自道光二十一年八九月間洋面成盜藪矣。出海貨船，均須打單，否則劫略虐殺，官不能治。屎揹鹵得財物，景坐分肥，景洋盜之渠魁也，以盜魁而膺六品頂戴拖翎，此又可為長太息也。聞二十二年四月，夷目堅，察知景為盜渠，譴責景，即革去景買辦。嗟乎！逆夷尚知賊之害民而嫉惡之，而我官吏不為之芟除，且獎賞之不暇，此又可為長太息也。後景賫緣鑽堅，悔罪自責，堅意解，令仍充金不多。自英逆講解後，於是委員到裙帶路，武員自千總以下見景，皆叩頭，文員如從九未入流，見景請安，亦叩頭，咸稱景大老爺云，彼從九未入流，混名叩頭蟲，其喪廉滅恥，不足怪也，若千總外委，倘能發揚奮勇，即他日提鎮之選，而亦搖尾於景，安望其臨仗致節哉？此又可為長太息也。

二十一年八月二十五日，有逆夷雙桅兵船進臺灣口門，參將邱鎮功等，在二沙灣開放大炮，擊中逆船，桅折索斷，即隨水退出口外，海湧驟起，冲斫擊碎，夷人紛紛落水，死者不計其數，或鳧水上岸，或上三板駛竄，邱鎮功督同署守備許長明等，駕船趕往，一白夷自行投水，前後各官兵擊逆，共計斬首白夷五人，紅夷五人，黑夷二十二人，生擒黑夷一百三十三人，撈獲夷炮十門。又十九、二十三等日，許長明在海濱撈獲白夷屍身二具，查驗一穿紅呢戰甲，胸前刺八卦形，一係尋常夷服，胸前刺有蓮花形，左右腿或刺人形，或蓮花形、鳥形、獅子形。又云同知曹謹、通判范學恒，遣義勇丁役等，十七日駕船搜捕至外洋車嶼，有白夷二人，紅夷五人，攜帶圖册，在彼存匿，經役等上前圍拿，該夷俱被格殺，割取首級帶回，搜獲夷圖一幅，中繪山海形勢，册頁五十一頁，夷書二本，又夷字十紙，其夷書內亦繪有城池、人物、車馬形狀云，詳見《臺灣道鎮會奏疏稿》。十月上諭到省，加提督銜臺灣鎮總兵達洪阿着賞戴雙眼花翎，臺灣道姚瑩賞戴花翎，臺灣知府熊一本交部從優議敍，此天亡逆之兆也。十二月又聞回粵洋客云：“十一月日在某處洋面，目覩一英逆兵船被火災毁，船破人溺，無一留存本船。船主云：此船乃英逆王家所發，內有兵頭數十名，英兵七百兵，當兵船焚毁時，船中夷皆號呼咨嗟云。”此亦天亡逆之兆也。

沙角炮臺失守，三江協陳公連陞死之，公所乘黄驃馬，逆夷牽去裙帶路牧養，將以自乘也。馬至裙帶路，凡夷人與之食不食，唐人與之食乃食，馬初見唐人輒垂淚，久而習慣，淚且乾。今不然矣，夷目乘之，輒長嘶翻滚，逆夷怒鞭之，兩肩髆及前腿無完膚，至臭爛生蛆，逆夷兩剸刃於其腹，未深，得不死，終不肯與逆夷乘。逆夷無如之何，遂棄之。今無粟豆之食，惟囓裙帶路青草，羸瘦骨露，見逆夷猶怒目視。二十二年有客從裙帶路回，説：此馬刃傷猶未痊，而皮潰肉腐，咀蛆嘬，我見猶憐，眞義馬也。初此馬金黄色，毛滑澤，而綢茸白面，實馬之異種，今則虺隤元黄，不堪言狀，安得一仗義之士，載回羊城，稟知大憲，豐其芻豆，以旌其義，使我粵咸知陳公不負國，馬亦不負陳公，而大憲賞功，恩不違馬，我粵將官義勇，誰不激揚蹈厲，赴湯犯火，勵節致身，以徇國家之急哉？後數月，督憲委員載馬回省，豐其芻豆，二十三年五月，馬以病死，埋之以帷云。又二十四年，欽差督憲耆公英來粵，總辦撫夷善後事宜，五月耆公在虎門寨水師提督衙内，請夷官某會宴，耆公令取馬一匹與夷官，騎至中途，馬一翻滚，夷官倒墜於田，衣帽頭足，泥濘沾污，觀者譁然。然則我粵無不義之馬。畜類且然，而况我粵士庶乎？

劉正剛按：此文為鈔本，北京大學圖書館藏，不著撰人。載齊思和等主編的《中國近代史資料叢刊》第一種《鴉片戰爭》第 3 册，上海神州國光社 1954 年版，第 1—28 頁。《光明日報》1961 年 12 月 20 日發表的黄良的《〈英夷入粵紀略〉及其作者》一文，經過詳細的考證，認定作者為梁松年。故收録於此。文中内容以上海人民出版社 2000 年版為底本整理核對。

後　記

2014 年底，廣州市黃埔古港古村研究會在中山大學永芳堂舉辦“廣州黃埔村梁氏家譜研討會”，會上舉行了《廣州黃埔村梁氏家譜》首發式。廣東省方志館館長林子雄先生在會上就梁松年的著述發表了演講，評述了梁松年著述中的有關廣東史料的價值，引起了與會者的極大興趣。會後，黃埔古港古村研究會常務副會長梁承鄴先生建議我搜集整理梁松年的詩文，我因為之前曾撰寫過關於黃埔村梁氏家族的學術論文，對十三行之一的天寶行梁氏家族較為熟悉，又因曾審閱過《廣州黃埔村梁氏家譜》一書，知道梁松年著述多、文字數量大，而且涉及先秦典籍很多，所以不敢貿然答應，一直遷延未決。

2015 年 3 月，梁承鄴先生再次電話約我面談整理梁松年先生著述問題，因為梁先生是我的祖師爺梁方仲先生的公子，我自然不敢不答應。於是我們在暨南大學開了一個小型的座談會，參加者有暨南大學李龍潛先生、廣州市海珠區文物博物管理中心業務指導（副研究員）兼廣州市黃埔古港古村研究會副秘書長潘劍芬女士、梁承鄴先生和我。會上，兩位先生都認為整理梁松年詩文集意義重大，梁承鄴先生答應和古港古村研究會協商，提供一定的整理經費，最終我與古港古村研究會在 8 月簽訂了整理合約，正式啟動了《梁松年集》整理工作。在此，對梁承鄴先生、潘劍芬女士以及黃埔古港古村研究會，表示衷心的謝意！在書稿的整理過程中，李龍潛先生已於 2015 年 9 月駕鶴西去，謹以此表示我的深切懷念！

恰逢《廣州大典》已經出版，但尚未發行，而廣州市圖書館則收藏了一套完整的《廣州大典》。因此《梁松年集》收録的內容，底本均從《廣州大典》複制。當然《廣州大典》中也存在一些錯簡情況，我們在整理過程中進行了修正。

當所有的本子複印回來後，接下來的工作就是整理與標點。好在詩文集中的不少本子，不知何時已有人進行過斷句，這為我們的整理提供了便利。但這些斷句並不完全正確，因而我們必須再次通讀全書，再琢磨重新斷句標點。由於梁松年引用了大量的先秦典籍，而我本人又沒有好的國學功底，整理進展相當緩慢。即便如此，録入和核對原文的工作也超出了我們的想象。儘管不斷推敲琢磨，但其中的斷句仍可能存在不少錯誤。

在梁承鄴先生的斡旋下，廣東人民出版社答應將該書列入“廣州黃埔古港古村叢書”出版，並答應全書的録入工作由出版社解決，這就大大減輕了我們的工作量。在此，向梁承鄴先生和廣東人民出版社柏峰副總編輯和責任編輯李展鵬、李夢澤二位先生表示衷心的感謝！兩位編輯認真敬業的態度，使得本詩文集的錯誤得到進一步的減少，再次致謝！尤其要感謝廣東方志館館長林子雄先生為本整理本作序，對讀者理解梁松年其人、其文，提供了便利。

在 2016 年 3 月中旬收到廣東人民出版社寄來的電子版後，我立即組織在校的博士生張啟龍、黃學濤、錢源初和楊憲釗，碩士生沈孝琳、張文傑、王熳麗、徐玉玲、鍾玉平、張子俊、范小娟、高揚、楊露、韓育龍、曾巖等同學核對原文，最後由我通讀、標點，並整理。由於時間較緊，雜事纏身，文中難免出現錯誤，責任由我承擔。

劉正剛

2018 年 2 月 20 日

於暨南大學文學院三樓 325 室